梵语文学译丛

故事海

कथासरित्सागर

〔印度〕月 天——著

黄宝生 郭良鋆 蒋忠新——译

中西書局

本书属于"十四五"国家出版规划项目
——"丝绸之路古典文学译丛"

本书属于国家社会科学基金重大项目
——"梵文研究及人才队伍建设"

"梵语文学译丛" 总序

在古代文明世界中,印度和中国一样,是当之无愧的文学大国。它产生了印欧语系最古老的诗歌总集,宏伟的两大史诗,丰富的神话传说和寓言故事,精美的抒情诗、叙事诗、戏剧和小说,以及独树一帜的文学理论体系。而且,印度古代文学产生过世界性影响,此影响依托的重要媒介是宗教。对中国和东北亚各国的影响媒介主要是佛教,对南亚和东南亚各国的影响媒介是佛教和婆罗门教兼而有之。而印度古代文学中的寓言故事以及古典梵语文学,对古代和近代世界的影响尤为普遍,范围远远超出亚洲。因此,在世界文学发展史上,印度古代文学无疑占有重要的一席。

印度古代文学可分为五个时期:吠陀文学时期、史诗时期、古典梵语文学时期、各种地方语言文学兴起时期和虔诚文学时期,时间跨度为公元前 15 世纪至公元 19 世纪。梵语是印欧语系中古老的一支,也是古代印度 12 世纪以前的主流语言。从广义上说,梵语包括吠陀梵语、史诗梵语和古典梵语。我们通常所说的梵语主要是指史诗梵语和古典梵语。吠陀梵语可称为古梵语,或径称为吠陀语。史诗梵语相对于古典梵语而言,是通俗梵语。与梵语和梵语文学同时存在的还有印度各地的方言俗语及其文学。梵语和梵语文学自 12 世纪开始消亡,由印度各种地方语言及其文学取而代之。

印度古代宗教发达,主要有婆罗门教、佛教和耆那教三大宗教。婆罗门教始终在印度古代文化中占据主流地位。同样,在 12 世纪之前的印度古代文学中,婆罗门教文化系统的梵语文学也占据主流地位。佛教和耆那教早期使用方言俗语,后期也使用梵语,故而,梵语文学也包括佛教和耆那教的梵语文学。

中国和印度有两千多年的文化交流史。佛教自西汉末年传入中国,东汉开始大量佛经得到翻译,历久不衰,至唐代达到鼎盛。佛经的输入,在语言、音韵、文体、题材、艺术表现手法等诸方面对中国古代文学的发展产生过深远影响。然而,佛教文化只是印度古代文化的一个组成部分。同样,佛教文学也只是印度古代文学的一个组成部分。而我国古代高僧只注意翻译佛教经籍和文学,所以从汉语《大藏经》中无法了解印度古代文学全貌。

20世纪上半叶,以获得诺贝尔文学奖的印度诗人泰戈尔访华为机缘,中印文化交流出现新的高潮。中国文学界在翻译介绍以泰戈尔为代表的印度现代文学的同时,也注意到印度古代文学,尤其是迦梨陀娑的作品,出现多种从英语或法语转译的《沙恭达罗》汉译本。此外,商务印书馆曾出版许地山的《印度文学》("百科小丛书"之一,1931),中华书局曾出版英国麦克唐纳的《印度文化史》(龙章译,1948)。这两本书都有利于国内读者了解印度古代文学的概貌。

20世纪下半叶,我国对印度梵语文学的翻译介绍取得了长足进步。1956年,迦梨陀娑被世界和平理事会列为该年纪念的世界文化名人之一。同年,我国首次出版了从梵语原著翻译的迦梨陀娑的戏剧《沙恭达罗》(季羡林译)和抒情长诗《云使》(金克木译)。此后,直接从原文翻译的梵语文学作品在国内陆续问世,如戒日王的戏剧《龙喜记》(吴晓铃译,1956)、首陀罗迦的戏剧《小泥车》(吴晓铃译,1957)、寓言故事集《五卷书》(季羡林译,1959)、迦梨陀娑的戏剧《优哩婆湿》(季羡林译,1962)、抒情诗集《伐致呵利三百咏》(金克木译,1982)和《印度古诗选》(金克木译,1984)。1964年,金克木撰写的《梵语文学史》出版,对印度古代梵语文学做了比较全面的介绍和论述。此外,1960年,季羡林和金克木两位先生在北京大学东方语言文学系开设了现代中国的第一届梵文巴利文班,培养了国内第一批梵文和巴利文人才。

1985年,季羡林翻译的史诗《罗摩衍那》汉语全译本出版,2005年,我主持集体翻译的史诗《摩诃婆罗多》汉语全译本出版。这样,印度两大史诗的翻译在我们师生两代手中得以完成。然而,印度古典梵语文学宝库中的许多文学珍品还有待我们翻译介绍。鉴于这种考虑,我们决定与上海中西书局合作,编辑出版"梵语文学译丛",希望在中国文学翻译界营造的世界文学大花园中增加一座梵语文学园。

我们的目标是用十年时间,将印度文学史上具有重要地位的梵语文学名著尽可能多地翻译出来,以满足国内读者阅读和研究梵语文学的需要。尽管至今国内从事梵语文学翻译和研究的学者依然为数有限,但我们愿意尽绵薄之力,努力争取达到这个目标。

黄宝生

导　言

　　印度古代规模最大的一部故事总集是德富（Guṇāḍhya）的《伟大的故事》（Bṛhatkathā，或译《故事广记》）。这部故事集原作已经失传，现存三种梵语改写本，即安主（Kṣemendra，音译濒门陀罗）的《大故事花簇》（Bṛhatkathāmañjari）、月天（Somadeva，音译苏摩提婆）的《故事海》（Kathāsaritsāgara）和觉主（Buddhasvāmin，音译菩陀斯瓦明）的《大故事诗摄》（Bṛhatkathāślokasaṅgraha）。前两种出自克什米尔，后一种出自尼泊尔。

　　《大故事花簇》和《故事海》都在开头部分讲述了《伟大的故事》的创作缘起：大自在天湿婆应妻子波哩婆提的要求，为她讲述新奇的故事。湿婆的一个侍从布湿波丹多出于好奇，偷听了湿婆讲述的七位持明王的故事。而他又把偷听到的故事告诉了自己的妻子。为此，波哩婆提发出诅咒，罚他下凡人间。湿婆的另一位侍从摩利耶凡为布湿波丹多说情，也受到同样的处罚。后经他们恳求，波哩婆提说，布湿波丹多一旦遇见一位名叫迦那菩提、说毕舍遮语（"鬼语"，bhūtabhāṣā）的人，并把偷听到的故事复述给这人听，就能返回天国；而摩利耶凡听到迦那菩提向他复述这些故事，并使它们在大地上传播后，也能返回天国。

　　于是，布湿波丹多下凡人间，成为一位国王的大臣。后来，他在文底耶森林遇见迦那菩提，复述了这些故事，返回天国。同时，摩利耶凡下凡人间，名叫德富，成为国王娑多婆诃那的大臣。这位国王不懂梵语语法，向德富请教。德富答应在六年内教会他。而另一位大臣说只需要六个月。德富与他打赌，如果他能在六个月内教会国王梵语语法，自己就终生不说梵语、俗语和方言。结

1

果，另一位大臣获得成功。德富只得缄口不语，带着两个徒弟离开宫廷，出外漫游，来到文底耶森林。在森林中，他学会毕舍遮族"鬼语"，并遇见迦那菩提。迦那菩提用"鬼语"向他复述了七位持明王的故事。

此后，德富在七年内，用"鬼语"在贝叶上写下这些故事，总共七十万颂。为了使这些故事得以在大地上传播，他派遣他的两个徒弟将这部故事集献给国王娑多婆诃那。然而，国王瞧不起这部用"鬼语"写成的故事集，拒绝接受。德富感到绝望，点燃一堆火，面对鸟兽朗诵这些故事，念完一叶，烧掉一叶。这样，总共烧掉六十万颂。只是由于他的两个徒弟特别喜爱持明王那罗婆诃那达多的故事，才保留了最后十万颂。此时，国王娑多婆诃那闻讯赶来，接受了这部十万颂的《伟大的故事》，德富摆脱肉身，返回天国。

这里，《伟大的故事》的创作缘起显然已被神话化。这是这部故事集的作者或后来的改写者抬高故事集的文学地位的一种手段。而拨开神话的迷雾，我们至少可以窥见两个基本的历史事实：一、所谓"七十万颂"或"十万颂"表明印度古代故事文学无比丰富；二、所谓"鬼语"表明这些故事主要是民间创作，最初使用的是民间语言，后来才被改写成梵语。

《伟大的故事》的成书年代难以确定。但它至少早于6世纪，因为檀丁的《诗镜》、波那的《戒日王传》和《迦丹波利》都已提到这部故事集。檀丁在《诗镜》中说"用鬼语创作的《伟大的故事》内容奇异"。波那在《戒日王传》的序诗中称赞《伟大的故事》说：

> 《伟大的故事》点燃
> 爱情，取悦高利女神，
> 它如同湿婆的游戏，
> 有谁听了会不惊奇？

现存的三种梵语改写本都是晚出的，而且都是诗体。依据上述克什米尔本的创作缘起，似乎原作也是诗体。但檀丁的《诗镜》却把德富的《伟大的故事》归在散文体的故事和小说类别中。鉴于《诗镜》的写作年代早于《大故事花簇》和《故事海》,檀丁的这种说法值得重视,也就是说,《伟大的故事》的原作可能是散文体。

现存的三种梵语改写本也可以说是《伟大的故事》的缩写本,篇幅远远小于原作。觉主的《大故事诗摄》的写作年代最早,约在8—9世纪。这是一部残本,现剩四千五百多颂,分作二十八章。它的文体简朴生动,并较多地保留俗语形式。据此,一般认为它比较接近《伟大的故事》的原貌。安主的《大故事花簇》写于11世纪,共有七千五百颂,分作十八章。安主是克什米尔国王阿南多的宫廷诗人,一位多产作家,著有《婆罗多花簇》(*Bhāratamañjari*)、《罗摩衍那花簇》(*Rāmāyaṇamañjari*)和《十次下凡记》(*Daśāvatāracarita*)等。正如《婆罗多花簇》和《罗摩衍那花簇》是两大史诗的诗体提要,《大故事花簇》是《伟大的故事》的诗体提要,但由于故事内容被过分压缩,以致文体呆板枯燥,甚至常常出现晦涩难解之处,只有参照《故事海》和《大故事诗摄》才能读通。月天的《故事海》也写于11世纪,可能略晚于《大故事花簇》,共有两万一千多颂。月天也是克什米尔国王阿南多的宫廷诗人。传说这部作品是他为王后排忧遣愁而写的。《故事海》的篇幅是《大故事花簇》的三倍,容纳了更多的故事内容,而且叙事生动,故而成为《伟大的故事》的梵语改写本中流传最广的一种。

《故事海》全书分作十八卷、一百二十四章。月天在第一卷第一章中说:"本书从头至尾忠实原著,决不窜改;仅仅为了紧缩原著的庞大篇幅,才更动语言。我尽力做到用词恰当,句义连贯;对全诗各部分加以组合时,不损伤故事的情味。我的这种努力并非为了炫耀才智,博取名声,而是为了让这部丰富多彩的故事集易于记诵。"根据月天的这段自我表白,还不能断定他依据的原著就是德富的毕舍遮语本。在印度古代,许多著名的俗语如巴利语、摩诃剌侘语、耆那摩诃剌侘语、修罗塞纳语、摩揭陀语、半摩揭陀语和阿波布朗舍语等,都通过宗教文献或文学作品保存了下来,唯独毕舍遮语已经失传,而且失传的时间较早。因此,很有可能月天依据的"原著"是当时流行于克什米尔的某种梵语改写本,但规模肯定要比《故事海》"庞大"。安主的《大故事花簇》依据的原著可能与月天相同,而觉主的《大故事诗摄》依据的原著可能与月天和安主不同。但这三部梵语改写本的基本结构和内容是一致的。

《故事海》采用印度传统的框架式叙事结构，也就是故事中套故事的叙事方式。这里先简要介绍《故事海》十八卷的框架主干故事。

第一卷《故事缘起》(八章)已经在前文作了介绍。

第二卷《故事开端》(六章)讲述犊子国憍赏弥城优填王和阿槃底国优禅尼城仙赐公主的姻缘故事。最初，优禅尼国王施展"木象计"，俘获犊子国优填王，强迫他担任仙赐公主的琴师。优填王与仙赐公主倾心相爱。优填王的宰相负轭氏乔装成疯子，潜入优禅尼城。他疯疯癫癫，乐乐呵呵，引起那里市民和王妃们好奇，被仙赐召进后宫，供她逗笑取乐。然后，负轭氏按照预先安排的计划，里应外合，让优填王携带仙赐公主出逃，迫使优禅尼国王同意这桩婚事。

第三卷《罗婆那迦》(六章)讲述犊子国优填王与摩揭陀国莲花公主的姻缘故事。宰相负轭氏为了让犊子国与强大的摩揭陀国结盟，瞒着优填王，让众大臣陪同犊子王和王后仙赐前往邻近摩揭陀国的罗婆那迦地区狩猎。然后，负轭氏瞒着犊子王，放出仙赐王后死于火灾的谣言，自己乔装成老婆罗门，让仙赐乔装成他的女儿，前往摩揭陀国，委托莲花公主保护他的"女儿"。这样，促成摩揭陀国王同意将莲花公主嫁给优填王，犊子国与摩揭陀国联姻结盟。

第四卷《那罗婆诃那达多的诞生》(三章)讲述犊子王和仙赐王后为了求得儿子，实行斋戒，取悦大神湿婆。湿婆表示满意，在犊子王和仙赐的梦中显身，允诺赐予他俩一个儿子，并指出这个儿子是爱神的化身，会成为未来持明转轮王。于是，仙赐怀孕生下一个儿子，并按照儿子出生时空中传来的天国话音，为其取名那罗婆诃那达多。同时，犊子王的四位大臣分别生下儿子摩卢菩提、诃利希佉、多般多迦和戈目佉，自幼陪伴王子那罗婆诃那达多一起成长。

第五卷《四姐妹》(三章)讲述有一天，从空中降下一个持明王，名叫舍格提吠伽。他凭神通力得知那罗婆诃那达多将成为未来持明转轮王，便来看望。经犊子王询问，他讲述了自己怎样从一个凡人变成持明王，并娶持明四姐妹为妻的经历。

第六卷《摩陀那曼朱迦》(八章)。从这一卷开始，那罗婆诃那达多以第三人称方式讲述自己的生平经历。这一卷讲述咀叉始罗城国王羯陵伽达多的女儿羯陵伽赛娜，原本爱恋犊子王。而一位名叫摩陀那吠伽的持明王爱上了羯陵伽赛娜。他通过修炼苦行，获得湿婆恩惠，按照湿婆的指点，幻化成犊子王模样，与羯陵伽赛娜采用健达缚自由结婚方式结为夫妻，造成既定事实。同时，由于爱神被湿婆焚为灰烬，爱神的妻子罗蒂修炼苦行，抚慰湿婆。湿婆指示她以非子宫孕方式下凡降生人间，与有形体的丈夫（即爱神的化身那罗婆诃那达多）相会。这样，羯陵伽赛娜生下罗蒂化身的女儿，名叫摩陀那曼朱迦。后来，王子那罗婆诃那达多与摩陀那曼朱迦相爱。在犊子王与大臣们一起商量这桩婚事时，天国传来湿婆的话音："我用眼火烧毁爱神后，已经把他创造成那罗婆诃那达多。爱神的妻子罗蒂用苦行取悦我，我也把她创造成摩陀那曼朱迦。她将成为那罗婆诃那达多的大王后。"于是，犊子王为那罗婆诃那达多和摩陀那曼朱迦举行结婚仪式。

第七卷《宝光》（九章）讲述一次王子那罗婆诃那达多和大臣们在春天节日游园时，从空中降下一位少女。经询问，这位少女自我介绍是雪山金顶城持明王金光的女儿，名叫宝光。持明王金光和王后实施苦行，赞颂湿婆。湿婆在梦中指示说，他俩会获得一个美貌绝伦的女儿，成为未来持明转轮王那罗婆诃那达多的妻子。那罗婆诃那达多也对宝光一见钟情。随后，宝光的父母追随而来，将宝光和那罗婆诃那达多接回金顶城，为他俩举行结婚仪式。

第八卷《阳光》（七章）讲述王子那罗婆诃那达多有一次在父亲犊子王的会堂里，有个天神模样的人从空中降下。经询问，他自我介绍是雪山金刚顶城的持明王，名叫金刚光。他得知按照湿婆的指示，那罗婆诃那达多将成为未来持明转轮王，便前来向他表达敬意。他向那罗婆诃那达多和犊子王讲述从前有个名叫阳光的凡人怎样受到湿婆恩惠，成为南部地区的持明转轮王：阳光是摩德罗国王子，在阿修罗王摩耶的指导下，修炼苦行，学会种种幻术，成为持明。此后，阳光与持明王悉如多舍尔曼争夺持明转轮王王权。阳光一方得到阿修罗们支持，悉如多舍尔曼一方得到天神们支持，最后，经过双方军队激战，阳光一方取胜。而按照湿婆的指示，阳光和悉如多舍尔曼达成和解，阳光成为南部地区持明转轮王，而悉如多舍尔曼成为北部地区持明转轮王。这样，与以前的阳光相比，那罗婆诃那达多将成为南北两个地区的持明转轮王。

第九卷《阿兰迦罗婆蒂》(六章)讲述那罗婆诃那达多有一次在大臣戈目佉陪同下前往森林狩猎,遇见在林中湿婆神庙里弹奏琵琶的少女。然后,从空中降下一位持明女。她向那罗婆诃那达多介绍自己是雪山孙陀罗城持明王阿兰迦罗希罗的妻子,而这个弹奏琵琶的少女是她的女儿,名叫阿兰迦罗婆蒂。在这个女儿出生时,空中传来天国话音,指示说她会成为未来持明转轮王那罗婆诃那达多的妻子。这样,第二天,持明王夫妇为那罗婆诃那达多和阿兰迦罗婆蒂举行结婚仪式。

第十卷《舍格提耶娑》(十章)讲述那罗婆诃那达多有一次与大臣们一起游园,看见空中降下一位持明少女。经询问,少女自我介绍是雪山金角城持明王的女儿,名叫舍格提耶娑。她自幼用誓言和赞词取悦湿婆的妻子波哩婆提,获得恩惠。波哩婆提指示她会成为未来持明转轮王的妻子。她到达青春期后,这位女神又指示她去会见自己的丈夫那罗婆诃那达多。而她的父亲为她确定的结婚日子在一个月后。她这样向那罗婆诃那达多说明情况后,便升空离去。然而,那罗婆诃那达多渴望与舍格提耶娑成婚,魂不守舍,觉得一个月如同一千年。于是,戈目佉等大臣们天天轮番给他讲故事,消遣时间。这样过了一个月,那罗婆诃那达多如愿与舍格提耶娑成婚。

第十一卷《海岸女》(一章)。这是《故事海》中篇幅最短的一卷,讲述那罗婆诃那达多在花园里,毗舍佉城两个王子如吉罗提婆和波多迦来访。这两个异母兄弟争论各自的母象和骏马谁的速度更快,请那罗婆诃那达多做裁判。那罗婆诃那达多便前往毗舍佉城,在那里遇见如吉罗提婆的妹妹遮衍陀罗赛娜,对她一见钟情。母象和骏马比赛结束后,如吉罗提婆便把妹妹遮衍陀罗赛娜嫁给那罗婆诃那达多。在这中间,插入了"海岸女"的故事,讲述商人的女儿在航海途中遭遇沉船,被海浪抛到海岸上,后被一位牟尼收留,给她取名海岸女。最后,海岸女与自己的心上人重逢,结成姻缘。

第十二卷《设赏迦婆蒂》(三十六章)。这是《故事海》中篇幅最长的一卷,讲述一天夜里,那罗婆诃那达多梦见一个天女从空中降临,把他带走。他醒来后,发现自己躺在一座大山顶上的宝石石板上。这个天女向他介绍自己是摩罗耶山银顶山峰持明王伐摩达多的女儿,名叫罗利多劳遮娜。在她出生时,空中传来天国话音,指出她将成为未来持明转轮王那罗婆诃那达多的妻子。因此,现在她凭借自己的神通力将那罗婆诃那达多从空中带到摩罗耶山。于是,那罗婆诃那达多与她结婚,住在摩罗耶山。一次,罗利多劳遮娜去林中采花,进入树林深处。那罗婆诃那达多在等待她的时候,思念远离自己的妻子摩陀那曼朱迦,以至昏厥过去。一位前来沐浴的牟尼发现他,泼洒檀香水救醒他,把他带到自己的净修林。为了安慰他,这位牟尼向他讲述了一个长篇故事——从前阿逾陀城王子如何历经艰难曲折,最终与优禅尼城公主设赏迦婆蒂喜结姻缘的故事,借以说明那罗婆诃那达多也会与摩陀那曼朱迦团聚。那罗婆诃那达多受到鼓励,继续四处寻找罗利多劳遮娜。

　　第十三卷《摩蒂罗婆提》(一章)讲述那罗婆诃那达多在摩罗耶山林中游荡时,遇见两个婆罗门青年。经询问,这两个婆罗门青年讲述各自的婚姻经历——其中一个婆罗门青年与刹帝利少女摩蒂罗婆提相爱。而摩蒂罗婆提的父亲却将女儿许配给一个刹帝利青年。在摩蒂罗婆提的成婚之日,这个婆罗门青年准备在神庙前的榕树上吊自尽,而被另一个婆罗门青年救下。在后者的建议下,他俩藏在神庙里。摩蒂罗婆提在举行婚礼前,来到神庙敬拜爱神,祈求来世能与心上人结合,然后准备上吊自尽。这时,那个婆罗门青年上前救下她。另一个婆罗门青年鼓励他俩逃往他乡,自主结婚。而他本人穿上摩蒂罗婆提的婚装,假扮新娘,代她去完婚。当晚,他在等候婚礼仪式开始时,巧遇另一位刹帝利少女。他曾在一次疯象乱窜的危急时刻,救护过这位刹帝利少女。此后两人失散,互相思恋。而这位刹帝利少女恰好是摩蒂罗婆提的女友,这时前来与摩蒂罗婆提话别。他俩重逢,连夜出逃,自主结婚。那罗婆诃那达多听完他俩讲述婚姻经历时,他的大臣们经四处寻找,终于在这里找到他,于是,带着他和罗利多劳遮娜以及那两个婆罗门青年一起返回憍赏弥城。

　　第十四卷《五少女》(四章)讲述有一天,摩陀那曼朱迦在后宫失踪。那罗婆诃那达多痛苦不堪,与大臣们一起四处寻找。然后,他在花园里遇见一个持明少女。她幻化成摩陀那曼朱迦,先施计让那罗婆诃那达多与她再举行一次婚礼。这样,她便成为那罗婆诃那达多的妻子。然后,她恢复原貌,告诉那罗婆诃那达多自己是持明女吠伽婆蒂,摩陀那曼朱迦已被她的哥哥持明摩那萨吠伽劫往他的后宫。随即,她带着那罗婆诃那达多升空前往她哥哥的后宫。其间,经过一番周折,另一位名叫波罗跋婆蒂的持明女运用幻力,升空将那罗婆诃那达多带到摩陀那曼朱迦的身边。后来,持明摩那萨吠伽发现那罗婆诃那达多来到自己的后宫,想要杀死他。而那罗婆诃那达多受到天神保护,被安置在哩牟迦山上。波罗跋婆蒂也来到哩牟迦山,与那罗婆诃那达多相会。然后,他回到憍赏弥城。这时,持明女吠伽婆蒂也来到憍赏弥城,她与四位持明少女按照过去的誓约,一起嫁给那罗婆诃那达多。最后,那罗婆诃那达多依靠支持他的持明王们的军队战胜和杀死摩那萨吠伽以及支持他的持明王高利蒙吒,救出摩陀那曼朱迦。在支持那罗婆诃那达多的持明王中,包括听从湿婆吩咐,归顺那罗婆诃那达多的南部地区持明王阿密多伽提。

第十五卷《大灌顶》(二章)讲述那罗婆诃那达多在营地会堂里,从空中降下一位名叫甘露光的持明,请他去会见南方摩罗耶山上的大仙伐摩提婆。这位大仙告知那罗婆诃那达多,在他的净修林山洞里藏有持明王必备的法宝:象宝、剑宝、美女宝、月光宝和法术宝,加上那罗婆诃那达多先前已经获得的大湖宝和檀香树宝,共为七宝。那罗婆诃那达多掌握这七宝后,带领持明大军,顺利通过盖拉瑟山山洞隧道,到达北部地区,战胜统治北部地区的持明王曼陀罗提婆。这样,那罗婆诃那达多成为统治南北两个地区的持明转轮王。同时,他按照湿婆的指示,委托持明王阿密多伽提统治北部地区。最后,按照惯例,那罗婆诃那达多前往利舍跋山,持明们为他举行持明转轮王大灌顶仪式。

第十六卷《苏罗多曼朱莉》(三章)那罗婆诃那达多成为持明转轮王后,与妻子们和大臣们住在利舍跋山上,享受至高的幸福生活。而在憍赏弥城,犊子王通过从优禅尼城前来的使者得知仙赐王后的父母,即自己的岳父母已经去世。年迈的犊子王也感到自己的寿命即将结束,想到自己这一生已经获得王国,享受快乐,也目睹自己的儿子成为持明转轮王,于是决定抛弃这必死的身体。犊子王将王位交给仙赐的兄长高波罗迦,与仙赐王后和莲花王后以及负轭氏等大臣一起,前往迦兰遮罗山抛弃生命,升入天国。高波罗迦得知这个消息后,把憍赏弥城王位交给弟弟波罗迦,自己前往黑山迦叶波的净修林修炼苦行。然后,那罗婆诃那达多在利舍跋山得知这些消息,悲伤不已。他祭供父母后,前往黑山迦叶波净修林会见舅父高波罗迦,并住在那里度过雨季。其间,持明伊底耶迦劫掠波罗迦的儿子阿檗底伐尔达那的妻子苏罗多曼朱莉,被那罗婆诃那达多的军队统帅诃利希佉抓获。那罗婆诃那达多查明事情真相,让苏罗多曼朱莉与丈夫团圆。

　　第十七卷《波德摩婆蒂》(六章)讲述那罗婆诃那达多住在黑山迦叶波净修林时,一次,牟尼们询问他在与摩陀那曼朱迦分离期间,怎样排遣自己内心的痛苦。他告诉他们,大臣戈目佉为他讲故事,安慰和鼓励他。然后,他转述了戈目佉为他讲述的一个长篇故事——从前持明转轮王摩格达普罗盖杜怎样与波德摩婆蒂分离,最后又团聚的故事。

　　第十八卷《维舍摩希罗》(五章)讲述那罗婆诃那达多在黑山迦叶波净修林,又有一次,他向牟尼们讲述自己在与摩陀那曼朱迦分离期间,在森林中游荡时,遇见牟尼甘婆,甘婆把他带到净修林里,为了鼓励他,为他讲述月亮族英雄勇日王(又名维舍摩希罗)的长篇故事。就这样,那罗婆诃那达多在黑山迦叶波净修林度过雨季后,告别众牟尼和舅父高波罗迦,乘坐飞车,与妻子们和大臣们一起返回自己居住的利舍跋山,长久享有持明转轮王王权,过着幸福的生活。

　　就《故事海》的框架主体故事而言,属于神话传说。因此,为方便读者阅读,这里也简要介绍这部故事集中的宗教和神话背景。印度古代婆罗门教有三大主神:梵天、毗湿奴和湿婆。婆罗门教认为世界处于从创造到毁灭的周而复始的循环中。通常的看法是梵天主管创造世界,毗湿奴主管保护世界,湿婆主管毁灭世界。然而,随着婆罗门教的发展,渐渐分出毗湿奴教派和湿婆教派,分别把创造、保护和毁灭集中在各自的主神毗湿奴和湿婆身上。这部故事集的作者显然属于湿婆教派,将湿婆视为集创造、保护和毁灭三位一体的主神,地位居于梵天和毗湿奴之上。在全书十八卷的每卷开头都有赞美湿婆或者湿婆的妻子和儿子的颂词。

　　湿婆(śiva)的形象是具有三只眼睛,额头上的第三只眼睛能喷射火焰。他手持三叉戟,身上涂有白灰,围绕有蛇,束有黄色发髻,以月牙为顶饰,头顶上还有自天国降下的恒河。林伽（liṅga，即男根）是湿婆创造力的象征物，因此，敬拜湿婆，除了敬拜他的神像，也常常敬拜林伽柱。湿婆的妻子名叫波哩婆提（pārvatī），原是雪山的女儿。她又被称为乌玛（umā）、高利（gaurī）、难近母（durgā）、钱迪（caṇḍī）、安必迦（ambikā）和遮蒙妲（cāmuṇḍā）等。湿婆有两个儿子，一个名叫室建陀（skanda），又称六面神，是天国天兵统帅；另一个儿子名叫群主（gaṇeśa），又称象头神（象头人身），是消除障碍之神。湿婆的侍从统称迦那（gaṇa）。

毗湿奴（viṣṇu）的形象是具有四臂，持有莲花、铁杵、螺号和飞盘，以金翅鸟（garuḍa）为坐骑，也以神蛇湿舍（śeṣa）为卧床。他的妻子是吉祥女神（śrī），象征财富和王权。毗湿奴作为保护之神，曾经多次化身下凡拯救世界，这部故事集中提到他曾经化身为侏儒、野猪、人狮和罗摩等。

梵天（brahman）作为创造之神，又称老祖宗（pitāmaha）、生主（prajāpati）和创造主（vidhātṛ）。他的妻子是娑罗私婆蒂（sarasvatī），又称语言女神或辩才女神。梵天创造世界万物，因此天神和阿修罗都由他创造。

天王因陀罗（indra）是众天神之主。他手持金刚杵（vajra，又称雷杵），坐骑是爱罗婆多象（airāvata）和高嘶马（uccaiḥśaravas）。他的妻子是舍姬（śacī）。

火神（agni）是祭火的神格化。大地上的凡人举行祭祀求取天神恩惠。众天神通过凡人投入祭火中的祭品，接受供养。

阎摩（yama）是死神，负责审查死者的善恶记录，判定升入天国或堕入地狱。

爱神（kāma）以花箭为武器，激发天神和凡人的爱情。他有两个妻子：罗蒂（rati，词义为欢爱）和波利蒂（prīti，词义为喜悦）。这部故事集中的主人公持明转轮王那罗婆诃那达多是爱神的化身（avatāra），或称分身（aṃśāvatāra）。那罗婆诃那达多的妻子摩陀那曼朱迦是罗蒂的化身。

财神（kubera，音译俱比罗），他的侍从统称药叉（yakṣa）。药叉有时也成为树神。

女神除了上述吉祥女神、辩才女神和波哩婆提外，还有大地女神（pṛthvī 或 kṣiti）和恒河女神（gaṅgā）等。

天国有众多天女（apsaras），这部故事集中提到的著名天女有优哩婆湿

（urvaśī）、狄罗德玛（tilottamā）和兰跋（rambhā）等。

天国世界还有各种半神或小神。除了上述财神的侍从药叉外，还有天国乐伎健达缚（gandharva）和天国歌手紧那罗（kinnara）。持明（vidyādhara），凡人在前生实施苦行，抚慰和取悦湿婆，受到湿婆恩惠，而成为持明乃至持明转轮王。持明的原词是 vidyādhara，词义为具有知识。而这里的知识（vidyā）一词，也具有幻术、幻力或咒语的意思。因此，持明具有幻力，能在空中飞行，随意变形，知晓凡人的秘密，也能让死者起死回生。

阿修罗（asura）是天神的敌人，具有幻力，能在空中飞行、潜入海底和进入地下世界。他们也威力巨大，拥有大量财富。阿修罗一般无法杀死天神，但也有一些阿修罗的威力胜过天神，能打败天神。阿修罗也称为提迭（daitya）或檀那婆（dānava）。在这部故事集中，阿修罗、提迭和檀那婆几乎是同义词。

除了阿修罗外，另一类恶魔是罗刹（rākṣasa 或 rakṣas），身躯庞大，黑似乌云，头发竖立，长有獠牙。罗刹和罗刹女都具有幻力，能飞行于空中，随意变形，专门侵害和吞噬凡人。另有一类梵罗刹（brahmarākṣasa），是前生作恶后变成的罗刹。还有属于魔鬼类的毕舍遮鬼（piśāca）和僵尸鬼（vetāla），也都具有幻力。罗刹和这些魔鬼经常在夜间出没于坟场，捕捉和吞噬凡人。

这部故事集中体现的宗教主要是婆罗门教、怛特罗教和佛教。其中，怛特罗教重视咒语、巫术仪式和神通力，一般与湿婆教相关联，通常属于湿婆教中的骷髅教派（kāpālika）。这个教派的教徒佩戴骷髅项链，手持顶端装有骷髅的骷髅棒。骷髅教派尤其崇拜难近母（或称高利女神）。按照这部故事集中的描述，这个教派推崇难近母为三界支撑者。难近母具有十八条手臂，手持各种武器，佩戴骷髅项链，威力强大，曾经杀死许多著名的阿修罗、提迭和檀那婆。骷髅教派信徒通过实施苦行，赞颂和抚慰她，甚至决心以自己的身体祭供她，便能获得她的恩惠。

怛特罗教崇拜难近母，经常以活人作为祭品祭供难近母。在这部故事集中，野蛮部族如毗罗族（bhilla）、沙钵罗族（śabara）、布邻陀族（pulinda）和蔑戾车族（mleccha），都崇拜难近母，采用人祭的方式求取难近母赐予恩惠。而这些野蛮部族都是战死的阿修罗下凡转生的。

骷髅教徒也通过祭供僵尸鬼求取恩惠,获得神通力,甚至成为持明王。僵尸鬼经常依附在死尸身上。骷髅教徒祭供僵尸鬼的方式通常是先划定一个巫术圈(maṇḍala,音译曼陀罗),然后骗取一位勇士协助自己背来一具附有僵尸鬼的死尸,放在巫术圈内,同时杀死这个勇士,祭供僵尸鬼,如此便能获得持明的神通力。

怛特罗教除了崇拜湿婆和难近母,也崇拜毕舍遮鬼、药叉和梵罗刹,只要掌握相关的咒语,就能召唤他们,获得财富或实现其他愿望。此外,具有巫术幻力的还有女瑜伽行者、药叉女和持明女等。

如上所述,《故事海》的故事框架主要是以优填王的儿子那罗婆诃那达多的故事为主干——从他诞生开始,以后一次又一次娶妻,直至最后成为持明转轮王。持明王们追求的目标是持明转轮王王权和美女,可以说是印度古代帝王生活的神话化。

《故事海》围绕这个主干故事,插入大大小小的故事,总共约有三百五十多个。故事种类很多,有神话、传说、寓言、幻想故事、历险故事、爱情故事、妇女故事、智慧故事、傻瓜故事、骗子故事、动物故事和宫廷故事等。像《五卷书》和《僵尸鬼故事二十五则》这样著名的印度古代故事集也被收入其中,因此,《故事海》堪称是"印度古代故事大全"。《故事海》这个书名的原词是 kathāsaritsāgara,是由 kathā(故事)、sarit(河)和 sāgara(海)组成的复合词,全译是《故事河海》,意思是"故事河流汇成的大海"。而且,《故事海》一百二十四章的"章"的用词是 taraṅga,词义为波浪。因此,《故事海》这个书名显然是名副其实的。正是这些插入框架主体故事中的众多故事构成了这部故事集的主要价值。

《五卷书》(Pañcatantra)故事见于《故事海》第十卷。这部寓言故事集的成书年代难以确定,但至少早于 6 世纪。因为在 6 世纪,波斯一位名叫白尔才的医生,奉国王艾努·施尔旺(531—579 在位)之命,将《五卷书》译成巴列维语(中古波斯语)。这个巴列维语译本早已失传,而依据这个译本转译的 6 世纪下半叶的古叙利亚语译本(残本)和 8 世纪中叶的阿拉伯语译本得以保留。这三个译本的书名都是《卡里来和笛木乃》①。卡里来（kalila）和笛木乃（dimma）是《五卷书》第一卷中两个豺狼主人公名字迦罗吒迦（karaṭaka）和达摩那迦（dhamanaka）大致对应的音译。后来，《五卷书》通过8世纪中叶的这个阿拉伯语译本辗转译成世界上许多语言。

现在印度通行的《五卷书》是12世纪的版本。季羡林先生的《五卷书》译本就是依据1199年耆那教徒补哩那婆多罗的编订本（又称"修饰本"）②。我们可以将这个编订本与《卡里来和笛木乃》和《故事海》中的《五卷书》故事做一个简略的比较：补哩那婆多罗的《五卷书》（以下简称"修饰本"）第一卷的主干故事与《卡里来和笛木乃》（以下简称"阿拉伯本"）中的"狮子和黄牛"故事和《故事海》第十卷（以下简称"故事海本"）第四章中的故事相同，而围绕主干故事插入的故事，修饰本有三十个，阿拉伯本有十四个，故事海本有十三个。修饰本第二卷的主干故事与阿拉伯本中的"鸽子"故事和故事海本第五章中的故事相同，而插入的故事，修饰本有九个，阿拉伯本和故事海本都是四个。修饰本第三卷的主干故事与阿拉伯本中的"猫头鹰和乌鸦"故事和故事海本第六章中的故事相同，而插入的故事，修饰本有十七个，阿拉伯本有九个，故事海本有十个。修饰本第四卷的主干故事与阿拉伯本中的"猴子和乌龟"故事和故事海本第七章中的故事相同，而插入的故事，修饰本有十一个，阿拉伯本和故事海本都只有一个。修饰本第五卷的主干故事与阿拉伯本中的"教士和猫鼬"故事和故事海本第八章中的故事相同，而插入的故事，修饰本有十一个，阿拉伯本只有一个，故事海本没有。因此，从主干故事和插入故事的情况看，阿拉伯本与故事海本接近，很可能属于时间相近的早期《五卷书》传本，而修饰本属于最后定型的晚期《五卷书》传本。

在《卡里来和笛木乃》中，除了以上五个系列故事外，其他一些独立成章的故事也能从修饰本《五卷书》或《故事海》中找到出处。例如，"巡礼者和金匠"的故事见于《五卷书》第一卷第九个故事和《故事海》第十卷第九章。"老

---

① 《卡里来和笛木乃》，［阿拉伯］伊本·穆加发著，林兴华译，人民文学出版社，1959年。
② 《五卷书》，季羡林译，人民文学出版社，1959年。

鼠和猫"的故事见于《故事海》第六卷第七章。即使有的故事不见于《五卷书》和《故事海》,一般也能找到它们的印度源头。例如,"白尔才外传"中的人生譬喻故事也见于史诗《摩诃婆罗多》。"白拉士、伊拉士和玉兰王后"的故事亦见于汉译佛典《杂宝藏经》卷第九"迦栴延为恶生王解八梦缘",其中插入的故事"猴子和豌豆"和"一对鸽子"也见于《百喻经》。

同时,需要特别指出的是《故事海》中的《五卷书》故事有个明显的特点:它们作为五组智慧故事,有一系列傻瓜故事相陪衬。其中先后讲述了五十多个傻瓜故事。而将它们与汉译佛经《百喻经》对照,则发现其中的大多数故事都可见于《百喻经》。例如,有个农民吃了炒芝麻,觉得味道香甜。于是,他把许多炒芝麻种在田里,希望长出炒芝麻,结果颗粒无收。(第十卷第五章)有个国王希望女儿迅速长大成人,便吩咐医生配制快速成长的药。于是,医生们哄骗他说,这种药产于十分遥远的国度,需要派人去取,同时在取药期间,必须由他们将公主隔离起来。这样,过了若干年,等公主长大成人,医生们便把她交给国王,说是已经吃了他们的药。(第十卷第五章)有个商人吩咐仆人照看货箱,别让它们遭雨淋。后来,天下雨了,这个仆人便取出货箱里的衣服,包裹货箱,不让它们遭雨淋。(第十卷第六章)有个旅行者一次买了八块糕饼,吃了七块后,觉得肚子饱了,于是他后悔没有先吃这第七块,以致白白浪费了前六块。(第十卷第六章)有个商人吩咐仆人说:"我回家去一下,你看好店门。"商人走后,这个仆人扛着店门去看演员表演。他回来后,遭到商人责骂,而他回嘴说:"你不是叫我看好店门吗?"(第十卷第六章)

诸如此类的故事都见于《百喻经》,只是《百喻经》将这些傻瓜故事用作譬喻,宣传佛教教义。据汉译《百喻经》末尾题署"尊者僧伽斯那造作《痴华鬘竟》",可知此经原名《痴华鬘》。唐慧琳《一切经音义》引《玄应音义》曰:"梵云摩罗,此译云鬘。"此处"摩罗"即梵语 mālā 的音译,词义为花环。用作书名,取其编集之意。梵语用作指愚蠢或傻瓜的词多为 mugdha。《故事海》中"傻瓜故事"这个词组的梵语也是 mugdhakathā。这样,《痴华鬘》可以还原成梵语 mugdhamālā,也就是《傻瓜故事集》。因此,《故事海》中不仅汇入了《五卷书》,也汇入了一部分现已失传的另一部印度故事集《痴华鬘》。

《故事海》中收入的《僵尸鬼故事二十五则》(*Vetālapañcaviṃśatikā*, 简称《僵尸鬼故事》)也是印度古代的一部著名故事集。它也作为一部独立的故事集,流传很广。除了《故事海》和《大故事花簇》中的两个诗体传本外,还有两种分别由湿婆陀娑(Śivadāsa)和婆罗帕陀娑(Vallabhadāsa)编订的韵散杂糅的传本,以及由占帕罗达多(Jambaladatta)编订的散文体传本。后三种传本的成书年代不详,但全都晚于前两种传本。

这部故事集本身也采用框架式叙事结构,讲述有个修道人每天送给国王三勇军一枚果子,由侍从储入库房。后来,国王发现这些果子中含有宝石。于是,他询问修道人送礼的原因。修道人说自己正在修炼法术,需要一位英雄协助,因此希望国王助自己一臂之力。国王慨然应允,并按照修道人的要求,在一个夜晚来到火葬场。修道人说修炼仪式需要一具死尸,吩咐国王去把远处河边一棵树上挂着的一具死尸搬来。而当国王背尸返回时,附在死尸身上的鬼魂开始对他讲故事,并且一讲完故事,就根据故事内容向国王提出一个问题。僵尸鬼事先说了,如果国王能够解答而不解答,他的脑袋就会迸裂。可是,国王一开口回答问题,就打破了搬运死尸时必须保持沉默的规矩,死尸便返回树上。这样,一连返回二十四次,僵尸鬼讲了二十四则故事。对于前二十三则故事末尾提出的问题,国王都作了解答。

例如,第二则故事讲述三个婆罗门青年同时求娶一个美貌绝伦的婆罗门少女。不幸的是,这个少女突然染上热病而夭亡。火化之后,第一个青年以少女的骨灰为床铺,乞食为生;第二个青年携带遗骨,送往恒河;第三个青年成为游方僧。后来,这个游方僧在游荡途中获得一种起死回生的咒语。他回来后,与那两个青年会面。他取了一些尘土,念过咒语后,撒入骨灰,少女立即复活,而且容貌比以前更加光彩照人。僵尸鬼询问国王,这个少女应该成为哪一个青年的妻子?国王回答道,她应该成为第一个青年的妻子。因为第三个青年救活少女,他的行为如同父亲。第二个青年将少女的遗骨送往恒河,他的行为如同儿子。而第一个青年一直躺在少女的骨灰上,拥抱她,他的行为如同丈夫。

又如,第十六则故事是戒日王的戏剧《龙喜记》的故事原型,讲述持明族云乘太子是菩萨转生,与悉陀族公主摩罗耶婆提相爱结婚。婚后一天,云乘太子在摩罗耶山上游玩,发现那里有成堆的蛇骨,并得知蛇王害怕金翅鸟王毁灭蛇族,答应每天送一条蛇给金翅鸟吃,因此蛇骨累积如山。这天,轮到名为螺髻的蛇献身,螺髻的母亲悲痛欲绝。于是,云乘太子决定代替螺髻献身金翅鸟王。这样,云乘太子被金翅鸟王啄得遍体鳞伤。这时,螺髻赶来救云乘太子,向金翅鸟王说明自己才是供它吃的蛇。随即,在摩罗耶婆提的哀号下,女神难近母为云乘太子洒下甘露,救活云乘太子。僵尸鬼询问国王三勇军,云乘和螺髻两人谁更勇敢?国王回答说,云乘本是菩萨,对他来说,在无数次转生中,都取得这样的成就,不算奇迹。而值得赞扬的是螺髻,因为他本来已经死里逃生,还要追去救云乘太子,将自己的身体送给仇敌金翅鸟王。

对于僵尸鬼在第二十四则故事末尾提出的问题,即一对母女和另一对父子,母亲与对方儿子结婚,父亲与对方女儿结婚,分别生下的两个儿子是什么亲属关系的问题,国王回答不了,便保持缄默,背着死尸赶路。这时,僵尸鬼觉得这位国王是正义的化身,不能害他。于是,僵尸鬼向国王指出那个修道人不怀好意,企图将国王作为活祭献给自己,以求取法力。最后,国王背着死尸来到修道人的祭坛,并按照僵尸鬼教给他的计策,反将修道人作为活祭献给僵尸鬼,赢得超人的法力。

在《僵尸鬼故事》中,每个故事末尾都会提出一个引人思考的问题。这种手法出自对故事传播过程中听众反应的重视,形成这部故事集的主要特色。对于同一个故事,听众的理解和反应会有差异。在这部故事集中,国王可以说是听众的象征。对于有些故事末尾提出的问题,各种传本的解答存在程度不同的差异。而这位故事主人公的角色身份毕竟是帝王,他对故事的理解和对问题的解答,更多的是站在维护封建伦理的立场。例如,第三则故事讲述夏利迦鸟和鹦鹉争论男性坏还是女性坏,夏利迦鸟举了一个丈夫谋杀妻子的事例,鹦鹉举了一个妻子陷害丈夫的事例。这个故事本身说明不能以性别判断善恶是非。而国王却解答说,女性天生是邪恶的,男性作恶是个别现象。国王的这类解答,对这部故事集中的某些故事不啻画蛇添足。

这部《僵尸鬼故事》流传很广,在中国古代有藏语、蒙语和满语译本。自然,这些故事在流传过程中,会出现不同程度的变异。

　　《故事海》中也收有一些佛教故事。上面提到《僵尸鬼故事》第十六则故事的主人公云乘太子就是菩萨转生。这个故事也见于《故事海》第四卷第二章。《故事海》中其他菩萨转生的故事还有第七卷第七章中的龙树故事、第十卷第九章中的商人儿子故事和高尚的人故事、第十二卷第五章中的野猪故事和鹦鹉王故事、第十六卷中的王子达拉伐罗迦故事等。所谓菩萨（bodhisattva）故事，大多是佛本生故事。佛陀释迦牟尼在成佛前作为菩萨，在无数次转生中，行善积德，最后成佛。在第十二卷第五章中，有位名叫维尼多摩提的国王实施菩萨行，慷慨施舍自己所有的财富、宝物乃至王权，进入园林修炼苦行，为他人宣讲波罗蜜（pāramitā）要义。按照大乘佛教，佛教徒发菩提心，通过修行波罗蜜，成就佛性，达到涅槃。波罗蜜主要有六种：布施、持戒、忍辱、精进、禅定和智慧。这位国王逐一讲解，并用故事予以说明。

　　印度古代故事可以分成寓言故事和世俗故事两大类。早期的佛教巴利语《本生经》（Jātaka）和梵语《五卷书》都是以寓言故事为主，前者借以宣传佛教教义，后者借以宣传婆罗门教的政治观和伦理观。随着商业发展，城市经济繁荣，世俗故事日益发达，产生了《僵尸鬼故事》、《宝座故事三十二则》（Siṃhāsanadvātriṃśatikā，简称《宝座故事》）和《鹦鹉故事七十则》（Śukasaptati，简称《鹦鹉故事》）等以世俗故事为主的故事集。同样，在《故事海》众多的故事中，最能反映其特色的是以城市生活为背景的世俗故事。

　　这些世俗故事大多反映商人和市民意识。商人在城市生活中占有重要地位，他们从事海上和陆上贸易，追逐财富，善于应付意外事故。手工业者富有创造才能。《故事海》第七卷第九章中有一个描写一对木匠兄弟的故事。木匠哥哥为了供养自己钟爱的情人，耗尽家产。于是，他制作了一对机关木鸟，每天夜里用线牵引着放入宫殿窃取国王的财宝。后被国王发现，他便乘坐自己制作的飞车逃往国外。这架飞车，一按机关就能飞行八百由旬。木匠弟弟为免遭牵连，乘坐另一架飞车，逃到一座海边城市。这是一座废城，空无一人。他就用木材制作了许多机关马、机关象、机关侍从和机关女人，享受着国王的荣华富贵。这个故事充满幻想色彩，但它的幻想力主要不是来自传统的宗教神话，而是来自现实的手工技艺。

在一些描写无赖和骗子的故事中,作者常常是欣赏他们的机智,而嘲笑受骗者的愚呆。例如,第十卷第十章中有个故事,讲述一个骗子乔装成富商,用金钱贿赂国王,获得每天与国王私下谈话的机会,从而在大臣们中造成他是国王心腹的假象。然后,他经常诓骗那些大臣,以在国王面前为他们美言为借口,收受他们的贿赂。最后,他积聚了巨额财富,献给国王,并向国王透露了自己施展的计谋。国王出于无奈,收下一半财富,并封他为宰相。又如,第五卷第一章中有个故事,讲述两个骗子湿婆和摩陀婆(具有讽刺意味的是,这是两位大神的名字)分别乔装成苦行者和王子,利用王室祭司的贪婪和昏聩,用伪造的珠宝骗取了他的财富和女儿。

《故事海》中有许多关于妇女的故事,它们大多描写妇女的邪恶和不贞。第七卷第二章中有个故事,叙述国王有一匹神赐的飞象,一次被金翅鸟啄伤,卧地不起。空中传来天国话音指示,只要让一个贞洁的妇女用手摸一下飞象,飞象就能痊愈。然而,以王后为首的八万名王妃以及全城的妇女用手摸了飞象后,无一奏效。碰巧,外地来了一位商人,他有一位忠于丈夫的女仆。她的手一摸飞象,飞象就站了起来。于是,国王决定娶这位女仆的妹妹为妻。他把这个女子安置在海岛的宫殿里,由侍女守护。他经常乘坐飞象,白天飞往首都,晚上返回海岛。结果,这个女子仍然在一个白天与一个航海遇难脱险而登上海岛的青年发生了奸情。

歧视和污蔑妇女是印度古代故事文学中的普遍现象,《故事海》也不例外。但《故事海》中也收有不少歌颂妇女忠贞不渝和机智勇敢的故事。例如,第二卷第五章中有个故事,讲述商人古诃犀那外出经商,他的妻子提婆斯蜜多恋恋不舍。天神在梦中赐给他俩每人一朵红莲花,说是如果一方不忠贞,对方手中的红莲花就会枯萎。古诃犀那在迦吒诃国经商时,有四个青年商人灌醉他,套出了红莲花的秘密。于是,这四个青年赶到古诃犀那的家乡,企图勾引提婆斯蜜多。一个尼姑为他们牵线,百般煽惑提婆斯蜜多。但提婆斯蜜多胸有成竹,她在四个夜晚,让侍女用掺了蒙汗药的酒依次灌倒这四个青年,并在他们的额上烙上铁爪印,把他们扔进臭水沟。这四个青年蒙羞逃回迦吒诃国。提婆斯蜜多担心自己的丈夫可能会遭到他们报复。她毅然乔装成商人前往迦吒诃国,当着国王的面,凭那四个青年商人额上的铁爪印,声称他们是她的四个逃奴。最后,其他商人为这四个青年商人付了赎金。提婆斯蜜多收下赎金,与丈夫一起返回家乡。又如,第一卷第四章有个故事,描写乌波高莎在丈夫外出期间,以巧妙而严厉的方法,惩治了向她强行求欢的四个好色之徒——王子的待臣、国王的祭司、大法官和富商。

　　印度是个宗教发达的国家。印度古代文学作品几乎都带有宗教烙印。因此,《故事海》虽然以世俗故事为主,但其中许多故事的传奇性,在相当程度上还是依赖印度教和佛教的一些传统的宗教神话观念,诸如神、半神、阿修罗、魔鬼、仙人、咒语、巫术、神通、业报、转生、下凡、变形、梦幻和征兆等。这些神奇的或神秘的宗教色彩,与许多故事本身蕴含的趣味性和幽默感,形成了《故事海》经久不衰的艺术魅力。

　　《故事海》(或确切地说《伟大的故事》)中汇聚的许多故事在古代印度长期流传,家喻户晓。它们也是古典梵语文学作家重要的创作取材源泉。例如,跋娑的戏剧《负轭氏的誓言》和《惊梦记》描写优填王与仙赐和莲花公主的两次婚姻故事(见《故事海》第二卷和第三卷),迦梨陀娑的戏剧《优哩婆湿》描写天女优哩婆湿和国王补卢罗婆娑的爱情故事(见《故事海》第三卷),戒日王的戏剧《龙喜记》描写云乘太子舍身求法的故事(见《故事海》第四卷和第十二卷),薄婆菩提的戏剧《茉莉和青春》描写两对男女青年追求婚姻自由的故事(见《故事海》第六卷和第十三卷),波那的长篇传奇小说《迦丹波利》描写两对恋人生死相爱的故事(见《故事海》第十卷)。同时,在世界比较文学领域中,它也是故事文学影响研究和平行研究取材的重要宝库。

　　《故事海》适应通俗故事的需要,语言朴素,避免使用冗长的复合词和复杂的语法结构,但也不乏优美的文学描写。它既是现存规模最大的梵语故事总集,也是印度古代故事艺术成就的总结。在今天,它不仅仍然保留着文学欣赏价值,而且对于研究印度古代社会、政治、经济、宗教、文化、艺术和民俗等,具有文献价值。

　　《故事海》早在19世纪就由英国梵语学者托尼(C. H. Tawney)译成英语,英译本出版于1880—1884年,分为上下两册。后来,彭泽(N. M. Penzer)为托尼的《故事海》英译本作注,注释本出版于1924—1928年,分为十册。这部注释本,不仅添加许多注释,而且每册中都有他撰写的若干附录。这些注释和附录提供印度古代宗教文化背景知识,且尤其重视《故事海》中的故事与欧洲和亚非各国民间故事母题的比较和贯通。同时,他也邀请一些著名学者为每册撰写序言,记录他们对《故事海》的研读心得。因此,这部注释本值得国内从事故事文学比较研究者参考。

早在1992年,我与郭良鋆和蒋忠新就遵照我们的业师季羡林先生的提议,合译《故事海选》,完稿后,于2001年由人民文学出版社出版。这部《故事海选》的翻译分工如下:我译第一卷、第二卷和第十卷,郭良鋆译第三卷、第四卷和第六卷,蒋忠新译第十卷中的《僵尸鬼故事》。鉴于《故事海》在印度文学史上的重要地位,这次我将原先未译的部分全部译出,为国内读者提供《故事海》的汉文全译本。同时,在工作过程中,我也对原先《故事海选》的译文做了一些文字修订,并注意与这次补译的译文保持译名统一。

本书翻译依据的梵语原本是夏斯特里(J. L. Śāstrī)编订本(*Kathāsaritsāgara*,Motilal Banarsidass,Delhi)。

黄宝生

CONTENTS | 目录

第一卷　故事缘起

第一章

　　愿湿婆的青颈①赐给你们吉祥！爱神仿佛用倚在他怀里的波哩婆提②的秋波将这青颈缠绕。

　　愿克服障碍者群主③保护你们！在黄昏的欢舞中，他的长鼻卷扫群星，从他的喘息中喷出的雾珠仿佛构成另一群星星。

　　语言女神④是照亮一切句义之灯。我向她行礼致敬后，编写《伟大的故事》的精华。

　　本书第一卷是"故事缘起"，然后是"故事开端"，第三卷名为"罗婆那迦"，接着是"那罗婆诃那达多的诞生""四姐妹"和"摩陀那曼朱迦"，第七卷名为"宝光"，第八卷名为"阳光"，然后是"阿兰迦罗婆蒂"和"舍格提耶娑"，第十一卷名为"海岸女"，然后是"设赏迦婆蒂""摩蒂罗婆提""五少女""大灌顶""苏罗多曼朱莉"和"波德摩婆蒂"，最后第十八卷名为"维舍摩希罗"。

　　本书从头至尾忠实原著，决不窜改；仅仅为了紧缩原著的庞大篇幅，才更动语言。我尽力做到用词恰当，句义连贯；对全诗各部分加以组合时，不损伤

---

① 湿婆大神的颈脖呈青色。按印度神话传说，天神和阿修罗搅乳海时，搅出一种能毁灭世界的毒药。湿婆为拯救世界，吞下毒药，毒药经过喉咙时，将他的颈脖烧成青色。
② 波哩婆提（pārvatī）原是雪山的女儿，后来成为湿婆大神的妻子。
③ 群主（gaṇeśa）是湿婆大神的儿子，象头人身，故而又称象头神。"克服障碍者"是他的称号。
④ 语言女神（vāc）即梵天的妻子娑罗私婆蒂（sarasvatī），又称辩才女神。

1

故事的情味。我的这种努力并非为了炫耀才智,博取名声,而是为了让这部丰富多彩的故事集易于记诵。

雪山闻名天下,居住着紧那罗、健达缚和持明①。它是众山之中的转轮王②。它在众山之中享有如此崇高的地位,以致三界之母跋婆尼③成为它的女儿。雪山占地数千由旬④,它的北部山顶名为盖拉瑟。它仿佛凭着自己的光辉,嘲笑道:"曼陀罗那山⑤在搅乳海时也没有变得像石膏那样洁白,而我毫不费力就做到了。"这里居住着大神湿婆和他的伴侣波哩婆提。湿婆是一切生物和无生物的导师,由迦那⑥、持明和悉陀⑦侍奉。在他的高耸的金黄发髻上,新月享受到接触黄昏时分金色的东山山顶的快乐。他的三叉戟命中阿修罗王安达迦⑧一人的心脏,便神奇地拔除了扎在三界心脏的梭镖。他的脚趾甲尖映在天神和阿修罗的顶饰宝石上,仿佛恩赐给他们半个月亮。

有一次,这位大神与妻子波哩婆提同房。波哩婆提和丈夫亲密无间,用赞美的话语取悦丈夫。这位以月亮为顶饰的大神听到妻子赞美他的话语,心中高兴,把她抱在怀里,说道:"我能给你什么恩惠?"雪山女儿说道:"夫主啊,如果你高兴,今天就给我讲个好听的新故事吧!"湿婆对她说道:"亲爱的,这个世界的过去、现在和未来,有哪件事情你不知道?"然而,大神的妻子坚持自己的要求,因为娇惯的女人总是渴望丈夫的宠爱。于是,湿婆想要讨好她,给她讲了一个关于她的神性的短故事:

从前,梵天和那罗延⑨为了寻找我,周游大地,来到雪山脚下。他俩看到一

---

① 紧那罗、健达缚和持明都属于半神类。紧那罗(kinnara)善于歌唱。健达缚(gandharva)是天国乐伎。持明(vidyādhara)具有神通力。
② 转轮王(cakravartin)是统一天下的帝王。
③ 跋婆尼(bhavānī)即波哩婆提。
④ 由旬(yojana)是印度古代长度单位,一由旬大约十四五公里。
⑤ 天神和阿修罗搅乳海时,用曼陀罗山作搅棒。
⑥ 迦那(gaṇa)是湿婆的侍从的总称。
⑦ 悉陀(siddha)属于半神类,具有神通力。
⑧ 安达迦(andhaka)是一个长有千头千臂的魔王。
⑨ 梵天、毗湿奴和湿婆是印度教三大主神。梵天(brahman)是创造之神,毗湿奴(viṣṇu)是保护之神,湿婆(śiva)是毁灭之神。那罗延(nārāyaṇa)是毗湿奴的称号。

个巨大的火焰林伽①耸现在面前。他俩一个朝上,另一个向下,寻找它的尽头。他俩找不到尽头,便修炼苦行取悦我。于是,我向他俩显身,告诉他俩可以向我请求恩惠。听了这话,梵天便说道:"请你做我的儿子吧!"由于他极端狂妄自大,不配受到尊敬,只配受到谴责。接着,那罗延向我请求恩惠:"尊者啊,让我成为你的又一个仆人。"于是,他变成我的躯体,以你为灵魂。我是具有神力的神,而那罗延与你同一,是我的神力。并且,你是我从前的妻子。

　　湿婆讲到这里,波哩婆提问道:"我怎么会是你从前的妻子?"湿婆回答道:

　　从前,陀刹生主②生了你和其他许多女儿,女神啊!他把你嫁给我,把其他女儿嫁给正法神③等天神。有一次,他邀请所有女婿参加祭祀,唯独不邀请我。你便问他:"父亲,你为什么不邀请我的丈夫?"他回答说:"你的丈夫佩戴骷髅项链,怎么能邀请他参加祭祀?"这话犹如毒针刺耳,你思忖道:"这个恶人,从他那里生下的我这个身体有何用处?"亲爱的,你一怒之下,抛弃了身体。我气愤地捣毁了陀刹的祭祀。此后,你转生为雪山的女儿,犹如从大海中升起的新月。你记得吧,我到雪山来修炼苦行,你父亲吩咐你侍奉我这客人。众天神为了让我生个儿子去杀死多罗迦,派来爱神。他抓住机会正要放箭射我时,遭到我焚烧④。而你坚定不移,修炼严酷的苦行,赢得了我。亲爱的,为了积聚功德,我接受了你。就是这样,你是我从前的妻子。还要对你讲些别的什么吗?

　　说罢,湿婆住口。而女神十分生气,说道:"你这骗子,尽管我求你,你也没

---

① 林伽(liṅga)即湿婆的男根,是湿婆创造力的象征物。
② 陀刹(dakṣa)是梵天的十个儿子之一。生主(prajāpati)泛指众生的祖先(包括天神和凡人)。
③ 正法神(dharma)即死神阎摩(yama)。
④ 多罗迦(tāraka)是一位扰乱天界的阿修罗魔王。众天神派遣爱神去雪山破坏湿婆的苦行,让湿婆爱上波哩婆提,结婚生子,因为唯有湿婆的儿子能战胜这位魔王。爱神抓住波哩婆提前来侍奉湿婆的机会,挽弓欲射花箭,不料被湿婆察觉。湿婆额上的第三只眼喷出火焰,将爱神焚为灰烬。

讲个叫人高兴的故事。你托住恒河①,礼拜晨曦薄暮,不可战胜,哪里把我放在心上!"一听这话,湿婆安慰她,答应给她讲个神奇的故事。这样,她消除了怒气。她亲自下令谁也不准进入。于是,南丁②守门,湿婆开始讲故事:"天神始终幸福,凡人永远痛苦,而半神的行为无比迷人。因此,我就给你讲持明的故事。"

正当湿婆给女神讲故事时,来了一位优秀的迦那、湿婆宠爱的侍从布湿波丹多。他被南丁挡在门外。他纳闷:"今天怎么无缘无故阻挡我?"他好奇心切,立即施展瑜伽力,隐身进入。他进去后,听到了湿婆讲述的七位持明的全部故事。这些故事新奇绝妙。他听后,回去讲给妻子遮雅听,因为谁能对女人隐瞒住财产和秘密呢? 遮雅听了,惊奇不已。这位女门卫又在波哩婆提面前讲了这些故事。谁能指望女人守口如瓶呢?

波哩婆提很生气,对大神说道:"你讲的故事并不新奇,因为遮雅也知道。"湿婆通过沉思,知道了真相,说道:"布湿波丹多具有瑜伽力。他进来听了这些故事。是他告诉遮雅的。亲爱的,别人有谁会知道?"

听了这话,女神怒不可遏,召来布湿波丹多。布湿波丹多惶恐不安,女神诅咒道:"你不守规矩,降为凡人。"另一位名叫摩利耶凡的迦那为布湿波丹多说情,也遭到女神诅咒。他俩和遮雅一起跪在女神脚下,恳求给个诅咒的终期。女神慢慢地说道:"有个药叉③名叫苏波罗底迦,由于财神俱比罗的诅咒,成为毕舍遮④,现在住在文底耶森林,名叫迦那菩提。见到了他,你会记起前身。布湿波丹多啊,你向他讲述这些故事,就能摆脱这个诅咒。而摩利耶凡将从迦那菩提那里听到这些故事。迦那菩提获得解脱后,摩利耶凡宣讲这些故事,也将获得解脱。"说罢,女神住口。那两位迦那顿时像闪电一样消失不见。

光阴流逝。一天,波哩婆提怀着怜悯之情,询问湿婆:"大神啊,那两个被我诅咒的优秀侍从在人间何处?"湿婆说道:"亲爱的,布湿波丹多降生在繁华的憍赏弥城,名叫婆罗如吉。摩利耶凡降生在优秀的苏波罗底湿提多城,名叫

---

① 恒河女神从天上下凡时,湿婆用头顶的发髻托住恒河,让她分成支流,缓缓流向大地。
② 南丁(nandin)是湿婆的门卫。
③ 药叉(yakṣa)属于半神类,是财神俱比罗的侍从。
④ 毕舍遮(piśāca)是一类鬼。

德富。女神啊，这就是他俩的情况。"湿婆说罢，女神想起这两个长期忠于职守的侍从遭到贬谪，心中不免后悔。湿婆为了让妻子高兴，与妻子一起住在盖拉瑟山坡上用如意树藤建造的娱乐宫里。

第二章

　　布湿波丹多以凡人面貌在世间游荡，名叫婆罗如吉，也叫迦旃延那。他通晓学问后，成为难陀的大臣。一次，他身心疲倦，便去朝拜难近母^①。他以苦行取悦女神。女神托梦指点他去文底耶森林见迦那菩提。他在虎猿出没、干枯粗糙的树林里游荡，看到一棵高大的榕树。榕树附近，数百个毕舍遮围绕一个毕舍遮。中间的就是迦那菩提，身材犹如娑罗树。迦那菩提见到他，施行触足礼。迦旃延那一边坐下，一边说道："你是有德之士，怎么沦落到这个地步？"听了这话，迦那菩提对态度友善的迦旃延那说道：

　　我自己不知道。但是，我在优禅尼城的坟场，从湿婆那里听到了缘由。你听我告诉你。女神问湿婆："大神啊，你为何喜爱骷髅和坟场？"大神回答说："从前，劫波^②结束时，这个世界变成了水。于是，我割破大腿，掉下一滴血。这滴血在水中变成一个卵。这个卵裂为两半，出现原人。然后，为了创造世界，我又创造出原质。原人和原质创造出其他的生主和生物。所以，在这世界上，原人被称为始祖。亲爱的，在创造了一切生物和无生物后，原人妄自尊大。为此，我砍下了他的头。后来，我又后悔，便发大誓愿。这样，我手持骷髅，喜爱坟场。而且，女神啊，这个世界就像骷髅一样在我手里，因为方才讲到的裂为两半的、骷髅状的卵壳，构成天和地。"湿婆这样说着，我出于好奇，决定继续听下去。波哩婆提又问丈夫："要过多久，布湿波丹多才会回到我们这里？"大神听后，指着我对女神说："你看到的这个毕舍遮是位药叉、财神的侍从。他与一

---

① 难近母（durgā）是波哩婆提的又一称号。
② 劫波（kalpa），简称劫，是印度神话中的时间概念。每劫结束时，世界毁灭。

个名叫斯度罗希罗的罗刹①交上朋友。财神发现他与邪恶者交往,便罚他成为文底耶森林里的毕舍遮。他的哥哥迪尔科琼科跪在财神脚下,恳求给个诅咒的终期。财神说道:'他从受诅咒下凡的布湿波丹多那里听到大故事,再讲给受诅咒下凡的摩利耶凡听,他就能和那两个迦那一起摆脱诅咒。'这样,财神给这个药叉定下诅咒的终期。亲爱的,你回想一下,这也就是你给布湿波丹多定下的诅咒终期。"听了湿婆的这些话,我满怀高兴来到这里。一旦布湿波丹多来到,我受诅咒的恶运就会结束。

说罢,迦那菩提住口。婆罗如吉顿时记起自己的前生,犹如大梦初醒,说道:"我就是布湿波丹多,听我给你讲这故事吧!"于是,迦旃延那讲了由七十万颂诗组成的七个大故事。迦那菩提听后说道:"神啊!你是湿婆化身。此外有谁知道这些故事呢?由于你的恩惠,诅咒即将脱离我身。主啊!如果不必对我这样的人保密的话,请讲讲你出生以来的经历,再一次净化我吧!"为了满足谦恭的迦那菩提的愿望,婆罗如吉详细讲述了自己出生以来的全部经历:

在憍赏弥城,有一位婆罗门名叫苏摩达多,又名阿耆尼希克。他的妻子名叫婆苏达多。她原是牟尼②的女儿,因受诅咒而降生在这个城市。我受诅咒后,由她和这位优秀的婆罗门生下。在我很小的时候,父亲就去世了。母亲含辛茹苦,抚育我长大。有一次,两位长途跋涉的婆罗门风尘仆仆来到我家求宿过夜。他俩呆在我家时,传来鼓声。母亲由此想起父亲,哽噎着对我说:"孩子!这是你父亲的朋友、演员难陀在表演。"我对母亲说:"我去看看,我会把所有一切,包括吟诵的台词记住,回来表演给你看。"听了我的话,两位婆罗门惊讶不已。我母亲对他俩说道:"两位后生啊,不要不相信。这孩子一听到什么,就能全部默记在心。"为了测试我,他俩念诵了《语音学》。我当着他俩的面,从头至尾背诵了一遍。然后,我与他俩一同去看戏。回家后,我在母亲面前表

---

① 罗刹(rakṣas)是一类魔鬼。
② 牟尼(muni)是超凡入圣的仙人。

演了一遍。他俩确信我具有过耳不忘的能力,其中一位名叫毗耶提,向我母亲行礼,说道:

伯母啊! 在吠多萨城,有相亲相爱的婆罗门两兄弟提婆斯瓦明和迦伦薄迦。两兄弟各有一个儿子:一个是这位因陀罗达多,另一个就是我毗耶提。后来,我的父亲去世。由于哀伤过度,因陀罗达多的父亲也与世长辞。接着,我俩的母亲也哀伤过度,心碎而死。这样,我俩虽然富有,但成了孤儿。我俩渴望获得学问,以苦行祈求室建陀①。我俩修炼苦行时,湿婆托梦指点说:"有座城市名叫华氏城②,是难陀王的首都。那里住着一位婆罗门,名叫婆尔舍。你俩将从他那里获得一切学问。因此,你俩去吧!"

于是,我俩赶到那个城市。经过询问,人们告诉我俩:"这里有个婆罗门名叫婆尔舍,是个傻子。"随即,我俩怀着不安的心情,来到婆尔舍的家。他的家破败不堪,东倒西歪,没有屋顶,没有庇荫,到处是鼹鼠营造的土堆,仿佛是灾难的发源地。看见婆尔舍在里边修禅,我俩走近他的妻子,受到热情接待。她形容憔悴,衣衫褴褛,仿佛是贫穷的化身,由于热爱这位婆罗门的品德而来到这里。我俩向她行礼后,介绍自己的来历,并告诉她我俩听说她的丈夫是傻子。她说道:"两位后生啊,对你俩听到的话,我并不感到羞愧。我告诉你俩。"

说罢,这位贤惠的女子对我俩讲述了这个故事:"在这城里,有一位优秀的婆罗门,名叫商羯罗斯瓦明。他有两个儿子,一个是我的丈夫,另一个名叫优波婆尔舍。我的丈夫又笨又穷,而他的弟弟正相反。他弟弟吩咐自己的妻子照料哥哥的家务。有一次,雨季来临。在这个季节,妇女都制作令人恶心的生殖器形状的甜糕,送给呆傻的婆罗门。据说这样做了,能保证她们冬天洗澡不畏缩,夏天洗澡不疲乏。一般人都不会接受这种馈赠,因为这令人恶心。我丈夫的弟媳把这种甜糕和别的礼物一起送给他。他拿了回来,被我狠狠骂了一

---

① 室建陀(skanda)是湿婆大神之子。
② 华氏城(pāṭaliputra),在古代汉译佛经中译作"华氏城",或音译为"波吒利弗多"。本书中沿用华氏城这个译名。

顿。他为自己天资愚笨而深深悲痛。然后,他到室建陀脚旁,以苦行取悦室建陀。于是,室建陀向他阐明一切学问,并指示他说:'等你遇到一位过耳不忘的婆罗门,便可把这些学问教给他。'他满怀高兴,回到家里,把全部经过告诉了我。从此,他一刻不停地喃喃默祷和修禅。所以,你俩若发现有过耳不忘的人,请把他带到这里来。你俩肯定会由此而实现一切愿望。"

听了婆尔舍妻子的这番话后,我俩立刻给了她一百枚金币,解救她的贫困。然后,我俩出城,在这大地上游荡,哪儿也找不到一个过耳不忘的人。今天,我俩疲惫不堪,来到你家,终于找到了这个过耳不忘的孩子——你的儿子。把他交给我俩吧,让我们一起去获得学问和财富。

听完毗耶提的这些话,我的母亲热切地说道:"一切都符合情况,我完全相信。因为以前我这儿子出生时,天上传来无形的话音:'这个过耳不忘的人已经出生。他将从婆尔舍那里获得学问,并使语法学流传于世。他将名唤婆罗如吉①,因为他喜欢一切优秀的东西。'这话音到这里就停止了。后来,这孩子长大了,我日夜思忖:'这位婆尔舍老师在哪里?'今天,从你们口中知道了,我非常高兴。你俩把他带走吧!他是你俩的弟弟,哪儿会受到伤害?"

听了我母亲的话,毗耶提和因陀罗达多不胜喜悦,感到那一夜仿佛一瞬间就过去了。毗耶提迅即把自己的钱财给我母亲,用以准备庆典。他想让我取得学习吠陀的资格,为我举行圣线礼②。最后,母亲强忍眼泪,与我告别。我也凭着自己的毅力,克制内心的悲伤。毗耶提和因陀罗达多觉得室建陀赐给他们的恩惠已经开花,带着我很快离城出发。

走了一程又一程,我们到达婆尔舍老师的家。他也认为我是作为室建陀恩惠的化身而来到。第二天,婆尔舍老师坐在洁净的地上,面对我们,发出神

---

① 婆罗如吉(vararuci)这个名字由"优秀"(vara)和"喜欢"(ruci)两词组成。
② 按照古代印度婆罗门教规,儿童到达学龄,须举行圣线礼,系上圣线,方可开始学习吠陀经典。

圣的"唵"①音。随即,各种吠陀及其分支学科②应声而至。他开始教我们。他讲授的话,我听一遍就能记住,毗耶提听两遍记住,因陀罗达多听三遍记住。城里的婆罗门突然听到这种前所未闻的神圣话音,顿时心中充满惊奇,从四面八方赶来看个究竟。他们面露喜色,赞不绝口,向婆尔舍行礼。不单是优波婆尔舍,华氏城全体居民都沉浸在热烈的欢庆之中。吉祥幸运的国王难陀看到这种奇迹,看到室建陀恩惠的威力,欣喜万分。他怀着尊敬的心情,立即让婆尔舍的家里充满财富。

第三章

在这个树林里,迦那菩提聚精会神听着,婆罗如吉又说道:"时间流逝。有一次,上完课,婆尔舍老师完成日常事务,我们询问道:'老师啊,请说说这个城市怎么会成为辩才女神和吉祥女神的圣地?'他听后,对我们说道:'请听这个故事吧!'"

在恒河发源地,有个名叫迦那徙罗的圣地。在那里,恒河从乌希那罗山顶流下,神象甘遮波多为它开山劈路。那里有一位南方来的婆罗门,与妻子一起修炼苦行,生有三个儿子。他和妻子去世后,他的三个儿子前往王舍城求学。完成学业后,三兄弟为自己是孤儿而苦恼,前往南方朝拜室建陀。他们到达海边一座名叫秦基尼的城市,住在一位名叫婆耆迦的婆罗门家里。婆耆迦把自己的三个女儿和财产都给了他们,孤身一人前往恒河修炼苦行。

他们三人住在岳父家时,由于天旱,发生了可怕的饥荒。这三兄弟撇下忠贞的妻子,径自走了。狠心人是不顾亲属的。三姐妹中的老二已怀有身孕,她们前去投靠父亲的朋友耶吉纳达多。她们处境艰难,思念自己的丈夫。良家

---

① "唵"(om)这个音节最早用于吠陀诵读的开头和结束。后来,作为一个神圣的音节,被认为具有神秘的力量,经常用于咒语和宗教致敬语的发语词。
② 吠陀(veda)是婆罗门教经典,有《梨俱吠陀》《娑摩吠陀》《夜柔吠陀》和《阿达婆吠陀》。吠陀分支学科有礼仪学、语音学、语法学、词源学、诗律学和天文学。

女子即使遭逢不幸，也不会抛弃贞洁的品行。后来，老二生了个儿子，她们三个竞相爱护这孩子。

有一次，室建陀的母亲倚在大神怀里，从空中路过，见此情景，心生怜悯，对大神说道："大神啊，你看！这三个妇女对这孩子爱护备至，指望他将来会赡养她们。你赐恩吧！让这孩子现在就能赡养她们。"听了妻子的话，大神赐予恩惠，说道："我喜爱这孩子，因为他和他的妻子在前生取悦我。如今他为了享受果报而降生人间。他的妻子也已转生为摩亨德罗婆摩纳国王的女儿，名叫波吒利。她仍将成为他的妻子。"说罢，湿婆托梦对这三位贞洁的妇女说道："你们的这个孩子名叫布德罗迦。他每天睡觉醒来，头底下便会有十万金币。他将来还会成为国王。"从此，每当孩子睡觉醒来，这三位贞洁的妇女便得到金币。她们的誓愿获得实现，满心喜欢。后来，金币充满布德罗迦的库藏。不久，他成为国王。这一切说明苦行是财富之源。

一天，耶吉纳达多悄悄对布德罗迦说："国王啊，你的父亲和叔伯由于饥荒，远走他乡。你要经常布施婆罗门。这样，他们听到消息，便会回来。听我给你讲婆罗诃摩达多的故事。"

从前，在波罗奈有一位国王，名叫婆罗诃摩达多。他看到一对天鹅在夜空中飞行。这对天鹅周身金光闪烁，由数百只白天鹅簇拥着，犹如一束突现的闪电为白云围绕。国王渴望再次见到这对天鹅。这种渴望与日俱增，以致他对皇家的一切享乐毫无兴趣。他与大臣们商议后，亲自设计，让人造了一座美丽的水池，并保障生物不受威胁。经过一段时间，国王看见这对天鹅飞回来了。他已取得这对天鹅的信任，便询问它俩遍身金羽的原因。这对天鹅用清晰的话音对国王说道："在前生，我俩是乌鸦，国王啊！在一座神圣的湿婆空庙里，我俩为争夺一点供品，坠落在那地方的一个水桶里淹死了。后来，我俩就再生为记得前生的金天鹅。"国王如愿见到这对金天鹅，又听了它俩的这些话，满心欢喜。因此，通过无与伦比的布施，你将找回父亲和叔伯。

布德罗迦按照耶吉纳达多所说的做了。听到布施的消息，那三位婆罗门也来了。他们相认后，得到大宗财富，并与妻子团圆。说也奇怪，他们虽然已经摆脱灾厄，但恶人本性难移，不辨是非，头脑愚昧。渐渐地，他们贪图王位，想要杀死布德罗迦。这三位婆罗门借口朝拜女神，将国王带到难近母寺庙。他们已安排了刺客埋伏在寺庙里面。他们对国王说道："你先一个人拜见女神，请进吧！"出于对他们的信任，布德罗迦进去了。当他看到一帮刺客拥上来要杀他，便问道："你们为什么要杀我？"他们回答说："你的父亲和叔伯给了我们金币，布置我们这么干的。"于是，聪明的布德罗迦对他们说道："我把身上这些无价的珠宝首饰都给你们，放了我吧！我不会泄露这个秘密。我将远走他乡。"女神已让这帮刺客神智迷糊。他们同意道"好吧"，便拿了珠宝首饰走了。他们在布德罗迦的父亲和叔伯面前谎称已经杀死布德罗迦。这三位婆罗门回来后，想要占有王国，结果被大臣们以叛逆罪处死。谋杀者哪里会有好下场？

同时，信守诺言的国王布德罗迦进入文底耶森林，对自己的亲属无所眷恋。他在那里游荡时，看见两个人正在认真地角力搏斗，便问道："你们两位是谁？"他俩回答说："我俩是阿修罗摩耶的儿子。他的财宝属于我俩：一个碗、一根棍和一双鞋。我俩正在角斗，看谁更有本领，可以获得财宝。"听了他俩的话，布德罗迦笑着说："这些对于人来说，算什么财宝？"他俩回答说："穿上这双鞋，便能在天空飞行；用这根棍画什么，就会出现什么；想要吃什么，这个碗里就会出现什么。"听了这话，布德罗迦说道："何必角斗呢？还是订个协定吧，看谁跑得快，谁就获得这些财宝。"这两个笨汉说道"好吧"，开始赛跑。而布德罗迦穿上鞋，拿着棍和碗，飞上了天空。顷刻之间，他就飞出很远，看见一座名叫阿迦尔希迦的美丽城市，便从天上降下。他思忖道："妓女狡诈，婆罗门都像我的父亲和叔伯，商人贪财，我住到谁家好呢？"这位国王来到一间偏僻的住房，看见里边只有一位年迈体衰的老妇人。他赐给老妇人礼物。老妇人高兴满意，热情地侍候他。这样，布德罗迦就隐居在这间破陋的房子里。

一天，老妇人满怀慈爱地对布德罗迦说道："孩子啊，你还没有一个与你匹配的妻子，我为你发愁。这里有个少女，名叫波吒利。她是国王的女儿，像珠宝一样深藏在后宫高楼里。"布德罗迦竖起耳朵聆听老妇人的话，爱神找到了孔穴，由这条通道进入他的心。他决定："我今天就要见到这位可爱的女郎。"

入夜,他穿上魔鞋,从空中到达那里。他从高似山峰的窗中进入后宫,看见波吒利睡在一间密室。月光不停地照耀她的肢体。她仿佛是爱神力量的化身,征服这个世界后,正在憩息。他想:"我怎么唤醒她呢?"恰在这时,外面有个守夜人吟唱道:

悄悄地拥抱她,唤醒她,

让她发出埋怨的言词,

让她睁开惺忪的眼睛,

这是青年人今生的果实。

听到这首歌,布德罗迦用颤抖激动的肢体拥抱这位可爱的女郎,唤醒了她。一见布德罗迦,她眼中交织着羞涩和喜悦,欲看又止。他俩倾诉衷情后,以健达缚方式①结婚。这对夫妻情深意浓,只恨良宵太短。布德罗迦向眷恋不舍的新娘告辞,在夜晚最后一个时辰回到老妇人家里。但他的心依然留在女郎那里。

这样,每天夜晚他去而复还。有一次,波吒利的卫士发现他俩幽会的痕迹,便报告国王。国王派遣一个妇女入夜后躲在后宫观察。她发现了布德罗迦。为了便于辨认,她在熟睡的布德罗迦的衣服上涂上红漆印记。早晨,她将此事报告国王。国王派遣侦探,根据这个印记,在老妇人家里抓获布德罗迦。他被带到国王面前。他见国王满脸怒气,便凭借魔鞋,飞向空中,进入波吒利卧室,说道:"我俩的事被人发现了。快起来,依靠这双魔鞋,我俩走吧!"他把波吒利抱在怀里,从空中飞走了。

然后,他从天上降落到恒河岸边。他用魔碗中出现的食物取悦疲惫的妻子。看到这种魔力,波吒利请求布德罗迦用魔棍画出一座备有四军②的城市。伟大的魔力使图画变成真实,他成为这里的国王。他使岳父臣服。他统治直

---

① 健达缚方式是印度古代一种自主结合的婚姻方式。
② 四军是象军、车军、骑军和步军。

至海边的整个大地。因此,这座神圣的城市及其居民是由魔力创造的,命名为华氏城,是吉祥女神和辩才女神的圣地。

从婆尔舍口中听了这个前所未闻的绝妙故事后,迦那菩提啊! 我们的心久久地激动、惊讶和高兴。

第四章

婆罗如吉在文底耶森林里向迦那菩提讲了这个故事后,又言归正传,继续说道:

这样,我与毗耶提和因陀罗达多一起住在那里,渐渐地掌握了一切学问,度过了少年时代。有一次,我们出去观看因陀罗节日喜庆活动,遇见一位少女。她犹如爱神的无箭之箭①。我问因陀罗达多:"她是谁?"他说:"这是优波婆尔舍的女儿,名叫优波高娑。"她通过女友认识了我。她那妩媚多情的眼光勾摄我的心。最后,她快快不乐地走回自己的家。

她美丽可爱,面庞似明月,眼睛似青莲,手臂似嫩藕,乳房丰满,颈脖似海螺,嘴唇似珊瑚,犹如另一位吉祥女神、爱神的美丽库藏。爱神之箭扎进我的心,我渴望亲吻她的频婆果似的嘴唇,夜里难以入眠。后来,我不知怎么睡着了。在夜晚结束之时,我看见一位身着白衣的神女对我说:"优波高娑是你前生的妻子。她了解你的品德,不愿意别人做她丈夫。因此,孩子啊,你不必烦恼。我是一直隐居在你体内的辩才女神,不能忍受看到你痛苦不堪。"说罢,她便消失了。

我醒来后,有了勇气,慢慢走去,站在恋人住家附近的一棵小芒果树下。然后,她的女友前来告诉我,优波高娑情窦初开,对我一见钟情。我痛苦倍增,对她说道:"她的长辈不将她给我,我怎能随意享有她呢? 玷污名声的事,死也

_____

① 　无箭之箭即花箭。

13

不能做。如果让长辈知道你的女友的心思，幸福就有指望了。请你这么做吧，贤惠的女子啊，救救你的女友和我的命吧！"她听了这话，便去把一切告诉了女友的母亲。母亲知道后，立刻告诉丈夫优波婆尔舍。他又告诉了哥哥婆尔舍。婆尔舍表示同意。在决定结婚时，毗耶提奉婆尔舍老师之命，从憍赏弥城接来我的母亲。优波高娑的父亲遵照礼仪，将女儿嫁给我。以后，我与妻子和母亲一起愉快地生活。

后来，渐渐地，婆尔舍有了大批学生。其中有一位名叫波你尼，智力低下。婆尔舍的妻子派他做仆役，他感到痛苦和疲倦。他渴望学问，便去雪山修炼苦行。他以严酷的苦行取悦以月亮为顶饰的湿婆，由此掌握了新语法——一切学问之源。然后，波你尼回来，邀我与他辩论。我俩的辩论进行了七天。第八天，正当我驳倒他的时候，天上的湿婆发出大吼声。由此，我们的因陀罗语法在大地上毁灭。我们全都败于波你尼，成为愚人。我十分沮丧。于是，我把维持家庭生活的钱财委托商人希罗尼耶达多保管，告别优波高娑，空腹前往雪山，修炼苦行取悦湿婆。

优波高娑在家中为我的命运担忧。她信守誓愿，每天去恒河沐浴。有一次，在春天到来的时候，她消瘦苍白，但依然妩媚动人，犹如一弯新月。她去恒河沐浴时，被大祭官、大法官和王子的侍臣看到。顿时，他们全都成为爱神之箭的目标。而这天，不知怎么，她沐浴了很久，直至黄昏时分才回家。王子的侍臣强行搂住她。优波高娑镇定地对他说道："贤士啊，你喜欢这事，我也喜欢。但是，我出身名门，丈夫在外，怎能这么做呢？要是不巧让人看见了，你我肯定都要遭殃。所以，在春天喜庆节日那天，趁居民不注意，你在夜里第一个时辰准时到我家来。"老天保佑，她许下这个诺言后，王子的侍臣放了她。可是，没走多远，她又被大祭官拦住。她也对他许下同样的诺言，约他在那天夜里第二个时辰相会。大祭官勉强地放了她。她胆战心惊，没走多远，又被大法官拦住。她也对他许下同样的诺言，约他在那天夜里第三个时辰相会。老天保佑，大法官也放了她。她浑身颤抖，回到家里，把许下的诺言低声告诉自己的女仆。她思忖道："丈夫外出期间，良家妇女宁可死去，也不能与好色之徒的眼光相遇。"这位贞洁的女子思念着我，为自己的美貌忧伤，不吃不喝，度过了一夜。

天亮后,她派遣女仆去商人希罗尼耶达多那里求取一些钱财,用以供养婆罗门。这个商人来了,悄悄对她说道:"你先爱我,然后我把你丈夫存放的钱财给你。"她听了这话,想到丈夫的钱财托管没有证人,而这商人分明是个恶棍,不禁悲愤交加。这位忠于丈夫的女子向他许下最后一个同样的诺言,约他在春天节日的夜里最后一个时辰相会。于是,这个商人走了。然后,优波高娑让女仆准备好一大桶黑油烟子,掺进麝香等香料,和上香油,还准备了四块抹上黑油烟子的破布和一个外面加锁的大箱子。

到了春天节日这天,王子的侍臣衣着华丽,在夜里第一个时辰到来,悄悄进屋。优波高娑对他说道:"我不接触没有洗过澡的人。进去洗个澡吧!"这个傻瓜表示同意。女仆们带他进入漆黑的里屋。她们取掉他的衣服和首饰,给他一块破布充作内衣。这个恶棍什么也看不见。她们假装给他抹油,从头到脚,全身各处,抹了厚厚一层黑油烟子。正当她们还在给他身上各处涂抹时,第二个时辰已到,大祭官来了。女仆们对王子的侍臣说道:"婆罗如吉的朋友大祭官来了,你躲进这里面吧!"他赤身裸体,惊慌失措。她们把他推入箱子,扣上外面的锁。

女仆们也以洗澡为由,将大祭官带进漆黑的里屋,取掉他的衣服和首饰,给他一块破布,涂抹一身黑油烟子。大祭官晕头晕脑,听凭摆布。这时,第三个时辰已到,大法官来了。大祭官一听说大法官来了,顿时惊恐不安,像前面那位王子的侍臣一样,被女仆们推入箱子。

女仆们锁上箱子后,又以洗澡为由,将大法官带进里屋涂抹黑油烟子,给他一块破布充作内衣。他像另外两位一样,受到愚弄,直至最后一个时辰,商人到来。女仆们吓唬大法官说商人会看到,也把他推入箱子,扣上外面的锁。这三个人在箱子里,仿佛努力学会适应黑暗的地狱生活,即使互相紧挨着,也由于害怕,不敢说话。

然后,优波高娑递上一盏灯,让商人进屋,对他说道:"把我丈夫存放的钱财给我。"这个无赖听了这话,见屋里空无一人,便说道:"我说过,我会把你丈夫存放的钱财给你。"优波高娑要让箱子里的人也听到,说道:"诸位神灵,你们听到了希罗尼耶达多说的话！"说罢，她把灯吹灭。像对付前面三个人一样，女仆们以洗澡为由，用了很长时间给这商人涂抹黑油烟子。然后，在黑夜结束之时，她们对他说道："夜晚已过，你走吧！"她们不管他愿不愿意，揪住他的脖子，把他赶了出去。他浑身涂满黑油烟子，只有一块破布裹身，一路被狗追咬，满面羞愧，回到自己家里。仆人给他洗去黑油烟子时，他不敢抬头正视。行为不端的人终究是可悲的。

第二天早上，优波高娑没有告诉父母，而是在女仆陪同下，前往难陀国王的宫廷。她亲自报告国王："商人希罗尼耶达多企图吞没我丈夫存放在他那里的钱财。"于是，国王传来商人审问。商人说道："国王啊！我没有经手她的任何钱财。"于是，优波高娑说道："国王啊！我有证人。我丈夫临走时，把家神安放在箱子里。这商人在他们跟前亲口答应保管钱财的。请你下令把箱子带到这里来，你问问那些神灵吧！"国王听后，十分惊奇，传令带来箱子。

立刻，许多人抬来箱子。优波高娑说道："诸位神灵啊，如实地说出这商人说过的话。然后，你们就回自己的家。如果不说，我就送掉你们，或者当众打开箱子。"一听这话，箱子里的人惊恐万状，说道："确实如此，这商人答应保管钱财，我们在场。"于是，商人狼狈不堪，承认了一切。国王惊奇不已，征得优波高娑同意，当众下令砸锁，打开箱子，从里面拽出三个黑泥团似的人。国王和大臣们好不容易才认出他们是谁，众人哄堂大笑。国王好奇地询问优波高娑："这是怎么回事？"这位贞洁的女子讲述了一切经过。所有在场的人都赞赏优波高娑："良家女子，恪守妇道，她的奇妙行为难以想象。"

然后，国王惩治这些贪图他人之妻的人，剥夺他们全部财产，驱逐出国。无德之人会有什么幸福？国王让优波高娑回家，怀着怜惜之情，赐给她许多钱财，说道："你是我的御妹。"婆尔舍和优波婆尔舍知道后，恭贺这位贞洁的女子。城里每个人都流露出钦佩的微笑。

在这期间，我在雪山修炼严酷的苦行，赢得湿婆大神欢心。他向我启示波你尼的经典。我按照他的意愿，圆满掌握。然后，我返回家里。我不感到路途劳累，心里充满湿婆大神的恩惠甘露。我向母亲和老师行触足礼。我听说了优波高娑的神奇事迹，感到莫大的惊奇和喜悦，对她的挚爱和敬重油然而生。

　　婆尔舍想从我的口中听取新语法。于是,室建陀亲自启示他。后来,毗耶提和因陀罗达多询问婆尔舍老师应付多少酬金,他回答说:"给我一千万金币吧。"他俩答应老师的要求,对我说:"来吧,朋友!我们去向国王难陀乞求老师的酬金。我们不可能从别人那里得到这么多金币,因为国王拥有九亿九千万金币。他从前认过优波高娑做他的御妹。因此,他是你的内兄。仰仗你的品德,我们能得到一些恩赐。"

　　这样决定后,我们三个和其他婆罗门学生一起,前往难陀国王在阿逾陀城的行宫。而当我们到达时,恰好国王逝世。举国哀伤,我们也陷入绝望。具有瑜伽神通的因陀罗达多突然说道:"我进入已死国王的身体,让婆罗如吉来求我,我就赐给他金币。请毗耶提守护我的身体,直到我回来。"说罢,因陀罗达多进入难陀的身体。国王复活,举国欢庆。毗耶提在一座空庙里守护因陀罗达多的身体,我则到王宫去。我进宫问候之后,向假难陀乞求一千万金币,用作老师的酬金。假难陀命令真难陀的大臣舍迦吒罗赐给我一千万金币。这位大臣见国王死而复生,求告者的愿望顿时满足,便知道了事情真相。有什么事能瞒过智者呢?大臣说道:"国王啊,遵旨照办。"同时,他思忖道:"难陀的儿子年龄尚小,王国面临许多敌人,我必须当机立断,保住他的这个身体。"

　　于是,他立即布置焚烧一切尸体。侦探们四处搜寻尸体,也搜到了因陀罗达多的身体。他们把毗耶提赶出神庙,焚烧了因陀罗达多的身体。在这期间,国王急于支付一千万金币,舍迦吒罗运用计谋,解释说:"所有的仆人都沉浸在欢庆之中,请这位婆罗门稍候,我就给他。"随即,毗耶提来到,在假难陀面前叫喊道:"不好了!在你起死回生的今天,一位具有瑜伽神通的婆罗门,生命尚未完结,被说成是死尸,强行焚烧了。"闻听此言,假难陀陷入悲哀的困境。由于自己的身体已被焚烧,他只能呆在难陀的身体里。这时,足智多谋的舍迦吒罗出来,交给我一千万金币。

　　假难陀忧心忡忡,悄悄对毗耶提说:"我是个婆罗门,却成了首陀罗①,即使终身荣华富贵,又有什么用呢?"毗耶提听后,及时安慰他说:"你已被舍迦吒

_____

① 传说中的国王难陀出身低级种姓首陀罗。

罗识破。因此,你现在要考虑怎样对付他。他是大臣,不久就会依照他的意图害死你,立真难陀的儿子旃陀罗笈多为王。所以,你要任命婆罗如吉为宰相。凭借他的神奇智慧,你的王位才会稳固。"说罢,毗耶提给老师送酬金去了。

假难陀召见我,任命我为宰相。我对国王说道:"虽然你已经不是婆罗门,但我认为,只要舍迦吒罗在职,你的王位就不会稳固。所以,要设法毁灭他。"我这样告诫假难陀后,他把舍迦吒罗及其一百个儿子投入黑暗的地牢,罪名是他活活烧死婆罗门。他每天只供给舍迦吒罗父子一盘大麦粥和一杯水。舍迦吒罗对儿子们说:"孩子啊,靠一盘大麦粥,一个人都难以生存,何况这么多人呢?因此,谁能做到向假难陀报仇雪恨,这每天的一盘粥和一杯水就归他一个人。"儿子们说道:"只有你能做到,就归你一个人吧!"对于坚强者来说,复仇比生命更可贵。此后,舍迦吒罗一个人靠着大麦粥和水活了下来。天啊,争权夺利的人们残酷无情!舍迦吒罗在黑暗的地牢里,看着儿子们经受活活饿死的痛苦折磨,思忖道:"为了谋求自己的幸福,在没有摸透心思和取得信任之前,不能随意对当权者采取行动。"一百个儿子在他的眼皮底下饿死了,唯独他在他们的白骨堆中活了下来。

假难陀稳固地统治王国。毗耶提给老师送去酬金后回来,对国王说道:"朋友,祝愿你的王国长治久安!我来向你辞行。我要去找个地方修炼苦行。"闻听此言,假难陀喉咙哽咽,说道:"你在我的王国里享受吧!不要抛弃我,离我而去。"毗耶提决意修炼苦行,说道:"国王啊!生命稍纵即逝,哪个智者会沉溺于这种浮华的生活?荣华富贵如同海市蜃楼,不会使智者迷狂。"说罢,他就走了。

然后,假难陀前往自己的首都华氏城享乐。迦那菩提啊!他由我陪同,配备有一切军队。在那里,我肩负宰相的重任,在优波高娑侍奉下,与母亲和长辈们一起享受荣华富贵,生活了很长时间。在那里,宠爱苦行的恒河女神每天赐给我许多财富;辩才女神经常显身,直接指导我的行动。

第五章

婆罗如吉继续对迦那菩提说道：

渐渐地，假难陀沉溺于爱欲等等，像一头疯象，毫无顾忌。荣华富贵突然降临，谁的头脑会不发昏呢？我思忖道："国王放荡不羁。我只顾操心他的事情，忽略了自己的道行。因此，最好把舍迦吒罗放出来，做我的帮手。如果他想跟我作对，只要我在职，他能做什么呢？"这样决定后，我求得国王同意，把舍迦吒罗从地牢里放出来，因为婆罗门心肠柔软。聪明的舍迦吒罗思忖道："只要婆罗如吉在职，假难陀难以战胜。因而，我要像芦苇一样能伸能屈，等待时机。"按照我的意愿，他又出任大臣，处理国王的事务。

有一次，假难陀来到城外，看见恒河中间有一只手，五指并拢。他立刻召唤我，询问道："这是什么意思？"我向那个方向伸出自己的两根手指，那只手便消失不见。国王十分惊讶，又询问我。我回答说："那只手伸出手指，意思是说：'五个人联合起来，世上有什么事不会成功？'国王啊，我伸出两根手指，意思是说：'两个人一条心，有什么事不会成功？'"我说明了隐含的意义，国王高兴满意。而舍迦吒罗看到我的智慧难以战胜，神情沮丧。

有一次，假难陀看见自己的王后从窗口观看一位抬头仰望的婆罗门客人。就为这点事，国王发怒，下令处死那个婆罗门，因为妒嫉蒙蔽理智。婆罗门被带往刑场处死时，市场上有条鱼，尽管已经死去，却笑了起来。国王知道后，阻止杀死婆罗门，问我这条鱼为什么笑。我说："让我思考一下，再告诉你。"我走出去，在一个僻静处，一想辩才女神，她就出现在我的跟前，对我说："夜里，你悄悄爬上多罗树树顶，肯定会听到鱼笑的原因。"于是，这天夜里，我爬上多罗树树顶。我看见一个可怕的女罗刹带着一群小儿子走来。儿子们向她要吃的，她说道："等着吧！明天我给你们吃婆罗门的肉，今天他没被处死。"儿子们问："为什么今天他没被处死？"她回答说："因为有条鱼，尽管已经死去，见到他，却笑了起来。"儿子们又问："鱼为什么笑？"女罗刹回答说："国王的所有后妃都不贞洁,因为后宫里,乔装女子的男人比比皆是。而这个无辜的婆罗门却要被处死。这条鱼想到这些,笑了起来。因为有各种精灵潜入万物内部活动,以变幻的形式嘲笑国王毫无辨别能力。"听完女罗刹的话,我才离开。第二天早上,我把鱼笑的原因告诉国王。国王从后宫查出了那些乔装成女子的男人。国王十分敬重我,免除了婆罗门的死刑。

看到国王种种随心所欲的行为,我忧心忡忡。有一次,王宫里新来一位画师。他在画布上为王后和假难陀画像。画像栩栩如生,只是不会说话和活动而已。国王十分满意,赏给画师许多钱财,吩咐将画像挂在里屋墙上。一天,我进入里屋,画像上王后的相貌特征完全呈现在眼前。依据种种特征的组合,我凭智力想象出她的腰部有一颗痣。我画上这颗痣,补足相貌特征,然后离开。后来,假难陀进屋见到这颗痣,询问侍从:"这是谁干的?"侍从报告他说这颗痣是我添加的。假难陀怒火中烧,心想:"这颗痣长在王后身上的隐秘部位,除了我以外,没有人知道。婆罗如吉怎么会知道的?他肯定在我的后宫里鬼混,所以他看到那些乔装成女子的男人。"天啊,傻瓜们总是这样自作聪明!

于是,假难陀亲自召来舍迦吒罗,命令道:"你以亵渎王后罪,处死婆罗如吉。"舍迦吒罗说:"遵命。"而他出来后,思忖道:"我没有能力杀死婆罗如吉。他有神奇的智谋。他解除了我的不幸,而且是个婆罗门。眼下,我最好是把他藏起来,让他成为我的人。"舍迦吒罗这样决定后,便来告诉我,国王无缘无故发怒,要处死我。他说道:"我将杀死另一个人交差。你在我家里,以免国王对我发怒。"我按照他所说的,藏在他家里。他在夜里杀死另一个人,以便假称已把我处死。

他使用这个权术后,我怀着好感,对他说:"你不愧是个大臣,没有打算杀死我。因为我是杀不死的。我有一位罗刹朋友。我只要一想他,他就会到来。他能按照我的意愿,吞下这个世界。而这位国王也是我的朋友。他是婆罗门,名叫因陀罗达多,也不应该遭到杀害。"听了这话,大臣说道:"让我见见那个罗刹。"于是,我一想罗刹,他就来了。大臣见到罗刹,既惊奇,又害怕。罗刹消失后,舍迦吒罗又问道:"这罗刹怎么会成为你的朋友?"我告诉他:"过去,每天夜里会有一个巡逻护城的长官死去。假难陀王得知后,任命我担任城防长官。

我在夜里巡逻时,看见一个游荡的罗刹。他询问我:'你说说,这城里哪个女子美丽可爱?'听了他的话,我笑了笑,回答说:'傻瓜啊!任何女子在她的情人眼中,都是美丽可爱的。'他听后,说道:'你是唯一战胜我的人。'由于解答了这个问题,我逃脱死亡。他又说道:'我感到满意。因此,你是我的朋友。你只要一想我,我就会出现在你面前。'说完,他消失不见。我沿原路返回。就这样,这罗刹成为我的朋友,一旦有难,便来相助。"我说完这些,又按照舍迦吒罗的请求,一想恒河女神,她就前来显身。我用赞辞取悦恒河女神后,她消失不见。从此,舍迦吒罗成为我的忠实朋友。

我过着隐匿的生活。一次,大臣见我神情沮丧,对我说道:"你无所不知,为什么还自寻烦恼?难道你不知道国王们头脑糊涂?你不久就会获得清白。请听这个故事吧!"

从前,这里有位国王名叫阿底提耶婆尔摩。他的大臣名叫湿婆婆尔摩,足智多谋。有一次,国王的一位王妃怀孕了。国王知道后,质问后宫看守:"我最后一次进入这里是在两年前,这妃子怎么会现在怀孕?你们说!"他们回答说:"国王啊,除了你的大臣湿婆婆尔摩外,别人都没进去过,因为他是通行无阻的。"国王听后,心想:"他肯定背叛了我。但我公开处死他,可能会遭人非议。"于是,国王找个借口,派遣湿婆婆尔摩前往邻国盟友薄迦婆尔摩那里。同时,国王秘密派遣一个使者送信给盟友,要求他处死大臣。而大臣走了七天之后,那个王妃由于害怕,和一个乔装成女子的男人一起出逃,被看守抓住了。阿底提耶婆尔摩知道后,十分后悔:"我怎么能无缘无故把这样一位大臣处死呀!"与此同时,湿婆婆尔摩到达薄迦婆尔摩的宫中,使者也把信送到。老天保佑,薄迦婆尔摩悄悄读信后,把实情告诉湿婆婆尔摩。这位杰出的大臣说道:"你处死我吧!如果你不杀我,我也要自杀。"薄迦婆尔摩听后,大惑不解,说道:"这是怎么回事?告诉我,婆罗门!如果你不说,我要诅咒你。"大臣说道:"国王啊,我在哪儿被杀,哪儿就会十二年不下雨。"薄迦婆尔摩听后,与众臣商量道:"那个邪恶的国王想要毁灭我们的国家。难道他那里没有秘密杀手?所以,我们不能杀死这位大臣,还要防止他自杀。"这样商量决定后,薄迦

21

婆尔摩立刻派遣卫士，把湿婆婆尔摩送出国去。这样，这位大臣凭借自己的智慧活着回来。他获得清白，因为正道不会改变。同样，你也会获得清白，迦旃延那啊！呆在我家里吧，国王也会后悔的。

听了舍迦吒罗的话，我继续藏在他家里，等待机会。就这样，过了一段日子。迦那菩提啊，有一次，假难陀的儿子希罗尼耶笈多出去打猎。由于马奔驰的速度很快，他走得很远，独自一人在树林里度过白天。他只好爬上树去过夜。有一头熊受到狮子威胁，也爬到树上。它看见王子害怕的样子，便用人的语言说道："你不要害怕，你是我的朋友。"它解除了他的恐惧。王子信任熊，睡着了，而熊醒着。狮子在树底下说道："熊啊！你把那个人扔给我，我就走开。"熊回答说："罪恶的狮子啊！我不会害死朋友的。"后来，熊睡着，王子醒来。狮子又说道："人啊！你把熊扔给我。"听了这话，王子很害怕，为了取悦狮子，便去推熊。奇怪的是，即使推了，熊也没有掉下去。因为老天保佑，恰在此刻，熊醒了。熊诅咒王子说："你背叛朋友，你将成为疯子。"要等有人知道这件事情的原委后，这个诅咒才失效。

第二天早上，王子回到自己家中，变成了疯子。假难陀见到后，顿时陷入悲痛之中，说道："如果婆罗如吉此刻活着，他会知道这是怎么回事。哎呀，我真不该匆匆忙忙处死他！"听了国王的话，舍迦吒罗想："嘿，让迦旃延那公开露面的时机到了。这位骄傲的人不必再躲藏。而国王也会信任我。"于是，他请求国王宽恕，说道："国王啊！不要悲伤，婆罗如吉还活着。"假难陀说道："快把他带来！"舍迦吒罗立刻把我带到假难陀那里。我察看变成这副模样的王子后，说道："这是背叛朋友造成的。"由于辩才女神的恩惠，我讲述了这件事情的原委。由此，王子摆脱诅咒，称赞我。国王问我："你怎么知道的？"我说："国王啊！智者凭借智力，依据特征推理，从而洞悉一切。正如我知道那颗痣，我也知道这一切。"听了我的话，国王因后悔而羞愧。我没有接受他的慷慨馈赠。我已经获得清白，便回家去了。因为智者的财富是品德。

我刚到家里，仆人就在我面前哭起来。我不知所措。优波婆尔舍走上前来，对我说："优波高姿听到你被国王处死，纵身投入火中。你母亲也由于悲伤过度，心碎而死。"闻听此言，悲痛突涌心头，我失去知觉，倒在地上，犹如风吹树倒。顷刻之间，我尝到了悲伤的滋味。失去亲人，忧伤似火攻心，有谁会不感到焦灼痛苦呢？婆尔舍走上前来，对我说："这世界上，万物轮回，唯独无常永恒。既然你知道这是创造主的幻影，怎么还会糊涂呢？"

他用这些话开导我。事实上，我好不容易才稳定下来。后来，我怀着厌世之心，抛开一切束缚，以寂静为唯一伴侣，进入苦行林。过了一天又一天。有一次，一位婆罗门从阿逾陀城来到我所在的苦行林。我向他打听假难陀国王的消息。他认出了我，悲伤地告诉我说："你听听在你走后假难陀发生的事情吧！"

舍迦吒罗等了很久，终于等到机会。他正在寻思杀害假难陀的计策，看见有个名叫贾那吉耶的婆罗门在路上掘土，便询问道："你为何掘土？"婆罗门回答说："我要连根铲除达薄草，因为它扎伤了我的脚。"听了这话，大臣立刻认为这个婆罗门一生气就产生严厉的决心，适合用作杀死假难陀的工具。问过姓名后，大臣对他说："婆罗门啊，我指定你主持难陀国王家里十三日的祭祖仪式。你将获得十万金币的谢礼。你将坐在首席。现在你上我家吧！"说罢，舍迦吒罗把贾那吉耶带到家中。

到了祭祖日，他带贾那吉耶去见国王，得到国王认可。于是，贾那吉耶坐上祭祖仪式的首席。而一位名叫苏般度的婆罗门想坐属于自己的首席。舍迦吒罗便去禀告假难陀国王。国王说道："别人都不合适，让苏般度坐首席吧。"舍迦吒罗回来，小心翼翼、谦恭地把国王的命令告诉贾那吉耶，并向他声明："这不能怪我。"贾那吉耶怒火中烧，解开自己的发髻，发誓道："我一定要在七天之内毁灭难陀，以解心头之恨，然后再挽上发髻。"假难陀听到这话，怒不可遏。贾那吉耶悄悄溜走。

舍迦吒罗让贾那吉耶躲进自己家里。贾那吉耶接受舍迦吒罗的暗中资助，前往某个地方举行巫术仪式。由于巫术的作用，假难陀王得了热病，在第七天死去。然后，舍迦吒罗杀死假难陀的儿子希罗尼耶笈多，让真难陀的儿子旃陀罗笈多登上王位。他请求智慧如同天师的贾那吉耶担任大臣。他安排好贾那吉耶的职位后,认为自己尽到责任,向假难陀报了仇,怀着对儿子们的哀思,离弃尘世,进入大森林。

从这个婆罗门口中听到这样的消息后,迦那菩提啊!我感到万物无常,陷入烦恼。由于烦恼,我来朝拜难近母。蒙受她的恩惠,我见到了你,记起自己的前身,朋友啊!我通晓神圣的知识,给你讲了这个大故事。现在,我受诅咒的期限已经到了,我要设法脱离这个身体。而你现在要呆在这里,等待一位名叫德富的婆罗门来到你身边。他有学生陪伴,不使用三种语言①。他和我一样,由于女神发怒,受到诅咒。他是优秀的迦那,名叫摩利耶凡,因为我说情而受牵连,下凡人间。你要告诉他湿婆讲述的这个大故事。然后,你就会摆脱你受的诅咒,他也会摆脱他受的诅咒。

婆罗如吉对迦那菩提说完这些话后,为脱离身体,前往伯德利迦净修林。途中,他在恒河岸边看见一位吃素的牟尼。当着他的面,这位牟尼用拘舍草刺破自己的手。婆罗如吉出于好奇,为了验证牟尼的妄自尊大,施展神力,使流出的血变成菜汁。见此情景,牟尼得意忘形,喊道:"嘿,我成功了!"婆罗如吉微微一笑,说道:"为了考验你,我才使你的血变成菜汁,牟尼啊!直到现在,你还没有抛弃自高自大。在知识的路上,自高自大是难以逾越的障碍。而没有知识,即使立下一百个誓言也不能获得解脱。天国也会毁灭,不能吸引追求解脱者的心。因此,牟尼啊,抛弃自高自大,努力求取知识吧!"牟尼听了他的教诲,赞颂他,向他致敬。

然后,婆罗如吉来到宁静的伯德利迦净修林。为了摆脱凡人的身体,他怀着强烈的虔诚之心,寻求女神庇护。女神显身,告诉他:"凝思之火能使你摆脱身体。"于是,婆罗如吉用凝思之火烧毁身体,回到自己的天国住处。而迦那菩提留在文底耶森林企盼着与德富相会。

___

① 即不使用梵语、俗语和方言。

第六章

　　下凡的摩利耶凡在森林里游荡。他名叫德富,侍奉娑多婆诃那国王。由于在国王面前发过誓,现在他不再使用梵语等多种语言,怀着沮丧的心情前来朝拜难近母。按照女神的指示,他见到了迦那菩提。由此,他记起自己的前身,犹如大梦初醒。他使用不同于梵语等三种语言的毕舍遮语,向迦那菩提通报自己的名字,说道:"快告诉我从布湿波丹多那里听来的故事。这样,你和我都能摆脱诅咒,朋友啊!"听了他的话,迦那菩提向他行礼,高兴地说道:"我会讲述这故事的。但我好奇心切,主啊!请把你出生以来的经历告诉我,答应我吧!"按照他的请求,德富开始讲述:

　　在波罗底湿达那,有座城市名叫苏波罗底湿提多。那里有一位优秀的婆罗门,名叫苏摩舍尔摩,朋友啊!他有两个儿子,婆察和古尔摩。他生下的第三个孩子是女儿,名叫悉如多尔达。后来,婆罗门和他的妻子去世,这兄弟俩负责照看自己的妹妹。突然,她怀孕了。由于家里没有别的男人,婆察和古尔摩互相产生怀疑。悉如多尔达觉察两位兄长的心思,便说道:"不要胡乱猜疑,听我告诉你俩。有位王子名叫吉尔底塞那,是蛇王婆苏吉的侄子。我去沐浴时,他看到我,一见钟情。他告诉我他的家世和姓名,用健达缚方式娶我为妻。他出身婆罗门。我从他那儿怀的孕。"听了妹妹的话,婆察和古尔摩说道:"这怎么让人相信呢?"于是,妹妹默默思念蛇王子。她一思念,蛇王子就到来,对婆察和古尔摩说道:"我已经娶你俩的妹妹为妻。她是一位受诅咒而下凡的优秀天女。你俩也是受诅咒而被贬谪人间的。你俩的妹妹肯定会生下一个儿子。然后,她和你俩都会摆脱诅咒。"说罢,蛇王子消失不见。不久,悉如多尔达生下儿子。朋友啊!你要知道,这儿子就是我。当时,辩才女神在空中说道:"这新生儿是迦那下凡。他名叫德富,是婆罗门。"然后,我的母亲和舅舅摆脱诅咒,按时死去。

　　我变得孤苦伶仃。我尽管年幼,也能抛弃忧伤,独自前往南方求学。后来，我完成学业，掌握一切知识，返回故乡施展自己的才能。我在学生陪同下，进入久别的苏波罗底湿提多城，看到一派壮观的景象：这里咏歌者按照仪轨吟唱娑摩吠陀，那里婆罗门在辩论吠陀的原义。这里一帮赌徒用虚诞的言词赞美赌博："学会赌博诀窍，马上招来财宝。"那里一群商人在交换经商技巧，其中一个商人说道：

　　节俭者以财谋利，这不足为奇。而我过去没有一分钱财，却获得了荣华富贵。我还在娘胎里的时候，父亲就去世了。黑心肠的亲戚把我母亲的财产全部夺走。母亲满怀恐惧，为了保护自己腹中的孩子，到父亲的朋友鸠摩罗达多家里去住。这位贤良的妇女在那里生下了我。我是她将来生活的依靠。她含辛茹苦抚养我长大。她贫穷匮乏，恳求老师教会我书写和算术。然后，她对我说道："你是商人的儿子，孩子啊！现在你应该经商了。在这地方，有位富商，名叫维沙吉罗。他总是给贫困的好人家子弟经商的本钱。你去向他乞求一点本钱吧。"

　　于是，我到维沙吉罗家里。当时，他正在发脾气，对一个商人的儿子说道："你看地上这只死老鼠，聪明的人拿它作商品，也能赚到钱。而我给了你那么多钱，坏家伙啊，你不但没有赚到钱，连本也保不住。"听了这番话，我立刻对维沙吉罗说道："我从你这里拿这只老鼠作为经商本钱。"说罢，我拿起这只死老鼠，写了收据。我离开时，这个商人笑了。

　　我把这只死老鼠卖给一个商人作猫食，价钱是两把鹰嘴豆。我炒熟鹰嘴豆，提着水，到城外，站在十字路口的树荫下。我殷勤地把清凉的水和鹰嘴豆献给一群疲劳而归的伐木工。他们很高兴，每人给我两块木头。我把这些木头拿到市场上出售。然后，我用一小部分本钱买进鹰嘴豆，第二天用同样方法从伐木工那里得到木头。我天天这样做，渐渐积攒够了本钱，买进伐木工三天砍伐的全部木头。突然，天降暴雨，木头奇缺。我售出这些木头，获得好几百钱。我用这些钱开了个店铺，靠自己的才能做买卖，渐渐变成了富商。我做了一只金老鼠送给维沙吉罗。他把自己的女儿嫁给了我。从此，我在这世上赢得"鼠商"这个雅号。我身无分文，就这样获得了荣华富贵。

在场的那些商人听完后，都十分惊讶。无壁而能绘画，怎么不令人惊讶？

在另一处，有个吟唱娑摩吠陀的婆罗门得到八个金币的馈赠，一个看似食客的人对他说道："你凭婆罗门地位足以维生。你应该用这些金币去学习世俗生活，成为聪明人。"那个傻瓜问道："谁能教我呢？"食客说道："有个妓女名叫遮杜利迦，你去她家吧！"婆罗门又问道："到了那里，我怎么做呢？"食客说道："你把金币给她，然后好言抚慰[①]，讨她欢心。"这个娑摩吠陀吟唱者听后，立即前往遮杜利迦家。他进屋后，遮杜利迦起身迎接。婆罗门坐下，把金币递给她，说道："此乃学费，现在请教我世俗生活吧！"在场的人都笑了起来。他想了想，便将双手合成牛耳状的喇叭。这个蠢材扯开嗓子，高声吟唱娑摩吠陀。在场的食客们都聚集过来看热闹，说道："从哪里钻进来这只豺，赶快将'半月'送到他的脖子上[②]。"婆罗门以为"半月"是箭[③]，怕脑袋落地，迅速逃出去，嚷嚷道："我已经学会世俗生活了。"

然后，他回到原来给他出主意的那个食客那里，讲了事情经过。那个食客对他说："我说的娑摩，意思是好言抚慰，那里哪儿是吟唱吠陀的场合啊？也许，在你们这种被吠陀弄糊涂的人的身上，愚蠢是根深蒂固的。"他这样笑着说完，便到妓女那里，说道："把那金币草料还给这头两足牲畜吧！"妓女笑着把金币还给婆罗门。婆罗门拿着金币，回到自己家里，仿佛获得了再生。

我每走一步都能见到这种奇事，后来到了一座与因陀罗天宫一样的王宫。学生前去通报后，我进入王宫，见到娑多婆诃那国王坐在议事厅的狮子宝座上，舍尔婆婆尔摩等大臣围绕着他，就像众天神围绕因陀罗。我祝福国王后坐下，国王也向我致敬。舍尔婆婆尔摩等人向国王赞美我说："国王啊！这人以知识渊博闻名天下，因此他的名字德富名副其实。"娑多婆诃那国王听了大臣们对我的赞美，很高兴，立即款待我，任命我为大臣。此后，我操心国事，教诲

---

① 这里按梵语原文也可读作"使用娑摩"。娑摩（sāman）有二义：一是娑摩吠陀的曲调，二是抚慰。
② 意思是用半月形状的手臂扼住他的喉咙。
③ 即箭头呈半月形状的箭。

学生,娶妻成家,生活愉快。

有一次,我出于好奇,在戈达瓦利河岸随意游荡,看到一座名为黛维揭罗蒂的花园。这花园十分可爱,仿佛是人间的欢喜园①。我向园丁询问这花园的来历。园丁告诉我说:

主人啊!从老一辈人那里听说,从前,这里来了一位婆罗门,沉默不语,绝食斋戒。他建造了这座设有神殿的花园。后来,所有的婆罗门怀着好奇心,聚集在这里。经过再三询问,这位婆罗门讲述了自己的经历:"在那尔摩达河岸的婆鲁迦佉地区,我出生为婆罗门。以前,我贫困又懒散,没有人给我施舍。我充满烦恼,厌倦生活,弃家游荡,朝拜圣地,来到难近母居住的文底耶山。见到难近母后,我思忖:'世人都用牲畜作为祭品供奉这位赐恩的女神,我要在这儿杀死我自己这头愚蠢的牲畜。'这样决定后,我拿起刀,准备砍自己的头。就在这一刹那,仁慈的女神亲口对我说:'孩子,你已经获得成功,不要自杀,留在我身边吧。'我得到女神的恩惠,获得神性。从此,我的饥饿和干渴全都消失。一天,女神亲自指示我:'孩子,到波罗底湿达那去建造一座最美的花园。'说罢,她给了我神圣的种子。我便来到这里,依靠她的神力建造了一座美丽的花园。你们要好好保护这座花园。"说罢,这位婆罗门就消失了。所以,这座花园是从前由女神安排建造的,主人啊!

我从园丁口中听到女神对这个地区的恩惠,怀着惊讶的心情回家。

德富这样说后,迦那菩提问道:"主啊!为什么这位国王名叫娑多婆诃那?"于是,德富说道:"听着,我来告诉你!"

有位非常英勇的国王名叫迪波迦尔尼,他的妻子名叫舍格提摩蒂。他视妻子胜过自己的生命。一次,妻子在欢爱之后睡在花园里,遭到蛇咬,而后死

---

① 欢喜园是天王因陀罗的花园。

去。国王一心怀念她,虽然没有子嗣,也发誓过净行生活。后来有一天,他为没有儿子继承王位而痛苦,尊神湿婆指点他说:"你在森林里游荡时,会看见一个骑在狮子上的孩子。你把这个孩子带回家。他会成为你的儿子。"国王醒来,记起这个梦,感到十分高兴。

　　一天,他打猎的兴致很高,进入远处的森林。中午时分,他看见莲花池边,一个孩子骑着狮子,光辉灿烂如同太阳。狮子想要喝水,放下孩子。国王记得那个梦,拔箭射死狮子。狮子顿时抛弃狮身,现出人形。国王问道:"嘿,这是怎么回事?请你告诉我。"那人便说道:"我是一个药叉,财神的朋友,名叫娑多,国王啊!我过去看见一位仙人的女儿在恒河里沐浴。她也看见了我,对我产生爱情。我也同样爱她。于是,我采用健达缚方式娶她为妻。她的亲属得知后,愤怒地诅咒她和我:'你们这两个随心所欲的罪人,将变成一对狮子。'牟尼们又规定了诅咒的终期:她要等到生下儿子,而我要继续等到你用箭把我射死。这样,我们俩便变成了一对狮子。后来,她怀孕生下这孩子后,就去世了。我用别的母狮的奶哺育这孩子。今天,我被你用箭射死,摆脱了诅咒。我把这高贵的儿子给你,带他走吧!这件事早已为牟尼们所预言。"说罢,这个名叫娑多的药叉便消失不见。国王把这孩子带回家。因为这孩子是由娑多驮来的,所以国王给他取名娑多婆诃那①,后来又立他为王。当迪波迦尔尼国王去森林隐居时,这位娑多婆诃那已经成为整个大地的国王。

　　为了回答迦那菩提的问题,德富在中间插入了这个故事。说完这个故事,聪明的德富想起原来的话题,又说道:

　　有一次,在春天喜庆节日里,娑多婆诃那国王进入那座女神建造的花园。他在那里游玩了很长时间,就像因陀罗在欢喜园里一样。他在后妃陪伴下,跳入水池嬉戏作乐。他用手撩水泼后妃。她们也泼他,犹如母象泼公象。后妃脸上淌着水滴,眼膏洗净而眼睛发红,湿衣贴身而线条分明,吉祥志褪去,首饰

---

① 婆诃那(vāhana),意思是驮。

坠落,犹如风吹蔓藤,花叶飘散。她们纷纷躲进林中。国王的一位王后乳房丰满,行动缓慢,肢体娇嫩如花,因嬉戏而疲乏,忍受不了国王泼水,说道:"别用水泼我了,国王!"国王听了,马上吩咐侍从送来许多糖果。王后笑了起来,说道:"国王啊!在水里是吃糖果的场合吗?我是对你说'别用水泼我',你连'别'和'水'两个词之间的连声①都不懂。你不懂语法。你怎么会是这样一个傻瓜?"精通语法学的王后这样奚落国王,侍从们笑了起来。国王顿时深感羞愧,无地自容。他立即停止嬉水,垂头丧气,无精打采,返回宫中。

他陷入忧愁,昏昏沉沉,不思饮食,仿佛成了画中之人,问他什么也不答理。他痛苦烦恼,躺在床上想道:"或者求助学问,或者死亡。"侍从们看到国王突然变成这副模样,都惶恐不安,不知发生了什么事。我和舍尔婆婆尔摩得知国王的情况时,已是黄昏时分。考虑到国王此时仍然不舒服,我俩立刻召来国王的近侍罗阇杭娑,询问国王的身体状况。他说道:"过去从来没有见过国王这样颓丧。别的王后气愤地说,他今天受了那个歪门邪道的女学者、毗湿奴舍格提的女儿的羞辱。"听了近侍的话,我和舍尔婆婆尔摩心情沉重,犹豫不决,思忖道:"国王如果是身体有病,可以请医生治;如果是心病,原因就不好找了。他深受臣民爱戴,没有对他的王国构成致命威胁的敌人,也没有衰败的迹象,怎么会突然这样痛苦烦恼呢?"正当我们这样思考着,聪明的舍尔婆婆尔摩说道:"我知道国王的心思,他为愚蠢而烦恼。他常常觉得自己是个愚人,渴望获得学问。我早就察觉国王有这个心愿。现在又听说他受到王后羞辱,这就是原因所在。"我们就这样商量着,度过了一夜。

天明时,我们前往国王的卧室。那里是禁地,任何人不得入内。但我还是设法进去了。舍尔婆婆尔摩也跟着我溜了进去。我坐在国王身旁,问道:"国王啊!你怎么无缘无故精神消沉?"娑多婆诃那国王尽管听到问话,依然沉默不语。于是,舍尔婆婆尔摩说了一番奇妙的话:"国王啊,你过去对我说过:'我想获得学问。'为此,我昨天夜里施展咒术,做了一个梦。在梦中,我看见一朵莲花从天上降下。有位仙童将莲花打开,里面走出一位身穿白衣的仙女,直接

---

① mā(别)和 udaka(水)连声读成 modaka,而 modaka 有糖果之义。

进入你的口中。国王啊！看到这里，我就醒了。我认为毫无疑问，那是辩才女神显身进入你的口中。"舍尔婆婆尔摩讲述了这样的梦境，娑多婆诃那国王立刻打破沉默，急切地对我说道："请你告诉我，一个努力学习的人，需要多长时间才能掌握学问？没有学问，荣华富贵也黯然失色。权力对于愚人，犹如首饰对于木头，有什么用处？"于是，我对他说："国王啊！通向一切知识之门的语法，一般人通常需要十二年才能学会，而我用六年就能教会你。"舍尔婆婆尔摩听后，心生妒嫉，立刻接口说道："一个习惯于享福的人哪能忍受这么长时间的辛劳？国王啊！我能在六个月里教会你。"听他说出这种不可能做到的事，我生气地说："如果你能在六个月里教会国王，我就永远不说人间通行的三种语言——梵语、俗语和方言。"舍尔婆婆尔摩回答说："如果我做不到，我就拿你的鞋子顶在头上十二年。"说完，他走了出去，我也回家。而国王想到我们两个之中总有一个会成功，心中感到宽慰。

舍尔婆婆尔摩想到自己的诺言难以兑现，束手无策，后悔不迭，把一切都告诉了自己的妻子。她悲痛地说道："夫君啊，你陷入困境，除非祈求室建陀，别无出路。"舍尔婆婆尔摩决定这样做。他实行斋戒，在夜里最后一个时辰出发。我从密探口中得知这一切。天明时，我报告了国王。国王听后，心想不知会发生什么事。于是，一位忠诚的王子辛诃笈多对他说道："国王啊！在你痛苦烦恼的那会儿，我忧心忡忡。当时我走到城外，在难近母面前准备砍下自己的头，为你祈求幸福。然而，空中传来话音劝阻我：'别这样！国王的愿望一定会实现。'所以，我认为你会获得成功。"说完，辛诃笈多告退，迅速派遣两个密探跟踪舍尔婆婆尔摩。

而舍尔婆婆尔摩饮风餐露，保持沉默，意志坚定，终于到达室建陀身边。他以苦行取悦室建陀，毫不怜惜自己的身体。室建陀赐给他恩惠，满足了他的愿望。辛诃笈多派出的两个密探回来报告国王说，舍尔婆婆尔摩已经获得成功。听到这个消息，国王高兴而我发愁，好似天鹅和沙燕见到雨云一喜一忧。舍尔婆婆尔摩赢得室建陀的恩惠，凯旋而归。他教给国王一切学问。他只要一动脑子，学问就会呈现，立即传给娑多婆诃那国王。既然至高之神赐予恩惠，还有什么事不能办到？

听说国王掌握了全部学问,举国欢庆,家家户户悬挂旗帜。旗帜迎风飘拂,像在跳舞。国王赐给舍尔婆婆尔摩许多皇家珠宝,向他行礼,尊他为师,并将那尔摩达河岸附近的摩鲁迦佉地区交给他管辖。国王让辛诃笈多享有与自己一样的荣华富贵,因为他最早从密探口中得知舍尔婆婆尔摩获得六面神①的恩惠。而毗湿奴舍格提的女儿是国王获得学问的原因。国王立她为第一王后,满怀深情,亲自为她灌顶。

第七章

后来,我恪守沉默的誓言,到国王那里。有位婆罗门在吟诵自己作的诗,国王用准确的梵语与他交谈。在场的人们见到后,十分高兴。于是,文质彬彬的国王对舍尔婆婆尔摩说道:"你自己讲讲是怎样获得神的恩惠的。"舍尔婆婆尔摩便向国王叙述道:

国王啊! 当时我从这里出发,斋戒绝食,保持沉默。在剩下最后一段路程时,由于实行严厉的苦行,我身体虚弱,精疲力竭,失去知觉,倒在地上。我记得那时有个人手持梭镖,走过来,清晰地对我说道:"起来,孩子! 一切都会成功。"我顿时感到仿佛醍醐灌顶,醒来后,我的饥渴完全消失,跟健康人一样。然后,我满怀虔诚,到达神的身边。我沐浴之后,急切地进入神的内室。在那里,室建陀向我显身。然后,辩才女神显身,进入我的口中。六莲花脸的尊神②亲自念诵以传统字母开头的经文。听了之后,我出于人皆有之的轻浮,自己想当然地念诵下一段经文。于是,神对我说道:"如果你自己不念诵,这部经典将会取代波你尼语法。由于它简明扼要,将被称作迦怛陀罗,也按照我的坐骑的名字迦罗波③,称作迦罗波迦。"说完,他亲自向我宣讲这部简短的新语法。

然后,神又对我说:"你们的国王前生是位仙人,名叫克利希那。他实行大

---

① 六面神即室建陀。
② 即室建陀。
③ "迦罗波"的原词是 kalāpa,词义为孔雀尾翎。孔雀是室建陀的坐骑。

苦行,是帕罗特婆阇牟尼的学生。他见到一位牟尼的女儿,两人一见钟情。他突然尝到了被爱神花箭射中的滋味。为此,他遭到牟尼们诅咒,被贬下凡。那位牟尼的女儿也被贬下凡,做他的王后。所以,娑多婆诃那国王是仙人下凡。在见到你后,他会按照你的愿望获得全部学问。对于高尚的人来说,高尚的事情不难做到。他们在前生已经做到,只要充分发挥潜在的记忆,就能获得成功。"说完,他消失不见。我走到外面,神的侍从给了我一些米饭。于是,我动身返回。国王啊! 说也奇怪,一路上,我天天吃这些米饭,而它们依然还是这么多。

舍尔婆婆尔摩讲完自己的经历,娑多婆诃那国王很高兴,动身去沐浴。而我由于恪守缄口不语的誓言,不再管事,国王已经不喜欢我。我向他行礼告辞,带着两个学生,前往城外,决心实行苦行,求见难近母。这位女神托梦指点我寻访你。为此,我进入这座可怕的文底耶森林。根据一个布邻陀野人的话,我找到一个商队。也是命运安排,我到了这里,看见许多毕舍遮。我从远处听他们互相谈话,学会了毕舍遮语。这使我解除了沉默的束缚。于是,我用这种语言寻访你。听说你去优禅尼城了,我便等在这里,直到你回来。见到你,我用这第四种"鬼语"①向你问候,随即记起自己的前身。这就是我这一生的经历。

德富这样说完,迦那菩提对他说道:"你听我说昨天夜里我是怎么知道你到来的。我有位罗刹朋友名叫菩提婆尔摩,他有神眼。我到他居住的优禅尼花园,询问他我的诅咒结束期,他对我说:'我们在白天没有威力。你等着,到了晚上,我告诉你。''好吧。'我便呆在那里。到了晚上,魔鬼们手舞足蹈。我顺便问他们为何这么高兴。菩提婆尔摩回答说:'听我告诉你过去湿婆和梵天交谈时说过的话:药叉、罗刹和毕舍遮白天都无威力,在阳光下委靡不振。因而,一到晚上,他们就兴高采烈。哪里不按照仪轨供奉天神和婆罗门,也不按照规定进食,他们就出现在那里。凡有素食者和贞女的地方,他们不前往。凡

---

① 即不同于梵语、俗语和方言的毕舍遮语。

有清净者、英雄和觉醒者的地方,他们不出没。'菩提婆尔摩说完这些话后,对我说道:'去吧,德富已经到来,他会使你摆脱诅咒。'听了他的话,我就来见你,主啊!现在,我给你讲述布湿波丹多说的故事。但是,我有点好奇,为什么他叫布湿波丹多,你叫摩利耶凡?"德富听了迦那菩提的问话,便讲述道:

在恒河岸边,有一块御封婆罗门领地,名叫跋呼苏婆尔那迦。那里住着一位博学多闻的婆罗门,名叫戈温陀达多。他有个忠贞的妻子,名叫阿耆尼达姐。他们生了五个儿子,个个长得俊俏,但愚蠢骄慢。有个婆罗门客人名叫吠希婆那罗,犹如另一位火神,来到戈温陀达多家。戈温陀达多恰好离家在外,婆罗门便向他的儿子们请安,而他们回报以嗤笑。于是,婆罗门愤怒地准备离开他们家。这时,戈温陀达多回来,看见他满面怒容,便询问原因,尽力抚慰他。而这位至高无上的婆罗门说道:"你的这些傻瓜儿子是贱民。你与他们接触,你也是贱民。所以,我不能在你家吃饭。否则,我将要赎罪。"于是,戈温陀达多赌咒发誓说:"我再也不接触这些坏儿子。"他的殷勤待客的妻子也走过来,说了同样的话。好不容易,吠希婆那罗接受了他们的款待。

戈温陀达多有一个儿子名叫提婆达多,见此情景,为父亲的绝情而悲伤。他觉得受到父母辱骂,生活毫无价值。他怀着抑郁的心情,前往伯德利迦净修林修炼苦行。在那里,他先以树叶为食,后以烟雾为食,长期坚持苦行,从不间断,以取悦乌玛的丈夫①。湿婆对他实施严厉的苦行感到满意,向他显身。他从湿婆那里选择了一个侍奉湿婆的恩惠。湿婆指点他说:"你要掌握学问,在大地上享受。以后,你的一切愿望都会实现。"

为了求取学问,提婆达多到华氏城,按照仪轨侍奉一位名叫吠陀贡帕的老师。他在那里时,师母欲火中烧,强行向他求欢。唉,女人生性轻浮!提婆达多受到情爱干扰,便离开那个地方,不知疲倦地前往波罗底湿达那。在那里,有一位年迈的老师名叫曼陀罗斯瓦明,与年迈的妻子作伴。提婆达多向他求学,圆满完成学业。

---

① 即湿婆大神。

后来,国王苏舍尔曼的女儿希利看见这位俊俏的青年,就像吉祥天女看见毗湿奴。他也看到站在窗口的这个少女,宛如看到驾着天车游荡的月亮的第一夫人。他俩的目光像爱神的锁链,互相捆住,无法松开。公主伸出一根手指做手势,示意他走近,仿佛是爱神下达命令。于是,他走近她。公主从后宫出来,用牙齿叼着一朵花,扔给他。他不明白公主这个动作的含义,茫然不知所措。他回到老师家里,急火攻心,在地上打滚,说不出任何话,像一个疯了的哑巴。聪明的老师凭借爱情的种种迹象推测,巧妙地询问,终于使他如实讲出事情经过。机智的老师为他解开疑团,说道:"她用牙齿叼花扔给你,那是暗示你去鲜花盛开的布湿波丹多①神庙,等候在那里。现在,你就去吧!"

这青年明白了公主的暗示,解除忧愁,前往神庙,呆在庙里等候。公主以初八为借口,也来到神庙,然后单独进入庙中拜神。她看到了门后的情人。这青年立即起身,搂住她的脖子。她问道:"奇怪,你怎么明白我暗示的意思?"这青年回答说:"我不明白,而我的老师明白。"公主顿时生气地说道:"放开我!你这个家伙。"她害怕秘密泄露,赶紧走了。提婆达多也走出神庙,孤独地思念刚见到就失去的情人,他的生命在离别之火中熔解。

他曾经取悦湿婆。湿婆看到他这副模样,便吩咐一个名叫般遮希克的迦那帮助他实现愿望。于是,这位优秀的迦那前来安慰他,并让他乔装成女子,而自己化装成老婆罗门。这位杰出的迦那带着他到美目公主的父亲苏舍尔曼国王那里,说道:"我的儿子到外地去了,我要去寻找他,国王啊!我把我的这个儿媳寄放在这里,请你保护她!"苏舍尔曼国王害怕受到诅咒,只得接受。国王以为这个青年是女子,便把他安置在自己女儿的后宫。

般遮希克走后,这个乔装成女子的婆罗门青年住在自己情人的宫中,并取得了她的信任。有一天夜里,公主思恋情人,他便亮明自己的身份。于是,公主秘密地与他用健达缚方式结了婚。在公主怀孕后,那位一想到就会来临的优秀迦那在夜里悄悄地把婆罗门青年带走了。然后,他迅速脱去这青年身上的女子服装。天明后,他又化装成原来的老婆罗门,带着这青年到苏舍尔曼国

---

① 布湿波丹多(puṣpadanta),意为花齿。

王那里,说道:"国王啊!今天我已找到儿子,请把我的儿媳还我吧。"而后,国王得知那个"女子"已在夜里逃跑。他害怕受到诅咒,惊慌地对大臣们说道:"他不是婆罗门,而是某个天神来迷惑我,因为这样的事情是经常发生的。"

于是,国王接着说道:"从前,有位国王名叫尸毗,实践苦行,慈悲为怀,乐善好施,意志坚定,保护一切众生。因陀罗为了迷惑他,亲自幻化为一只老鹰,迅猛追逐一只由正法神幻化成的鸽子。鸽子恐惧地飞向尸毗,依偎在他的怀里。于是,老鹰用人的语言对国王说道:'国王啊!这只鸽子是我的吃食,把它给我充饥。否则,你就是故意饿死我。那样,你的善心何在?'尸毗王对老鹰说道:'它来求我保护,我不能置之不理。我给你一份同样重量的肉吧!'老鹰说:'如果这样,请你给我你自己的肉吧!'国王高兴地同意道:'好吧。'他割下自己的肉放在天平秤上,而另一端的鸽子却越来越重。最后,国王把全部身体放在秤上。这时,空中出现天国话音:'好啊,好啊,平衡了。'随即,因陀罗和正法神抛开老鹰和鸽子的形体,满怀高兴,将尸毗王的身体恢复原样。他俩赐给尸毗王一些恩惠后,消失不见。所以,这个婆罗门也是某个天神,前来考验我。"

苏舍尔曼国王低声地对大臣们说完这些话后,诚惶诚恐地向化作婆罗门的优秀迦那行礼说道:"请宽恕我!你的儿媳昨天夜里不见了。尽管我们日夜守护,由于幻术,她不知去了哪儿。"这个迦那假装好不容易发出慈悲心,说道:"那么,国王啊,你就把你自己的女儿给我的儿子吧!"国王听后,害怕遭到诅咒,便把女儿给了提婆达多。

于是,般遮希克走了。提婆达多名正言顺地重新获得自己的爱人,置身于没有子嗣的岳父的权力和财富之中。后来,苏舍尔曼国王让女儿的儿子摩希达多灌顶继承王位,自己退隐林中。提婆达多见到儿子享有荣华富贵,感到目的已经达到,也与公主一起去苦行林隐居。在那里,他又取悦湿婆,得到湿婆的恩惠,抛弃凡人形体,成为迦那。由于他不知道爱人用牙齿叼花扔给他的含义,他在迦那群中得名"布湿波丹多"。他的妻子也成为女神的女门卫,名叫遮雅。这是布湿波丹多的名字来历。现在,请听我的名字来历。

从前,我也是那个名叫戈温陀达多的婆罗门的儿子,与提婆达多是兄弟,名叫苏摩达多。怀着与提婆达多同样的心情,我去雪山修炼苦行。我坚持用许多花环取悦湿婆。以月亮为顶饰的湿婆感到满意,也向我显身。我摒弃享有其他快乐的愿望,选择成为迦那的恩惠。这位雪山女儿的丈夫、至尊的大神对我说:"你亲自从人迹罕至的林地采撷花朵,编成花环供奉我。因此,你将成为我的迦那,名叫摩利耶凡①。"于是,我摆脱凡身,立刻成为圣洁的迦那。所以,我的名字"摩利耶凡"是湿婆恩赐的。由于雪山女儿的诅咒,如今我又成为凡人,来到人间,迦那菩提啊,现在,你告诉我湿婆讲的故事吧。这样,我俩遭受的诅咒就能结束。

第八章

　　德富这样说后,迦那菩提用自己的语言讲述了由七个故事组成的神圣故事。而德富也用那种毕舍遮语记下故事,花了七年时间,写成七十万颂。这位大诗人为了防止持明偷走这部作品,在树林里书写,没有墨水,就用自己的鲜血。悉陀、持明等神灵不断前来听故事,空中仿佛撑着帐篷。迦那菩提看到德富写成《伟大的故事》,便摆脱诅咒,回到天国自己的位置。那些陪随他游荡的毕舍遮听了这个神圣故事,也都升上天国。

　　然后,大诗人德富思忖道:"我的这部《伟大的故事》必须留传人间,因为这是女神在谈到诅咒终期时提出的条件。怎样才能留传呢? 把它传给谁呢?"他随身带着的两个学生,一个名叫古纳提婆,另一个名叫南迪提婆。他俩对老师说道:"把这部诗作交给吉祥的娑多婆诃那。他是唯一合适的人选,因为鉴赏家传播诗作,犹如清风传播花香。"德富说道:"好吧!"便把写本交给这两位品德高尚的学生,派他俩去见国王。他本人也去,只是呆在波罗底湿达那城外,约好在女神建造的那座花园里会面。

　　两位学生到了娑多婆诃那国王那里,呈上这部诗作写本,说道:"这是德富的作品。"国王听到他俩说毕舍遮语,又看到他俩的毕舍遮模样,怀着学者的傲慢,轻蔑地说道:"七十万颂是够有分量的,可是毕舍遮语是乏味的,字又是用血写的,去它的毕舍遮故事!"于是,两位学生拿着写本,原路返回,把情况如

---

① 摩利耶凡(mālyavat),意为"有花环"。

实告诉德富。德富听后,顿时陷入悲痛。确实,得不到内行赏识,有谁会不感到内心痛苦呢?

于是,德富带着学生,到不远处的山里,在一个僻静而又可爱的地方,搭了一个火坛。他将故事念给鸟兽听,当着两个学生的面,含着泪,将写本一页一页扔进火里。由于两个学生渴望得到那罗婆诃那达多的生平故事,德富让他俩留下了这个十万颂的故事。当他边念边烧这部神圣故事时,所有的鹿、野兽和水牛等动物都不吃草,不觅食,走上前来,围在那里,一动不动,含泪谛听。

这时,国王婆多婆诃那身体不舒服,御医说病因是吃了萎缩的肉。厨师们受到责备,但他们解释说:"猎人给我们送来的就是这种肉。"于是,国王查问猎人。他们说:"在离这儿不远的一座山里,有位婆罗门一页一页地念诗,念完后扔进火里。所有的动物都聚在那里听故事,不吃食,不走动。由于饥饿,它们的肉都萎缩了。"听了猎人的话,国王出于好奇,让猎人带路,亲自前往德富那里。

德富由于过着林居生活,头发蓬松披散,仿佛是即将熄灭的诅咒之火的余烟。他呆在含泪的众兽中间。国王认出了他,向他行礼,询问事情原委。聪明的德富用"鬼语"向国王讲述了自己作为布湿波丹多遭到诅咒的经历和必须将这部故事留传人间的情况。国王得知他是迦那下凡,便向他行触足礼,请求他赐予湿婆亲口讲述的这部神圣故事。德富对婆多婆诃那说道:"国王啊,我已经烧掉六个故事六十万颂,现在还剩下一个故事十万颂,你拿去吧!我的这两个学生会帮你讲解。"说完,德富告辞国王,运用瑜伽力,抛弃身体,摆脱诅咒,回到天国自己的位置。

国王拿着德富赠送的讲述那罗婆诃那达多经历的《伟大的故事》,返回自己的京城。他赐给这位故事诗人的两个学生古纳提婆和南迪提婆土地、金子、衣服、车辆、宫殿和财宝。依靠这两个学生的帮助,婆多婆诃那恢复了这部故事,并写了"故事缘起",说明它为何用"鬼语"流传下来。这部故事生动有趣,津津有味,人们被它吸引,甚至忘却了诸神的故事。它的声誉传遍全城,随即又传遍三界。

第二卷　故事开端

第一章

愿湿婆大神拥抱高利女神[①]时流出的汗水保佑你们！爱神惧怕湿婆眼中的火焰，仿佛用它作为水性武器。

请听这个奇妙的持明故事吧！它由优秀的迦那布湿波丹多在盖拉瑟山上，从大神湿婆口中听到；然后由迦那菩提在人间，从变成婆罗如吉的布湿波丹多口中听到；接着由德富从迦那菩提口中听到；最后由娑多婆诃那从德富口中听到。

有个地方名为犊子，仿佛是创造主在大地上创造的一个对手，以遏制天国的骄傲。在那个地方的中部，有座大城名为憍赏弥，是吉祥女神的娱乐胜地，犹如大地的耳环。那里有位国王名叫百军，出生于般度家族，是阇那弥阇耶的儿子、波利克希多的孙子、阿毗摩纽的重孙。他的先祖是阿周那。阿周那的勇力不可制服，从他与湿婆的交臂搏斗中已得到验证。百军的一个妻子是大地，另一个妻子是王后毗湿奴摩提，前者为他生出无数财富，而后者没有为他生出一个儿子。

这位国王酷爱打猎，一次出外游荡，在树林里结识了牟尼香迪利。这位杰出的牟尼来到渴求子嗣的国王的京城憍赏弥，让王后吃了他精心准备的、念过

---

① 高利女神（gaurī）即湿婆的妻子波哩婆提。

咒语的祭品。于是,国王得到一个儿子,名叫千军。父亲因儿子而光彩,正如品德因谦恭而优秀。后来,百军立儿子为太子,自己仍然享受皇家生活,但不再为国事操心。

后来,天神和阿修罗开战,因陀罗派使者摩多利前来向国王求援。于是,百军把儿子和王国委托给宰相持轭氏和大将军苏波罗底迦,与摩多利一起到因陀罗那里,参战消灭阿修罗。百军当着因陀罗的面,杀死以耶摩丹希德罗为首的许多阿修罗,最后在战斗中阵亡。摩多利将国王的尸体运回,王后殉葬。这样,王权就落在儿子千军的肩上。神奇的是,当千军登上父亲的狮子座时,由于沉重,各地的国王都弯腰低头。

然后,因陀罗在欢庆胜利的节日,派摩多利把朋友的儿子千军接到天国。千军王看到众天神有天女做伴,在乐园里戏耍玩乐,渴望自己也能得到一个合适的妻子,故而显得闷闷不乐。因陀罗知道了他的愿望,便说道:"国王啊,别发愁。你的愿望能实现。因为她已经出生在大地上,早就注定是你的合适的妻子。请听我告诉你这个故事吧!从前,我去宫廷看望父亲梵天,一位名叫毗突摩的婆薮①随我同往。我们到了那里,有位名叫阿兰菩夏的天女也来看望梵天。她的白长袍被风儿吹开。婆薮一见到她,便坠入情网。而这位天女的眼睛也立刻被他的容貌吸引。梵天看到这情况,对我使了个眼色。我明白他的意思,便生气地诅咒道:'你们两个毫无廉耻,只配下凡人间,到那里去结为夫妻!'千军王啊,这位婆薮就是你,降生为百军的儿子,成为月亮族的荣耀。而这位天女降生为阿逾陀城国王克利多婆尔曼的公主,名叫摩利迦婆提。她将成为你的妻子。"

犹如风助火势,因陀罗的这番话立刻在国王充满情欲的心中煽起爱情的烈焰。因陀罗礼貌送客,让千军王乘坐他的飞车,由摩多利陪伴,返回自己的京城。出发时,天女狄罗德玛出于关心,对千军王说道:"国王啊,我要跟你说点话,请稍等一会儿。"可是,国王一心想着摩利迦婆提,没有听见她的话。狄罗德玛感到蒙受羞辱,生气地诅咒道:"国王啊,你一心想着她,不听我说话。

---

① 婆薮(vasu)属于因陀罗的侍从。

你将与她分离十四年。"摩多利听到了这个诅咒。而国王渴望爱人,身子随车返回憍赏弥城,心已飞向阿逾陀城。

回到憍赏弥,千军王怀着渴望的心情,把自己从因陀罗那里听到的摩利迦婆提的情况告诉了以持轭氏为首的众大臣。他迫不及待地派遣使者前往阿逾陀城,向克利多婆尔曼求娶他的女儿。克利多婆尔曼听了使者传达的讯息,高兴地告诉王后迦拉婆提。王后说道:"国王啊,摩利迦婆提注定要嫁给千军王。我记得在梦中,有个婆罗门对我说过此事。"国王满怀喜悦,让使者亲眼见到摩利迦婆提能歌善舞,美貌绝伦。就这样,克利多婆尔曼把女儿嫁给了千军王。他的女儿集一切优美的艺术于一身,仿佛是月亮的化身。千军王和摩利迦婆提成婚,犹如学问和智慧结合,相得益彰。

不久,千军王的众位大臣都生了儿子。持轭氏生下儿子负轭氏,苏波罗底迦生下儿子卢蒙婆,弄臣生下儿子婆森多迦。过了一些天,王后摩利迦婆提也脸色苍白,怀孕了。国王对她百看不厌。她向国王提出一个孕妇的奇怪请求:想在灌满鲜血的池子里沐浴。为了满足王后的愿望,恪守正法的国王让人用胭脂等红颜料灌满池子,看上去像灌满了鲜血。王后在池子里沐浴,身上染满红色。有一只金翅鸟以为这是一块鲜肉,突然俯冲下来,叼走了她。

国王不知道金翅鸟将王后带到哪里,满怀愁绪。他的坚定顿时离他而去,仿佛去寻找王后。他的那颗挚爱妻子的心也被金翅鸟攫走,他失去知觉,倒在地上。摩多利凭借神力得知这一切,就在国王苏醒过来的刹那间,自天而降,来到这里安慰他,把原先听到的天女狄罗德玛的诅咒告诉他,然后离去。国王悲痛忧伤,哭诉道:"哦,爱人啊! 那个恶毒的狄罗德玛称心如意了!"知道了诅咒一事,加上众位大臣的开导,国王抱着团圆的希望,决定无论如何也要活下去。

而金翅鸟叼走王后摩利迦婆提后,马上发现那是个活人,便把她扔了。王后恰好掉在日出之山上。金翅鸟扔下她飞走后,王后看到自己呆在这难以攀登的山顶上,无人保护,充满悲伤和恐惧。她衣衫单薄,孤苦伶仃,在树林里哭泣。一条大蟒蛇抬起身来要吞食她。王后注定有快乐的结局,忽现忽隐的天国勇士杀死蟒蛇,救了她的命。而王后一心想死,投身在野象面前。野象仿佛心生怜悯,也保护她。多么奇怪,野兽居然不吃掉在嘴边的食物。说奇怪也不奇怪,因为这是湿婆大神的意愿。

王后怀着身孕,行动迟缓,朝着悬崖走去,而一想起自己的丈夫,又放声痛哭起来。这时,有位牟尼的儿子前来采集根茎和果子,听到哭声,来到这位仿佛是忧愁化身的女子身旁。他问清了事由,满怀怜悯之情,尽力安慰王后,将她带到阇摩德耆尼净修林。在那里,王后见到如同安慰化身的阇摩德耆尼。他光辉夺目,照亮日出之山,像是固定在那里的太阳。王后跪在他脚前,心中充满与丈夫分离之苦。这位牟尼具有天神的眼力,对求助者怀有仁慈之心,说道:"这里就是你的家,女儿啊!儿子是延续父系家族的命根。你将会与丈夫团圆,别悲伤。"过了些日子,这位无可指摘的王后生下一个漂亮的宝贝儿子,犹如与善人交往产生善行。在这个孩子诞生之时,空中传来话音:"一位吉祥高贵、名声卓著的国王,名叫优填,已经出生。他的儿子将成为持明的国王。"这话音唤起了摩利迦婆提心中忘却已久的快乐。

优填这孩子在苦行林中渐渐长大,美德犹如朋友陪伴着他。阇摩德耆尼为他举行各种适合刹帝利的神圣仪式。这个富有勇力的孩子学习各种知识和箭术。他的母亲摩利迦婆提出于慈爱,从自己手上褪下刻有千军王名字的戒指,戴在儿子手上。一次,优填出外捕鹿,在树林里游荡时,看见一个山里人逮住一条蛇。他对这条美丽的蛇产生怜悯,便对山里人说:"听我的话,放了这条蛇吧!"山里人回答说:"主人啊!这是我的谋生之物。我是个穷人,靠耍蛇糊口度日。原先那条蛇死了。我在大树林里找到这条蛇,用咒语和药草制服了它。"听了这话,慷慨的优填把母亲给他的戒指给了山里人,让他放掉这条蛇。山里人拿了戒指走后,这条蛇迎上前来,高兴地对优填说道:"我的名字叫婆苏奈弥,是婆苏吉的哥哥。你救了我,请接受我的这把琵琶。它弦音优美,音度有别。也请接受我的这些槟榔叶以及保持花环和吉祥志不褪色的技艺。"这条蛇赐给优填礼物后,与他道别。优填回到阇摩德耆尼净修林,在母亲眼中,犹如天降甘露。

而那个在树林里从优填手中得到戒指的山里人,在命运的安排下,来到市场上出售这枚刻有国王名字的戒指。他被巡捕抓住,带到王宫。千军王忧心忡忡,亲自审问:"你从哪里得到这个戒指的?"山里人把自己在日出之山逮蛇直到获得这枚戒指的前后经过都告诉了国王。千军王听了山里人讲述的这一切，又看到妻子的戒指，心潮澎湃。这时，天上传来话音："对你的诅咒已经解除，国王啊，你的妻子摩利迦婆提和儿子一起，在日出之山的阇摩德耆尼净修林。"这话音使忍受离别痛苦的国王欣喜，犹如阵雨使忍受炎热折磨的孔雀高兴。这一天因渴望而漫长，好不容易熬过。第二天，千军王让山里人在前面引路，带着军队向日出之山的净修林进发，以便尽快找到可爱的妻子。

第二章

　　经过长途跋涉，这一天，国王在一个树林的池塘边安营。傍晚，疲倦的国王上床休息，对前来侍候解闷的故事手商揭多迦说道："你给我讲个听了心里高兴的故事。我渴望见到摩利迦婆提的莲花脸。"商揭多迦说道："国王啊！你何必无端烦恼？对你的诅咒已经解除，你就要与王后团圆。许多人都经历过悲欢离合，我给你讲个这样的故事。主人啊，请听！"

　　从前，在摩腊婆有个婆罗门，名叫耶阇娑摩。这个善人有两个讨人喜欢的儿子，一个名叫迦罗奈弥，另一个名叫毗揭多跋耶。父亲升天时，两兄弟已过完童年，前往华氏城求学。在那里，他俩完成学业。老师提婆舍尔曼把自己的两个女儿分别嫁给他俩。这两个女儿犹如另一种学问的化身。

　　迦罗奈弥看到别人的家庭富裕，出于妒忌，发誓举行火祭取悦吉祥女神。吉祥女神高兴满意，显身对他说道："你将获得许多财产，你的儿子将成为大地之主。但是，你最终将像盗贼那样死去，因为你举行火祭是出于妒忌心，动机不纯。"说罢，吉祥女神消失。此后，迦罗奈弥渐渐成为富豪。又过了一些日子，他生了个儿子。由于这儿子是吉祥女神恩赐的，父亲高兴地为他取名吉授。吉授渐渐长大，尽管是婆罗门，但在武艺和角斗方面举世无双。

　　迦罗奈弥的弟弟毗揭多跋耶由于妻子被蛇咬死，出门朝拜圣地去了。

　　国王婆罗跋舍格提知人善任，让吉授做他的儿子毗揭罗摩舍格提的朋友。

吉授和高傲的王子一起生活,犹如怖军童年时代和骄横的难敌一起生活[①]。有两位阿檠底国的刹帝利跋呼夏林和婆阇罗牟希底前来与这位婆罗门交朋友。还有一些来自南方的大臣之子在角力中输给吉授。他们崇尚品德,自愿归顺吉授,与他交朋友。还有摩诃跋罗、毗耶克罗跋吒、乌本德罗跋罗和尼希吐罗迦,都与他结为朋友。过了几年,有一天,吉授陪伴王子,与朋友们一起去恒河岸边玩耍。在那里,王子的仆人们拥戴王子为王,而吉授的朋友们拥戴吉授为王。王子顿时发怒,狂妄地向这位婆罗门英雄挑起决斗。结果,王子在角斗中败在吉授手下。王子蒙受耻辱,起念要杀死这个正在崛起的英雄。吉授觉察到王子的用意,惊恐不安,与朋友们一起离开了王子。

吉授离开王子后,看到恒河中有个女子被水流卷走,犹如大海中的吉祥女神。他让跋呼夏林等六位朋友留在岸边,自己跳入河中,去救这女子。这位英雄抓住了她的头发,但她还是往下沉。吉授为了追她,也跟着往下沉。沉到深处,吉授突然看见一座湿婆神庙。这时,水没有了,女子也不见了。遇见这个奇迹,疲乏的吉授向以公牛为标志的大神湿婆行礼,在那儿的美丽的花园里过了一夜。

天明时,吉授看见这位女子前来祭供湿婆大神,犹如具备一切女性美德的吉祥女神的化身。祭供完毕,这位脸似月亮的女子返回自己的宫殿。吉授跟着她,看到一座天城般的宫殿。这位美女倨傲不恭,匆匆进去。她没有理睬吉授,径自进入内屋坐在躺椅上,由成千个女子侍候。吉授也坐在她身旁。突然,这位高贵的女子开始哭泣,痛苦的泪水洒落胸前。这时,吉授的心里涌起怜悯之情,问道:"你是谁?为何悲伤?说吧,美人!我能为你排忧解难。"她终于开口说道:"我们是魔王钵利的一千个孙女。我是老大,名叫维迪优波罗芭。我们的祖先被毗湿奴大神抓去长期囚禁,我们的父亲也在角斗中被那位英雄杀死。他杀死我们的父亲后,把我们从自己的城里赶出。为了禁止我们进城,他在城里安放了一头狮子。狮子占据了那座城市,我们心里充满痛苦。这头狮子原是药叉,受到财神俱比罗的诅咒而成为狮子。只有等到这头狮子被凡

---

① 怖军和难敌是史诗《摩诃婆罗多》中的人物,前者是般度族后裔,后者是俱卢族后裔。

人制服,诅咒才能解除。这是经过我们请求,毗湿奴指点我们的进城办法。因此,请你制服我们的敌人——这头狮子吧! 就是为了这个目的,我把你引到这里,英雄啊,你制服这头狮子后,会从它那里得到一把明月剑。靠着这把剑的威力,你将征服大地,成为国王。"听了这番话,吉授答应道:"好吧!"

　　第二天,吉授让魔女们带路,前往那座城。在角斗中,他战胜高傲的狮子。诅咒随即解除,狮子恢复人形。为了报答解除诅咒之恩,他高兴地把自己的剑送给吉授,然后消失不见。魔女们的深重痛苦也随之消失。吉授与魔女姐妹们一起进入这座华丽的城市。它看上去像千头蛇出现在地面。魔女送给他一枚能解毒的戒指。此后,年轻的吉授住在这里,爱上了这位魔女。而她施展计谋,说道:"你到池塘里去洗个澡,带着这把剑下去,以防鳄鱼威胁。"吉授说道:"好吧!"他便跳进池塘,而挺身起来时,却站在恒河岸边原先跳下的地方。他看着剑和戒指,惊讶自己从地底下出来了。他感到沮丧,方知被魔女骗了。

　　然后,他向自己的家走去,寻找自己的朋友。途中,他遇见朋友尼希吐罗迦。他走上前来向吉授行礼后,迅速把他拉到僻静处。吉授向他打听亲友的消息,他说道:

　　你跳进恒河后,我们寻找了你好多天。我们伤心极了,决定自杀。这时,空中传来话音劝阻我们:"孩子们,不要鲁莽行事,你们的朋友会活着回来。"于是,我们决定回到你父亲那里。可是在途中,有个人跑来对我们说:"你们现在不要进城去。国王婆罗跋舍格提去世了,大臣们已经让毗揭罗摩舍格提继承王位。他登上王位第二天,就到迦罗奈弥家里,气势汹汹地问道:'你的儿子吉授在哪里?'迦罗奈弥回答说:'我不知道。'国王大发雷霆,认为他窝藏儿子,称他为盗贼,用尖桩将他处死。他的妻子见此情景,心碎而死。恶人作恶会做到底。毗揭罗摩舍格提正在搜捕吉授,要处死他。你们是他的朋友,赶快离开这里吧!"

　　听了那个人的话,我们痛苦不堪。跋呼夏林他们五个人商量后决定回自己的家乡优禅尼城,让我乔装改扮留在这里等你,朋友啊,来吧! 我们一起到

45

朋友们那里去。

听了尼希吐罗迦的话,吉授为父亲哀痛悲伤。他久久凝视自己的剑,仿佛寄托复仇的希望。这位英雄等待着时机。而现在,他由尼希吐罗迦陪伴,向优禅尼城出发,去会见朋友们。

吉授边走边向他的朋友讲述跳入恒河后的经历,忽然看见有个妇人在路边哭泣。妇人说道:"我迷路了。"吉授同情她,带她同行。这天,他们在一座空城里住宿。夜里,吉授偶然醒来,看见这个妇人已经杀死尼希吐罗迦,正在兴奋地吃他的肉。吉授起身抽出明月剑。妇人露出恐怖的女罗刹面貌。吉授抓住她的头发,准备杀死这个夜行者。而她立刻呈现天女的容貌,说道:"大英雄啊!不要杀我,放了我吧!我不是女罗刹。我是受到众友仙人诅咒,才变成这样的。他修炼苦行,求取财神的地位。财神派我去干扰他。我凭借美貌没能打动他,感到羞愧,便装出狰狞的面貌吓唬他。众友仙人见我这副模样,便诅咒道:'罪人啊!让你成为吃人的女罗刹!'他指出只有等你抓住我的头发时,这个诅咒才失效。这样,我变成了可憎的女罗刹。长期以来,我吃光了这座城里的人。今天,你使我摆脱了诅咒。现在,你选择一个恩惠吧。"吉授听了她的话,尊敬地说道:"还要什么别的恩惠?你现在就让我的朋友复活吧。""好吧。"她给了这个恩惠,便消失了。尼希吐罗迦又活了过来,完好无损。吉授又惊又喜。

天亮后,吉授和尼希吐罗迦一同起程,这天终于到达优禅尼城。朋友们一直盼望着他的到来,现在见到了他,精神振奋,犹如孔雀见到雨云。跋呼夏林把他带到自己家里,款待他。吉授向他们讲述了自己的神奇经历。他受到跋呼夏林的父亲的照顾。他和朋友们一起住在那里,就像住在自己家里。

这一天,春天喜庆节日来到,吉授和朋友们一起去花园看热闹。在那里,他看到国王频婆吉的女儿,宛如春天女神的化身。她名叫摩利甘迦婆提,仿佛通过吉授睁大的眼睛直达他的心里。她的目光温柔,流露出初恋之情,时时落在吉授身上,仿佛是穿梭往来的女使。当她进入密林时,吉授看不见她,顿觉心中空虚,一时不知自己身在何方。他的朋友跋呼夏林善于察言观色,对吉授说道:"我知道你的心思,朋友! 不必掩饰。来,我们上公主那儿去。"吉授说道:"好吧。"在朋友陪伴下,他刚走到公主近旁,忽然听到一阵叫喊声:"啊,糟了,公主让蛇咬了!"吉授心急火燎。跋呼夏林走过去对内侍说道:"我的朋友有解毒戒指和咒语。"内侍立刻迎上前来,行触足礼,然后迅速把吉授带到公主身边。吉授把戒指戴在公主手指上,然后念诵咒语。公主起死回生。所有的人都很高兴,一致赞美吉授。国王频婆吉得知此事,也来到这里。

然后,吉授和朋友们一起回到跋呼夏林家里,但没有拿回戒指。吉授把国王奖赏给他的金子都给了跋呼夏林的父亲。他日夜思念可爱的公主,心烦意乱,朋友们不知所措。后来,公主的心腹女友,名叫跋婆尼迦,借口奉还戒指,来到吉授身边,说道:"幸运的人啊! 我的朋友已经决定:你救了她一命,或者做她丈夫,或者她一死了之。"听了跋婆尼迦的话,吉授和跋呼夏林他们一起商量决定:"我们设法暗中带走公主,偷偷离开这里,到摩突罗去住。"他们制订了周密的计划,互相说定后,跋婆尼迦回去了。

第二天,跋呼夏林由三位朋友陪伴,借口出外经商,前往摩突罗。途中,他每隔一段路程就秘密安置快马,以备接送公主。而吉授在黄昏时分,把一个妇女和她的女儿灌醉,再把她俩放在公主的卧室。然后,跋婆尼迦点火焚烧卧室,并悄悄把公主带出来。吉授此刻正等在外面,接到公主后,他让两位朋友和跋婆尼迦陪伴公主,把公主送往先行的跋呼夏林那里。喝醉酒的那个妇女和她的女儿被烧死了。而人们以为是公主和她的女友被烧死了。

第二天早上,吉授照常出现,人们都见到了他。到了夜里,吉授才带上明月剑,去追赶早已出发的情人。这一夜,他急匆匆赶了很长的路程,天明时到达文底耶树林。他先看到不祥的征兆,然后看到所有的朋友和跋婆尼迦都倒在路上,伤痕累累。他困惑不安地走过去。他们对他说道:"今天我们遭到一群骑兵抢劫。我们陷入绝境。有个骑兵把受惊害怕的公主抢到马上带走了。趁她被抢走还没走远,你赶快朝这个方向追去。别管我们! 无论如何,她比我们更重要。"在朋友们的敦促下,他迅速去追赶公主,但仍频频回首顾盼朋友们。

吉授赶了很长的路,追上了这支骑兵队。他看到其中有个刹帝利青年,公主就在他的马上。他慢慢走到这个刹帝利青年身边,好言劝他放下公主,但未能奏效。于是,吉授抓住他的脚,把他拽下马来,摔死在石头上。然后,吉授骑上这匹马,杀死许多愤怒地围攻他的骑兵。剩下的一些骑兵看到他英勇非凡,都吓得逃跑了。于是,吉授和公主一起骑着马,回朋友们那里去。骑了一小段路后,吉授和公主下马行走。那匹马因为在战斗中负了重伤,倒地死去。这时候,担惊受怕的公主疲惫不堪,焦渴难忍。吉授把她安顿在那里后,到远处去找水。东找西找,太阳落山了。最后,他找到了水,却迷了路,在树林里呼喊着,转悠了一夜,像雄轮鸟①一样。天明时,他找到了那匹马倒下死去的地方,但哪儿也不见可爱的公主的踪影。他心慌意乱,把明月剑放在地上,爬上树顶,向四处瞭望,寻找公主。

这时,有个山中首领路过这里,从树底下捡起明月剑。吉授看到这个山中首领,从树顶上下来,焦急地向他打听自己爱人的消息。山中首领说道:"到我的村庄去,我肯定她在那里。到了那里,我会把剑还你。"在山中首领鼓励下,吉授怀抱希望,跟随山中首领的随从们去到村庄。到了村长的家,那些人对他说:"先休息一下吧。"他过于疲劳,顷刻之间就睡着了。他醒来时,发现自己的双脚被戴上了铁镣,仿佛锁住了他寻找爱人的种种努力。他呆在那里,哀叹他的爱人犹如飘忽不定的命运,一会儿带来幸福,一会儿带来毁灭。

一天,一位名叫莫遮尼迦的女仆来到他那里,说道:"辉煌的人啊!你从哪里来到这里找死?山中首领现在到一个地方去办事了。等他回来,就要把你作为祭品,祭供难近母。他是为了这个目的,才施计把你从文底耶森林山坡带到这里囚禁起来的。也正因为他要用你祭供女神,才一直供给你衣食。如果你愿意,我有一个救你的办法。山中首领有个女儿,名叫孙陀利。她见到你后,害了沉重的相思病。只要你肯娶我的这位女友,就能获得自由。"吉授一心想要逃脱,听了她的话,同意道:"好吧。"

于是,吉授用健达缚方式,偷偷娶孙陀利为妻。每天夜里,孙陀利都来打开吉授的脚镣。不久,孙陀利怀孕了。她的母亲从莫遮尼迦口中得知这一切后,怀着对女婿的慈爱,亲自前来对吉授说道:"孩子啊,孙陀利的父亲名叫希

---

① 按印度神话,雄轮鸟每夜与雌轮鸟分离。

利荫陀,是个粗暴的人。他不会饶恕你。你赶快走吧！但别忘了孙陀利。"岳母说罢,放他出去。吉授临走时告诉孙陀利,自己的那把剑还在她父亲手中。

吉授愁绪满怀,又进入原先转悠的树林,寻找摩利甘迦婆提。他看见一个吉兆,于是来到原先马匹倒毙、爱人失踪的地方。在那里,他看到附近有个猎人朝他走来,便向那猎人打听鹿眼爱人的下落。猎人问道:"你就是吉授? "吉授叹气说道:"正是我这不幸之人。"于是,猎人说道:"那么,我告诉你。朋友啊,你听着！我看见你的妻子哭喊着,到处找你。我问明了事由,深表同情,安慰这个可怜的女人,把她从树林里带回自己的村庄。但在那里,我看到野蛮的布邻陀人,心里很害怕。于是,我又把她带到摩突罗附近的那格斯特罗村,安置在一位名叫毗希婆达多的老年婆罗门家里,尊敬地委托他照看她。从她的口中,我得知你的名字,又来到这里。因此,你快去那格斯特罗村找她吧！"

听了猎人的话,吉授立即出发,在第二天黄昏,到达那格斯特罗村。他进入毗希婆达多的家,见面后,说道:"请你把猎人委托你照看的我的妻子还给我。"毗希婆达多听后,对吉授说道:"我在摩突罗有个朋友,一位崇尚德行的婆罗门,是国王修罗犀那的老师和大臣。我把你的妻子委托给他照看了,因为这个村子地处荒郊野外,令人担心,不适宜保护她。天明后,你去吧！今晚就在这里休息一下。"听了毗希婆达多的话,吉授便在那里过了一夜。

天明后,吉授出发,第二天到达摩突罗。他长途跋涉,风尘仆仆,疲惫不堪,便在城外洁净的湖水中洗澡。他在水中捞到一件衣服。那是一些盗贼放在那里的,衣角挽了个结,里边藏有一串项链,但表面看不出来。吉授拿着衣服,没有察觉有项链。他急于去见爱人,进入了摩突罗城。而城市卫兵认出这件衣服,也找到了项链,便把他当作盗贼抓走,连人带赃送交城防长官。城防长官又禀报国王,国王下令将他处死。

吉授被带往刑场,一路上有人在他后面击鼓。摩利甘迦婆提从远处看到他,急忙跑回她寄住的宰相家,说道:"那个被带走要处决的人,是我的丈夫。"于是,宰相前去阻止刽子手,并报告了国王,国王赦免吉授后,宰相吩咐把吉授带回家中。吉授来到宰相家后,认出了宰相是谁,跪在他的脚下,问道:"你不是我的叔叔毗揭多跋耶？你从前流落外地,如今交上好运,在这里当了宰

49

相。"他也惊讶地认出了自己的侄子,搂抱着吉授的脖子,询问一切事由。吉授把自己在父亲去世后这段时间的全部经历都讲给叔叔听。叔叔听了直流泪,然后悄悄对侄子说道:"你别泄气,孩子!我曾经制服一个女药叉,她给了我五千匹马,七千万金币。我没有儿子,这些财产全归你。"说罢,叔叔把摩利甘迦婆提交还给他。吉授既得到财产,又结了婚,快乐地住在那里。他和可爱的摩利甘迦婆提重逢就像白睡莲和夜晚重逢 ①。尽管他幸福美满,但对跋呼夏林他们的思念总是在他的心头蒙上一层阴影,犹如月亮上的斑迹。

　　一天,叔叔悄悄对吉授说:"孩子,修罗犀那国王有个女儿,正当青春妙龄。照国王的命令,我要把她送到阿檗底国去结婚。我以这个借口带走她,把她嫁给你。一旦你拥有了从属于她的军队和我的军队,你很快就会获得王国。这是吉祥女神的旨意。"这样说定后,吉授和叔叔带了公主,还有军队和随从,一起出发。他俩刚刚到达文底耶森林,没有料到一支庞大的强盗军队射来一阵箭雨,拦截了他们。强盗打败吉授的军队,掠走他的全部财富,还把受伤昏迷的吉授捆起来,带回了自己的村庄。他们把他带到恐怖的难近母庙充当祭品,敲响钟鼓,仿佛在召唤死神。在那里,村长的女儿孙陀利看到了他。她也是吉授的妻子,正好带着儿子前来供拜女神。她满怀喜悦,命令站在她和丈夫之间的强盗退下去。然后,吉授跟她一起进入她的住宅。他获得了该村的统治权。因为孙陀利的父亲没有儿子,去世时,把统治权交给了孙陀利。这样,吉授重新获得妻子和明月剑,被强盗制服的叔叔和随从也重新获得自由。吉授和修罗犀那的女儿结婚,成为当地的大王。

　　然后,吉授派使者到两位岳父频婆吉国王和修罗犀那国王那里。他俩都宠爱女儿,高兴地认吉授为女婿,率领全部军队来到他这里。与他分离的跋呼夏林等几位朋友已经治愈伤口,恢复健康,听到消息后,也来到他这里。在两位岳父协助下,这位英雄报了杀父之仇,使毗揭罗摩舍格提成为他的满腔怒火的祭品。吉授拥有直达海边的大地,摆脱了离别的痛苦,由摩利甘迦婆提陪伴,快乐地生活。

---

①　白睡莲的花瓣白天闭合,晚上张开。

因此,国王啊!意志坚强的人总能越过漫长分离的愁苦之海,最终获得幸福。

思念爱人的千军王听了商揭多迦讲述的这个故事,度过旅途中的这一夜。企盼实现自己的愿望,他的心早已飞向爱人。天明时,千军王继续出发,去找自己的爱人。过了几天,他到达宁静的阇摩德耆尼净修林。那里,甚至鹿儿都不嬉闹。他看到阇摩德耆尼目光圣洁,犹如苦行的化身。他向阇摩德耆尼行礼,受到热情接待。这位仙人把王后摩利迦婆提和王子优填交给国王。王后和国王久别重逢,犹如宁静和喜悦结伴。诅咒解除,夫妻团圆,两人眼中充满喜悦的泪水,仿佛降下甘露。国王拥抱初次见面的儿子优填,汗毛竖起,几乎放不开手,仿佛已经被胶粘住。然后,千军王带着王后摩利迦婆提和儿子优填,向阇摩德耆尼辞别,离开宁静的净修林,出发返回自己的城市。那些鹿儿含着眼泪,跟随到苦行林边。

一路上,国王听妻子讲述离别后的经历,他也讲述自己的经历,渐渐来到拱门矗立、旌旗招展的憍赏弥城。他带着妻子和儿子进城。市民们睫毛竖起,仿佛用目光吞饮他们。国王欣赏儿子优填的品德,立即为他灌顶,立他为王位继承人,并指定大臣们的儿子婆森多迦、卢蒙婆和负轭氏为优填的大臣。这时,天降花雨,空中传来话音:"由这些优秀大臣辅佐,他将获得整个大地。"此后,国王把治国重任移交给儿子,与王后摩利迦婆提一起享受渴望已久的尘世幸福生活。最后,感官享乐的欲望突然发现,衰老这位安息的使者已经来到国王的耳根,便忿忿然远离而去。于是,千军王让受到臣民爱戴的、光辉的儿子优填登上王位,确保世界繁荣昌盛。而国王自己在大臣和爱妻陪同下,前往雪山,完成人生的最后旅程。

第三章

优填接受父亲授予的犊子国王权后,定居憍赏弥城,统治臣民。渐渐地,这位国王热衷各种享乐,把治国重任交给负轭氏等大臣。他酷爱打猎,日夜弹奏从前婆苏吉的哥哥送给他的那把音色优美的琵琶。他经常利用琴弦产生的迷人心窍的魔力,驯服林中疯狂的野象。他也饮酒,酒中映出美女的脸似月亮,也映出大臣的脸似愁云。他唯一的烦恼是:"不知与我门当户对、相貌匹配的妻子在哪儿。我只是听说有个名叫仙赐的少女,怎样才能得到她呢?"

而优禅尼城的旃陀摩诃犀那也在思考:"这世上没有与我女儿匹配的丈夫。只有一个名叫优填的国王。但他一直是我的敌人。怎么能使他既成为我的女婿,又成为我的藩属?只有一个办法。他是一个酷爱打猎的国王,总是独自一人在树林里游荡,捕捉大象。我要利用他的这个弱点,施计抓住他,把他带回来。他精通音乐,我让女儿做他的学生。然后,毫无疑问,他的眼睛会自动迷上她。这样,他肯定会成为我的女婿和藩属。除此之外,没有别的办法能使他归顺我。"

这样决定后,旃陀摩诃犀那去难近母庙祈求成功,向难近母致敬、赞美和祷告。他听到了空中的声音:"国王啊!你的愿望不久就会实现。"于是,他高兴地回来,与大臣菩陀达多筹划此事:"他高贵傲慢,不贪婪,受臣民爱戴,强大有力,用交涉等策略①是不会成功的。但还是先交涉一下吧。"这样商定后,国王向一个使者下达命令:"去,以我的名义对犊子王说:'我的女儿想跟你学音乐。如果你喜欢我们,就来这里教她吧!'"

使者遵照国王的命令,前往憍赏弥,把这个讯息如实通报犊子王。犊子王听后,把使者传达的不礼貌的讯息,悄悄告诉大臣负轭氏,说道:"这位国王怎么如此傲慢地向我提出要求?这个坏家伙提出这个要求,目的何在?"效忠主人的大臣负轭氏听后,说道:"你热衷享乐的恶名像蔓藤一样在大地蔓延,国王啊!这便是它结出的苦果。因为旃陀摩诃犀那认为你是个好色之徒,便企图用他的宝贝女儿诱惑你,把你骗去关起来,任他摆布。所以,你应该摆脱恶习。耽于享乐的国王容易被敌人抓住,就像陷阱中的大象。"听了大臣的话,坚定的犊子王回派一位使者,前去通报旃陀摩诃犀那说:"如果你的女儿想做我的学生,那你就把她送到我这里来吧!"这样做后,他又对大臣说道:"我要去把旃陀摩诃犀那抓到这里来。"负轭氏听后,说道:"国王啊!这样做既不可能,也不

---

① 指交涉、馈赠、离间和惩罚。这是古代印度对付敌人的四种常用策略。

合适。因为这位国王威武有力，能够制服你，主人啊！你听我给你讲他的全部经历吧。"

这里有座城市名叫优禅尼，是大地的装饰，仿佛有意嘲笑宫殿洁白的天城阿摩罗婆提。每当湿婆大神摆脱对盖拉瑟山住地的偏爱时，便以世界之主大时神①的身份住在那座天城。而在这座优禅尼城，住着一位优秀的国王，名叫摩亨德罗婆尔摩。他有个同样优秀的儿子，名叫阇耶犀那。阇耶犀那生下一个臂力出众的儿子，名叫摩诃犀那，犹如王中之象。这位国王治理自己的王国，心想："我没有与自己相配的剑，也没有出身名门的妻子。"于是，他前往难近母女神庙，在那里，以长久的绝食取悦女神。他还割下自己的肉，用来祭供。难近母高兴地显身说道："我对你很满意，孩子！把我的这把无上宝剑拿去。依靠它的威力，你将所向无敌。有个少女名叫安迦罗婆提，是阿修罗安迦罗格的女儿。她是三界中的美女，不久就会成为你的妻子。因为你在这里实行极其严酷的苦行，你以后的名字就叫旃陀摩诃犀那②。"说罢，女神把剑给他，便消失不见了。国王达到目的，喜形于色。他现在有了两件宝物——剑和象中之王那陀吉利，犹如因陀罗的金刚杵和大象爱罗婆多。

旃陀摩诃犀那对这两件宝物的威力感到满意。一天，他去森林打猎，看到一头身躯庞大可怕的野猪正在走来，犹如白天突然出现一团夜晚的黑暗。这头野猪连中数支利箭，却毫无损伤。它撞碎国王的车子，逃进山洞去了。国王丢弃车子，带着弓箭，愤怒地追赶野猪，也进入山洞。追了很长一段路，他看到一座美丽的大城。他惊诧不已，便坐在城里的湖边。他看到一个少女由一百个女子簇拥着走来，犹如射穿坚定之心的爱神之箭。她用充满柔情的眼睛时时顾盼国王，仿佛用甘露之雨沐浴国王。她缓缓走近国王，说道："你是谁？光辉的人啊！为何来到这里？"听了她的问话，国王把情况如实告诉她。这少女听后，两眼流出爱怜的泪水，心中失去自制。国王问道："你是谁？为何哭泣？"

---

① 大时神（mahākāla）是湿婆的称号。
② "旃陀摩诃犀那"的原词是caṇḍamahāsena，其中，caṇḍa的词义为严酷的，mahāsena的词义是大军。

她服从爱神的旨意,回答说:"那头进入这里的野猪是罗刹,名叫安迦罗格。我是他的女儿,名叫安迦罗婆提。国王啊!他有金刚身躯,从许多国王的宫中抢来这一百个公主侍奉我。这位伟大的阿修罗是受了诅咒才成为罗刹的。今天他因为又渴又累,才见到你又放过你。现在,他脱去野猪的形象,恢复自己的模样,正在休息。等他醒来,肯定会对你下毒手。因此,看到你要遭殃,我流下泪水,就像生命受到痛苦的煎熬。"国王听了安迦罗婆提的话,对她说道:"如果你爱我,那就照我的话去做。等他醒来,你在你父亲面前啼哭。他必定会问你为何伤心,你就说:'如果有人杀了你,那我怎么活呢?我为这个伤心。'这样做后,你和我都会得到幸福。"听了国王的话,她同意道:"好吧。"

这位阿修罗少女生怕出事,把国王藏在一边,走到睡着的父亲身边。当罗刹醒来时,她开始啼哭。父亲问道:"女儿啊!你为什么啼哭?"她忧愁地说道:"父亲啊!如果有人杀了你,那我怎么活呢?"父亲笑着说:"女儿啊!谁能杀死我?我的身躯是全金刚的,只有左手上有个致命弱点,但有弓保护着。"罗刹这样安慰自己的女儿。而所有的话都被藏在一边的国王听到了。随即,罗刹起身,沐浴后,保持静默,开始祭拜湿婆神。这时,国王出现,拿着挽开的弓,猛冲上来,呐喊挑战。而罗刹仍保持静默,向国王举起左手,示意"你且等一下"。国王抓紧这个时机,用箭射中罗刹左手的致命弱点。由于命中要害,这位伟大的阿修罗安迦罗格发出恐怖的吼叫,倒在地上,临死前说道:"在我口渴之时杀死我的那个人,如果不是每年用水祭供我,他的五个大臣就会死去。"说罢,罗刹咽气。

国王旃陀摩诃犀那带着罗刹的女儿安迦罗婆提,回到优禅尼城。他俩结婚后生了两个儿子,一个名叫高波罗迦,另一个名叫波罗迦。国王为这两个儿子的诞生举办因陀罗节日喜庆。因陀罗感到高兴,托梦告诉国王:"由于我的恩惠,你将获得一位无与伦比的女儿。"后来,到了时候,国王娇美的女儿降生。她是创造主的空前杰作,像是另一个月亮。当时,天上传来话音:"她的儿子将是爱神下凡,并将成为持明王。"由于这个女儿是因陀罗感到高兴而赐予的,国王给她取名仙赐。她现在呆在父亲家里等待出嫁,犹如吉祥女神在乳海被搅动前呆在大海的腹中一样。

旃陀摩诃犀那国王具有这样的威力，又占据一个难以攻克的国家，国王啊！你是不可能战胜他的。然而，国王啊！他确实也想把女儿嫁给你。但这位高傲的国王只希望自己一方繁荣昌盛。我认为，你肯定会与仙赐成婚的。

此刻，犊子王的心已被仙赐抓走。

第四章

这时，犊子王派去的使者已把回话通报旃陀摩诃犀那国王。旃陀摩诃犀那听后，思忖道："这位骄傲的犊子王肯定不会来这里，我也不会轻易把女儿送去。我要施计把这位国王抓来。"这样决定后，他与大臣一起策划。他让人制作一头与自己的象一模一样的机关象，在里边隐藏许多勇士，然后把它安放在文底耶森林。

嗜好捕象的犊子王豢养的侦探在远处看见这头大象，赶忙回来报告国王说："国王啊！我们看见有一头大象在文底耶森林里游荡。在这世界上，哪儿也没有见过这样的大象，身躯矗立直达天空，像一座移动的文底耶山。"听完侦探的报告，犊子王十分高兴，奖赏他们十万金币。犊子王心想："如果我获得这头能与那陀吉利大象对抗的象王，那我很快就能制服旃陀摩诃犀那。然后，他会自动把仙赐嫁给我。"他这样想着，度过了一夜。

第二天早上，他渴望获得大象，不听大臣的劝说，让侦探带路，向文底耶森林出发。他也不顾忌占星师根据星相预测他在得到一个少女的同时，也会被囚禁。到了文底耶森林，犊子王生怕惊动大象，让士兵停留在远处。他手持音色优美的琵琶，只让侦探陪同，进入像他的欲乐一样无边无际的大森林。侦探远远指给国王看文底耶南山坡上的那头与真象一模一样的机关象。犊子王想逮住它，独自一人弹着琵琶，唱着音调甜蜜的歌，慢慢走向前去。由于专心弹奏，又由于黄昏时分已过，国王没有辨出这头林中野象是机关象。而这头机关象仿佛也陶醉在歌声中，竖起耳朵拍打着，一次又一次走近，并在远处走动，吸引国王。然后，从这头机关象里突然冲出一群全副武装的士兵，包围了犊子王。国王见到他们，愤怒地拔出匕首。而当他与那些士兵搏斗时，后面又有一群士兵按照约定的信号冲上来,与前面的士兵一起把他逮住。他们把他带到旃陀摩诃犀那国王那里。旃陀摩诃犀那尊敬地走上前来相迎,与犊子王一起进入优禅尼城。

城里的居民看到新来的犊子王虽然处在屈辱地位,仍像有斑点的月亮一样,令人赏心悦目。所有的居民都以为他会被处死,出于对他的德行的爱怜,聚集在一起,准备自杀。旃陀摩诃犀那宣布说:"我并不是要杀害犊子王,而是要跟他和好。"这样平息了居民的骚动。然后,他把女儿仙赐交给犊子王,说道:"国王啊!你教她学音乐吧。以后,你会获得幸福的,别沮丧。"一见到这个少女,犊子王心生爱恋,怒气全消。而这个少女的眼睛和心一起落到他身上。出于害羞,她的眼睛低垂避开了犊子王,但心却无法避开。此后,犊子王住在音乐厅,总是凝视着仙赐,教她唱歌。他怀里抱着琵琶,嘴里唱着歌曲。仙赐站在他面前,他满心欢喜。仙赐虔诚地侍奉他,犹如吉祥女神。她感情专一,尽管他是囚徒,也不放弃。

同时,犊子王的随从们回到憍赏弥城。得知国王被擒,举国上下群情激愤。出于对犊子王的热爱,愤怒的臣民准备大举进攻优禅尼城。卢蒙婆劝阻激动的臣民说:"旃陀摩诃犀那强大有力,不是靠武力能够制服的。再说这样做也不合适,会危及犊子王的生命安全。因此,进攻不是办法,只能靠智谋取胜。"坚定的负轭氏看到国民忠贞不渝,便对卢蒙婆等人说道:"你们所有人要常备不懈,守在这里,保卫这个国家。一旦时机来到,你们就施展武力。而我要凭借自己的智慧,在婆森多迦陪同下,去营救犊子王,一定把他带回来。因为坚定的人在危难中,智慧会闪闪发光,犹如在暴风雨中,闪电的光焰格外明亮。我懂得瑜伽神通,钻墙术、破缚术和隐身术,随时可以运用。"说罢,负轭氏委托卢蒙婆保护臣民,带着婆森多迦离开憍赏弥城。

负轭氏和婆森多迦一起进入文底耶大森林。这里充满生机,犹如他的智慧;这里道路崎岖,犹如他的权谋。在这里,负轭氏拜访了犊子王的朋友布邻陀迦。他是布邻陀国王,住在文底耶山顶。负轭氏请他调动军队处于备战状态,以便犊子王回来路过这里时,接应保护。

然后,负轭氏在婆森多迦陪同下,前往优禅尼城,渐渐到达大时神的坟场。

这里到处是散发着肉腥味的僵尸鬼,黑魆魆的,犹如另一种火葬堆的浓烟。有个名叫瑜盖希婆罗的梵罗刹 ① 迎上前来,与负轭氏一见如故,结为朋友。依靠他传授的魔法,负轭氏立刻隐去自己的相貌,变成一个既秃又驼的丑陋老头,而且疯疯癫癫、乐乐呵呵。同时,负轭氏也用这种魔法使婆森多迦的相貌变成青筋暴起、挺腰凸肚、呲牙咧嘴的样子。

负轭氏先派婆森多迦去王宫门口。他自己也进入优禅尼城,又唱又跳,引来许多孩子围观。所有的人都好奇地看着他走向王宫。他的模样也引起了后宫嫔妃的好奇,这事便渐渐传到仙赐耳中。仙赐立刻吩咐一个侍女把他带到音乐厅,因为男女青年都喜欢逗笑取乐。负轭氏进来,看见犊子王带着锁链,虽然自己已经伪装成疯子,也不禁落泪。他向犊子王做了个手势。尽管他模样大变,犊子王还是认出了他。接着,负轭氏借助魔法的力量,在仙赐和那些侍女面前隐去自己。只有犊子王一人能见到他。所有的人都惊讶地说道:"这个疯子突然跑哪儿去了?"听到这话,又看到负轭氏站在自己面前,犊子王知道这是瑜伽神通,便机敏地对仙赐说道:"妹子,去把辩才女神的供品拿来。"仙赐听后,说道"好吧",便与女友一起出去。然后,负轭氏走上前去,告诉犊子王瑜伽破缚术,也告诉犊子王用琴弦控制仙赐的瑜伽术。最后,他说道:"国王啊,婆森多迦也来了。他乔装改扮,站在门口。你把这位婆罗门召到身边。如果仙赐回来后,对你毫无疑心,你就按照我说的去做。现在,先呆着别动。"说罢,负轭氏迅速离去。

这时,仙赐拿了供品回来。犊子王对她说道:"有位婆罗门站在门外,让他进来祭供辩才女神,给他一份布施。"仙赐说道:"好吧。"她把相貌丑陋的婆森多迦从门口带进来。他一见到犊子王,便悲伤哭泣。犊子王为了不露破绽,对他说道:"嗨,婆罗门! 我会治愈你的一切病态,不要哭,站到我身边来!"婆森多迦说道:"真是大恩大德,国王啊!"犊子王看着他的丑相,面露微笑。婆森多迦见国王微笑,心领神会,也笑了起来。而他一笑,那张丑陋的脸变得更加畸形。仙赐看到他笑起来活像玩偶,也欢快地笑了起来。她逗乐地问婆森多

---

① 梵罗刹(brahmarākṣasa)是生前作恶的婆罗门变成的罗刹。

迦："婆罗门啊,说说你精通哪门学问。""公主啊!我会讲故事。""那你就讲个故事吧!"于是,婆森多迦为了取悦公主,讲了一个饶有趣味的滑稽故事:

有座城市名为摩突罗,是黑天①的出生地。城里有个妓女名叫卢波尼迦。她的母亲是老鸨,名叫摩迦罗丹湿陀罗。在迷恋卢波尼迦美貌的青年人看来,她的母亲是一剂毒药。

一天,在供神的时刻,卢波尼迦去神庙履行自己的职责。她看见远处有一位英俊的男子,一见钟情,把母亲的教诲忘得一干二净,对女仆说道:"以我的名义去对这个男子说:'请你今天来我家。'"女仆前去照办。那个男子想了想,说道:"我是个婆罗门,名叫罗诃占伽,身无分文,怎么能到富人出入的卢波尼迦家去呢?"女仆回答说:"女主人并不要你的钱财。"于是,罗诃占伽说道:"好吧。"

从女仆口中得知这个消息后,卢波尼迦急忙回家,凝望着那个男子要来的路。不久,罗诃占伽来到她家。老鸨摩迦罗丹湿陀罗看到他,心里诧异:"这人哪儿来的?"而卢波尼迦看到他,尊敬地起身,高兴地搂住他的脖子,带他进入卧室。她被罗诃占伽迷人的魅力所制服,认为自己不枉此生。此后,她拒绝接待其他男子。这个青年便在她的家中舒适度日。

她的母亲调教过许多妓女,见此情景,心中不悦,悄悄对卢波尼迦说道:"孩子!你怎么侍奉这个穷汉?好妓女宁可拥抱僵尸,也不理睬穷汉。什么爱情不爱情!妓女的营生是什么?你怎么都忘了!孩子啊,妓女如同黄昏的霞光,红不了多久。妓女就像演员一样,虚情假意,逢场作戏,只是为了赚钱。你把那个穷汉甩了,别毁了你自己。"听了母亲的话,卢波尼迦生气地说道:"别再说了。这个爱人比我的生命还重要。我已经有了许多钱财,再多有什么用?妈妈啊!别再对我说这种话了。"听了这话,摩迦罗丹湿陀罗气愤地呆在一边,寻思赶走罗诃占伽的办法。

她看见路上走来一位荡尽家产的王孙公子,由一帮手持刀剑的侍从簇拥着。她马上走上前去,把他拉到僻静处,说道:"我家女儿给一个好色的穷鬼缠

---

① 黑天(kṛṣṇa)是毗湿奴大神的化身之一。

住了。你今天来我家吧！施展一下你的本事,他就会离开我的家。这样,你就能享受我的女儿了。"公子同意了,便进入她的家。这时,卢波尼迦正在神庙里。罗诃占伽原先也在外面,转瞬之间回来了,毫无戒备。公子的侍从们一拥而上,狠命地朝他全身拳打脚踢,然后把他扔进一条充满污秽的沟渠里。他好不容易从那里逃出。卢波尼迦回来后,得知此事悲痛欲绝。公子见此情景,只得从原路退回。

罗诃占伽遭受老鸨恶毒的暗算,与心上人分离,决定前往圣地,抛弃生命。他走在荒野,心中因窝着对老鸨的怒气而炙热,皮肤因夏日炎炎而炙热。他渴望树荫,却找不到一棵树。后来,他遇见一具大象的尸体。豺从它的屁股眼进去,已把象肉掏空,只剩下了皮壳。罗诃占伽钻了进去,在里面休息。不时有凉风吹进来,他睡着了。突然间,四面八方乌云密布,大雨倾盆,象皮膨胀,把屁股眼封死了。随即,一股洪流沿着这条路猛冲过来,把象皮卷走,带入恒河,最后流入大海。有只金翅鸟看到象皮,以为是肉,俯冲下来,从海中叼起象皮,带到对岸。它用尖喙啄开象皮,看到里边有个人,便飞跑了。罗诃占伽被金翅鸟弄醒,从它啄开的口子中钻了出来。他惊讶地发现自己站在大海的对岸,觉得这一切犹如一场梦。

然后,罗诃占伽惊恐地看见两个可怕的罗刹。而那两个罗刹也胆怯地远远望着他。他俩想起被罗摩打败的情景[①],看到这个人也是越海过来的,心里不免发颤。他俩商量后,由其中一个罗刹去向国王维毗沙那报告情况。维毗沙那曾亲眼见到罗摩的威力,对人的到来也感到害怕,便说道:"好朋友,你去以我的名义,友好地对那个人说:'请您光临我们的家。'"这个罗刹遵命回到那里,胆怯地向罗诃占伽转达主人的邀请。罗诃占伽镇静地表示同意,在罗刹的陪同下,前往楞伽城。

他看到许多金碧辉煌的宫殿,惊讶不已。他进入宫中,看见维毗沙那。这位国王对客人表示欢迎,罗诃占伽也向他表示祝福。国王问道:"婆罗门啊,你怎么来到这个地方的?"罗诃占伽狡滑地回答说:"我是个婆罗门,名叫罗诃

---

① 指罗摩越过大海,歼灭楞伽城十首魔王罗波那。

占伽,住在摩突罗。我为贫穷而苦恼,前往神庙,在毗湿奴大神面前绝食,修苦行。于是,尊神毗湿奴托梦指点我说:'你去维毗沙那那里。他虔诚崇拜我,会给你钱财。'我说:'维毗沙那在哪儿?我又在哪儿?'大神指点我说:'你去吧!今天你就会见到维毗沙那。'"大神说罢,我便醒来,发现自己已经站在大海的对岸。其他的事我都不知道。"维毗沙那听后,心想:"楞伽城难以到达,这人肯定具有神力。"于是,他对这个婆罗门说道:"你就呆在这里吧!我会给你钱财的。"他把罗诃占伽交给那些吃人的罗刹照看,又派一些罗刹从那里的金银山带回一只小金翅鸟,送给即将返回摩突罗的罗诃占伽,让他驯服这只鸟作为坐骑。罗诃占伽骑在金翅鸟背上,周游楞伽城。他在城里休息了一段时间,受到维毗沙那的热情款待。

有一天,罗诃占伽好奇地问罗刹王:"为什么楞伽城的地面全是木质的?"维毗沙那听后,告诉他事情的缘由,说道:"如果你有兴趣,婆罗门啊,我来讲给你听。从前,迦叶波的儿子金翅鸟想要赎救母亲。他的母亲是按照誓约沦为蛇的奴仆的①。他必须去天神那里取得甘露,作为赎救母亲的代价。为此,他想吃些强身的滋补品。他找到自己的父亲。父亲对他说:'大海里有一头巨象和一只巨龟。它们是受到诅咒变成这样的。孩子啊!你去把它们吃了吧。'于是,金翅鸟去取来这两样吃食。他栖息在庞大的如意树树枝上,由于沉重,树枝断裂。为了保护在这树下修炼苦行的矮仙们②,金翅鸟立即用嘴叼住折断的树枝。他怕树枝掉下伤害人间,便按照父亲的吩咐,把树枝带到无人的地区扔下。后来,楞伽城恰好建在这树枝上,所以地面全是木质的。"听了维毗沙那的解答,罗诃占伽高兴满意。

罗诃占伽准备返回摩突罗时,维毗沙那给了他许多无价的宝石。由于维毗沙那虔诚崇拜摩突罗的毗湿奴大神,又交给他金质的莲花、铁杵、螺号和飞轮③。罗诃占伽拿了所有这些东西,骑上维毗沙那给他的能飞行十万由旬的金

---

① 按印度神话,在天神和阿修罗搅乳海时,因陀罗获得一匹马。迦叶波的两个妻子迦德卢和毗那多争论这匹马的尾巴颜色,并约定败者成为胜者的奴仆。结果,迦德卢依靠蛇儿子耍弄诡计取胜,金翅鸟的母亲毗那多便沦为蛇的奴仆。

② 矮仙(bālakhilya)是一群仙人,数目有六万个,身材只有拇指大小。

③ 莲花(abja)、铁杵(gadā)、螺号(śaṅkha)和飞轮(cakra)是毗湿奴大神的标志物。

翅鸟,飞上楞伽的天空,越过大海,毫不费力地回到摩突罗。他从空中降落在城外的一座空庙,把那些财宝放在那里,系好金翅鸟。然后,他去市场,变卖了一颗宝石,买回一些衣服、香脂和食物。他在庙里吃了食物,也给金翅鸟喂了食物。然后,他抹香脂,换衣服,戴花环,装饰打扮自己。

晚上,罗诃占伽骑上金翅鸟,带着螺号、飞轮和铁杵,来到卢波尼迦家。他熟悉这个地方,在空中盘旋,发出低沉的声音,让孤独的爱人听到。她听到声音,走出来,看到空中有个发出宝石光芒的人,像是毗湿奴。那人对她说道:"我是毗湿奴,为你而来。"闻听此言,卢波尼迦俯首行礼,说道:"请大神垂怜。"于是,罗诃占伽降到地上,系好金翅鸟,与爱人一起进入卧室。他在那里享受快乐后,迅即走出,骑上金翅鸟,从空中飞走。

天亮后,卢波尼迦思忖道:"我已经是毗湿奴的妻子,是神灵,不能再与凡人交谈。"于是,她奉守沉默。母亲摩迦罗丹湿陀罗问她:"女儿啊!你为什么这个样子?告诉我呀!"在母亲没完没了的纠缠下,她垂下帘子,把夜里发生的事情和自己奉守沉默的原因告诉了母亲。老鸨听后,将信将疑。但在晚上,她很快看到骑在金翅鸟上的罗诃占伽。第二天早上,老鸨悄悄走近呆在帘子里面的卢波尼迦,谦卑地说道:"你获得大神的恩惠,女儿啊!你在现世就成了女神。我是你的母亲,你报答我的养育之恩吧!代我请求大神,让我就带着年老的身子进入天国。请你开恩吧!"卢波尼迦说道:"好吧。"

晚上,乔装成毗湿奴的罗诃占伽又来了,卢波尼迦提出了这个请求。而乔装成大神的罗诃占伽对爱人说道:"你母亲是个恶妇人,不适宜公开带她进入天国。不过,在十一日早上,天国之门会打开,湿婆大神的许多迦那首先进去。你的母亲可以打扮成他们的模样,混进去。你用剃刀剃一下她的头发,只留下五撮头发。让她脖子上挂骷髅项链,脱光衣服,半边身子涂上烟黑,另外半边涂上朱砂。这样打扮成迦那的模样,我就很容易把她带入天国。"说罢,罗诃占伽呆了一会儿,便走了。

天亮后,卢波尼迦按照罗诃占伽说的那样,替母亲乔装打扮。然后,一心想进天国的母亲就等待着。晚上,罗诃占伽又来了,卢波尼迦将母亲交给他。他带着这个赤身裸体、丑态百出的老鸨,骑上金翅鸟,很快飞入空中。他在空中看到神庙前高高耸立的石柱,顶端装饰有一个转轮。他把老鸨放在石柱顶端,作为对她的恶行的报复。那里只有转轮可以攀住,老鸨像旗帜那样悬挂着。他对老鸨说道:"你在这里呆一会儿,我要去向大地赐福。"说罢,罗诃占伽在她眼前消失。

罗诃占伽看到世人前往神庙前守夜,等待节日的游行,便在空中喊道:"嗨,人们啊! 今天,毁灭一切的瘟神要降落到你们头上。快求毗湿奴保护吧!"听了空中传来的话音,所有的摩突罗居民都惊恐地乞求大神庇护,虔诚地念诵消灾祈福的祷词。罗诃占伽悄悄从空中降下,卸下大神服装,站在居民中间观看。老鸨呆在石柱顶上,心想:"大神到现在还不回来,我进不了天国了。"她在上面撑不住了,恐惧地呼喊道:"哎哟,我要掉下来了!"下面的人群听到这呼喊,拥在神庙前嚷嚷道:"女神啊! 别降落,别降落!"这样,摩突罗男女老少在唯恐瘟神降落的慌乱中熬过这一夜。

天亮后,所有的居民,包括国王,都看到了老鸨以这副模样呆在柱子上。而一认出是她,所有的人都忘却恐惧,哈哈大笑起来。卢波尼迦听说后,也来到那里。看到这个场面,她窘迫难堪,立即与站在那里的人一起,把母亲从石柱顶上救下来。人们好奇地询问老鸨,她如实地讲出一切。国王、婆罗门和商人都认为这样的神奇事迹必定是悉陀之类的神灵所为。他们宣布道:"这个老鸨诈骗过无数有情人,如今不知栽在谁的手里。请他公开身份吧! 他将在这里获得佩戴头巾的荣誉。"罗诃占伽听后,站了出来。经询问,他从头至尾讲述事情全部经过,并把维毗沙那送给他的金质的螺号、飞轮等礼物奉献给大神,令人惊讶不已。摩突罗居民都很高兴,立即为他佩戴头巾,并遵照国王的命令,宣布卢波尼迦为自由民。

罗诃占伽报复了老鸨对他的伤害,出了怨气。他拥有大量的宝石,与爱人卢波尼迦共同生活,称心如意。

仙赐坐在带着锁链的犊子王身边,听了乔装改扮的婆森多迦讲述的这个故事,心中非常高兴。

第五章

渐渐地,仙赐对犊子王产生深厚的感情,站在他一边反对父亲。负轭氏又来到犊子王身旁。他对所有其他人隐去自己,只当着婆森多迦的面,悄悄对犊子王说道:"国王啊,旃陀摩诃犀那施用诡计把你抓来。他想把女儿嫁给你,才放过你,供养你。所以,让我们带了他的女儿逃走。这样,就报复了他对我们的傲慢无礼。国王给了她女儿仙赐一头母象,名叫跋德罗婆提。国王啊,除了那陀吉利外,没有一头象能追上它。而那陀吉利看到那头母象,不会跟它搏斗。那头母象的御者名叫阿夏陀迦,我已经给了他很多钱,把他收买了。你必须全副武装,与仙赐一起骑上那头母象,在夜里悄悄离开。这里的御象总管通晓象的一举一动。到时候,你必须用酒灌醉他,不让他察觉发生什么事。而我先要到你的朋友布邻陀迦那里去,安排中途接应保护你的事。"负轭氏说完,便走了。犊子王把一切要做的事都记在心中。

接着,仙赐来到他的身旁。犊子王与她互诉衷肠,说了许多贴心话,然后把负轭氏说的话告诉了她。她同意这个计划,决定出逃。她找来御者阿夏陀迦,让他做好准备。随后,她借口祭神,用酒灌醉了包括御象总管在内的所有御者。傍晚时分,雷声隆隆,电光闪闪,阿夏陀迦给母象备上鞍,牵出来。而在备鞍时,母象发出一声嘶叫。御象总管精通象的叫声。他听到这叫声,在酩酊大醉中,结结巴巴地说道:"母象说它今天要走六十三由旬。"但他喝醉了,不可能做更多的思考;其他御者也都喝醉了,不可能听到他的话。于是,犊子王用负轭氏教给他的瑜伽术,脱开锁链,带着自己的琵琶和仙赐亲自取来的武器,和婆森多迦一起骑上母象。仙赐也和心腹女友甘遮那摩罗一起骑上这头母象。这样,连同御者,一行五人。犊子王在夜里离开优禅尼城,沿路由发情的母象突破壁垒。

犊子王亲自杀死两个守卫壁垒的王族勇士毗罗跋呼和多罗跋吒。然后,他兴奋地带着爱人,阿夏陀迦手持刺棒,快速前进。而在优禅尼城里,巡警发现两个壁垒卫士被杀,惊恐不安,连夜报告国王。旃陀摩诃犀那追查后,得知犊子王带着仙赐逃跑了。全城哗然。于是,国王名叫波罗迦的儿子骑上那陀吉利,前去追赶犊子王。途中,犊子王用箭抵挡追上来的波罗迦。那陀吉利见到母象,便不想进攻。波罗迦的哥哥高波罗迦按照父亲的意愿,从后面赶来,把波罗迦劝了回去。

这样,犊子王可以放心大胆地前进了。黑夜在他们的行进中渐渐逝去。中午,他们到达文底耶森林。母象已经走了六十三由旬路,感到干渴。国王和爱人从坐骑上下来,母象饮水。由于水质恶劣,母象顿时倒地而死。犊子王和仙赐心情沮丧,听到空中传来话音:"国王啊! 我是持明女,名叫摩耶婆提。由于受到诅咒,我才成为一头母象。犊子王啊! 今天我已为你效劳,将来还会为你的儿子效劳。你的这位仙赐王后也不是凡人。她是女神,由于某种原因,才下凡人间。"于是,犊子王又高兴起来,派婆森多迦上文底耶山顶,向朋友布邻陀迦通报自己到来。而他本人在爱人陪同下,缓步走去。

走着走着,突然出现一伙强盗,把他们团团包围。犊子王当着仙赐的面,用随身携带的弓箭,射死了一百零五个强盗。这时,犊子王的朋友布邻陀迦在负轭氏陪同下,由婆森多迦带路,来到那里。这位毗罗王 ① 喝退剩下的强盗,向犊子王行礼,把犊子王和妻子带到自己村里。仙赐的脚被林中达薄草扎伤。犊子王和她一起在那里休息了一夜。

天明后,大将军卢蒙婆来到国王这里。他是从负轭氏派回的使者那里得知消息的。他带来所有的军队,铺天盖地,让文底耶森林尝到了拥挤不堪的滋味。军队进入文底耶林地后,犊子王驻扎在那里,等待来自优禅尼城的消息。那时,来了一位优禅尼商人。他是负轭氏的朋友,对犊子王说道:"国王啊! 旃陀摩诃犀那乐意你成为他的女婿,派遣侍卫来到你这里。他还在我后面走着,我悄悄赶在他前面来向你报信。"

犊子王听后很高兴,把这消息告诉仙赐。仙赐也很高兴。她抛弃亲属,急于结婚,既感到害羞,又热烈企盼。她想让自己的心情轻松愉快,便对站在身旁的婆森多迦说道:"你给我讲个故事吧!"聪明睿智的婆森多迦便给目光可

---

① 毗罗(bhilla)是文底耶山林中野蛮部落的名称。

爱的仙赐讲了一个故事,以增进她对丈夫的忠贞之情:

世界上有座著名的城市多摩罗利波提。那里有位富商,名叫财授。他没有儿子,便召来许多婆罗门,行礼后说道:"请你们让我不久有个儿子。"那些婆罗门说道:"这不是什么难事。这里的婆罗门遵照经典办事,事事都能办成。从前有位国王,后宫佳丽有一百零五个,可是没有儿子。他通过祭祀求子,生了一个儿子,名叫旃都,在后妃们眼中,犹如一轮新月。一次,旃都在地上爬着玩,一只蚂蚁在他大腿上咬了一口。他焦躁不安,放声哭叫,整个后宫顿时乱作一团,连国王也像普通人那样叫喊着:'儿子啊,儿子啊!'一会儿,那只蚂蚁爬开了,孩子也恢复平静。国王抱怨引起自己痛苦的唯一原因是他只有一个儿子。他为此烦恼,询问婆罗门:'有什么办法能让我有许多儿子?'他们回答说:'国王啊,有一个办法,那就是把你的这个儿子杀死,把他的肉身投入祭火。后妃们闻到他的气味,都会获得儿子。'国王听后,让人照办。于是,国王获得与后妃数目相同的许多儿子。因此,我们也能通过祭祀让你获得儿子。"说罢,婆罗门为提供布施的财授举行祭祀。后来,财授生了一个儿子,名叫古诃犀那。

儿子渐渐长大成人。财授开始为他选择妻子。他带着儿子前往另一个岛,名义上是去经商,实际上是去找媳妇。那里,有位大商人名叫达磨笈多。财授请求他把他的女儿提婆斯蜜多嫁给自己的儿子古诃犀那。但是,达磨笈多不同意这门亲事。他笃爱女儿,认为多摩罗利波提城太远了。而提婆斯蜜多见到古诃犀那,心儿被他的品貌吸引,决定背弃亲属。她通过女友与心上人约会。夜晚,她与财授父子一起出逃。到达多摩罗利波提城后,她和古诃犀那结婚生子,情深意笃。

后来,古诃犀那的父亲去世。亲友督促古诃犀那去迦吒诃岛经商。而妻子提婆斯蜜多不同意。她出于妒忌心,生怕古诃犀那迷上别的女人。这样,一边是妻子反对,另一边是亲友督促,办事果断的古诃犀那变得犹豫不决。于是,他到神庙发誓绝食,心想:"大神会指点我怎么做。"提婆斯蜜多也跟他一样发誓。然后,湿婆大神在梦中向这对夫妇显身,赐给他俩两朵红莲花,说道:"你俩每人手持一朵莲花。在你俩分离期间,如果有一方对另一方不忠诚,另一方手中的莲花就会枯萎,否则就不会。"听完这话,这对夫妇便醒了,各自手中拿着一朵红莲花,仿佛互相拿着对方的心。于是,古诃犀那拿着莲花出远门,提婆斯蜜多待在家里,凝视着莲花。

古诃犀那很快到达迦吒诃岛,开始做珠宝买卖。那里,有四个商人儿子看到他手中的莲花永不枯萎,感到好奇。他们施计把他带到家里,用酒灌醉他后,询问莲花的事情。他醉醺醺地讲了莲花的来历。这四个商人儿子知道古诃犀那要很久才能做完这趟珠宝买卖。他们心术不正,为了满足好奇心,想要破坏他的妻子的贞洁。商量决定后,他们悄悄前往多摩罗利波提城。

到了那里,他们寻找办法,最后找到住在佛寺的尼姑瑜伽格伦迦。他们亲热地对她说道:"女尊者,如果你能帮助我们实现愿望,我们会给你很多钱财。"她回答说:"你们这些青年肯定看中了这里的女子,说出来,我保证你们成功。我不贪图钱财,因为我有个聪明的弟子,名叫悉提迦利。依靠她的恩惠,我已经得到无数钱财。"四个青年又问道:"你怎么依靠弟子的恩惠得到很多钱财?"尼姑说道:"孩子啊! 如果你们感兴趣,听我告诉你们。"

以前,有个商人从北方来到这里。我的弟子施展计谋,乔装改扮,到他家充当女仆。她取得这个商人的信任后,从他房中偷出全部金钱,在拂晓时悄悄溜出。出城后,她慌慌张张,一路快跑。这时,有个手持小鼓的谭婆①看到她,想要打劫,便紧随在后。到了一棵榕树下,悉提迦利看见谭婆已经走近,便机警地装出可怜的样子,对他说道:"我今天和丈夫吵了一架,离家出走。贤士啊! 请你帮我系个绳套,让我吊死吧!"谭婆心想:"她要上吊自尽,我何必费心杀死这个女子?"于是,他在树上系了一个绳套。

悉提迦利又故意傻乎乎地问道:"怎么套上去? 你做给我看看。"谭婆便把小鼓垫在脚下,把绳套套在自己脖子上,说道:"就这样。"悉提迦利立刻用脚踢开小鼓,谭婆便吊在了绳套上。这时,商人追寻而来,远远看见偷走自己金钱的悉提迦利在树底下。而悉提迦利看见商人追来,便悄悄爬到树上,躲在树枝

---

① 谭婆(ḍomba)是一种低级种姓。

中间,让茂密的树叶挡住自己身体。商人带着仆从赶到那里,只见谭婆吊在绳套上,不见悉提迦利的踪影。商人的仆从马上说道:"她大概爬到树上去了。"说着,他也爬到了树上。悉提迦利对他说道:"我一直爱着你。你也爬上这里来了,美男子啊!这些金钱都归你。来,享受我吧!"说罢,她拥抱亲吻这个仆从,用牙齿把这蠢家伙的舌头咬了下来。他满嘴鲜血,疼痛难忍,从树上掉了下来,发出含混不清的叫声:"勒,勒,勒勒。"商人见此情景,心生恐惧,认定这个仆从碰上鬼了。于是,他带着仆从逃回家去。然后,悉提迦利这个女苦行者也怀着同样恐惧的心情,从树顶上爬下来,带着金钱回家。

我的弟子就是这样足智多谋,孩子啊!正是依靠她的恩惠,我得到许多钱财。

尼姑说罢,悉提迦利恰好回来。尼姑便把自己的弟子指给这些商人儿子看,并说道:"孩子们啊!现在照实说吧,你们看中了哪个女子?我很快就让你们得到她。"他们听后,对她说道:"她是古诃犀那的妻子,名叫提婆斯蜜多。你安排我们与她幽会吧!"尼姑答应为他们安排。她让这些商人儿子住在自己家里。然后,她用吃食等恩惠笼络古诃犀那家的仆人,与她的弟子一起进入古诃犀那家。走到提婆斯蜜多房门口时,有一条拴着链子的母狗拼命阻挡她。提婆斯蜜多见到她,吩咐女仆请她进来,而心里在想:"她来有什么事?"这个邪恶的尼姑进去后,向贞洁的提婆斯蜜多祝福,装出尊敬的姿态,说道:"我一直想来看你。今天,我又梦见了你,所以,我迫切想来看你。看到你与丈夫分离,我心里很难过。没有爱人作伴共享,徒有青春美貌。"尼姑用诸如此类的话安慰和诱劝提婆斯蜜多,然后告辞回家。

第二天,尼姑拿了一块沾满胡椒的肉,又来到提婆斯蜜多的家。她把这块肉扔给那条看门的母狗。母狗叼起来就吃,结果胡椒辣得它眼泪直流,鼻子冒汗。尼姑迅即进入提婆斯蜜多的房间。提婆斯蜜多礼貌待客,这个狡猾的尼姑开始哭泣。经过询问,她才开口说道:"孩子啊,你看外面这条母狗在哭。它今天认出我前生曾与它相遇,才伤心哭泣。而我出于怜悯,也流下眼泪。"提婆斯蜜多听后,看到外面的母狗好像在哭泣,心想:"怎么会有这种怪事?"接着,尼姑又说道:"孩子啊! 在前生,我和她都是一个婆罗门的妻子。我们的丈夫经常奉国王之命出使国外。在他外出期间,我按照自己的意愿与男人约会。通过享受人生,我没有辜负五大元素①和各种感官。因为满足五大元素和各种感官是最高之法。孩子啊! 因此,我今生生在这里,能记住前生。而她那时愚昧无知,一心守戒,结果投胎为母狗。不过,它也还能记起前生。"

聪明的提婆斯蜜多听后,思忖道:"这算什么最高之法? 这肯定是她设计的圈套。"于是,她说道:"我过去一直不知道这种法,女尊者啊! 那就请你为我安排与一位可爱的男人约会。"尼姑马上接口说道:"从另一个岛上来了几个商人儿子,住在这里。我去把他们给你带来。"说罢,尼姑高兴地回去了。而提婆斯蜜多对自己的女仆说道:"肯定是那些商人儿子看到我丈夫手中的莲花不会枯萎,出于好奇,用酒灌醉他,问出实情,然后从那个岛来到这里勾引我。这个行骗的尼姑是跟他们串通一气的。你们快去拿酒,掺入迷药,再请人赶制一个铁狗爪。"女仆遵照提婆斯蜜多的吩咐准备就绪,其中一个女仆还装扮成女主人的模样。

四个商人儿子都争着说:"我先去。"尼姑挑了一个,让他穿上自己弟子的服装,黄昏时,带他进入提婆斯蜜多的家。随后,尼姑悄悄溜了出去。那个装扮成提婆斯蜜多的女仆向商人儿子殷勤劝酒。掺有迷药的酒犹如放荡的行为,使他失去神智。然后,女仆剥光他的衣服,在他前额上烙下狗爪印记,在夜里把他拖出去,扔进污水沟里。天快亮时,这个商人儿子恢复神智,发现自己掉在污水沟里,仿佛自己作恶,坠入阿鼻地狱。他爬上来,擦洗身子,摸到额头上的印记。就这样,他赤身裸体回到尼姑家中。他想:"不能让我一个人当傻瓜。"于是,他对朋友们说道:"我回来时,遭到抢劫。"天明后,他用布裹住前额印记,借口一夜未睡,喝酒过多,导致头疼。

同样,第二个商人儿子在黄昏时,来到提婆斯蜜多家中,也受到捉弄。他赤身裸体回来后,说道:"尽管我已经把首饰存放在那里,出来后,还是遭到强

---

① 五大元素指地、水、火、风、空。古代印度世界观认为它们是世界万物(包括人)的基本构成元素。

盗抢劫。"早上，他也借口头疼，用布裹住前额印记。这几个商人儿子互相隐瞒，依次受到捉弄，被烙上印记。他们感到羞愧，绝望地走了。他们也没有把真相告诉尼姑，暗中希望她也受到捉弄。

他们走后第二天，尼姑带着自己的弟子，高兴地来到提婆斯蜜多的家，心想："我已经帮她成就好事。"提婆斯蜜多殷勤接待，仿佛出于感激之情，给她俩喝掺有迷药的酒。她俩醉倒后，这位贞洁的女子吩咐女仆割掉她俩的耳朵和鼻子，把她俩扔在污泥坑边。

然后，提婆斯蜜多心生忧虑："那些商人儿子回去后，会不会杀害我的丈夫？"她把事情经过告诉了婆婆。婆婆说道："孩子啊！你做得很对。但是，这可能会给我的儿子带来不利。"于是，提婆斯蜜多说道："正像从前舍格提摩提凭借智慧救护丈夫，我也要救护我的丈夫。"婆婆问道："舍格提摩提是怎么救护丈夫的，孩子啊！你说说吧。"提婆斯蜜多便说道：

在我们这个地方，城里有座祖先建造的神庙，用来供奉一位神通广大的、名叫摩尼跋德罗的大药叉。人们总是带着各种供品前来祭拜，祈求实现各种愿望。要是抓住与别人妻子通奸的男子，就把他和淫妇一起关在这座药叉庙的内室。早上，把他俩带到国王的公堂，将此事公之于众，然后予以惩处。这是惯例。

有一次，一个名叫萨莫德罗达多的商人，在夜里与别人妻子通奸，被巡警抓到，关进药叉庙，插上门栓。商人的妻子名叫舍格提摩提，富有智慧，忠于丈夫。她得知此事，沉着坚定，乔装改扮，在夜里拿着供品，由女友陪伴，充满自信地前去药叉庙。到了那里，祭司贪图她的布施，打开门放她进去，也通报了地方官。她进去后，看到丈夫和那个女人局促不安。她让那个女人换穿自己的衣服，然后说道："你出去吧。"那个女人穿着她的衣服，趁黑夜走掉了。而舍格提摩提和丈夫一起呆在庙里。早上，国王的官员前来查看，看到的是商人和他自己的妻子。国王知道后，下令释放商人，惩罚地方官。商人从药叉庙获释，犹如从虎口脱身。

舍格提摩提就是这样凭借智慧救护丈夫。我也要运用计谋去救护丈夫。

　　虔诚的提婆斯蜜多悄悄对婆婆说了这些话。然后,她装扮成商人模样,带着自己的女仆,借口经商,登船前往她丈夫所在的迦吒诃岛。到了那里,她在商人中间看到丈夫古诃犀那,犹如看到安慰的化身。尽管她已扮成男人,古诃犀那在远处看到她,依然如痴如醉,心想:"这个商人是谁?他真像我的妻子。"

　　提婆斯蜜多到国王那里,说道:"我请求你召集全体居民。"国王出于好奇,把全体居民召来,对乔装成商人的提婆斯蜜多说道:"你有什么要求?"提婆斯蜜多回答说:"我有四个奴仆逃跑了,就在这些人中间,请国王把他们交给我吧!"国王说道:"全体居民都在这里,凡你辨认出谁是你的奴仆,就带回去吧!"她挑出了那四个商人儿子。他们曾经在她的家受过捉弄,头上都裹着头巾。在场的商人们气愤地说道:"这几个都是商主的儿子,怎么会是你的奴仆呢?"提婆斯蜜多回答说:"如果你们不相信,可以查验他们的前额,那里有我烙的狗爪印记。"他们说道"好吧",便解开这四个人的头巾,于是全都看到了前额上的狗爪印记。所有的商人都感到羞愧。国王惊诧不已,亲自询问提婆斯蜜多:"这是怎么回事?"提婆斯蜜多如实讲述了一切,众人哈哈大笑。国王对她说道:"他们理应是你的奴仆。"

　　为了解除这四个商人儿子的奴仆身份,其他商人向这位贞洁的女子支付了大量赎金,也向国王支付了罚款。提婆斯蜜多既找到丈夫,又获得钱财,受到所有善人的尊敬。她返回自己的多摩罗利波提城,与丈夫再也不分离。

　　王后啊!出身名门的女子永远对丈夫忠贞不二,行为纯洁而坚定,因为对于贞洁的女子来说,丈夫是最高的神明。

　　仙赐在旅途中听了婆森多迦讲述的这个高尚故事,克服了背弃父亲家庭的羞愧心情。她的心原本就深深地爱恋犊子王,现在更是虔诚地完全固定在他身上。

第六章

犊子王待在文底耶树林,旃陀摩诃犀那的侍卫来到这里。他向犊子王行礼后,说道:"国王旃陀摩诃犀那向你传话说:'你亲自带走仙赐是合适的。我把你带到这里,就是为了这个目的。由于你处在囚徒的地位,我不能亲自把女儿嫁给你。我怕这样做,会引起你对我们的不满。现在,国王啊,请稍许等一等,因为我的女儿结婚不能不举行合适的仪式。我的儿子高波罗迦很快就会到来,为他的妹妹按照仪轨举行婚礼。'"侍卫向犊子王传达信息后,又与仙赐交谈。犊子王很高兴,决定与满怀喜悦的仙赐一起返回憍赏弥城。他向岳父的侍卫和自己的朋友布邻陀迦布置说:"你俩留在这里,等高波罗迦来后,与他一起来憍赏弥城。"

第二天早上,这位国王中的因陀罗偕同王后仙赐,向自己的京城出发。一群大象伴随而行,因春情发动而颤颤流淌液汁,看上去像文底耶山峰充满情意,跟着犊子王向前移动。军队的脚步声和马蹄声仿佛是大地献给犊子王的赞歌,胜过吟游诗人的作品。军队扬起的尘土直冲云霄,以致因陀罗怀疑山岳又长出了翅膀[①]。

就这样行进了两三天,犊子王到达自己的国土,在卢蒙婆的住宅中休息了一夜。第二天,犊子王偕同妻子进入憍赏弥城,实现了长久以来的渴望。人们在大路上翘首以待。整座城市像一位妻子,在女仆们的服侍下,洗吉祥浴,装饰打扮,迎接久别而归的丈夫。市民们看到犊子王携带妻子,犹如孔雀看到乌云携带闪电,消除了忧虑。妇女都站在屋顶。她们的脸布满天空,犹如天国恒河岸边绽开的金莲花。然后,犊子王偕同仙赐,犹如偕同王室的吉祥,进入自己的王宫。这时,王宫像睡梦初醒,金光灿烂,挤满前来归顺的国王,歌手们唱着吉祥的颂歌。

不久,仙赐的哥哥高波罗迦与侍卫和布邻陀迦一起来到。犊子王上前迎

---

① 按古代印度神话,山岳原本都有翅膀,能够飞行,后被因陀罗砍掉,以保障众生安全。

接。仙赐高兴得睁大眼睛，仿佛见到喜神。她望着自己的哥哥，心里想着"别害羞"，眼中却流出泪水。听了哥哥捎来的父亲的话，她受到鼓励，认为自己的目的已经达到，现在又与自己的亲人团聚。

第二天，高波罗迦认真地按照仪轨，为犊子王和仙赐举行结婚大典。犊子王握住仙赐的手。她的手像合欢藤上绽开的新鲜嫩芽。仙赐接触到丈夫的手，快乐至极，闭上双眼，全身颤抖，汗水渗出，汗毛竖起，仿佛被爱神用花弓接连射出的迷魂箭、风箭和水箭命中。她绕火右行，眼睛被烟熏红，仿佛喝了蜜酒。高波罗迦赠送的珠宝和各地国王进贡的礼品装满犊子王的宝库，令他成为真正的王中之王。新郎和新娘举行完婚礼，先与公众见面，然后进入自己的卧室。

犊子王在自己大喜的日子里，以授予头巾等方式，向高波罗迦和布邻陀迦表示敬意。他也委托负轭氏和卢蒙婆以合适的方式向各地国王和市民表示敬意。负轭氏对卢蒙婆说："国王给了我们一件难办的差使，因为人心难以捉摸。即使是孩子，一不称心，也会发怒的。朋友啊！请听一个名叫'短命鬼'的孩子的故事。"

从前，有位婆罗门名叫楼陀罗舍尔曼。他成为家主后，有两个妻子。大房生下儿子后，就死了。婆罗门便把这孩子交给另一个妻子抚养。这个妻子等这孩子长大一些后，就给他吃粗劣的食物。久而久之，这孩子脸色灰白，肚子鼓胀。于是，楼陀罗舍尔曼对妻子说道："这孩子的妈死了，你怎么不好好照料他？"她回答说："尽管我精心照料他，他还是长成这副模样，我又有什么办法？"婆罗门听后，心想："也许这孩子天生如此。"谁会贸然怀疑女人说话假装真诚呢？从此，这孩子在家里得了个诨名"短命鬼"，因为大家都认为他活不长。

那时，短命鬼才五岁多一点，但天资聪明。他思忖道："后妈总是虐待我，我最好想个办法报复她。"他看见父亲从王宫回来，便压低声音，悄悄说道："爸爸！我有两个爸爸。"这孩子每天都这样说，父亲便怀疑妻子有情夫，不再理睬她。妻子心想："我没有什么过失，丈夫为什么跟我怄气？会不会是那个短命鬼从中捣乱？"于是，她亲热地替这孩子洗澡，给他吃美味的食物，又把他抱在怀里，问道："儿子啊，你为什么惹爸爸跟我怄气？"这孩子听后，说道："为什么你爱护自己的儿子,却老是虐待我? 如果你今后还这样,我要让爸爸对你更厉害。"一听这话,她弯腰向这孩子发誓说:"我再也不这样了,你让我的丈夫原谅我。"于是,这孩子说道:"那么,等我爸爸回来时,让你的女仆递给他一面镜子。余下的事,由我来办。"她同意道:"好吧。"

楼陀罗舍尔曼回到家里,妻子立刻让女仆递给他一面镜子。这孩子便指着镜中的人影,说道:"爸爸! 这是我的第二个爸爸。"听了这话,楼陀罗舍尔曼顿时解除怀疑,对无辜蒙受委屈的妻子表示爱怜。

所以,即使是孩子,一旦受到亏待,也会捣乱的。我们要小心谨慎,让所有的客人都满意。

这样,在犊子王的喜庆日子里,负轭氏和卢蒙婆礼貌待客。各地的国王很满意,都认为他俩对自己格外尊敬。犊子王赐给这两位大臣和婆森多迦许多衣服、香脂、首饰和村庄,以示表彰。

举行完结婚大典,犊子王觉得自己与仙赐结成姻缘,心愿终于实现。经过长期爱恋,爱情之花开放。他俩的心如同度过夜晚离愁的轮鸟,情意绵绵。随着夫妇间互相加深了解,他俩的爱情仿佛愈加新鲜。这之后,高波罗迦遵照父亲的命令回去结婚。犊子王请他尽快回来。

后来,犊子王开始移情,偷偷与一个名叫毗罗吉多的宫女寻欢作乐。他俩以前就有过私情。有一次,犊子王误用这个宫女的名字称呼王后,只得抱住王后的双脚求情。王后潸然泪下,仿佛为他灌顶,让他成为幸运的世界之王。

高波罗迦凭借武力俘获一位名叫本都摩提的公主,作为礼物送给仙赐。这位公主犹如从乳海中产生的另一位吉祥女神。仙赐将她改名为蒙朱利迦,隐藏起来。犊子王在婆森多迦陪同下,看见了她,便偷偷地在花园蔓藤凉亭里,用健达缚方式与她结婚。这事被躲在一旁的仙赐发现。她生气地将婆森多迦关押起来。仙赐的女友名叫商羯利底亚耶尼,是来自仙赐父亲家的尼姑。犊子王请求她帮忙。她平息了王后的怒气,并遵照王后的吩咐,把本都摩提许给国王。因为贤淑的女子都是软心肠。然后,王后也释放了婆森多迦。他来到王后面前,笑着说:"本都摩提得罪你,王后啊! 你为何拿我出气? 你恨毒

蛇,却拿水蛇开刀。"王后出于好奇,说道:"你给我讲讲这个譬喻的出处。"按照王后的要求,婆森多迦接着说道:

　　从前,有位牟尼的儿子名叫如如。他在游荡中,偶尔遇见一位容貌非凡的少女。她是天女弥那迦和一位持明生的女儿,由牟尼斯吐罗盖瑟在自己的净修林里抚养长大。她的名字叫波罗摩德婆罗。如如对她一见钟情,向斯吐罗盖瑟求亲。斯吐罗盖瑟答应将少女嫁给他。婚期临近时,少女突然被一条毒蛇咬死。如如神情沮丧,听到空中传来话音:"婆罗门啊!你把自己寿命的一半给这命数已尽的少女,让她复活吧!"于是,如如把自己的一半寿命给了她。她复活以后,和如如结了婚。

　　从此,如如仇恨蛇。他只要一看见蛇,就要把它打死,心想:"我的妻子可能就是这条蛇咬的。"一天,他正要杀死一条水蛇。这条水蛇用人的话音对他说道:"婆罗门啊!你恨毒蛇,为何拿水蛇开刀?是毒蛇咬了你的妻子。水蛇和毒蛇不同。毒蛇有毒,所有的水蛇都无毒。"如如听后,问道:"朋友,你是谁?"水蛇回答说:"婆罗门啊!我是一位牟尼,受了诅咒才成为水蛇。诅咒的期限到与你谈话为止。"说罢,水蛇消失不见。此后,如如不再杀害水蛇。

　　王后啊!这就是我跟你说话时使用的譬喻:"你恨毒蛇,却拿水蛇开刀。"

　　婆森多迦讲完这个幽默滑稽的譬喻故事,便住口了。仙赐坐在丈夫身旁,对他讲的故事表示满意。每当可爱的犊子王优填俯伏在王后脚旁求情时,他总是利用婆森多迦讲述各种机智而甜蜜的故事,平息王后的怒气。这位快乐的国王舌尖品尝琼浆玉液,耳朵聆听琵琶的优美曲调,眼睛经常凝视爱人的面庞。

第三卷　罗婆那迦

第一章

　　向克服障碍的象头神致敬！甚至创造主也祈求他的恩宠，以便成功地创造世界，毫无障碍。

　　尽管持有五箭的爱神奉湿婆之命征服世界，湿婆本人被妻子拥抱时，也会颤抖。

　　犊子王得到仙赐后，渐渐地专心一致，与她共享欢乐。宰相负轭氏和大将军卢蒙婆担负起治国重任，日夜操劳。有一天夜晚，忧心忡忡的负轭氏把卢蒙婆带到家里，对他说道："犊子王出身般度族，整个大地和象城都是他的祖产。如今国王把一切都丢弃了，不想去征服。他的王国已经缩小成这么一点地盘。他高枕无忧，沉溺于酒色狩猎，把国家大事全都托付给我们。所以，我们要运用自己的智慧，采取措施，让国王获得他应有的世界统治权。只有这样做了，我们才算尽到忠臣的职责。凡事都靠智慧成功。请听这个故事。"

　　从前，有位国王名叫大军，他的国家遭到另一位更强大的国王进攻。大臣们为了保护自己的利益免遭损失，一致要求国王向敌人交付贡金。这位骄傲的国王交付贡金后，非常痛苦，心想："我为什么要向敌人屈服？"由此，他积郁成疾，身体要害部位出现肿瘤。肿瘤伴随忧愁增大，国王濒临死亡。有位聪明的医生思忖道："这不是用药能治好的。"于是，他故意欺骗国王说："国王啊！

王后死了！"国王一听，顿时跌倒在地。由于极度悲伤的强烈刺激，这个肿瘤自动消失了。这样，国王病体康复，与王后一起共享渴望已久的欢乐，最后也征服了敌人。

"正如这位医生运用智慧为国王谋利益，我们也要为国王谋利益，让他获得整个大地。在这方面，我们的唯一障碍是摩揭陀国王波罗底由多。他是我们背部的敌人，经常从后面骚扰我们。他有一位宝贝女儿，名叫莲花。我们要为犊子王去求婚。我们运用智慧，先把仙赐隐藏起来，放火烧了她的住宅，四处散布'王后被烧死了'。除此之外，没有别的办法能让摩揭陀国王把公主嫁给我们的国王。如果我按照实际情况去求婚，他就会说：'犊子王很爱仙赐。我不能把女儿嫁给犊子王。她比我的生命还重要。'而且，只要王后在，犊子王也不会再娶。如果传出'王后被烧死了'的消息，一切都好办了。一旦犊子王得到莲花公主，摩揭陀国王便成为我们的姻亲和盟友，不会再从后面骚扰我们。然后，我们出征东方，再逐步出征其他各方。这样，我们可以让犊子王赢得全世界。只要我们努力，国王肯定能够获得整个大地，因为天国话音曾经这样预言。"

卢蒙婆听了宰相负轭氏这番话，担心这个计划太鲁莽，说道："为了莲花公主设此骗局，有朝一日或许会害了我们自己。请听这个故事。"

从前，在恒河岸边有座城市，名为摩根底迦。那里有位发誓沉默的出家人。他以乞食维生，与一群乞食者为伍，住在神庙的密室里。一次，他进入一个商人家乞食，一个美丽的少女拿着布施的食物出来。看到这个少女姿色非凡，这个伪君子堕入情网，说道："呵，呵，天哪！"商人听到了他的说话声音。出家人拿了食物回到自己住处。商人也来到那里，出于好奇，悄悄问道："为什么你突然打破沉默，说话了？"这个出家人听后，回答商人说："你的女儿有不祥之兆。她结婚时，你、你的儿子和妻子肯定都会死去。所以，我一见到她，心中悲痛。你是我的虔诚的施主。正是为了你，我打破沉默，开口说话。今天夜里，你把这个女儿装进箱子，箱子顶上放一盏灯，然后抛进恒河。"商人同意道：

"好吧！"他出于恐惧，在夜里一切照办。因为人在恐惧中做事往往不加思考。

同时，这个出家人对自己的随从说道："你们去恒河岸边，看到河里漂浮一个点着灯的箱子，就悄悄地把它带回来。即使听到里边有响声，也不要打开。"他们说道："好吧！"但在他们到达河岸边之前，说来也巧，有位王子来恒河沐浴，他循着灯光，看见了商人抛入的那个箱子。他让仆从捞起箱子，出于好奇，当场打开，于是看见里边是一位令人心醉神迷的少女。他立刻采用健达缚方式与她结婚。然后，他把一只凶猛的猴子装进箱子，箱子顶上依旧放一盏灯，抛进恒河。

王子得到女宝①离开后，出家人的弟子来到这里寻找。他们看到这个箱子，捞起来，带回给出家人。出家人很高兴，对他们说道："我一个人把箱子带到上面去，施以经咒，你们在下面整晚不要作声。"说完，他把箱子扛到上面的密室。他急于想见到商人的女儿，打开了箱子。随即，箱子里跳出一只面目可憎的猴子，犹如他自己的缺德行为的化身。猴子愤怒地用牙齿咬这罪人的鼻子，用爪子撕这罪人的耳朵，活像一个精通刑术的刽子手。出家人赶紧跑下来，弟子们看见他变成这副模样，都忍不住要笑出来。天明后，所有的人都知道了这件事，无不哈哈大笑。商人很高兴，他的女儿也很高兴，因为她得到了一个好丈夫。

"因此，正如这个出家人受人嘲笑，一旦我们设置的骗局败露，我们也会受人嘲笑。因为要让国王和仙赐分离，困难重重。"

卢蒙婆这样说完，负轭氏又说道："没有其他好办法。如果我们不做出努力，听任国王耽于享乐，连现有的这块地盘也肯定要失去。这样，我们作为大臣便是失职，不成其为忠臣。对于依靠自己努力获得成功的国王，大臣只是他的智慧的辅佐，不是成败的关键。而对于依靠大臣努力获得成功的国王，大臣的智慧起决定作用。如果大臣不努力，那么，国王只能听天由命了。如果你担心王后的父亲旃陀摩诃犀那，我可以告诉你，他和他的儿子，还有王后，都会听从我的话的。"负轭氏无比坚决地说了这些话，卢蒙婆心里还是怕出漏子，又说道："一个明智的国王也会为与心爱的女子分离而痛苦不堪，何况是犊子王呢？

---

① 女宝（kanyāratna），即女中之宝，形容可爱的女子。

请听这个故事。"

从前，有位国王名叫天军，是杰出的智者。他的京城名为室罗伐悉底。在这座城里，有一位富商，生有一个美貌绝伦的女儿。这个少女得名"迷娘"，因为人人见到她的容貌，都会着迷。她的父亲思忖道："在没有禀告国王之前，我不能把女儿嫁人，否则他会生气的。"于是，他前去禀告国王天军："国王啊，我有个女宝。如果合适，你就娶了她吧！"国王听后，便委派一些忠诚的婆罗门，说道："你们去看一下，她是否有吉相。"婆罗门遵命前去看商人的女儿。他们一见到迷娘，立刻心生爱怜，神魂颠倒。他们恢复理智后，商议道："国王娶了她，就会一心着迷于她，不管国事。这样，一切都毁了。因此，何必要娶她呢？"于是，他们回去欺瞒国王说："这个少女有不祥之兆。"

国王拒绝后，商人把女儿嫁给了大将军。迷娘心中感到委屈。一次，她站在丈夫家的顶楼上，向国王显示自己，因为她知道国王会路过这里。国王一见到她，便神魂颠倒，仿佛她是爱神用来迷惑世界的药草。国王回到宫中，得知她便是自己原先拒绝的那个少女，懊悔不已，发烧病倒。于是，迷娘的丈夫、国王的大将军竭力劝说道："她是一个女仆，不是别人的妻子。如果你要她，我就把她丢弃在神庙里，她就可以归王上所有。"而国王说道："我不能夺取别人的妻子。而你如果抛弃她，便是践踏正法，必将受到我的惩处。"听了国王的话，其他大臣也只得保持沉默。最后，国王在爱情烈火的煎熬下死去。

"这样一位意志坚强的国王，还是为失去迷娘而死去。像犊子王这样的国王，失去了仙赐，会怎么样？"

听了卢蒙婆的话，负轭氏说道："以事业为重的国王总是要忍受折磨的。众天神设法消灭罗波那，罗摩 ① 不是也忍受了与悉多王后分离的痛苦吗？"卢蒙婆听后，又说道："罗摩之类是天神，他们的心能够忍受一切，凡人不能与其相比。请听这个故事。"

———————————

① 罗摩（rāma）是毗湿奴大神化身之一，下凡消灭魔王罗波那。

有座盛产宝石的大城市，名为摩突罗。城里有个商人儿子名叫伊罗迦。他有个可爱的妻子与他一起生活，对他忠贞不二。有一次，为了办理重要事务，商人儿子决定去另一个岛。他的妻子想与他同行，因为情深意笃的妇女忍受不了离别。而商人儿子选了吉日良辰出发，没有带上已经做好旅行准备的妻子。她倚着院子门墙，眼噙泪水，望着丈夫离去。当丈夫从视线中消失，她忍受不了离别，又不能追随而去，结果气绝命殒。商人儿子得知后，立刻赶回来，看到爱人已经凄惨地失去生命，她美丽的面容变得苍白，脸上点缀着飘逸的卷发，犹如月亮中熟睡的吉祥女神在白天坠落大地。商人儿子顿时失声痛哭，把她抱在怀里。他的生命仿佛惧怕忧伤之火焚烧，迅速离开了他的躯体。

"这对夫妻就这样由于互相分离而死去。所以，应该避免国王和王后互相分离。"

卢蒙婆说完便住口了，心中充满疑虑。而负轭氏像平静的大海那样镇定，说道："我已经制订周密的计划。国王的事业需要采取这种方式。请听这个故事。"

从前，在优禅尼城有位国王，名叫福军。有一次，他的国家遭到另一个强大的国王的进攻。那些坚定的大臣看到这个敌人难以战胜，便四处放出谣言说："国王死了。"他们把国王福军隐藏起来，另外找了一具尸体，按照国王的仪式举行火葬。然后，大臣通过使者之口，对敌王说："我们现在没有国王了，你做我们的国王吧！"敌王很高兴地同意说："好吧！"然后，大臣们集合，带着军队，直捣敌方军营。击溃敌军后，大臣们让国王福军亮相，并处死敌王。

"国王的事业就是这样。所以，我们要坚决果断行事，散布谣言说：'王后被烧死了。'"

听了意志坚定的负轭氏的这些话，卢蒙婆说道："如果这样决定了，那么，应该把王后尊敬的哥哥高波罗迦找来，与他一起商量，作好一切安排。"负轭氏同意道："就这么办吧。"卢蒙婆出于对负轭氏的信任，决心按照他的决定行事。

　　第二天,这两位大臣派遣自己的使者到高波罗迦那里,借口亲人思念,请他回来。他原先回去办事,现在使者有请,便回来了,犹如喜庆节日的化身。回来的当晚,负轭氏就把他和卢蒙婆带到自己家里,把原先与卢蒙婆商定准备实施的大胆计划告诉了他。高波罗迦尽管知道自己的妹妹将忍受痛苦,但为国王的利益着想,同意了这个计划,因为这是贤者的主意。接着,卢蒙婆又说道:"一切都已安排妥当。但是,一旦犊子王听说王后被烧死了,他也会舍弃生命,该怎么保护他呢? 这是必须考虑到的。在政治谋略中可以使用一切妙计,但首先要避免发生不幸事件。"深思熟虑的负轭氏说道:"这一点不用担心。王后是高波罗迦的妹妹,是公主。对于高波罗迦来说,她胜过自己的生命。犊子王看到高波罗迦不太悲伤,便会认为王后也许还活着,他就会保持镇定。他是一位本性高尚的人,莲花公主很快就会嫁给他。然后,不用多久,王后也能露面。"这样决定后,负轭氏、高波罗迦和卢蒙婆一起商定:"我们找个借口,与国王和王后一起去罗婆那迦。那里是边境地区,邻近摩揭陀国,有一片美丽的狩猎场。国王打猎会走远,我们就点火焚烧女眷的住处,按计划行事。我们设法把王后带到莲花公主住处,隐瞒王后身份,以便让莲花公主亲眼见到王后的品德。"在那个晚上,他们就这样商量停当。

　　第二天,以负轭氏为首,他们一起进入王宫。卢蒙婆对犊子王说道:"国王啊,我们以前有幸去过罗婆那迦。那是一个非常可爱的地方,有美丽的狩猎场,牧草也很丰富。摩揭陀国邻近那里,经常前来骚扰。让我们去那里,一方面保护边疆,另一方面消遣娱乐。"醉心游乐的犊子王听后,决定和仙赐王后一起去罗婆那迦。

　　第二天,在选定吉祥时刻准备出发时,突然,那罗陀仙人从天而降。他的光辉照亮这个地区,令人赏心悦目。他犹如月亮,出于对自己家族的热爱,来到犊子王这里[①]。这位仙人受到国王礼遇,高兴地赐给向他行礼的国王一个波利质多[②]花环,又祝福向他表示敬意的王后:"你将得到一个儿子,他是爱神的

---

① 犊子王(vatsarāja)是般度族的后裔,属于月亮族。
② 波利质多(pārijāta)是天国乐园中的树。

化身,会成为持明王。"然后,他又当着负轭氏的面,对犊子王说道:"国王啊,见到你的仙赐,我蓦然想起从前你的祖先坚战五兄弟的共同妻子黑公主,她也像仙赐一样美貌绝伦。我生怕这会招致不幸,便对他们说道:'你们应该防止妒忌心,因为那是灾难的种子。请听我给你们讲这个故事。'"

有阿修罗两兄弟,名叫松陀和乌波松陀。他俩的勇力超越三界,难以战胜。梵天想消灭他俩,命令工巧神创造了一位天女,名叫狄罗德玛。她向湿婆右绕行礼时,湿婆为了保持四个方向都能看到她的容貌,而生成四张脸。遵照梵天的命令,她前往盖拉瑟花园勾引松陀和乌波松陀。这两个阿修罗看见她来到身旁,心生爱慕,神魂颠倒。他俩同时抓住她的双臂,互相争夺。最后,他俩斗殴而死。

所以,迷人的女人对谁不是祸根?你们几个人只有一个妻子黑公主。你们必须防止为她产生摩擦。听我的话,永远遵守这条原则:当她与年长的哥哥在一起,年幼的弟弟应该视她为母亲;当她与年幼的弟弟在一起,年长的哥哥应该视她为儿媳。

"国王啊!你的祖先从善如流,一致同意我的话。他们是我的朋友。出于对他们的友爱,我到这里来看你。犊子王啊,听我对你说,你要按照大臣们的话去做,正像你的祖先按照我的话去做。不久,你的国家会繁荣昌盛。这期间,你也会遇到痛苦,但不必过于颓丧,最终的结局是幸福的。"

这位聪明的那罗陀仙人说了这些得体的话,暗示犊子王繁荣昌盛的前景,随即消失不见。以负轭氏为首的大臣们听了这位杰出的仙人的话,相信自己的计划能够获得成功,于是更加努力地去执行。

第二章

按照原定的计策,负轭氏和众大臣陪同犊子王和王后一起去罗婆那迦。国王到达那里,士兵熙熙攘攘,仿佛宣告大臣们的愿望即将实现。而摩揭陀国王得知犊子王和随从到达这里，担心遭到进攻，惶恐不安。但他很聪明，派遣了一个使者面见负轭氏。这位精通事务的大臣对使者表示热忱欢迎。

犊子王住在那里，天天到广阔的树林里打猎。一天，国王出去打猎。聪明的负轭氏作好安排，由高波罗迦陪同，与卢蒙婆和婆森多迦一起，悄悄来到仙赐王后那里。王后向他们行礼。她事先已从哥哥那里得知情况，负轭氏依然仔细解释，请求她辅助国王的事业。她表示同意，尽管这会给自己带来分离的痛苦。确实，出身名门、忠于丈夫的妇女，有什么不能忍受的呢？于是，能干的负轭氏对王后施行变相瑜伽术，使她变成女婆罗门模样。负轭氏又把婆森多迦变成独眼的婆罗门儿童模样，而自己变成老婆罗门模样。然后，这位大智者由婆森多迦陪同，带着女婆罗门模样的王后，缓缓向摩揭陀国出发。仙赐离开了自己的家，身在路上，而心系丈夫。随后，卢蒙婆用火点燃王后的住所，叫喊道："哎呀，王后和婆森多迦被烧死了！"哭喊声和火焰同时而起。火焰渐渐熄灭，而哭喊声依然不息。

负轭氏带着仙赐和婆森多迦，到达摩揭陀国王的京城。他看见莲花公主在花园里，便带着他俩走向前去，但被卫兵挡住。莲花公主一看到女婆罗门模样的王后仙赐，就心生喜欢。她阻止卫兵，吩咐把婆罗门模样的负轭氏带过来。她问道："高贵的婆罗门啊，这个少女是谁？你为何而来？"负轭氏回答道："公主啊！这是我的女儿，名叫阿般底迦。她的丈夫耽于享乐，扔下她，不知跑哪儿去了。所以，我今天来把她托付给你，声誉卓著的女郎啊，我去找她的丈夫，很快就会回来。这个独眼孩子是她的弟弟，让他留在她身边，免得她因孤独而痛苦。"公主同意后，这位优秀的大臣便向她告辞，迅速回到罗婆那迦。

莲花公主热情接待现在名叫阿般底迦的仙赐和独眼儿童模样的婆森多迦，怀着新奇而兴奋的心情，把他俩带回自己的家中。仙赐在那里，看见壁画上绘有罗摩的事迹，悉多忍受着自己的痛苦。莲花公主从仙赐温柔的相貌、坐卧的优雅姿态、身上散发的莲花香味，断定她是一位高贵的妇人。莲花公主心想："她也许是某个女子乔装改扮，隐藏在这里。黑公主不就是隐藏在毗罗吒王的宫中吗①？"所以，莲花公主让她随意享受与自己一样奢华舒适的生活。

---

① 般度族五兄弟和黑公主曾经隐姓埋名，在毗罗吒国王宫中充当仆役。

仙赐出于对公主的爱怜,为她制作不褪色的花环和吉祥志。这是犊子王过去教给她的手艺。莲花公主的母后看到公主身上的这种装饰,悄悄问道:"这花环和吉祥志是谁的手艺?"莲花公主回答说:"在我的宫中,住着一个名叫阿般底迦的女子。这是她的手艺。"听了这话,母后对她说道:"女儿啊,她有这样的才能,肯定不是凡人,而是某位女神。天神和仙人有时也隐瞒身份,住在善人家中。女儿啊,请听这个故事。"

　　有位国王名叫贡帝波阇。有位一味行骗的仙人名叫杜尔婆娑,来到他的宫中。国王吩咐自己的女儿贡蒂侍奉这位仙人。她尽心竭力侍候。一次,仙人想要考验贡蒂,对她说道:"你赶快做好可口的饭,我洗完澡就回来。"说完,仙人很快去洗了个澡,回来就要吃饭。贡蒂把盛满饭的碗递给他。仙人知道饭很烫,像火一样烧手,贡蒂的手几乎拿不住。于是,仙人朝贡蒂的背上看了一眼。贡蒂明白仙人的心思,便把碗放在自己的背上。仙人舒心地吃饭,而贡蒂的背却被烫伤。尽管她被烫得受不了,但她始终保持身体不动弹。仙人对此表示满意,吃完饭,赐给她一个恩惠。

　　所以,正像那个仙人,这个阿般底迦现在呆在你这里。你要取悦她。

　　听了母后的话,莲花公主对乔装改扮的仙赐更加关怀备至。而仙赐由于失去丈夫庇护,忧愁憔悴,犹如夜晚的莲花。婆森多迦一次又一次做出儿童的怪相,让与丈夫分离的王后脸上暂露笑容。

　　而那日,犊子王打猎走出很远,直到黄昏,才回到罗婆那迦。他看到后宫着火,化为灰烬;又从大臣那里听到王后和婆森多迦已经被烧死。闻听之后,他昏倒在地,不省人事,仿佛想摆脱痛苦的感觉。一会儿,他恢复知觉,心中的忧伤火烧火燎,犹如原先在那里焚烧王后的火焰窜入。他痛苦不堪,失声哭泣,唯一的念头是死。随即,国王开始思考,回忆起:"那罗陀仙人对我说过王后的儿子将成为持明王。这不会是随意说的。他还说我要经受一段时间痛苦。再说,高波罗迦看上去并不怎么悲伤,负轭氏他们也不太痛苦。我想王后或许还活着。这可能是大臣们施展的政治策略。有朝一日,我会与王后团圆。我要看到这件事的结局。"国王这样想定,又经过大臣们开导,内心平静下来。

立刻,高波罗迦为了让妹妹放心,悄悄派遣使者去如实报告这里的情况。而摩揭陀国王安置在罗婆那迦的密探,也回去禀报了这里发生的一切。摩揭陀国王一向善于抓住时机。他想把女儿嫁给犊子王。在此之前,犊子王的大臣们曾向他求亲。他通过使者之口,把自己的这一愿望传达给犊子王和负轭氏。犊子王听从负轭氏的劝说,表示同意。他想:"也许正是为了这个目的,王后被隐藏起来。"负轭氏很快选定良辰吉日,派遣使者通知摩揭陀国王说:"我们接受你的愿望。从今天算起,到第七天,犊子王就会和莲花公主结婚,以便让他尽快忘却仙赐。"使者如实传达负轭氏的话,摩揭陀国王听了满心欢喜。他着手准备女儿的结婚庆典,排场要体现自己对女儿的厚爱,与自己的心愿和财产相称。

听说自己有了一个称心的夫婿,莲花公主十分高兴。而仙赐听到这个消息,黯然神伤。这个消息一传到她的耳中,顿时使她变色,仿佛帮助她乔装改扮。婆森多迦对她说道:"这样,敌人变成盟友。你的丈夫对你不会变心。"这话犹如她的女友安抚她的心。在莲花公主婚期临近时,这位高尚的王后又为她制作不褪色的天国花环和吉祥志。

到了第七天,犊子王带着军队,在大臣们陪同下,前来结婚。如果不是抱着找到王后的希望,他怎么会有心思在与王后分离的情况下,来这里结婚呢?摩揭陀国王立刻高兴地走上前来,迎接这位国民眼中如同喜庆节日的犊子王,犹如大海涌起,迎接升起的月亮。犊子王进入摩揭陀国王的京城,欢乐也随之进入全城居民心中。妇女们看到犊子王因与爱人分离而光彩略减,但依然令人心醉神迷,犹如看见失去罗蒂[①]的爱神。

然后,犊子王进入摩揭陀国王的宫中,来到由许多已婚妇女守护的新房。他看见莲花公主在里边,新娘打扮,滋润的月亮脸胜过丰满的圆月。犊子王看到她的天国花环和吉祥志,与自己制作的一样,不禁纳闷:她从哪儿得来的?犊子王登上祭坛,握住莲花公主的手。这也是他获取整个大地的开始。祭坛

---

① 罗蒂(rati)是爱神的妻子。

的烟雾使他泪眼模糊,仿佛意味这位笃爱仙赐的国王不忍心目睹这个结婚场面。同时,莲花公主绕火右行,脸色变红,仿佛知道了丈夫的这个心思,充满怒气。婚礼完毕,犊子王放开新娘的手,而他的心一刻也没有抛开仙赐。然后,摩揭陀国王赠给他大量珠宝,甚至大地感到自己似乎被掏空。同时,负轭氏以火作证,让摩揭陀国王发誓永不背弃犊子王。

在盛大的喜庆活动中,分发衣服和装饰品,歌手吟唱,舞女跳舞。而仙赐始终待在隐蔽的地方,不让人看见,犹如白天的可爱月亮。她像在睡梦中那样,盼望自己的丈夫繁荣昌盛。犊子王前往后宫时,聪明的负轭氏生怕他看到王后,暴露秘密,便对摩揭陀国王说道:"国王啊!犊子王今天就要离开你的家。"摩揭陀国王同意道:"好吧!"负轭氏又把这个意思告诉犊子王,犊子王也表示同意。

于是,等随从们吃喝完毕,犊子王带着新娘莲花,和大臣们一起出发。莲花也为仙赐指派了舒适的车辆和侍从。仙赐让改变了相貌的婆森多迦在前面领路,悄悄地跟在军队后面前进。最后,犊子王到达罗婆那迦,与新娘一起进入自己的房中,但他的心依然系在王后身上。而仙赐到达那里后,在晚上撇下侍从,进入高波罗迦的房中。哥哥热情接待她。她搂住哥哥的脖子,泪水涌满眼眶,哭了起来。这时,信守诺言的负轭氏和卢蒙婆一起来了。王后向负轭氏表示敬意。

这边负轭氏在消除王后忍受的分离之苦,那边侍从们到莲花跟前报告说:"王后啊,阿般底迦来到这里后,不知为什么,撇下我们,到王子高波罗迦的房中去了。"莲花听后,焦急不安,当着犊子王的面,吩咐他们说:"你们去对阿般底迦说:'你是被寄托在我这里的。你去那里做什么?回到我这里来!'国王等侍从们走后,悄悄问莲花:"你的花环和吉祥志是谁制作的?"莲花回答说:"有个婆罗门寄放了一位妇女在我家,她名叫阿般底迦。这是她的高超手艺。"犊子王听后,心想:"仙赐肯定在这里。"

于是,犊子王来到高波罗迦的住处。那些侍从在门口,仙赐王后、高波罗迦、两位大臣和婆森多迦在里边。犊子王看见久别而归的仙赐王后,如同摆脱月蚀的月亮。他极度悲伤,昏倒在地。仙赐心中颤抖。她支撑不住因分离而苍白的肢体,也倒在地上,谴责自己,放声痛哭。这对夫妇伤心不已,哀哀哭泣,连负轭氏也在旁以泪洗面。这时,莲花听到嘈杂的声音,心中疑惑,也来到这里,终于明白了事实真相。她能设身处地为国王和仙赐着想,因为贤淑的女子心地善良。仙赐一再哭着说道:"我何必活着呢?我只会给丈夫带来痛苦。"负轭氏镇定自若,对犊子王说道:"让你与摩揭陀国王的女儿结婚,希望你成为世界的统治者,这一切都是我的主意。国王啊,王后没有任何过错。再说,小王后也亲眼见到了王后与你分离期间的高贵品德。"莲花也毫无妒意地说道:"我可以跳入火中,以证明她的清白。"国王说道:"都是我的错。为了我的缘故,王后才蒙受这么大的痛苦。"而仙赐坚决地说道:"我要跳入火中,以解除国王心中的疑虑。"于是,聪明能干的负轭氏漱了口,面朝东,对天发誓:"如果我是为国王谋利益,如果王后是清白的,世界的保护神啊,请你们开口作证。如果不是这样,我就舍弃生命。"他的话音刚落,天国话音出现:"国王啊,你是有福的。你有大臣负轭氏和妻子仙赐。仙赐前生是位女神。她没有任何过错。"说罢,话音停止。所有的人都抬头聆听回响在四面八方的天国话音,犹如忍受了长期灼热的孔雀聆听缓缓传来的雨云雷声。犊子王和高波罗迦赞美负轭氏的行为。犊子王认为整个大地已经掌握在自己的手中。他的两个妻子犹如欢爱和幸福的化身。他与她俩共同生活,爱情与日俱增,快乐无比。

第三章

第二天,犊子王与仙赐和莲花一起饮酒娱乐。他召来负轭氏和高波罗迦,还有卢蒙婆和婆森多迦,一起推心置腹地交谈。国王在听了大家的陈述后,讲了一个有关爱人分离的故事:

从前,有位国王名叫补卢罗婆娑。他是虔诚的毗湿奴信徒,能毫无阻碍地行走于天地之间。一天,他在天国乐园游荡,看见一位天女,名叫优哩婆湿,犹如爱神迷惑世人的又一件武器。她对国王一见倾心,她的女友兰跛等心惊胆战。而国王面对美味的甘泉,可望不可及,焦渴难忍,神智迷糊。

居住在乳海的毗湿奴无所不知,对前来拜见他的优秀仙人那罗陀命令道:"神仙啊,补卢罗婆娑国王在乐园迷上优哩婆湿,不能忍受与她分离。牟尼啊,你去以我的名义告诉因陀罗:'快把优哩婆湿送给国王。'"那罗陀奉毗湿奴之命,先来到神智迷糊的补卢罗婆娑这里,说道:"起来,国王啊!为了你,毗湿奴派我来到这里,因为他不忍心看到虔诚信仰他的人遭遇不幸。"说罢,那罗陀安慰国王,把他带到天王因陀罗那里。那罗陀传达毗湿奴的命令,因陀罗恭敬从命,把优哩婆湿送给了补卢罗婆娑。把优哩婆湿送给国王,意味着优哩婆湿失去天国生活。而对优哩婆湿本人来说,却是一剂起死回生的良药。

补卢罗婆娑带着优哩婆湿回到地上人间,向世人展示自己妻子的神奇美貌。此后,优哩婆湿和国王仿佛是被互相的目光绳索捆住,不可分离。一次,神魔交战,因陀罗召唤补卢罗婆娑前去天国助战。在杀死阿修罗魔王摩耶达罗后,因陀罗举行庆典,天女载歌载舞。兰跋表演遮利多舞,师傅顿婆卢站在一旁。补卢罗婆娑在观看时,笑了起来。兰跋生气地嘲讽他说:"我懂这种天国舞蹈,凡人啊,难道你也懂吗?"补卢罗婆娑回答说:"因为我跟优哩婆湿一起生活,我甚至知道连你的师傅顿婆卢也不知道的舞蹈。"顿婆卢听后,愤怒地发出诅咒:"你将与优哩婆湿分离,直到取悦黑天。"

补卢罗婆娑听到这个诅咒,犹如晴天霹雳,回来把自己的遭遇告诉了优哩婆湿。然后,一群健达缚不让国王看见,突然从天而降,带走了优哩婆湿。补卢罗婆娑知道这是诅咒在作怪,便去跋陀利迦净修林取悦毗湿奴。而优哩婆湿待在健达缚领域,在离愁的折磨下,失去知觉,像死去,像入睡,像画中人。令人惊奇的是,她在漫长的分离时期,犹如夜晚的雌轮鸟,抱着诅咒结束的希望,支撑下来,没有丧失生命。补卢罗婆娑坚定不移,以苦行取悦毗湿奴。依靠毗湿奴的恩惠,健达缚释放了优哩婆湿。诅咒结束,国王与优哩婆湿团圆,尽管生活在地上人间,也享受着天国的欢乐。

国王说罢住口。仙赐听了优哩婆湿忠于丈夫的爱情故事,想到自己也忍受过分离之苦,不免有点害羞。负轭氏看到国王故意为难王后,便把话锋转向国王,说道:"国王啊!如果这个故事完了,那就请听另一个故事吧!"

有座城市名为底弥罗，是吉祥女神的住处。城里有位著名的国王，名叫毗希多犀那。他的妻子名叫代卓婆提，是人间的天女。这位国王贪恋拥抱，嗜好抚摸，一刻也不能忍受穿上衣服。一次，国王生病发烧，热度不退，医生禁止他与王后同房。但是，失去王后爱抚，国王得了一种非药物能治的心病。医生悄悄对大臣们说："要采用突如其来的惊吓或悲伤，才能攻破国王的病。"大臣们心想："从前，蟒蛇落在他背上，他不害怕；敌人攻入后宫，他也不慌张。怎样能使这样的国王产生恐惧呢？想不出恐吓他的办法，我们这些大臣该怎么办呢？"于是，他们与王后商定，把她隐藏起来，然后，对国王说道："王后死了。"国王在悲伤的强烈刺激下，情绪激动，心病消失。国王病体康复后，大臣们把犹如幸福化身的王后交给国王。这位聪明的国王认为是王后救了自己，也就没有对她故意隐藏的行为生气。

"只有为丈夫谋求利益，才配称王后。如果一味顺从丈夫，并不能获得王后的声誉。大臣唯一关心的是治国重任，唯唯诺诺是奴才的标志。我们努力所做的这一切，都是为了让你与摩揭陀国王化敌为友，以便征服整个大地。所以，国王啊，王后忠于你，忍受了难以忍受的分离之苦。她非但毫无过错，而且对你有恩。"

犊子王听了大臣们这些在理的话，心悦诚服，认为自己有错。他说道："我明白，王后犹如治国之道的化身，按照你们的谋略行事，赐给我大地。可是，出于强烈的爱情，我还是说了些不适当的话。一个为爱情迷了心窍的人，怎么可能深思熟虑呢？"犊子王絮絮叨叨，度过了这一天。王后的羞愧心情也随之消失。

第二天，摩揭陀国王得知事实真相，派遣使者来到犊子王这里，传达他的话说："你的大臣欺骗了我们。现在，请你采取措施，不要让我们的生命世界处在悲伤之中。"犊子王听后，对使者表示敬意，又让他去见莲花，以便听取回音。莲花非常尊重仙赐，当着她的面，接见使者，因为谦恭是贤淑女子的信条。使者向她传达父王的口信："女儿啊！你受骗嫁给一个有妇之夫。我在忧伤中收获生育女儿的苦果。"莲花听后,对使者说道:"贤士啊!请你转告我的父母:'你们不必忧伤!夫君对我关怀备至,仙赐王后也体贴我,待我像亲姐妹。即使像毁弃自己信誉那样抛弃我的生命,父亲也不要对我的夫君发怒。'"莲花这样向使者回话后,仙赐款待使者,打发他回去。使者走后,莲花有点儿怀念家人,看上去心情抑郁沮丧。于是,仙赐请婆森多迦来消遣解闷,婆森多迦讲了这个故事:

有座城市是大地的装饰,名为华氏城。城里有位大商人,名叫达磨笈多。他的妻子名叫旃陀罗波罗芭,怀孕生下一个肢体完美的女儿。这个女孩一出生,就能清楚地说话、站起和坐下,美丽的光辉照亮房间。达磨笈多看见妻子在产房中又惊喜又害怕,便怯生生地走了过去,向女孩行礼后,悄悄问道:"女尊者,你是谁? 为什么下凡在我的家?"她回答说:"你不要把我嫁给任何人。我就呆在家中,赐福于你。爸爸,你还有什么要求吗?"达磨笈多听后,诚惶诚恐,把她藏在自己家里,对外面则说:"这孩子死了。"

后来,这位名叫苏摩波罗芭的女孩渐渐长大。她有凡人的身体和天女的容貌。一次,她高兴地站在屋顶上观看春天节日喜庆活动,有位名叫古诃旃陀罗的商人儿子看见了她。他的心好像突然被爱情的蔓藤缠住,神魂颠倒,好不容易才回到家里。他忍受着爱情的折磨,病恹恹的。父亲一再询问病因,最后,他通过自己的朋友之口说出了实情。他的父亲古诃犀那出于慈爱,前去商人达磨笈多家求亲。他向达磨笈多提出请求后,达磨笈多一口回绝他说:"我哪来的女儿? 傻瓜!"古诃犀那知道他把女儿藏起来了。他回到家里,看见儿子处在爱情烈火煎熬下,便思忖道:"我这儿子要活不成了。我去鼓动国王。我曾经侍奉过他。他会把这个女孩许给我的儿子。"

这样决定后,商人古诃犀那到国王那里,送给他无价的珠宝,表达自己的愿望。国王满足他的要求,派城防长官协助他。古诃犀那和城防长官一起来到达磨笈多家。达磨笈多看见军队包围了自己的家,脖子直冒凉气,担心一切都将毁灭。这时,苏摩波罗芭对达磨笈多说道:"把我交给他们吧,爸爸!不要为了我的缘故,遭受灾祸。不过,你要与亲家讲好条件,我无论何时都不与丈夫同床。"于是,达磨笈多以不让女儿同床为出嫁条件。古诃犀那表示同意,心里暗暗发笑:"只要跟我儿子结婚就行!"

古诃犀那的儿子古诃旃陀罗和苏摩波罗芭结婚后,带着妻子回到自己房中。傍晚,父亲对儿子说道:"儿子啊,和妻子一起上床吧。哪有丈夫不和妻子同床睡的?"苏摩波罗芭听到公公这么说,气愤地盯着他,转动食指,仿佛在执行死神阎摩的指令。古诃犀那看见儿媳的手指,呼吸顿时消失,其他的人都陷入恐惧。父亲死后,古诃旃陀罗心想:"死神作为我的妻子降临我家了。"从此,妻子虽然住在家里,他不与她同床,仿佛遵守站立刀锋的誓言。他忍受着内心灼热的痛苦,对享乐和财富失去兴趣,发誓每天向婆罗门施食。而他的具有天女容貌的妻子始终保持沉默,在那些婆罗门吃完饭后,向他们施舍财物。

一次,有位老婆罗门前来吃饭,看到这位美艳惊人的女子,出于好奇,悄悄问古诃旃陀罗:"告诉我,这个少女是谁?"经他再三询问,古诃旃陀罗怀着沮丧的心情,讲述了事情的全部经过。这位杰出的婆罗门知道后,深表同情,教给他一个取悦火神的咒语,以便让他实现愿望。

后来,古诃旃陀罗偷偷地念诵这个咒语。随即,一个人从火中出现,他是化作婆罗门模样的火神,对拜倒在他脚下的古诃旃陀罗说道:"今天,我在你家吃饭,晚上也待在这里。我要向你揭示事实真相,让你实现愿望。"说罢,这位婆罗门到古诃旃陀罗家里,像其他婆罗门一样吃饭。晚上,他躺在古诃旃陀罗旁边的床上,警戒不睡。夜里,等大家都已睡着,古诃旃陀罗的妻子苏摩波罗芭离家出去。这时,婆罗门叫醒古诃旃陀罗,说道:"来吧! 去看你的妻子做什么。"

婆罗门运用瑜伽术,使古诃旃陀罗和自己都幻化成蜜蜂,飞出去看离家去的苏摩波罗芭。这位美女在城外走了很远,婆罗门和古诃旃陀罗一直紧跟她。后来,古诃旃陀罗看到一棵盘根错节的大榕树,树荫浓密,树干美丽。他在树下听到悠扬的天国歌声,伴有琵琶和笛子。他看见树干上有个宽敞的座位,坐着一位像自己的妻子一样俊俏的天女。她的可爱胜过月光。她挥动着洁白的拂尘,仿佛是主宰月亮美的宝库的女神。古诃旃陀罗看见自己的妻子上树后坐在那个天女旁边。看到这两个同样美丽的天女坐在一起,他似乎觉得今天夜晚有三个月亮在照耀。

　　古诃旃陀罗惊诧不已，突然间心想："这是梦境，还是幻觉？管它是什么呢！正道之树上的智慧蓓蕾开花，会结出我期望的合适果实。"在他随意遐想的时候，这两个天女吃了适合自己的仙食，饮了仙酒。然后，古诃旃陀罗的妻子对那个天女说道："今天，有位无比辉煌的婆罗门来到我家。所以，妹妹啊！我心神不定，我要走了。"说罢，她告辞，从树上下来。幻化成蜜蜂的古诃旃陀罗和婆罗门见此情景，便赶在前面回到家里，像原先那样躺在床上。随后，古诃旃陀罗的妻子也回来，悄悄进入自己房中。

　　于是，婆罗门对古诃旃陀罗说道："你都看到了，你的妻子是天女，不是凡人。今天，你也看到了另一个天女，她的妹妹。天女怎么愿意与凡人结合呢？所以，为了让你获得成功，我教给你一个写在门上的咒语，再教给你一个计策，增强咒语的力量。火自身会燃烧，但借助风势，又会怎样？同样，咒语自身能达到目的，再加上计策，又会怎样？"说罢，这位杰出的婆罗门教给古诃旃陀罗咒语和计策。天明时，他消失不见。

　　古诃旃陀罗把咒语写在妻子的房门上，在黄昏时又施展挑逗情欲的计策。他穿上华丽的衣服，当着妻子的面，与一个妓女攀谈。天女见了，心生妒忌，在咒语的驱使下，不由自主地喊住他，问道："那个女人是谁？"古诃旃陀罗故意说道："她是妓女，看上了我。今天，我要到她家去。"于是，天女横眉怒目，用左手挡住他，说道："嘿！我知道，这就是你打扮得这样漂亮的目的。你别去，她算什么？来我这里，因为我是你的妻子。"由于咒语的作用，她固执任性，仿佛中了魔，激动得汗毛竖起，浑身颤抖。古诃旃陀罗立刻进入她的房间，共享欢乐。这是凡人凭想象无法体验的天神的享乐。这样，苏摩波罗芭抛弃了天女的地位。古诃旃陀罗依靠咒语的力量，获得可爱的妻子，称心如意。

　　那些受诅咒而下凡的天女往往成为善人的妻子，作为对他们祭祀、施舍等善行的回报。因为崇敬天神和婆罗门是善人的如意神牛①，由此，什么不能得到？所谓安抚等手段都在其次。自身的错误是高居天国的天女下降凡尘的唯一原因，犹如风吹花落。

---

① 按印度神话，如意神牛能满足人的一切愿望。

婆森多迦讲完这个故事，又对公主说道："再请听一个阿诃利耶的故事吧。"

从前，有位大仙人，名叫乔答摩，通晓过去、现在和未来。他的妻子名叫阿诃利耶，美貌胜过天女。有一天，因陀罗迷上她的美貌，悄悄向她求欢，因为统治者常常依仗权势，头脑发昏，恣意妄为。而愚蠢淫荡的阿诃利耶表示同意。乔答摩仙人凭借神力，得知此事，便来到那里。因陀罗出于恐惧，立刻幻化成一只猫。乔答摩问阿诃利耶："谁在这里？"她用方言，按实际情况回答说："这里有只猫。"仙人笑着说："果然是你的情人①。"于是，仙人诅咒她。鉴于她说的也是实话，所以，这个诅咒是有期限的："品行不端的女人啊，你将长时间变成石头，直到看见在林中游荡的罗摩。"乔答摩同时也诅咒因陀罗："你的身上会有一千个脑袋。在你看到工巧神创造的天女狄罗德玛后，这一千个脑袋会变成一千只眼睛。"诅咒完毕，仙人按照自己的意愿，前去修炼苦行。阿诃利耶变成坚硬的石头，因陀罗的身上长满脑袋。道德败坏不正是耻辱的原因吗？

"恶有恶报，人人如此。谁播下什么种子，就收获什么果实。因此，那些宽宏大量的人从不与别人作对，这是品质高尚的人奉守的戒规。你们俩以前是天女姐妹，由于受到诅咒，下凡人间。现在，为了共同的利益，你们俩的心也不对立。"

仙赐和莲花听了婆森多迦的话，互相之间连最琐屑的妒意也消除了。仙赐王后让丈夫对她俩一视同仁。她处处为莲花的利益考虑，像爱护自己一样爱护莲花。

摩揭陀国王从莲花遣回的使者那里得知她宽容大度，十分高兴。第二天，负轭氏来到犊子王那里，当着王后和其他人的面，说道："国王啊，我们为何不返回憍赏弥城，继续从事我们的事业？尽管摩揭陀国王是受骗上当，但我们已

---

① 方言中的"猫"（majjāra）与梵语中的"我的情人"发音相同。

经解除了对他的疑惧。因为他已经和我们联姻结盟,怎么会不顾比自己生命更宝贵的女儿而开战呢? 他一定会信守诺言。而且也不是你欺骗他。这件事是由我亲手安排的。他也并非不愉快。我已经从密探那里得知,他没有敌视我们的行动。正是为了这个目的,我们才在这里停留了这么些天。"

正当负轭氏完成任务,向犊子王这么说着的时候,摩揭陀国王的使者来到。经卫兵通报,使者进宫拜见犊子王,坐下禀报说:"摩揭陀国王听了莲花王后的回话,十分高兴。他要求马上给国王传话:'不用多说,我已知道一切。我对你表示满意。已经开始的事业,继续做吧! 我们向你致敬!'"使者的这些话正合犊子王的心意,犹如负轭氏种植的谋略之树开花结果。犊子王听了很高兴,和王后一起带来莲花,向使者赠送礼物,表示敬意,然后打发他回去。

然后,旃陀摩诃犀那的使者也来到。他进宫后,按照礼节拜见国王,禀报说:"国王啊! 旃陀摩诃犀那国王通晓世事真谛,知道事情经过后,很高兴,要向你传话:'你的优秀卓越已为此事证明。对于负轭氏这样的大臣,没有什么可说的。仙赐也是有福的。她对你忠贞不渝。她所做的一切使我们在善人中永远感到骄傲。莲花也不会和仙赐分裂,因为她俩同心同德。你赶快继续努力吧!'"

犊子王听了岳父派来的使者的话,满心喜悦,他对王后的挚爱增长,对大臣的厚爱也增长。他兴高采烈,与两位王后一起,按照合适的礼节款待使者,让使者满意而回。为了尽快投身事业,犊子王与大臣们商量决定返回憍赏弥城。

第四章

第二天,犊子王带着妻子,与大臣们一起离开罗婆那迦,前往憍赏弥城。一路前进时,军队发出的喧嚣充满大地,犹如不合时宜涌起的海潮。国王坐在大象上行走,好像空中的太阳坐在日出之山上行走。白色的华盖为国王遮阳,仿佛受到月亮侍奉,而月亮为自己胜过太阳的光辉而高兴。光辉的国王高高在上,凌驾一切,众臣围绕他,犹如行星沿着各自的轨迹围绕恒星。两位王后坐在母象上,光彩夺目,跟随在国王后面,仿佛吉祥女神和大地女神出于爱心,亲自显身。军马奔腾跳跃,在路上留下许多蹄印,仿佛国王已经享受大地,留下欢爱的指甲印痕。就这样,犊子王一路上受到歌手赞颂,行走了一些天,到达已经做好喜庆准备的憍赏弥城。

憍赏弥城光艳照人,犹如一位妇女迎接远行归来的丈夫。旗帜是她身穿的红衣,窗户是她睁大的眼睛,放在门口的满满的水罐是她高耸的乳房,人群的喧哗是她兴奋的谈话,白色的宫殿是她的微笑。

国王在两位王后的陪同下,进入城里。城里的妇女都盼望看到他。在迷人的宫楼顶上,数百张美女的面孔布满空中,仿佛月亮被王后的面孔胜过,派遣自己的部队前来侍奉。另外一些妇女站在窗口谛视,眼睛一眨不眨,好像天女们出于好奇,乘坐飞车来到这里围观。有些妇女睁大长长睫毛的眼睛趴在窗格前,犹如爱神没有射出的囊中的箭。有个妇女渴望看见国王,眼睛睁大到耳边,仿佛要向没有视觉的耳朵报告情况。有个妇女快步跑来,乳房上下颠簸,仿佛急于想见国王,要从紧身上衣里冲出来。还有一个妇女兴奋激动,扯断项链,珠子散落,犹如心中流出的喜悦泪珠。有些妇女看到仙赐,想起她被烧死的谣传,仿佛怀着忧虑,说道:"如果罗婆那迦的大火对她犯下罪行,那么,太阳也会对世界布下黑暗。"有个妇女看到莲花,对女友说道:"我真高兴,王后落落大方,毫不害羞,对待小王后如同女友。"还有一些妇女看到两个王后,兴奋地睁大眼睛,互相传递眼色,犹如投掷蓝莲花环,说道:"湿婆和毗湿奴肯定没有见过这两个女子的美貌,否则,他俩怎么会那样看重波哩婆提和吉祥女神。"就这样,犊子王让民众大饱眼福,举行完吉祥仪式,和王后一起进入自己的宫中。

如同莲花池,如同月亮升起时的大海,王宫也辉煌灿烂。宫内顷刻之间充满藩属赠送的吉祥礼物,仿佛预示天下所有国王前来进贡。犊子王兴高采烈,向藩属表示敬意。然后,他进入后宫,仿佛进入每个人的心里。犊子王坐在两位王后中间,犹如爱神坐在罗蒂和波利蒂[①]中间,饮酒娱乐,过完这天的其余时间。

第二天,犊子王坐在公堂,大臣们陪伴。有个婆罗门在门口叫喊:"婆罗

---

① 罗蒂和波利蒂都是爱神的妻子。"罗蒂"的原词是 rati,词义为欢爱,"波利蒂"的原词是 prīti,词义为喜悦。

门有冤,国王啊!一些罪恶的牧人在树林里无缘无故砍掉我儿子的脚。"国王听后,立刻派人抓来两三个牧人审问,牧人回答说:"国王啊!我们是牧人,在荒野游荡。我们中有个牧人,名叫提婆犀那。他在树林里一个地方,坐在石凳上,自称为王,命令我们做事。我们谁也不敢违抗他的命令。这样,这个牧人在树林里建立了王国。国王啊,今天,这位婆罗门的儿子路过这里,没有对牧人王行礼。我们依照国王的规定,对他说:'你不行礼,就不准通行。'但这孩子不听我们的警告,推开我们笑着走了。于是,牧人王命令我们惩罚这个不驯顺的孩子,砍掉他的脚。我们就追上去砍了他的脚。国王啊,像我们这种人,怎么能违抗主子的命令呢?"牧人这样向国王申诉,聪明的负轭氏经过思索,悄悄对国王说道:"肯定那个地方有什么宝藏,凭借宝藏的威力,那个牧人王才会这样。我们上那儿去吧!"听了大臣的话,国王便让牧人引路,带着军队和随从前往树林里那个地方。

到了那里,通过勘察地面和劳工发掘,从地下出现一个石雕模样的药叉。药叉说道:"国王啊,我在这里看守了很久。这是你的祖先埋藏的财宝,拿去吧!"药叉说完,接受了国王的礼拜,便消失不见。而地下现出一个庞大的宝库,还有一个无价的镶嵌宝石的狮子座。因为人一走运,好事接二连三。犊子王兴高采烈,取出所有的财宝,并惩治牧人王,然后返回京城。

人们看到国王带回来的御座:那些红宝石发出的光芒仿佛显示国王的威力将征服四方;那些镶嵌在银制隆起物上的珍珠好像露出的牙齿,仿佛看到大臣们惊诧不已而笑个不停。人们欢欣鼓舞,敲起鼓乐,节奏优美。大臣们也确认国王凯旋而归,兴高采烈。因为凡事开头吉利,意味着它的最后成功。空中飘扬的彩旗犹如闪电,国王犹如云雨,向他的臣民洒下金子。

过完这欢乐的一天。第二天,负轭氏试探国王的心,说道:"国王啊,你已经得到祖传的狮子座,坐上去吧,为它增添光彩!"国王说道:"我的祖先都是在征服世界之后才坐上它的。我尚未征服四方,怎么有资格坐上去呢?等我征服了直到海边的辽阔大地,再坐上祖先的宝石狮子座吧!"国王没有登上宝座,因为出身高贵的人天性骄傲。负轭氏高兴地说道:"好啊,国王!现在先准备出征东方吧!"国王听后,热切地问道:"有四面八方,为什么国王们先出征东方?"负轭氏回答说:"国王啊!北方虽然富裕,但由于与蔑戾车蛮族交往,被人瞧不起。西方是太阳落山的地方,也不受人尊敬。南方邻近罗刹,恶浊污秽,是死神的领地。而太阳从东方升起,因陀罗住在东方,恒河也流向东方,所以,东方受到赞颂。人们认为,在文底耶山和雪山之间,经过恒河圣水净化的地区最值得赞颂。因此,国王们为求吉利,总是先出征东方,居住在这条天河居住的地方。你的祖先也是从东方开始,征服各方,定居在恒河岸边的京城。而百军王迁来优美的憍赏弥城。他认为统治世界依靠勇力,地点无关紧要。"负轭氏说罢住口。国王崇尚英雄气慨,说道:"确实,地点不决定帝国的事业。对于勇敢的人,自身的勇气是事业成功的唯一原因。勇敢的人不依不靠,凭自己的勇力获得吉祥幸福。你们没有听过勇敢者的故事吗?"犊子王说罢,应大臣的请求,当着两位王后的面,讲了一个奇妙的故事:

从前,在大地上著名的优禅尼城,有位国王名叫阿迪底耶犀那。他充满勇力,是一位转轮王,所向披靡,如同太阳充满热力,乘坐独轮车,通行无阻。一旦他的雪白华盖高高耸立,照亮天空,也能驱散其他国王遭受的炎热。他占有整个大地产生的宝石,犹如大海容纳所有的水。

有一次,国王出外旅行,带了军队在恒河岸边安营扎寨。有位本地的富商名叫古纳婆尔摩,带了女儿作为礼物来见国王。他通过卫兵之口,向国王报告说:"我家有个女儿,是三界之宝。国王啊!她不能嫁给别人,因为只有像你这样的国王才适合娶她。"然后,古纳婆尔摩进入宫中,让自己的女儿面见国王。这个少女名叫德洁丝婆提,光艳照亮天空,犹如爱神寺庙宝石灯的光焰。国王被她的魅力征服,产生爱情。而爱情之火燃烧,仿佛将他融化成汗水。国王立刻接受这位适合成为王后的少女,高兴地让古纳婆尔摩享有与自己一样的尊贵。

国王和可爱的德洁丝婆提结婚后,感到自己的目的已经达到,便带着她返回优禅尼城。此后,国王的眼睛只用来观看德洁丝婆提的脸,而不关心国家大事。他的耳朵只用来聆听德洁丝婆提的音乐和谈话,而不倾听民众的痛苦呼喊。他一进入后宫,便久久不出来。他的敌人们灼热的恐惧渐渐从心头消失。后来,国王和德洁丝婆提生了一个女儿,同时,国王心里产生出征的愿望。这两者都令众人欢欣鼓舞。这位美貌绝伦的女子视三界如草芥,国王感到高兴。而出征的愿望激发他的勇力。

后来,国王阿迪底耶犀那从优禅尼城出发,去平定一个傲慢的藩王。他让王后德洁丝婆提骑上母象同行,仿佛是军队的保护女神。他自己骑上一匹高头大马。这匹马犹如一座移动的山,系有肚带,长有卷毛,精神昂扬,呼啸声似瀑布。它腾起前腿至嘴边,仿佛模仿空中飞行的金翅鸟的速度。它昂起脖子,仿佛用坚定的眼光打量大地,盘算自己的速度能快到什么程度。国王走了一阵,来到一片平地。他向德洁丝婆提展示马的速度,策马前进。这匹马受到国王后跟夹击,如箭出弦,高速飞奔,从人们的视线中消失。士兵们见此情景,惶恐不安。骑兵们四处追寻,也没有找到被马带走的国王。大臣和士兵怀疑国王遭遇不测,十分害怕,带着啼哭的王后回到优禅尼城。他们关上城门,设置岗哨;一面打听国王的消息,一面安抚百姓。

而当时,国王顷刻之间被马带到人迹罕至、猛狮出没的文底耶森林。马随意停下后,国王顿时晕头转向,不知自己在大森林里身处何方。辨不清路途,国王只得下马。他知道这马的前生,向它行礼说道:“你是天神。像你这样的马不会伤害主人。我求你庇护,把我带上平安之路。”闻听此言,这马想起前生,感到后悔,心里表示同意。凡是上等的马都具有神性。于是,国王又骑上马。这匹马择路而行,沿途有洁净凉爽的水池,能消除旅途的疲劳。黄昏,这匹快马又行进一百由旬,把国王带到优禅尼城附近。太阳看到自己的七匹马都赶不上这匹马的速度,仿佛出于羞愧,沉入西山深谷。

黑暗弥漫。这匹聪明的马看到优禅尼城门紧闭,城外坟场阴森可怖,便把国王带到城外一个偏僻隐蔽的婆罗门寺庙去过夜。国王看到这个寺庙适合过夜,自己的马也疲惫了,便准备进去。但寺庙里的那些婆罗门拒绝他进去。“这个人是坟场看守,或者是盗贼。”他们粗鲁地争辩着走出来,因为通晓吠陀诗律的婆罗门胆小、生硬、爱生气。正当他们争吵不休时,从寺庙里走出一个婆罗门青年。他名叫维杜舍迦,具有德行和臂力,无比勇敢。他曾以苦行取悦火神,得到了一把只要一想就会出现的宝剑。这位坚定的青年看到夜里来访的国王相貌非凡,心想:“这是一位乔装的天神。”这位思路正确的青年推开其他婆罗门,恭敬地向国王行礼,请他进入寺庙。侍女立刻为休息的国王洗去旅途的尘土,而维杜舍迦为国王准备合适的食物。他也为那匹马卸下马鞍,喂它草料等,以解除疲劳。然后,他为疲倦的国王铺床,说道:"我将保护你。国王啊!你安心睡觉吧。"国王入睡时,这位婆罗门青年手持一想就出现的火神之剑,整夜警戒不睡,守在门口。

天明时,维杜舍迦主动给马备好鞍子,亲自叫醒国王。国王向他告辞,骑马进入优禅尼城。人们远远看到他,高兴万分。所有的臣民立刻前来迎他进城,欢欣鼓舞,熙熙攘攘。国王在大臣们陪同下,来到王宫,王后心中灼热的痛苦消失。成排的旗帜迎风招展,满城的愁云仿佛顷刻之间随风而去。王后举行了一整天盛大庆祝活动,直到市民和太阳都色似朱砂。

第二天,国王从寺庙召来维杜舍迦和其他婆罗门,表彰维杜舍迦昨夜做的事,赐给他一千座村庄作为酬谢。人们怀着好奇观看维杜舍迦。知恩报德的国王还赠给他华盖和大象,任命他为家庭祭司。这样,维杜舍迦取得与藩王相当的地位。因为有恩于伟大人物,决不会毫无回报。维杜舍迦慷慨大度,与庙里的其他婆罗门一起分享国王赏赐的村庄。他留在宫中侍奉国王,与其他婆罗门一起分享村庄的贡赋。

随着时间推移,其他婆罗门财迷心窍,争权夺利,把维杜舍迦甩在一边。他们四分五裂,七个一帮,互相敌视,压榨村民,犹如灾星。对于他们的倒行逆施,维杜舍迦漠然置之。因为意志坚定的人从来蔑视灵魂渺小的人。有位生性严厉的婆罗门名叫持轮。他是独眼,但目光敏锐,明辨是非。他是驼背,但说话正直。一次,他看到这些婆罗门争吵不休,便走上前来,对他们说道:"你们以乞食为生,如今得到了这笔财富,你们这些骗子为什么还要互相倾轧,糟蹋村庄? 这是维杜舍迦的过错,他撒手不管你们。这样,不用多久,你们肯定又要去游荡乞食。没有首领,各人还能依靠自己的机遇谋求发展。而首领众多,四分五裂,只能毁灭一切。所以,你们听我的话,选举一个坚强的人做首领。如果你们想保住财富,只能依靠一个坚强的首领。"听了他的话,所有的婆罗门都想自己当首领。持轮想了想,又对这些傻瓜说道:"你们争执不下,那么,我提一个建议:在这附近的坟场,木桩上有三个被处死的盗贼。谁敢在夜里去把他们的鼻子割下带回来,他便是你们的首领。因为英雄适合担任首领。"听了持轮的话,站在一旁的维杜舍迦对那些婆罗门说道:"你们去干吧!怕什么?"而那些婆罗门回答说:"我们干不了这事。谁能干,就让他去干吧!我们遵守协议。"于是,维杜舍迦说道:"那我去干。我在夜里去坟场割下他们的鼻子,带回来。"那些傻瓜都认为这是一件难事,便说道:"你做成这件事,就当我们的首领。这是我们的协议。"这样,大家确定了这个协议。

夜晚来临,维杜舍迦告辞众婆罗门去坟场。他唯一的助手是一想就出现的火神之剑。这位英雄进入与自己的行动一样可怕的坟场。坟场里,秃鹫和乌鸦的鸣叫随着女鬼的嚎叫而增长,火葬堆的火焰随着喷火鬼喷出的火焰而加强。在坟场中间,维杜舍迦看到悬挂在木桩上的三个人。他们仿佛害怕被割掉鼻子,面孔向上。他一走近,这三具附有僵尸鬼的尸体便挥拳打他。他毫不动摇,用宝剑回击他们。因为意志坚定的人,一心努力,不知恐惧。于是,这些尸体不再受僵尸鬼摆布。这位聪明能干的人割下他们的鼻子,裹在衣服里。

维杜舍迦在返回的时候,看见坟场上有个出家人站在一具尸体上念诵咒语。他出于好奇,想看个究竟,便走过去,躲在这个出家人的身后。刹那间,出家人脚下的尸体发出嘶嘶声,口中喷出火焰,肚脐喷出芥末籽。出家人捡拾芥末籽,然后站起身,用手掌拍打尸体。这具附有强壮僵尸鬼的尸体站了起来,出家人趴在他的肩上。尸体立刻开始行走。维杜舍迦默不作声,悄悄跟在后面。走出没多远,维杜舍迦看到一座供有难近母像的空庙。出家人从僵尸鬼的肩上下来,进入神庙内室,僵尸鬼则倒在地上。维杜舍迦设法躲在那里,悄悄看着。出家人向女神供拜后,诉说道:"女神啊!如果你对我满意,请赐给我祈求的恩惠。否则,我将献祭自己,取悦你。"他渴望自己的严厉咒语获得成功。神庙内室发出话音:"把国王阿迪底耶犀那的女儿带到这里来,以她作为祭品。然后,你将实现愿望。"出家人听后,走出神庙,又用手拍打僵尸鬼。僵尸鬼又发出嘶嘶声,站立起来,口中喷出火焰。出家人趴在僵尸鬼的肩上,飞向空中,去带公主。维杜舍迦看到这一切,心想:"有我在,怎能让他杀死公主呢?我就呆在这里,等这坏家伙回来。"于是,他隐藏在那里。

出家人从空中飞入后宫,找到夜晚入睡的公主。他浑身黑暗,带着光艳照人的公主,犹如罗睺①带着月亮,从空中飞回。他驮着大声呼喊爹妈的公主降临神庙。他打发走僵尸鬼,带着公主进入神庙内室。他刚想动手杀害公主,维杜舍迦拔剑而入,说道:"你这罪人!你竟然对柔弱女子动用武器,好像用金刚杵对付茉莉花。"说罢,维杜舍迦抓住他的头发,挥剑砍下这个哆嗦发抖的出家人的脑袋。他安慰惊恐不安的公主。公主依偎着他的身体,仿佛早已相识。这位坚定的人思忖:"我怎样把公主送回国王的后宫呢?"这时,空中传来话音:"喂,维杜舍迦,听着!你今天杀死的那个出家人,他曾成功地获得一个强大的僵尸鬼和芥末籽,妄想统治世界,占有各国公主。所以,这个傻瓜今天走到这一步。英雄啊!你拿上这些芥末籽,今天一个晚上,你能在空中飞行。"维杜舍迦听后很高兴,因为天神经常保护这样的英雄。于是,他从出家人的衣角里取出芥末籽,捏在手里,将公主抱在怀里,飞出神庙。这时,空中又传来话音:"大英雄啊!这个月底,你要再到这座神庙来,不要忘记!"他立刻答应道:"好吧!"

由于天神的恩惠,维杜舍迦带着公主飞向空中,很快飞到后宫。他让公主进去,安慰了几句,说道:"天一亮,我就不能在空中飞行,所有的人会看到我出去。所以,我现在就得离开。"公主惊魂未定,对他说道:"你走了,恐惧压在我的身上,我会失去呼吸的。大恩人啊,你别走,再救我一命吧!因为善人做事从来都是善始善终。"高尚的维杜舍迦听后,思忖道:"好吧!我不走了。如果她在恐惧中死去,我何以表明自己对国王的忠诚?"于是,他留在后宫过夜。由于紧张劳累,他渐渐睡着了。而公主惊魂未定,一夜没睡。

天明时,公主充满爱心,想让维杜舍迦再休息一会儿,没有叫醒他。后来,宫女进来,看见了他,惊慌地去报告国王。国王派门卫来查看。门卫看到维杜舍迦,并从公主口中得知事情经过,如实禀告了国王。国王了解维杜舍迦的品行,但听后似乎仍然感到困惑:"这是怎么回事?"他从女儿宫中召来维杜舍迦。公主爱上维杜舍迦,她的心伴他同行。国王询问事情真相,这位婆罗门从头至尾讲述了事情经过,又显示了裹在衣角里的盗贼的鼻子和出家人的非凡的芥末籽。国王为了核实,又召来持轮和寺庙里的所有婆罗门,询问事情

---

① 罗睺(rāhu),印度神话中一魔名,偷走月亮,带来月蚀,是月亮的敌人。

起因,然后亲自去坟场察看被割掉鼻子的盗贼尸体和砍断脖子的卑鄙出家人。这位高尚的国王感到满意,对维杜舍迦表示信任,把自己的女儿嫁给了这位聪明能干的救命恩人。高尚的人知恩报德,有什么东西舍不得给?吉祥女神肯定出于对莲花的喜爱,居住在公主的手中①,所以,维杜舍迦一握住公主的手②,就获得吉祥幸福。此后,他和可爱的公主一起住在国王宫中,以辅佐王政而声名远扬。

　　过了一些日子,由于神的启示,一天晚上公主对维杜舍迦说道:"你不记得了吗?那天夜里,在神庙里天国话音对你说:'这个月底,你要再来这里。'今天已是月底,你忘记了吧?"听了妻子的话,维杜舍迦想起此事,高兴地说道:"不错,好记性,细腰女郎啊!我忘记了。"说完,他以拥抱表示感激。

　　夜里,在公主睡后,他离开后宫,带着宝剑,独自前往神庙。到了那里,他在神庙外喊道:"喂!我,维杜舍迦来了。"他听到里边有人回答:"进来!"他进入神庙,看见一座天宫,里边有位女神模样的少女,周围有天女陪伴。她的艳丽犹如驱散黑暗的火光;对于被湿婆愤怒之火烧成灰烬的爱神,是一剂起死回生的妙药。维杜舍迦惊讶不已:"这是怎么回事?"那个少女怀着爱慕和崇敬,亲自接待他,表示欢迎。他坐下后,从她爱慕的目光中得到信心,急于想知道事情的真相。少女说道:"我是持明女,名叫跛德罗,出身高贵。上次,我在这里随意游荡,看到了你。你的品貌吸引我。所以,我暗中发出声音,叫你再来。今天,我运用法术迷惑公主,让她提醒你记起此事。为了你,我才待在这里。美男子啊,我把自己的身体委托给你,与我结婚吧!"听了持明女跛德罗的话,幸运的维杜舍迦表示同意,以健达缚方式与她结婚。他在那里与爱人一起享受天神才有的快乐。这是他凭自己的勇力获得的果实。

　　公主天明时醒来,发觉丈夫不在,顿时心情沮丧。她起身,踉踉跄跄跑到母亲那里,浑身颤抖,泪如泉涌。她害怕自己犯有过失,后悔地对母亲说道:"我丈夫夜里出去了。"母亲出于对女儿的爱,也惊慌失措。后来,国王得知消

---

①　这里是将公主的手比作莲花。
②　按印度古代结婚仪式,新郎要握住新娘的手,绕火行走。

息,来到那里,也陷入焦虑。公主说道:"我知道他到坟场外的神庙去了。"于是,国王亲自找到那里。而持明女施展法力,把维杜舍迦隐藏起来,国王无法找到。国王回来后,公主感到绝望,想要自尽。这时,来了一位智者,对她说道:"别以为发生了什么不幸。你的丈夫还活着,正在享受天神的快乐,不久就会回到你身旁。"公主听后,心里抱着丈夫会回来的信念,活了下来。

而维杜舍迦待在那里。跋德罗的一位女友,名叫瑜盖湿婆利,前来悄悄对她说:"朋友啊!你与凡人结婚,持明们对你很生气,要惩处你。你快离开这里吧!在东海岸边有座城市,名为迦尔谷吒迦。走过那座城,有条圣洁的河,名为希多达。渡过那条河,便到达乌陀耶山。那座大山是悉陀神的地盘,持明神不能去那儿。你立刻去那儿吧!你不必为你的凡人丈夫担心。只要你走之前,把一切都告诉他,这位勇敢的人随后也会赶到。"跋德罗听后,恐惧不安,即使深深爱着维杜舍迦,也只得表示同意。于是,她设法把一切都告诉维杜舍迦,并把自己的戒指给了他。天明时,跋德罗悄然消失。

维杜舍迦发现自己又回到了原先那个空庙里,跋德罗和宫殿全然不见。他回想法力创造的幻景,又看到这枚戒指,既惊讶,又失望。他回忆她的话,如幻似梦。他思考着:"她告诉我去乌陀耶山。我得赶快去那里找她。但是,如果人们就这样看见我,国王不会放我走的。所以,我要使用计策,让这件事情成功。"于是,这个聪明的人故意改变自己的模样,破衣烂衫,蓬头垢面,从神庙里走出来,叫喊着:"啊,跋德罗!啊,跋德罗!"这个地区的居民立刻看到了他,嚷嚷道:"维杜舍迦找到了!"国王知道后,亲自走出宫殿,看到维杜舍迦这种疯疯癫癫的样子,便把他拉回宫中。不管侍从和亲属怎样关心和劝说,他总是回答道:"啊,跋德罗!"在医生指导下给他涂抹油膏时,他立刻抓起许多灰土涂抹身体。公主疼爱他,亲手捧给他食物,他立即扔在地上,用脚踩踏。就这样,一连几天,维杜舍迦冷漠无情,扯碎自己的衣服,疯疯癫癫。国王阿迪底耶犀那心想:"他不可能恢复了,何必让他受折磨呢?不知哪天,他会死去,我可能会沾上一个杀害婆罗门的罪名。不如让他随意游荡,或许到时候会恢复健康。"于是,国王把他放走了。

第二天,英雄维杜舍迦带着戒指随意游荡,前去寻找跋德罗。他天天朝着东方走,渐渐来到途中的般吒罗婆尔达那城。在那里,他进入一位婆罗门老妇人家里,说道:"大妈,留我住一夜。"她留他住宿,招待他。随后,婆罗门老妇人沉痛地对他说道:"孩子啊! 我把这个家里的一切都送给你,你收下吧! 因为我很快就要活不了了。"维杜舍迦惊讶地问道:"你为什么这么说?"老妇人说道:"你听着,我来告诉你。孩子啊! 这城里有位国王名叫提婆犀那。他生有一个女儿,是大地的装饰。这位慈爱的国王想到自己得到这女儿可困难了,所以给她取名"难得"。这女孩在自己宫中渐渐长成少女。国王把她嫁给迦恰波国国王。夜里,迦恰波王一进入新娘房间,就死了。国王很伤心,又把女儿嫁给另一个国王,又发生了同样的事情。这样,其他国王就吓得不敢娶她了。国王便对自己的大将军下令道:"你每天依次从国内的一个家庭里找一个儿子来,要婆罗门或刹帝利。带来后,在夜里,让他进入我女儿的房间。我倒要看看究竟会死多少人,要持续多久时间。谁能逃过死亡,谁就是她的丈夫。因为命运是神秘的,它的进程是不可阻挡的。"大将军接受国王的命令后,每天轮流从一个家庭带走一个人。这样,已经有几百人被带走死去。我前生没积功德,只生了一个儿子。今天轮到他去送死。失去了他,明天我就投火自焚。所以,在我还活着的时候,我要亲自把这家里的一切都送给你这个有德之人。这样,我来生就不会再是一个苦命女人。"

英勇的维杜舍迦听后,对她说道:"如果是这样,大妈,你就不必担心。今天,我去那里,你的独生子能活着。你也不必感到内疚:'我怎么能让他去死呢?'因为我有法力,去那里没有什么可怕的。"婆罗门老妇人听后,说道:"你一定是位天神,来到这里,作为对我的功德的报答。孩子啊,你救了我和我的儿子,你自己也会幸福。"

这样,维杜舍迦取得老妇人同意,傍晚,与大将军派来的仆人一起前往公主的房间。在那里,他看到公主充满青春魅力,犹如一株蔓藤,鲜花盛开,但未经采摘,故而沉重下垂。夜里,公主上床,他手持一想就出现的火神之剑,在卧室里警戒不睡,心想:"我要看看,是谁杀死了这么多人。"众人都已睡着,他突然看见房门打开,门口出现一个可怕的罗刹。罗刹站在门口,向房间里伸进一只手臂。这就是置数百人于死地的魔掌。维杜舍迦愤怒地冲过去,一剑砍下罗刹的手臂。罗刹失去一只手臂,立刻逃走。由于害怕这个无比勇敢的人,罗刹没有再回来。公主醒来,看见罗刹的手臂掉在地上,又害怕,又高兴,又惊讶。早上,国王提婆犀那看到女儿的房门口有一只砍下的手臂,便说道:"以后别人不会进这房间了,因为维杜舍迦给它安上了长长的门闩。"国王很高兴,把自己的女儿嫁给了具有神力的维杜舍迦,还赐给他许多财富。维杜舍迦与犹如幸福化身的爱人一起生活了一些日子。有一天,他丢下熟睡的公主,在夜里出发去找跋德罗。天明时,公主发现他不见了,痛苦忧伤。父亲抱着他会回来的希望,竭力安慰女儿。

而维杜舍迦天天赶路,渐渐来到离东海不远的多摩罗利波提城。在那里,他遇见一位商人。商人名叫室建陀陀娑,准备前往大海对岸。于是,他与商人一起登船渡海。船上载有商人的许多财宝。行至大海中央,船突然搁浅,好像被什么东西拽住似的。尽管商人扔下许多珠宝以取悦大海,船还是行驶不了。商人发愁,说道:"谁能排除障碍,我便把自己的一半财富和女儿给他。"勇敢的维杜舍迦听后,说道:"我去海底看看,马上就能排除障碍。你们用绳子拴住我,一旦船开始移动,你们就拉绳子,把我从水中拖上来。"商人高兴地说道:"好吧!"船夫们便用绳子拴在他的腋下。拴好后,维杜舍迦潜入水下。因为一旦机缘来到,勇敢的人从不胆怯。

这位英雄手持一想就出现的火神之剑潜入船下的水中。他发现一个熟睡的巨人,船就搁浅在他的大腿上。他立即用剑砍断巨人的大腿,船摆脱障碍,开始移动。邪恶的商人见此情景,想毁约赖账,让人砍断拴住维杜舍迦的绳子,驾驶摆脱障碍的船,迅速通过如同他的贪欲一般浩瀚的大海,到达对岸。而维杜舍迦从水中浮上来后,发现拴住自己的绳子已被割断,船已驶走,心想:"这商人为什么要这样做?或许正如常言道:'薄情之人财迷心窍,忘恩负义。'然而,现在正是显示英雄本色的时候,因为失去勇气,再小的困难也无法克服。"于是,他爬到那条大腿上。这是刚才他在水中从熟睡的巨人身上砍下来的。他用手划水,那条大腿像船一样,带着他渡过大海。因为命运也帮助勇敢的人。

犹如哈努曼^①为了罗摩跃过大海,英勇的维杜舍迦到达大海对岸。这时,空中传来话音,对他说道:"好啊,好啊,维杜舍迦!除了你,还有谁会这么勇敢?我对你的勇敢表示满意。所以,你听着!你已经到达荒无人烟的地区。从现在起,到第七天,你将到达迦尔谷吒迦城。然后,你再勇往直前,很快就会实现愿望。我是火神,过去曾经享用过你祭祀天神和祖先的祭品。由于我的恩惠,你一路上不会饥渴。放心去吧,你会获得成功。"说罢,话音停止。维杜舍迦听后,向火神行礼,高兴地出发了。

第七天,维杜舍迦到达迦尔谷吒迦城。他进入一个寺庙,里边住着来自不同地区的高尚婆罗门。这是当地吉祥幸运的国王阿利耶婆尔摩建造的,伴有一个纯金盖成的漂亮神庙。寺庙里的婆罗门殷勤好客,所有的人都欢迎他。有一位婆罗门带他到自己的住处,侍候他沐浴、更衣和吃饭。晚上,维杜舍迦在寺庙里,听到城里一边击鼓,一边喊话道:"哪个婆罗门或者刹帝利,想在明天早上与公主结婚,今天晚上就住到她的房间去。"听到喊话,喜爱冒险的维杜舍迦立刻怀疑其中必有蹊跷,便想去公主的房间。寺庙里的婆罗门对他说道:"婆罗门啊!你别去冒险,那不是公主的房间,而是死神张开的嘴。凡是夜里进去的人,没有一个活下来。许多冒险者都白白送了命。"维杜舍迦没有接受婆罗门的劝告,与仆人一起前往王宫。

到达王宫后,国王亲自欢迎他。夜里,维杜舍迦进入公主房间,犹如太阳进入火中。他发现公主相貌迷人,但因绝望而痛苦,神情沮丧,两眼含泪望着他。他手持一想就出现的火神之剑,整夜不睡,观察动静。突然,门口出现一个可怕的罗刹,右臂已被砍掉,伸出了左臂。维杜舍迦心想:"嗨!就是这个罗刹。在般吒罗婆尔达那城,我砍掉了他的一只手臂。今天,我不能再砍他的手臂,因为他又会像上次那样逃跑的。我最好是把他杀死。"于是,他冲上前去,一把抓住罗刹的头发。他刚要挥剑砍头,罗刹惊恐万状,说道:"不要杀我。你是英雄,发发慈悲吧!"英雄放开了他,问道:"你是谁?叫什么名字?是干什么的?"罗刹回答说:"我的名字叫耶摩丹希德罗。我有两个女儿,这是一个,

---

① 按印度神话,哈努曼是协助罗摩战胜魔王的神猴。

另一个在般吒罗婆尔达那城。湿婆赐恩于我,命令道:'保护你的两个女儿,不要让她们与非英雄结婚。'"所以,我才这么做。我的一只手臂先在般吒罗婆尔达那城被人砍掉,今天你又在这里战胜我。这样,我已经尽到责任。"维杜舍迦听后,笑着回答说:"就是我在般吒罗婆尔达那城砍掉了你的手臂。"罗刹说道:"那你具有神性,不是凡人。我想,正是为了你,湿婆才让我执行他的命令。现在,你是我的朋友。无论什么时候,只要你一想起我,我就会出现。无论遇到什么困难,我也会让你成功。"就这样,罗刹选定维杜舍迦作为朋友,维杜舍迦也欣然同意。随即,耶摩丹希德罗便消失不见。

公主欣赏维杜舍迦的勇敢,他俩愉快地度过一夜。天明后,国王得知此事,非常高兴,把女儿嫁给他,犹如授予他一面表彰勇敢的旗帜,还赐给他许多财富。维杜舍迦与公主一起度过一些夜晚。公主犹如与品德紧密相连的吉祥女神,与他寸步不离。

一天晚上,维杜舍迦思念妻子跋德罗,悄悄离开这里,因为享受过神仙快乐的人怎么还会留恋别的快乐。他出城后,便想罗刹。一想罗刹,罗刹便到。他向罗刹行礼后,说道:"朋友,我要去悉陀神居住的乌陀耶山,寻找我的持明女跋德罗。你带我去吧!"罗刹说道:"好吧!"于是,维杜舍迦骑在罗刹肩上,一夜行走了六十由旬难以行走的路程;早上,又越过凡人无法越过的希多达河,毫不费力地到达乌陀耶山的边缘。罗刹说道:"前面就是吉祥的乌陀耶山了,我不能登上悉陀神的地盘。"得到维杜舍迦的同意,罗刹便消失了。

维杜舍迦看到那里有一个美丽的湖。他坐在湖边,湖里盛开的莲花犹如美女的面庞,飞翔的蜜蜂嘤嘤嗡嗡,仿佛在说:"欢迎,欢迎。"他看到那里有清晰的脚印,像是妇女的,而且仿佛在对他说:"这是你的妻子来时走过的路。"维杜舍迦思忖道:"这山凡人不能涉足,我最好等一下,看看是谁的脚印。"这时,有许多美丽的女子拿着金罐,前来汲水。等她们汲满水罐,维杜舍迦谦恭有礼地问道:"你们为谁汲水?"她们回答说:"贤士啊!这山上住着一位持明女,名叫跋德罗。这是她的沐浴水。"真是奇妙!创造主似乎喜爱从事艰难事业的勇敢者,为他们提供一切方便。突然,她们中间有个女子对他说道:"吉祥的人啊,请把水罐搁在我的肩上。"聪明的维杜舍迦说道:"好吧!"在把水罐搁在她的肩上时,他也把过去跋德罗给他的宝石戒指放入水罐。然后,他仍然坐在湖边。

　　那些女子拿着水罐回到跋德罗的家。她们为跋德罗浇水沐浴时,这只戒指落在她的大腿上。她一看见就认出来了,询问女友道:"你们见到什么陌生人了吗?"她们回答说:"我们见到一位青年凡人在湖边。这个水罐是请他帮忙搁在肩上的。"跋德罗立刻说道:"你们快去为他沐浴装饰,把他带到这里来,因为他是我的丈夫,是来找我的。"女友们听后,便去如实告诉维杜舍迦,替他沐浴,把他带上山来。

　　到了那里,维杜舍迦见到望眼欲穿的跋德罗,仿佛见到自己的勇敢之树结出的美丽果实。跋德罗一见到他,便站起来,仿佛向他供拜,以喜悦的泪水为他洗尘,以宛如蔓藤的双臂作为花环,戴在他的脖子上。他俩互相拥抱,由于过分紧压,蓄积已久的爱情仿佛化为汗珠渗出。他俩坐下,互相百看不厌,仿佛忍受着百倍增长的渴望。跋德罗问道:"你怎么来到这地方的?"维杜舍迦回答说:"凭着对你的爱,一次又一次冒生命危险,来到这里。还要说什么别的呢?美人啊!"跋德罗听后,感到丈夫爱她不惜生命,她爱丈夫也达到极点。她说道:"夫君啊!我不考虑女友们,也不考虑种种神力。你是我的生命,我是你用品德买下的女仆,主人啊!"维杜舍迦说道:"那么,亲爱的!抛弃天神的享受,与我一起回去,住在优禅尼城吧!"跋德罗当即同意道:"好吧!"她的神力随着她的这个决定而消失。她抛弃它们如同草芥。然后维杜舍迦在跋德罗的女友瑜盖湿婆利的侍奉下,和跋德罗一起,在那里休息了一夜。

　　天明后,聪明能干的维杜舍迦和跋德罗从乌陀耶山下来。他想起罗刹耶摩丹希德罗。他对一想就出现的罗刹讲述了自己要去的方向,先让跋德罗骑在罗刹肩上,然后自己也骑在罗刹肩上。跋德罗竟能骑在极端凶暴的罗刹肩上!在爱情控制下,女子有什么不能做的呢?这样,由罗刹驮着,维杜舍迦和妻子一起出发,又到达迦尔谷吒迦城。人们看到他,也看到罗刹,因而感到害怕。维杜舍迦看到国王阿利耶婆尔摩,便向他索求自己的妻子。国王把女儿给了他,因为这是他凭自己的臂力获得的。这样,他们又骑在罗刹肩上,离城出发。然后,他们到达海边遇见那个邪恶的商人的地方。原先,维杜舍迦潜入海水中,这个商人割断了拴住他的绳子。维杜舍迦取走商人的财产和女儿。

这是早就说定的,作为他让船在海中行驶的报酬。他认为剥夺财产等同于处死恶人。因为对于恶人来说,财富比生命更重要。然后,他带了商人的女儿,以罗刹为车,与跋德罗和公主一起飞向空中,越过海怪出没的大海,犹如向妻子们显示自己的勇敢精神。他又到达般吒罗婆尔达那城。所有的人都惊讶地看到他以罗刹为车。在那里,国王提婆犀那的女儿也是他战胜罗刹而获得的妻子。他向始终等待着他的妻子表示敬意。国王想挽留他,但他思念故乡,带着妻子向优禅尼出发。

依靠罗刹的神通,维杜舍迦很快到达优禅尼城。这座城市呈现在他的眼前,仿佛为了满足他观看故乡的愿望。人们看到维杜舍迦骑在庞大的罗刹肩上,犹如东山升起的月亮;他的妻子们围坐在罗刹肩上,光艳照亮罗刹,犹如东山顶上闪闪发光的药草。人们又惊奇又害怕。他的岳父国王阿迪底耶犀那知道后,走出宫来。维杜舍迦看见国王,迅速从罗刹肩上下来,向国王行礼后,走上前去。国王向他表示欢迎。然后,他让自己所有的妻子都从罗刹肩上下来,放走罗刹。罗刹走后,他带着妻子们,与岳父国王一起进入王宫。他给国王的女儿带来喜悦。她是维杜舍迦的第一位妻子,久久盼望着他归来。国王问他:"你怎么得到这么多妻子?那个罗刹是谁?"维杜舍迦向他讲述了一切。国王精通政务,欣赏维杜舍迦的勇敢,把自己的一半王国分给女婿。维杜舍迦虽然是婆罗门,顷刻之间成了国王,白色华盖高高耸立,两旁拂尘轻轻拂动。优禅尼城大放光彩,充满喜庆的鼓乐声和欢呼声。

维杜舍迦获得王权后,渐渐征服整个大地,所有的国王都拜倒在他的脚下。他由跋德罗陪伴,与互相毫无妒忌心的妻子们长期和睦生活。对于意志坚定的人们,在受到命运宠爱时,本人的勇敢是一种强大的、令人兴奋的魔力,确保成功和繁荣。

从犊子王口中听到这个奇妙的故事,坐在他身旁的所有大臣和两位王后都非常高兴。

第五章

于是，负轭氏对犊子王说道："国王啊，你是受到命运宠爱的，也是勇敢的。我们在治国之道上作了一些努力，你尽快按照计划出征四方吧！"国王听了宰相的话，说道："好吧！不过，要获得幸福必定会遇到许多困难。因此，我要以苦行取悦湿婆。没有湿婆的恩惠，愿望怎能实现？"大臣们听后，同意国王修苦行，犹如罗摩决定架桥渡海时，猴王们同意他修苦行。国王与两位王后和大臣们一起修苦行，连续三夜斋戒。湿婆托梦指示国王说："我对你很满意，起来吧！你会顺利地取得胜利。不久，你会有个儿子。他将成为持明王。"国王醒来，湿婆的恩惠驱散了疲劳，犹如新月随着太阳光的增长而圆满。早上，大臣们得知国王的梦境，十分高兴。两位王后娇嫩似花，因恪守斋戒而疲乏，听到国王讲述的梦境，满心欢喜，仿佛服了一帖发汗药，恢复了精力。国王依靠苦行，获得了与祖先同样的力量，他的两位王后获得忠于丈夫的神圣名誉。斋戒结束，市民热烈欢庆。

第二天，负轭氏对国王说道："你是幸运的，世尊湿婆如此恩宠你。现在，去战胜敌人，享受依靠双臂获得的幸福吧！对于国王来说，依靠自己的德行获得的幸福不会消失。因此，你获得了祖先得而复失、长期埋在地下的财富。你再听这个故事。"

从前在华氏城，有位出身富豪家族的商人儿子，名叫提婆陀婆。他的妻子是从般吒罗婆尔达那城娶来的富商女儿。父亲去世后，提婆陀婆渐渐染上赌博恶习，把所有的钱财都输掉了。岳父把受贫困折磨的女儿带回了般吒罗婆尔达那城。后来，提婆陀婆痛感不幸，想要重振事业，便去向岳父借点本钱。

第二天黄昏，提婆陀婆到达般吒罗婆尔达那城。他看到自己蓬头垢面，衣衫褴褛，思忖道："我这个样子，怎么能进岳父的家门呢？有骨气的人宁愿在亲人面前死去，也不愿穷困寒酸。"这样，他去市场，蜷缩在一家店铺门外过夜，就像一朵夜晚闭合的莲花。忽然，他看见一位青年商人打开店铺的门进去了，一会儿,又看见一位女子蹑手蹑脚走来,很快地也进去了。灯光点亮时,他往里面看,认出是自己的妻子。妻子拴上门,投入了别人的怀抱。提婆陀婆如遭雷击,痛苦地思忖道:"一个男人失去了财产也就失去了身体,哪里还谈得上什么女人?女人天生变化无常,就像闪电。这是陷入恶习的不幸男子的下场,也是居住娘家的自由女子的下场。"他在门外这样思忖时,仿佛听到妻子在交欢后,与情夫在说知心话。他立即走上前去,把耳朵贴在门上。这个坏女人正在悄悄对情夫商人说道:"听着,今天我要告诉你个秘密,因为我喜欢你。我丈夫的祖先名叫毗罗婆尔摩,在自己家院子里的四个角落埋了四罐金子。他将此事告诉了自己的一个妻子。这个妻子临终时,告诉了媳妇。这媳妇就是我婆婆。我婆婆又告诉了我。这是我丈夫家婆媳口口相传的一个秘密。我的丈夫穷困潦倒时,我也没有告诉他。他喜欢赌博,我讨厌他。而我真心喜欢你,所以,到我丈夫的城市去,出钱买下他的房子。然后,把金子取回来,你就可以舒服地和我一起享福了。"情夫商人听了这个狡猾女人的话,很高兴,心想自己毫不费力就发了大财。而提婆陀婆在外面听了妻子的话,犹如万箭穿心,同时,心里也产生了发财的希望。他立即赶回华氏城,从自己家里挖出财宝,归为己有。

后来,他妻子的情夫商人渴望得到财宝,借口经商,也来到华氏城,向提婆陀婆购买房子。提婆陀婆以高价将房子卖给了他。然后,提婆陀婆另外盖了一幢房子,又设计很快把妻子从岳父家接了回来。他做完这些事,他妻子的情夫,那个流氓商人因为没有找到财宝,来到提婆陀婆那里,说道:"你的房子太旧,我不喜欢。你把钱还给我,我把房子还你。"商人吵吵嚷嚷,提婆陀婆一口拒绝。他俩争执不下,来到国王面前。提婆陀婆难以忍受心中的怨气,在国王面前,把自己妻子的事情全都讲了出来。于是,国王召来他的妻子,核准事实后,惩罚通奸的商人,没收他的全部财产。而提婆陀婆割下坏妻子的鼻子,另外娶了个妻子,依靠获得的财富,幸福地生活。

"这样,凭借德行获得的财富会不断地传给子孙,而以其他方式获得的财富如飘落水中的雪片,转瞬即逝。所以,男人总是努力依靠德行获得财富,尤其是国王,因为财富是王国的根基。国王啊,按照礼仪,尊敬群臣,争取成功。着手征服四方,依靠德行获取财富吧!你已经与两位岳父联姻结盟,多数国王不会反对你,而会与你联盟。在波罗奈城,有个名叫梵授的国王,一直是你的敌人。你先征服他吧!征服他之后,再征服东方,然后征服其他各方。你要提高般度族的声誉,让它像莲花一样绚丽。"

听了宰相的话,犊子王表示同意,准备出征。他命令臣民做好出征的准备。为了酬谢前来相助的内兄高波罗迦,国王把毗提诃王国赐给他。莲花的哥哥辛诃婆尔曼带兵前来相助。国王也向他表示敬意,把羯迪地区赐给他。国王还召来他的朋友布邻陀国王布邻陀迦。布邻陀迦的军队布满各方,犹如雨季乌云密布。国王在国内准备出征,他的敌人们心中惴惴不安。负轭氏先派遣一些密探到波罗奈城,探听梵授王的动向。然后,在一个吉祥日,犊子王高兴地看到预示胜利的种种征兆,便首先向东方的梵授王的波罗奈城进军。

犊子王登上一头高大的胜利象,象背上华盖高耸,犹如发怒的狮子登上一座山,山顶上有一棵鲜花盛开的大树。秋天的来临预示丰收。国王征途愉快,道路平坦易走,河流水少易渡。喧嚣嘈杂的大军布满大地,仿佛晴朗无云的天空突然降下大雨。四面八方回响着军队的声音,仿佛互相在诉说害怕国王来临。军马在行进中,金鞍具上凝聚着阳光,犹如净化仪式①上的祭火高兴地随军而行。军象的耳朵犹如白色的拂尘,颤颤流出伴有朱砂的液汁,仿佛白云缭绕的高山出于害怕,让伴有红色矿石的溪流儿子一路伴随国王。军队扬起的尘土遮蔽阳光,仿佛认为国王不能忍受别人的强烈光辉。两位王后一路上步步紧随国王,犹如荣誉女神和胜利女神迷上国王的品德和修养。国王的绸布军旗迎风飘扬,仿佛向敌人宣告:"你们或是归顺,或是逃跑。"就这样,国王前进着,看到四面八方盛开的白莲花,犹如千头蛇②唯恐大地崩溃而惊慌地昂起的头。

同时,那些佩戴骷髅乔装成湿婆教徒的密探奉负轭氏之命到达波罗奈城。他们中有一个精通骗术,担任师父,替人占卜,其他人充当他的徒弟。徒弟们

---

① 指国王出征前举行的宗教仪式。
② 按印度神话,大地由一条千头蛇支撑着。

到处吹嘘以乞食为生的假师父:"这位师父知道过去、现在和将来。"一旦师父预卜某人将会遇到火灾,徒弟们便偷偷按照他的预卜去做。由此,师父名声大振。

当地有一位受到国王宠爱的侍臣,因为一次小预言应验了而对这位卜师佩服之至。犊子王大军压境,梵授王也委派这位侍臣向这位卜师占卜,因此,卜师得知许多机密。梵授王有位大臣名叫瑜伽迦伦吒迦,在犊子王的行军路上施展计谋。他把沿路的树木、花草、蔓藤和水都洒上毒药,向敌军派遣谋命妓女和夜间刺客。这位乔装卜师的密探得知后,马上通过自己的助手报告负轭氏。负轭氏得知后,沿路步步采取消毒措施,净化污染的草和水等;禁止军营接待陌生女子;还与卢蒙婆配合,搜捕和处死刺客。梵授王得知种种计谋失败,感到犊子王的军队布下天罗地网,难以战胜。经过商议,他先派遣使者,然后,自己双手抱头来见就在附近的犊子王。犊子王高兴地接待携带礼品而来的梵授王,因为英雄欢迎归顺者。

战胜梵授王后,强大的犊子王继续平定东方,招降弱小国王,摧毁顽固国王,犹如狂风拔树,直达东海。东海波浪翻滚,仿佛发觉恒河已被征服而害怕颤抖。犊子王在东海岸边竖起胜利柱。这柱子看似惧怕坠入地狱而昂起身子乞求的蛇王。那些羯陵伽王归顺后,带头交纳贡赋,著名的犊子王的声誉抵达摩亨陀罗山。其他国王犹如那些文底耶山峰,见到摩亨陀罗山已被征服,惊恐地前来投诚。犊子王征服林中国王们后,向南方进军。

在犊子王的打击下,山里的敌人变得苍白无力,哑然无声犹如秋季的云。他攻势凌厉,渡过迦吠利河,使朱罗王声誉扫地。他不允许摩罗拉人昂首挺胸,还让他们的妻子用手捶打自己的胸脯①。他的大象饮用分为七支的戈达瓦利河水,仿佛以春情发动为借口,又从七处流出液汁。犊子王越过雷瓦河,到达优禅尼城,在旃陀摩诃犀那的带领下,进入城里。在那里,他成为摩腊婆地区女子斜眼瞟看的对象。这些女子具有松散发辫和佩戴花环的双重美丽。他受到岳父款待,舒服地待在那里,甚至忘却了对自己故乡的怀念。而仙赐待在父亲身边,回忆童年的欢乐,不胜惆怅。旃陀摩诃犀那国王见到莲花,也像见

①　这句意谓他们的妻子因丈夫阵亡而捶胸痛哭。

到自己的女儿一样高兴。犊子王愉快地在那里休息了几夜,然后,带着岳父的军队继续西征。

犊子王蔓藤似的剑确实如同烈火的浓烟,使罗吒地区女子泪眼模糊。他的大象践踏曼陀罗山上的树林,曼陀罗山浑身颤抖,仿佛在担心:"他不要把我连根端起去搅大海。"犊子王的光辉确实胜过太阳等发光体,这位征服者甚至在西方也取得辉煌成就。

然后,犊子王挺进到与阿罗迦城毗连的地区,这里以财神俱比罗为吉祥标志,呈现盖拉瑟山美丽的微笑。他制服信度王,率领军队摧毁蔑戾车蛮族,犹如罗摩率领猴子大军摧毁罗刹。他的象军粉碎都鲁瑟迦骑兵,犹如汹涌的海浪冲垮岸边的树林。这位高贵威严的国王接受敌人的贡赋,砍下邪恶的波刺私迦国王的头,犹如砍下恶魔罗睺的头。他击败胡那人后,声誉响彻四方,仿佛又一条恒河流下雪山。他的军队呐喊时,敌人吓得瘫软,只听到他们躲在山洞里作出反响。因此,迦摩鲁波王向他行礼时,头顶上没有遮阳的华盖,这也没有什么奇怪。犊子王带着迦摩鲁波王赠送的大象回来,犹如大山以滚动的石头作为贡物。

就这样,犊子王征服了世界,在随从陪同下,到达莲花父亲摩揭陀国王的京城。犊子王带了两位王后来到,犹如月明之夜的爱神。摩揭陀国王十分高兴。仙赐原先待在这里时,未被认出,现在以王后身份来到,摩揭陀国王认为应该给予她特殊的尊敬。犊子王受到摩揭陀国王和全城居民的爱戴。他是人心所向,众望所归。这位胜利者以自己的臂力征服了整个大地,然后,返回到自己的罗婆那迦。

第六章

犊子王让军队在罗婆那迦休整,悄悄对负轭氏说道:"依靠你的智慧,我已经征服大地上的所有国王。他们已被各种策略制服,不会再谋反。而波罗奈城的梵授王居心叵测,我感到唯独他会谋反。谁能信任狡猾者呢?"听了犊子王的话,负轭氏说道:"国王啊!梵授王不会再反抗你。他被征服,归顺你时,你对他表示很大的尊重。凡有理智的人不会以怨报德。谁这样做，他就会自食其果。请听我讲这个故事。"

从前，在波德摩地区，有位杰出的婆罗门，名叫阿耆尼达多，名声卓著，享有国王的封田。他有两个儿子，长子名叫苏摩达多，次子名叫吠希婆那罗达多。长子愚笨，粗野，没有修养；次子聪明，有修养，爱学习。他们俩都娶了妻子。父亲去世后，封田等家产两人平分。这两兄弟中，弟弟受国王器重，而哥哥苏摩达多心气浮躁，只能务农。

有一次，苏摩达多与一些首陀罗交谈。他父亲的一位婆罗门朋友见到后，说道："你是阿耆尼达多的儿子，而看起来像个首陀罗傻头傻脑。看你弟弟备受国王尊敬，你不害臊吗？"苏摩达多听后，怒冲冲地跑过去，粗暴无礼，用脚踢婆罗门。婆罗门挨了脚踢，十分生气，立即叫另外一些婆罗门作证，前去报告国王。国王派兵前来捉拿苏摩达多。苏摩达多的一些朋友手持武器，杀死士兵。国王再次派兵前来，抓走了苏摩达多。国王气昏了头，下令将苏摩达多处以尖桩刑。而这位婆罗门被放上尖桩时，突然跌落地上，仿佛被人扔下似的。刽子手准备再次把他放上尖桩时，他们的眼睛突然瞎了。因为命运保护注定有福的人。国王闻听此事，感到满意，听从苏摩达多的弟弟劝告，免除了他的死刑。

苏摩达多死里逃生，但觉得自己受了国王凌辱，便想带着家属迁往别处。可是，他的家属不愿意跟他走。于是，他决定抛弃那半份国王的封田，自己谋生。他没有别的生活手段，仍准备从事耕种。在一个吉祥日，他去树林寻找一块适宜耕种的土地。他找到一块能保证丰收的肥沃土地。在地中央，他看见一棵巨大的无花果树。浓密的树荫遮住阳光，阴凉舒适，犹如雨季。他渴望耕种，见到这棵大树，很高兴。他向大树右绕行礼，说道："我崇拜这棵树的管辖者。"他举行吉祥仪式，向大树供奉祭品，然后套上两头公牛，开始耕种。他日日夜夜待在大树下，妻子一直为他送饭。到了谷物成熟的时候，没想到，这块地遭到敌国军队践踏。这也是命中注定的。敌军走后，谷物已毁。这位勇敢者安慰啼哭的妻子，把剩下的一些谷物给了她。他仍然留在那里，像原先一样供奉大树。因为坚强的人在不幸中更加坚强。

一天夜里,他独自待着,忧愁难眠,无花果树里传来话音:"喂,苏摩达多!我对你很满意。你到室利甘特地区一个名叫阿迪耶波罗跋的国王那里去。你念完傍晚火祭咒语后,在王宫门口反复不停地说:"我叫泼罗菩提,是婆罗门。听我说:'善有善报,恶有恶报。'这样,你就会获得大富大贵。现在,我教给你傍晚火祭咒语。我是药叉。"说罢,药叉运用自己的神力,教给他咒语。然后,话音从树中消失。

第二天早上,幸运的苏摩达多采用药叉给他取的泼罗菩提这个名字,带着妻子出发。他越过如同自己命运那样崎岖曲折的树林,到达室利甘特地区。他在王宫门口念完傍晚火祭咒语后,声称自己名叫泼罗菩提,说道:"善有善报,恶有恶报。"他反复不停这么说着,引起人们好奇。国王阿迪耶波罗跋得知后,也十分好奇,请泼罗菩提进宫。他进宫后,在国王面前,仍然反复不停这么说,逗得国王及其身旁的人哈哈大笑。国王和大臣们赏赐给他衣服、首饰和村庄。因为博得大人物欢心,不会徒劳无益。这样,原先贫困的泼罗菩提由于药叉的恩惠,转瞬之间获得国王赏赐的财富。他不断重复他说过的话,赢得国王宠爱,因为主子们都喜欢被逗乐。而由于受到国王宠爱,他渐渐在宫中、后宫和国内都受到喜爱和尊敬。

有一天,国王阿迪耶波罗跋从树林里打猎回来,直接到后宫。他见门卫慌里慌张,心生疑窦。进去后,他看见名叫古婆罗耶婆利的王后正在祭拜天神。她赤身裸体,头发盘在头顶,眼睛闭着,额上点着又大又红的吉祥志,站在彩色的大圆圈里,嘴唇颤抖,喃喃有词,供奉血、酒和人肉这样可怕的祭品。国王进来后,她急忙抓起衣服。国王一询问,她就请求宽恕,说道:"为了你的繁荣昌盛,我举行祭神仪式。国王啊,听我告诉你,我是怎样学到这种法术的。"

从前,我在父亲宫中,还是个女孩。一次春天喜庆节日,我在花园里遇见一些女友。她们对我说:"在这座乐园的凉亭里,有神中之神群主。他显示神力,赐予恩惠。你诚心诚意前去祭拜他,就会顺顺当当获得一位如意郎君。"我听后,天真地问道:"为什么女孩子祭拜群主会获得丈夫?"她们回答说:"你怎么会问这样的问题？在这个世界上,谁不祭拜他,就不会获得任何成功。我们给你讲讲他的神力,听着!"于是,我的女友们讲了这个故事:

从前,因陀罗受到多罗迦压迫,想从湿婆那里得到一个儿子作为军队统帅。结果,爱神被烧死。三眼神湿婆长期苦行,严格禁欲。波哩婆提最后以苦行求得湿婆作丈夫。她渴望得到儿子和让爱神复活,但她忘了祭拜群主以求取成功。她向湿婆表示心愿时,湿婆对她说:"亲爱的,爱神过去是从生主的心中诞生的。他一生下,就骄傲地说:'我去激发谁?'为此,梵天给他取名'激发谁',并对他说道:'你太狂了,儿子!但你只要不去招惹三眼神湿婆,你就不会死。'尽管创造主这样告诫他,这个无赖还是来骚扰我。因此,他被我烧死,不可能再有形体。不过,我可以用自己的力量为你创造一个儿子,因为我不像凡人生育那样需要爱神插手。"正当以公牛为标志的湿婆这样对波哩婆提说话时,梵天和火神出现在面前。他俩赞美湿婆,请求他帮助平息阿修罗多罗迦。湿婆同意在波哩婆提身上创造一个自己的亲生儿子。湿婆也同意让爱神活在生物心中,没有形体,以免遭到杀害。他也让爱神在自己的心中占有一席之地。这样,创造主满意地告辞,波哩婆提也很高兴。

过了一些天,湿婆和波哩婆提悄悄交欢。可是,几百年过去了,他俩的交欢仍未结束。而在湿婆的挤压摩擦下,三界摇晃震动。众天神害怕世界毁灭,按照梵天的旨意,想让火神去停止湿婆的交欢。而火神一想到湿婆不可抵御,便从众天神那里逃跑,进入水中。那里的青蛙忍受不住他的灼热,告诉正在寻找火神的众天神,说火神在水中。火神当即发出诅咒,让青蛙发音含混不清。然后,他从水中消失,逃往曼陀罗山。在那里,火神化成蜗牛,躲在树洞里。由于大象和鹦鹉告发,他只得向众天神恢复原形。他发出诅咒,让鹦鹉和大象舌头倒卷。然后,他接受众天神赞美,答应帮助他们办事。

火神劝众天神回去后,带着自己的热力,来到湿婆那里。他害怕湿婆诅咒,恭敬地行礼后,向湿婆报告众天神委托的事情。湿婆一阵激动,将自己的精液射在火中。火神和波哩婆提都接受不了这个事实。波哩婆提又伤心又气愤,说道:"我没有从你那儿得到儿子。"湿婆对她说道:"你没有祭拜障碍之神群主,这就出现了障碍。因此,你赶快祭拜他吧! 我俩的儿子就会在火中诞生。"波哩婆提听了湿婆的话,便祭拜障碍之神群主。于是,火神得着湿婆的精子而怀孕。怀着湿婆的精子,火神在白天也光芒四射,仿佛太阳进入。然后,火神把这难以承受的精子扔进恒河。恒河按照湿婆的旨意,把这精子扔进须弥山上的火洞里。这胎儿由湿婆的侍从迦那保护。

经过一千年,胎儿长成一个六脸婴儿。他用六张嘴吸吮波哩婆提指派的六位昴宿乳母的奶汁,没过几天就长大了。这时,众神之王因陀罗被阿修罗多罗迦击败,弃战而逃,到达艰险的须弥山顶。众天神和众仙人向六脸童请求庇护。六脸童保护众天神,让他们待在自己周围。因陀罗知道后,认为自己的王位已被六脸童夺走,心烦意乱。他怀着妒忌,向六脸童挑战。而因陀罗的金刚杵击中六脸童的身体时,又诞生一对儿子,名叫夏克和维夏克,威力无比。湿婆来到他的儿子六脸童这里。他的儿子的勇力胜过因陀罗。但湿婆阻止六脸童和六脸童的两个儿子与因陀罗交战,说道:"你的诞生是为了杀死多罗迦,保护因陀罗的王位。你完成你自己的使命吧!"因陀罗很高兴,立刻向他行礼,并着手举行灌顶仪式,封六脸童为军队统帅。而因陀罗拿起灌顶壶时,手臂突然僵直不动。因陀罗感到沮丧。湿婆对他说道:"你想要封他为军队统帅,却没有祭拜象头神群主,所以,出现障碍。赶快祭拜群主吧!"因陀罗听了湿婆的话,祭拜群主后,手臂活动自如,顺利地完成为军队统帅灌顶的喜庆仪式。没过多久,军队统帅就杀死了阿修罗多罗迦。众天神达到了目的,波哩婆提得到了儿子,皆大欢喜。

因此,公主啊! 哪怕是天神,不祭拜群主,也不会获得成功。所以,你如果有愿望,就祭拜群主吧!

我听了女友们的话后,夫君啊! 便去花园的僻静处,祭拜障碍之神群主。祭拜后,我突然看到我的女友们依靠自己的法力,飞到天上玩耍去了。我好奇地看着,呼喊她们从天上飞回来。我询问她们哪来的这种法力,她们立刻回答说:"这是吃人肉产生的、女巫咒语的法力。我们的师母是一位名叫时夜的女婆罗门。"听了女友们的话,我也想获得在空中飞行的法力,但又害怕吃人肉,

117

犹豫了片刻。然而,为了获得这种法力,我对女友们说道:"你们也教会我这种法力吧!"

应我的要求,她们立刻去把面目狰狞的时夜带来。她双眉相连,眼睛迟钝,鼻子扁平,两颊宽大,嘴唇噘起,牙齿突出,脖子细长,乳房下垂,肚子鼓胀,脚板肿大,仿佛创造主以她表明自己善于创造丑陋的事物。我向她行触足礼后,她让我沐浴,祭拜障碍之神群主,脱光衣服,站在圆圈中,进行可怕的湿婆崇拜仪式。她为我灌顶,教给我各种咒语,给我吃用来祭神的人肉。我学会各种咒语,又吃了人肉,赤身裸体,就和女友们一起飞到天上。按照师母的吩咐,我们游玩后,又从天上下来。国王啊,我这个公主又回到自己的后宫。这样,在少女时代,我就生活在女巫群中。我们聚在一起,吃了许多人肉。在这个故事中,还有一个故事,国王啊!请听我告诉你:

时夜有个婆罗门丈夫,名叫毗湿奴斯瓦明。他是这个地区的老师,精通吠陀,有许多来自各地的学生向他求教。这些学生中,有一位青年,名叫孙陀罗迦,他恪守戒律,品貌更添光辉。一次,老师外出,师母时夜情欲难熬,偷偷看中这个青年。爱神确实喜欢与丑人开大玩笑,她竟不顾自己的长相,爱上孙陀罗迦。孙陀罗迦虽然受到诱惑,但他毫无犯罪的念头。因为无论女人怎样行为不端,圣人的心决不动摇。孙陀罗迦离开后,时夜恼羞成怒,用牙齿和指甲弄破自己的肢体,披头散发,敞胸露怀,哭哭啼啼,直到毗湿奴斯瓦明回家。丈夫一进屋,时夜就对他说道:"你看,孙陀罗迦把我弄成这个样子,夫君啊!他想用暴力占有我。"老师听后,顿时怒火中烧。因为轻信女人,即使是智者,也会失去理智。傍晚,孙陀罗迦回到老师家里,老师带着学生们一起拳打脚踢,还使用棍棒,把他打得不省人事,然后不假思索地吩咐学生们在夜里把他扔到外面路上。

在夜晚凉风的吹拂下,孙陀罗迦渐渐苏醒过来。他看到自己受此凌辱,思忖道:"哎!女人的煽惑竟然会使心灵清净的男人感情冲动,犹如风吹湖水。老师尽管年龄大,有见识,也会在盛怒之下,不假思索,粗暴对待我。或许是命中注定,即使对于天生聪明的婆罗门,爱欲和愤怒也是解脱之门的两道门闩。

从前,在松树林里,牟尼们害怕自己的妻子失节,不是也对湿婆发怒吗?他们不知道他是天神,因为他乔装成比丘模样,想向波哩婆提证明,即使仙人也没有达到彻底平静。牟尼们一诅咒他,三界立即颤抖。他们知道了他是大神湿婆,便去请求他庇护。所以,甚至那些牟尼也受到爱欲、愤怒等六敌[①]欺骗而糊涂,何况这些学习吠陀的婆罗门呢?"

孙陀罗迦想着想着,害怕夜里有强盗,便爬到附近一座空牛棚顶上。他刚找好一个隐蔽的地方,时夜也来到这座牛棚。她手持战刀,发出可怕的嘶嘶声,嘴巴和眼睛喷射火焰,身后跟着一群女巫。孙陀罗迦见到这副模样的时夜,十分害怕,默念驱除罗刹的咒语。受到咒语迷惑,时夜没有看到悄悄蜷缩在角落的孙陀罗迦。然后,时夜和众女巫一起念诵飞天咒语,顿时连同牛棚一起飞到天上。孙陀罗迦听到并记住了这个咒语。时夜带着牛棚很快从空中飞到优禅尼城。她又运用咒语让牛棚降落在一个菜园里,然后去坟场,在女巫围成的圈中戏耍。这时,孙陀罗迦饥肠辘辘,从牛棚上下来,在菜园里挖萝卜充饥。喂饱肚子后,他又回到牛棚原处。到了午夜,时夜结束聚会回来,爬上牛棚,像原先一样运用咒语带着徒弟们从空中飞回自己的家。她让牛棚停放在原位,送走随从,进入卧室。孙陀罗迦对自己的遭遇惊诧不已,度过了这一夜。

早上,他离开牛棚,去朋友那里,讲述了自己的遭遇。他想去国外,而经朋友们劝慰,决定留在朋友们中间。他脱离老师的家,在施舍棚吃饭,与朋友们一起自由自在地生活。有一次,时夜出来买家庭用品,在市场上见到孙陀罗迦,又激起情欲,走上前来,说道:"孙陀罗迦,你今天享用我吧!我的生命依仗你。"高尚的孙陀罗迦听后,说道:"你不要这么说,这不合法。你是我的师母。"时夜说道:"如果你懂得法,那就把你的生命给我,没有比施舍生命更高的法了。"孙陀罗迦说道:"师母啊,你要打消心里这种念头。哪里有上师母床的法呀?"时夜遭到拒绝后,愤怒地威胁他。她撕破自己的上衣,回到家中。她指着自己的上衣,对丈夫说道:"你看!这是孙陀罗迦跑上来撕的。"她的丈夫很生气,跑去指责孙陀罗迦该死,当即禁止他在施舍棚吃饭。

---

① 六敌是爱欲、愤怒、贪婪、痴迷、骄傲和妒忌。

孙陀罗迦心情沮丧,决定离开这个地方。他在牛棚学会了升天的咒语,但是,下降的咒语,他听后忘记了。于是,夜里,他又去空牛棚,待在那里。时夜又像以前那样来到,站在牛棚上飞往优禅尼城。她运用咒语让牛棚降落在菜园里,然后又去坟场夜游。孙陀罗迦听到了下降咒语,但又没记住。没有师父指点,怎么能掌握法术呢? 于是,他在那里吃了一些萝卜,又带了一些萝卜藏在牛棚,然后像原先一样待在牛棚。时夜回到牛棚,在夜空中飞回,降下牛棚,进入自己的屋子。

天明后,孙陀罗迦从牛棚出来,拿了萝卜去市场,想换点钱买食物。他在出售萝卜时,国王的一些侍从是摩腊婆人,见到自己家乡的萝卜,不付钱就拿走了。孙陀罗迦与他们发生争吵,侍从们以"用石头打人"的罪名,把他捆起来,带到国王面前。孙陀罗迦的朋友们跟随在后。那些无赖对国王说:"我们问这人:'你怎么总能把摩腊婆的萝卜带到曲女城来卖?'他不回答,反而用石头打我们。"国王听后,询问孙陀罗迦这件怪事。他的朋友们回答说:"只有让他与我们一起待在一座宫殿里,国王啊! 他才会说出一切。"国王同意道:"好吧!"他们进入一座宫殿后,孙陀罗迦立刻当着国王的面,运用咒语,带着宫殿飞上天空。

孙陀罗迦和朋友们渐渐飞到波罗耶伽。孙陀罗迦感到疲倦。他看见一位国王正在沐浴,于是,他停下飞行的宫殿,从空中跳入恒河。人们惊讶地看着他走近国王。国王向他行礼,问道:"请告诉我们,你是谁? 为什么从天而降?"孙陀罗迦回答说:"我是湿婆大神的侍从,名叫牟罗阇迦。奉湿婆之命,为了人间的幸福,我来到你这里。"国王听后,猜想这是真的,便给了他一座城市,里面谷物丰富,珠宝成堆,还有许多女子和各种设施。孙陀罗迦进入这座城市,与伙伴们一起飞上天空,摆脱了贫困,自由自在地游荡。他躺在金床上,拂尘扇动,美女侍候,像因陀罗一样快活。

有一次,一位悉陀在空中游荡时,结识了孙陀罗迦,教给他下降的咒语。孙陀罗迦学会下降咒语后,带着这座充满财富的城市,从空中降落到自己的国家曲女城。国王知道后,怀着好奇,亲自出来迎接。孙陀罗迦看到国王认出自己,便抓住国王询问的时机,讲述了由时夜引起的自己的一切遭遇。国王传来时夜询问。她无所恐惧地承认自己所做的一切坏事。国王很生气,决定割掉她的两个耳朵。时夜虽然被抓着,却当着众人的面,消失不见。后来,国王禁止她住在自己的王国。孙陀罗迦受到国王礼遇后,又飞回天空。

　　王后古婆罗耶婆利对丈夫阿迪耶波罗跋讲完这个故事后,又说道:"国王啊,这样的女巫咒语法力是有的。这种事情发生在我父亲的国家,人人皆知。我前面已经说过,我是时夜的徒弟。但我忠于丈夫,所以,我的法力更大。今天,你已经看到我正在为你的幸福祭拜,我要运用咒语抓一个人来献祭。现在,你也参加我们的活动,用法术战胜所有国王,将他们踩在脚下。"国王听后,表示反对:"吃人肉是女巫的行为,国王怎么能这样做呢?"然而,王后寻死觅活的,国王只得同意。因为耽于感官享受的人怎么可能坚持正道?

　　于是,她让国王进入原先祭拜过的圆圈,等他发过誓后,对他说道:"我要抓来用作祭品的人,就是你身边的那个名叫泼罗菩提的婆罗门。可是,抓他是很困难的。最好是在我们的计划中安排一个厨师,由他杀死和烧煮泼罗菩提。你不要感到恶心。吃了他的人肉祭品,完成祭拜仪式后,你就会获得法力,因为他是一位杰出的婆罗门。"听了妻子的话,国王尽管害怕犯罪,还是同意了。天哪!姑息女人有多么可怕。然后,这对夫妇召来一位名叫萨诃希迦的厨师,在鼓励和指导他后,对他说道:"明天早上,无论谁来对你说'今天王后陪国王进膳,快准备好食品',你就把那个人杀死,悄悄用他的肉,为我俩做一顿美味佳肴。"厨师接受了命令,说道"好吧",便回自己家去了。

　　第二天早上,国王对来到身边的泼罗菩提说道:"去厨房对厨师萨诃希迦说:'今天,王后陪国王进膳,快准备好美味佳肴。'"泼罗菩提说道:"好吧。"他走到外面,正好国王的儿子旃陀罗波罗跋走来对他说:"你快拿去这块金子,就在今天,为我做一副耳环,就像从前你为父王做的那样。"听了王子的话,泼罗菩提为了讨好王子,便去做耳环了。而王子按照泼罗菩提告诉他的国王的命令,独自去厨房。他向厨师传达了国王的命令,厨师信守誓约,立刻举刀杀死王子,用他的肉做了一盘菜肴。国王和王后完成祭拜仪式后,吃了这盘菜肴,并不知道事情真相。

　　国王怀着内疚度过一夜。第二天早上,他看见泼罗菩提手持耳环来到。国王心慌意乱,马上询问耳环是怎么回事。听了泼罗菩提讲述事情经过,国王瘫倒在地,哭喊道:"啊,儿子呀!"他咒骂妻子和自己。在大臣们询问下,他如实讲述了一切,说道:"正如泼罗菩提每天所说的话:'善有善报,恶有恶报。'想要害人,结果害了自己,就像往墙上扔球,总会反弹回来一样。我们作恶,想杀婆罗门,结果杀了自己的儿子,还吃了他的肉。"大臣们俯首听取了国王讲述的一切。然后,国王为泼罗菩提灌顶,让他继承自己的王位。在举行布施之后,这位失去儿子的国王为了洗涤罪孽,带着妻子投火自焚。他也是死于自己的悔恨之火。泼罗菩提获得王国,统治大地。所以,一个人行善或作恶都会得到回报。

　　负轭氏向犊子王讲述这个故事后,又说道:"因此,国王啊,你已经征服梵授王,并且厚待他。如果他再谋反,你就可以杀死他。"听了宰相的话,国王欣然同意。他站起身,去处理日常事务。

　　聪明能干的犊子王已经完成征服四方的任务。第二天,他从罗婆那迦出发,返回自己的京城憍赏弥。这位大地之主带着随从,渐渐到达京城。京城彩旗飘扬,犹如舞女高兴地舞动蔓藤似的手臂。国王进入京城,每走一步都有一种错觉,仿佛京城女子眼睛构成的莲花园中荡起阵阵微风。国王进入王宫,歌手歌唱,诗人赞颂,各地国王行礼。然后,犊子王向俯首称臣的各地国王发布命令,胜利地登上原先从地下宝库获得的祖传狮子座。这时,天空中回荡着吉祥时刻敲响的抑扬顿挫的鼓乐声,犹如世界各地的保护者同时发出的欢呼声,犊子王的宰相听了感到高兴满意。然后,这位摆脱贪欲的国王把征服世界获得的各种财富分赠婆罗门。他举行庆祝活动,满足各地国王和自己的大臣们的愿望。城中回响鼓声,犹如云中雷鸣;国王论功颁赏,犹如大地降雨;家家户户喜气洋洋,犹如丰收在望。

　　这样,聪明能干的犊子王征服了天下,把治国重任委托给卢蒙婆和负轭氏。他在莲花陪伴下,与仙赐一起称心如意地生活。两位王后犹如名誉女神和吉祥女神。他生活在她俩中间,受到优秀歌手的颂唱赞美。他经常欣赏如同自己名声一样皎洁的月亮升起,畅饮美酒,仿佛吞饮敌人的锐气。

第四卷　那罗婆诃那达多的诞生

第一章

胜利属于克服障碍的象头神,他的耳朵有力地拍打作为大地分界的
主山脉,仿佛指引成功之路。

　　犊子国王优填王住在憍赏弥城,享受一统天下的胜利果实。他把治国重
任委托给负轭氏和卢蒙婆,自己在仙赐陪伴下,一味追求享乐。他亲自弹奏琵
琶,与仙赐和莲花两位王后一起演唱。他的琵琶音调和王后的甜美歌声协调
一致,只有拇指的拨动表明两者发音不同。宫殿顶上洒满皎洁的月光,犹如洒
满他的声誉。他畅饮溪流般的酒浆,仿佛喝下敌人的骄傲。在卧室里,美丽的
女子用金壶提来鲜红的美酒,犹如爱情王国登基灌顶的醍醐。他让两位王后
分尝美酒。这酒像他的心一样多情、有味和随意,酒中闪动着两位王后的脸
影。他的目光永不餍足地凝视两位王后的脸。她俩的脸尽管毫无妒意和怒
气,依然眉毛挑起,充满激情。酒席上有许多斟满美酒的水晶杯,犹如旭日映
红的白莲花池。

　　有时,犊子王身穿像波罗奢树一样藏青的衣服,手持弓箭,由猎人陪同,前
去与自己衣着一样藏青的树林。他用箭射杀沾满脏土的野猪,仿佛太阳用强
烈的光线驱散浓密的黑暗。同时,羚羊惊恐地逃跑,犹如以前被他征服的四方
的斜视目光。他射杀水牛,大地被鲜血染红,犹如红莲花,仿佛因牛角折断而
获得解脱,前来侍奉。梭镖投中狮子张开的大口,狮子未能发出吼叫便死去,

国王十分满意。他在树林里,逢洞穴用猎犬,遇路径用套索,狩猎的乐趣在于依靠自己的办法获取成功。

就这样,犊子王耽于享乐。一天,国王在会堂,仙人那罗陀走上前来。这位仙人自身的光芒形成光环,犹如空中的一轮太阳。他出于对光辉显赫者的关心,从天而降。国王欢迎他,频频表示敬意。那罗陀很高兴,站了一会儿,对国王说道:"听着,犊子王!我要简短地跟你说个事。你的祖先是名叫般度的国王。他跟你一样,有两位妻子,一位叫贡蒂,另一位叫玛德利。般度征服了直到海边的大地。他幸福快乐,嗜好打猎。有一次,他去树林。在那里,他用箭射死了一位名叫金陀摩的牟尼。当时,这位牟尼化身为鹿,正在与妻子交欢。牟尼摆脱了鹿形。般度神情沮丧,弓箭失落在地。牟尼在奄奄一息之际,诅咒般度说:'你轻率鲁莽,杀死了我。你也会跟我一样,在和妻子交欢时死去。'般度受到诅咒后,心怀恐惧,抛弃欲乐,在两位王后陪同下,住在清静的净修林。即使在那里,有一次,在咒语的驱使下,他突然与妻子玛德利交欢,结果死去。因此,国王啊,所谓的打猎是国王们的恶习。许多国王为此丧命,就像那些被杀死的鹿。打猎有什么好处呢?打猎就像凶残的女罗刹,浑身脏黑,头发直竖,呲牙咧嘴,吼声恐怖,嗜好食肉。所以,抛弃打猎这种徒劳无益的恶习吧!野象和捕杀野象者面临同样的生命危险。我热爱你的祖先,因而也喜欢你。有福之人啊,听着!你会有个儿子,是爱神的部分化身[①]。从前,罗蒂为了让自己的丈夫爱神恢复形体,赞颂湿婆。湿婆感到满意,悄悄对罗蒂说道:'波哩婆提想要生儿子,将以自己的一部分身体下凡。她在取悦我之后,会生下爱神。'国王啊,这位女神已经降生为旃陀摩诃犀那的女儿仙赐,成了你的王后。她在取悦湿婆之后,会生下一个爱神部分化身的儿子。这个儿子将成为一切持明的转轮王。"那罗陀仙人说完这些令人肃然起敬的话,把国王献给他的大地奉还国王,随即消失不见。犊子王和渴望生儿子的仙赐一起想着这件事,度过了一天。

第二天,犊子王在会堂,一位名叫尼底约迪多的卫士长前来报告:"大王

---

① 按印度神话,天神下凡,可以是完全化身,也可以是部分化身。

啊,门口有个穷苦的女婆罗门带着两个孩子想见王上。"国王同意让她进来。这位女婆罗门瘦弱苍白,神情沮丧,褴褛的衣衫犹如损伤的自尊。她怀抱两个孩子,仿佛怀抱不幸和贫困。她按照礼节向国王行礼后,说道:"我是一位出身名门的女婆罗门,落到如此贫穷的境地。命中注定,我生了一对双胞胎。国王啊,我没有饭吃,也就没有奶水喂他俩。我孤苦无助,前来请求国王保护。你对求助者慷慨仁慈,请你做主吧,国王啊!"国王听后,心生怜悯,吩咐卫兵把她送交仙赐王后。

于是,卫兵仿佛是她自己的善业化身的向导,把她带到王后身边。仙赐王后从卫兵口中得知这位女婆罗门是国王送来的,便对她格外信任。王后看到这个不幸的妇女有一对孪生子,心想:"哦,创造主多么不公平!对富人那么吝啬,对穷人那么慷慨。我至今还没有一个儿子,而她却有一对孪生子。"这时,王后想让女婆罗门沐浴,便吩咐女仆去办。女婆罗门洗完澡,换上给她的衣服,吃了美味的食物,犹如酷热的大地被浇过水,焕然一新。仙赐王后设法与精神焕发的女婆罗门攀谈,以加深了解。王后说道:"女婆罗门啊,给我们讲个故事吧!"女婆罗门说道"好吧",便开始讲故事:

从前,有一个小国的国王,名叫胜授。他有个儿子,名叫天授。儿子成年后,国王想为他举办婚事。这位聪明的国王思忖道:"王室的荣华不保险,犹如用暴力占有的妓女。而商人的富贵像出身名门的女子,忠实可靠,不会落到别人手中。所以,我要从商人家庭中为儿子娶妻。这样,即使有许多皇亲国戚,不幸也不会降临他的王国。"这样决定后,国王为儿子从华氏城选择了商人财授的女儿。财授想与王室攀亲,即使远隔一方,也同意把女儿嫁给王子。他赠给女婿无数财宝,以至于王子对自己父亲的权力和财富不以为然。

胜授王与娶了富商女儿的儿子一起愉快地生活。一次,商人财授思念女儿,前来亲家宫中,把女儿带回家去。不久,胜授王突然去世,皇亲国戚起而篡夺王权。王后害怕,在夜里悄悄把儿子天授带往另一个国家。在那里,母亲心情痛苦,对王子说道:"统治东方的国王是我们的转轮王。孩子啊,你去他那儿,他会让你获得王国的。"王子听后,对母亲说道:"我没有随从,到了那儿,谁会尊敬我呢？"母亲又对他说道："上你岳父家去，拿点钱财，带上随从，再去转轮王那里。"王子虽然感到有碍面子，但在母亲催促下，还是出发了。

傍晚时分，王子到达岳父家。他感到晚上进去不合适。他失去了父亲，失去了荣华，满心羞愧，生怕自己的眼泪落下。于是，他待在附近一个施舍棚外过夜。夜里，他突然看见有个妇女沿着绳子从岳父家滑下，立刻认出那是自己的妻子，心里一阵发热。她一身珠光宝气，好似一颗流星从空中坠落。他的妻子也看到了他，但他形容憔悴，妻子没有认出他，问道："你是谁？"王子回答说："我是过路人。"于是，商人的女儿进入施舍棚，王子悄悄尾随在后，观察动静。商人的女儿走向一个男子。而那个男子迎上前来，说道："你为什么来那么晚？"边说边用脚踢她。这个邪恶的女子却更加情意缠绵，抚爱这个男子，心甘情愿与他一起待在那里。见此情景，理智的王子思忖道："现在不是我发怒的时候，因为我还有别的事要做。我怎么能把杀敌之剑刺向这两个禽兽不如的下贱男女呢？或许也不怪这个坏女人，而是恶运降下灾难，捉弄我，考验我。或许这是我俩门第不当造成的，不是她的过错。雌乌鸦离开了雄乌鸦，怎么可能从杜鹃那里得到快乐呢？"王子这样一想，便不介意妻子与情夫待在一起，因为对于渴望胜利的伟人，女人如同草芥，不屑一顾。

这时，商人的女儿在交欢中兴奋激动，一枚昂贵的宝石首饰从耳朵上坠落，她也没有察觉。偷情结束，她告别情夫，匆匆按原路回家。那个情夫也很快溜走了。王子看见那枚宝石首饰，捡了起来。宝石闪闪发光，他仿佛手里拿着一盏灯，驱散令人绝望的黑暗，帮助他去寻找失去的荣华富贵。王子发现这枚首饰价值连城，觉得自己的目的已经达到，立即走出施舍棚，前往曲女城。

在曲女城，王子抵押这枚首饰获得了十万金币，购买了象和马，来到转轮王那里。转轮王给他许多军队。他带领军队回去开战，杀死敌人，收复父亲的王国，母亲喜气洋洋。然后，他赎出抵押的首饰，派人送到岳父那里，以揭穿那个不容怀疑的秘密。

他的岳父看到自己女儿的耳饰被这样送来，困惑不安，便交给女儿看。她看到这枚早已失落的首饰，犹如早已失去的贞洁，又得知是她丈夫送来的，在惊慌中回想起："这就是那天夜里我失落在施舍棚里的首饰。当时我看见有个过路人在那里。肯定,他就是我的丈夫,前来考察我的品行,而我没有认出他。是他捡到了这枚首饰。"商人的女儿这样想着,承受不了自己的丑事败露,心碎而死。她的父亲设法从女仆那里问出了全部秘密。他知道了事情真相后,也就不再为女儿悲伤。而王子在收复王国后,依靠自己的德行赢得转轮王的女儿做妻子,享受着最高的荣华富贵。

"就是这样,女人的心在作恶时,坚硬如金刚,而恐惧突然降临时,又脆弱如鲜花。但是,那些出身名门的妇女品行端正,她们纯洁的心犹如晶莹的珍珠,是大地的装饰。王室的荣华富贵总像羚羊一样出没不定,而智者懂得用坚定之绳去拴住它。因此,企望幸福的人即使在不幸中也不放弃德行,我的经历就是个例证。王后啊!我即使在孤苦中,也维护自己的品德,所以得到好报,有幸见到你。"

仙赐王后听了女婆罗门讲述的这个故事,对她很尊敬,心想:"这个女婆罗门肯定出身名门。她迂回曲折地暗示了自己的德行,落落大方的谈吐也表明她的高贵。而且,她进入国王会堂时,又如此老练。"这样想着,王后对女婆罗门说道:"你是谁的妻子?有什么样的经历?讲给我听听。"

女婆罗门听后,又开始说道:"王后啊!在摩腊婆有位婆罗门,名叫阿耆尼达多。他是吉祥和智慧的住地,乐善好施。后来,他生了两个与他自己一样的儿子,大的名叫商羯罗达多,小的名叫商提羯罗。商提羯罗在小时候,为了求学,突然离家出走,不知去了哪里。声誉卓著的王后啊,留在家里的哥哥商羯罗达多与我结了婚。我是耶阇达多的女儿。我的父亲把获得的财富全都用于祭祀。后来,我的公公阿耆尼达多年迈去世,婆婆也自愿殉夫。当时,我已怀孕。我的丈夫丢下我,前往圣地。在那里,他因哀伤而失明,跳入婆罗斯婆帝河,抛弃了生命。与他一起去的人回来告诉我这个消息。我怀着身孕,亲属们不同意我殉夫。正当我处在悲伤忧愁之中,突然强盗入侵,把我们的家和封地洗劫一空。我害怕失去贞洁,拿了一点儿衣服,与三位女婆罗门一起仓惶出逃。由于家园沦丧,我在她们陪同下,远走异国他乡。整整一个月,都是靠做苦工维持生活。听人说,犊子王庇护难民。于是,我与女婆罗门们一起来到这里,一路上以德行为干粮。一到这里,我就生下两个儿子。虽然有三位女婆罗门帮助,但我远离家乡,饱尝贫困,痛苦忧伤,现在又生下两个儿子。天哪!命运为我打开的是苦难之门!我想到自己无法养育这两个孩子,便顾不得羞耻是妇女的美德,进入王宫,向犊子王求告。谁能忍心看着这对新生婴儿受难呢?由于国王的命令,我来到你的脚旁。我时来运转,苦难仿佛已被挡在门外。这就是我的经历。我的名字叫黄褐女,因为我的双眼从小就被祭火的烟雾熏成黄褐色。我的小叔子商提羯罗远离家乡,王后啊!我至今也不知道他在哪里。"

听了这位出身名门的女婆罗门自述身世后,王后证实了自己的猜测,怀着深情对她说道:"这里有一位外国婆罗门,名叫商提羯罗,是我们的家庭祭司。我想他可能是你的小叔子。"王后这样说后,女婆罗门在焦急中度过一夜。第二天早上,王后召来商提羯罗,询问他的身世。听了商提羯罗讲述的身世,王后确信无疑,让他与女婆罗门见面,说道:"这是你的嫂子。"他俩相认后,商提羯罗得知亲人都已亡故,便把女婆罗门嫂子带回家。他以适当的方式追悼父母和兄长,安慰带着两个孩子的嫂子。仙赐王后指定女婆罗门的两个孩子担任自己未来儿子的家庭祭司,并给大的孩子取名香提苏摩,另一个取名吠希伐揭罗,赐给他们许多钱财。世人犹如盲人,由自己先前的业带往果报之地,本人的勇气只不过是诱因而已。获得钱财后,这两个孩子与他们的母亲和商提羯罗一起生活。

过了一些日子,有一天,仙赐王后在自己宫中看见一个陶匠的妻子带着五个孩子走来,手里都拿着盘子,便对身旁的女婆罗门黄褐女说道:"你看,女友啊,那个妇女有五个孩子,而我至今一个也没有。有功德的人这样有福气,像我这样的人没有。"于是,黄褐女说道:"王后啊!这些孩子都是前生作了许多恶的人。他们出生在穷困人家是为了让他们受苦。而出生在像你这样家里的孩子,应该是前生高尚的人。别着急,你很快就会得到与你相配的儿子。"尽管黄褐女这样劝慰,仙赐王后还是迫切盼望有儿子,忧心忡忡。这时,犊子王来到,察觉出她的心思,便说道:"那罗陀仙人说过取悦湿婆便能得到儿子。所以,王后啊,我们应该坚持不懈地取悦赐恩的湿婆。"王后听后,立即决定实行斋戒。

在王后实行斋戒的时候,国王、大臣和整个王国都实行斋戒,以取悦湿婆。王后和国王斋戒三夜之后,湿婆心生欢喜,亲自在这对夫妇梦中显身,说道:"起来,你们俩会生一个儿子,是爱神的部分化身。由于我的恩惠,他将成为持明转轮王。"说完这些话,这位以月亮为顶饰的大神立刻消失不见。同时,这对夫妇醒来。他们达到了目的,对于获得的恩惠,顿时感到由衷的快乐。早上,王后和国王起来后,向大臣们讲述自己的梦境,让他们像品尝到甘露一样高兴满意。他俩结束斋戒,与亲属和仆从一起举行喜庆活动。

又过了一些天,仙赐王后梦见一位束有发髻的人前来给她一枚果子。王后把这个梦清清楚楚地讲给犊子王听。犊子王十分高兴,与王后一起接受大臣们祝贺。犊子王认为以月亮为顶饰的大神送来象征儿子的果子,自己的愿望不久就会实现。

第二章

不久,仙赐怀孕了。这胎儿是爱神的部分化身,光辉灿烂,成为犊子王心中的喜庆节日。王后眼睛闪烁不定,面庞苍白可爱,仿佛月亮怀着对胎中爱神的友情而来临。她坐着时,宝石椅子两侧映出她的影像,犹如罗蒂和波利蒂怀着对丈夫的爱情而来临。她的女友前来侍奉她,犹如满足愿望的知识化身前来侍奉胎中未来的持明①王。此后,她的一对乳头如藏青花蕾,一对乳房犹如为胎中儿子灌顶的水壶。宫中漂亮的地面镶嵌着晶莹闪烁的宝石,她躺在中间舒适的床上,交相辉映。四周成堆的宝石害怕被她未来的儿子征服,渗出颤抖的水珠,仿佛围上前来侍奉她。宫楼中间的宝石映出她的影像,仿佛持明神的吉祥天女从空中前来向她致敬。她渴望在交谈中听到依靠咒语获取成功的魔幻故事。她在梦中升入高空,美丽的持明女侍奉她,唱着悦耳动听的歌曲。

---

① 持明是一类半神,原词是 vidyādhara,词义为具有知识。而其中的 vidyā(知识)一词,也指称幻术或幻力。

她醒来后,盼望亲身享受遨游太空和俯瞰大地的快乐。负轭氏便用魔法、咒语和幻术等手段,满足王后的愿望。王后依靠这些法术,在空中漫游,城里妇女抬头仰望,不胜好奇。有一次,王后在宫中,起念想听有关持明的崇高故事。于是,在王后请求下,负轭氏对在场的所有听众讲了这个故事:

有一座大山,名叫雪山,也就是波哩婆提的父亲。他不仅是众山的魁首,也是湿婆的导师。这座大山是持明的居住地,住着一位持明王,名叫云旗。在他家的花园里,有一棵祖传的劫波树,也就是如意树。有一次,持明王走近这棵具有神性的如意树,恳求道:"你一向满足我们的一切愿望,神灵啊,我没有儿子,你赐给我一个品德优秀的儿子吧!"如意树说道:"国王啊,你将会生一个儿子。他能记起前生,乐善好施,为众生谋利益。"持明王听后,很高兴,向如意树行礼致敬。他把这个消息告诉自己的王后,与她分享快乐。不久,持明王生了一个儿子,取名云乘。

高尚的云乘长大成人,他的怜悯众生的天性与日俱增。他被立为太子后,孝敬父亲,父亲对他很满意。他怜悯世人,悄悄对父亲说道:"父亲啊!我知道,这世上一切都会在刹那间毁灭,只有伟大人物的纯洁名誉能在一劫①中长存。如果有利他人而获得名誉,那么,高尚的人们怎会把财富看得比生命还可爱呢?如果财富不用于他人,那么,它就像闪电,闪烁一下,刺痛人们的眼睛,便消失不见。如果我们那棵满足愿望的如意树能有益于他人,我们就能收获它的所有果实。所以,我要这样做,利用它的富裕,让天下的求告者摆脱贫困。"云乘这样说后,得到父亲同意,便到如意树那里,说道:"神灵啊,你经常赐给我们愿望的果实,今天再满足我的一个愿望吧!让全世界都摆脱贫困,朋友啊,世人渴望财富,你是赐予者。祝你成功!"这位坚定的人说完,如意树便向大地普降金子,所有的百姓都欢欣鼓舞。除了云乘,还有哪个慈悲的菩萨②化身能使如意树满足穷苦人的需求呢?由此,普天下的人都敬爱云乘,他的纯洁

---

① 按印度神话,一劫相当于四十三亿二千万年。
② 菩萨(bodhisattva)是指佛陀释迦牟尼的前生。释迦牟尼在成佛以前,作为菩萨,经过无数次转生。

的名誉直上云霄。

然而,云旗的皇亲国戚看到他的王国因儿子的声誉而根基牢固,心生妒忌,怀抱敌意。他们认为如意树在布施后,获得解脱,这里已经失去威力,很容易战胜。于是,他们聚在一起,决定开战。坚定的云乘对父亲说道:"我们的身体如同水中的泡沫,财富如同风中摇曳的烛光,要它干吗?哪个智者会靠杀戮他人追求财富?所以,父亲啊,我不应该跟亲属打仗。我要抛弃王国,到森林里去。让那些卑劣的人待着吧,不要同族之间自相残杀!"云乘说罢,父亲云旗作出决定,说道:"孩子,我也要去。你正当青春年华,怀着怜悯之心,抛弃王国如同草芥。我已年迈体衰,还有什么值得留恋的?"云乘同意道:"好吧!"他与父亲和母亲一起前往摩罗耶山。他住在悉陀领地的一个净修林里,檀香树掩映水溪,他精心侍奉父亲。悉陀王世财有个克己的儿子,名叫友财。云乘与他结为朋友。聪慧的云乘在一个僻静之处见到友财的妹妹。她是他前生的爱人。这两个青年的目光一相遇,他们的心就像鹿儿陷入柔软的套索。

一天,友财突然来找受到三界尊敬的云乘,高兴地说道:"我有个妹妹,名叫摩罗耶婆提。我要把她嫁给你。请你不要拒绝我的这个愿望。"云乘听后,说道:"王子啊,她是我前生的妻子。在前生,你也是我的知心朋友。我是个记得前生的人。我记得前生的一切事情。"友财听后,立即说道:"那么,你讲讲前生的故事吧,满足我的好奇心。"听了友财的话,仁慈的云乘向他讲述这个前生故事:

从前,我是一个在空中漫游的持明。有一次,我路过雪山山顶,恰好湿婆在下面与波哩婆提一起玩耍。他嫌我从这里飞过,很生气,诅咒我说:"你将投胎为凡人。直到你得到一位持明女做妻子,让儿子继承家业后,你记起前生,再投胎为持明。"说罢诅咒结束的期限,湿婆就消失不见。

不久,我降生在人间一个商人家里。在婆罗毗城,我是一位富商的儿子,名叫财授。我渐渐长大成为一个青年。父亲给了我一些随从,吩咐我去另一个岛上经商。我经过一座树林时,遇上一伙强盗。他们抢走我的所有财物,又把我捆起来,带到自己村里的难近母庙。那里飘荡着长长的红幡,令人生畏,犹如渴望吞食牲畜生命的死神的舌头。他们把我作为祭品,带到他们的酋长布邻陀迦那里。他正在祭拜女神难近母。他虽然是沙钵罗人[1],但一见到我,心就发软。心中无缘无故产生好感,说明前生有情分。于是,这位沙钵罗酋长放了我,免我一死,而准备以他自己作祭品,完成祭祀仪式。这时,天上传来话音:"不要这样做! 我已经感到满意,向我求取恩惠吧!"他听后,高兴地说道:"女神啊! 你已经满意,我还要什么别的恩惠呢? 我只希望这位商人来生也与我结为朋友。""好吧!"话音停止。然后,这位沙钵罗人送给我许多财物,送我回家。我从死神口中脱险,从外地回到家后,父亲听了我的经历,为我举行盛大的喜庆活动。

后来,我看见国王抓来一个抢劫商队的犯人,他就是那位沙钵罗酋长。我立即告诉父亲,并禀报国王,用十万金币赎出他的性命。就这样,我报答了他的救命之恩。我把他带回自己家中留他住了很长日子,热情招待他,然后送他回去。

沙钵罗酋长回到自己的村庄后,心中念念不忘我的友情。他想报答我,送我一份礼物。但他觉得他手头有的珍珠、麝香之类太轻微了。于是,他要为我获取珍贵的珍珠。他带上弓箭,到雪山去捕杀大象。他在那里游荡,到达一个大湖,岸边有一座神庙。湖里的莲花像对待自己的朋友,热情欢迎他。他估计野象要到这里来饮水,便手持弓箭,躲在一个僻静处,准备射杀野象。就在这时,他看见一位美貌绝伦的少女骑着狮子,前来祭拜湖边的湿婆大神。她仿佛是又一位雪山的女儿,在少女时期就专心侍奉湿婆。这位沙钵罗人一见到她,惊诧不已,心想:"她是谁? 如果她是凡人,怎么骑着狮子? 如果她是女神,怎么会让我这样的人看见? 她肯定是我的眼睛在前生积累的功德的化身。如果我能让她跟我的朋友联姻,那我对他的报答可真是别出新裁。我最好先走近去打听一下。"于是,我的这位沙钵罗朋友向她走去。她已经从停在树荫下的狮子身上下来,走到湖边,准备采摘莲花。她看到这个陌生的沙钵罗人走上前来向她致敬,也以礼相待,向他表示热诚欢迎,然后问道:"你是谁? 为何来到

---

[1] 沙钵罗人（śabala）是山中野蛮部落。

这个人迹罕至的地方？"沙钵罗人回答说："我是沙钵罗酋长，以难近母的双足为唯一的皈依。我来到这座树林，是为了获取大象珍珠。现在见到了你，女神啊，我想起我的吉祥的朋友财授。他是商人的儿子，我的救命恩人。他和你一样，美女啊，相貌和青春无与伦比，在世人的眼中，是甘露之泉。在这世上，哪个少女佩戴手镯的手，被充满友爱、施舍、慈悲和坚定的男子握住，她才是真正有福气。像你这样的少女如果不与那样的男子联姻，那我只能哀叹爱神白白端着他的弓箭。"听了猎人王的这番话，少女的心顿时好像被爱神迷人的咒语摄走。在爱情的激励下，她对沙钵罗人说道："你的那位朋友在哪里？把他带来，让我见见。"闻听此言，沙钵罗人回答说："好吧！"他告辞少女，高兴地踏上归程，感到自己的目的已经达到。

他回到自己的村庄，拿了需要几百个人搬运的许多珍珠和麝香等，来到我们家中。所有的人向他行礼。他进来后，把这份价值好几十万金币的礼物献给我的父亲。我们家举行了一天一夜的喜庆活动。他悄悄把见到那个少女的事从头至尾告诉了我。我兴奋激动。他对我说道："来，让我们去那里！"于是，他自愿连夜带我前往。天明后，我父亲得知我和沙钵罗酋长不知去向，但他信任沙钵罗酋长的友情，保持平静，待在家里。

这位沙钵罗人步履迅捷，一路上照顾我，渐渐到达雪山。在黄昏时分，我们来到湖边，洗完澡，品尝甜果子，在树林里过夜。这座山林妩媚可爱，蔓藤缠绕，鲜花盛开，蜜蜂歌唱，春风吹拂，药草闪烁，犹如罗蒂的住宅成为我俩晚上边喝湖水边休息的场所。第二天，我的右眼跳动，像是渴望见到那位少女，预告她的到来。然后，少女来了。她每走一步，我的心都充满渴望，想要迎着她的来路，跑过去与她相会。我看到这位秀眉少女坐在鬣毛狮子背上，犹如一弯纤月依在秋云怀里。我说不清我当时的心情，反正我一见到她，心中同时涌现惊讶、渴望和畏惧之情。她从狮子身上下来，采摘鲜花，在湖中沐浴，然后祭拜岸边的湿婆大神。

少女祭拜完毕，我的沙钵罗朋友走上前去，向她行礼，通报自己。少女也向他表示敬意。然后，沙钵罗人对她说道："女神啊，我把朋友带来了，他适合做你的夫君。如果你同意，我现在就让你见见他。"她听后，说道："让我见见他吧。"于是,沙钵罗人回来把我带到她的身旁,让她见见我。她斜眼看我,流露爱慕之情,在爱神的控制下,对沙钵罗酋长说道:"你的朋友不是凡人。他肯定是哪个天神今天来戏弄我。凡人哪会这么漂亮?"闻听此言,我亲自向她解释:"美人啊!我确实是凡人。我为何要蒙骗纯朴的人?我是婆罗毗商人大财的儿子。大自在天湿婆把我恩赐给我的父亲。当时,父亲为了求子,修苦行取悦湿婆。湿婆感到满意,在梦中指点父亲说:'起来,你会有一个灵魂高尚的儿子。这是绝密,不必细说。'"闻听此言,父亲醒了。不久,他生了我这个儿子,给我取名财授。从前,我去另一个国家,与这位沙钵罗酋长结为好友。我遇到困难,他就真心帮助我。这就是我的大致情况。"说完,我便住口。这位少女含羞低头,说道:"是这么回事,我知道。我祭拜湿婆,他感到满意,在梦中指点我说:'早上,你会得到一个丈夫。'所以,你就是我的丈夫,你的朋友就是我的兄弟。"说完,她便住口。她的话如同甘露,令我高兴。然后,我与她商量决定带着我的朋友一起到我家去,我俩按照仪轨举行婚礼。这位美人用手势召来自己的狮子坐骑,对我说道:"夫君,请上!"我骑上狮子,把妻子抱在怀里,由我的沙钵罗朋友陪同,启程出发。我已经达到目的,与这位少女一起坐在狮子背上,我的朋友在前面引路。一路上,我们靠他用箭猎取鹿肉为食,渐渐到达婆罗毗城。

人们看见我带着爱人,骑着狮子回来,惊讶不已,立刻跑去告诉我的父亲。父亲高兴地出来迎接,看见我从兽王狮子身上下来,向他行触足礼,又惊又喜。他看到这位无与伦比的少女也向他行触足礼,感到她是我的合适的妻子,欢喜无量。进屋后,他询问我们的经历,赞扬沙钵罗酋长的友情,举行喜庆活动。第二天,根据占星师的指示,这位美丽的少女和我结婚,所有的亲友都前来庆贺。这时,我妻子的坐骑狮子看到我俩成婚,突然当众变成人的模样。所有的人都惊慌失措,心想:"这是怎么回事?"

这个人穿戴天神的衣服和装饰,向我行礼,说道:"我是一个持明,名叫彩钏。这个少女是我的女儿,名叫有思。我爱她胜过自己的生命。我常常把她抱在怀里,在树林里游荡。有一次,我到达恒河,岸边有许多苦行林。我怕妨碍那些苦行者,便沿着河心前进。也是出于天意,我的花环掉落水中。正在水下的那罗陀仙人突然冒出来,因为花环落在他的背上,他生气地诅咒我说:'你这坏家伙,走吧!你如此傲慢无礼,你将变成一头狮子,驮着你的女儿到雪山去。等到你见到你的女儿与凡人结婚,才能摆脱这个诅咒。'我受到这位仙人诅咒,变成狮子,驮着虔诚崇拜湿婆的女儿,住在雪山。接下去,由于沙钵罗酋长的努力,得到这个皆大欢喜的结局,你们都已知道。我带给了你们幸福,对我的诅咒也就结束。"说罢,这位持明立即飞上天空。

我的父亲惊讶不已,为这门合适的婚姻高兴,亲戚朋友也欢欣鼓舞。父亲举行了盛大的喜庆活动。没有一个人不反复沉思沙钵罗酋长的高尚行为,惊叹道:"真难想象这种真正朋友的行为,他们不满足以生命报答朋友。"这里的国王得知后,也对这位高尚的沙钵罗酋长给予我的友爱表示满意。趁国王高兴,我的父亲立即献给国王宝石作礼物,让国王赐给沙钵罗酋长整整一座森林作王国。此后,我与妻子有思和朋友沙钵罗酋长一起生活,心满意足。沙钵罗酋长经常住在我家里,几乎失去回乡居住的兴趣。我们这两个朋友始终互相报恩,永不餍足。时间就这样渐渐过去。

不久,我和有思生了一个儿子。他犹如整个家族内心欢喜的化身。他名叫金授,渐渐长大,在完成学业后,结婚成家。见此情景,我的年迈的父亲感到自己生命的功果已经圆满实现,便带着妻子前往恒河,抛弃身体。我为父亲悲伤不已,在亲友的再三劝说下,我才振作起来,支撑这份家业。那时,一方面是有思美丽的脸庞,另一方面是与沙钵罗酋长的交往,使我感到欣慰。此后,我的日子就是这样度过的:好儿子使我高兴,好妻子使我陶醉,好朋友使我快乐。

渐渐地,我老了。老年仿佛出于爱怜,抓住我的下巴,对我发出善意的忠告:"为什么你至今还待在家里?孩子啊!"由此,我立即产生弃世的念头,想去森林,便指定自己的儿子继承家业。然后,我带着妻子前往迦楞阇罗山。沙钵罗酋长出于对我的友爱,抛弃自己的王国,与我同行。我一到那里,立刻记起自己前生是持明,湿婆对我的诅咒也就结束。我渴望摆脱凡人躯体,将此事告诉了妻子有思和朋友沙钵罗酋长。我心中默念湿婆,说道:"但愿这两位来生还是我的妻子和朋友,但愿我记得前生。"随即,我与妻子和朋友一起纵身跳下山崖,脱离肉体。然后,我转生在这个持明家族,名叫云乘,能记起前生。而沙钵罗酋长就是你,由于湿婆的恩惠,转生为悉陀土世财的儿子友财。朋友啊,那位持明女,我的妻子有思则转生为你的妹妹,名叫摩罗耶婆提。所以,你的妹妹是我从前的妻子,你是我从前的朋友。她和我结婚是完全合适的。不过,你要先去把这事告诉我的父母,请他们做主。你的愿望定能实现。

友财听了云乘这番话,心里很高兴,便去把一切告诉云乘的父母。他们对他的建议表示欢迎。友财又高兴地把这个消息告诉自己的父母。他们实现了自己的心愿,也很高兴。于是,王子友财迅速安排妹妹的婚事。云乘受到悉陀王礼遇,按照仪轨与摩罗耶婆提结婚。在喜庆大典上,天国乐伎忙碌活跃,悉陀云集,持明欢呼跳跃。云乘结婚后,拥有巨额财富,与妻子一起生活在摩罗耶山。

有一次,他与内兄友财一起去海边树林游览。在那里,他看见一个青年恐慌地走来,边走边劝母亲回去。他的母亲哭喊着:"儿子啊!"另一个士兵模样的人跟随着他,把他带到一块又宽又厚的石板前,就撇下他走了。云乘问这个青年:"你是谁?你要干什么?你母亲为何为你悲伤?"于是,这个青年向他讲述了事情缘由:

从前,迦叶波的两个妻子迦德卢和毗那多,谈话时发生争论。前者说太阳的马是黑的,后者说是白的。她们达成协议:错方成为对方的奴仆。迦德卢为了取胜,悄悄指使自己的蛇儿子们喷吐毒液,弄脏太阳的马,然后,让毗那多看这样的马。迦德卢用诡计战胜了毗那多,使她沦为自己的奴仆。妇女之间互不容忍有多么可怕!毗那多的儿子金翅鸟得知后,前来好言劝慰,请求迦德卢让他的母亲摆脱奴仆地位。迦德卢的蛇儿子们想了想,对他说道:"毗那多的儿子啊,你是最优秀的大力士。众天神正在搅乳海,你去把甘露取来给我们,我们就把你的母亲还给你。"听了众蛇的话,金翅鸟便去搅乳海,为了获得甘露,大显身手。毗湿奴大神欣赏他的勇力,对他说道:"我对你很满意,你选择一个恩惠吧!"金翅鸟为母亲沦为奴仆生气,选择了这个恩惠:"但愿众蛇成为我的食物。"毗湿奴同意道:"好吧!"因陀罗听说金翅鸟依靠自己的勇力获得了甘露,对他说道:"鸟王啊!你要设法不让那些愚蠢的蛇吃到这甘露,以便我从他们那里收回这甘露。"金翅鸟听后,同意道:"好吧!"他获得毗湿奴的恩惠,兴高采烈,拿着甘露钵,到众蛇那里。

那些愚蠢的蛇害怕大神恩赐的威力。金翅鸟站在远处,对他们说道:"我取来了甘露,释放我的母亲吧!如果你们害怕,我就把甘露放在这儿的达薄草丛上。你们放了我的母亲,我就走,这甘露就归你们了。"众蛇同意道:"好吧!"金翅鸟把甘露钵放在洁净的达薄草丛上,众蛇放了他的母亲。就这样,他使母亲摆脱了奴仆地位。金翅鸟离开后,众蛇无所顾虑,来取甘露。这时,因陀罗突然从天而降,用自己的神力迷惑众蛇,从达薄草丛上取走了甘露钵。于是,众蛇沮丧地舔着达薄草,心想或许会有一两滴甘露沾在那里。结果枉然,他们的舌头反被达薄草割裂,变成两条舌头。除了成为笑柄之外,贪婪能有什么别的结果?

众蛇没有尝到甘露的味道,而他们的敌人金翅鸟凭借毗湿奴的恩惠,接连不断飞来,吞食他们。面对金翅鸟的攻击,地下世界胆小的蛇吓死了,雌蛇流产,蛇族濒临毁灭。蛇王婆苏吉看到金翅鸟天天都来,心想这下整个蛇族都要毁灭了。经过思考,他立即请求与不可抵御的金翅鸟达成一个前所未有的协议。婆苏吉说道:"我每天送一条蛇到海边山上,作为你的食物,鸟王啊!而你不要再鲁莽地闯入地下世界了。"金翅鸟同意道:"好吧!"从此,金翅鸟每天吃一条送到这里的蛇。已经有无数条蛇在这里送了命。我是一条蛇,名叫螺髻,今天轮到我了。奉蛇王之命,我来到这块死刑石,充当金翅鸟的食物。我的母亲为此而悲伤。

听了螺髻的话,云乘内心忧伤痛苦,说道:"哎呀!婆苏吉身为君王,竟然如此怯懦,亲手把臣民送给敌人吞食。他为什么不首先把自己奉献给金翅鸟呢?哪有这种无能的君主,甘愿目睹自己的家族毁灭?金翅鸟虽然是迦叶波的儿子,可他犯下多大的罪啊?即使是伟大的人物,只考虑自己的身体,也会糊涂到这般地步。所以,今天我要保护你,把我自己的身体送给金翅鸟。不要悲伤,朋友!"闻听此言,螺髻坚定地说道:"大士①啊!你别再这么说了。决不

① 大士(mahāsattva)是菩萨的称号。

能为了一块玻璃而毁掉一块宝石。我也不能招致玷污家族的流言。"善良的螺髻劝阻云乘后,想到金翅鸟此刻就要来到,便去海边,在临死之前礼拜牛耳神,也就是波哩婆提的丈夫湿婆大神。

螺髻走后,堪称慈悲宝库的云乘觉得舍己救人的机会来到。他立即设法装作忘记了某件要做的事,支使友财回家。随即,附近的大地在金翅鸟翅膀扇起的旋风冲击下,抖动起来,仿佛是目睹金翅鸟的威力而惊恐不安。由此,云乘知道蛇的敌人来临。他怀着怜悯他人之心,登上那块死刑石。顷刻之间,金翅鸟俯冲下来,遮天蔽地,抓住这位大士,用嘴啄他。云乘鲜血流淌,顶珠失落。金翅鸟把他带到山顶上去吃。就在这时,天上洒下花雨。金翅鸟见后,感到惊诧:"这是怎么回事?"

而螺髻礼拜牛耳神湿婆回来,见到死刑石上溅满鲜血,心想:"糟了!肯定是那位灵魂高尚的人为了我,献出自己了。就这一忽儿功夫,金翅鸟会把他带到哪里呢?我赶快去找,或许还能找到他。"于是,善良的螺髻沿着血迹,一路寻去。这时,金翅鸟看见云乘面露喜色,感到惊讶,便停止啄吃,心想:"这一定是别的什么东西,我误把他抓来吃了。他沉着坚定,一点也不痛苦,相反很高兴。"金翅鸟心里这么想着,而云乘不管怎样,为了实现自己的心愿,对金翅鸟说道:"鸟王啊,我的身上有血有肉,你还没有吃饱,怎么突然停下来不吃了呢?"闻听此言,鸟王惊诧不已,问道:"贤士啊,你不是蛇。告诉我,你是谁?"云乘回答说:"我是蛇,你吃吧!完成你已开始做的事吧!因为坚定的人做事,怎么能半途而废呢?"

云乘说到这儿,螺髻赶到了。他在远处喊道:"金翅鸟啊!别吃,别吃!他不是蛇,我是你要吃的蛇。放了他!你怎么匆匆忙忙,犯下这个错误?"闻听此言,鸟王惊慌失措。而云乘感到自己的愿望没有实现,心里难过。金翅鸟从他们互相谈话中得知,他糊里糊涂吃的是一位持明王。他痛苦地思忖道:"唉!我行为残忍,犯了罪。确实,行为不端的人容易犯罪。这位灵魂高尚的人为了别人,献出自己的生命,蔑视这个陷入虚妄的世界。与我相比,他是一位值得称颂的人。"金翅鸟这样想着,想要跳入火中,以净化罪孽。云乘对他说道:"鸟王啊,你何必沮丧?如果你真的害怕罪孽,那么,从现在起,你不要再吃雪山上的蛇了,并对过去吃掉的那些蛇表示追悔。这才是补救的办法。别的想法都是枉费心机。"怜悯众生的云乘说完这些话,金翅鸟好像聆听了老师的教诲,高兴地同意道:"好吧!"

金翅鸟立刻去天上取甘露,以救活遍体鳞伤的云乘和其他只剩下骨骼的众蛇。波哩婆提女神对云乘妻子的虔诚表示满意,亲自显身,前来为云乘浇灌甘露。云乘肢体复原,而且比原先更漂亮。天上众天神满心欢喜,奏起鼓乐。正当云乘恢复健康,站起身来时,金翅鸟从天上取来了甘露,洒遍整个海岸。于是,那里所有的蛇都起死回生,复活了。海边树林里挤满了许许多多蛇,解除了对金翅鸟的恐惧,仿佛地下世界的蛇倾巢出动,前来观看云乘。

云乘的亲友得知他的身体没有受伤,而名誉更加辉煌,都向他表示祝贺。他的妻子和父母也十分高兴。在这苦尽甘来的时刻,谁会不高兴呢?云乘送螺髻回地下世界。螺髻主动将云乘的声誉向三界传播。后来,由于雪山女儿波哩婆提恩宠的力量,云乘所有的亲戚,以及摩登伽等长期对他怀有敌意的人,都心怀恐惧前来,向身旁有虔诚的众天神围绕的金翅鸟和持明族的吉祥志云乘俯首行礼。应他们的请求,慈悲的云乘从摩罗耶山返回雪山山坡自己的家。在那里,这位坚定的人与自己的父母、友财和摩罗耶婆提一起,长久地享有持明转轮王的尊贵地位。凡是事迹受到整个三界由衷钦佩的人,幸福总是追随他们,接连不断。

王后渴望了解腹中胎儿的高贵性,从负轭氏口中听了这个故事,满心欢喜。然后,她在丈夫身旁度过这一天,确信高兴满意的天神不断作出的许诺,联系这个故事,谈论自己的儿子将来会成为持明王。

第三章

有一天,在大臣围绕的情况下,仙赐悄悄对身旁的犊子王说道:"夫君啊!自从我怀孕后,保护这个孩子的责任心一直强烈地折磨着我。昨天,我又左思右想,晚上好不容易才入睡。我在梦中,看见有个人走来。他的形象优美,涂灰的肢体红白相间，发髻褚红，以月亮为顶饰，手持三叉戟。他仿佛怀着怜悯走近我，说道：'女儿啊，你完全不必为胎儿担心。我会保护他的，因为他是我赐给你的。为了让你相信，我再讲一件别的事给你听。明天，会有一个妇女来向你们告状，拽着丈夫，责骂丈夫。她是个品行恶劣的女人，想依仗自己亲属的势力，害死自己的丈夫。她所说的一切都是谎言。女儿啊！你要事先告诉犊子王，以免这位贤士受这个坏女人蒙蔽。'这样指点我后，这位灵魂高尚的人消失不见。我随即醒来，天色已亮。"

听了王后的这番话，所有的人都谈论湿婆的恩宠，惊讶不已，心里都盼望梦中的话能得到证实。就在这时，卫士长突然进来，向同情不幸者的犊子王报告说："国王啊，有一位妇女在一些亲属陪同下，带着五个儿子，骂丈夫无能，前来告状。"国王听后很惊讶，这与王后的梦吻合，便命令卫兵放她进来。仙赐王后见自己的梦得到应验，自己肯定会生一个好儿子，高兴极了。然后，所有的人都怀着好奇心，脸儿转向门口。这个妇女按照卫兵的吩咐，与丈夫一起进来。她一副可怜的模样，进入公堂后，按照规定向国王和王后行礼，诉说道："这个人是我的丈夫。我又没犯什么过错，他却不给我食物和衣服。我无依无靠。"她说完后，她的丈夫诉说道："国王啊！她说的全是谎话。她和她的亲属想置我于死地。我一年到头都供给她一切生活用品。另外有一些公正的亲属可以为我作证。"国王听后，主动说道："湿婆大神已经在王后的梦中作证，何必还要证人呢？这个女人和她的亲属应该受到惩处。"国王说完后，聪明的负轭氏说道："国王啊！要有证人的证词才合适，因为百姓并不知道王后的梦，难以信服。"国王表示同意，立即传来证人询问。他们都说这个女人说的是谎话。于是，犊子王把这个女人连同她的孩子和亲属一起驱逐出国，因为她陷害众所周知的好丈夫。然后，心肠慈悲的国王赐给这位好丈夫许多钱财，让他回去另娶一个妻子。

国王联系此事，说道："一个残忍的坏妻子犹如雌乌鸦，会活生生地撕裂陷入困境的丈夫。而一个出身名门、慈爱、高尚的妻子犹如路边的树荫，能消除炎热，只有有功德的男子才能赢得。"站在国王身旁的婆森多迦擅长讲故事，说道："国王啊！在这世上，由于前生的潜印象继续起作用，人人都会有爱和恨，请听我给你们讲这个故事。"

　　从前,在波罗奈,有位国王名叫勇热。他有一个宠爱的仆从,名叫狮勇。狮勇无论在战场上,还是在赌场上,都能出奇制胜。而狮勇的妻子无论在形体,还是在心理上,都畸形失常,人称"泼妇",名副其实。这位勇士不断从国王那里和从赌博中获得许多钱财,并且总是全部交给妻子。而这个泼妇妻子,连同她生的三个儿子,不跟他吵架,就一刻也呆不住。她和儿子不断折磨他,动辄骂他:"你在外面又吃又喝,什么也不给我们。"尽管他总是用食物、饮料和衣服等讨好妻子,但妻子就像无底洞,永不满足,白天黑夜地折磨他。最后,他不堪烦恼,离家出走,去朝拜文底耶山的女神。

　　他在文底耶山实行斋戒,女神在梦中指点他说:"起来,孩子! 回到波罗奈城去。那里有一棵大榕树。你刨开树根,就会发现一个宝库。从里面你会得到一个绿宝石盘子,犹如一片坠落的天空,像剑一样明亮。你用眼睛看着它,里边就会映出你想知道的任何一个生物的前生情况。这样,你知道了你妻子和自己的前生,明白了真相,就会消除烦恼,愉快地生活。"女神说完,狮勇也就醒了。他结束斋戒,当天早上就回波罗奈城。

　　他回到波罗奈城后,在榕树根下发现了宝库,从里面取出那个很大的宝石盘子。他想知道个究竟,结果在盘子中看到他的妻子前生是可怕的母熊,而他自己则是兽王狮子。他明白了,由于前生互相仇恨,留下潜印象,他和妻子之间的怨恨是不可避免的。于是,他摆脱了困惑和忧伤。此后,他用这个神奇的盘子考察了许多少女,发现她们前生与他不是同一种族,便弃之不顾。最后,狮勇找到一个前生是母狮的少女,名叫狮吉,便娶她做第二个妻子。他让泼妇妻子享有一个村庄,而自己依靠获得的宝库,在新妻陪伴下,愉快地生活。

　　所以,国王啊! 在这世上,妻子等对男人的爱和恨都是前生诸行留下的潜印象。

　　犊子王和仙赐王后听了婆森多迦讲述的这个有趣故事,非常高兴。不管白天还是晚上,国王总也看不厌孕期王后的月亮脸。日子就这样一天天度过。

后来,所有大臣的儿子都出生了。他们都有吉祥的标志,预示未来的幸福。首先是宰相负轭氏生了个儿子,名叫摩卢菩提。接着,卢蒙婆生了个儿子,名叫诃利希伐;婆森多迦生了个儿子,名叫多般多迦。然后,卫士长尼底约迪多,又名伊底耶迦,生了个儿子,名叫戈目伐。在他们的出生庆典上,空中传来无形的话音:"他们将摧毁敌人的家族,成为牸子王的儿子、未来的转轮王的大臣。"

过了一些日子,仙赐王后临近产期。她住进由已婚妇女布置装饰的产房。窗户上覆盖阿罗歌花和奢弥草,房内挂着各式武器,与宝石灯光交相辉映,闪烁吉祥的光芒,仿佛承担着保护胎儿的职责。巫师们用各种咒语和法术驱邪禳灾,让这座产房成为母亲的安全堡。到了时辰,她生下一个容貌可爱的王子,犹如天空升起月亮,闪耀纯洁的甘露光辉。这个新生婴儿不仅照亮了产房,也照亮了母亲的心,驱散了她心头忧愁的阴影。

后宫里喜讯传开,有人出来报告牸子王儿子出生的消息。他十分高兴,简直想把王国赐给报喜人。他没有这样做,不是出于贪欲,而是唯恐不合适。国王迫不及待,立即来到后宫。他看到了儿子,长期以来的希望终于开花结果。这个孩子红润细长的下唇如同嫩叶,美丽卷曲的头发如同羊毛。他的面容犹如转轮王的吉祥女神玩耍的莲花。他的柔软的双脚有种种华盖和拂尘的印记,仿佛其他国王的吉祥女神出于恐惧,预先放弃了自己的标志。国王的眼睛忍受着喜悦的洪流,睁得大大的,流出了泪水,犹如流出父爱。正当负轭氏等大臣兴高采烈的时候,空中传来了话音:"国王啊,你的儿子已经诞生。他是爱神下凡。你要知道,他的名字是那罗婆诃那达多。他不久将成为一切持明王的转轮王,持续一个神劫。"说罢,话音停止。随即,空中降下花雨,并传来鼓乐之声。

国王万分高兴,举行盛大的庆典,比天神的庆典还隆重。宫中的鼓乐声回荡在空中,似乎向一切持明宣告:他们的国王已经诞生。王宫顶上红旗迎风飘扬,仿佛以各自的美丽互相洒红。大地上,各地美丽的女子聚在一起跳舞,仿佛众天女为有形的爱神诞生而欢庆。整座城市同样壮观,从国王举行的庆典中获得崭新的衣服和装饰品。国王向求告者和仆从洒下钱财之雨,除了金库之外,没有一个人是空手的。邻国的后宫美女犹如四面八方的化身,纷纷来到这里。

她们或念诵祷文,或行为端庄,或轻歌曼舞,或馈赠厚礼,由侍卫护送,鼓乐伴随。在这座城里,每个动作都有舞蹈,每句话语都有满钵礼物,每个行为都有施舍,每个音响都有鼓乐,每个人都有红粉,每块地都有歌手,一切之中都有欢乐。就这样,盛大的庆典持续了许多天,直到市民全都心满意足为止。

　　随着时间流逝,幼小的王子渐渐长大,犹如新月增盈。父亲按照原先天国话音指定的名字,给他取名那罗婆诃那达多。看到他蹒蹒跚跚走出两三步,露出柔嫩美丽的脚趾;听到他呀呀学语,讲出两三句话,露出嫩芽般的乳齿,父亲满心欢喜。后来,众位优秀的大臣把自己的幼儿送来陪伴幼儿王子。国王很喜爱这些孩子。他们是负轭氏的儿子摩卢菩提,卢蒙婆的儿子诃利希伐,伊底耶迦的儿子戈目伕,婆森多迦的儿子多般多迦。家庭祭司商提羯罗也送来他的侄子,也就是黄褐女生下的孪生子香提苏摩和吠希伐揭罗。这时,天神欢呼,空中降下吉祥的花雨。国王和王后满怀喜悦,赐给众大臣的儿子许多礼物。

　　这样,从童年时代起,六个大臣的儿子犹如带来繁荣昌盛的六德①,始终陪伴王子那罗婆诃那达多,忠心耿耿。看到儿子喜爱游戏逗乐,在真心喜欢他的诸王怀中一个接一个传递,犊子王深情地望着儿子微笑的莲花脸,愉快地度过时光。

---

① 六德指国王的六种政治策略:结盟、战争、进军、停止、求助和分驻。

第五卷　四姐妹

象头神群主迷醉中晃动象鼻,用朱砂涂抹大地,仿佛以自己的光焰焚毁障碍,愿他保护你们。

第一章

这样,犊子王和王后抚养独生子那罗婆诃那达多。一次,大臣负轭氏看到国王忧心忡忡保护王子,悄悄对国王说:"王上啊,你现在不必为那罗婆诃那达多担心。因为尊神湿婆在你的家中创造他,让他成为统辖所有持明王的转轮王。那些持明王凭借自己的神通力得知这个情况,心中怀有抵触情绪,想要作恶。佩戴月牙顶饰的尊神湿婆觉察到后,派遣自己的一位名叫斯丹跋迦的侍从保护他。这位侍从隐身住在这里。那罗陀仙人迅速前来,告知我这个消息。"

大臣刚说完这些话,从空中降下一位神灵,佩戴顶冠和耳环,手中持剑。他向犊子王俯首行礼。犊子王立即施以待客之礼,怀着好奇询问他:"你是谁?为何来到这里?"他回答说:"我原来是凡人,现在是持明王,名叫舍格提吷伽,有许多敌人。我凭借神通力知道你的儿子将成为我们的转轮王,故而我来看望他,国王啊!"

他说完这些话,也看到了未来的转轮王。犊子王内心喜悦,怀着好奇询问他:"怎样才能成为持明?持明是怎么回事?你怎么会成为持明?朋友啊,请你告诉我。"听到国王这样询问,持明舍格提吷伽谦恭地行礼,回答说:"国王

144

啊,意志坚定者在今生或前生抚慰商羯罗^①,得到他的恩宠,便能成为持明。持明以神通力、剑和花环等为标志。请听我告诉你,我怎样成为持明。"说罢,舍格提吠伽就谦恭地向国王讲述自己的故事:

从前,筏驮摩那城堪称大地的装饰,国王名叫波罗波迦林。这位高贵的国王有一位名叫金光的王后,犹如乌云携带闪电,但没有闪电的飘忽性。后来,王后生下一个女儿,仿佛创造这个少女,是为了压制吉祥女神自恃美貌而骄慢。这个少女渐渐长大,成为世人眼中的月亮,父亲依随她的母亲的名字,给她取名金痕。

金痕长到青春妙龄。一天,国王对悄悄来到他身边的王后金光说道:"金痕已经长大,想到她没有与合适的男人结婚,王后啊,我心中不安。贵族少女没有合适的夫婿,犹如走调的乐曲,令人听了反感。但是,糊里糊涂将女儿嫁给不合适的夫婿,犹如将知识传授给愚人,只会让人后悔不迭。因此,王后啊,我直发愁,不知将女儿嫁给哪个与她匹配的国王。"

金光王后听完国王的话,笑了笑,回答说:"虽然你这样说,但你的女儿不愿意结婚。今天,她捧着木偶娃娃玩耍。我开玩笑问她:'孩子啊,你什么时候结婚?'她听后,气鼓鼓地回答说:'阿妈,别这样! 你不要把我嫁给任何人,不要让我与你分离。如果让我结婚,我会死去。这其中是有原因的。'听她这么说,王上啊,我心中郁闷,来到你身边。既然她拒绝结婚,我们为她的婚事操心有什么用?"

听罢王后这样说,国王困惑不解。他进入女儿的寝宫,询问女儿:"甚至天神和阿修罗的女儿也修炼苦行,求取丈夫,女儿啊,为何你拒绝结婚?"公主听了父亲的话,目光注视地面,回答说:"父亲,我现在还不想结婚。为何父亲非要逼我结婚?"波罗波迦林是一位意志坚定的国王,听罢女儿这样说,再次对她说道:"除非女儿出嫁,否则无法避免错误。女儿必须依靠亲人,不能独立生活。因为女儿实际是为别人而生,也是为别人而受到保护。除了在童年时代,

---

① "商羯罗"(śaṅkara)是大神湿婆的称号。

她怎么能不出嫁而住在父亲家中？女儿到达婚龄而不出嫁，她的亲人们会下地狱。她自己也会成为贱民，再要嫁人，丈夫也被称为贱民。"

听罢父亲这样说，公主金痕想了想，立即回答说："父亲，如果这样，那么，倘若哪个婆罗门或刹帝利，有本事见到一座名为金城的城市，你就把我嫁给他，让他成为我的丈夫。否则，父亲，你就不要为难我。"听罢女儿这样说，国王思忖道："尽管她提出这个条件，但能答应结婚终究是好事。她肯定是某个女神，出于某种原因，出生在我的家中。否则，一个少女怎么会知道这种事？"于是，他回答女儿说："就按照你说的办吧！"然后，国王起身离开，处理日常事务。

第二天，国王召唤门卫，吩咐说："你去，在城里周游，击鼓宣告：'有谁见到过一座金城？'"门卫听从吩咐，说道："好吧！"他立即安排侍从们在城里周游击鼓，引发人们怀着好奇心，听取这个告示："有哪位婆罗门或刹帝利见到过一座名为金城的城市，请说出来！国王会将女儿嫁给他，立他为王太子。"而市民们听到这个告示后，纷纷传言："今天城里通告的名为金城的城市，甚至我们中的老人都没有听说过。"这样，没有任何人说自己见到过。

城里住着一个婆罗门，名叫舍格提提婆，是波罗提婆的儿子。他也听到了这个告示。这个婆罗门嗜好赌博，在掷骰子赌博中输光所有钱财。听说公主准备出嫁，他内心激动，思忖道："我在赌博中输得精光，无脸再跨进父亲家门，也无钱进入妓女家中。因此，我走投无路，最好的办法是向击鼓宣告的人谎称我见到过这座城市。反正谁也没有见到过座城市，有谁能指证我说谎？或许这样我能娶到公主。"于是，他前去对王室侍从们谎称自己见到过那座城市。他们说道："好啊！那么，去见国王的门卫吧！"这样，他与侍从们一起来到门卫那里。他同样对门卫谎称自己见到过那座城市。门卫向他表示敬意，带他到国王那里。在国王面前，他同样毫不犹豫地这样说。对于一个在赌博中输光钱财的赌徒，这算得上什么难事？

国王为了确证这个婆罗门所说的话，吩咐将他送到女儿金痕身边。金痕从门卫口中得知情况，便询问来到她身边的这个婆罗门："你见到过金城吗？"他回答说："我在周游大地求学的过程中，确实见到过那座城市。"于是，公主又询问这个婆罗门："你经由哪条路到达那里？那座城市什么样？"他回答说：

"我从这里前往诃罗城,然后到达波罗奈城。过了一些日子,又从波罗奈城前往邦德罗伐驮那城,然后到达那座名为金城的城市。我看到那是善人们安享幸福的乐园,如同众天神享受美味的因陀罗城。我在那里获取知识后,又返回这里。我就是沿着这条路线到达那里,那座城市就是这个样子。"

这个狡诈的婆罗门说完这个编造的故事,公主笑着回答说:"啊,伟大的婆罗门! 你确实见到过那座城市。请你再说一遍,你经由哪条路到达那里?"听了公主的话,舍格提提婆又厚颜无耻地重复说了一遍。然后,公主吩咐侍从们赶走他。

赶走这个婆罗门后,公主来到父亲身边。父亲询问她:"这个婆罗门说的是真话吗?"公主回答说:"父亲,你身为国王,可是,做事考虑不周。你怎么不知道那些歹徒欺骗善良正直的人? 这个婆罗门想用谎言欺骗我。他根本没有见到过那座城市,而是在说假话。在这世上,有许多歹徒施展各种骗术。请听我告诉你湿婆和摩陀婆的事例。"说罢,公主讲述这个故事:

有一座名为宝城的城市,那里有两个歹徒,名叫湿婆和摩陀婆[①]。他俩手下有许多歹徒,长期以来施展各种诡计,掠夺城中富人的财富。一天,他俩在一起密谋:"我们已经洗劫这个城市。现在,我俩住到优禅尼城去。听说那里有位国王的祭司是富豪,名叫商羯罗斯瓦明。我们设法夺取他的财富,这样,我们可以享受摩腊婆地区的美女。婆罗门们称他为守财奴,因为他总是虎着脸,侵吞大家的一半酬金,钱财装满了七大罐。听说这个婆罗门的女儿是女中之宝,我们肯定也能连带骗到手。"

这两个歹徒密谋商定计策后,从宝城出发,渐渐到达优禅尼城。摩陀婆乔装成王子,带着随从,住在城外一个村庄。而湿婆精通各种骗术,乔装成苦行者,独自进入城里。他住在希波拉河边一座茅屋里,可以看到里面有泥土、达薄草、托钵和鹿皮。早晨,他在身体抹上一层泥土,仿佛抹上阿鼻地狱的泥土。

---

① "摩陀婆"(mādhava)是大神毗湿奴的化身黑天的称号。因此,这两个歹徒袭用两位大神的名字。

然后,他进入河中,久久低头站在水中,仿佛为作恶而下地狱做准备。沐浴完毕起身后,他久久站立,凝视太阳,仿佛表示自己适合被钉在尖桩上。然后,他手持拘舍草,在神像前默祷,他保持莲花座坐姿,呈现伪善和狡诈的脸色。他采集洁白的花朵供奉湿婆大神,仿佛狡猾地吸引善人的心。完成供神仪式后,他又假装专心默祷,久久沉思入定,仿佛思考阴谋诡计。

第二天,他身穿黑鹿皮衣,在城中游荡乞食,眼角转动欺诈的目光。他保持沉默,从那些婆罗门的家中乞得三份食物。他将一份施舍给乌鸦,一份施舍给客人,一份填饱自己的肚子。然后,他继续假装默祷,久久拨动手上的念珠,仿佛计算自己犯下的所有罪恶。夜里,他独自在茅屋里,捉摸世人哪怕最微小的弱点。他天天这样假装实施艰难的苦行,征服城中居民的心。城中到处能听到对他的赞扬声:"啊,这是一位寂静的苦行者。"所有的人都崇拜他。

而他的同伙摩陀婆从探子口中得知这些情况,于是,他也进入这座城市,住在远处的一座神庙里。他乔装成王子,带着随从,来到希波拉河沐浴。沐浴完毕,他看见湿婆在神像前专心默祷。他以最谦卑的姿态拜倒在湿婆脚下,当着众人的面,说道:"我朝拜过许多圣地,没有见到过像他这样的苦行者。"尽管湿婆看到他,依然狡猾地保持身躯纹丝不动。随后,摩陀婆返回自己的住处。

而在夜里,他俩会合,一起吃喝,密谋下一步的行动。在夜晚最后一个时辰,湿婆悄悄回到自己的茅屋。天亮后,摩陀婆吩咐手下的一个歹徒:"你带着这两件衣服,作为礼物,去送给这里国王的祭司商羯罗斯瓦明。你要谦恭地告诉他:'有位王子名叫摩陀婆,受到亲友们排挤,带着父亲的许多珍宝从南方来到这里。还有一些与他一样的王子陪伴他。他想要侍奉你们的国王。因此,派我来见你,名誉的宝库啊!'"

于是,这个歹徒按照摩陀婆的吩咐,带着礼物前往祭司的家。他见到祭司,在适当的时机将礼物交给他,悄悄地原原本本传达摩陀婆的话。而祭司贪图礼物,完全相信他的话,还指望以后的好处,因为对于贪财的人,礼物是最好的诱饵。这个歹徒返回后,第二天,摩陀婆亲自去拜见祭司。他带着乔装成王子们的随从,有人在前面引路,来到祭司家。祭司向他表示热烈欢迎。摩陀婆站着与祭司叙谈片刻,然后告辞,返回自己住地。

　　次日,摩陀婆再次送去两件衣服,作为礼物,并对祭司说:"为了让我的随从们高兴,我确实渴望侍奉国王。我有许多财宝,因此求你帮忙。"祭司听后,贪图获得礼物,答应摩陀婆的请求。他立即前去向国王禀报此事,国王出于对祭司的尊重,也表示同意。

　　次日,祭司带着摩陀婆及其随从去拜谒国王。国王看到摩陀婆一副王子模样,热情地接待他,给他安排了一个职位。此后,摩陀婆留在那里侍奉国王。而每天夜里,他与湿婆一起密谋策划。祭司贪图财物,请摩陀婆住在自己家中。这样,摩陀婆和随从们一起住进祭司家中。这成为祭司遭殃的原因。

　　摩陀婆将一个装满人工伪造的珠宝和首饰的箱子放在储藏室里。他经常故意打开箱子,稍许展示一些首饰,吸引祭司,犹如草料吸引牲畜。他取得祭司信任后,就故意节食,让自己的身体消瘦。过了一些日子,这个歹徒用微弱的话音对站在床边的祭司说:"我的身体看来不行了,优秀的婆罗门啊,请你帮我找来一位最杰出的婆罗门,我要将自己的全部财宝施舍给他,求得今生和来世的幸福。因为生命是脆弱的,聪明人怎么会执著财富?"

　　祭司听后,贪图获得礼物,说道:"我会照你说的去做。"这个歹徒拜倒在祭司脚下致谢。此后,祭司找来一个又一个婆罗门,而摩陀婆借口希望找到最杰出的婆罗门,而都不认可。看到这种情况,站在他身旁的一个歹徒说道:"显然,普通的婆罗门不能令他满意。在希波拉河边有位大苦行者,名叫湿婆,是不是可以找他来试试?"摩陀婆听后,恳求祭司说:"请你开恩,去把他带来,因为再没有像他那样的苦行者。"

　　祭司听后,前往湿婆那里,看到他静坐不动,沉思入定。祭司走到他面前,右绕行礼。这个歹徒立刻缓缓睁开眼睛。于是,祭司谦恭地俯首弯腰,对他说:"主人啊,如果你不生气,我要向你禀告一事。"湿婆听后,嚅动一下嘴唇,表示同意。于是,祭司对他说:"有个从南方来到这里的王子,是个大财主,名叫摩陀婆。他现在病危,准备施舍自己的所有财宝。如果你同意,他会把所有财宝送给你。那些无价的珠宝和首饰闪闪发光。"

　　湿婆听后,缓慢地打破沉默,说道:"婆罗门啊,我是梵行者,靠乞食度日,财宝对我有什么用?"于是,祭司又说道:"你别这样说,伟大的婆罗门啊!你不知道人生的生活阶段①吗？娶妻成家，供奉天神、祖先和客人，用财富实现人生三要②，这是最好的家居期生活。"然后，湿婆说道："我怎么能娶妻呢？我不能随随便便与哪个家族的女子结婚。"祭司听后，心想自己交上财运，应该抓住这个机会，便说道："如果这样，我有一个美丽的女儿，名叫毗奈耶斯瓦蜜尼。我可以把她嫁给你。你从摩陀婆那里获得他施舍的财富后，我可以为你保管。你就享受家居生活吧！"湿婆听后，觉得已经达到预谋的目的，说道："婆罗门啊，如果你看中我，我就照你的话做吧！只不过我是苦行者，对金银珠宝一窍不通，我就听从你的话，你看着办吧！"

祭司听了他的话，高兴地说道："好吧！"这个傻瓜就这样把湿婆带到自己家中。他把这个名为湿婆而实际不吉祥的人③带来后，将自己所做的一切告诉摩陀婆，欣喜不已。然后，他把自己辛苦养育的女儿嫁给湿婆，仿佛糊里糊涂被人取走财富。婚后第三天，祭司将湿婆带到假装生病的摩陀婆身边，准备接受施舍。摩陀婆起身，拜倒在湿婆脚下，假装真诚地说道："我向你这位不可思议的苦行者致敬！"然后，他从储藏室取出那个装满人工伪造的珠宝和首饰的箱子，交给湿婆。湿婆接受后，转交到祭司手上，说道："我不懂这些，你懂。"祭司立即收下这个箱子，说道："我早就经手过这样的珠宝首饰，何必让你操心？"然后，湿婆向他表示祝福，回到妻子的寝室。而祭司将箱子放在自己的储藏室。

摩陀婆从第二天起，慢慢地不再假装生病。他称说由于实行大施舍的威力，他的病体痊愈。他称赞来到身边的祭司，说道："依靠你帮助，我履行正法，躲过这场灾难。"他公开赞扬湿婆的苦行威力救了自己的命，并假装与湿婆交朋友。

而过了一些日子，湿婆也对祭司说："我这样住在你的家中，要享受多少日子呢？你为何不按价收购我的那些首饰？如果它们价格昂贵，就按相应的价格，付给我钱吧！"祭司想到那些无价的首饰，同意这笔交易，说道："好吧！"

---

① 人生生活阶段（āśramakrama）指梵行期、家居期、林栖期和遁世期四个生活阶段。
② 人生三要（trivarga）指人生三大目的，即正法、利益和爱欲。
③ "湿婆"的原词是 śiva，词义为吉祥。

他将自己的所有钱财付给湿婆,并让湿婆亲手在契约上签字画押,他自己也签字画押,相信这些首饰的价值超过自己支付的钱财。这样,他俩各自拿着签字画押的契约,分居两地。然后,湿婆和摩陀婆会合,两人随意使用祭司的钱财,过着舒服的日子。

时光流逝,祭司需要现金,前往市场出售首饰中的一个手镯。那些擅长鉴别珠宝的商人仔细观察后,说道:"啊,制造这个假手镯的人确实是造假能手。这些是涂了各种颜色的玻璃和石英,镶嵌在黄铜上,既不是珍珠,也不是金子。"祭司听后,惊恐不安,回家取来所有的首饰,让这些商人鉴别。他们看后说:"全都是同样的假货。"祭司听后,仿佛遭雷电击顶。于是,这个傻瓜找到湿婆,说道:"拿回你的这些假首饰,返还我的钱财。"而湿婆回答说:"时至今日,我家里哪里还有这些钱财?因为在这些日子里,都已经花光了。"

这样,祭司和湿婆发生争执,他俩一起去见国王。当时,摩陀婆就站在国王身旁。祭司报告国王说:"这些全是人工伪造的首饰,王上啊!它们是涂了颜色的玻璃和石英,镶嵌在黄铜上。利用我不知实情,湿婆侵吞了我的所有钱财。"然后,湿婆向国王申辩道:"王上啊,我从小就是苦行者,是他劝我接受施舍。我向他说了我对珠宝之类一窍不通,请他替我做主。他也这样答应了。因此,我接受这些首饰后,就转交到他的手上。后来,他自愿按照价格买下我的这些首饰。王上啊,我俩还有互相签字画押的契约。现在,只有王上能帮助解决。"

湿婆说完这些话,摩陀婆接着对祭司说道:"你不要这样说话。你是值得尊敬的,而我又有什么过错?我没有从你或从湿婆手上收受过什么。这些财宝是父亲传给我的,我长期安放在别处。后来,我把它们带到这里,施舍给婆罗门。如果这些金子和珠宝确实不是真的,那么,由于施舍这些黄铜、玻璃和石英,就让我得到报应吧!而正是因为我怀着真诚的心实行施舍,我的病体得以转危为安。"

摩陀婆从容自若地说完这些话,国王和大臣们都面带微笑,表示同意。所有在场的人也都暗暗发笑,说无论摩陀婆还是湿婆,都没有做错什么。这样,祭司失去钱财,满脸羞愧,起身离去。因为财迷心窍,利令智昏,怎么会不遭殃？此后，湿婆和摩陀婆这两个歹徒住在那里，受到国王恩宠，长期过着舒服的日子。

"就是这样，那些歹徒的舌头吐丝织网，犹如渔夫在河中撒网捕鱼。因此，父亲啊，那个婆罗门想要得到我，谎称见到过金城，欺骗你。所以，现在你不要急于让我结婚，等着看看还会发生什么。"

国王波罗波迦林听罢女儿金痕说的这些话，回答说："女儿啊，女孩子长大后，不宜长期不出嫁。因为恶人忌恨美德，会拨弄是非。人们尤其喜爱抹黑高贵的人物。听我给你讲述诃罗斯瓦明的故事！"

在恒河岸边，有一座名为花城的城市。那里有个朝拜圣地的苦行者，名叫诃罗斯瓦明。这个婆罗门在恒河岸边搭建了一个茅屋，乞食为生。他实施严格的苦行，而受到众人尊敬。有个恶棍不能忍受这个婆罗门的美德，一次远远看到他出来乞食，便在众人中散布说："你们知道这个伪善的婆罗门做了什么？他吃掉这个城里的小孩。"另一个与他一样的恶棍附和他说："确实我也听到别人这样说。"然后，第三个恶棍也跟着说："正是这样。"这些恶棍的诽谤仿佛构成锁链，捆住这位圣者。这样，谎言一传十，十传百，传遍整个城市。所有的市民不让孩子走出家门，说道："诃罗斯瓦明会拐走孩子，吃掉他们。"

于是，那里的婆罗门害怕失去后代，聚在一起商量将他驱逐出城。可是他们不敢亲自前去驱逐他，害怕他一发怒，可能会吃掉他们，便派遣一些使者去传话。那些使者到了那里，站在远处对他说："婆罗门们要求你离开这个城市。"他听后，感到惊讶，问道："为什么？"他们回答说："你在这里，吃掉你看到的每一个孩子。"

诃罗斯瓦明听后，想要去见那些婆罗门，亲自说明情况。那些使者出于害怕，便跑开了。而那些婆罗门一见他来，惊恐地爬到寺庙顶上。通常，人们听信谣言，就会失去分辨力。于是，诃罗斯瓦明站在下面，点名招呼一个又一个站在上面的婆罗门，说道："诸位婆罗门啊，你们怎么会这样糊涂？你们为什么不互相确认一下有多少孩子，谁家的，在哪里，被我吃掉？"

听了他的话,婆罗门们便互相核实,结果是所有的孩子都活着。随后,他们指定一些市民进行调查,也证明是这样。于是,所有的商人和婆罗门说道:"天啊,我们糊里糊涂,错怪了这位善人。我们的孩子全都活着,他怎么可能吃掉谁的孩子?"

所有的人都这样说,他的清白得到证实。于是,诃罗斯瓦明准备离开这个城市,因为厌恶这里的恶人对他进行诽谤。哪个聪明人愿意留在人们不明是非的地方?然而,商人和婆罗门们拜倒在他的脚下,恳求他留下。诃罗斯瓦明虽然感到有些为难,但还是同意留下了。

"正是这样,恶人仇视善行,经常编造谎言,用恶毒的语言诽谤善人。他们只要有机可乘,哪怕是微小的机会,也会拼命在火上浇油。因此,你正值青春,如果你想拔除我的心头之箭,你就不应该只顾及自己的心意,不肯出嫁,这样很容易招引恶人诽谤。"

父亲就是这样,经常劝说金痕,而公主态度坚决,一再回答说:"那么,你就赶快寻找见到过金城的婆罗门或刹帝利,因为我已经说了,请你把我嫁给这样的人。"

看到女儿态度坚决,国王估计她记得前生的事。既然没有别的办法找到她中意的丈夫,国王只得继续下令每天在城里击鼓宣告,看看有没有新来的客人见到过金城。

就这样,侍从们每天在城里各处击鼓宣告:"有哪位婆罗门或刹帝利见到过金城,请说出来!国王会把自己的女儿嫁给他,并立他为王太子。"然而,始终没有发现见到过金城的人。

第二章

在这期间,婆罗门青年舍格提提婆精神沮丧。他没有获得心中渴望的公主,反而受到她的鄙视,他思忖道:"我谎称见到过金城,没有获得公主,反而受到她鄙视。因此,为了达到目的,我一定要周游大地,或者找到金城,或者失去生命。因为如果我不付出这个代价，找到这座城市，回来获得公主，我这生命还有什么用？"

这个婆罗门立下这个誓言后，从筏驮摩那城出发，向南而行，渐渐到达文底耶山大森林。他进入这座如同他的愿望那样又深又广的大森林。森林中那些嫩叶在风中摇曳，仿佛见他受到太阳烧灼而为他扇风。森林中日日夜夜响起野兽遭到狮子等猛兽杀害的哀叫声，仿佛是森林受到盗贼侵害而发出的呼叫。这座森林仿佛想要用荒漠中升腾的光焰战胜太阳的灼热。森林中缺少水源，很容易遭遇灾厄。尽管他加快步伐，这座森林仿佛没有尽头。

经过许多天，他终于越过森林，在一个幽静的地点，看到一个湖水纯净清凉的大湖。它仿佛是湖中之王，莲花是挺立的华盖，天鹅是闪光的拂尘。他在湖中沐浴后，又看见湖的北岸有一座净修林，树上结满果子。在那里的一棵无花果树下，坐着一位年老的牟尼，名叫苏尔耶多波娑，身边围绕许多苦行者。他佩戴的念珠串靠近他的年老而发白的耳垂，仿佛数着他的数以百计的年龄。

舍格提提婆俯首行礼，走近这位牟尼。牟尼礼貌地欢迎他，用果子招待他，并询问他："贤士啊，你来自哪里？又准备去哪里？"他谦恭地回答说："尊者啊，我来自筏驮摩那城，发誓前往金城。但是，我不知道金城在哪里。尊者啊，如果你知道，请告诉我。"牟尼回答说："孩子啊，我在这个净修林已经住了八百年，从来没有听说过这个城市。"听了牟尼的话，他神情沮丧，说道："那样的话，我周游大地，到此为止，我就死在这里。"

后来，牟尼渐渐知道事情的缘由，便对他说："如果你有这样的决心，那我告诉你怎么做。离这里三百由旬有个国家，名为甘比利耶国，那里有座北山，山上有座净修林。净修林里住着我的贤兄，名叫底尔克多波娑。你去他那里，这位老人也许知道这座城市。"他听后，心中燃起希望，说道："好吧！"他在那里住了一夜，第二天一早，就迅速从那里出发。

经过艰难的长途跋涉，越过许多森林和荒野，舍格提提婆到达甘比利耶国，登上北山。他看见住在净修林里的牟尼底尔克多波娑，高兴地上前向他俯首行礼。牟尼也礼貌地接待他。他对牟尼说："我决心寻找公主告诉我的金城，但我不知道这座城市在哪里，尊者啊！我无论如何要找到它。因此，苏尔耶多波娑仙人指点我来请教你。"牟尼听后,说道:"孩子啊,我虽然活到这把年纪,也是今天才听你说到这座城市。我认识许多外国的旅行者,也没有听他们提起过这个城市,更谈不上见到过这个城市。我相信它肯定是在遥远的外国。孩子啊,我倒可以为你出个主意。在大海中央,有一座名为乌茨特罗的岛。那里有一位富有的尼奢陀王,名叫真誓。他与其他各岛交往密切,也许他听说过或见到过这座城市。因此,你可以先去海边名为维登迦的城市。从那里搭乘某个商人的船,前往尼奢陀王所在的岛,或许能实现你的愿望。"

舍格提提婆听后,说道:"好吧!"他立即向牟尼告别,从这个净修林出发。经过长途跋涉,走过许多国家,他终于到达海边这座美丽的维登迦城。他找到一位前往乌茨特罗岛经商的商人,名叫海授,与他结为朋友。他与这位商人一起登上船,船上备足旅行的食粮,起航出发。

而在海上航行没有多久,天空升起乌云,雷声如同罗刹发出怒吼,闪电如同伸出火舌,狂风大作,吹起轻物,吹倒重物,掀起巨浪,如同长有翅膀的高山。他们的船忽而上升,忽而下降,犹如富人忽而发财,忽而败落。顷刻间,船上充满商人们的呼叫声,船儿仿佛超重而破裂。这条船的船主,即那个商人掉入海中,抓住一块木板,终于泅水遇到另一条船。

舍格提提婆掉入水中时,一头鲸鱼张开大口吞下他,而没有伤及他的身体。这头鲸鱼在海中随意漫游,偶尔游到乌茨特罗岛附近。渔王真誓的仆从们正在那里捕鱼,偶然捕到了这头鲸鱼。这些渔夫出于好奇,将这头身躯庞大的鲸鱼拖到他们的主人那里。真誓看到后,同样出于好奇,吩咐仆从们剖开这头鲸鱼。于是,舍格提提婆从剖开的鱼肚中走出,仿佛奇迹般地又一次住在母胎中。

渔王真誓看到这个青年走出鱼肚,十分惊讶,向他致以敬意,询问道:"你是谁?怎么会躺在鱼肚里?婆罗门啊,你怎么会有这样奇妙的遭遇?"舍格提提婆听后,回答渔王说:"我是婆罗门,名叫舍格提提婆,来自筏驮摩那城。我无论如何要找到金城,但我还不知道它在哪儿。我已经在大地上周游很久。后来,我听牟尼底尔克多波娑说,它可能在某个岛上。于是,我出发寻找住在乌茨特罗岛上的渔王真誓,打听金城在哪里。不料,航行途中,遭遇沉船。我被这条鲸鱼吞下,带到这里。"

真誓听后,对舍格提提婆说:"我就是真誓,这个岛就是你寻找的岛。但是,我见到过许多岛,没有听说哪个岛上有你向往的这座城市。"真誓这样说着,看见舍格提提婆神情沮丧,立即怀着好意安慰他说:"婆罗门啊,你不要绝望。今晚你就住在这里,明天早上,我们想个办法,让你达到目的。"渔王这样安慰他后,派人送他到婆罗门寺庙里休息。他在那里会受到很好的招待。

寺庙里住着一个婆罗门,名叫毗湿奴达多,安排他吃饭。然后,他俩进行交谈。交谈中,他回答那个婆罗门的询问,简要介绍了自己的国家、家族和这次经历的整个事件。毗湿奴达多听他说完后,立刻拥抱他,流出喜悦的泪水,话语哽咽,说道:"天啊,我们是同乡,你还是我舅舅的儿子。我自幼离家来到这里。你就住在这里,很快其他岛的商人和船手会络绎不绝来到这里,你将实现自己的愿望。"

毗湿奴达多对表兄弟说完这些话,悉心侍候他。舍格提提婆也忘却自己的旅途劳累,满心欢喜。在他乡遇见亲友,犹如在沙漠遇见甘泉。他想到自己的愿望即将实现,因为遇到好运,表明成功就在眼前。这样,他夜里躺在床上,一心想着愿望即将实现,难以入眠。毗湿奴达多为了鼓励他,也为了消遣时间,向他讲述这个故事:

从前,有一个伟大的婆罗门,名叫戈温德斯瓦明,住在阎牟那河边的王室封地。时光流逝,这位具足美德的婆罗门生下两个儿子,名叫阿输迦达多和维遮耶达多。后来,他们居住的地区发生饥荒,戈温德斯瓦明对妻子说:"这里发生致命的饥荒,我不忍目睹亲戚朋友遭受苦难。现在,谁能帮助谁? 因此,我们把仅有的一些食粮送给亲戚朋友,然后离开这里,全家住到波罗奈城去。"妻子表示同意后,他送掉自己的食粮,带着妻儿和仆从们离开这里。因为高尚的人物不能忍受亲人们受苦。

在路上,这个婆罗门看见一个佩戴骷髅的湿婆教徒,身上涂抹白色灰烬,束有发髻,犹如佩戴月牙顶饰的湿婆本人。他走近这位智者,俯首行礼,出于父爱,询问这两个儿子的命运,无论吉凶。这位瑜伽行者说道:"你的两个儿子都有好运。但是,婆罗门啊,你会与小儿子维遮耶达多分离。此后,依靠大儿子阿输迦达多的威力,你又会与小儿子团圆。"

戈温德斯瓦明听了这位智者的话,又是惊喜,又是悲伤,向他告别,继续赶路。到达波罗奈城后,他们在城外的难近母神庙里度过一天,敬拜这位女神。黄昏时,他与全家人露宿在神庙外的树下,与来自外地的朝圣者作伴。

夜晚,所有的人旅途疲劳,在铺设的树叶床上入睡。他的小儿子维遮耶达多醒着,突然感到刺骨的寒冷。他冷得汗毛竖起,全身发抖,仿佛觉得自己就要与亲人分离而恐惧。他唤醒父亲,说道:"父亲啊,刺骨的寒冷折磨我,你取出柴禾,点火驱除我的寒冷。否则,我不得安宁,无法熬过今夜。"

戈温德斯瓦明听后,焦虑不安,说道:"孩子啊,现在我能上哪里去取火?"小儿子回答说:"父亲啊,难道你没有看见附近有点燃的火堆? 为什么我不能去那里烤火取暖? 我现在冷得发抖,你就赶快扶我去那里吧!"这位婆罗门听后,又说道:"那里是坟场,点燃的是火葬堆。你还是个孩子,怎么能到那种鬼怪出没的地方去?"

听了慈爱的父亲的话,英勇的维遮耶达多自信地回答说:"父亲啊,那些卑贱的鬼怪能对我怎么样? 难道我是懦夫吗? 不用害怕,带我去吧!"于是,父亲带他到那里。这孩子走近火葬堆取暖。这火葬堆犹如罗刹的主神显身,吞噬人肉,火焰的烟雾仿佛是披散的头发。这孩子立刻安慰父亲别害怕,并询问父亲:"火葬堆里那个圆形的东西是什么?"父亲站在儿子身边,回答说:"那是火葬堆里燃烧的人头。"

于是,这孩子鲁莽地拿起一根顶端燃烧的木棍,敲开这个头颅。结果,脑浆溅入他的嘴中。这仿佛是坟场的火焰指引他加入罗刹行列。这孩子尝到脑浆后,变成罗刹。他的头发竖起,牙齿凸出,从火焰中抽出一把剑。他取出那个头颅,吸吮脑浆,还用舌头舔取剩下的脑浆。这舌头如同贴着骨头的火焰跳跃晃动。然后,他扔掉头颅,举剑想要杀害自己的父亲。这时,从坟场中传来话音:"迦巴罗斯婆吒啊,你不要杀死自己的父亲,到这里来吧!"他听到自己得名迦巴罗斯婆吒 [①],已经成为罗刹,便抛开父亲,消失不见。

---

① "迦巴罗斯婆吒"的原词是 kapālasphoṭa,词义为敲开头颅者。

父亲戈温德斯瓦明离开那里，一路上呼喊着："哎呀，儿子啊！好儿子啊！哎呀，维遮耶达多啊！"他回到难近母神庙。早晨，他向妻子和大儿子讲述了事情经过。这位可怜的父亲和妻儿一起仿佛遭到晴空中出现的可怕雷电袭击，陷入忧愁之火中。前来波罗奈城朝拜女神的人们也与他一样感到悲痛。

这时，有个大商人前来朝拜女神。他名叫海授，看到戈温德斯瓦明遭遇这样的不幸，便走上前来，安慰这位婆罗门。这位善人将婆罗门及其妻儿带到自己家中。他安排婆罗门沐浴，精心招待他们，因为同情受难者是伟人们的本性。于是，戈温德斯瓦明和妻子恢复精神，因为他们记得那位湿婆教大苦行者说过的话，盼望与小儿子团圆。

此后，婆罗门戈温德斯瓦明接受邀请，住在波罗奈城这位富有的大商人家里。在那里，他的大儿子阿输迦达多长成青年，学习知识，练习搏斗，渐渐成为一个优秀的摔跤手。一次，在举行游行的宗教节日，摔跤手集会比赛。从南方来了一位著名的大摔跤手。他在波罗奈城国王波罗多波摩古吒面前，战胜了其他所有摔跤手。于是，国王派人从富商家里带来阿输迦达多，吩咐他与那个摔跤手比赛。那个摔跤手拍打手臂，开始搏斗。阿输迦达多也拍打手臂，迅即将那个摔跤手摔倒在地。随着那个摔跤手倒地的响声，摔跤场上响起一片喝彩声。国王高兴满意，赏赐阿输迦达多许多珠宝。国王目睹他的勇武，让他担任自己的近侍。他受到国王的宠爱，日益富贵。因为对于勇士，赏识才能的国王会成为他的财库。

后来，在一个黑半月的第十四日，国王出城前往远处一个城市祭拜湿婆大神。祭拜完毕，夜晚回城途经坟场时，他听见那里传来话音："这里的法官对我怀有恶意，私下判我死刑。我被钉在尖桩上已有三天，王上啊，可是生命至今没有离我而去。我焦渴难忍，请给我水喝。"国王听后，出于怜悯，吩咐身边的阿输迦达多："你派人给他送水去吧！"阿输迦达多说道："在这夜晚，有谁能去送水？我就亲自去送吧。"说罢，他取水送去。

国王返回自己的城市。这位勇士进入坟场，仿佛进入黑夜的宫殿，里面漆黑一片，到处是豺狼撕咬后撒落的人肉，火葬堆上的火焰如同灯光照亮各处，僵尸鬼们愉快地奏响乐器。他高声问道："谁向国王讨水喝？"他听到一处传来话音："是我讨水喝。"他循声来到一个火葬堆旁,看到一个被钉在尖桩上的人。同时,他看到尖桩下面有个妇女在哭泣。这位妇女盛装严饰,全身优美。月亮在黑半月失去光辉,而这位妇女犹如黑夜装饰有月光而可爱。

他询问这位妇女:"你是谁?为何在这里哭泣?"这位妇女回答说:"我这苦命人是被钉在尖桩上的这个人的妻子。我等在这里,决心与他一起登上火葬堆。我等待他的生命离去,到现在已经第三天,而他的生命还没有离去。他一再要求喝水。我取来水,但是这尖桩很高,我够不着他的嘴。"这位勇士听后,对这位妇女说道:"这是国王派我送来的水。你就踩在我的背上,把水送到他的嘴里。在这危急关头,妇女接触他人不算过错。"

这个妇女听后,说道:"好吧。"她接过水,双脚踩在这位勇士背上。立刻,有血滴滴到地上和他的背上。他抬头看见这个妇女正在用刀一片片割下那个被钉在尖桩上的人的肉,吃进嘴里。他发现这个妇女原来是女妖,便愤怒地拽住她,抓住她佩戴脚镯的双脚,准备把她摔倒在地。而这个女妖施展幻力,猛烈挣脱双脚,迅速飞上天空,消失不见。

而她逃脱时,脚上的一只珍珠脚镯脱落在阿输迦达多手中。他回想这个女妖开始呈现温柔模样,然后作恶,最终露出凶相,现在已经消失。他望着这只神奇的脚镯,又惊讶,又悲哀,又高兴。然后,他离开坟场,带着这只脚镯,回到自己家中。早晨,他沐浴后,前往王宫。

国王问道:"你去给那个被钉在尖桩上的人送水了吗?"他回答说:"去了。"随即,他将那只脚镯交给国王。国王随便问道:"哪里来的?"他向国王讲述自己昨天夜里在坟场的可怕奇遇。国王确认他具有非凡的勇气,本来就赏识他的杰出才干,现在对他更为满意。国王收下这只脚镯后,亲自送去交给王后,并高兴地向王后讲述这只脚镯的来历。

王后听后,望着这只神奇的珍珠脚镯,内心喜悦,对阿输迦达多赞不绝口。于是,国王对王后说道:"王后啊,无论出身、学问、忠诚还是容貌,他称得上是伟人中的伟人。我想如果阿输迦达多能成为我们的女儿喜痕的丈夫,是一件好事。新郎具有这样的美德,幸运也就永远不会失去。因此,我要把女儿嫁给这位勇士。"

王后听了丈夫的话，衷心表示赞成，说道："很好，这个青年与我们的女儿很般配。她在春天花园里看到他，就一见钟情。她天天若有所失，耳朵和眼睛成了摆设，既不听，也不看。我从她的女友那里得知这个情况，焦虑不安，彻夜未眠，直至天亮前，我梦见一位天女对我说：'你不要将女儿喜痕嫁给其他人。她在前生就是阿输迦达多的妻子。'我醒来后，一早就去安慰女儿。现在，夫君亲口向我提出这门亲事。那就让她与这个青年结合吧，如同蔓藤依附大树。"国王听到可爱的妻子这样说，十分高兴。于是，他选定喜庆日，召来阿输迦达多，将女儿嫁给他。国王的女儿和婆罗门的儿子结合，犹如财富和谦恭结合，互相增辉。

此后有一天，王后对国王说："夫君，可惜这脚镯只有一只，应该照原样再制造一只。"国王听后，吩咐金匠们说："照这只脚镯的样子再制造一只。"他们仔细看过后，回答说："王上，我们无法制造另一只这样的脚镯，因为它不是人间的手艺，而是天国的造物。大地上没有这样的珠宝。因此，只有让得到这只脚镯的人再去寻找另一只。"

国王和王后听后，顿时神情沮丧。而站在一旁的阿输迦达多见此情状，立即说道："那就让我去取来另一只脚镯。"他许下这个诺言，而国王担心害怕，出于好意劝阻他，然而他不肯改变决定。他拿着这只脚镯，再次前往坟场。

在黑半月的第十四夜，他到达那里。他进入坟场，那里充满罗刹，如同那些被火葬堆浓烟熏黑的树木。那些树上吊着套在套索中的死尸。他没有发现以前见到的那个妇女。为了得到另一只脚镯，他想了一个出售人肉的办法。他从树上的套索中取下一具死尸，背在肩上，叫喊道："卖人肉，卖人肉！"立刻，他听见远处有个妇女招呼道："大勇士啊，带着人肉跟我来吧！"于是，他跟随那个妇女来到一棵树下，看见一个仙女模样的妇女。她坐在座位上，珠光宝气，身边围绕许多妇女。这简直不可思议，仿佛在沙漠中发现一株莲花。

于是，在那个妇女指引下，他走近这个妇女，说道："我出售人肉，请买下吧！"这个仙女模样的妇女说："大勇士啊，你的人肉什么价钱？"他肩上背着死尸，向她展示手里拿着的一只珍珠脚镯，说道："谁能给我与这只脚镯相同的脚镯，我就给他人肉。如果你有这样的脚镯，我就给你人肉。"

　　这个妇女听后，说道："我有另一只这样的脚镯，因为那一只已经被你取走。我就是你在被钉在尖桩上的那个人那里看到的那个妇女。我现在变换了模样，你认不出我了。人肉有什么用？如果你做到我提出的要求，我就把我的另一只脚镯送给你。"这位勇士听后，表示同意："无论你提出什么要求，我立即照办。"

　　于是，她从头开始讲述自己的愿望："贤士啊，在雪山顶上，有座名叫三钟的城市。那里有一位英勇的罗刹王，名叫楞巴吉赫伐。我是他的妻子，名叫维迪约吉卡，能随意变形。就在我的女儿出生时，我的丈夫不幸在战斗中，在大王迦巴罗斯婆吒面前被杀死。于是，大王将他的城市送给我，我和女儿就一直舒服地住在那里。现在，我的女儿已经长到青春妙龄，我想把她嫁给一个英勇的丈夫。后来，在那个黑半月的第十四夜，我看见你与国王一起路过这里。我想，这个英勇的青年适合成为我的女婿，我为何不设法获得他？于是，我模仿被钉在尖桩上的那个人的声音讨水喝，把你引到坟场。我施展幻力变换模样，说些谎话，只用片刻时间就骗得你的信任。然后，我使用诡计，让你取走我的一只脚镯，吸引你再来，仿佛用锁链捆住你。今天，这诡计生效，你来到这里。你就去我家中，娶我的女儿，也接受另一只脚镯吧。"

　　听完罗刹女的话，这位勇士表示同意。依靠罗刹女的幻力，阿输迦达多与她一起腾空前往她的城市。他看到雪山顶上这座金子制造的城市，仿佛旅途疲倦而停留在空中休息的日轮。他得到罗刹王的女儿，名叫电光，仿佛是他自己的伟大成就的化身。阿输迦达多与可爱的妻子度过一些日子，享受岳母的财富。

　　一日，他对岳母说道："请给我那只脚镯。我现在要去波罗奈城，因为我已向国王许诺，为他取来与你的那只脚镯相配的另一只脚镯。"岳母听后，交给他那只脚镯，另外还送给他一朵金莲花。阿输迦达多获得脚镯和金莲花后，答应自己还会回来，便与岳母一起出城。岳母再次施展幻力，带着他腾空到达坟场，停在一棵树下，对他说："我经常在黑半月第十四夜来到这里。因此，你随时可以在那个夜晚来到这里，在这棵榕树下找到我。"阿输迦达多答应后，与罗刹女告别。

　　这样，他先回到父亲家中。他的父母处在与他分离的深重忧愁中。他的突然来到,使他们喜出望外。他的岳父国王得知消息,也来见他。他向国王俯首行礼。国王满怀喜悦,久久拥抱他,仿佛接触到一位勇士,害怕得全身汗毛纷纷竖起。

随即,他与国王一起进入王宫。阿输迦达多仿佛成为喜悦的化身,将那两只神奇的脚镯交给国王。这对脚镯发出叮当响声,仿佛赞美他的勇气。他又将那朵可爱的金莲花交给国王。这朵金莲花仿佛是从罗刹宝库的吉祥女神手中夺来的。为满足国王和王后出于好奇的询问,他讲述了自己的奇遇,悦耳动听。国王听后,说道:"这样的奇妙经历动人心弦,如果缺乏勇气,怎么能赢得光辉的荣誉?"国王和王后收下那对脚镯,认为女婿已经圆满完成任务。王宫里奏响节日的喜庆乐曲,仿佛赞颂阿输迦达多的美德。

第二天,国王在自己建造的神庙里,将金莲花放在一个银盆里。银盆和金莲花,一白一红,犹如国王的名誉和阿输迦达多的勇力。这位信奉湿婆大神的国王望着它们,喜笑颜开,怀着虔诚之心说道:"啊,这银盆和金莲花,如同湿婆涂有灰烬的身体和头顶的发髻。如果我能得到另一朵这样的金莲花,我就将它放在另一个银盆里。"阿输迦达多听到国王这样说,随即应承道:"王上啊,我会给你取来另一朵金莲花。"而国王回答说:"我不需要另一朵金莲花,你不要去冒险。"

过了一些天,又到了黑半月的第十四夜,阿输迦达多想要去取另一朵金莲花。天空之湖中的金莲花太阳仿佛知道他想要获取金莲花,出于害怕而落山。四处浓烟般的黑暗蔓延,如同罗刹吞噬黄昏的彩霞,仿佛它们是一片片生肉。这黑夜如同罗刹女张开恐怖的嘴打哈欠,两排牙齿闪闪发光而可怕。阿输迦达多趁公主入睡,悄悄离开王宫,再次前往坟场。

在那里的榕树下,他看到他的岳母。那个罗刹女又来到这里,热情地向他表示欢迎。这个青年又跟随她去雪山顶上的家。他的妻子一直盼望着他回来。他和妻子度过一些日子后,对岳母说:"请给我另一朵金莲花。"而岳母回答说:"我能从哪里得到另一朵金莲花?在我们的大王迦巴罗斯婆吒的湖中到处长着这样的金莲花。当初大王喜爱我的丈夫,才送给他一朵金莲花。"

他听后,说道:"那么,你带我去那个湖,让我亲自从湖中采摘金莲花。"而岳母劝说道："这不可能，因为可怕的罗刹守护着那个湖。"但他一再坚持要去。于是，岳母勉强同意，带他去那里。他远远望见那个神奇的湖在高高的山坡上，湖面上覆盖着许多亭亭玉立、闪闪发光的金莲花，仿佛始终仰着脸吸收太阳的光芒。

他到达那个湖，开始采摘金莲花，而遭到守护金莲花的罗刹们阻拦。他用武器杀死一些罗刹，另一些罗刹急忙前去报告他们的大王迦巴罗斯婆吒。这位罗刹王知道后，满腔愤怒，亲自前来，看见他已经摘取了许多金莲花。然而，他立即认出这人，惊讶不已："这是我的兄长阿输迦达多，他怎么会来到这里？"于是，他放下武器，热泪盈眶，快步上前，拜倒在兄长脚下，说道："我是你的弟弟维遮耶达多。我俩是高贵的婆罗门戈温德斯瓦明的儿子。由于命运安排，我长期成为这样的罗刹。我因为敲开火葬堆上的头颅，得名迦巴罗斯婆吒。现在看到你，唤醒我是婆罗门的记忆，蒙蔽我的意识的罗刹性终于离去。"阿输迦达多听后，潸然泪下，仿佛洗净维遮耶达多身上的罗刹污垢。

这时，从天上降下一位持明导师，名叫般若波底憍尸迦。这位导师走近这兄弟俩，说道："你俩都是持明，由于受到诅咒，而经历这种遭遇。现在，诅咒已经解除，你们就掌握这些属于你们的幻术，回家与亲人团聚吧！"说罢，这位导师传授给他俩幻术，然后腾空离去。

他俩现在成为持明，犹如大梦初醒，带着那些金莲花，腾空前往雪山山顶。到了那里，阿输迦达多走近罗刹王的女儿，他的可爱的妻子。这时，她受到的诅咒也已经解除，成为持明女。兄弟俩立即与这位美女一起，腾空前往波罗奈城。到了那里，他俩拜见父母。父母见到他俩，犹如天上突然降下甘露雨，浇灭与儿子分离的忧愁之火。他俩经历了这样的奇遇，身体完好无损，不仅父母，世人也为之高兴。父亲张开双臂，紧紧拥抱久别重逢的维遮耶达多，实现朝思暮想的愿望。

然后，阿输迦达多的岳父，国王波罗多波摩古吒得知消息，也高兴地来到。于是，阿输迦达多与家人一起前往王宫。王宫里充满节日气氛，可爱的妻子焦急地等待他。他把许多金莲花交给国王，超出原先的要求，国王十分高兴。然后，父亲戈温德斯瓦明满怀好奇，当着众人的面，询问维遮耶达多："那天夜里，你在坟场变成罗刹,孩子啊,讲讲你的整个遭遇。"

于是,维遮耶达多说道:"父亲啊,受命运捉弄,我鲁莽地敲开火葬堆上燃烧的头颅,顿时脑浆溅入我的嘴中。正如你看到的,我糊里糊涂变成了罗刹。由此,罗刹们称呼我迦巴罗斯婆吒,招呼我过去,加入他们的行列。他们把我带到罗刹王那里。他看到我,高兴地任命我为魔军统帅。一次,罗刹王出于疯狂,向健达缚开战,结果在战斗中被敌人杀死。此后,罗刹们听从我的命令。我住在那个城里,统治罗刹王国。后来,偶然遇见贤兄阿输迦达多前来采摘金莲花,我才脱离那种状态。至于我们怎样摆脱诅咒束缚,重新获得属于自己的幻术,我的贤兄会说明这一切。"

于是,阿输迦达多接着从头开始讲述:"从前,我俩是持明,从空中看见在伽罗婆的净修林附近,牟尼的女儿们在恒河中沐浴,顿时爱上她们,而她们也爱上我俩。但是,她们的亲友具有天眼,发现这个秘密,愤怒地发出诅咒:'你们两个坏家伙将会投胎凡界,然后,以奇怪的方式分离。但是,你俩中的一个会看到另一个来到人迹罕至的遥远地方,认出他。这时,一位持明导师会让你俩重新掌握幻术,再次成为持明,摆脱诅咒,与家人团聚。'受到那些牟尼诅咒后,我俩出生在这里。此后我俩分离的情况,你都知道。最后,我依靠岳母的幻力,前去罗刹王的城市采摘金莲花,在那里遇见弟弟。我俩在那里获得导师般若波底憍尸迦传授的幻术,顿时成为持明,迅速回到这里。"

阿输迦达多经历这些奇遇,终于摆脱诅咒的愚暗,立即高兴地将自己掌握的幻术传授给父母、可爱的妻子、国王的女儿,他们顿时如梦初醒,成为持明。然后,幸运的阿输迦达多告别国王,与他的弟弟、父母和两个妻子一起,腾空快速抵达他们的转轮王宫殿。他拜见转轮王,并按照转轮王的命令,此后他名叫阿输迦吠伽,他的弟弟名叫维遮耶吠伽。这两位优秀的持明青年,与家人一起,前往光辉的戈温德古吒山上自己的家。

而波罗奈城国王波罗多波摩古吒心中充满神奇感,将一朵金莲花放在自己神庙里的另一个银盆中,而将其他许多金莲花用于供奉湿婆大神。他为此欣喜不已,认为自己的家族必将兴旺发达。

"正是这样,非凡的人物出生在人间世界,具有英勇的本性,取得难以取得的成就。因此,勇气之海啊,我认为你是天神的化身,必将如愿获得成功。敢于从事伟大人物也难以做到的事,表明他具备特殊的本性。而且,你爱慕的公主金痕,必定是位天女,否则,一个女孩子怎么会想要嫁给见到过金城的丈夫?"

舍格提提婆听完毗湿奴达多讲述的这个奇妙的故事,一心想要找到金城,意志更加坚定,度过这一夜。

第三章

第二天早晨,渔王真誓如约前来会见住在乌茨特罗岛寺庙中的舍格提提婆,对他说:"婆罗门啊,为了实现你的愿望,我想到一个办法。在大海中央,有一个美丽的岛,名为宝顶。那里有一座湿婆神庙。在仲夏之月的白半月第十二日,那里总是举行游行集会,其他各岛的人们都会来虔诚朝拜。或许其中有人知道那座金城。因此,让我们去那里,这个日子已经临近。"

舍格提提婆听后,说道:"好吧!"他高兴地接受毗湿奴达多为他准备的旅途干粮,登上真誓的船,与他一起迅速起航出发。在充满鲨鱼的海上,他询问掌舵的真誓:"远处从海中突兀升起的那个庞然大物,像长有翅膀的高山,是什么?"真誓回答说:"那是天国的榕树。人们说在它的下面是大漩涡,海火的嘴。我们必须小心绕过这个地方,因为一旦进入这个漩涡,就再也出不来了。"

而真誓这样说着时,汹涌的浪潮将船带往那个方向。见此情况,真誓对舍格提提婆说:"婆罗门啊,我们毁灭的时刻就要来临。你看,这船突然驶往那个方向,而我没有办法控制它。这浪潮如同强大的业力,我们一旦被它推入深深的漩涡,就像掉进死神的嘴。对此,我不悲痛,因为谁的身体能永久长存?但是,我为你悲痛,因为你已经历尽艰辛,却还没有实现愿望。因此,我会竭力让船停留片刻,你可以迅速抓住榕树垂下的树枝。或许你有办法能活下来,因为谁知道命运或大海在开什么玩笑!"

勇敢坚定的真誓正说着,船驶近那棵榕树。舍格提提婆在惊恐中奋力一跳,抓住海中那棵榕树粗壮的树枝,而真誓为救他人,自己和船一起坠入海火之嘴。舍格提提婆虽然逃到那棵树枝繁茂的榕树上，但感到绝望，思忖道："我没有找到金城，会死在这个没有立足之地的地方，而且，我也连累渔王死去。或者，谁又能抵御命运女神？她随时会将脚踩在任何人头上。"这位婆罗门青年处在这种困境，在树干上度过白天。

而黄昏时分，他看见许多大鸟从四面八方飞来聚集在这棵榕树上，鸣叫声响彻天空。它们宽阔的翅膀扇动起风，拂动海浪，仿佛是海浪向这些熟识的兀鹰表示欢迎。于是，他躲藏在茂密的树叶下，偷听这些停留在树枝上的鸟儿用人的语言谈话。一只鸟讲述另一个岛，一只鸟讲述一座山，一只鸟讲述另一个遥远的地方。而其中一只老鸟说："今天我到金城去游玩了。明天早晨，我还要去那里游玩，为何我要费力飞往遥远的地方？"

舍格提提婆闻听此言，仿佛天空突降甘露雨，解除了内心的焦灼。他思忖道："幸运啊，确实有这座金城。我可以用这个办法，骑在这只大鸟身上，前往那里。"于是，他悄悄爬上入睡的这只大鸟的背，藏在鸟背上的翅膀下面。第二天，其他的鸟飞往各处，而这只鸟带着藏在背上的舍格提提婆，仿佛是命运偏爱他，立即飞往金城。到达那里的一座花园后，他悄悄从鸟背上下来。

然后，他在这里附近游荡，看见两个妇女忙于采花。他带着惊奇的目光，慢慢走近她俩，询问道："这是什么地方？你们两位贤女是谁？"她俩回答说："这里是金城，持明的住地。这里住着一位持明女，名叫月光。朋友啊，我们是她的花园园丁，正在为她采花。"然后，这个婆罗门青年对她俩说："请让我见见你们的女主人。"这两个妇女表示同意，将他带到王宫。

到了那里，他看见闪闪发光的宝石柱子和金子墙壁，仿佛是财富的汇集处。仆从们见他来到这里，满怀惊奇，前去报告月光，说是来了一个凡人。月光吩咐门卫立刻将那个人带到自己身边。他进入王宫，见到容貌美丽的月光，仿佛证实创造主的神奇创造力，顿时大饱眼福。而月光看到他，也不由自主从宝座上起身，亲自热情地欢迎还站在远处的这个婆罗门青年。待他坐下后，月光好奇地询问道："幸运的人啊，你是谁？怎么会来到这个凡人无法到达的地方？"于是，舍格提提婆告诉她自己的国家、出身和姓名，讲述自己为了获得公主金痕，寻找金城，来到这里。

月光听后,想了想,发出深长的叹息,悄悄对他说道:"请听我现在告诉你一些事,幸运的人啊!这里的持明王名叫月片。他依次生下四个女儿。我是大女儿名叫月光,二女儿名叫月痕,三女儿名叫月牙,四女儿名叫月辉。我们在父亲的宫中渐渐长大。一天,我的三个妹妹一起去恒河岸边沐浴,我身体不适留在家里。她们正值青春期,嬉水玩耍,无节制地向站在水中的一位名叫阿格利耶多波娑的牟尼泼水。这位牟尼愤怒地发出诅咒:'你们这些坏女孩,都将投胎到凡界!'我们的父亲得知消息,前来安抚这位大牟尼。于是,他分别指定她们每人的诅咒期限。而且,成为凡人后,她们仍具备神通力,记得前生。就这样,她们脱离自己的身体,前往凡界。父亲出于忧伤,将这座城市交给我,自己前往林中隐居。而我住在这里时,难近母女神在梦中告诉我:'孩子啊,会有一个凡人成为你的丈夫。'正因为如此,虽然父亲介绍给我许多持明未婚夫,我都拒绝,而独自住在这里。现在,你奇迹般地来到,迷住我,我便决定嫁给你。在这个月的第十四夜,我去利舍跋山向父亲报告这件事。那一天,各地的持明都会聚集那里,祭拜湿婆大神。我的父亲也会去那里。我在那里征得父亲同意后,就立刻回来,让你娶我。"

说罢,月光赐给舍格提提婆适合持明使用的各种用品。他住在那里,舒适愉快,犹如遭到森林大火烧灼的人现在浸泡在甘露池中。到了第十四夜,月光对他说道:"今天我要去向父亲报告这件事。所有的仆从都会跟我一起前往。你孤独一人,在这两天中不要感到难受。你独自待在宫中,无论如何不要登上中间的露台。"

她这样嘱咐这个青年后,将自己的心留在他身边,而带着他的心出发。舍格提提婆在宫中四处游荡消遣。随后,他产生好奇心:"这位持明王的女儿为什么禁止我登上宫顶露台?"通常男人倾向于做被禁止的事。于是,他登上宫殿中间的露台。登上后,他看见有三个遮盖的宝石亭子。他进入其中一个开着门的亭子,看见里面有一张宝石床,铺有棉褥,床上躺着一个盖有被子的身体。他掀开被子,看见一个死去的美丽女子,正是国王波罗波迦林的女儿。他心想:"怎么会有这样的怪事?正是为了她,我一路辛苦,来到这里。虽然她在我的家乡活着,却在这里失去生命。她的美貌完好无损。这肯定是出于某种原因在捉弄我。"

然后，他走出这个亭子，依次进入另外两个亭子，看见里面同样有两个少女。他惊讶不已，走出宫殿，默默坐着，望着下面一个水池。他看见岸边有一匹配备宝石鞍子的马，于是，他怀着好奇，走近这匹马。他看到周围无人，便想要骑上这匹马。而这匹马用蹄子将他踢进了水池中。他沉入水中，慌忙从水中浮出，却惊讶地发现自己站在故乡筏驮摩那城花园的水池中，像是失去月光而可怜的莲花。

他思忖道："这筏驮摩那城哪能与持明的城市相比？怎么会出现这样神奇的幻觉？天啊，究竟是谁在捉弄我这不幸的人？或者，有谁知道命运怎样操作？"随后，他走出水池，惊魂未定，走回自己的父亲家中。他借口自己出外游荡，父亲和亲友们高兴地欢迎他回来。第二天，他走出家门，仍然听见城里在击鼓宣告："有哪位婆罗门或刹帝利见到过一座名为金城的城市，请说出来！国王会把女儿嫁给他，立他为王太子。"

于是，舍格提提婆找到那些击鼓宣告的侍从，再次说道："我见到过那座城市。"他们立即将他带到国王面前。国王认出他，认为他又来说谎。而他对国王说："如果我没有见到过那座城市，而在这里说谎，你可以处死我。现在，让公主来盘问我吧！"

国王听后，吩咐侍从请来公主。公主看见他还是原来那个婆罗门，便对国王说："父亲，他又来这里说谎。"于是，舍格提提婆对公主说："不管我说的是真是假，公主啊，请你解除我的疑惑。我在金城看见你躺在床上，已经死去，怎么在这里看见你活着？"

公主金痕听后，立刻明白舍格提提婆说的是真话，便对父亲说："父亲，这个灵魂高尚的人确实见到了那座城市。他很快会成为我在那里的丈夫。他也会与我的其他三个姐妹结婚。他会成为那座城市的持明王。但是，今天我要进入自己的身体和那座城市。我是因为受到一个牟尼的诅咒而出生在你的家中。这个牟尼指定我这样得以解除诅咒：'一旦有个凡人看到你在金城的身体，说出这个事实，对你的诅咒也就解除。这个人也就成为你的丈夫。'虽然我现在是凡人，但我具有神通力，记得前生。我现在要回到自己的持明住地。"说罢,公主脱离自己的身体,消失不见。王宫中出现一片混乱的呼叫声。

舍格提提婆想到自己失去历尽艰辛获得的两个可爱的妻子,仍然没有实现愿望,忧伤地责备自己,立即离开王宫。随后,他又思忖道:"金痕已经说了我会实现愿望,为什么我要绝望? 成功依靠勇气。我要从原路返回金城,命运肯定会让我找到办法。"于是,他又从这个城市出发。因为意志坚强的人们奋发努力,不达目的,决不罢休。

经过长途跋涉,他到达海边的维登迦城。在那里,舍格提提婆看见一个商人朝他走来,也就是与自己一起出海遭遇沉船的那个商人,心想:"他就是海授,怎么掉进海里后,还能生还? 但这又有什么奇怪的? 我自己就是例证。"于是,他走近这个商人。商人认出他,高兴地拥抱他,将他带到自己家中,招待他后,询问道:"沉船后,你是怎么从海里逃生的?"

舍格提提婆告诉他当时的经历,自己怎样被鲸鱼吞下,而后到达乌茨特罗岛。接着,他询问商人:"你是怎样从海里逃生的?"于是,商人告诉他:"当时我掉进海里后,抓住一块木板,漂流了三天。后来,遇见一条路过的船,我呼叫救命。船上一些人救我上船。而上船后,我看见自己的父亲在船上。他此前前往另一个岛,去了很长时间,现在才返回。父亲认出我,拥抱我,流着眼泪询问我的遭遇。我告诉他:'父亲,你出海很久时间,没有回来。我想我也要履行自己的职责,便亲自出海经商。在前往另一个岛时,我遭遇沉船,掉进海里,你们发现了我,救了我。'父亲听后,责备我说:'你何必这样冒生命危险? 我有财富啊,儿子,你看! 我给你带来一船的金子。'父亲这样安慰我,带我回到维登迦城自己的家。"

舍格提提婆听后,在商人家休息了一夜。第二天早晨,他对商人说:"商主啊,我还要去乌茨特罗岛,告诉我有什么办法。"商人回答说:"今天,我的一些代理商要去乌茨特罗岛,你可以上船,与他们一起前往。"这样,他与那些代理商一起前往乌茨特罗岛。到了那里,他想:"我的灵魂高尚的表兄弟毗湿奴达多住在这里。我可以先住在他的寺庙里。"于是,他沿着市场的路走去。

这时,渔王真誓的儿子们偶然遇见他。他们走近后,认出他,询问道:"婆罗门啊,你与我们的父亲一起去寻找金城,怎么你现在独自回来?"他告诉他

169

们说："你们父亲的船被海浪卷入漩涡,掉进海火之嘴。"他们听后,愤怒地吩咐侍从："把这个恶棍绑起来! 我们的父亲被他杀死了。两个人在一条船上,一个人掉进海火之嘴,另一个人却逃生,这怎么可能? 明天早上,我们要在难近母女神像前,杀死这个谋害我们父亲的恶棍,作为祭牲。"这样,渔王的儿子们让侍从绑住他,将他带到可怕的难近母女神寺庙。这难近母女神像仿佛长久吞噬众多生命,腹部鼓起,露出的两排牙齿如同死神的嘴。

夜里,他就这样被捆绑着,担忧自己的生命。于是,他向难近母女神求告："女神啊,你保护世界,吸吮恶魔鲁鲁①脖颈中的鲜血,故而形体犹如一轮旭日。我一向敬拜你。我远道而来,渴望获得心爱之人,却无缘无故落难。赐予恩惠的女神啊,请你保护我! "他求告女神后,好不容易才入睡。在梦中,他看见一个妇女从这座神庙的内室中走出。这个天女般模样的妇女走近他,说道:"舍格提提婆啊,别害怕,你不会遭难。渔王的儿子们有一个妹妹,名叫文陀摩蒂。这个少女在早上会来见你,请求你成为她的丈夫。你应该答应她。这样,她就会解救你。她并非渔家女,而是受到诅咒而下凡的天女。"

他听到这些话后,醒来。早上,这个渔王的女儿来到女神神庙,成为他眼中的甘露。这个少女急切地走近他,自我介绍后,说道:"我会解救你,因此,你答应我的要求。我已经拒绝哥哥们介绍给我的未婚夫。现在,我一见到你,就爱上你。你就娶我吧! "听了渔王的女儿这番话,他记得自己的梦,高兴地表示同意。这样,他得救,与这个美丽的少女结婚。渔王的儿子们听从难近母女神在舍格提提婆梦中的指示,满足妹妹的心愿。舍格提提婆仿佛凭借前世的功德,成功地获得这位化身凡人的天女,与她一起生活。

一天,他站在宫殿顶上,看见路上走来一个拿着牛肉的旃陀罗,便对可爱的妻子说:"妙腰女啊,你看,这个罪人怎么可以吃牛肉? 牛受到三界崇拜。"文陀摩蒂听后,说道:"夫君啊,这还用说吗? 这种罪孽的深重不可思议。由于牛的威力,我只因为一个小小的过失,就转生在渔夫家族,更何况这个人的罪孽?"舍格提提婆听后,说道:"告诉我,亲爱的,你怎么会转生为渔家女?"文

---

① 鲁鲁(ruru)是被难近母女神杀死的一个恶魔。

陀摩蒂看到他一再坚持想要知道,便对他说:"虽然这是我的秘密,但如果你答应我的一个要求,我就告诉你。"他回答说:"我发誓,一定照你的要求去做。"

于是,文陀摩蒂先说出自己的要求:"在这个岛上,你将会娶第二个妻子,夫君啊,她不久会怀孕。在她怀孕的第八个月,你必须剖开她的肚子,取出胎儿,毫不手软。"他听后,惊恐地说道:"怎么能这样?"而渔家女继续说道:"出于某种原因,我要你这样做。现在,你听我讲述我怎样成为渔家女。从前,我是一个持明女,由于受到诅咒,现在转生在凡界。那时,我为了固定琴弦,曾经用牙齿咬断过一根牛筋。由此,我转生在渔夫家中。只是用嘴接触过牛筋,就获得这样的恶果,更何况吃牛肉?"

正当她这样说着,她的一个哥哥慌张地跑来,对舍格提提婆说道:"快起来! 不知哪里跑来一头大野猪,一路上咬死许多人,凶猛地朝这里冲来。"舍格提提婆听后,迅速从宫殿顶上下来,手持长矛,骑马冲向野猪。他用长矛刺向野猪。野猪带伤逃跑,逃进一个洞穴。舍格提提婆追赶野猪,进入洞穴,立刻看见一个带有住宅的大花园。随即,他看到一个容貌令人惊羡的少女,惊慌地向他跑来,仿佛是一位森林女神怀着爱意,激动地向他跑来。

舍格提提婆立即询问道:"吉祥女啊,你是谁? 为何这样激动?"这位美女听后,回答说:"有一位南方的国王,名叫旃陀维格罗摩。我是他的女儿,幸运的人啊,我名叫文陀兰卡。但是,有个恶魔,两眼火红,施展诡计,劫掠我,把我从父亲家中带到这里。他化作野猪,出外寻找肉食。今天,他被一位勇士的长矛刺中,回到这里后,就死去了。我的贞洁没有被他玷污,赶紧逃了出来。"

于是,舍格提提婆安慰她说:"你不必惊慌,公主啊,我就是那个用长矛刺死那头野猪的婆罗门。"公主听后,说道:"那么,你也告诉我,你是谁?"他回答说:"我是婆罗门,名叫舍格提提婆。"于是,公主说:"那么,你就成为我的丈夫吧!"这位勇士表示同意,带她走出洞穴。

回家后,舍格提提婆告诉妻子文陀摩蒂这件事。征得妻子同意后,他与文陀兰卡结婚。这样,舍格提提婆和两个妻子一起生活。随后,文陀兰卡怀孕。到了第八个月,文陀摩蒂悄悄来到舍格提提婆身边,对他说:"你还记得对我的承诺吗? 文陀兰卡已经怀孕八个月,你去剖开她的肚子,取出胎儿。你不能违背自己的诺言。"

舍格提提婆听后,满怀怜悯之情,却又受诺言束缚,一时不知如何回答。他忧心忡忡地走到文陀兰卡身边。文陀兰卡看到他神情沮丧,便说道:"夫君啊,你今天为何心情忧郁?我知道肯定是文陀摩蒂派你来为我剖腹,取出胎儿。因为出于某种原因,这是你必须要做的一件事。这与残忍无关,你不必感到为难。夫君啊,你就听我讲述天授的故事吧!"

从前,在甘菩迦城有位吉祥的婆罗门,名叫诃利达多。他的儿子名叫提婆达多,童年时代努力学习,而在青年时代却嗜好赌博。他在赌博中输光一切,包括自己的衣服,无脸回家。一次,他进入一座空旷的神庙,看见一个苦行者,名叫贾罗波陀,独自在默祷。这个苦行者依靠幻力,达到许多目的。提婆达多缓步走近他,俯首行礼。这个苦行者打破沉默,开口向他表示欢迎。

过了一会儿,苦行者看他站着,面露愁容,询问他有何难处。提婆达多便讲述自己嗜赌而输光一切。于是,苦行者对他说:"孩子啊,在这大地上,没有财富能满足赌徒的需求。如果你想摆脱困境,就照我说的去做。我准备成为持明,需要一个助手,幸运儿啊,如果你听从我的命令,协助我达到目的,你就能摆脱困境。"提婆达多听后,表示同意,便住在他那里。

第二天夜晚,苦行者前往坟场旁边的榕树下,进行祭祀,供奉牛奶糖粥,然后向四方供奉稻米。祭祀完毕,他对站在身边的提婆达多说:"你必须每天在这棵榕树下,像我这样祭供,说道:'电光啊,请接受祭供!'这样,我肯定我俩会获得成功。"说罢,苦行者和他一起回到住处。

于是,提婆达多每天来到这棵榕树下,按照这种方式进行祭祀。一天,他祭供完毕,突然看见榕树裂开,从里面走出一位天女,对他说道:"来吧,贤士,我们的女主人请你进去。"随即她带他进入树中。进入后,提婆达多看见一座珠宝宫殿,有一位美女坐在躺椅上。他立刻想道:"这可能是我们成功的化身。"就在他这样想时,美女起身,向他施以待客之礼,全身首饰叮当作响,仿佛向他表示欢迎。美女请他坐在躺椅上,对他说:"幸运的人啊,我是药叉王宝雨的女儿,名叫电光。苦行者贾罗波陀取悦我,我会让他实现愿望。而你是我生命的主人,因此,你对我一见钟情,那就与我牵手成婚吧!"提婆达多表示同意。

过了一些日子,这位美女怀孕。提婆达多去看望苦行者,惊恐地如实告诉他发生的一切。苦行者渴望实现自己的愿望,对他说:"贤士,你做得好。而现在,你要立刻去剖开这个药叉女的肚子,取出胎儿,迅速带回这里。"苦行者说罢,提醒提婆达多以前的承诺。这样,提婆达多受他派遣,回到可爱的妻子身边。他站在那里,为这件事发愁。这时,药叉女电光却主动对他说:"夫君啊,何必愁眉苦脸?我知道是贾罗波陀派你来剖开我的肚子,取出胎儿。如果你不愿意,那我就亲自动手,因为这样做,其中有原因。"提婆达多听后,仍然无法下手。于是,药叉女自己剖开肚子,取出胎儿,扔到提婆达多面前,说道:"拿去吧!这能让他成为持明。我原本是持明女,由于受到诅咒,而变成药叉女。现在,我受诅咒的期限结束。因为我记得前生,现在我要回到自己的老家。我俩会在那里团聚。"说罢,电光消失不见。

于是,提婆达多抱着胎儿,忧伤地回到苦行者贾罗波陀身边,把这个能让他实现愿望的胎儿交给他。善人即使获得难以获得的东西,也不独自占用。而这个苦行者分割胎儿的肉,让提婆达多去林中祭供可怕的难近母女神。提婆达多祭供后回来,看见苦行者吞噬剩下的所有胎儿的肉,埋怨道:"你怎么吃掉了所有的肉?"而就在这时,这个狡诈的苦行者已经变成持明,腾空离去。

看到他手持蓝似苍天的剑,佩戴闪光的项链和臂环,升入空中,提婆达多心想:"天啊,这个心思邪恶的苦行者,我受他欺骗。或者,人过于老实,怎么会不受骗?现在,我怎样才能报复这个忘恩负义的人?他已经成为持明,我怎样才能找到他?除非抚慰僵尸鬼,别无其他办法。"这样作出决定后,他在夜里前往坟场。

他在那里招呼一个进入人体的僵尸鬼,敬拜后,供奉人肉。而这个僵尸鬼吃完后,仍不满足,也没有耐心等他再去取肉,于是,他准备割取自己的肉满足僵尸鬼。随即,这个僵尸鬼对这位勇士说:"我欣赏你的勇气,但你不要鲁莽行事。贤士啊,你想要我帮助你做什么事?"这位勇士听后,便对僵尸鬼说:"苦行者贾罗波陀成了持明,而他欺骗信任他的人。你带我到他的住处去,我要惩罚他。"

僵尸鬼说道"好吧",便将他背在肩上,腾空飞行,顷刻间到达贾罗波陀的住处。他看到贾罗波陀坐在宫殿中的宝座上,作为持明王而神气十足,以各种花言巧语引诱成为持明女的电光,想要娶她为妻。他和僵尸鬼一起冲向贾罗波陀。电光看到他,心中喜悦,犹如饮光鸟看到饱含甘露的月亮。而贾罗波陀看到他突然来到,吓得手中的剑掉落,从宝座上跌倒在地。提婆达多虽然获得那把剑,但没有杀死他,因为灵魂高尚的人会对恐惧的敌人产生怜悯。他也劝僵尸鬼不要杀害他,说道:"杀死这个可怜的邪教徒有什么意义?你最好还是带他回到大地上的住处,让他还是成为佩戴骷髅的苦行者吧!"

正当提婆达多这样说着,难近母女神从天而降,出现在他的面前。他谦恭地行礼。女神对他说:"孩子啊,我对你表示满意。依靠你的无与伦比的勇气,我封你为这里的持明王。"说罢,女神赐予他幻术,随即消失不见。而僵尸鬼将希望破灭的贾罗波陀带回大地,从此他没有翻身的机会。提婆达多和电光一起获得和统治持明王国,繁荣兴旺。

文陀兰卡急切地对夫君舍格提提婆讲完这个故事,又温柔地说道:"正是这样有必要,因此你不必忧虑,照文陀摩蒂说的那样,剖开我的肚子,取出胎儿吧!"文陀兰卡这样说着,但舍格提提婆仍怕犯下罪过。这时,空中传来话音:"舍格提提婆啊,别害怕,你取出胎儿后,握住胎儿的脖子,胎儿立刻会变成一把剑。"听了天国话音,他迅速剖腹取出胎儿,握住胎儿的脖子,立刻,胎儿变成握在他手中的剑,仿佛他凭自己的勇气,握住命运女神的长发。

于是,舍格提提婆立即成为持明,同时,文陀兰卡消失不见。随后,他回到渔王的女儿文陀摩蒂那里,如实告诉她发生的一切。文陀摩蒂告诉他说:"主人啊,我们是持明王的女儿,由于受到诅咒,我们三个姐妹从金城下凡人间。你在筏驮摩那城见到的是金痕。她受诅咒的期限已经结束,返回自己的城市。以这样奇异的方式结束诅咒期限,完全是命运安排。现在,我受诅咒的期限也已经结束,今天就要返回自己的城市。我们的持明女身躯都保留在那里。月光是我们的大姐,她一直住在那里。这样,你也必须凭借剑的威力,迅速前往那里。我们的父亲已经隐居林中,他会同意你娶我们四姐妹为妻。你将在城中统治这个王国。"

文陀摩蒂已经说明一切，于是，舍格提提婆表示同意，与她一起腾空飞往金城。到了那里，他看到以前躺在亭子里床榻上的三个无生命的少女现在恢复原本的天女模样，看到这三个妻子向自己俯首行礼。而那位大姐月光已经完成吉祥仪式，以久别重逢的眼光望着他。宫中的侍从和宫女们热烈欢迎他。

他进入寝宫后，月光告诉他："有福之人啊，你在筏驮摩那城中见到的金痕是我的妹妹月痕。你在乌茨特罗岛娶下的渔王的女儿文陀摩蒂是我的妹妹月牙。被魔王劫走而成为你的妻子的文陀兰卡是我的妹妹月辉。幸运的人啊，来吧，与我们一起去见我们的父亲，征得他的同意，立即与我们四姐妹成婚吧！"

月光在爱神的命令驱动下，作出这样大胆的表白。于是，舍格提提婆与这四姐妹一起前往林中会见她们的父亲。这位持明王听了拜倒在自己脚下的四位女儿的陈述，在天国话音的鼓励下，满怀喜悦，同意四个女儿嫁给舍格提提婆。随后，持明王又将富饶的金城王国交给他，同时将自己的全部幻术赐予他，又给他取名舍格提吠伽，适合持明的身份。持明王还对他说："没有任何人的威力能胜过你。但是，犊子王将生下一个转轮王，名叫那罗婆诃那达多。他会成为你们的主人，你应该服从他。"说罢，这位名叫月片的大威力持明王亲切地吩咐自己的这位女婿带着四位可爱的妻子离开自己的苦行林，返回都城。

于是，舍格提提婆成为持明王，与四位妻子一起进入如同持明世界旗帜的金城。金城中高耸的宫殿金光闪闪，仿佛凝聚着阳光。他与四位眼睛美丽的妻子一起在可爱的花园里享受极乐生活，园中的水池配备有宝石台阶。

舍格提吠伽讲完自己奇妙的生平经历，又对犊子王说道："月亮族的装饰犊子王啊，你要知道我就是那个舍格提提婆，现在来到这里，渴望敬拜你的儿子的双脚，他将来会成为我们的转轮王。正是这样，我原先是凡人，获得湿婆大神的恩惠，成为持明王。国王啊，我已经看到我们未来的主人，现在就要返回自己家中，祝你们永远吉祥如意！"说罢，他双手合掌告别，刹那间飞上天空，明亮似月。

此后，犊子王与王后、年幼的儿子和大臣们一起，享受不可名状的快乐生活。

第六卷　摩陀那曼朱迦

第一章

　　愿象头神保佑你们,他的象头反复上下摆动,仿佛对重重障碍发出威胁。

　　向爱神致敬! 只要被他的箭射中,即使是湿婆,在拥抱波哩婆提时,身体也仿佛沾满芒刺,汗毛直竖。

　　那罗婆诃那达多获得持明转轮王王权后,在众仙人及妻子的多方询问下,犹如讲述他人之事,从头开始讲述自己的神奇事迹。现在,请听他的事迹吧!

　　那罗婆诃那达多在父亲犊子王抚育下过了八年。这位王子和众大臣之子一起读书学习,一起在花园玩耍。仙赐和莲花两位王后怀着专注的爱心,日日夜夜看护他。他天生高贵的形体光辉灿烂,随着德行的增长渐渐低垂,犹如好竹制成的弓,随着弓弦的张力渐渐弯曲。父亲犊子王在期待中度过时日,盼望儿子早日结婚,结出幸福的果实。现在,请听在这中间发生的故事。

　　有座城市,名为呾叉始罗,位于毗多斯达河岸。成排的宫殿倒映在河水中,仿佛地下世界城市前来观赏它的壮观。在这座城里,有位国王名叫羯陵伽达多。他是虔诚的佛教徒,所有的臣民都崇拜多罗的丈夫、光辉的胜利者[①]。辉

———————————

[①]　即不空成就佛。

176

煌的寺庙鳞次栉比,犹如骄傲的犄角高高耸起,装点这座城市,无与伦比。国王像父亲一样精心保护臣民,也像老师那样亲自教诲知识。

在这座城里,有一位富裕的佛教徒商人,名叫毗多斯达达多,专门施舍比丘。他有个年轻的儿子名叫罗德那达多。他嫌弃父亲,经常骂父亲是"罪人"。父亲问道:"孩子,你为什么骂我?"这位商人的儿子轻蔑地说道:"父亲,你经常轻视婆罗门,尊敬沙门;抛弃三法①,侍奉非法。那些低级种姓想要在寺庙求得庇身之处,才信奉佛法。他们抛弃沐浴等仪轨,喜欢按照自己的时间进食,去除头发和发髻,只用一条破布遮羞。这种佛法对你有什么用?"商人听后,说道:"正法并非千篇一律,孩子啊!有世间法,也有出世间法。人们也说婆罗门摒弃贪欲,说真话,怜悯众生,不无故与亲属吵架。而且,你不能依据个人的过失,笼统指责这种施予众生无畏的教义。没有人会指责善行之法。我的善行不是别的,就是施予众生无畏。孩子啊,如果我热爱这种以戒杀生为宗旨、引导解脱的教义,怎么能说我信奉非法?"商人的儿子非常固执,听了父亲的话,不但不同意,而且变本加厉责骂父亲。父亲很伤心,到教诲佛法的羯陵伽达多国王面前,诉说一切。国王施展计谋,把商人的儿子召到公堂,故意发怒,对卫兵喝道:"我听说这个商人的儿子是个恶贯满盈的罪人,不必费事,今天就处死这个国贼。"然后,在父亲的恳求下,国王宣布缓期两个月执行,由父亲监管,两个月后再带回来。

商人的儿子被父亲带回家后,恐惧万分,百思不得其解:"我怎么得罪了国王?"他老是想着两个月后就要无缘无故死去,日日夜夜睡不着觉,吃不下饭。两个月后,商人的儿子由父亲带回到国王面前时,面色苍白,形体憔悴,国王见他这副可怜的样子,问道:"你怎么这样消瘦?难道我禁止你吃饭了吗?"商人的儿子听后,对国王说道:"我害怕得连自己都忘了,哪还顾得上吃饭?自从我听到你下达的死刑命令,国王啊!我每天都想着死亡愈来愈临近。"听了商人儿子的话,国王说道:"我已经设法使你亲自体会到对失去生命的恐惧。这也就是一切众生对死亡的恐惧。你说说,保护众生,免除恐惧,还有什么比这种

---

① 即三吠陀。

善行更高的法？我是向你展示这种法和追求解脱的愿望,因为智者都惧怕死亡,努力追求解脱。所以,你不应该指责你父亲信奉这种法。"商人的儿子听后,向国王行礼,说道:"听了王上教诲的这种法,我变得聪明,产生了追求解脱的愿望。国王啊！请你把解脱之法也教给我。"当时,城里正在举行喜庆活动,国王递给商人儿子一满碗油,说道:"来,你端着这碗油,绕城行走,小心不要让油流出来,孩子！只要有一滴油从碗里流出来,马上就会有人杀死你。"说罢,国王让商人的儿子出发,绕城行走,还让人提着刀跟随在后。

商人的儿子出于恐惧,小心翼翼,不让油流出来,好不容易绕城一圈,回到国王身旁。国王见他端着油碗回来了,一滴未洒,便问道:"今天,你在城里行走时,看到了什么？"商人的儿子双手合十,回答说:"国王啊,真的,我什么也没有看到,什么也没有听到。我端着这碗油在城里行走时,害怕有人用刀砍我,全神贯注,不让油泼出一点儿。"国王听后,说道:"你一心照看油,所以,什么也没有看见。你就用这种全神贯注的方法,实践禅定。因为一个专心致志的人排除外界现象,洞悉真谛；一个洞悉真谛的人就不会再陷入业网。这便是我要告诉你的解脱要义。"说罢,国王让他回家。商人的儿子达到目的,向国王跪拜行礼后,高兴地回到父亲的家。

羯陵伽达多就是这样教诲他的臣民。王后名叫多罗达多,出身名门,与国王般配。她的风度和德行为国王增色,犹如语言为擅长广征博引的优秀诗人增色。她的光辉品貌备受称赞,与甘露般的丈夫形影不离,犹如月光离不开月亮。国王和王后一起幸福度日,犹如天国的因陀罗和舍姬。

在这个故事的中间,因陀罗在天国举行一项盛大喜庆活动。所有的天女都聚在一起跳舞,唯独一位名叫苏罗毗达多的天女缺席。因陀罗凭借神力,发现她与一位持明悄悄躲在欢喜园内。因陀罗见状,十分生气,心想:"唉,这两个人被爱情迷了心窍,行为不端。这个天女忘了我们,自由行动。而另一个闯入天国,恣意妄为。不过,这个可怜的持明又有什么罪过呢？他是被引诱来的,天女以美貌征服了他。一个人即使有自制力,一旦坠入爱情,也会被美的波浪卷走。这波浪奔腾在高耸的两座乳峰之间。从前,湿婆看到狄罗德玛,不

也心旌动摇吗？狄罗德玛是创造主撷取万物中的优美成分创造的。众友仙人看到天女弥那迦，不也放弃了苦行吗？迅行王不也是贪恋舍尔蜜湿达而变得衰老吗？所以，这位持明青年是无罪的。他受到美貌迷惑三界的天女引诱。而这位天女是有罪的。她品行恶劣，抛弃众天神，让这个持明进入欢喜园。"经过这番思考，因陀罗放过了持明青年，而诅咒天女道："罪人啊，你下凡去吧！等你有了一个非子宫生的女儿，完成了天神的目的，再回到天国。"

与此同时，在咀叉始罗城，国王羯陵伽达多的王后多罗达多正好处在受孕期。天女苏罗毗达多受因陀罗诅咒，下凡投胎在王后腹中，并赋予王后形体之美。王后多罗达多在梦中看到一团火焰自天而降，进入自己腹中。天明后，她怀着惊奇的心情，向丈夫讲述这个梦境。国王羯陵伽达多听后，高兴地说道："王后啊！天上神灵受到诅咒，会投胎凡人的子宫。我想，你是怀上了某个神灵。因为众生带着各种善业或恶业，在这三界中轮回，获得善果或恶果。"王后听了国王的话，接口说道："确实，业有威力，给人带来幸福或痛苦。有例为证，听我告诉你。"

憍萨罗国王名叫达磨达多。他的王后名叫那伽希利。她忠于丈夫，是贞洁妇女中的魁首，被称作人间的阿容达提①。随着时间流逝，国王和王后生下我这个女儿。国王啊！我还很小的时候，我的母亲忽然记起自己的前生，对丈夫说道："国王啊，今天我无缘无故记起自己的前生，不说出来不舒服，而说出来就会死去。因为人们说，一个人突然记起前生，说出来后，就会死去。所以，我非常难受。"国王听后，对她说道："亲爱的，我也像你一样，突然记起前生。你先说你的，然后，我再说我的。随它去吧！谁能改变命运呢？"

在国王的鼓励下，王后说道："国王啊！如果你不反对，那么，听我告诉你。我的前生是这个国家的一个名叫摩陀婆的婆罗门家里的女奴，品行端正。我的丈夫名叫提婆陀娑，是一个商人家里的好仆人。我俩盖了一间适合自己身份的房子，住在里边，依靠从各自主人家里带来的食物，烧饭过活。水碗和水

---

① 阿容达提（arundhatī）是极裕仙人的妻子，以贞洁闻名。

罐,扫帚和火盆,连同我和我的丈夫,总共是三对。我俩心满意足,生活幸福,从不吵架。食物首先供奉天神、祖先和客人,我俩只吃剩下的少许。衣服每人保留一件,多余的送给穷人。后来,这里发生严重的饥荒,我俩应得的收入和食物日益减少。我俩忍饥挨饿,身体渐渐消瘦,精神沮丧。有一次,在吃饭时间,来了一位疲惫的婆罗门客人。即使在这生死存亡的时刻,我俩还是把自己吃的两份食物全部给了他。在他吃完离开的时候,生命也离开了我的丈夫,仿佛埋怨:'他尊敬客人,而不尊敬我。'我为丈夫堆起火葬的木柴。我也登了上去,卸下我自己不幸的重负。后来,我再生在皇家,成为你的王后。因为善行之树会突然结出出人意料的果实。"王后说完,国王达磨达多说道:"来,亲爱的,我就是你前生的丈夫。我就是商人的仆人提婆陀娑。今天,我也记起了我的前生。"他提到自己在前生的种种特征。这样,国王和王后在悲喜交加中,猝然去世升天。

我的父母去世后,我的姨妈把我带到她的家里抚养。我还是女孩的时候,有位牟尼来到姨妈家。姨妈吩咐我侍奉这位客人。我尽心竭力侍奉他,就像贡蒂侍奉杜尔婆娑。由于他的恩惠,我得到了你这样一位知礼明法的丈夫,国王啊!这样的幸福出自恪守正法。也正由于恪守正法,我的父母成为国王和王后,又记起他们的前生。

听了王后多罗达多的话,虔信正法的国王羯陵伽达多说道:"确实,只要稍许奉行正法,就会获得丰硕果实。有例为证,王后啊!请听古代七个婆罗门的故事。"

从前,在贡提那城,有位婆罗门老师有七个婆罗门青年学生。由于饥荒,老师无奈,派这些学生到他的岳父家去乞讨一头母牛。这些学生饥肠辘辘,前往外地,按照老师的吩咐,向他的岳父乞讨一头母牛。这位岳父拥有许多牛,给了他们一头能赖以生活的母牛。但他出于吝啬,没有给这些饥饿的学生一点儿食物。于是,他们牵了这头牛回家。半路上,他们饥饿难忍,疲惫不堪,倒在地上。他们商量道:"老师的家还很远。我们在异乡客地,陷入困境,哪儿也找不到食物,必死无疑。同样,这头母牛在这个荒无人烟、无水无草的旷野里,也会死去,老师还能从它身上得到什么好处?所以,我们还是先吃它的肉,维持生命,然后,带着剩余的肉,尽快回到老师家里,因为现在是灾难时期。"于是,这七个婆罗门学生按照经典规定,杀死这头母牛,用作祭品,祭供了天神和祖先后,吃它的肉。然后,他们带着剩余的牛肉,回到老师身边。他们向老师行礼后,如实讲述了他们所做的一切。他们虽然犯有过失,老师对他们仍很满意,因为他们讲了实话。几天后,他们七个人死于饥荒,由于他们说实话,他们获得再生后,能记起前生。

对人来说,哪怕是微小的功德种子,只要用纯洁的愿望之水浇灌,就会结出这样的果实,犹如农夫播种收获。而如果用罪恶的愿望之水浇灌,就会结出不幸的果实。王后啊!作为例证,请听我讲另一个故事:

从前,有两个人同时在恒河岸边修苦行,斋戒绝食,其中一个是婆罗门,另一个是旃陀罗。这个婆罗门饥饿难忍,看见一些尼奢陀人拿着鱼,边吃边走,愚蠢地想道:"啊,在这世上,这些渔夫,女奴的儿子,真有福气,每天都可以随心所欲吃鱼。"而那个旃陀罗看到这些渔夫,心想:"呸!这些吃生肉的杀生者。我怎能呆在这里看他们的脸呢?"于是,他合上双眼,待在自我之中①。渐渐地,婆罗门和旃陀罗都因绝食而死。婆罗门的尸体被狗吃掉,旃陀罗的尸体被卷入恒河。后来,缺乏自制力的婆罗门再生在岸边的渔夫家,但由于圣地的功德,能记起前生。而意志坚定的旃陀罗再生在恒河岸边的国王家,并能记起前生。这两人再生后,都能记起前生,但一个是受苦的奴隶,另一个是享福的国王。毫无疑问,法树之根根据心地纯洁与否,结出相应的果实。

国王羯陵伽达多讲完这个故事,又联想起另一个故事,对王后多罗达多说道:"而且,勇敢的行为会结出果实,因为财富总是追随勇敢。有例为证,请听我讲一个有趣的故事。"

---

① 意思是陷入自我沉思。

　　在阿槃底国有一座世界闻名的优禅尼城。它是大时神湿婆的住地,白色的宫殿辉煌灿烂,犹如有幸侍奉湿婆的盖拉瑟山峰。这座大城市犹如大海,统治天下的转轮王犹如海水,进入城中的百支军队犹如汇入大海的百条河流,依附的藩属犹如海中的有翼之山 ①。在这座城里,国王名叫勇狮,名副其实,他的敌人像小鹿一样,不敢在任何地方与他交锋。由于没有敌手,他得不到战斗的快乐,以致嫌弃武器和臂力,内心痛苦。大臣阿摩罗笈多了解国王的心思,在谈话中借机对他说道:"国王啊!迷恋军事,炫耀武力,而渴望与敌人交战,这样的国王容易犯错误。古时候,波那依仗千臂而骄傲,请求湿婆赐给他一个合适的敌手。他如愿以偿,获得湿婆的恩惠,结果在战斗中,被敌手毗湿奴大神砍去许多手臂。所以,你不要因为没有战斗而不满意,任何时候都不应该渴望可恶的敌人。如果你想显示自己的武艺和勇气,那么就到合适的地方去显示,去森林中打猎。国王们总是不知疲倦,打猎可以看作是锻炼,而征战不应被提倡。凶恶的野兽想要扫荡大地,国王可以杀死它们。因此,打猎受到赞赏。但是,也不能过分迷恋打猎,过去般度等人就是因为沉溺于打猎,而遭到毁灭。"听了智慧的大臣阿摩罗笈多说的这番话,国王勇狮表示同意。

　　第二天,国王出城去打猎。他坐在象背上出城时,远远看到一座空庙外的偏僻处,有两个人凑在一起,好像在商量什么事情。他没有更多在意,继续前往打猎的林地。他到达林地后,那里布满马、步兵和猎犬,四面八方设置罗网,围猎的喊声响彻天空。手持刀剑,面对老虎、大象、狮子的吼叫和美丽的景色,国王称心快意。他杀死那些专吃大象的狮子,将狮爪上掉下的珍珠撒在大地上,仿佛播下勇敢的种子。那些弓背斜窜的鹿,容易被直线飞行的箭射中,成为猎人首选的快乐目标。国王打猎打了好长时间,随从都累了。于是,他们松弦收弓,返回优禅尼城。国王又看到在出城时看到的那两个人,依然呆在神庙老地方,心想:"这两个是什么人?为什么商谈这么长时间?这两个人肯定是密探,在进行长时间的密谈。"于是,国王派卫兵把这两个人抓来,拘留起来。

---

①　按印度神话,山岳原本都有翅膀,后被因陀罗砍掉。而有一些山带着翅膀,藏在大海中。

第二天,国王把他俩提到公堂,问道:"你俩是什么人? 这么长时间在商量什么事?"见国王亲自讯问,他俩乞求国王开恩。其中一个青年开始说道:"国王啊! 现在请听我如实禀告一切。"

在你的城里有一位婆罗门,名叫迦罗跋迦。他精通三吠陀,希望有一个勇敢的儿子。他通过祭拜火神,生下我这个儿子。我的父母去世升天时,我还是个儿童。尽管我已经学习各种知识,但无依无靠,抛弃了原来的生活道路。我参加赌博,热衷武艺。缺乏长辈的教诲,哪个孩子不会放任自流? 我就这样度过少年时代,变得骄傲逞强。

有一次,我去树林里射箭。路上有一位新娘乘坐轿子出城来,许多仆人跟随。忽然,有一头大象挣脱锁链,疯狂地冲向新娘。所有的仆人,连同新郎,都是胆小鬼,惧怕大象,抛下新娘,四散逃命。见此情形,我情绪激动,心想:"嗨! 这些胆小鬼居然抛下一个可怜的女子。我要保护这个孤单的女子免遭大象伤害。生命和勇气不用来保护落难者,有什么用?"于是,我大吼一声,朝大象冲去。大象便丢开这个女子,朝我冲来。这个女子惊恐地望着我。我一边吼叫,一边奔跑,把大象引向远处。后来,我捡起一棵大树上折断的树叶茂密的树枝,用它隐蔽自己,钻进一棵树里。我把树枝放在前面,迅速侧身逃跑,而大象还在践踏那些树枝。我跑回这个惊魂未定的女子身边,问她是否没事。这个女子既痛苦又高兴地看着我,说道:"我怎么会没事呢? 我嫁给那个家伙,大难临头时,他却抛下我,逃得无影无踪。然而,我终于没事。你看来也没事,没有受伤。这样,他算不上是我的丈夫。现在,你是我的丈夫,因为你奋不顾身,把我从死神口中救出。你看,我的丈夫和仆人们正在走过来。以后你就悄悄跟在我们后面走吧,等有机会,我们就一起出逃。"她说完后,我同意道:"好吧!"一个意志坚定的人或许会想:"她虽然很漂亮,而且是自愿送上来的,但毕竟是别人的妻子,我怎能要她?"然而,一个充满激情的青年不会这么想。

这时,她的丈夫走来,安抚她之后,又和仆人们一起继续出发。我避开众人耳目,跟在他们后面长途跋涉。那个女子悄悄送给我食物。一路上,她谎称自己受了大象惊吓,浑身酸疼,没有让丈夫碰她一下。一个渴望爱欲的女人犹如一条雌蛇，难以抑制体内急遽增长的毒液，即使不伤害人，也是可怕的。终于，我们到达罗诃城，这个女子以经商为生的丈夫的家乡。

这一天，我们全都待在一座神庙外。在那里，我结识了一位婆罗门朋友。虽然我们是初交，但一见如故，互相信任，因为每个人的心都会感知前生结下的友情。我向他和盘托出自己的秘密。他听后，悄悄对我说："你别声张，我有办法让你达到目的。我认识这个商人妻子的小姑子。她准备卷带财产，和我一起离家出逃。我会请她帮忙，让你如愿。"婆罗门这样和我说定后，便去把这件事偷偷告诉商人妻子的小姑子。

第二天，按照约定，小姑子带着嫂子一起来到神庙，我和我的朋友已经等候在里面。中午，她让我的朋友穿上她嫂子的衣服。然后，她和我们说好下一步的安排，带着我的朋友假扮的"嫂子"进城，回到她哥哥的家里去成亲。而我带了乔装成男子的商人妻子出走，一路来到优禅尼城。小姑子趁这天家里人喝喜酒喝醉入睡之机，夜里与我的朋友一起从家里逃走。我的朋友带着她走偏僻小路，也来到了优禅尼城，与我们在这里会合。就这样，我俩得到了两位正值青春妙龄的妻子，一对自己挑选如意郎君的姑嫂。

后来，国王啊！我们住在哪儿都提心吊胆，因为鲁莽行事，心里怎么会踏实呢？昨天，我俩正在商量如何能找个长久隐匿和谋生的地方。你从远处看到后，把我俩带来，怀疑我俩是贼，关押起来。今天，你审问我俩，我便把事情经过都说了出来。现在，听候国王处置。

国王勇狮听后，对这两个婆罗门说道："我很满意。你们不要害怕，就住在这城里吧！我将赐给你们足够的财富。"说罢，国王赐给他俩一切必需的生活用品。从此，他俩与各自妻子一起，在国王的身边愉快生活。

这样，人的吉祥幸福经常依靠勇敢的行为，而聪明的国王也欣赏勇敢的人，乐于赏赐他们。所以，这个世界上的人，包括神和魔，永远按照自己在今生或前生所做的善业或恶业，得到各种相应的果报。正如你在梦中看到一团火焰自天而降，进入你的腹中，王后啊！这肯定是某个神灵由于某种业力而进入你的子宫。

听了自己的丈夫、国王羯陵伽达多说的这些话,怀孕的王后多罗达多满心欢喜。

第二章

在咀叉始罗城,国王羯陵伽达多的王后多罗达多渐渐妊娠期满,慵倦疲乏。产期临近,她脸色苍白,眼珠颤动,犹如东方升起的月亮,光晕浅淡,星星闪烁。不久,她生下一个无与伦比的女儿,仿佛创造主集天下美色于一身。驱邪的油灯被她的美丽光辉压倒,黯然失色,仿佛满怀深情地叹息:"怎么不生一个这样的儿子呢?"羯陵伽达多虽然看到这样美丽的女儿,但没有实现生下这样一个儿子的愿望,心情沮丧。即使他知道这是神灵降生,仍为渴求儿子而苦恼。儿子是欢乐的化身,女儿则是一堆忧愁。为了消除心头的烦恼,国王走出宫去,到供着各种佛像的寺庙里,谛听盘坐在众人中间的比丘诵经说法:

有道是:在这个轮回世界,布施财物是大苦行。施财无异舍命,因为生命依靠财富。慈悲为怀的佛陀曾把自己视同草芥施舍给别人,更何况那些卑污的钱财呢?正是通过这种坚定的苦行,佛陀摒弃欲望,获得神圣智慧,达到佛性。所以,智者摒弃对一切心爱之物的渴望,甚至献出身体,为众生谋利益,以求得到正等觉 [①]。

从前,有个名叫讫利多的国王,接连生了七个非常美丽的公主。她们还是少女的时候,就厌世离家,前去坟场。有人询问原因,她们对随从说道:

这个世界和这个身体虚妄不实。与心爱之人幸福结合等,如同梦幻。在这个轮回世界,唯有为他人谋利益是真实的。因此,我们要用自己的身体为众生谋利益。让我们把这活着的身体扔给坟场里食肉类生物享用吧!这身体纵

---

① "正等觉"(samyaksambuddha)是佛教术语,指正确而完全的觉醒,即大彻大悟。

然漂亮，又有何用？

从前，有个王子摒弃欲望，即使年轻漂亮，还是出了家。一天，这位比丘进入一个商人家里。商人年轻的妻子看到他的一双大眼睛美如荷叶，心醉神迷，对他说道："你这么漂亮，怎么会奉守这种可怕的戒行？哪个妇女让你的眼睛瞧上一眼，都会高兴。"比丘听后，便抠出自己的一只眼睛，拿在手里，说道："大姊看看这团令人作呕的血肉，如果你喜欢，就拿去吧！另一只眼睛也是这样。你说，它们有什么可爱的？"商人的妻子看着这只眼睛，难过地说道："哎呀，是我这个贱人作孽，使得你抠出眼睛。"比丘听后，说道："大姊，不要悲伤，你对我是有恩的。有例为证，请听我说。"

从前，在恒河岸边一座美丽的花园里，有个苦行者摒弃欲望，愿意接受任何考验。一次，他在修苦行，有位国王带着嫔妃偶然来到这里游园。游玩之后，国王酒醉入睡。众嫔妃轻浮好动，从他身边起身，在花园里闲逛。她们看到这位牟尼坐在一处沉思入定，好奇地围着他，心想："这是在干什么？"她们在那里呆了很久，国王醒来发现众嫔妃不在身旁，便四处寻找。然后，他看见她们围着一位牟尼，顿时发怒。出于妒忌，他拔剑劈向牟尼。权力、妒忌、残忍、酒醉、失察，每一项都会导致胡作非为，更何况这五毒俱全。国王离开后，这位牟尼虽然身体受伤，却毫无怨怒。这时，有位女神显身，对他说道："灵魂高尚的人啊，那个凶暴的罪人伤害你。如果你同意，我将施展神力杀死他。"牟尼听后，说道："女神啊！你别这样说，因为他是我修道的帮助者，而不是捣乱者。由于他的恩惠，我获得了忍辱法。女神啊，如果他不这样对待我，还会有什么忍辱？智者哪会为这无常的身体生气呢？无论喜欢或不喜欢，一概容忍，这就达到了梵①。"牟尼这样说后，女神对他的苦行表示满意，治愈了他的伤口，便消失不见。

正如国王被视为有恩于牟尼，大姊啊，你引得我抠出眼睛，增强了我的苦行。

---

① "梵"（brahman）是印度哲学概念，即世界的终极存在或绝对精神。

这位有自制力的比丘对向他俯首行礼的商人妻子说了这些话。他毫不怜惜自己美丽的身体,修行获得成功。

因此,为何要执著这年轻漂亮然而无常的身体呢?对智者来说,唯一值得称道的是有益众生。所以,为了众生的利益,让我们在这天然的福地坟场,舍弃身体吧!

这七位公主对随从说完这些话后,照此执行,获得最高成就。

智者对自己的身体都毫无自私心,更何况对如同一堆稻草的儿子、妻子等家属呢?

国王羯陵伽达多在寺庙里听诵经人说法,度过了一天,然后回到自己宫中。回宫后,他又为生女儿之事痛苦烦恼。一位年长的婆罗门对他说道:"国王啊,你何必为生个女宝而苦恼呢?女儿甚至比儿子更好,在今生和来世带来幸福。国王们为什么要偏爱那些贪图王位、像蜘蛛那样吞食父亲的儿子呢?国王贡帝波阇正是依靠女儿贡蒂的德行,才避过可怕的仙人杜尔婆娑的伤害。一个人从嫁女儿获得的来世果报,从儿子那里哪能获得?请听我给你讲述妙眼公主的故事。"

从前,在吉多罗古吒山,有位年轻的国王名叫苏塞那,仿佛是创造主忌恨湿婆,而创造的另一位爱神。这位国王在大山脚下建造了一座神仙花园,献给那些对天国欢喜园感到厌倦的天神。花园中央有一个池塘,莲花盛开,犹如吉祥女神玩耍的莲花有了一个新产地。国王经常待在配有宝石台阶的池边,没有妻子陪伴,因为他还没有找到与自己般配的女郎。

有一次,天女兰跋从因陀罗宫中出来,在空中偶尔路过这里。她看到国王正在花园中游荡,犹如春天在鲜花盛开的花园中显身。"难道是月亮从空中降落,为了追寻降落在池塘莲花中的吉祥女神?但这不可能,因为月亮的美

丽^①并没有消失。肯定是爱神想要鲜花,来到这座花园。可是,他的伴侣罗蒂
上哪儿去了?"兰跋热切地自言自语,随即从天上降下,化作人形,走到国王
跟前。国王蓦然看见她走来,十分惊讶,心想:"这是谁啊?美得叫人无法相
信。她不会是凡人,因为她的双脚不沾尘土,眼睛不眨,她肯定是一位天女。
不过,我不能问她。一问她,她或许会逃跑的。天神出于某种原因而来,往往
不能泄露机密。"国王这样想着,便与天女交谈,并抓住适当时机,搂住脖子拥
抱她。他与天女游玩了好长时间,以至于天女忘了天国,因为爱情比自己的
家更迷人。

　　天女的朋友药叉女们在国王的大地上布满成堆的金子,犹如天空中耸立
的须弥山山峰。后来,这位美丽的天女怀孕,为国王苏塞那生下一个美貌绝伦
的女儿。她刚生下女儿,便对国王说道:"国王啊!这是对我的诅咒,现在就要
结束了。因为我是天女兰跋,一见钟情,爱上了你。现在生下这个孩子,我马
上就要离开你了。这是给我们天女的规定。你好好抚养这个女儿。等她结婚
时,我们将在天上重逢。"说完,兰跋天女依依不舍地消失了。国王不胜悲伤,
想要抛弃生命。大臣们劝说道:"天女弥那迦生下沙恭达罗离去时,众友仙人
尽管心情沮丧,但他抛弃生命了吗?"国王听后,明白了事理,渐渐振作精神,
专心关注这位全身美丽的幼小女儿。他与妻子团圆的希望就寄托在她的身
上。由于她的眼睛特别美丽,国王给她取名为妙眼。

　　岁月流逝,妙眼长到青春妙龄。一次,有位名叫犊子的迦叶波族青年牟尼
随意游荡,看到她在花园里。尽管这位牟尼是苦行的化身,但一见公主,他顿
时萌发爱情,心想:"啊!这位少女的美貌真是无与伦比,如果得不到她做妻
子,我还能得到其他什么苦行之果呢?"正当这位青年牟尼这样想着,妙眼看
到了他。在妙眼眼中,他像无烟的火焰光彩熠熠。看到这位带着念珠和水罐
的牟尼,公主也萌发爱情,心想:"谁能这样既沉静又可爱?"于是,她走上前
去,像选婿似地把莲花眼花环戴在这位牟尼身上,向他俯首行礼。这位牟尼的
心处在神魔都难以躲避的爱神控制下,向她祝福道:"愿你得到一个丈夫!"公

---

① 原文在这里用了一个双关词 śrī,既可读作"吉祥女神",也可读作"美丽"。

主对非凡美色的爱恋压倒了羞涩,低着头对这位优秀牟尼说道:"如果这是你的愿望,而不是说玩笑话,那么,你去向我的父王请求把我嫁给你吧!"

然后,这位牟尼向她的随从打听后,去向她的父亲国王苏塞那求婚。国王看到这位青年牟尼苦行和相貌都超群出众,热情地接待他,说道:"尊者,这个女儿是我和天女兰跋生的。兰跋返回天国时,对我说过,等到女儿结婚时,我将与她在天上重逢。有福的人啊,请你考虑一下,这事怎么实现?"这位青年牟尼听后,马上想道:"从前,弥那迦的女儿波罗摩德婆罗被蛇咬了,如如牟尼不是分给她一半生命,娶她为妻的吗? 猎人德利商古不也是由众友仙人带到天上的吗[①]? 为什么我不可以运用自己的苦行办成这件事呢?"于是,他回答道:"这没有困难。"他在国王的会堂上,当众呼喊道:"众天神啊! 我献出我的一部分苦行,让这位国王带着肉体升天,与兰跋团圆。"随即,天上传来清晰的话音:"好吧!"这样,国王把女儿妙眼嫁给迦叶波族的犊子牟尼后,便升天而去。他获得了神性,经因陀罗准许,和天女兰跋一起愉快生活。

"就这样,国王啊! 苏塞那依靠女儿,达到目的。这样的女孩已经降生在像你这样的家里,她肯定是一位天女,因受诅咒而下凡。所以,国王啊,不要为生女儿而忧愁。"

国王羯陵伽达多听了这位年长的婆罗门讲述的这个故事,忧愁消除,满心欢喜。这个女孩犹如一弯纤月,令人赏心悦目,国王给她取名羯陵伽赛娜。羯陵伽赛娜公主在众位女友陪伴下,在父亲家里渐渐长大。她的童年充满欢乐,在宫中和花园到处游荡玩耍,犹如大海翻腾的波浪。

后来,有一天,她在宫顶上玩耍,阿修罗摩耶的女儿苏摩波罗芭从空中飞过,看到了她。苏摩波罗芭觉得这位少女姿色非凡,连牟尼见了也会神魂颠倒。她心生欢喜,想道:"她是谁? 难道是月亮显身? 可是,月亮在白天怎么会发光呢? 如果她是罗蒂,那么,爱神又在哪儿呢? 看来,她是人间的女孩。她

---

① 按印度神话,德利商古原是国王,想带着肉体升天,但受到极裕仙人诅咒,变成猎人(低级种姓旃陀罗)。后来,众友仙人帮助他带着肉体升天。

可能是一位受了诅咒、下凡降生在王宫的天女。我想，在前生，我一定是她的朋友。我的心充满对她的友爱，说明了这一点。所以，我要适度地和她再度结为朋友。"这样想着，苏摩波罗芭害怕惊吓这个少女，便从天上降落到隐蔽之处，幻化成让人信任的少女模样，慢慢向羯陵伽赛娜走去。羯陵伽赛娜公主看到了她，心想："啊，这位公主相貌出众，主动来到我的身旁。她适合做我的朋友。"于是，她有礼貌地站起身来，拥抱苏摩波罗芭，请她坐下后，立刻询问她的出身和姓名。苏摩波罗芭对她说道："等一下，我会告诉你一切。"在交谈中，她俩互相握手，结为朋友。然后，苏摩波罗芭说道："朋友啊，你是公主，我与你结成朋友。而人们与王子们就很难保持友情，因为他们会为一点小事大发雷霆。请听我给你讲一个王子和商人儿子的故事。"

从前，在布湿迦罗婆提城，有位国王名叫古吒犀那。他只生了一个儿子。由于是独生子，这位王子娇生惯养，不管好事坏事，父亲都随着他。一天，王子在花园里游荡，看到商人梵授的独生子，气派和容貌都与自己相配，立刻主动与他结成朋友。此后，王子与商人的儿子形影不离。一旦互相看不见，他们就坐立不安。正是由于前生的因缘，他俩一见如故。如果事先没有为商人的儿子准备好食物，王子就决不进餐。有一次，王子首先为朋友定好婚事，然后自己才动身去阿希遮多罗结婚。他和朋友一起骑着大象，带着士兵。途中到达依丘摩提河岸，时已黄昏，他们就地宿营。月亮升起，王子喝完酒，躺在床上。应奶娘的请求，他开始讲故事。故事刚开头，他却因酒醉疲乏睡着了，奶娘也像他一样睡着了。只有商人的儿子出于友情而醒着。在大家都睡着的时候，醒着的商人儿子听到天上好像有几个女子在交谈："这个坏蛋没有讲完故事就睡着了，我要诅咒他：明天早上，他将看到一串项链，如果他拿了戴在脖子上，就会立刻死去。"第一个女子说完，第二个女子说道："如果他能逃过这一关，那么，他将看到一棵芒果树。如果他吃了那些芒果，就会丢掉性命。"第二个女子说完，第三个女子说道："如果他能逃过这一关，那么，他进屋结婚时，屋顶会塌下，把他砸死。"第三个女子说完，第四个女子说道："如果他能逃过这一关，那么，在夜里，他进入洞房后，马上会打一百个喷嚏。如果那里没有人对他说一百次'长命百岁'，那他必死无疑。如果谁听了这些话，为了保护他而说出来，那么这个人也会死去。"这个女子说完，便住口。商人的儿子听到这些话，犹如晴天霹雳。他怀着对王子的友爱，忧愁地想道："唉！全怪这个刚开始而没有讲完的故事。那些天女是悄悄来听故事的，结果好奇心没有得到满足，发出了诅咒。一旦王子死了，我活着还有什么意义呢？因此，我要设法保护这位如同我的生命的朋友。我只要不讲出事情经过，就没有我的错。"他这样想着，好不容易熬过这一夜。

第二天早上，王子在商人儿子的陪伴下出发。在路上，王子看见前面有一串项链，想去拿来。商人的儿子说道："朋友，别拿这串项链。这是幻影，否则，士兵们怎么会没有看见呢？"王子听后，放弃这串项链，继续前进。他又看见前面有一棵芒果树，想吃那些芒果。商人的儿子同样劝阻了他。王子快快不乐，慢慢来到岳父家。他刚要进屋成亲，又被他的朋友挡在门外。这时，屋顶塌了下来。王子躲过这次险情，终于对朋友有了点信任。夜里，王子和新娘一起进入另一间屋子，商人的儿子悄悄溜了进去。王子在床上打了一百个喷嚏，商人的儿子在底下说了一百次"长命百岁"。他完成任务后，满心欢喜，悄悄溜了出来。王子看到商人的儿子走出去，出于嫉恨，忘却了友情，愤怒地对卫兵说道："这个坏蛋竟然进入我的后宫密室，把他捆起来，关进监狱，明天处死。"卫兵们奉命把商人的儿子关押了一夜。

第二天，卫兵们把商人的儿子带往刑场时，他对他们说道："你们先把我带到王子那里，让我申诉一些理由，然后，你们再杀我。"卫兵们听后，便去禀告王子。经大臣们劝说，王子命令把他带来。商人的儿子向王子讲述事情经过。由于房屋倒塌产生的信任感，王子相信他说的是真话。王子对商人的儿子表示满意，解除了他的死刑。王子带着妻子，与朋友一起回到自己的城市。后来，商人的儿子结婚成家，生活愉快，他的美德受到全城居民赞美。

因此，王子们恣意妄为，像疯象一样，无所顾忌，甚至杀死自己的驯养师。与这种杀人如同儿戏的魔鬼，有什么友情可言。公主啊！你永远不要背弃我们的友情。

羯陵伽赛娜在宫顶上听了苏摩波罗芭讲述的这个故事后,深情地对女友说道:"朋友啊!只能把这些人看作是毕舍遮,而不是什么王子。听我给你讲一个难以驯服的毕舍遮的故事。"

从前,有个婆罗门住在名为祭地的御赐封地上。一天,这个贫穷的婆罗门去树林里砍柴。也是命中注定,斧子砍下的一块木柴掉在他的小腿上,扎进肉里,鲜血直流,他昏了过去。有个熟人发现后,把他背回家。他的妻子惊恐不安,替他清洗血迹,安慰他,用布包扎他小腿的伤口。伤口虽然受到精心治疗,但不见愈合,反而一天天溃烂成洞。在溃烂伤口的折磨下,这个贫穷的婆罗门濒临死亡。这时,有个婆罗门朋友前来看望他,悄悄对他说:"我有个朋友,名叫祭授,长期穷困潦倒。后来,他依靠毕舍遮的法术,获得财富,生活幸福。他把那种法术告诉了我,你也照样去做,求得毕舍遮帮助,朋友啊!你的伤口会愈合的。"说完,他告诉他咒语,吩咐他举行这样的仪式:"在夜晚的最后一个时辰,你起身,披头散发,赤身裸体,不要漱口,用两手尽可能多地抓两把米,嘴里念诵咒语,走到十字路口,把两把米放在那里。然后,朋友啊,你默默地回来,不要回头看。你保持这样,直到毕舍遮出现。他自己会对你说:'我将解除你的病痛。'然后,你欢迎他,他会治愈你的伤口。"

听朋友这样说后,婆罗门照着做了。于是,毕舍遮出现,从雪山采来仙药,治愈病人的伤口。婆罗门很高兴,而这位毕舍遮冥顽不化,对他说道:"再给我一个伤口,让我治愈它。否则,我要伤害你或杀死你。"闻听此言,婆罗门心惊胆战,连忙求饶说:"七天之内,我给你第二个伤口。"毕舍遮离开后,婆罗门陷入绝望。

讲到这里,羯陵伽赛娜公主因为要讲一个粗俗的故事,感到害羞,停顿了一下,然后,继续对苏摩波罗芭说道:

婆罗门有个女儿聪明机智,丈夫已死。她看到父亲治愈了伤口,却愁绪满怀,问清原由后,说道:"我要捉弄一下这个毕舍遮。你去告诉他说:'请你治愈我女儿溃烂的伤口吧！'"听了这话，婆罗门很高兴，就这样去向毕舍遮说了，然后把他带到女儿身边。女儿向毕舍遮显露自己的阴部，悄悄说道："贤士啊，你治愈我这个伤口吧！"这个愚蠢的毕舍遮接连不断敷用药膏，也无法治愈这个伤口。几天过后，毕舍遮心情烦躁，把她的双腿搁在自己肩上，仔细察看她的阴部，心想："怎么会治不好？"这么一看，他又看见下面的肛门伤口。毕舍遮惊慌不安，思忖道："一个伤口还没有治好，又出现另一个伤口。"常言道，洞口贻害无穷。世人都从洞口生下，由此走向死亡。谁能关闭生死轮回的通道？这个毕舍遮傻瓜没有完成任务，害怕被抓起来，逃得无影无踪。就这样，女儿骗过毕舍遮，救了父亲的命。婆罗门病体康复，称心如意。

"那些年轻的王子就跟毕舍遮一样，即使具有非凡的能力，也为害于人。但智者可以避免受害。然而，从来没有听说出身名门的公主会这样。所以，朋友啊，你与我交往万无一失。"

听了羯陵伽赛娜讲述的这个甜蜜有趣的故事，苏摩波罗芭高兴满意，说道："我的家离这里六十由旬，白天快要结束，我待的时间很长了。现在，我要走了。"这时，太阳渐渐落到西山之顶，苏摩波罗芭告别盼望她再来的女友，蓦地升入空中，令人惊讶不已。她很快就回到自己的住处。

羯陵伽赛娜目睹这个奇迹，迷惑不解，回房后，思忖道："我不知道我的这位朋友是悉陀女，还是天女，或者是持明女。她肯定是一位在高空行走的女神。女神出于不同寻常的友情，才会与人间女子结交。阿容达提不就是与国王普利图的女儿共享友谊的吗？普利图不正是依靠她的友情，才把如意神牛从天国带到地上的吗？普利图从天国下降人间，不正是喝了如意神牛的奶，才重返天国的吗？从此以后，大地上不是再也没有出现完美的神牛吗？所以，我是幸运的，与这位女神结为朋友。等她明天来时，我要巧妙地询问她的出身和名字。"羯陵伽赛娜公主心里这么想着，过了一夜。而苏摩波罗芭也盼望与她再次见面，在自己的住处度过一夜。

第三章

第二天,苏摩波罗芭带着一个篮子,里边装着各种好玩的机关木偶,凌空行走,又来到羯陵伽赛娜的身边。羯陵伽赛娜见到她,高兴得泪流满面,站起身来拥抱她。然后,羯陵伽赛娜对坐在身旁的苏摩波罗芭说道:"看不到你的满月之脸,朋友啊,夜里的三个时辰对我来说,成了一百个时辰。所以,如果你知道我俩前生有什么缘分导致今日的友谊,女神啊,请告诉我!"苏摩波罗芭听后,对公主说道:"我没有这个本事,因为我不记得前生。牟尼们也不知道。如果有谁知道,那就是掌握最高真理的人。"羯陵伽赛娜听后,充满好奇,怀着友爱和信任,轻声软语地问道:"朋友,告诉我,你的神圣的父亲属于哪个家族?你像珍珠一样完美。你的出生为这个家族增添光彩。你的名字多么吉祥,是世人耳中的甘露。这篮子是做什么用的?里边装着什么东西?"

听了羯陵伽赛娜深情的话语,苏摩波罗芭依次作出回答:"从前,有位阿修罗,名叫摩耶,闻名三界。他脱离阿修罗,皈依湿婆。他受到湿婆保护,盖了一座因陀罗宫殿。众魔见他依附天神,非常气愤。出于害怕,摩耶在文底耶山盖了一座神奇的石窟宫殿,避开阿修罗。他有两个女儿。大女儿名叫斯婆延波罗芭,坚守童贞,住在家里。我是小女儿,名叫苏摩波罗芭,嫁给了财神的儿子那罗古伯罗。我父亲教给我各种魔幻技艺。为了让你高兴,我装满一篮子带到这里。"

说罢,苏摩波罗芭打开篮子,给公主看各种有趣的机关木偶,都是她运用魔力制作的。其中有的只要一按木钉,便会腾空而行,按照命令,摘取花环,迅速返回;有的以同样方式,自动取水回来;有的会跳舞;有的会谈话。这些奇异的木偶让公主玩耍了好一阵子。然后,苏摩波罗芭把这篮机关木偶放在安全的地方。她是一位听命于丈夫的妻子,告别意犹未尽的羯陵伽赛娜,从空中回到自己宫里。

而羯陵伽赛娜看到这些神奇木偶后,兴奋异常,失去食欲。那天,她对任何食品都没有胃口。母亲见此情景,以为她病了,请来一位名叫阿难陀的医生。医生检查后,说她没有病。他解释说:"她不知为什么事兴奋得失去了食欲,并不是由于生病。她的脸看上去喜气洋洋,眼睛绽开,说明了这一点。"听了医生的话,母亲问她兴奋的原因。她如实告诉母亲。母亲确信她是为结交了一位值得骄傲的朋友而兴奋,向她表示庆贺,并为她准备合适的食物。

第二天,苏摩波罗芭又来了。她知道了昨天发生的事情后悄悄对羯陵伽赛娜说道:"我把我俩的友情告诉了我的丈夫。他是个有知识的人。他知道这事后,允许我每天来到你的身旁。所以,你现在也要征得你父母的允诺。这样,你就能和我一起自由自在、无忧无虑地玩耍游乐。"话音刚落,羯陵伽赛娜就拉着她的手,到自己父母那里。她首先带女友苏摩波罗芭见父王羯陵伽达多,介绍她的姓名和出身,然后,见母后多罗达多。他俩见到她,都按照女儿介绍的身份,向她表示欢迎。他俩喜欢她的容貌,出于对女儿的慈爱,热情接待这位阿修罗美女,说道:"孩子啊!羯陵伽赛娜就托付给你了。现在,你俩尽情去玩吧!"她俩听了,很高兴,便离开了。

苏摩波罗芭带羯陵伽赛娜到国王建造的佛寺去玩。她俩随身带着那只魔幻篮子。苏摩波罗芭取出一个机关药叉,按照自己的需要,派他去取一些供奉佛陀的物品。这个药叉腾空远行,取回许多珍珠、宝石和金莲花。苏摩波罗芭供奉佛陀后,又表演各种奇迹,展示各种佛陀和他们的住所。

国王羯陵伽达多闻听后,也带了王后来观看。他惊奇地询问这些机关的奥妙。苏摩波罗芭说道:"国王啊,这种种魔幻机关的技艺都是我的父亲在过去创造的。正如这个世界机关由五大元素组成,这些机关也是这样。请听我逐一给你介绍。这是以土为主的机关。它能关门等。它关上的门,谁也打不开。这是水机关的形态,看上去像活的一样。这是火机关,能喷出火焰。这是风机关,能来来去去。这是空机关,能发出清晰的话音。这些都是我从父亲那里学到的。而保护甘露的轮机关,只有我父亲知道,别人都不知道。"她正说着,在这中午时分,四周响起螺号声,仿佛证实她的话。然后,她请求国王赐给她合适的食物,并征得国王同意,带着羯陵伽赛娜,乘坐机关飞车,从空中出发,前往父亲宫中去见姐姐。

刹那之间,她俩到达文底耶山上苏摩波罗芭父亲的宫殿。她把羯陵伽赛娜带到姐姐斯婆延波罗芭身旁。羯陵伽赛娜看到贞洁的斯婆延波罗芭头上盘缠发髻,佩戴念珠,身穿白袍,面露微笑,犹如波哩婆提为了追求爱的至高享受实行严厉的苦行。苏摩波罗芭作了介绍后,公主向斯婆延波罗芭行礼。斯婆延波罗芭以礼相待,用许多果子款待她。苏摩波罗芭对公主说道:"朋友啊,吃了这些果子,人不会衰老。衰老破坏容貌,犹如霜雪摧残莲花。正是为了这个目的,我怀着友爱,带你到这里来。"羯陵伽赛娜吃下那些果子,顿时觉得全身充满甘露汁。她好奇地四处游玩,看见一座城市花园,里面有开满金莲花的池塘,有甜如甘露的果树,到处是金色的和彩色的飞鸟,还有美丽的水晶柱子。在那里,视隔墙为空地,视空地为隔墙;视陆地为水,视水为陆地,仿佛是阿修罗摩耶运用魔法创造的另一个世界。那里原先为寻找悉多的群猴占据,过了好长时间,才看在斯婆延波罗芭的面上,同意让出来。羯陵伽赛娜观赏了这座神奇的城市,惊讶不已。她已获得了长生不老。苏摩波罗芭告别斯婆延波罗芭,让羯陵伽赛娜登上机关飞车,从空中飞回咀叉始罗自己的宫殿。羯陵伽赛娜把这一切经历如实告诉父母,他俩听了很高兴。

这两个朋友就这样交往,过了一段日子。有一次,苏摩波罗芭对羯陵伽赛娜说道:"只要你不结婚,你我的友谊便能保持。你结婚后,我怎么能进入你丈夫的房间呢? 无论如何,女友的丈夫是不应该被看到和认识的[①]。婆婆吃媳妇的肉,犹如狼吃羊的肉。有例为证,请听我给你讲述称军的故事。"

从前,在华氏城有个商人名叫财护。这个名字名副其实,他是富人中的魁首。他有一个女儿名叫称军,美貌绝伦。他爱她胜过自己的生命。后来,他把女儿带到摩揭陀,嫁给一位名叫天军的富商。天军品行优良,但他的母亲心肠不好。由于父亲早逝,母亲是当家女主人。她看到媳妇受到儿子关怀,怒火中烧。只要儿子不在,她就虐待媳妇。而称军不敢对丈夫诉说,因为新媳妇遇上恶婆婆,是很难做人的。

有一次,天军在亲友的鼓动下,决定去婆罗毗城经商。于是,称军对丈夫说

---

① 原文此处有缺漏,故而与下文意思不连贯。

道："很久以来，我一直没有告诉你，夫君啊，婆婆虐待我。你在家，她都这样。现在，你要出门远行，我不知道她会怎样对待我。"听了这话，天军心绪混乱。出于对妻子的爱，他惴惴不安地到母亲那里，恭敬地说道："妈妈，现在我把称军托付给你了。她也是出身名门的小姐，你不要亏待她。"听了这话，母亲唤来称军，瞪起眼睛对天军说道："我做了什么？你问她。她挑拨你，分裂我们的家。孩子啊，我对你们俩是一样看待的。"这位优秀的商人听后，对此事放心了，因为儿子都容易受母亲虚情假意的话语蒙骗。而称军默默地站在一旁苦笑。

　　第二天，天军出发去婆罗毗城，称军从此陷入与丈夫离别的痛苦之中。婆婆不许女仆侍候称军，又与自己房里的贴身女仆合谋，悄悄把称军带进房里，剥掉她的衣服，斥骂道："你这坏女人，抢走我的儿子。"她抓住称军的头发，与女仆一起用脚踢，用牙咬，用指甲掐，然后把称军扔进地窖，取出原先存放在里边的所有物品，最后用结实的门闩闩住地窖的门。这个恶婆婆将称军关进地窖后，每天只在黄昏时送去半碗剩饭。她思忖道："过些天，我就可以说：'称军在丈夫出远门期间自己死掉了，把尸体抬走吧。'"

　　称军本该享受幸福，却被恶婆婆关在地窖里。她边哭边想："我丈夫是富豪，我有幸出身名门，品行端正。尽管如此，我遇上这个恶婆婆，遭此不幸。正是这个缘故，亲友们抱怨生女儿。女儿将面对婆婆和小姑的威胁，遭逢各种不幸和屈辱。"正在伤心之际，她突然在地窖里发现一把小铲子，犹如创造主从她心头拔下的尖刺。她用这把铁器挖了个通道。命中注定有福，通道的出口正是她自己的房间。她能看清房间，是靠原先留在那里没有用完的灯油，也仿佛是靠她自己品德的光辉。她取出一些衣服和金子，在拂晓时分，偷偷溜出家门，走到城外。她思忖道："我现在这个样子，回父亲家是不合适的。到了那里，我说什么呢？大家怎么会相信我呢？我必须自己设法去找丈夫，因为对于忠贞的女子，今生和来世，丈夫是唯一的依托。"她这样决定后，便在池塘里洗了澡，换上鲜艳的王子服装。然后，她到市场上，用金子换了些钱，在一个商人家里住了一夜。

　　第二天，她结识了一位想去婆罗毗城的商人，名叫海军。她身穿华丽的王子服装与商人和随从一起前往婆罗毗城，为了寻找先前到达那里的丈夫。她对商人说道："我受到同族人排挤。我要跟你一起去婆罗毗城找自己的朋友。"

商人听后,心想:"这人肯定是位王子。"他出于尊敬,带着她一起上路。

商队选择旅人常走的林间小路,以免去重重纳税的麻烦。几天后,商队到达森林入口。晚上,商队在那里安营。一只母豺,像死神的使者,发出恐怖的嗥叫。商队一听到这种嗥叫,担心强盗偷袭,人人手持刀剑,警惕四方来敌。浓重的黑暗涌来,犹如强盗的先遣队。女扮男装的称军目睹这种情景,思忖道:"啊,恶人的罪孽遗患无穷。看,婆婆给我制造的灾难在这里还起作用。先是婆婆发怒,好像死神吞噬我。我被扔进地窖,好像投入另一个母胎。我幸运地逃出地窖,好像获得再生。今天,我来到这里,又面临生命危险。如果我被强盗杀死,婆婆仇恨我,会对我的丈夫说:'她勾搭上别人,跑掉了。'如果有人剥走我的衣服,会发现我是女人。贞洁遭到玷辱,还不如死去的好。所以,我只能自己保护自己,顾不上商人朋友了。对于女人来说,首先要考虑的是保持贞洁,而不是朋友什么的。"她这样决定后,便寻找藏身之地。她发现树丛中有个形同屋子的洞穴,仿佛大地出于怜悯而收容她。她躲了进去,用树叶等盖住身体。她呆在里面,与丈夫团圆的希望支撑着她。

到了午夜,突然窜出一群强盗,高擎武器,包围商队。这场恶战如同暴风雨,强盗似乌云,吼声似雷鸣,刀光似闪电,鲜血似暴雨。最后,凶悍的强盗杀死商队头领海军及其随从,抢走所有的财物。当时,称军听到了喧闹声,她没有惨死刀下,完全是命运的造化。

黑夜结束,太阳升起。她从树丛中的洞穴出来。神灵总是垂怜和保护那些在困境中对丈夫忠诚不二的贞洁女子。在这荒无人迹的树林里,狮子见到了她,也转身离去。还有,不知从哪儿走来一位苦行者。称军向他问路,他好言安慰,给她喝罐里的水,指点路途后,又不知消失到哪里去了。她仿佛喝足甘露,饥渴消除。这位忠于丈夫的女子按照苦行者指点的路线出发。后来,她看到西下的夕阳仿佛向她招手示意说:"暂时忍耐一夜吧!"于是,她钻进一棵大树树根形同屋子的树洞里,用另一棵树挡住洞口。

傍晚,她从洞口缝隙看到一个可怕的罗刹女带了一群小罗刹来到这里。她感到害怕,心想:"我逃过了种种难关,结果还是要被这个罗刹女吃掉。"这时,罗刹女爬上树,小罗刹们也跟着爬上树。随即,他们对罗刹女说道:"妈妈,给我们一些吃的。"罗刹女对小罗刹们说："孩子们啊,今天,我去大坟场,没有找到吃的。我向一群女鬼乞讨,她们也没有给我吃的。我很伤心,便向湿婆求告。这位大神询问了我的名字和出身,指点我说:'令人恐惧的罗刹女啊,你出生在著名的佉罗杜舍那家族。你去离这里不远的婆苏达多城。那里的国王名叫婆苏达多,恪守正法。他住在林边,保护整座森林,亲自征收税赋,捕捉强盗。一次,他打猎疲劳,在树林里睡着了。一条蜈蚣乘机悄悄钻进他的耳朵。后来,在他的脑袋里生下许多小蜈蚣。国王由此得病,瘦得只剩筋骨。医生查不出病因。如果没人能治,过不了几天,他就会死去。他一死,你就可以吃他的肉。凭借你的魔力,吃了他的肉,可以满足六个月。'湿婆给我的这份食物不知能不能到手,还要等些日子。孩子们啊,我怎么办呢?"听了罗刹女的话,小罗刹们说道:"如果知道怎么治病,这个国王会活下来吗? 妈妈,你说说怎样才能治愈这种病?"罗刹女听后,对小罗刹们说道:"如果知道怎么治病,这个国王就会活下来。听我告诉你们怎样治愈这种重病。先用热酥油涂抹他的头,然后在中午的热太阳底下长时间曝晒。同时,在他的耳孔里插上空心竹管。竹管连接个带洞的盘子。盘子搁在冷水罐上。那些蜈蚣受到汗水和炎热折磨,会从他的脑袋里爬出来,经过耳孔进入竹管,由于渴望清凉,掉进冷水罐内。这样,国王就能摆脱重病。"罗刹女向呆在树上的小罗刹们说完这些话后,便不吭声了。而称军在树洞里听到了这一切,心想:"如果我能逃出这里,我就去城里,用这方法救活国王。他住在林边,守卫森林,只收很低的赋税。由于他提供方便,所有的商人都选择这条路。这是已故的商人海军告诉我的。我的丈夫回来,也要经过这条路的。所以,我到林边的婆苏达多城去,治愈国王的病,待在那里,等候丈夫回来。"她这样想着,好不容易度过了这一夜。

第二天,罗刹们都不见了。她从树洞里走出来。她穿着男人的服装,在树林中慢慢走着。到了下午,她看到一位和善的牧人。这位牧人看到她肢体娇嫩,却在长途跋涉,心生怜悯。她走上前去问道:"这是什么地方? 请告诉我。"牧人回答说:"前面就是国王婆苏达多的京城,名叫婆苏达多。这位灵魂高尚的国王正病得奄奄一息。"称军听后,对牧人说道:"如果有人带我到国王那里,我知道怎样治愈他的病。"闻听此言,牧人说道:"我就是去京城。跟我一起去吧,我会尽力帮助你。"称军同意道:"好吧!"于是,牧人带着女扮男装的称军到达婆苏达多城。

在那里,牧人报告事情缘由后,直接把相貌吉祥的称军交给愁眉苦脸的门卫。门卫报告国王后,奉命把这位无可指摘的人带到国王面前。国王婆苏达多虽然重病缠身,但灵魂明辨是非,见到容貌非凡的称军,便感到欣慰。他对身着男装的称军说道:"如果你治愈我的病,我将给你一半王国,吉祥的人啊!我记得在梦中,有位女子从我背上取走黑虫子,所以,尊者你一定能治愈我的病。"称军听后,说道:"今天天色已晚,国王啊!明天我将治愈你的病,不要着急。"说罢,她在国王头上涂抹牛油,让他入睡,解除剧痛。所有的人都称赞道:"由于我们积德,天神化作医生降临。"王后尽心竭力侍奉称军。晚上,专门为称军准备了配有女仆的房间。

第二天中午,称军当着大臣和后妃的面,按照罗刹女讲述的奇特方法,通过耳孔,从国王脑袋里引出一百五十条蜈蚣。这些蜈蚣都留在水罐里。她用酥油和牛奶浇灌国王,国王舒适满意,恢复元气,病体痊愈。谁见了水罐里这些蠕动的小虫子会不惊讶呢?国王看到从自己脑袋里取出这么多小虫子,既害怕,又困惑,也高兴,感到自己获得再生。国王沐浴后,举行喜庆大典,嘉奖称军。而称军并不关心包括村庄、象、马和金子在内的半个王国。王后和大臣赏赐给她金子和衣服,心想:"这位医生救了国王的性命,应该受到供奉。"称军一心等待丈夫回来,把所有的财宝存放在国王那里,说道:"我要奉守一段时间的誓愿。"就这样,称军女扮男装在那里住了一些日子,受到众人尊敬。

后来,她听说自己丈夫天军带了商队,从婆罗毗城沿着这条路回来了。得知商队已经到达城里,她便去会见丈夫。她见到丈夫,犹如孔雀见到新云。长久的灼热相思融化了她的心,她以喜悦的泪水作供品,俯伏在丈夫脚前。丈夫经过仔细观察,认出了乔装改扮的妻子,犹如在白天,辨出被阳光掩盖的月亮。奇怪的是,像月亮一样可爱的天军,看到称军的月亮脸,他的心并没有像月亮宝石那样融化[①]。称军显示了自己的真实面貌,她的丈夫惊讶地站在那里,心

---

① 据印度传说,月亮宝石在月光照射下,会渐渐融化。

想:"这是怎么回事?"商队的随从们也惊讶不已。

国王婆苏达多闻讯后,十分惊讶,亲自来到那里询问称军。称军当着丈夫的面,讲述了自己受婆婆虐待而遭遇的全部经历。丈夫天军听后,对自己的母亲非常反感,又气又怜,又惊又喜。所有的人听了称军的奇异经历,都很高兴,说道:"贞洁的女子登上忠于丈夫之车,以戒行为盔甲,以智慧为武器,以正法为车夫,必胜无疑。"国王也说道:"她为丈夫承受的那种痛苦甚至超过悉多王后为罗摩承受的痛苦。因此,她是我的道义上的妹妹,我的救命恩人。"称军听后,对国王说道:"国王啊! 你赏赐给我,而我请你代管的那些村庄、象、马和珠宝等,都交给我的丈夫吧!"

国王听后,便把村庄等都交给她的丈夫天军,高兴地为他系上头巾。这样,天军的金库里充满钱财,其中有国王赠送的,也有自己经商赚来的。他鄙弃母亲,赞赏称军,就在这城里居住下来。称军摆脱了恶婆婆,获得幸福。非凡的经历为她赢得名声。她住在那里享受荣华富贵,这一切像是她的丈夫的善行结出的丰硕果实。

"贞洁的女子面对不幸的命运,在患难中守护自己的品德。她们依靠自己的伟大力量保护自己,为丈夫和自己赢得好运。公主啊,对于妻子来说,要承受婆婆和小姑制造的许多麻烦。所以,我希望你嫁到这样的丈夫家里,没有恶婆,也没有恶姑。"

从阿修罗公主苏摩波罗芭那里听到这个生动有趣的故事,人间公主羯陵伽赛娜非常高兴。太阳仿佛看到这个曲折的故事已经讲完,便落下山去。苏摩波罗芭拥抱恋恋不舍的羯陵伽赛娜后,返回自己的家中。

第四章

羯陵伽赛娜出于友爱,站在大路的宫殿顶上,目送苏摩波罗芭远去回家。恰巧在这时,有位年轻的持明王,名叫摩陀那吠伽,从空中路过这里,一眼望见了她。她那迷醉三界的美貌,犹如爱神施展魔力的孔雀翎毛,顿时搅乱他的心,他思忖道:"在这样的人间美女面前,持明女算什么,天女也不值一提。如果我不能娶她为妻,活着还有什么意思呢? 可是,我是持明,怎么能与凡人结合呢? "于是,他默想般若波提咒语。这种咒语立即显身,对他说道:"她实际上不是凡人,而是一位天女,由于受诅咒,降生在国王羯陵伽达多的家中。"闻听此言,持明高兴满意,回到自己住处。

他陷入相思之苦,厌倦一切,思忖道:"如果用暴力把她抢来,这样做对我不合适。因为用暴力强占妇女,按照咒语,我会死去。为了得到她,我只能用苦行取悦湿婆。幸福依靠苦行,别无其他办法。"他这样决定后,第二天便到利舍跋山,单腿独立,斋戒绝食,实行苦行。不久,他的严酷苦行赢得湿婆的欢心,湿婆向他显身指点道:"这个女孩名叫羯陵伽赛娜,美丽闻名四方。她找不到一位容貌匹配的丈夫。只有犊子王与她匹配。犊子王渴望娶到她,但由于惧怕仙赐王后,不敢公开求婚。这位公主渴望俊俏的丈夫,将从苏摩波罗芭口中听说犊子王,并希望选他做丈夫。所以,趁她尚未结婚之际,你幻化成急不可待的犊子王,去以健达缚方式娶她为妻。这样,你就得到了美丽的羯陵伽赛娜。"听了湿婆的指点,摩陀那吠伽向湿婆俯首行礼,然后回到迦罗古吒山坡自己的家。

在此期间,苏摩波罗芭每天早上乘坐机关飞车,来到呾叉始罗城,与羯陵伽赛娜一起游玩,晚上,再乘坐飞车返回自己宫中。有一次,羯陵伽赛娜悄悄对苏摩波罗芭说道:"朋友,我告诉你一件事,你不要告诉任何人。我知道我快要结婚了。听我告诉你原因。许多国王派使者来这里求婚。他们来到后,都被父亲打发回去了。而在舍卫城,有位国王名叫波斯匿。只有他的使者受到父亲热情款待。我想,父亲已与母亲商量过,认为这位国王出身高贵,想选他做我的新郎。他出生在俱卢族和般度族的祖母安必迦[①]和安波利迦的家族。所以,朋友啊,这事已成定局,父亲就要把我嫁给舍卫城的波斯匿王了。"听了羯陵伽赛娜这番话,苏摩波罗芭伤心哭泣,泪如雨下,仿佛创造出另一串项链。这位阿修罗的女儿洞悉世情,在羯陵伽赛娜的询问下,说出自己流泪的原因:"在选择丈夫时,要考虑年龄、相貌、出身、品德和财产。其中首先要考虑

---

① 此处"安必迦"的原词是 ambā,确切的用词应为 ambikā。

的是年龄,其次才是出身等。我见过波斯匿王。他是个老人。一个老人的出身正如一朵茉莉花的出身,有何用处?你与这个苍白的老人结合,正如莲花遇上冬季,你的脸会像莲花一样凋谢,你将痛苦不堪。所以,我感到悲伤。而如果犊子国优填王成为你的丈夫,我会感到高兴,幸运的女子啊!在大地上,没有一个国王的容貌、魅力、出身、勇气和财富能与他相比。你如果获得这样的丈夫,细腰女郎啊,创造主也就没有白白创造你这个美女了。"听了苏摩波罗芭的这番话,羯陵伽赛娜的心像被机关操纵似的,飞向犊子王。公主询问摩耶的女儿:"怎么会称他犊子王?他出身什么家族?为什么取名优填?请你告诉我吧。"苏摩波罗芭说道:"朋友,听我告诉你!"

　　有个地方,名为犊子,是大地的装饰。那里,有座城市名叫憍赏弥,犹如另一座天帝城。他在那里治理王国,故而称他为犊子王。至于他的家族,幸运的女子啊,听我告诉你!般度族阿周那的儿子名叫阿毗摩纽,用飞盘劈杀敌人,歼灭俱卢族的军队。他生下维系婆罗多族的国王波利克希多。这位国王生下举行蛇祭的阇那弥阇耶。阇那弥阇耶生下百军。百军定居憍赏弥城。在神魔大战中,他杀死了许多妖魔,自己也阵亡。他的儿子是世界称颂的千军王。因陀罗赠送千军王飞车,让他在天上人间往返。他与王后摩利迦婆提生下优填。优填王是月亮族的装饰,世人眼中的喜庆节日。

　　再听我讲他的名字的来历。这位出身高贵的国王,他的母亲摩利迦婆提怀孕时,渴望在血池里沐浴。千军王害怕犯罪,用胭脂等红颜料灌满水池,让她沐浴。一只金翅鸟以为她是块肉,把她叼走了。也是命运安排,她被扔在日出之山上,活了下来。那里,有位阇摩德耆尼仙人发现了她,安慰她说:她会与丈夫团圆。于是,她在净修林里住下来。而她的丈夫曾经怠慢天女狄罗德玛。出于忌恨,狄罗德玛诅咒他们夫妻要受分离之苦。过了一些日子,她在日出之山阇摩德耆尼净修林里生下儿子,犹如天空升起新月。由于他生在日出之山上,众神给他取名优填①。当时空中传来无形的话音:"统治整个大地的优

---

① "日出之山"的原词是 udayana,音译优填。

填王诞生了。他的儿子将成为持明王。"

千军王经过摩多利①提醒,把希望寄托在诅咒的终期上。他与摩利迦婆提长期分离,苦熬日子。诅咒终期结束时,也是命运安排,国王从来自日出之山的一个山里人那里得到自己的爱情信物。同时,空中传来话音报告他真实的消息。于是,他让这个山里人做向导,前往日出之山。在那里,他实现心愿,找到妻子摩利迦婆提和儿子优填,把他俩带回憍赏弥城。他对儿子的优秀品质表示满意,给儿子灌顶,立他为王位继承人,并让负轭氏等大臣的儿子辅助他。千军王卸下治国重担后,与妻子一起享受生活。后来,年迈的国王让儿子优填登上王位,自己偕同妻子和大臣远行。这样,优填王继承父亲的王国,在负轭氏的辅佐下,征服四方,统治大地。

苏摩波罗芭很快讲完优填王的事迹后,又悄悄对羯陵伽赛娜说道:"美女啊,他治理犊子国,故而称为犊子王。他出身般度族,故而属于月亮族世系。他出生在日出之山,故而众神给他取名优填。在这个世界上,连爱神也没有他漂亮。他是唯一与你相配的丈夫,三界的美女啊,这位爱美的国王肯定渴望娶你。然而,旃陀摩诃犀那国王的女儿,名叫仙赐,是优填王的大王后。朋友啊,她自己选择优填王做丈夫,怀着炽热的爱情,抛弃亲属,没有乌霞、沙恭达罗等少女的羞怯。她为国王生了个儿子,名叫那罗婆诃那达多,众神指定他将来成为持明王。所以,犊子王惧怕她,不敢来这里求婚。但我见过她,她没有你漂亮。"

听了这番话,羯陵伽赛娜渴求犊子王,对苏摩波罗芭说道:"我知道了这一切,但我受父母支配,能怎么办呢? 你无所不知,神通广大,这件事只能求你庇护。"苏摩波罗芭对她说道:"这要看命运。请听这个故事!"

从前,在优禅尼城有位国王,名叫维羯罗摩犀那。他有位美貌绝伦的女儿,名叫黛斯婆提。她多次拒绝前来求婚的国王。有一天,她在自己的宫楼上看见一个男子。由于命运安排,她渴望与这位相貌堂堂的男子结合。她派遣

---

① 摩多利(mātali)是因陀罗的车夫。

自己的女友去向这位男子传情。而那位男子害怕冒险,不敢轻举妄动。经女友再三劝说,他才勉强同意。女友叮嘱他说:"贤士啊,就在你看到的这座偏僻的神庙里,晚上,你等着公主来。"这样说定后,女友回来报告公主。然后,公主盼着太阳下山。而那位男子尽管已经同意,还是出于害怕,溜掉了。这实在是青蛙不会品尝莲藕。与此同时,有位出身高贵的王子,父亲去世,前来看望父亲的朋友,这里的国王。这位青年名叫苏摩达多,相貌俊俏。他的王权已被亲友篡夺,独自一人来到这里。也是命中注定,他恰好走进这座神庙过夜。那是女友为公主和那位男子约好相会的地方。他待在里面,公主走近,爱情迷住了眼,在夜晚更是分辨不清,便委身这位自选的丈夫。聪明的王子悄没声儿,欣然接受这位命运送来的女子,预示他将与王权联姻。公主立刻发现他可爱迷人,感到自己没有被创造主欺骗。他俩商量停当后,一个回到自己宫中,另一个留在那里过夜。

第二天,王子请卫兵通报自己的姓名,得到准许后,来到国王面前。他向国王诉说自己遭遇不幸,王位被人篡夺。国王深表同情,答应帮助他消灭政敌。同时,国王有个想法,想把待嫁的女儿嫁给他。他把这个意向告诉了大臣。而王后已从心腹女友的嘴中得知女儿的秘密,便把一切都告诉国王。对于这种乌鸦和棕榈树式^①的意外巧合,国王惊诧不已。于是,一位大臣对国王说道:"命运总是关心有福之人,让他们达到目的,就像忠实的仆人总是关心自己的主人。有例为证,国王啊,请听我给你讲述这个故事。"

从前,在一个村子里,有个婆罗门,名叫诃利舍尔摩。他又穷又蠢,生活无着,境况艰难。作为从前作恶的果报,他生了许多孩子。他带着全家,沿途乞讨,来到一座城市,投靠一位名叫斯图罗达多的富翁。他就住在附近,让孩子们为主人放牛,妻子充当女佣,自己充当差役。

有一天,斯图罗达多为女儿办喜事,宾客满堂。诃利舍尔摩带领全家在主

---

① 按照印度寓言,有棵棕榈树在倒下前一刻,刚好有只乌鸦飞来停在上面,结果看上去像是乌鸦压垮了棕榈树。

人家帮忙,满以为这次也能饱餐一顿奶酪和肉。可是,一直等到结束,也没有一个人想到他。他没有得到吃的,垂头丧气,在夜里对妻子说道:"我又穷又蠢,才让人这样瞧不起。我要设法装出有学问的样子。这样,斯图罗达多才会尊重我。你找个机会告诉他,说我是个有学问的人。"说罢,他用心琢磨。等人们都睡熟后,他把新郎骑的一匹马从斯图罗达多的家中牵出,藏在远处。

天亮后,新郎家的人四处寻找,也找不到这匹马。斯图罗达多担心此事不吉利,立即搜寻盗马贼。这时,诃利舍尔摩的妻子走上前去,对他说道:"我的丈夫是个智者,精通占星术。他能为你找到这匹马。你何不问问他呢?"斯图罗达多听后,便召来诃利舍尔摩。诃利舍尔摩说道:"昨天不想到我,今天马丢了,就想到我了。"斯图罗达多先向这位婆罗门赔礼道:"昨天我忘了你,请原谅!"然后问道,"是谁偷走了马?请你告诉我。"诃利舍尔摩装模作样画了些图案,说道:"盗马贼把马藏在南边的地界,要等天黑后再带往远处。因此,快去把马牵回来吧!"听了他的话,许多人都跑去,一下子就找到了马。人们把马牵了回来,称赞诃利舍尔摩神机妙算。所有的人都把他尊为智者。这样,他受到斯图罗达多的尊敬,愉快地生活。

过了一些日子,王宫里的许多金银珠宝失窃。国王抓不到盗贼,便立即召来诃利舍尔摩,因为他以"神机妙算"闻名遐迩。诃利舍尔摩为了拖延时间,便说道:"明天我告诉你。"国王安排他住下,严密保护。诃利舍尔摩绞尽脑汁,惶恐不安。而在王宫中,有个宫女名叫舌头。正是她和丈夫一起从宫中偷走金银珠宝。她害怕诃利舍尔摩有神机妙算,在晚上来到他的房间,把耳朵贴在门口探听动静。这时,诃利舍尔摩独自待在房间里,正在咒骂自己的舌头胡编乱造:"舌头啊!你贪图享受,竟然做出这种事!你干了坏事,现在就要受到惩罚了。"听了这些话,这个名叫舌头的宫女心惊肉跳,以为自己已被这位智者识破。她设法进入屋里,跪倒在这位假冒的智者脚下,说道:"婆罗门啊,我就是舌头,被你识破的偷宝人。我行窃之后,把财宝埋在王宫后花园的石榴树下。你饶了我吧!请收下我手头的这些金子!"听了这些话,诃利舍尔摩傲慢地说道:"你走吧!我知道过去、现在和未来的一切。我不会告发你这个求我庇护的可怜人。只是你必须再给我一些你到手的财宝。"那个宫女听后,说道"好吧", 便很快走了。诃利舍尔摩自己也感到惊讶: "命运想开玩笑, 可以让失败变为成功。这件事本来没有指望, 却意外获得成功。我在咒骂自己的舌头, 这个名叫舌头的女贼出现在我面前。这真叫做贼心虚, 不打自招。"他这样想着, 高兴地度过一夜。天亮后, 他装作运用神机妙算, 把国王带到花园, 找到埋在地下的财宝, 并说道: "盗贼带了部分财宝逃跑了。"国王很高兴, 赐给他许多村庄。

然而, 有一位大臣名叫天知, 在国王耳边悄悄说道: "像他的这种学问, 没有经典依据, 凡人不可能掌握, 这是怎么回事? 肯定是他与盗贼串通, 以欺骗谋生。所以, 应该设法再考验他一次。"于是, 国王亲自拿来一个盖上盖的新水罐, 里边放了一只青蛙, 问诃利舍尔摩: "婆罗门啊, 如果你知道这罐子里装的是什么, 我今天就给你重赏。"听了这话, 诃利舍尔摩感到自己的末日来临, 记起自己在小时候, 父亲戏称他"青蛙"。他满怀悲伤, 在命运的驱使下, 突然说道: "青蛙啊, 这个罐子突然出现, 你孤苦无助, 必遭毁灭。"人们见他猜得这么准, 高兴地说道: "嗨, 这位大智者连青蛙都知道。"国王也很高兴, 认为这是天赋的智慧, 赐给他村庄、金子、华盖和车子。顿时, 诃利舍尔摩俨然成为一位领主。

"所以, 对于做过善事的人, 命运会让他们实现目标。国王啊, 正是命运让你的女儿黛斯婆提走向与她相配的苏摩达多, 而避开与她不相配的那个人。"

从大臣口中听了这个故事后, 国王维羯罗摩犀那便把如同吉祥女神的女儿嫁给了那位王子。后来, 苏摩达多依靠岳父的帮助, 战胜仇敌, 统治自己的王国, 与妻子一起愉快地生活。

"所以, 这一切都是出于命运的殊恩。如果没有命运相助, 在这世上, 谁能让你和犊子王珠联璧合呢? 在这件事上, 我能做到什么呢? 朋友羯陵伽赛娜啊!"

羯陵伽赛娜从苏摩波罗芭口中听了这个故事后, 渴望与犊子王结合。心中有了这种渴望, 她对亲属的恐惧和羞怯减少了。三界之灯太阳西下时, 苏摩波罗芭好不容易辞别了女友,从空中返回自己家中。她的女友心中怀着渴望,等着她明天早上再来。

第五章

第二天早上,苏摩波罗芭又来了。羯陵伽赛娜向她推心置腹地说道:"父亲决定要把我嫁给波斯匿王。这是我从母亲那里听说的。而你见过波斯匿王,他是个老人。你也描述了犊子王的容貌,我一听就迷上了他。你先让我见见波斯匿王,然后,带我到犊子王那里去。我不管父亲和母亲了。"苏摩波罗芭听后,对满怀渴望的公主说道:"如果你要去,我们可以坐机关飞车去。但是,你必须带上你的所有随从。你见到犊子王后,再也不会回到这里来了。你再也见不到,也不会想念你的父母了。你得到爱人后,也不会再想念远在天边的我,因为我不可能进入你丈夫的房间,朋友啊!"闻听此言,公主哭泣道:"那么,你把犊子王带到这里来吧,朋友啊!缺少了你,我片刻都不能安宁。阿尼鲁陀不是由吉多罗兰卡带到乌霞身边的吗?尽管你知道这个故事,也听我再讲一遍吧!"

阿修罗波那有个女儿名叫乌霞,闻名遐迩。她取悦高利女神,女神赐给她一个恩惠,让她得到丈夫。女神对她说:"在梦中与你相会的男子,将成为你的丈夫。"后来,她梦见一位像天神之子一样的男子,便采取健达缚方式与他结婚,进行交欢。天亮时她醒来,不见梦中的男子,却见交欢的痕迹。她想起高利女神的恩惠,既疑惧,又惊讶。失去了梦中的爱人,她烦恼痛苦。在女友吉多罗兰卡的询问下,她说出了一切。但她不知道他的名字等任何身份证明。吉多罗兰卡精通瑜伽术,对乌霞说道:"朋友啊,这是女神的恩惠在起作用,我们有什么好说的?但没有任何标志,怎么能找到你的爱人呢?我把所有的神、魔和人都画出来。如果你在他们中间认出了他,就指出来。这样,我可以把他带来。"乌霞同意道:"好吧。"

于是,吉多罗兰卡用彩笔依次画出全世界。乌霞用颤抖的手指指着多门城雅度族的阿尼鲁陀,兴奋地说道:"就是他!"吉多罗兰卡对她说道:"朋友啊,你真幸运!你得到的这个丈夫阿尼鲁陀是世尊毗湿奴的孙子。可是,他的住处离这里有六万由旬远。"乌霞听后,抑止不住心中的强烈渴望,对她说道:"朋友啊,如果我今天不能依偎在他的檀香木般清凉的怀里,你知道,在无法控制的情火燃烧下,我会死去的。"听了这话,吉多罗兰卡便安慰这位可爱的朋友。然后,她升空飞往多门城。她看到这座城市有许多高大的宫殿,矗立在大海之中,犹如一座搅动乳海的曼陀罗山。她是在晚上到达的,看见阿尼鲁陀正睡着,便唤醒他。她告诉他,乌霞在梦中见到他后,爱上了他。想到自己的容貌出现在乌霞的梦中,阿尼鲁陀也产生渴望。吉多罗兰卡带着他,凭借神力,顷刻返回。她从空中把阿尼鲁陀悄悄带进乌霞的后宫。乌霞正翘首以待,看见阿尼鲁陀亲身来到,仿佛月亮升起,禁不住肢体颤动,如同海潮。以后,她与这位由女友带来的爱人一起愉快地生活,仿佛与生命的化身在一起。她的父亲波那得知此事后,十分生气。而阿尼鲁陀凭借自己的勇气和祖父的威力制服了他。随后,乌霞和阿尼鲁陀前往多门城,两人形影不离,犹如波哩婆提和湿婆。

"这样,在一天之内,吉多罗兰卡就让乌霞和她的爱人结合了。我认为你的神力超过吉多罗兰卡,朋友啊,把犊子王带到我这里来吧,别耽搁了!"

苏摩波罗芭听了羯陵伽赛娜的这番话,对她说:"吉多罗兰卡是天女,她能带上别的男人。而像我这样从没接触过别的男人,怎么能做这种事呢?不过,我可以先带你去看看向你求婚的波斯匿王。然后,我带你到犊子王那里去,女友啊!"羯陵伽赛娜听后,同意道:"好吧!"于是,苏摩波罗芭和羯陵伽赛娜一起登上早已准备好的机关飞车,从空中出发。羯陵伽赛娜带着财宝和随从,没有告知父母,便走了。因为女人在爱情驱使下,看不见前面的高山险谷,正如战马在骑兵的鞭策下,看不见锋利的刀刃。

她先来到舍卫城,从远处看见苍老的波斯匿王出城去打猎。国王身边不断挥动的拂尘仿佛远远地阻止她说:"离开这个老人。"苏摩波罗芭指着波斯匿王,嘲笑道:"看,这就是波斯匿王,你父亲要把你嫁给他。"羯陵伽赛娜说道:

"老年已经选上这位国王,哪个女子还会选他呢? 朋友啊,快带我到犊子王那里去吧!"说罢,她立即和苏摩波罗芭一起,从空中到达憍赏弥城。经女友指点,满怀渴望的羯陵伽赛娜从远处看到了花园里的犊子王,犹如饮光鸟看到了月亮。她睁大眼睛,手放心口,仿佛说:"他从这条路进入我的心。"她说道:"朋友啊,让我今天就在这里与犊子王相会吧! 因为一见到他,我就不能自主了。"闻听此言,苏摩波罗芭对她说道:"我看到今天有不祥之兆,所以,你悄悄地在花园里待一天,不要让人发现,不要乱走。朋友啊,明天我会设法让你们相会的。现在,我要回丈夫家去了,我的心肝啊!"说罢,苏摩波罗芭安顿好羯陵伽赛娜,便走了。

犊子王从花园回到自己的宫里。而待在花园里的羯陵伽赛娜不顾精通预兆的女友事先的劝阻,派遣自己的管家,去向犊子王传递消息。因为情窦初开的少女总是恣意妄为的。管家经过门卫通报,立即获准进入宫中,向犊子王禀告道:"国王啊,咀叉始罗的国王羯陵伽达多的女儿,名叫羯陵伽赛娜,得知你容貌非凡,便抛却亲人,来到这里选你做丈夫。她带了随从,乘坐魔幻机关飞车从空中飞来这里。带她来的是她的女友,名叫苏摩波罗芭,行踪神秘,是阿修罗摩耶的女儿,那罗古伯罗的妻子。公主派我来传送消息,请你接受她吧! 你俩结合吧,犹如月亮和月光。"听了管家的话,犊子王高兴地同意道:"好吧!"并赏赐管家金子和衣服等。

然后,犊子王召来宰相负轭氏,说道:"羯陵伽达多国王的女儿,以美貌闻名于世,名叫羯陵伽赛娜。她亲来这里选我做丈夫。她不应该遭到拒绝。快告诉我,我什么时候能与她结婚?"听了犊子王的话,负轭氏沉思片刻,他在为国王的长远利益着想:"羯陵伽赛娜以美貌闻名三界,无与伦比,连天神也喜爱她。犊子王得到了她,便会撇开其他一切。这样,仙赐王后会送命。那罗婆诃那达多王子也会毁灭。莲花王后出于对他的爱,也难以活命。两位王后的父亲旃陀摩诃犀那和波罗底由多也会丧命或成为仇敌。这样,一切都将毁灭。但是,阻止他也不合适。国王的嗜好越阻止越强烈。所以,我要拖延国王结婚的时间,争取有个好结局。"负轭氏这样考虑后,便对犊子王说道:"国王啊,你真是幸运,羯陵伽赛娜自己来到你的家中,她的父亲也要依附你了。你应该请教占星家,在吉祥的时刻,按照正规的方式结婚,因为她是伟大的国王的女儿。今天,先给她安排一间合适的房间住下,派些女仆男仆,再送去衣服和首饰。"犊子王听后,同意道:"好吧!"他满心欢喜,格外关心地安排这一切。羯陵伽赛娜住进房间后,想到自己如愿以偿,非常高兴。

聪明的负轭氏很快离开王宫,回到自己家里,思忖道:"拖延时间常常能避开灾祸。从前,因陀罗杀死一个婆罗门而逃跑,友邻王占据了天国王位。他看上了舍姬[①]。舍姬寻求天师庇护。天师为了拖延时间,总是对友邻王说:'她今天或明天会上你那儿去。'直到一个婆罗门发出怒吼,用咒语消灭友邻王。因陀罗又像从前一样,得到了天国的王位。同样,我要拖延国王和羯陵伽赛娜结婚的时间。"于是,负轭氏悄悄与所有的占星家商量,确定一个很远的日期。

后来,仙赐王后得知了此事,召唤宰相来到自己宫中。宰相行礼后,王后哭诉道:"尊者啊!你过去对我说过:'王后啊,只要有我在,除了莲花之外,不会再有其他后妃。'现在,你看,羯陵伽赛娜就要在这里结婚了。她容貌美丽,国王钟爱她。你说话不算数,我现在只有死路一条了。"负轭氏听后,对她说道:"你要镇静,王后啊,只要我活着,这怎么可能发生?然而,在这件事上,你一定不要与国王闹对立。相反,你要控制自己,表示同意。病人听到刺耳的话,就会对医生不信任。只有好言抚慰,病人才会听从医生。逆水而行费劲,顺水而行省力,克服人的恶习也是这样。所以,国王来到你的身边时,你要不动声色,掩饰自己的感情,尽力侍奉他,同意他娶羯陵伽赛娜,对他说:'得到她的父亲协助,王国会更加强大。'你这样一做,国王看到你的高尚品质,会对你更加恩宠。同时,他以为羯陵伽赛娜已经到手,便不再渴望。人要是有了某种渴望,往往越阻止,越强烈。你也要劝导莲花王后这样做。纯洁无瑕的人啊,这样,国王便能容忍我们在这件事上拖延时间,以后的事都归我了。你会看到我施展妙计。困难中识智者,正如战场上见英雄。所以,王后啊,别悲伤了。"负轭氏这样开导王后,王后向他表示敬意。然后,他离去。

而这一整天,无论是白天,还是夜晚,犊子王没有进入两位王后房中。他

---

① 舍姬(śacī)是因陀罗的妻子。

一心想着主动前来选夫的羯陵伽赛娜,企盼着这场互相匹配的新婚。王后、犊子王、宰相和羯陵伽赛娜分别在各自的房里度过了一个盛大节日那样的不眠之夜,其中两位渴望着难得的快乐,另外两位怀着深深的忧虑。

第六章

第二天,精明的宰相负轭氏来到正在等他的国王面前,说道:"今天,你怎么不考虑一下与羯陵伽赛娜喜结良缘的吉祥时辰?"国王听后,说道:"我心里正这么想。因为没有她,我的心一刻也不得安宁。"说罢,心地单纯的国王命令身前的侍卫召来占星家。这些占星家按照事先与宰相的约定,说道:"吉祥的婚期在六个月以后。"负轭氏听后,假装生气,说道:"唉,这些笨蛋!"

然后,这位聪明的宰相又对国王说道:"你过去推崇为'智者'的那位占星家,今天没来,先问问他,然后再确定合适的日子。"犊子王听后,怀着忐忑不安的心情,召来那位占星家。这位占星家也按照事先的约定,拖延国王的婚期。他沉思了一会儿,确定吉日良辰在六个月以后。负轭氏仿佛神情沮丧,对犊子王说道:"国王啊,该怎么办,你吩咐吧!"国王急盼确定婚期,想了想,说道:"你去问一下羯陵伽赛娜,看她怎么说。"负轭氏听后,说道"遵命",便带了两个占星家上羯陵伽赛娜那儿去。

到了那儿,羯陵伽赛娜向他表示敬意。他看到羯陵伽赛娜美貌绝伦,心想:"国王得到她,会色迷心窍,毁弃整个王国。"然后,他对羯陵伽赛娜说道:"我与占星家来这里,是为了确定你的结婚佳期。让你的侍从告诉我们你的生辰星宿。"侍从报告了她的生辰星宿。这两位与宰相串通的占星家装出认真掐算的样子,说道:"不在前,不在后,吉日良辰就在六个月结束之时。"

羯陵伽赛娜听说婚期这么远,顿时心烦意乱。而她的管家说道:"结婚应该选在吉日,夫妻才能幸福。时间早晚又有什么关系?"听了管家的话,众人立即附和道:"说得是呀!"负轭氏也说道:"是啊,如果选在不吉利的日子,与我们联姻的羯陵伽达多国王也会伤心的。"羯陵伽赛娜无可奈何,对大家说道:"就照你们的意见办吧!"便默不作声了。负轭氏得到这个回话,便告辞公主,与占星家一起回到国王那里报告结果。他这样施计稳住犊子王之后,回到自己家里。

　　负轭氏已经达到拖延国王婚期的目的。为了实施下一步计划,他想起自己的一个朋友,就是那位名叫瑜盖希婆罗的梵罗刹。那位梵罗刹早先许诺过负轭氏,只要负轭氏一想起他,他就会出现。梵罗刹来后,向宰相行礼道:"你为何想起我?"于是,宰相把国王迷上羯陵伽赛娜的事情全部告诉了他,然后说道:"朋友啊!我已经推迟国王的婚期。在这期间,你要设法悄悄监视羯陵伽赛娜的行为。她的美貌在三界无与伦比,持明神或其他神肯定都暗暗爱慕她。你如果发现她和哪个悉陀或持明幽会,那就太好了。即使这些神灵情人乔装改扮,你也能认出他们。因为在入睡后,他们就会显现自己的真实面貌。我们依靠你的眼睛,发现她的过失,国王就会嫌弃她。这样,我们的目的便达到了。"宰相说完,梵罗刹问道:"我何不施计赶跑她或杀死她?"负轭氏听后,说道:"这不行。这样做严重违反正法。一个人在世上走自己的路,不违抗正法,那么,正法神就会帮助他实现愿望。所以,朋友啊,你一定要发现她自己犯下的过失。这样,依靠你的友情,我们就能替国王行事。"接受宰相的指示后,梵罗刹运用瑜伽隐身术,进入羯陵伽赛娜的房间。

　　这时,阿修罗摩耶的女儿苏摩波罗芭又来到羯陵伽赛娜身旁,询问这位知心女友昨夜发生的事。她俩的交谈都让梵罗刹听去了。她对羯陵伽赛娜说道:"今天上午,我来这里找你。我藏在你的身旁,看到了负轭氏。听了你们的谈话,我一切都明白了。昨天,我劝阻过你,你为什么还要这样做?明知有不祥之兆,还要一意孤行,结果肯定不妙。请听这个故事。"

　　从前,在安德尔吠提城,有位婆罗门名叫婆苏达多。他的儿子名叫毗湿奴达多,十六岁时,决定前往婆罗毗城求学。他与七个跟自己一样的青年婆罗门结伴。这七个青年头脑愚蠢,唯独他出身名门,聪明睿智。在一个晚上,毗湿奴达多没有告诉父母,与这些青年共同发誓互不背弃后,启程出发。刚出发,他就看到附近有不祥之兆,便对同伴们说:"哟,有不祥之兆,今天还是回去吧。等有了预示成功的吉祥之兆,我们再出发。"那七个愚蠢的朋友听后,说道:"别大惊小怪,我们不怕什么预兆,如果你怕,就别走了。我们现在就出发。明天亲人们知道了这事,就不会放我们走了。"毗湿奴达多听后,考虑到有誓约在先,只能与这些无知的同伴一起出发。但他心中默念驱邪的毗湿奴神。

黑夜结束时,他又说看见不祥之兆,那些愚蠢的朋友一起责骂他:"你这个害怕出远门的懦夫,每走一步都对乌鸦疑神疑鬼。我们带着你就是不祥之兆,还有什么别的不祥之兆?"毗湿奴达多挨了骂,只得无可奈何地跟着他们一起往前走。他默不作声,但心里在想:"无须向自以为是的傻瓜提出什么忠告。这正如用鲜花去装饰粪便,只能招来耻笑。一位智者混在一群人中,正如莲花掉入急流中,必将随波沉浮。所以,我没有必要跟他们讲什么利害得失,默默地跟着走就是。命运将会带来成功。"毗湿奴达多这么想着,与这些傻瓜一起行路。傍晚,他们到达一个蛮族村庄。他东游西转,在夜里,找到一个年轻妇女的住宅,向她借房求宿。她借给他一间房间,他与同伴们一起进去住下。那七个同伴一躺下就睡着了。唯独他由于投宿蛮族人家,保持着警觉。因为在愚人沉睡时,智者怎能入睡?

这时,有个青年男子偷偷溜进那个女人的内屋。女人说着悄悄话,与他一起寻欢作乐。也是命中注定,他俩玩了很长时间,累得睡着了。毗湿奴达多从门缝里,借着灯光看到了这一切。他沮丧地思忖道:"真是倒霉,我们怎么住进了一个荡妇的家?这个青年肯定不是她的丈夫,否则为什么行动这么诡秘?我第一眼就看出这个女人心术不正,只是找不到其他房子,我们才住了进来。"他正想着,听到外面有人的声音。他看见一个年轻的蛮族首领提着刀走进来,而随从留在他们自己的地方。这位布邻陀族首领逼视他,问道:"你们是谁?"毗湿奴达多心想他一定是这家的主人,胆怯地回答道:"我们是旅行者。"于是,这位蛮人进入内屋,看见妻子这副模样,他便用刀砍下她那熟睡的情夫的脑袋。但他没有杀死妻子,也没有唤醒她。他把刀扔在地下,上另一张床去睡了。

毗湿奴达多借着灯光看到这一切,心想:"他这样做是对的,不杀死妻子,只杀死她的情夫。然而,干了这种事,还能泰然入睡,他心里蕴藏着多大的勇气啊!"他正想着,那个荡妇醒了,看见自己的情人被杀,丈夫睡在那里。她起身,将情人的尸体扛在肩上,手里提着他的脑袋,走出屋去。她很快把尸体和脑袋扔在外面的灰堆里，然后又悄悄回来。毗湿奴达多当时也跟了出去，在远处看到了这一切。回来后，他仍像原先那样躺在熟睡的同伴中间。

而那个荡妇回来后，进入内屋，就用那把刀砍下了睡着的丈夫的脑袋。然后，她走出屋来，为了让仆人们听到，使劲喊道："哎哟，我完了，这群旅客把我的丈夫杀死了。"仆人们闻声跑来，看到主人被杀死，便手持武器，冲到毗湿奴达多他们那里。那些同伴面临死亡，惊恐地起身，而毗湿奴达多镇定地说道："你们不要杀害婆罗门。这不是我们干的，是那个与别人通奸的女人干的。我从隙开的门缝里看到了一切，我也走出屋子去看了。如果你们有耐心，我就讲给你们听。"

毗湿奴达多这么一说，便稳住那些蛮人。然后，他从头至尾述了事情经过，并带他们去看刚被那个女人扔掉的尸体和脑袋。那个女人脸色惨白，承认了罪行。所有的人都唾骂这个奸妇，说道："一个通奸的淫妇，色迷心窍，胆大妄为，就像一把刀，什么人不敢杀？"说完，他们便释放毗湿奴达多等人。于是，七个同伴称赞毗湿奴达多说："在我们夜晚入睡的时候，你是保护我们的明灯。蒙受你的恩惠，我们今天度过了不祥之兆带来的死亡。"他们不再骂他，而是向他行礼致敬。天亮后，他们一起出发，去完成自己的使命。

在交谈中，苏摩波罗芭向羯陵伽赛娜讲了这个故事后，又对在憍赏弥城的这位女友说道："朋友啊，就是这样，在做一件事情时，出现了不祥之兆，如果不采取拖延等对策，就会事与愿违。所以，智力迟钝的人不听智者劝告，鲁莽行事，最终自讨苦吃。昨天，出现了不祥之兆，你就不应该派使者到犊子王那里，要他娶你。但愿命运保佑你婚事顺利！你离家来这里，就是在不吉利的时辰，所以，现在婚期遥遥。神灵们也都爱恋你，你可要小心。还要想到宰相负轭氏精通治国论，他怕国王沉溺女色，会设置障碍，即使结了婚，他也会挑你毛病。不过，作为一个有德之士，他或许不会陷害你，朋友啊，但你无论如何要防备其他后妃。请听我给你讲个故事。"

这里有座城市，名叫依喀苏摩提，城边有条同样名字的河流，两者都是众友仙人创造的。河岸边有座大树林。有一位牟尼,名叫蒙迦那迦,以这里作为净修林,双脚朝天,正在修炼苦行。这时,他看见有位名叫弥那迦的天女从空中飞来,衣裳随风飘动。爱神抓住这个机会,搅乱牟尼的心。牟尼的精液射在新鲜的芭蕉树心。树心立刻生下一个肢体完美的女孩。毫无疑问,这是牟尼精液的产物。由于她出生在芭蕉树心中,她的父亲牟尼蒙迦那迦给她取名蕉心。她在牟尼的净修林中长大,犹如从前德罗纳①的妻子慈悯。慈悯也是仙人乔答摩看见天女兰跋而射精生下的。

有一次,中天竺国王坚铠纵情打猎,被马带进这座净修林。他看到身穿树皮衣的蕉心。树皮衣使她显得格外美丽,也表明她是牟尼的女儿。国王一见她,她就完全占据了国王的心,夺走了所有后宫佳丽的位置。国王心想:"我应该得到这位牟尼的女儿做妻子,就像豆扇陀得到干婆仙人的女儿沙恭达罗。"他正这么想着,看见牟尼蒙迦那迦拿着柴薪和拘舍草走来。他下马走上前去,俯伏在牟尼脚下请安。经询向,他又向牟尼作了自我介绍。于是,牟尼吩咐蕉心:"孩子,这位客人是国王,好好侍奉。"蕉心遵命,恭敬地侍奉国王。国王询问牟尼:"这个少女是哪里来的?"牟尼把她的出生、名字以及蕉心的含义都告诉了国王。

国王得知她是牟尼心恋弥那迦而生下的,便认为她是天女,急不可待地提出求婚。牟尼把女儿蕉心许给了国王,因为古代仙人的行动由神力指引,毫不犹豫。众天女凭神力得知蕉心的婚事,出于对弥那迦的友爱,前来为她装饰打扮。她们还给她一些芥末籽,说道:"你走时,沿路撒下芥末籽,以便你知道回来的路。如果哪天丈夫嫌弃你,你要回来,女儿啊!靠了这些长出的芥末,你就能找到路了。"蕉心举行完婚礼,国王让她骑上自己的马,离开净修林。国王的卫队前来护送,蕉心沿路撒下芥末籽。国王带着蕉心回到自己宫中。他把这件事情告诉自己的大臣后,避开其他后妃,与蕉心一起生活。

大王后内心异常痛苦,她悄悄向大臣追述自己过去与国王的恩爱,然后说道:"国王只宠爱新妻子,把我抛在一边。你想想办法,赶走这个妃子。"大臣

---

① 德罗纳(droṇa)是史诗《摩诃婆罗多》中的人物。

听后,说道:"王后啊,毁掉或赶走主人的妻子,像我这样的人不适宜做这种事。那是女出家人的行当。她们与同类的男子合伙,施展种种骗术。那些伪善的女苦行者精通幻术,进入别人家里,无所禁忌,什么事都干得出来。"王后听后,仿佛害羞低头,说道:"我不能做这种违背德行的事。"她送走大臣,而心里记住了大臣的话。

　　然后,她让女仆找来一个女出家人。她从头至尾讲述了自己的所有想法,答应事成之后,给她一大笔钱财。这个伪善的女苦行者贪图钱财,对烦恼的王后说道:"王后啊,这算得了什么? 我有的是办法,保你成功。"她这样安慰王后后,便告辞走了。回到自己家中,女苦行者感到害怕,思忖道:"哎呀,过分的贪心骗不了人。我贸然在王后面前许下这个诺言,其实我不知道该怎么办。在王宫里,不能像在别处那样行骗。一旦被当权者识破,就要受到惩处。这事有个办法。我有个理发师朋友,在这方面有经验。如果他肯出力,就好办了。"

　　她这样想定后,便上理发师那里,告诉他自己一心想要办成这件事。这个年老而狡猾的理发师思忖道:"真是好运气! 我发财的机会来了。我们不能杀害国王的新妻子,相反要保护她。因为她的父亲具有天神的眼力,会揭露一切。我们只要把她和国王拆散,就可以敲诈王后。因为一旦与仆人合谋,主人也形同仆人。到时候,我再让他们团圆,并把事情经过如实告诉国王。国王和牟尼的女儿会成为我的生活靠山。这样,我既没有犯下大罪,又获得长久的生活依赖。"理发师这样想定后,对女苦行者说道:"阿妈,我能做到这一切。但是,用瑜伽力杀害国王的新妻子不合适。一旦国王发觉,会把我们全都处死。犯下这种谋杀女人罪,他的父亲牟尼也会诅咒我们。所以,最好是用智力拆散他俩。这样,王后会高兴,我们也能获得钱财。这事对我来说很容易。我凭借智慧,有哪件事没办成? 请听我告诉你我的办法。"

　　从前,坚铠王的父亲是个无耻之徒。我是国王的奴仆,恪守自己的职责。有一次,他在游荡时,看到我的妻子。由于她年轻美丽,国王迷上了她。国王向仆人打听,得知她是理发师的妻子,便想:"理发师能干什么?"于是,这个昏君进入我的家,尽情享用我的妻子,然后离去。那天,也是命运安排,我恰好离

217

家外出了。第二天,我进屋时,发现妻子变了一副模样,便询问她,妻子得意洋洋告诉我事情经过。

此后,国王经常明目张胆享用我的妻子,而我没有能力阻止。邪恶淫荡的昏君分不清是非善恶,正如大风煽起烈火不分是树林,还是小草。既然我无法阻止,那我就假装有病,节制饮食,变得苍白瘦削,气喘吁吁。我就以这副模样去侍奉国王。国王见我虚弱的样子,故意问我:"喂,你说说你怎么变成这副模样了?"在国王一再询问下,我先请求他恕我无罪,然后悄悄回答说:"国王啊!我的妻子是个女鬼。每当我睡着时,她就从肛门把我的肠子拽出来吸吮,然后再放回去。所以,我变得这样瘦弱。我再怎样滋补营养,也不可能胖起来。"我这么一说,国王感到害怕,心想:"她真是个女鬼吗?她为什么要抓住我呢?是不是因为我营养丰富,她也吸吮我的肠子?今天夜里,我要设法亲自弄个明白。"国王这样想定后,赐给我食物。

然后,我回到家,当着妻子的面,掉下眼泪。妻子问我,我便说道:"亲爱的!你不要把我说的话告诉任何人。你听着,国王的肛门上长出了一些牙齿,像金刚杵一样锋利。今天我工作时,它们碰断了我的剃刀。这样,我的剃刀每次都会碰断。我哪有那么多新剃刀呢?所以,我哭了,我们家的生计要毁了。"听了我的话,妻子决心在晚上国王来后,趁他睡着的时候,看看那些长在肛门上的稀奇的牙齿。她没有想到这种在世界上从未见过的事虚妄不实。再聪明的女子也会被骗子的花言巧语蒙住的。晚上,国王又来随意享用我的妻子。他记着我的话,假装疲倦而入睡。我的妻子以为他睡着了,慢慢地伸出手去,想要摸摸他肛门上的牙齿。她的手一碰到国王肛门,国王马上起身叫道:"女鬼,女鬼!"国王吓得跑走了。从此以后,国王出于恐惧,抛开了我的妻子。我的妻子也就对我表示满意,一心忠于我。我从前就是这样凭借智慧,从国王手中救出妻子。

理发师向女苦行者说完这件事后,又说道:"善女子啊,你要依靠智慧实现这个愿望。阿妈啊,听我告诉你这件事该怎么办。首先,在后宫收买一个老仆人,让他悄悄对国王说:'你的妻子蕉心是个女鬼。'这个林中少女没有自己的仆人,所以,这种仆人容易收买。只要有利可图,有什么不可以干的?然后,等国王闻听后,感到害怕时,你要设法在夜里把手脚之类肢体放在蕉心的房间里。到了早上,国王看见这些后,就会对老仆人的话信以为真。出于恐惧,他会主动抛弃蕉心的。这样,王后会为赶走情敌而高兴,赞赏你,我们也会得到好处。"听罢理发师的话,女苦行者同意道:"好吧。"她到王后那里,如此这般讲了一遍。王后一一照办,设法让国王亲眼见到手脚之类肢体,以为蕉心是个恶鬼,抛弃了她。王后高兴满意,悄悄赏赐女出家人。女出家人和理发师一起尽情地享受。

蕉心被坚铠王抛弃后,为蒙受冤屈而悲伤,离开王宫回家。她沿路以原先播种、现已长出的芥末为标志,回到父亲的净修林。父亲蒙迦那迦牟尼看见她突然回来,刹那间怀疑她行为不端。然而,通过沉思,他得知事情的全部经过。他怀着慈爱,亲自安慰女儿。然后,他带着女儿去找国王。国王向他行礼。他向国王指出这是王后忌恨情敌而导演的一场闹剧。

这时,理发师主动来到国王那里,陈述事情经过后,说道:"就这样,我设法让蕉心王后离开,国王啊,既使大王后满意,也保护蕉心免受伤害。"国王听后,感到大牟尼说的话完全可信,于是领回蕉心,与她重归于好。送走牟尼后,国王赏赐理发师钱财,认为这是一个效忠自己的人。唉!帝王们总是受到骗子愚弄。此后,坚铠王避开自己的王后,与蕉心一起愉快地生活。

"后妃常常制造这类莫须有的罪名,肢体优美的羯陵伽赛娜啊,你是个少女,婚期定得很远。那些行动神秘的神灵也爱恋着你。现在,你要处处留心,自己保护自己。你是世界上唯一的宝贝,而唯独嫁给犊子王。正因为你超群出众,才给自己招来敌意。朋友啊,我不会再到你这里来了,因为现在你已经待在丈夫家里。一个贞洁的女子是不到女友丈夫家去的。肢体美丽的女子啊,我今天已经受到丈夫阻止了。我也不可能出于对你的友爱,悄悄来这里,因为我的丈夫具有天神的眼力,会察觉的。今天我好不容易取得他的同意才来的。现在,我在这里也帮不上忙了,朋友啊,我要回家。但如果我的丈夫同意,我还会不顾羞涩,再来这里的。"

阿修罗魔王的女儿苏摩波罗芭流着泪说完这些话,人间国王的女儿羯陵伽赛娜也泪流满面。白天即将消逝,苏摩波罗芭安慰羯陵伽赛娜后,从空中飞回自己的家。

第七章

羯陵伽赛娜公主想到亲爱的女友苏摩波罗芭已经走了,自己远离家乡,抛弃亲友,与犊子王的结婚喜庆又被推迟,一个人待在憍赏弥城,就像脱离树林的一头雌鹿。犊子王似乎对那些占星家心怀不满,他们巧妙地推迟了羯陵伽赛娜的婚期。一天,他焦燥不安,为了消遣解闷,来到仙赐的寝宫。王后依照宰相原先的教诲,面无怒色,特别殷勤地侍奉他。国王心里纳闷:"明明已经知道羯陵伽赛娜的事情,王后怎么不生气?"他想探个究竟,便对她说道:"王后,你知不知道有位名叫羯陵伽赛娜的公主来到这里选我做丈夫?"王后听后,面不改色,说道:"我知道。我很高兴一位吉祥女神来到我们这里。得到了她,她的父王羯陵伽达多也就在你的控制之下,世界也就更容易统治了。我为你的权力和幸福而高兴,夫君啊,我早就知道你的情况。世上许多公主不理睬别的国王的追求,都追求你。有你这样的丈夫,我怎么会不幸运呢?"王后这番话是负轭氏教的,而犊子王听了,心里很高兴,与她同饮美酒,共度良宵。

睡醒时,他思忖道:"王后怎么如此爽快依顺我,同意我娶羯陵伽赛娜?这个苦行女怎么能够容忍她呢?我与莲花公主结婚时,也是命运安排,她才没有丧命。如果她出点事,一切都完了。她维系着我的儿子、内兄和岳父,还有莲花和王国。有什么更合适的办法呢?我该怎样与羯陵伽赛娜结婚呢?"这样想着,天亮了,犊子王离去。

又有一天,犊子王去莲花王后的寝宫。莲花经过仙赐的教诲,也同样殷勤侍奉前来的国王,对国王的询问作出同样的回答。第二天,国王捉摸这两位王后一样的思想和语言,把这些告诉了负轭氏。负轭氏看出国王渐渐陷入犹疑,便抓住时机,对国王说道:"我知道这事情不会就此了结,最终结局是可怕的。两位王后已经决定抛弃生命,所以才这么说话。贞洁的女子高傲而深沉,发现丈夫另有所爱或逝世升天，便毫无欲求，一心想死。成熟的妇女不能忍受深厚感情的破裂。国王啊！请听闻军的故事。"

从前，南方有座城市名为牛耳，国王名叫闻军。他是家族的荣耀，学识渊博。他拥有一切财富，唯一的烦恼是找不到一个与自己匹配的妻子。有一次，他与一位名叫阿耆尼舍尔摩的婆罗门谈起自己的烦恼。阿耆尼舍尔摩对他说道："国王啊，我曾目睹两件奇事，我讲给你听。"

我曾经去朝拜圣地，到达五圣地。那里，从前有五位天女遭仙人诅咒，变成鳄鱼。后来，阿周那来这里朝拜圣地，救出她们。我在圣水里沐浴。在那儿的圣水里沐浴并斋戒五天的人，会成为大神那罗延的随从。我刚要离开，看见一位农夫在田间，一边用锄头锄地，一边唱歌。迎面来了一位出家人，向农夫问路。农夫专心唱歌，没有听见他问话。出家人很生气，说了些难听的话。农夫停止唱歌，对他说道："喂，你是个出家人，却一点不懂正法。我这个粗人还知道正法的要义。"出家人听后，出于好奇问道："你知道什么呢？"农夫回答说："你坐在这里树荫下，听我告诉你。"

在这个地方，有婆罗门三兄弟，名叫梵授、月授和品德高尚的世授。两位兄长都娶了妻，而小弟弟尚未成婚。我是他们家的农夫。小弟弟像仆人一样，与我一起听从两位兄长发号施令，从无怨言。两位兄长认为他软弱、无知、善良、单纯，循规蹈矩，缺乏进取心。一次，两位嫂子悄悄向世授求欢。世授把她俩视同母亲，加以拒绝。于是，她俩向自己的丈夫诬告说："你的弟弟偷偷调戏我。"两位兄长上了坏女人的当，不辨是非，心里忌恨弟弟。他俩对世授说道："你去把田间的那座蚁垤铲平。"弟弟遵命来到田间，用铁锹刨蚁垤。我劝阻他说："不要刨，里边有一条黑蛇。"他听后，照刨不误，说道："随它去！"即使两位兄弟不怀好意，他也不会违背他俩的命令。他刨着刨着，从蚁垤里刨出一个装满金子的罐子，而不是一条黑蛇。因为正法大神总是护佑善人。他带回这个罐子，原封不动交给两位兄长。尽管我曾劝阻他，但他出于对兄长的敬重，还是这样做了。而这两位兄长为了独霸财产,竟然取出其中的一点金子,收买刺客,砍掉弟弟的手脚。到了这种地步,这位毫无怒气的弟弟也不怨恨两位兄长。由于他的真诚,他的手和脚又长了出来。

自从目睹此事,我也完全摆脱了怒气。而你虽说是个苦行者,却至今没有摆脱怒气。一个毫无怒气的人能升入天国。现在,请看!

这位农夫这样说着,抛弃了肉体,升入天国。这是我目睹的第一件奇事。你再听我讲第二件奇事,国王啊!

后来,我又一次朝拜圣地,在海边游荡,到达春军王的王国。那里正在举行王祭,我想进去享受一番。这时,一些婆罗门对我说道:"婆罗门啊,别走这条路,公主在这里。她名叫忽闪,即使是牟尼见到她,也会被爱神之箭射穿,神魂颠倒,活不下去。"我回答说:"这没有什么稀奇。我经常见到闻军王,他是第二个爱神。每当他出宫巡游时,卫兵们总要把那些良家妇女赶开,以防她们想入非非,失去贞洁。"我这么一说,他们知道我是您的臣民。执行祭司和王室祭司带我到国王那里去用餐。我见到了公主忽闪。她仿佛是爱神迷惑世界的幻术化身。我用了好长时间才控制住自己心中产生的激动,思忖道:"如果她成为我的王上的妻子,他会忘记王国。即使如此,我也必须把这件事禀告王上,以免出现迷娘和天军的事件。"

从前,在天军王的王国里,有位商人的女儿,美貌倾城倾国,名叫迷娘。她的父亲向国王推荐自己的女儿。但是,国王没有娶她。因为婆罗门担心国王沉溺女色,说她有不祥之兆。于是,她嫁给了国王的一位大臣。一次,她在窗前向国王显示自己。国王在远处遇见她的目光,仿佛被雌蛇的毒气击倒,迷迷糊糊。从此,他失去生活乐趣,不思饮食。迷娘的丈夫和众大臣一起劝说国王娶她为妻。但是,国王恪守正法,不占他人之妻。结果,国王怀着对迷娘的爱而死去。

我考虑到如果这样的事也发生在你身上,我将铸成大错。所以,今天,我告诉你这件奇事。

然而,闻军王听了婆罗门的这番话,像是得到爱神的命令。忽闪公主迷住了他的心。他立即送走婆罗门,迅速设法迎来忽闪公主,与她结婚。从此,国王和忽闪公主形影不离,犹如太阳和阳光。后来,有位富商的女儿名叫母赐,自恃貌美,亲自前来选国王做她的丈夫。国王尽管害怕不合适,还是娶了她。忽闪得知此事,心碎而死。国王回来看到爱妻已死,把她抱在怀里,哀伤不已,猝然死去。然后,商人的女儿投火自焚。就这样,整个王国与国王一起毁灭了。

"所以,国王啊,深厚感情的破裂是难以承受的。对于敏锐的仙赐王后,更是这样。如果你与羯陵伽赛娜公主结婚,仙赐王后必死无疑,莲花王后也一样。因为她俩生死与共。以后,你的儿子那罗婆诃那达多怎么办?我知道,国王的心无法承受这些这样,顷刻之间,一切就都毁了。国王啊,两位王后的话含意深沉,充分表明她们万念俱灰,决心抛弃生命。所以,你必须保护自己的利益。即使动物也知道保护自己,国王啊,何况像你这样的智者?"

听了宰相负轭氏的这番话,犊子王茅塞顿开,说道:"是这样。毫无疑问,我的一切都会毁掉。所以,我娶羯陵伽赛娜公主有什么好处?占星家推迟婚期有道理。就是拒绝一个前来自选丈夫的女子,也算不上违背正法。"听了犊子王的话,负轭氏很高兴,心想:"事情正在按照我们的愿望发展。治国术犹如一棵大树,因时因地采取种种策略,犹如浇水培土,哪会不结出果实呢?"负轭氏思考着合适的时间和地点,向国王行礼,告辞回家。

然后,国王来到仙赐王后那里。她掩盖自己的感情,殷勤接待国王。国王安慰她,说道:"还要我说什么呢?你都知道,鹿眼女啊!你的爱情是我的生命,犹如水对于莲花。我怎么能接受别的女子,哪怕是别的女人的名字?羯陵伽赛娜冒冒失失来到我的家。谁都知道,兰跋冒冒失失来到正在修炼苦行的阿周那身边,遭到拒绝后,便诅咒阿周那成为阉人。这个诅咒束缚了阿周那整整一年。他在毗罗吒王宫中,身着女装,容貌惊人。所以,当时,我没有拒绝羯陵伽赛娜。但我不会做违背你的意愿的事。"国王这样安慰她后,看到她脸上泛起红晕,如同心中涌起激情,便将她的狡黠误认为真诚。犊子王对宰相的智慧表示满意,与仙赐王后共度良宵。

同时，负轭氏原先派去日夜监视羯陵伽赛娜行动的朋友梵罗刹瑜盖希婆罗，在这天晚上亲自前来报告他说："我一直呆在羯陵伽赛娜的房间里。无论屋里屋外，我始终没有发现任何神灵或凡人来到。不过，今天，我隐藏在屋顶附近，天刚黑的时候，突然隐隐约约听到空中有声音。凭我的法力，本应能探明声音的来源，可是没有成功。我经过思索，认为这肯定是一位迷恋羯陵伽赛娜的神灵在空中游荡的声音。由于我的法力没有成功，我想另找窍门，因为清醒的智者不难发现对方的漏洞。我听宰相说过神灵们迷恋她，也听到她的女友苏摩波罗芭这么说过。这样决定后，我便来这里向你报告情况，顺便向你请教。请你说说吧！虽然没有看到，但我凭借法力听到你对国王说：'即使是动物，也知道保护自己。'如果有例子的话，智者啊！请讲给我听听。"瑜盖希婆罗说完，负轭氏对他说道："朋友啊，请听我给你讲这个故事。"

从前，在毗底沙城郊，有棵大榕树。在这棵大树上，住着四个动物：猫鼬、猫头鹰、猫和老鼠。它们分别住在大树的不同部位。猫鼬和老鼠住在树根的两个各自分开的树洞里。猫住在树干中间的一个大洞里。猫头鹰住在树顶上的蔓藤窝里，其他三个动物都到达不了。老鼠是其他三个动物的捕食对象，而其他三个动物又都是猫的捕食对象。老鼠和猫鼬出于害怕猫，猫头鹰出于天性，它们三个都在夜里出来觅食。而猫为了捕捉老鼠，不管白天还是黑夜，经常无所畏惧地在麦田附近游荡。其他三个动物只是在自己适宜的时间，偷偷到那里去觅食。

有一次，有个旃陀罗猎人来到那里。他看到猫进入麦田的脚印，想捕杀它，便在麦田四周布下套索，然后离去。晚上，猫想捕食老鼠，来到那里。它一进入麦田，就被套索拴住。而老鼠为了觅食，也悄悄来到那里。它看见猫被拴住，高兴得手舞足蹈。这时，猫头鹰和猫鼬也沿着同一条路从远处走来，到了麦田，看见猫被拴住，便想捕捉老鼠。而老鼠从远处看到它俩，胆颤心惊，思忖道："猫鼬和猫头鹰害怕猫。但我如果投靠猫，这个仇敌虽然被拴着，只要一扑腾，就能置我于死地。而我要是远远躲着猫，猫鼬和猫头鹰又会杀死我。我已陷入敌人的包围，往哪儿跑？怎么办？嗨，我还是求助猫吧！它已陷入困境，我可以咬断它的套索,让它为了救自己而保护我。"这样想定,老鼠便慢慢走到猫那里,说道:"你被拴住了,我很难过,所以,我要咬断你的套索。即使是敌人,由于住在一起,也会产生真诚的友爱。但是,我还不能信赖你,因为我不了解你的心思。"听了这话,猫说道:"贤士啊,你相信我吧!从今以后,你就是我的救命恩人。"老鼠听后,便爬到猫的胸前。见此情景,猫鼬和猫头鹰绝望地离开了那里。

猫被套索拴得很难受,对老鼠说道:"夜快过完了,朋友啊,你快点咬断我的套索。"而老鼠有心要等到猎人来,慢慢腾腾啃着套索,牙齿故意发出咯吱咯吱的声响,拖延时间。一会儿,天亮了,猎人来到附近。在猫的恳求下,老鼠赶快咬断套索。套索咬断后,猫害怕猎人,赶紧逃跑。同时,老鼠也死里逃生,钻进自己的洞里。等猫再呼喊老鼠时,老鼠不再信任它,说道:"在需要的时候,敌人也可以成为朋友,但不会永远是朋友。"

就这样,老鼠虽然是动物,也能凭借智慧保护自己,摆脱众多的敌人。在人类中,这样的事情就更多了。你听到的我对国王说的话,就是提醒国王运用智慧,保护王后生命,从而保护自己的事业。无论在哪儿,最好的朋友是智慧,而不是勇气。瑜盖希婆罗啊,请听这个故事:

有座城市名叫舍卫,那里从前住着波斯匿王。一位陌生的婆罗门来到这座城市。有位商人见他不吃首陀罗的食物,认为他是有德之士,安排他住在一个婆罗门家里。在那里,他每天得到糙米和其他施舍。后来,其他商人得知后,也向他施舍。于是,这位可怜人渐渐地积蓄了一千金币。他到树林里,挖个坑,把金币埋在地下。每天,他独自去察看这埋钱的地方。

一天,他看见那坑已被挖开,金币没有了。他望着空空的坑,精神崩溃,不但自己心里空虚,整个大地也变得空虚。他哭着回到自己居住的婆罗门家里。经询问,他说出了事情经过,并决定去圣地绝食,抛弃生命。供养他的那位商人得知后,和其他商人一起来劝说他:"婆罗门啊,你为什么为了一点钱财就要去死?钱财就像浮云,飘忽不定。"尽管商人这样劝说,婆罗门还是想死,因为对这个可怜人来说,钱财重于生命。正当婆罗门要去圣地寻死,波斯匿王也得知此事,便来到他的身旁,问道:"婆罗门啊,你埋金币的地方有什么标记?"婆罗门听后,说道:"树林里有棵小树,国王啊,我把钱财埋在那棵小树的树根下。"听了这话,国王对他说道:"我会为你找回钱财,或者从我的金库里取钱给你,婆罗门啊,不要寻死。"国王的话打消了婆罗门自杀的念头。国王把这个婆罗门托付给商人后,回到宫里。

在宫里,国王推说头痛,吩咐卫兵击鼓传令,把所有医生召来。然后,对着一个一个医生,他分别询问:"看过多少病人?是什么病?开的什么药方?"医生们一一作了回答。国王问到其中一个医生时,医生回答说:"国王啊,商人母授身体不舒服,我给他开了象力草药。今天已是第二天了。"听了这话,国王把那个商人召来,问道:"告诉我,谁给你弄来象力草药?"商人回答说:"国王啊,是我的仆人。"国王立刻召来那个仆人,说道:"交出你在那棵树树根下挖掘象力草药时得到的金币,那是一个婆罗门的。"听了国王的话,仆人十分害怕,当场承认,去把钱财取来交出。国王召来正在实行斋戒的婆罗门,把钱财还给他。对于这个婆罗门,金币失而复得,犹如灵魂出而复归。

这样,国王凭借智慧,知道草药生长的地方,为婆罗门找回了在树根丢失的钱财。所以,智慧永远高于勇气。在这类事情上,勇气有什么用?瑜盖希婆罗啊,你要运用智慧发现羯陵伽赛娜的过失。正因为神魔都爱恋她,你在晚上听到空中有响声。一旦发现她的过失,她就会倒霉,而我们不会。国王就不会和她结婚。而我们也没有做出违背正法的事。

听了智慧博大的负轭氏讲述的这番话,梵罗刹瑜盖希婆罗很满意,说道:"除了天师之外,在治国论上,有谁能与你相比?你的建议如同甘露浇灌王国之树。我要运用智慧和能力坚持侦察羯陵伽赛娜的行迹。"说完,瑜盖希婆罗便走了。

这时,羯陵伽赛娜在自己宫中,看见犊子王在他的宫中或别处散步,内心痛苦。她的心忍受着爱情之火,虽然佩戴莲藕制作的手镯和项链,涂抹檀香膏,还是一点也减轻不了灼热。

与此同时,持明王摩陀那吠伽由于过去与羯陵伽赛娜有一面之缘,被爱神的利箭射中。他为了得到羯陵伽赛娜,修炼苦行,获得湿婆的恩惠。但由于羯陵伽赛娜另有所爱,又在异国,持明王还是难以得到她。于是,他为了寻找机会,晚上总在她的宫顶上空游荡。他想起自己以苦行取悦湿婆后,湿婆给他的指点。一天晚上,他依靠自己的法力,幻化成犊子王的模样,进入宫中。卫兵向他致敬,以为国王忍受不了拖延时间,瞒着大臣来了。羯陵伽赛娜看到他,站起身来,激动不已。她身上的装饰品发出叮当的响声,仿佛警告她:"这不是他。"然而,她渐渐相信了,便与幻化成犊子王的摩陀那吠伽用健达缚方式结为夫妻。

这时,依靠瑜伽力隐身进入房间的瑜盖希婆罗,以为看到了犊子王,十分气馁,便去报告负轭氏。负轭氏得知消息,设法探明犊子王正在仙赐王后身边。于是,瑜盖希婆罗很高兴,遵照宰相的吩咐,回去侦察羯陵伽赛娜的情夫睡着时的真实容貌。到了那里,他看见羯陵伽赛娜已经睡着,而在同一张床上,摩陀那吠伽显现出自己的原貌睡着。这位神灵不沾尘土的莲花脚有华盖和旗帜的标记。他已失去幻化能力,因为他的法力在睡眠中无效。于是,瑜盖希婆罗很高兴,回来如实报告负轭氏,兴奋地说道:"像我这种人不知道的,你凭治国之眼都知道。由你辅佐,国王的难题迎刃而解。没有太阳,天空有什么用? 没有清水,池塘有什么用? 没有大臣,王国有什么用? 没有真理,语言有什么用?"瑜盖希婆罗说完,负轭氏很高兴,向他告别。

第二天早上,负轭氏拜见犊子王。他施礼后,在交谈中,国王询问该对羯陵伽赛娜怎么办。负轭氏说道:"国王啊,她是个随心所欲的女子,你不能娶她。她自作主张去相看波斯匿王,看到他是个老人,便嫌弃他。她贪图你的美貌,便来到这里。可现在她又随意与别的男子幽会。"听了这话,国王说道:"她是个名门女子,怎么会做出这种事? 而且,谁能进入我的后宫呢?"聪明的负轭氏回答说:"国王啊,今天晚上,我就让你亲眼看见。因为悉陀等神灵都爱恋她,世上哪个凡人能阻挡神灵的行动呢? 国王啊,你去亲眼看一下吧!"国王听后,决定晚上与宰相一起去。然后,负轭氏来到仙赐王后那里,说道:"王后啊,今天,我实现了过去许下的诺言:除了莲花王后外,不再会有别的王后。"他把羯陵伽赛娜的事情全都告诉了王后。王后向他行礼贺喜,说道:"这都是遵循你的教导的结果。"

晚上,人们都入睡后,犊子王和负轭氏悄悄进入羯陵伽赛娜的房间,看到显现原貌的摩陀那吠伽睡在羯陵伽赛娜的身旁。国王想杀死这个大胆之徒。这时,持明王依靠自己的法力惊醒过来。一醒过来,他就立即窜出屋去,飞上天空。随即,羯陵伽赛娜也醒来。她看到床空着,便说道:"怎么犊子王醒了,扔下我睡着不管,就走了?"听了这话,负轭氏对犊子王说道:"你听,她被一个幻化成你的神灵骗了。我依靠瑜伽力发现他,也让你亲眼看到他。但他具有神力,你不能杀死他。"说罢,他与国王一起走到羯陵伽赛娜面前。见到他俩,羯陵伽赛娜恭恭敬敬站着,说道:"国王啊,刚才你去哪儿了?现在怎么又与大臣一起来了?"负轭氏对她说道:"羯陵伽赛娜啊,你受骗了,与一个幻化成犊子王模样的人结了婚,那不是我们的王上。"听了这话,羯陵伽赛娜如箭穿心,思绪混乱,泪水涟涟,对犊子王说道:"我与你用健达缚方式结的婚,你怎么忘记了?国王啊,这就像从前豆扇陀忘记沙恭达罗。"闻听此言,国王沉下脸说道:"你确实不是与我结的婚,因为我现在才来到这里。"国王这样说着,宰相负轭氏说道:"走吧!"便带着国王回宫了。

国王和宰相离开后,羯陵伽赛娜身处异国他乡,离亲别故,犹如一头失群的雌鹿。她的脸上已留下交欢的痕迹。她发髻凌乱,犹如大象碰撞莲花,花叶破碎,黑蜂乱飞。她已失去童贞,走投无路,只能仰望苍天,呼喊道:"让那个幻化成犊子王与我结婚的青年显身吧!因为他是我的丈夫。"持明王听到她的呼喊,便以神灵的原貌,佩戴着项链和手镯,从天而降。羯陵伽赛娜问道:"你是谁?"他回答说:"我是持明王,名叫摩陀那吠伽,美女啊,原先我在你的父亲家见过你。为了得到你,我修炼苦行,获得湿婆的恩惠。而你爱恋犊子王,我便设法幻化成他的模样,赶在你们成婚前,与你结婚。"这些话语犹如甘露灌耳,羯陵伽赛娜的莲花心渐渐复苏。然后,摩陀那吠伽安抚自己的爱人,让她恢复平静,赐给她许多金子。羯陵伽赛娜想到他与自己是匹配的,内心充满对这位好丈夫的挚爱。于是,摩陀那吠伽飞上天空,答应还会回来。羯陵伽赛娜得到摩陀那吠伽的许诺后,耐心地在原地住着,深情地思念丈夫居住的、凡人无法到达的天国,思念她已离别的父亲的家。

第八章

有一天晚上,犊子王想到羯陵伽赛娜美貌绝伦,情火中烧,便起身持刀,独自进入羯陵伽赛娜宫中。羯陵伽赛娜恭敬地接待他。而当国王向她求婚时,她拒绝道:"我已是有夫之妇。"国王说道:"你得到的是第三个男人,所以,你是娼妇,我来找你,算不上占有他人之妻。"闻听此言,羯陵伽赛娜回答说:"国王啊! 我是为了你而来到这里。可是,持明王摩陀那吠伽悄悄化作你的模样,与我结了婚。他是我唯一的丈夫。你为什么说我是娼妇? 凡是抛弃亲人、随心所欲的女人,都会遭到这种不幸,何况少女呢? 我的女友看到不祥之兆,曾经劝阻过我,我却还派遣使者向你传情。这是我自食其果。现在,如果你采取暴力,碰我一下,我立刻寻死。哪个名门之女会伤害自己的丈夫呢? 国王啊,听我给你讲个故事。"

从前,契底国国王名叫因陀罗达多。他看到肉身无常,便在净罪圣地建造了一座宏伟的神庙,以求永恒的名声。他经常怀着虔诚的心情前来朝拜,人们也经常来这圣地沐浴。有一次,国王看见一位商人的妻子来圣地沐浴。她的丈夫已出外经商。她仿佛遍身浇灌甘露,晶莹透明,妩媚可爱,就像一座活动的爱神宫殿。爱神仿佛出于爱心,用一对箭囊的光艳抱住她的双脚,说道:"有了你,我将征服世界。"国王对她一见倾心,在晚上,不由自主地寻到她家里求爱。她对国王说道:"你是保护者,侵犯他人之妻不合适。如果你强行占有我,你就是大逆不道。我立刻就死,决不忍受这种耻辱。"尽管她这样说了,国王还是对她采取了暴力。她因失去贞节而恐惧,突然心碎而死。见此情景,国王顿时感到羞愧,沿原路返回。过了几天,他自己也悔恨而死。

讲完这个故事,羯陵伽赛娜胆怯而谦恭地低下头。然后,她又对犊子王说道:"你不要置我于死地,在这种非法之事上打主意了。既然我已经来到这里,请你允许我住下。否则,我只能移居别处。"知礼明法的犊子王听了羯陵伽赛娜的这番话,想了想,便放弃了原来的企图,对她说道:"公主啊,你与丈夫随意住在这里吧!我不会再打扰你了,你别害怕。"说罢,犊子王回宫去了。

摩陀那吠伽听到了这些谈话,从天而降,对羯陵伽赛娜说道:"亲爱的,你做得对。如果你不这样做,幸福的女郎啊,你将不会有幸福。因为我不会容忍这种事的。"持明王说罢,便安抚她,与她共度良宵。就这样,持明王来回于天上和人间。有了持明王做丈夫,羯陵伽赛娜尽管是凡人,也享受到了天国的幸福。而犊子王记住宰相的话,抛弃了对羯陵伽赛娜的相思。他想到自己保全了王后、王国和儿子,十分高兴。王后仙赐和宰相负轭氏看到治国如意藤结出果实,也很满意。

光阴流逝,羯陵伽赛娜的莲花脸变得苍白,出现孕妇的征兆。她怀孕了,乳房耸起,乳头变黑,犹如爱财的一对刻有爱欲标记的宝罐。后来,她的丈夫摩陀那吠伽前来对她说道:"羯陵伽赛娜啊,我们神灵有条天规,凡是生下凡人胎儿,我们必须抛弃,远远离开。弥那迦不就是把沙恭达罗抛弃在干婆的净修林吗?尽管你过去是天女,但由于你自己不守天规,受到因陀罗诅咒,现在成了凡人。因此,即使你在人间是贞洁的,却仍然背着不贞洁的名声。所以,你好好保护孩子,我要回到自己住处去了。什么时候你想起我,我会出现在你面前。"羯陵伽赛娜听后,泪眼模糊。持明王安抚她,给了她许多珠宝。持明王虽然一心爱恋羯陵伽赛娜,但受天规束缚,只得离去。羯陵伽赛娜留在原地,在犊子王的庇护下,以腹中的孩子作为伴侣,支撑着度日。

同时,爱神的妻子罗蒂为了让丈夫恢复形体,一直在修炼苦行。这时,湿婆指示她说:"你的丈夫对我不敬,才被我烧成灰烬。他现在以非子宫孕的方式,降生在犊子王宫中,得名那罗婆诃那达多。由于你取悦我,也将以非子宫孕方式降生在人间。这样,你就能与有形体的丈夫相会。"湿婆这样对罗蒂说完后,又指示创造主说:"羯陵伽赛娜将要生个神种儿子。你要用法力取走她的儿子,换上罗蒂。罗蒂将要抛弃神体,你要把她造成人间女婴。"创造主记住了湿婆的指示。

羯陵伽赛娜到了临产的时间。她刚生下一个男婴,创造主就运用自己的法力,把罗蒂点化成女婴,悄悄替换了男婴。所有的人看到的是一个女婴诞生,犹如白天突然升起一弯新月。她的光艳照亮房间,以至于盖过一排排宝灯。这些宝灯的火焰仿佛因害羞而暗淡。羯陵伽赛娜看到自己生下一个无与伦比的女儿,显得比生个儿子还高兴。

犊子王、王后和大臣听说羯陵伽赛娜生了一个美丽的女儿,在大神湿婆的推动下,犊子王突然当着负轭氏的面,对王后仙赐说道:"我知道,羯陵伽赛娜是天女,受到诅咒才下凡的。她生下的女儿是神种,容貌非凡。这个女孩与我的儿子那罗婆诃那达多相匹配,应该成为他的妻子。"听了这话,仙赐王后对国王说道:"大王啊,你今天怎么突然说出这种话?我们的儿子血统纯洁,羯陵伽赛娜的女儿是荡妇所生,两者怎能相比?"国王听后,沉思片刻,说道:"我自己并不想这么说,但好像有谁进入我的心里,让我这样说的。我好像听到天上有个声音在说:'这个女孩子早就被指定为那罗婆诃那达多的妻子。'而且,羯陵伽赛娜出身名门,是个忠贞的妻子。只是由于前生的行为,才留下不贞洁的名声。"

听了国王的话,宰相负轭氏说道:"国王啊,听说爱神被烧毁后,罗蒂修炼苦行。湿婆赐给思念丈夫的罗蒂一个恩惠,说道:'你将下凡,与已经下凡的有形体的丈夫相会。而天上话音早就说过你的儿子是爱神下凡。按照湿婆的说法,这个女孩肯定是罗蒂下凡。今天,接生婆悄悄地对我说:'我原先看到的还在羯陵伽赛娜阴部的胎儿,与生下来后的不一样。我见到这种奇事,所以来告诉你。'这是那个接生婆说的。而你的脑子里也闪现那种想法。所以,我知道,这是天神运用法力,偷走胎儿,施展掉包计,以非子宫孕的方式,让罗蒂变成羯陵伽赛娜的女儿。你的儿子是爱神下凡,她是你的儿子的妻子。国王啊,有例为证,请听这个药叉的故事。"

有位财神的侍从名叫毗鲁波刹。这位药叉是无数宝库的主管。他委派一个药叉看守摩突罗城外的一座宝库,像石柱一样巍然不动。城里有一位信奉兽主湿婆的婆罗门,是个掘宝师。有一次,他来这里寻宝。他手持一盏油灯探寻,一走到这里,灯就从手中失落。凭此征兆,他知道这地方有宝库。于是,他与一些婆罗门一起动手发掘。奉命看守这座宝库的药叉见到后,便去如实报告毗鲁波刹。毗鲁波刹愤怒地向这个药叉下令道:"快去把那些卑贱的掘宝师杀掉。"于是,药叉回去施展计策,杀死了那些掘宝的婆罗门。财神得知此事,很生气,对毗鲁波刹说:"你怎么能鲁莽地杀害婆罗门,罪人啊,他们是一些可怜的商人,一心想着发财,什么事干不出来呢? 但只要吓唬他们,设置各种障碍制止他们就行了,不应该杀死他们。"财神说罢,便诅咒毗鲁波刹,"由于这件坏事,你将投胎成凡人。"毗鲁波刹受诅咒后,降生为人间一个享有封田的婆罗门的儿子。

后来,这个药叉的妻子乞求财神说:"神啊,我的丈夫已受贬下凡,让我也下凡吧,请赐恩! 与他分离,我活不下去。"听了这位忠贞的药叉女的话,财神说道:"无辜的人啊,你的丈夫降生在一个婆罗门家里。你也以非子宫孕的方式降生在这个婆罗门的女奴家中吧。这样,你就能与丈夫相会。由于你的恩惠,他将度过诅咒期,回到我的身边。"按照财神的命令,这位忠贞的药叉女变成人间的女婴,降生在那个女奴的家门口。女奴突然发现这个容貌非凡的女婴,便抱着她给自己的婆罗门主人看。婆罗门对女奴说道:"这个女孩肯定是个以非子宫孕方式生下的神女。这是我的心告诉我的。你放心抚养她吧! 我想她能成为我的儿子的妻子。"婆罗门说完这些话,满心欢喜。

日后,这个女孩和婆罗门的儿子都长大成人。他俩互相一见钟情。婆罗门让他俩结婚。这对夫妇虽然不记得前生,但却像久别重逢一般。后来,丈夫去世时,妻子也随同而去。这个药叉的罪过被妻子的苦行洗净,恢复了自己在天国的地位。

"所以,在命运安排下,神女也会出于某种原因下凡人间。但她们是无罪的,所以采取非子宫孕的方式降生。国王啊,这个女孩的出身还会有什么问题? 所以,正如我说的,羯陵伽赛娜的女儿命中注定是你的儿子的妻子。"

负轭氏这样说罢,犊子王和仙赐王后心悦诚服。宰相回家后,国王与妻子一起饮酒取乐,愉快地度过这一天。

随着岁月流逝,羯陵伽赛娜的女儿早已忘却自己的前生,她的美丽与日俱增。她的母亲和仆人给她取名为摩陀那曼朱迦,因为她是摩陀那吠伽的女儿。她肯定占尽了所有女子的美貌,否则,为什么其他女子一到她面前就相形见绌了呢？仙赐王后听说她非常美丽，一天出于好奇，命人把她带到自己身边。犊子王和负轭氏看到她贴紧奶娘的脸，好像灯光贴紧灯芯。看到这女孩前所未见的美貌，好似甘露滋润眼睛，有谁会不认为她是罗蒂下凡？然后，仙赐王后把儿子那罗婆诃那达多带来。那罗婆诃那达多是世人眼中的节日。他的脸犹如莲花绽开，凝视光艳照人的摩陀那曼朱迦，仿佛凝视光芒四射的朝阳。而摩陀那曼朱迦也同样凝视令人悦目的那罗婆诃那达多，仿佛饮光鸟凝视月亮，永不满足。从此，这两个孩子一刻也不能分离，他俩的目光如同缠紧的套索。

到了时间，犊子王决定实现他俩的天作之合。他认真考虑他俩的结婚仪式。羯陵伽赛娜得知后，满心欢喜。她出于对女婿的慈爱，十分关心那罗婆诃那达多。犊子王和众大臣商议后，为儿子另外建造了一座与自己的一样的宫殿。然后，他选定吉日，备齐各种用品，为这位品貌双全的儿子灌顶，立他为太子。先是父亲喜悦的泪水洒在他头上，然后是经过经咒净化的圣水。多么奇妙，在灌顶之水清洗他的莲花脸时，四面八方的天空也变得洁净。他的母亲为他戴上吉祥花环时，天空也同时降下一阵花环之雨。喜庆鼓乐在空中回荡，仿佛与天国仙乐媲美。有谁不向这位被灌顶的太子行礼致敬？

然后，犊子王把太子的童年朋友，众大臣的优秀儿子都召来，指定他们为太子的侍臣。他任命负轭氏的儿子摩卢菩提为大臣，卢蒙婆的儿子诃利希佉为大将军，婆森多迦的儿子多般多迦为弄臣，伊底耶迦的儿子戈目佉为卫队长，黄褐女的两个儿子即国王家庭祭司的两个侄子吠希伐揭罗和香提苏摩为家庭祭司。国王任命他们为太子的侍臣后，空中降下花雨，然后传来话音："这些大臣将辅佐太子成就一切事业。戈目佉将紧随太子，寸步不离。"天国话音说完，犊子王非常高兴，赏赐他们衣服和首饰。国王向臣民分发财富。没有人可以被称为穷人了，大家都有了钱财。城里充满舞女和吟唱诗人，仿佛接受一排排随风飘扬的旗帜的召唤。

羯陵伽赛娜来到未来女婿的喜庆大典上，仿佛是持明族未来的吉祥女神亲自显身。仙赐、莲花和她一起欢快地翩翩起舞，犹如国王的三种能力①集于一身。

---

① 国王的三种能力是威严、商议和勇气。

蔓藤在风中摆动,整个花园中的树木仿佛婆娑起舞,更何况这些有情之人?

那罗婆诃那达多太子接受灌顶之后,骑上胜利之象出游。城里的女子纷纷投来一束束蓝色的、红色的和白色的目光,犹如撒给他一把把蓝莲、红莲和白米。参拜了城里的天神,接受了歌手和诗人的赞美,他与大臣们一起进入自己的宫殿。羯陵伽赛娜满怀对女婿的慈爱,首先送给他天神的食物和饮料,为他的荣华富贵增添光彩,又送给他以及他的大臣、朋友和仆从许多天神的衣服和首饰。犊子王和所有的人,沉浸在甘露味一般的甜蜜中,度过了这一天。

晚上,羯陵伽赛娜考虑着女儿的婚事,想起女友苏摩波罗芭。她一想起阿修罗摩耶的女儿,那位具有大智慧的那罗古伯罗便对自己的妻子说道:"今天,羯陵伽赛娜渴望你,亲爱的,她想起了你。你去为她的女儿建造一座神仙花园吧。"说罢,他又讲述了过去和未来之事,然后让妻子上羯陵伽赛娜那里去。苏摩波罗芭来到后,向羯陵伽赛娜问安。羯陵伽赛娜由于长久的思念,紧紧搂住她的脖子。苏摩波罗芭对她说道:"你已经与神通广大的持明结了婚。由于湿婆的恩惠,你的女儿是罗蒂下凡。爱神已经下凡为犊子王的儿子那罗婆诃那达多。你的女儿作为他前生的妻子,依然嫁给他。他将统治一个神劫的持明王国。你的女儿将倍受尊敬,位居其他后妃之上。而你是受到因陀罗诅咒而下凡的天女。在完成余下的事情后,你将从诅咒中解脱。这些都是我的那位有学问的丈夫告诉我的。朋友啊,你不要发愁。你将来会享受一切幸福。我在这里要为你的女儿造一座地上、地下和天上都未曾有过的神仙花园。"说罢,苏摩波罗芭运用自己的法力造了一座神仙花园。然后,她告别恋恋不舍的羯陵伽赛娜,回去了。

天亮后,人们看到这座神仙花园,仿佛天国乐园突然降临人间。犊子王得知后,带了妻子和大臣,那罗婆诃那达多也带了随从,来到这里。他们看到这座花园里,有常年开花结果的树木,有各种宝石制作的柱子、围墙、地面和池塘,有色彩斑斓的飞鸟,还有传送天香的微风,犹如从神界降到地上的另一个天国。犊子王面对这个奇迹,询问热情待客的羯陵伽赛娜:"这是怎么回事?"她当着所有人的面,对国王说道:"有位伟大的阿修罗,名叫摩耶。他是工巧神的化身,曾为坚战王和因陀罗建造过美丽的城市。她的女儿名叫苏摩波罗芭,是我的女友。昨天夜里,她来到我这里。出于友爱,她运用法力,为我的女儿造了这座神仙花园。"说完,她又把女友讲给她听的过去和未来之事告诉国王。所有的人听后,觉得羯陵伽赛娜说的与实际相符,消除了疑惑,都很满意地回去了。而犊子王和妻子、儿子,在羯陵伽赛娜的殷勤招待下,在花园里住了一夜。

第二天,国王到神庙礼拜天神。他看到许多衣着装饰华丽的女子,便问道:"你们是谁?"她们回答说:"我们是学问和技艺,为了你的儿子而来。现在,我们就要到他家里去。"说完,她们消失不见。犊子王惊讶不已,回到自己宫里,把这件事告诉仙赐王后和众大臣。他们都很高兴,认为这是神的恩惠。于是,按照国王的安排,那罗婆诃那达多一进屋,仙赐王后就拿起琵琶弹奏。而那罗婆诃那达多礼貌地对母亲说道:"这琵琶弹走调了。"父亲说道:"你拿过来弹一下。"于是,王子弹奏琵琶,美妙的音色连天国乐伎健达缚都感到惊讶。这样,父亲对儿子所有的学问和技艺都进行了测验,发现儿子都已无师自通。犊子王看到儿子已经具备才能,便教羯陵伽赛娜的女儿摩陀那曼朱迦跳舞。掌握了技艺的摩陀那曼朱迦犹如一弯纤月,而那罗婆诃那达多犹如激动的潮汐。王子喜欢看她唱歌跳舞,她的各种优美姿势仿佛在背诵爱神的命令。而她如果有一忽儿见不到甘露似的心上人,便泪水涟涟,好似黎明时分沾满露珠的莲花。

那罗婆诃那达多不能忍受时常见不到摩陀那曼朱迦,便来到她的花园。羯陵伽赛娜出于慈爱,满足他的心愿,把女儿摩陀那曼朱迦带到他的身边。戈目佉了解主人的心思,为了让他多待些时间,便给羯陵伽赛娜讲故事。看到戈目佉能领会自己的心思,王子很满意。因为明白主人的心思,是侍从的最大成功。那罗婆诃那达多在花园的歌厅里,亲自帮助摩陀那曼朱迦练习跳舞等技艺。心上人跳舞时,他演奏各种乐器,连最优秀的吟唱诗人都自愧不如。他胜过来自各地的各种专家。他们精通象、马、车、武器、画和书等学问。这样,那罗婆诃那达多被学问自选为夫,在娱乐消遣中度过少年时代。

有一次,王子在心上人陪伴下,与大臣一起去朝拜圣地,来到一座名叫蛇林的花园。有位商人的妻子爱上戈目佉,遭到拒绝后,想用毒酒害死戈目佉。而戈目佉从她的女友口中得知这个阴谋,没有喝她的酒,而谴责道:"唉,创造主从前创造了鲁莽,女人便追随它。出于本性,她们以为天下无难事。她们之所以叫作女人，因为她们是由甘露和毒药制成的。喜欢你时，是甘露；嫌弃你时，是毒药。谁会看到她们妩媚的脸庞下隐藏着罪恶？坏女人犹如盛开的莲花，下面潜伏着鳄鱼。从天而降的、遵奉德行的贤惠女子会给丈夫带来荣誉，就像太阳的纯洁光芒。反之，爱上他人、放纵情欲的邪恶女子心中充满厌弃之毒，会像雌蛇一样杀死丈夫。有例为证。"

在一个村庄里，有个人名叫舍多罗伽那。他的妻子是个荡妇。有一天傍晚，他看见妻子在里屋与情人幽会，便用刀杀死她的情人。他把妻子关在里屋，自己守在门口。天黑后，有个旅行者前来求宿。他向旅行者提供住宿，同时请旅行者帮他一起把那个奸夫的尸体抬到树林去。他刚把尸体扔入井里，自己也被跟踪而来的妻子推到井里。对于荡妇来说，什么样的鲁莽之事干不出来？

尽管戈目佉年纪还不大，就已经这样谴责女人的行为。那罗婆诃那达多亲自供奉了蛇林花园里的蛇神后，与随从一起返回自己宫中。

有一天，那罗婆诃那达多想要测验一下戈目佉等大臣。他本人已经通晓治国术，便故意询问他们治国术的要义。他们互相商量后，说道："你是无所不知的。但既然你询问我们，我们还是要作出回答。"于是，他们开始讲述治国术的精髓：

国王首先应该驾驭感官之马，制服爱欲、愤怒等内在的敌人。只有首先战胜自己，才能战胜其他敌人。不能战胜自己，控制自己，怎么可能控制别人？然后，他应该任用具有爱国等品质的大臣和通晓阿达婆吠陀、修炼苦行的家庭祭司。他应该在恐惧、贪欲、德行和爱欲诸方面，细心考察他的大臣，委派他们合适的事务。在互相讨论事情时，他应该考察他们的语言，是出于真心，还是私利？出于善意，还是恶意？他应该表彰真实，惩处虚假。他要经常通过侦探考察每个大臣的行为。这样，他就能明察秋毫，消除隐患，掌握财富和权力，根基牢固。然后，他具备勇气、威严和商议三种能力，想要征服别国，考察敌我力量。他应该经常与忠实可靠和博学睿智的大臣商议，运用自己的智慧，完善他们作出的决定。熟知安抚、馈赠等手段，国王就能确保自己的安全，然后运用联盟、战争等六种策略。国王只要保持警惕，经常思考本国和别国的力量，就能立于不败之地。而无知的国王，被爱欲和贪欲迷住心窍，就会被奸臣引入歧途，推下深渊。由于这些奸臣挡道，其他忠臣就无法接近国王，正如农夫不能收割围墙里的稻谷。奸臣掌握机密，控制了国王。而吉祥女神看到国王不辨忠奸，就会失望地离去。所以，国王应该控制自我，明辨是非，惩处邪恶。这样，他就会赢得臣民爱戴，吉祥如意。

从前，有位国王名叫勇军。他完全信赖臣仆。而他的大臣们互相勾结，控制国王，掠取财富。对于国王的侍从，即使国王想赏赐，他们连一根稻草也不愿给。而对于他们的侍从，即使不值得赏赐，他们也亲自赏赐，并且说服国王赏赐。国王渐渐察觉这些奸臣互相勾结。他运用智谋分化他们。联盟一旦瓦解，他们便互相揭发指责。这样，国王不再受人蒙蔽，顺利地统治王国。

有位国王名叫诃利辛赫，精通治国术，大臣们既忠诚又聪明。他有坚固的城堡、大量的财富。他依靠自己的行为赢得臣民爱戴，即使受到转轮王进攻，也立于不败之地。

因此，识别和慎思是治国的要义，还有什么比这更重要？

戈目佉等大臣各自说完后，那罗婆诃那达多表示赞同。但他也认为，虽然人在做事时应该慎思，而命运却又不可思议。

然后，王子起身与大臣们一起去找心上人摩陀那曼朱迦。她正为王子耽搁太久而焦急。到了摩陀那曼朱迦宫中，王子坐下。羯陵伽赛娜向他表示敬意后，带着惊奇的神态，对戈目佉说道："那罗婆诃那达多王子没到的时候，摩陀那曼朱迦急不可待，于是我陪她登上宫顶平台，从窗口眺望王子的来路。就在那时，有个人从天而降。他佩戴头冠，手持宝刀，神灵的模样，对我说道：'我叫摩那萨呋伽，是持明王。你是名叫苏罗毗达多的天女，受了诅咒而下凡人间。你的女儿是神种。这些我都知道。把你的女儿嫁给我吧！因为我与她匹配。'听了他的话，我顿时大笑着说：'众神已经指定那罗婆诃那达多是她的丈夫。他将成为你们所有持明的转轮王。'我这样一说，这位持明就升空而去，像一道迅疾的闪电掠过我女儿的眼睛。"

戈目佉听后,说道:"持明们从空中话音得知这位王子将成为他们未来的主人。于是,马上产生坏念头。因为哪个任性的人愿意接受管束、有一位强大的主人呢?所以,湿婆已经指示自己的随从在现场保护他。这话是那罗陀仙人说的,我是听我父亲说的。所以,现在这些持明都恨我们。"羯陵伽赛娜听后,想到曾经发生在自己身上的事,害怕地说道:"为什么王子不快点与摩陀那曼朱迦结婚呢?别让她像我那样受到幻觉蒙骗。"听了羯陵伽赛娜的话,戈目佉等人说道:"你去向犊子王提出这个请求吧!"

而那罗婆诃那达多一心只想着摩陀那曼朱迦,凝视着她,在花园里度过这一天。她的脸似盛开的莲花,眼睛似开放的睡莲,嘴唇如可爱的钵陀迦花,乳房似曼陀罗花簇,肢体似柔嫩的希利奢花。她仿佛是一支由五种花制成的花箭,被爱神用来征服整个世界。

第二天,羯陵伽赛娜亲自到犊子王那里,请求为女儿举行婚礼。犊子王送走她后,召集众大臣,当着仙赐王后的面,说道:"羯陵伽赛娜急于为她的女儿举行婚礼,我们怎么办?她是优秀的女人,而民众把她看成不贞洁的女人。我们必须考虑民意。从前,罗摩不是依据民间的流言,抛弃了纯洁的悉多王后吗?毗湿摩好不容易为弟弟奇武带来安芭,而由于安芭早已选中别人为夫,奇武不是拒绝接受吗?同样,羯陵伽赛娜原先自愿选我为夫,后又与摩陀那呋伽结婚,由此,受到民众指责。因此,让那罗婆诃那达多自己采用健达缚方式与她的女儿结婚吧!"听了犊子王的话,负轭氏说道:"国王啊,羯陵伽赛娜怎么会同意采取这种不合适的方式呢?我不止一次地说过,她和她的女儿是神女,不是普通女子。这是我的聪明的朋友梵罗刹告诉我的。"

正当他们互相讨论时,空中出现了湿婆的话音:"我用眼火烧毁爱神后,已经把他创造成那罗婆诃那达多。爱神的妻子罗蒂用苦行取悦我,我也把她创造成摩陀那曼朱迦。她将成为那罗婆诃那达多的大王后。依靠我的恩惠,他将战胜敌人,统治持明王国一个神劫。"说完,话音消失。犊子王和随从们听了湿婆的话后,俯首行礼,高兴地决定为儿子举行婚礼。

国王称赞宰相未卜先知。然后,他召集占星家,询问吉日良辰。他们接受礼物后,说吉日良辰就在近几天。然后,这些占星家又说道:"你的儿子暂时要与妻子分开。这是凭我们的星相学测知的,国王啊!"于是,国王开始为儿子筹备与自己地位相称的婚礼。这样,不仅自己的京城,整个大地都忙碌起来。

婚期来到,羯陵伽赛娜用丈夫赠送的天国装饰品打扮女儿。苏摩波罗芭也奉丈夫之命来到。摩陀那曼朱迦系上天国结婚圣线后,显得更加美丽。月亮不正是由于八月的陪伴,而显得更可爱吗?天女们奉湿婆之命,唱着吉祥的歌。她们仿佛自愧美貌不及新娘,隐而不露。但人们听见她们唱着赞颂高利女神的歌:"胜利属于你,雪山的女儿啊!对虔诚者慈悲的人啊!你今天亲自来临,实现罗蒂苦行的目的。"这歌声与天国优秀吟唱诗人的器乐交相融合。

然后,那罗婆诃那达多系着漂亮的结婚圣线,进入摩陀那曼朱迦的结婚礼堂,里面各式乐器齐全。新娘和新郎完成了精心安排的吉祥的结婚仪式后,一起登上火焰闪耀的祭坛,仿佛登上晶莹宝石闪耀的国王们的头顶。如果月亮和太阳同时围绕金山①转动,那么在这世界上,这对新娘和新郎沿着圣火右旋绕行便是最好的比喻。天国的鼓乐声压倒结婚喜庆的器乐声,众天神抛撒的花雨也压倒妇女们抛撒的祭米。聪明睿智的羯陵伽赛娜赠给女婿成堆成堆的金子和宝石,以至阿罗迦城主财神都被人们视为寒酸了,更何况那些可怜的人间国王?新娘和新郎完成了渴望已久的结婚喜庆仪式,在妇女们簇拥下,进入装饰得洁净而绚丽的新房,仿佛进入人们纯洁而虔诚的心房。

犊子王的京城充满携带军队赶来的各地国王。他们的勇力享誉世界,但甘拜下风,前来献礼,犹如百川归海。在这盛大的喜庆活动中,国王向国内臣民散发金子,除了尚在母亲腹中的胎儿之外,人人有份。世界各地优秀的吟游诗人和舞蹈家汇聚这里,到处是颂诗、音乐、舞蹈和歌唱,生命世界充满活力。憍赏弥城也仿佛翩翩起舞,迎风飘扬的旗帜犹如它的曲臂,精心打扮的城市妇女犹如它的装饰。就这样,一天又一天,喜庆活动持续了很长时间。所有的朋友、亲戚和臣民都兴高采烈,心满意足。那罗婆诃那达多太子盼望繁荣昌盛,与摩陀那曼朱迦一起享受到了渴望已久的人间幸福。

---

① 金山即印度神话中的须弥山。

第七卷　宝光

高利女神抚弄湿婆的头发,她的指甲犹如群星覆盖湿婆头顶,但愿湿婆的头颅保佑你们吉祥平安!

象头神伸展沾有颞颥液汁的鼻子,鼻尖弯曲,仿佛赐予魔力,但愿他保护你们!

第一章

这样,犊子王的儿子那罗婆诃那达多如愿与视同自己生命的摩陀那曼朱迦结婚后,与戈目伕等大臣们一起愉快地住在憍赏弥城。

这时,春天喜庆节日来到,杜鹃发出迷醉的鸣叫,蔓藤在摩罗耶山风吹拂下起舞,蜜蜂嘤嘤嗡嗡,低声歌唱,王子与大臣们一起前往花园游乐。正当他在一处游荡时,他的朋友多般多迦突然前来,眉开眼笑报告他说:"王子啊,我在离这里不远处,看到一位少女从空中降下,站在一棵无忧树下。她可爱的容貌照耀四方。她与女友们一起走近我,吩咐我召唤你。"

那罗婆诃那达多听后,迫切想要见到她,与大臣们一起迅速前往那棵无忧树。他在那里见到那位美女,嘴唇红似花蕾,眼珠转动似蜜蜂,胸脯丰满似花簇,肢体白皙似成堆的花粉,身影驱散灼热,仿佛花园女神显身。王子走近这位俯首弯腰的天女,向她表示欢迎,眼睛已被她的美貌吸住。

在所有人坐下后,大臣戈目伕询问她:"美女啊,你是谁?为何来到这里?"她听后,难以违抗爱神的旨意,抛却羞涩,斜睨的目光充满挚爱,一再投向那罗

婆诃那达多的莲花脸,详细讲述自己的身世:

三界中的雪山是著名的山中之王。在那里的崇山峻岭中,有一座是高利女神之夫湿婆的山峰。山上遍布的珠宝和覆盖的白雪闪耀光芒,犹如不可测量的苍穹。受到湿婆恩宠,那里的山顶成为魔力和药草的居处,成群的持明身体的金色光芒映照山峰,因此,优美胜过众天神的须弥山峰。

那里有一座名为金顶的金城,金光灿烂,犹如太阳神的宫殿。它方圆数千由旬,住着一位名叫金光的持明王,虔诚崇拜乌玛之夫湿婆。在他众多的妻子中,大王后名叫庄严光,可爱如同月亮之妻罗希尼。这位国王遵行正法,每天早上起身后,与庄严光一起沐浴,按照仪轨敬拜大神湿婆和高利女神。然后,他前往人间,施舍那些婆罗门十万金币和珠宝。从那里返回后,他依法履行国王的职责,然后进餐,像牟尼那样恪守誓愿。

这样,过了一天又一天,国王有了心事,为没有儿子而忧虑。可爱的王后庄严光发现国王情绪低落,便询问他有什么心事。国王回答说:"我享有一切荣华富贵,但没有儿子,王后啊,这让我感到痛苦。我过去曾经听说过一位有德之士没有儿子的故事。想起这个故事,激发我的忧虑。"王后问道:"王上啊,那是什么样的故事?"于是,国王简要讲述这个故事:

在妙峰城,从前有位国王名叫婆罗贺摩沃罗,虔诚敬仰婆罗门,名副其实①。他有一位英勇善战的侍臣,名叫勇德。勇德每个月从国王那里获得一百金币。但是,他乐善好施,这些金币不够他使用。由于他没有儿子,施舍成为他唯一的乐趣。他经常会想:"没有赐予我获得儿子的快乐,而赐予我施舍的嗜好,却又没有财富,在这世上成为一个嗜好施舍的穷人,还不如成为一棵枯树或一块石头。"

有一次,勇德在花园里游荡,偶然发现一处地下储存的宝藏。他与仆从们一起取出许多闪闪发光的金子和昂贵的珠宝,迅速带回自己家中。从此,这位

---

① "婆罗贺摩沃罗"的原词是 brāhmaṇavara,词义为婆罗门之最或婆罗门至爱。

有德之士过着享福的日子,也向婆罗门、仆从和朋友施舍钱财。

他的亲友们看到这个情况,猜想他获得了宝藏。他们悄悄前往王宫报告国王。于是,国王派遣门卫召见他。而勇德站在国王庭院墙角等待的片刻间,用手中的杵棒翻掘地面,发现另一个用大铜罐储存的宝藏。这仿佛是命运对他的品德表示满意,让他感到这可以用来安抚国王。于是,他用泥土重新覆盖地面,按门卫的吩咐进入王宫,来到国王身边。

国王对俯首弯腰的勇德说道:"我听说你获得了宝藏,把它交给我。"勇德回禀国王说:"王上啊,我是给你先前发现的宝藏,还是今天发现的宝藏?"国王回答说:"给我新发现的宝藏。"于是,勇德前往庭院墙角,将埋在那里的宝藏交给国王。国王对获得宝藏感到满意,让勇德离宫回家,说道:"你就随意享用你先前获得的宝藏吧!"勇德回家后,与他的名字相称,充分享受和慷慨施舍,得以排遣他没有儿子的痛苦烦恼。

"这是我以前听说的关于勇德的故事。我一想起这个故事,就为自己没有儿子而痛苦烦恼。"王后庄严光听完持明王金光这番话,便说道:"正是这样,命运乐意协助勇敢者。勇德不正是在困境中获得另一处宝藏吗?因此,你也能凭你的勇武实现愿望。为了说明这一点,请听这位勇猛王的故事!"

华氏城是大地的装饰,充满各种珠宝,色彩鲜艳。那里从前有位勇敢的国王,名叫勇猛。他慷慨施舍,从不背对乞求者;英勇善战,从不背对敌人。一次,他进入森林狩猎,看到一位婆罗门在那里举行吉祥果祭祀。尽管国王想要向这位婆罗门请教问题,但还是决定暂时避免打扰他,带着军队前往远处尽情狩猎。他亲手射杀许多奔腾跳跃的鹿和狮子,如同玩拍球游戏。过了很长时间,他返回时,看见那个婆罗门还在专心祭祀。

于是,他走近前去,俯首弯腰,询问婆罗门的名字和祭祀的成果。婆罗门向国王表示祝福后,说道:"我是婆罗门,名叫那伽舍尔曼。请听祭祀取得的成果!我举行吉祥果祭祀,取悦火神,会从祭火堆中出现金制的吉祥果。然后,火神会显身,我就能向他乞求恩惠。我已经用了很长时间,祭供许多吉祥果。

可是,我功德浅薄,直到现在也没有让火神满意。"

国王听后,勇敢果断地对婆罗门说道:"那么,你给我一个吉祥果,让我来祭供,婆罗门啊,我会让火神对你满意。"而婆罗门说道:"你不虔诚、不纯洁,火神甚至对我这样恪守誓愿的婆罗门都不满意,你怎么可能让他满意?"国王听后,再次对婆罗门说道:"别这样说,你就给我一个吉祥果吧!你很快就会见到奇迹出现。"

于是,婆罗门怀着好奇,把吉祥果递给国王。这时,国王意志坚定,勇敢果断,沉思道:"如果这个吉祥果不能让你感到满意,火神啊,我就用我的这个头颅祭供你。"然后,他把吉祥果投入祭火中。随即,闪耀七色光芒的火神从祭火中显身,亲自送来金制吉祥果,仿佛是国王勇敢之树结出的果子。火神对国王说道:"我对你的勇敢表示满意,国王啊,你就求取恩惠吧!"

大勇士国王听后,俯首弯腰,对火神说道:"我不求取别的恩惠,你就满足这个婆罗门的愿望吧!"火神听了国王的话,满怀喜悦,说道:"国王啊,这位婆罗门会成为大财主。我也会给你恩惠,你的财库将无穷无尽。"

火神赐予恩惠后,婆罗门询问道:"你依从国王的意愿,迅速显身,而我尽管恪守誓愿,尊神啊,为何你对我不是这样?"于是,赐予恩惠的火神回答说:"如果我不显身,这位生性刚强的国王就要用自己的头颅祭供我。婆罗门啊,生性刚强的人很快就会获得成果,而像你这样生性迟钝的人很久才会获得成果。"说罢,火神消失不见。于是,婆罗门那伽舍尔曼辞别国王。此后,他渐渐成为大财主。而勇猛王也返回自己的华氏城,随从们目睹他的英勇行为,赞颂不已。

后来,有一天,名叫胜敌的门卫突然前来,悄悄报告国王说:"王上,有个婆罗门少年,说自己名叫达多舍尔曼,想要私下向你展示神通,现在就站在门口。"国王吩咐让他进来。这个少年进来后,先俯首行礼,向国王表示祝福,然后坐下。他对国王说:"王上,我学会使用一种粉末,可以让黄铜顷刻间变成纯金。我的老师传授给我这种秘术。我亲眼看见他使用这种秘术,获得金子。"

国王听后,吩咐取来黄铜。等到黄铜熔化后,少年撒下一些粉末。而这时,一个隐身的药叉取走了这些粉末。而国王受火神恩宠,能看见这个药叉。

黄铜没有接触到粉末,也就没有变成金子。少年先后撒了三次粉末,都是白费功夫。于是,大勇士国王从神情沮丧的少年手中接过粉末,亲自将粉末撒入熔化的铜液。这次,药叉没有取走粉末,而是微笑着离去。这样,粉末接触黄铜,变成金子。

少年惊讶不已,向国王询问原因。国王告诉他看到药叉这件事。国王从这位少年那里学到使用粉末的秘术,于是让少年满足一切愿望,并为他娶妻成家。国王依靠这个秘术,财库里堆满金子,与后妃们一起享受无与伦比的幸福生活,也让婆罗门们过着富裕的生活。

"正是这样,自在天仿佛出于惧怕或出于满意,总是让生性刚强的人实现愿望。王上啊,论勇敢刚强和慷慨施舍,有谁能与你相比?因此,你不必忧伤烦恼,只要湿婆受到你的抚慰,他肯定会赐予你儿子。"

金光王听了王后庄严光的这番真诚高尚的话语,心悦诚服。他感到自己心中充满勇气,表明他肯定会取悦高利女神之夫湿婆,获得儿子。于是,第二天,他和王后一起沐浴后,敬拜湿婆。他先向婆罗门们施舍九千万金币,然后为求取儿子,禁食实施苦行,专心沉思湿婆,下定决心:"我或者舍弃生命,或者赢得湿婆满意。"

他坚持实施苦行,赞颂施恩的湿婆这位曾经轻而易举将乳海赐予求乞的优波曼钮[①]的大神:"我向你这位世界的创造者、保护者和毁灭者致敬!高利女神之夫啊,你这位具有八形[②]者,我向你致敬!你永远躺卧在绽开的心莲花中。你是居住在纯净的心湖中的天鹅。你是闪耀圣洁光芒的神奇月亮,涤除目睹者的污垢。你的半边身躯是你的爱妻,而你始终遵奉梵行。我向你致敬!你按照心愿创造世界,你自身就是世界。"

他这样连续禁食三天,赞颂湿婆。湿婆对他感到满意,在梦中向他显身,说道:"起来吧,国王!你将获得一个英勇的儿子,维系你的家族。高利女神也

---

① 优波曼钮(upamanyu)是湿婆的虔诚信徒。
② 八形(aṣṭamūrti)指地、水、火、风、空、日、月和祭司。

恩宠你,你还会获得一个美貌绝伦的女儿。她会成为光辉的宝库、你们未来的
持明转轮王那罗婆诃那达多的王后。"湿婆说罢,消失不见。夜晚逝去,持明王
金光醒来,满怀喜悦。他把这个消息告诉王后,王后感到高兴,这与高利女神
梦中对她说的话完全一致。然后,国王起身,沐浴后,敬拜湿婆,结束禁食,照
常施舍,快乐度日。

过了一些日子,王后庄严光怀孕。她的脸庞甜蜜芳香,眼珠转动似蜜蜂,
脸色苍白似莲花,令国王满心欢喜。她在怀孕期间怀抱崇高的渴望,妊娠期
满,生下一个高贵的儿子,犹如天空生下太阳。他一出生,就具有天生的威力,
产房通体明亮,红似朱砂。父王按照天国传来的话音,为这个必将威慑敌对家
族的儿子取名金刚光。然后,这个孩子渐渐长大,成为振兴家族的原因,犹如
月牙渐渐变成圆月,成为引起大海潮汐的原因。

不久,王后庄严光再次怀孕。她在怀孕后,坐在金椅上,成为后宫中的宝
石,整个居室闪耀奇异的光芒。她按照自己怀孕期间的渴望,乘坐幻术制造的
莲花飞车,在天空中游荡。妊娠期满,她生下女儿。由于获得高利女神的恩
宠,这个女儿天生美貌绝伦。同时,天国传来话音:"她将成为那罗婆诃那达多
的妻子。"这与湿婆的预言完全一致。金光王就像儿子出生时那样,为女儿的
出生感到高兴,为女儿取名宝光。

宝光凭借自己的幻力装饰自己,在父亲宫中长大,光辉照耀四方。然后,
国王让儿子金刚光披上铠甲,为他娶妻,并为他举行灌顶仪式,立他为王位继
承人。国王卸下治国重担,轻松自由,心中唯一的挂念是女儿的婚事。

一天,国王看到坐在身边的女儿已到婚嫁年龄,便对王后庄严光说道:"王
后啊,你看! 女儿确实是三界中莫大的不幸。唉,甚至对于伟大的人物也是如
此,即使她是家族的装饰。宝光年轻、漂亮、温顺,而且具有幻力,却至今没有
获得夫婿,这让我感到痛苦。"王后听后,说道:"众天神已经说过她会成为我
们未来的转轮王那罗婆诃那达多的妻子,那么,你为何不把女儿嫁给他?"而
国王回答说:"确实,女儿有福气,能获得这样一位夫婿。因为他是爱神化身下
凡。但是,他至今还没有获得神性。因此,我在等待他获得幻力。"

宝光听到父亲的这些话,仿佛爱神的迷魂咒灌入耳中。她仿佛慌乱,仿佛

着迷,仿佛入睡,仿佛入画。她的心已被夫婿取走。于是,她努力保持镇定,拜别父母,回到自己的宫中。她内心充满焦虑,好不容易才入睡。

高利女神同情她,在梦中指导她:"孩子,明天是吉祥的日子,你应该去憍赏弥城,会见自己的丈夫,那位犊子王的儿子。然后,吉祥女啊,你的父亲会亲自前来将你和他带回自己的城市,为你俩举行婚礼。"宝光早晨醒来后,将这个梦告诉母亲。她获得母亲许可,凭自己的幻力,从自己的城市来到这个花园,会见丈夫。

"夫君啊,你要知道,我就是宝光,今天满怀渴望,刹那间来到这里。你应该知道下一步怎么做。"听到她的胜过甘露的甜蜜话语,看到这位持明女的形体如同眼中的甘露,那罗婆诃那达多心中埋怨创造主:"你为何不把我的整个身体全部造成眼睛和耳朵?"他对宝光说道:"我很幸运,我的出生获得成果,妙腰女啊,你满怀挚爱,亲自前来见我。"

正当他俩互相交谈,表达爱意时,突然看到天空中出现持明军队。宝光立刻说道:"这是父亲来到这里。"随即,金光王和儿子一起从空中降下。金光王和儿子金刚光走近前来,那罗婆诃那达多表示热烈欢迎。正当他们互相问候致意时,犊子王得知消息,与大臣们一起迅即赶来。在接受犊子王的待客之礼后,金光王告诉他整个事情的来龙去脉,就像宝光讲述的那样。然后,金光王说道:"因为我具有幻力,知道女儿来到这里,以及已经发生的这一切。……①他未来会有这样的转轮王飞车。你就表示同意吧!你很快就会看到你的儿子带着新娘宝光回到这里。"

征得犊子王同意后,金光王和儿子凭借幻力制造一辆飞车,让面带羞涩的那罗婆诃那达多和宝光上车,连同戈目佉等大臣以及犊子王委派的负轭氏。金光王带着他们,返回自己的金顶城。

到达后,那罗婆诃那达多看到岳父的金制城市,城墙金碧辉煌,闪耀的光芒仿佛伸出无数手臂,争先恐后向这位女婿表示热烈欢迎。在这里,金光王举

①　此处原文残缺。

行仪式,将宝光交给他,犹如大海将吉祥女神交给毗湿奴。金光王还赐予他成堆成堆的宝石,闪耀的光芒美似无数点燃的婚礼灯火。国王满怀节日的喜悦,在这座城市里遍撒钱财,仿佛旗帜飘扬的住宅又获得大量布匹。那罗婆诃那达多完成结婚典礼,与宝光一起在这里享受天国的快乐生活。凭借宝光的幻力,他和宝光一起升入空中,观赏天国的花园、水池和神殿。

就这样,犊子王的儿子和新娘在这座持明王的城市度过一些日子后,按照负轭氏的想法,决定返回自己的城市。于是,岳母安排仪式,和岳父一起向他和他的大臣们表达敬意。随后,他在宝光陪同下,与岳父和内兄一起,再次登上飞车出发,很快到达自己的城市。他带着宝光,与金光王和内兄以及随从们一起进城。他成为母亲眼中的甘露。而犊子王见到宝光,也满怀节日的喜悦。犊子王和仙赐欢迎拜倒在脚下的儿子和儿媳。威武强大的犊子王也以尊贵的方式向结为亲家的金光王及其儿子表达敬意。

然后,这位持明王金光辞别犊子王和众亲友,与儿子一起升入空中,返回自己的城市。这样,那罗婆诃那达多与宝光和摩陀那曼朱迦,还有朋友们,一起过着快乐的生活。

第二章

就这样,那罗婆诃那达多娶了持明女新娘宝光。第二天早上,他在宝光的寝宫中,戈目佉等大臣前来拜见。他们在门口停留片刻,等待通报后进入,受到热情接待。而宝光对女门卫说:"以后不要再把他们挡在门口。他们是我的夫君的朋友,如同我的身体。我不认为这样就能守护后宫。"

宝光对女门卫说完这些话后,又对自己的夫君说道:"夫君,请听我向你述说这件事。我认为看管妇女只是一种习惯,是出于妒忌而产生的愚蠢做法,实际毫无用处。高贵的妇女以自己的品德为监护人。甚至创造主也难以看管住轻浮放荡的妇女,那么,有谁能约束汹涌的河流和迷醉的妇女?现在,你听我讲述这个故事!"

在大海中央,有一个很大的岛,名为宝顶。那里从前有位勇武的国王,虔诚崇拜毗湿奴,得名宝主,名副其实。他为了赢得大地上所有的公主做自己的妻子而修炼严酷的苦行,取悦毗湿奴。毗湿奴对他的苦行感到满意,向他显身,对他说:"起来吧,国王!我对你表示满意,请听我告诉你!在羯陵伽地区,有个健达缚受到牟尼诅咒,变成一头白象,名为白光。由于他前生修炼苦行,也由于他前生崇拜我,这头大象富有智慧,记得前生,能在空中行走。我已经在梦中向这头大象下达指令,因此,它会自己从空中来到你这里,成为你的坐骑。你骑上这头白象,就像手持金刚杵的因陀罗骑上神象。你可以沿着空中之路,前去会见任何一位国王。他们惧怕你的神奇威力,会按照我在梦中下达给他们的指令,把女儿作为贡品献给你。这样,你会征服整个大地,你的后宫里会有八万个公主。"

说罢,毗湿奴消失不见。国王结束禁食,第二天看到这头漂亮的大象从空中降临。他按照毗湿奴的指示,骑上这头俯下身子的大象。这样,他征服整个大地,带回国王们的公主。然后,宝主王住在宝顶岛,与八万个妻子一起任意游乐玩耍。而为了安抚这头神奇的大象,他每天供养五百个婆罗门。

一次,宝主王骑着白象游览其他岛屿后,返回自己的宝顶岛。而这头高贵的大象从空中降下时,遇到一只金翅鸟,突然用尖喙攻击它的头顶。国王举起尖锐的刺棒打击金翅鸟,金翅鸟迅即逃跑。而大象被金翅鸟啄伤,倒在地上,失去知觉。国王从象背上下来时,大象虽然恢复了知觉,但即使努力扶它,它也不能起身站立,同时大象停止进食。这样,连续三天,大象停留在原地。国王焦虑痛苦,不思饮食,发出呼告:"诸位护世天神啊,请告诉我有什么救治的办法。不然,我今天要割下自己的头颅祭供你们。"

说罢,他抽出宝剑,准备割下自己的头颅。就在这时,空中传来话音:"国王啊,不要鲁莽行事!如果有位贞洁的妇女,用手触摸这头大象,它就会起身站立。别无其他办法。"国王听后,心中喜悦,召唤自己的大王后前来。她名叫甘露蔓,一向受到严密保护。大王后用手触摸大象,而大象没有起身。于是,国王召唤自己的所有王后前来,依次触摸大象,而大象依然没有起身。这说明没有哪个王后是贞洁的。

国王看到后宫八万个妻子当众出丑，深感尴尬窘迫。于是，他召唤自己城里所有妇女，依次触摸大象，而大象依然没有起身。国王看到自己的城里居然没有一个贞洁的妇女，同样感到羞愧。

这时，有个名叫喜护的商人，从多摩罗利波提城来到这个岛。他听说这件事，出于好奇，前来观看。他有个忠于自己丈夫的女仆，名叫希罗婆蒂，也跟着来到这里。她看到这个情况，对商人说道："我要用手触摸这头大象。如果我没有对丈夫以外的任何男人动过念头，这头大象就会起身。"说罢，她上前用手触摸大象。大象随即起身站立，身体痊愈，开始进食。

人们看到大象白光起身，发出欢呼，赞美希罗婆蒂："这些世上难得的贞洁妇女简直如同创造、保护和毁灭世界的湿婆大神。"宝主王也对贞洁的希罗婆蒂表示满意，祝贺她，赏赐她无数珠宝。同时，国王赐予她的主人商人喜护一座位于王宫附近的住宅。并且，他决定此后不再接近自己的所有妻子，仅仅供给她们食物和衣服。

国王进餐后，召唤贞洁的希罗婆蒂前来，当着喜护的面，与她商量说："你父亲家中如果还有哪位少女，请你交给我，因为我确信她会像你一样贞洁。"希罗婆蒂听后，回答说："在多摩罗利波提城，我有个妹妹，名叫罗阇陀姐，美貌非凡。王上啊，如果你愿意，你就娶她吧！"国王听后，答应道："就这样吧！"

这样决定后，第二天，国王与希罗婆蒂和喜护一起骑上飞行空中的大象白光，亲自前往多摩罗利波提城。他进入喜护的住宅。在那里，他询问占星师哪天是他与希罗婆蒂的妹妹结婚的吉祥日。占星师询问他俩出生的星宿日后，回答说："国王啊，你俩结婚的吉祥日在三个月后。如果你在像今天这样的日子娶罗阇陀姐，以后她肯定会变得不贞洁。"

尽管占星师已经这样向国王说明白，但他渴求这位可爱的新娘，不愿意长久单身独居，心想："何必有那么多顾虑？我今天就在这里娶罗阇陀姐为妻，因为她是希罗婆蒂的妹妹，不会变得不贞洁。大海中央有一个荒无人烟的岛，我把她安置在那里的一座空闲的宫殿里，安排一批侍女守护她。那个地方难以抵达。她见不到任何男人，怎么会变得不贞洁？"

国王这样作出决定，让希罗婆蒂把妹妹罗阇陀姐交给他。国王就这样当天与罗阇陀妲匆匆忙忙结婚,喜护依礼表示祝贺。然后,国王带着新娘和希罗婆蒂,骑上大象白光,顷刻间从空中返回自己的宝顶岛,那里的民众正在翘首等待他回来。

回到宝顶岛后,国王再次慷慨赏赐希罗婆蒂。这样,希罗婆蒂一切愿望得到满足,收获保持贞洁的果报。然后,国王让新娘罗阇陀妲骑上大象白光,带她从空中飞到大海中央那个常人难以抵达的岛上,将她安置在那座宫殿中,安排一批侍女看护。出于对她不放心,凡是所需用品,他都派遣大象从空中送去。他宠爱罗阇陀妲,常常在那里过夜,白天返回宝顶岛,履行国王的职责。

一天拂晓时分,国王为了驱除一个噩梦,与罗阇陀妲一起饮酒,求取吉祥。尽管罗阇陀妲已经喝醉,不愿意国王离开,而国王还是离开她,返回宝顶岛,履行国王的职责,因为王权已经成为他永不离身的至爱。然而,他在处理政务时,心中惴惴不安,仿佛在责问自己:"你怎么能丢下她,让她独自一人处在醉酒状态?"

这时,罗阇陀妲待在这个常人难以抵达的岛上,侍女们在厨房里忙于炊事,留下她独自一人。仿佛是命运故意想要破坏种种保护措施,她看见有个人来到门口。她感到惊讶,在醉酒状态中,她询问这个走到她身边的人:"你是谁?你怎么会来到这个无人来到的地方?"

然后,这个受苦受难的人回答说:"我是摩突罗城商人的儿子,名叫风军。自从父亲去世,我的财产被亲戚夺走,我变得无依无靠。我去外地,侍奉他人,艰难谋生。后来,我辛辛苦苦经商,积累了一些财富。而在前往另一个地方途中,又被一帮强盗洗劫一空。于是,我四处游荡行乞。后来,我与一些像我一样的乞丐,前往名为金田的宝石矿区,承诺一年后向国王缴纳赋税。然后,我们在沟壑中挖掘,可是我没有发现一颗宝石。而我的那些同伴都挖到宝石,欢天喜地。于是,我痛苦绝望,前往海边,捡拾柴薪,堆在一起,准备投火自尽。就在那时,有个名叫命授的商人来到那里。他满怀慈悲,劝我不要自尽,并给我一条生路,带我上船,前往金岛。这样,航船在大海中航行了五天,我们看到天空突然涌起乌云。乌云降下瓢泼大雨,狂风肆虐,航船如同疯象的象头左右摇晃,顷刻间,航船翻倒沉没。也是命运安排,就在沉入水中时,我抓到一块木板。我抱住它,在狂风暴雨平息后,也是命运安排,漂流到这里。我立即上岸,进入这里的树林。而后我看见这座宫殿,进来后,看见你,美人啊,如同我眼中止息痛苦的甘露雨。"

听他说完这些话,出于酒醉和情欲,罗阇陀妲让他上床,拥抱他。女性、酒醉、独处、获得男人和放纵,对于这五种烈火,戒律如同草芥,能有什么用? 女人一旦被爱神搅昏头脑,就失去分辨力。因此,这位王后爱上这个毫不可爱的落难人。

这时,宝主王满怀忧虑,乘坐飞象,从宝顶岛迅速返回这里。他进入宫殿后,看见妻子罗阇陀妲与这样一个男人寻欢作乐。国王看到后,想要杀死这个人,但最终没有下手,因为他跪倒在地,苦苦哀求。王后也满怀恐惧,而国王看到她处于醉酒状态,心想:"醉酒是爱神的得力助手,妇女怎么可能保持贞洁? 即使严加看管,也不能约束放荡的女人。确实,怎么可能用双臂控制飓风? 这是我不听占星师们的话而造成的后果。无视智者的忠告,最终自己吞下苦果。我只觉得她是希罗婆蒂的妹妹,天啊,我忘记甘露和毒药一起从乳海中产生! 或者,有谁能凭借人为努力战胜命运神秘莫测的所作所为?"

国王这样思考后,对谁也不发怒。他询问了那个偷情的商人之子事情经过后,放走了他。这个商人之子获释后,看不到有什么补救办法,便走出宫殿。他远远望见海上有一艘航船驶来,于是他再次抱住木板,在海中漂游,呼吸急促,拼命呼叫:"嗨! 救命啊!"于是,航船上名叫怒铠的商人救起这个商人之子,让他留在自己身边。创造主确定某个人的所作所为导向毁灭,那么,这个人无论逃往哪里,都会追踪到他。因此,这个愚痴者在船上又与商人的妻子私通,商人发现后,将他扔进海中淹死。

同时,宝主王毫无怒意,让罗阇陀妲与侍女们一起骑上大象白光,带着她们回到宝顶岛。国王把罗阇陀妲交还希罗婆蒂,并将发生的事情告诉她和大臣们。然后,他说道:"天啊,我承受了这么多痛苦! 我一直沉迷这种空虚无聊的享受。现在,我要去森林皈依湿婆,不再承受这样的痛苦。"

尽管大臣们和希罗婆蒂竭力劝慰,他依然不改变弃世的决心。然后,他摈弃世俗享乐,将自己财库的一半赠给贞洁的希罗婆蒂,另一半赠给婆罗门们,并举行正式的仪式,将自己的王国赠给一位名叫灭罪的德高望重的婆罗门。

移交王国后,宝主准备前往苦行林,吩咐牵来大象白光。城市居民们含泪望着他。然而,大象来到他身边时,突然摆脱象身,变成一个天神模样的人,佩戴项链和臂钏。宝主询问道:"你是谁?这是怎么回事?"

那个人当众回答说:"我俩是住在摩罗耶山的健达缚兄弟。我是弟弟,名叫月光。他是哥哥,名叫神光。我的哥哥有一位深受宠爱的妻子,名叫罗阇婆蒂。一天,哥哥把她搂在怀中,和我一起来到悉陀的住地。我们在那里的毗湿奴神殿中敬拜毗湿奴,一起在那位大神面前咏唱颂歌。这时,有位悉陀来到那里,目不转睛盯着歌喉动听的罗阇婆蒂。我的哥哥出于妒忌,责问这位悉陀:'尽管你是一位悉陀,为何满怀激情盯着别人的妻子?'于是,这位悉陀发怒,对我的哥哥发出诅咒:'傻瓜!因为她歌声美妙,我才望着她,而非怀有情欲。你妒忌心重,因此,你就和她一起投胎为凡人吧!你会亲眼看到她与别人偷情。'听到这位悉陀对我的哥哥发出诅咒,我感到气愤,出于年幼无知,用手中玩耍的小泥象打他。于是,他也对我发出诅咒:'你将变成大地上的一头白象,就像你用来打我的这个玩具象一样。'然后,我的哥哥向他求情,他发慈悲,指定诅咒的结束期限:'由于受到毗湿奴恩宠,即使变成凡人,你会成为一个岛上的国王,你的弟弟变成白象,会成为你的神奇的坐骑。你的后宫里会有八万个妻子。你会当着众人的面,得知她们不守妇德。然后,你会和已经变成凡人的这个妻子结婚。你会亲眼看到她与别人偷情。于是,你厌弃尘世,把王国赠送给一个婆罗门。神光啊,就在你心平气和,准备前往苦行林时,你的弟弟首先摆脱象身,然后,你和这位妻子也一起摆脱诅咒。'这就是这位悉陀指定的诅咒结束期限。由于我们各自先前的行为,我们遭遇各自的业报。现在,到了诅咒结束的时候。"

月光说完这些话,宝主王记起自己的前生,说道:"是啊!我就是神光,罗阇陀妲是我以前的妻子罗阇婆蒂。"说罢,他和妻子一起摆脱凡身。刹那间,他们都变成健达缚,就在众人眼前,升入空中,前往摩罗耶山自己的住处。而希罗婆蒂凭借自己的崇高品德,获得财富,返回多摩罗利波提城,始终遵行正法。

"正是这样,在这世上任何地方,有谁能用强制的办法看管住妇女?唯有纯洁的自我约束永远保护高贵的妇女。妒忌而仇视他人,是造成痛苦的根本原因。这样并不能保护妇女,反而会激发她们的情欲。"那罗婆诃那达多听完自己的妻子讲述的这个富有意义的故事,与大臣们一起感到异常喜悦。

第三章

然后,大臣戈目佉想要讲述胜过宝光讲述的故事,对那罗婆诃那达多说道:"确实,贞洁的妇女稀有难得。妇女通常轻浮放荡,王上啊,请听我给你讲述这个故事!"

在闻名世界的优禅尼城,从前有个商人的儿子,名叫尼希遮耶达多。他是一个赌徒,靠赌博赢得钱财。他每天在希波拉河沐浴后,敬拜大神湿婆。他心胸开阔,总是在施舍婆罗门和孤苦无助的穷人之后,享用食物和蒟酱叶等。

而且,这个青年每天在沐浴和敬拜湿婆后,前往坟场附近的湿婆神殿前,用檀香膏涂抹自己的身体。他将檀香膏涂在那里的一根石柱上,然后独自一人用背摩擦。这样,时间一长,石柱的一面变得十分光滑。

后来,一个画家和一个雕刻家路过这里。画家看到石柱十分光滑,便在上面画了一幅高利女神像,而雕刻家游戏般地将这幅画雕刻在石柱上。他俩离开后,有个持明少女独自来到这里敬拜大时神湿婆,看到石柱上的女神像。由于形象逼真,她觉得女神就在身边,便向女神敬拜,然后隐身进入石柱休息。

这时,商人之子尼希遮耶达多来到这里,惊讶地看到石柱上雕刻的高利女神像。于是,他将檀香膏涂在石柱的另一面,然后摩擦自己的背部。藏在石柱里的持明少女转动眼睛,看到他,被他的容貌吸引,心想:"这里没有人为他擦背,那么,让我来为他擦背。"这个持明少女从石柱里伸出手,怀着柔情,为他擦背。立刻,商人之子有所察觉,并听到手镯叮当声。于是,他伸手抓住那只手。持明少女在石柱里说道:"贤士啊,我并没有伤害你,放开你的手吧!"尼希遮耶达多回答说:"你显现身形,告诉我你是谁,然后我放开你的手。"

于是,持明少女向他发誓说:"我会向你显身,告诉你所有一切。"他听后,放开她的手。然后,这位肢体优美的持明少女从石柱里出来,眼睛紧盯着尼希遮耶达多的脸,坐下后,说道:"在雪山山顶,有一座莲花城,那里住着一位名叫文底耶波罗的持明王。我是他的女儿,名叫阿奴罗伽波拉。我来到这里敬拜大时神湿婆,正在这里休息。这时,你来到这里用檀香膏涂抹背部。我在石柱里看到你,仿佛向我射来迷魂箭。我心中产生爱恋之情,于是伸手用你的檀香膏为你擦背。下面的情况你已知道。现在,我要返回父亲的住处去了。"

商人之子听后,说道:"美女啊,我的魂儿已经失去,被你取走。你不归还我的魂儿,怎么能就这样离去?"持明少女听后,顿时陷入情网,说道:"如果你来到我们的城市,我肯定会与你结成姻缘。主人啊,如果你真心诚意,这座城市不难抵达。对于下定决心的人,没有什么难以办到的事。"说罢,阿奴罗伽波拉升空离去。

尼希遮耶达多也返回自己家中,但心中一直思念她。他回忆她从石柱伸出的手,犹如树上萌发的嫩芽,心想:"天啊,我已经抓住她的手,却没有与她牵手成婚。因此,我要去莲花城会见她。或许我会失去生命,或许命运会协助我。"他这样左思右想,忍受爱神的折磨,度过这一天。

第二天天亮后,他出发前往北方。途中,他遇见三个前往北方的商人之子,于是他们结伴而行。他们一路经过城市、村庄、森林和河流,渐渐到达充满野蛮部落的北方地区。他们在路上被一些达吉迦人抓住,卖给另一个达吉迦人。这个达吉迦人将他们交给仆从们,吩咐将他们作为礼物,送给一个名叫摩罗伐罗的杜鲁湿迦人。这样,那些仆从带走他们,而得知摩罗伐罗已经死去,便把他们交给那个人的儿子。

摩罗伐罗之子心想:"这些人是父亲的朋友送来的礼物,因此,我明天早上要把他们埋入父亲的坟墓。"于是,这个杜鲁湿迦人用结实的锁链捆住他们过夜。这样,在夜里,尼希遮耶达多的三个朋友陷入死亡的恐惧,而他对这三个商人之子说:"你们不必绝望,保持镇定,会有得救的希望,因为灾难会远离勇敢的人,仿佛害怕他们。你们就专心忆念救苦救难的难近母女神吧!"

他这样鼓励三个朋友,开始虔诚地赞颂这位女神:"女神啊,我向你的双脚致敬！你的双脚涂抹红颜料，看似践踏阿修罗沾上的血浆。你是湿婆主宰一切的力量。依靠你的呼吸，三界得以运作。你杀死阿修罗摩希舍，拯救世界。关爱信众的女神啊，请你保护我这个皈依者！"就这样，他和三位同伴一起赞颂女神。然后，尼希遮耶达多困倦而入睡。

女神在梦中对尼希遮耶达多和三位同伴说道："起来吧，孩子们！离开这里吧！你们的锁链已经脱落。"这样，他们在夜里醒来，看见身上的锁链已经脱落，互相诉说自己的梦，满怀喜悦，离开那里。

他们一路走得很远，夜晚结束时，其他三个商人之子心有余悸，对尼希遮耶达多说道："朋友啊，这里到处是野蛮部落，我们要去南方，你愿意怎么做就随你吧！"尼希遮耶达多顺遂他们的心意，与他们告别。他已经被阿奴罗伽波拉爱情的套索套住，失去理智，勇往直前，继续前往北方。

他在途中遇见四个湿婆教徒，与他们结伴而行，一起到达和渡过维多斯达河。进食后，在太阳亲吻西山时，他们沿路进入一个森林。一些伐木工出现在他们面前，对他们说："你们去哪里？现在白天已经结束，前面没有任何村庄。在这森林里有一座空无一人的湿婆神庙。无论谁在这座神庙里面或外面过夜，有个名叫希林戈波蒂尼的药叉女会施展妖术，迷惑他，让他的额头长角，成为自己的猎物，然后吃掉他。"

即使听到这些话，那四个湿婆教徒也不以为然，说道："来吧！这个卑贱的药叉女能把我们怎么样？我们经常在坟场过夜。"说罢，他们和尼希遮耶达多一起来到这个空无一人的湿婆神庙，在里面过夜。勇敢的尼希遮耶达多和四个湿婆教徒迅速在神庙庭院里用灰土撒成一个大圆圈，然后进入里面，点燃柴火，一起念诵保护自己的咒语。

在夜里，药叉女希林戈波蒂尼从远处吹着骨笛，跳着舞，来到这里。她首先紧盯着其中一个湿婆教徒，在圆圈外跳舞，念诵长角咒语。这个湿婆教徒随着咒语，额头长角，神志迷糊，起身跳舞，最后跌倒在燃烧的柴火中。药叉女满怀喜悦，从柴火中拽走烧得半焦的湿婆教徒，吃掉他。

然后，她的眼睛盯着第二个湿婆教徒，跳着舞，向他念诵长角咒语。这第二个湿婆教徒也随着咒语，额头长角，起身跳舞，最后跌倒在柴火中，被她当着其他人的面拽走和吃掉。这样,这个药叉女依次迷惑这四个湿婆教徒,让他们的额头长角,然后把他们吃掉。

而她在吞噬第四个湿婆教徒时,由于吃饱血肉而迷醉,无意中将她的乐器骨笛放在地上。这时,勇敢的尼希遮耶达多立即起身,拿起这支骨笛吹奏,哈哈笑着跳舞,同时念诵多次听到药叉女念诵而学会的长角咒语,眼睛盯着药叉女的脸。由于受咒语威力控制,药叉女害怕自己会死去,额头上即将长角,立即俯首弯腰,对尼希遮耶达多说道:"你别杀死我,大勇士啊!可怜可怜我这个孤弱无助的女人!现在,你是我的救命恩人,请你停止念诵咒语,饶我一命!我知道你想实现的愿望。我会把你带到阿奴罗伽波拉那里。"

勇敢的尼希遮耶达多听后,相信她的话,说道:"好吧!"他停止念诵咒语。然后,他听从药叉女的话,趴在她的肩背上。药叉女从空中出发,带他前往他心上人的住处。夜晚结束时,他们到达一座山林。药叉女弯下身,对尼希遮耶达多说道:"现在太阳升起,我没有力气再往前走。你就在这可爱的树林里度过白天,主人啊,你可以吃甜美的果子,喝清凉的泉水。我现在回家,到了晚上,我会再来这里,带你前往雪山的顶冠莲花城,把你送到阿奴罗伽波拉身边。"尼希遮耶达多表示同意,药叉女便把他从肩背上放下,按照约定,返回自己的城市。

药叉女离去后,尼希遮耶达多看到树林外有一个深不可测的水池,池水澄澈清凉,然而有毒。这仿佛是闪耀光芒的太阳借以说明怀有情欲的妇女。尼希遮耶达多凭闻到的气味知道池水有毒,便离开这个水池。他完成日常的祭拜仪式后,感到焦渴难忍,便在这座神奇的山林中寻找水源。

他四处游荡,看到一个高坡上好像有两颗闪闪发光的宝石,便上前掘开那里的泥土。然后,他看见一只活着的猴子的头,它的双眼像两颗红宝石。他惊讶不已,心想:"这是怎么回事?"这时,这只猴子用人的话音说:"我是人,是一个变成猴子的婆罗门。贤士啊,你救我出来吧!我会告诉你我的所有情况。"尼希遮耶达多出于好奇心,掘开泥土,把猴子从地下救了出来。

猴子得救后,拜倒在尼希遮耶达多脚下,说道:"你把我救出困境,赐予我生命。因此,来吧!你休息一下后,享用果子和水。蒙受你的恩德,我终于也能进食了。"说罢,猴子带他到远处一条山溪旁,那里的树木有甜美的果子和清凉的树荫。尼希遮耶达多沐浴后,享用果子和水,然后与得以开始进食的猴子一起返回原地。他对猴子说道:"你怎么会由人变为猴子,请告诉我吧!"猴子回答说:"听着,我现在就告诉你!"

　　在波罗奈城,有一位高尚的婆罗门,名叫旃陀罗斯瓦明,我是他的贤惠的妻子生下的儿子,朋友啊!父亲给我取名苏摩斯瓦明。我渐渐长大,到达青春期,骑上放荡无羁的爱欲疯象。城里有个商人名叫希利伽尔跋。他的小女儿名叫般杜陀妲,是摩突罗城商主婆罗诃达多的妻子,当时住在自己父亲家中。有一次,她从窗口远远看见我,顿时爱上我。她打听到我的名字后,派遣她的心腹女友来找我,希望与我约会。

　　她的女友私下告诉我般杜陀妲的意愿,带我到她自己的家里。她把我安顿好后,悄悄把欲火中烧而不知羞耻的般杜陀妲带来。般杜陀妲一到她的女友家中,就搂住我的脖子,紧紧拥抱。因为情欲是真正的英雄,能让妇女变得疯狂。这样,般杜陀妲天天从父亲家中来到女友家里,与我寻欢作乐。

　　有一天,她的商主丈夫从摩突罗城来到这里,要把长期住在父亲家中的妻子接回去。父亲同意,丈夫也急于带她回去。于是,般杜陀妲对唯独知道秘密的女友说:"我肯定要被丈夫带回摩突罗城,可是离开苏摩斯瓦明,我活不下去。你说说我还能有什么办法?"这个名叫苏克舍雅的女友是个女瑜伽行者,告诉她说:"我有两个咒语:一个是用绳索缠住脖子,人立刻变成猴子;另一个解开缠住脖子的绳索,猴子立刻变成人。而且,人变成猴子后,不会失去智力。美女啊,如果你的情人苏摩斯瓦明同意,我现在就可以让他变成一只小猴子。然后,你把他当作宠物,带着他前往摩突罗城。我会教你使用这两个咒语。这样,他平时在你身边呈现猴子模样,而在秘密地点,你让他变成你的情人。"

　　听了女友的这番话,般杜陀妲秘密召唤我,温柔地告诉我这件事。我表示同意后,她的女友苏克舍雅立刻念诵咒语,用绳索缠住我的脖子,让我变成一只小猴子。般杜陀妲把那副模样的我带到自己的丈夫那里,说道:"你看,这是我的女友送给我消遣的宠物。"她的丈夫看到她抱在怀里的这个宠物,表示满意。而我即使变成了猴子,也没有失去智力和说话能力。我只是暗暗发笑:"妇女的行为多么奇妙!"确实,有谁会不受到情欲愚弄?

般杜陀妲已经从女友那里学会那两种咒语,第二天,与丈夫一起离开自己父亲的家,前往摩突罗城。般杜陀妲的丈夫为了取悦妻子,一路上让我骑在一个仆从的肩上。这样,我们所有人一连走了两三天,到达一个树林,那里充满许多凶狠的猴子。这些猴子看到我后,一群接一群迅速跑过来攻击我,还发出尖厉的叫声,互相召唤。这些难以阻挡的猴子开始蹦跳着撕咬肩负我的那个仆从。他惊慌失措,出于恐惧,把我从肩上扔下,自顾自逃跑了。于是,这些猴子抓住我。出于爱护我,般杜陀妲和她的丈夫以及仆从们用石块和棍棒驱赶这些猴子,但无济于事。我昏昏沉沉倒在地上,这些猴子用爪子和牙齿拔光我肢体上的毛发,仿佛是我冒犯了它们。

由于脖子上那根绳索的威力以及忆念湿婆,我恢复体力,得以摆脱这些猴子而逃跑。我进入树林深处,远在他们的视线之外。我依次从这个树林走到那个树林。时值雨季,我在这里游荡,仿佛陷入黑暗的痛苦深渊,心想:"你与他人妻子通奸,怎么就在今生失去般杜陀妲,变成猴子?"

然而,命运还不满意,又给我增添痛苦。一头雌象突然来到这里,用象鼻卷起我,把我扔到一个受雨水浸泡而塌陷的蚁垤中。我知道肯定是某种神力在起作用,我竭尽全力也无法爬出这个泥淖。我不停地忆念湿婆,直至这个泥淖干涸,我也没有死去,而且,我依然保持智力。朋友啊,我也从不感到饥渴,直至今天你把我救出这个干涸的泥淖。而我即使具有智力,也没有能力让自己摆脱猴子的状态。只有等到某个女瑜伽行者念诵那个咒语,解开我脖子上的绳索,才能让我再次变回人。

"这是我的全部经历。现在,请你告诉我,你怎么会来到这个人迹罕至的树林?"听完猴子形状的苏摩斯瓦明讲述自身遭遇后,尼希遮耶达多也向他讲述自己的情况:怎样为了一个持明少女而从优禅尼城来到这里,怎样凭勇气征服一个药叉女,依靠她在夜里将自己带到这里。

猴子形状的苏摩斯瓦明头脑聪明,听了他讲述的奇妙经历,继续对他说道："你与我一样，为了女人而遭受痛苦折磨。在这世上，女人就像财富，从不忠于某个人；就像黄昏，展现一时的激情；就像河流，心思弯曲；就像毒蛇，不可信赖；就像闪电，稍纵即逝。这个持明少女即使一时爱上你，而一旦遇上某个同类的持明族情人，就会厌弃你这个凡人。因此，你现在不要再为女人辛苦奔走，否则会尝到生涩的苦果。朋友啊，你不要再前往持明族的莲花城。你就趴在药叉女肩背上，返回优禅尼城吧！朋友啊，听我的劝告吧！以前，我陷入情欲，不听朋友的劝告，现在遭受这样的痛苦折磨。因为我迷上般杜陀姐时，一位婆罗门朋友，名叫跋婆舍尔曼，好心劝告我说：'朋友啊，你别陷入女人的圈套。因为女人的心实在难以把握。请听我讲述自己经历的这件事。'现在，我转述给你听：

在波罗奈城，有个容貌秀丽的婆罗门少女，名叫娑摩姐，是一个放荡的秘密女瑜伽行者。也是命运安排，我和她私通。时间久了，我越来越爱她。有一次，我出于妒忌而生气，任性打了她。她是个凶狠的女人，但她暂时克制自己，隐藏心中的愤怒。第二天，她假装与我闹着玩，将一根绳索系在我的脖子上，我顿时变成一头驯顺的牛。然后，她把我按照她认为合适的价钱卖给一个饲养骆驼的人。

后来，有个名叫般达摩吉尼的女瑜伽行者，看到我担负重物，疲惫不堪，产生同情心。她知道是娑摩姐把我变成牲口，于是，趁我的主人不注意，解开我脖子上的绳索。这样，我又变成人。而我的主人东张西望，以为我已经逃跑，四处寻找我。

然后，我与般达摩吉尼一起离开那里。也是命运安排，娑摩姐正向这边走来，远远望见我们。她怒火中烧，对通晓巫术的般达摩吉尼说道："你为何释放这个变成牲畜的坏家伙？呸，你这个恶妇！你会尝到你的恶行的恶果。明天早上，我要杀死你和这个坏家伙。"

在她离去后，这个通晓巫术的女瑜伽行者般达摩吉尼告诉我到时候怎样对付娑摩姐："她会变成一匹黑色牝马来杀我，而我会变成一匹棕色牝马。在我俩交战时，你要持剑跑到娑摩姐的身后，奋力攻击她。这样，我俩就能杀死她。明天早晨,你就来到我家。"说罢,她引领我看她的家在哪里。她进屋后,我也返回自己的家。我感到自己仿佛一生经历了多世。

早晨,我持剑前往般达摩吉尼家中。然后,娑摩妲化身黑色牝马来到那里,般达摩吉尼化身棕色牝马,两人用牙齿和蹄子互相撕咬踢打。而我举剑袭击这个邪恶的女巫。最后,娑摩妲被般达摩吉尼杀死。

这样,我躲过变成牲口的厄运,摆脱恐惧。我从此再也没有起过与坏女人私通的念头。轻浮、放荡不羁和酷爱巫术,这是女人令三界恐惧的三个恶习。因此,你为何要追随般杜陀妲?她是女巫的朋友。她不爱自己的丈夫,怎么会爱你?

"尽管我的朋友跋婆舍尔曼这样劝告我,我还是没有听从他的话,结果落到这样的悲惨境地。因此,我也劝告你,不要苦苦追逐阿奴罗伽波拉。她一旦遇见同类的持明族情人,肯定会抛弃你。女人对男人喜新厌旧,就像蜜蜂从这朵鲜花飞向那朵鲜花。朋友啊,总有一天你会像我一样后悔莫及。"猴子形状的苏摩斯瓦明的这番话没有触动尼希遮耶达多充满情欲的心。他辩解说:"阿奴罗伽波拉不会抛弃我,因为她出生在纯洁的持明王家族。"

正当他俩这样交谈时,到达黄昏时分,太阳变红,仿佛为了让尼希遮耶达多高兴,落下西山。于是,夜晚如同通报消息的女使者降临,随即药叉女希林戈波蒂尼来到尼希遮耶达多身边。他登上药叉女的肩背,准备前往阿奴罗伽波拉的住处。他与猴子形状的苏摩斯瓦明道别,苏摩斯瓦明希望他记住自己。

在午夜,他们到达雪山上阿奴罗伽波拉的父亲持明王的莲花城。这时,阿奴罗伽波拉凭借神通力,知道他已经来到,从城里走出来。药叉女指着阿奴罗伽波拉对尼希遮耶达多说:"你的情人走来了。在这夜晚,她像是第二个月亮,让你大饱眼福。因此,我现在要走了。"说罢,她让他从自己肩背上下来,向他俯首行礼后,离去了。

然后,阿奴罗伽波拉走上前来欢迎自己的情人,怀着渴望已久的激情拥抱他。尼希遮耶达多也拥抱她,历经艰辛而获得团圆,心中的喜悦仿佛溢出自己的身体,也进入她的身体。按照健达缚自由结婚方式,阿奴罗伽波拉成为他的妻子。随即,阿奴罗伽波拉运用幻术,制造一座城市。这座城市在莲花城的外面,阿奴罗伽波拉用障眼法阻挡她父母的视力,不引起他们怀疑。经阿奴罗伽波拉询问,尼希遮耶达多讲述自己一路上的艰难遭遇。为此,阿奴罗伽波拉更加敬重他,满足他一切愿望的享受。

尼希遮耶达多知道她有幻力,也告诉她关于苏摩斯瓦明变成猴子的奇异遭遇,然后说道:"如果你有办法让他摆脱猴子状态,亲爱的,你也算做了一件好事。"阿奴罗伽波拉回答说:"这是女瑜伽行者的咒术套路,我们的幻术不属于这一类。不过,我有一位女友是通晓巫术的女瑜伽行者,名叫跋陀罗鲁芭,我会请她实现你的心愿。"这个商人之子听后十分高兴,对妻子说道:"那么,你也去见见我的朋友,我俩一起去拜访他。"

第二天,阿奴罗伽波拉将尼希遮耶达多抱在怀里,从空中飞向他的朋友在树林中的住地。他看到猴子形状的朋友,与妻子一起走近前去,向这位向他俩俯首行礼的朋友致以问候。猴子形状的苏摩斯瓦明说道:"我今天一切安好,尤其是看到你和阿奴罗伽波拉结成姻缘。"他向尼希遮耶达多表示欢迎后,也向他的妻子表示祝福。他们一起坐在可爱的石板上,谈论尼希遮耶达多已向妻子说过的苏摩斯瓦明变成猴子的遭遇。然后,尼希遮耶达多告别苏摩斯瓦明,又让妻子抱在怀里,从空中飞回住地。

第三天,尼希遮耶达多再次对妻子说:"亲爱的,我俩再去拜访一回猴子朋友。"而阿奴罗伽波拉对他说:"今天你自己去吧!你就跟我学会升空和下降的幻术吧!"然后,尼希遮耶达多学会升空和下降这两种幻术。他从空中来到猴子朋友身边。这次,他俩进行长时间的交谈。

而这时,阿奴罗伽波拉走出屋子,进入花园。她在那里坐着时,有个在空中游荡的持明青年偶然来到这里。这个青年一见到她,就陷入情网,走近她。他凭幻力知道她是持明女,有一个凡人丈夫。看到这个英俊的青年走近,她目光低垂,怀着好奇心,低声问道:"你是谁? 怎么会来到这里?"

于是,他回答说:"美女啊,你要知道,我是具有神通幻力的持明,名叫罗阇盘遮那。鹿眼女啊,我一看见你,就被爱神控制,倾心于你。因此,女神啊,你不要再侍奉大地上的凡人,趁你的父亲还没有发觉,你就占有我吧,我俩是同类。"听着他这样说,阿奴罗伽波拉用斜睨的目光观看他,心想:"这个青年与我般配。"这个青年明白她的心思后,娶她为妻。他俩情投意合,哪里还需要偷情?

这个持明青年离去后,尼希遮耶达多从苏摩斯瓦明那里回到这里。他回来后,阿奴罗伽波拉已经不爱他。她借口头痛,没有拥抱他。他已被爱情迷住心窍,并不知道这是借口,天真地相信她身体不舒服,度过这一天。第二天早上,他心情忧郁,又凭借幻术,从空中飞到猴子朋友苏摩斯瓦明那里。

他离去后,那个持明青年再次前来会见阿奴罗伽波拉。他昨天离去后,思念阿奴罗伽波拉,彻夜未眠。他搂住分离一夜而满怀渴求的阿奴罗伽波拉的脖子,欢爱后困倦入睡。阿奴罗伽波拉运用幻力,让他隐身睡在自己怀里。而她昨夜也是一直醒着,现在也困倦入睡。

这时,尼希遮耶达多来到猴子朋友这里。猴子朋友向他表示欢迎后,询问他:"你今天为何看上去心情忧郁?请告诉我吧!"于是,尼希遮耶达多说道:"朋友啊,阿奴罗伽波拉身体不舒服,我心里难受,因为我爱她胜过自己的生命。"而这位猴子朋友具有神通智慧,对他说:"你现在把睡着的阿奴罗伽波拉抱在怀里,运用幻术,从空中把她带来这里,我会让你看到一个奇迹。"

尼希遮耶达多听后,从空中返回。他轻轻抱起睡着的阿奴罗伽波拉,而看不见因她施展幻力而隐身躺在她怀里的持明青年,刹那间,就从空中把她带到猴子朋友这里。这位猴子朋友具有神通眼力,又运用瑜伽力,让他看到那个搂住阿奴罗伽波拉脖子的持明青年。他看到后,说道:"这是怎么回事?"猴子朋友凭借洞察一切的神通眼力,告诉他已经发生的事情。

于是,尼希遮耶达多怒不可遏。这时,他的妻子的情人,那个持明青年醒来,升空消失。随即,阿奴罗伽波拉也醒来,知道秘密败露,羞愧地低头站着。尼希遮耶达多含泪对她说道:"我信任你,贱货啊,你怎么能这样欺骗我?确实,在这世上,有办法拢住滚动的水银,而没有任何办法系住女人的心!"他这样说着,而阿奴罗伽波拉不答话,哭泣着,缓缓升空,返回自己的天国住处。

然后,猴子朋友对他说:"即使我劝告过你,你仍然追随她。现在,你遭到情欲烈火的烧灼,尝到苦果。因为怎么能信任放荡不羁的女人?现在,你也不必后悔了,保持冷静吧! 即使是创造主也无法回避必定发生的事。"

听了猴子朋友的话,尼希遮耶达多摆脱忧伤和痴迷,摈弃情欲,皈依湿婆。他和猴子朋友一起住在树林中。也是命运安排,一个名叫摩克莎妲的女苦行者来到他的身边。她看到向她俯首行礼的尼希遮耶达多,询问道:"真是奇怪,你是人,怎么会与这只猴子结为朋友?"

于是,尼希遮耶达多向她讲述自己的经历,也讲述他的朋友的不幸遭遇,然后对她说:"如果尊者通晓咒术,就请你让我的这位朋友摆脱猴子状态吧!"女苦行者听后,说道:"好吧!"她施展咒术,解开猴子脖子上的绳索。随即,苏摩斯瓦明摆脱猴子状态,变回像从前一样的人。然后,这位具有神通威力的女苦行者像闪电那样消失不见。此后,尼希遮耶达多和苏摩斯瓦明一起积累许多苦行后,获得至高的幸福。

"正是这样,生性轻浮的女人做出种种让人难以辨别的败德行为。然而,她们之中也有贞洁的女子,为高贵的家族增光,犹如一弯新月为天空增光。"那罗婆诃那达多和宝光一起听完大臣戈目佉讲述的这个奇妙的故事,高兴满意。

第四章

看到那罗婆诃那达多听了戈目佉讲述的故事而高兴满意,于是,摩卢菩提想要与戈目佉媲美,说道:"确实,大多数女人生性轻浮,但也并非普遍如此。甚至也能看到妓女具有美德,何况其他女人? 为了说明这一点,王上啊,请听这个著名的故事!"

在华氏城,从前有个国王名叫健日。他有两个亲密的朋友:马主王和象主王,他俩拥有大量的马匹和大象。这个骄傲的国王有个强悍的敌人,即波罗底湿达那城的国王,名叫人狮,拥有大量步兵。健日王仇恨这个敌人,倚重盟友的力量,发出强烈的誓言:"一旦我战胜人狮王,歌手们就会在门口通报我的仆从来到。"这样发誓后,他召集盟友马主王和象主王以及他俩的马军和象军,率领所有军队,向人狮王发起进攻。

到达波罗底湿达那城附近时,人狮王披上铠甲,出城迎战。健日王和人狮王展开惊心动魄的格斗。而马军和象军与那些步兵交战。最终,人狮王数千万的步兵击溃健日王的军队。健日王战败,退回华氏城。人狮王返回波罗底湿达那城时,歌手们赞颂他的赫赫战功。

健日王没有达到目的,心想:"看来我不能依靠武力战胜敌人,而应该运用智谋取胜。就让一些人责备我吧,而我不能让自己的誓言落空。"于是,他把王国委托一些合适的大臣照看,自己与一位名叫普提婆罗的首席大臣和五个出身高贵的刹帝利勇士一起悄悄出城,化装成朝圣者,前往敌人的波罗底湿达那城。

在那里,他进入一个名叫摩陀那玛拉的妓女的宫殿。宫殿豪华堪比王宫,高耸的围墙顶上的绸布旗帜在微风中轻轻飘扬,仿佛向他发出召唤。东门是主要的入口,有两万步兵手持各种武器,日夜看守。其他三个门也各有一万强悍的勇士看守。经门卫通报后,乔装改扮的健日王进入住宅院内。

院内分成七个区域。一个区域里有许多排列成行的骏马,另一个区域里有密集的象群,另一个区域里堆放着各种武器,另一个区域里有许多因储藏宝石而闪闪发光的库房,另一个区域里有成群成群的仆从,另一个区域里聚集着高声诵唱的歌手,另一个区域里回响着配合诵唱的鼓声。健日王和随从们一路观看这七个区域中的景象,来到摩陀那玛拉居住的宫殿。

摩陀那玛拉从仆从口中得知这个人经过这些区域时,那些马匹等特意观看他,心中猜想他可能是一个乔装改扮的高贵人物。她怀着爱慕和好奇的心情上前迎接他,向他俯首行礼,引领他进入宫殿,让他坐在适合国王坐的座位上。她的美貌和文雅举止吸引健日王的心。健日王向她问好,但不透露自己的身份。

然后,摩陀那玛拉用沐浴、鲜花和油膏以及昂贵的衣服和装饰品侍奉他。她负责他的随从们的日常开销,供应他和大臣的饮食和其他服务。她也每天陪他喝酒和娱乐消遣。她对他一见钟情,已把自己托付给他。这样,健日王每天受到她的关爱,即使隐瞒身份,却过着如同转轮王的生活。他习惯于把钱财施舍给求乞者,为此,摩陀那玛拉将自己的钱财供他使用。她认为能让他享受快乐,那么,她的身体和财富也就实现目的。因此,她厌弃其他的男人和钱财。出于对他的爱,她也设法回避宠爱她而来到这里的人狮王。

健日王受到她这样的侍奉,有一次私下对大臣普提婆罗说:"妓女追求钱财,即使她没有爱意,也会热情接客。创造主创造求欢者,正是为了满足她们的贪欲。然而,尽管我享用摩陀那玛拉的钱财,她不仅对我不反感,反而满怀柔情,感到高兴满意。因此,倘若我的誓言得以实现,我不知怎样回报她。"

大臣普提婆罗听后,对健日王说道:"如果是这样,你就给她一些苦行者波罗般遮菩提给你的宝石。"健日王听后,回答说:"即使我把那些宝石全都给她,也等于没有回报。而我能用另一种方式回报她,这与那个苦行者的事情有关。"大臣听后,说道:"王上啊,那个苦行者为何侍奉你? 请你说说这件事吧!"经大臣请求,健日王说道:"你就听我讲述这个故事吧!"

从前,在华氏城有个苦行者,名叫波罗般遮菩提,每天来到我的觐见殿,送给我一个礼盒。整整一年,我没有打开那些礼盒,而是直接交给仓库保管员。一次,这个苦行者送给我礼盒时,我偶然失手,礼盒落地而裂开,滚出一颗大宝石,闪耀火焰般的光辉,仿佛展现我原先不知道的他的心。我看到后,捡起这颗宝石,又吩咐取来原先那些礼盒,打开后,我获得所有礼盒中的那些宝石。

于是,我惊讶地询问这个苦行者:"你为何赠送给我这些宝石?"这个苦行者私下悄悄对我说:"现在,即将到达黑半月第十四夜,我要在郊外坟场完成一个幻术仪式。英雄啊,我希望你来做我的助手。因为有一位英雄协助,我的幻术就能排除障碍,顺利完成。"听了这个苦行者的话,我表示同意。他高兴地离去。

几天后,到了黑半月第十四夜,我记得这个苦行者对我说的话。于是,我完成日常事务后,等待黄昏来临。而我在完成黄昏祈祷仪式后,忽然犯困瞌睡。这时,胸前有莲花标志的毗湿奴大神,他关爱信徒,乘坐金翅鸟,出现在我的梦中,对我说:"这个苦行者名叫波罗般遮菩提,名副其实①。孩子啊,他让你

---

① "波罗般遮菩提"的原词是 prapañcabuddhi,词义为心思诡诈者。

前往坟场,是想要杀死你,因此,你不能按照他说的那样做。你要对他说:'你先那样做,然后我学你那样做。'然后,你要立即抓住机会杀死他。这样你就能获得他想要实现的愿望。"

毗湿奴说罢,消失不见。我醒来后,心想:"毗湿奴恩宠我,让我了解真相。因此,我今天要杀死这个妖巫。"在夜晚第一时辰过去后,我手中持剑,独自一人前往坟场。到了那里,我看到这个苦行者已经敬拜幻术圈。他也看到我,向我表示欢迎。这个歹徒对我说:"你闭上眼睛,脸朝下,趴在地上,国王啊,这样我俩都会实现愿望。"于是,我回答说:"你先做个样子给我看,然后,我学你的样子做。"这个愚痴的苦行者听后,便趴在地上。我立即趁此机会,用剑砍下他的头。

然后,我听见空中传来话音:"好啊,国王!今天,你杀死这个邪恶的苦行者,你今天获得了他飞行空中的愿望。我是随意飞行的财神,对你的勇气表示满意。因此,我要赐予你另一个你愿望的恩惠。"说罢,财神向我显身,我向他俯首行礼,说道:"等我以后忆念你时,尊神啊,你就出现,赐予我另一个恩惠。"财神答应道:"好吧!"随即,他消失不见。我已经获得飞行空中的神通,迅速返回自己宫中。

"我已经告诉你我的这次经历。现在,我可以用财神许诺我的那个恩惠回报摩陀那玛拉,因此,普提婆罗啊,你就带着五位乔装改扮的刹帝利勇士,回到华氏城去吧!等我以特殊的方式回报摩陀那玛拉后,也会回去。到时候再来这里。"说罢,健日王完成日常事务后,送走大臣和五位随从。

健日王怀着即将与摩陀那玛拉分离的忧愁心情,度过这一夜。而摩陀那玛拉也仿佛心中预感他即将离去,反复拥抱他,整夜没有入睡。天亮后,健日王完成必要的仪式后,找了个借口,独自进入日常拜神的神殿。他忆念财神,随即俯首敬拜出现在面前的财神,请求他赐予先前允诺的另一个恩惠:"尊神啊,请你今天赐予我这个恩惠:给我五座永不毁灭的金人塑像。无论何人按照需要截取金像任何部分肢体,金像仍会复原如初。"财神说道:"就按照你的心愿,让这五个金像出现在这里吧!"财神说罢,消失不见。而健日王立即看见神殿里耸立着五座金像。

然后,国王走出神殿,不忘却自己的誓言,升空返回自己的华氏城。大臣、市民和后宫后妃欢迎他回来。他在华氏城履行国王的职责,而心中思念波罗底湿达那城。

而在波罗底湿达那城,摩陀那玛拉发现自己的情人已经进入神殿很长时间,于是,进去察看。她在里面任何地方都找不到国王,只看到耸立的五座金像。于是,她感到痛苦,心想:"我的情人肯定是某个持明或健达缚。他赐予我这些金像,然后升空飞走了。这些金像对我有什么用,只能成为我的负担。"然后,她一次又一次向仆从们打听他的消息,也亲自四处寻找,找遍楼阁、花园和居室,都不见心上人的踪影。她忍受不了分离的痛苦,发出哀叹,想要抛弃自己的生命。

于是,侍从们劝慰她说:"小姐,别伤心! 因为他是一位随意飞行的天神,不知哪天,他又会忽然来到你的身边。"听了侍从们这些鼓励的话,她得到安慰,然而她发出这样的誓言:"如果他六个月内不来见我,我就舍弃自己的所有财富,投火自焚。"此后,她依靠这个誓言支撑自己,每天施舍钱财和思念自己的心上人。

一天,她只是出于慷慨施舍的想法,砍下其中一座金像的双臂,施舍给一些婆罗门。而第二天,她发现这座金像的双臂已经在夜里复原如初,惊讶不已。后来,她依次砍下其他金像的双臂,用于施舍,而其他金像的双臂同样复原如初。这样,她发现这些是不会毁灭的金像。于是,她依照那些婆罗门诵读吠陀的次数,施舍给他们同样数目的金像手臂。

过了一些天,有个名叫商伽罗摩达多的婆罗门听说了这个名扬四方的妓女,从华氏城来到这里。这个贫穷的婆罗门通晓四吠陀,品德高尚,经门卫通报,进入宫殿向她乞求施舍。摩陀那玛拉由于立下誓言,忍受与心上人分离的痛苦,肢体消瘦苍白。她向这个婆罗门俯首行礼后,按照他诵读吠陀的次数,施舍给他金像手臂。

这个婆罗门从她的那些愁眉苦脸的侍从口中得知她的所有情况以及立下的可怕誓言,因此,既为获得施舍而高兴,又为她的境况而担忧。他用两头骆驼负载金像手臂,返回华氏城自己的住处。

回家后,这个婆罗门思忖道:"我的这些金像手臂得不到国王的保护,不能保证安全。"于是,他前往国王的觐见殿拜谒健日王,禀告说:"我是一个贫困的婆罗门,前往南方,到达人狮王的波罗底湿达那城。为了乞求施舍,我进入一个享有盛名的妓女摩陀那玛拉的宫殿。因为有位具有神力的人在她那里住了很久,可是在赐予她五座不会毁灭的金像后,不知去向。她忍受与心上人分离的痛苦折磨,觉得生命如同毒药,身体毫无价值,失去活下去的勇气。侍从们好不容易安慰住她,而她立下誓言:'如果他六个月内不来见我,我这苦命人就投火自焚。'她立下这个誓言,决心以死明志。她一心行善,慷慨施舍。王上啊,我看到她步姿屡弱,即使身体由于节食而消瘦,却依然光彩照人。她的双手因施舍之水而湿润,身边围绕成群的蜜蜂,痛苦难熬,犹如发情的大象化身①。我认为那个情人抛下她,如果造成这位美女舍弃生命,那么,这个情人该受谴责,该受杀戮。因为我诵读四吠陀,她按照规则,施舍给我金像的四条手臂。我想要在这里举行长时间的祭祀,履行自己的正法,因此,请你协助我保护这些金手臂。"

健日王从这位婆罗门口中得知情人的消息,顿时深深思念她。他吩咐门卫按照婆罗门的要求去办。他想到摩陀那玛拉对自己一往情深,而将她自己的生命视同草芥。他计算日子,离她确定舍弃生命的日子还差几天,忧心忡忡,唯恐自己造成她兑现誓言。于是,他立即把王国委托大臣们照看,从空中飞往波罗底湿达那城,进入情人的住处。他看到情人身穿洁白的衣服,已将自己的财富施舍给智者们,身体消瘦如同一弯新月。

而摩陀那玛拉出乎意料看到他,如同自己眼中的甘露,一时间惊慌失措。随即,她拥抱他,唯恐再次失去他,双臂如同蔓藤套索,紧紧搂住他的脖子。她以含泪哽咽的话语说道:"狠心人啊,你为何离开我,抛弃我这无辜的人?"健日王悄悄对她说:"来吧,我告诉你。"

在侍从们向他表示欢迎后,他和摩陀那玛拉一起进入密室。他向她透露

---

① 这句中,"手"的原词是 kara,也读作"象鼻";施舍的原词是 dāna,也读作"(大象的)颞颥液汁";蜜蜂则比喻侍女。

自己的身份，说明自己来到这里，是想要运用智谋战胜人狮王；他杀死波罗般遮菩提而获得飞行空中的神通力；他获得财神的恩惠而回报她；他从那个婆罗门口中得知她的消息而再次来到这里。这样，他从自己发誓要战胜人狮王开始，讲述了整个事情经过。

然后，他告诉她说："亲爱的，人狮王拥有强大的军队，难以战胜。我与他一对一交战。我能飞行空中，他只能在地上行走，而我没有杀死他。因为作为刹帝利，怎么能进行不公平的战斗？我的誓言是要让歌手们向站在门口等候的人狮王宣称准予进入。请你协助我完成这件事。"

摩陀那玛拉听后，说道："我有幸能协助你。"于是，她与健日王商量后，召集自己的歌手们，吩咐说："一旦人狮王来到我的住处，你们站在门口凝视他，在他进入时，一再高声说道：'王上！热爱和忠于你的人狮王来到！'然后他会昂首询问：'谁在这里？'你们立即回答说：'健日王在这里。'"吩咐完毕，遣散歌手们后，她对女门卫说："你不要阻止人狮王进入。"她安排停当后，庆幸自己重新获得生命之主，心满意足，继续慷慨施舍自己的无数财富。

这时，人狮王听说摩陀那玛拉获得一些金像而慷慨施舍，尽管自己已经放弃她，仍然来到她的住处想要见她。他进来时，女门卫没有阻拦他。而门外的歌手们高声宣告："王上！尊敬和忠于你的人狮王来到！"人狮王听后，又愤怒又惊恐，询问道："谁在里面？"得知健日王在里面时，他立刻想起："健日王以前强行闯入我的地盘，曾立下誓言，要让我站在门口听候通报进入。啊，这位国王意志刚强，今天就这样战胜我。他独自一人来到我的地盘，我不能杀死他。因此，我还是进去吧。"

这样，经由歌手们通报，他进入里屋。健日王看到人狮王微笑着进屋，也面带微笑，起身与他拥抱。然后，这两位国王坐下，互相致以问候。在交谈中，人狮王询问健日王从哪里获得这些金像。健日王讲述自己的神奇经历：杀死邪恶的苦行者，财神赐予他飞行空中的恩惠，并获得这五座永不毁灭的金像。人狮王想到他具有飞行空中的神通力，而心地纯洁，于是决定与他结为朋友。他按照仪轨，将健日王带回自己的王宫，热情周到招待他。健日王接受这样的礼遇后，告别人狮王，回到摩陀那玛拉的住处。

这样，健日王凭借自己的勇气和智慧，实现自己立下的难以实现的誓言，决定返回自己的城市。摩陀那玛拉不能忍受与他分离，决定离开这里，与他一同前往华氏城，而把自己的住处施舍给婆罗门们。于是，王中月亮健日王与忠贞不渝的摩陀那玛拉一起前往华氏城，摩陀那玛拉的象、马和步兵跟随在后。健日王已经与人狮王结为盟友，因此，他与抛弃故乡而追随他的摩陀那玛拉一起在华氏城愉快生活。

"正是这样，王上啊，甚至一个妓女也会像国王的妻子那样品德高尚和忠贞不渝，何况其他出身高贵的妇女？"听了摩卢菩提讲述的这个高尚的故事，那罗婆诃那达多和出身高贵的持明族的宝光感到高兴满意。

第五章

摩卢菩提讲完这个故事，军队统帅的儿子诃利希佉对那罗婆诃那达多说道："确实，品德高尚的女子对丈夫忠贞不二，请听这个更加奇妙的故事：

在筏驮摩那城，从前有位国王名叫维罗普遮 [①]，是遵行正法的楷模。在这位国王的王宫中，有一百个后妃。其中大王后名叫古那婆拉，国王爱她胜过自己的生命。由于命运作怪，这一百个后妃中，没有一个为他生下儿子。于是，他询问一个名叫悉如多伐那的医生："有什么药能让女人生儿子？"这个医生听后说："王上啊，我有办法。但是，王上要提供给我一头野山羊。"国王听后，吩咐门卫去树林中捕捉一头野山羊。然后，医生将这头山羊交给厨师，用山羊肉为后妃们熬出美味的肉汤。

国王吩咐召集后妃们后，前去敬拜天神。这样，所有后妃集合一处，唯有王后不在其中，因为她随同国王前去拜神。医生在肉汤里撒下一些药粉后，将肉汤分给集合的后妃们喝。随即，国王和王后回来，发现肉汤已经被后妃们喝

---

① "维罗普遮"的原词是 vīrabhuja，词义为雄臂。

光。国王对医生说道："哎呀,你怎么没有为王后古那婆拉留下一份? 你忘记这原本是首先为王后准备的。"

国王见医生面有难色,便询问厨师:"还有没有剩下的肉汤?"厨师回答说:"只剩下两只山羊角。"于是,医生说道:"很好,因为山羊角里面的肉也能熬出优质的肉汤。"说罢,医生用山羊角里面的肉熬出的肉汤,撒下一些药粉,让王后喝下。

这样,国王的九十九位后妃同时怀孕,全都生下儿子。而王后古那婆拉后于她们怀孕,却生下一个具备一切吉祥标志的儿子。由于是喝了山羊角肉汤而生下的,国王维罗普遮满怀喜悦,为他取名希林迦普遮①。他与同龄的兄长们一起长大,虽然他排行最小,但他的品德最优秀。渐渐地,这个王子容貌如同爱神,箭术如同阿周那,臂力如同怖军②。其他后妃看到古那婆拉有这样一个儿子,而更加受到国王宠爱,心生妒忌。

其中有个后妃,名叫阿耶婆兰卡,心术不正,与其他后妃串通密谋,商定一个诡计。有一天,国王回家后,她假装面露愁容,国王询问她为何这样,她装作为难的样子,说道:"夫君啊,你怎么能忍受家族丑闻? 你防备其他人犯有过失,为何不防备自己? 主管后宫事务的那个青年名叫苏罗奇多,王后古那婆拉与他私通。因为后宫在内侍们严格守护下,除了他,其他男人都无法进入。这件事后宫里已经尽人皆知。"国王听后,沉思默想。然后,他依次单独询问每个后妃,因为她们全都参与这个阴谋,都给予国王同样的回答。

于是,这位富有智慧的国王克制愤怒,思忖道:"他俩之间不可能发生这种事。这是流言蜚语。而现在不必作出决定,也不把这件事向任何人透露。但我现在要设法让他俩分开,以便见到最终结果。"

这样,第二天,他在觐见殿里召见后宫主管苏罗奇多,发怒说道:"我得知你犯有杀害婆罗门罪。因此,如果你不去朝拜圣地涤罪,我不想再见到你。"苏罗奇多听后,惊恐不安,嘟哝着说:"王上啊,我怎么会犯有杀害婆罗门罪?"而

---

① "希林迦普遮"的原词是 śṛṅgabhuja,词义为角臂。
② 这里提到的阿周那和怖军是史诗《摩诃婆罗多》中般度族的两位勇士。

国王再次对他说:"你不用强辩。去迦湿弥罗涤罪吧!那里有维遮耶圣地、南迪圣地和婆罗诃圣地,都经过手持飞盘的毗湿奴大神净化。那里还有名为维多斯达的恒河支流,有摩吒婆圣地和优多罗摩那婆圣地。你朝拜这些圣地,获得净化后,再回来见我,否则别想回来。"这样,国王用这个计策逼迫苏罗奇多远离这里,无可奈何前去朝拜圣地。

然后,国王又来到王后古那婆拉面前,对她既爱恋,又恼怒,同时又反复思考。王后见他心事重重,急忙问道:"夫君啊,今天你为什么这样焦虑不安?"国王听后,编造了一个理由,对她说:"今天,来了一个占星师,对我说:'你必须让王后在地牢里住一段日子,你本人也要在这段日子里恪守梵行,否则,你的王国肯定会倾覆,王后也会死去。'说完这些话,他就离去了。因此,我焦虑不安。"

听了国王这样说,忠贞的王后古那婆拉惊恐不安,怀着对丈夫的挚爱,说道:"那么,夫君啊,你现在为何还不把我关进地牢?为了你的利益,即使付出我的生命,我也感到幸运。我即使死去,也不能让夫君遭遇不幸。因为今生和来世,丈夫是妇女的最高归宿。"

听了她的话,国王眼中含泪,心想:"我不该怀疑她和苏罗奇多。因为我看到她面不改色,毫无恐惧。天啊,即使如此,我仍要确证这是谣言。"于是,国王内心痛苦,对王后说:"那么,请你宽恕,就让我在这里设置一个地牢吧!"王后同意说:"好吧!"这样,国王就在后宫附近设置一个地牢,让王后住在里面。王后的儿子希林迦普遮愁眉苦脸,向父王询问原因。国王把对王后说的那番话也告诉他,并安慰他。就王后而言,为了国王的利益,她把地牢看成天堂。忠贞的妇女不考虑自己的幸福,而将丈夫的幸福看作自己的幸福。

这时,那个后妃阿耶婆兰卡悄悄对自己的儿子尼尔瓦萨普遮说:"我们的敌人古那婆拉已被国王关进地牢,如果她的儿子也被驱逐出国,那就更好了。因此,儿子啊,你要与其他兄弟们设计圈套,尽快将希林迦普遮驱逐出国。"听了母亲的话,尼尔瓦萨普遮出于妒忌心,串通其他兄弟们,伺机设置圈套。

有一天,王子们在一起操练使用武器时,看见王宫前面出现一只身躯庞大的苍鹭。他们看到这只形状奇异的鸟禽,惊讶不已。这时,有个具有神通力的苦行者路过那里,对他们说:"王子们,这是一个化身苍鹭的罗刹,名叫阿耆尼希克。他四处游荡,毁灭城镇。因此,你们要用箭射他。他受到射击,可能会离开这里。"

听了苦行者的话,九十九个王子向这只苍鹭射箭,但没有一个王子射中它。于是,这个裸露身体的苦行者说道:"你们之中最小的弟弟希林迦普遮能射中这只苍鹭,给他取来一支合适的箭吧!"

听到苦行者这样说,邪恶的尼尔瓦萨普遮立刻想起母亲的话,觉得机会来临,盘算道:"可以用这个办法把希林迦普遮驱逐出国。我们把父王的弓箭交给他。如果他用金箭射中这只苍鹭,他会去追赶。而我们也装作沿路寻找这支金箭。如果他追不上这只苍鹭,就会到处游荡,找不到金箭,就不会回来。"

邪恶的尼尔瓦萨普遮这样想好后,把父王的弓箭交给希林迦普遮,让他射击这只苍鹭。强壮有力的希林迦普遮挽弓,搭上这支配备宝石羽毛的金箭,射中苍鹭。苍鹭中箭后,带着扎在身上的金箭,迅速飞走,一路滴淌着鲜血。

然后,卑劣的尼尔瓦萨普遮向其他兄弟们作出暗示后,对勇敢的希林迦普遮说道:"还给我们父王的金箭,否则,我们今天就在你的面前舍弃生命。丢失了这支金箭,父王会把我们驱逐出国,因为不可能复制或再获得与这同样的金箭。"勇敢的希林迦普遮听后,对这些阴险的兄长们说道:"你们鼓起勇气吧!不必害怕,不要垂头丧气!我会去杀死这个卑贱的罗刹,取回这支金箭。"说罢,他带着自己的弓箭,朝苍鹭飞去的方向,依据苍鹭滴下的血迹,一路迅速追赶。

于是,其他兄弟们兴高采烈,回到他们的母亲身边。而希林迦普遮渐渐到达一个远处的森林。他在四处寻找时,看见森林里有一座大城市,仿佛他的功德树的果子此时落下,供他享受。他坐在花园里的一棵树下休息。而就在这刹那间,他看见一个容貌惊艳的少女朝这里走来。这个奇妙的少女仿佛是用甘露和毒药造出的,若与她分离便被她取走生命,与她结合则被她赋予生命。

少女望着他,渐渐走近,目光仿佛泼洒爱情之雨。王子的心被她吸引,询问道:"鹿眼女郎啊,请告诉我,你叫什么名字?这是谁的城市?你是谁?为何来到这里?"少女侧过脸,眼睛望着地面,启唇露出洁白的牙齿,以温柔甜美的话音回答说:"这座城市名为杜摩布罗,拥有一切财富。这里住着一位名叫阿耆尼希克的罗刹王。你要知道,我是他的女儿,名叫卢波希卡。你的无与伦比的容貌吸引我来到这里。现在,请你告诉我,你是谁? 为何来到这里?"随即,希林迦普遮告诉她自己名叫什么,是哪位国王的儿子,为了寻找一支金箭而来到这里。

卢波希卡知道了希林迦普遮的情况后,对他说:"你是三界中无与伦比的弓箭手,因为你居然能用箭射中我的化身为苍鹭的父亲。我以游戏的方式获得这支金箭。大臣摩诃丹湿吒罗精通箭伤疗法,父亲的伤口很快痊愈。这样,我先去报告父亲,然后很快就会带你进去,夫君啊,因为我现在已经把自己托付给你。"

这样,卢波希卡把希林迦普遮留在那里,迅速来到父亲阿耆尼希克身边,说道:"有个名叫希林迦普遮的王子来到这里。他的容貌、家族、年龄和品德无与伦比。我认为他不是凡人,而是某个天神分身下凡。如果他不成为我的丈夫,我就立刻舍弃生命。"

她的父亲罗刹王听后,说道:"女儿啊,凡人是供我们享用的食物。即使如此,如果你看中他,那就这样吧! 你带这个王子来,让我看看!"于是,卢波希卡回到希林迦普遮身边,告诉他情况后,把他带到她的父亲身边。

阿耆尼希克礼貌地接待向他俯首行礼的希林迦普遮,说道:"王子啊,如果你保证不违背我说的话,我就把卢波希卡交给你。"希林迦普遮恭敬地回答说:"好的,我决不违背你的命令。"阿耆尼希克对他的回答表示满意,说道:"那么,起身吧! 你先去沐浴,然后从浴室回到这里。"说罢,他又对女儿卢波希卡说:"你快去把你的姐妹们带来。"卢波希卡说:"好吧!"然后,她和希林迦普遮一起离开那里。

卢波希卡聪明伶俐,对希林迦普遮说道:"夫君啊,我有一百个姐妹,都是公主,而且长得一模一样,穿戴的衣服和装饰品也相同。我们的脖子上都佩戴同样的蔓藤花环。亲爱的,父亲召唤我们,是想要迷惑你。他会对你说:'你从她们中选择你的意中人吧!'我知道他要施展这个诡计,否则,他为何要召集我的姐妹们? 到时候,我会把脖子上的蔓藤花环戴在头顶上。这样,你就能认出我,将林中野花花环套在我身上。我的父亲傻里傻气,没有分辨力。因此,他天生具备的魔幻力对我能起什么作用? 出于欺骗你的目的,他无论对你说什么,你都表示答应,然后你必须告诉我。我知道怎样应对。"说罢,卢波希卡前去召集姐妹们,希林迦普遮答应道:"好吧!"然后,他前去沐浴。

卢波希卡和姐妹们一起站在父王身边,希林迦普遮在女仆侍候他沐浴后,也回到这里。罗刹王把一个林中野花花环交给他,说道:"你从她们中间选择你的意中人吧!"卢波希卡已经预先把蔓藤花环戴在头顶上作为标记,于是,希林迦普遮接过野花花环,把它套在卢波希卡的脖子上。这样,罗刹王对他俩说:"明天早上,我为你俩举办婚礼。"说罢,罗刹王让他俩和其他女儿们返回各自的住处。

随即,罗刹王又召唤希林迦普遮前来,对他说:"你现在牵着两头牛,到城外去,把堆在那里的一百袋芝麻播种在田里。"希林迦普遮听后,说道:"好吧!"他发愁不知怎么办,去找卢波希卡。卢波希卡知道情况后,对他说:"夫君啊,你完全用不着为这件事发愁。你去那里吧!我会用自己的魔幻力迅速办成这件事。"他听后,来到那里,看到堆在那里的芝麻,困惑不安,开始犁地播种。就在这时,他发现依靠他的恋人的魔幻力,所有的芝麻已经播种在犁好的田里,惊讶不已。

他回去禀告罗刹王,说自己已经完成这个任务。而这个狡诈的罗刹王又对他说:"我不想播种这些芝麻了,你去把它们取出仍然堆放在一起。"于是,他又去把这件事告诉卢波希卡。卢波希卡再次让他去那里,而她运用魔幻力造出无数蚂蚁,让这些蚂蚁捡回所有的芝麻。希林迦普遮再次回去禀告罗刹王,说那些芝麻已经堆放好了。

于是,这个既狡诈又愚蠢的罗刹王又对他说:"从这里往南两由旬,有一座空旷的湿婆神殿,我亲爱的兄长名叫杜摩希克,住在那里。你现在赶快去那里,在神殿前面通报说:'喂,杜摩希克!我是阿耆尼希克派遣的使者,邀请你带着随从赶快前来,因为明天早上,卢波希卡要举行婚礼。'通报完毕,你迅速返回这里。明天早上,你就娶我的女儿为妻。"

听了这个邪恶的罗刹王吩咐,希林迦普遮说道:"好吧!"然后,他又去把这件事告诉卢波希卡。这个忠贞的少女交给他一些泥土、水、荆棘和火,还交给他自己的骏马,对他说:"你骑上这匹快马,前往神殿,照那样通报邀请杜摩希克后,立即掉转马头,快速返回。一路上要不断回头观察身后,如果看见杜摩希克追来,你就向后面撒下这些泥土。如果他继续追来,你就向后面撒下这些水。如果他再继续追来,你就向后面撒下这些荆棘。如果他还是继续追来,你就向后面撒下这些火。这样,你就能安全返回。不必担心,去吧!你今天会目睹我的魔幻力。"

于是,希林迦普遮说道:"好吧!"他带着这些泥土等骑上那匹骏马,前往森林中的神殿。他在那里看到湿婆的神像,左边站着高利女神,右边站着象头神。他俯首敬拜后,立即向杜摩希克通报阿耆尼希克向他发出的邀请,然后敏捷转身,策马快速返回。顷刻间,他回头观察,发现杜摩希克从后面追来。他迅速向身后撒下那些泥土,路面上突然出现一座大山。他看到这个罗刹好不容易翻过这座大山,又继续追来。他又向身后撒下那些水,路面上随即出现一条波涛汹涌的大河。他看到这个罗刹好不容易越过这条大河,又继续追来。他又向身后撒下那些荆棘,路面上顿时出现一个长满荆棘的丛林。他看到这个罗刹好不容易走出这个丛林,仍然继续追来。他又向身后撒下那些火,路面上忽然出现燃烧的干草和树林。杜摩希克看到熊熊的烈火如同甘味林大火 [①],难以越过,带着疲惫的身躯和恐惧的心情,原路返回。这个罗刹确实已经被卢波希卡的魔幻力搅昏头脑,徒步来回,忘却自己能够飞行空中。

而希林迦普遮心中赞叹他的恋人展现的魔幻力,摆脱恐惧,返回杜摩布罗城。他把骏马交还卢波希卡,告诉她发生的一切。卢波希卡满心喜悦。然后,他来到罗刹王身边,向他禀告自己已经完成通报邀请杜摩希克的任务。罗刹王听后,困惑不安,对他说:"如果你去了那里,说说那里有什么标志?"他回答这个狡诈的罗刹王说:"请听我告诉你,那里的湿婆神殿中,湿婆神像左边有高利女神,右边有象头神。"罗刹王听后,顿时惊讶不已,心想:"既然他到达那里,怎么我的兄长杜摩希克没有能吃掉他?看来,他确实不是凡人,而是某个天神。那么,就让他成为匹配我的女儿的丈夫吧!"于是,他让希林迦普遮实现

---

① 按照《摩诃婆罗多》中的传说,阿周那曾经协助火神焚烧甘味林(khāṇḍava),阻止因陀罗降雨灭火,让火神饱餐一顿。

心愿,回到卢波希卡身边,而不知道自己家族中出现了一个叛逆者。

希林迦普遮渴望举行婚礼,与卢波希卡品尝美酒,好不容易熬过这一夜。第二天早上,罗刹王举办与自己的魔幻力相称的隆重结婚仪式,在祭火前,把女儿卢波希卡交给希林迦普遮。在这世上,哪里见过罗刹的女儿与人间王子的结婚典礼? 这肯定是前生的业报结成的姻缘。王子获得罗刹王的可爱女儿,如同天鹅获得从泥沼中长出的柔软莲花。他与对他忠贞不二的爱妻一起享受凭借罗刹魔幻力创造的种种快乐。

过了一些天,希林迦普遮悄悄对卢波希卡说道:"亲爱的,来吧! 我俩一起前往筏驮摩那城。那是我自己的都城,我不能忍受别人把我流放国外,因为像我这样的人,将名誉视同生命。因此,为了我,请你舍弃难以舍弃的出生地。你去报告你的父亲后,带上那支金箭。"

卢波希卡听后,说道:"夫君啊,我会按照你说的那样做。出生地和亲友对我都无所谓,唯有你是我的一切。忠贞的女子除了丈夫,没有其他归宿。但我不能将这件事告诉父亲,因为他不会放走我俩。因此,我俩出走,不能让我的暴戾的父亲知道。如果他从仆从们那里得知消息而追来,我会凭借自己的魔幻力迷惑这个缺乏智慧的傻瓜。"希林迦普遮听了很高兴。

第二天,卢波希卡携带装满无价珠宝的箱子和金箭,与希林迦普遮一起登上那匹名为箭速的骏马,借口前去游园,骗过侍从,前往筏驮摩那城。

他俩已经走出许多路程后,罗刹王得知消息而发怒,从空中飞行追来。卢波希卡远远听到他在空中飞行的声音,便对希林迦普遮说:"夫君,父亲前来拦截我俩了。你不用害怕,站在这里,看我怎样骗过他。我运用魔幻力,让他看不见你和这匹马。"说罢,她下马,幻变成男人模样,对一个来到树林的伐木工说:"有个罗刹王来到这里后,请你暂时保持沉默! "然后,她接过伐木工的斧子,开始伐木。希林迦普遮面带微笑,望着她。

这时,罗刹王来到这里,从空中降下。这个愚痴的罗刹王看到化身为伐木工的女儿,问道:"喂,你看到一对男女路过这里,去了哪里? "于是,化身为伐木工的女儿仿佛疲惫不堪,回答他说:"我俩在这里为死去的罗刹王砍伐柴薪,用作火葬堆,累得睁不开眼睛,没有看到任何男女路过这里。"这个愚痴的罗刹王听后,心想:"我怎么已经死了?那我何必还要管女儿的事?我要回去询问自己的侍从。"于是,罗刹王迅速返回自己的家。这样,卢波希卡和丈夫恢复原样,嬉笑着出发。

罗刹王回家后,询问侍从们这个问题时,侍从们不禁暗暗发笑,回答说他还活着。他得知自己还活着,精神抖擞,很快追上前来。卢波希卡听到远远传来的可怕声音,再次运用魔幻力隐去丈夫的身影。她从路过这里的一个信使手上取过信件,并幻变成男人模样。罗刹王来到这里,询问化身信使的女儿:"有没有看到一个男人带着一个女人路过这里?"化身信使的女儿喘息着回答说:"我着急送信,没有看到这样的人路过。阿耆尼希克在战斗中被敌人击伤,生命垂危,奄奄一息。他派遣我作为信使,去召唤独自生活在自己城里的兄长杜摩希克,准备把王位交给他。"

罗刹王听后,心想:"我怎么被敌人击伤了?"于是,他再次返回家去,察看情况。他没有用脑子好好想想:"我现在好好的,哪有受伤这回事?"天啊,创造主怎会创造这样一个愚痴的傻瓜!他回家后,得知这是假消息,受人嘲笑。他一再遭受愚弄而疲惫不堪,也就忘却这个女儿,不再前去追赶。

卢波希卡骗过父亲后,恢复原样,走向自己的丈夫。忠贞的女子不顾其他一切,只知道维护丈夫的利益。于是,希林迦普遮和妻子一起骑上那匹速度惊人的骏马,赶往筏驮摩那城。国王维罗普遮得知希林迦普遮带着妻子回来,高兴地出来迎接。他看到互相般配的儿子和儿媳如同黑天和真光①,仿佛自己的王国重新获得繁荣。

希林迦普遮和妻子下马后,拜倒在父王脚下。国王扶起儿子,拥抱他,眼中涌满喜悦的泪水。他举行隆重的吉祥仪式,迎接他进入王宫,安排庆祝活动。他询问儿子:"你去了哪里?"希林迦普遮从头至尾,将自己的经历告诉父王。然后,他召集以尼尔瓦萨普遮为首的所有兄长,当着父王的面,把那支金箭交给他们。国王维罗普遮了解和目睹这一切,觉得在所有儿子中,唯独希林

---

① "真光"的原词是 bhāmā,全称为 satyabhāmā,即真光。她是毗湿奴大神的化身黑天的妻子。

迦普遮才是他真正的儿子。

于是,这位富有智慧的国王作出正确的判断:"正是这些徒有虚名的兄长们不怀好意,成为邪恶的敌人,造成无辜的希林迦普遮流亡国外。同样,他的母亲,我心爱的王后古那婆拉,清白无辜,而遭到他们的那些母亲诬陷。那么,何必还要耽搁时间,我今天就要查明真相。"

这样思考后,就在这天晚上,国王为了探明情况,来到后妃阿耶娑兰卡那里。阿耶娑兰卡满怀喜悦,而国王让她喝下过量的酒。她在欢爱后入睡,而国王醒着,听到她在睡梦中咕噜咕噜说:"如果我们不造谣诬陷古那婆拉,国王今天怎么会宠幸我?"听到这个心思恶毒的后妃在睡梦中说的这些话,国王明白真相,愤怒地起身离去。

国王回到自己的寝宫,召唤内侍们,吩咐说:"你们立刻让王后古那婆拉沐浴,然后把她带来这里。因为按照占星师的指示,为了消灾避祸,让她住在地牢里,现在到了结束的时限。"内侍们听后,说道:"好吧!"便迅速前去安排王后沐浴和装饰打扮,带她到国王身边。于是,国王和王后渡过离愁之海,互相尽情拥抱,度过这个夜晚。国王高兴地把希林迦普遮的情况告诉王后,也向儿子说明他的母亲的情况。

而阿耶娑兰卡醒来后,发现国王已经离去,怀疑自己可能说错什么,焦虑不安。早上,国王把儿子希林迦普遮和儿媳卢波希卡带到古那婆拉身边。希林迦普遮看到离开地牢的母亲,满怀喜悦,和卢波希卡一起拜倒在父母脚下。古那婆拉拥抱外出回来的儿子,也拥抱儿媳,确实是喜上加喜。

然后,希林迦普遮遵照父亲的吩咐,向母亲细细讲述自己的遭遇和卢波希卡的情况。母亲听后,高兴地对他说:"儿子啊,卢波希卡还能有什么没做到的事?她可以为你舍弃生命、亲友和故乡。她的行为奇特非凡。这是命运安排某个女神为你化身下凡。她凌驾于所有忠于丈夫的妇女之上。"国王听后,赞同王后说的话,而卢波希卡谦恭地含羞低头。

这时,后宫主管苏罗奇多回来了。他先前遭到阿耶娑兰卡造谣诬陷而去朝拜圣地。经门卫通报,他进宫拜倒在国王脚下。国王已经明白真相,对他敬重有加。国王吩咐他召集所有居心不良的后妃,然后对他说道:"你去把她们全都送进地牢!"王后古那婆拉听后,看到这些后妃惊恐万状,被送往地牢,心生怜悯,拜倒在国王脚下,恳求道:"王上啊,即使你让我再住进地牢,也请你开恩,我不忍心看到她们陷入恐怖之中。"她这样恳求国王不要囚禁她们,因为怜悯是对敌人最大的报复。于是,国王遣散这些后妃。她们满脸羞愧,返回各自的住处,甚至愿意投入死亡的怀抱。国王对心胸开阔的王后倍加敬重,认为自己获得这位妻子肯定是前生积累了功德。

然后,国王召集以尼尔瓦萨普遮为首的其他儿子,故意制造罪名,对他们说道:"我听说你们这些坏家伙杀害一个路过的商人,因此,你们必须前去朝拜所有圣地,不能住在这里。"他们听后,无法为自己辩白,因为国王一旦发怒,有谁能说服他?希林迦普遮看到兄长们正要离去,心生怜悯,眼中含泪,恳求父亲说:"父亲啊,你宽恕他们犯下的这个过错吧!可怜可怜他们吧!"说罢,他拜倒在父亲脚下。国王心想:"这个儿子能担负治国重任,虽然年纪轻轻,但已获得荣誉和成就,犹如毗湿奴化身下凡。"于是,国王隐藏感情,克制愤怒,照他说的办。这样,所有的兄长将这个弟弟看作自己的救命恩人。而所有的臣民目睹他的崇高品德,心生爱戴。

第二天,国王维罗普遮为这个品德最优秀的儿子举行灌顶仪式,立他为王位继承人,虽然他在所有同龄儿子中排行最小。希林迦普遮接受灌顶后,征得父亲同意,率领所有军队,前去征服四方。他凭借自己的臂力,征服各地国王,带回大量财富,名扬四方。然后,他与驯顺的兄长们一起担起治国重任。他孝敬父母,让他们无忧无虑安享幸福,施舍婆罗门。而容貌美丽的卢波希卡仿佛是成功的化身,希林迦普遮和她一起过着快乐的生活。

"正是这样,忠贞的妻子一心一意侍奉丈夫,就像古那婆拉和卢波希卡婆媳俩。"那罗婆诃那达多和宝光听了诃利希佉讲述的这个故事,高兴满意,发出赞叹:"好啊!"

然后,那罗婆诃那达多起身,迅速完成日常的祭拜仪式,与妻子一起来到父亲犊子王身边。进餐后,他们在乐器和歌唱声中度过下午。那罗婆诃那达多在自己的后宫里与妻子一起度过夜晚。

第六章

第二天早上,那罗婆诃那达多在宝光的寝宫中,戈目佉等大臣又来拜见。摩卢菩提酒后微醉而懒散,佩戴花朵,涂抹香膏,颤颤巍巍走来。戈目佉觉得他的行为可笑,便开玩笑,模拟摇晃的步姿和结巴的口音,调侃他道:"你是负轭氏的儿子,怎么会不懂得行为规范? 你怎么早晨喝酒,醉醺醺来见主人?"

摩卢菩提听后,对他发怒,带着醉意说道:"只有主人和长者才能这样对我说话。而你是谁? 嗨,你只是伊底耶迦的儿子,凭什么教训我?"戈目佉听后,笑着回答说:"主人何必亲口责备行为不端者? 肯定是应该由主人的侍臣出面纠正行为不端者。我确实是伊底耶迦的儿子,而你是侍臣中的蠢牛,看你这笨拙的样子,只是缺少一对牛角。"

摩卢菩提听后,说道:"戈目佉确实有一股牛脾气,而且无法经调教而变得驯顺,因为你是杂种。"这时,所有人听了都笑了起来。于是,戈目佉说道:"这个摩卢菩提确实是真正的宝石,即使百般努力,有谁能为金刚宝石打孔穿线[①]? 而人中宝石[②]不同,不用费力就能打孔穿线。请听我举例说明,讲述沙桥的故事!"

在波罗底湿达那城,从前有个婆罗门,名叫多波达多。在他童年时,虽然父母为他操心,而他不肯学习知识。后来,他受到所有人斥责,感到后悔。他前往恒河岸边,修炼严酷的苦行,求取知识。因陀罗看到他在那里修炼严酷的苦行,感到惊讶,便乔装成婆罗门,来到他身边。乔装成婆罗门的因陀罗在恒河岸边,抓起一把一把沙子,扔进波浪翻滚的恒河。多波达多看到后,打破沉默,好奇地询问道:"婆罗门啊,你为何不知疲倦做这事?"

乔装成婆罗门的因陀罗回答说:"我要在恒河上造座桥,便于人们通过。"

---

① "线"的原词是 guṇa,也读作"品德"。
② "人中宝石"指人中优秀者。

多波达多说道："傻瓜啊,怎么可能用沙子在恒河上造桥? 这些沙子随时都会被急流卷走。"于是,乔装成婆罗门的因陀罗说道："如果你知道这样,那你为何不依靠诵读和闻听,而依靠誓愿和斋戒等求取知识? 如果这样能获得知识,那么,兔子可以长角,空中可以画画,无字可以书写,在这世上有谁还会学习?"多波达多听后一想,觉得确实是这样,于是放弃苦行,返回家中。

"正是这样,脑子聪明的人很容易听懂道理,而摩卢菩提脑子愚笨,听不懂道理,反而发怒。"戈目佉讲完这个故事,诃利希佉接着说道："王上啊,正是这样,脑子聪明的人很容易听懂道理。请听!"

在波罗奈城,从前有个高贵的婆罗门,名叫维罗波舍尔曼,长得丑陋,而又贫穷。他为自己的丑陋和贫穷而苦恼,前往苦行林,修炼严酷的苦行,求取美貌和财富。于是,天王因陀罗乔装成一头胡狼,身体丑陋又有病,出现在他的面前。看到这头可怜的胡狼,身体四周还围绕有苍蝇,维罗波舍尔曼沉思默想："这一切完全是由前生的业报造成。相比之下,我被造成这样,还不算严重。有谁能超越命中注定的事?"维罗波舍尔曼这样想明白后,离开苦行林,返回家中。

"正是这样,脑子聪明的人很容易领悟道理。而对于缺乏分辨力的人,即使费尽力气,他也听不懂道理。"诃利希佉讲完这个故事,戈目佉表示同意。而摩卢菩提处在醉酒状态,不能把控自己,勃然大怒,说道："戈目佉啊,像你这样的人,说话有力,手臂无力。具有臂力的人羞于与嚼舌者斗嘴。"说罢,摩卢菩提想要与戈目佉搏斗。于是,那罗婆诃那达多面带微笑,亲自安抚他,吩咐他回家。那罗婆诃那达多爱护这些童年时代的朋友。然后,他履行日常的职责,愉快地度过这一天。

第二天早上,这些大臣又来到那罗婆诃那达多的身边,而摩卢菩提羞愧地低头站着。于是,宝光对那罗婆诃那达多说道："夫君啊,你真有福气。你的这些大臣心地纯洁,从童年时代就全心全意热爱你,仿佛系上爱的锁链。而有你这样一位有情有义的主人,他们也很幸运。毫无疑问,这出于你们前生互相之间的业报。"

听了王后这样说,婆森多迦的儿子多般多迦,那罗婆诃那达多的弄臣,说道:"确实,我们是依靠前生的业报,获得这样的主人。请听这个故事!"

在湿婆大神的住地维拉瑟城,从前有个国王名叫维拉瑟希罗,名副其实①。王后莲花光在他眼中如同自己的生命。他长期与她沉溺于享乐。光阴流逝,国王到达失去美貌的老年。他看到自己的模样,深感痛苦,心想:"我头发灰白,面容枯瘦,如同霜冻的莲花。怎么能让王后看到我这副模样?唉,还不如死去更好。"

然后,国王在觐见殿召见一个名叫新月的医生,恭敬地对他说:"贤士啊,你聪明睿智,而又效忠我。请问你有什么办法消除年老?"这个狡猾的医生新月,名副其实,想要由一弯纤月变成圆月,心中盘算道:"我应该设法利用这个愚蠢的国王。"于是,他回答国王说:"如果独自待在地下室八个月,我给你服用一种药,王上啊,你就能消除年老。"

国王听后,便吩咐准备地下室。一味贪图感官享受的傻瓜不会用心思考。而大臣们劝告他说:"古人凭借善性、苦行、自制和瑜伽威力,能获得长生不老仙液。而如今所谓的仙液,我们听说由于存在缺陷,会起相反作用。歹徒们以此糊弄愚者。王上啊,逝去的岁月怎么还能追回?"

但是,国王心中充满贪图享乐的强烈渴望,听不进大臣们的劝告。他听从那个医生的话,独自一人进入地下室,他的那些随身侍从都不准进入,唯有医生自己的一个侍从为他送药,侍候他。国王待在黑暗的地下室内,无知无觉,仿佛已经脱离自己膨胀的心。

国王在地下室待了六个月后,这个狡猾的医生看到国王变得更老。于是,他找来一个与国王长得相像的青年,与他商量好,说道:"我会让你当国王。"然后,

———————————

① "维拉瑟希罗"的原词是 vilāsaśīla,词义为喜爱玩乐。

他从远处挖出通往地下室的地道,在夜里,杀死熟睡中的国王,将尸体从地道拖出,扔进一口枯井。随后,他把那个青年从地道带进地下室,并封住地道口。对于无所约束的歹徒,抓到一个控制愚人的机会,什么样残忍的事情做不出?

第二天,他对所有的臣仆说:"我用六个月的时间,已经让国王消除年老,再过两个月,他的面貌就会焕然一新。你们现在站得远一些,让他看到你们。"说罢,他把他们带到地下室门口,告诉那个青年每一个人的名字和职位。在此后两个月里,他每天用这个办法,让那个青年认识包括后宫后妃在内的所有人。

到了时间,他让那个青年吃饱后,带他走出地下室,宣布说:"国王现在已经消除年老,变成青年。"臣仆们围着这个青年,兴高采烈,说道:"国王服药后,恢复青春了。"这样,这个青年沐浴后,取得王权,在大臣们协助下,愉快地履行国王的职责。从此,他掌握王权,与后宫后妃们游戏作乐,得名不老。所有的臣仆都认为他们的国王服药后恢复青春,没有怀疑医生在其中耍了什么花招。

这位不老王关爱臣仆们和王后莲花光,也与自己的朋友共享荣华富贵。他的一位朋友名叫佩舍遮旃陀罗,另一位朋友名叫波德摩陀舍那。他让这两位朋友与自己一样享有象、马和村庄。不老王也回报和尊重那个医生新月,但并不信任他,因为他已经背离诚实和正法。

有一天,这个医生悄悄对不老王说:"为何你不再想到我,而想独立自主?难道你忘了是我让你成为国王?"不老王听后,对这位医生说:"嗨,你这傻瓜!谁能为谁做什么,或给予谁什么? 朋友啊,一切都是前生的业报在起作用。因此,你不要傲慢。这是我前生修炼苦行获得的果报。很快,我会让你见证这一点。"

这个医生听后,仿佛有些害怕,心想:"这个青年刚强勇敢,说话的口气像是具有神通力的智者。即使保守秘密是国王最重要的护身符,而对他不起作用。因此,我还得服从他。我要等着看他让我见证什么。"于是,医生说道"好吧",便保持沉默。

第二天,不老王在医生等朋友陪同下,出外游玩。游荡中,来到河边,不老王看见河中随波漂来五朵金莲花。他让侍从取来这些金莲花,拿在手里仔细观察,然后对站在他身边的医生新月说:"你沿着河岸向上游走去,找到这些金莲花的出处。你找到后,回来告诉我。我对这些神奇的金莲花充满好奇心,而你是我的最聪明能干的朋友。"

这个医生听从不老王的吩咐,说道:"好吧!"他按照不老王指示的方向前去寻找,而不老王返回自己的城市。这个医生渐渐到达位于河边的一座湿婆神殿。他看见神殿前面的河边沐浴处,有一棵高大的榕树,上面倒挂着一具人体骷髅。他沐浴和敬拜大神后,在那里休息。

这时,乌云飘来,随即下雨。由于遭到雨淋,大榕树上那具人体骷髅滴下雨水。他看到这些雨滴掉进沐浴处的河水中,刹那间出现金莲花。他心想:"啊,怎么会出现这种奇迹?我在这空旷的树林中能问谁?或者,有谁知道命运创造的种种奇迹?我已经找到金莲花的出处。因此,我就把这具骷髅抛进沐浴处的河水中。但愿这符合正法,让这具骷髅的背上产生金莲花。"于是,他把这具骷髅抛进河水中。这样,他在那里完成任务,度过一天后,第二天返回自己的家乡。

过了一些天,这个医生来到不老王的维拉瑟城。他风尘仆仆,因旅途劳累而消瘦。经门卫通报,他进宫拜倒在不老王脚下,不老王向他表示问候。他向不老王讲述了自己的经历。这时,不老王请其他人回避,单独告诉他说:"朋友啊,你已经看到金莲花的出处。那里是至高的圣地。你要知道,你看到的榕树上的那具人体骷髅是我前生的身体。在那里,我头朝下,倒挂在榕树上,修炼苦行,直到干枯而抛弃身体。由于这种苦行产生的伟大威力,从骷髅上滴落的雨水产生金莲花。你把我的骷髅抛进沐浴处河水中,你做得对。因为你是我前生的朋友。佩舍遮旃陀罗和波德摩陀舍那他们两个也是我前生的朋友。因此,朋友啊,依靠我前生苦行的威力,我能记得前生,获得智慧和王权。我已经用这个办法让你见证一切。这具骷髅就是证据,你说你已经将它抛进河水。因此,你不应该妄自尊大,说是你给我王权。你不要心怀不满。没有前生的业报,谁能给谁什么?人从入胎开始,就品尝前生业报树上长出的果子。"

这个医生听完不老王说的这一切,觉得确实是这样,也就不再心怀不满,而愉快地侍奉不老王。而聪明睿智的不老王记得前生,赐予他财富,表示应有的尊敬。他与后妃和朋友们享受依靠善行和谋略征服的大地,没有敌对者,过着幸福快乐的日子。

　　"正是这样，王上啊，在这世上，任何人在任何时候遇到好运或厄运都是前生的业报。因此，我认为由于前生的业报，我们获得你这位主人，否则，世上那么多人，为何你对我们这样仁慈？"
　　那罗婆诃那达多和爱妻宝光一起听完多般多迦讲述的这个前所未闻的奇妙故事，起身前去沐浴。沐浴后，他来到父亲犊子王身边，也成为母后眼中的甘露。他与父母、妻子和大臣们一起喝酒享乐，度过白天和夜晚。

第七章

　　第二天，那罗婆诃那达多在宝光的寝宫中，与大臣们一起交谈种种话题。他突然好像听到庭院里有人哭泣的声音。正当有人问："这是怎么啦？"一位侍女进来说："内侍达摩普利在哭泣，因为这时他的一个傻瓜朋友前来告诉他，他的兄弟出外朝拜圣地，已经在外地死去。他忧伤而糊涂，忘记自己在王宫里，开始哭泣。现在，侍从们已经带他出宫回家。"那罗婆诃那达多听后心中感到难过。而王后宝光心生怜悯，忧伤地说道："唉，与亲人分离的痛苦难以忍受。天啊，创造主为何不让人不老不死？"
　　摩卢菩提听后，对王后说道："王后啊，凡人怎么可能不老不死？请听我讲这个故事！"

　　在长寿城，以前有个国王名叫长寿，成为繁荣幸福的标志。他的大臣名叫龙树，是菩萨分身，满怀慈悲，乐于施舍，富有智慧。他善于用药草调制仙药，让自己和国王服用后，摆脱年老而长寿。
　　一天，大臣龙树的幼儿死去，而他喜爱这个幼儿胜过其他的儿子。他为此深感悲痛，想要凭借自己施舍和苦行获得的威力，用药草调制出不死甘露，让凡人都摆脱死亡。正当他等待吉祥时刻，调制剩下的药草时，因陀罗察觉了这个情况。

于是，因陀罗与众天神商量后，吩咐双马童①说："你俩以我的名义，前往大地告知龙树：'你是一位大臣，为何要做非法之事？天啊，难道你想要胜过创造主？是他创造凡人必死的法则。如果你制造不死甘露，想想要让凡人摆脱死亡，那么，天神和凡人还有什么区别？如果没有祭祀者和接受祭祀者，这个世界就会崩溃。因此，听我的劝告，放弃制造不死甘露。否则，众天神愤怒，肯定会诅咒你。你出于丧子的悲痛，想做这件事，而你的儿子已经升入天国。'"

这样，双马童受因陀罗派遣，来到那里。龙树欢迎他俩来到，施以待客之礼。双马童向龙树传达因陀罗的指示，也告诉他，他的儿子已经升入天国，与天神们在一起。龙树听后，神情沮丧，心想："如果我不听从因陀罗的话，那么，双马童这两位天神怎么会不诅咒我？因此，放弃制造不死甘露吧！我的心愿没有实现，而由于我前生的功德，我的儿子已经升入无忧无愁的天国。"

于是，他对双马童说："我服从因陀罗的命令，放弃制造不死甘露。如果不是你俩来到大地，我在五天之内就会制造出不死甘露。"说罢，他当着双马童的面，把即将制成的不死甘露埋入地下。然后，双马童告别龙树，返回天国，报告因陀罗他俩已经完成使命，天王因陀罗高兴满意。

这时，龙树的主人长寿王为名叫耆婆诃罗的儿子灌顶，立他为王位继承人。耆婆诃罗接受灌顶后，满怀喜悦，前去敬拜母后达那波拉。而母后对他说："儿子啊，你成为王位继承人，有什么值得高兴的？仅凭这一点，你即使依靠苦行，也不能获得王权。因为你的父亲有过许多儿子，都曾被立为王位继承人，而没有哪个获得王位，只是受到捉弄，空欢喜一场。因为龙树让国王服用仙药，他现在已经活到八百岁。谁知道他还要活多少年？他只不过将短命的儿子们立为王位继承人。"

儿子听后，神情沮丧。母后又对他说："如果你想获得王权，就要采取这个办法。龙树这位大臣每天完成日常祭拜仪式后，在进餐时刻进行施舍，高声宣告说：'有谁乞求？无论谁乞求什么，我都会给他什么！'这时，你走上前去说：'你把你的头施舍给我吧！'然后，恪守誓言的龙树会砍下自己的头死去。这

---

① 双马童（aśvin）是一对孪生神，也是天国神医。

样,国王也会忧伤而死,或者退隐林中。然后,你就能获得王权。除此之外,没有别的办法。"耆婆诃罗听后,说道:"好吧!"他决定实施这个办法。因为贪图王权的恶人无视亲情。

第二天,王子耆婆诃罗在进餐时刻,悄悄走近龙树的住处。等到这位大臣宣告说:"有谁想要乞求什么?"王子进入,乞求他的头。于是,大臣询问他说:"孩子啊,真奇怪!你要我的头有什么用?那只是一堆骨肉和头发,能用来做什么?尽管如此,如果你需要,你就砍下它,拿去吧!"说罢,龙树把头颈伸向他。由于服用仙药,他的脖子特别坚固。王子砍断了许多把剑,也砍不下他的头。

这时,长寿王得知消息,来到这里,劝他不要施舍自己的头。而龙树回答说:"王上啊,我记得前生。我在前生,一生又一生,已经九十九次被砍下头。现在,在这一生,我是第一百次施舍自己的头。因此,你不要劝阻我。我从不让乞求者失望离去。今天,我把头施舍给你的儿子,正是为了见你一面,才拖延到现在。"说罢,他紧紧拥抱国王后,从储藏室里取来一些药粉,涂在王子的剑上。王子举剑砍下了龙树的头,如同从莲花秆上砍下莲花。

然后,国王站着嚎啕大哭,想要舍弃生命。这时,空中传来话音,说道:"国王啊,你不要采取不该采取的举动。你不必为你的朋友忧伤,因为龙树已经摆脱再生,达到佛陀那样的归宿。"长寿王听后,抛弃轻生的念头,进行施舍后,抛弃王国,隐居林中,在那里修炼苦行,死后获得最高的归宿。

这样,长寿王的儿子耆婆诃罗获得他的王国。而耆婆诃罗获得王国后不久,国内纷争暴发。龙树的儿子们牢记杀父之仇,最终杀死耆婆诃罗。他的母亲悲伤至极,心碎而死。那些行走在邪恶之路上的人,怎么可能获得幸福吉祥?长寿王的另一个儿子,名叫舍达优斯[①],被大臣们拥戴为国王。

"正是这样,众天神不能容忍龙树让凡人摆脱死亡,以致他本人也受死亡控制。因此,创造的生命世界变化无常,难以摆脱种种痛苦烦恼,即使作出百倍努力,谁也不能做成创造主不愿做的事。"

---

① "舍达优斯"的原词是 śatāyus,词义为百岁。

摩卢菩提讲完这个故事后,那罗婆诃那达多和大臣们一起起身,履行各自日常的职责。

第八章

另一天,那罗婆诃那达多出外狩猎。他安慰忧虑的爱妻宝光说:"我很快就会回来。"然后,他与父亲犊子王和朋友们一起前往森林,身边围绕马匹和大象。

在那里,被射杀的狮子躺倒,狮爪中撕裂大象颞颥而留下的珍珠纷纷落出,仿佛播撒种子;月牙箭射落的老虎牙齿犹如嫩芽;鹿儿伤口流出的鲜血犹如枝条;苍鹭羽毛箭射中的那些野猪犹如花簇;倒下的八足兽犹如果实;利箭飞驰的嗖嗖声犹如蜜蜂的嘤嘤嗡嗡声。因此,这场狩猎游戏犹如一座装饰有蔓藤的可爱园林,令人喜悦。

那罗婆诃那达多感到身体疲惫,休息过后,又骑马进入另一处森林,只有戈目佉一人骑马陪随他。在那里,他开始玩耍皮球。就在这时,有个女苦行者路过那里。皮球从他手中滑落,恰好掉在女苦行者头顶。女苦行者微微一笑,对他说:"如果你这样随心所欲,一旦你娶了迦布利迦为妻子,不知会变成什么样。"

那罗婆诃那达多听后,下马拜倒在女苦行者脚下,说道:"我没有看见你,我的皮球偶然落到你的头上。请尊者原谅,宽恕我的过错。"女苦行者听后,回答说:"我的孩子,我没有对你生气。"她已经制伏愤怒,用种种祝福的话语安慰他。

然后,那罗婆诃那达多认为这个女苦行者具有自制力,聪慧而又真诚,便俯首弯腰,恭敬地询问她:"尊者,你说的名叫迦布利迦的女子是谁?如果你对我表示满意,请告诉我,因为我充满好奇心。"女苦行者听后,说道:"在大海对岸,有一座迦布罗商跋婆城,国王名叫迦布罗迦。他有个女儿,是位极其可爱的少女,名叫迦布利迦。大海看到众天神搅动乳海而取走一个吉祥女神,于是,把这第二个吉祥女神安置在那里,守护着她。她仇视男人,不愿意结婚。而如果你到达那里,她会渴望获得你。孩子,你去赢得这位美女吧!你在这个森林里行走,会历尽艰辛。但你不要困惑,最终会有圆满的结局。"说罢,女苦行者升空,消失不见。

那罗婆诃那达多被通过她传达的爱神命令所吸引,对身边的戈目佉说道:"来吧!我们去迦布罗商跋婆城迦布利迦那里,因为见不到她,我不得安宁。"戈目佉听后,对他说:"王上,你别鲁莽行事!你在哪里?大海在哪里?这座城市在哪里?路在哪里?这个少女在哪里?你怎么能一听到她的名字,就抛开天女般的妻子,去追逐一个疑雾重重的少女?"

那罗婆诃那达多听后,说道:"这个女苦行者具有神通力,不会凭空说假话。因此,我一定要去赢得这位公主。"说罢,他立即骑马出发。戈目佉虽然不愿意,也只能保持沉默,跟随他。主人不接受侍从的意见,侍从只能依随主人。

这时,犊子王已经结束狩猎,返回自己的城市。他以为儿子也与自己的军队一起返回。军队与摩卢菩提等大臣一起返回,也以为主人在军队中间。而回到城市后,所有人寻找他,发现他没有回来。

于是,犊子王和其他人一起来到宝光那里。宝光听到这个消息,最初心中担忧。随后,她运用自己的神通力,得知丈夫的情况,对惶恐不安的犊子王说道:"在树林中,有个女苦行者提到一位名叫迦布利迦的公主,于是,夫君前往迦布罗商跋婆城,想要赢得她。他获得成功后,就会和戈目佉一起回来。我依靠神通力知道了情况,因此,不必担忧。"宝光这样安慰犊子王和侍从们后,又为丈夫加持神通力,让他克服旅途的辛劳。忠贞的妇女一心为丈夫着想,不怀抱妒忌心。

这时,那罗婆诃那达多骑在马背上,在森林中已经走了很长的路,戈目佉陪随他。突然,路上有个少女走过来,说道:"我是幻力,名叫摩耶婆蒂。宝光派遣我一路保护你。现在,你不必担心,继续向前走吧!"说罢,化身为少女的幻力在那罗婆诃那达多眼前消失不见。

这样,依靠宝光的威力,那罗婆诃那达多一路前行,不感到饥渴,赞颂爱妻宝光。黄昏时分,他们到达一个树林,有清澈的水池。他和戈目佉一起沐浴,饮用清凉的池水,品尝甜美的果子。晚上,他和戈目佉把两匹马系在大树下,喂草后,他俩爬上大树,躺在粗壮的树枝上休息。他俩忽然听到马匹惊恐的嘶鸣声,那罗婆诃那达多惊醒,看见下面有一头狮子走近过来。他想要下树保护马匹,而戈目佉劝阻他说:"你怎么不注意保护身体,也不经过商量就采取行动？对于国王，身体是根本。你怎么想与以爪子和牙齿为武器的野兽搏斗？我俩正是为了躲避它们而爬上这棵大树。"

这样，那罗婆诃那达多接受戈目佉劝阻，留在树上，而他看见狮子杀害马匹，便迅速从树上扔出剑。剑击中狮子，插进狮子身体。这头强壮有力的狮子虽然受伤，仍然杀死一匹马，也杀死另一匹马。于是，那罗婆诃那达多取下戈目佉的剑，扔向狮子腰部，将狮子劈成两截。然后，他下树，从狮身中取回这两把剑，再爬上树，度过这一夜。

早晨，那罗婆诃那达多和戈目佉一起下树，继续出发，前往迦布利迦那里。马匹已被狮子杀死，他俩徒步而行。戈目佉见此情形，想要在路上让那罗婆诃那达多得到消遣，说道："王上啊，听我给你讲个适合目前情况的故事吧！"

在一座胜过阿罗迦城①的伊罗婆提城，从前有个国王，名叫波利底耶伽塞纳。他有两个视同自己生命的王后。一个是他的大臣的女儿，名叫阿提迦商伽玛；另一个出身王族，名叫迦维雅兰迦拉。

国王没有儿子。为了求取儿子，他与两个王后一起修苦行，实行斋戒，睡在达薄草垫上，抚慰高利女神。然后，关爱信徒的高利女神对他表示满意，在梦中赐予他两个果子，对他说："起来吧！你让两个妻子吃下这两个果子，国王啊，她俩就会为你生下两个英勇的儿子。"说罢，女神消失不见。国王早晨醒来后，看到自己的双手握有两个果子，满心欢喜。他把梦中的情形告诉两个妻子，让她俩也感到高兴。他沐浴后，敬拜高利女神，结束斋戒。

晚上，国王先到王后阿提迦商伽玛那里，给她一个果子，让她吃下。然后，国王在她的寝宫里过夜。阿提迦商伽玛的父亲是国王的宰相，因此，国王出于对宰相的敬重，而先让这个妻子吃果子。他把第二个果子放在床头，留给第二个妻子吃。

而国王睡着后，这个王后起身，想要让自己同时获得两个儿子，就把国王放在床头的第二个果子也吃了下去。这是因为妇女天生妒忌情敌。早晨，国

---

① 阿罗迦城（alakā）是财神居住的城市。

王起身后,找不到这第二个果子。这个王后便告诉国王说:"我把第二个果子也吃下去了。"

国王离开这个王后的寝宫,闷闷不乐,度过白天。晚上,国王来到第二个王后的寝宫。这个王后向国王索要果子,国王对她说:"阿提迦商伽玛趁我睡着,偷偷把第二个果子也吃掉了。"王后迦维雅兰迦拉吃不到果子,失去获得儿子的机会,内心痛苦,沉默不语。

过了一些日子,王后阿提迦商伽玛怀孕,到时候生下一对孪生子。国王波利底耶伽塞纳为自己的心愿获得实现而高兴,举行盛大的庆祝活动。大儿子容貌非凡,双眼美似蓝莲花,国王给他取名英提婆罗塞纳。而小儿子是他的母亲吃了自己并不情愿给她的果子而生下的,因此,国王给他取名阿尼遮塞纳[①]。

而第二个王后看到后,充满忌恨,心想:"为了获得儿子,我的情敌耍手腕捉弄我,因此,我一定要对她进行报复。我要设法害死她的这两个儿子。"然后,她思考采取什么办法。她心中的复仇之树随着这两个王子的成长而生长。

这两个王子已经长成青年,富有臂力,渴望征战,禀告父王说:"我俩已经长大成人,学会武艺,怎么能让我俩的双臂空闲着,不获得战果?对于不渴望胜利的刹帝利,双臂有什么用?青春又有什么用?因此,请父王允许我俩去征服四方。"

国王听了这两个儿子这样说,满心欢喜,表示同意。为他俩出征做好安排后,国王嘱咐他俩说:"如果遇到困难,就要忆念救苦救难的高利女神,因为是她把你俩赐予我。"他俩的母亲也举行了吉祥仪式。随即,他俩带着军队和一些诸侯出发。国王也让自己的富有智慧的宰相,也就是他俩名叫波罗特商伽摩的外公陪同他俩。

王子兄弟俩带着军队,施展威力,首先进军和征服东方。然后,这两位勇士所向无敌,联合许多归顺的国王,进军南方。他俩的父母闻听消息,满心欢喜。而另一位王后心中燃起仇恨的烈火。于是,这个狠毒的王后用许多钱财贿赂外交秘书,以国王的名义给军营里那些诸侯写了这样一封信:"我的两个

---

① 阿尼遮塞纳(anicchasena)这个名字中,aniccha 的词义是不情愿。

儿子凭借臂力而傲慢。他俩征服大地后,就会起念杀死我,占有我的王国。因此,如果你们忠于我,就应该毫不犹豫,杀死我的这两个儿子。"随后,她立即派遣一个信使,偷偷把这封信送到军营里那些诸侯手中。

那些诸侯读完信后,觉得国王的政治谋略残酷无情,然而又难以违抗主人的命令。他们商量了一夜,即使敬佩这两位王子的品德,也无可奈何,最终作出杀死他俩的决定。而他俩的外公宰相从军营中的一位朋友口中得知这个情况,如实告诉这两个王子,当即让他俩骑上快马,带着他俩偷偷逃出军营。

外公带他俩逃出军营后,夜里看不清路,他们进入了文底耶森林。他们整整行走了一夜,到第二天中午,两匹马焦渴至极,精疲力竭,倒地死去。年迈的外公也是又饥又渴,唇焦口燥,就在这两位疲惫不堪的王子眼前,发烧而死。这兄弟俩忧伤悲痛,哀叹道:"父亲怎么会让自己的两个无辜的儿子落到如此悲惨的境地,而满足那个狠毒的王后的心愿?"

然后,他俩记起父亲以前的嘱咐,便忆念高利女神。凭借忆念的威力,他俩得到高利女神的庇护,解除了饥渴疲劳,恢复了体力。依靠对高利女神的信仰,他俩不再感到旅途的劳累,前去拜见居住在文底耶森林中的高利女神。到了那里,他俩开始禁食,实施苦行,抚慰高利女神。

这时,军营里的诸侯们集合,准备前去对这两个王子下手。但是,他们找遍各处,也找不到他俩,于是明白他俩已经和他俩的外公一起逃往某处。眼看他们的谋划落空,他们感到害怕,回到国王那里,把那封信交给他,讲述事情经过。国王听后,情绪激动,愤怒地指责他们说:"我没有派人送信。这是一个骗局。你们这些傻瓜怎么会不明白,我怎么会可能杀害自己依靠修炼严酷苦行而获得的这两个儿子?你们要杀死他俩,而他俩受到自己的善行功德保护。这也表明他俩的外公足智多谋。"

然后,国王凭借自己的施政能力,很快抓获已经逃跑的伪造信件的秘书。查清整个案件后,国王给予这个秘书应得的处罚,也把谋害两个王子的主谋王后迦维雅兰迦拉关进地牢。仇恨蒙蔽头脑,让人失去理智,犯下重罪,怎么会不遭到毁灭?国王也遣散那些与两个王子一起出征的诸侯,安排其他人取代他们的位置。此后,国王和这两个王子的母亲忍受着心中痛苦的折磨,恪守正

293

法,忆念高利女神,一直打听他俩的消息。

这时,王子兄弟俩实施苦行,住在文底耶森林的高利女神感到满意,在王子英提婆罗塞纳的梦中显身,赐予他一把剑,说道:"凭借这把剑的威力,你能战胜一切难以战胜的敌人。你想要什么,就会得到什么。凭借这把剑,你们兄弟俩会实现心中的愿望。"说罢,高利女神消失不见。

英提婆罗塞纳醒来后,看见自己手中握着一把剑。于是,在早晨,他安慰弟弟,讲述自己从梦中获得这把剑的事,与弟弟一起结束禁食苦行。然后,他敬拜高利女神。依靠高利女神的威力,他解除疲劳,满怀喜悦,手中持剑,与弟弟一起离开森林。

他俩走了很长的路,到达一座大城市,那些金碧辉煌的宫殿灿若须弥山顶。他俩看到城门前站着一个凶暴的罗刹。英提婆罗塞纳上前询问他这座城市的名称和主人。这个罗刹回答说:"这座城市名为舍勒布罗。我们的主人罗刹王住在这里,名叫阎摩登湿吒罗,消灭一切敌人。"英提婆罗塞纳听后,想要进城杀死这个罗刹王,而遭到这个罗刹门卫阻拦。于是,这位勇士挥剑砍下这个罗刹的脑袋。

然后,英提婆罗塞纳进入王宫,看到这个罗刹王坐在狮子座上,嘴中露出可怕的獠牙,左边有一位可爱的妇女,右边有一个美似天女的少女。随即,他手持高利女神赐予他的这把剑,向罗刹王发出挑战。罗刹王拔剑迎战。在交战中,罗刹王的脑袋一次次被英提婆罗塞纳砍下,却又一次次长出。这时,罗刹王身边的那个少女对这个王子一见钟情,知道罗刹王的魔幻术。她打手势暗示王子劈开罗刹王的脑袋。于是,王子再次砍下罗刹王的脑袋,并迅速将这个脑袋劈成两半。这样,罗刹王的魔幻术失效,脑袋不再长出。

王子杀死罗刹王后,那个妇女和少女面露喜色。王子和弟弟坐下,询问她俩说:"为何在这座城里,只有一个罗刹门卫守城?你们两个是谁?为什么罗刹王被杀死后,你俩感到高兴?"

她俩听后,其中的少女回答说:"在这座舍勒布罗城,以前的国王名叫维罗普遮。这位是他的妻子摩陀那丹希吒拉。罗刹王阎摩登湿吒罗来到这里,依靠魔幻力吃掉国王和所有侍从。他看到摩陀那丹希吒拉容貌美丽,就没有吃掉她,留下她做自己的妻子。然后,他在这座可爱的城市里,用魔幻力造出许多黄金宫殿,遣散自己的侍从,与妻子一起游戏作乐。我是这个罗刹王的妹妹,名叫坎伽丹希吒拉,尚未成婚,而一见到你,我就爱上你。因此,看见罗刹王被杀死,她和我感到高兴。现在,你就娶我为妻吧!夫君啊,出于爱情,我已经把自己托付给你。"

英提婆罗塞纳听后,就以健达缚自由结婚方式,娶她为妻。他与妻子和弟弟住在这座城市里,依靠女神赐予他的这把剑的威力,依照自己的心意获得一切享受。

一天,英提婆罗塞纳依靠这把如意宝剑,依照自己的心意造出一辆能在空中飞行的飞车,让英勇的弟弟阿尼遮塞纳登上飞车,免除旅途劳累,前去向父母报告自己的情况。

阿尼遮塞纳乘坐这辆飞车,在空中飞行,很快就到达父亲的伊罗婆提城。他的出现,为父母带来快乐,犹如月亮消除他俩的焦灼和疲弱。他拜倒在父母脚下,依次接受父母的拥抱。经父母询问,他报告兄长吉祥平安的消息,解除他俩的担忧。他向父母讲述自己和兄长的经历,开始遭遇不幸,最终获得幸福。他也得知是那个狠毒的王后出于仇恨,施展诡计,想要害死他们兄弟俩。

然后,阿尼遮塞纳住在那里,与满怀喜悦的父母一起生活,受到侍从们敬重,心情舒畅。过了一些日子,他做了一个噩梦。他疑惑不安,担心兄长,便对父亲说:"请你允许我去告诉兄长英提婆罗塞纳,说是你渴望见到他,而把他带回来。"父亲和母亲确实都希望看到儿子,表示同意。

于是,阿尼遮塞纳登上飞车,从空中快速飞回舍勒布罗城。就在这天早上,他进入兄长宫殿,看见兄长躺在那里,失去知觉,而坎伽丹希吒拉和摩陀那丹希吒拉在旁边哭泣。他惊恐不安,问道:"这是怎么回事?"坎伽丹希吒拉受到摩陀那丹希吒拉责备,低垂着脸,说道:"你不在的时候,一天,趁我出去沐浴,你的兄长与摩陀那丹希吒拉私下通奸。我沐浴回来后,目睹他俩发生奸情,便责备他俩。虽然他安抚我,我克制不住强烈的妒忌心,头脑发昏,心想:'他不顾及我,与别的女人私通。他正是仰仗那把剑的威力,才会这样无所顾忌。因此,我要藏起那把剑。'这样,我在夜里,趁他睡着时,将那把剑扔进火里。结果,那把剑变得污迹斑斑,而他变成这个样子。我为此深感后悔,也受到摩陀那丹希吒拉责骂。我俩伤心至极,不知所措,决定一死了之。现在,你来到这里。你就拿起这把剑杀死我吧!因为我没有改掉罗刹族的本性,行为残忍。"

阿尼遮塞纳听后,觉得自己的这位嫂子已经后悔,不应该杀死她,而想要砍下自己的头颅。这时,空中传来话音:"王子啊,不要鲁莽行事!你的兄长没有死去。那是高利女神发现他没有保管好那把剑,出于愤怒,让他陷入昏迷。这件事不必怪罪坎伽丹希吒拉。因为你们曾经遭到诅咒,才会下凡人间,落到这个地步。她们两个都是你兄长的妻子。因此,为了实现你的愿望,你就请高利女神赐恩吧!"

阿尼遮塞纳听后,放弃自尽的念头,手持那把被火烧得污迹斑斑的剑,登上飞车,前去敬拜住在文底耶森林的高利女神。他在那里实行斋戒,准备用自己的头颅祭供高利女神。这时,他听到空中传来话音:"孩子啊,不要鲁莽行事!回去吧!你的兄长会活过来,这把剑也会污迹尽消。我对你的忠诚表示满意。"

阿尼遮塞纳听完女神说的这些话,就看见手中那把剑变得光洁明亮。于是,他向女神右绕行礼后,登上飞车,犹如登上愿望之车,怀着焦急的心情,快速返回舍勒布罗城。在那里,他看到兄长突然恢复知觉。他含泪拥抱兄长的双脚,兄长也搂住他的脖子。两位嫂子拜倒在阿尼遮塞纳脚下,说道:"你救了我俩丈夫的命。"经英提婆罗塞纳询问,他向兄长讲述发生的一切。英提婆罗塞纳没有对坎伽丹希吒拉发怒,而对弟弟表示满意。

英提婆罗塞纳从弟弟口中得知父母渴望见到他。于是,他接过弟弟递给他的那把剑。依靠这把剑的威力,依照他的心意,他登上飞车,连同宫殿、两个妻子和弟弟,一起返回伊罗婆提城。

飞车从空中降落,市民们以惊讶的目光注视他。他带着自己的随从,进入王宫,出现在父亲面前。就这样,他见到父母,泪流满面,拜倒在父母脚下。而父母突然见到儿子,拥抱这兄弟俩,全身仿佛沐浴在甘露中,忧虑一洗而空。

父母看到两位美似天女的儿媳拜倒在自己脚下,同样满怀喜悦。父母从交谈中得知依据天国话音,这两位儿媳前生就是英提婆罗塞纳的妻子,愈发高兴。父母又得知儿子具有威力,用飞车带着黄金宫殿等从空中飞回,更是又惊又喜。这样,英提婆罗塞纳和两个妻子与父母一起,为臣民们带来快乐。

一天,英提婆罗塞纳征得父王同意,与弟弟一起,再次出征四方。这位勇士依靠那把剑的威力,征服整个大地,带着各地国王进贡的金银、珠宝、大象和马匹,返回自己的城市,大地仿佛出于害怕,化作军队扬起的尘土,跟随在后。他和弟弟进入王宫,父王起身迎接,母后也满怀喜悦。英提婆罗塞纳也向诸侯们表达敬意,然后与妻子和侍从们一起,高高兴兴度过这一天。

第二天,英提婆罗塞纳把征服的大地交给父王后,突然记起前生,仿佛大梦初醒,对父亲说道:"父亲啊,我记起我的前生,听我告诉你。"

在雪山山坡上,有一座摩格达布罗城,住着一位名叫摩格达塞纳的持明王。王后名叫甘布婆蒂,先后生下两个品德高尚的儿子,分别名叫波德摩塞纳和卢波塞纳。一位优秀的持明有个女儿名叫阿提蒂耶波罗芭。这个少女出于爱恋,自主选择波德摩塞纳为丈夫。得知这个消息,她的女友,持明少女旃陀罗婆蒂,忍受不住爱情折磨,也前来自主选择波德摩塞纳为丈夫。这样,波德摩塞纳娶了两个妻子。由于阿提蒂耶波罗芭对情敌怀有妒忌心,让他一直心烦意乱,于是,波德摩塞纳禀告父亲说:"父亲啊,我确实忍受不了妻子怀有妒忌心而胡搅蛮缠。因此,我想前往苦行林,摆脱这种烦恼。请求父亲同意。"

波德摩塞纳一次又一次这样请求父亲。父亲为此发怒,对他和两个妻子发出诅咒:"你何必去苦行林?你就下凡人间去吧!你的胡搅蛮缠的妻子阿提蒂耶波罗芭会投胎为罗刹女,成为你的妻子。那个真心爱你的妻子旃陀罗婆蒂转生为大地上国王的妻子,又成为罗刹的妻子,也会成为你的情人。我看到卢波塞纳一直真心诚意追随你这位兄长,他也会在人间成为你的弟弟。在人间,你也会为这两个妻子遭受一些痛苦。"父亲说完这些话后,又提出这个诅咒结束的期限:"一旦你作为王子征服大地,把大地交给父亲后,你就会记起前生,与他们三个一起摆脱诅咒。"

"就这样,听了父亲这样说后,波德摩塞纳和其他三人便下凡人间。父亲啊,波德摩塞纳就是我,生为你的儿子,名叫英提婆罗塞纳,在这里完成我应该完成的事。另一位持明王子卢波塞纳也转生为我的弟弟,名叫阿尼遮塞纳。我的那两个妻子阿提蒂耶波罗芭和旃陀罗婆蒂,你要知道,就是现在的坎伽丹希吒拉和摩陀那丹希吒拉。现在,到了这个诅咒的结束期限,父亲啊,我们要返回我们的持明住地。"说罢,他的两个妻子和弟弟也都记起前生。他们一起抛弃凡人形体,恢复持明形体。他向父亲行触足礼后,怀抱两个妻子,与弟弟一起,升空返回持明城。

回到持明城后,这位聪明睿智的王子波德摩塞纳和弟弟卢波塞纳一起受到父亲摩格达塞纳的欢迎,也成为母亲眼中的甘露。从此,波德摩塞纳与不再怀有妒忌心的阿提蒂耶波罗芭和旃陀罗婆蒂共同生活,幸福快乐。

"正是这样,王上啊,伟大的人物经历大磨难和获得大成就,而其他普通人经受小磨难和获得小成就。你受到宝光的幻力保护,会顺利地赢得公主迦布利迦。"

那罗婆诃那达多在途中聆听能说会道的戈目佉讲述这个故事,与他一路前行,毫不疲倦。黄昏时分,他俩到达一个湖泊,湖水清澈,甜美清凉似甘露,天鹅发出甜蜜的鸣叫,湖面遍布盛开的莲花,岸边有芒果树、波那婆树和石榴树。那罗婆诃那达多和朋友戈目佉在湖中沐浴后,虔诚敬拜湿婆大神,然后品尝各种芳香和甜美可口的果子,睡在用嫩叶铺设的床上,度过这一夜。

第九章

第二天早上,那罗婆诃那达多从湖岸边起身,出发时对大臣戈目佉说道:"朋友啊,在夜晚即将结束时,有个身穿白衣、美似天女的少女来到我的梦中,对我说:'你不必担忧。你从这里出发,很快会到达海边森林中的一座奇妙的大城市。你在那里休息后,不必费力就能到达迦布罗商跋婆城,赢得那位迦布利迦公主。'说罢,她消失不见,我随即醒来。"

戈目佉听后,高兴地说:"王上啊,你受到众天神宠爱,还会有什么办不到的事?你肯定能顺利地实现你的愿望。"于是,那罗婆诃那达多和戈目佉加快赶路,来到海边那座大城市。那里有高耸似山峰的塔楼、城门和街道,金碧辉煌的王宫如同须弥山,城市面积辽阔,犹如另一个大地。

那罗婆诃那达多进城后,惊讶地看到那里的市场街道上,全都是能活动的木偶,有商人、市民和妇女,看上去像活人,但都不会说话,说明它们并没有生命。他和戈目佉进入王宫,看到同样的木象和木马等。进入金碧辉煌的王宫后,他俩惊讶地看到男女侍卫也都是机关木人,笨拙的动作是它们唯一的意识,犹如感官受灵魂掌控。然而,有一个真实的人坐在宝石狮子座上。

这个人看到气度非凡的那罗婆诃那达多,便起身表示欢迎,请他坐在自己的座位上,而他自己坐在前面的座位上,询问道:"你是谁?为何只有一个人陪伴,来到这个无人居住的地方?"那罗婆诃那达多讲述自己的整个经历后,询问他说:"你是谁?这个奇妙的城市是怎么回事?请贤士告诉我。"这个人听后,便开始讲述自己的经历:

建志城犹如精心编织的腰带装饰大地新娘。城里有位国王名叫跋呼勃罗,依靠自己的臂力,赢得变化无常的吉祥女神 ①,便把她锁在财库里。我们兄弟俩是生活在这个王国里的木匠,擅长制作阿修罗工匠发明的机关木具。我的兄长名叫波拉纳达罗,痴迷妓女。王上啊,我是他的忠诚的弟弟,名叫罗吉耶达罗。他花尽父亲和自己的钱财,也花光我辛苦挣来而出于兄弟情谊送给他的钱财。

可是,他执迷不悟,为了那个妓女,一心想要获得钱财。于是,他制造了一对用线牵引的机关天鹅。在夜里,他用线牵引着,将这对机关天鹅放飞到国王的财库,从窗口进入,叼出珠宝首饰,然后牵回自己的家。他卖掉这些珠宝首饰,与那个妓女寻欢作乐。就这样,他每天夜里从国王财库中偷窃珠宝首饰。我也曾劝他不要做这种坏事,而他不收手,因为鬼迷心窍的人哪里还能分辨是

---

① 吉祥女神(śrī)象征财富。

非善恶?

而国王的财库保管员发现财库天天夜里失窃,可是财库的门锁着,也没有发现老鼠,心中感到害怕。他不露声色,天天查看,越来越着急,不得不如实报告国王。于是,国王指派他和其他一些侍卫夜里守候在财库里面,查明真相。这些侍卫在半夜里看见我的兄长的一对牵线机关天鹅从窗口进入财库,飞来飞去,叼取珠宝首饰,便割断牵着的线,抓住这对机关天鹅,前去交给国王。

这时,我的兄长慌慌张张前来告诉我说:"我的一对机关天鹅已被国王的侍卫们抓住,割断牵着的线,机关失灵。因此,现在我俩必须逃离这里。明天早上,国王知道情况后,会抓捕我俩,以窃贼惩处,因为人人皆知我俩擅长制作机关木具。我有一辆机关飞车,一按机关,就能迅速飞行八百由旬。我俩现在就逃往远方。虽然流落他乡令人痛苦,但我不听好言相劝,犯下罪孽,哪里还有幸福? 这是我脑子糊涂,不听你的忠告,尝到苦果,而且也连累无辜的你。"

说罢,我的兄长波拉纳达罗带着家眷登上飞车,升入空中,飞向远方。而我没有听他的话登上那辆已经载有许多人的飞车。我的名副其实的兄长[①] 离去后,我想到明天早上我会独自面临来自国王的危险。于是,我登上自己制造的一辆机关飞车,迅速从空中飞行了两百由旬。然后,我再继续飞行两百由旬,到达海边,停下飞车。而我害怕他们会发现,于是又徒步行走,一直走到遇见这座空城。我怀着好奇,走进这座王宫,看到里面有许多衣服、装饰品和床椅等王室用品。

黄昏时分,我在花园的水池中沐浴,吃了果子后,躺在国王的床上独自思忖:"我在这座空城中能做什么? 因此,明天早上,我要前往别处,因为我已经不必害怕来自国王的危险。"然后,我入睡。而在夜晚即将结束的时候,一个天神模样的人出现在我的梦中,对我说:"贤士啊,你应该住在这里,不要前往别处。在进餐时间,你就站在城市中央等着。"说罢,他消失不见。我醒来,心想:"这肯定是天神创造的神奇住处。由于我前生积下功德而受到恩宠,他出现在我的梦中。因此,我还是住在这里为好。"

---

① "波拉纳达罗"的原词是 prāṇadhara,词义是持命。

于是，我起床，完成日常的敬拜仪式后，在进餐时间，站在城市中央。这时，许多金盘出现在我的面前，空中掉下酥油、牛奶和饭团等食品。凡我想到的任何食品都会来到我的面前。王上啊，我享用这些食品后，感到住在这里非常幸福。这样，我定居在这座城市，王上啊，天天按照自己的心意享用如同国王享用的御膳。想到自己没有妻子和侍从，我就在这里制作了这些机关木偶。正是这样，我虽然是木匠，而命运安排我来到这里，成为唯一的国王，独自享受国王的快乐。我的名字是罗吉耶达罗，也算名副其实①。

"这样，你就在这座天神创造的城市里休息一天吧！我会尽力侍奉你。"说罢，罗吉耶达罗带领那罗婆诃那达多和戈目伐进入城市花园。那罗婆诃那达多在花园水池中沐浴后，用莲花敬拜湿婆。然后，他来到城市中央就餐处。他和戈目伐一起享用随站在前面的罗吉耶达罗心意出现的各种美味佳肴。用餐完毕后，无形中有人抹净就餐处。然后，他享用蒟酱叶和美酒。

在罗吉耶达罗用餐完毕后，那罗婆诃那达多惊讶于这座宏伟的城市如同如意珠②。夜晚，他睡在华贵的床上，由于思念迦布利迦而难以入眠。于是，也睡在床上的罗吉耶达罗询问他而得知情况，对他说："你何必不安心入睡？幸运儿啊，你会赢得你心爱的人。因为女子会像吉祥女神那样自主选择品德高尚者。我曾亲眼见到这样一件事，请听我告诉你！"

我已经向你说起过建志城国王跋呼勃罗。这位国王有个富有的门卫，名叫阿尔特罗跋，名副其实③。他的妻子容貌美丽，名叫玛纳波拉。阿尔特罗跋也是个商人。出于商人的贪婪本性，他不信任自己的那些仆从，而指定他的妻子主管商务。妻子虽然不情愿，但也只能听命于丈夫，与商人们打交道。她美丽的容貌和温柔的话语撩动人心。看到妻子经营象、马、珠宝和服装等，获利丰厚，阿尔特罗跋满心欢喜。

---

① "罗吉耶达罗"的原词是 rājyadhara，词义是持国或拥有王权。
② 如意珠（cintāmaṇi）能满足持有者的一切愿望。
③ "阿尔特罗跋"的原词是 arthalobha，词义为贪财。

有一次,从远方来了一个大商人,名叫苏克达纳,带来大量的马匹等商品。阿尔特罗跋听说后,对妻子说:"商人苏克达纳从远方来到这里,他带来两万匹马和无数套中国丝绸服装 ①,你去他那里采购五千匹马和一万套丝绸服装。这样,我带着原有的数千匹马,加上这五千匹马,去见国王,做一笔交易。"

于是,玛纳波拉听从卑劣的丈夫的指派,来到苏克达纳那里。她询问那些马匹和服装的价格,而苏克达纳被她的美貌吸引,向她表示欢迎后,克制不住爱欲,将她带到一旁,悄悄对她说:"我不会卖给你一匹马或一套服装。但如果你答应与我过一夜,我就送给你五百匹马和五千套服装。"说罢,他继续恳求这位美女,说是他还可以加码给她。对于独自行动的女人,有哪个男人不会动心? 而玛纳波拉回答说:"我要去问问我的丈夫。因为我知道他是贪图钱财,派我来到这里的。"

说罢,玛纳波拉返回家中,告诉丈夫那个商人私下对她说的这些话。而这个贪婪而邪恶的丈夫说道:"亲爱的,如果你与他过一夜,就能获得五千套服装和五百匹马,这有什么错? 你现在就去他那里,明天早上赶快回来。"听到卑劣的丈夫这样说,玛纳波拉内心纠结,心想:"呸! 你这个出卖妻子的卑鄙小人! 天啊,他长期贪婪,已经贪婪成性。而那个商人慷慨大度,用几百匹马和几千套丝绸服装买我一夜,我宁可他成为我的丈夫。"于是,她告别卑劣的丈夫,说道:"这不是我的错。"

这样,她前往苏克达纳的住处。苏克达纳见她回来,询问情况后,深感惊讶,觉得能获得她,是自己交上好运。他马上按照说好的数量,派人将马匹和服装送到她的丈夫阿尔特罗跋那里。然后,他满怀激情,与玛纳波拉度过这一夜,仿佛终于获得自己的财富结出的果实,这位财富女神的化身。

第二天早上,无耻的阿尔特罗跋派遣一些仆从前来召唤玛纳波拉回家。而她对这些仆从说:"他已经把我卖给别人做妻子,我怎么还能回去? 我怎么能像他那样无耻? 你们说说这样做合适吗? 因此,你们回去吧! 我已经被他

---

① "中国丝绸服装"的原词是 cīnapaṭṭa,其中的 cīna 的词义为中国,paṭṭa 的词义为衣服。cīnapaṭṭa 直译为中国服装,实际指中国丝绸服装。

卖掉,现在这个人是我的丈夫。"于是,这些仆从回去,低垂着头,向阿尔特罗跋如实传达玛纳波拉所说的话。

卑劣的阿尔特罗跋听后,想要强行夺回妻子,而他的一个朋友,名叫诃罗勃罗,对他说:"你无法从苏克达纳手中取回妻子,我看到这位勇士的勇气胜过你。你的妻子敬佩他的慷慨大度而爱上他,更增添他的勇气。而这位勇士还有与他结伴而来的一些勇士朋友相助。你行为卑劣,出卖妻子而被妻子抛弃。你没有骨气,受人蔑视和谴责,而变得软弱。你本身不是像他那样的勇士,也没有勇士朋友。你怎么可能战胜这个对手?国王知道了你做出这种出卖妻子的勾当,也会对你发怒。你就安分点吧,不要再让人看笑话。"

而阿尔特罗跋怒不可遏,不听从朋友的劝阻,带着一些仆从前去苏克达纳的住处闹事,而苏克达纳依靠自己的朋友和仆从,很快击垮阿尔特罗跋及其仆从们。这样,阿尔特罗跋逃跑,前去向国王告状:"王上啊,一个名叫苏克达纳的商人强行夺走我的妻子。"他隐瞒了自己的恶劣行为。国王听后,对苏克达纳发怒,想要逮捕他。

然而,一位名叫商达纳的大臣对国王说:"王上啊,你现在不要马上逮捕他。他有十一个与他结伴而来的朋友,经营十万多匹良种马。王上啊,事实真相还不清楚,看来不会是无缘无故。因此,应该先派遣一位使者去询问他,听听他怎么说。"这样,国王跋呼勃罗听从大臣的建议,派遣一个使者前去苏克达纳的住处。这个使者受国王委派,到了那里,询问情况。玛纳波拉向他讲述了事情全部经过。

国王听了使者的汇报,出于好奇,想要看看玛纳波拉的容貌。于是,他带着阿尔特罗跋来到苏克达纳的住处。苏克达纳谦恭地俯首行礼,站在国王面前。而国王看到玛纳波拉的美貌甚至能让创造主本人感到惊讶。玛纳波拉拜倒在国王脚下。国王听她亲口讲述事情的全部经过。国王听后,认为真实可信,因为阿尔特罗跋本人也在场,听后无言以对。国王询问这位美女:"你现在怎么办?"她口气坚决地说道:"王上啊,他在无灾无难的情况下,把我卖给别人。我怎么能再回到这种没有骨气的贪财小人身边?"国王听后,说道:"说得好!"

而阿尔特罗跋爱欲、愤怒和羞愧交织,对国王说道:"王上啊,我要与苏克达纳带着各自的仆从交战,看看究竟谁有骨气,谁无骨气!"苏克达纳听后,说道:"那么,我俩就进行决斗吧!何必需要仆从?谁获胜,玛纳波拉就是谁的战利品。"国王听后,说道:"就这样吧!"

然后,当着国王和玛纳波拉的面,他俩骑马进入决斗场。决斗开始,苏克达纳的长矛刺中阿尔特罗跋的马,阿尔特罗跋从受惊跃起的马背上翻滚落地。这样,阿尔特罗跋三次从马背上翻滚落地。而苏克达纳遵守决斗规则,没有杀害他。在阿尔特罗跋第五次从马背上翻滚落地时,他伤重而昏迷,被仆从们带走。

在场的所有人敬重苏克达纳,为他喝彩叫好,国王也向他表示敬意,赐予他带来的礼物,并没收阿尔特罗跋以不光彩手段获得的所有财富,指定另一个人取代他的职位,然后高兴满意地返回王宫。确实,不沾染罪恶的人会获得幸福。苏克达纳依靠勇力取胜后,与可爱的妻子一起过着幸福的生活。

"确实,哪里都是这样,妻子和财富逃离没有骨气的男人,自动走向有骨气的男人。因此,你不必担忧,安心入睡吧!王上啊,你很快就会获得那位迦布利迦公主。"这样,听了罗吉耶达罗入情入理的话,那罗婆诃那达多和戈目佉安然入睡。

第二天上午,就餐之后,富有智慧的戈目佉立刻对罗吉耶达罗说:"请你制造一辆机关飞车,那样,我的主人就能到达迦布罗商跋婆城,赢得他心爱的人。"这个木匠听后,立即送给那罗婆诃那达多一辆先前已经制造好的机关飞车。

那罗婆诃那达多和戈目佉登上这辆机关飞车,速度快似思想,在空中飞行,越过充满鲨鱼的大海。大海仿佛看到那罗婆诃那达多的非凡勇气而兴奋激动,波浪翻滚。飞车到达海边的迦布罗商跋婆城,从空中降下,那罗婆诃那达多和戈目佉走下飞车,好奇地在城中游荡,通过询问行人,确知这是他俩想要到达的城市,满心欢喜。

他俩来到王宫附近,那里有一幢可爱的住宅,住着一位老妇人。那罗婆诃那达多进入后,老妇人谦恭地接待他。于是,他立即有意询问老妇人:"尊贵的夫人,这里的国王名叫什么?他有哪些子女?什么模样?请你告诉我俩,因为我俩是异乡来客。"

老妇人看到他气度非凡，便说道："贵人啊，请听我告诉你所有一切。这里是迦布罗商跋婆城，国王名叫迦布罗迦。他原先没有子女。为了求取子女，他和王后菩提迦莉一起实行斋戒，修炼苦行，敬拜湿婆。三天后，湿婆在梦中告诉他：'起来吧！你会生下一个比儿子更强的女儿。她的丈夫会成为持明转轮王。'国王早晨醒来后，高兴地将这个梦告诉王后，与王后一起结束斋戒。不久，王后怀孕，妊娠期满后，生下一个全身肢体优美的女儿。她的光芒胜过产房里的灯火。那些灯火冒出黑烟如同发出叹息。国王依据自己的名字迦布罗迦，给她取名迦布利迦，安排喜庆活动。迦布利迦渐渐长大，成为世人眼中的月光。迦布利迦公主现在已经进入青春期。国王为女儿的婚事操心，而迦布利迦富有主见，仇视男人，不愿意结婚。我的女儿是迦布利迦的女友，询问她：'朋友啊，女人出生就是为了结婚，为何你不愿意？'她对我的女儿说：'朋友啊，我记得前生，请听我告诉你与前生的事情有关的原因。'"

在大海岸边有一棵大檀香树，附近有一个莲花盛开的湖泊。由于业报，我前生是那里的一只雌天鹅。我和我的雄天鹅丈夫在檀香树上筑窝住下。我生下一窝孩子，不料有一次，大海掀起的波涛卷走了我的这窝孩子。我哭泣哀号，不思饮食，伫立在海边湿婆林伽柱前。而我的雄天鹅丈夫走近前来，对我说："来吧，你何必为失去的这些孩子而悲伤？我俩还能生下其他的孩子。只要活着，我俩能获得所有一切。"

他的话就像利箭扎在我的心头。我心想："天啊，男性对待自己的幼儿这样残忍无情，对忠于自己的妻子也毫无同情心。我何必需要这种丈夫？何必需要这个痛苦的身体？"于是，我敬拜湿婆，虔诚地思念湿婆，当着我的雄天鹅丈夫的面，祈求湿婆，说道："但愿我来生成为公主，并且记得前生。"随后，我跳入大海，舍弃生命。

因此，朋友啊，我现在转生在这里。由于记得前生丈夫的残忍无情，因此，我不愿意选婿结婚，其他一切则听从命运安排。

"公主私下告诉我的女儿这一切,而我的女儿把这一切告诉我。孩子啊,你询问我,我也就把这一切告诉了你。这位公主肯定会成为你的妻子。因为大神湿婆早就指定她会成为持明转轮王的妻子。我看你有吉祥志等标志,或许就是为此目的你被引导来到这里。起来吧!现在去看看我的住宅情况。"

然后,老妇人安排他俩就餐。那罗婆诃那达多和戈目伕在那里度过一夜。第二天早上,他俩悄悄商定计策后,那罗婆诃那达多乔装成苦行者,在戈目伕陪伴下,来到王宫前游来荡去,在众目睽睽下,不断高呼:"我的雌天鹅啊!我的雌天鹅啊!"

侍女们看到这样一个人,惊讶不已,前去报告公主迦布利迦:"公主啊,我们在宫门前看到一个青年苦行者,他不与美貌结伴,而与一个随从结伴。他游来荡去,日夜念诵奇怪的咒语'我的雌天鹅啊!我的雌天鹅啊!',搅乱妇女们的心。"

公主听后,想到自己前生是雌天鹅,心生好奇,便吩咐侍女们把他带到自己身边。公主看到他容貌非凡,犹如发誓抚慰湿婆而获得新生的爱神①。她对睁大眼睛凝视着自己的这个人说道:"你为何不断呼喊着'我的雌天鹅啊!我的雌天鹅啊!'?"而那罗婆诃那达多这时依然呼喊道"我的雌天鹅啊!"随即,站在那罗婆诃那达多身旁的戈目伕回答公主说:"公主啊,请听我简要地说说原因。"

由于业报,他前生是一只雄天鹅,在大海岸边的一个湖泊附近,与一只雌天鹅在一棵檀香树上筑窝,共同生活。不料海涛卷走了这对天鹅生下的一窝小天鹅。雌天鹅悲伤至极,抛弃自己的身体。而他忍受不住与妻子分离的痛苦,厌弃自己生为鸟禽,也决定抛弃自己的身体,心中默默祈祷:"但愿我来生成为王子,并记得前生。同时,我的品德高尚的妻子来生也记得前生,成为我的妻子。"就这样,在离愁之火烧灼下,他思念湿婆,跳入大海,抛弃身体。现在,他已经转生为憍赏弥城犊子王的儿子,名叫那罗婆诃那达多。他也记得前

---

① 爱神曾被湿婆额头第三只眼睛喷出的火焰化为灰烬。

生,美女啊!他出生时,空中传来清晰的天国话音:"他将成为持明转轮王。"

他渐渐长大,成为王位继承人。父亲为他娶了转生下凡的女神摩陀那曼朱迦。后来,持明王的女儿宝光又自主选择他为丈夫。即使如此,他想念前生的雌天鹅,不能安心享乐。我是他童年的朋友,他把此事也告诉了我。

后来,他出外狩猎。他和我在林中意外遇见一位具有神通力的女苦行者。在交谈中,女苦行者怀着慈爱,对他说:"孩子啊,从前由于业报,爱神转生为雄天鹅,住在海边檀香树上。他的妻子原本是天女,由于遭到诅咒,而下凡成为雌天鹅。海涛卷走了他俩生下的一窝小天鹅。他的妻子悲痛至极,投海自尽。于是,他也投海自尽。由于湿婆的恩惠,他转生为犊子王的儿子。孩子啊,你记得前生,知道前生的妻子雌天鹅。现在,这只雌天鹅已转生为大海岸边迦布罗商跋婆城里的公主,名叫迦布利迦。因此,孩子啊,你去赢得你可爱的妻子吧!"

我的主人听到这个讯息,立即与我一起出发,来到这里。怀着对你的挚爱,他冒着生命危险,越过数以百计的荒山野林,到达海边一个地方。在那里的金碧辉煌的城市中住着一位木匠,名叫罗吉耶达罗。他给了我俩一辆机关飞车。我俩登上这辆令人胆战心惊的飞车,越过凶险的大海,到达这座城市。正是出于这个缘故,公主啊,我的主人一到你这里,就游来荡去呼喊"我的雌天鹅啊!",直至来到你的身边。现在,他见到了你的月亮脸,有幸驱除无尽的痛苦黑暗。因此,你应该向这位尊贵的客人献上莲花眼光花环!

"这便是我简要向你说明的原因。"迦布利迦听完戈目佉编造的这番话,觉得与自己的记忆一致,信以为真,心中滋生爱意,思忖道:"天啊,我的夫君一直爱着我。我过去厌弃他,犯下错误。"于是,她说道:"我确实就是那只雌天鹅。我很幸运。我的夫君为了我,前生和今世都遭受磨难。我现在已成为他用爱情买下的女仆。"然后,她满怀尊敬,安排那罗婆诃那达多沐浴等。她也指派侍女去报告国王这里的情况。国王得知消息,立即来到女儿身边。

看到女儿终于愿意结婚,选择来到这里的那罗婆诃那达多这位合适的、具有转轮王种种吉相的新郎,国王感到自己的心愿已经实现。他按照仪轨,郑重地将女儿迦布利迦交给那罗婆诃那达多。在右绕祭火时,国王赐予女婿三千万金币和樟脑。这成堆成堆的金币和樟脑犹如须弥山和盖拉瑟山的诸多山峰,曾经目睹雪山的女儿波哩婆提的婚礼,现在目睹迦布利迦的婚礼。国王兴奋激动,又赐予女婿十千万套服装和三百个装饰打扮好的女仆。那罗婆诃那达多完成婚礼,与如同喜悦化身的迦布利迦站在一起。有谁会不为这对新郎和新娘的犹如春藤和春天节日的结合感到喜悦?

第二天,那罗婆诃那达多对心爱的迦布利迦说道:"来吧,我俩回到憍赏弥城去。"迦布利迦回答说:"如果这样,何不乘坐你的机关飞车,从空中快速前往?如果你的这辆机关飞车太小,我可以吩咐另造一辆宽敞的机关飞车。因为这里有一位来自外地的木匠,名叫波拉纳达罗,会制造机关飞车,我可以吩咐他赶制一辆。"说罢,她召唤门卫,吩咐他说:"你去吩咐木匠波拉纳达罗制造一辆大型机关飞车,因为我俩要出行。"随后,她又吩咐侍女去向国王报告自己想要离家的消息。国王闻讯,立即来到女儿这里。

这时,那罗婆诃那达多心想:"这个木匠波拉纳达罗肯定是罗吉耶达罗讲述的那位兄长,因为害怕国王,已从故乡逃到这里。"就在国王赶到这里时,木匠波拉纳达罗也和门卫一起来到这里,说道:"我已经造好大型机关飞车,可以乘坐一千人,轻松飞行。"那罗婆诃那达多称赞说:"好啊!"向他表示敬意后,询问道:"你是不是罗吉耶达罗的兄长,擅长制作各种机关木具?"波拉纳达罗听后,俯首行礼,回答说:"我确实是他的兄长,王上怎么会知道?"于是,那罗婆诃那达多向他讲述自己与罗吉耶达罗的交往经过,波拉那达罗听后,满怀喜悦。

然后,那罗婆诃那达多经国王同意,向国王告别。他先将那些金币和樟脑装上飞车,也让那些女仆登上飞车。岳母举行了吉祥仪式,他将成堆的丝绸服装施舍给婆罗门们,然后,带着国王派遣的波拉纳达罗和侍卫官,与新娘迦布利迦和大臣戈目佉一起登上飞车。他对波拉纳达罗说:"我们先到海边罗吉耶达罗那里,然后再回家。"

他和妻子乘坐这辆飞车,犹如乘坐愿望之车,迅速升空,顷刻间越过大海,到达罗吉耶达罗居住的金碧辉煌的城市。罗吉耶达罗向那罗婆诃那达多俯首行礼。他见到自己的兄长,满心欢喜。那罗婆诃那达多考虑到他没有女仆,便送给他一些女仆,他高兴满意地接受。飞车离开这里时,他含着眼泪,与兄长依依惜别。

那罗婆诃那达多乘坐飞车到达憍赏弥城。市民们意外看到他带着新娘和随从乘坐光辉的飞车从空中降下,惊讶不已。犊子王得知儿子回来,市民们热情高涨,便高兴地与王后、大臣和儿媳们一起出来迎接。国王看到儿子乘坐标志未来持明转轮王乘坐的飞车,向拜倒在自己脚下的儿子和儿媳表示欢迎。

母亲仙赐与莲花一起拥抱他,流下的热泪仿佛是甩掉与儿子久别而积聚心中的痛苦。他的妻子宝光和摩陀那曼朱迦以对他的挚爱克服妒忌心,拥抱他的双脚,同时也获得他的心。看到以负轭氏为首的父亲的大臣们和以摩卢菩提为首的自己的大臣们向自己俯首行礼,他高兴地赐予他们应得的犒赏。

以犊子王为首的所有人欢迎俯首行礼的新娘迦布利迦。她跟随自己的丈夫越过大海来到这里,仿佛是有成百个天女陪伴的吉祥女神,显然是甘露的同胞姐妹的化身。国王也向她的父亲的侍卫官表示敬意,因为他递交飞车带来的数千万金币、樟脑和服装。然后,国王也向那罗婆诃那达多指出的那位制造飞车的木匠波拉纳达罗表示敬意,把他视为儿子的恩人。最后,国王也向戈目佉表示敬意,高兴地询问他说:"你们两个怎样从这里出发,怎样获得这位公主?"

于是,戈目佉从前往林中狩猎开始,将怎样遇见女苦行者;怎样遇见罗吉耶达罗,依靠他制造的机关飞车越过大海;怎样使原来不愿意结婚的迦布利迦变得愿意结婚;怎样获得波拉纳达罗制造的飞车,像原先那样乘坐飞车返回这里,所有事情的全部经过告诉国王、王后和大臣们。

他们听后,又惊又喜,晃动着头,赞叹说:"狩猎,女苦行者,大海岸边,木匠罗吉耶达罗制造飞车,越过大海,又依靠另一个木匠制造的飞车返回这里。这一切多么奇妙啊!确实是命运巧用心思,让有福之人历尽周折,最终获得幸福。"他们满怀尊敬称赞戈目佉效忠主人。他们也称赞宝光公主以忠于丈夫为荣,运用自己的神通力保护丈夫一路平安。

那罗婆诃那达多已经解除从空中返回的疲劳,与父母和妻子们一起进入王宫。他的财库里堆满亲戚和朋友赠送的金银财宝。他也赐予波拉纳达罗和岳父的侍卫官钱财。波拉纳达罗进餐后,立即俯首弯腰,对那罗婆诃那达多说:"王子啊,国王迦布罗迦吩咐我俩说:'你俩把我的女儿送到她的丈夫家后,迅速返回,因为我想尽快知道女儿到达那里的消息。'因此,我俩必须立即动身。请你让公主迦布利迦亲自写一封信交给我俩,否则国王惦念爱女,不会放心。因为他从未乘坐过飞车,担心我们会不会坠落。这样,让我带着这封信,与这位着急登上飞车的侍卫官一起离去。然后,我会带着家眷回到这里,王子啊,因为我不能抛弃你这双甘露般的莲花脚。"

波拉纳达罗说话的语气坚决,于是,那罗婆诃那达多吩咐迦布利迦写信。迦布利迦在信中写道:"父亲大人,你不用为我担心,我已经愉快地住在夫君的王宫中。因为莲花女神嫁给毗湿奴,大海怎么会担心?"然后,迦布利迦递上她的这封亲笔信。随即,那罗婆诃那达多送别波拉纳达罗和侍卫官。所有人惊讶地望着他俩登上飞车,升空飞行。

他俩越过大海,到达迦布罗商跋婆城,把这封信交给国王迦布罗迦。国王得知女儿安全到达她的丈夫家中,高兴满意。

第二天,波拉纳达罗带着家眷,告别国王,在访问弟弟罗吉耶达罗后,来到那罗婆诃那达多身边。那罗婆诃那达多看到他完成使命后立即赶回,便赐予他王宫附近的一所住宅,并保障他享受舒适的生活。

此后,那罗婆诃那达多与妻子们一起乘坐飞车飞行玩耍,仿佛为未来成为持明转轮王而演习腾空飞行。这样,那罗婆诃那达多继摩陀那曼朱迦和宝光之后,获得第三位妻子迦布利迦,天天与朋友、随从和妻子们共享欢乐,过着幸福的生活。

第八卷　阳光

祝愿象头神胜利！他的双耳扇动起风，扬起朱砂染红天空，仿佛不合时宜地制造黄昏。

第一章

犊子王之子那罗婆诃那达多获得这些妻子后，愉快地住在憍赏弥城父亲的宫中。有一天，他在父亲的会堂里，看见一个天神模样的人从空中降下，来到这里。他和父亲向俯首弯腰站在面前的人表示欢迎后，立即问道："你是谁？为何来这里？"

这个人回答说："在雪山顶上有一座名为金刚顶的城市，名副其实，因为这座城市由金刚制造而成。我是那里的持明王，名叫金刚光，名副其实，因为我的身体由金刚制造而成。湿婆大神对我的苦行表示满意，指示我说：'如果你忠诚于我到时候指定的持明转轮王，你就能获得我的恩惠，成为战无不胜者。'而我凭借持明的神通力，知道犊子王的儿子那罗婆诃那达多在一个神劫中是爱神的部分化身。虽然他是凡人，但按照以月亮为顶饰的湿婆的指定，他将成为南北两个地区的持明转轮王。因此，我现在来到这里向这位主人表达敬意。而过去有个名叫阳光的凡人，由于湿婆的恩惠，成为持明转轮王，时间长达一个神劫，但他只是统治南部地区，北部地区的转轮王则是悉如多舍尔曼。主人啊，由于你具有伟大的功德，你将成为南北地区的唯一转轮王，时间为一劫。"

那罗婆诃那达多和犊子王听后，出于好奇心，又询问道："这位凡人阳光怎

311

样成为持明转轮王的,请你说给我们听听吧!"于是,在王后和大臣们面前,他开始讲述这个故事:

在摩德罗国有一座名为夏迦罗的城市。从前在那里,国王炭光的儿子名叫月光,名副其实,为世人带来喜悦,然而对于敌人,他则是炽烈的火光。他的妻子名叫吉尔提摩蒂,为他生下一个儿子,具有表明他未来享有荣耀的种种吉相。这个儿子出生时,空中传来清晰的话音,如同甘露雨灌入月光王的双耳:"国王生下的这个儿子名叫阳光,湿婆指定他成为未来的持明转轮王。"

此后,这位受到湿婆恩宠的王子阳光在父亲宫中渐渐长大。他在童年就聪明睿智,在老师身边学会一切知识和技艺。他在十六岁时,就以种种品德赢得臣民的心,父王为他灌顶,立他为王太子,并将自己大臣们的儿子跋娑、波罗跋娑、悉达多和波罗诃斯多等交给他,让他与他们一起担负起王太子的责任。

有一天,大阿修罗摩耶①来到那里。当时王子阳光和国王月光在会堂里。摩耶走近国王,接受迎客之礼后,说道:"国王啊,湿婆已经指定你的儿子阳光成为未来的持明转轮王。那么,为何不让他获得持明王必备的幻术?为此,湿婆派我来到这里。请你允许我带走他,让我教会他所有幻术,使他具备持明王的资质。因为在这件事上,他有一个对手,也是湿婆指定的另一位持明王悉如多舍尔曼。不过,这位王子获得幻力后,在我们的协助下,便能战胜他,而成为持明转轮王。"

月光王听后,说道:"我们很幸运,就请你按照你的心愿带走这个有福气的王子吧!"这样,获得国王允许后,摩耶告别国王,带着这位王子及其大臣们迅速前往地下世界。

在地下世界,摩耶指导王子阳光修炼苦行,由此,他和大臣们很快学会种种幻术。摩耶也教会他使用飞车,并送给他一辆名为魔座的飞车。然后,摩耶让学会幻术的王子和大臣们一起登上飞车,从地下世界返回自己的城市。摩耶把王子送到他的父亲身边后,说道:"我要离去了。你就用学会的幻术任意

---

① 摩耶(maya)是阿修罗工匠大师。

享受吧！我以后还会再来这里。"这样,摩耶接受国王的敬拜后离去。国王为儿子学会幻术而满心欢喜。

此后,王子阳光凭借幻力,与大臣们一起乘坐飞车四处游玩。他在各地见到那里的公主,而这些公主受爱神迷惑,自愿选择他为丈夫。第一位是多摩罗利波提城国王维罗跋吒的女儿摩陀那赛娜,堪称天下第一美女。第二位是西陲边疆国王苏跋吒的已被悉陀们带往别处的女儿旃陀利迦婆蒂。第三位是建志城国王贡毗罗的女儿伐楼那赛娜,美貌非凡。第四位是腊伐纳迦城国王宝罗婆的女儿苏罗遮娜,长有一双媚眼。第五位是支那国王苏罗诃的女儿维底雍玛拉,肢体闪亮似黄金。第六位是希利甘特地区国王甘底塞纳的女儿甘底摩蒂,可爱胜似天女。第七位是憍赏弥城国王遮那梅遮耶的女儿波罗布湿妲,嗓音甜美。她们的亲友虽然看到她们突然被人带走,但受到王子阳光的幻力控制,变得柔弱似芦苇。

王子阳光的这些妻子也获得幻力,虽然他只有一个身体,而他施展幻力,能分身与她们同时相处。他也与波罗诃斯多等大臣一起娱乐,乘坐飞车飞行空中、唱歌和喝酒等。他也通晓神奇的绘画技艺,能画出那些持明美女,以调笑的话语激怒她们,喜欢看到她们的脸皱起眉头,眼睛通红,嘴唇颤抖,话音哆嗦。

后来,王子阳光带着摩陀那赛娜和其他妻子飞到多摩罗利波提城的花园游玩。然后,他把她们留在那里,独自和波罗诃斯多一起前往伐遮罗拉多罗城。在那里,他当着国王楞跋的面,带走他的女儿多拉婆利。这位公主喜爱他,心中点燃爱情之火。在返回多摩罗利波提城后,他又带走另一位公主维拉希尼。这位公主的兄长婆诃斯拉瑜达怒不可遏,而王子为了带走自己的心上人,施展幻力,使他僵住不动,同样,也使公主的舅父僵住不动,并削去他的头发。王子即使对他俩发怒,考虑到他俩是公主的亲属,没有杀死他俩。然后,他看到他俩的傲气已经消失,便释放他俩。这样,在父亲的召唤下,他带着九位妻子乘坐飞车,返回自己的夏迦罗城。

然后,维罗跋吒王派遣使者,从多摩罗利波提城来到王子的父亲这里,传话说:"你的儿子已经带走我的两个女儿。那就这样吧！因为他具有幻力,我的两个女儿有幸获得这样的丈夫。而如果你喜欢我们,就请你来到我们这里吧！这样,我们可以安排婚礼,结为亲家。"月光王听后,向使者致谢,并决定明天就去那里。

而为了了解维罗跋吒的诚意,月光王先派遣波罗诃斯多乘坐飞车,作为使者前去那里。波罗诃斯多很快到达那里,见到维罗跋吒王,受到他的信任和尊敬。他了解情况后,告诉面带微笑的维罗跋吒王,说自己的主人明天早上就会来到这里。随后,波罗诃斯多从空中返回,向月光王报告,说维罗跋吒已经做好准备。月光王听后,对儿子的这位大臣感到满意,向他致以敬意。

第二天一早,月光王和王后吉尔提摩蒂,王子阳光与维拉希尼和摩陀那赛娜,带着大臣和侍从们,登上魔座飞车,到达多摩罗利波提城。那里的人们怀着好奇,仰望着他们从空中降临。维罗跋吒王前来迎接他们进城。城里优美的街道上处处洒有檀香水,妇女们投来斜睨的目光犹如蓝莲花。

然后,维罗跋吒王向亲家和女婿表示敬意,为两个女儿举行婚礼。在婚礼上,他赠送两个女儿一千堆纯金、一百头骆驼负载的珠宝装饰品、五百头骆驼负载的各种服装、七千头象、五千匹马、一千个盛装严饰的妇女。他还赠送亲家和女婿优质宝石和一些领地。他同样也向波罗诃斯多等大臣表示敬意,并让全体市民享受节日的欢乐。王子阳光与父母以及两个妻子住在那里,享受各种珍馐、美酒和音乐。

这时,从附近的伐遮罗拉多罗城来了一位楞跋王的使者,在会堂传话说:"你的王子依仗幻力,夺走我的女儿,让我们蒙受羞辱。现在,我们听说你们已经与同样蒙受羞辱的维罗跋吒王达成和解。因此,你们如果愿意也与我们达成和解,就赶快来到我们这里。否则,我们只能以死洗刷羞辱。"

月光王听后,对使者表示敬意,然后,仍然派遣曾经受到维罗跋吒王礼遇的波罗诃斯多作为使者,去向楞跋王传话说:"你何必自寻烦恼?因为湿婆已经指定王子阳光成为未来的持明转轮王,悉陀们也指明你的女儿和其他的公主们成为他的妻子。你的女儿获得这样好的归宿,你却偏头偏脑,也不问问情况。高兴起来吧!你是我们的朋友,我们也会去你那里。"

波罗诃斯多乘坐飞车,很快到达伐遮罗拉多罗城。他向楞跋王传话后,受到热情接待。然后,他回来向月光王报告情况。于是,月光王派遣大臣波罗跋婄,去夏迦罗城带来楞跋王的女儿多拉婆利。这样,月光王尽管在这里受到维罗跋吒王的热情周到服侍,现在只能告别,与王子阳光一起,乘坐飞车前往伐遮罗拉多罗城。那里挤满等待他们的人,楞跋王迎接他们进城。楞跋王举行隆重的婚庆典礼,赠送女儿无数金银珠宝、象和马,也满腔热情招待女婿阳光,以致忘却自己的一切享受。

正当他们沉浸在婚庆的欢乐中,建志城的使者来到楞跋王这里。楞跋王得知讯息后,告诉月光王说:"建志城的国王贡毗罗是我的兄长,今天派遣使者来对我这样说:'王子阳光先是带走我的女儿,然后又带走你的女儿。我听说现在你与他们结为亲家,因此,请你也帮我与他们结为亲家。让他们来到我的家吧!我要亲自把女儿伐楼那赛娜交给王子阳光。'"

月光王答应楞跋王代兄长提出的这个请求,说道:"就这么办。"随即,他派遣波罗诃斯多去夏迦罗城,把伐楼那赛娜带到她的父亲贡毗罗王那里。第二天,王子阳光、月光王、维罗跋吒王和楞跋王带着所有随从,乘坐飞车到达建志城。这座城市犹如大地的镶嵌各种宝石的腰带。贡毗罗王迎接他们进城。在那里,贡毗罗王举行结婚仪式,将女儿交给王子阳光,赠送新郎和新娘大量财宝。

婚礼结束,在进餐后,波罗诃斯多当着众人的面,对喜气洋洋的月光王说:"王上啊,我路过希利甘特地区时,遇见那里的甘底塞纳王。他对我说:'王子阳光带走我的女儿甘底摩蒂。请他来我家吧!我要为他举办正式的婚礼。否则的话,出于对女儿的挚爱,我会舍弃身体。'我现在把这个讯息告诉你,认为时机合适。"

月光王听后,对波罗诃斯多说:"那么,你先去夏迦罗城把甘底摩蒂带到他的身边。我们明天去他那里。"波罗诃斯多乘坐飞车,完成这个任务。第二天早上,月光王和贡毗罗王一起,带着所有人到达希利甘特地区。甘底塞纳王亲自迎接他们进入王宫,随后立即为女儿举行吉祥的婚礼。他赠送女儿甘底摩蒂和女婿阳光成堆成堆的宝石,在场的国王们无不惊讶不已。

他们所有人在那里享受婚庆的快乐时,憍赏弥城的使者前来传话说:"遮那梅遮耶王说:'我的女儿波罗布湿妲最近被人带走,现在我知道她已经落入王子阳光之手。让他带着我的女儿来我的家,不必害怕。我会善待他,举行正式的结婚仪式,让他带走我的女儿。否则,你们成为我的敌人,我也成为你们的敌人。'"这位使者传达主人的话后,保持沉默。

月光王听后,在一旁悄悄对所有人说:"这位国王说话口气傲慢,我们怎么能去他的家?"大臣悉达多听后,说道:"王上啊,这位国王这样说话,你不必多虑。因为这位国王出身高贵,聪明睿智,英勇善战,举行马祭,战无不胜。他实话实说,有什么妨碍?他的话中带有敌意,也是因为有因陀罗作为靠山。你应该去他的家,因为这位国王信守诺言。尽管如此,出于慎重,可以先派遣一个使者去了解他的心思。"所有人听后,同意悉达多的看法。

于是,月光王向憍赏弥城的使者表示敬意,并派遣波罗诃斯多作为使者去了解遮那梅遮耶王的情况。波罗诃斯多前往憍赏弥城,与遮那梅遮耶王谈妥后,带回一封信,月光王看后表示满意。随即,他派遣波罗诃斯多去夏迦罗城,把波罗布湿妲带到遮那梅遮耶王身边。

然后,月光王等国王、王子阳光和甘底摩蒂等所有人,乘坐飞车,前往憍赏弥城。在那里,遮那梅遮耶王谦恭地迎接亲家和女婿以及所有人。他为女儿举行结婚仪式,赠送女儿五千头象、一百万匹良种马,以及五千头骆驼负载的金银珠宝、服装、樟脑和沉香。他安排载歌载舞的盛大庆祝活动,也向所有德高望重的婆罗门和国王们表达敬意。

这时,天空突然变红,仿佛表示它已被鲜血染红。四方出现喧闹声,仿佛看到空中敌人来临而恐慌。随即,狂风呼啸,仿佛催促大地上的凡人迎战空中飞行者。顷刻间,空中出现一支庞大的持明军队,天空周围闪耀光芒,响起呼声。王子阳光和其他人惊讶地看到其中有一位英俊的持明青年。

随即,一位持明传令兵,站在达摩陀罗前面,高声宣告:"祝愿阿沙吒的王太子达摩陀罗胜利!嗨,地上的凡人阳光啊,向达摩陀罗行触足礼!嗨,遮那梅遮耶啊,你也向达摩陀罗俯首行礼!你为何将女儿交给不相配的人?你安抚这位天神吧!否则,他不会宽恕你。"

王子阳光看到这支军队,又听到这些话,怒不可遏,手持利剑和护盾,凭借自己的幻力,飞上天空。所有的大臣波罗诃斯多、波罗跋娑、跋娑、悉达多、波罗若底耶、娑尔婆摩那和苏般迦罗手持武器,跟随阳光,与持明军队展开大战。王子阳光持剑冲向达摩陀罗,并未杀死敌人,而是用护盾挡住敌人的许多武器。尽管凡人数量有限,而持明军队上百万,双方却势均力敌。剑刃被鲜血染红,犹如死神的一道道眼光落在那些勇士身上。那些持明被砍下头颅,身躯倒在阳光前面,仿佛出于惧怕,寻求他庇护。阳光闪耀举世瞩目的空中飞行者光辉。他在战斗中,手持利剑和护盾,最终与达摩陀罗面对面直接交锋。阳光施展武艺,用利剑刺穿达摩陀罗的护盾,将这个敌人击倒在地,准备砍下他的头颅。

就在这时,毗湿奴出现在空中,发出吼声。阳光听到声音,看到毗湿奴,立即向这位大神俯首行礼,放弃杀死达摩陀罗的举动。毗湿奴救下自己的这个信徒,把他带往别处。因为这位大神保护今生和来世的虔诚信徒。达摩陀罗的随从们四处逃散。阳光也从空中返回自己父亲身边。月光王看到儿子和大臣们安然无恙返回,满怀喜悦。其他国王们目睹王子阳光的英勇壮举,也高兴满意。

正当所有人兴高采烈谈论这场战斗时,苏跋吒王的使者来到这里,当面交给月光王一封信。悉达多打开这封信,当众宣读:"希利贡迦纳的苏跋吒真心诚意告知吉祥高贵家族的顶珠月光王:我的女儿曾经在夜里被人带走,现在得知她在你的儿子那里。对此,我们感到高兴满意。因此,敬请你不要拒绝,费心和你的儿子阳光一起来到我的家。让我看到我的女儿,犹如她从另一个世界回来。我们可以为她举行结婚仪式。"

月光王听完悉达多读信,十分高兴,向使者表示敬意。他立即派遣波罗诃斯多去把旃陀利迦婆蒂带到西陲边疆她的父亲身边。第二天早上,以阳光为首,所有人与遮那梅遮耶一起,乘坐飞车,前往西陲边疆。苏跋吒已经见到女儿,高兴地欢迎他们到来,为女儿举行婚礼。他赠送女儿大量财宝,以致让维罗跋吒将自己赠送的财宝与之相比,感觉惭愧。

王子阳光住在岳父宫中时,宝罗婆王的使者来到这里,向月光王传达自己主人的话:"我的女儿苏罗遮娜被你的儿子带走。我并不为此焦虑。但是,请你们带她来到我的家,我们可以为她举行婚礼。"月光王听后,高兴地向使者表示敬意,并派遣波罗诃斯多去把苏罗遮娜带到她的父亲身边。第二天早上,月光王和王子阳光与苏跋吒等所有人乘坐快似思想的飞车,前往腊伐纳迦城。

在那里,宝罗婆王为阳光和苏罗遮娜举行婚礼,赠送他俩大量宝石,也向国王们表示敬意。

他们愉快地住在那里,受到热情周到的款待。这时,支那国王苏罗诃派遣的使者来到那里。这位国王也像其他国王一样,让使者传话说,请他们与被带走的女儿一起来到他的家。于是,月光王也高兴地派遣波罗诃斯多去把维底雍玛拉带到她的父亲身边。第二天早上,月光王和王子阳光以及宝罗婆等所有人乘坐飞车,前往支那国。苏罗诃王亲自前来迎接,带他们进入自己的城堡。然后,他为女儿举行婚礼。他赠送女儿和女婿无数金银财宝、象、马和丝绸服装。月光王和所有人住在那里,天天享受苏罗诃王提供的美味佳肴。王子阳光处在充满活力的青春期,与维底雍玛拉结合,犹如雨季的乌云装饰有闪电光环①。就这样,阳光在众多美女陪伴下,与亲友们一起,在岳父家中享受快乐的生活。

然后,王子阳光与以悉达多为首的大臣们商量后,依次向维罗跋吒等国王告别,赠送他们大量马匹,让他们返回各自的国土。随后,王子阳光告别苏罗诃王,带着他的女儿,与父母和所有随从登上魔座飞车,从空中返回自己的夏迦罗城。

王子阳光返回自己的城市,全城充满欢乐。这里在表演舞蹈,那里在欢唱歌曲;这里在聚会饮酒,那里美女们在化妆打扮;还有许多歌手在高唱赞歌,称颂王子阳光圆满实现愿望。然后,王子阳光接回其他停留在父亲家中的妻子们,连同她们的父亲赠送的大量象、马及无数骆驼负载的金银珠宝,向臣民们展示他征服四方的业绩,引发他们强烈的好奇心。

这样,王子阳光洪福齐天。他居住的夏迦罗城拥有无数财富,如同财神和蛇王的城市。他与摩陀那赛娜和其他妻子们,与父母和所有大臣们,依照自己的心愿享受一切快乐,每天等待着摩耶如约而至。

---

① "维底雍玛拉"的原词是 vidyunmālā,词义为闪电光环,这里是使用双关语。

第二章

　　有一天,月光王和王子阳光与所有大臣在会堂里。悉达多等大臣在交谈中,一提到摩耶,突然会堂中央的地面裂开。从地缝中首先出现芳香的风,发出呼啸声,然后摩耶显身。他仿佛黑夜中的一座高山,昂起的头颅犹如山峰,乌黑锃亮的头发犹如闪光的药草,红色的外衣犹如流动的红色矿物。

　　这位檀那婆①王受月光王敬拜后,坐在宝石座位上,说道:"你们已经享受大地上的快乐,现在要准备享受其他的快乐。你们派遣使者去召集那些归顺你们的国王,然后我们将与持明王须弥卢联合,战胜悉如多舍尔曼,赢得持明族统治权。须弥卢已经把我们视为亲友,成为我们的盟友,因为湿婆向他发出指令:'你要保护阳光,并且把自己的女儿嫁给他。'"月光王听后,派遣波罗诃斯多等大臣作为使者,前去召集所有的国王。王子阳光也按照摩耶的指示,把自己的所有幻术咒语传授给自己的妻子和大臣们。

　　正当他们这样忙碌着,天空四方闪亮发光,牟尼那罗陀从空中降临。他接受月光王的迎客之礼后,坐下说道:"我受因陀罗派遣,前来向你传达这些话:'我已经听说你们受湿婆指使,无知愚蠢,想要依靠阿修罗摩耶,让身为凡人的阳光赢得持明转轮王的地位。你们这种行为不合适,因为我已经将继承权授予悉如多舍尔曼,让他成为持明族大海的月亮。你们违反正法,与我作对,必将遭到毁灭。以前你祭供湿婆,而我要求你举行马祭,你不听从。你无视众天神,一心投靠湿婆。你们这样傲慢无礼,不会有好结果。'"

　　听罢那罗陀传达的因陀罗的指示,摩耶笑了笑,说道:"大牟尼啊,天王因陀罗的话毫无道理。他说阳光是凡人,这没有什么意义。难道他不知道阳光与达摩陀罗交战?因为富有勇气的凡人能取得一切成就。以前友邻王等不是也曾夺得天王的地位?他说他授予悉如多舍尔曼继承转轮王地位,这也是一派胡言。因为一旦湿婆授权,还有谁能充当权威?至于说我们违反正法,与他

---

①　"檀那婆"(dānava)是阿修罗的另一种称号。

作对,这也不成立。正是他胁迫我们,与我们作对。我们渴望战胜敌对者,这怎么能说是违反正法? 我们并没有夺走别人的妻子,也没有杀害婆罗门。① 他还说什么没有举行马祭和无视众天神,这也不成立。祭供了神中之神湿婆,还有哪位天神没有受祭供? 还有,他说一心依靠湿婆,没有好结果,这也不成立。因为在湿婆面前,其他所有天神算什么? 正如太阳一旦升起,其他行星怎么可能闪耀光芒? 牟尼啊,你要把这一切告知天王。我们照样会做我们想做的事,他爱做什么也随他。"

听了阿修罗摩耶这番话,那罗陀仙人说道:"好吧!"便去回禀天王因陀罗。这位牟尼离开后,阿修罗摩耶对感到害怕的月光王说道:"国王啊,不必害怕因陀罗。即使他和众天神敌视我们,支持悉如多舍尔曼,我们也有波罗诃罗陀统率的无数提迭② 和檀那婆支持。我们受到毁灭三城的湿婆恩宠,三界中还有其他哪个可怜虫会有力量? 因此,请诸位勇士准备投身战斗吧!"听罢摩耶这样说,所有人感到高兴,表示赞同。

然后,通过使者们传递讯息,维罗跋吒等国王以及其他的朋友和亲戚纷纷来到。依照礼节迎接带着军队来到的国王们后,阿修罗摩耶又对月光王说道:"国王啊,今晚你要隆重祭供湿婆,然后按照我的一切指示去做。"月光王听后,立即准备齐全祭供湿婆的祭品。然后,他在夜晚前往森林,在摩耶的指导下,亲自虔诚地向湿婆供奉祭品。

月光王正在举行祭祀,湿婆的侍从首领南丁出现在他面前。月光王满怀喜悦向他表示敬意。然后,南丁说道:"湿婆大神亲自委派我告诉你:'你们受到我的恩宠,哪怕有一百个因陀罗,你们也不必害怕。王子阳光会成为未来的持明转轮王。'"南丁传达了湿婆的指示,接受部分祭品后,与侍从们一起消失不见。月光王深信儿子会获得成功,完成祭祀后,与摩耶一起返回城里。

第二天早上,月光王与王后、儿子、诸位国王和大臣们聚在一起。摩耶对月光王说道:"国王啊,请听我告诉你一个我长期保守的秘密。你原来是一个

---

① 这句话是暗示因陀罗本人曾经违反正法,犯有夺走他人妻子和杀害婆罗门的罪孽。
② "提迭"(daitya)是阿修罗的另一种称号。

檀那婆,名叫苏尼特,是我的强壮有力的儿子。阳光是你的弟弟,名叫苏蒙提迦。在一场与众天神的大战中,你俩战死,转生为现在的父子。我使用天国的药草和奶油将你的檀那婆身体保存完好。因此,你要通过地缝进入地下世界,按照我指导的方法,进入自己的身体。一旦进入自己原来的身体,你的勇气和力量会大大增强,能战胜一切空中飞行者。而阳光是苏蒙提迦的化身,会长久保持这个可爱的形体,成为持明转轮王。"

听罢摩耶这样说,月光王满心欢喜,同意说:"好吧!"而悉达多说道:"檀那婆俊杰啊,我们怎么能放心? 我们感到困惑。为什么要进入已经死去的身体? 一旦进入另一个身体,他就会忘却我们,就好像去往另一世界后,他是谁? 我们是谁?"

听到悉达多这样说,阿修罗摩耶回答说:"你们就亲眼看着他依靠瑜伽力,依照自己的心愿进入另一个身体吧!他不会忘却你们。请听原因何在。一个人死去,并非依照自己的心愿投胎转生,由于衰老和死亡已经毁坏记忆,因此,不会记得以前的一切。然而,依靠瑜伽力,依照自己的心愿进入另一个身体,思想和智力不会受损,仿佛从这个屋子进入另一个屋子。杰出的瑜伽行者具有神通智慧,记得所有一切。因此,你们不必怀疑。而且,你们的国王会获得神奇的身体,摆脱疾病和衰老。你们所有人也是檀那婆,进入地下世界后,饮用仙液,也都会获得摆脱疾病的神奇身体。"

听了阿修罗摩耶这番话,所有人消除疑虑,相信他的话,同意道:"好吧!"第二天,按照摩耶的指示,月光王和所有的国王一起前往旃陀罗跋伽河和爱拉婆提河汇合处。到了那里,月光王留下国王们和阳光的妻子们,与王后和阳光以及悉达多等大臣们一起,从河水的裂缝中进入地下世界。他们走了很长的路,看见一座神殿,月光王和所有人一起进入。

这时,国王们留守在河边,一群持明带着军队从空中降临,运用幻力,夺走阳光的妻子们。就在这刹那间,空中传来天国话音:"邪恶的敌人悉如多舍尔曼! 如果你敢接触转轮王的这些妻子,你和你的军队马上就会死去。因此,你要像孝敬母亲那样,保护她们。出于某种原因,我现在不杀死你,也放掉那些持明。"天国话音结束,那些持明也消失不见。

维罗跋吒等国王看到阳光的妻子们被那些持明带走,准备拼死相救。空中又传来话音:"那些公主不会受到侵害。你们不必鲁莽行事。你们也会获得好运。"于是,这些国王留守那里,耐心地等待。

在地下世界这座神殿中,所有人围绕在月光王身边。摩耶对月光王说道:"国王啊,你现在专心听着! 我将教给你进入另一个身体的方法。"说罢,摩耶宣讲神秘的数论和瑜伽,教给他进入另一个身体的方法。接着,瑜伽主摩耶说道:"这种成就是智慧、自主力和自在力,以变小等①为标志。获得这种自在力后,神主们都不愿意获得解脱。为此目的,人们坚持不懈念诵和修苦行。志向高远者甚至不屑于获得天国的快乐。为此,请你们听我讲述这个故事。"

在从前某个劫,有位大婆罗门,名叫迦罗。他前往莲花池圣地,在那里日夜不停念诵。他这样念诵,历经两百个天神年②。然后,他的头上放射巨大的光芒,直达天穹,相当于一万个太阳。三界着火,悉陀和其他空中行者无法通行。梵天和因陀罗等天神走近他,说道:"婆罗门啊,你的光芒点燃所有世界。你想要获得什么恩惠,你就提出来吧!"这个婆罗门回答说:"除了念诵,我没有别的爱好。这便是我要求的恩惠,我不需要其他任何恩惠。"然而,众天神一再逼迫他,于是,他远离这里,前往雪山北坡,继续坚持念诵。

他在那里放射的光芒也渐渐让世界难以忍受。于是,因陀罗派遣天女诱惑他。而他意志坚定,将这些诱惑他的天女视同草芥。然后,众天神派遣死神去解决这个问题。死神走近他,对他说:"婆罗门啊,凡人不能活得这样长久。你抛弃自己的生命吧,不要违背自然法则。"婆罗门听后,说道:"如果我的寿命已经到期,你为何还等着,不带走我? 手持套索的死神啊,我不想自己抛弃生命,如果这样做,我就成了自杀者。"而鉴于这位婆罗门的威力,死神没有能力带走他,只能原路返回。

因陀罗对此感到恼怒,于是,他伸展双臂,将这位战胜时间的婆罗门迦罗③

---

① "变小等"指八种瑜伽神通力,即变小、变轻、变大、接近、如愿、控制、自在和如意。
② 按印度神话,一个天神年相当于人间三百年或三百六十年。
③ "迦罗"这个名字的原词是 kāla,词义为时间。

强行带到天国。而这位婆罗门漠视天国的享受,依然日夜不停念诵。这样,他又被遣返人间,回到雪山。

因陀罗等天神一再希望他接受恩惠,这时甘蔗王路过这里。他了解情况后,对这个婆罗门说:"如果你不愿意接受众天神赐予恩惠,那么,就接受我赐予恩惠吧!"婆罗门听后,笑了笑,回答说:"我甚至不接受众天神赐予恩惠,怎么还会接受你赐予恩惠?"于是,国王对婆罗门说:"如果我不能赐予你恩惠,那么,就请你赐予我恩惠吧!"婆罗门回答说:"那么,你就选择你希望的恩惠,我会赐予你。"

这时,国王思忖道:"我赐予恩惠,婆罗门接受,这是常规,现在却倒过来,婆罗门赐予恩惠,我接受恩惠。"正当国王迟疑不决时,来了两个婆罗门。他俩看见国王,便请他评理。一个婆罗门说:"他给我一头牛,作为祭祀酬金。而我把这头牛回赠他,他为何不肯接受?"另一个婆罗门说:"我原本并没有提出请求,并表示接受恩惠,为何他要强迫我接受?"

国王听后,说道:"这位回赠者的行为不合适。既然已经接受这头牛,为何还要强行回赠赠送者?"因陀罗听到国王这样说,觉得这是个机会,便对国王说:"国王啊,你知道这样不合适。那么,你已经向婆罗门乞求恩惠,他也已经答应赐予你恩惠,你为何不接受?"

于是,原本不知所措的国王便回答婆罗门说:"尊者啊,你就赐予我你念诵的一半功德吧!"婆罗门答应说:"好吧!你就获得我念诵的一半功德吧!"这样,国王获得抵达一切世界的能力,而这位婆罗门获得名为吉祥的天国世界。他在那里住了许多劫,然后返回大地。他依靠瑜伽获得自在力和永恒的神通成就。

"正是这样,智者们不屑于享受天国等快乐,而追求神通成就。国王啊,你就依照自己的心愿进入自己原本的身体吧!"听了传授瑜伽的摩耶这样说,月光王与妻子、儿子和大臣们满怀喜悦。

然后,摩耶带领他们进入第二个地下世界。国王和儿子等所有人进入一座神殿,看见里面有一个身材魁梧的人躺在一张床上,仿佛在睡眠中。他的身上涂抹有药草和奶油,身体变形而可怕,身边围绕着一些提迭王的女儿,脸庞似莲花,而神情沮丧。摩耶对月光王说:"这是你以前的身体,周围是你以前的妻子们。你就进入这个身体吧!"于是,遵照摩耶的吩咐,月光王运用瑜伽力,抛弃现在的身体,进入这个身体。

随即,躺在床上的人醒来,打着哈欠,缓缓睁开双眼。那些阿修罗妻子兴奋激动,说道:"幸运啊,苏尼特王今天复活了!"而阳光等所有人看到月光王的身体失去生命而倒下,神情沮丧。但是,月光苏尼特仿佛从睡眠中愉快醒来,看到摩耶,拜倒在父亲脚下。父亲摩耶也拥抱他,询问他:"儿子啊,你还记得前生和今生吗?"他回答说:"我记得。"然后,他讲述作为月光和作为苏尼特的种种情况。他逐一安慰王后、儿子和大臣们以及以前的檀那婆妻子们。他也安排保存好作为月光时的身体,说是以后可能还会有用。阳光等所有人现在相信发生的一切,向月光苏尼特俯首行礼,满心欢喜。

然后,摩耶带领喜气洋洋的人们从这座城市进入另一座装饰有金银珠宝的城市。进入城市后,他们看到一个琉璃水池,池水充满仙液,便在池边坐下。他们使用苏尼特的妻子们取来的珠宝杯子饮用胜过甘露的仙液。随即,他们仿佛从醉梦中醒来,获得神奇的身体、勇气和力量。

接着,阿修罗摩耶对月光苏尼特说:"儿子啊,来吧!我们去见你好久不见的母亲。"月光苏尼特说道:"好吧!"在摩耶带领下,他和阳光等所有人前往第四个地下世界。他们一路上看到用各种金属建造的城市,最后到达一座用纯金建造的城市。在一座装饰有宝石柱子和各种珠宝的住宅里,他们看到摩耶的妻子,也就是苏尼特的母亲。她名叫利拉婆蒂。她的容貌胜过天女,身边围绕许多盛装严饰的阿修罗少女。

她看到苏尼特,急忙起身。苏尼特俯首行礼,拜倒在母亲脚下。她含泪久久拥抱儿子,并称赞丈夫摩耶为她带回儿子。于是,摩耶对她说:"这里还有你的另一个儿子苏蒙提迦。他已经转生为你的孙子,名叫阳光。王后啊,他现在具有这样的身体,湿婆已经指定他成为未来的持明转轮王。"她以热切的目光注视阳光,阳光和大臣们一起拜倒在她的脚下。利拉婆蒂向阳光表示祝福后,说道:"孩子啊,何必需要苏蒙提迦的身体?你现在这个样子就很英俊。"

摩耶看到自己的儿子前途远大,想起自己的女儿曼朵陀利和女婿维毗沙那。而他一想起他俩,他俩就来到。维毗沙那在欢乐的气氛中受到礼遇后,对摩耶说道:"如果你肯听取我的话,檀那婆王啊,那么,我要对你说:在檀那婆中,唯有你聪明能干,生活幸福。因此,你不要无缘无故对众天神抱有敌意。你与他们作对,不会得到什么好处,只有死路一条。因为在战斗中,总是天神杀死阿修罗,而不是阿修罗杀死天神。"

摩耶听后,说道:"我们不会主动对因陀罗施暴,而如果因陀罗对我们施暴,你说,我们怎么能忍气吞声?众天神杀死那些狂妄的阿修罗,而钵利等阿修罗不狂妄,不是没有遭到杀害吗?"听罢摩耶这些话,罗刹王维毗沙那和妻子曼朵陀利向摩耶告别,返回自己的住所。

然后,摩耶带领苏尼特和阳光等所有人前往第三个地下世界,拜访钵利王。他们看到那里的一切胜过天国,钵利佩戴项链和顶冠,身边围绕提迭和檀那婆。苏尼特等所有人依次拜倒在他的脚下,他也依礼向他们表示敬意。他听了摩耶讲述的一切情况,满怀喜悦,立即召唤波罗诃罗陀和其他檀那婆来到这里。苏尼特等也拜倒在他们脚下,他们也高兴地向苏尼特等表示欢迎。

然后,钵利说道:"苏尼特曾经转生为大地上的月光王,现在又复活,进入自己的身体。这位阳光是苏蒙提迦的化身,已被湿婆指定为未来的持明转轮王。依靠祭祀的威力,我受到的束缚已经松懈。由于他俩的出现,我们肯定会兴旺发达。"钵利的导师修罗迦听后,说道:"确实,遵行正法,无论在何处,都不会不兴旺发达。因此,你们要听从我的话,依据正法采取行动。"檀那婆们听后,答应道:"好吧!"

这样,七个地下世界的阿修罗王聚集这里,钵利为苏尼特复活感到高兴,举行庆祝活动。这时,牟尼那罗陀又来到这里,接受迎客之礼后坐下,对檀那婆们说道:"我受因陀罗委派来到这里,转告你们:'我为苏尼特复活感到万分高兴。因此,你们现在不要再抱有敌意,不要再与我们支持的悉如多舍尔曼作对。'"

波罗诃罗陀听后,对这位牟尼说道:"你说因陀罗为苏尼特复活感到高兴,这算得了什么?我们不会无缘无故与他作对。对此,我们今天已在我们的导师面前作出承诺。然而,如果因陀罗一意孤行,强力支持悉如多舍尔曼,与我们作对,怎么能责怪我们? 神中之神湿婆支持阳光。湿婆首先受到他的抚慰,已经作出指示。我们是在执行湿婆大神的指示。因此,因陀罗说的话毫无道理。"听了檀那婆王波罗诃罗陀的话,牟尼那罗陀说道:"那就这样吧。"随即,他消失不见。

牟尼那罗陀离去后,修罗迦对檀那婆王们说:"看来在这件事上,因陀罗下定决心与我们为敌。然而,湿婆大神束紧腰带支持我们,因陀罗的力量算什么? 即使他有毗湿奴支持,又能怎么样?"檀那婆王们听后,一致表示赞同。然后,他们告别钵利和波罗诃罗陀,返回各自的住地。在波罗诃罗陀返回第四个地下世界自己的住地后,钵利王也离开集会,进入自己的住所。

摩耶和苏尼特等所有人向钵利王告别后,回到自己的住所。母亲利拉婆蒂对苏尼特说:"你要知道你的这些妻子都是大人物的女儿。苔遮斯婆蒂是财神的女儿,曼伽罗婆蒂是冬布罗的女儿,你转生为月光王时的妻子吉尔提摩蒂是婆薮神波罗跋娑的女儿。因此,你应该平等对待你的三个妻子。"说罢,她把这三个妻子交给苏尼特。于是,在这个夜晚,苏尼特与年长的苔遮斯婆蒂一起进入寝宫,与这位渴望已久的妻子共享以前的种种欢爱游戏。

而阳光和大臣们在另一个寝宫。在这个夜晚,阳光躺在床上,身边没有妻子。睡眠女神仿佛埋怨他:"为何无情地将自己的妻子们抛弃在外?"因此,她始终没有走近孤单的阳光。她仿佛忌恨波罗诃斯多一心关注职责,也不走近他。而阳光身边的其他人都舒服地进入睡眠。

这时,阳光和波罗诃斯多看见一位美貌绝伦的少女在女友陪伴下进入这里。仿佛创造主创造她,把她安置在地下世界,以免造成他自己创造的天国美女们黯然失色。阳光思索着:"她是谁?"而这位少女走近并逐一观察阳光的那些朋友。她离开那些没有转轮王吉相者,而看到躺在床上的阳光具有转轮王吉相,便对女友说:"就是他。朋友啊,你用清凉似水的双手触摸他的双脚,唤醒他。"女友照她的话这样做,阳光睁开假睡的双眼,望着她俩,询问道:"你们是谁? 为何来到这里?"

这位少女的女友听后,回答说:"王上啊,请听! 在第二个地下世界,那里的提迭王名叫阿密罗，是希罗尼耶刹的儿子。阿密罗爱护他的女儿胜过自己的生命。他今天从钵利王那里回来后，说道：'幸运啊，我今天亲眼看到苏尼特已经复活。我也看到苏蒙提迦的化身青年阳光。湿婆已经指定他成为未来的持明转轮王。因此，我要向苏尼特表示祝贺。苏尼特与我属于一家族，我不能把女儿嫁给他，因此，我要把女儿嫁给阳光。阳光是苏尼特的儿子，生为国王，而不是生为阿修罗。这样，我敬重他的儿子，等于敬重他。'听了父亲这些话，我的女友仰慕你，怀着好奇心，前来看你。"听罢这些话，阳光假装睡着，想要确证这位少女的真实意图。

然后，这位少女缓缓走到醒着的波罗诃斯多身边，通过女友之口，把对阳光说的那些话，重复一遍告诉他。而后，她俩走出寝宫。于是，波罗诃斯多走近阳光，说道："王上啊，你是不是醒着？"阳光睁开眼睛，说道："朋友啊，我醒着。因为今夜我孤身一人，怎么能入睡？然而，我要告诉你一件奇怪的事，因为我对你不必隐瞒什么。刚才，我看到一位少女在女友陪伴下，来到这里。她的美貌在三界中无与伦比。她在刹那间夺走我的心而离去。你马上去寻找她。她可能就在这里附近。"

波罗诃斯多听后，立刻走到外面，看见这位少女和女友站在那里。他对这位少女说："我告诉你一个好消息，我的主人已经醒来。因此，你也应该让我感到高兴，再次去见他。你见到他，可以大饱眼福。而他对你已经一见钟情，也让他见到你吧。因为他醒来后，说起你，吩咐我找到你，否则他活不下去。因此，我出来找你。你就去看看他吧！"

这位少女听后，像通常的少女那样容易害羞，猛然之间不知所措，站在那里犹疑不决。于是，波罗诃斯多拉着她的手，把她带到阳光身边。阳光看到迦罗婆蒂来到自己身边，对她说道："好厉害的女子啊，你今夜来到这里对我做了什么？你趁我睡着时，偷走我的心。女贼啊，我今天若是不惩罚你，决不会放过你。"迦罗婆蒂机敏的女友听后，对阳光说："她的父亲知道这个女贼会受你惩罚，因此，决定把她交给你。现在你就随心所欲惩罚她吧！为何你还不开始惩罚她？"

阳光听后，想要拥抱迦罗婆蒂。而迦罗婆蒂害羞，说道："别这样，贤士啊，我还是少女。"于是,波罗诃斯多说道:"公主啊,别犹豫!健达缚自由结婚方式是世上最好的结婚方式。"说罢,波罗诃斯多和其他所有人一起走出寝宫。这样,迦罗婆蒂成为阳光的妻子。阳光获得凡人难以获得的地下世界的少女,与她共享欢爱,度过这个不可思议的新婚之夜。

夜晚结束时,迦罗婆蒂返回自己的住处。阳光来到苏尼特和摩耶身边。他们所有人集合,来到波罗诃罗陀的身边。波罗诃罗陀坐在会堂里,依礼向他们表示敬意后,对摩耶说:"我们应该为苏尼特举行庆祝活动,今天就让我们所有人一起聚餐吧!"摩耶回答说:"说得没错,我们应该这样做。"于是,波罗诃罗陀派遣使者去邀请阿修罗王们。

所有地下世界的阿修罗王陆续来到。最先到达的是钵利王,带着无数大阿修罗。随后到达的是阿密罗、杜罗劳诃、苏摩耶、登杜迦遮、维迦吒、波罗甘波纳和其他阿修罗王,各自带着数以千计的臣僚。他们涌满会堂,互致问候后坐下。波罗诃罗陀向他们致以敬意。

到了进餐时间,所有人在恒河中沐浴后,来到聚餐大厅。这个大厅方圆一百由旬,地面镶嵌金银珠宝,装饰有宝石柱子,摆放着各种珠宝碗碟。苏尼特、摩耶、阳光及其大臣们,与波罗诃罗陀以及阿修罗王们一起,享用六味齐全的天国佳肴,饮用顶级美酒。

用餐完毕后,所有人一起进入一个用宝石制造的会场,观看提逖和檀那婆的女儿们表演舞蹈。其间,阳光看到波罗诃罗陀的女儿摩诃利迦,遵照父亲的吩咐上场表演舞蹈。这个少女的光辉照亮四方,仿佛月光女神出于好奇看到地下世界,向阳光的双眼降下甘露雨。她的额头上点有吉祥志,脚镯可爱,目光含着微笑,仿佛创造主创造的舞蹈化身。她的头发卷曲,牙齿细密,胸脯丰满,仿佛创作一种新型舞蹈。一看到这位美女,阳光和其他人的心顿时被她夺走。

然后,她远远望见阿修罗王们中间的阳光,仿佛爱神被湿婆焚烧为灰烬后,创造的另一个爱神。她看到阳光后,一心想着他,以致肢体动作失去控制。观众们看到这种情况,便停止观赏,心想:"这位公主累了。"于是,她的父亲吩咐她下场。所有的檀那婆王纷纷返回各自的住地。在白天结束时,阳光也返回自己的住处。

　　到了晚上,迦罗婆蒂又偷偷来到这里,与阳光同床而睡,其他人都睡到外面。而这时,摩诃利迦也怀着渴望,带着两个心腹女友,前来这里见他。阳光的一位名叫波罗若底耶的大臣这时忽然醒来,认出这位少女,起身对她说道:"公主,请留步! 等我进去看看后,出来再说。"摩诃利迦心生怀疑,询问道:"为何阻拦我们? 而你们为何留在外面?"波罗若底耶回答说:"他已经安定入睡,怎么能让人突然闯入? 而且,我们的主人今夜决定独自睡觉。"摩诃利迦感到羞愧,说道:"那么,你就进去吧!"

　　波罗若底耶进去后,看见迦罗婆蒂已经睡着,便唤醒阳光,悄悄告诉他摩诃利迦来到这里。阳光得知这个消息,轻轻起身,走到外面。他看见摩诃利迦及其两个女友,便说道:"我获得好运,也让这个地方获得好运吧,请坐!"

　　摩诃利迦及其两个女友坐下后,阳光和波罗若底耶也坐下。然后,阳光说道:"妙腰女啊,你在会场上,以尊敬的眼光看待其他人,而轻视我。即使如此,眼睛滴溜转动的美女啊,我一看到你的优美舞蹈,就大饱眼福。"摩诃利迦说道:"贤士,这不是我的过错,因为我在会场上表演舞蹈失常,感到羞愧。"

　　阳光听后,笑着说:"我已经被你征服。"说着,阳光伸手握住摩诃利迦的手。她的手被紧紧握住,仿佛害怕而颤抖冒汗。她说道:"贤士啊,请放开手! 我还是一个受父亲管束的少女。"随即,波罗若底耶对这位阿修罗公主说道:"你难道不知道健达缚自由结婚方式吗? 你的父亲也明白你的心愿,不会把你嫁给其他人。他也肯定会敬重这位王子。你不要失去这个结成美满姻缘的良机。"

　　就在这时,睡在里面的迦罗婆蒂醒来。她看到阳光不在床上,惊慌不安,便走到外面。她看到自己的情人与摩诃利迦在一起,心中愤怒、羞愧,又害怕。而摩诃利迦看到她,也是害怕又羞愧。阳光站着不动,仿佛成了画中人。然后,迦罗婆蒂走近阳光,心想:"我已经被发现,怎么还能逃跑? 我或许应该表示羞愧或妒忌。"于是,她怀着妒忌的口气对摩诃利迦说道:"朋友,你好。在这夜里,你从哪里来到这里?"摩诃利迦回答说:"我的家在这里,而你从另一个地下世界来到这里。因此,你现在是我的客人。"

　　迦罗婆蒂笑了笑,说道:"看来确实是这样,你对任何来到这里的客人都尽到待客之礼。"摩诃利迦听后,回答说:"我怀着好意对你说话,你为何说话这样刻薄？你不知羞耻,难道我会像你这样？我怎么会没有经过婚配,在夜里独自来到别人住处,偷偷与别人睡在一张床上？我在自己的住地,与两位女友一起,来看望父亲的客人,尽到待客之礼。当时,这位大臣阻拦我们进入,我就觉得其中有蹊跷。现在,你自己走出来,泄露了秘密。”

迦罗婆蒂听了摩诃利迦的这些话,以气得发红的目光斜视自己的情人,走了出去。然后,摩诃利迦也带着怒气对阳光说:“情妇众多的人啊,我现在也要走了。”说罢,她也走了出去。此时,阳光神情沮丧,然而,他心中同样钟爱这两个可爱的少女。于是,他让自己的大臣波罗跋娑起身,派遣他去了解生气离去的迦罗婆蒂的情况。他又派遣波罗诃斯多去了解摩诃利迦的情况。而他和波罗若底耶一起坐等他俩带回消息。

然后,波罗跋娑侦察到迦罗婆蒂的情况后,回到阳光身边,报告说:“我从这里到达第二个地下世界,进入迦罗婆蒂的住处。我运用幻力,隐身站在外面,听到里面两个侍女在交谈。其中一个说:‘朋友啊,为何今天迦罗婆蒂情绪低落？’另一个侍女回答说:‘朋友啊,听我告诉你缘由！苏蒙提迦的化身现在在第四个地下世界,名叫阳光,美貌胜过爱神。迦罗婆蒂偷偷委身于他。今天夜里,她去与他幽会,碰巧遇上波罗诃罗陀的女儿摩诃利迦也来到他那里。她出于妒忌,与摩诃利迦吵了一架,回来后准备自尽。她的妹妹苏卡婆蒂看到后,救下她。然后,迦罗婆蒂进屋扑倒在床上,她的妹妹陪着她,焦急地问她发生了什么事。’我听了这两个侍女的谈话,进入里屋,看见迦罗婆蒂和苏卡婆蒂两人长得一模一样。”

波罗跋娑悄悄向阳光报告这些情况后,波罗诃斯多也回来报告阳光说:“我从这里到达摩诃利迦的住处。摩诃利迦神情沮丧,与她的两个女友待在屋里。我运用幻力,隐身进入屋里,看见她有十二个与她相像的女友。摩诃利迦靠在镶嵌宝石的躺椅上,她们围在她的身边。其中一个女友询问她:‘为何今天看到你突然神情沮丧？天啊,现在正在准备为你举行婚礼,什么事让你伤心难过？’摩诃利迦听后,心中惴惴不安,说道:‘是我要举行婚礼吗？把我嫁给谁？你听谁说的？’于是,这些少女告诉她:‘朋友啊,你明天就要举行婚礼,嫁给阳光。是你不在这里的时候,你的母亲告诉我们的,吩咐我们为你做好举行婚礼的准备。你真幸运,你的未婚夫是阳光。这里所有的女子都被他的容貌迷住,夜晚不能入睡。而为此,我们心情沉重。现在,你与我们的地位有天壤之别。你获得这样的丈夫后,就会忘却我们。'摩诃利迦听了女友们的这些话,说道:'你们怎么会看到他?怎么会对他产生这样的想法?'她们回答说:'我们从楼阁上看到了他。哪个女子看到他,会不迷恋他?'于是,摩诃利迦说:'要是这样,我会请求父亲,把你们和我一起送给他。这样,我们就会住在一起,不会互相分离。'然而,这些少女慌忙对她说:'朋友啊,你别这样。这不合适,我们会感到羞愧。'而摩诃利迦回答说:'你们都是阿修罗公主,这有什么不合适?因为我不是他唯一的妻子。甚至所有的提迷和檀那婆王都会把自己的女儿送给他。他还和大地上国王的女儿结婚,也会娶许多持明少女为妻。因此,你们也与他结婚,对我有什么损害?相反,我们能快乐地住在一起,成为好朋友。只是我不知怎样与那些与我为敌的女人相处。你们不必感到羞愧,我会办妥一切。'听了钟爱你的这些少女的谈话后,我悄悄走出,现在回到你的身边。"听了波罗诃斯多的这番话,阳光躺在床上,兴奋激动,不能入睡,度过这一夜。

第二天早上,阳光与苏尼特、摩耶和大臣们前去拜访波罗诃罗陀。波罗诃罗陀在会堂里接受他们拜见后,对苏尼特说道:"我要把女儿摩诃利迦嫁给阳光,以此作为我对你的待客之礼。"苏尼特听后,愉快地表示同意。然后,波罗诃罗陀请阳光坐在中间点燃祭火的祭坛上,祭火的光芒辉映周围耸立的宝石柱子。他把女儿摩诃利迦交给阳光,连同与阿修罗王相称的财富。他赠送给女儿和女婿成堆成堆的宝石。这些宝石是他战胜众天神获得的战利品,高耸似须弥山。

这时,摩诃利迦悄悄对父亲说:"父亲啊,请你把我的十二位亲密的女友也送给他。"而父亲对她说:"女儿啊,她们属于我的兄弟,是他的战利品,我无权送掉她们。"这样,在这天的婚庆活动结束后,阳光和摩诃利迦共度新婚之夜,享受种种欢爱快乐,心中充满喜悦。

第二天早上,波罗诃罗陀和随从们在会堂里,檀那婆王阿密罗对波罗诃罗陀说:"今天,你们所有人应该来到我的宫中,因为我也要向阳光施以待客之礼。如果你们认为合适,我也要把女儿迦罗婆蒂送给他。"所有人听后,表示赞同。这样,所有人与阳光和摩耶等人一起,立即动身前往阿密罗所在的第二个地下世界。在那里,阿密罗把已经主动委身阳光的迦罗婆蒂交给他。阳光回到波罗诃罗陀宫中,举行结婚仪式,与阿修罗们共享婚宴,度过这一天。

后一天早上,阿修罗王杜罗劳诃同样邀请所有人前往他所在的第五个地下世界。在那里,他举行仪式,把名叫古苏达婆蒂的女儿作为待客之礼,送给阳光。这样,阳光在那里享用婚宴,度过这一天。夜晚,阳光和古苏达婆蒂进入寝宫,他与这位纯真温柔的三界美女共享新婚之乐。

后一天早上,以波罗诃罗陀为首的所有人又受登杜迦遮的邀请,前往他所在的第七个地下世界。在那里,这位阿修罗王把名叫摩诺婆蒂的女儿送给阳光。这位少女佩戴宝石首饰,闪耀如同熔金的光辉。阳光在那里度过无比快乐的一天。他也搂抱着摩诺婆蒂度过新婚之夜。

后一天早上,所有人又受阿修罗王苏摩耶的邀请,前往他所在的第六个地下世界。在那里,他把名叫苏跋德拉的女儿送给阳光。这位少女肢体黝黑似杜尔婆蔓藤,仿佛是爱神的女性化身。阳光与这位脸庞如同圆月的美女度过这一天,共享新婚之乐。

后一天早上,钵利王及其随从们也前来,把阳光带到他所在的第三个地下世界,把名叫孙陀利的女儿送给他。这位少女美似嫩叶闪光的蔓藤花簇。阳光满怀喜悦,与这位女宝共享欢乐,度过神奇的一天。

后一天,摩耶也在这第四个地下世界,把阳光带到自己宫中。这座宫殿是摩耶运用幻力制造而成,镶嵌各种奇异的宝石,时时刻刻闪耀光辉,永远看似新建而成。他把名叫苏摩雅的女儿送给阳光。这位少女堪称世界奇迹,仿佛是摩耶幻力的化身。摩耶不因为阳光是凡人而不把女儿送给他。阳光和苏摩雅在这里共享欢乐。同时,他使用瑜伽分身术,与其他的阿修罗妻子们共享欢乐,而他的真身则与最可爱的摩诃利迦生活在一起。

一天夜里,阳光在与摩诃利迦的交谈中,悄悄询问她:"亲爱的,那天夜里,陪伴你的那两个少女在哪里?我怎么再也没有看到她俩?她俩去了哪里?"摩诃利迦回答说:"我很高兴你还记得她俩。而我的女友不止她俩。我共有

十二个女友。第一位名叫甘露光,第二位名叫盖希尼,她俩是牟尼波尔婆多的
具有吉相的女儿。第三位名叫迦林底蒂,第四位名叫跋德利迦,第五位名叫陀
尔波玛拉,她们是大牟尼提婆罗的女儿。第六位名叫索达摩尼,第七位名叫优
遮婆拉,她俩是健达缚哈哈的女儿。第八位名叫毗婆拉,她是健达缚呼呼的女
儿。第九位名叫安遮尼迦,她是天神的女儿。第十位名叫盖瑟罗婆利,她是天
国侍从宾伽罗的女儿。第十一位名叫玛利尼,是甘勃罗的女儿。第十二位名
叫曼陀罗玛拉,是婆薮神的女儿。她们全都是天女生下的女儿。在我结婚时,
她们都被带到了第一个地下世界。我想把她们送给你,这样,我可以与她们经
常在一起。我喜爱她们,已经这样许诺她们。但是,我的父亲碍于兄弟情面,
没有答应我。”

阳光听后,面露难色,对摩诃利迦说道:“亲爱的,你慷慨大度,但我怎么能
这样做?”摩诃利迦听后,生气地说道:“你当着我的面,娶其他许多少女为妻,
为何不愿意接受我的这些女友?她们与我分离,我每时每刻都不快乐。”阳光
听后,心中高兴满意。于是,他和摩诃利迦前往第一个地下世界。摩诃利迦把
这十二位少女交给他。就在夜里,从甘露光开始,阳光依次与她们结婚。第二
天早上,征得摩诃利迦同意后,阳光让波罗跋娑将她们带到第四个地下世界,
藏在那里。阳光和摩诃利迦偷偷前去与她们相会。

阳光仍像往常那样,前往波罗诃罗陀的宫中就餐。在那里,阿修罗王波罗
诃罗陀对苏尼特和摩耶说:“你们所有人一起去拜见提底和檀奴两位女神吧!”
他们说道:“好吧!”摩耶、苏尼特、阳光与其他阿修罗一起,立即走出地下世
界,登上随心所欲飞行的魔座飞车,前往位于须弥山顶的迦叶波净修林。

在那里,他们受到牟尼们热烈欢迎,经通报后,进入净修林。他们拜倒在
这两位女神脚下,行触足礼。这两位阿修罗母亲看到他们及随从们,含着热
泪,亲吻他们的头顶,依次表示祝福,然后,对摩耶说:“孩子啊,今天我俩看到
你的儿子苏尼特复活,大饱眼福,认为这是你的功德的回报。而苏蒙提迦转生
为阳光,在世上获得成就,具有天神的容貌和非凡的品质。我俩看到他明显具
有吉相,表明他将来会享有荣耀,全身高兴得不由自主弯腰向他致敬。孩子

们,赶快起身吧!你们去见我俩的夫君生主迦叶波①。你们见到他,听取他的教导,便会吉祥平安,达到你们的目的。"

于是,摩耶等人听从两位女神的指示,在这座神圣的净修林里见到牟尼迦叶波。在这座天国净修林里,迦叶波的容貌似熔金光辉灿烂,黄色的发髻闪亮似火,难以接近。所有人依次拜倒在迦叶波脚下,他一再向他们表示祝福。

然后,迦叶波高兴地吩咐他们坐下,说道:"我看到你们这些孩子,满怀喜悦。摩耶啊,你没有偏离正道,值得称赞。你一身汇聚所有的幻术。苏尼特啊,你很幸运,得以复活。阳光啊,你有福气,将成为未来的持明转轮王。现在,你们要听从我的话,应该懂得遵行正法之路。这样,你们就会吉祥平安,获得永恒的幸福。你们也不会被任何敌人打败。过去那些阿修罗违背正法,而被毗湿奴的飞盘制伏。苏尼特啊,那些被众天神杀死的阿修罗现在都转生为人间英雄。苏蒙提迦以前是你的弟弟,现在转生为阳光。其他一些阿修罗转生为他的亲友。过去名叫商跋罗的大阿修罗现在转生为他的大臣波罗诃斯多。阿修罗特利希罗斯转生为摩耶的大臣悉达多。檀那婆伐达比转生为他的大臣波罗若底耶。檀那婆优迦罗转生为他的朋友修般迦罗。阿修罗迦罗转生为他的朋友维多毗提。提迭婆利舍波尔婆转生为他的大臣跋娑。孩子啊,提迭波罗勃罗转生为这位波罗跋娑。他是一位灵魂伟大的提迭,全身由宝石构成,尽管受到敌人众天神乞求,依然砍碎自己的身体,由此转变成大地上的所有宝石。难近母女神赐予他恩惠,让他获得另一个身体,而转生为现在的波罗跋娑,具有非凡的力量,敌人难以抗衡。以前的两位檀那婆孙陀和优波孙陀转生为他的两位大臣萨尔婆尼摩那和跋衍迦罗。诃耶羯利婆和维迦咤两位阿修罗转生为他的两位大臣斯提罗菩提和摩诃菩提。其他的岳父、大臣和亲友也都是阿修罗转生,以前曾经多次战胜因陀罗等天神。因此,你们这一方的力量已经逐步壮大。诸位勇士啊,只要你们不偏离正法,就会获得至高的繁荣。"

---

① 迦叶波(kaśyapa)是生主之一。梵天从思想中生出摩利支和陀刹等儿子。迦叶波是摩利支的儿子,他与陀刹的十三个女儿结婚。迦叶波与其中的提底和檀奴两个妻子生下的儿子,分别统称为提迭和檀那婆,属于阿修罗。迦叶波与另一个妻子阿提底生下的儿子,统称为阿提迭,属于天神。

仙人迦叶波的两个妻子提底和檀奴以及阿提底等其他妻子在中午祭祀的时刻来到这里。她们向俯首弯腰站在她们面前的摩耶等人表示祝福,完成丈夫嘱咐的祭祀仪式。这时,因陀罗和护世天神们也来拜见牟尼迦叶波。因陀罗尊敬地拜倒在迦叶波脚下。他也受到摩耶等人俯首致敬。然后,他愤怒地望着摩耶,说道:"我想,应该就是这个孩子,想要成为未来的持明转轮王。他的野心怎么这样小,为何不想要成为天王?"

摩耶听后,说道:"天王啊,那是至高之神湿婆指定你为天王,而指定他为未来的持明转轮王。"因陀罗笑了笑,说道:"他的吉相也未免太少了。"对此,摩耶回答说:"如果悉如多舍尔曼能成为持明转轮王,那么,凭他的吉相,应该适合成为天王了。"因陀罗听后,愤怒地举起金刚杵,指向摩耶。

这时,迦叶波喝令因陀罗住手。提底等女神也气得满脸通红,高声斥责因陀罗。因陀罗害怕遭到诅咒,放下武器,低头坐下。然后,因陀罗拜倒在天神和阿修罗的祖先迦叶波以及他的妻子们脚下,双手合掌,解释说:"尊者啊,我已经授权悉如多舍尔曼成为持明转轮王,而阳光企图夺走他的权利。摩耶则竭尽全力支持阳光。"

迦叶波听后,对因陀罗说道:"你喜欢悉如多舍尔曼,而湿婆喜欢阳光。我不希望湿婆的愿望落空,而摩耶一直执行湿婆的指示。你为何埋怨摩耶?他犯有什么过错?他遵行正法之路,聪明睿智,尊敬导师。如果你犯下罪孽,我的愤怒之火会把你焚为灰烬。你也没有能力反对他。你难道不知道他的威力吗?"

听了迦叶波这样说,因陀罗既羞愧,又害怕。这时,阿提底女神说道:"悉如多舍尔曼什么模样?把他带来让我们看看。"于是,因陀罗立即吩咐摩多利去把悉如多舍尔曼带来。迦叶波的妻子们看到向她们俯首行礼的悉如多舍尔曼,又看了看阳光,对迦叶波说道:"他俩之间谁更英俊,更有吉相?"迦叶波回答说:"在这些方面,悉如多舍尔曼甚至比不上阳光的大臣波罗跋娑,与阳光更不能相比。因为阳光具有天神的容貌和种种吉相。如果他想要谋求天王地位,也并非难事。"听到迦叶波这样说,所有人都赞同说:"确实如此。"

然后,迦叶波赐予摩耶恩惠:"孩子啊,即使因陀罗举起金刚杵,你也不

惊慌。因此,你的身体将坚如金刚,不老不死,不会受到任何伤害。苏尼特
和阳光这两位大勇士也会像你这样永远不会被敌人战胜。我的儿子苏伐萨
鸠摩罗可爱似秋月,如果你们陷入灾难的黑夜,只要想起他,他就会来协助
你们。"

听了迦叶波这些话,在场的迦叶波的妻子们、仙人们和护世天神们也纷纷
赐予摩耶等人恩惠。然后,阿提底女神对因陀罗说:"你就放弃不合法的行为
吧!因陀罗啊,你要安抚摩耶,因为你今天已经看到行为合法的果报,获得种
种恩惠。"于是,因陀罗与摩耶握手言和。悉如多舍尔曼在阳光面前,犹如白天
的月亮失去光辉。随即,天王因陀罗向天国导师迦叶波俯首行礼后,与护世天
神们一起原路返回。摩耶等人也听从迦叶波的吩咐,离开他的净修林,回去继
续履行职责,成就事业。

第三章

摩耶、苏尼特和阳光离开迦叶波的净修林后,来到旃陀罗跋伽河和爱拉婆
提河的汇合处。那些国王和亲友在那里等待阳光回来。这时,国王们看到阳
光,起身哭泣,神情沮丧,想要寻死。阳光以为他们因为没有看见月光王而痛
苦不堪,便向他们讲述整个事情经过。即使如此,他们依然愁眉苦脸。经询
问,他们告诉阳光,他的妻子们已经被悉如多舍尔曼劫走。他们当时忍受不了
这种屈辱,准备舍弃生命,而空中传来天国话音劝阻他们。

阳光听后,怒不可遏,发誓说:"即使以梵天为首的众天神保护悉如多舍尔
曼,我也一定要诛灭这个恶棍。他居然胆大妄为,劫掠他人的妻子。"他这样
发誓后,立即请占星师观察星相,确定在第七日出征诛灭敌人。摩耶明白阳光
下定决心要出征,便对他说:"如果你确实下定决心要出征,那么,我就告诉你:
是我运用幻术,把你的妻子们带往地下世界,安置在那里。这样,你就会勇猛
出征,因为没有风儿扇动,火焰就不会猛烈燃烧。因此,来吧,我们去地下世
界,我让你见到你的妻子们。"

听了摩耶这样说,所有人皆大欢喜。这样,他们从先前的河水裂缝处进入

地下。摩耶带领他们进入第四个地下世界。在那里的一个住宅中,摩耶带出摩陀那赛娜等阳光的妻子,交给阳光。阳光接受她们和其他身为阿修罗公主的妻子们后,听从摩耶的吩咐,前去拜访波罗诃罗陀。

阿修罗波罗诃罗陀已经从摩耶那里得知阳光获得种种恩惠,想要予以证实,故意手持武器,对向他俯首行礼的阳光说道:"你这个坏家伙,我听说你带走我的兄弟获得的十二位少女。我现在要杀死你,看着我!"而阳光面不改色,望着他,说道:"我的身体由你支配。我行为不端,你就惩治我吧!"波罗诃罗陀听后,笑着对他说:"我这是考验你,而你毫不傲慢。因此,我对你十分满意。你就接受我赐予你恩惠吧!"

阳光听后,说道:"好吧!我选择的恩惠是忠于导师们和湿婆。"所有人听后都表示满意。于是,波罗诃罗陀把名叫雅蜜尼的第二个女儿送给他,也把自己的两个儿子送给他作为同伴。然后,所有人来到阿密罗那里。阿密罗也已经听说阳光获得种种恩惠,便把名叫苏卡婆蒂的第二个女儿送给他,也把自己的儿子送给他作为同伴。

然后,阳光和妻子们住在那里,迎接前来协助他的阿修罗王们。他和摩耶听说苏尼特的三个妻子和他自己的妻子们已经怀孕,便询问她们怀孕期间有什么愿望,她们一致表示希望看到一场大战。摩耶感到高兴,说道:"幸运啊,那是过去战死的阿修罗们投胎,因此,她们会产生这样的愿望。"

这样,过了六天。在第七天,阳光和妻子们以及其他所有人走出地下世界。他看到敌人制造的噩兆幻觉,而一想起苏伐萨鸠摩罗,这种幻觉便消失。他们为月光王的儿子罗德纳波罗跋灌顶为大地上的国王。然后,他们听从摩耶的吩咐,一起登上魔座飞车,前往阿修罗王须弥卢的住处,恒河东部岸边的苦行林。

须弥卢向这些怀着友情来到的客人表示敬意。他听摩耶讲述事情的所有经过,也记得湿婆以前对他的指示。阳光和所有人住在那里,召集各自的所有军队以及亲戚和朋友。最先到达的是阳光的岳父们的儿子,以诃利跋吒为首,共有十六位,带来各自的军队,包括一万辆战车和两万步兵,准备投身战斗。摩耶也将幻术传授给这些王子。

接着来到的是恪守诺言的提迭和檀那婆们,岳父、表兄弟和其他亲友。诃利湿吒劳摩、摩诃摩耶、辛诃丹湿吒罗、波罗甘遮纳、登杜迦遮、杜罗劳诃、苏摩耶、伐遮罗般遮罗、突摩盖杜、波罗摩特纳和维迦吒刹以及第七个地下世界的其他许多檀那婆。有的带来七万辆战车,有的带来六万或三万辆,最少的也有一万辆。有的带来三十万步兵,有的带二十万或十万,最少的也有五万。他们各自还带来相应数量的象和马。摩耶和苏尼特带来无数军队。还有婆薮达多等国王和须弥卢的军队也来了。

然后,摩耶忆念苏伐萨鸠摩罗,当着阳光等人的面,询问这位随即来到的牟尼:"尊者啊,我们在这里看不到这支庞大而分散的军队,请告诉我们在哪里能看到这支军队全貌。"这位牟尼回答说:"你们到离这里一由旬远的名为迦拉波村的地方,去看这支庞大的军队吧!"

于是,所有人带着军队,跟随须弥卢前往迦拉波村。阿修罗王和国王们的军队进入那里后,他们站在地面的高处,看清了所有军队。然后,须弥卢说:"悉如多舍尔曼的军队更加庞大。他统帅一百零一个持明王,而每个持明王率领三十二个国王。因此,你们看着,我会把他们中的一部分军队拉拢过来。明天早上,我们前往名为瓦尔弥迦的地方。因为明天是孟春之月第六天,那里会出现转轮王的标志物。所有的持明都会在这一天,为了获得它而赶往那里。"

于是,所有军队听从须弥卢安排,在这里度过一天。第二天早上,须弥卢带领所有军队和战车前往瓦尔弥迦。声势浩大的军队在雪山南坡扎营。他们看到许多持明王已经来到这里。这些持明王在这里的坑穴中点燃祭火,忙于祭供和祈祷。这样,阳光也运用幻力,在这里制造大火坑,点燃祭火。

须弥卢看到后,高兴满意。而有一个持明出于妒忌,站出来对须弥卢说道:"呸!你怎么不顾自己的持明王身份,而追随这个名叫阳光的凡人?"须弥卢听后,愤怒责骂这个持明。经阳光询问,须弥卢告诉他说:"有个名叫毗摩的持明,他的妻子与梵天私通,生下他。他是梵天的私生子,故而名叫梵护。因此,他的说话方式符合他的出身。"

说罢,须弥卢也制造一个火坑,阳光与他一起祭供火神。刹那间,从地缝中出现一条可怕的蟒蛇。那位受到须弥卢责骂的持明王梵护骄傲地跑过去抓住这条蟒蛇。而蟒蛇嘴中呼呼喷气,将梵护甩到地上,犹如吹走一片枯叶。然后,名叫代遮波罗跋的持明王跑过去抓它,同样被甩到地上。接着,名叫杜湿吒陀摩纳的持明王跑过去,也被它喷气甩到地上。另一位名叫维鲁波舍格提的持明王也跑过去,仍然被它喷气甩到地上,犹如吹走一片草叶。这样,所有的持明王都依次被甩倒,肢体被石头擦破。

然后,悉如多舍尔曼骄傲地跑过去抓这条蟒蛇,同样被它喷气甩到近处地上。而他爬起来,再次跑过去,则被它喷气甩到远处地上。他的肢体也被擦破,羞愧地从地上爬起。于是,须弥卢派遣阳光去抓这条蟒蛇。而那些持明王嘲笑阳光说:"看啊! 这个人也想要去抓这条蟒蛇。这些凡人就像没有脑子的猴子,看样学样。"

在这些持明王的嘲笑声中,阳光跑过去,抓住这条闭上嘴的蟒蛇,把它从地缝中拖出。刹那间,这条蟒蛇变成一个宝石箭囊。同时,天国花雨降落在阳光头顶,空中传来响亮的天国话音:"这是一个具有幻力的宝石箭囊,永远不会毁坏,属于你。你就收下吧! "于是,那些持明王垂头丧气,纷纷离开。阳光拿起这个箭囊,摩耶、苏尼特和须弥卢高兴满意。

悉如多舍尔曼带着军队离去后,派遣一个使者来向阳光传话说:"我们的主人悉如多舍尔曼命令你:'如果你珍惜自己的生命,就把这个箭囊交给我。'"阳光回答这个使者说:"你去对他说:'你的身体将成为装满我的箭的箭囊。'"听了阳光的话,这个使者转身离去。所有人嘲笑这个说话粗鲁的使者。

须弥卢高兴地拥抱阳光,对他说:"幸运啊,如今湿婆的话显然已经应验。因为获得这个具有幻力的箭囊,表明你将成为转轮王。因此,来吧! 现在我们可以稳稳当当获得宝石弓。"听了须弥卢这样说,他们跟随他前往金顶山,到达位于北边的心湖,那里仿佛是创造主在创造大海时,首先创造的水色。风儿吹动覆盖湖面的金莲花,湖中展露嬉水的天女们的脸庞。正当他们观赏心湖的秀丽景色时,悉如多舍尔曼也来到这里。

然后,阳光用酥油和莲花祭供,刹那间心湖中涌起乌云,乌云布满天空,降下大雨。而从乌云降下的雨水中,掉下一条黑蛇。按照须弥卢的吩咐,阳光起身紧紧抓住这条黑蛇,黑蛇变成了一张弓。就在这条黑蛇变成弓时,乌云中又降下一条蛇。持明们惧怕这条蛇喷出的毒焰，纷纷逃跑。而阳光同样抓住这条蛇，于是这条蛇变成弓弦。随即，乌云消失不见。伴随空中降下的花雨，空中传来天国话音："阳光啊，这张具有幻力的无量强力弓属于你，这根永不断裂的弓弦也属于你。你就收下这两件宝物吧！"悉如多舍尔曼垂头丧气，与随从们一起返回苦行林。而阳光和摩耶等所有人满怀喜悦。

于是，人们询问须弥卢这张弓的来源。他回答说："在这里，有一片神奇的大竹林。砍断这些竹子，扔进这个湖中，竹子就会变成一张张神奇的大弓。在此之前，许多天神、阿修罗、健达缚和持明曾经获得这种弓。这些弓有不同的名称，而唯有转轮王能获得古代天神安放在这里的名为无量强力的弓，因为他们艰苦积累善业，受到湿婆恩宠，即将成为转轮王。因此，阳光今天能成功获得这张弓。他的朋友们也会获得适合他们各自情况的弓。因为他们已经获得幻力，适合获得这些弓。而且就在现在，他们就能获得这些弓。"

听了须弥卢这样说，阳光的朋友波罗跋娑等前往竹林。他们战胜保护竹林的旃吒登吒王，获得竹子，扔入湖中。然后，这些勇士在湖边实行斋戒、祈祷和祭供，经过七天，成功获得这些弓。他们回来讲述了事情经过，阳光和摩耶等人便和他们一起回到须弥卢的苦行林。

在那里，须弥卢对阳光说："你的朋友们战胜保护这片竹林的那位不可战胜的旃吒登吒王，这也是奇迹。他掌握一种名为迷惑的幻术而难以战胜。显然，他留着这种幻术，准备用于对付重大的敌人。因此，他现在没有用它来对付你的朋友们。因为这种幻术只能使用一次，不能重复使用。他曾经想要用这种幻术试验他的导师的威力，他的导师也就传授他使用这种幻术的咒语。因此，应该留心这种幻术具有难以抵御的威力。其中的原因，你就询问尊者摩耶吧！正如灯火在太阳面前，我在他的面前，还能说什么？"

听了须弥卢这样说，摩耶便对阳光说道："确实，须弥卢对你说得很简略。听我继续告诉你。在一切未显现的事物中，存在种种潜能和附属的潜能。鼻音依靠呼吸力，伴随有至高的真实因素，则能成为幻术的咒语。这些咒语幻术依靠智慧、苦行和圣者的命令，具有难以超越的威力。孩子啊，你已经获得所有幻术，但还缺少两种，也就是还没有掌握迷惑幻术和破解幻术。而耶若伏吉耶通晓它们。因此,你就去请教他吧!"

听了摩耶这样说,阳光前往仙人耶若伏吉耶那里。这位牟尼让他在蛇湖里待七天,在火焰中待三天,修炼苦行。牟尼在阳光忍受七天蛇咬后,授予他迷惑幻术;在忍受三天火烧后,授予他破解幻术。然后,牟尼再次吩咐他进入火坑。阳光听从牟尼吩咐,再次进入火坑。就在这刹那间,一辆可以随意飞行的莲花大飞车出现。这辆飞车有一百零八个羽翼和城堡,装饰有各种形状的宝石。这时,空中传来响亮的话音:"你成功获得这辆适合转轮王的飞车。你要把你的所有妻子安置在飞车上这些城堡中,以免她们受到你的敌人们侵扰。"然后,阳光谦恭地询问导师耶若伏吉耶:"我应该怎样酬谢你?"牟尼回答说:"等你灌顶为王时,记得我。这便是对我的酬谢。现在,你就返回你的军队营地吧!"

阳光向牟尼俯首行礼后,登上这辆飞车,返回驻扎在须弥卢苦行林的军队营地。他讲述了事情经过后,摩耶、苏尼特和须弥卢等所有人祝贺他获得这辆神奇的飞车。于是,苏尼特想起苏伐萨鸠摩罗。随即,苏伐萨鸠摩罗来到,对摩耶和国王们说道:"既然阳光已经获得这辆飞车和所有幻术,为何你们现在还按兵不动?"

摩耶听后,说道:"尊者说得对。但是,我们应该先派遣使者,使用外交手段。"这位牟尼之子听后,说道:"很好!这样做对我们没有什么害处。那么,就派遣波罗诃斯多作为使者吧!他聪明睿智,能言善辩,果敢坚定,善于应对,具备使者的一切素质。"所有人赞同他的看法,波罗诃斯多便作为使者,去见悉如多舍尔曼。

波罗诃斯多离去后,阳光对在场的人们说:"听我讲,我做了一个前所未有的奇怪的梦。昨天夜晚结束时,我梦见我们所有人被巨大的洪水卷走。而我们虽然被卷走,却手舞足蹈,没有沉入水中。然后,洪水被大风吹回。有个全身闪耀火光的人将我们从洪水中捞出,把我们扔进火焰中。然而,火焰没有燃烧我们。接着,乌云涌来,降下血雨,鲜血染红天空四方。这时,夜晚结束,我也醒来。"

苏伐萨鸠摩罗听了阳光讲述的这个梦,对他说道:"这个梦表明你们经过奋战而获得胜利。洪水表示战斗。你们没有沉入水中而手舞足蹈表示你们勇敢坚定。大风吹回洪水表示某位庇护者保护你们。那个把你们从洪水中拽出的全身闪耀火光的人是湿婆的化身。把你们扔进火焰中表示你们投身大战。乌云涌来表示出现恐怖。降下血雨表示恐怖消失。鲜血染红天空四方表示你们大获全胜。梦有多种多样,有的含有寓意,有的有真实意义,有的没有意义。直接表明意义的梦是含有寓意的梦,抚慰天神而获得指示的梦是有真实意义的梦,忧心忡忡而做的乱梦是没有意义的梦。人在睡眠中,脱离外界对象,思想被激情搅混,会做各种各样的梦。做梦的时间不同,结果产生也有快有慢。而在夜晚结束时做的梦,结果很快产生。"阳光和所有人听了苏伐萨鸠摩罗这番话,高兴满意,然后起身,做白天该做的事。

这时,波罗诃斯多从悉如多舍尔曼那里回来,向摩耶等人讲述出使经过:"我从这里出发,到达位于三峰山上由金子制造的三峰旗城。我进城后,经门卫通报,进宫见到悉如多舍尔曼,他的身边围绕许多持明王,还有他的父亲特利古吒塞纳,以及维迦罗舍格提、杜兰杜罗和达摩陀罗等其他许多勇士。我坐下后,对悉如多舍尔曼说道:"吉祥的阳光委派我来到你这里。他告诉你:'由于湿婆的恩惠,我已经成功获得幻术、宝石弓箭、妻子和盟友。因此,来吧!带着你的持明们,加入我的军队吧!我杀死敌对者,而保护归顺者。你偷偷劫走苏尼特的女儿迦摩朱吒摩尼①,释放这位少女吧!你做这种事不光彩。'听罢我的话,他们所有人火冒三丈,说道:'谁这样傲慢,竟然对我们发号施令?让他去对凡人们发号施令吧!有谁敢对持明们发号施令?一个可怜的凡人居然这样傲慢,应该早点毁灭。'听罢他们这样说,我怒不可遏,回答说:'你们说什么?他是谁?听着!湿婆已经指定他成为你们未来的转轮王。即使他是凡人,也已经成功获得神性。持明们也看到这位凡人的英勇气概。如果他来到这里,你们会看到究竟谁遭到毁灭!'听罢我的话,会堂里乱作一团。悉如多舍尔曼和杜兰杜罗跑过来想要杀死我。而我对他俩说:'我倒要看看你俩的勇气。'随即,达摩陀罗劝阻他俩,说道:'住手吧,不能杀害作为使者来到这里的婆罗

---

① 此处原文如此,显然有误,因为依据后面的内容,迦摩朱吒摩尼是须弥卢的女儿。

门。'然后，维迦罗舍格提对我说：'使者，你走吧！我们也和你的主人一样，受命于湿婆。因此，让他来吧！我们要看看能否接待这位客人。'听他说话口气傲慢，我笑了笑，说道：'天鹅没有看到覆盖天空的乌云来到，而在莲花池中发出欢快的鸣叫。'说罢，我起身告别，离开那里，回到这里。"

摩耶等人听了波罗诃斯多的汇报，高兴满意。阳光等所有人一致决定准备战斗，推举作战勇猛的波罗跋婆为军队统帅。然后，他们按照苏伐萨鸠摩罗的吩咐，在这天举行战争前的净化仪式，恪守誓愿。

夜晚，阳光恪守战争前的仪轨，独自睡觉。还没有入眠，他看到以前没有见过的一位美丽少女进入房间。他的大臣们已经睡着，而他这时也假装睡着。这位少女悄悄对身边的女友说："朋友啊，即使他安静地睡着时也如此可爱，等他醒来后还不知怎样可爱！就这样吧！我们不要弄醒他。我已经看到他，满足了好奇心，何必还要牵挂在心？他就要与悉如多舍尔曼开战，究竟谁会取胜还不知道。在战争中，勇士们都会奋不顾身。但愿他吉祥平安，然后我们再来结识他。然而，一旦某个空中飞行者看到迦摩朱吒摩尼，他的心怎么还会对我这样的少女产生爱意？"

她的女友听后，说道："你怎么能这样说？美女啊，为何你的心不牵挂他？如果他看到迦摩朱吒摩尼，心儿会被夺走，难道他看到另一位犹如阿容达提化身的少女，他的心就不会再被夺走？你不知道他凭借幻术，在战斗中会占据优势吗？悉陀们已经说过，他会成为转轮王，同一家族的迦摩朱吒摩尼、你和苏波罗芭都会成为他的妻子。这些天中，他已经与苏波罗芭成婚 ①，因此，他在战斗中怎么会不吉祥平安？因为悉陀们说的话不会落空。如果苏波罗芭能夺走他的心，那么，你完美无瑕，容貌胜过苏波罗芭，怎么会不夺走他的心？如果你想到亲属关系而有顾虑，这没有必要。因为对于忠贞的女子，丈夫是自己唯一的亲属。"

听了女友的话，这位美丽少女说道："朋友啊，你说得很对。除了丈夫，我不必顾虑其他亲属。我也知道，他凭借幻术，会在战斗中取胜。我担心的是他

---

① 本章前面没有提及此事。

虽然已经成功获得宝石弓箭和幻术,但他还没有成功获得具有幻力的药草。那些药草在月光山的山洞里,属于具有功德的转轮王。因此,如果他能去那里取得那些药草,这是吉祥的好事,因为他明天就要投身大战。"

听到这位少女这样说,阳光不再假装睡着,起身礼貌地对她说道:"眼神温柔的女郎啊,看来你偏爱我,我要去那里。请告诉我,你是谁?"少女听他这样说,知道他已经听到一切,害羞而沉默不语。于是,她的女友说道:"她是持明王须弥卢的小女儿,名叫维拉希尼,出于好奇来看你。"女友说完这些话,维拉希尼对她说:"来吧,现在我俩可以走了。"说罢,她俩离去。

然后,阳光唤醒波罗跋娑等大臣,告诉他们采集药草的事。他也派遣可靠能干的波罗诃斯多去把这件事告诉苏尼特、须弥卢和摩耶。他们来到,表示同意。于是,阳光在这个夜晚,与大臣们一起前往月光山。他们在途中遭到手持武器的药叉、密迹天和古湿曼吒^①们的阻拦。阳光等人用武器吓昏一些挡道者,用幻术使另一些挡道者僵住不动。这样,他们到达月光山。

而当他们到达山洞时,一些湿婆的侍从出现,面目狰狞,阻止他们进入。苏伐萨鸠摩罗对阳光等人说:"不要与他们交战,否则尊神湿婆会生气。你们念诵赞美赐予恩惠者湿婆的八千个称号,抚慰湿婆的这些侍从。"于是,他们说道:"好吧!"便一齐这样赞颂湿婆。那些侍从听到他们赞颂自己的主人,受到抚慰,说道:"我们放你们进入山洞,采集里面的大药草吧!但是,阳光不必亲自进入,就让波罗跋娑进去吧!因为他很容易进入。"听了这些侍从这样说,所有人表示同意。

然后,波罗跋娑进入山洞。即使原先漆黑一片,而波罗跋娑进入时,山洞里变得通体明亮。里面有四个形貌可怕的罗刹侍从,俯首弯腰,对他说道:"请进!"于是,波罗跋娑进入,采集了七种仙草。然后,他出来把这些仙草交给阳光。这时,空中传来话音:"阳光啊,你今天获得的这七种仙草具有巨大的威力。"阳光和所有人听后,高兴满意,迅速返回须弥卢住地的军营。

于是,苏尼特询问苏伐萨鸠摩罗:"牟尼啊,为何他们不让阳光进入山洞,

① 药叉(yakṣa)、密迹天(guhyaka)和古湿曼吒(kūṣmāṇḍa)都属于小神。

而让波罗跋娑进入？为何山洞中那些罗刹侍从尊敬波罗跋娑？"这位牟尼听后，对所有在场的人说道："请听我告诉你们，波罗跋娑是阳光的大恩人，相当于阳光的第二个自我，他俩之间没有区别。而且，波罗跋娑的勇气和威力无与伦比。由于他前生积累的功德，这个山洞属于他。我告诉你们，他从前是怎样一个人。"

从前，他是一位杰出的檀那婆，名叫那牟吉。这位大勇士热爱施舍。凡是有人向他乞求什么，他都会给予，即使求乞者是他的敌人。他修炼饮烟苦行七万年，梵天赐予他不受铁石木头伤害的恩惠。他一次次战胜因陀罗，逼得因陀罗仓惶逃跑。于是，仙人迦叶波请求他与众天神和解。这样，天神和阿修罗互相化解仇恨，商量决定一同前去用曼陀罗山作为搅棒搅乳海。

当时，梵天指定毗湿奴等天神获得搅出的莲花女神等宝物，那牟吉获得高嘶马，其他的天神和阿修罗获得其他宝物。这样，天神和阿修罗分享从乳海中搅出的各种宝物。而最后搅出甘露时，众天神夺走了甘露。于是，天神和阿修罗之间又恢复敌意，互相交战。然而，众天神杀死的每一个阿修罗，只要让高嘶马吻一下，就立刻复活。这样，众天神无法战胜提迷和檀那婆们。

于是，毗诃波提①悄悄对神情沮丧的因陀罗说："现在只有一个办法，你不要耽搁，立即前去乞求那牟吉，请他施舍给你那匹神奇的马。即使你是敌人，他也会施舍给你，因为他不会毁掉长期获得的施舍名誉。"

听了导师的指示，因陀罗和众天神前去乞求那牟吉施舍那匹高嘶马。慷慨大度的那牟吉思忖："我从不拒绝求乞者。即使他是因陀罗，只要我是那牟吉，怎么能不施舍给他这匹马？我长期以来，在三界享有施舍名誉。如果我毁掉这个名誉，荣华富贵和生命对我还有什么用？"于是，他甚至不顾修迦罗的劝阻，还是把高嘶马施舍给了因陀罗。而因陀罗安慰施舍马匹的那牟吉后，却考虑到那牟吉不会受到武器伤害，便将金刚杵藏在恒河水浪的泡沫中，杀死了那牟吉。天啊！轮回世界上无有止境的贪欲，甚至吸引众天神也不惧怕采用

---

① 毗诃波提（bṛhaspati）是众天神的导师。

这种不道德的可耻行为！

那牟吉的母亲檀奴得知后，悲痛至极。为了平息自己的悲痛，她凭借自己的苦行威力发愿："但愿那牟吉再次投胎我的腹中，出生为众天神无法战胜的勇士。"这样，那牟吉再次投胎母亲腹中，出生为阿修罗，全身由宝石构成，富有威力，得名波罗勃罗 ①。

波罗勃罗修炼苦行，热爱施舍，甚至乐于将身体施舍给求乞者。他作为檀那婆王，成百次战胜因陀罗。于是，众天神聚在一起商量后，前来向他乞求："请你务必把身体施舍给我们，让我们举行人祭。"波罗勃罗听后，明知他们是敌人，依然把自己的身体施舍给他们。灵魂高尚者即使舍弃自己的身体，也不拒绝乞求者。这样，檀那婆王波罗勃罗被众天神切割成碎片。然后，他转生在人间世界，成为现在的波罗跋娑。

"正是这样，他最初是那牟吉，然后是波罗勃罗，现在是波罗跋娑。由于他的功德威力，敌人难以战胜他。波罗勃罗的药草山洞属于他，因此，这个山洞的那些侍从听命于他。这个山洞底下是地下世界，里面有波罗勃罗的宫殿。宫殿里有他的十二位盛装严饰的妻子、各种宝石和武器、如意宝珠，以及十万士兵和马匹。这一切都属于波罗跋娑，是他在前生获得的。因此，波罗跋娑是这样的一个人，不足为怪。"

听了牟尼苏伐萨鸠摩罗这样说，阳光与摩耶和波罗跋娑等所有人一起前往山洞。波罗跋娑独自从地缝进入地下世界中波罗勃罗的宫殿，带回以前的妻子们、如意宝珠、阿修罗士兵、马匹以及所有财物，让阳光感到莫大的喜悦。这样，阳光已经成功达到目的，与苏尼特、波罗跋娑、苏伐萨鸠摩罗以及国王和大臣们，迅速返回自己的军营。阿修罗王们回到各自的住处，阳光也恪守战争前的净化仪轨，睡在拘舍草垫上，度过剩余的夜晚。

---

① "波罗勃罗"的原词为 prabala，词义为强大有力。

第四章

第二天早上,阳光一心要战胜悉如多舍尔曼,带着军队从须弥卢苦行林出发,到达悉如多舍尔曼所在的三峰山附近,让自己的军队赶走那里的敌军,安营扎寨。阳光与须弥卢和摩耶坐在会堂里,一个三峰山王的使者来到,对须弥卢说:"悉如多舍尔曼的父王传话给你:'你住在远处,我们没有机会招待你。今天你和客人们来到我们的地域,我们应该依照礼节招待你们。'"须弥卢听了这个怀有敌意的信息,回答这个使者说:"好吧!你们不会获得其他像我们这样的客人。招待的果报不在来世,而就在现世。因此,你们就来招待我们吧!"听罢须弥卢的话,这个使者回去报告自己的主人。

然后,阳光等人站在高地观察自己的分别扎营的军队。苏尼特询问自己的父亲摩耶说:"请你说说我们军队中勇士们的编排。"于是,这位通晓一切的檀那婆王说:"请听我说!"随后,他用手指指着说,"苏跋呼、尼尔卡多、摩湿底迦、戈诃罗、波罗兰勃、波罗摩特、甘迦吒、宾伽罗和婆薮达多等这些国王是半勇士。安古林、苏维夏罗、丹丁、菩舍纳、索密罗、温摩多迦、提婆舍尔曼、毗特罗迦和诃利达多等是全勇士。波罗甘波那、陀尔毗多、贡毗罗、摩特利波利多、摩诃跋吒、索伽罗跋吒、维罗斯瓦明、苏罗达罗、般底罗、辛诃达多、古那婆尔曼、萨吉吒迦、毗摩和跋衍迦罗等是双倍勇士。维劳遮纳、维罗塞纳、耶若塞纳、遮罗、因陀罗婆尔曼、舍勃罗迦、格鲁迦尔曼和尼拉萨迦等这些王子是三倍勇士。孩子啊!苏舍尔曼、跋呼夏林、维夏佉、迦劳达纳和波罗旃吒等这些王子是四倍勇士。朱遮林、维罗婆尔曼、波罗维婆罗、苏波罗底若、阿摩拉拉摩、旃吒达多、贾利迦、辛诃跋吒、维亚克罗跋吒和舍特鲁跋吒等这些国王和王子是五倍勇士。而优伽罗舍尔曼这位王子是六倍勇士。王子维夏克、苏登杜、苏伽摩和那雷恩舍尔曼等是七倍勇士。而这位萨诃斯拉瑜王子是大勇士。舍多尼迦是大勇士首领。阳光的同伴苏跋萨、诃尔舍、维摩罗、摩诃菩提、阿遮罗、波利衍迦罗、苏般迦罗、耶若卢吉和达摩卢吉是大勇士。阳光的三位大臣维希婆卢吉、跋娑和悉达多是大勇士首领。波罗诃斯多和摩诃尔特两位大臣是超勇士首领。波罗若底耶和斯提罗菩提两位大臣是勇士首领中的首领。檀那婆娑尔婆陀摩耶、波罗摩特纳、突摩盖杜、波罗婆诃纳、伐遮罗般遮罗、迦罗遮格罗、摩鲁特吠伽是勇士和超勇士首领。孩子啊！摩诃摩耶、甘勃利迦、迦罗甘波那迦和波罗诃利湿吒劳曼这四位阿修罗王是超勇士首领中的首领。与阳光等同的波罗跋娑是军队统帅，还有这位是须弥卢的儿子贡遮罗鸠摩罗。他俩是所有勇士和超勇士的首领。除了以上这些，我们的军队中还有其他勇士率领各自的军队。然而，敌方的军队更加庞大。即使如此，我们受到大自在天湿婆恩宠，他们不可能获胜。"

摩耶向苏尼特说完这些话，悉如多舍尔曼的父亲的使者又来了，说道："三峰山王向你们传话：'这是勇士们的一场大战欢宴。这里的阵地太狭小，让我们到名为迦拉波村的地方去吧！那里的阵地更加宽广。'"苏尼特等人和所有军队表示同意，一起随同阳光前往迦拉波村。

这时，悉如多舍尔曼也率领渴望战斗的持明军队来到这里。阳光看到悉如多舍尔曼军队中有许多大象。于是，他也让自己的象军乘飞车来这里。然后，悉如多舍尔曼的军队统帅达摩陀罗将军队排列成针尖阵型。悉如多舍尔曼和大臣们站在两侧，达摩陀罗站在前面，其他大勇士站在其他各处。同时，阳光的军队统帅波罗跋娑将军队排列成半月阵型。他本人站在中间，贡遮罗鸠摩罗和波罗诃斯多站在两端，阳光和苏尼特等所有人站在后面，须弥卢和苏伐萨鸠摩罗站在波罗跋娑的身边。随即，双方军队的战鼓擂响。

这时，天空中布满前来观战的天神，有因陀罗、护世天神们和天女们。神主湿婆和波哩婆提也来到，后面跟随神怪、侍从和母亲女神们。大神梵天和莎维德丽也来到，还有吠陀和经典的化身以及所有大仙们。乘坐金翅鸟王的大神毗湿奴手持飞盘也来到，身后跟随着吉祥女神、荣誉女神和胜利女神。迦叶波也带着妻子来到，还有阿提迭、婆薮、药叉、罗刹和蛇王以及以波罗诃罗陀为首的阿修罗们。

天空中布满这些天神，双方军队交战，发出可怕的武器碰击声。四面八方涌起箭云，互相碰撞发出的火光如同闪电。勇士们如同穿梭的鳄鱼，倒毙的大象和马匹血流成河。这场战斗成为勇士们以及鬼怪和豺狼们的欢宴，他们在血泊中奔走、跳跃和呐喊。

在混战中，无数战士阵亡后，阳光等人渐渐看清自己和对方军队区分，听到须弥卢依次点名讲述双方勇士的交战。首先，国王苏跋呼与持明王阿吒哈萨交战，他俩互相射箭，最终阿吒哈萨用月牙箭砍断苏跋呼的头颅。国王摩湿底迦看到苏跋呼遭到杀害，愤怒地冲上前去交战，也被阿吒哈萨射中心脏而倒下。摩湿底迦倒下后，国王波罗兰勃愤怒地冲上去交战，向阿吒哈萨发射箭雨。阿吒哈萨杀戮他的军队，也击中波罗兰勃要害处，波罗兰勃倒在战车上。看到波罗兰勃倒下，国王摩诃纳发箭射击阿吒哈萨。而阿吒哈萨砍断他射来的箭，杀死他的车夫，凶猛地把他击倒在地。看到阿吒哈萨杀死四位敌将，悉如多舍尔曼的军队发出胜利的欢呼声。

然后，阳光的同伴诃尔舍带领军队愤怒地冲向阿吒哈萨及其军队。他射箭挡住来箭，杀死对方战士和车夫，两三次射断阿吒哈萨的弓和旗帜，最后用箭砍断他的头颅。阿吒哈萨从战车上栽倒在地，血流如注。阿吒哈萨阵亡后，双方军队又混战一场，顷刻间，双方战士阵亡过半。战死的大象、马匹和步兵倒在地上，阵地上立着许多无头躯体。

然后，持明王维格利多丹湿吒罗看到阿吒哈萨阵亡，愤怒地冲向诃尔舍，发射箭雨。诃尔舍射箭抵挡，射杀他的车夫和马匹，射断他的旗帜，最后砍下他的耳环摇晃的头颅。随后，持明王遮格罗瓦罗愤怒地冲向诃尔舍。诃尔舍尽管身体疲乏，依然奋勇迎战。遮格罗瓦罗一次次射断他的弓，击碎他的武器，最终杀死他。于是，国王波罗摩特愤怒地冲向遮格罗瓦罗，而在交战中也被遮格罗瓦罗杀死。同样，另外四位国王甘迦吒、苏维夏罗、波罗旃吒和安古林依次冲向遮格罗瓦罗，也都被他杀死。接着，国王尼尔卡多愤怒地冲向遮格罗瓦罗，交战很久。他俩互相击毁战车后，站在地上，手持剑和飞盘愤怒交战，最后用剑互相砍下头颅，倒地而死。看到这两位勇士阵亡，双方军队神情沮丧。

这时，持明王迦罗甘波那出战，王子波罗甘波那上前迎战，而迦罗甘波那顷刻间就击倒他。波罗甘波那倒地后，贾利迦、旃吒达罗、戈波迦、索密罗和毗特利舍尔曼五位勇士一齐冲上去，发箭射击迦罗甘波那。然而，迦罗甘波那用五支箭同时射中他们的心脏，致使他们从战车上栽倒在地。于是，持明们发出欢呼,凡人和阿修罗们神情沮丧。

然后,另外四位勇士温摩多迦、波罗舍斯多、维兰勃迦和杜兰达罗一齐冲上去,然而也全部被迦罗甘波那轻松地杀死。同样,迦罗甘波那也杀死冲向他的另外六位勇士伐吉迦、盖伊迦、吠吉罗、夏吉罗、跛德兰迦罗和丹丁。接着,他又杀死与他交战的其他五位勇士毗摩、毗舍纳、贡毗罗、维迦吒和维劳遮纳。看到迦罗甘波那在战斗中大肆杀戮,王子苏伽纳冲上去,他俩互相杀死对方的马匹和车夫,然后站在地上用剑交战。最后,迦罗甘波那杀死苏伽纳。

这时,太阳看到持明和凡人之间发生这场不可想象的大战,心情忧郁,落下了西山。不仅战场被鲜血染红,天空也被黄昏的晚霞染红。那些鬼怪与无头躯体们一起在黄昏时分跳起了舞蹈,双方军队返回各自的营地。在今天的战斗中,悉如多舍尔曼的军队损失三位勇士,而阳光的军队损失三十三位勇士。阳光为战斗中阵亡的亲友深感悲伤。他不让妻子们陪伴,独自过夜。而他渴望战斗胜利,与大臣们一起商量战事,彻夜未眠。

而阳光的妻子们在这个夜晚聚在一处,哀思阵亡的亲友,互相安慰。哭泣哀悼完毕后,她们开始闲聊。因为妇女们只要聚在一起,就喜欢谈论自己或他人的事。其中一位公主说道:"真奇怪,夫君现在没有妻子陪伴睡觉。"另一位公主回答说:"夫君今天为自己人在战斗中阵亡而伤心,怎么还会有心思与妻子寻欢作乐?"而另一位公主说道:"如果他能获得一位新的美女,就会立刻忘却悲伤。"另一位公主接着说道:"你别这样说!即使他喜欢女人,在这悲伤的时刻,他也不会这样做。"这时,其中一位公主带着好奇的口吻,询问道:"请你们告诉我,夫君为什么这样喜欢女人?即使他已经获得许多妻子,仍然不断接纳新的妻子,从不感到满足。"

在她们之中,聪明睿智的公主摩诺婆蒂回答说:"请听我说,国王们为何拥有众多佳丽?由于地区、容貌、年龄和知识等情况不同,各种优点不可能全部集中在一个美女身上。迦尔纳吒、拉吒、索拉湿吒罗和摩提耶代舍等地区的妇女具有体现各个地区特点的魅力。关于美貌,有些妇女脸庞妖媚似秋月,有些胸脯挺拔似金罐,有些臀部丰满似爱神狮子座,其他妇女也有各自的肢体优美之处。有的妇女肤色金黄,有的肤色黝黑似波利扬古蔓藤,有的肤色粉红,引人注目。有的姿色初显,有的青春焕发,有的成熟老练,有的善于调情。有的笑容可掬,有的娇嗔动人。有的步履似大象,有的姿态似天鹅。有的话音入耳似甘露,有的眉毛挑逗而迷人。有的善于跳舞,有的善于歌唱,有的善于弹奏琵琶。有的欢情外露,有的含情脉脉。有的光彩照人,有的风韵蕴藉,有的善解丈夫心意。尽管我说了这么多,实际上其他妇女还有其他优美之处。这样,某个美女有某种优点,不可能所有美女的优点都集中在一个美女身上。因此,国王们尽管已经品味各种美女,依然不断接纳新的妻子。但品德高尚的国王,无论如何不会觊觎他人的妻子。因此,我们的夫君并无过错,我们不应该怀有妒忌心。"

摩诺婆蒂说完这些话后,以摩陀那赛娜为首的阳光的妻子们也依次谈论这个话题。随后,她们兴致勃勃,无所顾忌,开始互相谈论欢爱之事。确实,妇女们只要聚在一起,喜欢闲聊,没有什么话说不出口。就这样,她们说个不停,夜晚渐渐逝去。然而,阳光渴望战胜敌人,一心等待着黑夜结束。

第五章

第二天早上,阳光和悉如多舍尔曼全副武装,各自带着军队再次来到战场。天神和阿修罗们也再次前来观战,有因陀罗、梵天、毗湿奴和湿婆,以及药叉、蛇王和健达缚们。达摩陀罗将悉如多舍尔曼的军队排列成圆轮阵型,而波罗跋娑将阳光的军队排列成金刚杵阵型。双方军队开始交战,战鼓声和战士们的呐喊声直达云霄,震耳欲聋。太阳藏在空中密布的箭网后面,仿佛害怕勇士们的武器会刺破自己的日轮。

波罗跋娑按照阳光的吩咐,前去突破达摩陀罗的圆轮阵,这是别人无法突破的。达摩陀罗看到他突破阵线而入,亲自上前阻挡他。波罗跋娑孤身与达摩陀罗交战。阳光看到波罗跋娑孤身一人进入敌方阵地,便派遣十五位大勇士前去支援他。他们是波罗甘波那、突摩盖杜、迦罗甘波那迦、摩诃摩耶、摩鲁特吠伽、波罗诃斯多、伐遮罗般遮罗、迦罗遮格罗、波罗摩特纳、辛诃那陀、甘勃罗、维迦吒刹、波罗婆诃纳、贡遮罗鸠摩罗和阿修罗王波罗诃利湿吒劳曼。这些大勇士一起冲到圆轮阵防线前。达摩陀罗施展前所未有的勇力,独自与这十五位大勇士交战。

因陀罗看到这个战斗场面,对站在身边的牟尼那罗陀说道:"阳光等人都是阿修罗的化身,而悉如多舍尔曼是我的分身,所有这些持明是众天神的分身。牟尼啊,这实际上是天神和阿修罗的大战。你看,毗湿奴永远支持众天神。达摩陀罗是他的分身,正在这里投身战斗。"

因陀罗这样说着时,有十四位大勇士前来支援他们的统帅达摩陀罗。他们是梵护、伐由勃罗、阎摩丹湿吒罗、苏劳舍纳、劳夏婆劳诃、阿提勃罗、代遮斯波罗跋、杜兰达罗、古倍罗达多、伐楼那舍尔曼、甘勃利迦、杜湿吒摩陀那、道诃那和阿劳诃纳。这些英雄站在军阵前,与达摩陀罗一起抵御阳光的十五位大勇士。

然后,双方开始一对一交战。波罗甘波那与达摩陀罗交战,突摩盖杜与梵护交战,摩诃摩耶与阿提勃罗交战,檀那婆迦罗甘波那迦与代遮斯波罗跋交战,大阿修罗摩鲁特吠伽与伐由勃罗交战,伐遮罗般遮罗与阎摩丹湿吒罗交战,大阿修罗迦罗遮格罗与苏劳舍纳交战,波罗摩特纳与古倍罗达多交战,提迭王辛诃那陀与伐楼那舍尔曼交战,波罗婆诃纳与杜湿吒摩陀那交战,檀那婆波罗诃利湿吒劳曼与劳夏婆劳诃交战,维迦吒刹与杜兰达罗交战,甘勃罗与甘勃利迦交战,贡遮罗鸠摩罗与阿劳诃纳交战,又名摩豪特波多的波罗诃斯多与道诃那交战。

这些大勇士在圆轮阵前一对一交战时,苏尼特对摩耶说道:"天啊,我们的这些勇士尽管通晓各种武器,却被对方那些勇士挡住,难以进入他们的阵地。波罗跋娑独自一人冒险进入他们的阵地,我们不知道究竟会发生什么情况。"而苏伐萨鸠摩罗听后,说道:"三界中,无论天神、阿修罗或凡人,没有能与波罗跋娑匹敌者,何况这些持明?你明明知道这一点,怎么还会产生这种怀疑?"

牟尼之子苏伐萨鸠摩罗这样说着时,持明迦罗甘波那前来与波罗跋娑交战。于是,波罗跋娑对他说道:"嗨! 你做尽了坏事。来吧,我要看看你有什么本事。"说罢,波罗跋娑接连向他发箭,迦罗甘波那也接连向波罗跋娑发箭。他俩又用武器交战。这场凡人与持明一对一的交战令世界惊奇。然后,波罗跋娑用一支箭射断迦罗甘波那的旗帜,用另一支箭射杀他的车夫,用四支箭射杀他的四匹马,又用一支箭射断他的弓,用两支箭射断他的双手,又用两支箭射断他的双臂,再用两支箭射下他的双耳,最后用一支箭射断他的头颅,展示自己精湛娴熟的武艺。波罗跋娑是出于对迦罗甘波那此前杀死自己一方许多勇士的愤慨,而这样惩罚他。

看到这位持明王被杀死,凡人和阿修罗们发出欢呼,而持明们顿时精神沮丧。于是,名叫维底优特波罗跋的迦兰遮罗山持明王愤怒地冲向波罗跋娑。在交战中,波罗跋娑射断他的大旗,又两次射断他举起的弓。然后,他羞愧地施展幻术,隐身升入空中,向波罗跋娑投掷刀剑和铁杵等。波罗跋娑用武器挡开这些连续投来的武器。接着,波罗跋娑发射闪光的飞镖,照亮空中的维底优特波罗跋,再发射一支火焰箭,燃烧他,致使他从空中坠落地上而丧命。

悉如多舍尔曼见此状况,对他的大勇士们说道:"你们看！我们的两位大勇士已经被他杀死,你们为何不联合起来去杀死他?"听到他的命令,八位勇士愤怒地冲出来包围波罗跋娑。第一位是名叫乌尔达婆劳曼的勇士首领,是甘迦吒迦山持明王。第二位是名叫维格劳舍那的大勇士,是达罗尼达罗山持明王。第三位是名叫因杜摩林的超勇士首领,是利拉山持明王。第四位是名叫迦甘吒迦的勇士首领,是摩罗耶山持明王。第五位名叫陀尔波伐诃,是尼盖多山持明王。第六位名叫突尔多婆诃那,是安遮那山持明王。这两位持明王是超勇士首领。第七位是名叫婆拉诃斯瓦明的超勇士首领,是古摩陀山持明王,他的战车由驴驾驭。第八位是名叫梅卡婆罗的超勇士首领,是冬杜毗山持明王。

这八位勇士一起向波罗跋娑发箭,波罗跋娑独自快速发箭,同时挡开他们射来的箭。他射杀一位勇士的马匹,射杀另一位勇士的车夫,射断一位勇士的旗帜,射断另一位勇士的弓。他用四支箭同时射中梅卡婆罗的心脏,致使他即刻倒地丧命。然后,他与其他勇士交战,用一支合掌箭射断乌尔达婆劳曼头发卷曲的头颅。他也射杀其他六位勇士的马匹和车夫,用一支接一支的月牙箭射断他们的头颅。随即,天国花雨降落在他的头顶。阿修罗和国王们欢欣鼓舞,而持明们垂头丧气。

　　悉如多舍尔曼又派遣另外四位大勇士,手持弓箭,前来围攻波罗跋娑。第一位名叫迦遮罗迦,是古兰吒迦山持明王。第二位名叫丁底摩林,是般遮迦山持明王。第三位名叫维跋婆苏,是遮耶布罗山持明王。第四位名叫达婆罗,是普密冬吒迦山持明王。这四位是大勇士首领。他们同时发射五百零五支箭,而波罗跋娑轻松地挡开所有这些箭。然后,他分别用八支箭逐一诛灭他们,一支箭射断旗帜,一支箭射断弓,另一支箭射杀车夫,四支箭射杀马匹,最后一支箭射断头颅,而发出胜利的呼叫。

　　然后,悉如多舍尔曼又派遣另外四位持明王围攻波罗跋娑。第一位名叫跋陀兰迦罗,黝黑似青莲,出生于水星的维希伐婆薮家族。第二位名叫尼衍特罗迦,闪亮似火,出生于火星的旃跋迦家族。第三位名叫迦罗戈波,黝黑似黑天,头发棕黄色,出生于土星的达摩陀罗家族。第四位名叫维格罗摩舍格提,闪亮似金,出身于木星的月亮家族。前三位是超勇士首领,而第四位的勇力更胜一筹。他们用天国武器围攻波罗跋娑。而波罗跋娑用那罗延武器反击他们,轻松地接连八次射断他们的弓,挡开他们投来的飞镖和铁杵等,射杀他们的马匹和车夫,致使他们一个个从战车上栽倒在地。

　　见此状况,悉如多舍尔曼又立即派出十位持明王,他们是勇士首领中的首领。其中两位容貌相像,名叫陀摩和维耶摩,是盖杜摩罗王家族双马童的两个儿子。维格罗摩、商格罗摩、波拉格罗摩、阿格罗摩、商摩尔陀那、摩尔陀那、波罗摩尔陀那和维摩尔陀那这八位是摩格兰陀家族婆薮的八个儿子。

　　他们来到后,此前倒地的四位勇士再次登上战车,与这十位勇士联合,一起发射箭雨。而波罗跋娑无所畏惧,孤身一人与十四位勇士交战。于是,遵照阳光的吩咐,贡遮罗鸠摩罗和波罗诃斯多手持武器离开自己的阵地前沿,腾空前去支援波罗跋娑,他俩肤色一白一黑,犹如罗摩和黑天再现。他俩站在地上,与站在战车上的陀摩和维耶摩交战,射断他俩的弓,射杀他俩的车夫。陀摩和维耶摩恐惧地升入空中,贡遮罗鸠摩罗和波罗诃斯多也手持武器,升入空中。

　　阳光见此情形,派遣自己的两位大臣摩诃菩提和阿遮罗菩提去担任他俩的车夫。波罗诃斯多和贡遮罗鸠摩罗使用幻术眼膏,看清使用幻力隐身的持明王子陀摩和维耶摩,向他俩发射箭雨,迫使他俩逃跑。而波罗跋娑继续与其他十二位勇士交战,一次又一次射断他们的弓。波罗诃斯多也前来射杀他们的车夫,而贡遮罗鸠摩罗射杀他们的马匹。于是,这十二位勇士失去战车,其中三位被杀死,其余勇士则逃离战场。

然后,悉如多舍尔曼痛苦、愤怒和羞愧,又派遣两位持明王,也是勇士和超勇士的首领。一位名叫月护,可爱似第二个月亮,出身于月亮的旃陀罗古罗山王家族。第二位名叫那伽兰伽摩,是悉如多舍尔曼的大臣,出生于杜兰达罗山王家族,光彩熠熠。他俩发射了一阵箭雨后,顷刻间,遭到波罗跋娑和他的两位同伴的反击,放弃战斗,逃离战场。凡人和阿修罗们欢欣鼓舞。

于是,悉如多舍尔曼亲自与四位大勇士一起出战。这四位大勇士依次名叫摩豪卡、阿劳诃纳、乌特波多和吠特罗婆特,分别是特婆湿吒利、跋伽、阿利耶曼和普善的儿子,出生于摩罗耶山的吉多罗波陀等四位持明王家族。悉如多舍尔曼作为第五位,已被愤怒搅昏头脑,与波罗跋娑及其两个同伴交战。他们互相发射箭雨,仿佛阳光灼热,战争吉祥女神撑起一个宽广的帐篷。于是,此前失去战车而逃跑的那些持明又跑回来参加战斗。

阳光看到悉如多舍尔曼和众多勇士联合作战,再次派遣自己的一些大勇士前去支援波罗跋娑及其两个同伴。他们是波罗若底耶及其朋友们,以及以维罗塞纳和舍多尼迦为首的王子们。他们从空中飞往这里。同时,阳光还用魔座飞车把其他一些勇士送往这里。然后,所有这些弓箭手站在战车上。而悉如多舍尔曼的其他持明王也赶来这里参战。

凡人和阿修罗为一方,持明为一方,双方军队的大勇士一对一交战,互相杀戮。突摩罗劳遮那及其随从们遭到维罗塞纳杀戮。而维罗塞纳被诃利舍尔曼从战车上击倒在地。持明勇士希罗尼耶刹被阿毗摩尼瑜杀死。而阿毗摩尼瑜和诃利跋吒被苏奈多罗杀死。苏奈多罗则被波罗跋娑砍下头颅,倒地而死。遮瓦拉摩林和摩诃瑜互相杀死。贡毗罗迦和尼罗萨迦由于手臂被砍断,互相用牙齿撕咬,苏舍尔曼和优伽罗格罗摩也是如此。舍特鲁跋吒、维亚克罗跋吒和辛诃跋吒被持明王波罗婆诃纳杀死。波罗婆诃纳则被苏劳诃和维劳诃杀死。而他俩又被辛诃波罗杀死。然后,失去战车的辛诃波罗,还有迦毗罗迦、吉多罗毗吒、持明王遮伽遮婆罗、勇士甘多波林、大力士苏婆尔纳、持明王迦摩达那和格劳达波底,以及勃罗提婆和维吉多罗毗吒,这十位持明被王子舍多尼迦杀死。

悉如多舍尔曼看到这些勇士遭到杀戮,损失惨重,愤怒地冲向舍多尼迦,亲自与他交战。他俩之间的交战持续到白天结束,造成大量的战士遭到杀戮。甚至众天神也对他俩的交战惊讶不已。这时,数以百计的无头躯体从各处站起,在鬼怪们扶持下,在这黄昏时分,跳起欢快的舞蹈。白天结束,持明们为大量战士阵亡而沮丧,哀悼战死的亲友们。而凡人和阿修罗们获得重大胜利,结束战斗,返回各自营地。

这时,须弥卢带来两位持明王勇士首领。他俩已经脱离悉如多舍尔曼阵营,向阳光俯首行礼,说道:"我俩名叫摩诃衍那和苏摩耶。还有第三位名叫辛诃勃罗。我们是大坟场的主管,具有幻力,其他持明王战胜不了我们。我们愉快地住在坟场旁。一个名叫舍罗跋那娜的女瑜伽行者,具有神奇大威力,经常眷顾我们。有一次,她来到我们身边。我们起身向她俯首行礼,询问道:'尊者现在在哪里?看到了什么奇异的事吗?'王上啊,于是她讲述这件事。"

我与女瑜伽行者们一起去看望我们的主人大时神湿婆。我们在那里时,有位僵尸鬼王前来报告说:"尊神啊,你看!一些持明王杀死我们的名叫阿耆尼迦的军队统帅,一个名叫代遮斯波罗跋的面目狰狞的持明王迅即劫走他的女儿。然而,悉陀们已经说过,她将成为未来的持明转轮王的妻子。尊神啊,请你赐予我们恩惠,解救她,别让他们强行把她带往远处。"

听完这位可怜的僵尸鬼王的话,尊神吩咐我们说:"你们去解救她吧!"于是,我们从空中前去,找到那个少女。而代遮斯波罗跋说:"我是为转轮王悉如多舍尔曼带走她的。"于是,我施展自己的幻力,使他僵住不动,带回这个少女,交给尊神。而尊神把这个少女交还她的亲属。我亲身经历了这场奇遇。这样,过了一些天,我向尊神行礼告别,来到这里。

"听了这位女瑜伽行者的话,我们询问道:'请告诉我们,谁是未来的持明转轮王?你肯定知道一切。'于是,她回答说:'嗨!他就是阳光。'而辛诃勃罗听后,对我俩说:'这不可能。因为以因陀罗为首的众天神束紧腰带,支持悉如多舍尔曼。'这位女瑜伽行者听后,说道:'如果你们不相信,那就请听我说!阳光和悉如多舍尔曼不久会发生大战。辛诃勃罗在战斗中,会在你俩眼前被凡人杀死。你俩看到这个信号,就会知道我说的是真话。'说罢,这位女瑜伽行者离去。现在经过了这些天,我俩确实看到辛诃勃罗被凡人杀死,因此,我们确信她的话,认定你是持明转轮王。因此,我俩前来敬拜你的莲花脚,归顺你。"

听了他俩这样说,阳光与摩耶等人商量后,表示相信他俩,向他俩表示敬意。摩诃衍那和苏摩耶高兴满意。而悉如多舍尔曼得知消息,更加焦虑不安。于是,因陀罗出于关心,派遣维希伐婆薮前来鼓励他:"振作起来吧!明天早上,我和众天神会在阵地前沿协助你。"而阳光今天已经在阵地前沿看到敌方军队遭到杀戮,现在又看到敌方阵营出现分裂,信心倍增。在这天夜里,阳光继续不让妻子们陪伴,而与大臣们一起进入自己的住处。

第六章

这样,在夜晚,没有妻子陪伴,阳光躺在床上,渴望战斗胜利。这时,他对自己的大臣维多毗提说道:"今夜我还没有睡意,朋友啊,请你讲个我没有听说过的关于英雄的故事,让我消遣一些时间。"维多毗提听后,说道:"听从你的吩咐,我给你讲这个故事。"

优禅尼城是大地的装饰,布满无数品质优异的宝石。那里从前有个国王,名叫摩诃塞纳,具有品德而受人欢迎。他通晓各种技艺,容貌兼有太阳和月亮的优点。王后名叫阿输迦婆蒂,被国王视同自己的生命。她的美貌在三界中无与伦比。国王和王后一起治理王国。有个婆罗门名叫古那舍尔曼,受到国王喜爱和尊敬。他年轻、英俊又勇敢,精通吠陀、经典、技艺和武艺,一向侍奉这位国王。

有一天,在后宫中,他们谈论起舞蹈这个话题。国王和王后对站在身边的古那舍尔曼说道:"你无所不知,毫无疑问也通晓舞蹈。我们对此怀有好奇心。

如果你懂得舞蹈,就劳驾你表演给我们看看吧!"古那舍尔曼听后,笑了笑,说道:"我懂得舞蹈,但不适宜在公众场合表演。幼稚可笑的舞蹈表演受到经典指责。尤其在国王和王后面前献丑,令我羞愧。"

国王听后,考虑到要满足王后的好奇心,对古那舍尔曼说道:"这不是在舞台上或公众场合表演舞蹈,不会让你这个男子汉羞愧。这只是朋友之间的私人聚会,适合展示一下自己的技能。我现在不是你的国王,而是你的朋友,因此不必拘束。今天不看到你表演舞蹈,我就不会进餐。"

既然国王执意坚持,这位婆罗门也只能同意,因为臣仆怎么能违抗王上的旨意?于是,古那舍尔曼舞动肢体,国王和王后的心也随之起舞。古那舍尔曼跳完舞蹈,国王给他一把琵琶,请他演奏。他测试音调后,对国王说:"王上,这把琵琶不合适,给我换一把吧!因为我测试音调时,发现琴弦中夹杂有狗毛。"说罢,他放下怀中这把琵琶。于是,国王用水浇湿琴弦,琴弦浸湿松开后,发现里面确实有狗毛。国王惊讶不已,称赞他不愧为无所不知。这样,国王吩咐取来另一把琵琶。然后,古那舍尔曼弹奏琵琶,乐声宛如恒河在天上、空中和地上的三种水流声,优美动听而净化耳朵。

古那舍尔曼也展示经典和武器知识,令国王和王后惊奇。于是,国王对他说:"如果你通晓战斗,那就向我展示徒手捆绑敌人的技巧。"这个婆罗门回答说:"王上,你手持武器袭击我,我向你展示我的技巧。"然后,国王手持刀剑等武器,袭击古那舍尔曼,而他一次次轻松避开武器袭击,身体安然无恙,反而捆住国王的双手和身体。于是,国王认为这个无比杰出的婆罗门能协助自己治理王国,高度赞扬和尊敬他。

而王后阿输迦婆蒂一次又一次目睹古那舍尔曼的容貌和才能,突然对他产生爱意,心想:"我如果不能获得他,那么,我这一生也就白活了。"于是,她暗藏心机,对国王说:"夫君啊,请你开恩,答应让我向古那舍尔曼学习弹奏琵琶。因为我今天目睹他弹奏琵琶的高超技巧,激起我非学不可的强烈兴趣。"国王听后,对古那舍尔曼说:"你就竭尽全力教会王后弹奏琵琶吧!"古那舍尔曼听后,回答说:"我听从你的吩咐,会在一个吉祥日开始教她弹琵琶。"说罢,他告别国王回家。而此后过了许多天,他拖延教王后弹琵琶,因为他看到王后异样的目光,生怕自己犯错误。

一天,国王进餐时,古那舍尔曼侍立在他身边。在厨师添加调料时,他立即劝阻国王说:"别吃,别吃!"国王询问道:"怎么回事?"这位智者回答说:"我凭种种迹象,觉得调料有毒。因为我看到这个厨师添加调料时,以恐惧的目光望着我的脸,害怕而颤抖。我们现在可以先让某个人试吃这份食物,然后我为他解毒。"

国王听后,便让厨师吃这份食物。厨师吃后,立即昏厥。然后,古那舍尔曼用咒术为厨师解毒。在国王追问下,厨师如实坦白说:"王上啊,你的敌人高达王维格罗舍格提派我来这里给你下毒。我是以一个外来的烹调高手的名义,向你自荐而进入厨房的。今天,我给你添加有毒调料,却被这位智者识破。王上啊,现在你就看着办吧!"于是,国王惩治这个厨师,而高兴地赐予自己的救命恩人古那舍尔曼一千个村庄。

第二天,在王后催促下,国王吩咐古那舍尔曼开始教王后弹琵琶。于是,古那舍尔曼开始教王后弹琵琶,而王后时不时地调侃他。有一天,王后忍受不住爱神之箭的折磨,偷偷用指甲戳他,对这位回避她的智者说道:"我是以学弹琵琶为借口而提出请求的,美男子啊,我深深爱上你,请你接受我吧!"古那舍尔曼听后,对王后说道:"你不要说这样的话,因为你是我的主人的妻子,不应该这样做。像我这样的人,不可能伤害主人。你也不要这样鲁莽。"

而王后听后,对古那舍尔曼说道:"为何你让自己的容貌和才能徒有其名?我这样爱你,为何你对我冷漠无情?"古那舍尔曼以嘲讽的口吻回答说:"你问得很好。为何要让容貌和才能徒有其名?因为玷污他人的妻子,败坏名声,今生和来世必定堕入地狱苦海。"

王后听他这样说,便装作发怒的样子,说道:"如果你不答应我,我肯定会寻死。你轻视我,我要先杀死你,然后杀死自己。"而古那舍尔曼回答说:"该怎么样就怎么样吧!我宁可受正法束缚活一生,也强似违背正法活上千百万劫。不犯罪,不受谴责而受称赞,我愿意这样死去,也不愿意犯罪受谴责,受国王惩治。"

而王后继续说道:"你不要伤害自己和我。你听我说,即使难以办到的事,国王也不会拒绝我的要求。我会让他答应赐予你一些领土。我会让所有的诸侯追随你。你的品德闪耀光辉，肯定会成为这里的国王。因此，你怕什么？谁能挫败你？你就接受我吧！否则，你必死无疑。"

看到王后这样固执，古那舍尔曼为了暂时摆脱她，便婉转地说道："既然你下定决心，那么，我就听从你。但是，王后啊，为了避免秘密泄露，不要仓促行动。你要相信我的话，耐心等待一些天。我为何要与你作对，毁掉自己的一切？"古那舍尔曼这样答应她，让她抱有希望而满意，然后离开她，松了一口气。

过了一些天，国王摩诃塞纳前去围攻戈吒城国王索摩迦。到达那里后，高达王维格罗舍格提得知消息，前来包围摩诃塞纳。于是，摩诃塞纳对身边的古那舍尔曼说道："我们在这里包围一个敌人，而另一个敌人又来包围我们。现在，我们怎么能有力量对付两方面的敌人？勇士啊，我们被包围，不交战，能支撑多久？有什么办法能解除我们现在的困境？"

古那舍尔曼听后，说道："请你保持镇定，王上啊，我有办法让我们摆脱困境。"他这样安慰国王后，使用眼膏，在夜里潜入维格罗舍格提的营帐，来到他的身边，唤醒他，对他说道："大王啊，你要知道，我是天神使者。你要与摩诃塞纳和解，赶快撤退！否则，你和你的军队肯定会遭到毁灭。你可以派遣使者前去，他会同意与你和解。我受毗湿奴委派，向你传达这些话。因为你是他的信徒，他关心自己信徒的安全。"

维格罗舍格提听后，思忖道："这肯定是真的，否则他怎么可能进入我的难以进入的营帐？凡人没有这种本事。"于是，他回答说："我有幸获得大神的指示，我会照办。"古那舍尔曼听后，为了让这位国王深信不疑，又使用眼膏，隐身离开，消失不见。他回到摩诃塞纳那里，报告自己已经办妥此事。摩诃塞纳高兴地拥抱这位救护自己生命和王国的恩人。

第二天，维格罗舍格提派遣使者前来表示和解，随后带着军队撤退。于是，依靠古那舍尔曼的威力，摩诃塞纳战胜索摩迦，获得许多象和马，返回优禅尼城。后来，一次国王在河中沐浴时，古那舍尔曼保护他免遭鳄鱼杀害；另一次国王在花园中散步时，古那舍尔曼保护他免遭毒蛇杀害。

又过了一些天，摩诃塞纳集合军队，前去向敌人维格罗舍格提发起进攻。

维格罗舍格提得知消息,出来迎战。双方军队展开大战。最后,两位国王相遇,一对一交战。战斗激烈,两人都失去战车,各自手中持剑,愤怒地冲向对方。摩诃塞纳在慌乱中跌倒在地,维格罗舍格提趁此机会要杀害他,而古那舍尔曼投掷飞盘和刀剑,砍断维格罗舍格提的手臂,又用铁杵猛击他的心脏,致使他倒地而死。

摩诃塞纳起身后,见此情状,高兴满意,一再对古那舍尔曼说道:"我还能说什么?婆罗门勇士啊,这是你第五次挽救我的生命。"就这样,维格罗舍格提被古那舍尔曼杀死,摩诃塞纳征服他的军队和王国。然后,在古那舍尔曼协助下,摩诃塞纳又战胜其他一些国王,然后返回优禅尼城,过着快乐的日子。

然而,王后阿输迦婆蒂渴望获得古那舍尔曼,日夜不停纠缠他。而古那舍尔曼无论如何都不愿意做不该做的事。善人即使丧失生命,也不愿做不法之事。于是,阿输迦婆蒂明白了他的坚定的决心,对他产生仇恨。

一天,她假装愁眉苦脸,站着抽泣。摩诃塞纳进屋后,看见她这个样子,询问她:"亲爱的,怎么啦?谁惹恼了你?说出来吧!我要剥夺他的财产和生命。"听到国王这样说,王后故作为难的姿态,说道:"你不可能惩治得罪我的那个人,我说出来又有什么用?"而国王坚持要她说出来。

于是,阿输迦婆蒂编造谎言,说道:"夫君啊,如果你一定要我说,那么,我就告诉你。古那舍尔曼假装忠于你,而暗中与高达王串通,想要从他那里获得钱财,加害于你。这个卑劣的婆罗门偷偷派遣心腹使者前去向高达王索要大量钱财。那个效忠国王的厨师在那里看到这个使者,便对国王说:'你不必耗费钱财,我能为你办妥一切。'于是,那个厨师囚禁古那舍尔曼的使者。他严守这个秘密,带着毒药来到这里。在这期间,这个使者从那里逃出,回到古那舍尔曼身边,告诉他发生的一切,并指出那个厨师已经进入我们的厨房。这个狡诈的婆罗门知道情况后,在厨师给你下毒时,向你揭发他,从而将他处死。此后,厨师的妻子、母亲和弟弟前来打听厨师的情况,这个富有心计的婆罗门杀死了厨师的妻子和母亲,厨师的弟弟侥幸逃脱。他来到我的宫中,求我保护。就在这时,古那舍尔曼进入我的宫中。厨师的弟弟看到他,立即从我的宫中逃走。我不知道他逃往哪里。古那舍尔曼也看到了他,而且古那舍尔曼的侍从们也已经见过他,因此,古那舍尔曼顿时表情尴尬,若有所思。于是,我想了解情况,悄悄询问他:'古那舍尔曼啊,你今天怎么看起来好像变了个人?'他害怕事情败露,想要拉拢我,对我说道:'王后啊,我爱你爱得像燃烧的烈火,请你接受我吧!否则,我活不下去。请你赐予我生命,作为对婆罗门的酬谢。'说罢,趁室内别无他人,他拜倒在我的脚下。我赶紧挪开我的脚。他慌乱地起身,强行拥抱我。这时,我的侍女波罗维迦进屋。古那舍尔曼看到她,便出于害怕而离去。如果不是波罗维迦恰好进屋,这个恶棍肯定会强暴我。这便是我今天遭遇的事。"

阿输迦婆蒂说完这些谎言,假装哀哀哭泣。妇女成为恶妇人,总是从说谎开始。国王听后,怒火中烧。盲目轻信女人的话,甚至伟大人物也会失去明辨力。他对自己的爱妻说道:"美人啊,你放心。我肯定会处死这个叛徒。但是,我要施计杀死他,否则会有损我的名誉,因为人人都知道他救过我五次命。你受到他欺侮一事,也不能张扬出去。"王后听后,对国王说道:"如果我受他欺侮一事不能张扬出去,那么,他串通高达王,企图加害王上,为何不能公诸于世?"国王回答说:"你说得很对。"然后,国王前往自己的会堂。

这时,所有的国王、王子、诸侯和大臣一起来会堂拜见国王摩诃塞纳。古那舍尔曼也离家前往国王的会堂,一路上看到许多不祥之兆:一只乌鸦出现在左边,一条狗从左边跑向右边,一条蛇出现在右边,自己的左肩和左臂跳动。他心中思忖:"这些不祥之兆表明我今天肯定会遭遇灾祸。但愿我的主人安然无恙。"

这样思考着,他进入国王的会堂,而出于忠诚,他希望王宫中不要发生意外之事。他谦恭地进入坐下,而国王没有像往日那样向他表示欢迎,而是以愤怒的眼光斜视他。他心中害怕,不知发生了什么事。这时,国王从自己的宝座起身,坐到他的身边。在场的人们感到惊讶,而国王对他们说:"请听这位古那舍尔曼为我做了什么好事!"

于是,古那舍尔曼对国王说:"我是臣仆,你是王上,怎么能并肩而坐,这样不合适。请王上坐上自己的宝座,然后下达指示。"听了这位智者的话,在大臣们劝说下,国王回到自己的宝座,当众说道:"你们都知道,我无视世袭的大臣们,而将古那舍尔曼摆在与我同等的地位上。而他却与高达王串通一气,互相派遣使者传递消息,企图加害于我。"接着,他把阿输迦婆蒂编造的谎言当众复述了一遍。在遣散众人后,他又向自己的心腹大臣们讲述阿输迦婆蒂编造的古那舍尔曼对她的粗暴举动的谎话。

于是,古那舍尔曼询问国王:"王上啊,是谁向你编造这些谎言,就像在空中画画?"国王回答说:"罪人啊,如果这不是真的,你怎么会知道牛奶粥碗里有毒?"古那舍尔曼回答说:"凭借智慧能知道一切。"而一些怀有恶意的大臣说道:"这不可能。"古那舍尔曼继续说道:"王上啊,你没有查明事实真相,就不能这样说。国王缺乏明辨力,不会受到政治家称赞。"

听到古那舍尔曼这样说,国王起身跑向他,说道:"你这恶棍!"举剑想要杀死他。而古那舍尔曼施展交战技巧,避开他的袭击。国王的随从们也举剑想要杀死他,他以同样的技巧避开他们的袭击。他接着又施展奇妙的技巧,轻松地用他们的头发将他们互相绑在一起。他突围冲出国王的会堂,杀死追赶他的成百个士兵。然后,他使用藏在衣角里的眼膏,刹那间隐身离开这里。

这样,古那舍尔曼前往南方,一路上思忖道:"这个傻瓜国王肯定是受到阿输迦婆蒂的煽动。天啊,妇女在爱欲遭人拒绝后,狠毒胜过毒药!天啊,国王不明是非,不可能获得善人侍奉!"

就这样思考着,古那舍尔曼不知不觉到达一个村庄,看见那里一棵榕树下,有个婆罗门在教学生们学习。他走上前去打招呼。这个婆罗门向他施以待客之礼后,随即询问他:"嗨,婆罗门!请说说你学过哪些科目?"于是,古那舍尔曼回答说:"婆罗门啊,我学过十二种科目。两种属于娑摩吠陀,两种属于梨俱吠陀,七种属于夜柔吠陀,一种属于阿达婆吠陀。"

这个婆罗门听后,说道:"那么,你应该是一位天神。"他看到古那舍尔曼相貌非凡,又谦恭地问道:"请你说说你出生在哪个地区?哪个家庭有幸生下你?你叫什么名字?在哪里学到这么多知识?"古那舍尔曼听后,回答说:

在优禅尼城,有个婆罗门的儿子名叫阿提迭舍尔曼。他幼年丧父,母亲追随丈夫进入火葬堆。于是,他在舅父家中长大,学习各种吠陀、知识和技艺,完成学业,潜心念诵,与一位出家人结为朋友。这位出家人带着他一起前往坟场,在那里举行祭祀,求取药叉女的幻力。

然后,一位天国少女乘坐金制的飞车来到那里,身边伴随许多美丽少女。她以甜美的话音,对这位出家人说:"我是药叉女,名叫维提雍玛拉。伴随我的这些少女也都是药叉女。按照你的心意,选择我的随从中的一位少女。她会让你成功获得咒语。你还不值得获得我的圆满咒语,因此,不必对我白费心思。"

这位出家人听后,表示同意,从她的随从中选择了一位药叉女。随后,维提雍玛拉消失不见。阿提迭舍尔曼询问出家人获得的这位药叉女:"还有比维提雍玛拉更优秀的药叉女吗?"这位药叉女回答说:"在维提雍玛拉、旃陀罗兰卡和苏劳遮娜三位药叉女中,苏劳遮娜最优秀。"

说罢,这位药叉女离去,说会在约定的时间再来。于是,这位出家人带着阿提迭舍尔曼回到自己的家。从此,这位药叉女每天按时来会见出家人,满足他提出的任何愿望。有一次,阿提迭舍尔曼借出家人之口,询问这位药叉女:"有谁知道获得苏劳遮娜的咒语?"然后,他通过出家人之口,得知药叉女提供的信息:"在南方一个名为冬勃婆那的地区,有个出家人名叫毗湿奴笈多,住在吠纳河边。他是一位最杰出的佛教出家人,通晓咒语。"

阿提迭舍尔曼得知这个信息后,满怀渴望,前往那个地方,出家人出于友爱而陪同他。他准确地在那里找到这个佛教出家人,虔诚地侍奉他整整三年。而且,依靠那位药叉女,为他提供天国的用品和享受。于是,那位佛教出家人对阿提迭舍尔曼表示满意,教给他获得苏劳遮娜的咒语以及相关的祭祀仪式。

阿提迭舍尔曼获得这个咒语后,独自在僻静处,按照仪轨举行祭祀仪式,完美无缺。然后,药叉女苏劳遮娜乘坐飞车来到这里,美貌令世界惊异,对阿提迭舍尔曼说道:"来吧,来吧!你已经成功赢得我。但是,在六个月内,你不能娶我为妻。如果你想要我为你生个儿子,那么,这个儿子会具有吉相,通晓一切知识,成为不可战胜的大勇士。"

阿提迭舍尔曼听后,答应道:"好吧!"于是,苏劳遮娜带着他,乘坐飞车前往阿罗迦城。在那里,他一直望着身边的苏劳遮娜,修炼了六个月刀锋苦行^①。于是,财神对他表示满意,举行天国的仪式,亲自将苏劳遮娜交给他。我就是这位婆罗门和苏劳遮娜生的儿子。父亲依据我具有优秀品德,给我取名古那舍尔曼^②。然后,我在那里师从一位名叫摩尼达罗的药叉王,学习各种吠陀、知识和技艺。

有一天,因陀罗前来看望财神。所有人看到因陀罗,都起身站立。也是命中注定,我的父亲当时思想走神,没有立即起身。于是,因陀罗诅咒他:"呸,你这个呆子!回到自己的凡人世界去吧!你不适合住在这里。"苏劳遮娜立即俯首弯腰,请求因陀罗宽恕。于是,因陀罗怒气平息,说道:"那么,他不必回到凡人世界去,就让他的儿子前往凡人世界去吧!因为儿子等同于父亲,这样,也就没有让我的话落空。"就这样,父亲把我带到优禅尼城,寄放在舅父家中。也是命运安排,我与那里的国王结为朋友。请听我告诉你此后发生的一切事情。

然后,古那舍尔曼从头开始,讲述王后阿输迦婆蒂的所作所为,最终以他与国王交战结束。他接着说道:"婆罗门啊,就这样,我逃往国外,一路行来,在这里遇见你。"这位婆罗门听后,说道:"主人啊,你能来到我这里,我感到很荣幸。现在,请你去我的家。我名叫阿耆尼达多。这个村庄是国王分封给我的。你就安心住在这里吧!"

说罢,阿耆尼达多将古那舍尔曼带回自己的家。这个婆罗门生活富足,家里有许多母牛、水牛和马。他隆重接待古那舍尔曼,让他沐浴,涂抹香膏,给他衣服和装饰品,提供各种食物。他也借口让古那舍尔曼观察吉相,展示他的女儿。他的女儿名叫孙陀利,美貌甚至会引起天神爱慕。

古那舍尔曼看到她美貌绝伦,对这个婆罗门说道:"她的丈夫会有其他妻妾。她的鼻子上有一颗痣,因此,我断定她的胸脯上也有一颗痣。正是这样,

①　"刀锋苦行"指忍受像站立在刀锋上那样的痛苦。
②　"古那舍尔曼"的原词是 guṇaśarman,其中,guṇa 的词义是品德或品质,śarman 的词义是快乐或幸福。

我说她的丈夫会有其他妻妾。"于是,她的兄弟遵照父亲的吩咐,掀开她胸前的衣服,确实看到那里有颗痣。

于是,阿耆尼达多惊讶不已,对古那舍尔曼说:"你确实无所不知。这两颗痣会带来好运。因为在这世上,通常有福气的丈夫才会有许多妻妾。穷人供养一个妻子就很艰难,怎么可能会有许多妻妾?"古那舍尔曼听后,说道:"你说得对。有这样的吉相,怎么会不带来好运?"然后,阿耆尼达多询问关于痣的占相问题。古那舍尔曼向他解释男女肢体上各个部位的痣的兆相。

而这时,孙陀利的双眼凝视古那舍尔曼,犹如饮光鸟渴望吞饮月亮。于是,阿耆尼达多悄悄对古那舍尔曼说:"大福大德者啊,我把我的女儿孙陀利嫁给你。你不必去往别处,就愉快地住在我的家里吧!"

古那舍尔曼听后,对他说道:"确实,如果能这样,我会十分快乐。可是,我受到国王诬陷,屈辱之火令我烦恼不安。可爱的少女、升空的明月、琵琶的乐音,这些会令快乐的人们喜悦,而令痛苦的人们发愁。少女自愿爱上意中人,会成为忠贞的妻子,而听命父亲安排,会像阿输迦婆蒂那样放荡不羁。而且,这里离优禅尼城不远,国王一旦得知消息,肯定会来迫害我。因此,我想朝拜各处圣地,洗涤有生以来的污垢,然后,舍弃身体,获得安宁。"

阿耆尼达多听后,笑了笑,说道:"如果连你也这样愚痴,我还能对其他人说什么?你说,你这样心地纯洁的人,受到欺辱,会造成什么伤害?把土块扔向天空的人,会被土块砸到头顶。这个国王很快就会获得他不明是非的恶果。因为对一个愚昧无知而缺乏明辨力的国王,吉祥女神不会长久侍奉。为何遇到阿输迦婆蒂这样的恶妇人,你就厌弃所有女人?你善于占相,看到贞洁的女子,为何也不信任她?即使优禅尼城离这里不远,我也会让你安心住在这里,不让别人知道。至于你想要朝拜圣地,智者们赞同那些遵行吠陀仪轨而仍然没有获得幸福的人朝拜圣地,而对于那些在家中点燃祭火、祭供天神和祖先、潜心念诵、功德圆满的人,何必四处游荡,朝拜圣地?朝拜圣地者身无分文,乞食为生,枕臂卧地,即使达到与牟尼同等的地位,也没有摆脱烦恼。至于你想要舍弃身体,这也是误入歧途,因为自杀者在来世会遭受比今生更大的痛苦。你年轻而又聪明,实在不应该这样犯糊涂。你自己考虑后决定吧!你肯定会听从我的话。我会保护你,为你提供宽敞的地下室,与我的女儿孙陀利结婚,不让别人知道,让你放心住在这里。"

这样,在阿耆尼达多真心诚意的劝导下,古那舍尔曼表示同意,说道:"好吧! 我听从你的安排。有谁会舍弃孙陀利这样美丽的妻子? 但是,在我没有完成想要实现的目标前,我先不与你的女儿成婚。我想要取悦某位天神,修炼苦行,最终惩治那个忘恩负义的国王。"听了他这样说,阿耆尼达多高兴地表示同意。于是,古那舍尔曼在这里舒服愉快地度过这一夜。

第二天,阿耆尼达多为他造好一个地下室,让他感到愉快放心。古那舍尔曼住进去后,悄悄询问阿耆尼达多:"我恪守誓愿,修炼苦行,应该取悦哪位赐恩的天神?"阿耆尼达多回答说:"我的老师曾经传授给我斯瓦明鸠摩罗的咒语。你就用这个咒语取悦天兵统帅①,这位诛灭魔王多罗迦的天神。当时众天神受阿修罗折磨,爱神被派遣前去执行这个使命,却被湿婆焚为灰烬。关于这位天神的出生,有各种说法,出生于湿婆,出生于火罐,出生于火,出生于昴宿六天女。他出生后,具有不可抵御的威力,整个世界为之欢欣鼓舞。他最终杀死阿修罗王多罗迦。因此,你就从我这里获取这个咒语吧!"随即,阿耆尼达多把这个咒语传授给他。

于是,古那舍尔曼在地下室里,恪守誓愿,用这个咒语取悦天兵统帅室建陀,孙陀利在一旁侍奉他。然后,这位六面神室建陀显身,对他说道:"孩子啊,我对你感到满意,你就选择一个恩惠吧! ……②你会获得用之不尽的宝库,你会战胜摩诃塞纳,孩子啊,你不可抵御,会成为大地统治者。"室建陀赐予他这样的大恩惠后,消失不见。

这样,古那舍尔曼获得用之不尽的宝库。他按照仪轨,与阿耆尼达多的女儿孙陀利结婚。这位妻子与他的伟大相匹配,对他的爱与日俱增,仿佛是未来成就的化身。

古那舍尔曼凭借用之不尽的宝库的雄厚财力,集结大量的象、马和步兵。

① 天兵统帅即湿婆之子室建陀。
② 此处原文有残缺。

367

各地国王感激他的慷慨馈赠,纷纷带着军队前来支援他,拥满大地。这样,古那舍尔曼带领所有军队,向优禅尼城进发。他向那里的所有臣民揭露王后阿输迦婆蒂的败德丑行后,与国王摩诃塞纳交战,在战斗中击败他,剥夺他的王位。于是,古那舍尔曼成为大地之主。他娶了其他许多国王的女儿。他下达的命令畅通无阻,直达海边。这样,古那舍尔曼成为一统天下的国王,和孙陀利一起长久享受幸福的生活。

"正是这样,摩诃塞纳头脑愚痴,不能辨别他人品质,结果招来灾祸;而古那舍尔曼头脑清晰,依靠自己的勇气,获得至高繁荣。"阳光听完自己的大臣维多毗提讲述的这个高尚的故事,渴望越过大战之海,信心倍增,渐渐入睡。

第七章

第二天早上,阳光起身,与大臣们以及檀那婆等所有军队前往战场。悉如多舍尔曼也带着军队来到战场。同样,所有的天神和阿修罗再次前来观战。双方军队都排列成半月阵型。

双方军队发射的羽毛箭快速飞驰,互相撞击而折断。从剑鞘拔出的一支支长剑,犹如死神的舌头晃来晃去,渴饮鲜血。勇士们的脸庞在大战中遭到密集的飞盘袭击,犹如大湖中绽放的莲花遭到成群的轮鸟摧残。勇士们在战斗中被砍断的头颅弹起落下,犹如死神在玩拍球游戏。在飞溅的鲜血清除战场弥漫的尘土后,大勇士们愤怒地开始一对一交战。

阳光与悉如多舍尔曼交战,波罗跋娑与达摩陀罗交战,悉达多与摩豪特波多交战,波罗诃斯多与梵护交战,维多毗提与商格罗摩交战,波罗若底耶与月护交战,娑尔婆摩陀那与阿提勃罗交战,贡遮罗鸠摩罗与杜兰达罗交战,双方其他的大勇士也分别交战。

摩豪特波多射箭抵挡悉达多射来的箭,然后,射断他的弓,也射杀他的马匹和车夫。悉达多下车,愤怒地冲向他,用大铁杵砸碎他的马匹和战车。于是,两人站在地上用手臂交战。悉达多把摩豪特波多摔倒在地,正准备踩死他。这时，他的父亲跋伽前来救护他，拉起他逃离战场。

波罗诃斯多和梵护互相击碎战车后，用剑交战，各自施展剑术。波罗诃斯多挥剑刺破梵护的护盾，将他击倒在地，正准备砍下他的头颅。这时，梵护的父亲梵天亲自从远处前来阻止波罗诃斯多。于是，所有的檀那婆嘲笑众天神："你们无视战斗规则，前来救护你们的儿子。"

维多毗提用爱神箭射断商格罗摩的弓，又射杀他的车夫，最后射中他的心脏，杀死他。波罗若底耶和月护互相击碎战车后，站在地上用剑交战。波罗若底耶挥剑砍下月护的头颅。月神看到自己的儿子被杀死，愤怒地亲自冲向前来与波罗若底耶交战，两人势均力敌。波利扬迦罗和阿格罗摩互相击碎战车后，站在地上用剑交战。波利扬迦罗挥剑将对手砍成两半。婆尔婆摩陀那在战斗中，轻松地射断阿提勃罗的弓，并掷出刺棒，击中他的心脏，杀死他。

然后，贡遮罗鸠摩罗发射飞镖，抵挡杜兰达罗射来的飞镖，并多次击碎他的战车。而维格罗舍格提一次次向杜兰达罗提供战车，并且发射飞镖，抵挡贡遮罗鸠摩罗射来的飞镖，救助处于困境的杜兰达罗。于是，贡遮罗鸠摩罗愤怒地冲向他，搬起一块大石头砸向他的战车。维格罗舍格提放弃砸碎的战车而逃跑。然后，贡遮罗鸠摩罗又搬起一块大石头砸向杜兰达罗的战车。

阳光与悉如多舍尔曼交战时，为维劳遮那遭到杀害而愤怒，用一支箭射杀陀摩。双马童为儿子遭到杀害而愤怒，亲自冲向前来交战。苏尼特射箭反击这两位天神，他们之间展开大战。斯提罗菩提在战斗中，用梭镖杀死波拉格罗摩。八位婆薮神为他遭到杀害而愤怒，一起冲向前来交战。波罗跋娑看到跋娑失去战车，虽然自己正在与达摩陀罗交战，仍然用一支箭射杀摩尔陀那。檀那婆波罗甘波那用飞镖杀死代遮斯波罗跋。火神为他遭到杀害而愤怒，冲向前来与波罗甘波那交战。

突摩盖杜在战斗中杀死阎摩丹湿吒罗。阎摩为他遭到杀害而愤怒，冲向前来与突摩盖杜激烈交战。辛诃丹湿吒罗搬起大石头砸碎苏劳舍纳。尼利提为他遭到杀害而愤怒，冲向前来与辛诃丹湿吒罗交战。迦罗遮格罗用飞盘将伐由勃罗砍成两半。风神为他遭到杀害而愤怒，冲向前来与迦罗遮格罗交战。财授变幻成蛇、山和树，迷惑摩诃摩耶，而摩诃摩耶变幻成金翅鸟、金刚杵和火,杀死他。财神为他遭到杀害而愤怒,冲向前来与摩诃摩耶交战。就这样,凡人和檀那婆们一次次杀死持明王们。其他的天神为自己分身的儿子遭到杀害而愤怒,纷纷投入战斗。

这时,波罗跋娑与达摩陀罗展开激烈的交战,互相发射飞镖。尽管达摩陀罗的弓被射断,车夫被射杀,他依然拿起另一张弓,亲自执持缰绳,与波罗跋娑交战。梵天为达摩陀罗喝彩叫好。于是,因陀罗询问道:"尊神啊,达摩陀罗现在处于劣势,你为何还对他表示高兴满意?"

梵天回答说:"我怎么能不对他表示高兴满意?他与波罗跋娑交战了这么久。达摩陀罗是毗湿奴的分身,除了他,谁能做到这样?在战斗中,很难有哪个天神能与波罗跋娑抗衡。他以前是征服天神的阿修罗那牟吉。后来,他转生为波罗勃罗,全身由宝石构成。现在,他转生为跋娑的儿子波罗跋娑,难以战胜。跋娑以前也是大阿修罗,名叫迦罗奈密。后来,他转生为希罗尼耶湿布,又转生为迦宾遮罗。这位阳光过去是阿修罗苏蒙提迦。这位苏尼特过去是希罗尼耶刹。波罗诃斯多等人过去也都是提迭和檀那婆。他们都是以前被你们杀死的阿修罗转生。因此,摩耶等阿修罗支持他们。你看!钵利也来观战。由于阳光等人尽心竭力祭供湿婆的威力,钵利现在已经摆脱束缚。而他恪守誓言,现在居住在地下世界。一旦你的统治期结束,他会成为天王。现在,他们受到湿婆恩宠,因此,你们无法战胜他们。你们就与他们和解吧!"

梵天这样对天王因陀罗说着时,波罗跋娑投出一支兽主大飞镖。毗湿奴看到他投出这支毁灭一切的湿婆飞镖,为了保护自己的儿子,立即投出名为妙见的飞盘。这两件天神武器交锋,顿时引起三界遭到毁灭的危险。毗湿奴对波罗跋娑说道:"如果你收回你的武器,我也收回我的武器。"而波罗跋娑回答说:"我不能白白投出飞镖。如果让达摩陀罗转身放弃战斗,我就收回我的飞镖。"于是,毗湿奴说道:"那么,你也要尊重我的飞盘。让这两件武器都不白白投出。"波罗跋娑善于把握时机,回答说:"那就这样,让你的飞盘击毁我的战车吧!"毗湿奴表示同意,让达摩陀罗撤退回去。这样,波罗跋娑收回自己的飞镖,毗湿奴则用飞盘击毁波罗跋娑的战车。随后,波罗跋娑登上另一辆战车,回到阳光身边,达摩陀罗也回到悉如多舍尔曼身边。

　　然后,悉如多舍尔曼与阳光一对一交战。悉如多舍尔曼依仗自己是因陀罗分身而傲慢,与阳光之间的交战越来越激烈。悉如多舍尔曼竭尽全力使用各种武器,而阳光迅速使用各种武器反击。悉如多舍尔曼使用各种幻术,阳光同样也使用各种幻术反击。然后,悉如多舍尔曼愤怒地投出梵天飞镖,阳光也立即投出湿婆飞镖。湿婆飞镖击退梵天飞镖。悉如多舍尔曼难以抵御而退却。于是,以因陀罗为首的护世天神们愤怒地投掷金刚杵等各种最锐利的武器。然而,湿婆飞镖的火焰越烧越旺,战胜所有的天神武器,准备杀死悉如多舍尔曼。而阳光赞颂湿婆飞镖后,吩咐它说:"你不要杀死悉如多舍尔曼,俘获他,交给我。"于是,其他所有天神全副武装,准备投身战斗。同样,那些观战的阿修罗也准备投身战斗。

　　就在这时,一位名叫维罗跋德罗的湿婆侍从,受湿婆派遣,来到这里,向因陀罗传达指示:"你们是前来观战的,怎么能参战? 不遵守规则,不会有好结果。"众天神回答说:"我们所有的儿子遭到杀害或即将遭到杀害,我们怎么能不参战? 因为爱子之心难以舍弃,我们一定要对那些杀害我们儿子的人进行报复。这怎么能说是违反规则?"于是,这位湿婆侍从离去。

　　随即,天神和阿修罗展开大战。苏尼特与双马童交战,波罗若底耶与月神交战,斯提罗菩提与一些婆薮神交战,迦罗遮格罗与风神交战,波罗甘波那与火神交战,辛诃丹湿吒罗与尼利提交战,波罗特摩那与伐楼那交战,突摩盖杜与阎摩交战,摩诃摩耶与财神交战,其他阿修罗与其他天神交战,互相投掷武器。而无论众天神投掷什么样锐利的武器,湿婆一声怒吼,就将它们摧毁。而财神举起铁杵时,湿婆温和地遏止他。众天神的武器被摧毁,纷纷逃离战场。

　　然后,因陀罗愤怒地亲自与阳光交战,发射箭雨,投掷各种武器。而阳光轻松地用各种武器抵挡,同时挽弓至耳边,发射一百支铁箭,袭击因陀罗。这位天王愤怒地举起金刚杵,而湿婆一声怒吼,摧毁他的金刚杵。于是,因陀罗转身逃跑。

　　随即,毗湿奴愤怒地亲自与波罗跋娑交战,发射大量箭头锋利的箭,同时用武器抵挡向他投来的各种武器。即使失去战车,他也会登上另一辆战车,继续与这位与自己势均力敌的提逴交战。然后,这位天神愤怒地投出燃烧的飞盘,而波罗跋娑念诵咒语,投出一支神剑。这两件武器交锋时,湿婆看到神剑渐渐退却,便一声怒吼,这两件武器同时被摧毁,消失不见。于是,阿修罗们兴奋不已,而天神们垂头丧气。阳光获得胜利,悉如多舍尔曼成为俘虏。

于是,众天神赞颂和安抚湿婆。湿婆对众天神表示满意,说道:"你们求取恩惠吧,除了我已经赐予阳光的恩惠之外。谁能不兑现诺言?"而众天神说道:"但是,也让我们对悉如多舍尔曼的承诺兑现吧!主人啊,不要毁灭我们的后嗣。"于是,湿婆说道:"就让悉如多舍尔曼向阳光俯首致敬吧!然后,我会说对你们双方有利的话。"众天神听后,表示同意,吩咐悉如多舍尔曼向阳光俯首致敬。这样,他俩互相抛弃敌意,紧紧拥抱。众天神和阿修罗们也抛弃敌意,达成和解。

随即,湿婆当着所有阿修罗和天神的面,对阳光说道:"你就成为南方的转轮王,将北方留给悉如多舍尔曼吧!孩子啊,你不久就会获得紧那罗以及其他空中行者的统治权。你取得这样显赫的地位后,也应该将南方分给贡遮罗鸠摩罗一半。在这场大战中战死的勇士们都会复活,肢体完好无损。"说罢,湿婆消失不见。所有战死的勇士们全都复活,仿佛从梦中醒来。

这样,阳光已经制伏敌人,恪守湿婆的指示,前往一个宽阔而僻静的地方,坐在一个大会堂里。他亲自请前来的悉如多舍尔曼与自己一起坐在狮子座上。以波罗跋娑为首的阳光的朋友们,以达摩陀罗为首的悉如多舍尔曼的朋友们,分别坐在他俩的身旁。苏尼特、摩耶和其他檀那婆们,还有持明王们,也都坐在各自的座位上。以波罗诃罗陀为首的七个地下世界的提迭王和檀那婆王高兴地来到。在导师毗诃波提引领下,因陀罗和护世天神们来到,还有持明须弥卢和苏伐萨鸠摩罗。以檀奴为首的迦叶波的妻子们和阳光的妻子们乘坐飞车来到。所有人高兴地互相依礼问候后坐下。

檀奴的一位名叫悉蒂的女友按照檀奴的吩咐,对所有人说道:"诸位天神和阿修罗啊,檀奴女神对你们说:'你们今天在这里欢聚一堂,心情愉快。你们以前体会过这样的快乐吗?因此,你们不应该再互相仇恨,造成可怕的痛苦。希罗尼耶刹等老一辈阿修罗争夺天国统治权,已经成为过去。现在,因陀罗是最年长者,何必再互相仇恨?你们应该化解仇恨,友好相处。这样,我们会感到满意,世界也会获得安宁。'"

悉蒂传达完毕檀奴的话后,因陀罗望着毗诃波提的脸,随即毗诃波提对悉蒂说道:"如果不是阿修罗们对众天神不怀好意,众天神不会对他们不友好。"檀那婆王摩耶听到天神导师这样说,便接着说道:"如果阿修罗不怀好意,那牟吉怎么会把那匹能起死回生的高嘶马送给因陀罗? 波罗勃罗怎么会把自己的身体送给众天神? 钵利怎么会把三界送给毗湿奴,而自己成为阶下囚? 阿约提诃怎么会把自己的身体送给维希婆迦尔曼? 我还用多说什么吗? 阿修罗们始终慷慨大度,如果不是受到欺诈伤害,怎么会不怀好意?"悉蒂听后,又说了一番劝慰的话,让天神和阿修罗们听了满心欢喜,互相拥抱。

这时,跋婆尼派遣一位名叫遮雅的女门卫来到这里。她受众人敬拜后,对须弥卢说道:"我受跋婆尼女神委派,前来吩咐你:'你有一个名叫迦摩朱吒摩尼的女儿,立刻将她嫁给阳光,因为她是我的信徒。'"须弥卢听后,恭敬地回答说:"女神对我下达这个指示,我感到莫大荣幸。此前,大神湿婆也已经对我作过这个指示。"遮雅听后,对阳光说道:"你必须让她位居你的所有妻子之上,比对其他妻子更尊重。这是仁慈的高利女神今天对你的指示。"说罢,遮雅受到阳光敬拜后,消失不见。

于是,须弥卢当天就决定举行结婚仪式。他建造了一个祭坛,柱子和地面镶嵌宝石,闪耀的光辉仿佛盖过祭火。他吩咐把女儿迦摩朱吒摩尼带来这里,天神和阿修罗们仿佛用目光渴饮她的美。她美似乌玛,如同乌玛是雪山之女,她是须弥卢山之女[①]。须弥卢让盛装严饰的女儿系上结婚圣线,登上祭坛,把她交给阳光。阳光握住她的莲花手。檀奴已经给她的双手戴上手镯。

这时,遮雅向祭火撒下第一把炒米,把檀奴送给她的一个永不凋谢的天国花环交给迦摩朱吒摩尼。须弥卢送给迦摩朱吒摩尼许多无价的宝石,以及天国爱罗婆多大象生下的一头良种象。遮雅撒下第二把炒米,交给她一条戴在脖子上能消除饥渴和死亡的项链。须弥卢送给她两倍的宝石以及高嘶马生下的一匹良种马。遮雅撒下第三把炒米,交给她一条戴在脖子上能永葆青春的

---

① 　乌玛(umā)即波哩婆提,是雪山的女儿。须弥卢(sumeru)也是山名。

项链。须弥卢送给她三倍的宝石以及一颗能满足一切愿望的天国如意珠。

结婚仪式结束后,须弥卢在额头前合掌,向所有的天神、阿修罗、持明和天神的母亲发出邀请:"请你们赏光,今天在我的家中聚餐。"但所有人并不愿意接受邀请。这时,湿婆的侍从南丁来到,所有人向他俯首行礼,随后他传达湿婆的指示:"你们应该在须弥卢家中聚餐。因为你们这次品尝他的食物后,会永远感到心满意足。"于是,所有人表示同意。

然后,湿婆派来由维那耶迦、摩诃迦罗和维罗跋德罗等率领的无数侍从。他们布置聚餐的场地,让所有的天神和阿修罗依次坐下。天神摩诃迦罗、维罗跋德罗和跋利津等依据每位客人的心愿,向他们提供须弥卢运用幻术制作的食物和如意神牛奉湿婆之命产生的各种食物。天女表演优美的歌舞,空中飞行者们也高兴地参与其中。聚餐结束后,南丁等湿婆侍从首领向所有的天神和阿修罗赠送天国花环、衣服和装饰品,这样向他们表达敬意后,与所有的湿婆侍从一起离去。悉如多舍尔曼等人也告辞,返回自己的住处。

阳光带着新婚妻子以及以前的妻子们乘坐飞车,先回到须弥卢的苦行林。他派遣同伴诃尔舍前去报告国王们和兄弟罗德纳波罗跋自己已经获得成功。这天结束时,他进入妻子迦摩朱吒摩尼的构造完美的寝室,里面有宝石躺椅。迦摩朱吒摩尼渐渐抛却羞涩,启唇展露紧密整齐的牙齿,呈现新娘的可爱。阳光与她一起享受不可言状的甜蜜温柔的新婚之夜,奉承她说:"现在,我的其他妻子都住在外面,我的心唯独属于你。"阳光和妻子欢爱后入睡,在拥抱妻子的快乐中度过这一夜。

天亮后,阳光起身,前去问候他的其他聚在一起的妻子们。她们以甜蜜温柔而又开玩笑的口吻调侃他宠爱新婚妻子。这时,门卫通报名叫苏塞纳的持明来到。苏塞纳向胜利的国王阳光俯首行礼后,说道:"王上啊,三峰山持明王和其他所有持明王派遣我来向你报告,第三日是为你在利舍跋山举行灌顶仪式的吉祥日。请你通知所有人,你自己也做好准备。"阳光听后,回答说:"你去向三峰山持明王转告我的话:'请诸位开始做准备吧!等我做好一切准备后,会通知所有人。'"苏塞纳听后,辞别离去。

然后,阳光派遣波罗跋娑等朋友,分别去邀请众天神、耶若伏吉耶等牟尼、国王们以及持明和阿修罗们出席他的灌顶仪式,而他本人独自前往盖拉瑟山去邀请湿婆。他登山时,发现这座山闪耀白色光芒,犹如天国仙人和悉陀们侍奉湿婆。登山过半,再往上艰难攀登时,他看到一侧有一扇珊瑚门,即使自己具有幻力,也无法进入。于是,他聚精会神,一心赞颂湿婆。然后,这扇门开启,一个长有象面的人对他说:"象头神对你表示满意,请进吧!"

阳光进去后,惊奇地看到一位象头人身的导师坐在宝石石板上,闪耀的光辉堪比十二个太阳,象头上有象鼻,三只眼睛,大腹便便,手持闪耀光焰的斧子和铁杵,身边围绕牛头马面的侍从。于是,阳光拜倒在他的脚下,行触足礼。这位消除障碍之神高兴地询问他的来意后,用亲切的口吻指点他说:"由这条路往上攀登。"

然后,阳光继续向上攀登五由旬,看到一扇红宝石门,无法进入。于是,他专心念诵湿婆的一千个名号,令大神满意。随即,室建陀之子维夏克亲自打开大门,请他进入。他进入后,看到室建陀全身闪耀火光,身边围绕有夏克和维夏克等五个面貌与他相像的儿子。室建陀一出生时,就有许多凶神恶煞和数千万侍从敬拜他的双脚。他对阳光表示满意,询问来意后,为他指出向上攀登的道路。

这样,阳光经过五扇宝石门,依次由跋依罗婆、摩诃迦罗、维罗跋德罗、南丁和跋利津及其侍从们把持。他逐一通过后,到达山顶的水晶门。于是,他赞颂湿婆,一位楼陀罗神恭敬地请他进入。然后,他看到湿婆的天国居处。里面吹拂芳香的风,有常年开花结果的树,健达缚们歌唱,天女们跳舞。三眼大神湿婆坐在水晶狮子座上,手持像水晶一样透明的三叉戟,褐色发髻上佩戴月牙顶饰,身边坐着雪山之女波哩婆提女神。

阳光看到湿婆,满怀喜悦,走近前去,拜倒在湿婆和女神脚下。尊神湿婆伸手拍拍他的背,请他起身坐下,询问道:"你为何来到这里?"阳光回答说:"我就要举行灌顶仪式,因此,我来这里邀请你光临。"湿婆关爱信徒,说道:"你何必这样辛苦劳累跑来这里?你为何不通过意念邀请我?那就这样吧,我会出席你的灌顶仪式。"

随后,湿婆招呼身边的一个侍从,吩咐道:"你去把他带到利舍跋山,让他举行灌顶仪式,因为那里是为转轮王举行大灌顶的固定地点。"阳光向湿婆右绕行礼后,这个侍从遵照尊神的指示,恭敬地将阳光抱在怀里,运用幻力,把他带到利舍跋山后,消失不见。

阳光到达利舍跋山后,他的同伴们、以迦摩朱吒摩尼为首的妻子们、持明王们、以因陀罗为首的天神们、以摩耶为首的阿修罗们、大仙们、悉如多舍尔曼、须弥卢、苏伐萨鸠摩罗,也都来到这里。阳光依礼向所有人表示敬意,讲述自己会见湿婆的经过。所有人向他表示祝贺。然后,波罗跋婆等人亲自从河流和大海圣地取来圣水,装在镶嵌珠宝的金罐里,混合有各种药草。

这时,尊神湿婆和高利女神一起来到,所有天神、阿修罗、持明、国王和大仙拜倒在他的脚下。所有的天神、檀那婆和持明高声欢呼吉祥的时刻来到。众仙人让阳光坐在持明大王狮子座上,为他灌顶。聪明睿智的阿修罗摩耶为他戴上顶冠。各种乐器伴随天国鼓声奏响,天女们在空中跳舞。众仙人也为迦摩朱吒摩尼灌顶,确立她为阳光的正宫王后。

灌顶仪式结束后,众天神离去。持明转轮王阳光与亲戚、朋友和同伴们继续举行灌顶庆祝活动。过了一些天,阳光按照湿婆原先的指示,把北方交给悉如多舍尔曼。从此,他和同伴们一起长久享受持明王的幸福快乐。

"正是这样,依靠湿婆恩惠的威力,甚至凡人阳光也成为持明转轮王。"持明王金刚光在犊子王面前讲完这个故事,向那罗婆诃那达多俯首行礼后,升空离去。于是,那罗婆诃那达多与妻子摩陀那曼朱迦一起住在父亲犊子王宫中,期待着成为持明转轮王。

第九卷　阿兰迦罗婆蒂

我们俯首弯腰,向象头神致敬! 他跳舞时,仿佛大地承受尼匈跋^①的重压而倾斜,群山也俯首弯腰。

第一章

这样,那罗婆诃那达多住在憍赏弥城父亲的宫中,已经开始受到持明王们尊敬。一次,他出去狩猎,与军队失散,独自在戈目佉陪同下,进入一座大森林。在那里,他的右眼跳动,预示吉兆。他听到歌声和天国琵琶声,循声寻去,在不远处看到一座属于湿婆的自在神庙。他勒马停下,进入神庙。

他在里面看到一位天国少女正在弹奏琵琶,供奉神主,身边围绕许多可爱的少女。一看到她,她的美貌刹那间就像瀑布泻入他的心中,犹如月亮引起大海涌动。而这位少女看到他,也含情脉脉,一心想着他,仿佛忘却了弹琵琶。

戈目佉明白那罗婆诃那达多的心思,便询问少女的女友们:"她是谁的女儿?"这时,天空闪起一道金光,然后一位与这个少女面容相像的成年持明女从空中降下,坐在少女的身旁。而少女起身,拜倒在她的脚下。这位持明女向少女表示祝福后,说道:"你就顺顺当当嫁给这位持明转轮王丈夫吧!"于是,那罗婆诃那达多走近她,俯首行礼,接受她的祝福后,低声询问这位慈祥的持明女:"阿妈,这位少女是你的女儿吗?"随后,这位持明女回答说:"听着,我告

---

① 尼匈跋(niśumbha)是一位阿修罗王。

诉你!"

在高利女神之父的雪山上,有一座吉祥的孙陀罗城,住着一位名叫阿兰迦罗希罗的持明王。他品德高尚,妻子名叫甘遮那波罗芭。她为国王生下一个儿子。乌玛女神在梦中告诉国王说:"你的这个儿子会一心奉行正法。"于是,国王为儿子取名达磨希罗 [①]。达磨希罗渐渐长成青年,父亲传授给他各种知识后,为他灌顶,立他为王太子。他作为王太子,克制自我,一心奉行正法,臣民对他的爱戴甚至超过他的父亲。

然后,王后甘遮那波罗芭再次怀孕,为国王生下一个女儿。当时,天国传来话音:"你的这个女儿会成为未来转轮王那罗婆诃那达多的妻子。"于是,父亲给她取名阿兰迦罗婆蒂。她渐渐地长成少女,到达青春期。父亲传授她各种知识后,她四处游荡,虔诚敬拜湿婆神庙。

这时,达磨希罗正值青春,却喜爱清静,私下禀告父亲说:"父亲啊,我不喜爱这些享受,它们刹那破灭。在这世上,有哪样东西不会变得索然寡味? 你没有听到过牟尼毗耶娑的话吗? 他说:'一切聚合者最终破碎,一切居于高位者最终坠落,一切结合者最终分离,一切生命最终死亡。'父亲啊,智者们怎么会喜爱这些必将毁灭的东西? 这些享受和积聚的财富都不会陪同一个人去往另一个世界,唯独正法是寸步不离的亲友。因此,我要前往森林,修炼最高的苦行,由此获得永恒的至福。"

国王听了儿子达磨希罗这样说,心中慌乱,含泪说道:"儿子啊,你还年幼,怎么会有这种错乱的想法? 善人们都在享受青春后退隐。你现在应该娶妻,依法治理王国,享受生活。你还没有到达离欲弃世的时候。"达磨希罗听后,再次说道:"离欲或不离欲,无关乎年龄。如果获得自在天恩宠,即使年幼,也能离欲。而恶人即使年老,也不会离欲。我不热爱王国,也不愿意娶妻。我要修炼苦行,取悦湿婆,获得生命的价值。"国王听后,知道已经无法劝他回心转意,于是,流着眼泪,说道:"儿子啊,如果你这样年轻,就决心离欲弃世,那么,我已

---

① "达磨希罗"的原词是 dharmaśīla,词义为奉行正法。

经年老,为何还不退隐森林呢?"

于是,国王前往人间世界,向婆罗门和穷人们施舍大量金银财宝。他返回自己的城市后,对妻子甘遮那波罗芭说道:"你要听从我的吩咐,留在自己的城市里,照看女儿阿兰迦罗婆蒂。一年后的今天,是她的结婚吉祥日。我会把她交给那罗婆诃那达多。这位转轮王会保护我们的这个城市。"说罢,国王让妻子发誓保证后,劝回哭泣的妻子和女儿,与儿子一起前往森林。

这样,王后甘遮那波罗芭和女儿一起住在自己的城市里。忠贞的妻子怎么会不听从丈夫的吩咐?于是,女儿和慈爱的母亲一起四处游荡,敬拜湿婆神庙。一天,名叫般若波蒂的知识女神对她说:"你去迦湿弥罗地区名为自在的地方朝拜圣地吧!然后,你就会顺顺当当获得那罗婆诃那达多这位丈夫。他将成为所有持明王中的转轮王。"

听了知识女神的话,阿兰迦罗婆蒂与母亲一起前往那些圣地敬拜湿婆。其中有南迪圣地、摩诃提婆圣地、阿摩罗山圣地、苏雷湿婆利耶山圣地、维遮耶圣地和迦波代湿波罗圣地。在这些圣地敬拜湿婆后,这位持明王的女儿和母亲回到家中。

"幸运儿啊,你要知道这位就是阿兰迦罗婆蒂,而我是她的母亲甘遮那波罗芭。今天,她没有告诉我,就来到这座湿婆神庙。而我从知识女神口中得知消息,便来到这里。知识女神还告诉我,你也已经来到这里。因此,你就接受我的女儿吧!天神已经指定她要嫁给你。明天是她的父亲指定的结婚日子。因此,今天你就回到自己的憍赏弥城去吧!明天早上,国王阿兰迦罗希罗从苦行林回来后,我们会去你那里。国王会亲自把他的女儿交给你。"

听了王后的话,阿兰迦罗婆蒂和那罗婆诃那达多不知所措,因为他俩的心甚至不能忍受一夜的分离,就像一对轮鸟在白天临近结束时,眼中含泪。甘遮那波罗芭看到他俩这副模样,便说道:"为何你俩连忍受一夜分离的毅力都没有?而意志坚定的人甚至能忍受日期无法确定的长久分离。请听我讲述罗摩和悉多的故事!"

从前，在阿逾陀城，十车王的儿子罗摩是婆罗多、设睹卢祇那和罗什曼那的兄长。他们四兄弟是毗湿奴分身下凡，旨在消灭魔王罗波那。罗摩的妻子悉多是遮那迦的女儿。罗摩将她视同自己的生命之主。由于命运捉弄，十车王让婆罗多继承王位，而让罗摩与悉多和罗什曼那一起流亡森林。

在森林中，罗波那施展幻术，劫走罗摩的爱妻悉多，把她带往楞伽城，途中杀死试图拦截他的鸟王阇吒优私。罗摩失去妻子后，杀死波林，与波林的弟弟须羯哩婆结盟。然后，他派遣风神之子神猴哈努曼寻找悉多。得知消息后，罗摩架桥渡海，杀死罗波那，救回悉多，而把楞伽城交给盟友维毗沙那统治。

然后，罗摩返回阿逾陀城，婆罗多把王位交还给他。这时，悉多已经怀孕。一次，罗摩带了少量随从，在城中悄悄游荡，观察民情。他看到一个人拽住妻子，把她逐出家门，说是她去了别人家里，败坏名誉。而这位妻子对丈夫说道："悉多曾经住在罗刹宫中，国王罗摩也没有把她赶出家门。而你却这么过分，我只是去了一趟亲戚家，你就要把我赶出家门。"

罗摩听后，心情沮丧，回到宫中后，惧怕民众的流言蜚语，便将悉多遗弃在森林中。注重名誉的人宁可忍受分离的痛苦，也不愿意名誉受损。悉多怀有身孕而疲惫，命运安排她来到蚁垤仙人的净修林。蚁垤仙人安慰她，让她住在自己的净修林。

然而，净修林中其他牟尼互相议论说："悉多肯定犯有过失，否则，国王怎么会遗弃她？因此，在这里看到她，就会沾上洗不掉的污垢。而蚁垤仙人出于怜悯，不把她赶出净修林。他依靠苦行的威力，消除看到她而沾上的污垢。而我们还是前往别的净修林吧！"

蚁垤仙人得知这个情况，对他们说道："诸位婆罗门啊，你们不必心存怀疑。我通过沉思入定，发觉她是贞洁的。"即使蚁垤仙人这样说，他们还是不相信。于是，悉多对他们说道："诸位尊者啊，你们可以按照你们知道的任何方法考验我是否贞洁。如果我不贞洁，可以砍下我的头颅作为惩罚。"

那些牟尼听了悉多这样说，心生怜悯，说道："在这座森林中，有一处底提跋湖圣地，因为从前有一个名叫底提琵的妇女，被丈夫怀疑与别的男人有染，受到诬陷。为了证明自己贞洁，她呼唤大地女神和护世天神们。于是，他们出面证明她贞洁。就让罗摩的妻子去那里证明自己贞洁吧！"说罢，他们与悉多一起前往底提跋湖。

到了那里，悉多进入湖中。说道："大地母亲啊，如果我甚至在梦中也不曾想念过夫君之外的男人，就让我到达湖的对岸吧！"随即，大地女神显身，把她抱在怀中，送她到对岸。于是，所有的牟尼向悉多俯首致敬，而想要诅咒遗弃她的罗摩。而悉多忠于丈夫，劝阻他们说："请你们不要对我的夫君怀有恶意，可以就诅咒我这个罪人。"牟尼们对她表示满意，祝福她生个儿子。

这样，悉多住在那里，到时候生下一个儿子。蚁垤仙人为这个孩子取名罗婆。一天，悉多带着这个孩子去沐浴。蚁垤仙人看到她的茅屋里空空荡荡，心想："她一向留下孩子，自己去沐浴。现在这个孩子在哪里？肯定是被野兽叼走了。因此，我要为她创造另一个孩子。否则，她沐浴回来，可能会舍弃生命。"于是，他用拘舍草创造了一个与罗婆容貌相像的孩子，让他待在屋子里。

悉多回来后，看到这个孩子，询问蚁垤仙人："我自己的孩子在这里，怎么会有这另一个孩子？"于是，蚁垤仙人如实说明情况后，说道："请你收下这第二个儿子吧！他是我施展幻力，用拘舍草创造的，取名为俱舍。"这样，悉多抚养罗婆和俱舍这两个孩子长大。蚁垤仙人为他俩举行各种必要的仪式。

这两个刹帝利王子在童年就跟随蚁垤仙人学会使用各种天国武器和掌握所有知识。一天，他俩杀死净修林里的一头鹿，吃了鹿肉后，又拿着蚁垤仙人崇拜的林伽作为玩具玩耍。蚁垤仙人为此生气，经悉多恳求，他说出这两位王子涤罪的方法："让罗婆迅速前往财神的花园，取来那里湖中的金莲花和曼陀罗花。兄弟俩用这些花供奉林伽，就能涤罪，平安无事。"

于是，罗婆尽管还是少年，立即前往盖拉瑟山，迅速到达财神的花园和湖。他杀死守卫的药叉们，采集了金莲花和曼陀罗花。而在归途中，他感到疲乏，坐在一棵树下休息。就在这时，罗什曼那为罗摩举行人祭而出来寻找合适的人选，来到这里。按照刹帝利规则，他向罗婆发出挑战。他使用迷魂武器，致使罗婆昏昏沉沉，被他俘获，带回阿逾陀城。

这时，悉多盼望罗婆归来，忧心忡忡。通晓一切的蚁垤仙人安慰她后，在自己的净修林里对俱舍说："罗什曼那已经俘获罗婆，把他带到阿逾陀城。你带着这些武器,前去战胜罗什曼那,救出罗婆。"

于是,俱舍带着蚁垤仙人给他的天国武器,前往阿逾陀城,进攻祭祀场地。在战斗中,俱舍使用那些天国武器战胜前来阻截的罗什曼那。然后,罗摩前来交战。由于蚁垤仙人的威力,罗摩施展各种武器,也不能战胜俱舍。然后,罗摩询问他:"你是谁?为何来到这里?"俱舍回答说:"罗什曼那劫走我的兄长,我来这里救他。我俩是罗婆和俱舍。母亲悉多说我俩是罗摩的儿子。"接着,罗婆讲述事情经过。

罗摩听后,泪水涌出,吩咐带来罗婆。罗摩搂住这两个少年的脖子,说道:"我就是那个罪人罗摩。"臣民们聚在一起,望着这两位少年英雄,称赞悉多。罗摩接受这两个儿子后,从蚁垤仙人那里接回悉多。然后,罗摩把治国重担交给这两个儿子,与悉多一起享受幸福的生活。

"正是这样,意志坚定者甚至能忍受这样长久的分离,怎么你们两个少男少女甚至不能忍受分离一夜?"甘遮那波罗芭对渴望结婚的女儿阿兰迦罗婆蒂和那罗婆诃那达多说完这些话后,带着女儿升空离去,准备明天早上再回来。那罗婆诃那达多闷闷不乐地返回憍赏弥城。

当晚,那罗婆诃那达多不能入睡。于是,戈目伐为了让他消遣,说道:"王上啊,我给你讲述波利特维卢波的故事吧!"

在南方的波罗底湿达那城,国王名叫波利特维卢波,美貌绝伦。一天,有两个见多识广的沙门来到这里,看到国王非凡的容貌,对他说道:"王上啊,我俩周游大地,没有在哪儿看到任何女人或男人的容貌能与你相比。但是,在摩格底布罗岛,国王卢波达罗和王后海摩罗妲有个女儿,名叫卢波罗妲。唯独这个少女的美貌能与你匹配。如果你们两个能喜结良缘,那就太好了。"

这两个比丘的话语进入国王的耳朵,爱神的花箭同时射中他的心窝。国王满怀渴望,吩咐自己的画技高超的画师鸠摩利达多:"你在画布上画出我的逼真肖像,然后带着它,与这两位比丘一起去摩格底布罗岛,巧妙地向国王卢波达罗和他的女儿展示我的肖像,看看国王是否愿意把他的女儿嫁给我。同时,你也画下卢波罗姐的肖像,带回来给我。"说罢,国王让画师在画布上画好自己的肖像,让他与两位比丘前往摩格底布罗岛。

画师和两位比丘出发,一路前行,到达海边波多罗城。然后,他们从那里乘船航行,经过五天,到达摩格底布罗岛。在那里,画师在王宫门前自夸世上没有能与自己相比的画师。国王得知消息后,召唤他进宫。他进宫后,向国王俯首行礼,说道:"王上啊,我周游大地,没有看到能与我相比的画师。因此,请王上吩咐,让我画天神、阿修罗或凡人。"国王听后,吩咐带来自己的女儿卢波罗姐,对画师说道:"你就画我的女儿吧!画好后,让我看看。"

然后,画师鸠摩利达多在画布上画好公主的肖像。国王看到肖像与女儿本人一模一样,赞赏画师的才能。他心中想着为女儿找女婿,对画师说道:"贤士啊,你周游大地,请告诉我,你在哪里见到过与我的女儿美貌相配的女子或男子?"画师听后,回答说:"我没有在别处见到过能与你的女儿美貌相比的女子或男子。但是,在波罗底湿达那城,国王名叫波利特维卢波。他的美貌与你的女儿相匹配。如果你的女儿能与他喜结良缘,那就太好了。这位国王虽然正值青春,只是没有能与他的美貌相匹配的公主,所以至今还没有娶妻。王上啊,我亲眼见到这位国王,大饱眼福。出于钦佩他的美貌,我还在画布上画下了他的肖像。"

国王听后,说道:"你带着他的肖像吗?"画师回答说:"我带着。"随即向国王展示这幅肖像。国王看到波利特维卢波的容貌,惊讶得直晃脑袋,说道:"即使只看到这位国王的肖像,我们就感到幸运。我不得不要向那些亲眼看到他的人表示祝贺。"卢波罗姐听到父亲这样说,又看到这幅肖像,顿时满怀渴望,听不见和看不见其他任何东西了。

国王看到自己的女儿已经神魂颠倒,便对画师说道:"你画的肖像确实与本人一模一样,因此,国王波利特维卢波与我的女儿相匹配。请你今天就带着我的女儿的肖像,迅速前去交给国王波利特维卢波,让他看看。你也要把这里的情况告诉他。如果他满意,请他赶快来到这里。娶我的女儿为妻。"说罢,他向画师和两位比丘赠送礼物,表示敬意。同时,他委派自己的一位使者随行。

于是,画师与两位比丘和使者一起渡海,回到波罗底湿达那城国王身边。

他们向国王赠送礼物,讲述事情经过,并传达国王卢波达罗的话。然后,画师向国王展示卢波罗姐的肖像。顿时,国王的目光沉浸在卢波罗姐形体美的海洋中,收不回来,因为他渴饮美的甘露,犹如饮光鸟渴饮月光,不知餍足。然后,他对画师说道:"朋友啊,我应该向创造她的创造主致敬,也应该向画出她的你致敬。我同意国王卢波达罗的提议,我要去摩格底布罗岛娶他的女儿。"说罢,他向画师、使者和两位比丘赠送财物,表示敬意。同时,他的目光一直盯着卢波罗姐的肖像。

国王怀着渴望会面的焦急心情,在花园里度过这一天。第二天,他确定时间后,启程出发。他坐在名为蒙伽罗卡吒的大象上,带着许多象和马、周边王国的诸侯和王子们,以及画师、两位比丘和卢波达罗的使者,行进了好几天,到达文底耶山口,黄昏时分在那里安营。

第二天,国王坐在名为舍多罗摩尔陀那的大象上,进入一座森林。在行进中,他看到走在最前面的军队突然四处奔逃,心中慌乱,不知发生什么情况。这时,一位名叫尼尔跋耶的王子坐在大象上,前来报告说:"王上,前面出现一支庞大的毗罗族军队,向我们发起进攻。在交战中,他们已经杀死我们的五十头大象、一千个步兵和三百匹马。然而,我们的军队中有一个士兵倒毙,他们的军队中就有两个士兵倒毙。随后,他们发射如同金刚杵的利箭,我们的军队溃败逃散。"

国王听后,愤怒地冲向前去,杀戮毗罗族军队,犹如阿周那杀戮俱卢族军队。尼尔跋耶等人也纷纷杀戮毗罗族军队。国王用一支月牙箭射断毗罗族军队统帅的头颅。国王的大象中箭的伤口流淌鲜血,犹如眼膏山流淌带有矿物颜色的溪水。国王取得胜利,所有的军队重新聚集在一起,而毗罗族的残余部队四处逃散。战斗结束,国王的英雄气概受到卢波达罗的使者的赞美。然后,为了让受伤的士兵养伤休息,他们就在森林的湖边安营,度过这一天。

第二天早上,国王出发,一路前行,渐渐到达海边波多罗城,在那里休息一天。他受到那里名叫优达罗遮利多的国王热情招待。然后,他乘坐这位国王提供的船,用了八天时间,到达摩格底布罗岛。

国王卢波达罗得知消息,高兴地前来迎接他。两位国王相见,互相拥抱。然后,他与卢波达罗一起进城,市民们大饱眼福。王后海摩罗姐和国王卢波达罗看到国王波利特维卢波适合成为女儿的丈夫,满心欢喜。国王卢波达罗以与自己的财富相称的方式招待国王波利特维卢波。

第二天,渴望已久的卢波罗姐在吉祥的时刻登上祭坛,国王波利特维卢波兴奋地握住她的手。他俩互相凝视对方的美貌。睁大的眼睛延伸到耳边,仿佛告诉耳朵说:"你以前听到的话完全是真实的。"在向祭火撒下炒米后,国王卢波达罗赠送给这对新人无数宝石,以致人们觉得他就是一座宝石矿山。

婚礼结束后,国王卢波达罗赠送画师和两位比丘许多衣服和装饰品,也赠送其他人礼物,表示敬意。国王波利特维卢波和随从们在这里享受这个岛上所能提供的各种食物和饮料。就这样,在歌舞陪伴下,度过了这一天。

入夜后,这位国王迫不及待地进入卢波罗姐的寝室。寝室里有宝石床、宝石地面、宝石柱子和宝石灯。他和卢波罗姐如愿享受渴望已久的新婚欢爱的快乐,欢爱后疲倦入睡。早晨,国王在歌手和吟唱诗人的诵唱声中醒来起身,犹如停留在空中的月亮。

然后,国王在这个岛上停留了十天,享受岳父提供的各种新鲜的美味佳肴。在第十一天,得到占星师的同意,举行了吉祥仪式,他们启程出发。岳父陪送他到海边。他与妻子和随从们登船航行,经过八天,到达海边,与停留在那里的军队会合。国王优达罗遮利多也来迎接他进入波多罗城。他接受国王优达罗遮利多的招待,在那里休息了几天。然后,他让爱妻卢波罗姐坐上名为遮耶曼伽罗的大象,他自己坐上名为迦利耶吉利的大象,启程出发。

国王波利特维卢波一路不停前行,渐渐到达自己的波罗底湿达那城。城里旗帜高高飘扬,妇女们看到卢波罗姐,顿时失去对自己美貌的骄傲,睁大惊奇的眼睛,一眨不眨地凝视她。进城后,他赐予画师许多村庄和财物,也赐予两位比丘许多衣物,表示敬意。同样,他也向周边王国的诸侯、王子以及大臣们表示敬意。此后,他和爱妻卢波罗姐一起享受生命世界的幸福快乐。

大臣戈目佉为了让那罗婆诃那达多消遣,讲述了这个故事。然后,他再次提醒心情焦急的那罗婆诃那达多:"意志坚定者甚至能忍受长久分离的痛苦,为何你不能忍受一个夜晚?因为你明天早上就要与阿兰迦罗婆蒂牵手成婚。"

戈目佉这样说着时,负轭氏之子摩卢菩提来到这里,说道:"你怎么不说意志坚定者决不会受爱情折磨?如果具有毅力、明辨力和持戒力,这样的人怎么会被爱神的箭射中?在这世界上,唯有娑罗私婆蒂、室建陀和佛陀是幸运者。他们三人摆脱爱神,犹如拂去沾在衣角上的草芥。"

听到摩卢菩提这样说,戈目佉面色尴尬。那罗婆诃那达多看到后,为了鼓励戈目佉,说道:"戈目佉对我说这些话,没有什么不合适。心地善良的人看到朋友为分离而苦恼,怎么会兴高采烈?为分离而苦恼的人理应得到朋友安慰,其他一切听由爱神安排。"说罢,那罗婆诃那达多继续听取随从们讲述各种故事,就这样度过这一夜。

第二天早上,那罗婆诃那达多完成一些必要的事务。然后,他看到甘遮那波罗芭与丈夫阿兰迦罗希罗、儿子达磨希罗和女儿阿兰迦罗婆蒂一起从空中降落,走到他的身边。他欢迎他们,他们也依礼向他问候。随即,其他成千位持明也从空中降落。

犊子王得知消息,与王后和儿子一起来到,为儿子获得成就高兴。犊子王施以迎客之礼后,阿兰迦罗希罗谦恭地俯首弯腰,说道:"国王啊,这位是我的女儿阿兰迦罗婆蒂。她出生时,天国传来话音,说她会成为你的儿子、未来的持明转轮王那罗婆诃那达多的妻子。今天是他俩的成婚吉祥日,我要把女儿交给他。因此,我带着所有这些人来到这里。"犊子王听了持明王这样说,高兴地说道:"这是你赐予我的大恩惠。"

然后,持明王阿兰迦罗希罗运用自己的幻力,将手掌中冒出的水洒在庭院地面上,那里随即出现一个金制祭坛,覆盖有天国绢布,以及一座用各种珠宝构筑的礼堂。而后,他对那罗婆诃那达多说道:"请起身,吉祥的时刻已到,去沐浴吧!"那罗婆诃那达多沐浴后,系上结婚圣线。阿兰迦罗希罗满怀喜悦,将身穿婚服的女儿阿兰迦罗婆蒂交给他。在将炒米撒入祭火时,他和儿子一起赠送给阿兰迦罗婆蒂数以千计的金银珠宝、衣服、装饰品和天女。婚礼结束后,他向所有人表示敬意和告别,与王后和儿子一起从原路返回自己的住处。

犊子王看到儿子受到持明王们如此尊敬,知道他必定会兴旺发达,满心欢喜,便延长结婚喜庆活动的时间。那罗婆诃那达多获得端庄可爱又品德高尚的阿兰迦罗婆蒂,犹如一位优秀诗人获得充满美妙修辞的语言女神,品尝到迷人的情味。

第二章

　　犊子王之子那罗婆诃那达多和新娘阿兰迦罗婆蒂住在父亲宫中观赏天国少女唱歌跳舞,与大臣们一起享受饮宴。一天,他的岳母甘遮那波罗芭来到这里,接受迎客之礼后,说道:"你去孙陀罗城,看看我们的宫殿,与阿兰迦罗婆蒂一起,在那里的花园中游乐。"

　　那罗婆诃那达多听后,表示同意,并禀告父亲。按照父亲的吩咐,由婆森多迦陪同,他带着新娘和大臣们,登上岳母用幻力创造的飞车,从空中飞往孙陀罗城。在飞车上,从天空向下观看,大地变得像小块土地,大海变得像沟渠。这样,他们渐渐到达雪山,那里有成群的天女,紧那罗们放声歌唱。他们一路观赏种种奇景,到达孙陀罗城。

　　雪山上这座城市有许多金子和宝石构筑的宫殿,光辉灿烂,如同须弥山峰。他们从空中降落,进入城市。城中的绸布旗帜欢快舞动,仿佛看到来了一位救星。那罗婆诃那达多与阿兰迦罗婆蒂、随从们和婆森多迦一起进城后,岳母为他们举行吉祥仪式。这位幸运的王子在岳父的宫中度过这一天,享受岳母运用幻力提供的天国快乐生活。

　　第二天,岳母甘遮那波罗芭说:"在这座城市里,有乌玛之夫自在天的神像,受到供拜后,尊神会赐予财富乃至解脱。阿兰迦罗婆蒂的父亲在那里建造了一座大花园,里面还有一个以恒河命名的水池,是名副其实的圣地。你们今天可以去那里供拜尊神和游乐。"

　　听了岳母这样说,那罗婆诃那达多由阿兰迦罗婆蒂陪同,与随从们一起前往湿婆花园。那里的许多树木有金子树干、宝石树枝、珍珠花朵和珊瑚嫩芽,光彩夺目。他在恒河池中沐浴后,在铺设有台阶和布满金莲花的池边游荡。他与阿兰迦罗婆蒂和随从们在池边那些可爱的如意藤凉亭中玩乐。

　　就这样,那罗婆诃那达多在这里住了一个月,聆听天国少女唱歌和摩卢菩提讲述的轻松笑话,在花园里游乐,享受岳母运用幻力提供的快乐生活。然后,岳母赠送给他和妻子以及大臣们适合天神穿戴的衣服和装饰品,与他们一起乘坐飞车返回憍赏弥城。犊子王和王后仙赐满心欢喜。

在那里,当着犊子王和王后仙赐的面,甘遮那波罗芭对女儿阿兰迦罗婆蒂说道:"女儿啊,你绝对不要出于妒忌心而对丈夫发怒,以免由此产生分离的痛苦而后悔。我以前由于妒忌心而让丈夫伤心。我现在感到后悔,因为他已经隐居林中。"说罢,她含泪拥抱女儿,然后升空离去,返回自己的城市。

第二天早上,那罗婆诃那达多完成日常事务后,与大臣们坐在一起。这时,有个妇女跑到阿兰迦罗婆蒂身边,恐惧地说道:"王后啊,救救我这个女人吧!因为有个婆罗门要杀死我,他就站在外面。我害怕他,故而进来求你保护。"那罗婆诃那达多说道:"你别怕!说说怎么回事!这个人是谁?他为什么要杀你?"于是,这个妇女说道:

我名叫阿输迦玛拉,是这座城里名叫勃罗塞纳的刹帝利的女儿。我以前是个纯洁的少女。有个富有的婆罗门,名叫诃吒舍尔曼,贪图我的美色,向我的父亲求娶我。我对父亲说:"我不喜欢这个相貌丑陋可怕的男人。如果你把我嫁给他,我也不会待在他的家里。"尽管诃吒舍尔曼听到我这样说,他依然赖在我的家里,坐着绝食。父亲害怕他死去,便把我嫁给了他。

尽管我不同意,这个婆罗门还是带走了我。而我抛弃他,投靠另一个刹帝利的儿子。而诃吒舍尔曼依仗自己有财有势,逼走了他。于是,我又投靠第二个家境富裕的刹帝利的儿子,而这个婆罗门在夜里放火烧毁了他的家。我离开他的家,又投靠第三个刹帝利的儿子,他同样在夜里放火烧毁他的家。

从此,我陷入逃难的境地,就像羔羊害怕遭到胡狼杀害。而诃吒舍尔曼步步紧逼,不放过我。这里有个名叫维罗舍尔曼的刹帝利武士,强壮有力,是你的臣仆。我充当他的女仆,受到他的保护。这个坏心眼的婆罗门得知后,对我感到绝望,痛苦不堪,瘦得皮包骨头。这位刹帝利武士为了保护我,想要把他抓进监狱,而我劝他不要这样做。今天我出来,恰好被诃吒舍尔曼看见。他手中持剑,跑过来想要杀死我。因此,我逃到这里。门卫怜悯我,放我进来。但我知道,他现在还等在外面。

那罗婆诃那达多听后,吩咐把婆罗门诃吒舍尔曼带进来。这个婆罗门进来后,怒气冲冲,望着阿输迦玛拉,手中持剑,两眼冒火,身体扭曲颤抖。那罗婆诃那达多对他说道:"你这个邪恶的婆罗门!你想要杀死这个妇女。为了她,你还放火烧毁别人的房屋。你为什么犯下这样的罪行?"

这个婆罗门听后,回答说:"她是我的合法妻子,却抛弃我,投靠他人,我怎么能忍受?"听他这样说,阿输迦玛拉气愤地说道:"诸位护世天神啊,你们说说吧!诃吒舍尔曼是不是没有在你们亲眼所见下正式结婚娶我,而强行带走我?当时,我明白说了我不会待在他的家里。"

正当她这样说着,空中传来天国话音:"阿输迦玛拉说的都是实话。而她实际上不是凡人。请听我说说她的真实情况!有个英勇的持明王,名叫阿输迦格罗。他没有儿子,命中注定生下一个女儿,名叫阿输迦玛拉。她在父亲宫中渐渐长大,到达青春期。父亲为了获得后嗣,想要让她嫁人,而她自恃貌美,不愿意嫁给任何一个男人。父亲因她固执己见而发怒,诅咒她说:'你就成为凡人吧!你在那里有同样的名字。有个相貌丑陋的婆罗门强行娶你。你会抛弃他,怀着恐惧,接连投靠三个丈夫。而他始终不放过你。后来,你成为一位强壮有力的刹帝利武士的女仆,得到他的保护。而他依然不罢休。你看到他手中持剑,想要杀死你。你逃跑,进入王宫。这时,这个诅咒就会解除。'正是这样,阿输迦玛拉以前是持明女,受到父亲诅咒,而成为凡人。现在诅咒已经解除。她将脱离凡人的身体,回归自己的持明女身体。然后,她会记得这个诅咒,而选择一位名叫阿毗罗吉多的持明王为丈夫,过着快乐的生活。"

天国话音到此为止,阿输迦玛拉刹那间倒地,失去生命。阿兰迦罗婆蒂和那罗婆诃那达多见此情景,站在她的身边,不禁流下眼泪。婆罗门诃吒舍尔曼原先因欲情而盲目,这时,痛苦压倒愤怒,也哭泣流泪。突然,他又高兴起来,脸上展露笑容。所有人询问他:"怎么回事?"他回答说:"我记起了前生,请听我告诉你们!"

在雪山上有一座光辉的摩陀那城，住着一位名叫波罗兰勃普遮的持明王。王上啊，他生下一个儿子，为他取名斯吐罗普遮。这个王子渐渐长成英俊的青年。一位名叫苏罗毗婆蹉的持明王亲自带着自己的女儿来到波罗兰勃普遮家中，说道："这是我的女儿，名叫苏罗毗达姐。我要把她嫁给你的儿子斯吐罗普遮。让你的品德高尚的儿子今天就娶她为妻吧！"

波罗兰勃普遮听后，表示同意，叫来儿子，告诉他这件事。而斯吐罗普遮自恃貌美，说道："父亲啊，她相貌平平，我不愿意娶她。"父亲对他说道："儿子啊，相貌算什么？她出身高贵，受人尊敬。她的父亲要把她嫁给你，我也同意，你不应该拒绝。"父亲再三劝他同意，而他依然拒绝。于是，父亲发怒，诅咒他说："你自恃貌美而傲慢。你就下凡人间吧！你在那里会变得相貌丑陋。你会强行娶名叫阿输迦玛拉的少女为妻。她也是遭到诅咒而下凡人间的。她不喜欢你而抛弃你。你会感受与她分离的痛苦。她投靠别人，你会忧愁烦恼而消瘦。你会怒火中烧，以致欲情冲昏头脑而犯罪。"

而苏罗毗婆蹉贞洁的女儿苏罗毗达姐听后，哭泣着，拜倒在波罗兰勃普遮脚下，说道："你也诅咒我吧！让我俩遭遇同样的命运。别让我的丈夫独自遭受苦难。"波罗兰勃普遮对这位贞洁的少女表示满意，为了安慰她，说了对儿子诅咒的时限："一旦阿输迦玛拉受到的诅咒解除，他就会记起自己的前生，我对他的诅咒就解除。他恢复自己的身体后，记得这个诅咒，也就会摒弃傲慢，很快与你结婚，与你一起快乐生活。"这位贞洁的少女听后，终于安下心来。

"你们要知道，我就是这个遭到诅咒而下凡人间的斯吐罗普遮。我看到了傲慢会带来这么大的痛苦。傲慢的人在今生和来世怎么会获得快乐？现在，对我的诅咒已经解除。"说罢，诃吒舍尔曼脱离凡人身体，变成持明青年。他出于同情，运用幻力，不让任何人看见，把阿输迦玛拉的身体投入恒河。同时，他也运用幻力，取来恒河水，洗涤阿兰迦罗婆蒂的宫殿。然后，他向未来的主人那罗婆诃那达多行礼告别，升空离去。

所有人对此惊讶不已。这时，戈目佉开始讲述一个相关的阿南伽罗蒂的故事：

在大地上,有一座英勇城,名副其实,那里从前有一个难以战胜的国王,名叫摩诃婆拉诃。他抚慰高利女神,王后波德摩罗蒂生下一个女儿,名为阿南伽罗蒂。除了这个女儿,国王没有其他后嗣。女儿到达青春期,自恃貌美,即使国王多次劝说,她也不愿意选婿结婚。后来,她作出决定说:"我必须嫁给一个既勇敢,又英俊,而且通晓某种知识的人。"

有四个来自南方的勇士,具备她所提出的条件,得知这个消息,渴望获得她。经过门卫通报,他们进入王宫。国王当着阿南伽罗蒂的面,询问他们说:"你们名叫什么? 出身什么家族? 通晓什么知识?"

他们听后,其中的一位说道:"我名叫般遮波底迦,是首陀罗种姓。我通晓编织知识。我每天制作五套衣服。第一套送给婆罗门,第二套供奉大神湿婆,第三套供自己的穿用,如果我有妻子的话,第四套应该送给妻子,第五套用于出售,维持日常生活。"第二位说道:"我名叫跋夏若,是吠舍种姓。我通晓鸟兽的语言。"第三位说道:"我名叫坎伽达罗,是刹帝利种姓。我通晓剑术,在战斗中,没有人能战胜我。"第四位说道:"我名叫耆婆达多,是婆罗门种姓。我获得高利女神的恩惠,通晓幻术,能让死去的妇女复活。"在他们四位的自我介绍中,首陀罗、吠舍和刹帝利都夸赞自己的容貌、勇气和力量,唯独婆罗门只是夸赞自己的勇气和力量,而没有提及容貌。

国王听后,说道:"好吧!"便吩咐门卫说,"你现在把他们四位带到你的家中去。"门卫遵命照办。然后,国王对女儿阿南伽罗蒂说道:"女儿啊,这四位勇士,你看中谁?"而女儿回答说:"父亲啊,我哪个也看不中。第一位首陀罗只是一个织工,能有什么品质? 第二位吠舍通晓鸟兽语言,这有什么用? 我是高贵的刹帝利少女,怎么能嫁给他俩。第三位刹帝利,与我属于同一种姓,但是,他贫穷,侍奉他人,卖命谋生。我是国王的女儿,怎么能成为他的妻子? 第四位婆罗门,我也看不中。他相貌丑陋,又从事不正当职业,抛弃吠陀而堕落,你应该惩罚他,怎么能把我嫁给他? 父亲啊,你是国王,是种姓法和人生阶段法的保护者。正法勇士远胜于持剑勇士。一个正法勇士抵得上一千个持剑勇士。"国王听后,打发女儿回后宫,自己起身,沐浴后,处理日常事务。

第二天,这四位勇士从门卫家中出来,怀着好奇心,在城里游荡。这时,有一头名为波德摩迦婆罗的疯象,挣脱锁链,从象厩中冲出来,疯狂地践踏行人。它看到这四位勇士,想要踩死他们。而他们手持武器,冲向这头大象。那位名叫坎伽达罗的刹帝利挡开其他三人,独自迎战大象。他首先砍断大象的象鼻,仿佛轻松地砍断莲花茎秆。然后,他灵巧地避开大象的双腿,狠狠打击象背,接着砍断大象的双腿。大象呻吟着倒地而死。人们目睹他的勇武,惊讶不已。国王听说后,也感到惊奇。

第二天,国王登上大象,出外狩猎。这四位勇士跟随他出行。国王和军队杀死许多老虎、鹿和野猪。一些狮子听到大象的吼叫声,愤怒地冲向前来。于是,坎伽达罗手持利剑,将一头狮子砍成两半。接着,他用左手抓住第二头狮子的腿,猛力把它摔倒在地,剥夺它的生命。跋夏若、耆婆达多和般遮波底迦也各自杀死狮子。这样,当着国王和随从们的面,他们杀死许多狮子和老虎等野兽。国王又惊又喜,完成狩猎,返回自己的城市。这四位勇士则去门卫的家中。

国王进入后宫后,尽管感到疲倦,仍然立刻叫来女儿阿南伽罗蒂,向她一一描述自己亲眼见到的这四位勇士在狩猎中的英勇壮举。阿南伽罗蒂听了也感到惊奇。然后,国王说道:"如果般遮波底迦和跋夏若属于低级种姓,而耆婆达多虽然是婆罗门,但相貌不佳,而且从事不正当职业,那么刹帝利坎伽达罗有什么缺点?他身材魁梧,相貌英俊,勇敢有力。他杀死那头疯象,又用手抓住狮子的腿,摔死狮子。如果他贫穷而侍奉他人算是缺点,那么,我可以立刻封他为王,让其他人侍奉他。因此,女儿啊,你就选他为丈夫吧!"

听了父亲这样说,阿南伽罗蒂说道:"那么,你就把这四位勇士都带到这里,请教一下占星师,听听他怎么说。"国王听后,召集四位勇士,当着他们的面,亲自谦恭地询问占星师:"你看看阿南伽罗蒂与他们之中哪一位匹配?结婚的吉祥日在哪一天?"

占星师听后,询问他们每个人出生时的星宿。然后,他计算了很长时间,对国王说道:"如果你不生气的话,王上啊,我坦白告诉你。他们之中没有哪位与你的女儿匹配。她不会在人间结婚,因为她是受诅咒而下凡人间的持明女。

对她的诅咒将在三个月后解除。因此,等上三个月吧! 到那时,她不返回自己的世界,就可能会结婚。"这样,所有人都相信占星师的话。四位勇士也在三个月里等待着。

三个月过去,国王召集四位勇士、占星师和阿南伽罗蒂来到自己面前。国王看到自己的女儿变得越发美丽,十分高兴。而占星师明白她的死期已经来临。国王询问占星师:"现在三个月过去,你说说我们应该怎么做?"

就在这时,阿南伽罗蒂记起自己的前生,用衣服遮住自己的脸,脱离凡人身体。国王看她怎么这样子站着,便亲自揭开她蒙在脸上的衣服,发现她已经死去,眼睛停止转动,脸庞犹如霜打后凋谢褪色的莲花,也失去优美动听的话音。国王顿时悲痛至极,想到自己后嗣断绝,犹如遭到金刚杵打击,昏倒在地。王后波德摩罗蒂也昏倒在地,身上的装饰品纷纷坠落,犹如花簇遭到大象撞击。随从们号啕大哭,那四位勇士也悲伤痛苦。

很快,国王恢复知觉。他对耆婆达多说道:"现在,其他人都无能为力,这是你的机会。你夸赞自己能让死去的妇女复活。如果你具有这种幻力,就让我的女儿起死回生吧! 如果你能让她复活,我就把她嫁给你这个婆罗门。"耆婆达多听后,用念过咒语的水泼洒公主,并念诵祷词:"遮蒙姐女神啊,你佩戴骷髅项链,开怀大笑,令人畏惧,难以逼视,请你赶快帮助我吧!"然而,他竭尽努力,公主也没有复活。于是,他神情沮丧,说道:"即使这是住在文底耶山的女神赐予我的幻术,现在也不起作用。我已成为人们的笑柄,活着还有什么意思?"说着,耆婆达多准备用剑砍下自己的头颅。

这时,空中传来天国话音:"耆婆达多啊,不要鲁莽行事! 现在,你听着! 她是一位名叫阿南伽波罗芭的持明少女,由于遭到父母诅咒,成为凡人,现在她抛弃凡人身体,返回自己的世界,恢复自己的身体。因此,你再去抚慰住在文底耶山的女神,获得她的恩惠,你会获得这个高贵的持明少女。她现在已经享受天国的快乐生活,因此,国王和你都不必为她悲伤。"说明真实情况后,天国话音到此终止。于是,国王为女儿举行必要的仪式,与王后一起摆脱忧伤。其他三位勇士也返回各自的住处。

而耆婆达多怀抱希望,前去文底耶山修炼苦行,抚慰女神。女神在梦中对他说:"我对你表示满意。起身吧,听我告诉你:在雪山英勇城,有位持明王,名叫萨摩罗。王后阿南伽婆蒂为他生下一个女儿,名叫阿南伽波罗芭。她自恃年轻貌美,不愿意选婿结婚。父母因她固执己见而发怒,诅咒她说:'你就下凡人间吧!你在那里也不会享受婚姻快乐。你成为十六岁少女时,会抛弃凡人身体,回到这里。而后,有个相貌丑陋的凡人,获得一把魔剑,会成为你的丈夫。他是因为贪恋一个牟尼的女儿,而受到诅咒下凡人间的。即使你不愿意,他也会把你带往人间。你在那里会抛弃他。他在前生八次夺取他人的妻子,因此,他会遭受八生的痛苦。而你在一生中就如同遭受八生的痛苦,因为你失去持明的神性,成为凡人。每个犯有罪恶的人都会遭受与罪恶相应的命运,而妇女则与丈夫同享这种命运。你已经失去记忆,会在那里获得许多丈夫,而你会固执地厌弃适合你的丈夫。有一位名叫摩陀那波罗跋的持明,会成为人间国王。他会向你求婚,最终成为你的丈夫。然后,你摆脱诅咒,再次回到自己的世界,你将获得这个变回持明的合适丈夫。'正是这样,阿南伽罗蒂现在又回到父亲身边。因此,你拿着这把剑吧!前去英勇城,战胜她的父亲,获得她。即使她的父亲出身高贵,通晓一切,而你手持这把剑,就能飞行空中,战无不胜。"

说罢,女神交给他一把剑,然后消失不见。耆婆达多醒来后,看见自己手中握着一把魔剑。他起身后,高兴地敬拜安必迦女神。女神赐予他的恩惠如同甘露,他修炼苦行的劳累顿时消失。他手持这把剑,升空在雪山游荡,找到住在英勇城的持明王萨摩罗。在交战中,他战胜萨摩罗。萨摩罗便把阿南伽波罗芭嫁给他。他在那里享受天国的快乐生活。

过了一些日子,耆婆达多对岳父和妻子阿南伽波罗芭说道:"让我俩回到人间世界去。我非常想念那里。因为对于众生,故土即使低贱,也难以忘怀。"岳父听后,表示同意,而阿南伽波罗芭勉强表示同意。

这样,耆婆达多把妻子抱在怀中,从空中降落人间世界。阿南伽波罗芭看到那里有一座可爱的山,说道:"让我俩在那里休息一下吧!"耆婆达多表示同意,降落在那里。他用幻力创造出食物和饮料,与妻子一起享用。然后,也是命运安排,耆婆达多对妻子说道:"亲爱的,你唱一支甜美的歌曲吧!"于是,阿南迦波罗芭虔诚地歌唱湿婆赞歌。而耆婆达多听着她的歌声,渐渐犯困入睡。

　　这时,有个名叫诃利婆罗的国王,狩猎疲倦,沿路来到这里寻找泉水。他听到歌声,像鹿儿那样受到吸引,下车独自走到这里。他首先看到一些吉兆,然后看见阿南伽波罗芭,如同看见真实的爱神光辉①。她的歌声和美貌迷住他的心,爱神之箭就轻而易举射入。而阿南伽波罗芭看到他英俊可爱,也立即成为爱神挽弓瞄准的对象。她思忖:"他是谁? 难道是未带花箭的爱神? 或者,湿婆对我唱的歌表示满意,这是他的恩惠的化身? "

　　此刻,她已经魂不守舍,询问他:"你是谁? 怎么会来到这个森林? "国王便告诉她,自己是谁,怎么会来到这里,随后询问她:"美人啊,请告诉我! 你是谁? 莲花脸啊,睡在这里的这个人又是谁? "于是,她简单地回答说:"我是持明女,他是我的持有魔剑的丈夫。我一见到你,就爱上了你。因此,让我俩立刻到你的城市去吧! 一旦他醒来,就去不成了。到了那里,我会告诉你详情。"

　　国王诃利婆罗听了她的话,说道:"好吧! "他满怀喜悦,仿佛获得了整个三界的王权。这时,阿南伽波罗芭心中想着:"我要把国王抱在怀中,迅速升空离开。"而由于她背叛丈夫,她的幻力消失。她想起父亲的诅咒,顿时神情沮丧。

　　国王看到她这个样子,询问她原因,然后对她说道:"现在不是忧伤的时刻,你的丈夫快要醒来。亲爱的,一切事情都由命运安排。你不必忧伤。正如谁能摆脱自己的影子,谁能躲避自己的命运? 来吧,我俩离开这里。"她表示同意后,国王立即把她抱在怀中,就像获得一座宝库,迅速离开这里,让她登上自己的车。侍从们表示欢迎。

　　国王带着心上人乘坐速度快似思想的车,到达自己的城市。臣民们看到后,满怀好奇心。在这座以国王自己的名字命名的城市里,国王与阿南伽波罗芭一起享受天神般快乐的生活。而阿南伽波罗芭爱上这位国王,由于诅咒的作用,已经忘却自己的所有幻力。

　　这时,留在山中的耆婆达多醒来,不见阿南伽波罗芭的身影,只剩自己孤身一人。他惊慌不安:"阿南伽波罗芭去了哪里? 我的剑在哪里? 是她带走了

---

① "阿南伽波罗芭"的原词 anaṅgaprabhā,是由 anaṅga(爱神)和 prabhā(光辉)组成的复合词。

它,还是有人把她和剑都带走了?"他左思右想,在山中寻找了三天,忍受情欲之火的烧灼。接着,他又下山,在各处林中游荡了十天,也没有发现她的任何踪迹。他发出悲呼:"残酷的命运啊,你好不容易把她和魔剑赐予我,怎么现在又收回?"

就这样,他不思饮食,四处游荡,来到一个村庄,进入一个富裕的婆罗门家中。女主人名叫波利耶达妲,容貌优雅,衣着整齐,吩咐侍女说:"快让耆婆达多洗洗双脚,他已经十三天没有进食。"耆婆达多听后,感到惊讶,思忖道:"难道阿南伽波罗芭来到了这里? 或者,她是一位女瑜伽行者吗?"这样,他洗完脚,用完餐,凄苦地询问她:"你怎么会知道我的情况? 那么,请你再告诉我,我的妻子和剑去了哪里?"

这位忠于丈夫的波利耶达妲回答说:"除了我的丈夫,没有任何人能进入我的心中,甚至梦中。我看待其他男人如同儿子或兄弟。没有任何客人来到我家中,会不受到招待而离去。由于这种功德的威力,我知道过去、现在和未来。你的妻子阿南伽波罗芭已经被国王诃利婆罗带走。也是命运安排,他沿路来到那里,被歌声吸引,把你的妻子带回以自己的名字命名的城市。你不可能再获得她,因为那位国王强壮有力。而那个女子也会抛弃他,投奔他人。女神给你那把剑,只是为了让你获得那个女子。现在,她已经被别人带走,因此,这把剑也就回到女神那里。女神在梦中向你讲述阿南伽波罗芭遭受诅咒的情况,你怎么忘却女神已经预示的此后会发生的事? 因此,为何要对命中注定会发生的事忧愁烦恼? 你就摆脱一次又一次带来痛苦的罪恶的束缚吧! 兄弟啊,你何必留恋那个爱上他人的邪恶女子? 她已经变成凡人,而且背叛丈夫,失去了自己的所有幻力。"

听了这位贞洁的妇女的话,耆婆达多摒弃对阿南伽波罗芭的激情,厌恶她的轻浮,说道:"阿妈啊,你的真诚的话语消除了我的愚痴。确实,只有行为纯洁的人才会获得幸福。我以前作恶犯罪,因而遭受痛苦。现在,我要摆脱妒忌。我何必为了阿南伽波罗芭而仇恨他人? 战胜了愤怒,也就战胜了世界。"他这样说着时,波利耶达妲的丈夫回到家里。这位恪守正法的婆罗门同样热情好客,欢迎他。他在这里抛却痛苦,休息过后,便告别他俩。

　　然后,他四处游荡,朝拜大地上的所有圣地,忍受种种艰难困苦,依靠根茎和果子维持生命。最后,他来到文底耶山敬拜女神。他修炼严酷的苦行,实行斋戒,睡在拘舍草垫上。安必迦女神对他感到满意,显身对他说道:"起身吧,孩子! 因为你们四个都是我的侍从。其他三个是般遮摩罗、遮杜尔婆格罗和摩豪陀罗。你是排在最后的第四个,名叫维迦吒婆陀那。你们曾经一起去恒河沙滩游玩。在那里,你们看见一位牟尼的女儿在恒河中沐浴。那位牟尼名叫迦比罗遮吒,他的这个女儿名叫遮波兰卡。你们四个都迷上她,向她求婚。而她回答说:'我是少女,你们都走开!'其他三个听后,保持沉默,而你却强行拽住她的手臂。于是,她哭喊道:'父亲啊父亲,快来救我!'牟尼听到后,愤怒地赶来。你看到他,便放开这个少女。而牟尼立即诅咒你们说:'你们这些恶棍,下凡人间去吧!'你们向他求情,于是,他指出这个诅咒的时限:'一旦你们求娶阿南伽波罗芭,你们中的这三个摆脱诅咒,回到持明世界。而在阿南伽波罗芭变回持明女后,你会获得她,然后又失去她。维迦吒婆陀那啊,此后,你会受苦受难,最后,你抚慰女神而摆脱诅咒。这一切的发生,是由于你接触遮波兰卡的手,也由于你多次夺取他人的妻子犯下的罪行。'因此,你们都是我的侍从,由于遭到这位大仙诅咒,下凡人间成为南方的四个勇士。般遮波底迦、跋夏若和坎伽达罗,他们三个是你的朋友,你是耆婆达多。他们三个在阿南伽波罗芭离去后,摆脱诅咒,已经回到这里。现在,你抚慰我,因此,你也摆脱诅咒。你就接受这个烈火咒语,抛弃凡人身体吧! 一次性烧尽你八生中犯下的罪行吧!"说罢,女神教给他这个咒语,然后消失不见。

　　于是,耆婆达多用这个咒语焚毁自己的凡人身体和罪恶,最终摆脱诅咒,再次成为女神的侍从。是啊,甚至神灵夺取他人的妻子,犯下罪行,也遭受这样的痛苦,何况其他人呢?

　　这时,阿南伽波罗芭已经在诃利婆罗城成为国王诃利婆罗的正宫王后。国王日日夜夜一心爱恋她,把王国的重担托付给大臣苏曼多罗。一天,有一个舞师,名叫罗勃达婆罗,从中部地区来到国王这里。国王看到他精通音乐和舞蹈,便尊敬他,任命他担任后宫后妃的舞师。在他的教授下,阿南伽波罗芭的舞蹈跳得最出色,以致让后宫的所有嫔妃羡慕不已。由于与舞师经常待在一起,又对学习舞蹈兴趣浓厚,阿南伽波罗芭爱上这位舞师。

而舞师也迷上她的青春美貌,渐渐地在情欲驱使下,跳起另一种富有魅力的舞蹈。一次,在舞厅中,阿南伽波罗芭抑制不住自己的激情,突然走近舞师,与他交欢,然后说道:"我没有你,一刻也活不下去。而一旦让国王诃利婆罗察觉,他绝不会容忍。因此,来吧,我俩前往国王不知道的地方去。你有国王对你的舞蹈表示满意而赏赐的马、骆驼和钱财,我有装饰品。我俩赶快离开,到不会受到威胁的地方去。"

舞师听后,满怀喜悦,表示同意。然后,阿南伽波罗芭女扮男装,带着一个心腹侍女,前往舞师家中。舞师把所有财物装在骆驼背上,与阿南伽波罗芭一起骑马出发。她最初抛弃持明的吉祥富贵,然后抛弃王室的吉祥富贵,而投靠一个艺伎。天啊,这便是妇女轻浮放浪的心! 就这样,阿南伽波罗芭与舞师一起到达遥远的维约伽城,在那里过着快乐的生活。而舞师觉得获得她,就自己而言,也是名副其实[①]。

这时,国王诃利婆罗发现爱妻阿南伽波罗芭不知去向,悲伤至极,想要抛弃自己的生命。于是,大臣苏曼多罗安慰国王说:"王上啊,你怎么好像不明事理? 你自己好好想想,她抛弃持有魔剑的持明,而只是对你一见钟情,投靠你,怎么可能对你忠贞不二? 王上啊,她不珍惜高贵事物,而选择低贱事物,就像面对草叶和宝石芽,她喜欢草叶。肯定是舞师带走了她,因为他现在也不见踪影。听说早上他俩一起在舞厅里。王上啊,你是明理人,为何还要留恋她? 因为妇女对所有人的激情,就像黄昏的晚霞,顷刻间就会消逝。"

听了大臣的话,国王陷入沉思:"是啊,这位智者说的话完全正确。因为轻浮的女子如同无常的生命,时时刻刻变化不停,到头来令人索然寡味。智者不会受献媚的女人控制,就像不会进入波浪翻滚而深不可测的河流,否则会被淹死。智者遇到灾厄不消沉,获得成就不傲慢,勇敢面对一切,才能赢得世界。"这样思考后,国王听从大臣的劝告,摒弃忧伤,满足于享受自己的后妃。

阿南伽波罗芭与舞师在维约伽城住了一些日子。也是命运安排,舞师结

---

① 舞师的名字"罗勃达婆罗"的原词是 labdhavara,词义为获得恩惠。

识了一个名叫苏陀尔舍那的青年赌徒。就在阿南伽波罗芭的眼前,舞师的所有财富很快就全部输给这个赌徒。于是,阿南伽波罗芭抛弃这个输光财富的舞师,投入这个赌徒的怀抱。舞师失去财富和妻子,无依无靠,厌弃世界,束起发髻,前往恒河岸边修炼苦行。就这样,一次次寻觅新欢的阿南伽波罗芭与这个赌徒一起生活。

一天,一些盗贼在夜里潜入赌徒苏陀尔舍那家中,偷走了他的所有财富。家里的财富被洗劫一空,阿南伽波罗芭既痛苦,又悔恨。这个赌徒看到她这个样子,便安慰她说:"我在这里有一个朋友,名叫希罗尼耶笈多,是个大财主。来吧,我们现在去向他借些钱。"

命运已经搅昏这个赌徒的头脑。他带着妻子到商人希罗尼耶笈多家去借钱。这个商人一见到阿南伽波罗芭,阿南伽波罗芭一见到这个商人,顿时互相产生爱慕之情。苏陀尔舍那向商人开口借钱。这个商人显得很热情,说道:"明天早上,我会给你金子。今天,你俩就在我家里聚餐吧!"

苏陀尔舍那听后,察觉他和阿南伽波罗芭两人之间异常的表情,便说道:"今天我就不在你家聚餐了。"而这个商人说道:"那么,让你的妻子在我家用餐吧!因为这是她第一次拜访我家。"尽管苏陀尔舍那是个狡猾的赌徒,这时却保持沉默。于是,商人与阿南伽波罗芭一起进入屋内。

商人希罗尼耶笈多与这个意外降临的美女一起吃喝。他与醉意朦胧的阿南伽波罗芭调情逗乐,而苏陀尔舍那站在门外等候妻子。商人的仆从听从主人的吩咐,出来对他说:"你的妻子用餐后,已经回家。你怎么没有看见她出来,还待在这里?回家去吧!"苏陀尔舍那回答说:"她还在里面,没有出来,因此,我不会离开。"而那些仆从用脚踢他,赶走他。

苏陀尔舍那离开商人家,忧愁悲伤,思忖道:"这个商人尽管是我的朋友,怎么也会夺走我的妻子?或许,这是我前生作恶,今生得到报应。我对别人做这样的事,别人也对我做这样的事。我自己做的事让别人发怒,我又何必对别人发怒?因此,我只有斩断生死束缚,才会不再遭受屈辱。"这样思考后,他摈弃发怒,前往枣树净修林,在那里修炼苦行,斩断生死束缚。

阿南伽波罗芭获得这个英俊可爱的商人丈夫,就像蜜蜂从一朵鲜花飞往另一朵鲜花,高兴快乐。渐渐地,她掌控这个富商的生命和财富,因为这个丈夫一心爱她。这里的国王名叫维罗跋呼,听说有这么一位美女,但他恪守正法,没有夺取她。

过了一些日子,这个商人的财富锐减。家里住着这样一个放荡女子,高贵的财富女神仿佛消瘦憔悴。于是,商人希罗尼耶笈多带着货物,启程前往金地岛经商。他不愿意与妻子分离,带着她一起出发,到达海边的沙伽罗城。他遇到住在这个城里的一个渔王,名叫沙伽罗维罗。希罗尼耶笈多带着妻子与这个渔王一起来到海边,登上他提供的货船。

然后,货船在海上航行了一些天。一天,空中突然涌起密集的乌云,伴随耀眼的闪电,仿佛要吞没世界,令人恐惧。狂风大作,暴雨倾泻,货船开始在海浪中下沉。随着船手们的呼救声,货船沉没,仿佛商人希罗尼耶笈多自己的希望破灭。他立即束紧衣服,然而他看不清妻子的身影,叫喊着:"亲爱的,你在哪儿啊?"随即,他独自跳入海中。他用双臂划水游泳,幸运地遇到一艘商船,攀登上船。

而当时渔王沙伽罗维罗迅速用绳索捆住一堆木板,让阿南伽波罗芭坐在上面,自己也坐在上面。这堆木板在海上漂浮,他安慰满怀恐惧的阿南伽波罗芭,并用双手奋力划水。在那艘货船刹那间破碎沉没后,空中的乌云也消失,大海平静下来,仿佛一位善人平息愤怒。

商人希罗尼耶笈多幸运地登上那艘商船后,一路顺风,五天后到达海岸。他登岸后,为失去爱妻而悲痛,但想到命运不可违抗,于是缓慢地返回自己的城市。意志坚强的人具有毅力,希罗尼耶笈多继续经商致富,过着快乐的日子。

而阿南伽波罗芭坐在木板上,与沙伽罗维罗一起,经过一天,就到达海岸。这位渔王安慰她,把她带到沙伽罗城自己的宫殿中。阿南伽波罗芭思忖道:"他是一位勇士,我的救命恩人,而且财富堪比国王,又年轻英俊,对我百依百顺。"于是,她嫁给了这个渔王。轻浮的女子就是这样分不清高低贵贱。这样,她与渔王共同生活,享用渔王的财富。

一天,阿南伽波罗芭从楼阁望见街道上走过一位英俊的刹帝利青年。这个青年名叫维遮耶婆尔曼。她贪图这位青年的美貌,从楼阁下来,走近他,说道:"我一看见你,就爱上了你。你就接受我吧!"这个青年满怀喜悦,仿佛天上为他掉下一个三界美女,便把她带回自己家中。

然后,沙伽罗维罗发觉妻子不知去向。于是,他抛弃一切,前往恒河岸边修炼苦行,希望舍弃身体。确实,他怎么会不遭受这种痛苦? 一个低贱的渔夫怎么有资格娶高贵的持明女为妻? 这样,阿南伽波罗芭无拘无束,与维遮耶婆尔曼一起住在这座城里,过着快乐的生活。

这里的国王名叫沙伽罗婆尔曼。有一天,他坐在一头母象上,在城里游荡,观赏这座以自己的名字命名的城市。他沿路来到维遮耶婆尔曼的住宅。得知国王来到,阿南伽波罗芭怀着好奇心,登上楼阁观看国王。而她一看到国王,就迷上国王。于是,她一再请求驾驭母象的象夫:"象夫啊,我从来没有坐过大象。你就让我坐上大象,感受一下快乐吧!"象夫听后,望着国王的脸。而国王看到她,感到她可爱似天上掉下的月亮,眼睛不知餍足地吞饮她,如同饮光鸟吞饮月光。国王想要获得她,便对象夫说道:"让大象走近,满足她的要求吧! 不要耽搁,让这位月亮脸女子坐上大象!"于是,象夫立即让大象走到那个楼阁下。阿南伽波罗芭看到大象走近过来,迅速上前扑倒在国王怀中。

她最初厌恶嫁夫,现在却不知餍足,一次次嫁夫。啊! 这是由于父亲的诅咒,表明她的思想已经逆转。她仿佛害怕坠落,紧紧搂住国王的脖子。而国王接触她,感到自己的身体仿佛沾上甘露,无比快乐。阿南伽波罗芭已经使用这个计策,把自己献给国王,而渴望亲吻国王。国王带着她,迅速返回自己宫中。在那里,这个持明女向国王讲述事情经过后,国王让她进入后宫,封她为正宫王后。

而那个刹帝利青年维遮耶婆尔曼得知自己的妻子已被国王带走,便来到王宫门外,与国王的侍卫们交战。他坚持战斗,绝不退却,直至丢掉自己的性命。确实,作为勇士,绝不能容忍自己为女人遭受屈辱。这样,他被天女们带到天国,仿佛对他说:"你何必为这个卑劣的女子献身? 你就在这里欢喜园中享受我们吧!"

而阿南伽波罗芭现在的心思完全放在国王沙伽罗婆尔曼身上,不再移往他处,犹如河流汇入大海,安居其中。她认为是命运的力量让她获得这个丈夫,感到心满意足。国王也认为自己获得这位妻子,已经收获人生的果实。

过了一些日子,王后阿南伽波罗芭怀孕,足月为国王生下一个儿子。国王为儿子取名沙摩德罗婆尔曼,并为儿子诞生举行盛大的庆祝活动。沙摩德罗婆尔曼渐渐长成身材魁梧的青年,品德高尚,强壮有力,国王为他灌顶,立他为王太子。然后,国王安排他与国王萨摩罗婆尔曼的女儿迦摩罗婆蒂结婚,并把王国交给他。

沙摩德罗婆尔曼勇敢豪迈,通晓刹帝利法,在获得王国后,禀告父亲说:"父亲,请你同意我出征四方。不追求胜利的国王就像妇女的懦弱丈夫,受人奚落。在这世上,国王拥有王权,凭借自己的臂力征服其他王国,遵行正法,赢得荣誉。父亲啊,国王拥有王权,怎么能欺压穷苦的弱者,吞噬自己的民众,如同贪食的猫儿?"

父亲沙伽罗婆尔曼听后,说道:"儿子啊,你现在应该巩固刚刚获得的王权。依法统治自己的民众,并非就不能获得功德和荣誉。你不能不考虑自己和其他国王的力量,就投入战斗。孩子啊,即使你是勇士,也拥有许多军队,但在战争中,胜利女神左右摇摆,难以完全信任。"

尽管国王这样劝导他,勇敢的沙摩德罗婆尔曼还是竭力说服父亲同意,然后出征四方。此后,他依次征服四方,迫使各地国王归顺他。他带着象、马和金子等战利品,返回自己的城市,父母高兴满意。他名扬天下,且听从父母的吩咐,向婆罗门们施舍大量的象、马、宝石和金子,也慷慨施舍臣仆和所有求乞者。由此,贫穷这个词汇在这个王国中失去意义。

国王沙伽罗婆尔曼看到自己的儿子取得光辉成就,认为自己已经圆满实现人生目的,他在和阿南伽波罗芭为儿子举行庆祝活动后,对儿子说道:"儿子啊,我这一生的任务已经完成。我已经享受王权的快乐,没有遭受败于其他国王的屈辱,现在又看到你一统天下,我还有什么别的企求?因此,趁我现在身体还健在,我要去朝拜圣地。你看,年老已经在我的耳根对我说:'身体终将衰亡,你怎么现在还留在家中?'"尽管儿子不愿意,国王还是与妻子一起前往波罗耶伽圣地。儿子沙摩德罗婆尔曼护送父母到达圣地后,返回自己的城市,依法统治王国。

国王沙伽罗婆尔曼和妻子阿南伽波罗芭在波罗耶伽圣地修炼苦行,抚慰大神湿婆。一天夜晚结束时,大神湿婆在梦中对国王说:"我对你们夫妻俩修炼苦行表示满意。请听我说!阿南伽波罗芭和你都是持明。孩子啊,诅咒已经解除,天亮后,你俩将回到自己的世界。"

国王听后醒来,而阿南伽波罗芭也有同样的梦,两人互相告知,阿南伽波罗芭兴奋地告诉国王说:"夫君啊,我现在完全记起我的前生。我是持明王萨摩罗的女儿。我住在英勇城时,名字就是阿南伽波罗芭。由于父亲的诅咒,我失去幻力,下凡人间成为凡人,忘记自己是持明女。现在,我已经回复记忆。"

正当她这样说着时,她的父亲持明王萨摩罗从空中降临。他接受国王沙伽罗婆尔曼敬拜后,对拜倒在他脚下的女儿阿南伽波罗芭说道:"来吧,女儿啊!接受这些幻术吧,对你的诅咒已经解除。因为你在这一生中,已经遭受八生的痛苦。"说罢,他把女儿抱在怀中,授予她种种幻术。

然后,他对国王沙伽罗婆尔曼说道:"你是名叫摩陀那波罗跋的持明王。我名叫萨摩罗。阿南伽波罗芭是我的女儿。以前,她到达婚龄时,许多人求娶她,而她自恃貌美,不愿意嫁给任何人。你与她十分匹配,满怀渴望求娶她,而命运作怪,她也不肯嫁给你。因此,我诅咒她下凡人间。而你一心一意爱她,沉思赐予恩惠的大神湿婆,表示自己下凡人间,也要娶她为妻。这样,你运用幻力,抛弃自己的持明身体,下凡人间,最终娶她为妻。现在,你俩一起回到自己的世界去吧!"

国王沙伽罗婆尔曼听后,记起自己的前生。他把自己的身体投入波罗耶伽圣地的河水中,顿时成为摩陀那波罗跋。阿南伽波罗芭恢复幻力,获得另一个身体,顿时成为持明女。摩陀那波罗跋和阿南伽波罗芭互相望着对方神奇的持明身体,愈发恩爱。持明王萨摩罗与他俩一起升空,返回持明族的英勇城。在那里,萨摩罗举行仪式,把女儿阿南伽波罗芭交给持明王摩陀那波罗跋。然后,摩陀那波罗跋与解除诅咒的阿南伽波罗芭一起,返回他自己的城市,过着快乐的生活。

"正是这样,即使神灵也会受自己的恶业控制,遭到诅咒,下凡人间。在接受相应的恶果惩罚后,依靠以前积累的善业,返回原地。"

那罗婆诃那达多和阿兰迦罗婆蒂听了大臣戈目佉讲述的这个故事,高兴满意。然后,那罗婆诃那达多起身,履行日常的职责。

第三章

第二天,那罗婆诃那达多与阿兰迦罗婆蒂在一起,朋友摩卢菩提禀告说:"王上啊,你看看,你的仆从迦尔波底迦多么可怜!身穿破旧的兽皮衣,束着发髻,身体又瘦又脏,无论寒冬酷暑,日夜不离开宫门。你为何至今不赏赐他?你应该及时赏赐他才对,否则,到他临终时,你赏赐再多也没有用了。因此,趁他活着时,怜悯他吧!"

戈目佉听后,说道:"摩卢菩提说得很对。但是,王上啊,你在这方面没有过失。因为在仆从的罪业没有消除时,即使国王想要赏赐,也无能为力。而一旦仆从的罪业消除,即使他人劝阻,国王也一定会赏赐。为了说明这一点,王上啊,请听我讲述国王罗克什达多和仆从罗勃特达多的故事!"

在大地上,从前有一座罗克什城,国王名叫罗克什达多,以慷慨施舍著称。据说,他向求乞者施舍从不少于一百万,而是施舍五百万。能让求乞者摆脱穷苦,他高兴满意。由此,他得名罗克什达多[①]。

这位国王有个仆从,名叫罗勃特达多,身穿一件破旧的兽皮衣,束起发髻,无论寒冬酷暑,刮风下雨,日夜守护宫门,一刻也不离开。国王看在眼里。这个仆从长期生活艰苦,而国王虽然是慈悲的施主,却没有赏赐他什么。

一天,国王去林中狩猎,罗勃特达多手持棍棒,跟随国王前去。国王骑在马上,手持弓箭,带着军队,发射箭雨,杀死许多老虎、野猪和鹿。而罗勃特达

---

① "罗克什达多"的原词是 lakṣadatta,词义为施舍百万或施舍数百万。

多独自走在国王前面,也用棍棒杀死许多野猪和鹿。国王看到后,心想:"他居然如此英勇,确实是一位勇士。"但是,国王依然没有赏赐他什么。狩猎结束,国王返回城市,高兴满意。而罗勃特达多一如既往,守护宫门。

一次,国王为战胜邻国同族的国王,展开一场大战。在战斗中,罗勃特达多冲在国王前面,用自己坚硬的棍棒杀死许多敌人。国王战胜敌人后,返回自己的城市。尽管他目睹这个仆从的英勇行为,依然没有赏赐他什么。就这样,罗勃特达多生活艰难困苦,度过了五年。

六年后,有一天,也是命运安排,国王罗克什达多看到他,心生怜悯,思忖道:"即使他长期生活艰苦,我也没有赏赐他什么。我今天何不试着赏赐他一些什么,看看他的罪业有没有消除,好运是否眷顾他?"于是,国王悄悄进入库房,拿了一些宝石,填塞进一个香橼果子里,仿佛装进一个小篮子。

然后,国王在会堂外举行公众集会,召集所有市民、诸侯和大臣们。国王看到罗勃特达多也来到这里,便亲切地招呼他:"你过来吧!"罗勃特达多听后,高兴地走到国王面前坐下。国王对他说道:"你说几句妙语吧!"于是,这个仆从念诵了一首诗:

> 吉祥女神满足富人,犹如河流充实大海,
> 而她不出现在甚至身无分文的穷人面前。

国王听后,让他再念诵一遍。国王感到高兴满意,便赏赐他那个香橼果子。所有在场的人看到后,不明真相,互相悄悄议论,惋惜地说道:"国王乐于让人们摆脱穷困。他亲切地召唤这个可怜的仆从,虽然对他表示满意,却只赏赐他一个香橼果子。确实,对于运气不佳的人,甚至如意宝树也会变成波罗奢树。"

罗勃特达多拿着这个香橼,离开那里。而一个名叫罗阇般提的比丘来到这个仆从面前,看到这个品相可爱的香橼,便用一件衣服向他换取这个香橼。然后,这个比丘参与集会,把这个香橼献给国王。国王认出它,询问比丘:"尊者啊,你从哪里得到这个香橼?"比丘回答说:"是罗勃特达多给我的。"国王听后,既惊讶,又失望,心想:"天啊,他至今还没有消除罪业。"随即,国王收下这

个香橼,起身离开集会,履行日常的职责。而罗勃特达多卖掉那件衣服,用于吃喝,依旧守护宫门。

第二天,国王照样举行集会,所有人再次前来。国王看到这个仆从来到这里,再次招呼他过来,坐在自己的身边,让他念诵那首诗后,高兴地再次赏赐他里面藏有宝石的这个香橼。所有在场的人惊讶地思忖道:"天啊,王上又一次对他表示满意,而没有好好赏赐他。"

这个仆从拿着这个香橼,离开这里,神情沮丧,心想:"我白白让国王感到高兴。"这时,有个地方官员前来参加集会,想要见到国王。他遇见这个仆从,看见这个香橼,觉得它预示吉兆,便用两件衣服换取这个香橼。然后,他参与集会,拜倒在国王脚下,献给他这个香橼以及自己带来的礼物。国王认出这个香橼,询问他从哪里得到的,他回答说是从仆从那里得到的。国王心情沉重,思忖道:"天啊,吉祥女神至今没有眷顾他。"于是,国王收下这个香橼,起身离开。而这个仆从前往市场,卖掉一件衣服,购买一些食物和饮料。然后,他把另一件衣服撕成两半,用作两件衣服。

第三天,国王仍然举行集会,所有人再次前来。国王看到这个仆从来到,再次招呼他过来,让他念诵那首诗后,又赏赐他这个香橼。所有在场的人依旧感到惊讶。而这个仆从离去后,把这个饱满的香橼送给国王的情妇。这个女人如同缠在国王大树上晃动的蔓藤。她回赠这个仆从金子。这个仆从卖掉金子,愉快地度过这一天。

而这个女人来到国王身边,把这个硕大可爱的香橼献给国王。国王询问她从哪里得到这个香橼,她回答说:"这是那个仆从送给我的。"国王心想:"吉祥女神直至今天还是没有眷顾他。看来他前生功德浅薄,不知道我从来不会空口赐予恩惠。因此,这些宝石一次次被退回给我。"于是,国王收下这个香橼,让人保管好,起身离开,履行日常的职责。

第四天,国王还是照样举行集会,所有的市民、诸侯和大臣们再次聚集。国王看到这个仆从来到,仍像先前那样招呼他坐在自己面前,让他念诵那首诗,然后赏赐他这个香橼。在国王迅速给他香橼时,他伸手没有完全接住,香橼滑落在地,接缝处裂开,那些昂贵的珍珠滚了出来,撒在地面上,闪闪发光。

所有在场的人看到后,说道:"前三天,我们不知道真相,稀里糊涂,原来这就是国王的赏赐。"

国王听后,说道:"我是用这个办法考察吉祥女神是否眷顾他。前三天,他的罪业还没有消除,直到今天才消除。因此,吉祥女神现在眷顾他。"说罢,国王赐予他这些宝石以及村庄、象、马和金子,还封他为诸侯。然后,在众人的喝彩叫好声中,国王起身离开,前去沐浴。而这个仆从实现愿望,返回自己的住处。

"正是这样,仆从在罪业没有消除前,即使历尽千辛万苦,也无法获得主人的恩惠。"

首席大臣戈目佉讲完这个故事后,继续对自己的主人那罗婆诃那达多说道:"王上啊,我知道你的仆从的罪业还没有消除,因此,你至今没有赏赐他。"那罗婆诃那达多听后,说道:"说得好啊!"随后,他立即赐予自己的仆从迦尔波底迦许多村庄、象、马、一千万金子以及衣服和装饰品。于是,迦尔波底迦享有荣华富贵,简直如同国王。遇到知恩图报的主人,忠诚的仆从怎么会不得到回报?

然后,南方有个婆罗门青年,名叫波罗兰勃跋呼,希望侍奉那罗婆诃那达多。这位勇士说道:"王上啊,你的名声吸引我拜倒在你的脚下,愿意侍奉你。除了你在空中飞行时,只要你在大地上,无论乘坐象、马还是车,我都不会离开你一步。因为我听说你是未来的持明转轮王,你就支付我每天一百金币的薪酬吧!"那罗婆诃那达多听后,知道这个婆罗门确实具有无比的勇气,便同意他提出的薪酬要求。

对此,戈目佉说道:"王上啊,国王们有这样的侍从。请听我讲述这个故事!"

大地上有一座光辉的维格罗摩城。在那里,从前有个国王,名叫维格罗摩冬伽。他通晓治国策略。他的剑刃锋利,而刑杖不是这样。他始终热爱正法,而非女人和狩猎等。对于这位国王,污垢只存在于地上尘土中,缺少品德只存

在于箭离弓弦 ①,缺少判断力只存在于牧牛人牛群中的迷途牛犊 ②。

一天,有个摩腊婆国英俊的婆罗门勇士,名叫维罗婆罗,前来侍奉这位国王。他的妻子名叫达磨婆蒂,女儿名叫维罗婆蒂,儿子名叫萨埵婆罗,这是他家庭中的三个家属。他的另外三个家属是佩戴在臀部的短刀和两手分别执持的剑和护盾。尽管他只有这些装备,但他向国王要求支付每天五百金币的薪酬。国王觉得他富有勇气,同意支付这份薪酬,而心中思忖:"我要考察他的品德是否优秀。"于是,他安排一些密探观察他如何花费这五百金币的薪酬。

维罗婆罗每天将五百金币中的一百金币交给妻子,用于日常吃用。另外一百金币用于购买衣服和花环等。还有一百金币,他每天沐浴后,用于供奉大神毗湿奴和湿婆。剩下的两百金币用于施舍婆罗门和穷人。他每天都是这样花费这五百金币。他上午守护国王的宫门,然后处理必要的日常事务,回来直至夜里,继续守护宫门。密探们每天向国王汇报他的行动,国王对他感到满意,便吩咐这些密探停止观察。

这样,维罗婆罗除了沐浴等时候,日夜手持武器守护宫门。一天,乌云密集,仿佛不能容忍他的勇气,发出震耳的雷鸣声,想要征服他。乌云降下滂沱大雨,仿佛发射一束束可怕的箭,而维罗婆罗犹如挺立的柱子,不离开宫门。国王维格罗摩冬伽经常在宫殿顶层观察他。这天夜里,他又登上宫殿顶层观察他。国王在上面询问道:"谁在守护宫门?"维罗婆罗听后,回答说:"我在这里。"国王听到他的答话声后,心想:"啊,这位高尚的勇士值得重用。即使天空下着这样的大雨,他也不离开宫门。"

这时,国王听到远处有妇女凄惨的哭声,心想:"在我的王国,没有受苦受难者。这是哪个妇女在哭泣?"于是,国王对维罗婆罗说道:"维罗婆罗啊,你听! 远处有个妇女在哭泣。你去看看她是谁? 为何痛苦哭泣?"维罗婆罗听后,说道:"好吧!"他佩戴短刀,手中持剑,起身前去观察。国王看到此时雷鸣电闪,暴雨倾泻,天地间漆黑一片,出于好奇心和同情心,从宫殿上下来,手中

---

① 这句中的 guṇa 一词,既读作"品德",也读作"弓弦"。
② 这句中的 avicāra 一词,既读作"缺乏判断力",也读作"迷途"。

持剑,悄悄跟随这位勇士前行。

维罗婆罗循着哭声走去,国王悄悄跟随在后,到达城外的湖泊。维罗婆罗看见一个妇女在湖中哭泣道:"主人啊! 慈悲者啊! 勇士啊! 你抛弃我,我怎么还能留在世上?"维罗婆罗询问她:"你是谁? 你为之悲伤的主人是谁?"这个妇女满怀悲痛,说道:"孩子啊,你要知道,维罗婆罗啊,我就是大地。我现在的主人是恪守正法的国王维格罗摩冬伽。他在三天后肯定会死去。我怎么还能获得这样的主人? 孩子啊,因此,我为他和自己悲伤。我具有天眼通,能看到未来的好事和坏事,就像天国的天子苏波罗跋那样。你听我说!"

这个天子凭天眼通看到自己的功德耗尽,知道自己七天后将投胎母猪。他想到自己投胎母猪的痛苦,留恋自己在天国的享受而悲叹:"啊,天国! 啊,天女! 啊,欢喜园中的蔓藤凉亭! 啊,我怎么能投胎母猪,此后生活在泥淖中?"

天王听到他的悲叹声,走过来询问他。他向天王讲述自己悲伤的原因后,天王对他说:"听我告诉你! 有一个办法,你念诵'唵! 我向湿婆致敬!'皈依这位自在天。这样,你就能摆脱罪业,获得功德。由此,你不会从天国坠落,投胎母猪。"

天子苏波罗跋听后,说道:"好吧!"然后,他念诵"我向湿婆致敬!"表示皈依湿婆。他连续六天这样念诵,获得大神恩惠,不但没有投胎母猪,而且升入比天国更高的居处。在第七天,天王在天国没有看到他,经过观察,发现他已经进入另一个更高的世界。

"正像天子苏波罗跋当时看到自己面临不幸而悲伤,同样,我看到国王即将死去而悲伤。"听了大地女神这样说,维罗婆罗说道:"阿妈,正像天王告诉苏波罗跋自救的办法,如果你有挽救国王的办法,请你说出来吧!"女神听后,说道:"有一个办法,这要依靠你。"维罗婆罗听后,高兴地说道:"那么,请你赶快告诉我! 女神啊,只要对主人有好处,哪怕我献出我的生命和妻子儿女,我这一生也就算是有成果了。"

于是,大地女神告诉他说:"在王宫附近有一座钱迪女神庙。如果你用儿子萨埵婆罗献祭于她,国王就能活下来。只有这个办法,没有其他的办法。"维罗婆罗听后,意志坚定,回答说:"女神啊,我现在就去照你说的办。"大地女神说道:"还有谁能像你这样效忠主人? 你就去吧,祝你成功!"说罢,女神消失不见。悄悄跟随在后的国王听到这一切。

这样,在国王悄悄跟随下,维罗婆罗在这天夜里迅速回到自己的家。他唤醒妻子达磨婆蒂,告诉她这件事:为了挽救国王,按照大地女神的指示,需要献祭自己的儿子。达磨婆蒂听后,说道:"只要对主人有好处,我们应该这样做。你现在就唤醒儿子,告诉他吧!"

于是,维罗婆罗唤醒儿子萨埵婆罗,告诉他这件事:为了挽救国王,按照女神的指示,需要用他作为祭品。儿子萨埵婆罗确实名副其实①,说道:"父亲啊,我的生命能对国王有用处,我岂不是积下功德了吗? 我享受国王恩赐的食物,我应该报答他。为了挽救国王,你就把我带去献祭给女神吧!"维罗婆罗听到儿子这样说,保持镇定,说道:"你确实是我的好儿子!"国王维格罗摩冬伽站在屋外听到这一切,心想:"这一家人个个品德高尚。"

然后,维罗婆罗把儿子萨埵婆罗背在肩上,妻子达磨婆蒂和女儿维罗婆蒂跟随在后,一起前往钱迪女神庙,国王维格罗摩冬伽仍然悄悄跟随在后。到了女神庙,维罗婆罗从肩上放下儿子萨埵婆罗。萨埵婆罗尽管还是一个孩子,却充满勇气,俯首禀告女神:"女神啊,请接受我的头颅,让我们的国王活着吧!但愿国王维格罗摩冬伽统治大地,一切顺利!"

维罗婆罗听后,说道:"好啊,儿子!"便举剑砍下儿子的头颅,献给钱迪女神,说道:"祝愿国王吉祥平安!"啊,那些效忠主人的侍从不惜献出自己的儿子或自己!这时,空中传来天国话音:"好啊,维罗婆罗!你甚至用儿子的生命挽救主人的生命。"

国王维格罗摩冬伽惊讶地听到和看到这一切。维罗婆罗的女儿维罗婆蒂看到弟弟死去,走上前去,抱住弟弟的头颅亲吻,哭喊道:"弟弟啊!"随即,她心碎倒地而死。维罗婆罗的妻子看到自己的女儿也死去,悲痛难忍,双手合

---

① "萨埵婆罗"的原词是 sattvavara,词义为品性优秀。

掌,对维罗婆罗说道:"我们已经保佑国王吉祥平安,现在请你允许我进入儿子和女儿的火葬堆。女儿年幼还不懂事,为弟弟悲伤而死。现在他俩都已死去,我怎么还能活下去?"

听到妻子作出这个决定,维罗婆罗说道:"你就这么办吧! 我怎么能表示反对? 纯洁无瑕的妻子啊,因为你为失去儿女而悲伤,活在这个世上怎么还会有快乐? 你等着,我马上准备火葬堆。"说罢,维罗婆罗用女神庙周围的一些木柴垒起一个火葬堆,把两个孩子的尸体安放在上面,然后点燃火葬堆。妻子达磨婆蒂拜倒在他的脚下,说道:"夫君啊,即使在来生,但愿我也成为你的妻子。"随后,她进入熊熊燃烧的火葬堆,仿佛愉快地进入清凉的水池。国王维格罗摩冬伽躲藏在远处,看到这一切,心慌意乱,思忖道:"我怎样才能报答他们啊?"

而维罗婆罗意志坚定,心想:"我已经对主人尽到责任,因为我亲耳听到了天国话音。我享受主人恩赐的食物,现在我已经报答他。而我失去了由我抚养的这个家庭的所有亲人。这样,我现在独自活着,有什么滋味? 因此,我为何不把自己也献给钱迪女神?"

于是,这位秉性高尚的勇士走近赐予恩惠的钱迪女神,赞颂她说:"伟大的女神啊,我向你致敬! 你赐予信徒无畏。请你保护我,把我救出生死轮回的泥沼吧! 你是众生的生命源泉。世界依靠你运转。世界创造之初,湿婆亲眼看到你自己出世,光辉闪耀,遍照宇宙,难以逼视,犹如千万轮火红的朝阳突然同时升起。你的双臂环抱四面八方,手持刀剑、棍棒、弓箭和铁叉。你受到湿婆称颂:'我向你致敬! 钱迪啊! 曼伽利啊! 战胜三城的女神啊! 爱迦南莎啊! 希娲啊! 难近母啊! 那罗延尼啊! 娑罗私婆蒂啊! 跋德罗迦梨啊! 摩诃罗克希蜜啊! 露露维达利尼啊! 你是伽耶特利、大王后、雷婆蒂和居住在文底耶山的女神。你是乌玛、迦底亚耶尼和居住在湿婆之山的女神。'听到湿婆称颂你的这些称号,室建陀、极裕仙人和梵天等也赞颂你。尊敬的女神啊,天神、仙人和凡人通过赞颂你,获得超过他们愿望的恩惠。因此,我请求你,赐予恩惠的女神啊,接受我献祭我的身体,但愿我的主人吉祥平安!"

说罢,维罗婆罗准备砍下自己的头颅。这时,空中传来话音:"孩子啊,别鲁莽行事！我对你的高尚品德十分满意,因此,你就向我求取你愿望的恩惠吧!"维罗婆罗听后,说道:"女神啊,如果你感到满意,那么,但愿国王维格罗摩冬伽再活一百岁,也让我的妻子儿女复活。"顿时,达磨婆蒂、萨埵婆罗和维罗婆蒂三人一齐复活,肢体完好无损。这样,他获得女神的恩惠,带着复活的妻子儿女,返回自己家中。然后,他又去守护国王的宫门。

国王维格罗摩冬伽亲眼看见这一切,又惊又喜,回来后,再次悄悄登上宫殿顶层,在上面询问道:"谁在这里守护宫门?"维罗婆罗听后,回答说:"我在这里。我已经前去察看过。我看到一个妇女,像是一位女神。她一看到我,就从那里消失,不知去向。"国王知道一切情况,却听到他这样回答,惊讶不已。他在夜里独自思忖道:"啊,这样伟大的人物前所未有。他做了这样值得赞扬的善事,却闭口不说。甚至深邃辽阔的大海也比不上这位大勇士,他在狂风暴雨中屹立不动。他在夜里无人知晓的情况下,献出妻子儿女,挽救我的生命。我应该怎样才能报答他?"随后,国王从宫殿顶层下来,进入自己的卧室,在微笑中度过这一夜。

第二天早上,在集会上,国王讲述了他在夜里的神奇事迹,维罗婆罗也在场。这样,维罗婆罗受到所有人的赞扬。国王为他和他的儿子裹上象征荣誉的头巾,赐予他许多领地、象、马和宝石,以及一亿金币和每天六十倍于以前的酬薪。这样,婆罗门维罗婆罗在顷刻间享有竖立的华盖,如同国王。他和他的家人享受荣华富贵。

大臣戈目佉讲完这个故事后,加以总结,对那罗婆诃那达多说:"正是这样,王上啊,国王们由于前生积累的功德,会遇上一些孤胆英雄般的侍从。他们为了主人,不惜抛弃自己的生命和其他一切。这样品德高尚的勇士战胜今生和来生两个世界。王上啊,新近来到你身边的这个侍从波罗兰勃跋呼看来是这样的一位婆罗门勇士。他神态坚定,会日益展现他的高尚品德。"品德高尚的那罗婆诃那达多听到聪明睿智的大臣戈目佉这样说,心中感到无比高兴满意。

第四章

这样,那罗婆诃那达多住在父亲宫中,受到热爱他的戈目佉等大臣们侍奉。他也与热爱他的王后阿兰迦罗婆蒂一起游玩。这位王后一心爱恋丈夫,摒弃傲慢和妒忌。

一次,那罗婆诃那达多带着随从,乘车前往充满野兽的森林狩猎。戈目佉坐在车后,婆罗门勇士波罗兰勃跋呼走在车前。尽管驾车的马匹尽力奔驰,波罗兰勃跋呼的跑步速度始终胜过马匹,跑在车子前面。那罗婆诃那达多站在车上射箭,杀死许多狮子和老虎等野兽,而波罗兰勃跋呼徒步,挥剑杀死那些野兽。那罗婆诃那达多一次次望着这个婆罗门,惊叹道:"啊,多么勇敢!他的步履如此飞快!"

狩猎结束,那罗婆诃那达多感到疲倦口渴,和戈目佉一起坐在车上,勇士波罗兰勃跋呼走在前面。他们一起前去寻找水源,进入远处另一座大森林。那里有一个神奇的大湖,布满绽放的金莲花,犹如大地上另一个天空,布满许多太阳。

那罗婆诃那达多和随从们沐浴和喝水后,看见远处有四个人,模样像天神,穿着天国的衣服,佩戴天国的装饰品,正在采集湖中的金莲花。那罗婆诃那达多出于好奇心,走近他们。他们询问他:"你是谁?"他告诉他们自己的名字、家族和事迹。他们听后,面露喜色,对他说:"在大海中央,有一座神圣优美而闻名世界的那利盖罗岛。岛上有四座山,分别名为梅那迦山、婆利舍跋山、遮格罗山和勃拉诃迦山,住着我们这四位。我们中的一位名叫卢波悉提,能随意变幻形体。第二位名叫波罗摩纳悉提,能测量无论什么大小的物体。第三位名叫若那悉提,知晓未来、现在和过去。第四位名叫提婆悉提,具有一切天神的神通。我们现在来这里采集金莲花,然后前去白洲,供拜大神,那位吉祥女神的丈夫。我们虔诚信仰他。由于他的恩惠,我们分别统治这四座山,繁荣富饶。因此,朋友啊,来吧!如果你愿意,我们带你从空中前往白洲,去见大神毗湿奴。"

听了这些天子的话，那罗婆诃那达多说道："好吧！"他让戈目伕等留在原地，因为在这里可以依靠水和果子度日。这四位天子中的提婆悉提把他抱在怀中，从空中飞往白洲。到达那里后，他们从空中降落。他们从远处看见毗湿奴，于是走近过去。这位大神身边有大海的女儿吉祥女神，脚边有大地女神，螺号、飞盘、铁杵和莲花呈现人形侍奉他，健达缚和那罗陀等仙人虔诚地诵唱赞歌，众天神、悉陀和持明俯首向他致敬，坐骑是金翅鸟，卧床是神蛇湿舍。这世上有谁获得繁荣，不是源自这位大神？

毗湿奴受到这四位天子敬拜，同时受到迦叶波等仙人赞颂。那罗婆诃那达多双手合掌，也赞颂这位大神："尊神啊，我向你致敬！你是虔诚信徒的如意树，吉祥女神如同如意藤缠绕你的身体。你是愿望的恩惠赐予者。我向你致敬！你是居住在善人心湖中的天鹅①，永远在最高的空间飞翔鸣叫。我向你致敬！你超越一切，又居于一切之中。你的形体超越六德，又充满六德②。梵天是你的肚脐莲花上的蜜蜂，发出甜蜜的嗡嗡声，念诵一行行颂诗，变成它的六只脚③。你的双脚是大地，你的头顶是天空，你的耳朵是四方，你的双眼是日月，你的腹部是梵卵④。智者们赞颂你是原人⑤。你是光芒汇聚处，产生一切众生，犹如火焰产生大量火星。而在世界毁灭之时，一切众生又回归你，犹如白天结束时，所有鸟儿回归大树。你闪耀光辉，分身创造世上这些大地之主，犹如大海不停涌动，创造那些波浪。宇宙有形，而你无形。宇宙运动，而你不动。你是宇宙支撑者，而你没有支撑者。有谁能知道你的本质？众天神获得你的青睐，接受你的恩惠而繁荣。因此，我也希望获得你的青睐，请你赐予我恩惠。"

那罗婆诃那达多这样赞颂着，毗湿奴看到他，露出喜悦的眼光，对仙人那罗陀说："大牟尼啊，从前从乳海中搅出的那些可爱的天女，被我安放在因陀罗那里。现在，你去以我的名义，让她们登上因陀罗的车子，迅速把她们带回这

---

① 此处"天鹅"（haṃsa）一词也读作"灵魂"。
② "六德"（ṣāḍguṇya）一词通常指国王治国的六种策略。
③ 这句中的 caraṇa 一词，既读作"诗行"，也读作"脚"。
④ 按印度古代神话，宇宙产生于梵卵（brahmāṇḍa）。
⑤ 此处原人（puruṣa）指宇宙至高灵魂。

里。"那罗陀听后,说道:"好吧!"他立即前往因陀罗那里,让因陀罗的车夫摩多利驾车,带回那些天女。那罗陀俯首弯腰,把那些天女交给毗湿奴。然后,这位大神对那罗婆诃那达多说道:"我把这些天女送给你,因为你是未来的持明转轮王。你是她们的合适丈夫,她们是你的合适妻子,因为湿婆把你创造为爱神的化身。"

那罗婆诃那达多获得恩惠而高兴,和这些天女一起拜倒在毗湿奴脚下。毗湿奴吩咐摩多利说:"你按照那罗婆诃那达多喜欢的路线,把他们送回他的家。"听了毗湿奴的指示,那罗婆诃那达多和这些天女,还有那四位天子,向大神俯首行礼后,登上摩多利驾驶的车子,令众天神羡慕不已。那罗婆诃那达多接受这四位天子的邀请,先前往那利盖罗岛。

在那利盖罗岛,那罗婆诃那达多受到卢波悉提等四位天子的礼遇。他和那些天女以及车夫摩多利住在那里,在堪比天国的梅那迦山等四座山中游乐。他怀着好奇,在那些花园中游荡,里面的各种树木因春季到来而鲜花绽放。这四位天子指着他们自己的花园,对那罗婆诃那达多说道:"看啊,树上的这些新鲜花簇仿佛睁开花朵眼睛,看到可爱的春季来临。看啊,这些绽放的莲花覆盖水池,仿佛不让灼热的阳光折磨它们的出生地。看啊,蜜蜂离开这棵花朵鲜艳而没有香味的迦尼迦罗树,犹如善人离开吝啬的富人。看啊,这些紧那罗歌唱,杜鹃鸣叫,蜜蜂嘤嘤嗡嗡,仿佛为季节之王春季举行演唱会。"那罗婆诃那达多也在这四位天子的城市中游览,观看市民们载歌载舞,欢庆春天节日。他和那些天女在这里享受天神般快乐的生活。有德之士所到之处,繁荣景象必然呈现眼前。

就这样,那罗婆诃那达多在这里愉快地住了三四天后,对这四位天子说道:"我要回到自己的城市去,因为父亲渴望见到我。你们也可以来到我的城市,观光游览,满足愿望。"他们听后,说道:"我们已经看到你。你是那座城市的精华。我们还有什么别的要求?只是在你获得幻术之日,请你不要忘记我们。"说罢,他们与他道别。

摩多利已将车子驶近过来,那罗婆诃那达多对他说:"你顺路先在戈目侒等人所在的湖边停下,然后送我回到憍赏弥城。"摩多利说道:"好吧!"那罗婆诃那达多和那些天女登上车,随即到达那个湖,看见戈目佉等人。他对他们说道:"你们赶快从原路回家。等回家后,我会告诉你们一切情况。"而他自己和那些天女继续乘坐因陀罗的车子,前往憍赏弥城。到达那里,从空中降落后,那罗婆诃那达多向摩多利表示敬意,让他返回天国。

然后,那罗婆诃那达多带着那些天女,进入自己的宫殿。他先把她们留在那里,独自去见父亲犊子王。他拜倒在父亲脚下。犊子王看到儿子回来,满怀喜悦。王后仙赐和莲花同样高兴,眼睛不知餍足地观看他。这时,戈目佉乘车与车夫和婆罗门波罗兰勃跋呼也回来了。在父亲询问下,他当着大臣们的面,讲述自己的神奇经历。所有人听后,说道:"大神喜欢恩赐行善积德的人,也惠及他的好友们。"

犊子王高兴满意,为儿子获得毗湿奴恩惠而举行庆祝活动。他和妻子一起观看大神赐予的那些天女儿媳。戈目佉带着她们拜倒在犊子王脚下。他询问她们的名字,从她们的侍女口中得知她们分别名叫提婆罗芭、提婆罗蒂、提婆玛拉和提婆波利雅。憍赏弥城中举行庆祝活动,满城飘扬红旗,仿佛遍撒朱砂。憍赏弥城仿佛思忖道:"我多么幸运!王子那罗婆诃那达多把天女带到大地,住在我这里,让我变成天国城市。"

那罗婆诃那达多让父母大饱眼福后,前去看望等候他归来的妻子们。她们度过这四天,犹如度过四年,身体消瘦。她们欢迎他,向他讲述忍受与他分离之苦的种种情状。戈目佉讲述在森林中,波罗兰勃跋呼保护车马、杀死狮子等猛兽的英勇行为。那罗婆诃那达多愉快地听着这些无拘无束的谈话,也看到可爱的妻子们如同眼中的甘露,说一些赞美她们的甜言蜜语。这样,他与大臣们一起喝酒,度过这快乐的一天。

有一天,那罗婆诃那达多在阿兰迦罗婆蒂的寝宫,与大臣们一起听到外面传来喧闹的鼓声。他对军队统帅诃利希佉说:"这里怎么突然响起喧闹的鼓声?"于是,诃利希佉出去察看,很快回来报告说:"王子啊,这里有个名叫楼陀罗的商人,曾前往金岛经商。他带着大量财物回来时,航船在海上沉没。王子啊,他独自得以生还。今天是他遭遇灾厄的第六天。他满怀忧伤度过这六天后,突然在自己的花园里发现地下埋有一个大宝库。犊子王从这个商人的亲友口中得知这个消息。于是,这个商人今天来向国王报告这个喜讯:'我获得四千万金币和大量宝石,如果王上下达指令,我就将它们全部献给王上。'而国王听后,对他说道:'看到你的财富被大海吞没,创造主怜悯你,给予你补偿,有谁还会起念吞没你的财富?回去吧,随意享受你从自己家中获得的财富吧!'这个商人听后,满怀喜悦,拜倒在国王脚下。然后,这个商人和自己的随从们一起在家里敲响欢庆的鼓。"

那罗婆诃那达多听了诃利希佉讲述自己父亲恪守正法的行为,满怀惊喜,对大臣们说道:"命运取走财富,然后又赐予财富。命运为何这样奇怪,仿佛戏弄人们,让他们升降沉浮?"戈目佉听后,说道:"这就是命运的行为方式。在这方面,请听我讲述沙摩德罗修罗的故事!"

从前,有一座繁荣富饶的诃尔舍城,国王名叫诃尔舍婆尔曼,依法治国,民众过着幸福快乐的生活。城里有个大商人,名叫沙摩德罗修罗,出身高贵,恪守正法,意志坚定,拥有大量财富。

一次,他前往金岛经商,来到海边,登船出航。在即将到达金岛时,空中突然涌起可怕的乌云,狂风掀动大海。在波涛拍打和鲨鱼袭击下,航船破碎。这个商人束紧腰带,跳入海中。他勇敢地用双臂划水前行,忽然遇见一具随波漂浮的死尸。他趴在这个死尸上,用双臂划水,顺着风势,到达金岛。他把死尸留在沙滩上时,看到死尸腰间系有打结的裹腹布。于是,他解开这个结,发现里面有一条缀满宝石的项链,价值不可估量。他喜出望外,心想:"与这条项链相比,沉没在海中的那一船财物只是一堆草。"

这样,他收起这条项链,沐浴后,前往迦罗舍城,途中经过一座神庙。他坐在阴凉处休息,由于在海中奋力游泳而极度疲乏,也是命运作怪,他渐渐入睡。这时,一些城市卫兵来到那里,看到他手中拿着一条项链,便说道:"这是公主遮格罗赛娜被偷走的那条项链。这个人肯定是那个窃贼。"于是,他们唤醒他,把他带到王宫。

国王亲自盘问他,他如实说明情况。而国王当众说道:"这个人说谎。他就是窃贼,你们看这条项链!"就在这时,一只兀鹰看见这条闪闪发光的项链,从空中俯冲下来,叼走这条项链,不知去向。国王愤怒地下令处死他。他发出悲呼,请求湿婆保护他。

这时空中传来天国话音,对国王说道:"国王啊,你不要处死他。他是从诃尔舍城来到这里的商人,名叫沙摩德罗修罗。那个偷走项链的窃贼害怕城市卫兵,仓惶逃跑,掉进海里淹死。这个商人航海沉船,遇到那个窃贼的尸体,趴在上面漂游渡海,来到这里。他是从那个窃贼的裹腹布里获得这条项链,而不是从你的家里。因此,国王啊,这是一位正直的商人,不是窃贼。你要尊敬他,释放他。"说罢,天国话音中止。国王听后,感到满意,解除这个商人的死刑,赠送他钱财,放走他。这个商人获得钱财,购买了一批商品,准备返回家乡。他再次登上航船,渡过令人畏惧的大海。

渡过大海后,他与一个商队结伴而行。途中路过一座森林,黄昏时分,他们在那里安营。在夜里,他一直醒着。突然来了一帮凶悍的强盗,杀死了商队所有人,而他丢弃商品,侥幸逃脱,爬上一棵无花果树,躲藏起来。这帮强盗劫走所有财物后离去。他在树上满怀恐惧和悲伤,熬过这一夜。

天亮后,也是命运安排,他看见树顶枝叶间仿佛有一盏闪闪发光的灯,感到惊奇,便爬上去,发现原来那是兀鹰的窝巢,里面藏有许多闪光的无价宝石和首饰。他把它们全部取出,其中也包括那条被兀鹰从金岛叼来的项链。这样,他获得这些珍宝,从无花果树上下来,满怀喜悦,回到自己的诃尔舍城。从此,这个商人与家人一起过着称心如意的生活,不再渴望其他的财物。

"就这样,这个商人在航海中沉船,失去财富。他渡过海后,获得项链,而后又失去项链。他清白无辜,却遭到拘捕,但转眼间,岛上国王对他满意,赐予他财富。他再次航行渡海,而在归途中,又遭遇强盗,失去财富。最终他在树顶上获得财富。王上啊,命运的行为方式就是这样奇怪。但是,善人即使历经苦难,最终仍然会获得幸福。"听了戈目伐讲述的这个故事,那罗婆诃那达多表示赞赏。然后,他起身,沐浴后,处理日常事务。

第二天,那罗婆诃那达多在会堂里,一位从童年时期就侍奉他的王子,名叫萨摩罗冬伽的勇士,前来报告说:"王上啊,与我同族的商伽罗摩婆尔舍带着他的维罗吉多等四个儿子,侵犯我的领土。我要去俘获他们五个人,带来这里。请王上知道这件事。"说罢,他离去。

那罗婆诃那达多知道这位王子军队很少,而对方军队很多,便吩咐自己的军队跟随着他。而这位骄傲的王子谢绝了。他独自前往,在战斗中,依靠自己的双臂战胜和俘获这五个敌人,带来这里。那罗婆诃那达多对这位得胜归来的王子深表敬意,赞扬自己的这位侍从,说道:"多么神奇!他战胜携带军队侵犯领土的五个敌人,如同战胜控制五种感官对象的五种感官,实现人生目的①。"戈目伐听后,说道:"王上啊,你没有听过国王遮摩罗瓦勒的故事,请听我讲述!"

从前,在诃斯底那城,有一位国王名叫遮摩罗瓦勒,拥有宝库、城堡和军队。周边邻国有与他同族的萨摩罗勃罗等五个国王。他们聚在一起商量说:"遮摩罗瓦勒经常分别侵害我们。因此,我们应该联合起来打败他。"于是,这五个国王渴望战胜他,秘密询问占星师出征的吉祥日。

占星师观察不到吉祥日,也观察不到吉兆,便对他们说道:"今年里没有你们的吉祥日。如果你们出征,不会获得胜利。为何你们看到他繁荣富饶,而要采取这种行动?财富的目的是享受,你们的享受胜过他。这方面有两个商人的故事。如果你们没有听过,就听我讲述吧!"

从前,有一座憍杜迦城,那里的国王名叫勃呼苏婆尔那迦,名副其实②。他有个侍从名叫耶索婆尔曼,是个刹帝利青年。国王虽然是一位慷慨的施主,但从来没有施舍他什么。每当他穷困潦倒而向国王求乞时,国王总是指着太阳说:"我愿意施舍你,而这位尊神不愿意,你说我有什么办法?"这样,他一直侍奉国王,寻找机会。一天,遇到日食,他看到国王正在实行大施舍,便对国王

---

① 这句中含有双关语,其中的 viṣaya 一词,既读作"领土"或"疆域",也读作"感官对象"。"五个敌人"比喻五种感官,即眼、耳、鼻、舌和身。五种感官对象指色、声、香、味和触。制伏感官,摆脱感官对象,是获得解脱的表现,而按照婆罗门教,解脱是人生的最高目的。

② "勃呼苏婆尔那迦"的原词是 bahusuvarṇaka,词义为拥有许多金子。

说道："王上啊，太阳神不愿意你向我施舍，现在他已经被敌人吞噬，你就施舍我一些什么吧！"国王听后，笑了笑，也就施舍他衣服和金子等。

渐渐地，耶索婆尔曼花完这些财物，而国王不再施舍他。他的妻子也已死去，于是，他前去敬拜住在文底耶山的女神，心想："没有财富，生不如死。我或者在女神面前舍弃身体，或者获得愿望的恩惠。"这样，他在女神庙前，坐在拘舍草垫上，实行斋戒，一心沉思女神，修炼严酷的苦行。于是，女神在梦中对他说："孩子啊，我对你表示满意。你说吧！要我赐予你财富的幸运，还是享受的幸运？"

耶索婆尔曼听后，回答女神说："我不知道这两种幸运的区别。"于是，女神对他说："那么，你先回到自己的国家。那里有薄伽婆尔曼和阿尔特婆尔曼两个商人。你去看看他俩的幸运吧！你确定自己喜欢哪种幸运，然后再来求取恩惠。"耶索婆尔曼听后醒来，第二天早上，他结束斋戒，返回自己的憍杜迦城。

耶索婆尔曼从那里回来后，先去了阿尔特婆尔曼家中。阿尔特婆尔曼通过经商获得无数金银财宝，享有财富的幸运。耶索婆尔曼看到他拥有大量财富，恭敬地走近他，受到他热情接待，并被邀请用餐。然后，他坐在阿尔特婆尔曼身边，享用招待客人的饮食，有酥油和加有调料的肉。而阿尔特婆尔曼自己吃炒麦粉、少量酥油和一点儿加有调料的肉。于是，耶索婆尔曼好奇地问他："商主啊，你怎么吃得这样少？"这位商人回答说："今天陪你用餐，我才吃加有调料的肉、少量酥油和炒麦粉。而在平时，我只吃少量酥油和炒麦粉，因为我胃虚，吃多了，消化不了。"

耶索婆尔曼听后，心中产生怀疑，否定阿尔特婆尔曼享有的幸运，因为徒有虚名。晚上，阿尔特婆尔曼又带来食物和牛奶。耶索婆尔曼照样吃饱喝足，而阿尔特婆尔曼只喝少许牛奶。然后，他俩在同一间屋中上床休息，渐渐入睡。

半夜里，耶索婆尔曼在梦中看到一些面目狰狞的人手持棍棒闯进屋子，愤怒地对阿尔特婆尔曼说道："呸！你今天为何吃过量的酥油，还吃加有调料的肉？"然后，他们抓住他的双脚，用棍棒打他，从他的胃中拽出过量的酥油、肉和牛奶。这时，耶索婆尔曼醒来，看见阿尔特婆尔曼也已经醒来。阿尔特婆尔曼腹部出现绞痛，发出哭叫，侍从们赶紧替他按摩。随即，他呕吐出胃中所有过量的食物,腹痛才止息。耶索婆尔曼看到后,心想:"呸! 他享有这种财富的幸运! 这种幸运给人带来伤害。"他这样思考着,度过这一夜。

第二天早上,耶索婆尔曼告别阿尔特婆尔曼,前往商人薄伽婆尔曼的家。耶索婆尔曼恭敬地走近他,受到他热情接待,并被邀请用餐。耶索婆尔曼不注意这个商人有多少财富,而是观看他的漂亮住宅、服装和装饰品。耶索婆尔曼待在这个商人家中时,只见他忙于自己的业务,从这个人手中接过商品,交给另一个人,亲自收受金币,然后让仆从把金币迅速交给自己的妻子,用于购买各种食品和饮料。

忽然,薄伽婆尔曼的一个朋友,名叫伊恰跋罗纳,前来邀请他:"饭局已经准备好,你来我家聚餐吧! 其他的朋友已经来到,就等着你了。"薄伽婆尔曼说道:"我今天就不去了,因为我自己要招待一个客人。"而这位朋友说道:"那就让这个客人和你一起来吧! 他不也就是我们的朋友吗? 赶快,动身吧!"

于是,薄伽婆尔曼接受这位朋友邀请,与耶索婆尔曼一起前往他家,品尝美味佳肴。回来后,在黄昏时分,薄伽婆尔曼又在自己家里与耶索婆尔曼一起喝酒和品尝各种美食。夜晚,薄伽婆尔曼询问仆从:"我们今天夜里还有没有酒?"仆从回答说:"主人,没有了。"于是,薄伽婆尔曼上床,说道:"怎么会这样? 今天夜里我们只能喝水了。"

这样,耶索婆尔曼睡在他的身旁,在梦中看到有两三个人进屋,后面跟着一些人。这些人手持棍棒,愤怒地对前面两三个人说道:"你们这些坏家伙,为何没有给薄伽婆尔曼准备好夜里喝的酒? 你们去哪里了?"说着,这些人用棍棒狠揍他们。他们恳求道:"请宽恕我们犯下的这个过失。"随即,所有这些人都走出屋去。这时,耶索婆尔曼醒来,思忖道:"薄伽婆尔曼获得享受的幸运,不必费心,想要的东西就会来到,值得称道。阿尔特婆尔曼即使拥有财富,而不能享受,等于一无所有。"他这样思考着,度过这一夜。

第二天早上,耶索婆尔曼告别富商薄伽婆尔曼,再次来到住在文底耶山的女神身边,修炼苦行。他在梦中见到女神,在女神所说的两种幸运中,选择享受的幸运。女神赐予他享受的幸运。这样,他获得女神的恩惠,回到家中。从此,他获得享受的幸运,不必费心,想要的一切就会来到,过着快乐的生活。

"正是这样,享受的幸运即使小于财富的幸运,也更加可取,因为财富的幸运脱离享受,毫无价值。因此,你们何必忌恨遮摩罗瓦勒拥有这种可怜的财富? 为何不看到你们自己拥有施舍和享受的幸运? 你们向他发起进攻并非好事。而且,我看不到你们出征的吉祥日或获胜的吉兆。"

即使听到占星师这样说,这五个国王仍然迫不及待地向遮摩罗瓦勒发起进攻。遮摩罗瓦勒得知他们已经到达边境。于是,他首先沐浴,然后敬拜湿婆,念诵湿婆的八十六种称号。这些吉祥的称号涤除罪恶,满足一切愿望。随即,空中传来话音:"国王啊,投入战斗吧! 不必担心,你会战胜敌人。"

遮摩罗瓦勒听后,高兴满意,披上铠甲,带领自己的军队迎战敌人。敌方军队有三万头大象、三十万匹马、一千万步兵,而他的军队只有一万头大象、十万匹马、两百万步兵。双方军队展开大战。他的卫兵名叫维罗,名副其实[①],冲在前面。遮摩罗瓦勒本人进入战场,犹如大神毗湿奴的化身野猪进入大海。即使他的军队人数远远少于敌方军队,他依然杀死敌方大量的象、马和步兵。

遮摩罗瓦勒与冲向前来的国王萨摩罗勃罗交战,用飞镖击倒他,然后用套索套住他,拽拉过来。他又用箭射中第二个国王萨摩罗修罗的心窝,用套索套住他,拽拉过来。而他的卫兵维罗俘获第三个国王萨摩罗吉多,送来交给他。他的军队统帅提婆钵罗用箭射中和俘获第四个国王波罗达波骄陀罗,送来交给他。第五个国王波罗达波塞纳见此情形,愤怒地冲向遮摩罗瓦勒。遮摩罗瓦勒发射箭雨,挡开波罗达波塞纳射来的那些箭,并用三支箭射中他的额头。在波罗达波塞纳中箭昏迷时,遮摩罗瓦勒像死神那样用套索套住他的脖子,把他拽拉过来。这样,这五个国王全部被俘获。剩下的军队逃向四面八方。

遮摩罗瓦勒获得这些国王的无数金银财宝和大量后宫后妃。其中,国王波罗达波塞纳的大王后名叫耶娑兰卡,这位美女也归属遮摩罗瓦勒。进城后,遮摩罗瓦勒为卫兵维罗和军队统帅提婆钵罗系上象征荣誉的头巾,赏赐他俩许多宝石。他将依照刹帝利法赢得的波罗达波塞纳的大王后耶娑兰卡送进自

---

① "维罗"（vīra）这个名字的词义是勇士或英雄。

己的后宫。她虽然不情愿,但想到自己是被他用双臂赢得的,也只能依从。而对于迷恋爱欲的人们,正法的观念是模糊不清的。

过了一些天,在王后耶娑兰卡请求下,国王遮摩罗瓦勒释放被俘的波罗达波塞纳等五个国王。他们已经归顺他,他也善待他们,让他们返回各自的王国。这样,遮摩罗瓦勒战胜敌人,消除隐患,长久统治自己富饶的王国,与耶娑兰卡一起游戏娱乐。耶娑兰卡的美貌胜过天女,犹如宣告他战胜敌人的胜利旗帜。

"正是这样,勇士凭借无与伦比的勇气,在战场上战胜众多的敌人,平息他们妄自尊大的狂热,因为这些敌人被仇恨搅昏头脑,不掂量自己和他人的能耐。"

听了戈目佉讲述这个富有教益的故事,那罗婆诃那达多表示赞赏。然后,他起身,沐浴后,履行日常的职责。晚上,他亲自与后妃们一起唱歌。歌声美妙动听,以至身在天国的婆罗私婆蒂女神也表示赞赏。

第五章

第二天,那罗婆诃那达多在阿兰迦罗婆蒂的寝宫中。摩卢菩提的一个侍从,后宫侍卫绍维陀罗的兄弟,来到这里,当着所有大臣的面,向那罗婆诃那达多报告说:"王上啊,我侍奉摩卢菩提两年,他供给我和妻子食物和衣服,但没有支付原先说好的每年五十金币的薪酬。我向他索要时,他就用脚踢我。因此,我已经在你的宫门前绝食。如果王上不给我做主,我就要投火自焚。我还用多说什么?因为你是我的王上。"

这个侍从说完这些话,摩卢菩提说道:"我应该给他这些金币,可是我现在没有钱。"所有人听后,都笑了起来。那罗婆诃那达多对自己的这位大臣说道:"你怎么变得这样糊涂,糊涂得无以复加?起来!不要耽搁,赶快给他一百金币。"听了主人这样说,摩卢菩提感到羞愧,立即取来一百金币,交给这个侍从。

然后,戈目佉说道:"摩卢菩提不该受到责备,王上啊,那是因为创造主支配人的各种思想状态。你们没有听过国王吉罗达特利和他的侍从波罗商伽的故事吗?"

从前,吉罗城国王名叫吉罗达特利。虽然他是一个好人,但他的一些侍从心术不正。有一个侍从名叫波罗商伽,与两个朋友一起从外地来到这里,已经侍奉国王五年。但是,国王没有赏赐他什么,甚至在喜庆日子等情况下也是如此。虽然他的两个朋友鼓励他报告国王,但其他那些侍从从中作梗,他没有机会报告国王。

一天,国王为自己的幼儿夭折悲伤不已。所有的侍从都来到国王身边,波罗商伽也在其中。他出于悲伤,不顾自己的两个朋友劝阻,对国王说道:"我们长期以来侍奉你,而你没有赏赐我们什么,因此,我们对你的儿子怀抱希望,心想如果你不赏赐我们,你的儿子以后会赏赐我们。而现在命运夺走了他,我们何必还留在这里?我们要离去。"说罢,波罗商伽拜倒在国王脚下,然后,与他的两个朋友一起离去。

国王听后,心想:"啊!这几个侍从一直效忠于我,还对我的儿子怀抱希望,因此,我不能抛弃他们。"于是,他立即召回他们,赏赐他们许多钱财,让他们不再身陷贫困。

"正是这样,王上啊,可见人的性格多种多样。这位国王在合适的时间不赏赐侍从,却在这不合适的时间赏赐侍从。"戈目佉这位说故事能手讲完这个故事后,在那罗婆诃那达多的鼓励下,又讲述另一个故事:

从前,在恒河岸边,有一座迦那迦城,民众受到恒河水净化,国政清明。在这里,监狱只存在于诗人的作品①,分裂只存在于破碎的树叶②,溃败只存在于妇女披散的头发③,争斗只存在于囤积谷物的粮仓④。

城里的国王名叫迦那迦婆尔舍,声誉卓著。他是蛇王苏婆吉之子波利耶陀尔舍和公主耶娑达拉的儿子。他肩负着整个大地的重担,而具备所有的美

---

① 这句中的 bandha 一词,既读作"囚禁"或"监狱",也读作"作品"。
② 这句中的 cheda 一词,既读作"分裂",也读作"破碎"。
③ 这句中的 bhaṅga 一词,既读作"溃败",也读作"披散"。
④ 这句中的 khala 一词,既读作"争斗"或"战斗",也读作"粮仓"。

德。他渴望名誉,而不渴望财富;惧怕作恶,而不惧怕敌人。他无心责备他人,而一心钻研经典。他很少发怒,而总是恩赐灵魂高尚者。他不紧握弓,而勇于施舍。他保护整个世界。他美貌绝伦,妇女们一见到他,就会陷入相思的痛苦。

一次,在炎热的秋天,犹如一群天鹅追随一头发情的大象,臣仆们兴高采烈,跟随这位国王游玩,进入一个画廊。那里吹拂着清凉的风,携带莲花的清香。国王观赏和称赞那些画作。这时,门卫进来报告国王说:"王上啊,一个前所未见的画师从维达巴地区来到这里,说他的绘画技艺举世无双。他名叫劳罗提婆。今天他还写了告示,张贴在宫门前。"

国王听后,吩咐门卫把他带来。门卫立刻前去把那个画师带来这里。画师劳罗提婆进来后,看到国王迦那迦婆尔舍轻松自在,在观赏画作,身体倚在美女的怀中,伸手拿取蒟酱叶。劳罗提婆向国王俯首行礼。国王热情接待他。他坐下后,以柔和的语气报告国王说:"王上啊,我张贴告示是想拜见你的莲花脚,而不是炫耀自己的绘画技艺,请你多多包涵。王上啊,你务必让我画些什么,不要让我努力学会的绘画技艺荒废无用。"

国王听后,回答说:"画师啊,你想画什么就画什么吧!我们乐于欣赏你的画作,对你的绘画技艺深信不疑。"听到国王这样说,国王身边的随从们说道:"那就画国王吧!画其他不优美的东西有什么意思?"画师听后,高兴满意,开始画国王:高耸的鼻梁,宽长的眼睛,宽阔的额头,卷曲的黑发,胸膛上有武器留下的光荣伤疤,双臂犹如那些方位象 ① 的鼻子,瘦削结实的腰部仿佛是他凭勇力战胜的幼狮赠送的礼物,粗壮的双股犹如系住幼象的柱子,优美的双脚犹如无忧树的花蕾。

看到画师画的国王像酷肖逼真,所有人喝彩叫好,接着说道:"我们不愿意看到国王孤单一人,画师啊,请你好好考虑,在国王身边画上一个与他的美貌相配的王后,让我们大饱眼福。"画师听后,望着这幅画,说道:"即使国王有许多王后,但没有哪个能与他的美貌相配。我相信在大地上没有能与他相配的

---

① 方位象(digdantin)指守护四面八方的神象。

女子。但是,有这样一位公主,请听我告诉你们!"

在维达巴地区,有一座吉祥繁荣的贡底那城,国王名叫提婆舍格提。王后名叫阿南多婆蒂,国王爱她胜过自己的生命。王后为国王生下一个女儿,名叫摩陀那孙陀利。像我这样的人,怎么敢卷动舌头描述她的美貌?但是,我可以这样说:"我觉得创造主创造她之后,满怀喜悦,想要再创造一个像她那样的美女,而即使施展瑜伽力,却再也创造不出了。"她是大地上唯一在美貌、仪态、年龄和出身方面与这位国王相配的公主。

我在那里时,有一次,这位公主派遣一个侍女召唤我进入她居住的后宫。我看到她身上涂抹湿润的檀香膏,戴着莲花茎秆项圈,在莲花叶床上辗转反侧,女友们用芭蕉扇为她扇风,显然她忍受着爱神折磨,浑身发烧,苍白憔悴。她劝阻那些为她扇风的女友说:"朋友们啊,你们不必为我这样操劳。涂抹檀香膏,用芭蕉扇扇风,这些原本给人带来清凉,却烧灼我。"

我看到她处于这种境况,不知所措,向她俯首行礼后,坐在她的面前。她对我说道:"画师啊,请你给我画一幅这样的画像。"说着,她用颤抖的手在地上比划给我看。我看出画的是一个英俊的青年。

王上啊,我画好这个英俊的青年画像后,独自思忖:"她让我画的是爱神的形象。可是,他的手上没有花箭,因此不是爱神。这样,我确定那是某个与爱神相像的青年。肯定是这位公主在哪里看到他或听说他,于是,她爱恋他,陷入了相思的痛苦。因此,我必须离开这里。如果她的父亲提婆舍格提得知消息,肯定不会宽恕我,会对我严惩不贷。"这样,我向公主摩陀那孙陀利俯首行礼告别,她也向我表示敬意。

王上啊,我在那里听到侍从们互相悄悄议论说,这位公主是在听说你后,就爱上了你。于是,我悄悄把这位公主的形象画在画布上,带着它,迅速来到你的脚下。我看到你的容貌后,确信无疑,这位公主借助我的手画出的画像就是王上。然而,我不可能再次重复画出她的形象,因此,我无法在这画布上,在你的身边再照样画出她的形象。

国王听后,对画师劳罗提婆说道:"那么,请你展示她的画像吧!"于是,画师从他的行李中取出画布,向国王展示她的画像。迦那迦婆尔舍一看到她的画像,顿时被爱神俘获。他赏赐画师许多金子,拿着心上人的画像,进入自己的内室。他不知餍足地凝视画像,全神贯注,忘却其他一切。爱神仿佛妒忌他的美貌,而剥夺他的坚定意志。原先妇女们贪恋他的美貌而忍受的痛苦,现在反过来出现在他的身上,而且加重一百倍。

随后的一些天中,国王变得苍白憔悴,在一些心腹大臣的询问下,他吐露真情,并与他们商量后决定,派遣一位使者去向国王提婆舍格提求娶他的女儿摩陀那孙陀利。这位使者是出身高贵的婆罗门,名叫商伽摩斯瓦明,机敏能干,善于把握时机,谈吐文雅。这位婆罗门带着许多随从,到达维达巴地区,进入贡底那城,见到国王提婆舍格提,代表自己的主人向他求娶他的女儿。

提婆舍格提心想:"我应该让女儿嫁人,迦那迦婆尔舍是像我一样的国王,前来求娶她,因此,我就把女儿嫁给他。"于是,他向商伽摩斯瓦明表示同意。他还让女儿摩陀那孙陀利表演与她的容貌同样美妙的舞蹈,商伽摩斯瓦明观赏后,高兴满意。国王已经答应嫁出女儿,于是向商伽摩斯瓦明表示敬意后,送走他,并派遣一位使者与他同行,吩咐说:"确定吉祥日后,来这里举行结婚仪式。"

商伽摩斯瓦明和那位使者一起回来,报告国王迦那迦婆尔舍说:"事情已经办成。"那位使者一再告诉国王,公主摩陀那孙陀利如何爱恋他。国王向他表示敬意。确定结婚吉祥日后,国王出发前往贡底那城。他的勇力不可抵御,心中无所畏惧,骑着骏马,途中杀死周边森林中出没的像杀人劫财的野蛮部落那样的狮子等猛兽,到达维达巴地区,进入贡底那城。

国王提婆舍格提出来迎接他进入王宫,那里已经为结婚仪式做好准备,让城中妇女们大饱眼福,羡慕不已。国王迦那迦婆尔舍在那里休息一天,受到国王提婆舍格提盛情招待。第二天,国王把女儿摩陀那孙陀利交给他,并赠送给他除了王国之外的自己的所有财富。迦那迦婆尔舍在那里住了七天后,带着新娘,返回自己的城市。

他带着新娘回来后,全城沉浸在节日的欢乐中,犹如月亮和月光给世上的人们带来喜悦。国王虽然有许多后宫佳丽,但他最爱摩陀那孙陀利,胜过自己的生命,犹如黑天最爱艳光公主。他俩睫毛优美的双眼互相凝视,犹如爱神的花箭扎在对方的脸上。

春天来到,波古罗花簇绽放,消除妇女们的高傲,犹如鬃毛绽开的狮子撕碎傲慢的大象。花朵绽放的芒果树蔓藤成为爱神的弓,叮住花朵的排排蜜蜂成为爱神的弓弦。摩罗耶山风吹拂,激发丈夫远行在外的妇女们燃起爱欲,犹如摇动郊外的园林。杜鹃发出甜蜜的鸣声,仿佛告知人们:"河流、花朵、树木和月光已经恢复原本的丰满,而青春年华一去不复还。因此,你们抛弃傲慢,停止吵架,与爱人一起享受欢乐吧!"

这时,国王迦那迦婆尔舍与后宫所有嫔妃一起进入春天花园游玩。他以随从们的红衣服夺走红花盛开的无忧树光艳,以美女们的歌声夺走杜鹃的甜美鸣声。国王虽然带着所有嫔妃,但他与王后摩陀那孙陀利一起采花和游乐。在花园里游玩很久后,国王又带着所有嫔妃进入戈达波利河沐浴和嬉水。

这些嫔妃的脸庞似红莲,眼睛似青莲,双乳似成双的轮鸟,臀部似沙滩。她们搅动河水时,河水仿佛发怒,泛起波浪,如同皱起眉头。在嬉水中,她们的衣服移动,不时显露身体。国王想要戏弄她们,用手向其中一位嫔妃因衣服滑落而裸露如同金罐的双乳泼水。

王后摩陀那孙陀利见此情状,心生妒忌,怒气冲冲对国王说道:"你还要折腾河水多久?"说罢,她从河水中走出,拿起自己其他的衣服,迅速返回自己宫中,向女友们诉说自己丈夫的过错。国王迦那迦婆尔舍明白她的心情,立即停止嬉水,也回到她的寝宫。而他进入时,甚至笼中的鹦鹉也生气地阻止他进入。他进入后,看见王后一脸怒气,左手手掌托着流泪的脸颊,滴淌的泪珠犹如晶莹的珍珠。她在念诵一首阿波布朗舍俗语诗:

> 你不能忍受分离,就愉快地抛弃愤怒,
> 你心中能忍受分离,就继续怒气冲冲,
> 你要好好想清楚,决定采取哪种态度,
> 若想两边都沾,会在两个座位中坐空。

　　她在念诵时,泪水堵在喉咙,话音哽塞,露出洁白整齐的牙齿。国王看到她即使在愤怒中,也如此可爱。国王羞愧而胆怯地走近她。尽管她扭过脸去,国王依然拥抱她,用温柔亲热的话语安慰她。侍女们巧妙地暗示国王犯有过错,于是,国王拜倒在她的脚下,责备自己犯有过错。然后,她原谅国王,泪水滴淌在国王的脖子上。现在,她已经平息愤怒,高兴满意。国王与她亲亲热热,度过这一夜。

　　而入睡后,国王在梦中突然看见一个丑陋的妇人取走他脖子上的项链和头顶上的顶珠。然后,他看见一个僵尸鬼,身体奇形怪状。他与这个僵尸鬼搏斗,把僵尸鬼摔倒在地。而他骑在僵尸鬼背上时,僵尸鬼却像鸟儿那样飞到空中,然后把他扔进大海。他好不容易泅渡到达海岸。这时,他发现项链和顶珠又出现在自己的脖子和头顶上。随即,他醒来。

　　第二天早上,国王询问一位熟识的出家人:"这个梦预兆什么?"这个出家人说道:"我并不想说不愉快的事。但你询问我,我怎么能不告诉你?你梦见你的项链和顶珠被人取走,表示你将与王后和儿子分离。你泅渡到达海岸,表示你度过灾难后,与王后和儿子团聚。"国王听后,说道:"我至今还没有儿子,那就先让儿子出生吧!"

　　然后,国王聆听一个来到这里的歌手吟唱《罗摩衍那》,得知十车王历经艰辛获得儿子。于是,他一心想着如何获得儿子,而那个出家人已经离去。这样,他心情郁闷,度过这一天。

　　夜里,国王独自躺在床上,没有入睡。他看见一个妇女没有打开门,就进入屋内。这个妇女面容慈祥温和。国王好奇地起身,向她俯首行礼。她向国王表示祝福后,说道:"孩子啊,你要知道,我是蛇王婆苏吉的女儿,你的父亲的大姐,名叫罗德那波罗芭。为了保护你,我一直隐身住在你的附近。今天,我看到你心事重重,因此,现在向你显身。我不忍心看到你精神萎靡,告诉我是什么原因?"国王听后,知道她是自己的姑母,便说道:"姑妈啊,我真幸运!你关心爱护我。你要知道,我为没有儿子而焦虑不安。古代十车王等王仙都渴望升入天国,我怎么会不渴望获得儿子而升入天国?"

蛇女罗德那波罗芭听后,对侄子迦那迦婆尔舍说道:"那么,我告诉你一个办法。你去向湿婆之子室建陀求取恩惠。我会进入你的体内。依靠我的威力,你能忍受他为了阻止你而降下的难以忍受的暴雨。在你克服其他种种障碍后,就能获得儿子。"说罢,这位蛇女消失不见。国王高兴地度过这一夜。

第二天早上,由于一心渴望获得儿子,国王把王国托付给大臣们照看,前去拜见室建陀。他很快到达那里,修炼苦行,抚慰室建陀。依靠蛇女进入他的体内而获得的力量,他忍受住室建陀持续不停降下的雷杵般的暴雨。然后,室建陀吩咐象头神继续阻止他。象头神在降下的暴雨中,放出一条极其凶猛的大毒蛇,而他仍然毫不动摇。于是,象头神显身,亲自用象牙攻击他的胸膛。

甚至众天神也难以战胜这位象头神。国王已经忍受住他的攻击,但想到象头神是不可战胜的天神,便开始赞颂他:"我向你致敬!你鼓起的腹部犹如储藏一切成就的宝罐。你是障碍之神,以象身为装饰。你甚至用象鼻游戏般摇动梵天的莲花座,让他感到害怕。象头神啊,祝你顺利!如果你不乐意,甚至天神、阿修罗和牟尼们都不能取得成就。你是世界的唯一庇护,湿婆的宠儿。你腹似水罐,耳似簸箕,颞颥流淌液汁,是湿婆侍从们的统帅。手持套索的阎摩、毗湿奴、伐楼那、手持三叉戟的湿婆,至高的天神们用如此等等八十六种有关你的身体部位的称号赞颂你,排除一切罪恶的障碍。人们只要记住你,赞颂你,就能摆脱来自战斗、王权、赌博、偷盗、火灾和猛兽等的各种危险。"

国王迦那迦婆尔舍用这些和其他各种赞语颂扬和敬拜象头神。然后,这位排除障碍之神对他说道:"我对你表示满意。我不再给你设置障碍,就让你获得儿子吧!"说罢,象头神消失不见。

然后,室建陀对这位忍受住他的暴雨的国王说道:"我对你这位勇士感到满意,你就向我求取恩惠吧!"国王听后,高兴地说道:"护世主啊,请你开恩,让我生个儿子吧!"室建陀回答说:"你就生下我的一位侍从分身的儿子吧,给他取名希罗尼耶婆尔舍。"说罢,室建陀让国王进入自己的密室,想要赐予他一个特殊的恩惠。

这时,蛇女离开国王的身体,因为根据一个可怕的诅咒,妇女不能进入室建陀的住处。这样,国王迦那迦婆尔舍现在只具有凡人的威力。他进入室建陀的密室后,室建陀发现他失去原有的威力,心想:"这是怎么回事?"他经过沉思入定,得知国王暗中依靠蛇女的护持,才获得非凡的力量,于是,他发怒诅咒说:"由于你弄虚作假,你的儿子出生后,你会与儿子和王后分离。"

听到这个可怕似雷电击顶的诅咒,国王保持镇定,仿佛成为大诗人,吟诵一些美妙的颂诗,取悦室建陀。这位六面神听后,说道:"国王啊,这些美妙的颂诗让我感到满意,我就给予你这个诅咒的结束期限。你将与儿子和王后分离一年。等你摆脱三次死亡威胁后,你会与他俩团聚。"国王听后,感到自己获得甘露般的恩惠,高兴满意。他向这位六面神俯首致敬后,返回自己的城市。

然后,王后摩陀那孙陀利到时候生下一个儿子,犹如从清凉的月光中诞生甘露。国王和王后一次次凝视儿子的脸蛋,抑制不住内心涌动的喜悦。国王举行盛大的庆祝活动,慷慨施舍财富,使自己的名字迦那迦婆尔舍在大地上名副其实①。

产房受到严密守护,过了五个夜晚。而到了第六个夜晚,乌云忽然涌来,渐渐布满天空,犹如敌人入侵疏忽大意的国王的领土。然后,狂风大作,如同疯象将树木连根拔起;暴雨倾泻,如同疯象泼洒颞颥液汁。刹那间,一个可怕的妇人砸开锁着的门户,手中持剑,闯入产房,夺走摩陀那孙陀利正在哺乳的儿子,在侍从们惊慌失措时,迅速逃跑。

王后摩陀那孙陀利惊恐地呼喊:"天啊,一个罗刹女夺走了我的儿子!"她起身前去追赶那个妇人,尽管外面漆黑一片。那个妇人抱着婴儿,跳进一个水池。而王后为了救儿子,也跟着跳进水池。就在这刹那间,乌云消散,夜晚结束,只听到产房传出一阵阵哭喊声。

国王听到哭喊声,来到产房,发现儿子和王后不在里面,顿时昏厥。在恢复知觉后,他发出悲呼:"王后啊!儿子啊!"随即,他想起那个一年期限的诅咒,哀叹道:"尊神室建陀啊,你为何给我这个功德浅薄的人这样一个附加诅咒的恩惠,犹如掺有毒药的甘露?天啊,我怎样度过这漫长似一千个时代的一年?我的身边怎么能够没有胜过我的生命的摩陀那孙陀利?"大臣们知道具

①　"迦那迦婆尔舍"的原词是 kānakavarṣa,词义为金雨。

体情况,安慰他,而国王已与王后分离,无法保持镇定。

由于精神迷乱,国王离开城市,进入文底耶山林游荡。他看到雌性幼鹿的眼睛,便想起王后可爱的眼睛;看到雌性牦牛的尾毛,便想起王后可爱的发髻;看见雌性幼象缓慢的步履,便想起王后可爱的步履,心中的思恋之火更加炽烈。游荡中,他感到疲乏和口渴,来到文底耶山脚,喝了泉水后,坐在一棵树下。

这时,一头鬃毛浓密的狮子从山洞出来,发出吼叫,犹如发出狂笑,冲向国王,想要杀死他。就在这时,空中出现一位持明,快速前来,举剑将这头狮子劈成两半。这位持明走近来,询问国王:"国王迦那迦婆尔舍啊,你怎么会来到这里?"国王听后,恢复神志,回答说:"我被分离之风刮到这里。而你怎么会知道我?"于是,这位持明说道:"从前,我是一个出家人,名叫般杜密多罗,住在你的城里。你应我的请求,帮助我成功制伏一个勇猛的僵尸鬼,由此我成为持明。因此,我认得你,看到狮子想要杀死你,我便杀死这头狮子,报答你对我的恩情。现在,我名叫般杜波罗跋。"

国王听后,对这位持明充满好感,说道:"啊,我记起来了,你这样做是出于友情。那么,请你告诉我,我什么时候能与妻儿团聚?"持明般杜波罗跋听后,凭借幻力知道情况,说道:"你去拜见住在文底耶山的女神,就会重获妻儿。你去那里实现愿望吧!而我现在要返回自己的世界。"说罢,这位持明升空离去,而国王也渐渐恢复坚定的意志。

于是,国王迦那迦婆尔舍前去拜见住在文底耶山的女神。途中,一头林中疯象摇晃着脑袋,挥动着象鼻,向国王冲来。于是,国王沿着一条充满坑坑洼洼的路逃跑。而这头大象在追赶中,掉进一个坑洼而死去。国王因奔跑而疲乏,缓步前行,到达一个大湖,里面布满茎秆挺拔的莲花。他在湖中沐浴、喝水和吃了莲藕后,坐在一棵大树下休息,身体过于疲倦,顷刻间就入睡。

这时,一帮出来狩猎的山民看到这位容貌端庄的国王睡在树下,立即捆绑他,带到他们的首领摩格达普罗那里,用作祭供女神的祭品。这个首领看到他适合用作祭品,把他带到女神的住地,准备用他祭供女神。而国王见到女神,向她俯首致敬,获得女神的恩宠,同时也由于室建陀对他的恩宠,捆绑他的绳索顿时脱落。山民首领看到这个奇迹,明白他受到女神恩宠,于是立即释放他。这样,国王迦那迦婆尔舍第三次摆脱死亡的威胁,同时一年的诅咒期限也到了。

这时,国王的姑母带着王后摩陀那孙陀利及其儿子来到这里,说道:"国王啊,我得知室建陀的诅咒后,便施计把他俩带到自己的住处,保护他俩。现在诅咒已经解除,你就接回你的妻儿,享受王国的快乐吧!"蛇女说完,接受国王俯首致敬后,消失不见。而国王看到妻儿,觉得自己仿佛处在梦境中。国王和王后互相久久拥抱,他俩经受长久的分离痛苦后,此时流下喜悦的泪水。

然后,山民首领摩格达普罗知道他原来是大地之主迦那迦婆尔舍,拜倒在他的脚下,请求他宽恕后,请国王与王后和王子进入他的村镇,尽自己最大的能力,热情招待他们。

国王停留在那里时,派遣了使者召唤岳父提婆舍格提以及自己的军队前来。然后,国王让摩陀那孙陀利和儿子坐在母象上,行走在前面,一起前往自己岳父的住处。这个儿子按照原先室建陀的指示,得名希罗尼耶婆尔舍。到达维达巴地区后,国王在岳父的一处行宫中住了几天。然后,他们到达繁荣富饶的贡底那城。他和妻儿以及军队一起在岳父宫中住了许多天,享受岳父的盛情招待。

最后,国王迦那迦婆尔舍回到自己的迦那迦城。城中的妇女们仿佛用渴望已久的眼睛吞饮他。他与摩陀那孙陀利和儿子一起进入王宫,仿佛成为欢乐的节日化身。他为摩陀那孙陀利系上象征荣誉的头巾,为她灌顶,立她为正宫王后。国王取得的成就令臣民们尊敬。从此,他统治四方大地,没有内忧外患,与王后和儿子一起永远享受节日般快乐的生活,不再遭受分离的痛苦。

那罗婆诃那达多与阿兰迦罗婆蒂一起听完大臣戈目佉讲述的这个美妙的故事,高兴满意。

第六章

那罗婆诃那达多在爱妻陪伴下,听取戈目佉讲述的故事,并表示满意。而那罗婆诃那达多看到摩卢菩提出于妒忌,面露愠色,于是,为了取悦他,说道:"摩卢菩提啊,你怎么不也讲个故事?"摩卢菩提听后,心中喜悦,说道:"好吧!我来讲个故事。"说罢,他开始讲述这个故事:

　　王上啊,从前在莲花城,有个国王名叫迦摩罗婆尔曼。城里有个优秀的婆罗门,名叫旃陀罗斯瓦明。他有一位与他同样思想高尚的妻子,恪守妇道,名叫提婆摩蒂。她为这位婆罗门生下一个具有吉相的儿子。这个儿子出生时,空中传来天国话音:"旃陀罗斯瓦明啊,你应该给儿子取名摩希巴罗 ①,因为他会成为国王,长久统治大地。"旃陀罗斯瓦明听到天国话音后,为儿子诞生举行庆祝活动,给儿子取名摩希巴罗。

　　摩希巴罗渐渐长大,学习武艺和各种知识。随后,提婆摩蒂又生下一个肢体完美的女儿,并为她取名旃陀罗婆蒂。兄妹俩一起生活在父亲家中。这时,这个地区久旱无雨,谷物在烈日暴晒下枯焦,发生饥荒。于是,这里的国王偏离正道,变成强盗,非法掠夺民众的财物。

　　这样,这个地区陷入深重灾难。提婆摩蒂对丈夫旃陀罗斯瓦明说道:"我们离开这里,到我的父亲家去吧!否则,我们的这两个孩子早晚要丧命。"旃陀罗斯瓦明听后,对妻子说道:"别这样,因为遇到饥荒而逃离家园是大罪。我可以把这两个幼小的孩子带到你的父亲家去,而你留在这里。我会很快赶回来。"妻子说道:"好吧!"于是,旃陀罗斯瓦明把妻子留在家中,自己带着儿子摩希巴罗和女儿旃陀罗婆蒂前往岳父家。

　　这样,他们一路前行,走了两三天,到达一个荒芜的森林,沙地被烈日烤热,树木稀少又干枯。这两个孩子焦渴难忍,于是,旃陀罗斯瓦明把他俩留在这里,自己前往远处去找水。

　　这时,一个野蛮部落首领,名叫辛诃丹湿吒罗,带着随从们前往某处办事,恰好遇见旃陀罗斯瓦明。这个首领询问他后,得知他在找水。于是,他向自己的随从打了个暗号,说道:"给他取水来吧!"随即,有两三个随从明白首领的

---

① "摩希巴罗"的原词是 mahīpāla,词义为大地保护者。

意图,走上前来,用绳索捆绑旃陀罗斯瓦明,把他带回他们的村落。

旃陀罗斯瓦明从他们的口中得知他们要把自己用作祭品,想到自己留在森林里的两个孩子,发出悲呼:"儿子摩希巴罗啊!女儿旃陀罗婆蒂啊!我怎么能把你们两个孩子丢弃在森林里,让狮子老虎吞吃呢?而我自己也落入盗匪之手,无法逃跑。"

正当这位婆罗门这样悲呼时,他看到空中的太阳,心想:"我不能惊慌失措,我要请求自己的神主庇护。"于是,他开始赞颂太阳:"神主啊,我向你致敬!你的光芒照彻远近和内外,驱散黑暗。你是遍及三界的毗湿奴。你是幸福的宝库湿婆。你是至高的众生之主,唤醒宇宙开始运转。你仿佛出于怜悯,在夜晚将自己的光芒赐予月亮和火,让月亮和火闪耀光辉,然后自己消失。太阳啊,你升起后,罗刹逃跑,盗贼失去威力,善人们高兴快乐。因此,请你庇护我!你是三界的明灯,请你怜悯我,驱除笼罩我的痛苦黑暗!"

这位婆罗门以如此等等话语虔诚地赞颂太阳。随即,空中传来天国话音:"我对你感到满意,旃陀罗斯瓦明啊,你不会遭到杀害,你也会与你的儿女团聚。"听到天国话音后,旃陀罗斯瓦明恢复精神,保持镇定,而那些野蛮部落的人让他沐浴,供给他食物。

这时,摩希巴罗和妹妹留在森林里,看到父亲没有回来,猜想他遭遇不测,悲伤哭泣。恰好有个大商主,名叫沙尔特达罗,路过这里,看见他俩,问明情况后,出于同情,安慰摩希巴罗。他看到这个孩子具有吉相,便将这兄妹俩带回自己的住地。兄妹俩住在这个商人家中。摩希巴罗虽然年幼,但他热心祭拜圣火。商人沙尔特达罗喜欢他,把他视同自己的儿子。

一天,多罗城国王多罗达磨的大臣,一位优秀的婆罗门,名叫阿南多斯瓦明,带着象、马和步兵等出来办事,路过这里。他进入这位商主家里,因为他俩是朋友。他在商主家中休息时,看到摩希巴罗眉清目秀,正在念诵祷词,祭拜圣火。他询问商主这个孩子的情况,得知他与自己同属婆罗门种姓。因为他自己没有后嗣,便向商主索要这兄妹俩。商主是吠舍种姓,也就把这兄妹俩送给这位婆罗门大臣。这样,大臣阿南多斯瓦明把这兄妹俩带回多罗城。他俩住在这位拥有财富和知识的婆罗门大臣家中。他也将摩希巴罗视同自己的儿子。

在这期间,野蛮部落首领辛诃丹湿吒罗对被抓来的旃陀罗斯瓦明说:"婆罗门啊,太阳神在梦中指示我不能杀害你,而要尊敬你,释放你。因此,起来吧!随你愿意去哪里。"说罢,他释放旃陀罗斯瓦明,并赠送他珍珠和麝香,还派侍从护送他到森林。

旃陀罗斯瓦明获得释放,可是在森林中没有看见自己的儿子和女儿。于是,他离开森林,四处游荡寻找,到达海边的遮罗城。他进入一个婆罗门家中做客。用餐后,他讲述自己的遭遇。这个婆罗门家主听后,告诉他说:"前些天,有个商人,名叫迦那迦婆尔曼,来到这里。他在森林中获得两个孩子,是出身婆罗门家庭的兄妹俩。他把这两个容貌俊俏的孩子带到那利盖罗岛去了,只是他没有提起这两个孩子的名字。"

旃陀罗斯瓦明听后,心想:"这肯定是我的两个孩子。"于是,他决定前往那利盖罗岛。度过这一夜后,他找到一位准备前往那利盖罗岛的商人,名叫毗湿奴婆尔曼。旃陀罗斯瓦明向他说明情况后,与他一起登船航海,前往那利盖罗岛。到了那里,他询问当地的商人。他们回答说:"确实有个名叫迦那迦婆尔曼的商人来过这里。他带着从森林里获得的两个容貌俊俏的婆罗门孩子。可是现在他已经去了迦吒诃岛。"

旃陀罗斯瓦明听后,又搭乘商人达那婆尔曼的船,前往迦吒诃岛。到了那里,他又听说那个商人迦那迦婆尔曼已经离开那里,去了迦尔波罗岛。就这样,他搭乘商人的船,先后去了迦尔波罗岛、苏婆尔纳岛和辛诃罗岛,都没有找到商人迦那迦婆尔曼。而辛诃罗岛上的人们说,这个商人已经回到自己的吉多罗古吒城去了。

于是,旃陀罗斯瓦明又搭乘商人戈底湿婆罗的船,前往吉多罗古吒城。在那里,他找到了商人迦那迦婆尔曼,向他讲述自己的整个遭遇,渴望领回这两个孩子。迦那迦婆尔曼理解他的痛苦心情,便把从森林中带回的两个孩子交给他。而他一看到这两个孩子,便明白他俩不是自己的孩子,而是别人的孩子。随即,他悲伤落泪,发出绝望的呼喊:"哎呀,我这样辛苦奔波,找来找去,还是没有找到我的儿子和女儿!创造主像是一个坏心肠的主人,这样捉弄我,让我怀抱希望,又让希望破灭。我四处奔波,越走越远,到头来却是一场空。"

　　他这样伤心地哭喊着,商人迦那迦婆尔曼竭力安慰他。然后,他满怀悲痛说道:"如果我在一年内游荡大地,仍找不到我的两个孩子,我就去恒河岸边修苦行,抛弃身体。"这时,在他身旁,有位智者对他说道:"你去抚慰那罗延尼女神,就会找回你的两个孩子。"他听后,心中喜悦,想起太阳神赐予他的恩惠。他接受这里的商人们敬拜后,离开这个城市。

　　然后,他一路上借宿在国王分封给婆罗门的村庄,四处游荡,经过许多城市。一次,在黄昏时分,他到达一片长满高大树木的树林。他吃了果子和喝了水后,惧怕狮子和老虎等猛兽,爬到一棵树上过夜。他没有入睡,半夜里,看见树下聚集着以那罗延尼为首的母亲女神们。她们各自拿着自己的特殊礼物,等候大神湿婆来到。她们询问那罗延尼:"大神今天怎么迟迟未到?"那罗延尼笑而不答。而在她们一再追问下,那罗延尼开口说道:"尽管我羞于说这件事,但我还是告诉你们吧!"

　　在这座苏罗城里,国王名叫苏罗塞纳。他的女儿以美貌著称,名叫维蒂雅达丽。苏罗塞纳听说国王维摩罗有个儿子,名叫波罗跋迦罗,美貌与他的待嫁的女儿相配。这样,苏罗塞纳愿意把女儿嫁给波罗跋迦罗。而国王维摩罗也听说苏罗塞纳的女儿的美貌与自己的儿子相配,于是,派遣使者为儿子向苏罗塞纳求娶他的女儿维蒂雅达丽。这正好符合苏罗塞纳的心愿,于是他举行仪式,把女儿嫁给维摩罗的儿子波罗跋迦罗。

　　维蒂雅达丽到达公公的维摩罗城。在夜晚,她与丈夫一起上床。而她看到丈夫没有与她合欢就入睡了,心中焦虑不安。她仔细观察后,发现丈夫波罗跋迦罗原来是一个阉人。这位公主心想:"天啊,我怎么会嫁给一个阉人?"她在忧伤中度过这一夜。

　　然后,维蒂雅达丽写信,派人送交父亲,说道:"你怎么也不查问清楚,把我嫁给一个阉人?"苏罗塞纳看到信后,勃然大怒,心想:"维摩罗蓄意欺骗我。"他凭借自己武力强大,亲自写信告知维摩罗:"你的儿子是阉人。你居然欺骗我,让我把女儿嫁给他。我要让你知道这样做的后果。等着吧,我要来杀死你!"

　　维摩罗看到信后,与大臣们商量,不知有什么办法能对付难以战胜的苏罗塞纳。有位名叫宾伽达多的大臣对维摩罗说:"王上啊,有一个办法,可以让你平安无事。有个药叉名叫斯吐罗希罗。我知道一种抚慰他的咒语,由此他会赐予你愿望的恩惠。现在,你就去用这个咒语抚慰他,求他把生殖器赐予你的儿子,这样,也就能平息这场纠纷。"

于是,国王掌握这个咒语后,前去用这个咒语抚慰那个药叉,为儿子求乞生殖器。药叉便把生殖器赐予他的儿子。这样,波罗跋迦罗成为真正的男子汉,而这个药叉成了阉人。然后,维蒂雅达丽看到波罗跋迦罗是正常的男人,便与丈夫一起享受欢爱。她心想:"我出于骄傲而粗心大意。我的丈夫不是阉人,而是堂堂男子汉。我不能再有别的胡思乱想。"这样,她怀着羞愧的心情,给父亲写信说明情况。于是,这场纠纷也就平息下来。

然而,大神湿婆今天得知这件事,愤怒地召唤密迹天①斯吐罗希罗,诅咒他说:"你抛弃自己的生殖器,成为阉人。那么,你就永远成为阉人,让波罗跋迦罗成为男子汉吧!"这样,密迹天斯吐罗希罗成为阉人而忧伤,而波罗跋迦罗成为男人而快乐。

"正是为了处理这件事,大神湿婆耽搁了一些时间。但你们要知道,他很快就会来到。"正当那罗延尼这样说着时,母亲女神们的主人大神湿婆来到。

母亲女神们敬拜湿婆,献上各自的礼物。然后,湿婆与这些瑜伽女们一起跳舞和游戏。旃陀罗斯瓦明在树顶上看到这一切。而那罗延尼的一个女仆也看到了他。他俩互相之间忽然产生爱意。那罗延尼女神觉察到他俩的这一情况。

在大神湿婆和母亲女神们离去时,那罗延尼女神滞留了一些时间。她召唤旃陀罗斯瓦明下树,询问他和自己的女仆:"你俩是否互相产生爱意?"他俩如实回答说:"是的,女神!"女神摆脱愤怒,对旃陀罗斯瓦明说道:"我对你的诚实坦白感到满意。因此,我不诅咒你俩。我把这个女仆送给你。你俩就在一起愉快生活吧!"

而婆罗门旃陀罗斯瓦明听后,对女神说道:"女神啊,尽管思想飘忽不定,

---

① 密迹天和药叉属于同一类半神,这两个名称可以互相通用。

但我会克制它。我不会接触别的妇女。这是我的思想真实本性,避免身体犯罪。"女神听后,对这位意志坚定的婆罗门说道:"我对你感到满意。我就赐予你这个恩惠:你很快就会找到你的儿女。你接受我的这朵永不凋谢的莲花吧!它能解毒消灾。"说罢,那罗延尼女神把莲花送给旃陀罗斯瓦明后,与自己的女仆一起消失不见。

这样,旃陀罗斯瓦明获得这朵莲花,度过这一夜。然后,他继续游荡,到达多罗城。他的儿子和女儿就住在这里的婆罗门大臣阿南多斯瓦明的家中。他听说这位大臣热情好客,于是来到他家门口,口中念诵经典,想要求取食物。经门卫通报后,他进入大臣家中。大臣看到他是一位智者,便邀请他一起用餐。

他接受邀请后,听说附近有个名为阿南多的湖,在这个湖中沐浴能消除罪恶,于是,他来到这个湖中沐浴。他沐浴后回来,听到城里到处是哭喊声。他询问人们发生了什么事。人们告诉他说:"这里有个婆罗门的儿子,名叫摩希巴罗。商主沙尔特达罗在森林中获得他。大臣阿南多斯瓦明看到这个孩子具有吉相,便一心一意向商主讨要这个孩子和他的妹妹。这样,大臣把这兄妹俩带回这里。这个孩子品德优秀。这里的国王和臣民们都喜爱他。而今天,他被毒蛇咬了,因此,城里出现哭喊声。"

旃陀罗斯瓦明听后,心想:"这就是我的儿子。"于是,他赶紧返回大臣家中。他看到所有人围在那里。他认出自己的儿子,高兴地拿出女神赐予他的解毒消灾的莲花,放在摩希巴罗的鼻子上。摩希巴罗闻到莲花的香味,顿时蛇毒消失,站起身来,仿佛从睡眠中醒来。市民们和国王都为此感到高兴。

于是,大臣阿南多斯瓦明、国王和市民们都认为旃陀罗斯瓦明是某位天神分身下凡。这样,他愉快地住在大臣家中,备受尊敬。他看到儿子摩希巴罗和女儿旃陀罗婆蒂。但是,他们三人没有相认,而是保持沉默,因为智者们行事注意把握时机,不能随心所欲。

后来,国王多罗婆尔曼对品德完美的摩希巴罗深感满意,把女儿般杜摩蒂嫁给他。国王自己没有儿子,愉快地把自己的王国的一半分给他后,又把整个王国的重担都托付给他。摩希巴罗获得王国后,也让自己的父亲和妹妹享有同样高贵的地位和快乐。

一天，父亲旃陀罗斯瓦明悄悄对摩希巴罗说："来吧，我们去故乡把你的母亲接来这里。因为她一旦得知你已经享有王权，心里会想：'他怎么把我给忘记了？' 或许，她会发怒诅咒你。而遭到父母诅咒，儿子就不会获得快乐，而会长期遭受痛苦。从前有过这样的情况，听我告诉你商人之子的故事！"

从前，在达婆罗城，有个商人之子，名叫遮格罗。他违背父母的意愿，前往金岛经商。他经过五年经商，获得大量财富。他登船航海回家，船中装满宝石。而即将抵达海岸时，大海突然涌动呼啸，狂风大作，暴雨倾泻。那些巨浪击碎航船，仿佛对遮格罗违背父母意愿表示愤怒。船上的一些人被海浪卷走，一些人被鲨鱼吞噬，而遮格罗由于寿命期限未到，被甩到海岸上。

遮格罗精疲力竭，躺在那里时，好像在梦中，看见一个漆黑而凶暴的人手持套索走来，用套索套住他，拖着他走了很长距离，到达一个厅堂，里面有个人坐在狮子座上。按照这个人的命令，他继续被套索拖着，拖进一个铁屋。

遮格罗在铁屋里看到一个人遭受折磨，头顶上有个火热的铁轮不停地转动。他询问这个人："你是谁？怎么会遭遇这种不幸？你怎么还能活着？"于是，这个人回答他说："我名叫坎伽，是商人的儿子。我不听从父母的话，因此，他俩愤怒地诅咒我说：'你折磨我俩，就像一个火热的铁轮在我俩头上转动。因此，你这坏小子会受到同样的惩罚。'我听后，哭了起来。他俩便对我说：'你别哭，对你的惩罚只有一个月。'这样，我忧伤地度过这一天。夜里躺在床上时，就像在梦中，我看见一个可怕的人走来，强行把我拖到这个铁屋里，把这个火热的铁轮扔在我的头上，它不停地转动着。因为依照我的父母对我的诅咒，我才没有死去。而今天已经一个月期满，可是我还没有被释放。"

遮格罗听后，对坎伽满怀同情，说道："我也是不听从父母的话，擅自出外追求财富。他俩诅咒我说：'你会失去你获得的财富。'果然，我从另一个岛上挣来的所有财富沉没在大海中。我这样活着还有什么意义？坎伽啊，你把这个铁轮放在我的头顶上，你就摆脱诅咒吧！"

遮格罗说完这些话时，空中传来天国话音："坎伽啊，你现在摆脱这个铁轮了。你把这个铁轮放在遮格罗的头顶上吧！"坎伽听后,便把这个铁轮放在遮格罗的头顶上,然后,他被一个隐身的人带回自己父亲的家中。从此,他不再违背父母的旨意。

而遮格罗把这个铁轮放在头顶上后,说道:"只要大地上其他人没有摆脱这种罪恶,就让这个铁轮一直在我的头顶上转动吧！"他说完这些话,天国众天神对他具有这种高尚品德表示满意,为他降下花雨,说道:"好啊,好啊！大勇士啊,由于你的这种慈悲心,你的罪业消除。离开这里吧,你将获得无尽无穷的财富。"

众天神说罢,这个铁轮立即从遮格罗头顶上消失,不知去向。同时,一个持明青年从天国降下,交给他一大堆宝石。那是因陀罗对他表示满意而赠送给他的。然后,这个持明青年把他抱在怀里,送他回自己的达婆罗城后,从原路返回天国。这样,遮格罗回到父母身边,亲友们为他感到高兴,他也讲述了自己的整个经历,从此不再偏离正法。

旃陀罗斯瓦明对摩希巴罗讲完这个故事后,继续说道:"儿子啊,违背父母意愿,会获得这样的恶果。而孝顺父母则如同获得如意神牛。请听这个故事！"

从前,有一位牟尼在森林中修炼大苦行。一次,他坐在一片树荫下,树上一只苍鹭排泄的粪便掉在他的头上。他愤怒地望了这只苍鹭一眼,苍鹭就化为灰烬。于是,这位牟尼为自己的苦行威力感到骄傲。

有一天,这位牟尼进入城里一个婆罗门家庭,向这家主妇乞求施舍。这个主妇忠于丈夫,对他说道:"你等一下,让我先服侍好丈夫。"于是,这位牟尼以愤怒的目光望着她,而她笑了笑,说道:"牟尼啊,请原谅,我不是那只苍鹭。"牟尼听后,坐在那里,深感惊讶,心想:"她怎么会知道苍鹭的事？"

这位贞洁的主妇帮助丈夫完成拜火等仪式后,拿着食物,来到牟尼身边。而牟尼双手合掌,对她说道:"你先告诉我,你并不在场,怎么会知道苍鹭的事？然后,我才接受你的施舍。"于是,这位忠于丈夫的主妇对牟尼说道:"除了忠于丈夫,我不知道其他任何正法。由此,我获得恩惠,具有这种非凡的智力。这里有个卖肉的摊贩,名叫达磨维耶达。你去见见他,你就会获得摆脱骄慢自满的好处。"听了这位忠于丈夫而知晓一切的主妇这样说,牟尼作为客人,接受她的施舍后,离开那里。

第二天,这位牟尼找到在市场里卖肉的达磨维耶达。他看到这位牟尼,说道:"婆罗门啊,是那位忠于丈夫的主妇叫你来这里的吗?"牟尼听后,惊讶地问道:"你是卖肉的摊贩,怎么会有这样非凡的智力?"达磨维耶达回答说:"我孝顺父母。我侍候他俩沐浴后再沐浴,侍候他俩吃饭后再吃饭,侍候他俩上床后再上床,由此我获得非凡的智力。我出售别人宰杀的鹿肉等谋生。我恪守自己的职业,并不贪图发财。我和那位忠于丈夫的主妇都不骄傲自满,因为那是智力的障碍。由此,我俩的智力无所阻碍。所以,你也应该恪守牟尼的职责,摒弃骄傲自满,思想保持纯洁,遵行自己的正法。这样,你很快就会获得至高的光辉成就。"听了达磨维耶达的教诲,牟尼也去了他的家,亲眼见到他的高尚行为,高兴满意,返回森林。

"这样,这位牟尼接受达磨维耶达的教诲,获得成就。而忠于丈夫的主妇和达磨维耶达恪守自己的职责,获得成就。忠于丈夫和孝顺父母具有这样的威力。因此,来吧,去会见想念你的母亲吧!"

听了父亲旃陀罗斯瓦明讲述的这一切,摩希巴罗决定回故乡抚慰母亲。他把所有情况告知自己的精神父亲阿南多斯瓦明,将王国的重担托付给这位大臣后,和父亲一起在夜里出发。

到达故乡后,母亲见到儿子,高兴快乐,犹如雌杜鹃尝到花蜜。摩希巴罗陪伴母亲,在这里住了一些日子,受到亲友们热情接待。他和父亲一起讲述了他们的整个经历。

而在多罗城,公主般杜摩蒂在夜晚结束时醒来,发现丈夫不在身边。她在宫中和花园里四处寻找,不知丈夫去了哪里。她闷闷不乐,哭泣流淌的泪珠仿佛成为第二条项链。她悲伤不已,想要以死求得解脱。这时,大臣阿南多斯瓦明前来安慰她说:"孩子啊,你不要悲伤。他离开这里时,私下对我说:'我要出去办件事,很快就会回来。'"这些话给了公主希望,她终于慢慢地恢复平静。

此后,为了打听丈夫的消息,公主对从外地来到这里的婆罗门,都恭敬有加,慷慨施舍。一次,有个贫穷的婆罗门,名叫商伽摩达多,前来乞求施舍。公主向他打听丈夫的消息,告诉他丈夫的名字和相貌。而婆罗门回答说:"我没有遇到过这样的一个人。不过,王后啊,即使如此,你不要失去耐心。行为纯洁的人最终会与心上人团聚。请听我讲述我亲眼所见的这桩奇事!"

我四处游荡,朝拜圣地,到达雪山上的心湖。在那里,我仿佛从镜子中看到一座宝石宫殿。忽然,从这座宫殿中出来一个人,他手中持剑,在天女们陪同下,走上湖岸。他们在那里饮酒作乐。我在远处满怀好奇,悄悄观看他们。

这时,从某处来了一个相貌可爱的人。我告诉他自己在这里看到的景象。他看到后,向我讲述自己的遭遇:

我是特利普婆那城的国王,名叫特利普婆那。城里有个湿婆信徒长期侍奉我。一次,我询问他为何侍奉我。他悄悄请求我帮助他获得地穴中的剑。我答应帮助他。于是,在夜里,这个湿婆信徒和我一起前往森林。在举行拜火等仪式后,他指着一个地面裂口,对我说:"勇士啊,你先进去,获得那把剑。然后,你出来,也让我进去。你要向我作出这个保证。"

我听后,向他作出保证。然后,我迅速进入地面裂口,到达一座宝石宫殿。从宫殿中走出一个阿修罗少女,带我进入宫中。她出于对我的爱慕,给我一把剑,告诉我说:"好好保护这把剑,它能让你行走空中,赋予你一切幻力。"这样,我就与她一起住在那里。

然而,我记得对那个湿婆信徒的保证。于是,我手中持剑,走出地面裂口,带他进入阿修罗宫殿。这样,我与那个为首的阿修罗少女及其侍女们一起生活,而那个湿婆信徒与另一个阿修罗少女一起生活。

而有一天,这个诡计多端的湿婆信徒趁我喝醉酒,取走我身边的这把剑。这样,他手持这把剑,获得神奇的幻力,伸手抓住我,把我扔到地面裂口外面。于是,我就在这个地面裂口处,等着他哪天出来,这样等了十二年。今天,我终于看到这个恶棍出来,他正在与属于我的阿修罗少女一起饮酒作乐。

"王后啊,就在国王特利普婆那对我这样说着时,那个湿婆信徒喝醉酒而睡着了。于是,国王走过去,取回那把剑,再次获得幻力。然后,国王用脚踢醒那个湿婆信徒,斥责这个可怜的家伙,但这位勇士没有杀死他。国王重新获得幻力,与属于自己的阿修罗少女及其侍女们一起进入阿修罗宫殿。而这个湿婆信徒失去幻力,下场悲惨。因为忘恩负义的人即使长久享有快乐,最终必将失去一切。我亲眼见到这桩奇事后,继续四处游荡,来到这里。因此,王后啊,即使等待的时间很长,你肯定会与你的心上人团聚。正像这位国王那样,行为纯洁者的希望不会落空。"

王后般杜摩蒂听了这个婆罗门讲述的这一切,高兴满意。她满足这个婆罗门的愿望,赐予他许多钱财。

又一天,一个婆罗门从遥远的地方来到这里。王后般杜摩蒂急切地向他打听丈夫的消息,告诉他丈夫的名字和相貌。而这个婆罗门回答说:"王后啊,我没有见到过你的丈夫。但是,我今天来到这里,因为我名叫苏摩那,名副其实①,故而我觉得你很快就会称心如意。纵然长久分离,最终必将团聚。王后啊,请听我给你讲述这个故事!"

从前,尼奢陀国王名叫那罗。他的美貌胜过爱神,因此,我猜想爱神正是为此自暴自弃,而将自己的身体投入愤怒的湿婆第三只眼睛喷出的火焰中。那罗没有妻子,想要娶妻,听说维达巴地区国王毗摩的女儿达摩衍蒂与他匹配。而国王毗摩寻遍大地,发现除了那罗,没有哪个国王适合成为自己女儿的丈夫。

这天,达摩衍蒂在自己的城里,进入一个优美的湖中嬉水。她看到一只天鹅叼吃湖中的莲花,出于好玩,机智地用上衣覆盖它,抓住它。而这只神奇的天鹅被抓住后,以清晰的话音说道:"公主啊,我为你做件好事,你就放了我吧!

---

① "苏摩那"的原词是 sumanas,词义为善意或称心如意。

尼奢陀国王名叫那罗,甚至天女们也把他铭记在心,犹如将精致的线①串连成的项链佩戴在胸口。你适合成为他的妻子,他适合成为你的丈夫。我可以作为爱情使者,让你俩结成美满姻缘。"

达摩衍蒂听后,心想这是一只神奇的天鹅,说话真实可信。于是,她放走天鹅,说道:"那就这样吧!"那罗从她的耳朵进入,夺走了她的心。她对自己说道:"除了那罗,我不选择任何其他人做丈夫。"

然后,天鹅迅速飞到尼奢陀地区,靠近那罗正在嬉水的湖。那罗看到这只可爱的天鹅,出于好奇,也用上衣覆盖它,抓住它。于是,天鹅说道:"国王啊,请你放开我。因为我是为你做好事而来到这里。请听我说,在维达巴地区,国王毗摩的女儿达摩衍蒂,如同大地上的狄罗德玛,甚至天神们也渴望获得她。我向她讲述了你的品貌。她已经决定选择你为丈夫。因此,我来这里告诉你这件事。"

那罗听了天鹅的话,顿时被爱神箭头闪光的花箭射中。他对天鹅说道:"鸟中魁首啊,我确实幸运。她选中我,仿佛她是我的愿望的化身。"说罢,他放走天鹅。于是,天鹅又飞回达摩衍蒂身边,如实告诉她情况。随后,天鹅自由地飞走。

达摩衍蒂渴望获得那罗,设法让母亲请求父亲为她举行选婿大典。国王毗摩表示同意,为她安排选婿大典,派遣使者邀请大地上的所有国王。所有国王应邀前往维达巴地区,那罗也满怀渴望驱车前往。

以因陀罗为首的护世天神们从牟尼那罗陀口中得知达摩衍蒂爱上那罗而举行选婿大典。他们中的因陀罗、风神、阎摩、火神和伐楼那都渴望获得达摩衍蒂。他们聚在一起商量后,去找那罗。他们在那罗前往维达巴地区的路上找到那罗。那罗向他们俯首致敬,而他们对那罗说道:"国王啊,你去向达摩衍蒂传达我们的话:'在我们五位天神中选择一位吧!何必选择凡人那罗?凡人注定要死去,而天神永生不死。'由于我们的恩惠,你能进入达摩衍蒂的居处,而其他人看不见你。"那罗服从天神们的命令,说道:"好吧!"

---

① "精致的线"的原词是 sadguṇa,也读作"优秀的品德"。

445

这样,那罗进入达摩衍蒂的后宫,没有人看见他。他如实向达摩衍蒂传达天神们的话。而贞洁的达摩衍蒂听后,说道:"就让天神们这样说吧!但是,我的丈夫应该是那罗,而不是那些天神。"听了达摩衍蒂的真心话,那罗亮明自己的真实身份。然后,他去向因陀罗等天神如实传达达摩衍蒂的话。他们对那罗说真话表示满意,赐予他恩惠,说道:"我们现在成为你的仆从。你只要想起我们,我们就会来到你的面前。"

那罗听后,满怀喜悦,前往维达巴地区。而因陀罗等天神想要欺骗达摩衍蒂,幻化为那罗的模样。他们到达国王毗摩的会堂,以凡人的身份参加选婿大典,坐在那罗的身边。达摩衍蒂来到会堂,她的兄弟逐一向达摩衍蒂介绍各位国王,她都不予理会。然后,他们到达那罗身边,看到六个那罗,都具有身体影子和眨动眼睛等特征 ①。

这时,达摩衍蒂的兄弟困惑不解。而达摩衍蒂也心慌意乱,思忖道:"肯定是那五位护世天神制造幻觉迷惑我。我觉得这里的第六位是那罗,我不能走向别人。"随后,达摩衍蒂一心只想着那罗,仰望太阳,说道:"诸位护世天神啊,甚至在梦中,除了那罗,我也不会想念其他任何人。凭借我这真言,你们向我显现各自的真实形体吧!一旦少女已经选定了丈夫,那么,对于其他人,这位少女就是别人的妻子。因此,你们怎么还想欺骗我?"

于是,因陀罗等五位天神听后,显现各自的真实形体,而第六位是真正的那罗,保持原本的形体。达摩衍蒂满怀喜悦,眼睛美似绽开的蓝莲花,望着那罗,把选婿花环套在他的脖子上。随即,空中降下花雨。国王毗摩为达摩衍蒂和那罗举行结婚仪式。其他国王和因陀罗等天神在接受国王毗摩的敬拜后,返回各自的住地。

而因陀罗等天神在途中遇见迦利和德伐波罗,得知他俩也是前来求娶达摩衍蒂的,于是对他俩说:"你俩不必再去维达巴地区了。我们刚从那里回来。选婿大典已经结束,达摩衍蒂选择国王那罗为丈夫。"邪恶的迦利和德伐波罗听后,愤怒地说道:"她抛弃像你们这样的天神,而选择凡人为丈夫。因此,我

---

① 按印度神话,天神的身体没有影子,眼睛也不眨动。

们一定要拆散这对夫妻。"他俩这样发誓后,转身离去。

那罗在岳父的宫中住了七天,然后,带着妻子达摩衍蒂回到尼奢陀地区。在那里,这对夫妻相亲相爱胜过高利女神和湿婆。高利女神是湿婆身体的一半,而达摩衍蒂是那罗身体的全部。到时候,达摩衍蒂为那罗生下一个儿子,名叫因陀罗塞纳。随后,她又生下一个女儿,名叫因陀罗赛娜。

而迦利一心要兑现他的誓言,长期以来,一直在寻找机会加害那罗。那罗一向恪守经典仪轨,然而,有一天,他喝醉酒,没有按照仪轨进行晚祷和洗脚,就入睡了。迦利日夜监视着那罗,立即抓住这个机会,进入那罗的身体。而那罗的身体被迦利占据后,便偏离正法,随心所欲。他变得喜欢掷骰子赌博,迷恋侍女,说谎话,白天睡觉,夜晚醒着,无缘无故发怒,非法获取财富,蔑视善人,器重恶人。

同时,德伐波罗也抓住机会,进入那罗的弟弟布湿迦罗的身体,让他偏离正道。一天,那罗在弟弟布湿迦罗的屋里看见一头洁白可爱的公牛,想要获得它。而布湿迦罗的身体已被德伐波罗占据,失去对兄长的尊敬,不肯把这头公牛送给那罗,而是对那罗说:"如果你想要这头公牛,那么,现在就和我进行掷骰子赌博,从我这里赢得它。"那罗听后,出于愚痴,立即同意,说道:"好吧!"

于是,兄弟俩开始掷骰子赌博。布湿迦罗押注公牛,那罗押注大象等。而一次次下注赌博中,布湿迦罗总是赢,那罗总是输。就在两三天中,那罗已经输掉军队和财库。而由于已被迦利搅昏头脑,即使受到劝阻,那罗仍然不肯停止赌博。

而达摩衍蒂想到王国即将失去,便安排自己的两个孩子登上御车,把他俩送到自己父亲的宫中。这时,那罗已经输掉整个王国。而布湿迦罗骄傲放纵,对那罗说道:"你已经输掉一切,如果还想要赢我,那就把达摩衍蒂押上吧!"布湿迦罗的话犹如一阵强风,煽动如同火焰的那罗。而那罗在这不合适的时机,不吭一声,也不再押注。于是,布湿迦罗对他说道:"如果你不押注妻子,那就与她一起离开我的王国吧!"

这样,那罗和达摩衍蒂一起离开王国,国王的大臣们把他俩一直送到边境处。天啊,甚至那罗也被迦利捉弄到这样悲惨的境地,更何况其他昆虫般的庸人呢？可恨啊,非法的赌博! 可恨啊,迦利和德伐波罗的所作所为! 甚至让王仙们也落到如此悲惨的境地!

那罗已被弟弟剥夺王权,与达摩衍蒂一起流亡外地。他们到达一个森林,又饿又累,进入里面休息。达摩衍蒂娇嫩的双脚也被达薄草刺破。那罗看到有两只天鹅飞来,停留在湖岸。他想要抓来充饥,于是将上衣扔过去,罩住这两只天鹅。而这两只天鹅却顶起那件外衣,飞走了。这时,那罗听到空中传来话音:"那是两颗骰子化作天鹅,前来取走你的衣服。"

于是,那罗坐下,只剩下一件衣服,心情沮丧。他向达摩衍蒂指示去往她父亲家的路:"爱妻啊,这边是去往你父亲家的路。另一边是去往安伽地区的路。那边是去往憍萨罗地区的路。"达摩衍蒂听后,惊恐不安,心想:"夫君为何给我指路,好像是要抛弃我?"

然后,夫妻俩吃了根茎和果子,夜晚降临,躺在林中拘舍草地上休息。由于旅途疲劳,达摩衍蒂渐渐入睡。而那罗被迦利搅昏头脑,准备出走,因此一直醒着。这时,他取下达摩衍蒂的外衣,撕下一半,用作自己的外衣,然后离去。

夜晚结束,达摩衍蒂醒来,发现丈夫不在林中,已经抛弃她而出走。于是,她伤心哭泣,说道:"夫君啊,你胸怀博大,甚至怜悯敌人。你一向宠爱我,怎么会对我这样残酷无情? 你怎么能独自一人在荒山野岭徒步行走? 有谁会侍候你,解除你的疲劳? 你的肢体向来涂抹黄檀香粉,现在怎么能忍受中午太阳的灼热? 你的双脚原本沾有各地国王顶冠花环的花粉,现在怎么能沾上路面的肮脏尘土? 我的幼儿会怎样? 我的幼女会怎样? 我自己又会怎样? 如果我保持贞洁,但愿众天神保佑你吉祥平安! "

就这样,达摩衍蒂孤孤单单,为那罗担忧,伤心哭泣,然后,按照丈夫先前给她指出的路,启程出发。她一路历经艰辛,越过河流和山林,但无论何时都不放弃对丈夫的忠诚。贞洁的威力一路保护她,以致有个猎人保护她免遭毒蛇侵害后,对她产生歹念,刹那间便化为灰烬。

然后,她在途中巧遇一支商队,跟随他们到达国王苏跋呼的城市。国王的女儿在楼阁上远远望见她,欣赏她的美貌,把她送去侍奉自己的母亲。她在王后身边,受到王后尊重。而王后问起她的情况,她只是回答说:"丈夫抛弃我而出走了。"

　　同时,达摩衍蒂的父亲得知那罗的遭遇,便派遣一些可靠的部下,分头去各地寻找那罗和达摩衍蒂夫妻俩。其中一位名叫苏塞纳的大臣,乔装成婆罗门,在四处游荡中,到达苏跋呼的王宫。在宫中,他看到达摩衍蒂。而达摩衍蒂也一直注意观察来访的客人。这时,她也看到了这位父亲的大臣。他俩互相认出对方后,走到一起,伤心哭泣。

　　王后听到哭声,召唤他俩前来,问明情况后,得知达摩衍蒂原来是她的姐姐的女儿。于是,王后报告丈夫后,恭敬地让达摩衍蒂登上车,派人带着军队,把她和苏塞纳一起送回国王毗摩宫中。

　　于是,达摩衍蒂与自己的两个孩子团聚。她的父亲知道她一直在打听那罗的消息。于是,他派遣一些暗探去寻找那罗,告诉他们那罗精通烹调和驾车技艺,并指示这些暗探说:"如果你们怀疑某个人是那罗,就向他念诵这首诗:

　　　　你抛弃林中睡着的可爱少女,
　　　　取走她半件外衣,去了哪里?
　　　　就像是月亮抛弃可爱的睡莲
　　　　取走部分天空,残酷的人啊!　①"

　　而当时,那天夜里,国王那罗在林中披着半件外衣,走了很长的路后,看见林中一处起火。他听到呼救声:"大勇士啊,请你救我离开这林火!我无能为力,不要让我被火烧死!"随即,他看到林火旁有一条蜷曲着身子的蛇。林火仿佛以火焰为武器,俘获这条顶珠闪闪发光的蛇。

　　于是,那罗出于同情,走上前去,把这条蛇搁在自己肩上,带它到远处。而那罗准备放下它时,这条蛇对他说道:"你数着数,带我从这里向前走十步。"那罗便这样数着数,向前迈步:"一,二,三,四,五,六,七,八,九,十。"而就在数到

---

①　这首诗使用双关表现手法,其中的 ambara 一词,既读作"衣服",也读作"天空"。

十时,这条蛇咬了那罗的额角一口①。那罗顿时双臂缩短,容貌变得又黑又丑。

然后,那罗将这条蛇从肩上放下,询问它:"你是谁?为何对我恩将仇报?"这条蛇听后,回答说:"国王啊,你要知道,我是蛇王,名叫迦尔戈吒。你要明白,我咬你恰恰是为你做好事。伟大的人物变得丑陋,就容易度过隐匿的生活。你收下这套衣服吧!你一旦穿上它,就会恢复自己的本来面貌。"说罢,蛇王把衣服交给那罗,然后离去。那罗也离开森林,渐渐到达憍萨罗地区。

在那里,那罗得名短臂,在国王利度波尔纳的宫中充当厨师。他以烹调美味佳肴和驾车技艺高超闻名。那罗就这样住在那里。一天,维达巴国王的一个暗探来到那里。他听说那里有个新来的厨师,名叫短臂,烹调和驾车技艺堪比那罗。他猜想这个厨师可能就是那罗。他又听说这个厨师正在国王的会堂里。于是,他设法进入那里,念诵国王教给自己的那首诗:

> 你抛弃林中睡着的可爱少女,
> 取走她半件外衣,去了哪里?
> 就像是月亮抛弃可爱的睡莲
> 取走部分天空,残酷的人啊!

在场的人们听后,觉得这个人好像在说疯话,而乔装成厨师的那罗回答他说:

> 月亮失去一部分天空,
> 而进入另一部分天空,
> 故而睡莲见不到月亮,
> 这怎么能说月亮残酷?

听了这个厨师的回答,暗探确信他就是那罗,只是遭难而容貌变丑。于

① 这句中的"十"这个数字原文是daśa,也是动词daṃś(咬)的命令式,读作"你咬吧"。

是,他离开那里,回到维达巴地区后,向国王、王后和达摩衍蒂报告自己听到和看到的一切。

然后,达摩衍蒂悄悄对父亲说:"毫无疑问,这个乔装成厨师的人就是我的夫君。因此,就让我用这个计策把他带回来吧!派遣一位使者去见国王利度波尔纳,让使者到了那里就对这位国王说:'国王那罗不知去了哪里,杳无音讯。因此,明天达摩衍蒂要再次举行选婿大典。你今天就赶快出发前往维达巴地区吧!'这位国王听到这个消息,肯定会在一天之内,与通晓驾车技艺的那罗一起赶来这里。"

达摩衍蒂与父亲商量决定后,便派遣一个合适的使者前往憍萨罗地区。国王利度波尔纳听了使者的话后,心情激动,对自己身边乔装成厨师的那罗说道:"短臂啊,你说过你通晓驾车技艺。如果你有这个能耐,今天就把我送到维达巴地区去。"那罗听后,回答说:"行啊,我送你去。"随后,他让御车套上快马。而他心中思忖:"达摩衍蒂甚至做梦也不会想做这种事。我知道她是为了获得我,而借口说要举行选婿大典。我现在就去那里,看看会怎样。"

于是,那罗让国王登车出发,车速胜过金翅鸟。在快速行驶中,国王掉落了一件衣服。他要那罗停车捡回衣服,而那罗对他说:"哪里还能捡回这件衣服?就在这一瞬间,御车已经驶出了好几由旬。"国王听后,说道:"正是这样。那么,你就教给我驾车的技艺,而我会教给你掷骰子的技艺。这样,你掌握数数的技巧,那些骰子就会受你控制。现在,你看着,我要让你知道我说的是真话。你看前面那棵树,我告诉你树上树叶和果子的数目。然后,你数数看。"说罢,国王说出树上树叶和果子的数目,而那罗数了数,果然与国王说的数目一致。于是,那罗把驾车技艺教给国王,国王也把掷骰子技艺教给那罗。那罗用另一棵树做试验,发现树上树叶和果子的数目与自己估计的数目一致。

就在那罗满心欢喜时,从他的身体中走出一个皮肤发黑的人。那罗询问他:"你是谁?"那个人回答说:"我是迦利。达摩衍蒂选择你为丈夫,我出于妒忌,进入你的身体。因此,你在掷骰子赌博中失去王权。在森林中,蛇王迦尔戈吒咬了你。你没有受到烧灼,而你看!我在你的身体里却受到烧灼。因为施展诡计伤害他人,怎么会有好结果?因此,我现在离开你。但是,对于其他人,我不会没有机会。"说罢,迦利消失不见。而那罗就在这刹那间,思想回归正法,恢复以前的威力。

那罗回到车上,驾车奔驰,就在这一天把国王利度波尔纳送到维达巴地区。人们询问利度波尔纳来到这里的原因,听到回答后,都嘲笑他。然后,他们在王宫附近住下。

达摩衍蒂得知国王利度波尔纳来到这里的消息,听到奇妙的车轮声,心中喜悦,猜想那罗也已经来到。她派遣自己的一个侍女去打听情况。侍女前去观察后,回来报告渴望心上人的达摩衍蒂:"王后啊,我去了那里。憍萨罗国王听到你要举行选婿大典的假消息,确实已经来到这里。他的车夫兼厨师短臂驾车技艺高超,一天之内就把他送到这里。我还去了厨房,看见这个厨师皮肤黝黑、相貌丑陋,但他确实具有某种威力。锅里的水会自动出现,灶里的木柴会自动燃烧,各种美味佳肴顷刻间就能制成。我看到这样的奇迹后,才回到这里。"

达摩衍蒂听了侍女的话后,心想:"这个厨师能控制水火,也精通驾车技艺。他就是我的夫君。我猜想他是因为忍受与我分离的痛苦,而容貌变形。但我还是要测试他。"于是,她采取这个计策:让这个侍女把自己的两个孩子带到这个厨师的身边,让他看见。这样,那罗看到了自己的两个孩子,把他俩抱在自己膝上,长时间默默哭泣,流淌泪水。然后,他对这个侍女说:"我也有两个这样的孩子,寄放在他俩的外公家中。我一想到他俩,就情不自禁,伤心难过。"侍女带着这两个孩子回来后,把这一切情景告诉达摩衍蒂。于是,达摩衍蒂更加抱有希望。

第二天早上,达摩衍蒂吩咐自己的侍女说:"你去以我的名义,对利度波尔纳的厨师说:'我听说没有哪个厨师的手艺比得上你,因此,请你今天来我这里制作调味品。'"那罗听了这个侍女传达的达摩衍蒂的请求,答应道:"好吧!"

那罗征得利度波尔纳同意后,便来到达摩衍蒂这里。达摩衍蒂对他说道:"如果你是乔装成厨师的国王那罗,那就说出来吧!让我渡过忧愁之海。"那罗听后,又喜又悲又羞愧,不失时机,话音哽咽,说道:"我确实是那罗,心肠坚硬似金刚杵的罪人。我神魂颠倒,如同烈火烧灼你。"

达摩衍蒂听后,询问那罗:"如果是这样,那么,你的容貌怎么会变形?"于是,那罗讲述自己的整个遭遇,讲到最终与蛇王迦尔戈吒结为朋友,迦利才离开他的身体。随即,那罗穿上迦尔戈吒给他的那套名为火净的衣服,立即恢复了原来的面貌。达摩衍蒂看到那罗恢复了原来的可爱面貌,她的脸庞顿时像绽开的莲花,潸然泪下,浇灭心中的痛苦之火,感到不可言状的快乐。

维达巴国王毗摩从随从口中得知消息,立即前来欢迎那罗,依礼向他表示敬意,并在自己的城中举行盛大的庆祝活动。他心中暗暗发笑,但仍然对国王利度波尔纳尽到所有的待客之礼。然后,利度波尔纳向那罗表达敬意后,返回憍萨罗地区。

尼奢陀国王那罗和如同自己生命的达摩衍蒂一起愉快地住在那里,向岳父讲述自己遭受迦利陷害的经历。住了一些天后,那罗在岳父的军队的陪同下,回到尼奢陀地区。他凭借自己学到的掷骰子技艺制伏布湿迦罗。现在,那罗恪守正法,德伐波罗也走出了布湿迦罗的身体。于是,那罗和弟弟布湿迦罗分享王国。就这样,那罗和达摩衍蒂团聚,依法治理王国,享受快乐的生活。

婆罗门苏摩那在多罗城向与丈夫分离的公主般杜摩蒂讲完这个故事后,接着说道:"王后啊,伟大的人物忍受痛苦后,又享受快乐,犹如太阳经历黑暗后,又再次升起。因此,纯洁的王后啊,你出门在外的丈夫很快就会回来,与你团聚。你应该满怀对丈夫的希望,保持镇定,驱散忧愁。"

听了这位品德高尚的婆罗门说的这些入情入理的话,般杜摩蒂赏赐他许多钱财。然后,她保持镇定,耐心等待心爱的丈夫归来。这样,没过几天,摩希巴罗与父亲一起,带着母亲,从遥远的地方回来了,让所有人大饱眼福,也让般杜摩蒂满怀喜悦,犹如月亮让大海中的吉祥女神感到高兴。从此,摩希巴罗担负起岳父已经交给他的王国重担,与般杜摩蒂一起如愿享受快乐生活。

听了大臣摩卢菩提讲述的这个无比奇妙的故事,充满情感而可爱,那罗婆诃那达多和爱妻一起十分高兴满意。

第十卷　舍格提耶娑

第一章

我们赞美群主的象鼻。它染有朱砂,能彻底铲除罪恶,敌人无法阻挡。

愿湿婆的第三只眼保护你们。他挽弓搭箭,焚毁城堡时,三只眼同时转动,第三只眼尤其激动。

愿人狮①的爪子和眼光驱除你们的灾祸。他杀死敌人时,鲜血染红弯曲的爪子。

这样,犊子王的儿子那罗婆诃那达多与妻子和大臣们一起,愉快地住在憍赏弥城。有一天,他的父亲在会堂,他也在场。城里有个商人名叫罗德那达多,经过侍卫通报,进来向国王行礼,说道:"国王啊,有个贫穷的搬运夫名叫婆苏达罗,近来突然又吃又喝又施舍。我出于好奇,带他上我家,请他敞开吃喝。把他灌醉后,我一探问,他就说出了实情:'我在王宫门口捡到一个镶有宝石的金镯子。我取出上面的一颗宝石,卖给一个名叫希罗尼耶笈多的商人,卖了十万金币。这下,我的日子就舒服了。'说完,他给我看那个金镯子。我发现上面刻有国王的名字。所以,国王啊,我今天来向你报告这个情况。"

于是,犊子王召来握有金镯子的搬运夫和握有宝石的商人。国王见到那个金镯子,自言自语道:"哦,我记起来了。这个金镯子是我在城里漫步时,从

---

① 人狮是大神毗湿奴的化身之一。

手臂上滑脱的。"侍从询问搬运夫："你捡到刻有国王名字的金镯子,为什么还要拿走?"搬运夫回答说："我是个靠搬运谋生的人,哪里认得这些字母是国王的名字? 我穷得要命,一捡到它,它就算归我了。"那个买下宝石的商人也受到责问,他回答说："我是在市场上买下这颗宝石的。宝石上并没有国王的标记。他取走了五千金币,其余的钱还在我那里。"

当时,负轭氏也在场。他听了商人希罗尼耶笈多的话后,说道:"谁也没有错。这个贫穷的搬运夫不识字,我们能说他什么? 贫穷造成偷窃。何况是捡到的东西,他怎么会随便放弃呢? 这个商人买下这颗宝石,我们也不能说他什么。"犊子王认为宰相说的在理。他取回那颗宝石,付给商人希罗尼耶笈多五千金币,因为这笔钱已让搬运夫花掉。他也取回自己的金镯子,而放走搬运夫。搬运夫不必偿还花掉的五千金币,放心地回家了。

国王心里讨厌商人罗德那达多,认为这家伙出卖情谊,但还是肯定了他的好意。等大家都走了,婆森多迦走到国王跟前,说道:"嗨,一旦受到命运诅咒,得到的东西也会失去,就像一个樵夫和如意罐的故事。"

从前,在华氏城,有个樵夫名叫须跋达多。他每天从树林里挑柴回来,卖钱养家糊口。有一天,他进入树林深处,也是命运安排,看见那里有四个身着天神服饰的药叉。他们看到他害怕的样子,友好地询问他的情况。得知他生活贫困,他们心生怜悯,说道:"贤士啊,你就留在我们身边做事吧! 我们会让你的家庭不再受苦。"须跋达多听后,表示同意,留在了他们身边。他侍候他们沐浴,做一切杂事。到了吃饭时间,药叉们对他说:"从这个如意罐里给我们取出食物。"他看到罐里是空的,犹豫不决。药叉们面露微笑,又说道:"须跋达多啊,你不知道。只要把手伸进罐里,你想要什么就有什么,因为这是如意罐。"他听后,便把手伸进罐里,马上就看到了他想要的食物和饮料。这样,他供给他们食物,自己也吃。

须跋达多每天怀着虔诚和敬畏的心情侍候药叉们,同时又流露出对家庭的忧虑。药叉们便托梦安抚他的穷困的家庭。受到药叉们的恩惠,须跋达多很高兴。过了一个月,药叉们对须跋达多说道:"我们对你的虔诚很满意。说吧,你想要我们赐给你什么?"他听后,说道:"如果你们真的满意,那就赐给我这个如意罐吧!"药叉们对他说:"你保护不了这个如意罐。一旦碰碎,它就消失了。你还是选择别的恩惠吧。"尽管药叉们这样劝告,他还是不想要别的恩惠。于是,药叉们便把如意罐给了他。他向药叉们行礼致敬,高兴地拿着如意罐,迅速回家。

须跋达多回到自己家里,受到亲友们欢迎。在家里,他从如意罐里取出食物。但为了保守秘密,他先把食物装在别的器皿里,然后与亲友们一起分享。如今他不用挑柴,有吃有喝。一天,他喝醉后,亲友们问他:"你好福气,怎么发的财?"他酒醉糊涂,说出了秘密。天哪!他还骄傲地把如意罐搁在肩上,跳起舞来。他醉醺醺地跳着跳着,如意罐从肩上滑下,掉在地上,摔得粉碎。然后,如意罐复原,返归原主。而须跋达多又回到从前的生活境况,充满懊丧。

"就是这样,那些不幸的人染上酗酒等恶习,丧失理智,即使得到了财富,也不知道怎么守护财富。"

听完婆森多迦讲述的这个滑稽的如意罐故事,犊子王起身去沐浴和吃饭。那罗婆诃那达多也和父亲一起沐浴和吃饭,过完这一天,与朋友们一起回到自己的住处。夜里上床后,他不能入睡。摩卢菩提当着其他大臣的面,对他说道:"我知道你不召唤妻子,是想与那个女奴幽会。不找来那个女奴,你今天就无法入睡。你是个明白人,为什么要迷恋妓女?那种女人没有好品性。请听这个故事。"

有座富饶的大城市,名为吉多罗古吒。城里有个大富商,名叫罗德那婆尔曼。他通过取悦大神湿婆,生了一个儿子,名叫伊希婆罗婆尔曼。在他的独生子完成学业、成为青年时,罗德那婆尔曼思忖道:"创造主在这个世界上创造了一种名为妓女的女人。她们美丽而狡猾,专门榨取年轻糊涂的富家子弟的钱财和生命。所以,我要把儿子交给一个鸨母,让他熟悉妓女的骗术,今后就可以不受妓女欺骗。"这样决定后,他把儿子伊希婆罗婆尔曼带到一个名叫耶摩耆诃婆的鸨母家。

　　这个鸨母下巴宽，牙齿长，鼻子歪。罗德那婆尔曼看见她正在教唆自己的女儿："世人有钱才受尊敬，女儿啊，妓女更是如此。妓女陷入爱情，得不到钱财。所以，妓女应该丢弃爱情。爱情是妓女失败的先兆，犹如红色是晚霞消失的先兆。精明的妓女应该装模作样，就像出色的演员。应该先假装爱男人，再榨取他的钱财。等男人的钱财花完了，就抛弃他。一旦男人又有了钱财，就再榨取他。不管是青年、少年还是老年，长得英俊还是丑陋，妓女都一视同仁。这样，妓女就能像牟尼一样，达到最高目的 ①。"罗德那婆尔曼走近这个正在教唆女儿的鸨母。鸨母欢迎他。他坐下后，说道："大妈，教给我儿子妓女的技艺吧，让他熟悉这个行当。我付给你一千金币作为报酬。"鸨母听后，同意他的请求，说道："好吧！"于是，罗德那婆尔曼付给鸨母一千金币，把儿子伊希婆罗婆尔曼交给她后，便回家了。

　　伊希婆罗婆尔曼在鸨母家学了整整一年妓女的技艺，然后回到自己家里。他已经满十六岁，对父亲说道："道德和爱情来自财富，尊敬和荣誉来自财富。"父亲听后，表示赞同，说道："正是这样。"他很高兴，给了儿子五千万金币作为资本。伊希婆罗婆尔曼选定一个吉日，带着商队，前往黄金岛。途中，他们到达黄金城，在城市近郊的一个花园里安营。沐浴、吃饭和涂抹脂粉之后，这位青年商人进城去观赏一座神庙。在那里，他看到一个名叫孙陀利的舞女，舞姿犹如青春之风卷走美海波浪。他一见倾心，鸨母的教导仿佛赌气而跑掉。舞蹈结束时，他委托朋友代他去向舞女求爱。舞女表示同意，行礼说道："万分荣幸。"他安排精明能干的人看守营地货物，自己则上孙陀利家去。

　　孙陀利的母亲摩迦罗迦底殷勤接待他，礼节周全。夜幕降临时，他被带进一间卧室，里面安放着床，各种宝石闪闪发光。他和可爱的孙陀利一起寻欢作乐。孙陀利精通各种舞蹈姿势和交欢动作。第二天，看到孙陀利对他情意绵绵，如影随身，他无法离去。这个青年商人在两天中，给了孙陀利价值二百五十万金币的金子和宝石。孙陀利装模作样不肯接受，说道："我已经得到很多钱财，但没有得到过像你这样的男子。我现在得到了你，还要这些钱财

_____

① 意思是牟尼的最高目的是解脱，妓女的最高目的是钱财。

有什么用？"她的母亲则对这个独生女儿说道："现在，我们的钱财也就是他的钱财了。女儿啊，你就收下，把它们放在一起吧。难道还怕会丢失吗？"母亲这么一说，孙陀利便装出为难的样子，收下了钱财。而伊希婆罗婆尔曼这个傻瓜却以为孙陀利真心爱他。他迷上孙陀利的美貌、舞姿和歌喉，停留了两个月，总共给了孙陀利两千万金币。

他的一个朋友，名叫阿尔特达多，悄悄前来对他说："朋友啊，你好不容易从鸨母那里学来的知识有什么用？这正像兵器知识对懦夫毫无用处。你怎么能相信妓女的爱情是真的，如同相信幻景中的水？趁你的钱财还没有花光，我们走吧！如果你的父亲知道了，他不会答应的。"听了朋友的话，这个青年商人说道："确实，妓女不可信赖。但孙陀利不是这样的妓女。一旦她看不到我，她会死去的。朋友啊，如果我们一定要走，那你先去说服她。"

于是，阿尔特达多当着伊希婆罗婆尔曼和鸨母的面，对孙陀利说道："你对伊希婆罗婆尔曼充满深情厚意，但现在他必须去黄金岛经商了。他会获得大量财富，然后回到你的身边。这样，你就可以终生和他一起享福了。女友啊，请你同意吧！"孙陀利听后，神情沮丧，眼中含泪，望着伊希婆罗婆尔曼，对阿尔特达多说道："你们知道怎么做。我能说什么？在见到结果前，谁能相信谁？算了吧，我只能听天由命。"鸨母听后，对女儿说道："你别难过，放心吧！你的心上人发财后，肯定会回来，不会抛弃你。"她安慰女儿后，又偷偷与女儿商定，在前面路边的一口井里安置一张网。此后几天，伊希婆罗婆尔曼心神不定，孙陀利仿佛伤心至极，饮食锐减，也无心弹唱歌舞。伊希婆罗婆尔曼只得千方百计安抚她。

到了与朋友说定的那一天，伊希婆罗婆尔曼接受鸨母祝福后，离开了孙陀利的家。孙陀利流着泪，与母亲一起，跟着伊希婆罗婆尔曼，走到里面张了网的那口井边。伊希婆罗婆尔曼劝她回去后，继续上路。就在这时，孙陀利纵身跳入井中。女仆、侍从和她的母亲大声哭喊道："哎呀，小姐！""哎呀，女儿！"青年商人闻声，与朋友一起转身回来。他得知心上人投井了，顿时头昏脑晕。鸨母伤心地哭泣着，按照事先的布置，让自己的心腹侍从系上绳子下井。侍从下井后，呼喊着："老天保佑！她还活着，活着！"把孙陀利从井中拽上来。她上来后,装成昏死过去的样子,等人告诉她青年商人回来后,才慢慢地哭出声来。伊希婆罗婆尔曼高兴地安慰她,与随从一起,带她回家。他确信孙陀利的爱情是真挚的,认为自己得到她,不虚此生,便再次打消了经商的念头。

他的朋友阿尔特达多发现他决定留下,再次劝说道:"朋友啊,你为什么要这样糊里糊涂毁掉自己? 你不要因为孙陀利跳井,就相信她的爱情。鸨母的阴谋诡计连神明都难以识破。你要是把钱花光了,怎么向你父亲交待? 你又能去哪儿? 倘若你的脑子还正常,今天马上就离开吧!"青年商人不听朋友的话,又住了一个月,花去三千万金币。等他花光了钱,鸨母摩迦罗迦底揪着他的脖子,把他赶出了孙陀利的房间。

阿尔特达多和其他人赶紧回到自己城里,如实向伊希婆罗婆尔曼的父亲报告事情经过。罗德那婆尔曼闻听后,十分痛苦,到鸨母耶摩耆诃婆那儿,对她说道:"你拿了酬金,却教我儿子教得这么差劲。摩迦罗迦底毫不费力就把他的钱财骗光了。"说完,他向耶摩耆诃婆讲述了儿子的遭遇。这个老鸨母听后,对他说道:"你去把儿子带到这里来。我会教他怎样夺取摩迦罗迦底的所有钱财。"耶摩耆诃婆作出这个许诺后,罗德那婆尔曼立即派遣与人为善的阿尔特达多去把儿子找回来。

阿尔特达多回到黄金城,把所有的情况告诉了伊希婆罗婆尔曼,并且对他说:"朋友啊,你不听我的话,这下真正领教了妓女的厉害。你花费五千万金币,结果被人揪着脖子赶出来。正如沙子里榨不出油,哪个聪明人会向妓女寻求爱情? 你怎么就做这种事呢? 一个人只要不沉湎女色,他就聪明、勇敢和吉祥。回到你父亲那里去吧,不要让他为你伤心。"说完,阿尔特达多立即把他带回家。

伊希婆罗婆尔曼来到父亲面前。父亲出于对独生子的慈爱,安慰了他,又把他带到鸨母耶摩耆诃婆那里。鸨母询问情况,阿尔特达多代为讲述了事情经过,一直讲到孙陀利跳井,最后伊希婆罗婆尔曼把钱都花光。鸨母听后,说道:"这是我的错。我忘了教他那种诡计。那是摩迦罗迦底在井里安了网,所以孙陀利跳在网上,不会淹死。但我有对付她的办法。"

说完,鸨母吩咐女仆牵来那只名为阿罗的猴子。她当着大家的面,递给猴子一千金币,说道:"吞下!"这只受过训练的猴子遵命吞下。然后,她又说道:

"孩子啊,给他二十,给他二十五,给他六十,给他一百。"猴子便把吞下的金币,按照鸹母说的数目,一次又一次吐出来。鸹母展示阿罗猴的本领后,又说道:"伊希婆罗婆尔曼,你带着这只小猴子,再回到孙陀利家,每天叫它吐出先前偷偷吞下的金币。孙陀利看到这只阿罗猴如同如意珠,就会求你,用她的全部财富换取这只猴子。你拿到她的钱后,先让这只猴子吞下两天量的金币,再将猴子交给她。然后,不要耽搁,马上远走高飞。"鸹母说完,把猴子交给他。他的父亲又给他两千万金币作资本。

他带了猴子和钱,再次前往黄金城。他先派使者去传话,然后进入孙陀利的家。孙陀利欢迎他和他的朋友,激动地拥抱他,觉得他是毅力的化身,毅力是事业成功的根本。他取得孙陀利信任后,立即当着她的面,对阿尔特达多说道:"去把阿罗猴牵来。"阿尔特达多说道"好吧",便去把阿罗猴牵来。阿罗猴事先已经吞下一千金币,伊希婆罗婆尔曼对它说道:"阿罗,我的孩子!今天给我们三百伙食费,一百零食费,一百给大妈摩迦罗迦底,一百给婆罗门,余下的都给孙陀利。"于是,猴子按照伊希婆罗婆尔曼要求的数目,一次又一次吐出事先吞下的金币。

这样,接连两个星期,伊希婆罗婆尔曼使用这种计谋,每天让阿罗猴吐出金币。摩迦罗迦底和孙陀利思忖道:"哎哟,他真行。这是一颗化作猴子的如意珠,每天可以吐出一千金币。如果他把这只猴子给我们,那就万事如意了。"孙陀利和母亲悄悄商量后,趁伊希婆罗婆尔曼饭后舒服地坐着时,向他请求道:"如果你真的宠爱我,把这只阿罗猴给我吧。"伊希婆罗婆尔曼听后,故意笑着对她说:"这是我爸的性命,不能给人。"孙陀利又说道:"我给你五千万金币,你把这只猴子给我。"伊希婆罗婆尔曼故意想了想,说道:"即使你给我你的全部财富,或者给我这座城市,我也不能给你这只猴子。你那几千万金币算得了什么?"孙陀利又说道:"我给你我的全部财富,你就把这只猴子给了我吧。否则,妈妈要跟我生气的。"说完,她抱住伊希婆罗婆尔曼的双脚。这时,阿尔特达多等人说道:"算了,就给了她吧!"于是,伊希婆罗婆尔曼答应给她阿罗猴,与她一起欢欢喜喜度过这一天。第二天,他在孙陀利的恳求下,把悄悄喂了两千金币的猴子交给她,然后立即取走她的全部钱财,迅速离去,前往黄金岛经商。

　　开始两天,孙陀利喜气洋洋,猴子每天按照她的要求吐出一千金币。而到了第三天,猴子却连一个金币都吐不出来,孙陀利怎样哄它也没有用,只好举起拳头揍它。猴子一挨揍,愤怒地跳将起来,张牙舞爪。孙陀利的母亲也来帮女儿揍猴子,猴子便抓破她俩的脸。孙陀利的母亲脸上流着血,愤怒地拿起棍棒,打死了猴子。孙陀利看到猴子死了,自己的全部财富也没有了,痛苦不堪,准备与母亲一起抛弃生命。那里的人们知道这件事后,笑着说:"摩迦罗迦底用网子夺走那个人的钱财,而那个人很聪明,回过头来用猴子夺走她的全部财富。她只知道用网子对付别人,却料不到别人会用猴子对付她。"孙陀利和她的母亲既破财,又破相,亲友们好不容易打消了她俩轻生的念头。

　　不久,伊希婆罗婆尔曼带着大量财富,从黄金岛返回自己的家。父亲罗德那婆尔曼看见儿子满载而归,便奖赏鸨母耶摩耆诃婆,并举办盛大的庆祝活动。伊希婆罗婆尔曼领教了妓女的高超骗术,再也不想接触妓女,于是娶妻成亲,在家度日。

　　"因此,王上啊!凡是期望吉祥幸福的人,都不迷恋妓女。妓女心中充满狡诈,没有哪怕一丁点儿真情实意。她们与人交往只是为了获得钱财,就像空旷无人的树林,只有商队通过。"

　　听完摩卢菩提讲述的网子和猴子的故事,那罗婆诃那达多表示赞同,和戈目佉等人一起哈哈大笑。

第二章

　　摩卢菩提讲述妓女的卑劣之后,聪明的戈目佉也讲了一个类似的古沐底迦的故事:

　　从前,在波罗底湿达那,有位国王名叫勇狮。创造主赋予他狮子般的勇力,故而名副其实。王后名叫新月,出身高贵,身材苗条,美丽可爱。有一次,国王在自己城里。有五个同族的国王联合起来,包围了王宫。他们都是强大的国王,分别叫摩诃跋吒、毗罗跋呼、苏跋呼、苏跋吒和波罗达迪底耶。勇狮王的大臣准备与他们讲和,而勇狮王坚决不同意,出宫迎战。双方军队开始交战,勇狮王自恃勇敢,登上大象,亲自参战。他手持弓箭,驱逐敌军。于是,五个国王一起围攻他。他们的力量聚合起来后,勇狮王难以抗衡。他身边的大臣阿难多古纳对他说:"我们的军队已经溃散,今天无法取胜。你不听我们的话,与强敌交锋。现在,为了摆脱绝境,听我的话,从象上下来,骑上马,让我们上别处去。只要你还活着,就有机会战胜敌人。"勇狮王听从大臣的话,从象上下来,骑上马,撇下军队,与大臣一起出走。

勇狮王与大臣一起,乔装改扮,到达优禅尼城,进入一个妓女的家。这个妓女名叫古沐底迦,以富有闻名。她一见到勇狮王进来,心想:"这个人不同寻常。相貌气度表明他是一位国王。如果我能操纵他,就能实现自己的心愿。"于是,她起身欢迎他,精心侍候。随后,趁国王休息之际,她说道:"我真幸运,前生的善行今天结果了。天神亲自光临我的家。由于这个恩惠,我已经成为你的奴仆。我有两百头象、两万匹马和满屋子宝石,这些全归你支配。"说完,她侍候国王和大臣沐浴,一切都是豪华的享受。

苦恼的勇狮王舒服地住在古沐底迦的家中。古沐底迦已把自己的一切献给他。勇狮王享用她的财富,也用她的钱财施舍求乞者。古沐底迦不但不生气,反而表示满意。勇狮王很高兴,心想:"啊,她爱上了我。"而大臣阿难多古纳悄悄对他说:"国王啊,妓女都不安好心。确实,我也不知道古沐底迦为何这样效忠于你。"勇狮王听后,说道:"不要这样说。古沐底迦为了我,甚至愿意舍弃生命。如果你不相信,我可以让你相信。"于是,他开始施展一个计谋。他尽量减少饮食,让身体渐渐消瘦,最后装成死去的样子,倒在地上,四肢不动。仆从把他抬到担架上,送往火葬场。阿难多古纳装出哀伤悲痛的样子。这时,古沐底迦痛不欲生,不顾亲友的阻拦,也来到火葬场,登上火葬堆,要与国王一起火葬。在火焰点燃之前,勇狮王感到古沐底迦已经来到自己身边,就打了个哈欠,坐起身来。所有的人发出惊呼:"他活过来了,老天保佑!"于是,他们高兴地把他和古沐底迦一起送回去。

然后,设宴庆贺。勇狮王恢复正常,悄悄对大臣说:"你看到她对我的爱情了吧。"大臣说道:"即使这样,我还是不相信。这里面肯定有原因,让我们等着看最后的结果吧。我们向她亮明身份,这样,我们可以得到她的支持,再加上盟友的支持,我们就能战胜敌人。"正当大臣这么说着,一位秘密侦探回来了,报告说:"敌人已经占领全国。谣传国王遇难,王后新月听后,投火自焚。"勇狮王听了侦探的话,如遭雷击,哀哭道:"王后啊,贞洁的夫人啊!"

古沐底迦得知事情真相,前来安慰勇狮王,说道:"王上你为什么不早点给我下令? 现在,你用我的财富和力量去对付敌人吧。"这样,勇狮王得到她的财力支持,前往自己的盟友、一位强大的国王那里。依靠盟友和自己的力量,勇狮王在战斗中杀死那五个国王,也占据了他们的王国。他高兴地对站在身边的古沐底迦说道:"我对你很满意,请告诉我能满足你什么愿望?"古沐底迦说道:"如果你真的对我满意,国王啊,请你帮我拔去长久以来扎在我心头的一根刺。优禅尼城有个婆罗门青年,名叫希利达罗。他是我的心上人,只为了一点小小的过失,被国王抓进监牢。请你把他救出来。我最初看到你时,发现你有帝王相,必定有福,能够帮我办成这件事。所以,我全心全意侍奉你。国王啊,后来,由于希望破灭,我登上你的火葬堆。我觉得没有那个婆罗门青年,我活着也没有意思。"勇狮王听后,对这个妓女说道:"我会实现你的愿望,美女啊!你要坚强。"说完,他想起大臣说的话,思忖道:"阿难多古纳是对的,对妓女不可轻信。但我必须满足这个可怜女子的愿望。"这样决定后,他带领军队,前往优禅尼城,救出希利达罗,并赐给他许多钱财。他让古沐底迦和她的心上人在那里团圆,愉快地生活。他回到自己的城市后,不再违背大臣的忠告。最后,勇狮王统治整个大地。

"王上啊! 妓女的心就是这样深不可测,难以理解。"

戈目佉讲完这个故事,刚刚住口,多般多迦就接着对那罗婆诃那达多说道:"王上啊,任何女子都不可信赖,因为所有的女子都是轻浮的,不管是结婚的,还是未婚的,都像妓女一样不可捉摸。我亲眼见过发生在这里的一件奇事。请听我告诉你!"

在这座城市里,有个商人名叫伯罗婆尔曼。他的妻子名叫旃德罗希利。一次,她站在窗前看到一个英俊的青年商人,名叫希罗诃罗。她春情荡漾,立即委托女友,把青年商人带到女友家。她在那里与青年商人寻欢作乐。此后,他俩天天在那里幽会,以致她的仆从和亲友全都知道这个秘密。唯独她的丈夫伯罗婆尔曼蒙在鼓里,没有察觉妻子对他不忠。男人常常被温情迷住眼睛,看不见妻子的败行劣迹。

后来,伯罗婆尔曼得了热病,病情逐渐恶化。尽管如此,她的妻子还是照样每天去女友家,与青年商人幽会。这一天,她正在女友家,丈夫死了。得知消息后,她赶快告别情人,回到家里。出于悲伤,她登上丈夫的火葬堆。亲友知道她的品行,劝阻她,但她决心与丈夫一起火葬。女人的心思就是这样难以捉摸。她们与别人偷情,而一旦没了丈夫,她们也不想再活下去。

多般多迦说完,诃利希佉接着说道:"你没有听说过提婆陀娑的事情吗?"

从前,在一个村庄里,有个家主名叫提婆陀娑。他的妻子名叫杜诃希罗,倒也名副其实①。邻居都知道她与另一个男人私通。一次,提婆陀娑有事去王宫。他的妻子一直想要谋杀他,于是趁这个机会把情夫带来藏在屋顶上。丈夫回来后,毫无察觉。半夜里,她让情夫杀死了熟睡的丈夫。她送走情夫后,静静地等着。天一亮,她便出门哭喊道:"我的丈夫给强盗杀死了!"亲友们赶来,察看现场后,问道:"强盗杀死了他,怎么没有抢走东西?"说罢,他们又询问年幼的儿子,"谁杀死了你爸爸?"这孩子天真地回答说:"我看见有个人白天爬上屋顶,夜里爬下来杀死我爸爸。我妈妈先起身,把我从爸爸身边抱开了。"孩子这么一说,亲友们便知道凶手是她的情夫。他们抓住并处死了她的情夫,然后收养她的儿子,把她驱逐出村。

"毫无疑问,一个迷上情夫的女人会像毒蛇一样伤人。"

---

① "杜诃希罗"的原词是 duḥśīlā,词义为不守规矩。

　　诃利希伐这样说着,戈目伐又说道:"别再讲那样的故事了。现在请听犊子王的侍从婆揭罗沙罗的滑稽故事吧!"

　　婆揭罗沙罗勇敢可爱。他的妻子来自摩腊婆国,容貌美丽。他爱妻子胜过爱自己的身体。一次,他的岳父想念女儿,在儿子陪同下,亲自从摩腊婆来邀请他们。婆揭罗沙罗殷勤招待岳父,并征得国王同意,接受邀请,与妻子和岳父一起前往摩腊婆国。他在岳父家住了一个月,就返回这里侍奉国王,而他的妻子仍然留在那里。

　　过了一些日子,他的一个名叫格罗达那的朋友,突然来对他说:"你怎么能把妻子扔在岳父家,而毁了你自己的家? 这个荡妇在那里与别的男人相好了。这消息是一个今天从那里回来的可靠的人告诉我的。你别不信。教训教训她,另娶一个吧!" 格罗达那说完就走了。婆揭罗沙罗站在那里,刹那间仿佛失去知觉,然后思忖道:"我猜想这可能是真的。否则,为什么我派人去请她,她也不回来。我要亲自去带她回来,看看事情会怎样。"

　　婆揭罗沙罗这样决定后,前往摩腊婆国,征得岳父母同意,领妻子回家。在走了很长一段路后,他设法甩开随从,沿着一条错路,把妻子带到树林深处。这里偏僻无人,他坐下,对妻子说道:"我听一个可靠的朋友说,你跟别的男人相好。我在家里,派人叫你回来,你也不回来。你把这事说清楚。否则,我要教训你。"

　　妻子听后,回答说:"如果你已经这样相信,为什么还要问我? 你愿意怎么办就怎么办吧!" 婆揭罗沙罗见妻子渺视自己,怒不可遏,便将她绑在树上,用蔓藤抽打。当他扒下妻子的衣服时,他一见到她的肉体,便神志迷糊,情欲冲动。他给妻子松绑,抱住她求欢。妻子不愿意,他就恳求。妻子便说道:"正像你把我绑起来,用蔓藤抽我,让我也把你绑起来,用蔓藤抽你,我才愿意,否则不行。"天啊! 色迷心窍,情欲使他变得像小草一样柔顺,他同意道:"好吧!"于是,妻子把他的手脚紧紧捆在树上,用他的刀割掉他的耳朵和鼻子。然后,这个邪恶的女人拿走他的刀和衣服,装扮成男人跑走了。

　　婆揭罗沙罗被割掉耳朵和鼻子,尊严和鲜血一起流失,垂头丧气。这时,有个善良的医生来树林中采集药草，看到了他，心生怜悯，救下他，带回自己的家。经过医生安慰鼓励，他慢慢走回家。回到家里，不见妻子踪影，他把事情经过告诉了格罗达那，也在犊子王面前讲述了这一切。王宫里的人们嘲笑他说："他失去男子的阳刚之气，结果变成女人。他的妻子剥下他的男人服装，着实教训了他一顿。"尽管如此，他的心坚如金刚石①，依然留在那里。

"所以，王上啊！谁能信赖女人呢？"

戈目佉说完，摩卢菩提又说道："女人的心不可靠，请听这个故事。"

从前，南方有个国王名叫辛诃伯罗。他的妻子是摩腊婆国一个王公的女儿，在后宫中最受宠爱。国王和她一起统治自己的王国。一次，家族里一些有势力的人互相勾结，将他驱逐出国。他携带武器和少量仆从，在王后陪伴下，偷偷前往摩腊婆的岳父家。

途中，在一座树林里，一头狮子向他冲来。他轻松地挥剑将狮子劈成两半。又有一头野象吼叫着向他跑来，他绕着大象，挥剑砍断象鼻和象腿。大象哀嚎着倒下。他还独自击溃成群结队的强盗，犹如大象践踏林中的莲花。王后亲眼看见他非凡的勇力。而到了摩腊婆国，这位勇士对王后说道："你在父亲家里别提路上这些事。王后啊，称赞刹帝利勇敢，岂不令人羞愧②？"然后，他和王后一起进入岳父家。在岳父的询问下，他激动地讲述了自己的遭遇。岳父器重他，给他象和马。他一心想着战胜敌人，便把王后留在岳父家中，自己带着象和马，出发去找一位名叫伽阇尼迦的强大的国王。

他走后，过了一些日子，一次，王后站在窗前，看见一个英俊的男子。她一见倾心，抑止不住情欲，思忖道："我知道，论相貌和勇气，谁也比不上我的丈夫。可是，真奇怪，我的心还是扑向这个人。既然如此，我就跟他约会。"这样决定后，她把自己的意图告诉心腹女友。她吩咐女友在夜里带来那个男子，让

---

① 他的名字"婆揭罗沙罗"的原词是 vajrasāra，词义为金刚石。
② 意思是作为刹帝利武士，勇敢是他的本色，无须称赞。

他拽着绳子从窗口爬进后宫。

　　这个男子进入王后房间后，没有勇气坐在王后床上，而是坐在另外一把椅子上。王后见他这样，心里发沉："天哪！是个懦夫。"恰在这时，一条蛇从屋顶上游下来。这个男子看到后，吓得从椅子上跳起来。他拿起弓箭，射死了这条蛇。这个懦夫把掉在地上的死蛇扔出窗外后，才松了口气，高兴得跳起舞来。王后望着他手舞足蹈的样子，心里发愁："哎呀，招来一个缺乏勇气的小人，怎么办呢？"她的女友善解人意，发现王后讨厌这个男子，便立即走出房间，又马上回来，装出慌张的样子，说道："王后啊，父王来了。赶快让这个青年从原路回家吧！"闻听此言，这个男子便拽着绳子从窗口爬出去。他心里一发慌，失手掉了下去，幸好没有摔死。

　　那个人走后，王后对女友说道："朋友啊，你做得对，把这个小人赶走。你了解我的心。我的自尊心受到伤害。我的丈夫杀死狮子、老虎等猛兽后，还羞于称道。而这个懦夫杀死一条蛇，就手舞足蹈。我为什么要背弃那样一个丈夫，爱上这样一个懦夫？哎呀，我的心不可靠，女人的心不可靠，就像苍蝇避开樟脑，追逐污秽。"王后追悔不已，度过这一夜。

　　此后，她在父亲家里，等待丈夫归来。而辛诃伯罗在国王伽阇尼迦的军队的协助下，歼灭了五个同族的仇敌。他收复王国后，送给岳父大量财富，把妻子从岳父家接回。他清除了隐患，长久地统治大地。

　　"王上啊，即使是有识见的女人，而且丈夫勇敢英俊，她们的心也飘浮不定。本性纯洁的女人确实很少。"

　　听完摩卢菩提讲述的这个故事，那罗婆诃那达多愉快地入睡，度过了这一夜。

第三章

　　第二天早上，那罗婆诃那达多处理完必要的事务，与大臣一起前往自己的花园游玩。在那里，他首先看到空中出现一团光芒，然后看见一群持明女自天而降。其中一位少女，犹如群星环绕的新月，尤其引人注目。她的面庞犹如绽开的莲花，转动的眼珠犹如蜜蜂，欢快的步姿犹如天鹅，身上散发着莲花芳香。她系着珍珠腰带，腹部迷人的三叠犹如波浪，仿佛是爱神花园里的湖泊女神显身。

那罗婆诃那达多见到这位能使爱神复活的少女，犹如大海见到月亮，心潮涌动。他和大臣一起走近这位令人动情的少女，口中赞美道："哦，创造主创造了这样一位奇妙的美女！"他见少女的眼角投来温柔多情的眼光，便问道："吉祥女啊，你是谁？为何来到这里？"少女听后，回答道："请听我告诉你！在雪山有座金城名为金角。那里有位持明王名叫斯颇底迦耶娑，公正仁慈，庇护贫困无助的人们。他和王后海摩波罗跋获得高利女神的恩惠，生下我这个女儿，为我取名舍格提耶娑。我排行最小，上面有五个哥哥。父亲爱我如同生命。我听从他的教诲，经常用誓言和赞辞取悦波哩婆提。她对我表示满意，赐给我全部法术，指示我说：'孩子啊，你的法力比你的父亲还要大十倍。那罗婆诃那达多将成为你的丈夫。他是优填王的儿子，未来天上持明的转轮王。'湿婆的妻子说完，便消失不见。由于她的恩惠，我获得法力，渐渐长大。昨天夜里，女神显身指示我说：'孩子啊，明天早上，你应该去看看自己的丈夫。但是，当天就要返回。因为你的父亲早有打算，在一个月内，就会把你嫁给他。'女神说完，便消失不见。夫君啊，天亮后，我就来这里看你了。现在，我要走了。"说完，舍格提耶娑和女友们一起升空离去，返回父亲的城市。

此后，那罗婆诃那达多渴望与舍格提耶娑结婚，心神不宁，觉得一个月如同一千年。戈目伕看到他魂不守舍，便说道："王上啊，听我给你讲一个有趣的故事。"

从前，有座城市名为甘遮波利。那里有位伟大的国王名叫须摩那斯。他光辉无比，越过艰险的森林大地，征服敌人，无坚不摧。一天，他在会堂，卫士进来报告："国王啊！尼沙陀① 王的女儿，名叫沐格达罗达，站在门外，想要见你。她手里拿着鸟笼，里面有只鹦鹉。她的哥哥维罗波罗跋陪着她。"国王说

---

① 尼沙陀（niṣāda）是以渔猎为生的部族。

道:"让她进来吧!"

卫士传令,这位毗罗族女子进入国王的会堂。在场的人看到这位女子相貌非凡,心想:"她肯定不是凡人,而是一位仙女。"她向国王行礼后,说道:"国王啊,这只鹦鹉名叫经库,通晓四吠陀。它是一位诗人,精通一切知识技艺。我奉摩耶王之命,今天把它带到这里。"说完,她递上鹦鹉。国王出于好奇,让卫士接过来看。这只鹦鹉便吟诗道:

> 国王啊,敌人遗孀们的叹息汇成风,
>
> 扇旺你的冒着浓密黑烟的英勇之火,
>
> 奇怪的是,她们眼泪如同洪水泛滥,
>
> 却浇不灭你的熊熊燃烧的英勇之火。

吟诵完诗,鹦鹉想了想,又说道:"你喜欢什么? 想要我吟诵哪部经典? 请说吧!"

国王惊讶不已。大臣对他说道:"国王啊,我猜想这只鹦鹉从前是仙人,受了诅咒才变成鹦鹉。由于道行高深,它记得前生,能背诵从前学过的经典。"国王听后,便询问鹦鹉:"贤士啊,我充满好奇。请你讲讲你的经历。你出生在哪儿? 作为鹦鹉,怎么会通晓经典? 你是谁?"鹦鹉流出眼泪,慢慢地说道:"尽管说不出口,国王啊,由于你的吩咐,听我告诉你。"

在雪山附近,国王啊! 有一棵罗希尼树,繁茂的树枝伸向四方,成为飞鸟的巢窝,犹如吠陀的分支成为婆罗门的学科。那里住着一对鹦鹉。我前生做了错事,转生为这对鹦鹉的儿子。母亲一生下我,便死去。父亲把我藏在翅膀下,抚育我长大。父亲待在那里,吃附近鹦鹉带来的果子,也喂我吃。

一天,可怕的毗罗族军队吹响号角,前来打猎。这些布邻陀族野人屠杀生灵,整座森林顿时大乱,犹如一支败军四处逃窜,惊恐的羚羊犹如沾满尘土的军旗,慌张的雌鹿犹如脱落的拂尘。这支野人军队在林中各处进行了一天的杀生游戏,满载猎物而归。而有个年老的野人毫无所获,饥肠辘辘,在黄昏时

469

分,看见这棵树,便走近前来。他迅速爬上树,从鸟窝里拽出一只又一只鹦鹉或其他的鸟,扼死后扔到地上。我看到他像阎摩的差役移动过来,怕得要命,悄悄躲进父亲的翅膀下。这时,这个恶人来到我们的窝,拽出我父亲,拧断脖子,扔到地上。我和父亲一起掉到地上。我从父亲的翅膀下爬出来,战战兢兢地钻进草丛。这个罪恶的毗罗人从树上下来,用火烧烤一些鹦鹉,饱餐一顿,然后带着其余的鹦鹉返回自己的村庄。

我松了一口气,但痛苦的心情久久不能平息,度过了这一夜。第二天早晨,世界的眼睛①在天上闪闪发光。我口渴难忍,用翅膀撑着地面,摇摇晃晃爬向附近的莲花池。在那里,我看见一个名叫摩利支的牟尼。他刚沐浴完毕,站在沙岸上,跟我以前的圣洁生活一样。他看到我,心生怜悯,用水喷洒我的脸,使我恢复精神,然后将我裹在树叶里,带到他的净修林。

在净修林里,牟尼族长布罗斯底耶具有神通眼力,一见到我,就笑了起来。牟尼们问他为何发笑。他说道:"我一见到这只受诅咒的鹦鹉,忍不住发出苦笑。等我完成日常仪式后,我会讲述这只鹦鹉的故事。听了我讲的故事,鹦鹉会记起自己的前生和过去发生的事情。"说完,牟尼布罗斯底耶举行日常仪式。然后,在牟尼们的一再请求下,他开始讲述这只鹦鹉的故事:

在罗德那迦罗城,有位国王名叫星光,政绩辉煌,统治的疆域直达海边。他以严厉的苦行取悦湿婆,获得恩惠,王后有喜生下儿子。因为王后梦见月亮进入她的嘴,国王给儿子取名月光。王子渐渐长大,具有甘露般的品貌,成为臣民眼中的节日。

国王看到儿子年轻、勇敢,受到臣民爱戴,觉得能够委以重任,便高兴地为他灌顶,立他为王位继承人。国王的大臣名叫赐光,有个品德高尚的儿子名叫赐仁。国王让赐仁担任月光的大臣。这时,因陀罗的御者摩多利带着一匹宝马自天而降,走上前来,对月光说道:"你是持明转生下凡,是因陀罗的朋友。这匹宝马名为快马,是高嘶马的儿子。出于你俩以前的情谊,因陀罗送给你这

---

① 指太阳。

匹宝马。你骑上它,就能战胜敌人。"说完,摩多利把宝马交给月光。他受到礼遇,然后升天而去。月光沉浸在喜庆的欢乐中,度过这一天。

第二天,月光对父王说道:"父亲啊,不事征伐不符合刹帝利之道。请允许我出征四方。"父亲星光听后,高兴地表示同意,并为他出征做好安排。在一个吉祥的日子,月光向父亲行礼告别,骑上因陀罗宝马,率领军队出发。他依靠这匹宝马,所向披靡,征服各地国王,夺取他们的财宝。他的弓和敌人的头颅同时弯曲,但他的弓弯曲后又伸直,而敌人的头不再抬起。

月光凯旋而归,途中,在雪山附近安营。他进入那里的树林打猎。也是命运安排,他在树林里看见一个身上缀满宝石的紧那罗,便催马追捕。那个紧那罗钻进一个山洞,消失不见。而月光已经骑马追出很远。这时,太阳照遍四方后,到达西山,与晚霞会合。月光疲惫地转身返回,看见一座大湖。他想在湖边过夜,便翻身下马。他给马喂了草和水,自己也吃了果子,喝了水,解除了疲劳。突然,他听到某处有歌声。出于好奇,他循声而去,在不远处,看到一位天女在湿婆林伽柱前唱歌。他惊诧不已,心想:"这个容貌非凡的少女是谁?"她也看到了相貌堂堂的月光,施礼问道:"你是谁?为何孤身一人,来到这个偏僻的地方?"于是,月光介绍了自己的情况,然后说道:"请告诉我,你是谁?在这座树林里做什么?"她回答道:"吉祥的人啊,如果你有兴趣,请听我讲述我的故事。"说罢,她眼中涌出泪水,开始讲述:

这里的雪山山坡上,有座城市名为甘遮那跋。住在那里的持明王名叫莲顶,王后名叫金光。你要知道,我是他们的女儿,名叫意光。父亲爱我胜过儿子。我有法力,每天与女友们一起去游览净修林、岛屿、高山、树林和花园,在父亲用餐前返回自己宫中。

一次,我来到这里的湖边游玩,看到一位青年牟尼和他的朋友。他的美丽容貌吸引我,仿佛一位女使者召唤我走上前去。他对我表示欢迎,眼中含有情意。我的女友察觉我俩的心思,询问道:"吉祥的人啊,你是谁?"他的朋友回答道:"在离这儿不远的一座净修林里,住着一位牟尼,名叫太阳。一次,这位修道人来到这座湖中沐浴,恰好吉祥女神也来到这里,看见了他。吉祥女神动了情，尽管无法在肉体上与诸根寂静的牟尼结合，但通过意淫，生了一个儿子。她把自己生下的儿子交给牟尼，说道：'这是我看到你而生下的儿子，收下他吧！'随即，吉祥女神消失不见。牟尼高兴地收下这个毫不费力得来的儿子，给他取名阳光。儿子渐渐长大，到达学龄。牟尼怀着慈爱，教给他所有知识。你们要知道，这位青年牟尼就是阳光，吉祥女神的儿子。我陪他到这里来游玩。"说完，他向我的女友询问我的名字和出身。我的女友也把一切告诉了他。

我和青年牟尼互相了解身世后，互相更加爱慕，滞留在那里。这时，我的另一个女友从家里赶来，对我说："起来吧，美女！你父亲在饭厅里等着你哩！"我心里害怕，便对青年牟尼说道："我马上就回来。"我让他留在那里，自己回到父亲身边。我吃了点儿饭，就出来了。这时，我的女友走过来，悄悄对我说："青年牟尼的朋友匆匆忙忙来到这里，站在院子门外，告诉我说：'阳光授予我从父亲那里学来的腾空而行的法术，派我来见意光。爱情给他带来了痛苦。他见不到主宰自己生命的心上人，一刻也不能维持自己的呼吸。"闻听此言，我立即让青年牟尼的朋友在前面带路，和女友一起来到这里。我看到青年牟尼由于与我分离，在月亮升起之时，生命逝去。

我失去了青年牟尼，责备自己，想要抱住他的身体进入火中。这时，天上降下一人，貌似光团，抱起青年牟尼的身体，腾空而去。于是，我准备独自投火自焚。这时，空中出现话音："意光啊，不要这样。到了一定时候，你会与青年牟尼团圆。"这样，我抛弃了自杀的念头，怀抱希望，守候在这里，一心崇拜湿婆大神，等待团圆。而青年牟尼的那位朋友不知去向。

持明女意光说到这儿，月光问道："你独自守在这里，那么，你的那位女友在哪里呢？"意光回答说："有位持明王名叫狮勇。他有个无与伦比的女儿，名叫花蜜。她是我的知心朋友，如同我的生命。她同情我的痛苦，今天派女友来了解我的情况。于是，我派我的女友与她的女友一起去见她。所以，我现在独自一人。"说着，她指给月光看，她的女友正从空中返回。她听完女友带回的消息后，让女友为月光铺了一张树叶床，也给他的马喂了草。他们度过这一夜。

第二天早上起来，他们看见一位持明自天而降，向他们走来。这位持明名叫天胜。他向意光行礼后，坐下说道："意光啊，狮勇王告诉你说：'我的女儿花蜜是你的朋友。出于对你的关心，只要你还没有完婚，她也不愿结婚。请你来劝她结婚。'"意光听后，出于对朋友的关心，准备去见花蜜。月光对她说道："美女啊，我对持明世界充满好奇，也带我去看看吧。这匹马已经吃了草，就让它留在这里。"意光听后，表示同意。于是，意光由女友陪伴，天胜挟着月光，立即升空出发。

到了那里，花蜜以礼待客。她看到月光，悄悄询问意光："这位是谁？"意光介绍了月光的情况，她听后，顿时动心。而在月光心目中，花蜜简直是吉祥女神的化身，他心想："不知谁有福气娶她？"意光和花蜜两人悄悄交谈。意光问花蜜："你怎么这样任性，不想结婚？"花蜜回答说："我爱你胜过自己生命。你还没有结婚，我怎么能结婚？"听了花蜜充满情谊的话，意光说道："我已经选定丈夫，等着与他团圆。"花蜜说道："那我就听你的话吧。"

意光明白花蜜的心思，说道："朋友啊，月光周游大地，作为你的客人来到这里。美女啊，你要好好招待他。"花蜜听后，说道："我会尽心尽力招待他。如果他愿意，就请他接受我吧！"随后，意光把花蜜对月光的情意告诉她的父亲，一同作出让他俩结婚的决定。月光满心欢喜，对意光说道："我现在要先到你的净修林去。我的大臣会带着军队到那里找我。如果找不到我，他们就会回去，怀疑我出了什么事。我去一下，知道了军队的情况后，立即回来。然后，我就选定吉日良辰，与花蜜结婚。"意光听后，表示同意，依旧让天胜挟着他，一起回到她的净修林。

果然，大臣赐仁带着军队来找他。月光见到赐仁，高兴地讲述自己的奇遇。这时，月光的父亲派遣使者前来送信，请他速回。大臣劝他不要违背父亲旨意。于是，他带领军队返回自己的城市。临行时，他对意光和天胜说道："见到父亲后，我马上就会回来。"

天胜去把这个情况告诉花蜜。花蜜得知后，陷入相思之苦。她对游园、唱歌和众女友都失去兴趣，也不愿聆听鹦鹉学舌。她懒于梳洗，不思饮食。父母竭力安慰她，也无济于事。不久，她离开荷叶床，像疯女人那样四处游荡。父母忧心忡忡。耐心劝说无效，父母生气地诅咒道："总有一天，你会堕落为不幸的尼沙陀人。纵然有这个身子,却忘记了自己的前生。"

父母的诅咒一出口,花蜜就进入一户尼沙陀人家,转生为尼沙陀少女。而父亲狮勇王追悔不已,和王后一起忧伤地死去。这位持明王狮勇前生是仙人,精通经典,由于以前的某种过失,现在转生为鹦鹉,他的妻子转生为野猪。而由于狮勇王前生修炼苦行,转生为鹦鹉依然记得以前学过的经典。

我正是想到这只鹦鹉奇特的业报,才笑了起来。但只要它在国王的会堂讲述这个故事,就能获得解脱。月光将获得这位持明王的女儿花蜜,她现在还是尼沙陀少女。意光将获得青年牟尼阳光,他现在已转生为国王。月光见到父亲后,又回到净修林,留在那里取悦湿婆大神,祈求与花蜜团圆。

牟尼布罗斯底耶讲完这个故事,便住口。而我记起我的前生,悲喜交加。牟尼摩利支出于怜悯,把我带到这座净修林。此后,他喂养我长大。我翅膀长硬后,到处飞来飞去,炫耀我的学问。后来,我落入尼沙陀人手中,来到了你这里。现在,我转生为鹦鹉的恶报已经结束。

这只聪明的鹦鹉能说会道,在会堂上讲完这个故事。国王须摩那斯听后,突然感到心中充满莫名的喜悦。与此同时,湿婆大神对月光表示满意,托梦指点他说:"国王啊,起来!到须摩那斯国王那里去见你的爱人花蜜。她受到父亲诅咒,变成尼沙陀少女,名叫沐格达罗达。她带着变成鹦鹉的父亲,来到了国王那里。这位持明少女一见到你,就会记起自己的前生,摆脱诅咒。你俩相认,喜悦倍增。这样,你就与她团圆了。"尊神湿婆同情所有虔诚的人,对月光这样说后,又托梦对守候在净修林里的意光说道:"青年牟尼阳光是你选定的丈夫。现在,他转生为国王,名叫须摩那斯。你上他那里去吧,美人啊!他一见到你,就会记起自己的前生。"

这样,月光和持明少女意光分别在梦中受到湿婆指示,立即前往国王须摩那斯的会堂。花蜜看到月光,记起自己的前生,摆脱长久束缚自己的诅咒,恢复持明少女的形貌,拥抱月光。月光由于湿婆的恩惠,获得这位仿佛是天国荣华富贵化身的持明公主,感到心满意足,也拥抱她。国王须摩那斯看到意光,也记起自己的前生。他从前的形体自天而降。他进入这个形体,又成为青年牟尼阳光。他与自己长期渴望的爱人团圆,一起前往自己的净修林。而月光带着自己的爱人返回自己的城市。鹦鹉凭借苦行的功德,也摆脱飞鸟的躯体,返回自己的家。

"所以,只要有缘,即使天各一方,最终仍会团圆。"

那罗婆诃那达多渴望舍格提耶娑,听了大臣戈目伐讲述的这个奇妙有趣的故事,感到高兴满意。

第四章

大臣戈目伐讲了两位持明女的故事后,又对那罗婆诃那达多说道:"王上啊,为了谋求天国和人间的利益,甚至一些普通人也能理智地克制爱欲等激情。请听这个故事。"

有位国王名叫古罗达罗。他有位侍从名叫修罗婆尔曼,出身高贵,以富有勇气著称。一天,修罗婆尔曼从战场回来,走进家里,突然发现妻子在和自己的朋友幽会。他克制自己的愤怒,镇静地思忖道:"杀死这个背叛朋友的畜生,或者,杀死这个行为不端的淫妇,有什么用? 我何必要犯罪玷污自己的灵魂?"于是,他放走他俩,说道:"你们无论哪一个,要是再让我碰见,就别想活命。走远点,别再来这里让我瞧见。"他俩便逃往远方某处。而修罗婆尔曼另娶一个妻子,愉快地生活。

"王上啊,一个人能这样克制愤怒,就不会陷入痛苦。理智的人能消灾避祸。即使对于动物,也是理智胜于勇敢。请听狮子和牛等动物的故事。"

在一座城市里,有个富裕的青年商人。一次,他去摩突罗城经商。他的一头拉车的牛名叫商耆婆迦。由于货物沉重,它用力过猛,拉断了轭,滑进山溪造成的泥潭。它浑身伤痕,倒在那里。青年商人看到它身体受伤,不能动弹,又无法把它拉起来,终于绝望地丢下它走了。也是命运安排,商耆婆迦渐渐缓过劲来,站起身,吃了柔嫩的青草,恢复了元气。然后,它来到阎牟那河边吃草,随意游荡,变得魁梧强壮。它像湿婆的公牛,隆肉硕大,兴奋地东游西逛,用犄角捣毁蚁垤,不时发出吼叫。

那时,在不远的树林里,有一头狮子,名叫冰揭罗迦。它凭自己的勇武征服整座树林。这位兽王有两个豺狼大臣,一个名叫达摩那迦,另一个名叫迦罗吒迦。一天,狮子来到阎牟那河边喝水,听到就在附近的商耆婆迦发出的吼叫声。它从未听到过这种响彻四方的吼叫声,心想:"天哪!是什么东西发出这样的声音?肯定有个庞然大物在这里,我还是离开吧。否则,让它看见,它可能会杀死我,或者将我赶出树林。"这样,狮子没顾上喝水,迅速返回树林。它虽然心中害怕,但在随从们面前,掩饰自己的感情。

而聪明的豺狼大臣达摩那迦悄悄对另一位大臣迦罗吒迦说道:"我们的主人去喝水,怎么匆匆忙忙回来了,连水也没有喝?贤士啊,我们应该问问原因。"迦罗吒迦说道:"这跟我们有什么关系?你没有听过猴子拔楔子的故事吗?"

在一座城市,有个商人着手建造一座神庙,备了许多木头。一天,木匠锯开一根木头的上半段,插上楔子后,回家去了。这时,一只猴子蹦蹦跳跳来到这里,坐在木头插着楔子的部位。它坐在楔子隔开的空隙之间,犹如坐在死神之口。然后,它又漫无目的地用手去拔楔子。结果,楔子一拔出,锯开的部分合拢,把它夹死在里面。

"这只猴子插手与己无关之事,遭到了毁灭。因此,我们何必要去弄清兽王的想法?"

迦罗吒迦讲了这个故事,达摩那迦听后,镇定地说道:"聪明的侍从应该摸透主人的特点。有谁做事不想填饱自己的肚皮?"善良的迦罗吒迦听后,说道:"过分追求自己的愿望,不是侍从之道。"达摩那迦回答道:"不要这样说。每个人都渴求适合自己的果实。狗满足于啃骨头,而狮子追逐大象。"迦罗吒迦又问道："如果这样做了,主人反而生气,那有什么好处呢？主人都像高山,坚硬顽固,充满猛兽,崎岖不平,难以攀登。"达摩那迦回答道："确实这样。但是,聪明人通过了解主人的脾性,渐渐控制主人。"迦罗吒迦听后,说道："那就这么办吧！"

于是,达摩那迦走到自己的主人狮子面前,行礼后坐下。它见冰揭罗迦态度友善,立即说道："大王啊,我是你的世袭臣仆,对你有用。有用的人,即使是外来的,也要任用。没用的人,即使是自己的,也要抛弃。猫有用,于是花钱从别处买来喂养。老鼠无用,即使出生在自己家里,也想方设法加以捕杀。希望繁荣的国王应该听取臣仆善意的忠告。而即使国王没有垂询,臣仆也应该及时向国王提供有益的建议。如果你信任我,不想对我隐瞒什么,不生气,不激动,大王啊,那我就问你一件事。"冰揭罗迦听后,说道："你对我忠诚,值得信任。不必有什么顾虑,有话就说吧！"

于是,达摩那迦说道："大王啊,你口渴,去喝水。怎么没喝水,就回来了,看上去灰心丧气的样子？"兽王听后,心想："我已经让它看穿了。它是我的忠臣,我何必对它隐瞒呢？"这样想定后,冰揭罗迦说道："听着,不瞒你说,我在水边听到一种我没有听到过的叫声。我估计是一个比我强大的动物的叫声。创造主创造了各种动物,一般可以根据叫声来判断强弱。这个动物来到这里,这座树林就不是我的了。我无法在这里安身,只能前往别的树林了。"达摩那迦听后,说道："大王啊,你是英雄,怎么会想放弃这座树林？大水冲毁桥梁,流言破坏友情,泄密危及计划,而对于懦夫,响声就能把他唬住。不了解真正的原因,各种机关发出的响声才听来可怕。因此,大王不必害怕。请听豺狼和鼓的故事。"

从前,在一座树林里,有只豺狼出来转悠,寻找食物,来到一个发生过战斗的地方。它听到一边传来深沉的响声,心里害怕,便朝那里观察。它看到了掉在地上的一面鼓。它从未见过鼓,心想："这是什么动物,发出这样的叫声？"它看到这面鼓毫无动静,便走近过去,仔细一看,才明白这不是动物。它断定那是风吹芦苇杆碰击鼓皮发出的响声。于是,这只豺狼不再害怕,撕开鼓皮,钻进去看看有什么可吃的东西,结果,只有木头和鼓皮。

"因此,大王啊! 像你这样的英雄,怎么能光听到声音就害怕? 如果你同意,我去探明是怎么回事。"

达摩那迦这么一说,狮子同意道:"如果你能办到,就去吧!"于是,达摩那迦来到阎牟那河边。它循着声音慢慢走去,看到那头牛正在吃草。它走上前去,互相打了招呼。然后,它回来,向狮子报告了实际情况。狮子冰揭罗迦高兴地说道:"如果你看到的是一头大公牛,还与它打了招呼,那么,设法把它带到这里来,让我看看它是什么样子的。"

这样,狮子又派遣达摩那迦到公牛那里去。达摩那迦对公牛说道:"来吧! 我们的主人兽王欢迎你去。"但是,公牛表示害怕,不愿意去。达摩那迦又回到树林,请求自己的主人狮子答应保证公牛的安全。然后,达摩那迦再去安慰公牛不要害怕,把它带到狮子身边。公牛向狮子行礼,狮子也向公牛致意,说道:"你就留在我身边吧,不要害怕。"

公牛留在那里,渐渐获得狮子信任。最后,狮子疏远其他动物,完全受它控制。达摩那迦心中忿忿不平,悄悄对迦罗吒迦说道:"你看,主人已被商耆婆迦操纵,对我们不屑一顾。它独自吃肉,也不分给我们。这个昏君如今听从公牛摆布。把公牛带到这里来,这完全是我的错。我要设法毁灭这头公牛,让主人改邪归正。"迦罗吒迦听后,说道:"朋友啊,你目前还办不到。"达摩那迦回答说:"我凭借智慧,肯定能办到。面对困难,只要不乏智慧,有什么办不到的? 请听鳄鱼杀死苍鹭的故事。"

从前,有一只苍鹭住在一座湖边,湖里鱼儿丰富。但鱼儿害怕它,见了它就逃。苍鹭抓不到鱼,便欺骗它们说:"有个渔夫带着网来到这里。他很快就要用网捕杀你们。如果你们信任我,就听我的话。这附近一个偏僻的地方,有一座清澈的湖,这里的渔夫不知道。我可以把你们一条一条带到那里去居住。"这些愚蠢的鱼听了,心里害怕,说道:"我们全都信任你,就这么办吧!"于是,狡诈的苍鹭把它们一条一条带到一块岩石上,吃掉它们。

那座湖里也住着一条鳄鱼。它看见苍鹭带走鱼,便问道:"你把鱼儿带到哪里去?"苍鹭又把前面说过的话对它说了一遍。鳄鱼感到害怕,说道:"也把我带去吧!"鳄鱼的肉腥味迷住了苍鹭的心窍。苍鹭带着它飞往那块岩石。鳄鱼在空中看见那里到处是鱼骨头,立刻明白这只苍鹭把信任它的鱼都吃了。聪明的鳄鱼当机立断,就在苍鹭把它放上岩石的刹那间,咬断了苍鹭的脖子。然后,它回去把情况告诉其他的鱼。它们高兴地称呼鳄鱼为救命恩人。

"因此,智慧就是力量。如果缺乏智慧,力量又有什么用?请听另一个狮子和兔子的故事。"

在一片树林里,狮子是独一无二的英雄,所向无敌。它把见到的任何动物都杀死。于是,以鹿为首的所有动物集合在一起,向它请求道:"你何必一下子杀尽我们,到头来损害你自己的利益呢?我们可以每天送给你一头动物吃。"狮子听后,表示同意。从此,它每天吃一头动物。

这天,轮到兔子向狮子献身。大家送别它后,这只聪明的兔子边走边想:"勇士即使遇到灾难,也不惊慌失措。尽管我面临死亡,我也要施展智谋。"于是,它拖延时间,到达那里。狮子见它迟到了,说道:"喂,你怎么耽搁了我的吃饭时间?我该用什么比死更厉害的办法惩罚你?你这坏家伙!"兔子向狮子行礼,说道:"大王啊!这不是我的错。我是身不由己。今天路上有一头狮子挡住我,耽误了时间。"狮子听后,甩动尾巴,气得眼睛发红,说道:"那头狮子是谁?你带我去看!"兔子说道:"来,我带你去看。"于是,狮子跟着兔子来到远处的一口井边。兔子指着井口说道:"你看,它就呆在这里边。"狮子朝井里观看,发出愤怒的吼叫。它在清澈的井中看见自己的倒影,听到自己吼叫的回声,以为是另一头狮子发出更大的吼叫声。这头愚蠢的狮子跳进井里,想要杀死另一头狮子,结果淹死在里面。这样,兔子凭借智慧摆脱死亡,也解救了全体动物。它回来报告情况,与大家共享快乐。

"因此,最高的力量是智慧,而不是勇武。凭借智慧的威力,甚至兔子也能杀死狮子。所以,我要凭借智慧,实现我的目的。"

达摩那迦这么一说,迦罗吒迦便不再吭声。然后,达摩那迦来到自己的主人冰揭罗迦身边,装出垂头丧气的样子。冰揭罗迦问它怎么了。达摩那迦悄悄回答说:"大王啊,知道了情况,就不应该保持沉默。所以,我要告诉你。即使没有吩咐我,为了维护主人的利益,我也应该说出来。请你抛弃偏见,听听我的陈述。这头公牛商耆婆迦企图杀死你,霸占王国。因为作为大臣,它认定你胆小怕事。它晃动着自己的武器——那一对牛角,想要杀死你。它在树林里到处对动物说:'我们要设法杀死这个食肉的兽王。那样,你们在我这个食草的国王统治下,就可以无忧无虑地愉快生活了。'想想这头公牛,只要有它在,你就难保安全。"

冰揭罗迦听后,说道:"这头可怜的食草的公牛怎么敢跟我作对? 而且,它来寻求我的庇护,我也答应保证它的安全,我怎么能杀死它呢?"达摩那迦回答道:"你别这么说。吉祥女神并不喜欢有人与国王平起平坐。好动的吉祥女神不可能长久地将两只脚站在两个高贵者身上,她肯定要放弃其中的一个。智者离开不辨善恶的国王,犹如医生离开固执的病人。善于听取逆耳的忠言,吉祥女神就会光临。不听好人的忠言,爱听恶人的谗言,必将落难受苦。这头公牛要谋害你,你跟它还有什么友情可言? 还谈得上什么寻求庇护和保证安全? 而且,这头公牛怎么能长期呆在你的身边? 大王啊,它的粪便会长蛆。你的身上布满疯狂的大象撞击的象牙伤口。如果这些蛆虫钻了进去,那可怎么办? 这头公牛也就不需要另外费心杀害你了。狡猾的恶人即使不亲自下手,只要跟你呆在一起,就能叫你遭殃。请听这个故事。"

在一位国王的床上,有一只从别处钻进来的虱子,名叫曼陀毗萨尔比尼,长期没有被人发现。突然,风儿从别处吹来一只跳蚤,名叫底提跋,也钻到了床上。虱子看到它,说道:"这是我的家,你怎么钻了进来? 上别处去!"跳蚤回答说:"我从未尝过国王的血,请开恩让我住在这里吧。"虱子为了讨好它,说道:"如果是这样,你就留下吧! 但是,朋友啊,你不能随便咬国王。你要等国王睡着后或交欢时,轻轻地咬他。"跳蚤听后,同意道"好吧",便住下了。到了晚上，国王刚上床躺下，跳蚤就迫不及待地咬国王。国王起身说道："哎，我被咬了。"这只邪恶的跳蚤转身就逃。侍从们找到了那只虱子，把它捏死了。

"这样，虱子由于和跳蚤混在一起，遭到杀身之祸。因此，你和公牛呆在一起，对你不利。如果你不相信我的话，你可以亲自观察。它向你走近时，傲慢地晃动脑袋，那两只牛角像梭镖一样尖锐。"

达摩那迦的这些话对狮子冰揭罗迦起了作用，它心里觉得应该杀死公牛商耆婆迦。达摩那迦察觉兽王的心思后，立即悄悄来到公牛身边，装出垂头丧气的样子。公牛问道："朋友啊，你为何这个样子？身体还好吗？"达摩那迦回答道："侍从的身体怎么会好？有谁能永远得到国王宠爱？哪个求告者不受人轻视？有谁能不受时限束缚？"达摩那迦这么说着，商耆婆迦又问道："你今天为何这样沮丧？朋友啊，请告诉我。"达摩那迦说道："你听着，我出于友情才告诉你。兽王冰揭罗迦今天对你产生敌意。它薄情寡义，想要杀死你，吃掉你。我发现奸佞的侍从总在挑唆它。"淳朴的公牛一向信任达摩那迦，听了这番话，相信是真的。它心慌意乱，对达摩那迦说道："唉，卑鄙的主人，卑贱的侍从，纵然尽力效忠，还是反目为仇。请听这个故事。"

在一片树林里，有一头狮子名叫摩陀特迦吒。它有三个随从：豹子、乌鸦和豺狼。一天，狮子在树林里看见一头与商队走散的骆驼。它从未见过这种模样可笑的动物，惊奇地问道："这是什么动物？"乌鸦过去见过骆驼，便说道："这是骆驼。"狮子出于好奇，吩咐把骆驼带过来，并答应保证它的安全。它让骆驼作为随从，留在自己身边。

一天，狮子和大象搏斗受伤。它因身体不舒服，多次斋戒断食。它的随从们尽管身体健康，也与它一起斋戒断食。后来，衰弱的狮子出来觅食，一无所获。它背着骆驼，悄悄问其他三个随从："怎么办呢？"它们回答说："大王啊，我们应该提出适用于绝境的办法。你与骆驼有什么交情？为什么不吃掉它？它是食草动物，我们是食肉动物，它理应让我们吃掉。为什么不舍弃它一个，解决我们几个的肉食？如果你觉得自己答应过保证它的安全，怎么能杀死它呢？那么，我们会设法让它自己献出身体。”狮子听后，表示同意。

于是，它们合谋后，乌鸦去对骆驼说道："主人饿极了，对我们不理不睬。我们要讨它欢心，去对它说奉献我们自己。你和我们一起去。这样，它也会喜欢你。"善良的骆驼听后，表示同意。它和乌鸦一起来到狮子面前。乌鸦说道："大王啊，我能替自己作主，吃掉我吧！"狮子回答说："你这么瘦小的身体顶什么用？"豺狼说道："吃掉我吧！"狮子同样不吃。豹子说道："大王吃掉我吧！"狮子也不吃。然后，骆驼说道："吃掉我吧！"顿时，乌鸦、豺狼、豹子和狮子一拥而上，利用骆驼这句讨好的话，杀死骆驼，把它撕成碎片，吃掉了。

"同样，有奸佞的小人挑唆冰揭罗迦无缘无故仇恨我。现在，只好由命运决定了。宁可侍奉一群天鹅作随从的秃鹫国王，也不能侍奉一群秃鹫作随从的天鹅国王。"

听了商耆婆迦的这番话，狡猾的达摩那迦说道："成功全靠勇气。请听这个故事。"

有一只底底跋鸟和妻子一起住在海边。妻子怀有身孕，对丈夫说道："来吧，让我们上别处去。如果我在这里下蛋，它们可能会被海浪卷走。"丈夫听后，说道："大海不可能与我作对。"妻子回答道："别这么说。你怎么能与大海相比？要听有益的忠告，否则会遭殃。有例为证。"

在一座湖里，住着一只乌龟，名叫甘菩羯哩婆。它有两位天鹅朋友，名叫毗迦吒和商迦吒。一次，天气大旱，湖水枯竭。两只天鹅想要飞往另一个湖。乌龟对它们说道："你们也把我带到你们要去的地方吧！"两只天鹅听后，对乌龟朋友说道："我们要去的那个湖离这里很远。如果你也想去，就得听我们的话。我们两个握住一根棍子，你用牙齿咬住棍子。在空中飞行时，你必须保持沉默，否则会掉下来摔死。"乌龟同意道："好吧！"于是，乌龟咬住棍子，两只天鹅握住棍子的两头，飞上天空。它们带着乌龟，渐渐飞近那个湖。住在下面这座城市里的居民看到了它们，议论纷纷："这两只天鹅带着一个什么奇怪的东西？"这只不安分的乌龟听到了说话的声音,忍不住问道:"下面怎么会有说话声？"结果,嘴巴脱离棍子,乌龟掉到地上,被人们杀死。

"因此,谁失去理智,就像乌龟失去棍子,遭到毁灭。"母鸟说完,公鸟回答说:"确实如此,亲爱的。但是,请听这个故事。"

从前,在河边的一座湖里,有三条鱼,分别名叫远谋、随机和由命。它们平时结伴而游。一天,它们听到路过这里的一些渔夫说道:"啊,这个湖里有许多鱼。"聪明的远谋害怕被渔夫杀死,游进河里,上别处去了。随机不害怕,仍然留在那里,心想:"如果出现危险,我会设法应付。"由命也留在那里,心想:"该怎么,就怎么。"随后,那些渔夫来到这里,往湖里撒网。随机被网住后,立即机智地装死,一动不动。渔夫们在杀鱼时,以为它已经自己死去,没有管它。它立即乘机跳进河里,游往别处。而愚笨的由命在网里蹦上蹦下,渔夫们拽住它,把它杀死了。

"因此,到时候我会设法应付。我不会害怕大海而离开。"

公鸟说完,与妻子一起照旧住在自己的窝里。大海听到了这只底底跋鸟骄傲自大的话。过了一些天,母鸟下蛋了。大海出于好奇,掀起海浪,卷走了鸟蛋,心想:"我要看看这只底底跋鸟怎么对付我。"母鸟哭泣着,对丈夫说道:"我早就提醒过你,这下完了！"坚强的底底跋鸟对妻子说道:"你看我怎么对付这片邪恶的大海！"说罢,它召集所有的鸟,诉说自己蒙受的耻辱。然后,它与众鸟一起吁请金翅鸟王庇护:"你是我们的保护者。而大海羞辱我们,卷走我们的鸟蛋,仿佛我们没有保护者。"金翅鸟感到气愤,禀告大神毗湿奴。毗湿奴用火器烤干大海,迫使大海交出鸟蛋。

"因此,面对灾难,不能失去勇气,要运用智慧。现在,你与狮子冰揭罗迦之间的战斗迫在眉睫。一旦它甩动尾巴,四条腿同时站起,你该知道它要向你发动攻击。你要做好准备,低下头,用牛角顶撞它的肚皮,把它撞翻在地,撕破它的内脏。"

达摩那迦对公牛商耆婆迦说完这些话后,回到迦罗吒迦那里,宣称自己已经成功地离间了狮子和公牛。而商耆婆迦缓慢地走到冰揭罗迦跟前,想要从姿势和脸色上判断这位兽王的心思。它看见狮子甩动尾巴,调整脚步,准备战斗。而狮子看到公牛惶恐地垂下头。于是,狮子扑到公牛身上,用爪子撕打,而公牛用牛角抵挡。善良的迦罗吒迦看到狮子和公牛互相撕杀,对达摩那迦说道:"你怎么能为了达到自己的目的,而不顾主人安危?压榨百姓得来的财富、骗来的友谊、抢来的老婆,都不会长久。算了,对藐视忠告的人,说多了,反而会招灾,就像尖嘴鸟劝说猴子那样。"

从前,有一群猴子在树林里游荡。天气寒冷,它们看见一只萤火虫,以为是火。它们捡拾枯草和树叶放在萤火虫上,想要烧火取暖。其中一只猴子还用嘴吹萤火虫。有只尖嘴鸟看到后,对这只猴子说道:"这是萤火虫,不是火,别白费劲了。"猴子听到了,但仍不停止。尖嘴鸟便从树上下来,执意劝阻猴子。猴子发怒,举起石头,将尖嘴鸟砸得稀烂。

"因此,对于不接受忠告的人,不要对他多说。你不怀好意,挑拨离间。我何必多嘴呢?但是,居心不良,不会有好结果。有例为证。"

从前,在一个乡镇,有两个青年商人兄弟,一个名叫达磨菩提,另一个名叫突湿吒菩提。他俩一起离家去外地赚钱,好不容易挣到了两千金币。他俩回到自己的乡镇,把金币埋在树底下,只取出一百金币,两人平分后,住在父亲家中。

突湿吒菩提是个肆意挥霍的人。一天,他独自前往树底下,偷偷挖走了金币。过了一个月,达磨菩提对他说:"来,兄弟,我的钱花完了。我们去分那些金币。"突湿吒菩提说道:"好吧!"与他一起到埋钱的地方挖掘。自然,他俩挖不到金币。于是,狡诈的突湿吒菩提对达磨菩提说道:"你已经取走了金币,还给我一半。"达磨菩提回答说:"我没有取走金币,是你取走的。"这样,两人吵了起来。突湿吒菩提捡起石块砸达磨菩提的头,还把他带到国王的公堂上。

在那里,他俩各自申诉理由。法官们审了一天,也无法定案。于是,突湿吒菩提说道:"埋金币处的那棵大树是见证人。它能证明达磨菩提取走了金币。"法官们惊讶不已,说道:"那么,我们明天去询问它。"然后,他俩作出保证,被释放回家。

突湿吒菩提回家后,悄悄向父亲讲明情况,塞给他钱,说道:"你就藏在树洞里,作我的证人。"父亲说道:"好吧!"于是,他在夜里把父亲带到那棵大树下,藏进树洞里,然后自己回家。第二天,两兄弟和法官们一起来到树下,询问道:"是谁取走了那些金币?"藏在树洞里的父亲发出清晰的话音:"是达磨菩提取走了那些金币。"法官们听后,感到难以置信,说道:"肯定是突湿吒菩提在里面藏了人。"于是,他们往树洞里灌烟。父亲给烟熏得受不住,爬出树洞,跌倒在地,气绝命殒。法官们明白了事情真相,命令突湿吒菩提将那些金币交给达磨菩提,然后,砍掉突湿吒菩提的双手和舌头,将他驱逐出境。他们称赞达磨菩提名副其实[①]。

"因此,居心不良,引来灾祸。做事应当合乎道理,就像苍鹭对付蛇。"

从前,有只苍鹭一生下蛋,蛇就来把蛋吃掉。苍鹭痛苦忧伤。后来,它按照鳄鱼的指点,在猫鼬窝和蛇洞之间一路上撒下鱼肉。这样,猫鼬出来,沿路吃鱼肉,最后发现蛇洞,钻进去,把蛇的一家子都吃了。

"这是运用巧计。请听另一个故事。"

从前,有一个青年商人花光了父亲的财产,只剩下一台用一百斤铁制成的秤。他把这台铁秤寄存在一个商人那里,自己出国去了。回国后,他向那个商人索取这台秤。商人回答说:"被耗子吃掉了。"商人还解释说,"真的,这台秤

---

① "达磨菩提"的原词是 dharmabuddhi,词义为法智。

上的铁味道特别好,所以被耗子吃掉了。"青年商人听了,心里暗暗发笑。他请求商人给他一些食物。商人这会儿正高兴,便给了他。

然后,青年商人只给了商人的小儿子几个菴摩罗果,就哄着他一起去沐浴。这个聪明的青年商人沐浴后,把商人的小儿子藏在自己朋友家里,独自一人回到商人家。商人问他:"我的孩子在哪儿?"他回答说:"一只老鹰从空中飞下,把孩子叼走了。"商人听后,愤怒地说道:"你把我的儿子藏起来了。"说着,他把青年商人带到国王的公堂。

在公堂上,青年商人仍然这么说。法官们听后,说道:"这是不可能的。老鹰怎么可能叼走孩子呢?"于是,青年商人回答说:"在这个地方,既然耗子能够吃掉大铁秤,那么,老鹰为什么不能叼走大象,更何况是一个孩子?"法官们听了觉得好奇,问清了情况后,吩咐商人归还铁秤,青年商人归还孩子。

"这样,聪明的人运用巧计,实现愿望。而你鲁莽行事,给主人带来危险。"

听完迦罗吒迦的话,达摩那迦笑着说道:"别这么说。狮子和公牛搏斗,哪有狮子不胜之理?狮子满身的伤痕是疯象的象牙撞击的。温驯的公牛身上也有伤痕,那是主人的鞭子抽的。真是天壤之别!"

正当这两只豺狼互相争论之时,狮子冰揭罗迦在搏斗中杀死了公牛商耆婆迦。达摩那迦铲除了对手,高兴满意。它恢复了大臣地位,和迦罗吒迦一起,长久地留在兽王冰揭罗迦的身边。

优秀的大臣戈目伕讲述的这些故事生动有趣,饱含治国的智慧和策略,那罗婆诃那达多听了十分高兴。

第五章

后来,为了排遣那罗婆诃那达多对舍格提耶娑的思念之情,大臣戈目伕又说道:"王上啊,你已经听了智者的故事,现在请听傻瓜的故事。"

一次,有一个富商的傻儿子去迦吒诃岛经商。他的货物里有一大批芦荟香木。他卖掉了其他的货物,而没有人过问芦荟香木,因为当地人不了解这种商品。看到当地人向樵夫买炭,这个傻瓜便将他的香木都烧成炭,然后按炭的价格卖掉。他回家后,还炫耀自己机灵,结果受到众人嘲笑。

"我讲了烧香木的故事,现在请听种芝麻的故事。"

有个种田的农民几乎是白痴。一次,他吃了炒芝麻,觉得味道香甜。于是,他把许多炒芝麻种到田里,希望能长出炒芝麻。炒熟的芝麻不能生长,他颗粒无收,受到众人嘲笑。

"我讲了炒芝麻的故事,现在请听投火于水罐的故事。"

一天晚上,有个傻瓜准备第二天清晨祭神,心想:"为了沐浴和燃香等事情,我要准备好水和火。如果我把水和火放在一起,到时候做事就快了。"于是,他把火投入水罐,上床睡了。天亮后,他看到火灭了,水脏了。望着焦炭染黑的水,他的脸也变黑了,而众人脸上露出嘲弄的微笑。

"你已经听了投火于水罐的故事,现在请听加高鼻子的故事。"

有个智力低下的傻瓜,看到妻子鼻子扁,老师鼻子高,于是在老师睡着的时候,他割下老师的高鼻子。然后,他去割下妻子的扁鼻子,想安上老师的高鼻子。可是,老师的高鼻子长不到妻子的脸上。结果,妻子和老师都成了没鼻子的人。

"现在请听林中牧人的故事。"

在一座树林里,有个牧人很有钱,但很愚蠢。一伙无赖合谋,与他交朋友。

他们对他说:"城里有个富人的女儿。我们已经求得她的父亲同意,把她嫁给你。"他听了很高兴,给了他们许多钱。过了几天,他们又对他说:"你的婚礼已经举行。"他听了更加高兴,给了他们更多的钱。又过了一些天,他们对他说:"你的儿子生下了。"这个傻瓜高兴极了,把所有的钱都给了他们。第二天,他开始哭泣,说道:"我想念儿子。"哭泣的牧人受到众人嘲笑,仿佛他从牲畜那里染上愚笨,让无赖们这样捉弄。

"你听了牧人的故事,现在请听佩戴首饰的故事。"

有个村民掘地,掘到一套首饰。这是盗贼在夜里从王宫偷出,藏在那里的。这个村民捡到后,用它们装饰自己的妻子。他把腰带套在妻子头上,项链束在腰上,脚镯戴在手腕上,手镯系在耳朵上。人们把这事当作笑话传开了。国王知道后,从他那里取回了首饰,而放过这个像畜生一样愚蠢的人。

"王上啊,我讲了首饰的故事,现在请听棉花的故事。"

有个傻瓜到市场上出售棉花。没有人买他的棉花,因为嫌他的棉花不干净。他看见那里有个金匠出售金子,把金子放在火上烧干净,就有人买。于是,这个傻瓜也将棉花放在火上,想把棉花烧干净。人们见了哈哈大笑。

"你听了棉花的故事,王上啊,现在请听砍枣椰树的故事。"

官吏奉王室之命,召集村民,布置他们采集枣椰子。这些愚蠢的村民看到一棵自己倒下的枣椰树,采集这棵树上的枣椰子十分方便。于是,他们一棵接一棵砍倒村里所有的枣椰树。采完枣椰子后,他们又把倒下的树扶起来种好。但是,树种不活了。他们给国王送去枣椰子后,没有受到奖励,反而受到惩罚,因为国王知道他们砍掉了枣椰树。

"我讲了枣椰子笑话,现在请听探宝人的故事。"

有位国王得到了一个能发现地下财宝的探宝人。愚蠢的大臣怕这个探宝人逃跑,便把他的眼睛挖掉。然而,他的眼睛瞎了,无论逃跑还是不逃跑,都无法观察地表特征了。人们都嘲笑大臣是傻瓜。

"你听了探宝人的故事,现在请听吃盐的故事。"

有个住在乡下的傻瓜。一次,一个住在城里的朋友把他接到自己家里。他吃到了加有盐和调味品的鲜美食品,问道:"这些食品的味道怎么会这样鲜美?"朋友回答说:"主要是加了盐。"于是,他说道:"那么,应该吃盐。"说着,他抓起一把盐塞进嘴里。盐粒沾满这个傻瓜的嘴唇和胡子。在人们的笑声中,他的脸也变白了。

"你听了吃盐的故事,王上啊,现在请听挤牛奶的故事。"

有个愚蠢的村民。他有一头奶牛,每天产十斤奶。有一次,节日快要来到。这个傻瓜心想:"我留到节日一起挤,到时奶就多了。"于是,他整整一个月没有挤奶。节日到了,他开始挤奶。结果,一滴奶都挤不出来了。他成了人们不断谈论的笑料。

"你听了傻瓜挤牛奶的故事,现在请听另外两个傻瓜的故事。"

有个秃头,脑袋像铜罐一样锃亮。有个青年肚子饥饿,采了许多劫毕他果,路过这里,看见秃头坐在树下。他为了逗乐,用劫毕他果扔秃头的脑袋。秃头忍受着,一声不吭。劫毕他果一个一个都扔完了,秃头脑袋上也流出了血,而秃头依然一声不吭。愚蠢的青年毫无意义地开这幼稚的玩笑,把劫毕他果都扔碎了,饿着肚皮走了。愚蠢的秃头也回家了,头上流着血,边走边说:

"扔在我头上的是美味的劫毕他果,我怎么能不忍着点儿呢?"人们看到他头上挂着彩,仿佛是傻瓜国王登基加冕的标志,无不哈哈大笑。

"就是这样,王上啊,傻瓜办不成事,而成为世人的笑料。只有智者才受人尊敬。"

听完戈目伬讲述的这些可笑的傻瓜故事,那罗婆诃那达多起身处理当天的事务。到了晚上,他又思念舍格提耶娑。在他的要求下,戈目伬讲了这个智慧故事:

在一片林区,有一棵高大的夏尔摩利树。树上住着一只乌鸦,名叫罗库波丁。一次,它在自己的窝里,看见树下走来一个面露凶相的人,手持棍棒和网。它看着这个人布好网,撒下稻谷,然后隐藏起来。这时,一只名叫质多罗揭梨婆的鸽王,在鸽群陪伴下,从空中飞到这里。它看见地上的稻谷,激起食欲,进入网中啄吃,结果,与鸽群一起被缚在网中。鸽王发现这个情况,立即对鸽群说道:"赶快用你们的嘴叼住网,一起往天上飞。"鸽群恐惧地说道:"好吧!"它们迅速叼住网,一起飞上天空。那个猎人站起身,望着天空,无可奈何,只能转身回家。

鸽王松了一口气,对鸽群说道:"赶快飞到我的朋友老鼠希罗尼耶那里去。它会咬断这些套索,把我们放出来。"说完,它和鸽群一起叼着网,飞到老鼠洞口,从天空降落。鸽王在洞口呼唤老鼠:"喂,喂,希罗尼耶,出来! 我是质多罗揭梨婆。"老鼠听到叫声,从洞口望见确实是自己的朋友来了,便从有一百个通道的洞中走出。它问明情况后,迅速咬断束缚住鸽王和鸽群的套索。鸽王和鸽群得救后,向老鼠道谢辞别,又飞回天空。

乌鸦跟随鸽子飞到这里,看到了这一切。老鼠回洞后,乌鸦来到,说道:"我是乌鸦罗库波丁。看到你重视友情,能解除危难,我要和你交朋友。"老鼠在洞里看到乌鸦,说道:"走吧! 吃者和被吃者哪能交朋友?"乌鸦回答道:"千万别这么说! 如果我吃掉你,只是满足一时的欲望,而如果与你交朋友,就能保护我一世的生命。"说完,乌鸦又发誓赌咒,赢得了老鼠的信任。老鼠走出洞来,与乌鸦结为朋友。老鼠取来肉片和稻谷,和乌鸦一起愉快地品尝。

一天,乌鸦对老鼠说道:"朋友啊,离这儿不远的森林里有条河。河里住着一只名叫曼他罗迦的乌龟,是我的朋友。我要去找它。它那里很容易找到肉食。这里不仅食物难找,还要经常提防猎人。"老鼠听后,说道:"那么,你就带我一起迁居那里吧!我住在这里也有烦恼。到了那里,我将告诉你原因。"于是,乌鸦叼着老鼠,从空中飞到森林里的那条河边。

乌鸦和朋友乌龟会面。乌龟向乌鸦和老鼠施以待客之礼。在交谈中,乌鸦向乌龟讲述了自己来这里的原因以及与老鼠希罗尼耶交朋友的经过。此后,乌龟和老鼠结成与乌鸦一样亲密的朋友。乌龟询问老鼠有什么烦恼促使它迁居这里,老鼠便向乌龟和乌鸦讲述自己的经历:

我住在城市附近的一个大洞穴里。一天夜里,我从王宫里偷来一条项链,放在洞穴里。我通过凝视这条项链获得威力,善于偷取食物,所有的老鼠都追随我。同时,那里有个出家人,在我的洞穴旁边盖了一间土屋,以乞食为生。他每天晚上把吃剩的食物放进托钵,挂起来,准备第二天再吃。而我每天夜里等他入睡后,从洞里钻进他的屋子,跳上托钵,取走所有的食物。

一天,出家人的朋友,另一个出家人来到这里。晚上吃完饭后,他俩互相交谈。在我偷取食物时,这个出家人一边听着朋友说话,一边用一根破竹竿不断敲打托钵。他的朋友问道:"你怎么中断谈话?你这是在做什么?"他回答说:"这里有只老鼠,经常与我为敌,偷走我的食物。即使我把食物挂得很高,它也能跳上去。我用竹竿敲打托钵,把它吓走。"他的朋友听后,说道:"确实,贪欲是众生的弱点。请听这个故事。"

一次,我周游圣地,到达一个城市。我进入一个婆罗门家里求宿。我住下后,婆罗门对妻子说道:"今天是月圆日,给这个婆罗门煮一顿芝麻豆饭。"妻子回答说:"你这穷汉,哪里来这些东西?"婆罗门说道:"亲爱的,即使应该有所储存,也不要过分追求储存。请听这个故事。"

在一座森林里,有个猎人打到猎物后,把肉搁在搭上箭的弓弦上,又去追逐一头野猪。他用棍棒打死了野猪,而自己也被野猪的獠牙捅死。有只豺狼从远处看到这一切。于是,它走了过来。尽管饥肠辘辘,它还想着要储存。所以,它不吃野猪和猎人,而是去吃猎人搁在弓弦上的肉。就在它啃吃的刹那间,弓弦上的箭蹦出,把它射死。

"因此,你不要过分追求储存。"

听了婆罗门的话,妻子表示同意。于是,她取出芝麻,放在太阳底下晒。在她进屋的时候,一只狗来吃芝麻,把芝麻都弄脏了。此后,谁也不愿意买她的芝麻豆饭。

"所以,贪欲不能带来享受,只能带来烦恼。"

出家人的朋友讲完这个故事后,又说道:"如果你有铲子,拿给我。我今天要设法铲除老鼠给你带来的麻烦。"出家人听后,把铲子交给他。我躲在一边看到这一切,马上钻回自己洞里。这个坏家伙找到我进出的洞口,开始用铲子掘洞。他越掘越深,我只顾往里退缩。终于,他掘到我存放项链和其他物品的地方。我听到他对出家人说道:"由于这条项链的威力,这只老鼠才这么有本事。"他取走我的所有财富,把项链戴在头上。然后,这主客两位出家人高兴地入睡。

他俩入睡后,我又来偷东西。出家人醒来,操起棍子,击中我的头部。老天保佑,我只是受伤,没有死去。我赶紧钻回自己洞里。可是,我再也没有跳高取食的本领了。因为对于众生,财富是青春,缺乏财富便是老年,光辉、力量、美貌和热情都会减退。看到我只能勉强养活自己,我的老鼠随从全都离我而去。即使曾经长期相处,仆人也只能离开无法供养自己的主人,犹如蜜蜂离开无花的树,天鹅离开无水的湖。

"因此,长期以来,我心情忧郁。后来,我与乌鸦罗库波丁交上朋友,然后,优秀的乌龟啊,我来到了你这里。"

　　老鼠希罗尼耶讲完自己的经历,乌龟曼他罗迦说道:"这里就是你的家,朋友啊,不要灰心丧气。对于有德之士,哪儿都是自己的家园。只要知足,就永远快乐。只要坚定,就没有灾难。只要努力,就不会失败。"乌龟正说着,一头名叫质多楞伽的鹿,受到猎人惊吓,从远处跑来。乌龟、老鼠和乌鸦看到了它,同时也观察了一下,发现没有猎人追赶而来。鹿恢复精神后,与它们结为朋友。此后,乌鸦、乌龟、鹿和老鼠住在一起,互相照顾,愉快地生活。

　　一天,鹿久出未归。乌鸦登上树顶,俯瞰整座森林,寻找鹿。乌鸦发现鹿在河边中了套索。它从树上下来,把这情况告诉老鼠和乌龟。经过商量,乌鸦叼住老鼠,飞到鹿的身边。老鼠安慰鹿不要恐慌,随即用牙齿咬断套索,救出了鹿。乌龟关心朋友安危,也从河道游到这儿,爬上河岸,来到它们身边。而就在此刻,安放套索的猎人也不知从哪儿来到这里,在鹿、乌鸦和老鼠逃跑之际,逮住了乌龟。他把乌龟扔进网里,边走边惋惜自己失去了鹿。

　　看到这个情况,鹿按照深谋远虑的老鼠出的主意,跑到远处,躺在地上装死。乌鸦停在鹿的头上,假装啄它的眼珠。猎人看到后,以为这头死鹿唾手可得,便将乌龟搁在岸边,向鹿走去。老鼠看到猎人离开,便起身前去,咬破网。乌龟得救后,立即爬进河里。鹿看着猎人离开乌龟,等他走近,便起身逃跑。同时,乌鸦飞上树顶。猎人返回原地,发现网被咬破,乌龟已经逃跑。他既没有抓到鹿,又失去了乌龟,埋怨自己晦气,懊丧地回家去了。

　　这四个动物会合后,兴高采烈。鹿满怀喜悦地对其他三个动物说道:"我真是有福气,与你们结为朋友。你们今天不顾生命危险救了我。"就这样,乌鸦、乌龟和老鼠受到鹿的赞扬。它们相亲相爱,愉快地住在一起。

　　"因此,甚至动物也依靠智慧达到目的。即使冒生命危险,它们也不抛弃患难中的朋友。忠于朋友值得称道,而迷恋女人,产生妒忌,不值得称道。请听这个故事。"

　　一座城市里有个妒忌心很强的男人。他娶了一个美丽的女人为妻。由于不放心,他从不让妻子单独行动。他甚至害怕妻子受到画中男子的诱惑而失节。一次,他必须上外地办事。于是,他带了妻子一同前往。途中,他看见前面是一座毗罗人居住的树林。由于害怕出事,他把妻子寄放在一个老年婆罗门村民的家里,独自前往外地。

他的妻子留下后,看见沿着那条路走来一些毗罗人。这个淫荡的女人便跟随其中一个年轻的毗罗人私奔。犹如河水冲破堤坝,她随心所欲,抛弃充满妒忌心的丈夫,前往情夫的村庄。

她的丈夫办完事回来,向那个婆罗门村民索取妻子。婆罗门回答说:"我不知道她去哪里了。我只知道毗罗人来过这里。可能是他们把她带走了。毗罗人的村庄就在这附近。你不用多想,快去那里,就会找到她。"听了婆罗门的话,他哭泣着埋怨自己没有头脑,前往毗罗人的村庄。在那里,他找到了妻子。这个邪恶的女人惊恐地走上前来,说道:"这不是我的错,是毗罗人强行把我抢来的。"爱欲蒙蔽了他的眼睛。他说道:"来,趁没人看见,我们回去吧。"妻子回答说:"那个出去打猎的毗罗人就要回来了。他一回来,肯定会追赶我俩,杀死我俩。现在,你钻进那个地洞,藏起来。等到天黑,他睡着后,我们杀死他。这样,我们就可以放心逃跑了。"听了这个坏女人的话,他钻进了地洞。色迷心窍的人怎么可能冷静思考,分辨是非?

傍晚,那个毗罗人回来了。这个坏女人指着地洞告诉他,自己的丈夫藏在里面。强壮粗鲁的毗罗人把他拽出来,紧紧捆在树上,准备第二天用他祭供女神。晚上,吃完饭,毗罗人当着他的面,与他的妻子交欢,然后入睡。他被捆在树上,充满妒忌心,看到毗罗人已经睡着,便赞颂女神,乞求庇护。女神显身,赐给他恩惠。这样,他摆脱绳索,并用刀砍下毗罗人的头。他推醒妻子,说道:"来吧,我已经杀死这个恶人。"妻子起身,心中充满痛苦。她悄悄带着毗罗人的头,在夜里与丈夫一起出发。

第二天早上,他俩到达城里。这个坏女人拿出毗罗人的头,指着丈夫,哭喊道:"这个人杀了我的丈夫!"城市卫兵把他俩带到国王面前。在审问中,这个充满妒忌心的丈夫讲述了事情经过。国王查明真相后,下令割掉坏女人的耳朵和鼻子,释放她的丈夫。他摆脱了对这个坏女人的迷恋,返回自己的家。

"王上啊,受到丈夫妒忌心控制的女人会做出这种事。丈夫的妒忌心促使女人另找男人。因此,聪明人保护妻子,不流露妒忌心。男人如果希望平安幸福,决不能向女人泄露秘密。请听这个故事。"

有条蛇害怕金翅鸟,逃到人间,化身为人,藏在一个妓女家里。妓女收取酬金,这条蛇凭借自己的神力,每天支付五百头象。后来,妓女坚持问他:"你每天从哪里得到这些象?告诉我你是谁?"这条蛇色迷心窍,对她说道:"你别告诉任何人。我是蛇。由于害怕金翅鸟,我躲在这里。"而妓女把这个情况告诉了鸨母。

后来,金翅鸟化身为人,来到人间找蛇。他见到鸨母,走上前去说道:"我今天住在你女儿屋里。请收下我的酬金。"鸨母回答说:"这里正住着一条蛇,天天支付五百头象。我哪里还会稀罕你一天的酬金?"这样,金翅鸟知道了蛇藏在这里。他假装成客人,进入那个妓女的住处,看到蛇显露原形,盘踞在屋顶,便飞扑上去,将它吃掉了。

"因此,聪明人不随便向女人泄露秘密。"
戈目伕讲了这些故事后,又讲述傻瓜故事:

有个秃头,脑袋像铜罐。他是个傻瓜。人们嘲笑他有钱而没有头发。有个依靠他人生活的无赖来对他说:"有个医生掌握一种生发的秘方。"他听后,说道:"如果你把这个医生带来,我给他钱,也给你钱。"这样,无赖长期花着他的钱,给他找来一个骗子医生。这个骗子也长期花傻瓜的钱。后来,他故意揭开自己的头巾,向傻瓜展示自己的秃头。尽管如此,傻瓜的脑子也没有转过弯来,依然向骗子医生乞求生发药。骗子对他说道:"我自己也是秃头,怎么可能让别人长出头发?我已经向你亮出我的秃头,可怜啊!你还不明白。"说完,骗子走掉了。

"王上啊,骗子们总是这样耍弄傻瓜。你听了傻瓜和头发的故事,现在请听傻瓜和油的故事。"

有个聪明人的仆人是傻瓜。一天,仆人奉主人之命,去商人那里取油。他从商人手里接过一桶油,提着回家。路上,一个朋友对他说:"注意,这个油桶桶底漏油。"这个傻瓜听后,翻转油桶,察看桶底,结果桶里的油全都倒在地上。他成了人们的笑料。主人得知后,把他赶出家门。

"因此,对于傻瓜,不要提供建议,还是让他们按照自己的智力行事为好。你听了傻瓜和油的故事,现在请听傻瓜和骨头的故事。"

有个傻瓜的妻子是荡妇。一次,丈夫到外地办事去了。妻子渴望与情夫寻欢作乐,不受任何束缚。她把家交给自己的心腹女仆照看,对该做的事都做了安排。然后,她独自出门,前往情夫家。

主人从外地回来。女仆按照女主人事先的吩咐,眼含泪水,哽咽着说道:"你的妻子死了,火化了。"说完,她把主人带到火葬场,指着别人火葬堆上的一些骨头,请主人看。这个傻瓜哭泣着带回那些骨头。他在圣地沐浴后,把骨头撒在那里。然后,他为妻子举行祭礼。女仆领来女主人的情夫,说道:"这是一位圣洁的婆罗门。"他就让这个人担任祭礼的祭司。

此后,他的妻子每个月都与情夫一起来到这里,穿着华贵的衣服,品尝精美的食品。女仆对他说:"看啊,主人!你的妻子依靠贞节的力量,从另一个世界亲自来到这里,与婆罗门一起享受祭品。"而这个头脑愚蠢的傻瓜对女仆说的这些话居然深信不疑。

"因此,头脑简单的人很容易上坏女人的当。你听了傻瓜和骨头的故事,现在请听旃陀罗少女的故事。"

有个美丽而愚蠢的旃陀罗少女。她决心嫁给统治大地的国王。一天,她看见至高无上的国王出宫绕城巡游,便尾随在后,想要嫁给他。这时,沿路走来一个牟尼。只见国王从象上下来,向牟尼行触足礼,然后返回王宫。旃陀罗少女心想这个牟尼比国王更伟大,便放弃国王,尾随牟尼。牟尼走着走着,看见前面有一座空寂的湿婆神庙。他双膝跪地,供拜湿婆,然后离去。旃陀罗少女看到后,心想湿婆神比牟尼更伟大,便放弃牟尼,靠近湿婆神,想要嫁给他。恰在这时,一条狗进来,登上神像底座,举腿搁在神像上。旃陀罗少女看到后,心想狗比湿婆神更伟大,便放弃湿婆神,尾随离去的狗,想要嫁给它。这条狗来到一个旃陀罗的家,在它熟悉的一个旃陀罗青年脚下,亲热地打滚。旃陀罗少女看到后,心想旃陀罗青年比狗更伟大。这样,她对自己的种姓感到十分满意,选择这个旃陀罗青年作为丈夫。

“因此,傻瓜们好高骛远,最终还是回到原地。现在,请听另一个傻瓜国王的故事。”

有个傻瓜国王,纵然富有,却很吝啬。一天,大臣们怀着善意,对他说道:“在这世布施,能免除下世的苦难。国王啊,请布施吧! 寿命和财富转瞬即逝。”国王听后,回答说:“如果我死后看到自己陷入苦难,那时我就布施。”大臣们听后,暗暗发笑,但只能保持沉默。

“因此,只要财富不离开傻瓜,傻瓜就不会放弃财富。王上啊,你听了傻瓜国王的故事,现在请听我插进来讲两个朋友的故事。”

在曲女城,有个国王名叫旃陀罗比吒。他有个侍从名叫陀婆罗目佉。他经常在外面吃饱喝足,然后回家。他的妻子问他:“你回家前,都在哪里吃喝? ”他告诉妻子说:“美人啊,我回家前,常常在朋友那里吃喝。在这世上,我有两个朋友。一个名叫迦利亚纳婆尔曼,招待我吃喝。另一个名叫维罗跋呼,甚至愿意为我献出生命。”妻子听后,说道:“让我见见你的两个朋友。”
于是,他带妻子到迦利亚纳婆尔曼家。迦利亚纳婆尔曼热情周到地招待他。第二天,他又带妻子到维罗跋呼家。维罗跋呼正在赌博,向他表示欢迎后，就送他出来。回家后，妻子好奇地问他："迦利亚纳婆尔曼热情款待你，而维罗跋呼只向你说声欢迎，夫君啊，你怎么认为维罗跋呼更够朋友？"他听后，对妻子说道："你假装分别去通知他俩：'国王突然对我们发怒，你考虑一下怎么办吧。'"

妻子表示同意。她先去对迦利亚纳婆尔曼说了这些话。迦利亚纳婆尔曼回答说："夫人啊，我是商人的儿子，你说，我能对国王做什么？"然后，她又去对维罗跋呼说了这些话。维罗跋呼听后，立即携带剑和盾赶来。陀婆罗目佉只能劝维罗跋呼回家，说道："大臣们已经平息国王的怒气，你回去吧！"然后，他对妻子说道："美人啊，这就是我的两个朋友的区别。"妻子听后，表示满意。

"所以，一种是酒肉朋友，另一种是真正的朋友。油和奶酪都有油性，但油是油，奶酪是奶酪。"

大臣戈目佉讲完这个故事，又继续为那罗婆诃那多讲述傻瓜故事：

有个傻瓜在旅途中，唇焦口燥，艰难地穿越一片树林，到达一条河边。但他盯着水看，却不喝水。有个人对他说："你既然口渴，为什么不喝水？"这个傻瓜回答说："我怎么能喝这么多的水？"那个人笑他说："难道你喝光这些水，国王会惩罚你？"可是，这个傻瓜仍然不喝水。

"所以，在这个世界上，傻瓜们既不能完成全部任务，也不能量力而行，完成部分任务。王上啊，你听了怕水的故事，现在请听杀儿子的故事。"

有个傻瓜穷人，生了许多儿子。有一个儿子死去，他就杀死另一个儿子，说道："这个孩子怎么能独自远行呢？"人们知道后，谴责这个傻瓜，将他驱逐出境。

"所以，缺乏理智的傻瓜形同牲畜。你听了杀儿子的故事，现在请听兄弟的故事。"

有个傻瓜在人群中聊天，看见远处有个体面的人，便说道："这个人是我的兄弟，以后我将继承他的遗产。但我不是他的什么人，因此，他的债务与我无关。"这个傻瓜说的话，连石头听了也会发笑。

"利欲熏心的傻瓜傻得多么有趣！你听了兄弟的故事，王上啊，现在请听梵行者的儿子的故事。"

有个傻瓜在朋友中间称赞父亲的品德。他这样描述自己父亲的优点："我的父亲从少年时代开始就是梵行者，坚持禁欲，没有人能与他相比。"朋友们听后，嘲笑他说："那么，你是从哪儿生出来的？"这个愚蠢透顶的傻瓜回答说："我是从他的思想生出来的儿子。"

"傻瓜们总是说些自相矛盾的大话。你听了梵行者的儿子的故事，现在请听占星师的故事。"

有个低能的占星师，在自己的家乡混不下去，便带了妻儿前往外地。他弄虚作假，企图骗取信任，获得钱财。他当着众人拥抱幼小的儿子，流下眼泪。在人们询问下，这个邪恶的家伙说道："我知道过去、现在和未来。我的这个孩子七天后就要死去，所以我伤心流泪。"人们听后，惊讶不已。到了第七天，天刚亮，他就把还在睡眠中的儿子杀死。后来，人们看到他的儿子死了，相信他的占星技能，供奉他。他获得钱财后，又悄悄回到自己家。

"傻瓜们贪图钱财，弄虚作假，甚至杀死自己的儿子。聪明人决不和傻瓜结交。王上啊，现在请听粗暴傻瓜的故事。"

有个人在屋里向朋友们称赞一个人的优点，这个人恰好在屋外听着。有个朋友听后，说道："确实，他有许多优点，朋友啊，但是，他有两个缺点：鲁莽和粗暴。"站在屋外的这个人闻听此言,怒火中烧,立即冲进屋里,用衣服勒住说话人的脖子,开口骂道:"嗨,你这混蛋！我怎么鲁莽？怎么粗暴？"在场的人们哈哈大笑,对他说道:"那还用问吗？你现在的所作所为还不够鲁莽和粗暴吗？"

"傻瓜们的缺点昭然若揭,但他们自己不知道。现在请听傻瓜国王让女儿长大的故事。"

有个国王生了一个美丽的女儿。他爱女心切,希望她快快长大。他召集医生,亲切地说道:"请配制一些好药,让我的女儿快快长大,嫁个好丈夫。"医生们听后,为了维持自己的生计,对这个愚蠢的国王说道:"有这样的药草。但是,要在遥远的异国他乡才能采集到。我们派人去采集。在这期间,我们必须把你的女儿隐藏起来。国王啊,这是用药的规定。"这样,他们把国王的女儿隐藏了许多年,告诉他正在采集药草。等国王的女儿长成少女,他们把她交给国王,说是吃了药,长大了。国王高兴满意,赐给医生们许多钱财。

"无赖们就是这样骗取傻瓜国王的财富的。现在请听讨回半元钱的故事。"

有个市民,自以为聪明。一个乡下佣人侍候了他一年,嫌他太吝啬,告辞回家了。佣人走后,他问妻子:"亲爱的,他没有从你那儿拿走什么吧？"妻子回答说:"拿了半元钱。"于是,他前往河边,向那个佣人讨回半元钱,而他来回路上花了十元钱。回来后,他夸耀自己理财精明,受到众人嘲笑。

"这种人财迷心窍,得不偿失。王上啊,现在请听记住记号的故事。"

有个傻瓜乘船过海时,手中的银盘掉入水中。他记住那儿的漩涡等记号,心想:"我回来时,再从那儿的海水中取出银盘。"到了对岸,船又返回。他看到海水中的漩涡等,一次又一次跳下去,以为凭这些记号能捞到银盘。在别人询问下,他说出自己的想法,结果受到大家嘲笑。

"现在请听国王偿还肉的故事。"

有个愚蠢的国王看见两个人从宫中走出去,其中一个人拿了厨房里的肉。于是,他下令从那个人身上割下五斤肉。割下肉后,那个人痛哭号叫,跌倒在地。国王心生怜悯,下令偿还他的肉,说道:"割了他的五斤肉,他痛苦难忍。那就加倍偿还他的肉吧。"卫兵说道:"如果我砍下一个人的头,再给他一百个头,他就能活过来吗? 国王啊!"国王听后,笑了起来,走到外面,安慰那个人,把他交给医生。

"愚蠢的国王只知道怎样惩治,不知道怎样安抚。现在请听傻女人想要另一个儿子的故事。"

有个女人有一个儿子,想要再生一个儿子。她向一个女苦行者求教。这个邪恶的女苦行者说道:"如果你把这个儿子杀了,祭供神灵,肯定能再生一个儿子。"女人听后,想要照她的话去做。有个善良的老妇得知后,悄悄对她说:"作孽啊! 你杀死已经生下的儿子,盼望再生个儿子。如果生不出另一个儿子,那你怎么办呢?"这样,善良的老妇阻止了她的犯罪行为。

"女人与女妖接近,走上邪道。幸亏有老妇劝阻,她才得到挽救。王上啊,现在请听摘菴摩罗果的故事。"

有个人的仆人是傻瓜。主人爱吃菴摩罗果,吩咐仆人道:"到花园去给我摘些甜的菴摩罗果。"这个傻瓜将果子一个一个咬开,尝尝甜不甜,然后带给主人,说道:"主人啊,你看,我带来的这些果子都是甜的。我已经尝过。"主人看到这些被咬开吃过的果子,心生厌恶。他扔掉这些果子,也赶走这个愚蠢的仆人。

"傻瓜既损害主人的利益,也损害自己的利益。现在请听我插进来讲一个两兄弟的故事。"

在华氏城,有婆罗门两兄弟,哥哥名叫祭月,弟弟名叫称月。这两个婆罗门青年都从父亲那里继承了大笔财产。称月通过经营,财产继续增加。而祭月只知享受和布施,将财产花光。他失去财产后,对妻子说道:"亲爱的,我过去是富人,现在成了穷人,怎么还能与亲友相处? 让我们离家出走吧!"妻子说道:"没有路费,我们能去哪里?"祭月坚持要走,妻子又说道:"如果一定要走,那就去向你弟弟称月要点路费吧。"于是,祭月去向弟弟要路费。但是,弟媳对称月说道:"他花光了自己的钱,我们为什么要给他钱? 要是这样,穷人都会来找我们要钱。"称月听后,尽管同情哥哥,也不愿意给钱。丈夫受小气的妻子摆布,多么可悲。

祭月默默地回家,把情况告诉妻子后,带着妻子出发,一切听天由命。他俩走着走着,来到一片树林。也是命中注定,一条巨蟒吞下祭月。妻子见状,号啕大哭,跌倒在地。巨蟒发出人的声音,询问这位女婆罗门:"贤女啊,你为何哭泣?"她回答说:"我怎么能不哭呢? 贤士啊,我痛苦地流落他乡,今天,你还夺走了我乞食的托钵①。"巨蟒听后,从嘴中吐出一只金钵交给她,说道:"拿走这个乞食的托钵吧。"女婆罗门说道:"贤士啊,谁会向我这个女人施舍呢?"巨蟒回答说:"谁拒绝向你施舍,他的头就会立即迸裂。我说的话是算数的。"这位贞洁的女婆罗门听后,便对巨蟒说道:"如果真是这样,那就请你把我的丈夫施舍给我吧!"巨蟒听后,立即从嘴中吐出完好无损的祭月。同时,巨蟒显现天神的面貌,高兴地对祭月夫妻说道:"我是持明王,名叫甘遮那吠伽。我受到乔答摩诅咒,变成蛇类。一旦与贞洁的女人交谈,诅咒就结束。"持明王说完,给他俩的金钵中装满宝石,随即升空而去。祭月夫妻带着这些宝石回家,幸福地生活。

---

① 以乞食的托钵比喻自己的丈夫。

"创造主按照每个人的品性给予每个人应有的一切。现在请听傻瓜要求理发匠的故事。"

有个迦尔纳吒人在战场上英勇作战,获得国王欢心。国王赐给他恩惠,答应满足他的任何要求。而这个武士却像个懦夫,选择国王的理发匠。

"每个人按照自己的智力,作出或好或坏的选择。现在请听傻瓜要求什么也不给的故事。"

有个傻瓜走在路上。一个车夫对他说:"请你出把力,帮我把车子推上平地。"傻瓜问道:"如果我这样做了,你给我什么?"车夫回答说:"什么也不给。"傻瓜帮车夫把车子推上平地后,说道:"给我'什么也不给'。"车夫哈哈大笑。

"王上啊,在这世上,傻瓜永远受人嘲笑、讽刺和谴责,遭逢不幸。唯有智者受人尊敬。"

那罗婆诃那达多在大臣们陪伴下,在夜里听了戈目伕讲述的这些故事。这些有趣的故事是三界的镇静剂,那罗婆诃那达多听后,安然入睡。

第六章

第二天早上,那罗婆诃那达多起身,前去拜见父亲犊子王。莲花王后的哥哥、摩揭陀王子辛诃婆尔曼已经从自己的家里来到这里。这一天在欢迎、问候和交谈中度过。吃完饭后,那罗婆诃那达多回到自己宫中。晚上,为了排遣那罗婆诃那达多对舍格提耶娑的思念,聪明的戈目伕讲了这个故事:

在一个地方,有一棵张开树荫的大榕树。树上的鸟声仿佛召唤过往行人前来树下休息。有只乌鸦王,名叫弥伽婆尔那,在这里筑了窝。它的仇敌是猫头鹰王,名叫阿婆摩尔陀。夜里,猫头鹰王来到这里,击败乌鸦王,杀死许多乌鸦，然后离去。早上，乌鸦王向大臣乌底维、阿底维、商底维、波罗底维和吉罗耆维问候后，说道："这个强大的敌人已经成功地袭击我们，可能还会再来。我们要想个对策。"乌底维听后，说道："大王啊，面对强大的敌人，要么移居别处，要么讲和。"阿底维听后，说道："不要惊慌失措。我们要仔细考虑对方的意图和自己的力量，采取恰当的办法。"然后，商底维说道："大王啊，战死光荣；向敌人屈服或移居别处，活着也可耻。我们应该跟这个卑鄙的敌人战斗。国王有勇气，有朋友，就能战胜敌人。"接着，波罗底维说道："它强大有力，在战场上难以取胜。我们可以先讲和，然后寻找机会杀死它。"接着，吉罗耆维说道："怎么讲和？谁当使者？开天辟地以来，乌鸦和猫头鹰就结下仇恨。谁能去那里？这事要用计谋取胜。常言道，计谋是治国之本。"乌鸦王听后，对吉罗耆维说道："你是老乌鸦。如果你知道，请告诉我乌鸦和猫头鹰怎么会结下仇恨。然后，请讲讲你的计谋。"吉罗耆维听后，对乌鸦王说道："那是因为说话不慎。你没有听说过驴的故事吗？"

有个洗衣匠想要喂肥自己的一头瘦驴。他给驴披上虎皮，放它到别人的稻田里去。人们不敢驱赶它，以为是老虎在吃食。一天，一个农民身披毛毡，手持弓箭，看见了它，以为是老虎，感到害怕，弯腰曲背行走。这头驴看到他这样行走，以为他也是一头驴。这时，它已经吃饱稻谷，于是发出高亢的鸣叫声。农民一听到这叫声，便知道这是一头驴，走近过去，用箭射死了它。

"这头驴自己发出叫声，召来敌人。同样，由于说话不慎，我们和猫头鹰结下仇恨。"

从前，鸟类没有王。一次，所有的鸟集合在一起，带来华盖和拂尘，开始为猫头鹰灌顶，准备立它为鸟王。这时，空中飞来一只乌鸦，看到这个情景，说道："嗨，你们这些傻瓜！我们不是有天鹅、杜鹃等鸟，为什么要让目光凶狠、面目可憎的猫头鹰灌顶为王？呸，晦气的猫头鹰！我们应该选择英勇的国王，它的名字就能保障大家安全。请听我给你们讲个故事。"

有一座湖,湖水浩荡,名叫月湖。湖边住着兔王,名叫犀利目佉①。一天,名叫遮杜尔丹多的象王,由于其他水池干枯,率领象群来到这里饮水。象群进入月湖时,踩死了兔王的许多臣民。象王离去后,兔王心情沉痛,当着群兔的面,对一只名叫维耶的兔子说道:"象王尝到了这里的湖水。它还会再来。这样,它会把我们全都踩死。请想个对策吧! 你上象王那里去,看看能施展什么计谋。你有智谋,知道该说什么话,采取什么办法。因为你到哪里,哪里就出现光明。"这只兔子愉快地接受兔王的委派,缓缓地向象王那里走去。

它沿着道路,到达那里,看见象王。这只聪明的兔子考虑好怎样与强大的象王会面后,登上山顶,对象王说道:"我是月神的使者。月神告诉你说:'清凉的月湖是我的住处。那里住着兔子。我是它们的王。我喜爱这些兔子,因此举世皆知我有清凉的光芒和兔子。现在,你弄脏湖水,杀害我的兔子。如果你再这么做,我就向你报复。"象王听了兔子"使者"的话,害怕地说道:"我再也不敢了。我必须敬重尊贵的月神。"兔子说道:"来吧,朋友! 如果你需要的话,我们让你见见他。"说完,兔子把象王带到湖边,让它看湖中的月影。象王战战兢兢,站在远处向月影俯首致敬,然后返回森林,再也不敢来月湖。

兔王目睹这一切,向那只充当使者的兔子表示敬意。此后,它们安全地住在那里。

乌鸦讲完这个故事,对众鸟说道:"应该选择这样的国王,凭它的名字就能保证大家不受伤害。卑劣的猫头鹰白天眼瞎,怎么能治国? 卑劣者不可信赖。请听这个故事。"

我曾经住在某地一棵树上。有只鹧鸪在树下筑窝居住。有一次,它外出了一段日子。一只兔子来到那里,占据了那个窝。几天后,鹧鸪回来,与兔子发生争执,互相都说:"这是我的窝,不是你的窝。"于是,它俩一起去找公正的

---

① "犀利目佉"的原词是 śilīmukha,词义为箭。

仲裁者。我出于好奇,悄悄跟着它俩,想看个究竟。

　　它俩走出不远,在湖边看见一只猫。这只猫假装持戒不杀生,半闭着眼睛坐禅入定。它俩说道:"我们为什么不请这只恪守正法的猫公平裁决?"于是,它俩走近这只猫,说道:"请听我俩申诉,尊者啊,因为你是恪守正法的苦行者。"这只猫听后,用微弱的声音说道:"我修苦行,身体衰弱,听不清远处的声音。请靠近我的身边。因为做出错误的裁决,会失去天国和人间,堕入地狱。"这只卑劣的猫用这些话鼓励鹧鸪和兔子走到它的跟前,随即将它俩一起抓住杀死。

　　"因此,不能信任行为卑劣的坏人。你们不应该推举邪恶的猫头鹰为王。"

　　听了乌鸦的话,众鸟表示同意。它们停止为猫头鹰灌顶,纷纷飞走。猫头鹰愤怒地离去,对乌鸦说道:"我走了,但记住,从今以后,乌鸦族和猫头鹰族是仇敌。"乌鸦想到自己说过的话,感到心情沉重。为了几句话结下深仇大恨,谁不后悔?

　　就这样,由于说话不慎,我们和猫头鹰结下仇恨。

　　吉罗耆维说完这些,又继续说道:"猫头鹰强大有力,数量众多。我们无法战胜。在这世上,数量很起作用。有例为证。"

　　有个婆罗门从村庄里买了一头山羊,扛在肩上往回走。路上,有一帮无赖看中他的山羊。其中一个无赖走上前来,假装激动地说道:"婆罗门啊,你怎么肩上扛着一条狗?扔掉它吧!"婆罗门听后,不加理睬,继续赶路。另外两个无赖走上前来,也对他这么说。他听后,心里产生怀疑,边走边看自己的山羊。这时,另外三个无赖走上前来,说道:"你怎么既佩戴圣线,又扛着狗?你肯定不是婆罗门,而是猎人,用狗打猎。"婆罗门听后,心想:"肯定是哪个魔鬼跟我作祟,蒙蔽我的视力。难道那么多人都会看错?"于是,他扔掉山羊,沐浴净身,然后回家。这帮无赖带走山羊,如愿以偿,美餐一顿。

吉罗耆维讲完这个故事,对乌鸦王说道:"大王啊,敌人强大有力,数量众多,难以战胜。因此,对付这个劲敌,你要按照我说的去做。你拔掉我的一些羽毛,把我扔在树下。然后,你们飞到山中,直到我完成任务回来。"乌鸦王表示同意,假装愤怒地拔掉它的羽毛,把它放在树下,然后率领众乌鸦飞往山中。

这样,吉罗耆维躺倒在树底下。晚上,猫头鹰王阿婆摩尔陀带着随从来到这里,发现树上一只乌鸦也没有。这时,吉罗耆维在树底下发出微弱的呻吟。猫头鹰王听到后,从树上下来,看到了它。猫头鹰王惊异地问道:"你是谁?怎么会这个样子?"吉罗耆维装出痛苦不堪的样子,低声说道:"我是吉罗耆维,乌鸦王的大臣。乌鸦王按照大臣们的决策,想要对你发动进攻。我谴责那些大臣,对乌鸦王说道:'如果你尊重我,听取我的意见,那么你就不应该与强大的猫头鹰王交战。你应该采取的策略是向猫头鹰王求和。'愚蠢的乌鸦王听后,愤怒地说道:'这是个叛徒!'它和大臣们一起把我打成这样。然后,它们把我扔到树下,不知飞到哪儿去了。"说完,吉罗耆维叹息着,把头垂下。

猫头鹰王询问自己的大臣们:"我们应该怎么对待吉罗耆维?"有个名叫迪波多那耶那的大臣说道:"即使是不该受到保护的盗贼,如果有用处,也会受到善人们保护。"

从前,某地有个老年商人,凭着自己有钱,娶了一个商人的女儿。年轻的妻子嫌他衰老,在床上总是背对着他,犹如林中的蜜蜂离开花朵凋落的树。一天夜里,他俩躺在床上。一个盗贼钻进房间。妻子看见后,害怕得转过身子,搂住丈夫。商人心想:"真是出现奇迹了。"他环视四周,发现了躲在角落里的盗贼。他对盗贼说道:"你帮了我的忙。我不会叫我的仆从杀死你。"说完,他护送盗贼出去。

因此,我们应该保护对我们有益的吉罗耆维。

大臣迪波多那耶那说完后,保持沉默。于是,猫头鹰王询问另一位名叫婆迦罗那娑的大臣:"你说说该怎么处理?"婆迦罗那娑说道:"它知道敌军的机密,应该受到保护。我们可以利用它们君臣之间的矛盾。大王啊,有例为证,请听我给你讲个故事。"

有个优秀的婆罗门得到作为酬金的两头牛。有个盗贼看到后,想要偷走他的两头牛。同时,有个罗刹想要吃掉这个婆罗门。也是老天安排,他俩夜里出来作案,在路上相遇,互相告知企图后,结伴同行。但他俩进入婆罗门的屋子后,却争吵起来。盗贼说:"让我先偷牛。如果你抓婆罗门,把他弄醒了,我怎么偷牛?"罗刹说:"不!让我先抓婆罗门。如果牛蹄声把他吵醒了,我就白费劲了。"这时,婆罗门醒来。他起身拔剑,念诵消灭罗刹的咒语。盗贼和罗刹立即逃之夭夭。因此,正如盗贼和罗刹之间的矛盾对婆罗门有利,乌鸦王和吉罗耆维之间的矛盾对我们有利。

婆迦罗那婆说完,猫头鹰王询问另一位名叫波罗迦罗迦尔那的大臣。波罗迦罗迦尔那说道:"吉罗耆维遭逢不幸,寻求我们庇护。我们应该怜悯它。从前,尸毗王向求告者奉献自己身上的肉。"听了波罗迦罗迦尔那的话,猫头鹰王又询问一位名叫迦鲁罗劳遮那的大臣。迦鲁罗劳遮那也表示同样的意见。然后,猫头鹰王又询问一位名叫罗迦多刹的大臣。这位大臣足智多谋,说道:"大王啊,这些大臣尽出馊主意,会毁了你。精通政治的人决不会对敌人掉以轻心。只有傻瓜看到真相,还会相信虚情假意。有例为证。"

有个木匠很爱自己的妻子。他听说妻子与人私通。一天,为了探明真相,他对妻子说道:"亲爱的,奉国王之命,我要去远处工作。你给我路上吃的干粮。"妻子说道"好吧",拿给他干粮。他从家里出去后,又带着徒弟偷偷回来,和徒弟一起藏在床下。然后,妻子带来自己的情人。这个荡妇在床上与情人调情时,脚不知怎么碰到了丈夫,她便知道丈夫藏在那里。随即情人感到有些蹊跷,便问道:"亲爱的,你更爱我,还是更爱丈夫?"这个诡计多端的女人听后,对情人说道:"我爱我的丈夫。我可以为他舍弃生命。我现在的风流行为,只不过出于女人的天性。"这个荡妇说的是假话,而木匠听了,十分高兴,从床底下爬出来,对徒弟说道:"你今天已经看到,可以为我作证。虽然我的妻子与这个人有私情,但她对我还是这样忠贞。我要把她抬上我的头顶。"说完,这个傻瓜立刻拉起床上的妻子和情人,与徒弟一起,把他俩抬上头顶。

"就是这样,傻瓜缺乏分辨能力,亲眼见到罪恶事实,还会相信虚情假意,终究成为笑料。因此,你不应该保护吉罗耆维。他是敌人的臣仆。大王啊,如果你麻痹大意,它会像瘟疫一样,很快就害死你。"

猫头鹰王听了罗迦多刹的话,回答说:"这只善良的乌鸦为我们着想,落到这个地步。我们怎么能不保护它? 而且,它独自一个,能对我们怎么样?"猫头鹰王否定这位大臣的意见,安慰吉罗耆维。吉罗耆维对猫头鹰王说道:"我落到这个地步,活着还有什么意思? 请为我准备一些木柴,让我投火自焚。我要向火神乞求一个恩惠,投生猫头鹰,向乌鸦王报仇。"罗迦多刹听后,笑了起来,说道:"我们的大王已经对你开恩。你安然无恙,干吗还要投火? 况且,你保持着乌鸦本性,不可能变成猫头鹰。创造主从来都是按照生物的本性创造生物。有例为证。"

从前,有个牟尼得到一只从鹰爪下逃脱的小老鼠。他心生怜悯,凭借自己苦行的力量,把它变成一个女孩。她长成少女后,牟尼想把她嫁给一个强大的丈夫。牟尼召唤太阳,说道:"我想把这个少女嫁给强大的丈夫。你娶她吧!"太阳回答说:"云比我更强大。它随时可以阻挡我。"牟尼听后,放过太阳,召唤云,提出同样的建议。云说道:"风比我更强大。它把我吹向四面八方。"牟尼听后,又召唤风,提出同样的建议。风说道:"山比我更强大。我吹不动它。"牟尼听后,召唤山,提出同样的建议。山说道:"老鼠比我更强大。它能在我身上钻洞。"这位伟大的牟尼依次听了这些神灵的回答后,召唤一只林中的老鼠,说道:"请你娶这个少女吧!"老鼠回答说:"请让我看看她怎么进入我的洞。"牟尼说道:"还是让她恢复老鼠的原样为好。"于是,他让少女重新变成老鼠,嫁给那只老鼠。

"已经变过去这么久,最后还是变回来。因此,吉罗耆维啊,你无法变成猫头鹰。"

吉罗耆维听完罗迦多刹的话,心想:"猫头鹰王不听这位精通政治的大臣的话,而其他那些大臣都是傻瓜。我的目的肯定能达到。"猫头鹰王阿婆摩尔陀不考虑罗迦多刹的意见,自信地带着吉罗耆维回到自己住地。吉罗耆维在猫头鹰王庇护下,顿顿有肉吃,羽毛很快长得像孔雀一样丰满。

一天,它对猫头鹰王说道:"大王啊,我要去劝慰乌鸦王,把它带回原来的住地。这样,你们可以在夜里飞到那儿去杀死它,我也报答了你的恩情。而你们要用干草等堵住洞口,呆在洞里,以防它们白天来攻击你们。"说完,它让所有的猫头鹰进入自己的洞,用干草、树叶等堵住洞口。然后,它飞到乌鸦王身边。

吉罗耆维和乌鸦王一起飞回时,嘴上叼着从火葬堆捡来的火炭。跟随在后的每只乌鸦嘴上都叼着木片。那些猫头鹰白天眼瞎。吉罗耆维用火炭点燃堵在洞口的干草和树叶。同时,每只乌鸦扔下木片,燃起大火,将所有的猫头鹰连同它们的大王一起烧死。

乌鸦王依靠吉罗耆维消灭敌人后,十分高兴,率领乌鸦族回到自己的大榕树。在那里,吉罗耆维向乌鸦王讲述自己在敌人营地生活的经历,说道:"大王啊,你的敌人有一位优秀的大臣,名叫罗迦多刹。猫头鹰王盲目自信,不听罗迦多刹的话,对我掉以轻心。这个恶棍认为罗迦多刹的话毫无道理,不照它的话去做。这个不懂政治的傻瓜信任我,上了我的当。这正如蛇假装顺从,取得信任,然后吃掉青蛙。"

有条老蛇,在行人出没的湖边,不能随心所欲捕食青蛙。于是,它一动不动呆在那里。青蛙们站在远处,问道:"你今天怎么不像以前那样吞食我们?"老蛇听了青蛙们的提问,回答说:"我在追逐一只青蛙时,天哪!误咬了一个婆罗门儿子的脚拇趾。他死了。他的父亲诅咒我变成青蛙的坐骑。这样,我怎么能吞食你们呢?相反,我只能驮运你们。"青蛙王听后,解除了恐惧,想要让老蛇驮运。它从水里出来,高兴地登上蛇背。老蛇让青蛙王和众大臣舒服地骑来骑去,精疲力竭,狡猾地说道:"大王啊,我没有吃东西,驮不动了。给我一些食物吧！仆人不吃饭，怎么能干活？”青蛙王喜欢骑蛇，说道：“那么，你就吃一些我的仆从吧！”于是，老蛇开始随心所欲吞食青蛙。青蛙王为自己能骑蛇而得意忘形，听之任之。

“智者就是这样取得信任，欺骗傻瓜。大王啊，我用同样的方法，取得信任，消灭你的敌人。因此，国王必须精通政治，控制自我。傻瓜让仆从随意侵吞，让敌人杀害。大王啊，吉祥女神像赌博一样狡猾，像波浪一样变幻，像美酒一样迷醉。但是，只要国王机智沉着，听取忠告，摆脱恶习，明辨是非，吉祥女神就坚定不移，如同被绳索系住。你倾听智者的忠告，为消灭敌人而高兴，现在请安安稳稳地统治王国吧！”

乌鸦王弥伽婆尔那听了大臣吉罗耆维的话，向它表示敬意，按照它的话统治王国。

戈目伐讲完这个故事，又对那罗婆诃那达多说道：“因此，即使是动物，也凭借智慧统治王国。而缺乏智慧，导致毁灭，会永远成为世人的笑料。有例为证。”

有个富人的仆人是傻瓜。他不懂按摩，却自以为懂。他使出傻力气，拍打主人身体，拍破了主人的皮肤。结果，他被主人解雇，陷入绝境。

“这是不懂装懂，鲁莽行事，导致毁灭。请听另一个故事。”

在摩腊婆国，有婆罗门两兄弟共同继承父亲的遗产。在分遗产时，两兄弟为你多我少发生争执，请求一位精通吠陀的老师仲裁。这位老师说道：“你们把每件东西都分成两半，这样就不会为谁多谁少争吵。”这两个傻瓜听后，便把所有的东西，房屋、床甚至牲畜，都分成两半。有一个女奴，也被他们劈成两半。国王得知后，将他俩的财产全部罚没。

511

"就是这样,傻瓜们听取傻瓜的主意,失去天国和人间。因此,智者不能侍奉傻瓜,只能侍奉智者。不知足带来危害。请听这个故事。"

有几个出家人满足于乞食而身体发胖。有几个朋友看到后,互相议论道:"嗨,这些出家人乞食维生,身体也会发胖。"其中一个朋友说道:"我要让你们开开眼界,让这些乞食的出家人变瘦。"于是,有一天,他邀请这些出家人到他家里,招待他们吃含有六味的精美食品。此后,这些傻瓜总是回味那些精美食品,对乞讨来的食品失去胃口,渐渐变得憔悴无力。一天,这个朋友发现这些出家人就在附近,便指给朋友们看,说道:"过去,这些出家人满足于乞食,心情愉快而发胖。现在,他们不满足于乞食,心情忧郁而变瘦。因此,聪明人向往幸福,要确立知足心。在天国和人间,不知足会带来无穷的烦恼和痛苦。"朋友们听了他的教诲,摒弃不知足这种痛苦的根源。

"与这样的朋友交往,谁不受益?王上啊,现在请听傻瓜和金子的故事。"

有个青年去水池喝水。树上有只金冠鸟,在池中映出金色的倒影。这个傻瓜看见倒影,以为是金子,便下水去捞。倒影在水中忽现忽隐。他怎么也捞不到。他一次一次上岸,看见倒影还在那里,又一次一次下水去捞,结果还是捞不到。后来,他的父亲看见他,问他在干什么。父亲看见水中的倒影,赶走树上的鸟,告诉儿子是怎么回事,然后带他回家。

"就是这样,傻瓜们不动脑子,为假象所迷惑,结果被别人嘲笑,让家人伤心。现在请听另一个傻瓜故事。"

有个商人的骆驼在途中因不堪重负而倒下。商人对仆从们说:"我再去买一头骆驼,让这头骆驼减少一半货物的负担。你们呆在这里,好好看着。乌云正在过来。不要让雨水淋湿这些装满服装的皮袋。"他吩咐仆从们守在骆驼身边,自己走了。随后,乌云突然涌起,下起雨来。这些傻瓜记得主人吩咐过他们不要让雨水淋湿皮袋。于是,他们拽出这些皮袋里的服装,用来遮盖皮袋。结果,所有的服装全给雨水泡坏了。商人回来后,愤怒地咒骂仆从:"你们这些罪人! 所有的服装全给雨水泡坏了!"仆从们回嘴说:"你自己吩咐的,不要让雨水淋湿皮袋,怎么能怪罪我们?"商人说道:"我是说皮袋淋湿了,会损坏服装。我这样吩咐,是为了保护服装,而不是保护皮袋。"说完,他把货物装到另一头骆驼背上。回家后,他让仆从们赔偿他的全部损失。

"缺心眼的傻瓜帮倒忙,损害自己和别人的利益,还作出这样愚蠢的回答。现在,请听傻瓜吃饼的故事。"

有个旅行者花一元钱买了八块饼。他吃了六块,没有觉得饱。吃到第七块,他觉得饱了。这个傻瓜嚷嚷道:"我亏了。为什么我不先吃这块饼,吃了肚子就饱了? 为什么我要白白浪费那些饼,不把它们存起来?"他伤心地说着这些话。他不知道肚子是渐渐吃饱的,成为众人的笑料。

有个商人吩咐奴仆说:"我回家去一下。你看好店门。"说完,商人走了。而这个傻瓜奴仆把店铺门板扛在肩上,去看演员表演了。回来时,商人遇见他,把他痛骂一顿。而他回嘴说:"你不是吩咐我看好店门吗?"

"傻瓜只懂词音,不懂词义,尽干傻事。现在请听傻瓜偷牛的绝妙故事。"

有一些村民把一个村民的水牛牵到村外毗罗族地域,在一棵无花果树下,把水牛杀掉,分吃了。后来,水牛的主人把这些吃水牛的村民带到国王那里,说道:"国王啊! 我发现这些傻瓜把我的水牛牵到水池边无花果树下,杀了,分吃了。"这些村民听后,其中一个老傻瓜说道:"在我们这个村里,根本没有水池,也没有无花果树。他说的是谎言。我们在哪儿杀他的牛,吃他的牛?"水牛主人听后,说道:"在我们村子的东边,怎么没有水池和无花果树? 而且,你们是在初八那天吃掉我的水牛的。"那个老傻瓜听后,又说道:"我们的村子没有东边,也没有初八这一天。"国王听后,笑了起来,耐心地询问这个傻瓜:"你是个说真话的人,决不会说谎话。因此,你说真的,你们有没有吃过水牛?"这个傻瓜听后,说道:"我父亲死去时,我已经三岁。他教会我说话的本领。因此,国王啊,我从来不说谎话。我们吃了这个人的水牛,但他说的都是谎话。"国王和侍从们听后,忍不住笑了起来。国王吩咐赔偿那个村民水牛钱,并惩罚那些村民。

"傻瓜们愚蠢地自以为是,隐瞒不必隐瞒的,说出应该隐瞒的,以博取别人信任。"

一个粗暴的妻子对贫穷的丈夫说道:"明天我要上父亲家去过节。如果你不设法给我弄来一个莲花花环,我就不再是你的妻子,你也不再是我的丈夫。"于是,夜里,丈夫到国王的水池去采集莲花。卫兵发现他进入那里,问道:"你是谁?"他说道:"我是鸳鸯。"卫兵把他抓了起来,天亮后,带到国王那里。受审时,他发出鸳鸯的叫声。在国王再三盘问下,他说出了实情。国王出于同情,释放了这个可怜的傻瓜。

有个婆罗门对医生说道:"请让我的驼背儿子的驼峰缩回去。"这个愚蠢的医生听后,说道:"你付我十元钱。如果我治不好他,还你十倍的钱。"他收下婆罗门的钱后,怎么也治不好驼背,只是折腾得驼背流了不少汗。他只能赔偿十倍的钱。

"在这世上,有谁能矫正驼背?夸口承诺做不到的事,只能成为笑料。聪明人不会干这种傻事。"

聪明的王子那罗婆诃那达多在夜里,从大臣戈目佉的巧嘴中听了这些傻瓜故事,感到高兴满意。虽然他思念舍格提耶娑,不过听了这些有趣的故事,他与自己的那些同龄朋友们一起,上床后渐渐入睡。

第七章

第二天早上,那罗婆诃那达多醒来,又想念可爱的舍格提耶娑,心神不宁。他想到与舍格提耶娑结婚的日期,他要独自度过这个月余下的日子,像一个时代那样漫长。他渴望这位新娘,对其他事情不感兴趣。犊子王从戈目佉口中得知后,出于对儿子的关怀,派去自己的大臣,其中包括婆森多迦。王子出于对他们的尊敬,恢复正常。机智的大臣戈目佉对婆森多迦说道:"尊贵的婆森多迦,请讲个新奇的故事,让王子听了心里高兴。"聪明的婆森多迦开始讲述这个故事:

在摩腊婆国,有个优秀的婆罗门名叫希利达罗。他生了一对孪生子,大的名叫耶索达罗,小的名叫罗什弥达罗。两兄弟长成青年后,征得父亲同意,结伴前往国外求学。途中,他俩经过一片旷野,没有水,没有树荫,只有成堆成堆发烫的沙子。他俩又热又渴,艰苦跋涉,黄昏时分,才到达一棵有绿荫和果子的树下。树的附近,有一个水池。池水清凉洁净,散发着莲花的芳香。他俩在水池中沐浴后,吃果子,喝凉水,坐在石板上休息片刻。太阳落山时,他俩做了晚祷。由于害怕野兽,他俩爬到树上过夜。

天黑以后,他俩看见下面水池里,有许多人从水中出来。其中一个人扫地,另一个人画地,还有一个人往地上撒花。又有一个人扛来一张金床,放在那里。另一个人铺上被褥。还有一些人带来美酒佳肴以及鲜花和香脂等,放在树下一个地方。然后,从水池里又出来一个人,佩着剑,戴着天神的装饰品,美貌胜过爱神。他坐在床上。侍从们给他戴上花环,涂抹香脂。侍奉完毕,侍从们都返回水池里。

然后,这个人从嘴中吐出一个女人,容貌美丽,服饰文雅,佩戴着吉祥的花环和装饰品;他又吐出第二个女人,容貌娇美,服饰艳丽。这是他的两个妻子,而后者是他的宠妻。第一个贤惠的妻子摆好宝石盘子,将饮料和食物分放在两个盘子里,递给丈夫和第二个妻子。等他俩吃完后,她才吃。而丈夫和第二个妻子一起上床调情取乐。他入睡后，第一个妻子轻轻按摩他的双脚，第二个妻子醒着躺在床上。

两个婆罗门青年在树上看到这一切，互相议论道："这个人是谁？让我们下去问问这个替他按摩双脚的女人。"他俩下树，走向第一个妻子时，第二个妻子看见了耶索达罗。她顿起淫心，撇下睡着的丈夫，从床上起身，走近这个漂亮的青年，说道："享受我吧！"耶索达罗回答说："贱妇啊！对于我，你是别人的妻子。对于你，我是陌生男子。你怎么能说出这种话？"她又说道："像你这样的情人，我有过一百个。你怕什么呢？如果你不信，请看，我这里有一百枚戒指。我从每个情人那里获取一枚戒指。"说着，她从衣角里取出戒指给耶索达罗看。耶索达罗回答说："不管你的情人有一百个还是十万个，反正我不是这种人。我只把你看作母亲。"

这个邪恶的女人没有达到目的，恼羞成怒，推醒丈夫，指着耶索达罗哭诉道："这个流氓趁你睡着时，强行糟蹋我。"她的丈夫听后，起身拔剑。这时，那个贤惠的妻子抱住丈夫的双腿，说道："别盲目犯罪！听我告诉你！这个贱妇看见这个人，便从你身边起来，强行求欢，而这个善人不同意，对她说：'我把你看作母亲。'她遭到拒绝，恼羞成怒，便推醒你，想让你杀死这个人。夫君啊，在许多个夜晚，我亲眼看到她在这棵树下和旅行者私通，还收取他们的戒指，先后已有一百次。我怕挑起仇恨，所以没有告诉你。今天，我怕你犯罪，才说出这个秘密。如果你不信，请看看她衣角里的那些戒指。不欺骗丈夫，是我的为妇之道。为了证明我的忠贞，请看我的威力，夫君啊！"说完，她以愤怒的目光将树化成灰，转而又以温柔的目光让树复原。丈夫看到后，高兴满意，久久拥抱她。同时，他驱逐那个不贞洁的妻子，割掉她的鼻子，从她的衣角里取出那些戒指。

他的怒气平息后，看到婆罗门学生耶索达罗兄弟，忧郁地说道："我出于妒忌心，总是将我的两个妻子放在自己心中，守住她们。即使这样，我还是看不住这个淫荡的妇人。有谁能固定闪电？有谁能锁住荡妇？而贞洁的女子，完全是靠自己的品德保护自己。这样的女子保护了自己，也在天国和人间保护自己的丈夫，就像今天她保护了我。她的忍耐比她的咒力更宝贵。承蒙她的恩惠,我摆脱了一个荡妇,同时幸免犯下杀害优秀婆罗门的大罪。”

说完,他请耶索达罗坐下,问道:“你们从哪儿来? 上哪儿去? 请告诉我。”耶索达罗如实告诉了他。取得他的信任后,耶索达罗怀着好奇,问道:“如果不是秘密,请告诉我,高贵的人啊,你是谁? 你这样富有,为何住在水里?”他听后,说道:“听我告诉你。”

于是,他开始讲述自己的经历:“在雪山南部有个地方,名叫迦湿弥罗。创造主创造这个地方,仿佛是为了引起凡人对天国的好奇心。自在天湿婆和毗湿奴在这里占据了数百个地点,忘记了盖拉瑟山和白洲的安乐窝。这里流淌着洁净的维多斯达河水,充满英雄和智者,能抵御狡诈的罪恶和强大的敌人。我前生是这里的一个普通的婆罗门村民,名叫薄婆舍尔曼,有两个妻子。我曾经和一些比丘交朋友,遵照他们的经典,举行斋戒。就在斋戒快要完成时,我的一个轻浮的妻子突然进来,睡在我的床上。半夜里,我睡得迷迷糊糊,忘了守戒,与她交欢。因为我在最后一刻破坏了斋戒,后来转生为这里的水怪,我的两个妻子也一起转生在这里,一个淫荡,一个忠贞。尽管我的斋戒受到破坏,但它的威力还是这么大。我能记得前生,天天晚上尽情享受。如果我没有破坏斋戒,就不会转生为水怪。”

他讲完自己的经历,以精美的食物招待两兄弟,还赐给他们天神的衣服。而他的忠贞的妻子得知自己的前生后,跪在地上,望着月亮,祈求道:“哦,诸位救世主! 如果我确实是忠于丈夫的贞洁女子,今天就让我的丈夫摆脱水怪之身,升入天国。”她刚说完,天上就降下一辆飞车。她和丈夫一起登上飞车,升天而去。在这三界,对于贞洁的女子来说,有什么事情不能成功? 婆罗门两兄弟看到这一切,惊诧不已。

耶索达罗和罗什弥达罗度过这个夜晚的其余时间,天亮后,又出发赶路。黄昏时分,他俩到达野树林中的一棵树下。他俩在找水时,听到这棵树发出声音:“喂,两位婆罗门! 请等一下。你们来我这里做客,我会招待你们沐浴,提供食物和饮料。”随着话音停止,地上冒出一个水池,池边有各种食物和饮料。婆罗门两兄弟惊讶地说道:“这是怎么回事?”他俩在水池里沐浴后,尽情吃喝。做完晚祷,他俩在树下休息。这时,从树上降下一个漂亮的男子。他俩向他致敬。他向他俩表示欢迎,然后坐下。他俩问他:"你是谁?"

这个男子说道:"从前,我是一个贫困的婆罗门,一次偶然的机会,结识了一些沙门。我遵照他们的教诲,举行斋戒。黄昏,一个歹徒强迫我吃饭。我由于破坏了斋戒,转生为药叉。而如果我完成斋戒,会转生为天神。我已经告诉你们我的经历。现在请告诉我,你们是谁?为何来到这片荒原?"

耶索达罗听后,讲述了自己的经历。药叉听后,对他俩说道:"如果是这样,我可以运用自己的威力,赐给你们知识。你们带着知识回家,何必还要出国?"说完,药叉施展威力,赐给他俩知识。他俩掌握知识后,药叉又说道:"现在,我向你们索要学费:替我完成我的斋戒。斋戒的内容是不妄语、不淫欲、右绕敬神、按照比丘的时间进食^①、克己和忍辱。你们要坚持一夜,将获得的功德给予我。作为圆满完成斋戒的果报,我可以成为天神。"婆罗门两兄弟听后,向他俯首行礼,答应道:"好吧。"于是,药叉消失在树中。

两兄弟毫不费力就达到了目的,高兴地度过这一夜,动身返回自己的家。到家后,父母听了他俩讲述的经历,满心欢喜。然后,他俩为老师药叉举行了斋戒。药叉乘坐飞车来到,对他俩说道:"承蒙你们的恩惠,我已经摆脱药叉身份,成为天神。因此,你们也可以为自己举行斋戒,死后就能成为天神。现在,我要赐给你们一个恩惠:你们的财富将享用不尽。"说完,这位随意行动的天神乘坐飞车,升天而去。耶索达罗和罗什弥达罗两兄弟获得了知识和财富,举行了斋戒,过着幸福的生活。

因此,恪守正法的人们即使陷入困境,也不违背道义。甚至天神也会保护他们,帮助他们达到目的。

那罗婆诃那达多思念可爱的舍格提耶婆,听了婆森多迦讲述的奇妙故事,十分高兴。这时,到了吃饭时间。在父亲召唤下,那罗婆诃那达多和大臣们一同前往父亲宫中。享受美味后,在黄昏时分,他又和戈目佉等大臣一起返回自己宫中。戈目佉为了帮他消遣,又说道:"王上啊,请听我再给你讲述一个系列

---

① 即过午不食。

故事。"

在海边优昙钵树林里,有一只离群失散的猴王,名叫婆利牟迦。一天,它在吃果子时,一枚优昙钵果从它手中滑落,被海里的一只海豚吞吃掉。海豚尝到果子的美味,高兴地发出悦耳的鸣叫。而猴子觉得声音好听,又扔给它许多果子。就这样,猴子不断扔果子,海豚不断发出鸣叫,互相产生了友情。海豚每天呆在猴子占据的海岸附近水中,直到黄昏才回家。

海豚的妻子知道后,不愿意海豚与猴子交朋友,以致常常整天不在家。于是,她假装生病。海豚焦虑不安,一再询问妻子:"亲爱的!说说你哪儿不舒服?应该吃点什么药?"不管海豚怎样询问,妻子一声不吭。这时,妻子的心腹女友说道:"尽管你做不到,她也不愿意你那样做,我还是要说出来。知道别人有痛苦,为何要隐瞒?你的妻子得了重病,如果不喝猴子莲花心煮的汤,就没救了。"海豚闻听此言,心想:"天哪!我从哪儿去弄来猴子的莲花心?如果我谋害我的猴子朋友,这合适吗?可是,我爱妻子胜过自己的生命啊!"于是,海豚对妻子说道:"我去把整只猴子给你带来,别发愁,亲爱的!"

海豚来到猴子朋友那儿,互相交谈时,说道:"朋友啊,直到今天,你也没有见过我的家和我的妻子。来,我们去那里休息一天。如果朋友之间不能随便地互相串门吃饭,见不到彼此的妻子,那么,这种友情是虚假的。"海豚用这些话诓骗猴子下水。它驮着猴子,开始出发。在行进中,猴子看见海豚神色慌张,便问道:"朋友啊,今天我看你有些反常。"在猴子的一再询问下,愚蠢的海豚心想猴子已在自己的控制下,便说道:"今天我的妻子病了,她要我取猴子的莲花心做药,所以我心神不定。"聪明的猴子闻听此言,心想:"天哪!这个坏蛋为了这个目的,才把我带到这里。唉,这个贪恋女色的家伙想要谋害朋友。要是谁中了魔,是不是也会吃自己的肉?"于是,猴子对海豚说道:"如果是这样,你干吗不早说呢?朋友啊,我的心留在了我住的优昙钵树上。现在让我回去取我的心,交给你妻子。"愚蠢的海豚听后,眼前一阵发黑,说道:"那么,来吧,请你把它从优昙钵树上取来。"海豚返身把猴子驮回海岸。一到那里,猴子就跳上海岸,仿佛从死神手里逃脱,爬上树顶,对海豚说道:"滚吧,傻瓜!有谁的心是和身体分开的？我救了我自己，不会再回去了。傻瓜啊！你没有听说过驴的故事吗？"

在一座森林里，有一头狮子任用豺狼为自己的大臣。一次，有个国王前来打猎，用武器打伤了狮子。狮子好不容易活着逃回山洞。国王走后，狮子一直呆在山洞里，无力出去捕食。大臣豺狼依靠狮子吃剩的肉维生，对狮子说道："主人啊，你为什么不出去捕食呢？你和臣仆们的身体都变瘦了。"狮子听后，对豺狼说道："朋友啊，我受了重伤，哪儿也去不了。如果我能得到驴耳和驴心，吃了后，伤口就会长好，身体就会复原。你赶快出去，随便上哪儿，给我带回一头驴。"豺狼说道"好吧"，便出去了。

豺狼东游西逛，在水边看到洗衣匠的驴。它走过去，亲切地问道："你怎么这样瘦弱？"驴回答说："我天天给洗衣匠驮东西，累成这样的。"豺狼又说道："你何必在这里卖苦力？来吧，我带你到森林里去。那里像天国一样幸福。你跟母驴一起生活，很快就会发胖。"驴听后，渴望享乐，同意道："好吧！"它跟随豺狼来到狮子统治的森林。

狮子看到后，由于体衰无力，只是从后面用爪子打了驴一下。驴吓得赶紧逃跑，不再回来。而狮子扑倒在地，气喘吁吁。它没有完成任务，迅速返回山洞。大臣豺狼以责备的口吻说道："你连可怜的驴都捕杀不了，主人啊，还有什么可能捕杀鹿和其他动物呢？"狮子听后，说道："按照你知道的办法，再把这头驴带来。我这次做好准备，杀死它。"

豺狼听从狮子的吩咐，找到那头驴，说道："你为什么跑掉了？"驴回答说："我让一个动物打了一下。"豺狼笑着对驴说道："你肯定出现了错觉。这里没有那样的动物。我一直住在这里，安全幸福。森林里快乐无边。来吧，我们一起去。"听了豺狼的话，驴糊里糊涂又跟着去了。

狮子看到驴来了，走出山洞，扑到驴背上，用爪子杀死驴。狮子撕碎驴，让豺狼看守，自己拖着疲乏的身子，沐浴去了。这时，狡诈的豺狼为了解馋，偷吃了驴耳和驴心。狮子沐浴回来，发现这个情况，询问豺狼："驴耳和驴心在哪里？"豺狼回答说："主人啊，这头驴原本就没有耳和心，否则怎么会逃掉又回来？"狮子听后,信以为真,便吃驴肉。豺狼则吃狮子吃剩的残骸。

猴子讲完这个故事,又对海豚说道:"我不会再回去了。否则,我就会像那头驴一样。"听完猴子的话,海豚回家去了。它感到伤心,由于自己愚笨,既没有为妻子办成事,又失去了朋友。而海豚的妻子得知它已与猴子断交,恢复正常。猴子依然在海边愉快地生活。

"因此,聪明人不会信任恶人和毒蛇。信任恶人和毒蛇,怎么会有幸福?"
大臣戈目佐讲完这个故事,为了给那罗婆诃那达多解闷,又说道:"现在请听一系列可笑的傻瓜故事。先听一个取悦乐师的傻瓜故事。"

有个富人听了乐师的演奏和歌唱,十分满意,叫来司库,当着乐师的面,说道:"赏给这位乐师两千元。"司库说了声"我照办",便走了。乐师跟着去取钱。但是,司库没有按照刚才说好的给他钱。乐师回来向富人报告这个情况。富人说道:"你给了我的,我不是还给你了吗?你以琵琶的乐声暂时取悦我的耳朵,同样,我以赏钱的话声暂时取悦你的耳朵。"乐师听后,大失所望,笑着走了。

"这个吝啬鬼的话,甚至石头听了也会发笑。王上啊,现在请听两个傻瓜学生的故事。"

有个老师的两个学生互相妒忌。每天,一个学生为老师擦洗右脚,另一个擦洗左脚。一天,擦洗右脚的学生奉命去村里了。老师对擦洗左脚的学生说:"你今天也要擦洗我的右脚。"这个傻瓜学生听后,随口说道:"右脚归我的对头管。我不擦洗。"而老师坚持要他擦洗。于是,这个学生出于对那个对头同学的愤恨,举起石头,使足力气,砸断了老师的右脚。老师发出痛苦的呼叫。一些人闻声进来,痛揍这个坏学生。而老师忧伤地放走了他。
第二天,擦洗右脚的学生从村里回来,看到老师右脚受伤,问明情况后,怒不可遏,心想:"我干吗不砸断归我的对头管的左脚?"于是,他抓住老师的左脚,砸断了它。一些人又进来揍这个坏学生。而老师尽管双脚骨折,但出于怜悯,也放走了他。

这两个学生令人又可气又好笑。而老师的宽容值得称颂。这两个学生走后,老师的双脚也慢慢痊愈。

"王上啊,愚蠢的侍从互相仇视,结果损害主人的利益,自己也得不到好处。现在,请听两头蛇的故事。"

有条蛇首尾有两个头。首部的头有眼睛,尾部的头没有眼睛。这两个头常常发生争吵,都自称是头部。这条蛇通常由真正的头部带着行走。而有一次,尾部的头在路上遇到一块木头,紧紧缠住不放,拖住了蛇。蛇觉得后面这个头比前面那个头更有力气,就让这个没有眼睛的头带着行走。结果,它看不见路,跌进一个火坑,活活烧死。

"许多傻瓜不知道器官不全的危害,结果导致毁灭。现在,请听傻瓜吃大米的故事。"

有个傻瓜第一次来岳父家。岳母准备好了煮饭用的大米。傻瓜看见雪白的大米,抓了一把塞进嘴里就吃起来。恰好这时,岳母走进来。出于羞愧,他既不能将大米咽下去,又不能吐出来。岳母见他脖子鼓胀,又说不出话,以为他病了,便叫来丈夫。岳父见他这种样子,赶快请来医生。医生怀疑是肿瘤,抓住他的头,割开他的下巴。结果,大米漏出。众人哄笑。

"傻瓜做了不该做的事,却不知道怎样掩饰。"

有一群傻孩子看到了怎样挤牛奶。于是,他们抓住一头驴,围住它,兴致勃勃地开始挤奶。一个孩子挤奶,另一个孩子端住奶罐,其他孩子嚷嚷着谁先喝奶。结果,他们费尽力气,也挤不出奶。

"傻瓜们尽干蠢事,劳而无功,成为笑料。"

有个愚蠢的婆罗门青年。一天黄昏,父亲对他说:"儿子啊,你明天早上去村子。"听了父亲的话,他也不问去村子干什么。第二天早上,他就毫无目的地去村子。黄昏时分,他疲倦地返回,对父亲说:"我已经去过村子,回来了。"父亲说道:"你去村子,办了什么事?"

"傻瓜不思而行,徒劳无益,受到众人嘲笑。"

那罗婆诃那达多听了首席大臣戈目佉讲述的这些富有教诲意义的故事,表白自己渴望与舍格提耶娑结合。他感到夜晚快要过去,闭上眼睛,和朋友们一起入睡。

第八章

第二天晚上,那罗婆诃那达多在自己寝宫里,又渴望与自己的心上人结合。应他的要求,大臣戈目佉又开始讲述一系列故事,给他解闷:

一座城里,有个婆罗门名叫提婆舍尔曼。他的妻子提婆达多也是婆罗门家庭出身。妻子妊娠期满,生了一个儿子。这个贫困的婆罗门感到好像获得一座宝藏。妻子生下儿子后,去河里沐浴。提婆舍尔曼在家里看护婴儿。这时,国王后宫的一个侍女来叫他。他靠吟唱颂诗为生,为了谋取酬金。他便跟着去了。他安排一只猫鼬看守婴儿。这只猫鼬从小在他家里长大。

婆罗门走后,突然有条蛇爬到婴儿身边。猫鼬看到后,怀着对主人的忠心,杀死了这条蛇。然后,猫鼬远远看见提婆舍尔曼回来了,高兴地跑出去迎接他。而猫鼬嘴上还沾着蛇血。提婆舍尔曼看到猫鼬这个模样,心想:"它肯定咬死了我的儿子。"激动之下,他捡起石头砸死了猫鼬。而一走进房间,婆罗门看见猫鼬杀死的蛇,儿子好好地活着躺在那里。他后悔莫及。妻子回来,知道了事情经过,责备他说:"你怎么能这样粗心,杀死我们的恩人猫鼬?"

"因此,聪明人不鲁莽行事。谁鲁莽行事,在天国和人间都会受难。王上啊,谁不按规则办事,就会尝到苦果。有例为证。"

有个人得了病。医生配给他灌肠药,吩咐说:"你先回家捣碎它。我过会儿就来。"医生离开后,耽搁了一些时间。而这个傻瓜把药捣碎后,自己和着水,喝了下去。结果,他难受得快要死去。医生来后,给他吃催吐药,好不容易把他救活过来。医生责备他说:"傻瓜啊,我给你的灌肠药不是用来喝的。你怎么不等着我啊?"

"因此,不按规则办事,好事也变成坏事。聪明人办事,绝不无视规则。谁不思而行,做出蠢事,马上就会受到责备。有例为证。"

某地有个头脑愚笨的人,带着儿子去外地。途中,商队在一座森林安营。他的儿子进入树林游玩,被一些猴子抓挠,好不容易活着逃回来。父亲问他发生了什么事。这个傻瓜不知道那些是猴子,对父亲说道:"我在树林里。一些长毛的、吃果子的家伙抓我。"父亲听后,愤怒地拔剑前往树林。他看到一些披头散发的苦行者在捡果子,便跑上前去,心想:"是这些长毛的家伙伤害我的儿子。"一个旅行者劝阻他说:"别杀害这些牟尼。我看到是一些猴子抓挠你的儿子。"他幸运地避免了犯罪,回到营地。

"因此,聪明人绝不不思而行。任何时候,只要机智聪明,怎么会犯错误?缺乏智慧的人永远受人嘲笑。有例为证。"

有个穷人在旅途中,捡到一个商队主丢失的钱袋。这个傻瓜没有拿了钱袋就走,而是站着数钱袋里的金子。结果,商队主发现自己丢了钱袋,骑着马迅速赶回,从这个喜气洋洋的穷人手里取回钱袋。穷人痛惜财富得而复失,垂头丧气,继续赶路。

"由于智力迟钝,刚刚到手的财富,刹那之间又失去。"

有个傻瓜想看新月。有个人看到了新月,用手指着说:"看吧!"而这个傻瓜不看天空,只看那个人的手指。结果,他没有看到新月,而看到人们都在笑他。

"凭借智慧,能够完成难以完成的事。请听这样的故事。"

有个妇女独自去另一个村子。在路上,一只猿猴突然走上来,想要抓住她。她不停绕着树转,拼命躲避猿猴。愚蠢的猿猴张开双臂,抱住了树。她就用双手抓住猿猴的双臂,压在树上。猿猴不能动弹,怒不可遏。这时,沿路走来一个牧人。她对牧人说道:"大贤人啊!帮我一下,拽住猿猴的双臂。我要整理一下凌乱的衣服和头发。"牧人说道:"如果你答应爱我,我就帮你这个忙。"她表示答应,牧人便拽住猿猴的双臂。然后,她拔出牧人的匕首,杀死猿猴,对牧人说道:"来吧!让我们找个偏僻的地方。"她带着牧人走了一大段路,最后混入路过的商队,甩掉了牧人。她跟着商队到达她要去的村子。就这样,她凭借智慧保护自己,免受糟蹋。

"在这世上,智慧确实是人生的根本。物质贫乏还能生存,智力贫乏却难以生存。王上啊,现在请听这个奇妙的故事。"

在一座城里,有两个盗贼名叫伽咤和迦尔波罗。一天夜里,迦尔波罗翻墙进入国王女儿的寝宫,让伽咤留在外面望风。公主夜里失眠,看见他站在墙角,突然春情荡漾,主动招呼他,与他交欢,赐给他财物,说道:"如果你再来,我要给你更多的财物。"迦尔波罗出去后,把事情经过告诉伽咤,并把财物交给他。既然已经获得国王的财物,迦尔波罗便打发伽吒回家,而他自己又返回后宫。有哪个色迷心窍的人会想到死亡? 他和公主一起饮酒作乐,在疲劳和迷醉中入睡,直到天亮,还没有醒来。早上,后宫卫兵进来,将他抓住,禀报国王。国王愤怒地下令将他处死。他被带往刑场时,恰好伽吒来找他,因为他一夜未回。他看到伽吒后,用手势告诉他说:"带走公主。好好保护她。"伽吒也用手势向他示意知道了。他无可奈何地进入刑场。刽子手立即将他吊在树上,处以死刑。

然后,伽吒伤心地回家。夜幕降临,他挖掘地道进入公主寝宫。公主独自一人,被绑在屋里。他对公主说道:"我是迦尔波罗的朋友。今天他为了你,送掉性命。我出于友情,来把你从这里带走。来吧,趁你父亲还没有对你下毒手,走吧!"公主听了很高兴,同意道:"好吧。"伽吒替她松了绑。她立即投入这个盗贼的怀抱,与他一起从地道逃出。伽吒把她带到自己家里。

第二天早上,国王得知有人偷偷挖掘地道,带走自己的女儿,心想:"那个被我处死的罪犯肯定会有朋友,胆大包天,带走我的女儿。"于是,国王安排仆从看守迦尔波罗的尸体,说道:"如果有人前来哀悼,焚烧尸体或什么的,你们就抓住他。这样,我就可以找到那个败坏门风的贱货。"卫兵们遵照国王的命令,不分昼夜,看守迦尔波罗的尸体。

伽吒侦察到这个情况后,对公主说道:"亲爱的! 迦尔波罗是我最要好的朋友。靠了他的恩惠,我得到你和大量财宝。如果我不报答他的友情,我的心就不得安宁。我要设法去看望他的尸体,哀悼他,然后焚烧他的尸体,将他的骨灰撒在圣地。你别害怕。我不像迦尔波罗那样没头脑。"说完,他装扮成一个苦行者,将牛奶粥倒在托钵里,来到迦尔波罗身边,仿佛偶然路过这儿。他故意磕绊一下,让手中的托钵掉在地上摔碎,然后哀哭道:"哎呀,充满甘露的迦尔波罗[①]啊!"卫兵们以为他是为摔破托钵而悲伤。哀悼过后,他立即回家,把情况告诉公主。

第二天傍晚,他让一个仆人装扮成新娘走在前面,另一个仆人捧着一罐有毒食品走在后面。他自己装扮成一个喝醉的村民,摇摇晃晃走近看守迦尔波

---

① "迦尔波罗"的原词是 karpara,词义为托钵。这里是一语双关。

罗的卫兵们。卫兵们问道："兄弟啊，你是谁？这个女人是谁？你去哪里？"这个狡猾的家伙装出结结巴巴的样子，说道："我是村民。这个女人是我的妻子。我去岳父家。这罐食品是我孝敬岳父的。如今，我和你们交上朋友。我要分一半给你们。请你们拿走一半吧！"说完，他把食品分给每个卫兵。所有的卫兵都笑着接过来吃了。等这些卫兵中毒昏迷后，他捡集木柴，在夜里点火焚烧迦尔波罗的尸体。

第二天早上，国王得知后，吩咐挪走这些昏迷的卫兵，换上另一批卫兵，说道："你们要看守这些骨灰。如果有谁来取骨灰，就把他抓住。不要吃别人的任何东西。"遵照国王的命令，卫兵们日夜严加看守。伽吒听到了这个情况。但是，他掌握难近母赐给他的一种迷魂咒术。他与一个出家人结为朋友，以便博取卫兵们的信任。他带着出家人到那里，念诵咒语，迷住卫兵，取走迦尔波罗的骨灰，撒入恒河。他把事情经过告诉公主后，在出家人陪伴下，与公主一起愉快地生活。

国王得知卫兵被迷住，骨灰被偷走，认为从带走他的女儿开始，这一切都是一个瑜伽行者所为。他在城里公开宣告："有位瑜伽行者带走了我的女儿。如果他能自己出现，我就分给他一半王国。"伽吒听到后，想要亮明身份。公主劝阻他说："别上当。国王施计杀人。你不能相信他。"伽吒害怕暴露身份，带着公主和出家人一起前往外国。

在路上，公主悄悄对出家人说："那个贼使我失足，这个贼使我落难。那个贼死了，我心里爱的是你，不是这个贼。"这样，公主和出家人勾结，用毒药害死伽吒。然后，这个邪恶的女子与出家人一起出走。途中，他们遇见一个名叫达那提婆的商人。她又对这个商人说："这个托钵僧算什么？我爱你。"趁出家人夜里睡着的时候，她和商人一起出走。出家人早上醒来，思忖道："女人本性淫荡，既无爱情，也无真诚。她取得我的信任，却又带着我的财物逃跑。或许我还算幸运，没有像伽吒那样被她害死。"于是，出家人返回自己的国家。

商人达那提婆带着公主到达自己的国家。他心想："我怎么能匆匆忙忙把这个荡妇带进家门？"于是，傍晚，他和公主一起走进一个老妇人的家。夜里，他问老妇人："大妈啊，你知道这里的商人达那提婆家的情况吗？"老妇人不认识就在眼前的达那提婆,说道:"有什么情况? 他的妻子不断接纳一个又一个男人,寻欢作乐。每天夜里,她从窗口用绳子放下一只皮口袋。只要有人钻进去,就被拉上去,进入她的房间。到了后半夜,再按照原样放下来。而她喝得醉醺醺的,什么也分辨不清。全城的人都知道她的这种状况。她的丈夫出门很久了,至今没有回来。"

达那提婆听了老妇人的话,内心充满痛苦和怀疑,便托词出来,走到自己的家门口。他看见女奴用绳子放下皮口袋,便钻了进去。她们把他拉了上去。他进入房间后,他的妻子醉眼朦胧,认不出他,紧紧拥抱他,带他上床。他看到妻子这种丑态,不愿与她亲热。而他的妻子不敌醉意,昏昏入睡。夜晚结束时,女奴迅速用绳子从窗口往下放皮口袋,把他送出去。达那提婆心情沮丧,思忖道:"我太迷恋家庭了! 女人是家庭中的陷阱。这种丑闻经常发生。还是隐居森林为好。"他作出决定后,也抛弃那位公主,前往远处的一座森林。

在路上,达那提婆遇见一个刚从外地回来的婆罗门,名叫楼陀罗苏摩。达那提摩和他结为朋友,把自己的经历告诉了他。婆罗门听后,对自己的妻子也产生怀疑,和达那提婆一起,在黄昏时分,到达自己的村子。在自己住宅的附近,他看见一个牧人在河边愉快地唱歌,仿佛获得了至高幸福。他开玩笑地问道:"牧人啊,哪位少女爱上了你? 你唱得如痴如醉,将世界视同草芥。"牧人听后,笑着说:"我有个大秘密。这里的村长是婆罗门楼陀罗苏摩。他长期在外,我经常和他的妻子睡觉。她的女奴让我穿上女装,进入她的家。"婆罗门听后,为了查明真相,强压愤怒,说道:"如果是这样,作为你的客人,请把你的衣服换给我穿,今天让我冒充你去那里,因为我很好奇。"牧人回答说:"就这么办吧! 你穿上我这件黑衣衫,拿着这根棍子,呆在这里。她的女奴会来的。她以为你是我,会悄悄给你女人服装,邀请你去。今天晚上你去吧,我要休息一夜。"

楼陀罗苏摩接过牧人的衣服和棍子,装扮成牧人,呆在那里。牧人和商人达那提婆站在稍远的地方。然后,女奴来了。她在黑暗中默默地走近楼陀罗苏摩,以为他是牧人,给他穿上女人服装,带他到他的妻子那儿。他的妻子看到他,起身拥抱他,以为他是牧人。楼陀罗苏摩心想:"天哪! 只要近在身边,哪怕是低贱的人,荡妇也会喜欢。这个恶妇爱上牧人,就因为他住在附近。"他怀着反感,故意发出低沉含混的语音,托词告退,回到达那提婆身边。他讲完自己在家里的经历,说道:"我也和你一起去森林。让家庭毁灭吧!"这样,楼陀罗苏摩和达那提婆一起前往森林。

在路上,他俩遇见达那提婆的朋友舍希。在交谈中,他俩讲述了自己的遭遇。舍希也刚从外地回来。他是个妒忌心很强的人,出门时已将妻子锁在地窖里。但听了他俩的遭遇,他对妻子也产生怀疑。黄昏时分,舍希和他俩一起回家,想要在家里款待他俩。但是,他看到那里有个人在唱情歌。这个人身上散发恶臭,手脚布满麻风斑点。舍希惊讶地问道:"你这么个样子是谁?"这个麻风病人回答说:"我是爱神。"舍希说道:"不错。你的美丽容貌确实说明你是爱神。"麻风病人又说道:"听着,我告诉你。这里有个无赖名叫舍希。他去外地,出于妒忌,把妻子关进地窖,吩咐一个女仆照看。他的妻子偶然看到我,一见钟情,爱上了我。我每天夜里与她共度良宵。她的女仆会把我背进去。你说,我是不是爱神?舍希的妻子美貌非凡。得到她的宠爱,谁还会光顾别的女人?"听了麻风病人的话,舍希大为震惊。为了探明实情,他忍住痛苦,说道:"确实,你是爱神。因此,我请求你。听了你的描述,我对她产生好奇心。今天夜里,让我穿上你的衣服,去她那里。请赐恩吧!你天天得到她,损失一天不算什么。"麻风病人听后,说道:"好吧!你拿去我的衣服,把你的衣服给我。像我一样,你用衣服遮住手和脚,呆在这里。天黑后,女仆会来这里,把你当作我,背走你。因为我腿脚不灵,一直是由女仆背去的。"于是,舍希穿上麻风病人的衣服,呆在那里。而麻风病人和舍希的两位朋友站在远处。

夜里,女仆来了,凭舍希穿的衣服,以为他是麻风病人,说道:"来吧!"便背起他,带他进入他妻子住的地窖。他的妻子正在等候麻风病情夫。在黑暗中,他通过触摸身体,肯定这是自己的妻子,顿时心生厌恶。等妻子睡着后,他悄悄走出去,回到达那提婆和楼陀罗苏摩身边。他讲述了自己刚才的经历,悲痛地说道:"天哪!妇女难以保护,就像流向深谷的急流,奔腾直下,远远看去十分可爱,但无法饮用。我的妻子尽管被关在地窖,也会与麻风病人私通。可悲啊,家庭!我还是隐居森林为好。"他和两位朋友同病相怜,度过了这一夜。

第二天早上,他们三人一起前往森林。黄昏时分,他们来到路边一棵树下,旁边有个水池。他们吃过东西,喝了水,夜里爬上树休息。这时,他们看见一个过路人来到树下睡觉。过一会儿,他们又看见从水池中走出一个人。他从嘴中吐出一个女人和一张床。他和这个女人在床上交欢后,睡着了。而这个女人看见了那个过路人,起身走了过去。过路人和她交欢后,问道:"你俩是谁?"这个女人回答说:"他是蛇神,我是蛇女,他的妻子。你别害怕!我已经跟九十九个过路人相爱,再加你,刚好一百。"她正说着,蛇神突然醒来,看见了她和过路人的事。蛇神嘴里喷出火焰,将他俩烧成灰烬。

蛇神返回水池后,他们三人互相议论道:"即使把女人藏在自己体内,也无法看住。那么,把她们留在家中,怎么可能安全?可悲啊!"他们度过这一夜,天亮后,愉快地前往森林。

在森林里,他们摒弃友情等一切世俗感情,心灵宁静,修习四禅,驱除愚痴,调伏意念,怜悯众生,渐渐达到三昧,进入至高无上的欢喜境界,获得解脱。而那些淫荡的妻子,恶果成熟,堕入悲惨的境地,不久死去,失去再生天国和人间的机会。因此,头脑愚痴,迷恋女人,导致痛苦;头脑清醒,摒弃女人,导致解脱。

那罗婆诃那达多渴望与舍格提耶娑相会,听着大臣戈目佉讲述有趣的故事,消磨了很长时间,渐渐入睡。

第九章

第二天晚上,像以前一样,为了给那罗婆诃那达多消遣,戈目佉又讲述这个故事:

在一座城里,有个富商的儿子是菩萨转生。母亲死后,父亲娶了另一个妻子。在这个女人挑唆下,父亲把他和弟弟赶出家门。他带着妻子前往森林居住。弟弟和他同行。但弟弟是个心态浮躁的人。因此,在途中,他躲开弟弟,与妻子另外取道而行。走着走着,他俩来到一片荒芜的旷野,无水,无草,无树,阳光炽烈。他在这里走了七天。干粮已经吃完。他的妻子又饥又渴,疲惫不堪。他用自己的血和肉维持妻子的生命。而这个狠心的女人居然也敢喝他的血,吃他的肉。

第八天,他到达一座山林。这里溪水哗哗流淌,树木有甜果和绿荫,草地茂密滋润。他让妻子吃根茎、果子和水,缓解疲劳。然后,他走下波浪起伏的山溪沐浴。在那里,他看见一个被砍掉双手和双足的人顺水漂下,需要救助。大士心生怜悯,不顾自己长途跋涉,身体疲乏,游水过去,把这个人救上了岸。他同情地问道:"兄弟,谁把你弄成这样?"这个残废人说道:"我的一些仇人砍掉我的手脚,把我扔进河里,想要让我痛苦地死去。结果,你救了我。"大士听后,给残废人包扎伤口,喂他吃的。然后,大士自己沐浴。从此,这位菩萨转生的商人儿子和妻子一起定居森林,修炼苦行,以根茎和果子维生。

有一次,他出去采集根茎和果子。他的妻子渴求爱欲,便与那个伤口痊愈的残废人交欢。然后,她想杀害自己的丈夫,便与残废人一起密谋策划。第二天,她假装生病。这个邪恶的女人指着长在深谷的一种药草,对丈夫说道:"如果你能为我采来这种药草,我就能活命。因为神灵在梦中告诉我,这种药草长在这里。"尽管那个地方很难爬下去,深谷里的急流也很难游过去,他还是允诺道:"好吧!"他用草绳系住树干,沿着绳索爬下去采集深谷的药草。这时,他的妻子解开草绳。这样,他跌进河里,被洪流卷走。

河水把他带出去很远,扔在一座城市附近的河岸边。他的善行保护了他的生命。他上岸后,在一棵树下休息,缓解溺水的疲劳,想着妻子的罪恶行为。这时,城里的国王逝世。而这里自古以来有这样的规矩:国王死后,市民们让一头吉祥的象随意游荡。这头象用鼻子把谁卷到自己背上,谁就被灌顶为王。仿佛是创造主对商人儿子的勇气表示满意,这头象游荡着,来到他的身边,把他卷到自己背上,带进城里。市民们立刻为菩萨转生的商人儿子灌顶。他成为国王后,不接近淫荡邪恶的女人,而始终保持慈悲、喜悦和宽容。

他的妻子以为他被河水卷走了,放心地背着她的残废情夫到处游荡。她逢人便乞求道:"这是我的丈夫。他被仇人砍去了手脚。我忠于丈夫,依靠乞食维持他的生命。请给点施舍吧!"她从一个村子到另一个村子,从一座城市到另一座城市,终于来到她的丈夫担任国王的这座城市。她依然这样乞食维生。市民们交口称赞她是忠贞的妇女。

国王听说后,召见她。她背着残废情夫走近后,国王认出了她,问道:"谁是那位忠贞的妻子?"她没有认出这位高贵威仪的国王是自己的丈夫,回答说:"国王啊,我就是那位忠贞的妻子。"这位菩萨转生的国王笑着说道:"我亲身领教过你的忠贞。你自己的丈夫手脚完好。他甚至让你吃他的血肉,而你像女罗刹那样照吃不误。即使这样,你怎么也没有忠于他?而你却忠于这个残废人,愿意背着他。你为什么要把你的无辜的丈夫抛进河里?由此,你得背着和养育这个残废人。"国王一揭老底,她认出国王是自己的丈夫,吓得昏死过去。

大臣们出于好奇,问道:"国王啊,告诉我们,这是怎么回事?"于是,国王讲述了事情全部经过。大臣们知道了她谋害丈夫的事实,割掉她的耳朵和鼻子,烙上印记,将她和残废情夫一起驱逐出境。这是创造主作出的合适安排,让这个被割去耳鼻的女人和那个被砍去手脚的男人结合,让菩萨和国王的吉祥富贵结合。

"因此,女人的心不辨良莠,偏向低贱,像命运一样不可把握。高尚的人恪守道德,抑制愤怒。幸福仿佛对他们表示满意,会出乎他们意料,自动降临。"

讲完这个故事,大臣戈目佉又给那罗婆诃那达多讲述另一个故事:

有个高尚的人是菩萨转生。他在一座森林里搭了一个草棚,修炼苦行,慈悲为怀。他救助落难的生物和毕舍遮人,也凭借自己的法力赐给其他人食物和水。有一次,他怀着救助他人的愿望,在林地游荡,看见一口大井,便朝井里张望。这时,井里有个女人看见了他,大声喊道:"喂,高尚的人啊!我是个女人,这里还有狮子、金冠鸟和蛇。我们四个都在夜里掉进井里。你发发慈悲,救出我们吧!"大士听后,对这个女人说道:"你们三个天黑看不清路,掉进井里。那只金冠鸟怎么也会掉进井里?"女人回答说:"它是中了猎人的套索,才掉进了井里。"

然后,大士想运用通过苦行获得的法力救出他们,但没有成功。他发觉自己失去了法力,心想:"这个女人肯定有罪。我因跟她说话而失去法力。我只能用别的办法救他们。"于是,大士用草搓成绳,把他们从井中救出。他们得救后,一致赞颂大士。而大士惊奇地询问狮子、金冠鸟和蛇:"你们怎么话音清晰?请说说你们的经历。"狮子说道:"我们记得前生,说话清楚。我们都遇到麻烦。请听我们讲述各自的经历。"说完,狮子开始讲述自己的经历:

在雪山上,有座无与伦比的城市,名为琉璃角。那里有位持明王,名叫波德摩吠伽。他生了一个儿子,名叫婆吉罗吠伽。婆吉罗吠伽生活在持明世界,自高自大,盛气凌人,经常挑起事端。父亲劝阻他。他听而不闻。父亲便诅咒他坠入凡人世界。婆吉罗吠伽受到诅咒后,失去傲气和法力,哭泣着请求父亲给予诅咒结束的期限。父亲想了想,随即说道:"你将在人间成为婆罗门的儿子,依然骄傲自大。然后,你会受到你的父亲诅咒,变成狮子,掉进井里。有个大士心怀慈悲,把你救出。你在大士遇到困难时,报答他,就能摆脱诅咒。"

然后,婆吉罗吠伽降生在摩腊婆国,成为婆罗门诃罗谷沙的儿子,名叫提婆谷沙。他自恃勇武,与许多人结仇。父亲劝告他说:"你别和众人结仇。"他不听。父亲气愤地诅咒他说:"你将立即变成一头缺乏智慧、炫耀武力的狮子。"受到父亲诅咒,这位持明又降生在这座森林,成为狮子。

你要知道,我就是这头狮子。也是天意安排,我今天夜里出来游荡,掉进这口井里。大士啊,是你把我救出。现在,我要走了。如果你以后遇到什么困难,请想起我。我报答了你的恩情,就能摆脱诅咒。

狮子讲完后,离开了。在菩萨询问下,金冠鸟开始讲述自己的经历:

在雪山,有位持明王,名叫婆吉罗丹湿多罗。他的王后接连生了五个女儿。于是,持明王以苦行取悦湿婆,获得一个儿子,为他取名罗阇多丹湿多罗。父亲爱他胜过自己的生命。因此,他在童年时代,就从亲爱的父亲那里获得法力,成为亲友眼中的节日。一次,他的大姐苏摩波罗芭在妹妹们面前演奏乐器。他看见后,出于孩子气,缠住大姐说:"给我乐器。我也要演奏。"大姐不给他,他就自己抢过乐器,扔上天空,犹如放走飞鸟。于是,大姐诅咒他说:"你强行夺走我的乐器,把它扔飞了。你将变成一只飞行的金冠鸟。"罗阇多丹湿多罗听后,跪在大姐脚下,请求给予诅咒结束的期限。大姐说道:"傻孩子啊,你变成鸟后,会掉进一口瞎眼的井里。有个慈悲为怀的人会救出你。等你报答他的恩情后,你就能摆脱诅咒。"然后,他降生为金冠鸟。

我就是这只金冠鸟,今天夜里掉进这口井里,被你救出。现在我要走了。你若遇上困难,请想起我。我报答了你的恩情,就能摆脱诅咒。

金冠鸟讲完后,离开了。在菩萨询问下,蛇开始讲述自己的经历:

从前,我是迦叶波净修林里一位牟尼的儿子。我的一个朋友也是那里牟尼的儿子。一天,我的朋友下湖沐浴。我在岸边看见一条三冠蛇爬过来。我想开玩笑吓唬我的朋友,便运用法力将这条蛇固定在岸边,蛇头冲向我的朋友。我的朋友沐浴完毕,上岸就突然看到这条大蛇,吓得昏迷过去。我用了好长时间,才把他救醒过来。他沉思了一下,便知道是我故意吓唬他,气愤地诅咒我说:"去吧,你也变成这样的三冠蛇!"在我的恳求下,他给予我诅咒结束的期限:"你变成蛇后,会掉进井里,再被人救出。你得到机会报答这个人的恩情后,就能摆脱诅咒。"说完,他离去。而我变成了蛇。今天,你把我从井中救出。现在,我要走了。一旦你想起我,我就会来报答你的恩情,从而摆脱诅咒。

蛇讲完后,离开了。这个女人开始讲述自己的经历:

我是一个刹帝利青年的妻子。他正当青春年华,英俊漂亮,骄傲自负,勇敢慷慨,侍奉国王。尽管如此,我这个罪人还是与别人私通。我的丈夫发现后,决定要惩罚我。我从女友那里得知这个消息,逃了出来。夜里,我进入这座森林,掉进井里,被你救出。承蒙你的恩惠,我现在能活着离开这里,去找栖身之地。但愿有一天我能报答你的恩情。

　　这个荡妇讲完后，便离开菩萨，前往一位名叫戈多罗婆尔达那的国王的城市。她与国王会面后，留下做了大王后的侍女。然而，菩萨与这个女人交谈后，失去法力，在森林中得不到根茎和果子等。他又饥又渴，浑身无力。他首先想起狮子。狮子立刻来到。狮子给他吃鹿肉。他吃了鹿肉，身体很快就恢复正常。于是，狮子说道："我的诅咒期已经结束。我要走了。"他得到菩萨准许后，脱离狮子身躯，变成持明。他辞别菩萨，返回自己的住地。

　　后来，菩萨又饥渴难忍。他想起金冠鸟。金冠鸟立刻来到。他诉说了自己的痛苦。金冠鸟马上飞走，然后带回来一篮子珠宝首饰，送给他。金冠鸟说道："这些财宝足够你长期维持生活。我的诅咒期已经结束。祝愿你吉祥幸福。"说完，他变成持明王子，从空中返回自己的住地，继承父亲的王位。

　　菩萨四处游荡，出售珠宝。他到达一座城市，而他从井中救出的那个女人就住在这里。菩萨把珠宝首饰寄放在一个住在偏僻地点的婆罗门孤寡老妇人家里，自己前往市场。在路上，他迎面遇见一个女人，恰好就是他在森林里从井中救出的那个女人。这个女人也看到了他。在交谈中，这个女人告诉他自己现在是大王后的侍女，并询问他的情况。诚实的菩萨告诉她自己从金冠鸟那里得到珠宝首饰，还带她到老妇人家，拿给她看。而这个邪恶的女人回去后，把这事报告给了自己的女主人王后。金冠鸟正是从后宫，当着王后的面，巧妙地取走这篮子珠宝首饰的。王后从这个侍女口中得知珠宝已经回到城里，便报告了国王。国王根据这个侍女的话，命令侍从去老妇人家里，将菩萨连同珠宝一起带来。国王经过审问，明知他讲的都是真话，即使已经取回珠宝，仍然把他关进监牢。

　　菩萨在监牢里想起牟尼的儿子化身的蛇。蛇立刻来到。蛇问明了原由后，对这位善人说道："我去国王那里，从头到脚缠住他。你不来叫我放开他，我不会放开他。你要在这里呼喊：'我能让国王摆脱蛇。'等你到来，我就按照你的命令放开国王。我放开国王后，他会分给你一半王国。"说完，蛇去缠住国王，还将自己的三个顶冠搁在国王头上。人们哭喊道："哎呀，国王给蛇咬了！"于是，菩萨呼喊道："我能保护国王，让他摆脱蛇！"侍从们听到了他的话，报告国王。国王被蛇缠得直喘气,召见他,说道:"如果你能让我摆脱这条蛇,我就送给你一半王国。这些大臣可以作为你的证人。"大臣们听后,说道:"是的。"于是,菩萨对蛇说道:"赶快放开国王!"蛇放开了国王。国王分给菩萨一半王国。顷刻之间,菩萨获得自由幸福。蛇的诅咒期结束,变成牟尼的儿子。他当众讲述了事情经过,然后返回自己的净修林。

"因此,好运肯定会降临到好心人身上。而即使是伟大的人,一旦越规,也会受难。女人的心不可靠,甚至对救命恩人也无动于衷。对她们还能有什么别的指望?"

戈目伐讲完这个故事,又对那罗婆诃那达多说道:"听我再给你讲一些傻瓜故事。"

在某地一座寺院里,有个愚蠢的沙门。他在大路上行走时,膝盖让狗咬了。回到寺院后,他思忖道:"每个人都会问我:'你的膝盖怎么啦?'我要一个一个回答,多费事啊!我干脆想个办法,一次让他们全知道。"这个愚蠢的比丘想定后,立即走到寺院顶上,拿起木槌,敲响钟声。众比丘听到钟声,集合在一起,惊奇地问他:"你干吗在不是敲钟的时间乱敲钟?"他回答众比丘说:"我的膝盖让狗咬了。我想,要是一个一个回答你们的询问,该多费事!所以,我把你们召集在一起,让所有的人看看我的膝盖,知道这件事。"说着,他让大家看让狗咬过的膝盖。所有的比丘笑得肚皮都疼,说道:"为这么一点小事,他这么兴师动众。"

"你听了傻瓜沙门的故事,现在请听傻瓜吝啬鬼的故事。"

某地有个大财主,却是个愚蠢的吝啬鬼。他和妻子总是吃不加盐的面食,从不知道其他食物的滋味。有一天,也是由于天意安排,他对妻子说道:"今天我特别嘴馋,想吃牛奶粥。给我煮一顿吧!"妻子同意道"好吧",便开始煮牛奶粥。而这个吝啬鬼躲进里屋,躺在床上,心想:"不要让人看到我,免得留下来做客。"

这时，来了一个无赖朋友。他问道："你丈夫在哪里？"这位妻子不答话，进里屋告诉丈夫说来了朋友。丈夫对她说道："你坐在这里，抱住我的脚哭泣，对我的朋友说：'我的丈夫死了。'等他走后，我们两个就可以舒舒服服吃牛奶粥了。"妻子听他的话，开始哭泣。朋友进来问道："怎么啦？"她回答说："你看，我的丈夫死了。"朋友心想："刚才我还看到她快快活活在煮牛奶粥，这一会儿无病无灾的，她的丈夫就死了。这太离奇了。肯定是看到我来做客，这两个人在做戏。所以，我就不走。"这个狡猾的家伙这样决定后，便坐在那里，开始哭喊道："哎呀，朋友呀！"

亲友们听到哭喊声，都进屋来了，准备把这个愚蠢的吝啬鬼抬往火葬场。他依然装死不动。妻子凑到他的耳边，悄悄说道："快起来，亲友们要把你送去火葬了。"而这个傻瓜悄悄回答妻子说："不能这样。那个狡猾的家伙想吃我的牛奶粥。只要他不走，我死也不起来。对我这样的人来说，一把粮食比生命还宝贵。"然后，那个卑劣的朋友和亲友们一起把他抬到火葬场。即使烈火烧身，他也保持不动，至死不吭一声。

"这个傻瓜舍得生命，却舍不得牛奶粥。结果，他辛苦积攒一生的财产，全让别人享用。你听了吝啬鬼的故事，现在请听傻瓜和猫的故事。"

在优禅尼城的一座寺院里，有个愚蠢的老师。夜里，老鼠吵闹。他无法入睡。他把这个苦恼告诉了朋友。这位婆罗门朋友对老师说道："你养只猫。猫会吃老鼠。"老师说道："猫是什么样的？哪里有猫？我没有见过猫。"朋友告诉他说："猫的眼睛像玻璃球，肤色棕黑，背上有皮毛，在路边觅食。朋友啊，你赶紧按照这些特征找只猫来。"朋友说完，回家了。

然后，这个傻瓜老师对自己的学生说道："你们都在场，已经听到了这些特征。你们随便到哪条路上去找只猫回来。"学生们说道"好吧"，便去找猫了。他们东找西找，找不到这样的猫。后来，他们看见从路口走出一个孩子，两只眼睛像玻璃球，肤色棕黑，背上披着毛茸茸的豹皮。他们说道："这就是我们要找的猫,符合那些特征。"于是,他们拽住这个孩子,带到老师那儿。老师也觉得这个孩子符合朋友说的猫的特征,便把他留在寺院里过夜。

这个傻孩子听了那些傻瓜描述的猫的特征,也认为自己确实是猫。而这个傻孩子恰好是那个婆罗门的学生。正是那个婆罗门善意地向这个老师描述了猫的特征。因此,第二天早上,他来到这里,看见这个孩子,便问道:"谁把他带来的?"愚蠢的老师和学生们回答说:"这只猫是我们按照你说的特征找来的。"婆罗门笑了起来,说道:"你们这些傻瓜!这孩子是人。猫是动物,有四条腿和尾巴。差哪里去了!"这些傻瓜听后,放掉孩子,说道:"那么,我们再去找你说的这样的猫。"

"在这世上,无知确实只能成为笑料。你听了傻瓜和猫的故事,现在请听另外一些傻瓜故事。"

在某地的一座寺院里,在众多傻瓜中有个头号傻瓜。有一次,他听人讲经说,修水池可让来生得大果报。于是,他攒够钱财,在离寺院不远处,修了一座水源充足的大水池。一天,这个头号傻瓜去看水池,发现沙岸有些缺口。第二天,他又去看,发现沙岸另一处又有些缺口。他情绪激动,心想:"我明天从早到晚整天守在这里,看看这是谁干的!"

第三天,他一大早就来到这里。他看见一头牛从天上下来,用犄角刨沙岸。他想:"这是一头神牛。我为何不跟着它去天国?"于是,他走近神牛,用双手拽住牛尾。神牛使劲带着这个傻瓜飞上天,顷刻之间到达自己的住处盖拉瑟山。他在那里享受天国的美食,过着幸福的生活。也是天意安排,过了一些日子,这个头号傻瓜看到神牛天上人间来来回回,忽发奇想:"我可以拽住牛尾去看我的朋友,告诉他们这个奇迹后,再照样回来。"就这样,有一天,他拽住牛尾,回到了地面。

他回到寺院后,其他的傻瓜拥抱他,问他:"你去哪儿了?"他讲述了自己的经历。傻瓜们听了这个奇迹,一齐恳求他:"请开恩,把我们也带去享福吧!"他欣然同意,作好安排。第二天,他带他们到水池边。神牛来了以后,头号傻瓜用双手拽住牛尾,另一个人拽住他的双脚,后面的人再拽住这个人的双脚。这样,这些傻瓜一个接一个拽住前面人的双脚,形成锁链状。神牛迅速飞上天空。

在行进过程中,悬挂在牛尾的这串傻瓜中,有个傻瓜突然问头号傻瓜:"你给我们说说,你在天国想吃就能吃到的那种甜食有多大?"头号傻瓜的注意力被分散,立即用双手拢成莲花状,说道:"这么大。"就在答话的一刹那间,他的双手脱离牛尾。随即,他和其他傻瓜一起从天上掉下摔死了。神牛返回盖拉瑟山。人们看到后,都觉得好笑。

"傻瓜们提问和回答,不假思索,不分场合,结果遭殃。你听了傻瓜升天的故事,现在请听另一个傻瓜故事。"

有个傻瓜迷了路。他向别人问路。别人告诉他说:"沿着河边那棵树走过去。"这个傻瓜走到树前,爬上树顶,心想:"我的路要走过这棵树。"他已经在树顶上,还向上爬。树枝经不住他的重量,往下倾斜。他赶紧拽住树枝,才没有摔下。这样,他悬挂在树枝上。

这时,一头大象来到河边喝水,象背上坐着驭象人。悬挂在树枝上的傻瓜看到后,哀求驭象人:"好人啊!抱我下来。"于是,驭象人放下驭象钩,用双手抱住傻瓜的双腿,想把他放下来。就在这时,大象往前走开了。结果,驭象人抱住傻瓜双腿,傻瓜拽住树枝,一起悬在空中。

然后,傻瓜催促驭象人说:"如果你会唱歌,赶快唱个什么歌。这样,人们听到后,会来救我们下来。否则,我们会掉下去,给河水卷走。"于是,驭象人开始唱歌,唱得十分动听。傻瓜听了高兴满意,禁不住喝彩叫好,继而忘乎所以,鼓起掌来。就在这刹那间,他的双手脱离树枝,与驭象人一起掉进河里淹死了。

"与傻瓜合作,有谁能获得安全幸福?"
戈目伕讲完这些故事,又给那罗婆诃那达多讲述希罗尼耶刹的故事:

在雪山山腹,有个地方名为迦湿弥罗。它是大地的顶珠,知识和正法的故乡。那里有座希罗尼耶城,国王名叫迦那迦刹。国王通过取悦大神湿婆,王后罗德那波罗跋生了个儿子,名叫希罗尼耶刹。一天,这位王子在玩球时,故意用球扔路过的一位女苦行者。这位女苦行者精通瑜伽术,但她克制愤怒,改变脸色,笑着对王子说道:"如果你仗着自己年轻,就这么骄傲,一旦娶了摩利甘迦莱卡做妻子,会怎么样?"王子听后,安抚女苦行者,问道:"这位摩利甘迦莱卡是谁?女尊者啊,请告诉我。"女苦行者说道:"在雪山有位名声卓著的持明王,名叫舍希代。摩利甘迦莱卡是他的女儿,美丽可爱。持明神都为她失眠。她是与你匹配的妻子,你是她的合适丈夫。"这位神通广大的女苦行者说后,希罗尼耶刹问道:"那么,女尊者啊,请告诉我,我怎么才能得到她?"女苦行者回答说:"我先去向她介绍你的情况,探明她的心思,然后我再回来带你去她那里。明天早上你等在因陀罗神庙,因为我天天来这里祭拜因陀罗神。"说完,女苦行者凭借自己的神通力,从空中飞往摩利甘迦莱卡在雪山的住处。

到了那里,她巧妙地向摩利甘迦莱卡称颂希罗尼耶刹的美德。这位持明女听后,充满渴望,说道:"女尊者啊,如果我得不到这样的丈夫,虚度此生,活着有什么意思?"这样,她抑止不住心中萌发的爱情,整个白天,与女苦行者一起谈论希罗尼耶刹。晚上,她俩也住在一起。

与此同时,希罗尼耶刹也是整天在想念摩利甘迦莱卡,夜里好不容易才入睡。而天快亮时,高利女神在梦中对他说道:"你是一位持明。由于受到一位牟尼诅咒,才变成凡人。一旦接触这位女苦行者的手,你就能摆脱诅咒。你很快就会和摩利甘迦莱卡结婚。你不必担心。她前生就是你的妻子。"说完,女神消失不见。早晨,王子醒来起身,完成沐浴等吉祥仪轨。然后,他到女苦行者指定的会面地点,向因陀罗神致敬。

这天夜里,摩利甘迦莱卡在自己宫中,也是好不容易才入睡。高利女神在梦中指示她说:"你别发愁。希罗尼耶刹一旦接触女苦行者的手,诅咒期结束,就会变成持明。他又会成为你的丈夫。"说完,女神消失不见。摩利甘迦莱卡早晨醒来,把这个梦告诉了女苦行者。

然后,这位神通广大的女苦行者返回人间,来到因陀罗神庙,对等在那里的希罗尼耶刹说道:"来吧,孩子!上持明世界去。"王子俯首向她致敬。她用双臂抱住王子,飞上天空。就在这时,诅咒期结束,希罗尼耶刹又变成持明王。他记起前生,对女苦行者说道:"在雪山有一座婆吉罗古吒城。你知道,我是那里的持明王,名叫阿摩利多代阇。从前,我怠慢了一位牟尼。他生气诅咒我投胎凡人,直至接触到你的手。我受诅咒后,我的妻子痛苦至极,抛弃了自己的身体。她转生为今日的摩利甘迦莱卡。现在,我接触了你的手,得到净化,诅咒期结束。我和你一起去那里。我将再次得到她。"持明王阿摩利多代阇这样说着,与女苦行者一起从空中飞到雪山。

到了那里,他看见摩利甘迦莱卡站在花园里。摩利甘迦莱卡看到他走来,正如女苦行者向她描述的一样。真是奇妙!这对爱人原先互相通过耳朵进入对方的心,现在互相通过眼睛进入对方的心,再也走不出来。这时,老练的女苦行者对摩利甘迦莱卡说道:"去告诉你父亲,让他为你举行结婚仪式。"她立刻去见父亲。但她羞涩地低垂着头,由女友替她把这一切禀告父亲。而高利女神也已在梦中对她的父亲作了指示。父亲隆重地迎接阿摩利多代阇入宫,举行仪式把女儿嫁给他。

阿摩利多代阇结婚后,回到自己的婆吉罗古吒城。他重新获得了妻子和王国。但他的父亲迦那迦刹是凡人。所以,他让神通广大的女苦行者把迦那迦刹带来这里尽情享受,然后再送回人间。此后,他和摩利甘迦莱卡长期过着幸福的生活。

"因此,在这个世界上,人人的生活都是由前生的业报注定。即使看来不可能的事,也会无须费力,就出现在你的面前。"

那罗婆诃那达多夜里思念舍格提耶娑,听了戈目伐讲述的这个故事,躺在床上入睡了。

第十章

第二天晚上,为了给那罗婆诃那达多消遣,戈目伐又讲述这个故事:

从前，在湿婆圣地达雷湿婆罗，有个大牟尼，许多学生侍奉他。有一次，他对学生们说："在你们中间，如果谁见到过奇事或听到过奇闻，请讲出来听听！"听了牟尼的话，有个学生说道："我听到过一个奇闻。请听我讲！"

在迦湿弥罗，有个著名的湿婆圣地，名为毗耶。那里有个出家人，以富有知识而骄傲。他向湿婆大神俯首行礼，祈求道："但愿我永远胜利。"然后，他去华氏城参加辩论。一路上，他经过树林、河流和山岳，到达一座森林。他疲惫不堪，在一棵树下休息。附近有清凉的水池。这时，他看见一个求法者手持木杖和托钵，自远道而来，风尘仆仆。这个求法者坐下后，出家人问他："你从哪里来？到哪里去？"求法者回答说："朋友啊，我从知识的故乡华氏城来，到迦湿弥罗去，跟那里的智者辩论，战胜他们。"出家人听后，心想："如果我不能在这里战胜这个华氏城来的人，怎么可能到那里去战胜许多人呢？"

于是，出家人向这个求法者发难，说道："求法者啊，你说说，你的行为怎么这样矛盾？你既然是求法者，寻求解脱，怎么又热衷于辩论？你在辩论欲的束缚下，想超脱轮回，傻瓜啊，这是企图用火驱热，用雪驱寒，用石船渡海，用扇子灭火。常言道：婆罗门的品德是宽容，刹帝利的品德是救护，追求解脱者的品德是平静，罗刹的品德是争吵。因此，追求解脱的人应该平静、克制，排除矛盾的痛苦，惧怕轮回的折磨。所以，你要用平静之斧砍断生存之树，而不要用辩论之水去浇灌它。"求法者听后，十分满意，向他俯首行礼，说道："你是我的导师。"然后，他按原路返回。

出家人面露笑容，仍然待在树下。这时，他听见树里有个药叉在和妻子调侃。正当出家人竖耳谛听之时，药叉开玩笑，拿花环打妻子。狡猾的妻子趁势假装死去。她的仆从们顿时哭喊起来。过了很长时间，她睁开双眼，仿佛起死回生。丈夫问她："你看到了什么？"她编造谎言，说道："你用花环打我后，我看到一个漆黑的人走来，手里拿着套索，眼睛闪烁火光，身材高大，头发竖起，面目狰狞，身影笼罩地平线。我被这个恶人带到阎摩殿。但是那里的判官挡住他，放了我。"丈夫听后，笑了起来，说道："嗨，女人的行为离不开欺骗。有谁会让花环打死？有谁能从阎摩殿回来？傻女子啊，你是在模仿华氏城女人的所作所为。"

在这座城里,国王名叫辛诃刹。有一次,在白半月的第十三天,他的妻子偕同大臣、大将军、家庭祭司和御医的妻子,去朝拜庇护华氏城的辩才女神。在路上,她们遇见驼子、瞎子和跛子。这些病人向王后和贵妇们乞求道:"给我们这些可怜的病人药吧!让我们病体康复吧!发发慈悲吧!这个生命世界,变幻不定像海浪,稍纵即逝像闪电。青春美貌也像喜庆节日,一晃而过。在这个虚幻的尘世,唯一的真实是怜悯不幸者,施舍穷苦人。哪儿没有善人?而对于财主,何须施舍?对于富人,何须供食?对于寒冷,何须檀香?对于霜雪,何须乌云?因此,救救我们这些可怜的病人吧!"

王后和贵妇们听后,互相议论道:"这些可怜的病人说的有道理。我们应该不惜一切代价治愈他们。"这样,她们朝拜辩才女神后,每人带了一个病人回家。她们守护在病人身边,鼓动丈夫用珍贵的好药医治病人。由于生活在一起,病人对她们产生爱情,她们也坠入情网,忘却世界的一切。她们色迷心窍,不觉得这些卑贱的病人与自己高贵的丈夫有什么区别。

她们和病人交欢,身上留下指甲和牙齿的伤痕。她们的丈夫发现这些痕迹,心生疑窦,引起警觉。他们互相谈起此事。国王对大臣们说道:"你们现在不要声张。我今天设法盘问我的妻子。"他打发走大臣们后,进入寝宫,装出爱护关心的样子,询问妻子:"你的嘴唇让谁咬了?你的胸脯让谁的指甲抓破了?如果你说实话,没事。否则,就难说了。"王后听后,编造谎言,说道:"我这不幸的人,虽然难以启口,也应该告诉你。请听这个奇迹。每天夜里,这个手持飞盘和棍棒的人,从画壁里走出来,享用我,天亮后就消失。我的肢体连月亮和太阳也见不着,而他不顾你还在,居然这样对待我。"王后仿佛怀着痛苦的心情说出这些话。愚蠢的国王听了也就相信,以为这是毗湿奴大神耍的把戏。国王把这个情况告诉大臣们。这些傻瓜也认为是毗湿奴大神享用了他们的妻子,也就保持沉默。

这些邪恶的妇女编造一个狡猾的谎言,就骗过了那些傻瓜。可是,我不是这样的傻瓜。

药叉这么一说,他的妻子感到羞愧窘迫。出家人在树下听到了这一切。他双手合十,对药叉说道:"尊者啊,我到达你的净修林,求你庇护。我偷听了你的话。请宽恕我的罪过。"他说了实话。药叉感到满意,说道:"我是药叉,名叫萨婆斯他那揭多。我对你很满意。请你选择一个恩惠。"出家人说道:"那我就选择这个恩惠:你不要对自己的妻子发怒。"药叉听后,说道:"我对你非常满意。我同意这个恩惠。请你另外再选择一个恩惠。"出家人说道:"那我就再选择一个恩惠:从今天起,你们夫妻俩认我做儿子。"药叉听后,立即和妻子一起向他显身,说道:"好吧!你就做我们的儿子。儿子啊,由于我们的恩惠,你到哪儿都不会受难。辩论、争执或赌博,你都会获胜。"说完,药叉消失不见。出家人俯首行礼后,在那里度过夜晚。第二天,他前往华氏城。

到了那里,他请门卫通报国王辛诃刹,说自己是从迦湿弥罗来的辩士。他获得国王准许后,进入会场,向在场的智者们挑战。依靠药叉的恩惠,他在辩论中战胜所有智者。然后,当着国王的面,他又向他们提出这个问题:"'每天夜里,有个手持棍棒和飞盘的人,从画壁里走出来,享用我,牙齿咬破我的嘴唇,指甲抓破我的胸脯,享用我后,又消失在画壁里。'这是什么意思?请回答我。"智者们听了他的话,不明白其中含义,面面相觑,张口结舌。于是,国王辛诃刹亲自发话:"请你说说这是什么意思。"出家人就把他从药叉那里听来的王后的欺骗行为,全都告诉了国王,最后说道:"因此,一个人在任何时候都不要迷恋女人,以免招引罪恶。"

国王听了高兴满意,想把自己的王国交给他。而出家人热爱自己的故乡,拒绝接受。国王赠给他大量珍宝,以示尊敬。出家人带着珍宝,返回故乡迦湿弥罗。由于药叉的恩惠,出家人在故乡过着无忧无虑的幸福生活。

这个学生讲完这个奇闻,大牟尼对他说道:"我已经从这个出家人那里听到过这些了。"这个学生和其他学生都惊讶不已。

戈目佉讲完这个故事,对那罗婆诃那达多说道:"王上啊,这些荡妇、创造主以及世人的行为千奇百怪。请你再听一个女人害死十一个男人的故事。"

在摩腊婆国,有个村民生了一个女儿。她一出生,母亲就死去了。她有两个哥哥。没过多久,一个哥哥死去。接着,另一个哥哥被牛角顶死。这个村民心想:"这个灾星一生下,就害死三个人。"便给女儿取名"克三"。

克三长成少女后,村里有个富人的儿子前来求婚。父亲表示同意,举行仪式,热热闹闹地把女儿嫁了出去。克三和丈夫相亲相爱,生活了一段日子。可是,没有多久,丈夫死去。过了些日子,这个轻浮的女子改嫁他人。没有多久,这个丈夫又死去。她正当青春年华,抑止不住激情,又嫁给第三个人。第三个丈夫也遭遇同样的命运。这样,她接连克死了十个丈夫。村里人取笑她,给她改名为"克十"。此后,她的父亲感到羞辱,不准她再嫁人。她住在父亲家里,回避见人。

有一天,来了一个年轻英俊的旅行者。她的父亲同意他作为客人寄宿一夜。她一见到这个旅行者就动心,而这个旅行者见到她也动情。爱情驱除了羞涩,她当着旅行者的面,对父亲说道:"我要嫁给这个旅行者。父亲啊,如果他还会死去,那我就发誓以后不嫁了。"父亲回答说:"女儿啊! 不能这样。你太丢人了! 你已经克死十个丈夫。如果他也死去,村里人会更加笑话你。"然而,这个旅行者听后,毫无羞愧地说道:"我不会死去,因为我也先后克死了十个妻子。我可以向湿婆大神行触足礼,发誓我俩正好相配。"

村里人听说这个情况后,无不惊讶。他们聚集在一起,同意克十嫁给这个旅行者。可是,她和旅行者生活了一些日子后,旅行者染上疟疾死去。此后,她得名"克十一",甚至连石头也嘲笑她。她厌弃尘世,前往恒河岸边,出家修行。

戈目伐讲完这个可笑的故事,又对那罗婆诃那达多说道:"请听另一个靠一头牛维生的故事。"

在某地一个村子里,有个贫穷的村民,家里唯一的财产是一头牛。他贪恋这头牛。即使家里面临断炊,他必须挨饿,也没有勇气把牛卖掉。他前往难近母神庙,倒在庙前达薄草地上,空腹修炼苦行,渴望获得财富。女神在梦中指示他说:"起来吧! 你的财产永远是一头牛。因此,你卖掉这头牛后,生活会照常幸福。"他早晨醒来,起身吃了些东西,回到自己家里。

回到家里后,他依然没有勇气卖掉这头牛,心想:"卖掉了这头牛,我一无所有,无法生活了。"这样,他忍饥挨饿,身体消瘦。一次偶然的机会,他把女神梦中的指示告诉了一位朋友。这位朋友脑子聪明,告诉他说:"女神是说你永远会有一头牛,靠卖掉它维持生活。傻瓜啊,你没有理解女神的话。你卖掉这头牛,养家糊口。以后,会有另一头牛。卖掉另一头牛后,又会有一头牛。"这个村民听了朋友的话,照着去做。从此,他靠卖掉一头一头牛,永远过着幸福的生活。

"因此,命运按照人的勇气给予果实。人应该有勇气。吉祥女神不喜欢缺乏勇气的人。现在请听一个狡猾的无赖成为大臣的故事。"

在南方一座城市里有位国王。在他的国度里有个无赖,依靠诈骗谋生。有一天,这个无赖野心勃发,对自己的现状不满足,思忖道:"我要弄这点小骗术管什么用? 只能图个温饱。我为什么不施展大骗术,发大财? "于是,他打扮成富商模样,来到王宫前,疏通门卫,进入王宫。他向国王赠礼后,说道:"我想和你单独谈谈。"国王已经接受礼物,又见他衣冠楚楚,便表示同意,与他单独谈话。他对国王说道:"如果你天天在这里,当着众人的面,让我单独与你谈一会儿话,国王啊,我就每天支付你五百金币,而不要求你任何回报。"国王听后,心想:"这有什么不好? 他并不拿走我什么,相反,每天给我金币。跟一个富商说说话,有什么不光彩? "国王表示同意,与他谈了一会儿话。他按照说好的钱数,付给国王金币。然而,人们以为他已经担任大臣。

一天,这个无赖在与国王单独谈话时,故意一次又一次顾盼一个官吏。他出来后,这个官吏问他为什么那样瞧他。这个无赖悄悄地诓骗他说:"国王气愤地说你侵吞国家财富,所以,我才这么看你。但我会安抚国王的。"这个官吏听后,惶恐不安,回到家里,给这个冒牌大臣送去一千金币。第二天,无赖照旧与国王单独谈话,出来后,对这个官吏说道:"我设法说服了国王。现在你放心吧!以后你遇到任何麻烦,我都会保护你。"就这样,他巧妙地控制了这个官吏,打发他回家。此后,这个官吏经常赠送礼物,讨好他。

渐渐地,这个狡猾的无赖通过与国王单独谈话,施展种种手腕,诈骗所有的官吏、王公、王子和随从,收受的金币达到五千万。然后,这个冒牌大臣悄悄地对国王说道:"国王啊,我每天只不过给你五百金币,而承蒙你的恩惠,我已经获得五千万金币。请你全部收下吧!这些金币对我有什么用?"说完,他呈上金币。国王勉强收下一半金币,委任他为大臣。这个无赖获得荣华富贵后,以布施和享乐为荣。

"因此,聪明的人无须犯下大罪,就能获得巨额财富。这正如掘井的人,在大功告成之时,也就消除了罪业。"

戈目伕讲完这个故事,又对那罗婆诃那达多说道:"你热切盼望着结婚,现在请听这个故事。"

在罗德那伽罗城里,有位国王名叫菩提波罗跋。对于疯狂肆虐的象群,他是狮子。他的王后名叫罗德那兰卡,生了一个女儿名叫海摩波罗芭,美貌绝伦。她原是一位持明女,受了诅咒,下凡人间。由于潜意识中保留着前生在空中漫游的愉快印象,她喜欢荡秋千。父亲害怕她摔下来,不准她荡秋千。但她不听。父亲生气,给了她一巴掌。她受到这样的羞辱,起念隐居森林。她借口游玩,前往城外的花园。在那里,她用酒灌醉随从,钻进树丛,躲过他们的视线。然后,她独自前往远处的森林,搭了一个草棚住下,以根茎和果子为生,专心崇拜湿婆大神。

国王得知女儿失踪,找不回来,极度悲痛。过了很久,国王的悲痛心情稍许缓解,出城打猎消遣。也是天意安排,他游荡着进入森林深处,来到女儿海摩波罗芭修炼苦行的地方。他进入那座草棚,意外地发现自己的女儿。海摩波罗芭见到父亲,赶紧起身,抱住父亲的双腿。父亲看见女儿修炼苦行而消瘦,心疼流泪,把女儿搂在怀中。父女久别重逢,伤心哭泣,甚至林中的鹿儿见了也禁不住落泪。

然后,国王耐心地安慰女儿,说道:"女儿啊,你为什么抛弃皇家生活,作出这样的安排? 来吧,放弃林中生活,回到你母亲身边。"女儿听后,回答说:"这是命运的安排。父亲啊,我有什么办法呢? 我不想回宫享受。我不愿放弃苦行之乐。"国王见女儿意志坚决,便在森林里为她盖了一座宫殿。国王回到王宫后,每天派人送去熟食和钱财,以便女儿招待客人。而海摩波罗芭用熟食和钱财供养客人,自己依然吃根茎和果子。

一天,一个漫游四方的女出家人来到海摩波罗芭的净修林。海摩波罗芭恭敬地接待她。她从少女时代就已出家。在交谈中,海摩波罗芭询问她出家的原因。她回答说:"我还是一个女孩时,一次给父亲按摩双脚,我昏昏欲睡,两眼闭拢,双手滑脱。父亲踢了我一脚,说道:'你怎么睡着了?'为此,我感到气愤,便离家出走,成为出家人。"海摩波罗芭听后,觉得她俩脾气相投,十分高兴,就和她结伴在林中生活。

一天早晨,海摩波罗芭对女出家人说道:"朋友啊,昨天夜里,我在梦中越过一条大河,骑上一头白象,登上一座山,在山上净修林里,看见湿婆大神。我在湿婆大神面前,演奏琵琶,吟唱歌曲。然后,我看见一个天神模样的人走过来。他把我和你一起带上天空。就在这时,我醒来,天已经亮了。"女出家人听后,说道:"吉祥的女子啊,你肯定是一个天女,受了诅咒而下凡人间。你的这个梦意味诅咒即将结束。"海摩波罗芭听了女出家人的话,满心欢喜。

在太阳升上高空的时候,有位王子骑马而来。他看见海摩波罗芭身着苦行服装,心生爱怜,下马前来致敬。海摩波罗芭也对他产生好感,施以待客之礼,请他坐下,问道:"高尚的人啊,你是谁?"王子回答说:"吉祥的女子啊,有位大名鼎鼎的国王,名叫波罗多波犀那。他曾经修炼苦行,取悦湿婆,求取儿子。大神感到满意,显身指示他说:'你将得到一个儿子。他是持明下凡。一旦诅咒期结束,他就会回到自己的世界。你还会得到第二个儿子。他将维系家族和继承王位。'湿婆说完,国王高兴地起身进食。到时候,国王生了一个儿子,名叫罗什密犀那。随后,又生了第二个儿子,名叫修罗犀那。美丽的女子啊,你要知道,罗什密犀那就是我。我今天出来打猎。这匹马风驰电掣般把我带到这里。"

王子说完,也询问海摩波罗芭的经历。海摩波罗芭讲完自己的经历,突然记起自己的前生,高兴地对王子说道:"我见到你,记起了前生,恢复了法力。我和这位女友都是受诅咒下凡的持明女。你和你的大臣也是受诅咒下凡的持明。你是我的丈夫。你的大臣是我的女友的丈夫。现在,我和我的女友的诅咒期已经结束。我们大家将在持明世界团聚。"说完,海摩波罗芭和女友一起恢复持明女形貌,升上天空,返回自己的世界。

罗什密犀那惊讶地站着。随即,他的大臣沿路追寻到这里。王子对大臣讲述了刚才发生的事。这时,国王菩提波罗跋思念女儿,来到这里。他找不到女儿,便询问罗什密犀那。罗什密犀那把见到的一切告诉了他。菩提波罗跋神情沮丧,而罗什密犀那和大臣记起了他们的前生。这样,他们的诅咒期结束,升空返回自己的世界。

罗什密犀那到达持明世界后,和妻子海摩波罗芭一起又返回人间,向菩提波罗跋告别。菩提波罗跋便返回自己的城市。罗什密犀那又和自己的朋友一起去见父亲波罗多波犀那,讲述了自己的经历。他把父亲赐给他的王位转交给弟弟修罗犀那,然后回到自己的持明城。在那里,罗什密犀那和妻子一起,在他朋友的陪伴下,长期享受持明世界的吉祥幸福。

那罗婆诃那达多和舍格提耶娑的婚期日益临近。尽管他急切地盼望着,但听着戈目伐一个接一个讲述的这些故事,度过长夜如一瞬间。

那罗婆诃那达多王子以这种方式消遣时光,终于到达结婚的这一天。他站在父亲优填王身边,突然看见持明军队自天而降,像太阳那样金光闪烁。他看见持明王斯颇底迦耶娑来到这里,慈爱地牵着待嫁女儿的手。他迎上前去,叫了声:"岳父。"犊子王高兴地按照礼节招待这位首席客人。持明王说明来意后,立即展示与自己地位相称的天神气派,施展神通力,赠给那罗婆诃那达多大量珍宝。他兑现以前的诺言,举行仪式,把自己的女儿舍格提耶娑交给那罗婆诃那达多。

那罗婆诃那达多得到持明王的女儿舍格提耶娑,就像莲花接受阳光。持明王斯颇底迦耶娑走后,那罗婆诃那达多生活在憍赏弥城,眼睛总也不离开妻子舍格提耶娑,犹如蜜蜂叮住莲花。

第十一卷　海岸女

向排除一切障碍的象头神致敬！他带领我们越过难以越过的大海，是获得一切成就的原因。

这样，那罗婆诃那达多获得舍格提耶婆后，住在憍赏弥城父亲的宫中，与正宫王后摩陀那曼朱迦和以宝光为首的其他王后，以及朋友们，一起愉快生活。

一天，他在花园里。有两个外地的王子突然前来拜见他。他依礼接待这两个王子。其中一个王子说道："我俩是毗舍伕城国王的儿子，是异母兄弟。我名叫如吉罗提婆，他名叫波多迦。我有一头奔跑快速的母象，他有两匹奔跑快速的骏马。为此，我俩互相争论。我说我的母象速度更快，他说他的两匹骏马速度更快。我与他打赌，如果他的两匹骏马速度胜过我的母象，我的母象就归他，否则，他的两匹骏马就归我。现在，除了你，没有其他人能判断两者的速度，因此，主人啊，请你来到我们的宫中作为见证人。"

那罗婆诃那达多听了如吉罗提婆的请求，出于对他所说的象和马怀有兴趣，便顺从他的心意，表示同意。他登上马车出发，在他俩的引导下，到达毗舍伕城。他进入这座光辉的城市时，城中的妇女们看到他，睫毛兴奋地竖起，互相议论道："这是谁？或许是失去罗蒂后新生的爱神，或者是空中另一个没有斑点的月亮，或者是创造主创造的具有人体形貌的爱神花箭，突然间夺走少女的心。"

那罗婆诃那达多看到那里有一座古人建造的爱神寺庙，光艳照人。这是欢爱的源头。他进入里面敬拜爱神，休息片刻，解除旅途的劳累。然后，由如吉罗提婆引路,他怀着喜悦的心情,进入他的宫殿,就在爱神寺庙附近。

他看到这座宫殿光辉灿烂,四处可见品质优良的象和马,而由于他的到来,更是充满节日欢乐气氛。如吉罗提婆以各种恭敬的方式招待他。在那里,他也看到如吉罗提婆容貌非凡的妹妹,名叫遮衍陀罗赛娜。他的眼睛和心完全被她的美貌吸引,忘却自己不在自己家中以及与家人分离。而遮衍陀罗赛娜也睁大眼睛,怀着爱意凝视他,犹如自主选婿,将蓝莲花花环投向他。这样,他一心想念遮衍陀罗赛娜,忘却其他任何女性,以致在夜晚,睡眠女神也离开他。

第二天,波多迦带来两匹快速似风的骏马。而如吉罗提婆登上自己的母象,凭借自己精通驭象术以及这头母象自身的奔驰能力,速度胜过波多迦的两匹骏马。看到这个结果后,那罗婆诃那达多进入宫中。

这时,他的父亲的一位使者来到这里,向他行触足礼后,说道:"你的父亲从你的侍从口中得知你来到这里。他派我前来告诉你:'你怎么也不告诉我一声,就离开花园,去往远处?我没有耐心等待,因此,你不要耽搁,赶快回来!'"他听了使者传达的父亲的话,而心中想着要获得自己的心上人,心儿像秋千摇摆不定。

就在这时,一位商人来到这里,在远处就向他俯首行礼,走近后,说道:"英雄啊,祝你胜利!没有花弓的爱神啊,祝你胜利!未来的持明转轮王啊,祝你胜利!不是这样吗?看到你童年时代迷人,长大后令敌人恐惧。因此,天神们不久就会看到你具有毗湿奴那样的品质,跨越天空,征服钵利。"听到他这样赞颂,那罗婆诃那达多向他表示敬意后,询问他的来意。于是,这位大商人讲述自己的经历:

兰波城是大地上的顶冠花环。城里有一个富裕的商人,名叫古苏摩沙罗,一心遵行正法。我是他抚慰取悦湿婆而获得的儿子,名叫旃陀罗沙罗。一次,我和朋友们一起观看神像游行,看到一些富人施舍求乞者。由此,我决心获取财富并用于施舍。而且,我不满足于父亲获得的大量财富。

这样,我登上装满各种宝石的船舶,航海前往另一个岛。仿佛命运安排,一路顺风,没过几天,我的船就到达那个岛。可是,那里的国王看到我是一个他们不认识的珠宝商,出于贪财,把我投入监狱。在监狱中,我与那些罪犯住在一起。他们受饥渴折磨,发出哭喊,犹如地狱里的饿鬼。

然而,那个岛上有个名叫摩希达罗的大商人知道我的出身,出面与国王交涉,说道:"王上啊,他是兰波城里一位商主的儿子。你将这个无辜的人投入监狱,有损你的名誉。"经摩希达罗这样提醒,国王便吩咐释放我,把我带到他的身边,礼貌地接待我。依靠给国王恩惠和这位商人朋友的帮助,我在那里愉快地经商,生意兴隆。

后来,我在春天节日游园时,看到了商人希佉罗美丽的女儿。她犹如汹涌澎湃的爱情之海的浪涛卷走我。于是,我向她的父亲求娶她。她的父亲沉思片刻后,对我说:"我不能亲手把她交给你。这其中有原因。我会把她送到辛诃罗岛她的外公家中,然后,你去那里求娶她。我会传递信息,让你在那里实现愿望。"说罢,他向我表示敬意后,吩咐我回家。

第二天,商人希佉罗让女儿和侍从们一起登船出发,航海前往辛诃罗岛。然后,我也急着想要出发前往时,听到一个传言,犹如雷电击顶,说是希佉罗的女儿乘坐的航船在海中沉没,无人生还。这个航船失事的传言犹如狂风摧毁我的信心。我突然失去支柱,坠入忧愁之海。

尽管那些长辈安慰我,但我心中仍然怀抱一丝希望,决定前往那个岛一探究竟。虽然这里的国王宠爱我,我依然将自己所有的财富装在船上,启航出发。而在航行途中,突然雷电轰鸣,可怕的乌云降下暴雨,犹如凶猛的强盗发射利箭,狂风迎面扑来,航船上下颠簸,最终破碎,连同所有侍从和财富一起沉没。而我落水时,抓住一块大木板,仿佛命运及时向我伸出援手。我在海中随波漂游,渐渐到达海滩。

我登上海岸后,满怀忧伤,埋怨自己命苦。忽然,我发现海岸边上有别人遗落的一小块金子。于是,我到附近一个村庄里,卖掉这一小块金子,用于购买食物和衣服等,渐渐解除渡海的劳累。

然后,我这个与心上人分离的人,不辨方向,随处游荡,看到一个地方有许多用沙土堆积而成的林伽柱。一些牟尼的女儿在里面游荡,其中有个少女正在专心敬拜林伽柱,虽然身穿林中人衣服,依然妩媚动人。我心中思忖:"啊,她多么像是我的心上人！难道真的是她吗？我怎么会有这样的好运,会在这里遇见她？"这时,我的右眼不停跳动,仿佛高兴地告诉我:"就是她。"

于是,我询问她:"妙腰女啊,你是谁？你适合住在宫中,怎么会住在林中？"而她默不作声,没有搭理我的话。我害怕遭到牟尼诅咒,便躲进一个蔓藤凉亭,站在那里观看她,百看不厌。她完成敬拜林伽柱后,也一再怀着柔情,转身观看我,然后,若有所思,缓步离去。当她从我的视野中消失后,我觉得四面八方漆黑一片,心情如同夜晚的轮鸟。

而忽然间,我看到牟尼摩登伽的女儿,名叫耶摩拉,向我走来。她从童年时期就修习梵行,光辉如同太阳。她的身体由于修炼苦行而瘦削,而她具有天眼通,全身充满吉相,仿佛是坚定女神的化身。

她对我说道:"旃陀罗沙罗啊,你要保持坚定。请听我说！在另一个岛上,有个大商人,名叫希佉罗。他生下一个美丽的女儿,而他的一位具有天眼通的朋友,名叫耆那罗奇多,告诉他说:'你不能亲自嫁出这个女儿,因为她有另一个母亲。如果你亲自嫁出她,就会犯下错误。事情就是这样。'听了这个比丘的话,这个商人想要嫁出女儿时,恰好你来求婚,于是,他想借助她的外公之手,把她嫁给你。于是,她的父亲让她乘船前往辛诃罗岛外公家,而在航海途中,航船沉没,她坠入海中。然而,由于她的寿数未尽,在命运安排下,她被巨浪抛到海岸上。当时,我的父亲与他的弟子们一起来到海边沐浴,看到她奄奄一息,出于慈悲心肠,安慰她,把她带回了自己的净修林,交给我说:'耶摩拉啊,你要好好保护她。'这位大牟尼想到自己是从海岸上发现她的,于是给她取名海岸女①。从此,海岸女受到所有牟尼喜爱。我即使修习梵行而弃世,但出于对她的关爱,依然摆脱不了维系后嗣的柔情。旃陀罗沙罗啊,我每次看到她青春焕发而尚未牵手成婚,就为她着急。我凭借沉思入定的威力,知道她是你前生的妻子,而你现在来到这里。因此,孩子啊,我来到你的身边。来吧！你就与海岸女结婚吧！我会把她交给你。让你俩忍受的苦恼结出快乐的果实。"

耶摩拉的这番话犹如晴空降下雨水。我满心喜悦。这位女尊者把我带到

---

① "海岸女"的原词是 velā,词义为海岸。

她的父亲摩登伽的净修林。牟尼摩登伽听她说明情况后,把美丽的海岸女交给我。我仿佛获得理想中的王国财富。

此后,我和海岸女一起过着快乐的生活。一次,我和海岸女在水池中嬉水。我没有注意到牟尼摩登伽在水池中沐浴,无意中把水泼到他的身上。为此,他发怒,对我和妻子发出诅咒:"你们夫妻两个罪人将会分离。"海岸女立即拜倒在他的脚下苦苦哀求。于是,这位牟尼想了想,指出对我俩的这个诅咒的结束期限:"旃陀罗沙罗啊,一旦有一头母象速度胜过两匹骏马,你会看到犊子王之子那罗婆诃那达多这位未来的持明转轮王,这个诅咒也就解除,你会与妻子团聚。"

说罢,牟尼摩登伽完成沐浴和其他仪式后,升空前往白洲看望毗湿奴。耶摩拉也对我和妻子说:"这是一只镶嵌宝石的芒果鞋,是从前一位持明从湿婆的脚尖获得的,而我在童年时期就已经获得它。现在,我把它送给你俩。"说罢,她也前往白洲。

然后,我已经获得心上人,厌倦林中生活,也害怕与爱妻分离,急于返回故乡。于是,我来到海边,遇见一艘商船。我让爱妻先上船,接着我准备上船时,突然刮起大风,把我的朋友的船吹向远处。这显然是牟尼的诅咒起了作用。眼看着这艘船带走我的爱妻,愚痴仿佛抓住机会,钻进我的身体,夺走我的心,我变得神志不清。

这时,一个苦行者路过,看到我昏昏沉沉,心生怜悯,安慰我,把我带到净修林中。经他询问,我如实讲述自己的遭遇。他听后,知道这是诅咒的作用,而且认为这个诅咒即将结束,鼓励我保持坚定。

然后,我遇见一个航海沉船后又脱险的优秀商人。我与他结为朋友,一起寻找我的爱妻。诅咒即将结束的希望给予我精神支持,我艰苦跋涉一个又一个地区,经过许多天,来到这座毗舍佉城。我听说你这位堪称犊子王家族珍珠的人来到这里。我从远处看到一头母象速度胜过两匹骏马,也看到你在场。这时,我摆脱诅咒重负,一身轻松。也就在此刻,我看到我的爱妻向我走来。她是被那些好心的商人用船送来这里的。她还带着耶摩拉送给她的珍宝。这样,正是依靠你的恩惠,我越过诅咒的大海,与爱妻团聚。于是,犊子王之子啊,我前来向你俯首致敬。现在,我要与爱妻一起返回故乡了。

商人旃陀罗沙罗已经实现愿望,向那罗婆诃那达多俯首行礼后,讲述了自己的这些经历,然后离去。这样,如吉罗提婆目睹那罗婆诃那达多的崇高伟大,对这位王子更加崇敬。他立即以尽到待客之礼为借口,把自己美丽的妹妹遮衍陀罗赛娜,连同那头母象和那两匹骏马,一起送给那罗婆诃那达多。他原本就希望把妹妹嫁给那罗婆诃那达多,而那罗婆诃那达多也已经迷上他的妹妹。

这样,那罗婆诃那达多接受这位新娘以及母象和骏马,辞别如吉罗提婆,返回自己的憍赏弥城。他依然与满怀喜悦的犊子王以及以摩陀那曼朱迦为首的王后们一起愉快地生活。

第十二卷　设赏迦婆蒂

第一章

但愿象头神保护你们！他竖起的象鼻犹如表彰他排除一切障碍的纪念碑，聚集在上面玩耍的那些黑蜂犹如镌刻的文字。

我们向湿婆致敬！即使他摆脱激情①，依然最善于调制色彩，成为各种新奇美妙事物的创造者。

爱神之箭尽管用花制成，却战无不胜。一旦这些花箭射出，甚至金刚杵等武器也变钝。

第一章

这样，犊子王之子那罗婆诃那达多住在憍赏弥城，娶了一个又一个妻子。而尽管他有许多妻子，他依然最宠爱正宫王后摩陀那曼朱迦，犹如黑天最宠爱鲁格蜜尼。

一天夜里，他梦见一个天女从空中降临，把他带走。醒来后，他发现自己躺在一座大山顶上树荫下的宝石石板上。即使是在夜晚，他看到自己身边的这个天女照亮整座树林，犹如爱神迷惑世人的药草。他心想："是她把我带到这里。"他看到这个天女出于羞涩不吐露自己的真情。于是，他想要了解她的心意，机智

---

① "激情"的原词是 rāga，也读作"色彩"。

地假装睡着说梦话："亲爱的摩陀那曼朱迦,你在哪里? 过来拥抱我吧!"

这个天女受到他的话激励,摆脱羞涩,依照记忆,化作他的妻子的模样,拥抱他。于是,他睁开眼睛,看到她化作自己的妻子模样,说道："啊,你真聪明。"随即,他微笑着搂住她的脖子。于是,这个天女完全抛却羞涩,显示自己的形貌,说道:"夫君啊,我自主选择你。请你接受我。"这样,那罗婆诃那达多以健达缚自由结婚的方式娶她为妻。

天亮后,他想要了解这个天女的身世,在交谈中巧妙地引向这个话题。于是,这个天女说道:"亲爱的,请听我讲述这个奇妙的故事。"

在一个苦行林中,有位牟尼名叫婆罗贺摩悉底,具有瑜伽神通力。在他的净修林附近的一个山洞里,住着一头年老的母豺。一天,这头母豺出来觅食,因天气恶劣而找不到食物。这时,有一头公象因为与母象失散,心情暴躁,看到这头母豺,想要杀死它。

这位牟尼具有神通力,看到这个情况,出于慈悲心肠,立即将这头母豺幻变成母象,以便让这两头动物和睦相处。公象看到母象,顿时愤怒平息,心生恩爱。这样,母豺免于一死。

然后,公象和母象一起游荡,来到一个水池。公象想要为母象采集莲花,进入水池。然而,水池在秋天积满淤泥。公象进入后,陷入淤泥,全身不能动弹,犹如被金刚杵砍掉翅膀的高山屹立不动。而那头幻变成母象的母豺见公象陷入绝境,便离开它,去别处追随其他的公象。

随后,这头公象自己的配偶,原先与它失散,现在正寻找它,在命运安排下,来到了这里。这头母象品性高尚,看到公象陷身淤泥,便追随它,也进入水池淤泥中。恰好这时,牟尼婆罗贺摩悉底和弟子们一起路过这里,见此情况,心生怜悯。这位大苦行者赐予弟子们力量,让他们将公象和母象一起拽出淤泥。然后,牟尼离去。公象和母象得以摆脱死亡和分离,继续随意游荡。

那罗婆诃那达多听了这个故事,插话说道:"亲爱的,正是这样。即使是动物,出身高贵者不会抛弃落难的主人或朋友,而会努力救助。出身低贱者则无动于衷。它们本性轻浮,对主人或朋友毫无真心诚意。"这个天国少女听后,说道:"毫无疑问,就是这样。我理解你所说话中的含义。夫君啊,请再听我讲述这个故事。"

在曲女城,有个高贵的婆罗门,名叫修罗达多,拥有数百个村庄,受到国王跋呼舍格提的尊敬。他的忠贞的妻子名叫婆苏摩蒂。她生下一个可爱的儿子,名叫伐摩达多。他很快就学会各种知识,得到父亲钟爱。然后,他结婚成家,妻子名叫舍希波罗芭。不久,他的父亲去世升入天国,母亲也追随丈夫去世。这样,伐摩达多和妻子继承家业。

然而,伐摩达多的妻子随心所欲,不知从哪儿偶然学会一种巫术。一天,伐摩达多在国王的军营里侍奉国王。他的叔父从家里来这里找他,悄悄对他说:"侄儿啊,你的妻子败坏我们家族的名誉。我看到她与你家的牧牛人通奸。"听了叔父的话,他让叔父留在军营代替他,而他手中握剑,返回自己家中。

他进入花园,躲藏在一处。夜晚降临,他看到牧牛人来到花园,随即他的妻子急于会见情人,也来到这里,手中还端着各种食物。等牧牛人吃完后,他俩便上床。这时,伐摩达多举剑出现在他俩面前,说道:"嗨!你们两个罪人,现在看你们往哪里逃!"而他的妻子起身,咒骂他说:"呸,你这个混蛋!"随即,她将一些粉末撒在他的脸上。顿时,伐摩达多由人变成一头水牛。但是,他没有失去记忆,依然明白自己的状况。他的邪恶的妻子把他赶到牛群中,让牧牛人用棍棒抽打他。

这样,伐摩达多处在水牛状态。他的残酷的妻子把他卖给一个求购水牛的商人。这个商人让他担负沉重的货物,将他带往恒河边的一个村庄。他心想:"一个品行恶劣的妻子不受怀疑,进入一个敦厚老实的丈夫家中,无异于一条雌性毒蛇进入内室,怎么还能指望平安快乐?"这样想着,他眼中流出泪水。他处在水牛状态,天天担负重物,受尽折磨,瘦得皮包骨头。

这时,有个女瑜伽行者看到他,凭借神通力,得知他的整个遭遇,心生怜悯,用念过咒语的水洒在他的身上。随即,伐摩达多摆脱水牛状态,恢复原样。然后,这个女瑜伽行者将他带到自己家中,把名叫甘提摩蒂的女儿嫁给他。同时，她还给了伐摩达多一些念过咒语的芥末，对他说："你就把这些芥末撒在你的那个邪恶的前妻身上，让她变成一匹母马吧！"

于是，伐摩达多带着新婚妻子甘提摩蒂和那些芥末返回自己的家。回家后，他首先杀死那个牧牛人，然后用这些芥末将他的前妻变成一匹母马，系在马厩里。此后，作为报复，他为自己立下这个规矩：每天吃饭前，先要用棍棒抽打这匹母马七下。

就这样，伐摩达多和妻子甘提摩蒂一起过着日子。一天，有个客人来到他家。在准备吃饭时，他想起还没有用棍棒抽打他的邪恶的前妻，便匆忙起身，前去马厩用棍棒抽打那匹母马七下，然后回来与客人一起吃饭。这个客人出于好奇，询问他："你为何不先吃饭，匆匆忙忙去了哪里？"于是，伐摩达多从头至尾把事情经过都告诉他。客人听后，说道："这样的报复有什么用？你的岳母帮你摆脱水牛状态，你就再去请求她赐予你一点恩惠吧！"听了客人的话，伐摩达多表示同意，说道："好吧！"第二天早上，伐摩达多向客人表示敬意后，送走客人。

然后，他的具有瑜伽神通力的岳母突然来访。他敬拜岳母后，诚心诚意请求岳母赐予恩惠。于是，这位女瑜伽大师教给伐摩达多和他的妻子先举行仪式而后获得掌控时间的幻术的方法。然后，伐摩达多前往吉祥山，成功施展这种幻术。这种幻术显身为一个女性形象，赐予他一把宝剑。获得这把宝剑后，伐摩达多和甘提摩蒂成为优秀的持明。然后，他俩来到摩罗耶山一座名为银顶的山峰上，伐摩达多运用自己的神通力，创造一座光辉的城市。时光流逝，持明王伐摩达多和王后甘提摩蒂生下一个女儿，名叫罗利多劳遮娜。在这个女儿出生时，空中传来话音："她将成为未来持明转轮王的妻子。"夫君啊，你要知道，我就是这个女儿。我凭借自己的幻力，知道这一切。因此，我爱上你，从空中把你带到摩罗耶山。

听完这个故事，那罗婆诃那达多知道了她的身世，对这位持明女满怀尊敬和爱意。这样，他与妻子罗利多劳遮娜一起住在那里。而犊子王依靠儿媳宝光等的幻力，得知儿子的所有这些情况。

第二章

那罗婆诃那达多和新婚妻子罗利多劳遮娜一起住在摩罗耶山。在这个初春季节,各处树林中鲜花盛开。他的妻子在一片树林中愉快地采集花朵,渐渐进入树林深处,从他的视野中消失。而他也随意游荡,看见一个清澈的水池。池水中有树上飘落的花朵,犹如空中点缀星星。

那罗婆诃那达多心想:"我的妻子采花还没有回来。我可以先在水池中沐浴,然后在岸边休息片刻。"这样,他沐浴后,敬拜天神,然后坐在一棵檀香树荫下的石板上。他坐着时,想起远离自己的妻子摩陀那曼朱迦。他从雌天鹅的步履看到妻子的步履,从芒果树上雌杜鹃的声音听到妻子的声音,从雌鹿的眼睛看到妻子的眼睛,顿时心中点燃相思之火,随后昏厥过去。

就在这时,一位牟尼雄牛前来这里沐浴。这位牟尼名叫毗商伽遮吒,看到他的状况,便向他泼洒檀香水。他仿佛受到妻子触摸而醒来,向这位牟尼俯首致敬。这位牟尼具有天眼通,对他说道:"孩子啊,你要实现心中愿望,必须意志坚定。唯有这样,才能获得一切。因此,到我的净修林里去吧! 如果你没有听说过摩利甘迦达多的故事,就听我讲给你听。"

说罢,牟尼毗商伽遮吒进入水池沐浴,然后,把那罗婆诃那达多带回自己的净修林。他迅速完成日常的仪式后,用果子招待这位客人,自己也享用果子。随后,牟尼开始向那罗婆诃那达多讲述这个故事。

阿逾陀城闻名三界。从前城里有位国王,名叫阿摩罗达多。他的威力犹如闪耀的光焰。他的妻子名叫苏罗多波罗芭,永远钟爱丈夫,犹如娑婆诃 [①] 钟爱火神。她为国王生下一个儿子,名叫摩利甘迦达多。他的品德完美,犹如他的弓弦拉到顶点 [②]。

[①] 娑婆诃(svāhā)是火神的妻子。svāhā 这个词的词义为祭品,也用作祭供天神时的呼告词。

[②] 这句中的 guṇa 一词,既读作"品德",也读作"弓弦"。

这位王子有属于自己的十位大臣:波罗旃陀舍格提、斯吐罗跋呼、维格罗摩盖萨林、特利吒摩希底、梅卡勃罗、毗摩波拉格罗摩、维摩罗菩提、维亚克罗塞纳、古纳迦罗和维吉多罗格特。他们个个出身高贵,年轻勇敢,聪明睿智,效忠主人。摩利甘迦达多与他们一起愉快地住在父亲宫中,但他还没有获得一个合适的妻子。

一天,大臣毗摩波拉格罗摩私下悄悄对王子说:"王子啊,请听我告诉你昨天夜里我遇见的一件事。昨天夜里,我睡在露台上,还醒着时,突然看见一头狮子向我跑来,前爪犹如金刚杵。我立即起身,手中持剑。于是,狮子逃跑,而我快速追赶它。它跃过河流后,向我伸出舌头。我用剑砍下它的长舌,用作桥梁,越过河流。这时,这头狮子变成一个怪异的巨人。我问这个巨人:'你是谁?'他回答说:'我是僵尸鬼。勇士啊,我对你的勇气表示满意。'于是,我又问他:'如果是这样,那么,请你告诉我,谁将成为我的主人摩利甘迦达多的妻子?'这个僵尸鬼听后,回答说:'在优禅尼城,有个国王名叫迦尔摩塞纳。这位国王的女儿美貌胜过天女,仿佛是创造主创造美的依据。这位公主名叫设赏迦婆蒂,会成为他的妻子。你的主人获得她后,会成为一统天下的国王。'说罢,这个僵尸鬼消失不见,我也就回家。主人啊,这是我昨天夜里遇见的事情。"

摩利甘迦达多听后,便召集自己的所有大臣,让他们都知道这件事。然后,他继续说道:"你们听我讲述我昨夜梦见的事:我们一起进入一座大森林。在那里,我们旅途劳累而口渴,好不容易找到一个水池,想要喝水,却出现五个手持武器的人,阻止我们。我们杀死他们后,口渴难忍,准备喝水。这时,我们却看到那里既无人,也无水。就在我们身处困境之时,突然看到佩戴月牙顶饰、身骑公牛的大自在天来到这里。我们俯首向他致敬。他的右眼流下一滴眼泪。这滴眼泪落在地上。那里变成了大海。我从大海中获得一串美丽的珍珠项链,佩戴在自己脖颈上。然后,我用沾有血迹的骷髅头从大海中盛水喝。就在这时,我醒来,夜晚已经逝去。"

摩利甘迦达多讲完自己在梦中的奇遇后,其他的大臣都感到高兴,而大臣维摩罗菩提说道:"王子啊,你很幸运,受到大神湿婆这样的恩惠。你在梦中获得珍珠项链,又喝到海水,因此,你获得设赏迦婆蒂后,肯定会享有整个大地。但梦中表明你也会遇到一些麻烦。"

摩利甘迦达多听后,继续对大臣们说道:"我的梦以及毗摩波拉格罗摩听到的僵尸鬼的话,说明事情未来的结果会这样。即使如此,迦尔摩塞纳依仗军队和城堡而骄傲,我需要依靠智慧的力量获得公主设赏迦婆蒂。因为在一切事业中,智慧的力量是成功的主要手段。关于这一点,请听我给你们讲述这个故事。"

从前,摩揭陀国王名叫跋德罗跋呼。他的一位大臣名叫曼陀罗笈多,富有智慧。一天,国王悄悄对这位大臣说:"波罗奈城国王达磨戈波的女儿,名叫阿南伽利拉,是三界中难得的美女。我多次向达磨戈波求娶他的女儿,而他对我抱有敌意,始终不答应。他凭借一头名为跋德罗丹多的大象的威力,难以战胜。而我得不到他的女儿,活不下去。因此,朋友啊,你说说我有没有办法获得她?"

这位大臣听后,对国王说道:"王上啊,你怎么只知道依靠武力获得成就,而不想到依靠智慧? 因此,王上不必忧虑。我会运用智慧为你办成这件事。"

这位大臣对国王这样许诺后,第二天,他乔装成大苦行者,带着几个随从,前往波罗奈城。在那里,他的那些随从乔装成他的弟子,对从各地前来虔诚拜见他的人们宣称他是一位悉陀。

一天夜里,他和随从们一起出来游荡,寻找办成事情的机会。他从远处看到有三四个人手持武器,带着惊恐慌乱的象夫的妻子前往某处。他心想:"她肯定是被这些人强迫带走,因此,我们要看她去往哪里。"于是,他和随从们一路跟踪,看到她进入远处的一座房屋。随后,他返回自己的住处。

第二天早上,象夫四处寻找带着财物出走的妻子。于是,这位大臣抓住这个机会,派遣随从们去见他。他们找到这个象夫时,发现他因找不到妻子而绝望服毒。他们立即运用自己的知识为他解毒,仿佛完全出于对他的同情,对他说:"你去见我们的导师吧! 他具有神通力,无所不知。"

说罢,他们把他带到大臣那里。大臣一身苦行者装扮,神采奕奕。这个象夫见到他,拜倒在他的脚下,询问自己妻子的消息。大臣假装沉思片刻,然后具体告诉他有些人在夜里把他的妻子带到某处。这个象夫听后,向他俯首行礼后离去,带着一些城市卫兵包围那个地方,杀死那些歹徒,带回妻子,连同那些首饰和财物。

第二天早上,这个恢复正常的象夫前来向这位乔装的悉陀俯首致敬,邀请他去家中吃饭。而这位大臣向他表示不愿意在他的家中吃饭,而请他夜里在他的象厩中招待他们吃饭。这样,大臣和随从们在夜里前往象夫的象厩。大臣预先已经运用咒力将一条毒蛇藏进一个竹筒,带在身上。这样,在饭后,象夫离去,那里的其他人也都已经入睡。等到那头名为跋德罗丹多的大象睡着后,大臣放出竹筒里的毒蛇,让它钻进大象的耳朵。然后,在这里度过夜晚后,大臣和随从们一起返回摩揭陀国。而那条毒蛇已经咬死大象。

这位优秀的大臣杀死了这头大象,犹如灭除了达摩戈波的骄傲。国王跋德罗跋呼满心欢喜。然后,他派遣使者前往波罗奈城,向达磨戈波求娶他的女儿阿南伽利拉。达摩戈波失去大象,变得软弱无力,便把女儿嫁给跋德罗跋呼,因为国王们都知道把握天时地利,行为如同芦苇随风摇摆。

"正是这样,国王跋德罗跋呼依靠大臣曼陀罗笈多的智慧获得阿南伽利拉。因此,我也要运用智慧获得这位妻子。"摩利甘迦达多说完这些话后,大臣维吉多罗格特对他说道:"你已经在梦中获得大神的恩惠。你必将获得成功。天神们赐予的恩惠怎么会落空?请听我讲述这个故事。"

从前,在呾叉始罗城,国王名叫跋德拉刹。他渴望获得儿子,每天将一百零八朵白花放在剑上,供拜吉祥女神。一天,他保持缄默,供拜女神,默默数着莲花,发现少了一朵。于是,他用剑剖开胸膛,取出自己的心莲花,献给女神。女神对他表示满意,赐予他一个未来统治整个大地的儿子。同时,女神让他的身体恢复原样,然后消失不见。

这样,王后为国王生下一个儿子。由于这是向女神献出自己的心莲花而获得的儿子,国王为这个儿子取名布湿格拉刹①。这个儿子渐渐长成青年,具足美德,国王便为他灌顶,让他继承王位,而自己隐居森林。

布湿格拉刹继承王位后,每天供拜湿婆。一天,他供拜湿婆后,请求湿婆赐予他妻子。随即,他听到空中传来话音:"孩子啊,你会如愿获得一切。"这样,这位国王满怀希望,愉快地过着日子。

一天,他前往野兽出没的林中狩猎消遣。他在树林里看到一头骆驼准备吃掉两条缠在一起交欢的蛇,心生怜悯,便杀死了那头骆驼。而骆驼倒地,刹那间摆脱骆驼形体,变成一个持明。这个持明高兴地对布湿格拉刹说道:"你成了我的恩人。请听我告诉你原因。"

国王啊,有一位优秀的持明名叫兰古摩林。另一位优秀的持明女名叫妲拉婆利。她看到兰古摩林年轻英俊,爱上他,自主与他结婚。而她的父亲发现她自作主张结婚,发怒诅咒他俩会分离一段日子。

此后,妲拉婆利和兰古摩林夫妻俩在自己的住地随处游乐,爱情加深。然而,由于诅咒的作用,有一天,他俩在一片树林里走散,互相不见踪影。这样,妲拉婆利寻找丈夫,渐渐到达西海对岸的一片树林。那里住着一位悉陀。她在那里看到一棵鲜花盛开的瞻部树,树上飞来飞去的蜜蜂发出嗡嗡声,听来仿佛是这棵大树亲切地安慰她。

于是,她幻化为一只蜜蜂,飞到树上休息,吸吮树上一朵鲜花的花蜜。就在这时,她幸运地看到分别已久的丈夫来到这里。她在兴奋中排出一颗卵子,沾在那朵鲜花上。她摆脱蜜蜂形体,与寻找她的丈夫兰古摩林会合,犹如月光与月亮会合。然后,他俩返回自己的住地。

而那颗沾在花朵上的卵子结成果子,到时候果子里面会孕育一个少女,因为天女的卵子不会失效。一天,一个名叫维吉达苏的牟尼出来寻找果子和根茎,来到这里。这棵瞻部树上的这个果子成熟坠落。从裂开的果子里走出一个少女,恭敬地向他行触足礼。这位牟尼具有天眼通,惊奇地看到她后,得知

---

① "布湿格拉刹"的原词是 puṣkarākṣa,词义为莲花眼。

她的真实情况,将她带回自己的净修林,给她取名毗那耶婆蒂。

这个少女在牟尼的净修林里长大。而我在空中行走时看到她。我自恃貌美,激情冲昏头脑,走近她,想要获得她,强行拉拽她。这时,牟尼听到她的哭喊声,愤怒地走过来,诅咒我说:"你自恃貌美,那么你就变成一头面目丑陋的骆驼吧! 直到你被国王布湿格拉刹杀死,这个诅咒才解除。而这位国王将成为毗那耶婆蒂的丈夫。"

"正是由于这个诅咒,我变成大地上的骆驼。今天这个诅咒已经解除,因此,你就去西海对岸名为香风林的树林,获得你的妻子,那位美貌胜过吉祥女神的天女吧!"这位持明说完这些话,升空离去。

于是,布湿格拉刹回到自己的城市后,将王国托付给大臣们照看。他在当晚就独自骑马出发,渐渐到达西海岸边。他停在那里思考怎样渡过大海。然后,他看见那里有一座难近母神庙,空无一人。他进入里面,沐浴后,敬拜女神。然后,他拿起不知什么人放在那里的一把琵琶,虔诚地弹奏演唱他自己编制的歌曲,赞颂女神。随后,他入睡。

女神对他的弹唱表示满意,在夜里派遣自己的一些侍从把他送往西海对岸。然后,他醒来,发现自己在一片树林里,而不是在难近母神庙里。他起身,好奇地在那里游荡,看到一座净修林,那些结满果子而弯下的树木仿佛向客人俯首行礼,那些鸣叫的鸟儿仿佛声声表示欢迎。

于是,国王进入里面,看见一位牟尼,身边围绕着弟子。他走近前去,向牟尼行触足礼,而牟尼也向他施以待客之礼。这位牟尼具有神通力,对国王说道:"你是为毗那耶婆蒂而来,而她刚好离开这里,去捡拾柴薪了。你就在这里等着吧! 国王啊,她是你前生的妻子。今天你就与她结婚吧!"

布湿格拉刹听到牟尼这样说,心想:"幸运啊,这位就是牟尼维吉达苏。肯定是女神帮助我越过大海,送我到这片树林。奇怪啊,这位牟尼说她是我前生的妻子。"国王这样想着,高兴地询问牟尼:"尊者啊,她怎么会是我前生的妻子? 请你告诉我!"牟尼说道:"如果你好奇,就听我告诉你。"

从前,在多摩罗利波提城,有个商人名叫达磨塞纳。他有个美丽的妻子,名叫维迪约兰卡。然而,这个商人不幸遭到盗匪抢劫,身体也被盗匪的武器击伤。于是,他不想再活下去,与妻子一起投火自尽。当时,这对夫妻偶然看到天空飞过一对美丽的天鹅。他俩投身火中死去时,心中想着这对天鹅。由此,他俩转生为一对天鹅。

在一个雨夜,这对天鹅停留在枣树的鸟窝里。突然狂风大作,将枣树连根拔起。由此,它俩失散。第二天早上,风雨平息。雄天鹅寻找雌天鹅,而在四周所有水池中都没有找到它。于是,它怀着相思的痛苦,飞往这个季节天鹅聚集的心湖。途中遇见另一只飞往那里的雌天鹅,增强了它的信心。到了心湖,它找到自己的雌天鹅。它俩在心湖度过雨季后,一起飞往一座山峰,在那里生活。

在那里,它的雌天鹅被一个猎人射杀,而它得以逃脱,满怀恐惧和悲伤。这个猎人拿起被他杀死的雌天鹅,而看见远处走来许多手持武器的人。他怕这些人会夺走这只雌天鹅,便赶快用刀在地上割取一些草,盖住这只雌天鹅。等那些人离去后,猎人走过来拨开那些草,准备取走这只雌天鹅。然而,他割取的那些草中有起死回生的仙草。这只雌天鹅沾上仙草液汁而复活,立即飞上天空,消失不见。

而雄天鹅当时看到雌天鹅遭遇不幸,昏昏沉沉,来到湖边的一个天鹅群中。就在这时,一个渔夫撒网捕住这群天鹅。然后,这个渔夫坐在一旁吃干粮。而雌天鹅寻找丈夫,来到这里,却发现丈夫已经被困在鸟网里。它痛苦地观察四周,看到有个人在湖中沐浴,而他搁在湖边的衣服上有一串宝石项链。于是,它趁那个人不注意,叼起项链,在空中缓缓飞行,让渔夫看到这串项链。渔夫看到后,离开鸟网,手持棍棒,追赶这只叼着项链的雌天鹅。雌天鹅飞到一个山顶,放下这串项链。渔夫贪图项链,开始登山。

于是,雌天鹅迅速飞回来。在困住丈夫的鸟网旁边的树上,有一只入睡的猴子。雌天鹅用尖喙袭击这只猴子的眼睛。猴子惊恐中从树上坠落在鸟网上,抓破鸟网。于是,所有的天鹅逃出鸟网。这样,这对天鹅夫妻团聚,互相讲述自己的遭遇,满怀喜悦,一起随意游荡。

这时,渔夫获得那串项链后,回来想要收取那些天鹅。而那个人正在寻找丢失的项链。渔夫顿时感到害怕。那个人取回渔夫手中的项链,还用剑砍下渔夫的右手。这时,这两只天鹅待在湖中,将一株莲花用作伞盖。到达中午时,它俩从湖中起身,飞向空中。

很快,它俩飞到一条河流边上。那里有个牟尼正在专心敬拜湿婆。就在这时,一个猎人用一支箭射中它俩。它俩一起坠落地上。而它俩用作伞盖的莲花掉在牟尼敬拜的湿婆林伽柱顶上。猎人将雄天鹅归自己,而将雌天鹅送给牟尼,用作祭供湿婆的祭品。

"布湿格拉刹啊,由于那朵莲花掉在湿婆林伽柱顶上产生的威力,你现在出生在王族,而雌天鹅由于被用于祭供湿婆,现在转生在持明族,成为持明女毗那耶婆蒂。正是这样,她是你前生的妻子。"

国王布湿格拉刹听后,再次询问牟尼维吉达苏:"投身火中,能烧尽罪业,尊者啊,怎么我俩获得的功果是转生为一对天鹅?"牟尼听后,回答说:"人会转生为临死时所想的对象。听我给你讲述这个故事。"

在优禅尼城,有一个婆罗门少女,名叫拉婆尼耶曼殊利,修习梵行,发誓终身保持贞洁。后来,她看到一个婆罗门青年,名叫迦摩劳陀耶,突然对他产生好感,心中燃起爱情的烈焰。但是,她不愿意放弃自己的誓言,于是前往甘达婆提河岸的一处圣地,带着爱欲的念想,抛弃自己的身体。正是由于带着爱欲的念想,她转生在埃格罗维耶亚城,成为一个妓女,名叫鲁波婆蒂。而由于圣地和誓言的威力,她仍然记得自己的前生。因此,她把自己前生的秘密告诉一个从事默祷的婆罗门乔吒迦尔纳,旨在教导他专心一意从事默祷。虽然她成为妓女,而由于思想纯洁,最终获得美好的归宿。

"因此,国王啊,人的转生与心中的念想关联。"这位牟尼对国王说完这些话后,前去沐浴,然后,亲自完成中午的祭祀仪式。

而国王布湿格拉刹在树林中的一条河边,看到毗那耶婆蒂在那里采集花朵。她身体犹如太阳闪耀光芒,出于好奇,进入以前没有进入过的树林深处。

国王满怀渴望,心想:"她是谁?"这时,她坐下,对自己的心腹女友说道:"朋友啊,从前想要获得我的那个持明已经摆脱诅咒。他前来告诉我,说我会在这里获得丈夫。"

那位女友听后,回答说:"正是这样。因为我今天听到牟尼维吉达苏对他的弟子蒙遮盖舍说道:'孩子啊,你快去把妲拉婆利和兰古摩林带来,因为今天他俩的女儿要与国王布湿格拉刹结婚。'蒙遮盖舍听从老师的吩咐,立即出发。因此,来吧!我俩现在回到净修林去。"毗那耶婆蒂听到女友这样说,便与女友一起返回净修林。国王躲在远处听到她俩的交谈,仿佛身体受到爱情之火烧灼,先进入河流浸泡一阵,然后返回净修林。

妲拉婆利和兰古摩林已经来到净修林。国王布湿格拉刹向他俩俯首行礼,他俩也向他表示敬意。净修林里的苦行者们围绕在国王身边。大仙维吉达苏的身体闪耀光芒,犹如另一堆祭火照亮祭坛。兰古摩林把女儿毗那耶婆蒂交给国王,同时,赠送他一辆天国飞车。大牟尼维吉达苏赐予他恩惠:"愿你与妻子一起统治四海围绕的大地。"

然后,国王征得牟尼同意,带着新娘毗那耶婆蒂登上那辆飞车,从空中越过大海,回到自己的城市,成为臣民眼中升起的月亮。他凭借天国飞车的威力,征服大地,成为一统天下的国王,与毗那耶婆蒂一起长久过着幸福的生活。

"正是这样,在这世上,难以完成的事情,只要获得天神们恩宠,就容易获得成功。因此,王子啊,你已经梦见湿婆赐予你恩惠,你的心愿很快就会实现。"

王子摩利甘迦达多听了大臣讲述的这个奇妙的故事,迫切希望获得设赏迦婆蒂,决定与大臣们一起前往优禅尼城。

第三章

这样,摩利甘迦达多渴望获得僵尸鬼提到的国王迦尔摩塞纳的女儿设赏迦婆蒂。他与大臣们商量决定,他乔装成大苦行者,悄悄离开自己的城市,前往优禅尼城。这位王子吩咐大臣毗摩波拉格罗摩准备好木杖和骷髅①等用具。而国王的宰相通过暗探发现毗摩波拉格罗摩将这些用具藏在自己家中。

这时,摩利甘迦达多在宫楼上走来走去,偶然吐出嘴里咀嚼的蒟酱叶汁,不巧落在底下路过的宰相头上。王子自己并未察觉。而宰相知道是王子从上面吐下蒟酱叶汁,感到自己受到侮辱,沐浴后,怀恨在心。

第二天,国王阿摩罗达多不幸染上霍乱。于是,宰相抓住这个机会,单独去见遭受病痛折磨的国王,要求他保证自己的生命安全后,说道:"王上啊,摩利甘迦达多在毗摩波拉格罗摩家中捣鬼谋害你,因此,你会受病痛折磨。我从暗探口中得知发生的这一切。因此,你把他驱逐出国,如同把疾病驱逐出自己的身体吧!"

国王听后,心中惊恐,派遣自己的军队统帅前去毗摩波拉格罗摩家中查看。于是,军队统帅前去毗摩波拉格罗摩家中取回头发和骷髅等,立即亲手交给国王。于是,国王发怒,命令军队统帅说:"我的儿子贪图王位,谋害我。你今天就把他和他的那些大臣一起驱逐出城。"对于一个轻信的国王,怎么可能警惕自己臣僚的阴谋呢?于是,军队统帅奉国王之命,把摩利甘迦达多及其大臣们驱逐出城。

而摩利甘迦达多感到高兴,觉得正符合自己的心愿。于是,他敬拜湿婆,并在心中向父母俯首行礼后,离开阿逾陀城。走了一长段路后,王子对以波罗姤陀舍格提为首的十位随行大臣说道:"有一位吉罗多部落的大王,名叫舍格提罗奇多,修习梵行,通晓各种知识。他是我童年时代的朋友。以前,他的父亲在战斗中被俘,便把他送来这里,作为抵押,以换取自己获释。后来,他的父亲死去。他的部落中的人想要取代他。而我请求父亲运用武力,扶助他继承他的父亲的王位。因此,我们先到我的这位朋友那里去,然后再去优禅尼城。"

大臣们听后,说道:"好吧!"这样,王子与他们一路前行,在黄昏时分,到达一片荒野。那里没有树木和水。他们好不容易找到一个水池。水池边有一棵干枯的老树。王子在这里完成黄昏敬拜仪式后,与大臣们一起喝了水,旅途

---

① 以骷髅为顶端的木杖是湿婆教徒的标志。

劳累,在那棵干枯的树下入睡。

夜里,在月光照耀下,王子醒来,看见这棵枯树渐渐长出树叶和花朵,结满果子。随后,成熟的果子纷纷坠落。于是,他立即唤醒大臣们,让他们观看这个奇迹。他们惊讶不已,与王子一起享用这些美味的果子,解除饥饿。而他们吃着果子时,忽然看见这棵枯树变成一个婆罗门青年。

王子惊奇地询问这个青年情况。青年回答说:"在阿逾陀城,有个高贵的婆罗门,名叫陀摩提。我是他的儿子,名叫悉如多提。有一年遇到饥荒,他的妻子死去。他带着我出外游荡,来到这里。他又饿又累。有个人给了他五个果子。他分给我三个果子,自己留下两个。然后,他去水池沐浴。而他离开后,我吃掉了所有五个果子,然后假装入睡。他沐浴回来,知道我假装入睡,像一块木头那样一动不动。于是,他诅咒我说:'你就成为这里水池边的一棵枯树吧!在夜里月光照耀下,你会开花结果。一旦有客人前来吃你的果子,对你的这个诅咒便解除。'父亲的诅咒一出口,我就变成这棵枯树。今天,你们来到这里吃我的果子。我终于摆脱这个诅咒。"

悉如多提说完自己的情况后,摩利甘迦达多也在他的询问下,讲述自己的情况。这个婆罗门青年没有亲友,但通晓治国论,便请求摩利甘迦达多开恩,让他成为随从。然后,夜晚逝去。早上,摩利甘迦达多带着悉如多提和大臣们出发。他们一路前行,到达一片名为迦利蒙底多的树林,惊讶地看见五个头发浓密而其貌不扬的人。

而这五个人走上前来,谦恭有礼,对王子说道:"我们是五个出生在迦尸城的婆罗门,依靠养殖奶牛为生。由于遭逢旱灾,牧草枯竭,出现饥荒,我们离开那里,带着奶牛来到这片牧草茂盛的树林。我们在这里饮用的池水含有仙液,水池边的树木常年结满三种果子,我们也一直喝牛奶,因此,我们在这片树林里度过了五百年。因此,王子啊,我们现在变成这副模样。今天,我们有幸遇到你们这些客人。进入我们的净修林吧!"受到他们的邀请,王子和随从们一起进入他们的净修林,在那里享用牛奶,度过一天。

第二天早上,王子和随从们一起出发,一路上观看种种奇妙的景物,渐渐到达吉罗多部落的领域。王子派遣悉如多提去向他的朋友吉罗多部落主舍格提罗奇多报告自己到访。吉罗多部落主听说后,亲自前来迎接他,向他俯首致敬,请他和大臣们一起进入自己的城市。

王子告诉舍格提罗奇多自己来到这里的原因,吩咐他做好准备,在必要的时候前来协助自己。王子在那里住了几天,接受他的热情招待。然后,在一个吉祥的日子,一心迷恋设赏迦婆蒂的王子再次出发,前往优禅尼城。现在,他们共有十二个人。

他们一路前行,到达一座空旷的森林。王子看见一个苦行者站在一棵树下,身上涂灰,身穿兽皮衣,束有发髻。王子和随从们一起走过去,询问道:"尊者啊,这座森林中没有净修林,为何你独自一人站在这里?"

这个苦行者回答说:"我是伟大的导师苏达吉尔提的弟子,通晓各种咒语。一天,我遇见一个具有吉相的刹帝利少年。我运用咒语掌控他。在我掌控下,他告诉我各种有仙草和仙液的地方。然后,他说道:'在北方文底耶森林里,有一棵独特的无忧树。在这棵树下有一座宏伟的蛇王宫殿。那里的水在中午覆盖有尘土,凭借成双结对游戏的天鹅和仙鹤能识别。那里住着一个强大有力的蛇王,名叫巴拉婆多。他有一把在神魔交战时获得的宝剑。这把宝剑名为吠琉璃甘底。如果有人获得这把剑,便会成为战无不胜的悉陀王。但是,需要有英雄们协助,才能获得这把剑。'这个被我掌控的少年说完这些话后,我便放走了他。然后,我别无他想,一心要获得这把宝剑,在大地上四处游荡,但始终没有找到助手,感到绝望,来到这里想要寻死。"

摩利甘迦达多听完这个苦行者的话后,说道:"我和我的大臣们可以成为你的助手。"苦行者听了很高兴,与王子及其随从们一起在脚上涂了油膏,前往蛇王的宫殿。他向四方念诵咒语,依靠标记到达那里。在夜晚,他让王子及其随从们停留在那里。他把念过咒语的芥末放进水里,去除尘土。然后,他开始举行祭祀仪式,念诵制伏蛇王的咒语。他依靠咒语的力量排除狂风暴雨等障碍。

然后,从那棵无忧树中出现一个天女,身上的装饰品叮当作响,仿佛念诵迷魂咒语。她走近这个苦行者,刹那间以斜睨的目光穿透苦行者的心。苦行者失去坚定,忘却咒语。这个胸脯丰满的天女拥抱苦行者,致使他手中的祭祀用具失落。蛇王巴拉婆多抓住这个机会,从宫殿中出来,犹如劫末升起的乌云。苦行者看到蛇王眼中冒出火焰,口中发出恐怖的吼声,顿时吓得心脏破裂,而天女消失不见。

苦行者倒地死去后,蛇王不再呈现可怕的模样,而对充当苦行者助手的摩利甘迦达多及其随从们发出诅咒:"你们毫无必要一起来到这里做这种事,因此,你们会互相分离一些日子。"说罢,蛇王消失不见。随即,他们的眼前漆黑一片,耳朵也听不见任何声音。这样,由于这个诅咒的威力,他们即使互相呼喊和寻找,也无济于事,各自走散。在这个混乱的夜晚结束后,摩利甘迦达多发现自己在一座森林里,身边没有自己的大臣。

这样,经过两三个月,寻找王子的婆罗门悉如多提来到了他的身边。悉如多提含着眼泪,拜倒在王子脚下。王子也向他表示敬意,询问他大臣们的消息。悉如多提安慰王子说:"我没有见到他们。但是,王子啊,他们肯定会前往优禅尼城,因为那里是我们的目的地。"这样,王子在他的鼓励下,与他一起前往优禅尼城。

王子行走了几天,突然在路上遇见自己的大臣维摩罗菩提,欣喜不已。维摩罗菩提热泪盈眶,向王子俯首行礼。王子拥抱他后,让他坐下,询问他其他大臣的消息。他对热爱部下的王子说道:"王子啊,由于蛇王诅咒的威力,我不知道他们中的哪个人去了哪里,但我肯定你会找到他们。请你听我告诉你!"

当时,受到蛇王诅咒,我也走向远处,在森林东边游荡。我疲惫不堪。有个人把我带到大仙婆罗贺摩檀丁的净修林。在那里,这位大仙给我果子和水,让我解除疲劳。然后,我在那里游荡,在净修林附近看见一个大山洞。

我出于好奇,进入山洞,看到里面有一座宝石宫殿。我透过格子窗观察里面情况,看见一个妇女在转动一个附着许多蜜蜂的轮子。那里还站着牛和驴。那些蜜蜂分为两类,一类吸吮牛流出的奶沫,另一类吸吮驴流出的血沫。这样,两类蜜蜂分别变成白蜘蛛和黑蜘蛛。两类蜘蛛吐丝结出两种不同的网。一种网上有许多香花,另一种网上有许多毒花。那些蜘蛛愉快地聚集在那些网上。而有一条大蛇长有黑白两张嘴,吞噬那些蜘蛛。

那个妇女便将那些蜘蛛装进各种罐里。然而,那些蜘蛛又爬出来,仍然聚集在那些网上。而那些黑蜘蛛接触毒花后,发出哭喊。接着,那些白蜘蛛也跟着发出哭喊。而那里有一个慈悲为怀的苦行者。哭喊声打破他的沉思入定。于是,他释放出火焰。网上那些蜘蛛受到烧灼,纷纷钻进一个充满洞眼的珊瑚柱,消失在顶端闪耀的光芒中。同时,那个妇女以及轮子、牛和驴也不知去向。

我站在那里看到这个奇迹后,继续在附近游荡。我看到一个可爱的莲花池,仿佛是那些围绕莲花的蜜蜂发出的嗡嗡声召唤我来到那里。我坐在莲花池边,看到水中有一座大森林,林中有一个猎人。他获得一头长有十只手臂的幼狮,养育它。然而,因为觉得它难以驯服,猎人又愤怒地把它赶出森林。

而那头狮子听到另一座森林里有母狮的叫声,便前往那里。可是,一阵狂风吹断了它的十只手臂。然后,来了一个大腹便便的人,让狮子的十只手臂复原如初。于是,它继续前往另一座森林,寻找那头母狮。它在那座森林里,为了获得那头母狮,备尝艰辛。最后,它获得那头母狮,结为夫妻,返回自己的森林。那个猎人看到狮子带着妻子回来,便把森林让给它,自己离开这里。

然后,我回到净修林,把看到的这两个奇迹告诉婆罗贺摩檀丁。这位牟尼知道过去、现在和未来三世之事,高兴地告诉我说:

你很幸运。自在天湿婆开恩,向你显示这一切。孩子啊,你在那里看到的那个妇女是幻觉。她转动生死轮回的轮子。那些蜜蜂是众生。牛和驴是正法和非法。蜜蜂吸吮奶沫和血沫代表行善和作恶。它们依据各自的所作所为变成黑白两种蜘蛛。然后,按照各自的性能吐丝结出两种网。香花和毒花代表快乐和痛苦。这些蜘蛛执著各自的网。孩子啊,蛇代表死神,黑白两张嘴代表噩运和幸运,分别吞噬这些蜜蜂。那个代表幻觉的妇女把它们装进各种罐,代表让它们投胎各种子宫,由此获得再生。孩子啊,黑白两种蜘蛛再次执著原先的快乐和痛苦两种网。黑蜘蛛在网上受到代表痛苦的毒花折磨,发出哭喊,寻求大神庇护。而白蜘蛛看到后,产生离欲弃世的愿望,也在自己的网上发出哭喊,寻求大神庇护。于是,代表大神的苦行者听到哭喊声,用智慧之火焚烧所有的网。所有的蜘蛛钻进珊瑚柱代表进入太阳圆盘,珊瑚柱顶端代表至高归宿。代表幻觉的妇女和代表轮回转生的轮子消失,代表正法和非法的牛和驴也随之消失。正是这样，代表众生的黑白两种蜘蛛在生死轮回中流转，通过抚慰祈求自在天湿婆而获得解脱。

而你在水池中看到的也是自在天显示的景象，为了解除你的困惑。请听我告诉你。自在天在水池中呈现的影像是表明摩利甘迦达多未来的情况。他相当于幼狮，十只手臂相当于他的十位大臣，猎人相当于他的父亲。猎人养育幼狮，相当于父亲养育他。猎人愤怒地将狮子赶出森林，相当于父亲愤怒地将他驱逐出国。另一座森林相当于阿槃底国。母狮相当于设赏迦婆蒂。狮子听到母狮叫声相当于他听到设赏迦婆蒂的情况，于是前去寻找。狂风相当于蛇王的诅咒，吹断狮子的十只手臂，相当于他失去十位大臣。然后，大腹便便的人相当于大神湿婆。这个人恢复狮子的十只手臂，相当于他与十位大臣团聚。然后，狮子在那片树林里备尝艰辛，获得那里的母狮，相当于他备尝艰辛，获得设赏迦婆蒂。然后，狮子排除敌对大象阻扰，带着母狮回到自己的森林，相当于他排除障碍，带着妻子设赏迦婆蒂回到自己的国家。猎人见狮子带着母狮回来，便把森林让给它，相当于父亲看见他带着妻子回来，把王国让给他。猎人离开森林，相当于国王退隐苦行林。这是大神向你显示未来的情况，就像已经发生的那样。因此，你的主人会找到你们这些大臣，也会获得妻子和王国。

"这位优秀的牟尼向我解释这一切后，我获得信心。然后，我离开净修林，一路缓缓走来，王子啊，今天在这里遇见你。因此，你可以放心。你出发时敬拜赐予恩惠和排除障碍的大神，肯定会找到以波罗旃陀舍格提为首的大臣们。"

摩利甘迦达多听了自己的大臣维摩罗菩提讲述的奇妙经历后，满怀喜悦。他与这位大臣商量后，出发前往阿槃底国都城优禅尼，以便找到其他大臣和获得设赏迦婆蒂。

第四章

为了获得设赏迦婆蒂，摩利甘迦达多与悉如多提和维摩罗菩提一起前往优禅尼城，到达那尔摩达河。这条河流波浪翻滚犹如蔓藤般的手臂挥动，白色的水沫犹如露出的笑容,仿佛看到这位王子幸运地遇见自己的大臣,高兴地发出欢笑,跳起舞蹈。

王子进入河中沐浴后,有一位沙钵罗王,名叫摩耶钵杜,也来到这条河中沐浴。他在沐浴时,突然出现三个水怪,一起抓住这个毗罗王①。他的随从们害怕而逃跑。王子见此情况,立即拔剑进入河中,杀死那三个水怪,救出这位毗罗王。

毗罗王摆脱危险,从水中起身,拜倒在王子脚下,询问道:"请告诉我,你是谁? 命运安排你来救我的命。你是哪位高尚的国王家族的装饰? 或者,你去哪里? 那个地方有幸获得你的光顾。"于是,悉如多提向他讲述王子的整个情况。

毗罗王听后,向王子深表敬意,说道:"那么,我以及我的朋友摩登伽王是你实现愿望的盟友,听从你的命令。王子啊,请你赏光来到我家,因为我是你的臣仆。"这样,沙钵罗王用种种恭敬的话语邀请王子,将他带回自己的村镇。

在那里,沙钵罗王竭尽所能,依礼招待王子。村镇里的民众也都供奉王子。摩登伽王也来到这里欢迎他,向这位救他的朋友性命的王子行触足礼,成为他的臣仆。由于沙钵罗王热情接待,摩利甘迦达多在这里住了一些天。

一天,沙钵罗王和自己的门卫旃陀盖多玩掷骰子赌博。这时,天空升起乌云,雷电轰鸣,摩耶钵杜观看家里的那些孔雀起舞。而嗜好掷骰子赌博的门卫对他说道:"王上啊,这有什么好看的? 这些孔雀并未真正学会跳舞。我家里有一只孔雀,举世无双。如果你有兴趣,我明天早上让你观赏。"沙钵罗王听后,说道:"那么,你一定要让我观赏。"说罢,他起身去处理日常事务。摩利甘迦达多也听到这些话,然后,与随从们一起沐浴和进餐。

然后,夜晚降临,黑暗吞没一切。王子的随从们在屋里已经入睡,而他在身体上涂抹麝香,穿上深蓝衣服,手中持剑,独自离开住处,想要出去探险。他

---

① 毗罗(bhilla)与沙钵罗同义,也是山中野蛮部落名称。这里以及下面使用的沙钵罗王和毗罗王的称谓均指摩耶钵杜。

在游荡的路上遇见一个人,由于漆黑一片,互相肩碰肩。王子愤怒地向那个人发起挑战,而那个人成熟老练,作出得体的回答:"为何你不好好想想就发怒?如果你好好想想,你就应该责怪这个月亮在夜晚不发光,或者,责怪创造主没有尽到责任,由此,让人在黑暗中发生这样的冲突。"

摩利甘迦达多听到这个聪明的回答,感到满意,说道:"你说得对。"然后,他询问这个人:"你是谁?"这个人回答说:"我是贼。"于是,他故意回答说:"伸过手来。我俩是同伙。"这样,摩利甘迦达多与他交朋友,想要知道他做什么,跟着他走,到达一口野草覆盖的枯井。他跟着这个人从这里的地道进入,到达国王摩耶钵杜的后宫。

那里有灯火。他认出这个贼原来是门卫旃陀盖多。这个门卫是王后的秘密情人。由于摩利甘迦达多身穿其他的衣服,又站在一个角落,光线暗淡,这个门卫没有认出他。这个门卫到达后,王后曼殊摩蒂满怀激情,搂住他的脖子。他在床榻上坐下后,王后问他:"今天你带来的这个人是谁?"他回答说:"他是我的朋友。你放心。"而王后焦虑不安,说道:"我这个薄命之人怎么会放心?摩利甘迦达多把国王从死神之口救出。"而门卫听后,对她说:"你何必忧虑?我很快就会杀死国王和摩利甘迦达多。"

也是命运安排,王后听后,对这个门卫说道:"你怎么能这样夸口?国王在那尔摩达河中被那些水怪抓住时,唯独摩利甘迦达多挺身救他。为何你不杀死他,而是吓得逃跑?你还是住口吧,别让任何人听到你的话。否则,你会受到勇士摩利甘迦达多的威胁。"

这个门卫听后,忍受不住她说的话,说道:"你这个恶妇!你现在肯定爱上了摩利甘迦达多。因此,我要让你尝到蔑视我的苦果!"说罢,他起身举刀要杀死她。这时,王后的一个心腹侍女跑过来,抓住他手中握着的刀。王后曼殊摩蒂趁机逃到另一间屋子。而这个门卫甩掉侍女的手,砍断她的手指。然后,这个门卫匆匆忙忙,沿着原路,与惊恐中的王子一起返回自己的家。

到了那里,摩利甘迦达多对门卫说道:"你已经到家,我也要走了。"而门卫在黑暗中没有认出他,说道:"你就在这里住一夜吧!你也累了,赶快休息吧!"王子想要继续观察他做些什么,于是答应道:"好吧!"门卫召唤自己的一个侍从，吩咐说："你把他带到安放孔雀的那间屋子，给他铺一张床，让他在那里休息。"侍从说道："好吧！"便带着摩利甘迦达多进入那间有灯的屋子，为他铺好一张床。然后，他离去，在外面锁上门。

王子看到屋内笼子里的孔雀，心想："这就是门卫所说的那只孔雀。"他出于好奇，打开笼子。孔雀出来后，凝视摩利甘迦达多，然后在他的脚下反复翻滚。他看到孔雀脖子上系有一根细绳，心想可能是这根细绳折磨孔雀，便立刻解下这根细绳。而就在这时，他看到孔雀变成自己的大臣毗摩波拉格罗摩。于是，王子热烈拥抱他，询问道："这是怎么回事？"毗摩波拉格罗摩满怀喜悦，说道："王子啊，请听我讲述我的整个经历。"

当时，受到蛇王诅咒后，我与你失散，四处游荡，到达森林中一棵木棉树下。我看到那棵树上刻有象头神像，于是俯首敬拜，然后坐在树下休息。我心中思忖："唉，这一切都是我造下的罪孽，因为我把自己那天夜里遇见僵尸鬼的事情告诉主人。因此，我要在这里抛弃自己犯罪的身体。"这样，我就在神像前，开始绝食。

过了一些天，有个年迈的旅人路过那里，坐在那棵树荫下。这位善良的老人看到我，热心询问我："孩子啊，你为何待在这个偏僻的地方，面容憔悴？"于是，我如实告诉他自己的遭遇。这位老人满怀慈爱，鼓励我说："既然你是一个勇士，为何像妇人那样想要自尽？而即使是妇人，她们遇到灾厄，也未必失去信心。请听我讲述这个故事！"

在憍萨罗城，从前有个国王名叫维摩杜迦罗。他的儿子名叫迦摩拉迦罗。创造主创造他，仿佛让他在威力、美貌和慷慨三种品质上，胜过室建陀、爱神和天国如意树。他值得受到四面八方的歌手赞颂。一天，他熟识的一个歌手来到他面前，念诵一首诗：

成群的天鹅若不获得莲花池，怎么会快乐？

池中有各种鸟儿和蜜蜂围绕莲花热情歌唱。①

　　这个歌手名叫摩诺罗特悉提。他一再念诵这首诗。然后,在王子迦摩拉迦罗询问下,他说道:

　　王子啊,我四处游荡,到达国王梅卡摩林的维迪夏城。那是吉祥女神的游乐园。在那里,我住在音乐老师陀尔杜罗迦家中。一天,在交谈中,他告诉我说:"这里国王的女儿名叫杭娑婆利。明天早上,她要当众表演新近学会的一种舞蹈。"我听后,满怀好奇心,于是第二天,我设法与这位老师一起,前往王宫,进入舞厅。随着乐器奏响,杭娑婆利在国王面前翩翩起舞,犹如爱情之树上的蔓藤在青春之风的吹拂下晃动,身上的装饰品犹如花朵颤动,手指犹如嫩芽摆动。于是,我想:'除了王子迦摩拉迦罗,没有任何人适合成为这位鹿眼女郎的丈夫。如果这位公主不与那位王子结合,那么,爱神何必费力挽他的花弓?'因此,我要设法成全这桩美事。

　　于是,在观赏舞蹈后,我在王宫门前悬挂一个告示:"有哪个画师能与我相比,就请他画画吧!"然而,没有人取下这个告示。国王得知后,召唤我,让我为他女儿的住处画画。于是,王子迦摩拉迦罗啊,我在公主杭娑婆利的房间墙壁上画了你和侍从们的像。我心中思忖:"如果我明白告诉她,她会认为我故意耍手腕。因此,我要让这位公主自己产生想法。"

　　我有一个知心朋友。我事先与他商量好,让他装成一个让人逗乐的疯子。于是,他东游西逛,疯疯癫癫,边唱边舞。一些王子从远处看到他,便把他带在身边,与他逗乐玩耍。然后,公主杭娑婆利也看到他,觉得他很有趣,把他带到自己的房间。他进入房间后,看到墙壁上的画,便手舞足蹈赞美你:"我多么幸运啊,我看到迦摩拉迦罗。他如同毗湿奴,具有无穷无尽的美德,手持莲花和螺号标志物,受到吉祥女神宠爱。"公主杭娑婆利听后,询问我:"他在说些什

---

① 这首诗中,"成群的天鹅"的原词是 haṃsāvalī,也就是这个故事中女主人公的名字,即杭娑婆利。"莲花池"的原词是 kamalākara,也就是男主人公的名字迦摩拉迦罗。"鸟儿和蜜蜂"的原词是 dvijāli,也读作"众多婆罗门"。

么？你画的这个是谁？"她一再坚持询问我，于是我回答说："美女啊，这个人是王子。我钦佩他的美貌而画了他。"然后，我告诉她你的名字和种种品德。随即，杭娑婆利涌起对你的爱意，仿佛她种下一棵爱情之树。然后，她的父王来到她的房间，看到这里的情形，愤怒地把疯子和我一起赶了出来。

从此，公主心中怀着渴望，身体日益消瘦，以致变得像黑半月纤细的月牙，只剩下美。她假装生病，征得父亲同意，独自住进涤罪消灾的毗湿奴神庙。她思恋你，夜不成寐，忍受月光的折磨，已经分不清白天和黑夜。有一次，她从神庙顶部看见我进入神庙，便招呼我，怀着敬意，送给我衣服和装饰品。我从神庙出来后，看到她送给我的衣服边沿上写有这首诗。你再听我念诵一遍：

> 成群的天鹅若不获得莲花池，怎么会快乐？
> 池中有各种鸟儿和蜜蜂围绕莲花热情歌唱。

我读到这首诗，明白她一心思恋你。因此，为了让你知道这个情况，我来到这里，向你念诵这首诗。你看这是她送给我的衣服和上面写的这首诗。

迦摩拉迦罗听了这个歌手的话，也看到这首诗，仿佛觉得杭娑婆利从耳朵和眼睛进入他的心中，满怀喜悦。于是，他一心思考获得杭娑婆利的办法。而恰巧就在这时，他的父亲召唤他，对他说道："儿子啊，国王懈怠放逸，就会像被咒语控制的蛇，必然毁灭。而国王一旦毁灭，怎么还能复兴？你一味享乐，至今没有让我看到你有征战求胜的雄心。因此，趁我还活着，你要振作精神，不能再懈怠放逸。你现在首先要战胜我们的敌人安伽王。他已经从自己的王国出发，前来攻打我们。"

听了父亲的话，勇士迦摩拉迦罗高兴地表示同意，说道："好吧！"因为他想要前往心上人那里。随即，他带着父亲指定的军队出发。大地和敌人的心同时颤抖。他带着军队行进一段路程后，就遇见安伽王的军队。他与敌军交战，击溃敌军。这位勇士歼灭敌军，犹如投山仙人吞饮大海，最后活捉安伽王。他捆绑这个敌人，交给自己一个可靠的侍卫，让他带着一些随从，将人送到父亲那里。同时,他让这个侍卫代他向父亲说明:"父亲啊,我现在还要从这里出发,去战胜其他敌人。"

然后,迦摩拉迦罗率领军队,一路前行,战胜其他一些国王,到达维迪夏城附近。他驻扎在那里,派遣使者去向国王梅卡摩林求娶他的女儿杭娑婆利。国王通过使者得知迦摩拉迦罗并非怀抱敌意,而是为了求娶他的女儿,满怀喜悦,亲自前来会见王子。

王子热情招待他,施以待客之礼。然后,国王对他说道:"你何必亲自长途跋涉前来求亲?此事只要派遣使者就能办成,因为这是我的心愿。请听我说明其中原因。杭娑婆利自幼崇拜毗湿奴。我看到她身体柔嫩似希利奢花,心中一直思虑:'有谁适合成为我的女儿的丈夫?'由于我找不到适合她的丈夫,心中着急,突然患上严重的热病。为了消除病患,我敬拜毗湿奴。受发烧折磨,我夜晚只能勉强入睡一会儿。而毗湿奴在梦中指示我说:'孩子啊,你是为了女儿而患上热病。你只要让杭娑婆利用手触摸你,你的热病就会消除。由于她崇拜我,她的手获得净化而圣洁。因此,无论谁患上热病,经她的手触摸,热病必然会消除。你也不必为女儿的婚事焦虑,因为王子迦摩拉迦罗会成为她的丈夫。只是你的女儿会在短时期内遭遇一些麻烦。'听到毗湿奴的指示后,我醒来。夜晚逝去。然后,经杭娑婆利的手触摸,我的热病消除。大神已经指定你俩结为姻缘,因此,我要把杭娑婆利许配给你。"说罢,国王定下结婚吉祥日,然后返回自己的都城。

国王回去后,把这事告诉所有人。杭娑婆利听后,悄悄对自己的心腹女友迦那迦曼殊利说道:"你去看看那位王子是不是那个画师画在这里的这位王子?因为我担心父亲或许害怕那位带着军队来到的王子,把我作为礼物献给他,而他与画中的这位王子迦摩拉迦罗同名。"说罢,她派遣迦那迦曼殊利乔装成女苦行者,手持念珠,身穿兽皮衣,前往王子的营地。

经过王子的侍从通报,迦那迦曼殊利进入营地,看到王子。她顿时被王子的美貌迷住,仿佛看到掌握迷魂武器而征服世界的爱神。随即,她仿佛沉思入定,心想:"如果我不能与这位王子结合,那么,我这一生等于白活。无论如何,我都要设法获得他。"然后,她走近前去,向王子表示祝福,送给他一颗摩尼珠。

王子接受这颗摩尼珠，并向她表示敬意。随后，她坐下，对王子说道："这是一颗奇异的摩尼珠。我多次见证它的功效。你把它带在身边，便能抵御任何敌人的锐利武器。出于仰慕你的品德，我把它送给你。王子啊，它对于我不像对于你那样有用。"王子正要说话，而她借口自己恪守出家人的誓言，辞别离去。

她回到杭娑婆利身边后，卸下苦行者服装，装出愁眉苦脸的样子。经公主询问，她编造谎言，说道："即使这是国王的秘密，不能透露，但我效忠你，也要告诉你。我乔装成女苦行者，到达王子的营地。有个人悄悄走过来，对我说：'女尊者啊，你是否掌握驱除魔鬼的巫术？'我听后，对这个看似侍卫的人说道：'我掌握。这对我算不得什么难事。'于是，公主啊，他立即把我带到王子迦摩拉迦罗身边。我看到他病倒在床，魔鬼附身，精神萎靡。身边的侍从正在用药草和驱邪的摩尼珠安定他。我假装施展了一阵驱魔术，立即离开那里，说道：'我明天会来这里让他痊愈。'我目睹发生这样不幸的事，内心极其痛苦，只能回来告诉你。你自己决定以后怎么办吧！"

听了她编造的这套谎言，天真纯朴的杭娑婆利受到残酷打击，顿时茫然不知所措，对她说道："天啊，甚至创造主也会加害自己创造的美好事物。月亮上的斑点就是他造成的过失。我选择他为丈夫，却不能见他。因此，我还不如死去或隐居林中。你说说吧，我该怎样做才好？"

于是，诡诈的迦那迦曼殊利对公主说道："让这里的一个侍女穿上你的服装去嫁给这位王子。我俩趁人们忙乱中，去往某个地方。"公主听后，对这个坏心肠的女友说道："那么，你就穿上我的服装，去嫁给这位王子吧，因为有哪个侍女会像你这样对我忠心耿耿？"邪恶的迦那迦曼殊利立即说道："你放心。无论发生什么情况，我会设法办妥这件事。但是，到时候，你要完全听从我的吩咐，照我的话做。"她这样取得公主信任后，又把自己的这个秘密计划透露给她的心腹女友阿输迦迦利。在此后三天中，她与这个女友一起侍奉同意这样做的而心神不定的杭娑婆利。

到了结婚日，新郎带着象、马和步兵在黄昏时分来到。趁所有人忙于庆祝时，迦那迦曼殊利借口为公主装饰打扮，支走其他侍女。然后，她迅速把公主带到自己的房间，自己穿上公主的服装，让公主穿上阿输迦迦利的服装，让阿输迦迦利穿上她的服装,作为她的伴娘。夜晚来临,她对杭娑婆利说道:"你从西城门出去,只要走上一段路,就会见到一棵有树洞的古老木棉树。你躲进树洞里,等着我来。我办完事情后,一定会来这里找你。"

杭娑婆利听了这个虚假的女友的话,穿着她的女友阿输迦迦利的服装,说道:"好吧!"就这样,她在夜里走出后宫,从西城门出去。城门口拥满新郎的侍从,无人认识她。她到达木棉树后,看到树洞里漆黑一片,感到害怕,没有进入,而是爬上附近的一棵榕树。她藏在茂密的树叶中,观察道路,等待她的坏心肠的女友来临。因为她心地善良,察觉不出她的这个女友的邪恶行径。

在宫殿里,举行婚礼的吉祥时刻来到。国王带着身穿杭娑婆利服装的迦那迦曼殊利登上祭台。迦摩拉迦罗与她牵手成婚。她涂抹有姜黄粉末。在夜晚,没有人能辨认清楚。婚礼结束后,迦摩拉迦罗带着乔装成杭娑婆利的迦那迦曼殊利及其伴娘阿输迦迦利,抓紧吉祥的星宿时间,迅速返回自己营地。

他们行进到西城门外的路上,到达木棉树附近。受骗的杭娑婆利就藏在旁边的榕树上。这时,与王子一起坐在象背上乔装成杭娑婆利的迦那迦曼殊利立刻假装惊恐害怕,紧紧抱住王子。王子连忙询问她发生什么事。她假装含泪说道:"夫君啊,我昨夜梦见从这棵木棉树树洞里出来一个像是女罗刹的女人,抓住我,准备吃掉我。幸亏有个婆罗门跑过来救下我。他安慰我,然后对我说:'孩子啊,如果你焚烧这棵树,也把从树洞里出来的那个女人扔进去,这样,也就平安无事了。'说罢,这个婆罗门消失不见。我醒来后,记得这件事。因此,我一见到这棵树,就感到害怕。"

迦摩拉迦罗听后,立即吩咐自己的侍从烧毁这棵树和那个女人。侍从们焚烧这棵树。乔装成杭娑婆利的迦那迦曼殊利看到杭娑婆利没有从树洞里跑出来,以为她已经烧死在里面了。这样,迦摩拉迦罗带着她回到营地,以为自己获得的是真正的杭娑婆利。

第二天早上,迦摩拉迦罗迅速出发,回到憍萨罗城。父亲见他凯旋而归,高兴满意,为他灌顶,让他继承王位,而自己退隐林中。这样,迦摩拉迦罗与乔装成杭娑婆利的妻子一起统治大地。而歌手摩诺罗特悉提躲在宫外远处,害怕被迦那迦曼殊利认出而遭殃。

而杭娑婆利在那天夜里,在榕树上听到和看到这一切,知道自己已经受骗。在迦摩拉迦罗离去后,她思忖道:"天啊,我的坏心肠的女友施展诡计,夺走我的爱人。天啊,她还要烧死我,才心满意足。信任恶人,有谁会不遭殃?我这苦命人就投身这燃烧的木棉树炭火中,也算是还清对这棵树的债。"于是,她从树上下来,准备舍弃生命。

这时,也是命运起作用,她转而心想:"我为何白白舍弃生命?如果我活着,终究可以向这个谋害朋友的恶妇复仇。因为父亲患上热病时,毗湿奴大神在梦中指示他说:'只要经杭娑婆利的手触摸,他的热病就会解除。'还对他说:'杭娑婆利会获得迦摩拉迦罗这个合适的丈夫。但是,她会在短时期内遇到一些麻烦。'因此,我要去某个地方,耐心等待。"于是,杭娑婆利离开这里,前往一座荒凉的森林。

她走了一长段路后,感到疲乏,步履蹒跚。这时,夜晚消逝,仿佛出于同情,让她看清道路。天空看到她,仿佛出于怜悯,降下许多露珠,犹如滴滴泪珠。善人们的亲友太阳升起,给予她安慰和希望,放射的光芒犹如伸出的手指,抹去她的泪水。这样,她稍许恢复精神,避开行人的目光,缓缓行走,双脚受到拘舍草尖扎刺。

最后,这位公主到达一片树林。那里充满鸣叫的鸟儿,声声听似"来吧,来吧!",仿佛欢迎她。她进入树林,感到疲倦,而那些蔓藤和多罗树在风中摇摆,仿佛好意地为她扇风。她看到树林里春意盎然,杜鹃在鲜花盛开的芒果树上发出甜蜜鸣声。而她思念心上人,心情沉重,心想:"即使摩罗耶山风带着金黄的花粉吹拂,却像火焰烧灼我。在蜜蜂的嗡嗡声中,这些从树上飘落的花朵,像是爱神射向我的一支支花箭。尽管如此,我仍然要用这些花朵供奉毗湿奴大神。我要在这里涤除自己的罪业。"于是,她进入水池沐浴,留在那里吃果子维持生命,专心敬拜毗湿奴,期望获得迦摩拉迦罗。

也是命运安排,迦摩拉迦罗在憍赏弥城患上慢性热病。邪恶的迦那迦曼殊利看到这个情况,心中害怕,思忖道:"我心中唯一担心的是阿输迦迦利会泄露秘密。现在正面临这种危险。杭娑婆利的父亲当众对我的丈夫说过,只要杭娑婆利用手触摸,就会解除热病。现在他患上热病,肯定会想起这件事。而我没有这种能力，那么，我就会暴露，遭到毁灭。因此，我要按照以前一位女瑜伽行者告诉我的那样举行仪式，请求热病侍从解除热病。我要设法在热病侍从面前杀死阿输迦迦利，用人肉作为祭品，那么，我的心愿就会实现。让国王的热病和阿输迦迦利一起消除，我的担心也就消除。除此之外，没有别的办法能保障我的安全。"

她这样想好后，把自己的计划告诉阿输迦迦利，而隐瞒其中的用人肉祭供这一项。阿输迦迦利表示同意后，她准备好各种用品。在夜里，她设法支走其他侍从，独自与阿输迦迦利悄悄从后门走出后宫，手中持刀，来到一座空旷的湿婆神庙，里面有一根林伽柱。她用刀杀死一头山羊，用山羊的血染红林伽柱；用山羊的肠子作为花环，围绕林伽柱；用山羊的心脏作为莲花，供在林伽柱顶；用山羊的双眼作为香料；用山羊的头作为祭品。然后，她用羊血和檀香膏涂抹祭台前端，用牛黄在上面画出一朵八瓣莲花，中间抹上沾血的面粉，代表具有三足、三脸和手握尘土为武器的热病。她按照仪轨念诵咒语，召唤热病侍从们进入莲花花瓣。随后，她沐浴，准备用人的血肉祭供他们，便对阿输迦迦利说道："朋友啊，现在你全身趴在地上，敬拜大神，这样，你会获得好运。"

阿输迦迦利说道："好吧！"便趴在地上。随即，心肠狠毒的迦那迦曼殊利举刀砍她。也是命运安排，阿输迦迦利只是肩部稍许受伤。她惊恐地起身，迅速逃跑。她看到迦那迦曼殊利在后面追赶她，便一再大声呼叫救命。这时，附近的一些城市卫兵跑过来。他们看到迦那迦曼殊利手中持刀，面目凶狠，以为她是女罗刹，便用武器攻击她，直至她差点死去。

这些卫兵从阿输迦迦利口中得知具体情况，把她俩带到城防长官那里。国王迦摩拉迦罗听了他们的汇报，心慌意乱，吩咐把他的邪恶的妻子及其女友带来。她俩被带来后，迦那迦曼殊利伤势过重，又陷入恐惧，顿时气绝命殒。国王心情沮丧，询问阿输迦迦利，说道："你别害怕，说说这是怎么回事？"于是，她从头至尾详细讲述迦那迦曼殊利施展的阴谋诡计。国王迦摩拉迦罗明白事情真相后，内心极其痛苦，悲叹道："天啊，她乔装成杭娑婆利骗过我，以致我这个傻瓜亲手烧死杭娑婆利。这个恶妇成为王后，最终这样死去，也是她自己的恶行招致恶报。而我怎么会被假象迷惑,就像幼童被骗子取走宝石,而换成一块玻璃?天啊,我怎么忘了杭娑婆利的父亲告诉过我,毗湿奴指出经杭娑婆利的手触摸,热病就会消除?"

迦摩拉迦罗这样悲叹着,突然想起:"杭娑婆利的父亲梅卡摩林对我说过,毗湿奴指出她会获得我这个丈夫。但是,她会在短时期内遇到一些麻烦。大神的指示必定会兑现,不会落空。因此,她可能去往别处,仍然活着。女人的心就像命运,有谁知道其中的底蕴?现在,我要求助这里的歌手摩诺罗特悉提。"

随即,国王派人带来这位优秀的歌手,对他说道:"贤士啊,你怎么好久没有来到这里?"世上人们受到恶人欺骗,哪里还会实现愿望[①]?这位歌手回答国王说:"大王啊,我考虑到迦那迦曼殊利害怕诡计暴露,而使阿输迦迦利遭到追杀。而你不必为杭娑婆利忧虑,因为毗湿奴已经指出她会在短时期内遇到一些麻烦。她始终虔诚崇拜毗湿奴。大神会保护她。正法永远存在,怎么会在这里见不到?王上啊,我现在就去找回她。"国王听后,说道:"我要亲自与你一起去找回她。否则,我的心一刻也不会安宁。"

国王迦摩拉迦罗作出这个决定,第二天早上,把王国托付给名叫般若底耶的大臣照看,不顾他的劝说,与摩诺罗特悉提一起悄悄出城。国王四处游荡,在各个圣地、净修林和树林中都没有找到杭娑婆利。而他坚定地服从爱情的命令,不顾自己身体劳累,在命运安排下,他终于来到杭娑婆利所在的树林。

他和摩诺罗特悉提见到这里修炼苦行的杭娑婆利。她在一棵红花盛开的无忧树下,瘦削苍白,而依然迷人,犹如一弯闪耀光辉的月牙。国王对这位歌手说道:"她是谁?她静默不动,沉思入定,容貌非凡,莫非是一位女神?"这位歌手定神凝视她,回答国王说:"王上啊,你交上好运了!你已经获得杭娑婆利,因为这就是她。"

这时,杭娑婆利听到这些话,看见他俩,认出这位歌手,不禁发出痛苦的哭喊:"天啊,父亲!天啊,我遭受伤害!天啊,夫君迦摩拉迦罗!天啊,摩诺罗特

---

① 这句中"实现愿望"的原词是 manorathasiddhi,也就是这位歌手的名字摩诺罗特悉提。

悉提！天啊,命运这样捉弄我！"她这样伤心地哭喊着,昏倒在地。迦摩拉迦罗听到她的哭喊,看到她昏倒在地,内心痛苦,也跌倒在地。于是,摩诺罗特悉提安慰他俩。他俩互相得到确认,满怀喜悦。他俩终于渡过离愁的苦海,感受到不可言状的快乐,互相倾诉各自经历的一切。

然后,迦摩拉迦罗带着杭娑婆利和歌手一起返回憍赏弥城。他派人接回父亲梅卡摩林。父亲也为他感到高兴。他和杭娑婆利牵手成婚。他的热病也随之消除。他与父母双方家族纯洁的杭娑婆利结合,光彩熠熠。杭娑婆利依靠沉着坚定而实现心愿。从此,国王与杭娑婆利以及歌手摩诺罗特悉提一起愉快生活。

"正是这样,遭遇灾厄,不丧失信心,最后获得一切。因此,孩子啊,你不应该抛弃自己的身体,而应该活下去。你会找到你的主人。"王上啊,这位年迈的旅人向我讲述这个故事后,规劝我不要自尽,然后,他离开我,前往他要去的地方。

这样,在这个夜晚,毗摩波拉格罗摩在旃陀盖多的屋子里,向摩利甘迦达多讲完这件事后,继续讲述自己的经历:

这样,我接受这位老人的教诲,离开这座森林,前往你一心要去的优禅尼城,希望找到你。而我在那里没有找到你,感到疲乏,进入一个妇女家中借宿,向她支付膳食费。我在她提供的床上,困倦而入睡。醒来后,我出于好奇心,静静躺着观察周围。

我看到这个妇女抓了一把麦粒,撒在屋子地面上,嘴唇嚅动着默念咒语,顷刻间麦粒长成麦子,麦穗成熟。她收割麦子,将麦子炒熟后,碾成炒麦粉。她把这些炒麦粉装进一个铜碗,浇上一些水。随后,她把屋子收拾得与原来一样,迅速出去沐浴。

由此,我觉得她是一个女巫,急忙悄悄起身。我将这个铜碗里的炒麦粉与另一个碗里的炒麦粉进行对调,注意保持这两个碗里的炒麦粉不混杂。然后,我回到床上躺着。这个女人回来进屋后,叫我起床,让我吃铜碗里的炒麦粉,而她吃另一个碗里的炒麦粉,因为她不知道我已经调换这两个碗里的炒麦粉。

这样,她吃完那些炒麦粉后,立即变成一头母山羊。而我出于愤怒,把这头母山羊牵到市场,卖给一个屠夫。

然后,屠夫的妻子跑来,愤怒地对我说:"你竟敢欺骗我的女友。你将为此遭到惩罚。"她这样威胁我后离去。于是,我悄悄逃往城外。我感到疲乏,便躺在一棵无花果树下。在我睡着时,屠夫的妻子,这个邪恶的女巫,将一根细绳系在我的脖子上。在这个恶妇离去后,我醒来,立即发觉自己已经变成一只孔雀,只是没有失去记忆。

然后,我忧伤苦恼,在各处游荡了几天。一天,我被一个猎人活捉。他带走我,把我作为礼物送给毗罗王的首要门卫旃陀盖多。这个门卫把我送给他的妻子。他的妻子把我放在这间屋子里,作为玩物。今天,命运带你来到这里,解下我脖子上这根细绳。王子啊,我终于得救,恢复我作为人的原本模样。

现在,我俩必须赶快逃走,因为这个恶棍经常杀死夜里与他同行的朋友。今夜他把你带到这里,而你已经目睹他的所作所为。主人啊,你就把那个女巫使用的这根细绳系在脖子上,变成孔雀,从这个窗口出去。我会从窗口伸出手,解下你脖子上的这根细绳,系在自己脖子上,也迅速从这个窗口出去。这样,我俩都能解下细绳,恢复原样。因为我俩无法从这间屋子的门出去,它已经从外面被锁住。

摩利甘迦达多听了机智的毗摩波拉格罗摩说完这些话,便按照他所说的方法,与他一起逃出这个屋子,回到自己的住处,与另外两位大臣会合。他们互相讲述自己的经历,愉快地度过这一夜。

第二天早上,毗罗王摩耶钵杜来到摩利甘迦达多这里,问候他夜晚安康。然后,为了让他消遣娱乐,毗罗王说道:"来吧,我们一起玩掷骰子游戏。"而王子的朋友悉如多提看到毗罗王带着门卫一起来到这里,便说道:"何必玩掷骰子?你怎么忘了你说过今天要观赏门卫的那只孔雀跳舞?"

听了悉如多提这样说,沙钵罗王记起这件事,出于好奇心,吩咐门卫去把那只孔雀带来。而门卫想起自己的事情已经暴露,思忖道:"我怎么会这样粗心大意,忘了还没有杀死那个贼?虽然我已经把他关在孔雀屋子里,但他毕竟目睹了昨夜的秘密。因此,我要赶快去完成这两件事。"于是,他迅速回到自己家中。而他一进入孔雀屋子,就发现里面既没有那个贼,也没有那只孔雀。

然后,门卫惊恐不安,回来报告国王说:"王上啊,昨夜有个贼偷走了那只孔雀。"于是,悉如多提面带微笑,说道:"偷走孔雀的那个贼肯定是一个身手不凡的大盗。"摩耶钵杜看到摩利甘迦达多及其随从们互相望着发笑,便一再追问道:"这是怎么回事?"

于是,摩利甘迦达多如实从头至尾告诉沙钵罗王,自己怎样在夜里遇见门卫,门卫怎样作为情人,进入王后后宫,又怎样在与王后争吵中举刀行凶,自己怎样到达门卫家中,怎样让毗摩波拉格罗摩摆脱孔雀状态,又怎样与他一起逃脱出来。

然后,沙钵罗王得知后宫侍女的手已经被刀砍伤。他又看到毗摩波拉格罗摩在脖子上系上那根细绳,便立刻会变成孔雀。于是,沙钵罗王立即杀死这个侵犯后宫的门卫。但在摩利甘迦达多劝说下,他没有杀死王后曼殊摩蒂,而是将她逐出后宫,安置在远处。

这样,摩利甘迦达多备受沙钵罗王尊敬,在布邻陀①村镇又住了一些天,热切盼望获得设赏迦婆蒂,也盼望其他的大臣到来。

第五章

这样,摩利甘迦达多和维摩罗菩提等随从一起住在毗罗王摩耶钵杜的村镇里。一天,他们也在场,沙钵罗王的军队统帅激动地跑来报告说:"王上啊,我们遵照你的命令去寻找一个用作祭供女神的人,抓获那个人。他杀死了我们五百个勇士,自己也遍体鳞伤。现在,我们已经把他带来。"

布邻陀王②听了军队统帅这样说,便吩咐说:"赶快把那个人带进来,让我们看看。"于是,那个人被带进来。所有人看到他身上的伤口流淌鲜血,全身沾

---

① "布邻陀"(pulinda)也是野蛮部落名称,这里与前面的沙钵罗和毗罗同义。
② "布邻陀王"这个称谓相当于沙钵罗王或毗罗王。

满尘土。他被绳捆索绑，犹如一头被系住的大象，疯狂挣扎，脸颊上流淌的颤颤液汁混杂涂抹的朱砂。摩利甘迦达多立即认出他是自己的大臣古纳迦罗，跑上去搂住他的脖子哭泣。

毗罗王从摩利甘迦达多的朋友们口中得知他是古纳迦罗，便恭敬地上前安慰拜倒在自己主人脚下的古纳迦罗，把他带到自己宫中，让他沐浴，安排医生为他包扎伤口，向他提供可口的饮食。然后，摩利甘迦达多看到自己的这位大臣恢复精神后，询问他说："朋友啊，说说你的经历。"于是，古纳迦罗在众人面前说道："王上啊，请听我讲述我的经历。"

当时，受到蛇王诅咒后，我与你们失散，脑子一片空白，浑浑噩噩，四处游荡。后来，我恢复理智，痛苦地思索："天啊，这个缺乏教养的创造主这样捉弄我们！摩利甘迦达多甚至在宫楼上也受折磨，何况在这座沙地灼热的森林中？那些朋友也不知会怎么样。"我这样反复思索着，来到住在文底耶山林的女神的神庙。我进入那座神庙，犹如进入死神的住地，里面日夜祭供各种活物。

我敬拜女神后，看到一具人的尸体。这个人是自愿献祭女神的，手中还握着一把砍断自己喉咙的剑。我看到这具尸体，又勾起我与你分离的痛苦，也想把自己作为祭品抚慰女神。这时，有个年迈的女苦行者从远处走来，摇晃着头，仿佛出于怜悯，示意我不要自尽。她问清事由后，对我说道："你不要这样做。甚至死去的人也有团聚之日，何况活着的人？孩子啊，听我讲述这个故事。"

在大地上著名的阿希遮多罗城，从前有一位优秀的国王，名叫优陀耶冬伽。他的首要门卫名叫迦摩勒摩提。这个门卫有个无与伦比的儿子，名叫维尼多摩提。他具足品德，即使莲藕有藕丝，弓有弓弦，都不能与他相比，因为莲藕有窟窿，弓弯曲。①

一天，他站在洁白的宫殿露台上，看见月亮开始在夜空中升起，犹如夜空

---

① 这句中"品德"的原词是 guṇa，同时读作"藕丝"和"弓弦"。

东方闪闪发光的耳饰,促使爱情如意树长出嫩芽。他看到整个世界渐渐被月亮的光芒照亮,内心激动,思忖道:"啊,月光照亮条条道路,看似刷上白灰。我何不出去在这些道路上游荡?"

于是,他手中持弓,出去游荡。没走多远,他突然听见哭声。他循声前往,看见一个貌似天女的少女在树下哭泣。他询问道:"美女啊,你是谁?为何你的月亮脸上挂着泪水,犹如月亮沾有斑点?"

这个少女听后,回答说:"贤士啊,我是蛇王甘达摩林的女儿,名叫维遮耶婆蒂。一次,我的父亲在战斗中逃跑。蛇王婆苏吉诅咒他说:'呸!你将成为战胜你的敌人的奴仆。'由于这个诅咒,我的父亲被与他为敌的药叉迦罗吉赫婆战胜,成为奴仆,经常为这个药叉运送大量的花。我为了让父亲摆脱困境,修炼苦行,抚慰高利女神。这位尊贵的女神向我显身,对我说道:'孩子啊,听着!在心湖中,有一株绽开一千片花瓣的神奇大莲花。它接触阳光,就会闪射黄色光芒,犹如神蛇湿舍顶冠上的宝珠。一天,财神俱比罗看到这株莲花,想要获得它,于是,在心湖中沐浴后,开始敬拜毗湿奴。当时,他的随从药叉们化身为轮鸟和天鹅等,正在心湖中玩耍。你们的敌人迦罗吉赫婆的兄长,名叫维迪约吉赫婆的药叉,与他的妻子化身一对轮鸟,在湖中玩耍。他俩展开翅膀扑腾时,恰巧碰落了财神手中捧着的供品。财神发怒,诅咒维迪约吉赫婆和他的妻子成为这个湖中的一对轮鸟。于是,迦罗吉赫婆每天夜晚化身雌轮鸟,陪伴他的兄长排遣与妻子分离的痛苦。而在白天,他恢复自己的形貌,停留在那里,你的父亲则是他的奴仆。因此,你让阿希遮多罗城门卫的儿子维尼多摩提,这位奋发有为的大勇士,接受这匹马和这把剑,前去战胜这个药叉。这位勇士依靠这两件宝物,会救出你的父亲。而持有这把剑的主人会战胜所有敌人,成为统治大地的国王。'说罢,女神给我剑和马,然后消失不见。于是,为了向你求助,我来到这里。依靠女神的恩惠,我看见你在夜晚出来。我设法吸引你,让你听到我的哭声。贤士啊,请求你实现我的心愿吧!"

维尼多摩提听后,答应她的请求,说道:"好吧!"于是,蛇女立即取来那匹快速的白马,仿佛月光凝聚而成,光芒四射,驱散四方黑暗;还有那把剑,色泽如同布满星星的夜空,闪亮似吉祥女神观看这位勇士的眼光。她把这两件宝物交给维尼多摩提。

然后,维尼多摩提手持宝剑,与蛇女一起骑上白马出发。依靠白马的威力,他们迅速到达心湖。湖中那些莲花在风中摇曳,仿佛怜悯迦罗吉赫婆,代表轮鸟哀求他不要走近。维尼多摩提看到那里一些药叉控制着甘达摩林,他挥剑砍伤那些可怜的药叉,赶走他们。

迦罗吉赫婆见此情况,便摆脱雌轮鸟的形体,从湖中起身,发出吼叫,犹如乌云发出雷鸣。在交战中,迦罗吉赫婆腾身空中,维尼多摩提也骑着马腾身空中追赶他,抓住他的发髻,准备砍下他的头。这时,这个药叉乞求他手下留情,送给他自己的一枚能驱邪消灾的戒指,换取自己的生命。然后,这个药叉恭敬地解除蛇王甘达摩林的奴仆身份。于是,甘达摩林高兴地把女儿维遮耶婆蒂送给维尼多摩提,然后返回自己的家。

这样,维尼多摩提拥有宝剑、魔戒、白马和这位女宝,天亮后,返回自己的家。父亲迎接他,询问情况后,高兴满意。然后,维尼多摩提娶蛇女维遮耶婆蒂为妻。

维尼多摩提拥有这四宝以及自己的种种美德。一天,父亲悄悄对他说:"儿子啊,这里的国王优陀耶冬伽有个女儿,名叫优陀耶婆蒂,通晓一切知识。国王已经宣布这个决定:'无论哪个婆罗门或刹帝利,只要在辩论中能战胜我的女儿,我就把女儿嫁给他。'而她在辩论中战胜所有其他对手,犹如她的令世界惊叹的美貌胜过天女。而你是举世无双的勇士,刹帝利雄辩家,为何保持沉默?你应该去与她辩论,战胜她,娶她为妻。"

听了父亲的话,维尼多摩提说道:"父亲啊,像我这样的人怎么会与柔弱的妇女辩论?尽管如此,我会听从你的命令。"父亲听了儿子大胆自信的话,便去禀告国王,说道:"王上啊,维尼多摩提明天要与公主辩论。"国王表示同意后,他回家告诉儿子维尼多摩提这个消息。

第二天,国王亲自来到智者集会的会堂,犹如天鹅来到莲花池。维尼多摩提也进入会堂,如同太阳闪耀光芒。聚集在会堂里的有德之士们转动眼睛观看他,犹如莲花池中成群飞舞的蜜蜂。随即,公主优陀耶婆蒂缓缓来到这里,犹如爱神挽开弓弦的弓,具足美德,身上的那些装饰品发出悦耳的声音,仿佛首先提出命题。① 然后,她坐在绿宝石座位上,犹如夜空中纯洁无瑕的月牙。她从她的成排洁白闪光的牙齿中,吐出一连串柔美的词句,提出命题,犹如串连宝石的花环。维尼多摩提立即指出她提出的命题不能成立,一字一句予以驳斥,致使这位美女无法辩解。

在场的智者们赞同维尼多摩提的观点。公主即使明白自己辩论失败,但仍然感觉获得胜利,因为她获得了一位优秀的丈夫。国王优陀耶冬伽高兴地把女儿交给辩论获胜的维尼多摩提,同时赠送他大量的宝石。此后,维尼多摩提与蛇女和公主两位妻子一起生活。

一天,维尼多摩提在掷骰子赌博中输给一些人,心中不悦。而在这时,有个婆罗门缠住他乞食。他一时生气,悄悄在侍从耳边说道:“你用布盖着,给他一碗沙子。”这个纯朴的婆罗门接受后,觉得沉甸甸的,以为碗里装着金子,高兴地走到偏僻处,而打开一看,却是满满一碗沙子,便扔到地上,觉得受到欺骗,心情沮丧,返回自己家中。维尼多摩提并没有把这件事放在心上,停止掷骰子赌博,与妻子一起愉快地待在自己家中。

时光流逝,国王优陀耶冬伽日益衰老,疲于应付结盟和战争,担负不起王国重任。他没有儿子,便为女婿维尼多摩提灌顶,让他继承王位,自己前往恒河追求解脱。而维尼多摩提登上王位后,凭借宝剑和白马的威力,很快征服十方。他也凭借那枚驱邪消灾的魔戒威力,令他的王国如同罗怙王的王国,没有疾病和饥荒。

一天,从邻国来了一位比丘,名叫宝月慧,能言善辩,是辩士象群中的狮子。国王维尼多摩提喜爱有德之士,向这位比丘施以待客之礼。而这位比丘请求与国王进行辩论,并立下誓约:“大王啊,如果在这场辩论中,你失败,你就接受佛法;如果我失败,我就抛弃袈裟衣,侍奉婆罗门。”

国王维尼多摩提听后,说道:“好吧!”便与这位比丘展开辩论。辩论进行了七天,在第八天,比丘战胜国王。于是,国王接受这位比丘教导的佛法,信奉

---

① 这句中的“弓弦”和“美德”的原词是 guṇa,也可以理解为梵语诗学用语“诗德”;“装饰品”的原词是 vibhūṣaṇa,也可以理解为语言修辞。

利益众生而积聚功德,为比丘和婆罗门等出家人建造寺院和祭祀场所,虔诚崇拜佛陀。

国王通过修习佛法而达到平静。然后,他向这位比丘求教实施为众生谋福的菩萨行。于是,比丘对他说道:"王上啊,只有涤除一切罪业的人才能实施菩萨行,并非人人都能实施。如果你没有明显的罪业,你会看来像我一样。而如果你还有任何微小的罪业,你要设法找出它,消除它。"说罢,这位比丘教给他一种做梦的法术。

这样,国王使用这个法术,夜里做梦后,早上告诉比丘说:"法师啊,昨夜我在梦中前往另一个世界。在那里,我饥饿而乞食。一些手持棍杖的人对我说:'国王啊,你就吃给你的这些炙热的沙子吧!你以前把它们施舍给一个婆罗门。你需要施舍一亿金币消除这个罪业。'听了这些人这样说后,我醒来,夜晚消逝。"说罢,他照此办法,施舍了一亿金币。

然后,国王再次使用这个法术,夜里做梦后,早上起身,又告诉比丘说:"昨夜我在梦中,在另一个世界,我饥饿而乞食。那些人仍然让我吃沙子。我询问道:'我已经如数施舍,为何还让我吃这些沙子?'他们回答说:'你的施舍无效,因为这些金币只与一位婆罗门有关。'听了他们这样说后,我醒来。"说罢,国王再次向许多求乞者施舍一亿金币。

然后,国王依旧使用这个法术,夜里做梦后,起身再次告诉比丘说:"唉!昨夜我在梦中,在另一个世界,那些人还是让我吃沙子。我再次询问。他们回答说:'国王啊,你的施舍仍然无效,因为一帮盗贼在你的国土森林中抢劫和杀害一个婆罗门。你没有尽到保护民众的责任,因此,你的施舍无效。你今天还需要加倍施舍。'听了他们这样说后,我醒来。"国王这样告诉比丘法师后,按照梦中的要求,加倍进行施舍。

然后,国王询问比丘法师,说道:"在这世上,对我这样的人,正法怎么需要堵塞那么多漏洞?"比丘听后,说道:"王上啊,智者们不会由此放松守护正法的决心。众天神保护具有毅力和恪守自己正法的智者,让他们实现自己的心愿。如果你没有听说过世尊前生作为菩萨时,转生为野猪的故事,王上啊,那我就讲给你听吧!"

从前,在文底耶山的一个山洞里,有一头野猪,聪明睿智,与一个猴子朋友住在一起。这头野猪为一切众生谋福。它经常与朋友猴子一起接待客人,按照合适的生活方式度过时光。

一次,接连五天,气候恶劣,下着暴雨,阻碍一切生物正常活动。第五天,野猪和猴子一起在山洞里入睡。一头狮子带着母狮和幼狮来到山洞口。狮子对母狮说道:"天气这样恶劣。我们一直找不到食物,今天肯定会饿死。"而母狮说道:"我们不需要一起死去。你俩可以吃掉我,活下去。因为你是我的主人,而儿子是我俩的生命结晶。你以后还可以找到像我这样的一头母狮,因此,让我换取你俩的生命安全吧!"

恰好,这时野猪醒来,听到母狮和狮子的谈话。它心中喜悦,思忖道:"多么幸运! 在这样的夜晚,这样的恶劣天气,来了这样的客人,让我今天获得积累功德的机会。我为何不用自己的这个身体满足这些客人?"

于是,野猪起身,走出山洞,以充满温情的话语对狮子说道:"贤士啊,你不必忧虑。我来到这里,是让你和妻儿一起吃我。你就吃掉我吧! "狮子听后,满怀喜悦,对妻子说:"我们先让儿子吃,然后我吃,最后你吃。"

母狮说道:"好吧! "于是,幼狮先吃野猪的肉。然后,狮子开始吃野猪的肉。而大士野猪对狮子说道:"你赶快喝我的这些血吧,不要让它们流到地上。你吃饱后,让你的妻子吃剩下的肉。"而狮子渐渐吃光野猪的肉,只剩下骨头。而即使如此,高尚的野猪仍然没有气绝命殒,仿佛想要观看自己忍耐力的限度。这时,母狮饥饿疲惫而死去。狮子带着幼狮去往别处。夜晚消逝。

这时,野猪的朋友猴子醒来,走出山洞,看到野猪处于这种状态,惊慌地询问道:"朋友啊,你怎么会变成这样? 如果你还能说话,就告诉我。"坚强的野猪听后,如实告诉猴子发生的事。于是,猴子拜倒在野猪面前,哭泣着说道:"你肯定是天神化身下凡,通过这种方式让自己摆脱兽类身体。如果你有什么心愿,就告诉我。我会帮助你实现。"野猪听后,对猴子说道:"朋友啊,即使命运也难以让我实现这个心愿。我看到这头可怜的母狮饿死,仍然希望我能恢复原先的身体,让这头母狮吃掉我而复活。"

正当野猪这样说着时,正法神显身,用手抚摸它,让它获得大牟尼的神圣身体。然后,正法神告诉他说:"是我幻化出狮子一家的形体,想要战胜你这头一心利他的野猪。而你的利他之心坚定,甘愿献出自己的生命。因此,你战胜了我这位正法神,现在成为大牟尼。"

这位牟尼听后,看到正法神站在面前,便说道:"尊神啊,我的朋友猴子还没有摆脱兽类状态,因此,你让我成为大牟尼,仍然不能让我高兴满意。"正法神听后,也让猴子成为一位牟尼。与伟大的人物交朋友,必定会获得大功果。随后,正法神和那头死去的母狮一起消失不见。

"正是这样,国王啊,依靠毅力,坚持不放弃履行正法,便会获得天神帮助,不难实现自己的心愿。"

听了比丘讲述这个故事后,国王维尼多摩提继续慷慨施舍。同时,在夜里继续使用那个法术做梦。早上,他告诉这位比丘导师说:"昨夜我在梦中看见一位圣洁的牟尼。他对我说:'孩子啊,你已经消除罪业,就实施菩萨行吧!'听到他这样说后,我醒来,心情舒畅。"于是,国王在一个吉祥日,得到比丘导师准许,发誓实施菩萨行。

此后,他坚持不懈慷慨施舍,满足一切求乞者的愿望。然而,他的财富永远取之不尽,因为财富以正法为根基。一天,一个婆罗门前来向他求乞,说道:"王上啊,我是住在华氏城的婆罗门。有个梵罗刹占据我的拜火祠,并抓走我的儿子。我对他毫无办法。请你赐予我你的驱邪消灾的魔戒,保佑我平安无事。"国王听后,毫不犹豫地把从迦罗吉赫婆手中获得的那枚魔戒送给他。这个婆罗门获得魔戒离去后,这位国王恪守菩萨誓愿的名声传遍四方。

后来,又一天,从北方来了一位客人。那是一位王子,名叫因陀迦罗舍。国王知道王子出身高贵,向他表示敬意,询问他有什么愿望。这位王子说道:"你是举世闻名的如意宝珠,满足一切求乞者的愿望。即使向你乞求生命,你也不会退缩。我的兄弟名叫迦那迦迦罗舍。他迫害我,把我驱逐出父亲的王国。因此,我来向你求乞。你有宝剑和白马。勇士啊,请你将它们赐予我。我依靠它们的威力,可以战胜夺取王位的兄弟,获得王国。"国王维尼多摩提听后,便把这两件保护自己王国的宝物送给他。尽管大臣们低头叹气,这位心灵高尚的国王仍这样毫不迟疑地送掉宝物。

这位王子获得宝剑和白马后,战胜他的兄弟,获得王国。而他的兄弟迦那迦迦罗舍失去王国后,来到维尼多摩提的都城,满怀悲痛,准备投火自焚。国王得知消息,对大臣们说道:"由于我的过错,这位善人落到这个地步。因此,我就把我的王国送给他,作为补偿吧!如果王国不为他人谋福,对我有什么用?我没有儿子,就让他作为我的儿子继承王位吧!"说罢,他召唤迦那迦迦罗舍前来,即使大臣们不愿意,依然把王国交给他。

国王送掉王国后,毫不犹疑,立即带着两个妻子离开都城。市民们看到后,都跟随这位国王,惊恐不安,泪水洒落在地上,发出悲呼:"天啊,天啊!一轮闪耀甘露光芒而造福世界的圆月,突然间被乌云覆盖了!民众的如意树,满足一切众生愿望的国王,命运把他带到哪里去了?"而国王毫不动摇,努力劝说他们回城,然后,与两位妻子一起,徒步前往森林。

国王渐渐到达一片沙漠,没有树木和水,阳光晒热遍地沙子,仿佛命运故意创造这样的环境,考验国王的毅力。长途跋涉而疲劳,口渴难忍,国王在一处躺下,顷刻间就与两位妻子一起昏昏入睡。而国王醒来时,看到依靠自己的毅力出现一座神奇的大花园。园中遍布碧绿的草茵,树木结满果子,水池中莲花盛开,池水纯净清凉,树荫下有细腻而宽阔的石板,仿佛是凭借施舍威力从天国移来的欢喜园。国王四处观看,惊讶不已:"这是梦境还是幻觉?或者是天神赐予的恩惠?"

就在这时,国王听到空中传来化身为一对天鹅的两位悉陀的话音:"国王啊,何必惊讶?这是凭借你的伟大品性出现的园林,充满常年开花结果的树木。你就自由自在住在这里吧!"听了这两位悉陀的话,国王便愉快地住在这里,调伏思想,与两位妻子一起修炼苦行。

一天,国王坐在石板上,看到远处有个人准备上吊自尽,便迅速跑过去,用慈爱的话语劝阻他,并询问他寻死的原因。于是,这个人说道:"听我从头开始告诉你。我是苏摩迦国那伽修罗的儿子,名叫苏摩修罗。一些精通经典的人说我生来注定是个贼。我的父亲感到害怕,便努力教我学习法论。而我即使学习法论,由于与一些恶友交往,仍然变成贼。前生的业报造成这样,能有什么办法呢? 一次,我在行窃中,被城市卫兵抓住。他们把我带到三叉尖桩那里,准备处死我。就在这时,国王的一头大象挣脱系象柱,疯狂地踩死来到那里的人们。那些刽子手吓得抛下我,不知去向。我在一片混乱中得以逃跑。然后,我听到人们说,我的父亲听到我被处死,顿时心碎而死,我的母亲也跟随父亲而去。于是,我哀伤悲痛,四处游荡,想要抛弃身体。我渐渐到达这片偏僻无人的树林。我刚进入,突然有个天女出现在我的面前。她走近我,安慰我说:'孩子啊,你来到一座调伏思想的王仙的净修林。你依靠他,会消除罪业,获得智慧。'说罢,这位天女消失不见。而我四处游荡,没有找到这位王仙。我在绝望中,想要抛弃身体,就在这时被你看见。"

听了苏摩修罗说完这些话,王仙把他带到自己的茅屋,向他表明自己的身份,然后施以待客之礼。饭后,苏摩修罗恭敬地听取王仙谈论各种正法。王仙为了消除他的无知,对他说道:"孩子啊,应该消除无知,因为缺乏智慧的人在今生和来世都会犯下过失。请听经典中的这个故事!"

在般遮罗地区,从前有个通晓吠陀的婆罗门,名叫提婆菩提。他的贞洁的妻子名叫薄伽婆蒂。一天,这个婆罗门出去沐浴。他的妻子进入菜园采摘蔬菜,看到洗衣匠的驴子在偷吃蔬菜。她举着棍棒驱赶驴子。驴子在逃跑中跌入一个坑中,摔坏蹄子。驴子的主人洗衣匠得知消息,愤怒地赶来,用棍棒打击婆罗门的妻子,还用脚踢她。婆罗门的妻子怀孕在身,顿时流产。而洗衣匠带着驴子,返回自己家中。

婆罗门沐浴回来,得知消息,看到妻子已经流产,伤心难过,前去报告镇长。镇长派人带来名叫钵拉修罗的洗衣匠。听了双方的陈述,这个愚蠢的镇长作出这样的判决:"驴子摔坏了蹄子,因此,婆罗门要代替驴子为洗衣匠驮物,直到驴子的蹄子痊愈。婆罗门的妻子流产,因此,洗衣匠要代替婆罗门让他的妻子再次怀孕。这样,双方受到公平处罚。"婆罗门听到这样的判决,痛苦至极,与妻子一起服毒自尽。国王得知情况,以杀害婆罗门罪追责,处死那个昏庸的镇长,让他长久投胎转生畜生。

"正是这样,无知愚昧,走上让自己犯错误的歪道。因此,得不到经典光芒照耀,必定遭遇失败。"王仙讲完这个故事,苏摩修罗请求王仙继续教诲自己。于是,王仙为了引导他,继续说道:"孩子啊,听我依次告诉你波罗蜜的要义。"

从前,在俱卢之野,有个国王名叫摩罗耶波罗跋。一次,国内发生饥荒。国王想要向民众施舍财富,而大臣们出于贪婪,劝阻国王。于是,王子因度波罗跋说道:"父亲啊,你为何要听从邪恶的大臣们的话,不关心民众?因为你是民众的如意树,而民众是你的如意牛。"王子这样坚持劝说父亲,而国王受大臣们影响,不耐烦地说道:"孩子啊,难道我的财富是取之不尽的吗?如果不是这样,你要我成为民众的如意树,那么,为何你不让自己成为民众的如意树?"

王子听到父亲这样说,心中发誓:"我要修炼苦行,或者死去,或者成为如意树。"这样决定后,这位大士前往苦行林。他一进入苦行林,国内的饥荒便消失。然后,他修炼严酷的苦行。因陀罗对他表示满意,赐予他求取的恩惠,让他成为城中的一棵如意树。向四方伸展的树枝和树上鸟儿的鸣叫,犹如吸引和召唤远处的求乞者前来。这棵如意树每天满足求乞者的愿望,甚至包括那些难以实现的愿望。如意树让民众无忧无虑,如同生活在天国。

过了一些时候,因陀罗前来诱惑他,说道:"你已经实现成为利他者的愿望,现在升入天国吧!"而成为如意树的王子回答说:"其他那些树开花结果而可爱,始终满足他人的愿望,而不追求自己的利益。而我已成为这棵如意树,怎么能粉碎民众的愿望,只是为了自己的幸福快乐,升入天国?"

因陀罗听了他的这些高尚的话,再次说道:"那么,连同所有的民众,与你一起升入天国。"而成为如意树的王子说道:"如果你喜欢,就让这些民众升入天国吧!而这不是我的追求。我要修炼大苦行,一心为他人谋福。"因陀罗听后,赞美他是佛陀分身,说道:"好吧!"便高兴地带着所有民众升入天国。然后,王子因度波罗跋抛弃树的形体,恢复自己的形体,进入林中修炼苦行,成为菩萨。

"这样,我已经讲述一心施舍获得的成就。这是布施波罗蜜。现在,听我为你讲述持戒波罗蜜!"

以前,在文底耶山上,有个鹦鹉王,是佛陀分身。它在前生长期修习持戒,名叫海摩波罗跋,具有自制力。它记得自己前生是法师。鹦鹉王的侍卫鹦鹉名叫贾鲁摩提,是一个充满欲念的傻瓜。一天,它的妻子被猎人用套索抓住并杀死。它失去妻子而忧伤痛苦。于是,鹦鹉王设法让它摆脱忧伤,有意哄骗它说:"你的妻子没有死去。它已经挣脱套索逃走。我看到它现在还活着。来吧,我带你去看。"

随即,鹦鹉王带着贾鲁摩提从空中飞往一个水池,让这只鹦鹉观看水池中它自己的倒影,对它说:"你看,你的妻子就在这里。"这只傻瓜鹦鹉看到水池中自己的倒影,高兴地进入水池中拥抱和亲吻。但它没有获得妻子的主动拥抱,也没有听到它的说话声,心想:"我的妻子怎么不拥抱我,也不说话?"

于是,这只鹦鹉怀疑妻子生气,想要取悦妻子,便去摘来一个菴摩罗果,放在自己水池中的倒影上。它看到菴摩罗果沉下又浮起,以为妻子扔掉这个菴摩罗果。它感到伤心,走出水池,对鹦鹉王说道:"王上啊,我的妻子既不拥抱我,也不与我说话,而且它还扔掉我给它的菴摩罗果。"

鹦鹉王听后,故意迟迟疑疑,仿佛为难地对它说道:"我本不该告诉你,但出于关怀你,我还是要告诉你。现在,你的妻子已经爱上另一只鹦鹉,怎么还会对你表示亲热?来吧,我让你亲眼看到这个情况。"说罢,鹦鹉王把它带到水池边,让它看到水池中它俩紧挨在一起的倒影。这只傻瓜鹦鹉以为它的妻子与另一只鹦鹉拥抱,便厌恶地转身,对鹦鹉王说道:"王上啊,由于我愚蠢,不听取你的教诲,尝到这样的苦果。现在,你就教导我应该怎么做吧!"

鹦鹉王海摩波罗跋听到侍卫鹦鹉这样说,便抓住这个机会教导它说:"信任妇女产生的恶果比喝下毒药和被蛇缠住脖子更严重,解毒的摩尼珠或咒语对此都无效。本性轻浮的妇女就像席卷尘土的狂风刮倒走在正道上的人们,败坏他们的名声。因此,意志坚定和富有智慧的人们不会执著于妇女,而是努力修习持戒,从而达到离欲的精神境界。"于是,贾鲁摩提听从鹦鹉王的教诲,远离雌鹦鹉,坚持禁欲,渐渐接近佛性。

"正是这样,那些擅长持戒者也救度其他人。我已经讲述持戒波罗蜜。现在,听我讲述忍辱波罗蜜!"

在盖达罗山上,从前有位大牟尼,名叫修跋那耶。他经常在曼陀吉尼河中沐浴,调伏自我,修炼苦行而身体瘦削。一天夜里,一帮盗贼来到那里,寻找他们以前埋在那里地下的金子,但怎么也找不到。他们心想:"这里荒无人烟,肯定是这个牟尼取走了金子。"于是,他们进入牟尼的茅屋,对他说道:"嗨,你这个伪善的牟尼,交出你从地下取走的我们的金子。你原来像我们一样,也是一个贼。"

牟尼并没有取走金子,而遭到这帮歹徒诬陷,回答说:"我没有取走金子。我也没有看到任何金子。"于是,这些凶恶的盗贼用棍棒打他,而这位高尚的牟尼坚持说真话,依旧这样回答。这帮盗贼认为他顽固,便依次砍断他的双手和双脚,乃至挖出他的双眼。即使如此,牟尼依旧坚持说真话。看到牟尼这样,盗贼们心想可能是别人偷走了金子,于是离开那里,原路返回。

第二天早上,国王塞克罗吉约提来到那里。他是这位牟尼的弟子,前来看望。而看到自己的导师处于这样悲惨的境地,国王哀伤不已。他了解情况后,搜捕和抓获那些盗贼,带来那里,准备处死他们。而这位牟尼对国王说:"王上啊,如果你杀死他们,我也要杀死自己。如果是武器伤害我,怎么是他们的罪过?如果是他们动用武器,也是他们出于愤怒。而他们对我发怒是由于失去金子,这也是我前生的恶业招致的恶报。我不知道金子在哪里,因无知而遭到伤害,因此,应该灭除我的无知。即使他们伤害我而应该被处死,但他们有恩于我,为何不应该得到赦免?如果他们不伤害我,我会对谁实施忍辱,求取解脱的果报?因此,他们有恩于我。"

这位牟尼一心实施忍辱,说了以上这些话,提醒国王,让国王释放这些盗贼。由于他的苦行的伟大威力,就在这时,他的身体恢复原状,完好无损,获得解脱。

"正是这样,实施忍辱者超越生死轮回。我已经讲述忍辱波罗蜜。现在,听我讲述精进波罗蜜!"

从前,有个婆罗门少年,名叫摩拉达罗。一次,他看到一位悉陀王子在空中飞行,便想要与他攀比。他用草编成两个翅膀,系在身体两侧,一次又一次练习向空中飞跃。而即使他每天这样练习,也徒劳无功。

一次,悉陀王子在空中飞行时,看到这个少年,心想:"他精进努力,追求难以达到的目标,值得同情,因为这是我的责任。"于是,他高兴地施展自己的幻力,将这个优秀的婆罗门少年驮在自己身上,成为自己的同伴。

"正是这样,精进努力者也赢得天神欢心。我已经讲述精进波罗蜜。现在,听我讲述禅定波罗蜜!"

在迦尔纳吒地区,从前有个富商,名叫维遮耶摩林。他的儿子名叫摩罗耶摩林。一次,这个青年与父亲一起前往王宫,看见国王因度盖萨林的女儿,名叫因度耶娑,犹如摩罗①迷惑人心的蔓藤。这个商人的儿子看到这位公主后,迷上她。

这样,他回家后,夜不成寐,身体变得苍白。白天,他蜷缩身子,仿佛修炼晚莲苦行②。他每天沉思这位公主,不思饮食。亲友们询问他。他一概不回答,仿佛成了哑巴。

他有一位朋友是国王的画师,名叫曼特罗迦。一天画师前来,看到他相思成病的这副模样,便私下询问他:"朋友啊,你为何靠墙站着,像是一个画中人,不看,不听,毫无生气?"在他的一再追问下,摩罗耶摩林说出自己的心病。于是,这位画师劝说道:"你这个商人之子不适合爱慕公主。天鹅只能渴望那些

---

① 摩罗(māra)是佛教神话中的恶魔,在用爱欲迷惑人心方面类似爱神。因此,这个词也可用作爱神的称谓。

② "晚莲苦行"(kumudavrata)指像晚莲白天合拢花瓣那样始终蜷缩身子。

水池中的优美莲花,怎么会渴望毗湿奴肚脐上长出的优美莲花?"即使画师这样劝说他,仍然不起作用。画师便在画布上画了一幅公主的画像,让他安抚渴望,消遣时间。

摩罗耶摩林获得这幅画像后,天天望着画中的公主,安抚她,触摸她,装饰她。渐渐地,他把画像中的公主想象成真实的公主因度耶婆,沉迷其中,一切所作所为都围绕她。即使他看到的是画中人,而在他的想象中,这位公主与他谈话,亲吻他。这样,他在想象中已经与这位公主结合,幸福快乐。画布上的这幅画成为他的整个世界。

一天,在月亮升起时,他带着画布出去,到花园里与自己的心上人一起玩耍。在那里,他把画布放在一棵树下,去远处为心上人采集花朵。这时,一位名叫毗尼耶约提的牟尼看到他,出于同情,想要解除他的痴迷,从空中降下。他凭借自己的幻力,悄悄在画布的一处画上一条栩栩如生的黑蛇。

然后,摩罗耶摩林采花回来,看见画布上的这条黑蛇,心想:"哪里来的这条蛇?难道创造主创造这条蛇,为了保护这位美女?"随即,他用这些花朵装饰画布上的心上人,并在想象中拥抱她,询问她这件事。这时,牟尼施展幻力,让摩罗耶摩林看到这条蛇咬死了他的心上人。而他早已忘却这仅仅是画布,发出声声哀呼,昏倒在地。很快,他又恢复知觉,哀哀哭泣,想要自尽。于是,他起身,爬上高耸的树顶,纵身跳下。

就在这时,这位优秀的牟尼出现,用双手接住坠落的摩罗耶摩林,安慰他,然后,对他说道:"傻瓜啊,难道你不知道这位公主在自己的宫中,这画布上的公主是无生命的画像?因此,你拥抱了谁?又有谁被毒蛇咬死?你为何不运用这样的沉思入定认知真谛,以致继续承受诸如此类的痛苦?"

听了牟尼这样说,摩罗耶摩林的愚痴犹如黑夜消逝。他顿时醒悟,拜倒在牟尼脚下,说道:"尊者啊,蒙受你的恩惠,我得以摆脱这个灾厄。你就像这样再次赐予我恩惠,让我摆脱生死轮回吧!"这位牟尼是菩萨,应摩罗耶摩林的请求,把自己的智慧传授给他,然后消失不见。

于是,摩罗耶摩林前往林中,依靠苦行的威力,最终掌握真谛,知道该做什么,不该做什么,及其理由所在,成为阿罗汉①。然后,他返回城中,慈悲为怀,通过传授智慧,让国王因度盖萨林和所有市民获得解脱。

"正是这样,具有禅定力的人们能让不知真谛的人认知真谛。我已经讲述禅定波罗蜜。现在,听我讲述智慧波罗蜜! "

从前,在辛诃罗岛上,有个盗贼名叫辛诃维格罗摩。他有生以来,依靠从各地偷盗他人的财物维持生活。而到达老年后,他停止偷盗,心中思忖:"到达另一个世界后,我有什么办法,依靠谁来保护我? 如果我求助湿婆和毗湿奴,但这两位大神受到众天神、牟尼和其他信徒侍奉,我对于他俩算什么? 我应该设法侍奉吉多罗笈多②,让他保护我。他记录众生的善行和恶行。因为他是秘书,唯独他能起到梵天和湿婆的作用。记下或抹去,整个世界都掌握在他的手中。"这样思考后,他开始虔诚地敬拜吉多罗笈多。为了取悦吉多罗笈多,他也经常向婆罗门施舍食物。

这个盗贼采取这些行动后,一天,吉多罗笈多化身为一个客人,来到他家,想要考察他的思想。这个盗贼敬拜他,施舍给他食物和礼物,然后,对他说:"请你说:'但愿吉多罗笈多保护你! '"于是,化身为婆罗门的吉多罗笈多说道:"为何你不侍奉毗湿奴或湿婆等天神,而侍奉吉多罗笈多? "这个盗贼听后,说道:"你何必管这事? 除了他,其他天神对我没有用。"化身为婆罗门的吉多罗笈多又说道:"那么,如果你把你的妻子也施舍给我,我就这样说。"辛诃维格罗摩听后,高兴地说道:"为了取悦我爱戴的神,我就把我的妻子施舍给你。"

吉多罗笈多听后,向他显身,说道:"我对你表示满意。请说我能为你做什么。"于是,辛诃维格罗摩高兴至极,说道:"尊者啊,请你不要让我死去。"吉多罗笈多回答说:"死亡不可避免。即使如此,我也会设法帮助你。请听我说! 死神曾经被湿婆焚毁,而由于希吠多牟尼的原因,大神又创造出死神。此后,

---

① 阿罗汉(arhat)是佛教徒修行达到的最高阶位。
② 吉多罗笈多(citragupta)是死神阎摩的秘书,负责记录众生的善行和恶行。

在希吷多牟尼居住之处,按照大神的命令,死神受到约束,不能在那里杀害他和其他众生。现在,希吷多牟尼住在东海对岸,多伦吉尼河另一边的苦行林。死神不能侵犯那里。我就把你安置在那里。但你不能再返回多伦吉尼河这边。万一你疏忽大意返回,死神就会伤害你。这样,你会来到另一个世界,而我仍然会设法帮助你。”说罢,吉多罗笈多把辛诃维格罗摩带到希吷多牟尼的净修林,把他留在那里后,消失不见。

后来,死神来到多伦吉尼河这边抓走了辛诃维格罗摩。当时,死神在河的这边没有办法抓他,于是运用幻力创造一个天女,送她到河的那边。这个天女走近辛诃维格罗摩,凭借自己的美貌和媚态迷住他。过了一些天,这个天女借口要过河去看望亲戚,进入波浪翻滚的河中。辛诃维格罗摩跟随她来到河边,站在那里观看她。这个天女在河中央,让自己沉入水中,仿佛急流就要卷走她,高声呼救:“夫君啊,你眼看着我就要淹死,怎么不来救我? 为何你的勇气像胡狼,而不像狮子? ①”

辛诃维格罗摩听后,立即进入河中。顷刻间,这个天女仿佛被急流带到河的对岸,同时也把前来救她的辛诃维格罗摩带到对岸。一到达对岸,死神便用套索套上他的脖子,说道:“痴迷感官对象的人必定死亡临头。”这样,辛诃维格罗摩疏忽大意,被死神抓住,带到阎摩殿。

在那里,吉多罗笈多看到他,由于以前已经答应赐予他恩惠,便来到他的身边,悄悄对他说:“如果你被问起愿意先住天国还是地狱,你就请求先住在天国。然后,你住在天国时,要行善积德,以便保证自己获得成功。你还要修炼苦行,涤除自己的罪业。”辛诃维格罗摩听后,既羞愧,又害怕,低垂着头,答应说:“好吧!”

然后,法王阎摩询问吉多罗笈多:“这个盗贼有没有任何善业? ”吉多罗笈多回答说:“他善待客人,甚至为了取悦自己爱戴的神,将妻子送给求乞者。因此,主人啊,就让他在天国住上天神的一天②吧! ”于是,按照法王的命令,他登

---

① “辛诃维格罗摩”的原词是 siṃhavikrama,词义为勇敢如狮子。
② 天神的一天相当于凡人的一年。

上驶来的飞车,前往天国,并记住吉多罗笈多对他说的话。

在天国,辛诃维格罗摩在天河中沐浴,全心全意祈祷,恪守誓言,漠视享乐。于是,他得以在天国再住上天神的一天。就这样,他此后长期居住天国,修炼严酷的苦行,抚慰湿婆,焚毁自己的罪业,获得智慧。地狱差吏也就不能前来抓他。吉多罗笈多便在记录薄上勾销了他的罪业,阎摩保持沉默。

"正是这样,即使辛诃维格罗摩是个盗贼,也依靠智慧的力量获得成功。我已经给你讲述智慧波罗蜜。因此,孩子啊,智者们实施佛陀宣说的布施等六种波罗蜜,犹如登上航船,渡过生死轮回之海。"

国王维尼多摩提已经成为菩萨。苏摩修罗就这样在这座净修林中聆听他的教诲。这时,太阳也听到这位国王说法,变得平静,闪耀黄昏红色的霞光,如同身穿袈裟衣,进入西山的山坳。国王维尼多摩提和苏摩修罗一起按照仪轨完成黄昏的仪式,度过这一夜。

第二天,维尼多摩提向苏摩修罗依次传授佛法各种奥义。此后,苏摩修罗在树下搭建茅屋住下,在林中侍奉导师,与导师一起修习禅定。渐渐地,这师徒两人一起获得瑜伽神通力和无上菩提①。

在这期间,国王因陀迦罗舍出于妒忌,凭借宝剑和白马的威力,把自己的兄弟迦那迦迦罗舍驱逐出阿希遮多罗王国。这个王国是迦那迦迦罗舍当初失去王国时,维尼多摩提送给他的。他被驱逐出这个王国后,带着两三个大臣四处游荡,在命运安排下,到达维尼多摩提的净修林。这时,他饥渴难忍,想要吃果子和根茎以及喝水。然而,因陀罗像上次那样,想要哄骗维尼多摩提,不让他接待旅途中的客人,施展幻力,将这座净修林变成沙漠。

而维尼多摩提看到自己的净修林突然间变成沙漠,立刻慌忙地四处察看。这时,他看到迦那迦迦罗舍及其随从作为客人来到这里,已经饿得快要死去。这位向来善待客人的菩萨走上前去,询问情况后,说道:"虽然这座净修林已经变成沙漠,无法招待客人,我仍然有办法让你们解除饥饿,保住性命。离这里

---

① 菩提(buddhi)意谓觉醒或觉悟,"无上菩提"即大彻大悟。

不远处,有一头摔死在坑里的鹿。你们去吃它的肉,保住你们的性命吧!"他的客人答应道:"好吧!"便动身前往那里。

　　然后,菩萨维尼多摩提抢先到达那里,运用瑜伽神通力,幻化出一个坑,让自己幻化成鹿,投身坑中,舍弃自己的生命,招待客人。迦那迦迦罗舍和随从们缓慢地走到了这里,看见坑里有一头死去的鹿,便捡起它。然后,他们点燃一堆枯草和荆棘,烤熟这头鹿,把鹿肉吃个精光。

　　这时,菩萨的两个妻子蛇女和公主惊恐地看到净修林已经遭到毁坏,而不见丈夫去了哪里,便去告诉正在沉思入定的苏摩修罗。他出离禅定,了解情况后,运用神通力,得知导师的所作所为。即使会给导师的两个妻子带来痛苦,他依然如实告知她俩。然后,他与她俩一起赶到那个坑边,证实他的导师已经把自己的身体献给那些客人。蛇女和公主看到自己的丈夫只剩下鹿角和骨头,哀伤不已。她俩忠于丈夫,拿起鹿角和骨头,从净修林取来一堆柴薪,点燃后,投身火中。迦那迦迦罗舍站在那里,得知实情后,也与随从们一起投身火中。

　　同时,苏摩修罗忍受不住失去导师的痛苦,坐在拘舍草垫上,准备停止呼吸死去。就在这时,因陀罗来到他这里,向他显身,说道:"你不必这样,因为这是我在考验你的导师。现在,我已经降下甘露雨。你的导师和他的两个妻子以及那些客人全都会从骨灰中复活。"

　　苏摩修罗听了因陀罗这样说,满怀喜悦,起身向因陀罗俯首致敬,然后前往那里,看到他的菩萨导师维尼多摩提和他的两个妻子以及迦那迦迦罗舍等朋友都已经复活起身。他向从另一个世界返回的导师和他的两个妻子行触足礼,用语言和鲜花敬拜他们,大饱眼福。迦那迦迦罗舍等人也虔诚地跟着敬拜。

　　随后,以梵天和毗湿奴为首的众天神来到这里,对维尼多摩提的高尚品性表示满意,赐予他具有神奇威力的至高恩惠后,消失不见。维尼多摩提听了苏摩修罗等人讲述此前的事情经过后,与他们一起前往另一座更加神奇的苦行林。

　　"正是这样,即使化为骨灰,还会在这世团聚,孩子啊,何况能自由活动的人? 因此,你不要抛弃身体。孩子啊,你是勇士,出发吧! 你肯定会与摩利甘迦达多团聚。"

"听了这位老年女苦行者讲述的这个故事,我心中充满希望,向她俯首行礼后,手中持剑,再次出发。渐渐地,我到达这座森林,然后突然被沙钵罗人抓住,要把我用作祭供难近母女神的祭品。我在交战中受伤,被他们捆绑着带到沙钵罗王身边。在这里,主人啊,我遇见你和两位大臣。由于你的恩惠,我现在就像快乐地住在自己家中。"

在沙钵罗王宫中,摩利甘迦达多听了朋友古纳迦罗讲述自己的经历,高兴至极。他看到古纳迦罗在交战中受伤的伤口获得很好的治疗,与朋友们一起照常完成这一天的事务。虽然摩利甘迦达多渴望前往优禅尼城获得设赏迦婆蒂,但是,为了等待古纳迦罗的伤口痊愈,与朋友们继续在这里住了一些天。

第六章

然后,古纳迦罗的伤口痊愈,身体康复。在一个吉祥日,摩利甘迦达多告别朋友沙钵罗王摩耶钵杜,与随从们一起,离开他的村镇,出发前往优禅尼城,寻找设赏迦婆蒂。而沙钵罗王曾经答应要协助摩利甘迦达多,于是,他带着随从,与自己的朋友摩登伽王杜尔伽毕舍遮一起,陪随摩利甘迦达多走了很长一段路程。

摩利甘迦达多与朋友悉如多提、维摩罗菩提、古纳迦罗和毗摩波拉格罗摩在行进中,也注意寻找其他的朋友。一天,他们到达文底耶山森林,夜晚,睡在路边一棵树下。其间,摩利甘迦达多突然醒来,起身观察四周,看到那里睡着另一个人。他仔细一看,认出是自己的大臣维吉多罗格特。这时,维吉多罗格特也醒来,看见自己的主人摩利甘迦达多,满怀喜悦,抱住他的双脚。摩利甘迦达多意外遇到他,睁大眼睛拥抱他。其他的大臣也醒来,欢迎他。然后,他们向他讲述各自的经历。在他们的询问下,维吉多罗格特也开始讲述自己的经历:

当时受到蛇王巴拉婆多诅咒后,你们走散,我也独自盲目四处游荡了很久。有一天,我浑浑噩噩,在游荡中走得很远,疲惫不堪,突然到达森林边上一座神奇的大城市。那里,一个天神模样的人在两个天女陪同下,看见我,让我用清凉的池水沐浴,恢复精神。他带我进城后,用天神的食品招待我后,他进食,然后他的两个妻子进食。

饭后,我解除疲劳,询问他说:"你是谁?为何救助我这个想要寻死的人?因为我失去了主人,最终会抛弃自己的身体。"说罢,我告诉他自己的整个遭遇。然后,这个灵魂高尚者满怀善意,对我说道:"我是药叉。她俩是我的妻子。今天,你作为客人来到这里。尽力招待客人是家主应尽的职责。因此,你受到我的礼遇。但是,你为何想要舍弃自己的生命?因为你们受到蛇王诅咒而失散,这是暂时的。一旦诅咒解除,你们必定会重新团聚。在这生死轮回的世界,有谁会从不遭遇痛苦?我即使是药叉,也曾遭遇痛苦。请听我告诉你!"

特利伽尔多城是大地新娘头顶上用线串成的花环①。这座城里有个婆罗门青年,名叫波维多罗达罗。他财富匮乏而贫穷,但他有许多出身高贵的亲友。这位高傲的婆罗门生活在富人中间,思忖道:"我生活在富人中间,但显得无所作为,就像美妙的诗篇中一个无意义的②词。而有志气的人不能依靠侍奉他人、接受他人馈赠生活。我要去某个偏僻的地方,获得药叉女,因为我从老师那里学会一种咒语。"

于是,这个婆罗门前往森林,按照规则使用咒语,成功获得一个药叉女,名叫绍达蜜尼,成为他的妻子。他和药叉女妻子一起生活,犹如一棵无花果树,既经历凛冽的冬天,也经历明媚的春天。一天,药叉女看到丈夫波维多罗达罗为没有儿子而神情沮丧,便对他说:"夫君啊,你不必忧虑!因为我俩会生下一个儿子。请听我讲述这件事!"

---

① 这句中,"线"的原词是 guṇa,也读作"品德"或"美德";"花"的原词是 sumanas,也读作"好意"或"善意"。
② 此处"无意义的"的原词是 nirarthaka,也读作"无财富的"。

在南方边区,有一片多摩罗树林。那里阳光受到阻碍,黑暗笼罩,犹如乌云密布的雨季诞生地。在那里,住着一个著名的药叉,名叫波利杜陀罗。我是他的女儿,名叫绍达蜜尼。父亲宠爱我,经常带我到那些著名的山上游玩。

一天,我和女友迦毗舍跋茹在盖拉瑟山上游玩,看到一个名叫阿吒诃萨的药叉青年。他和朋友们在一起。当他也看到我时,我俩的眼睛互相被对方的美貌所吸引。父亲看到后,认为我俩匹配,便召唤阿吒诃萨过来,当场为我俩定下婚事。在确定结婚日后,父亲带我回家,阿吒诃萨也高兴地与朋友们一起回家。

而第二天,我的女友迦毗舍跋茹看似愁眉苦脸,来到我的身边。经我询问,她为难地说道:"即使我不该说,朋友啊,我仍然要告诉你这件不愉快的事。今天我来这里时,看到你的未婚夫阿吒诃萨。他在雪山山坡上名为妙地的花园里,一心思念你。他的朋友们为他解闷,与他玩游戏,让他扮作药叉王,让他的弟弟提波多希克扮作他的儿子,而这些朋友扮作他的大臣。恰好这时,财神俱比罗的儿子那吒俱比罗从空中经过这里,看见他们玩这种游戏,便召唤阿吒诃萨,诅咒他说:'你只是一个仆从,却想要成为主人。你这个坏家伙,你就成为凡人吧!你想要身居高位,那就让你下凡人间。'听到这个诅咒,阿吒诃萨急忙说道:'王子啊,我愚蠢地玩这种游戏消遣解闷,但我绝无僭越之心。请你宽恕我吧!'听了他的哀求,那吒俱比罗经过沉思入定,确认他说的是真话,于是告诉他这个诅咒结束的期限:'你思念那个药叉女。你成为凡人后,就与那个药叉女结合,而你的弟弟提波多希克成为你俩生下的儿子。这时,对你的诅咒解除,你和你的妻子恢复原位。而你的弟弟作为你俩的儿子,成为大地上的国王后,对他的诅咒也解除。'财神的儿子说完这些话,由于诅咒的威力,阿吒诃萨消失不见,不知去向。我见到这一切后,痛苦难受,朋友啊,然后来到你这里。"

听了女友的话,我失魂落魄,哀伤不已。然后,我去把这件事告诉父母。我盼望着到时候与他团聚结合。

"你就是那个下凡人间的阿吒诃萨,我就是那个药叉女。现在我俩已经结合,不久就会生下儿子。"

听了具有幻力的妻子绍达蜜尼的话,婆罗门波维多罗达罗心中喜悦,盼望着儿子出生。到时间,药叉女生下儿子。这个儿子照亮这个家和夫妻俩的心。波维多罗达罗一见到儿子的脸,顷刻间恢复药叉阿吒诃萨的天神形貌。他对药叉女说道:"亲爱的,诅咒已经解除,我已经成为原先的阿吒诃萨。来吧,我俩返回我们自己的住地吧!"

而他的妻子听后,说道:"这个孩子是你的弟弟。由于诅咒,他成为你的儿子。想想该怎么办吧!"阿吒诃萨听后,通过沉思入定,想出了办法,对妻子说道:"亲爱的,在这个城里有个婆罗门,名叫提婆陀尔舍那。他虽然供奉五堆祭火,但他没有儿子和财富。由于饥饿,他和妻子的胃中之火燃烧得比祭火更炽烈。他修炼苦行,抚慰火神,求取财富和儿子。一天,火神在梦中指示他说:'你没有亲生儿子,但是会有一个收养的儿子。婆罗门啊,依靠他,你会摆脱贫穷。'听了火神的指示,现在这个婆罗门盼望着获得儿子。我们就把这个孩子送给他,因为这是命运的安排。"

阿吒诃萨对妻子这样说后,让这个孩子脖子上佩戴宝石花环,把他放在一个装满金子的罐上,趁那个婆罗门和妻子睡着时,送到婆罗门家中。然后,阿吒诃萨和妻子一起返回自己的原住地。

而婆罗门提婆陀尔舍那和妻子醒来后,看到这个孩子如同新月,那些宝石如同星星,惊讶不已,心想:"这是怎么回事?"他看到装满金子的罐,记起火神在梦中的指示,满怀喜悦。他获得命运赐予他的儿子和财富,天亮后,举行盛大的庆祝活动。在第十一日,他给儿子取了一个合适的名字,叫作希利陀尔舍那①。

此后,婆罗门提婆陀尔舍那拥有财富,举行各种祭祀,享受生活。希利陀尔舍那在父亲家中渐渐长大,掌握各种吠陀知识和武艺,富有威力。他成为青年后,父亲提婆陀尔舍那前去朝拜各处圣地,最后在波罗耶伽圣地去世。他的母亲得知消息后,投火自焚殉夫。于是,希利陀尔舍那满怀悲痛,按照经典规定,为父母举行丧礼。

随着时间流逝,他的悲伤渐渐消退。他没有娶妻成家,也没有亲友。也是

---

① "希利陀尔舍那"的原词是 śrīdarśana,词义为见到吉祥女神或见到财富。

命运安排,他开始嗜好掷骰子赌博。不久,他把家里的财富输得精光,穷得连吃饭都成了问题。

一次,他在赌博厅中,接连三天没有吃饭,身上也没有一件像样的衣服,出于羞愧,不能走出去。他不愿意接受别人施舍食物。他有个赌徒朋友,名叫摩克罗迦,对他说道:"你怎么会这样愚痴,不知道这是赌博的恶果? 不知道这些骰子是噩运女神投出的秋波? 因为创造主创造的赌徒,以双臂为衣服,以尘土为床,以路口为家,以毁灭为妻子。为何你不吃饭? 你具有智慧,怎么会这样自暴自弃? 因为只要活着,意志坚定的人怎么不会实现自己的心愿? 在这方面,听我给你讲述普南陀那的奇妙故事!"

迦湿弥罗地区是大地的装饰,犹如创造主创造的第二个天国。第一个天国只是让善人们看到享受,而这第二个天国让善人们获得真实的享受。婆罗私婆蒂女神和吉祥女神①进入这里,仿佛互相妒忌,一个说:"我在这里更重要。"另一个说:"不,我更重要。"雪山以身体环抱这里,仿佛保护这里,不让危害正法的恶神迦利进入。维多斯达河装饰这里,仿佛举起波浪之手驱赶罪恶,说道:"你们远离这天神们的圣地。"这里有一排排用石灰刷白的高耸宫殿,如同雪山山脚的一排排山岩。

在这里,从前有个国王,名叫普南陀那。他通晓各种经典,是实施种姓法和人生阶段法的导师,如同受到民众喜爱的月亮。他的勇气光辉照射到那些敌国,犹如在妇女乳房上留下指甲印痕。他通晓治国术,民众永远远离各种灾难②。他虔诚崇拜黑天,民众的思想变得清白纯洁③。

一次,在一月中的第十二日,他依照仪轨敬拜毗湿奴。在夜里睡梦中,他看见一个提浆少女走近他。他与她合欢后醒来,发现她消失不见。但他惊讶地看到身上留有与她合欢的痕迹,心中推测:"这显然不是梦中合欢,肯定是这

---

① 婆罗私婆蒂(sarasvatī)是语言女神,或称辩才女神。吉祥女神(śrī)是王权女神,或称财富女神。前者象征学问,后者象征财富。

② 这句中,nīti 的词义为治国术,anīti 的词义为远离灾难。

③ 这句中,kṛṣṇa 的词义为黑天,akṛṣṇa 的词义为白色、纯洁或清白。

个天女有意诱惑我。"

他这样确认后,为与这个天女分离而痛苦,以致渐渐无心处理王国一切事务。他找不到获得这个天女的方法,于是思忖道:"我与这个天女短暂的结合是毗湿奴赐予我的恩惠。因此,我要去偏僻的地方抚慰毗湿奴而获得她。我要摆脱索然无味的王国束缚。"他这样决定后,便告知大臣们,把王国让给自己的弟弟苏南陀那。

普南陀那舍弃王国,前往名为步池的圣地。这是从前毗湿奴化身侏儒跨出三大步时,从他的脚底产生的圣地。住在附近那些山峰上的梵天、毗湿奴和湿婆在这里出没。毗湿奴的脚步还在迦湿弥罗地区创造出另一条天河,名为维苏婆提河,仿佛与维多斯达河媲美。普南陀那就在这处圣地修炼苦行,摒弃其他乐趣,辛苦劳累,犹如夏季的饮雨鸟别无其他渴望。

时间过了十二年,普南陀那始终坚持修炼苦行。这时,有个富有智慧的苦行者路过这里,束有黄色发髻,身穿褴褛衣,跟随着一群弟子,仿佛他是从这处圣地山峰上下来的一位天神。这个苦行者看到这位国王,产生好感,谦恭地走过来,询问情况后,沉思入定片刻,便对他说道:"国王啊,你心爱的那个提逖少女住在地下世界。你放心。我会带你到达她的身边。我是婆罗门,是南方一位名叫耶若的祭司的儿子,名叫菩提婆数,瑜伽行者导师。我的父亲传授给我知识。我依据地下世界经典,学会抚慰湿婆的咒语和咒术规则。我去吉祥山修炼苦行,抚慰湿婆。湿婆对我表示满意,指示我说:'你去与提逖美女结合吧!在地下世界享受后,再回到我这里。听我告诉你到达那里的方法:地面上有许多地下世界入口。而在迦湿弥罗地区有一个摩耶①制造的大入口。跋那②的女儿乌霞带着她的情人阿尼鲁达③从这个入口进入隐秘的檀那婆花园里游戏作乐。波罗迪勇那④为了保护儿子,在那里安置一座山峰,并在山峰一边,制造一扇门。他诵唱数百首赞歌取悦名为夏利迦的难近母女神,请求她住在

---

① 摩耶(maya)是著名的阿修罗工匠。
② 跋那(baṇa)是一位魔王。
③ 阿尼鲁达(aniruddha)是爱神的儿子。
④ "波罗迪勇那"(pradyumna)是爱神的一个称号。

那里守护那扇门。因此,那个地方现在有两个名称:波罗迪勇那山峰和夏利迦山峰。因此,你去吧!和随从们一起从那个入口进入地下世界,你会获得成功。'说罢,这位大神消失不见。依靠他的恩惠威力,我得知一切,便来到迦湿弥罗地区。因此,国王啊,来吧!你和我们一起去夏利迦山峰。我会把你带到你心爱的美女身边。"

国王普南陀那听后,说道:"好吧!"他和这个苦行者一起前往夏利迦山峰。到达那里后,他在维多斯达河中沐浴,然后敬拜湿婆大神和夏利迦女神。大苦行者依靠湿婆的恩惠,按照仪轨,撒下一些芥末,使入口处显现。国王和苦行者及其弟子们进入,沿着地下世界里的道路,走了五天五夜。在第六天,他们到达地下世界的恒河,看见银地上一座神奇的树林,弥漫盛开的莲花芳香,有珊瑚树、樟脑树、檀香树和沉香树。他们满怀喜悦,看见树林中有一座宏伟的湿婆神殿,用月亮宝石建成,洁白明亮,高高耸立,有宝石台阶、金墙壁,那些摩尼珠柱子闪闪发光。

这个富有智慧的苦行者对满怀惊奇的弟子们和国王普南陀那说道:"这是湿婆大神在地下世界的住处。他在三界受到赞颂和崇拜。"于是,他们在地下世界的恒河中沐浴后,用地下世界里的各种鲜花供拜湿婆。供拜后,他们休息片刻,继续前行,到达一棵高大的瞻部树,树上成熟的果子坠落在地上。这个苦行者说道:"你们不能吃这些果子,否则,会遇到障碍。"尽管他这样提醒,但其中一个弟子肚子饥饿,还是忍不住吃了一个果子。于是,他的身体顿时变得僵立不动。其他弟子见此情状,吓得都不敢怀有吃果子的渴望。

这个苦行者带着其他弟子和普南陀那继续前行。没有走多远,他们看见前面有高耸的金围墙,围墙中间有一扇镶嵌宝石的门。然而,门前两侧有两只铁山羊,用铁犄角阻挡他们进入。于是,这个苦行者以咒语为棍杖,打击这两只铁山羊的头。这两只铁山羊仿佛遭到金刚杵打击,顿时不知去向。

然后,他们一起从这扇门进入,看到里面有许多用金子和宝石建造的宫殿。而每座宫殿前有青面獠牙的门卫手持铁杵把守。于是,他们一起坐在一棵树下。而这个苦行者实施驱除障碍的瑜伽入定。依靠瑜伽入定的威力,那些凶暴的门卫全都逃得无影无踪。随即,从这些宫殿中出来许多佩戴神奇装饰品的妇女。她们是那些提迳少女的侍女。她们按照各自的女主人吩咐,分别带着他们进入各座宫殿。当时,这个苦行者对所有人说:"你们进去后,不要不听从自己心上人的话。"然后,这个苦行者在一些侍女带领下,进入一座辉煌的宫殿,获得一个极其可爱的提迳少女,实现自己的心愿。他的弟子们也由其他侍女带领进入各座宫殿,与提迳少女共享欢乐。

国王普南陀那在一个侍女带领下,进入外面一座摩尼珠宫殿。宫殿中那些美女的形象映在四周宝石墙壁上,仿佛构成一幅幅生动的画像。这座宫殿建在蓝宝石地面上,好像坐落在蓝天上,仿佛与天国飞车媲美。宫殿里的美女们饮酒作乐,充分展现爱神的魅力。这座宫殿又仿佛是凭借毗湿奴的威力建造的苾湿尼①族的住处。甚至不能忍受炎热的鲜花也无法比拟这些美女的娇嫩。

国王进入这座回响着神奇歌声的宫殿,看到原先在自己梦中看到的那个提迳少女。她的光艳照亮没有太阳和月亮的地下世界,仿佛创造主再度创造出宝石等的光芒。国王看到这个美貌不可言状的提迳少女,涌出喜悦的泪水。这些泪水仿佛洗清他的眼睛以前观看其他一切而受到的污染。这个少女名叫古摩蒂尼,在侍女们的歌声召唤下,也看到这位国王,心中的喜悦难以言表。她起身,握住国王的手,说道:"你为我受苦了。"然后,她恭敬地请国王坐下。

等国王休息片刻后,这个提迳少女安排国王沐浴,给他送来衣服和装饰品,带他到花园里饮酒。少女和他一起坐在酒池边,岸边树上挂满尸体带血的脂肪。少女递给国王一杯装满脂肪和酒的饮料,但国王不接受这种让他感到恶心的饮料。而少女一再坚持说:"如果你拒绝喝我们的饮料,这样不合适。"而他回答说:"无论如何,我不能喝这种不合适的饮料。"于是,少女把这杯饮料倾倒在他的头上。随后,少女的几个侍女把闭上眼睛和嘴的国王带走,把他扔进另一个水池。

就在他被扔进另一个水池的一瞬间,他发现自己回到了以前那座步池圣地的苦行林中。他看到积着白雪的山峰,仿佛在嘲笑他②。他既惊奇,又懊丧,

---

① 苾湿尼(vṛṣṇi)是黑天出生的雅度族的祖先。
② 在古典梵语文学中,经常将笑视为白色。

615

思忖道:"提迭少女在哪里? 步池山峰又在哪里? 啊,怎么会发生这样的奇事? 这是幻觉吗? 这是精神错乱吗? 还能是别的什么? 尽管我听到那个苦行者的提醒,我还是没有听从提迭少女的话,以致落到这样的下场。我不该埋怨那种饮料。其实这是她在考验我。那杯饮料倾倒在我的头上时,散发出奇妙的香气。总而言之,对于命运不佳的人,即使历尽艰辛,也一无所获,因为命运与他作对。"

就在普南陀那这样思考时,许多蜜蜂飞来,围绕着他,因为提迭少女洒在他身上的饮料散发着香气。在这些蜜蜂叮着他时,他哀叹道:"天啊,我千辛万苦没有获得愿望的结果,而获得相反的结果,犹如僵尸鬼出现在懦夫面前。"他失望到极点,准备抛弃自己的身体。

恰巧这时,有个青年牟尼路过这里,看到这位国王处于这种精神状态,心生怜悯,走近过来,迅速赶走那些蜜蜂。他问清情况后,对国王说道:"国王啊,只要身体存在,怎么会不遭遇痛苦? 而智者们不会困惑烦恼,始终追求实现人生目的。如果不认识到毗湿奴、湿婆和梵天的同一性,而区别侍奉,只能取得短暂零碎的成功。你应该心中不加区别,沉思梵天、毗湿奴和湿婆。你就保持坚定的意志,再在这里修炼十二年苦行吧! 然后,你会获得那位可爱的少女,最终达到永久的解脱。你看,直到现在,你身上还散发着那种奇妙的香气。你接受我的这件被念过咒语的黑鹿皮衣吧! 穿上它,那些蜜蜂就不会再侵扰你。"国王听后,说道:"好吧!"这个牟尼便把黑鹿皮衣连同咒语一起送给他,然后离去。

这样,国王普南陀那恢复勇气,继续住在这处圣地。他坚持修炼苦行,抚慰湿婆大神①。十二年后,提迭少女古摩蒂尼自己来到国王这里。国王和这个心爱的少女一起前往地下世界,与她长久共享欢乐,最终获得解脱。

"正是这样。那些有福之人摆脱困惑烦恼,保持坚定的意志,最终仍会重获

---

① 据前面的描写,国王普南陀那以前崇拜毗湿奴,现在他听从那个牟尼的教导,也崇拜湿婆。

自己失去很久的地位。希利陀尔舍那啊，你具有吉相，前途必定美好，为何自暴自弃，不吃饭？"

这天夜里，希利陀尔舍那在赌博厅里，没有吃饭，听了朋友摩克罗迦这样说后，回答说："你的话完全在理。但是，我在这个城里，出身高贵，却因嗜好赌博而穷困潦倒。因此，我感到羞愧，无脸走出这里。如果你不反对，朋友啊，让我趁这夜里，去往别的国家，我就吃饭。"摩克罗迦听后，说道："好吧！"便去取来饭，给他吃，而后自己也吃。吃完饭后，希利陀尔舍那动身前往别的国家。他的朋友摩克罗迦出于关心他，与他同行。

正当希利陀尔舍那在路上行走时，他的药叉父母阿吒诃萨和绍达蜜尼恰巧在夜里从空中路过这里。他俩以前把刚出生的这个儿子寄放在婆罗门提婆陀尔舍那家中。他俩现在看到他，知道他嗜好赌博而陷入困境，正前往另一个国家。出于关爱，他俩不显露身形，对他说道："希利陀尔舍那啊，你的父亲提婆陀尔舍那的妻子把一些首饰埋在自己家中的地下。你去取出它们，然后去往摩腊婆国吧！因为那里有个拥有大量财富的国王，名叫希利塞纳。他在年轻时嗜好赌博而受尽苦难。现在他设立了一个庞大的赌徒收容所。赌徒们住在那里，能随意吃喝。孩子啊，你就去那里。你会获得好运。"

听到空中传来这样的话音，希利陀尔舍那便与朋友一起回家，挖地取出那些首饰。然后，他高兴地与朋友一起前往摩腊婆国，心想："这是天神赐予我恩惠。"他俩从夜晚到白天，走了很长的路程，黄昏时，到达一个名为跋呼萨希那的村庄。他俩旅途劳累，就在村庄附近一个清澈的水池边坐下休息。

他俩在这里洗完脚，喝了水，就在这时，看到一个美貌无与伦比的少女来到这里打水。她的身材苗条，色泽如同蓝莲花，仿佛爱神刚被湿婆焚毁，孤单的罗蒂被那些烟雾熏黑。希利陀尔舍那高兴地看着她。而她看到希利陀尔舍那，目光充满爱意，走过来，对他和他的同伴说道："两位有福有德的贤士啊，你俩为何来到这里送死？难道你俩不知道待在这里，如同飞蛾扑火？"

摩克罗迦听后，急忙询问她："你是谁？你说的这些话是什么意思？"于是，她说道："那我就简要地告诉你俩！有一个村庄属于国王赐予婆罗门们的封地，名为苏伽舍。那里有一位通晓吠陀的婆罗门，名叫波德摩伽尔跋。他的妻子出身高贵，名叫舍希伽拉。他俩生下两个孩子。儿子名叫摩克罗迦。我是他俩的女儿，名叫波德蜜希妲。我的兄长摩克罗迦嗜好赌博，在年幼时就离家出走，不知去了哪里。我的母亲痛心疾首，忧伤而死。我的父亲失去儿子和妻子，悲痛难忍，抛弃家业，独自带着我，寻找儿子。我俩四处游荡，在命运安排下，到达这个村庄。而这个村庄现在住着一帮盗贼，匪首名叫婆数菩提，是一个徒有其名的婆罗门。我俩到达这里后，这个恶棍带着随从，杀死我的父亲，取走他带在身边的金子。他把我带走，关在一间屋子里，准备把我嫁给他的儿子苏菩提。而他的儿子出外劫掠商队，不知在哪里，至今没有回来。这说明我前生积有功德。现在，我等待着命运的安排。这个匪首如果看到你俩，肯定会对你俩下毒手。因此，你俩应该设法从这里逃走。"

她这样说着时，摩克罗迦认出这个少女是自己的妹妹，搂住她的脖子，哭泣着说道："波德蜜希妲啊，我就是你的兄长摩克罗迦。妹妹啊，是我害死了父母，我确实该死！"波德蜜希妲听后，也认出他是自己的兄长，顿时仿佛全身都浸泡在痛苦中。兄妹俩为父母悲伤不已。希利陀尔舍那及时安慰他俩，并说道："现在不是悲伤的时候，而必须设法保护我们自己。即使舍弃财富，也要避免盗贼杀害我们。"听了希利陀尔舍那的话，兄妹俩努力克制悲伤。随即，他们三人商量好一个计策。

然后，希利陀尔舍那躺倒在地上，由于几天没有吃饭，他身体消瘦，假装生病。摩克罗迦抱住他的双脚哭泣。而波德蜜希妲迅速跑去报告匪首说："有个旅行者来到这里，病倒在水池边。他的身边有个随从。"匪首听后，派遣一些侍从前去察看。他们看到这样的两个人，询问其中的摩克罗迦："贤士啊，你为何为这个人伤心哭泣？"摩克罗迦假装痛苦地回答他们说："这个婆罗门是我的兄长，出来朝拜圣地，旅途中生病了。今天在我陪护下，缓缓走到这里。而一到这里，他就倒在地上，不能动弹了。他对我说：'弟弟啊，你赶快为我铺好拘舍草席。我要把所有财物送给这个村庄里某个品德高尚的婆罗门，因为我活不过今夜了。'听到他这样说，而我在这异乡客地，太阳也已经落山，思绪混乱，不知怎么办才好，只能伤心哭泣。因此，请你们带来一个婆罗门，趁他还活着，可以亲手把我俩的财物馈赠这个婆罗门。他今夜肯定会死去。而我不能承受这种痛苦,明天也会投火自焚。请你们这些好心人答应我们的请求。能在这里遇见你们,也是我们之间有缘分。"

这些盗贼听后,心生怜悯,便去把情况如实报告他们的匪首,接着说道:"因此,你就亲自去接受这个婆罗门馈赠的财物。这种财物通常是要杀人才能获得的。"而这个匪首说道:"怎么能这样做?不杀死人而获得财物,绝对不是我们的行为方式。不杀死人而获得财富,肯定会留下祸根。"这些侍从听后,回答说:"你何必担心?对于一个垂死的人,夺取他的财物和接受他的馈赠有什么区别?明天早上,如果这两个婆罗门还活着,我们会杀死他俩。此外,我们何必平白无故犯下杀害婆罗门的罪业?"听了他们这样说,匪首也就表示同意,在夜里来到希利陀尔舍那身边,接受他馈赠的财物。希利陀尔舍那预先藏下一些母亲的首饰,而假装喘息着,说话吐字不清,把母亲的其余首饰都交给这个匪首。匪首获得财物后,与侍从们一起返回自己的住处。

然后,在夜里,等盗贼们入睡后,波德蜜希妲来到希利陀尔舍那和摩克罗迦这里。他们三人商量好后,立即沿着盗贼们不常出现的偏僻小路,前往摩腊婆国。他们一夜之间走了很远的路程,到达一座大森林。森林中,仿佛惧怕吼叫的狮子和老虎等猛兽,那些黑斑鹿的眼睛始终颤动,蔓藤枝条干枯,树皮不断裂开,发出吱吱的哭泣声。太阳仿佛看到他们在这里整整走了一天而疲惫不堪,心生怜悯,收起光芒,落下西山。

傍晚,他们又饥又渴,坐在一棵树下休息,看到远处似乎有火光。希利陀尔舍那说道:"那里或许有个村庄。我去看看。"于是,他循着火光的方向走去。到达那里,他看到竟然是一座宏伟的宝石宫殿,仿佛闪耀火光。他看到宫殿里有一个貌似天女的药叉女,身边围绕许多药叉。这些药叉脚步错乱,眼睛眯缝。他们为这个药叉女带来许多食物和饮料。这位勇士看到后,走过去,以客人的身份向药叉女乞求饮食。药叉女赏识他的勇气,满足他的求乞,给他足够三个人吃的食物和饮料。她还吩咐一个药叉肩负这些饮食,帮助客人送去。他俩来到摩克罗迦和波德蜜希妲身边后,希利陀尔舍那打发那个药叉回去。然后,他们三人一起吃各种天神享受的食物,喝清凉的饮料。

摩克罗迦高兴满意,觉得希利陀尔舍那富有勇气,充满威力,肯定是天神分身。他盼望自己获得好运,对希利陀尔舍那说道:"你是某个天神的分身。我今天要把我的美貌举世无双的妹妹波德蜜希妲嫁给你。"希利陀尔舍那听后,满怀喜悦,对这位朋友说道:"我接受你的好意。这正是我心中的渴望。但是,等我完成事业后,我再按照仪轨,正式娶她。"这样,他们高兴地度过这一夜。

第二天早上,他们继续出发,渐渐到达摩腊婆国王希利塞纳的城市。他们进入城市后,身体疲惫,进入一个年老的婆罗门妇女家中休息。在交谈中,他们告诉老妇人自己的名字和经历。然而,他们发现老妇人情绪低落。经过询问,老妇人告诉他们说:"我出身纯洁,名叫耶娑婆蒂。我的丈夫是侍奉国王的婆罗门,名叫萨谛耶婆罗多。我的丈夫死去后,因为我没有儿子,国王心地慈悲,继续支付我的丈夫薪酬的四分之一供养我。尽管这位国王如同月亮,造福世界,却得了无法医治的肺痨。许多通晓咒语和药草的医生都束手无策。而有一个巫师在国王面前许诺说:'如果有个勇士能协助我取来僵尸鬼,我能消灭这个病魔。'于是,国王吩咐大臣们击鼓宣告,但是没有找到这样的勇士。国王再次吩咐大臣们说:'你们去我设立的赌徒收容所,寻找某个勇敢的赌徒。因为那些赌徒常常抛弃妻子和亲友,无所畏惧,像瑜伽行者那样躺在树下或其他露天场所。'大臣们转告收容所主管。这个主管现在注意发现来到收容所的勇士。而你俩也是赌徒。希利陀尔舍那啊,如果你能办成这件事,那么,我就带你去收容所。这样,你会从国王那里获得恩惠。同时,我也蒙受你的恩惠,因为我痛苦得快要死去。"

希利陀尔舍那听了老妇人这番话,说道:"行,我能办成这件事,你就带我到收容所去吧!"于是,老妇人带着他,波德蜜希妲和摩克罗迦跟随在后,来到收容所。老妇人报告主管说:"这位是从国外来到这里的婆罗门赌徒。他是勇士,能协助巫师为国王效劳。"主管听后,经过询问,得到希利陀尔舍那确认后,向他表示敬意,立刻把他带到国王那里。

经过通报,希利陀尔舍那进宫后,看到国王希利塞纳苍白消瘦如同新月。而国王看到他俯首行礼后坐下,容貌吉祥,感到满意和宽慰,说道:"依靠你鼎力相助,一定能为我消灭病魔,因为我一见到你,我的身体就告诉我能制服病痛折磨。贤士啊,你就协助巫师办成这件事吧!"希利陀尔舍那说道:"王上啊,这件事对我不算什么。"于是,国王召来巫师,对他说道:"你就让这位勇士按照你的吩咐协助你。"巫师听后,对希利陀尔舍那说道:"贤士啊,如果你能帮我带来僵尸鬼,让我完成这件事,那么,你就在今天黑半月第十四夜来到这里的坟场。"说罢,这个苦行者巫师离去。希利陀尔舍那也辞别国王,回到收容所。

然后,希利陀尔舍那与波德蜜希妲和摩克罗迦一起吃晚饭后,独自一人,手中持剑,在夜里前往坟场。坟场空旷无人,充满许多鬼怪,豺狼发出不吉祥的嗥叫,黑暗笼罩,只有火葬堆上闪烁的火光。这位勇士在这里游荡,看到那个巫师站在坟场中间,全身涂抹灰烬,束有发髻,佩戴圣线,以死尸的衣服作头巾,身穿黑衣。希利陀尔舍那束紧腰带,走过去,告诉他自己已经来到,询问他说:"你说吧,需要我为你做什么?"这个巫师见到他,很高兴,说道:"你朝西边走不多远,那里有一棵无忧树,树叶已经被火葬堆的火焰烧焦。那棵树下有一具尸体。你去把它带来。"

希利陀尔舍那说道:"好吧!"迅速到达那里。而他看见有个人正在带走那具尸体。他便跑过去,从那个人的肩上拽拉尸体。而那个人抓住尸体不放手。于是,希利陀尔舍那说道:"你放手!我要把我的朋友带去火葬。你要把他带到哪里去?"而那个人对他说道:"我不放手,因为他是我的朋友。你和他有什么关系?"就在他俩拽拉争夺这具尸体时,进入尸体的僵尸鬼发出尖厉的叫声。那个人顿时吓得心脏破裂而死。希利陀尔舍那便抓起那具尸体离开。然而,有个僵尸鬼进入那个人的尸体。他又站起来,试图阻拦希利陀尔舍那,说道:"站住!放下你肩上的我的朋友,别走!"希利陀尔舍那想了想,知道这是进入那个人尸体的僵尸鬼,便说道:"你怎么证明他是你的朋友?他是我的朋友。"那个僵尸鬼回答说:"就让这具尸体自己证明我俩谁是他的朋友。"希利陀尔舍那说道:"好吧!就让他指出谁是自己的朋友。"这时,希利陀尔舍那肩上的附有僵尸鬼的尸体说道:"我肚子饥饿。谁给我食物,我就说他是我的朋友,随他把我带到哪里去。"那个尸体中的僵尸鬼说道:"我没有食物。如果他有,就让他给你吧!"希利陀尔舍那听后,说道:"我会给你食物。"于是,为了给自己肩上的僵尸鬼提供食物,他举剑砍向那个人的尸体。而那具附有僵尸鬼的尸体,依靠僵尸鬼的幻力,顿时消失不见。

然后,希利陀尔舍那肩上的僵尸鬼对他说道:"现在你给我你答应给我的食物吧!"希利陀尔舍那这时找不到其他的肉,于是,他用剑割下自己身上的肉给这个僵尸鬼吃。这个僵尸鬼对他表示满意,说道:"大勇士啊,我赏识你,就让你的身体完好无损吧!你现在带走我,去完成你的任务吧!而那个苦行者巫师是毫无勇气的懦夫。他会遭到毁灭。"

随即,希利陀尔舍那的身体完好无损。他把这个僵尸鬼带来,交给那个巫师。巫师高兴地接受僵尸鬼,敬拜他,给他戴上沾血的花环,涂抹带血的油膏,用骨灰画出一个大圆圈,四角安放血罐,点上油灯,让附在尸体身上的僵尸鬼仰面躺在中间。然后,他坐在尸体胸脯上,用人骨制成的勺子,开始向僵尸鬼的嘴中喂送祭品。就在这刹那间,僵尸鬼嘴中喷出火焰。巫师惊恐地起身逃跑。他失魂落魄,手中的勺子掉落。而僵尸鬼追上他,张开大口,把他全身吞下。

希利陀尔舍那看到后,举剑追赶僵尸鬼,而僵尸鬼对他说道:"希利陀尔舍那啊,我对你表示满意。你就拿去我嘴中吐出的这些芥末。你把这些芥末放在国王的头上和手上,国王立刻就会摆脱肺痨病魔折磨。你不久也会成为统治大地的国王。"

希利陀尔舍那听后,说道:"没有巫师,我怎么能回去?国王会怀疑我说:'你为了自己独占利益,杀死了巫师。'"僵尸鬼听后,说道:"我告诉你证明自己清白的办法。你可以剖开尸体的肚子,让国王看到被我吞下而死去的这个巫师。"说罢,僵尸鬼把那些芥末交给他,然后出离尸体,不知去向。这具尸体倒在地上。然后,希利陀尔舍那带着那些芥末,回到收容所,与朋友们一起度过这一夜。

第二天早上,希利陀尔舍那向国王报告自己昨夜的经历。然后,他带来尸体,让国王和大臣们看死在里面的那个巫师。随后,他把那些芥末放在国王的头上和手上,国王的病痛顿时完全消失。于是,国王高兴满意。他没有儿子,就将自己的救命恩人希利陀尔舍那认作儿子,为这位勇士灌顶,立他为王位继承人。确实,播撒在福田里的种子,会结出丰硕的果实。

然后,幸运的希利陀尔舍那与波德蜜希妲正式结婚。这位妻子此前犹如吉祥女神前来侍奉他。这样,他与波德蜜希妲和摩克罗迦一起享受快乐的生活。这位勇士住在那里,统治大地。

一天,有个名叫优本陀罗舍格提的大商人,在海边获得一个象头神宝石雕像,带来送给希利陀尔舍那。这位王子看到这个无价之宝,怀着虔诚之心,把象头神雕像供在富丽堂皇的神殿里。他捐赠一千个村庄供养这座神殿。他还召集全体民众,举行供奉神像的游行集会,彻夜唱歌跳舞。

象头神高兴满意,吩咐侍从们说:"我要让希利陀尔舍那获得我的恩惠,成为统治整个大地的国王。在西海中的杭娑岛,国王名叫阿南戈陀耶。他的女儿是女宝,名叫阿南伽曼殊利。这个少女虔诚崇拜我,经常乞求我:'尊神啊,请你赐予我统治整个大地的国王作为丈夫。'因此,我要让希利陀尔舍那与她结合,成为她的丈夫。这样,他俩一起获得虔诚崇拜我的功果。现在,你们去带走希利陀尔舍那,设法让他俩互相见面。然后,立即再把希利陀尔舍那带回来。他俩的结合还需要一些步骤,现在还不到时候。这也是命运安排。而那位带来我的雕像的商人优本陀罗舍格提也会获得我的恩惠。"

按照象头神的吩咐,侍从们在夜里,运用自身的幻力,将睡着的希利陀尔舍那带到杭娑岛,进入阿南伽曼殊利的卧室,把他放在睡着的公主床上。希利陀尔舍那立即醒来,看到阿南伽曼殊利。卧室里宝石灯明亮,帐篷上各种珠宝闪闪发光,地面铺满蓝宝石,床上铺着洁白的绸布床单。她躺在床上,呈现的光艳犹如流动的甘露。她犹如秋季空中的月亮,四周围星星闪烁,白云飘浮,令人赏心悦目。

希利陀尔舍那又惊又喜,心想:"我是醒着还是睡着?这是怎么回事?这位美女是谁?这肯定是在梦中。就让它这样吧!而我要唤醒她,看看会怎样。"于是,他用手轻轻触碰阿南伽曼殊利的肩膀。她受到手的触碰,立即醒来,犹如睡莲遇到月光,立即绽开。她转动眼睛,看到了他,沉思片刻,心想:"这个天神模样的人是谁?他肯定是一位天神,故而能进入这个难以进入的房间。"

随后,她起身,怀着疑惑,询问他:"你是谁?为何和怎样进入这里?"希利陀尔舍那向她说明自己的情况,然后询问她的情况。她也告诉他自己的国家、名字和家族。然后,他俩互相之间产生爱意,不再怀疑是在梦中,互相交换身上的装饰品,以确证这一点。随即,他俩渴望采取健达缚自由结婚方式结合。

就在这时,象头神的侍从们让他俩昏昏沉沉,再次入睡。

他们把睡着而没有实现心愿的希利陀尔舍那带回他自己的宫中。他在自己的卧室中醒来,看到自己身上戴着女性的装饰品,思忖道:"啊,这是怎么回事?杭娑岛公主在哪里?她的神奇卧室在哪里?而我又怎么现在在这里?这不是在梦中,因为我身上戴着她的那些装饰品。这肯定是命运在捉弄我。"就在他这样思索时,他的妻子波德蜜希妲醒来。这位贞洁的妻子询问他情况后,安慰他。就这样,他度过这一夜。

第二天早上,他把自己夜里经历的一切告诉国王希利塞纳,还让国王观看那些刻有阿南伽曼殊利名字的装饰品。国王为了让他高兴,吩咐击鼓征询前往杭娑岛的路径,但是,无人知晓。而希利陀尔舍那见不到阿南伽曼殊利,得了严重的相思病。他摈弃一切享受。他凝视着阿南伽曼殊利的项链和其他装饰品,不思饮食。他看不到阿南伽曼殊利的莲花脸,夜不成寐。

而在杭娑岛上,公主阿南伽曼殊利早晨在鼓声中醒来,记起夜里发生的事,看到自己身上戴着希利陀尔舍那的装饰品,焦灼不安,心想:"这些装饰品表明这不是梦,而是我爱上这个难以获得的人。这让我的生命处在危险中。"就在她这样思索时,她的父亲阿南戈陀耶突然前来看望她。他看见女儿身上戴着男性装饰品,用衣服遮盖身体,羞愧地低垂着脸。他宠爱女儿,把女儿拉到自己怀中,询问道:"女儿啊,发生了什么事?那个男人是谁?你为何感到羞愧?说出来吧!"在父亲追问下,她轻声地把所有情况都告诉了父亲。

然后,她的父亲觉得这是非同寻常的诡秘事件,不知应该怎么办。于是,他去询问自己的亲密朋友,国内的一位瑜伽法师,恪守誓言,具有幻力,名叫婆罗贺摩苏摩。这个苦行者通过沉思入定,得知真相,对国王说道:"事实是象头神的侍从们把国王希利陀尔舍那从摩腊婆地区带来这里,因为象头神受到你的女儿和这位国王抚慰而赐予他俩恩惠。这位国王将统治整个大地,同时,这位值得赞美的国王将成为你的女儿的丈夫。"

听了这位智者的话,国王阿南戈陀耶俯首向他表示敬意,说道:"尊者啊,摩腊婆国在哪里?杭娑岛又在哪里?两地相隔如此遥远,而这件事又刻不容缓。我一向依靠你的恩惠,这件事也只能拜托你了。"受到国王拜托,这位苦行者热爱真心对待自己的人,说道:"我会为你办成这件事。"说罢,他消失不见。

顷刻间,这位苦行者到达摩腊婆国。他进入希利陀尔舍那建造的神殿,敬拜象头神后,坐下赞颂象头神:"我向你致敬!你佩戴星星顶冠,犹如须弥山顶。你是吉祥幸福的化身。我赞美你!你的象鼻在舞蹈中高高甩起,触及云彩,犹如支撑三界的柱子。你的肚子滚圆似罐,你的身体装饰有蛇。你是驱除障碍者,一切成就的宝库。我向你致敬!"

就在这位苦行者这样赞颂时,那位带来神像的商主优本陀罗舍格提的儿子,名叫摩亨陀罗舍格提,长期疯疯癫癫,四处游荡,行为失控,突然来到这里,跑过来要抓他。于是,这位苦行者举手打他。由于他的手上附有咒语,这个商人之子挨打后,疯癫立即消失,头脑恢复清醒。他走了出去,为自己身体裸露而羞愧,用手遮住私处,返回自己的家。他的父亲得知消息,满怀喜悦,前来带他回家。他让儿子沐浴,穿衣,佩戴装饰品。然后,他来到苦行者婆罗贺摩苏摩这里,感谢他挽救了自己的儿子,赠送他许多财物,而这位苦行者具有神通力,不接受这些财物。

这时,国王希利塞纳也得知这件事,怀着虔诚之心,与希利陀尔舍那一起来见这位苦行者。国王向苦行者俯首行礼,赞美他,说道:"由于你来到这里,商人的儿子蒙受你的恩惠,身体康复。请你也赐予我的儿子希利陀尔舍那恩惠吧!"苦行者听到国王这样请求他,微笑着说道:"王上啊,我为何要满足这个贼的心愿?他在夜里偷走了公主阿南伽曼殊利的心和装饰品,从杭娑岛回到这里。尽管如此,由于你提出请求,我还是应该效劳。"说罢,他抓住希利陀尔舍那的前臂,消失不见。

苦行者把希利陀尔舍那带到杭娑岛,进入国王阿南戈陀耶的王宫。国王看到希利陀尔舍那身上还戴着自己女儿的装饰品,满怀喜悦。而国王先向苦行者行触足礼,然后向他表示欢迎。在一个吉祥日,国王把女儿嫁给他,犹如把缀满宝石的大地花环送给他。然后,依靠苦行者的神通力,他又把结为夫妻的女婿和女儿送往摩腊婆国。

国王希利塞纳高兴地欢迎希利陀尔舍那带着爱妻回来。此后,他们过着幸福的生活。时光流逝,国王希利塞纳寿尽死去,希利陀尔舍那继承王位。随后,这位勇士征服整个大地。他成为统治整个大地的国王后,他的两个王后波德蜜希妲和阿南伽曼殊利为他生下两个儿子。他为一个儿子取名波德摩塞纳,为另一个儿子取名阿南伽塞纳。

后来有一天,国王和两位王后在宫中听到外面有一个婆罗门在哭喊。希利陀尔舍那让他进来,询问他为何哭喊。于是,这个婆罗门激动地对他说道:"乌云熄灭了我的火焰闪耀的火,发出大声欢笑,带着一道光芒和一道浓烟。^①"这个婆罗门说完这些话,刹那间消失不见。国王惊讶不已,说道:"他说的是什么呀? 他又去了哪里?"

而就在他这样说着时,他的两位王后哭泣,倒地而死。国王仿佛遭到雷电击顶,发出哀号:"天啊,天啊! 这是怎么回事?"说罢,他也倒在地上。侍从们扶起国王,带往别处。摩克罗迦带走两位王后,为她俩安排火葬仪式。国王恢复知觉后,怀着对两位王后的爱,为她俩完成火葬仪式。此后,他泪流不止,度过黑暗的一年。然后,他把统治大地的王权分给两个儿子。他决定离欲弃世,独自离开都城,劝回跟随他的臣民,进入森林,修炼苦行。

他住在林中,以果子和根茎维持生命。一次在游荡中,他偶然来到一棵无花果树前。这时,突然从这棵树里走出两个天女模样的妇女,手中拿着果子和根茎,对他说道:"国王啊,来吧! 接受我俩给你的果子和根茎吧!"国王听后,说道:"那么,请告诉我你俩是谁?"这两位妇女回答说:"那么,你就进入我俩的住处。我俩会如实告诉你。"国王说道:"好吧!"便跟随她俩进入树中,看见里面有一座金城。

他在那里稍事休息,吃了神奇的果子后,这两位妇女对他说道:"现在,国王啊,请听! 从前在波罗底湿达那城,有个婆罗门名叫迦摩罗伽尔跋。他有两个妻子,一个名叫波提雅,另一个名叫波拉。时光流逝,他们三人年迈体衰,到达寿限,一起进入火葬堆。而他们三人互相感情深厚,在火中向湿婆乞求恩

---

① 这句中,"火焰闪耀"的原词是 dīptaśikha,"发出欢笑"的原词是 aṭṭahāsa,"一道光芒"的原词是 jyotilekhā,"一道浓烟"的原词是 dhūmalekhā,也分别读作人名"提波多希克""阿吒诃萨""吉约提兰卡"和"杜摩兰卡"。"提波多希克"和"阿吒诃萨"是两位药叉的名字,前文已提及。"吉约提兰卡"和"杜摩兰卡"是两位药叉女的名字,下文会提及。

惠：'尊神啊,但愿我们三人在未来的转生中,永远结为夫妻。'

　　"这样,迦摩罗伽尔跋凭借自己前生修炼严酷的苦行,转生为药义,名叫提波多希克。他是药叉波罗提波多刹的儿子,阿吒诃萨的弟弟。他的两个妻子波提雅和波拉也转生为药叉王杜摩盖度的女儿,一个名叫吉约提兰卡,另一个名叫杜摩兰卡。这两个药叉女姐妹渐渐长到青春妙龄,前往林中修炼苦行,取悦湿婆,求取丈夫。大神对她俩表示满意,向她俩显身,指示说：'你俩前生在进入火葬堆时,乞求在未来转生中永远成为你俩丈夫的那个人,现在转生为药叉阿吒诃萨的弟弟,名叫提波多希克。而由于受到自己的主人诅咒,他又转生为凡人,名叫希利陀尔舍那。因此,你俩就去他那里吧! 你俩在人间成为他的两个妻子。等到诅咒结束,你们三人仍会结为药叉夫妻。'

　　"湿婆对这两个药叉少女说完这些话后,她俩转生为人间的波德蜜希妲和阿南伽曼殊利,先后成为希利陀尔舍那的妻子。最后,在命运安排下,阿吒诃萨施计扮作婆罗门,用双关语说出我俩的名字,让我俩记起自己的前生。于是,我俩抛弃身体,变回药叉女。因此,你要知道我俩是你的妻子,而你就是提波多希克。"

　　听完这两位药叉女的话,希利陀尔舍那记起自己的前生,立刻变回药叉提波多希克。然后,他按照仪轨,再次与这两位妻子结合。

　　"正是这样,维吉多罗格特啊,你要知道我是药叉提波多希克。我的这两位妻子是药叉女吉约提兰卡和杜摩兰卡。你看,像我这样的天神后裔也会经历痛苦和快乐,更何况凡人呢? 孩子啊,你不久就会与你的主人摩利甘迦达多团聚,因此,不要绝望。我在这里接待你这位客人,因为这里是我在大地上的住处。你就住在这里。我会实现你的心愿。然后,我还会回到盖拉瑟山上我自己的住地。"

　　"这位药叉向我讲述他的经历后,继续留我在那里住了一些日子,招待我。今天,这位好心的药叉知道你来到这里,便在夜里,把睡着的我带到睡着的你们中间,因此,你们看到我,我也看到你们。王子啊,这就是我在与你们失散期间的经历。"

王子摩利甘迦达多和其他大臣一起在夜里听了大臣维吉多罗格特讲述的这个名副其实的奇妙故事[1]，欣喜不已。在森林中度过这一夜后，王子一心想要获得设赏迦婆蒂，也为了寻找受蛇王诅咒而失散的其他大臣，与朋友们一起，继续出发，前往优禅尼城。

第七章

摩利甘迦达多与悉如多提和四位大臣一起在文底耶山森林中行走，到达一片树林。里面有甜美的果子和可爱的树荫，还有清澈纯净的水池，充满清凉可口的池水。他和大臣们一起在水池中沐浴后，品尝各种果子。这时，他仿佛听到一处蔓藤凉亭中有谈话的声音。于是，他走近前去观察，看见里面有一头大象。大象在安抚一个途经这里而疲倦的盲人。大象用象鼻为他取来果子和水，用耳朵为他扇风，如同一位善人，一再用清晰的话语，亲切地询问他："你感觉舒服些了吗？"

王子看到后，惊讶不已，对朋友们说道："你们看！这是一头林中大象，而行为方式像善人。它肯定是由于什么原因变成这样，出现在这里。那个人看上去像我们的波罗旃陀舍格提，但他是个盲人。因此，我们赶紧观察。"说罢，他悄悄藏在那里，继续听着。

这时，那个盲人恢复精神，大象便询问他："你是谁？你是个盲人，怎么会来到这里？"于是，那个盲人对大象说道："阿逾陀城国王名叫阿摩罗达多。他的儿子名叫摩利甘迦达多，品德高尚。我是这位出身高贵的王子的臣仆，名叫波罗旃陀舍格提。王子由于某种原因，被父亲驱逐出国，与我们十个朋友一起流亡。王子渴望获得公主设赏迦婆蒂。我们跟随他一起前往优禅尼城。然而，遭到蛇王诅咒，我们在森林中失散。由于蛇王诅咒，我变成盲人，在游荡中来到这里，想要吃果子和根茎以及喝水。我希望自己坠落洞穴或深坑死去，可

---

① "奇妙故事"的原词是 vicitrakatha，也读作这位大臣的名字"维吉多罗格特"。

是老天不答应,而要我承受痛苦。我知道今天由于你的恩惠,我得以解除饥饿的折磨。同样,由于你具有神性,我的视力也可能会恢复。"

摩利甘迦达多听后,确定这个盲人就是波罗旆陀舍格提,又喜又悲,对大臣们说道:"他就是波罗旆陀舍格提。天啊,他陷入这样的困境。而现在我们不能匆忙与他相认。大象可能会治愈他的眼睛。否则,大象看见我们,或许会消失。因此,我们应该留在这里观察。"这样,王子和随从们一起竖耳听着。

然后,波罗旆陀舍格提询问大象:"灵魂高尚的大象啊,现在请告诉我你的经历。你是谁? 你虽然是一头生性狂暴的大象,怎么会说话如此温和?"象王听后,长叹一声,说道:"那么,请听我从头开始讲述我的经历!"

从前,在埃格罗维耶城,国王名叫悉如多达罗。他的两个妻子为他生下两个儿子,大儿子名叫希罗达罗,小儿子名叫萨谛耶达罗。国王去世升天后,弟弟萨谛耶达罗把兄长希罗达罗驱逐出国。希罗达罗出于愤怒,修炼苦行,取悦湿婆后,向这位大神乞求恩惠:"尊神啊,但愿我成为健达缚,能在空中行走。这样我就能轻而易举杀死弟弟萨谛耶达罗。"

尊神湿婆听后,指示希罗达罗说:"你以后会达到这个目的。而今天,你的敌人已经自然死亡。他将转生为罗吒城国王优伽罗跋吒的儿子,名叫萨摩罗跋吒,受到父亲宠爱。你将转生为他的异母兄长,名叫毗摩跋吒。你最终会杀死他,获得王位。但是,由于你怀着愤怒修炼苦行,你会受到一位牟尼诅咒,失去自己的地位,变成林中野象。一旦你遇见一个落难的人,你向这位客人讲述自己的经历后,就会摆脱大象身形,成为健达缚。然后,你会成为这位客人的恩人。"湿婆说完这些话,消失不见。希罗达罗望着自己长期修炼苦行而消瘦的身体,投身恒河。

我的经历就从这里开始。前面提到的国王优伽罗跋吒在罗吒城中,与相匹配的王后摩诺罗玛一起过着幸福的生活。一天,从国外来了一个演员,名叫拉瑟迦。他为国王演戏,演出毗湿奴化身美女取走提迭们的甘露。这个演员的女儿名叫拉希耶婆蒂,扮演阿摩利卡跳舞,以美色迷惑所有的提迭。国王看到这个舞女,将她视同真实的甘露美女,爱上她。在她舞蹈结束后,国王赏赐她的父亲大量财富,立即把这个少女送进后宫。然后,国王与这个舞女结婚,与她一起生活,经常凝视她的脸庞。

一天,国王对祭司耶俱斯瓦明说道:"我没有儿子。请你让我实现获得儿子的心愿吧!"祭司同意说:"好吧!"为了实现国王的心愿,祭司与其他婆罗门智者一起按照仪轨举行仪式,将念过咒语的牛奶粥先分出一半,让大王后摩诺罗玛喝下,然后将另一半给小王后拉希耶婆蒂喝下。由此,这两位王后怀孕,也就是前面提到的希罗达罗和萨谛耶达罗投胎。到时候,王后摩诺罗玛生下一个具有吉相的儿子。这时,空中传来清晰的话音:"这个儿子名叫毗摩跋吒,会成为著名的国王。"第二天,拉希耶婆蒂也生下一个儿子。国王为他取名萨摩罗跋吒。

各种必要的仪式伴随这两个儿子渐渐长大。兄长毗摩跋吒的品德胜过弟弟萨摩罗跋吒,而互相之间的摩擦孕育敌意。一次在搏斗游戏中,萨摩罗跋吒出于忌恨,用手臂猛力击打毗摩跋吒的脖子。毗摩跋吒发怒,用双臂抱起萨摩罗跋吒,把他摔在地上。萨摩罗跋吒受了重伤,各处伤口流着血。侍从们扶起他,将他带到他的母亲身边。

拉希耶婆蒂看到儿子这样,得知情况后,心疼儿子,与儿子抱头痛哭。这时,国王进来,见此情状,心慌意乱,问道:"发生了什么事?"拉希耶婆蒂说道:"毗摩跋吒把我的儿子打成这样。他经常欺负我的儿子,而我没有告诉你。现在看到这个样子,我知道这怎么会让你得到安宁?对于这样的儿子,你决定怎么办吧!"听到爱妻这样说,国王优伽罗跋吒发怒,把毗摩跋吒从自己身边赶走,剥夺他的生活费用。他安排一百个刹帝利带着随从保护萨摩罗跋吒,并将库房交由他支配,而取消毗摩跋吒的一切待遇。

于是,摩诺罗玛召唤儿子毗摩跋吒,对他说道:"你的父亲宠爱那个舞女,已经赶走你。因此,你到华氏城外公家去。你的外公没有儿子,会把王国交给你。而在这里,得势的萨摩罗跋吒会杀害你。"听了母亲的话,毗摩跋吒说道:"我作为刹帝利,怎么会像懦夫那样胆怯,抛弃自己的国土?阿妈,你要坚强!哪个恶棍敢伤害我?"母亲听后,说道:"那么,你可以用我的钱财广交朋友,保护自己。"而毗摩跋吒回答说:"阿妈,这样不光彩。而且,这样做,那我就真的要与父亲作对了。你就放心吧！你的祝福会保佑我平安。"他这样安慰母亲后，便离去。

　　而这时，市民们得知情况，心想："国王这样对待毗摩跋吒，太不公正。而萨摩罗跋吒也没有胆量夺走他的王国。因此，现在正是我们事先侍奉毗摩跋吒的机会。"市民们悄悄做出这样的决定后，便向毗摩跋吒捐助钱财。这样，毗摩跋吒和他的随从们仍然过着快乐的生活。然而，他的弟弟萨摩罗跋吒一直想要杀害他。萨摩罗跋吒觉得国王特意安排随从保护他，正是出于这个目的。

　　这时，这兄弟俩的朋友，一位拥有财富又勇敢的婆罗门青年，名叫商佉达多，前来对萨摩罗跋吒说道："你不能对你的兄长怀有敌意。他是你的兄长，你不能加害他。这不合乎正法，有损你的名誉。"而萨摩罗跋吒听后，谩骂和威胁他。善意的忠告不能说服，而只能激怒傻瓜。于是，正直的商佉达多气愤地离去。他与毗摩跋吒结下莫逆之交，一心要挫败萨摩罗跋吒。

　　然后，从国外来了一个商人，名叫摩尼达多，带来一匹骏马。这匹骏马洁白似月亮，嘶鸣似嘹亮的螺号，高大似乳海涌起的巨浪，装饰有仿佛属于健达缚的顶冠和臂钏等装饰品。商佉达多告知毗摩跋吒这个消息。毗摩跋吒便前去向商人买下这匹骏马。而萨摩罗跋吒得知消息后，立即前来，向商人出两倍的价钱，要买下这匹骏马。而商人不同意，因为骏马已经卖给别人。萨摩罗跋吒出于嫉妒，动手强行夺取这匹骏马。

　　于是，两位王子手持武器，开始交战。双方的随从们也手持武器，一拥而上。毗摩跋吒凭借自己强壮的手臂，击溃萨摩罗跋吒的随从们。萨摩罗跋吒放弃那匹骏马，害怕毗摩跋吒而逃跑。而商佉达多满腔愤怒，追上前去，从后面拽住他的头发，想要杀死他。这时，毗摩跋吒赶忙过来劝阻商佉达多，说道："暂且放过他吧！否则，父亲会伤心。"于是，商佉达多松手放走他。萨摩罗跋吒伤口流着鲜血，惊恐地逃跑，回到母亲身边。

　　这样，毗摩跋吒夺回属于自己的骏马。就在这时，一位婆罗门走过来，悄悄对他说道："王后摩诺罗玛、祭司耶俱斯瓦明和你的父亲的大臣苏摩提现在告诉你说：'孩子啊，你知道父亲怎样对待你。现在又发生这样的事，他格外敌视你。因此，如果你想保护自己的正法和荣誉，如果你考虑自己的未来，也为我们的利益着想,那么,在今天太阳落山后,你就立即悄悄离开这里,前往你的外公家,争取获得成就吧!'这是他们让我转告你的话。他们还送给你这箱宝石和金子,你就收下吧!"听了这位婆罗门的话,聪明的毗摩跋吒表示同意,说道:"好吧!"他收下这个装满宝石和金子的箱子,请这位婆罗门回复一些合适的话,便与他道别。

然后,毗摩跋吒骑上骏马,带着宝石和金子,与骑上另一匹马的商佉达多一起出发。他俩行走了很长的路程,在半夜里,途经宽阔的芦苇丛。他俩继续在芦苇丛中行走,马蹄踩踏芦苇发出响声,惊醒芦苇丛中的狮子。一对狮子吼叫着,与一些幼狮一起起身,用爪子撕破两匹马的下腹。勇士毗摩跋吒和朋友一起挥剑砍死这些狮子。然后,他俩下马观察这两匹马的情况。这时,两匹马的内脏坠落,倒地死去。

看到这个情景,毗摩跋吒心情沮丧,对商佉达多说道:"朋友啊,我们竭尽努力逃避威胁我的亲属。你说说,即使再付出百倍的努力,又怎么能逃避命运?它甚至不能容忍我们拥有两匹马,而杀死了它们。我正是为了这匹骏马抛弃自己的国家,而现在它却死去了。在这夜里,我们怎么能徒步走出这座森林?"

商佉达多听后,对他说道:"命运不怀好意,战胜人的勇气,这也不是新鲜事。这是命运的天性。但是,人的勇气也能战胜命运。命运对于意志坚强而百折不挠的人,就像大风对于高山,能做什么?因此,来吧!让我们骑上勇气之马,继续出发吧!"

听了商佉达多这样说,毗摩跋吒便与他一起继续赶路,渐渐地走出这片芦苇丛,双脚被芦苇刺破。然后,夜晚逝去,世界之灯太阳升起,驱散黑暗。路边的莲花池中,蜜蜂围绕绽开的莲花,发出甜蜜的嗡嗡声,仿佛看到毗摩跋吒,互相交谈着:"多么幸运啊,这个人越过了充满狮子等猛兽的森林。"

他俩一路前行,渐渐到达布满苦行者茅屋的恒河沙滩。在那里,毗摩跋吒喝了清凉可口的水,犹如湿婆头顶上的月牙流淌的甘露。他也在恒河中沐浴,解除疲劳。商佉达多向来到河边的猎人买了一些肉,烤熟后,给毗摩跋吒吃。

然后,毗摩跋吒望着这难以越过的恒河,河水浩浩荡荡,不断高高涌起的浪涛仿佛一次次伸手劝退他。他沿着河岸行走,看到一个婆罗门青年独自在空荡荡的茅屋院子里诵读经典。他走过去,询问道:"你是谁? 你独自一人在这荒僻的地方做什么?"于是,这个青年回答说:"我是住在波罗奈城的婆罗门青年,名叫尼罗甘特。我的父亲名叫希利甘特。他为我举行完童年时代的各种仪式后,我便住在老师家中学习知识。而我完成学业,回到自己家中时,发现所有亲人已经死去。我孤苦无助,没有财富,难以维持家业。我无可奈何,来到这里,发誓修炼苦行。后来,恒河女神在梦中赐予我一些果子,说道:'你就住在这里,吃这些果子。你会实现你的愿望。'随即,我醒来。夜晚逝去。我在恒河中沐浴后,获得出现在河中的这些果子,将果子带回自己的茅屋,吃这些甜美似甘露的果子。就这样,我住在这里,每天吃在恒河中获得的这些果子。"

毗摩跋吒听后,对商伕达多说道:"我要把财富送给这位有德之士,让他成家立业。"商伕达多表示赞同。于是,这位王子把母亲送给他的财富送给这位婆罗门牟尼。确实,如果听到他人遭受苦难,不立即伸手解救,那么,勇气宝库永不穷尽的伟大人物何以堪称伟大?

让这个婆罗门实现愿望后,毗摩跋吒沿着河岸,四处游荡,找不到越过恒河的其他办法。于是,他把剑和装饰品系在头顶,与商伕达多一起下水,用双臂划水渡河。游到河中央时,急流把商伕达多推向远处,而他也在河浪推送下,好不容易到达对岸。然而,到了岸上,他没有看到商伕达多。于是,他沿着河岸寻找,直到太阳落山。他感到绝望,哀呼着:"朋友啊!"

这时,夜晚降临,他悲痛至极,准备投身恒河,说道:"恒河女神啊,你夺走了我的朋友。那么,现在也取走我这个空虚的身体吧!"就在他想要跳下恒河时,恒河女神从水中显身,对他表示满意,说道:"孩子,不要鲁莽行事! 你的朋友还活着。你不久会与他团聚。你从我这里接受这个名为'顺倒'的咒语吧! 你顺着念这个咒语,别人就看不见你;你倒着念这个咒语,你就能呈现你愿望的形象。这个咒语具有这样的威力,而它只有七个字母。你依靠它的威力,会成为统治大地的国王。"说罢,恒河女神赐予他这个咒语,随后消失不见。于是,他怀抱找到朋友和成就一切的希望,抛弃自尽的念头。他期待着与朋友团聚,如同莲花熬过这一夜。

第二天早上,毗摩跋吒出发,前去寻找朋友。他四处游荡,在寻找途中,到达拉吒地区。在那里，虽然人们的种姓不混杂，而生活五彩缤纷①；虽然是技艺的汇聚处，而没有被称为罪恶的渊薮②。他进入城里，看见许多神庙和住宅。他在游荡中，到达一个赌博厅。他进入里面，看见一些赌徒在掷骰子。即使身上只有一条裹腹布，但健壮的肢体表明他们生活富足，享受充分。他们隐瞒自己的高贵出身，只是想施展赌博技艺赢钱。于是，他与他们交谈，也参加赌博。他们心里盘算着要赌赢他，获得他身上的装饰品。然而，结果是他们耍手腕从别人手中赢得的钱财全都输给了他。

这些赌徒输光钱财，起身准备回家时，毗摩跋吒在门口堵住他们，说道："你们去哪里？ 拿回这些钱财吧！ 它们对我有什么用？ 我要把钱财送给我的好朋友。你们难道不是我的好朋友吗！ 我从哪里能找到你们这样的好朋友？"尽管他这样说，而这些赌徒羞于拿回他们的钱财。这时，有个赌徒，名叫阿刹刹波纳迦，说道："虽然这是赌博的规则，赢家不会归还赢得的钱财，但是，他与我们交朋友，自愿把赢得的钱财送给我们，我们为何不接受？"

其他赌徒听后，说道："如果他和我们结为永久的朋友，我们可以接受。"毗摩跋吒听后，觉得他们也都是勇士，便表示同意，说道："好吧！"这样，他和他们结为朋友，把钱财交还他们。然后，他接受他们的邀请，与他们以及他们的家属一起在花园里，享受他们提供的食物和饮料。在阿刹刹波纳迦和其他赌徒的询问下，他讲述自己的家族、名字和经历。同样，他也询问他们的情况。于是，阿刹刹波纳迦讲述自己的经历。

在象城，有位婆罗门名叫湿婆达多。我是这位大财主的儿子，名叫婆薮达多。我在童年时代学习武艺和吠陀。长大后，父亲安排我与一个同样出身的少女结婚。我的母亲脾气粗暴，动辄发怒。我的父亲难以忍受她的折磨，看到我已经结婚，便抛弃自己的家，不知去向。

---

① 这句中，"种姓"的原词是 varṇa，也读作"色彩"。
② 这句中，"技艺的汇聚处"的原词是 nilayaḥ kalānām，也读作"月亮"，"罪恶的渊薮"的原词是 koṣākara，也读作"月亮"，因此，这句也可以读作"虽然是月亮，而没有被称为月亮"。这是一种运用双关语的文字游戏。

　　看到父亲出走,我心中害怕,经常提醒我的妻子对我的母亲要小心谨慎。我的妻子提心吊胆过日子。但是,我的母亲吵闹成性,无论我的妻子怎么做,都不会让她满意。如果她保持沉默,就认为她傲慢; 如果她伤心哭泣,就认为她装模作样; 如果她做出解释,就认为她强词夺理。确实,有谁能排除火焰燃烧的本性? 我的妻子实在忍受不住我母亲的虐待,最终也离家出走,不知去向。

　　我伤心难过,也想离家出走。可是,我的亲戚们强迫我再娶一个妻子。然而,我的第二个妻子同样遭到我的母亲虐待。她忍受不了,结果上吊自尽。我悲痛至极,准备去往异国他乡。然而,我的亲戚们仍然阻止我。我向他们讲述母亲的恶劣行为。他们不相信,说我的父亲离家出走有其他的原因。

　　于是,我设法制作了一个木偶少女,假称我已经私下娶了一个妻子,安置在另一个屋子里,然后锁上了门。我还制作了另一个木偶女子,作为木偶少女的侍女。我对母亲说:“我把新娘安置在另一间屋子里。你和我现在都住在自己的屋子里。你不要去那里,她也不会来这里。因为她还很幼稚,不知道怎样侍奉你。”我的母亲听后,表示同意。

　　而过了一些日子,我的母亲无论怎样都见不到锁在那间屋子里的儿媳,于是,有一天,她在自己家中院子里,拿起石头砸了一下自己的头,流出鲜血,然后,大声呼喊。我和亲戚们闻声进入院子,看到她这个样子,询问她:“发生了什么事?”她气愤地说道:“这个儿媳无缘无故跑过来把我打成这个样子。这样的处境,看来我只有死路一条。”亲戚们听后,愤怒地带着她,与我一起,来到我的木偶妻子的屋前。他们让我打开门锁,推门进去,而看到的只是一个木偶少女。他们嘲笑我的母亲,而她也为自己弄巧成拙而尴尬不已。于是,亲戚们相信了我的话,纷纷离去。

　　这样,我抛弃那个国家,四处游荡,来到这个国家。我在这里,在命运安排下,进入这个赌博厅。我在里面看见五个人在掷骰子赌博。他们分别名叫旃陀普占迦、般苏波吒、湿摩夏那吠达罗、迦罗婆拉吒迦和夏利波罗斯多罗。他们是同样勇敢的勇士。我与他们玩掷骰子游戏,互相约定输家成为赢家的奴仆。结果,我赌赢他们。他们成为我的奴仆,而我成为被他们以品德赢得的奴仆。从此,我与他们一起生活,忘却自己的痛苦。

你要知道,我在这里名叫阿刹刹波纳迦。这个名字符合我的实际情况①。就这样,我与这些品德高尚的朋友住在一起。他们出身高贵而隐藏自己的身份。今天,你也来到这里,与我们结为朋友。现在,你是我们的主人,因为你把赢得的钱财送给我们,故而我们钦佩你的品德。

阿刹刹波纳迦讲完自己的经历后,其他人也依次讲述各自的经历。毗摩跋吒深感他的这些朋友个个都是勇士。他们隐藏自己的身份,只是想要施展技艺,赢取钱财。他与他们还交谈其他各种话题,愉快地度过这一天。看到东方升起一轮明月,仿佛是装饰天空的吉祥志,王子毗摩跋吒与阿刹刹波纳迦等六个人一起离开花园,返回自己的住处。

这样,毗摩跋吒与这些朋友一起生活。这时,雨季来临。乌云发出呼叫,仿佛宣告它的朋友雨季来到。这里的维巴夏河波涛汹涌,由于海水倒灌,河水逆向而流,淹没河岸。随后,海潮平息退落,河水又流向大海。而这时,海潮带来的一条大鱼由于分量沉重,而搁浅在河岸。

人们看到这条大鱼,纷纷拿着各种刀具,跑去宰杀它。而在剖开鱼肚时,他们看到从里面走出一个活着的婆罗门青年,禁不住一起发出惊呼声。毗摩跋吒听到后,与朋友们一起前去观看。而毗摩跋吒看到从鱼肚中走出来的这个青年,居然是自己的朋友商伕达多,立即跑过去拥抱他,泪如雨下,仿佛要洗净他在鱼肚里沾上的腥味。而商伕达多得以死里逃生,也兴奋激动,一次次热烈拥抱自己的朋友。

然后,在毗摩跋吒出于好奇的询问下,商伕达多简单讲述自己的经历:"当时,维巴夏河的急流把我卷走,远离你的视线。然后,我突然被一条巨大的鱼吞下。我在它的宽敞的腹中住了很久。饥饿时,我用刀割它的肉吃。今天,创造主不知怎么把这条大鱼抛在这里。它被这些人杀死,我得以从鱼肚中走出。我见到你,见到太阳,四面八方又呈现在我的眼前。朋友啊,这就是我的经历。

---

① "阿刹刹波纳迦"的原词是 akṣakṣapaṇaka,词义为骰子出家人。

其他的情况我就不知道了。"

商佉达多讲完自己的经历,毗摩跋吒和其他所有人都惊讶不已,说道:"他在河中被这条鱼吞下。这条鱼把他带到大海。然后,大海又把他送回维巴夏河。这条鱼被杀死后,他从鱼肚中活着出来。天啊,命运就是这样不可思议!命运的所作所为多么神奇!"随后,毗摩跋吒和阿刹刹波纳迦等人一起,把商佉达多带回自己的住处。毗摩跋吒满怀喜悦,安排他沐浴,给他衣服和其他用品,仿佛他从鱼肚中获得再生。

这样,毗摩跋吒和他一起住在这里。这时,庆祝蛇王婆苏吉的游行节日到来。毗摩跋吒和朋友们一起前往观看。蛇王神殿中挤满人群。神殿中挂满花环和飘带,仿佛地下世界中的蛇群。毗摩跋吒向蛇王神像俯首致敬后,前去观看蛇王的一个大湖。湖中那些红莲花犹如蛇冠顶珠闪耀的光芒,那些蓝莲花犹如蛇毒火焰冒出的浓烟。湖边那些大树仿佛用被风吹落的花朵供拜蛇王。毗摩跋吒惊奇地望着这个大湖,心想:"与这个大湖相比,大海算不了什么,因为大海中的吉祥女神被毗湿奴取走,而无论是谁,都取不走这个大湖中的吉祥女神。"

这时,毗摩跋吒看到一个少女来到这里沐浴。她是拉吒国王旃陀拉提耶和王后古婆罗耶婆利的女儿,名叫杭娑婆利。她的全身肢体与天女无异,然而,她的眼睛眨动,表明她是凡人。她的身体柔嫩似花,美质千言万语道不尽。她的腰如同爱神的弓,一手可握。她也看到了毗摩跋吒,斜睨的目光犹如利箭,刺穿毗摩跋吒的心。而毗摩跋吒也是偷香窃玉高手,沿着她的斜睨的目光,进入她的心房,取走她的自制力。于是,她悄悄派遣一个机敏的心腹女友,向毗摩跋吒的朋友们打听他的名字和住处。她沐浴完毕后,随从们带她回宫,而她一再回眸顾盼。然后,毗摩跋吒也和朋友们一起返回自己的住处,而他已经陷入这个少女撒下的情网,步履蹒跚。

很快,公主杭娑婆利派遣一个女使,前来向毗摩跋吒传递好消息。女使走近毗摩跋吒,悄悄对他说:"王子啊,公主杭娑婆利请求你说:'看到爱你的人被爱情急流卷走,你怎么站在岸上,无动于衷?'"毗摩跋吒从女使口中听到心上人甘露般的话语,高兴地对女使说道:"我的心上人怎么不知道我也在急流中,而不是在岸上？我现在已经抓到攀援物，因此，肯定会按照她的吩咐做。我今夜会来到她的后宫见她。因为我掌握隐身咒语，没有人会看见我进入后宫。"女使听后，高兴满意，回去报告杭娑婆利。于是，杭娑婆利等待着与他相会。

夜晚来临，毗摩跋吒佩戴天神的装饰品，顺着念诵恒河女神赐予他的咒语，隐身前往公主后宫。公主也已经事先支走所有的侍从。他进入后宫，里面散发着沉香香气，摆放着五种鲜花，犹如爱神的花园，充满欢爱的氛围。他看到散发天国芳香的心上人，犹如恒河女神的咒语催生的蔓藤。于是，这位英俊的王子倒着念诵那个咒语，立刻在公主面前显身。

公主看到他，既兴奋而汗毛竖起，又害怕而浑身颤抖，身上的装饰品随之叮当作响，仿佛乐器奏响。毗摩跋吒也仿佛刹那间在乐器伴奏下起舞。出于少女的羞涩，公主低垂着脸，仿佛在询问自己的心："应该怎么办？"于是，毗摩跋吒对她说道："天真的美女啊，你的心思已经透露，为何还要害羞？这已经不是秘密，怎么还能隐藏？难道不是吗？你的身体汗毛竖起，你的胸衣已经绽裂。"毗摩跋吒用诸如此类甜蜜的话语安抚她，让她摆脱羞涩，采取健达缚自由结婚的方式，与她结为夫妻。这样，毗摩跋吒与这位莲花脸公主度过这一夜，像蜜蜂和莲花那样亲密。天亮后，他依依不舍与公主告别，说道："我夜里还会再来。"然后，他返回自己的住处。

第二天早上，内侍们进入后宫，看到公主身上有欢爱的痕迹。她的头发末梢凌乱，身上有新鲜的牙齿和指甲印痕，仿佛是爱神之箭留下的伤口。于是，他们去报告她的父亲。国王听后，指派探子在夜里暗中侦察。

而毗摩跋吒与朋友们愉快地度过白天后，夜里再次来到公主后宫。他依靠咒语的威力，隐身进入。探子们发现这个情况，知道他具有神通力，便去报告国王。国王听后，吩咐他们说："他能隐身进入守护严密的后宫，表明他不是凡人。因此，你们去把他带来。我要弄明白是怎么回事。你们要和气地向他传达我的话：'你为何不当面求娶我的女儿？为何要偷偷摸摸？因为，从哪里能获得像你这样优秀的新郎！'"于是，探子们来到门前，向毗摩跋吒传达国王的这些话。

毗摩跋吒听后，知道自己已被国王发现，但他沉着勇敢，在里面回答说：

"请你们向国王传达我的话：'现在夜里天黑，等到明天早上，我会来到会堂，向国王说明真实情况。'"国王听了探子们的报告，也就保持沉默。

第二天早上，毗摩跋吒和朋友们一起出发。他身穿华贵的服装，和七位勇士一起来到国王旃陀拉提耶的会堂。国王看到毗摩跋吒神采奕奕，充满勇气，容貌英俊，便和蔼地请他坐在适合自己坐的座位上。然后，婆罗门商佉达多对国王说道："王上啊，这位是罗吒国国王优伽罗跋吒的儿子，名叫毗摩跋吒。他掌握不可思议的咒语，具有难以超越的威力。他来到这里，求娶你的女儿。"

国王听后，记得夜里发生的事，确认他是自己合适的女婿，当即表示同意，说道："好啊，我们很幸运！"然后，国王安排举行隆重的婚礼，把女儿杭娑婆利交给他，并赠送他大量财富。于是，毗摩跋吒获得许多象、马和村庄，与杭娑婆利和吉祥女神一起过着快乐的日子。

过了一些天，国王旃陀拉提耶考虑到自己年迈体衰，又没有儿子，便把拉吒国的王权交给女婿，自己退隐林中。这样，毗摩跋吒获得岳父的王国，成就圆满，与商佉达多等七位勇士一起依法治理王国。

又过了一些天，毗摩跋吒听到探子们报告消息说，他的父王优伽罗跋吒前往波罗耶伽圣地，已在那里死去。而在他准备弃世之前，已经为那个舞女的儿子萨摩罗跋吒灌顶，让他继承自己的王位。毗摩跋吒为父亲去世而悲伤，为父亲举行祭供仪式。然后，他派遣使者给萨摩罗跋吒送信。他在信中警告萨摩罗跋吒："你这个舞女的傻瓜儿子！你凭什么坐上父亲的狮子座？虽然我现在身在拉吒国，父亲的狮子座仍然属于我。因此，你不能占据父亲的狮子座。"

使者迅速前往罗吒国，通报自己身份后，把信交给坐在会堂里的萨摩罗跋吒。他看完这封盖有毗摩跋吒印章的信后，勃然大怒，说道："以前父亲认为留着他不合适，把他驱逐出国。正因为他行为卑劣，才会这样狂妄自大。胡狼待在自己的洞穴中，也会自以为是狮子，而一旦出来，见到狮子，才知道自己是胡狼。"他这样怒骂毗摩跋吒后，写了一封这样的信，派遣自己的使者去送给毗摩跋吒。

这个使者前往拉吒国，经门卫通报，把信交给国王毗摩跋吒。毗摩跋吒看完这封信后，哈哈大笑，对萨摩罗跋吒的使者说道："使者啊，你回去对那个舞女的儿子传达我的话：'当初你夺走我的马，我从商佉达多手中救下你，因为你还是个孩子，受到父亲宠爱。而我现在不会再一次次容忍你。我一定要把你送到宠爱你的父亲那里去。你做好准备吧！记住再过几天，我就会到你那里。'"说罢，他打发走那个使者，准备出征。

国王毗摩跋吒登上大象，如同月亮从高山升起，闪耀光辉。军队如同波涛汹涌的大海，发出喧嚣声。四周围无数刹帝利武士带领士兵出发。在众多的象和马踩踏下，大地摇晃颤抖，仿佛害怕承受不住压力而破裂，发出呻吟。就这样，毗摩跋吒到达罗吒国边境，军队扬起的尘土遮蔽空中的阳光。

这时，国王萨摩罗跋吒得知消息，怒不可遏，披上铠甲，带领军队，出来应战。两支军队相遇，犹如东海和西海汇聚。双方勇士们展开大战。空中闪烁刀剑交锋碰撞迸发的火光，犹如发怒的死神牙齿散发的光芒。箭头尖锐的铁箭犹如睫毛，仿佛天女们的目光紧盯这些勇士。战场仿佛成为舞台，扬起的尘土如同帐篷，军队的吼声如同乐声，无头尸体跌跌撞撞如同跳舞。血流成河，漂浮着尸体和头颅，犹如疯狂的世界末日之夜带走众生。

商佉达多和阿刹刹波纳迦以及旃陀普占迦等勇士擅长搏斗，勇猛似狂暴的大象。毗摩跋吒手持弓箭，在他们协助下，顷刻间击溃敌军。眼看自己的军队溃败，萨摩罗跋吒站在战车上，愤怒地冲进战场，犹如作为搅棒的曼陀罗山搅动乳海。毗摩跋吒骑在大象上，上前迎战。他发箭射断萨摩罗跋吒的弓，也射死拉他的战车的四匹马。萨摩罗跋吒放弃战车，冲上前来，用铁杵击打毗摩跋吒的大象颞颥，杀死这头大象。

于是，这两位国王手持护盾和剑，愤怒地徒步交战，进行决斗。即使毗摩跋吒能依靠咒语隐身杀死对方，而他考虑到遵守公平战斗规则，不想这样杀死敌人。他通晓剑术，最终在交战中，用剑砍下这个舞女儿子的头颅。

萨摩罗跋吒及其军队被歼灭。空中的悉陀歌手们发出叫好声。战斗结束。毗摩跋吒和朋友们一起进入罗吒城。歌手们高唱赞歌。他长期流亡国外，现在回来杀死敌人，让日夜思念儿子的母亲高兴满怀，犹如憍萨厘雅见到儿子罗摩。

市民们欢迎毗摩跋吒回国。他坐上父亲的狮子座。父亲的大臣们赏识他的品德，敬拜他。他也敬重臣民们，安排盛大的庆祝活动。然后，在一个吉祥日,他把拉吒王国赠送给商佉达多,让拉吒王国的军队护送他前往。他也赠送给阿刹刹波纳迦等朋友许多村庄和财物。然后,毗摩跋吒在这些朋友协助下,与王后杭娑婆利一起统治祖传的王国。

此后,毗摩跋吒渐渐征服整个大地,获得许多王国的公主。他开始沉湎于与她们寻欢作乐。他把王国重任托付给大臣们,而自己不离后宫一步,一味与后妃们饮酒玩耍。

后来有一天,一位名叫优登伽的牟尼偶然前来见他,仿佛前来执行以前湿婆对毗摩跋吒的指示。这位牟尼站在门前,门卫进去通报,而毗摩跋吒已经被欲情、醉意和王权的骄傲蒙蔽,充耳不闻。这位牟尼顿时发怒,诅咒国王毗摩跋吒说:"你迷醉而盲目,因此,你会失去王国,变成一头林中野象。"

毗摩跋吒听到牟尼的诅咒,惊恐之中醉意消失,出来拜倒在牟尼脚下,请求牟尼宽恕。于是,牟尼给出这个诅咒结束的期限:"国王啊,你变成大象,这一点无法改变。但是,你会遇见一个名叫波罗旃陀舍格提的人。他是摩利甘迦达多的大臣,受到蛇王诅咒而落难,双目失明。他会成为你的客人,受到你的安抚。你对他讲述自己的经历后,就会摆脱这个诅咒。你会按照湿婆以前的指示,而成为健达缚。同时,你的客人也会恢复视力。"说罢,牟尼优登伽离去,毗摩跋吒便失去王国,变成林中大象。

"朋友啊,你要知道,我就是这个变成大象的毗摩跋吒,而你是波罗旃陀舍格提,因此,我知道我的诅咒期限已经结束。"说罢,毗摩跋吒脱离大象的身形,成为健达缚。随即,波罗旃陀舍格提高兴地发现自己的双眼已经恢复视力,看到眼前站着的这位健达缚。

这时,摩利甘迦达多和其他大臣听完他俩在蔓藤凉亭里的谈话。摩利甘迦达多确信无疑,立即快步跑上前去,拥抱自己的大臣波罗旃陀舍格提。而波罗旃陀舍格提突然看到他,仿佛全身浇透甘露雨,急忙拜倒在自己的主人脚下。他俩久别重逢,不由得伤心哭泣,而健达缚毗摩跋吒安慰他俩。

然后,摩利甘迦达多向这位健达缚俯首行礼,说道:"我们再次获得我们的这个朋友,而且他双目复明,这完全仰仗你的威力。我向你致敬!"这位健达缚听后,对这位王子说道:"你不久就会找到你的其他大臣,获得设赏迦婆蒂作为妻子,成为统治整个大地的国王。因此,你不要失去信心。幸运的人啊,我现在就要离去。但是,只要你想到我,我就会出现在你的面前。"

这位无与伦比的健达缚已经摆脱诅咒,获得幸福而高兴,向王子表达结为朋友的感情,随后,他升空离去,空中回响着他的可爱的臂钏和项链的叮当声。而王子摩利甘迦达多获得波罗旈陀舍格提,与其他大臣一起,在林中度过这愉快的一天。

第八章

祝克服一切障碍的象头神胜利！他跳舞时,甩动的象鼻碰落许多星星,犹如空中降下花雨。

然后,摩利甘迦达多度过夜晚,在早上,与波罗旈陀舍格提等大臣一起离开这片树林,为了获得设赏迦婆蒂,也为了找到其他的大臣,继续前往优禅尼城。

在行走途中,摩利甘迦达多看见空中有个形貌奇异的人背着自己的大臣维格罗摩盖萨林。他急忙指给其他大臣看。就在这时,这个大臣降落到他的身边,迅速从那个人的肩上下来,含泪拜倒在他的脚下。摩利甘迦达多高兴地拥抱他,其他大臣也依次拥抱他。然后,他吩咐那个人离去,说道:"等到我想起你时,你再来到我的身边。"

然后,摩利甘迦达多出于好奇,询问他的经历。于是,维格罗摩盖萨林在林中坐下,讲述自己的经历:

当时受到蛇王诅咒后,我与你们失散。我四处游荡,寻找你们几天后,心想:"我应该前往优禅尼城,因为你们肯定会去那里。"我这样决定后,便前往优禅尼城。一路前行,我渐渐到达那里附近的名为梵地的村庄。我坐在水池边一棵树下。有一个被蛇咬伤的老年婆罗门看见我,走过来对我说:"孩子啊,你起来！不要像我一样遭遇不幸。因为这里有一条大蛇,我被它咬伤而受尽折磨。我现在准备投身水池,舍弃我的身体。"

听他这么说,我心生怜悯,劝他不要舍弃身体。我懂得解毒方法,便为他解除了蛇毒。然后,他真心关怀我,询问我的情况。我如实讲述我的情况后,他高兴地告诉我:"你救了我的命。因此,勇士啊,你就接受这个控制僵尸鬼的咒语吧! 这是我的父亲传给我的。像你这样的勇士可以用它取得成就,而对我这样年迈体衰的人,还能有什么用?"

我听后,对这位高尚的婆罗门说道:"我和摩利甘迦达多失散。僵尸鬼对我有什么用?"这位婆罗门听后,笑了笑,继续对我说道:"难道你不知道依靠僵尸鬼能实现一切心愿? 从前三勇军王不正是依靠僵尸鬼的恩惠而成为持明王的吗? 那么,请听我给你讲述他的故事!"①

戈达瓦利河边上,有一个地方,名为波罗底湿达那。从前,那里有一位国王,名叫三勇军。他是勇军的儿子,像众神之王那样英勇,闻名遐迩。每天,这位国王上觐见殿的时候,一个名叫忍戒的修道人就来向他献一个果子,以示敬意。国王接受果子以后,每天都把它交给站在身边的库房官。就这样,十年过去了。有一次,修道人向国王献过果子离开觐见殿后,有一只从看守手里逃走的小嬉猴偶尔闯了进来,国王就把那个果子给了它。那猴子吃果子的时候,果子一下子裂开了,从中间掉出来一颗上等的无价宝石。国王见了以后,就拿着那颗宝石问库房官:"修道人拿来的那些果子,我每次都交给了你。你把它们都放在什么地方?"库房官听到这样问,胆战心惊地向他报告:"我没有开门就把它们从窗口扔进一间库房。只要你吩咐,大王,我就打开门找一找。"库房官说完以后,得到国王的准许,就去了。一转眼,他又回来向国王报告:"我在库房里看见那些果子都已经干裂了。我还看见一堆晶光闪烁的宝石,主人啊!"国王听到这番话很高兴,就把那些宝贝交给了库房官。

第二天,修道人同往常一样来了。国王问他:"修道人啊,你为什么每天这

---

① 以下至第三十二章讲述僵尸鬼的故事,每章讲述一则故事,共二十五则,通常称为《僵尸鬼故事二十五则》。

样花费钱财来敬我？如果你不说清楚,那么我现在就不接受你的果子。"国王说完后,修道人私下告诉他:"我想得到一种法术,必须要有一位英雄帮助。英雄之王啊,我求你在这件事情上帮个忙。"国王听到这番话,答应说:"好吧!"于是,修道人很高兴,又跟国王说:"在最近的黑半月十四日晚上,我在火葬场边上的一棵无花果树下等着。大王啊!你务必从这里到我跟前来。"国王说:"好吧!我会这样做的。"于是,修道人忍戒满心欢喜地回自己的住处去了。

到了黑半月十四日,伟大的国王想起了答应过修道人的那个要求。天黑以后,他头上缠着青布,手里拿着刀,悄悄地走出王宫,向火葬场走去。火葬场四周一片漆黑。焚尸木柴燃烧着,火焰炽热,场面非常骇人。还有数不胜数的骷髅和骨头,令人毛骨悚然。可怕的鬼怪和僵尸鬼高兴地聚集起来,把火葬场包围。豺狼在那里吼叫着,雷鸣般的声音叫人生畏。那情景跟大神湿婆的形象一样,而国王镇静自如,毫不畏惧。到了那里,他发现修道人正在一棵无花果树下造祭坛,便走上前去说:"我来了。修道人啊,你说吧,让我为你做什么?"修道人听到这些话,又看见了国王,高兴地对他说:"国王啊!如果你肯赐恩,那么你就独自从这里往南走,到远处会见到一棵无忧树,树上挂着一具尸体。你去把它搬到这儿来。英雄啊,请帮我这个忙吧!"

国王是一个信守诺言的人。他听到这番话以后,说了一声"行",便出发向南边走去。在黑暗中,他沿着燃烧的焚尸木柴的火光照亮的道路走着,总算到了那棵无忧树下。那棵树像鬼一样,被焚尸木柴中冒出来的烟熏着,发出一股生肉气味。国王见到树干上挂着的那具尸体。他爬上树,割断绳子,让尸体落到地上。尸体落下来后,忽然叫喊起来,好像很痛苦。国王疑心是死人复活了。他下了树,怀着怜悯的心情,去摸尸体。他一摸,那具尸体就放声大笑。国王心里想:"这尸体已经被僵尸鬼附上身了。"然后,他毫不动摇地说:"你笑什么?过来,咱俩走吧!"他刚这么一说,地上那具被僵尸鬼附上身的尸体就不见了。再一看,只见它又在原先那棵树上挂着。于是,他又爬上去把它从树上取下来。英雄的心真是比金刚更坚不可摧。然后,三勇军王一言不发,把那具僵尸鬼附身的尸体扛上肩,拔腿就走。正走着,附在尸体上的僵尸鬼在他肩上说:"国王啊,我给你讲一个故事,在路上消遣消遣。请听!"

（第一个故事）

有一座城市，名为波罗奈。她同盖拉瑟山的高地一样，也是大神湿婆的住处。住在那里的都是有福之人。水量永远充足的恒河流过她的附近，恰似一条珍珠项链戴在她的脖子上。

从前，那座城里有一位国王，叫作勇冠。他以勇力消灭敌族，犹如用大火烧毁森林。他的儿子美貌赛过爱神，勇武超过敌人，名叫金刚冠。金刚冠王子有一位刎颈之交。那是一位大臣的儿子，非常聪明，名叫智身。

有一次，特别喜爱打猎的王子与朋友一起游玩，玩着玩着走了很远的路。他用箭射下许多带着鬃毛的狮子脑袋。它们如同拂尘，象征着英勇和福运。射着射着，他进入了一座大森林。那里犹如爱神所在的地方，杜鹃像宫廷歌手那样唱着赞歌，树木像侍者那样挥动着拂尘般的花簇。王子和大臣的儿子看见一个大池塘。池塘就像又一片出产各色莲花的大海一样。而在这个池塘里，大王啊，他看见一位由随从们陪着前来沐浴的姿色非凡的女子。她好像正在用美丽瀑布把池塘灌满。她顾昐流盼，好像正在那里创造一片新的蓝莲花海。她的容貌胜似月亮，好像正在挫败荷花。她一下子就抓住了王子的心。而他也同样一露面就吸引住了她的双眼，使她忘却了羞涩和自己的打扮。接着，带着随从的王子询问"这女子是谁"的时候，她就装作玩耍，用手势通报自己的国名。她从花冠上摘下一朵蓝色莲花戴在耳朵上，又长时间地刷牙，还故意掐了一朵红色莲花戴在头上，并且把一只手放在心口上。王子根本不懂她的那套手势。但是，他那聪明的朋友、大臣的儿子心里明白了。

一转眼，那女子就被仆人们从那里带走了。回到自己家后，她虽然身体靠在躺椅上，可是为了自己的手势，心却还留在那位王子身上。王子也像一个持明那样失魂落魄地回到自己的城里，由于没有她而愁眉苦脸。那位朋友、大臣的儿子私下问了他以后声称：她是不难得到的。这时候，王子灰心丧气地说："她的名字、村落或者家世都不知道，这么个女子怎么能得到呢？因此，你何必徒然安慰我呢？"

听到王子这样说，大臣的儿子对他说："你不明白她用手势表示出来的种种意思吗？她把一朵蓝莲花戴在耳朵上，就是对你说：'我住在耳莲王的国家里。'同样，她刷牙，就是告诉你：'你要知道，我是那里一名象牙匠的女儿。'她把一朵红莲花戴在头上，是说：'我的名字叫红莲。'她把一只手放在心口上，是说：'我爱你。'因为，在羯陵伽国有一位国王名字叫耳莲。他有一个象牙匠大宠儿，名叫会增。会增又有一件三界之宝——一个比自己的性命更可爱的女儿，名叫红莲。主子啊，这些事情是我从老百姓那里如实了解到的。所以我懂得她那一套表示国名的手势。"

听到大臣的儿子这样说，王子对这位聪明人很满意，而且又想出了办法，满心欢喜。他跟大臣的儿子商量好以后，便在他的陪同下，假装打猎，离开自己的宫殿，又朝那个方向去找心爱的人。半路上，他骑着马飞奔疾驰，抛下了军队，单独与大臣的儿子一起来到羯陵伽国境内。他俩先到了耳莲王的都城，找到那象牙匠的住宅，然后走到附近一位老妇人的家去投宿。那大臣的儿子把喂过水和草的两匹马安顿在隐蔽的地方，然后当着王子的面跟老妇人说："老妈妈，你认识象牙匠会增吧？"

那老妇人听到这话以后，坦率地跟他说："当然认识。我是他的奶妈。现在他派我到他的亲女儿红莲身边当守护人。但是我一直没有去，因为我那可恶的儿子是一个赌徒，他把我的衣服夺走了。"

老妇人这样说完，大臣的儿子非常高兴。他把自己的上衣等物品送给她，讨她欢心，然后又说："你就是我们的妈妈。因此，我们私下告诉你一件事情，请你帮我们办一下！你去跟象牙匠的女儿红莲说：'你在池塘边看见过的那位王子已经来了。因为爱你，他派我到这儿来告诉你。'"

老妇人已经被他们用礼物收买，听了这些话，说了一声"好吧"，就到红莲身边去了。一转眼，她又回来了。王子和大臣的儿子询问她。她说："我去以后，私下告诉她，你们来了。她听到以后却骂了我一顿，还用两只手涂抹上樟脑，打了我两记耳光。于是，我为受辱而伤心，哭着回到这里来了。儿子啊！你俩看看她打在我脸上的那些手指印吧！"

听她这样说，王子因为失望而难过。那聪明的大臣的儿子私下对他说："别难过！她骂过以后，把自己的十个涂抹过樟脑的白色手指打在老妇人脸上,是有用意的。那是说:'这个白半月还有十个夜晚有月亮,不宜相会。请等一等吧!'"

大臣的儿子这样安慰王子后,便到市场上偷偷卖掉一些手上的金子,然后让老妇人准备了美酒佳肴。他俩就跟老妇人一起享用。这样过了十天。那大臣的儿子想要了解情况,又派老妇人到红莲跟前去。她贪图甜食和酒。为了讨好他俩,她到红莲的家去了,回来告诉他们说:"今天我去了,在那里连一句话都没有说,她就又怪罪我那一回提起你们,同时用三个手指涂上抹脚用的红胭脂,打我这胸脯。我带着她印的记号,就回到这里来了。"听完这番话,大臣的儿子便自动跟王子说:"你别误会!因为,她在这老妇人胸口上巧妙地打上三个红指印,是表示:'我的月信期还有三天。'"

又过了三天,大臣的儿子再次打发老妇人到红莲那儿去。她到了红莲的家,红莲对她十分敬重,请她吃饭,还让她在那里喝酒。老妇人高高兴兴地玩了一个白天。到了晚上,老妇人刚要回家,外面突然爆发出一阵令人恐惧的骚乱声。接着,只听见人们在那儿喊:"啊呀,不好啦!一头大象发情,挣脱了锁链,踩着人跑过来啦!"

于是,红莲对老妇人这样说:"大路被象挡住了,你走过去不合适。因此,我们让你坐在一个拴着吊绳的凳子上,通过这个大窗洞,从这儿把你放下去。你就爬到庭院里的那棵树上去,翻过围墙,顺着另一棵树着地,然后回自己的家去吧!"说完,她就让女仆们用拴着绳子的凳子,把老妇人从那儿的窗洞往庭院里放了下去。而老妇人沿着上面所说的那样一条路回去以后,就把这一切都如实地告诉了王子和大臣的儿子。

大臣的儿子对王子说:"你的愿望实现了。她已经巧妙地把路给你指出来了。你就在今天这个已经来临的晚上,到那儿去吧!你沿着这条路,进入心爱的人的住宅吧!"王子听完,便同他结伴而行,沿着老妇人所说的那条路,翻过围墙,到庭院去。在那里,王子看见那条拴着凳子的绳子悬着,女仆们翘首望路,在上面看守着。他爬上凳子以后,那些女仆就用绳子把他拉了上去。他通过窗洞,来到心爱的人身边。他进去以后,那大臣的儿子就回到自己的住处去了。

王子见到了红莲。她脸如满月,放射着美丽月光,恰似因惧怕黑半月而躲藏起来的满月之夜。红莲见到他,站起来,以拥抱等大胆的行为欢迎他,表明渴慕已久。于是,王子按照健达缚方式娶了她,心满意足地偷偷跟爱人一起住在那里。住了几天以后,有一天晚上,他对心爱的人说:"我有一个跟我一起来的朋友在这里。他是一个大臣的儿子,现在独自住在你的守护人家里。我去跟他聚一聚以后,美人啊,就会重新回到你的身边。"

听完这番话,狡黠的红莲对心爱的人说:"啊,夫君!我问你,看懂我所做的那些手势的是你呢,还是你那位朋友、大臣的儿子呢?"

经她这样一问,王子就跟她说:"我对此一窍不通。全是那大臣的儿子看懂之后告诉我的。他具有天神的智慧。"

听完这些话,美人想了一想就对他说:"你迟至今日才把他告诉我,这件事情做得不合适。你的朋友就是我的兄弟。我还应该每天用槟榔等来招待他。"

说完这些话,女子答应了他。王子当夜就从那里沿原路回到朋友身边。在谈话过程中,他告诉大臣的儿子,他已经在妻子面前说过,手势是大臣的儿子看懂的。那大臣的儿子却说"不妥",不赞成他那样做。他俩在那里说着说着,天就亮了。

做过早祷以后,他俩正在谈话,红莲的一位女友手里拿着熟食和槟榔来了。她向大臣的儿子问过吉祥,在一旁侍候着,千方百计地不让王子在那里吃。她告诉王子,自己的女主人正等着他在吃饭以前回去。说完,她就偷偷地走了。于是,大臣的儿子对王子说:"殿下,现在我给你看一件怪事儿,你看!"说完,他就把可以吃的熟食给了一条狗。那条狗吃完,当时就死了。

王子见此情景,便问大臣的儿子:"为什么会有这样的怪事儿呢?"大臣的儿子回答他:"由于我懂得手势,她知道我很机灵。她送毒食给我,想要害死我,因为她非常爱你。她想:'那个人不死,这王子就不会一心向我,还会在那个人的控制下离开我,回到自己的城市。'所以,你不要生她的气。她妄自尊大。你应该让她离开亲属。我会想出一条把她带走的妙计来告诉你。"

大臣的儿子说完这番话,王子称赞他"你真不愧为'智身'",就冷不防听见外边有人在痛苦地喊叫:"哎呀,真倒霉!国王的小儿子死啦!"大臣的儿子听见这个消息,非常高兴。他对王子说:"妙极了!今天晚上你就到红莲家去吧!

你在那里劝她喝酒,让她醉得像死过去一样,既无知觉,也不动弹。然后,趁她睡着的时候,用一把在火里烤过的叉子在她的臀部烙一个印记,再把她的饰物收集起来带在身边,从窗洞爬吊绳离开那里回来。此后如何是好,我心里有数。"说完,大臣的儿子就让人做了一把尖头像猪鬃一样的三股叉,交给王子。那三股叉又弯又硬,如同爱妻和朋友的铁石心肠。王子把它拿在手里,说一声"好吧!",便像以前那样,在夜里到红莲家去了。因为君主应该毫不怀疑自己的忠臣的话。他在那里把红莲灌得醉如烂泥,用叉子在她臀部做了记号,偷了她的饰物,就回到朋友身边,给他看了饰物,向他说了自己的所作所为。

　　于是,大臣的儿子认为,愿望已经实现。第二天清晨,他俩来到一个坟场。大臣的儿子穿上苦行者的衣服,又小心翼翼地把王子装扮成徒弟模样,对他说:"你从这饰物里拿一串珍珠项链到市场上卖吧!你要把它的价钱报得很高,以至于没有人会买而辗转被所有的人都看见。如果这里的卫兵抓住你,你就不慌不忙地说:"这是师父给我卖的。"听了大臣儿子的话,王子就公开地拿着一串珍珠项链在市场上游逛。卫兵们得知象牙匠的女儿遭劫正在捉贼,看见他这般模样,就把他抓了起来,立即带到太守面前。太守看见他一身苦行者打扮,就和颜悦色地问道:"尊者啊,你的这一串珍珠项链是从哪里拿到这儿来的?因为,象牙匠女儿的饰物在夜里被盗了。"

　　听到这番话后,苦行者模样的王子就对太守说:"这是师父给我的。你去问他吧!"于是,太守到他的"师父"那里行了礼,问道:"尊者啊,你徒弟手里的这一串珍珠项链是从哪里来的?"这机灵鬼听完这话,就让左右的人回避,然后对太守说:"我是一个苦行者。我每天在各处森林里漫游。我偶然来到这里,逗留在这坟场。夜里我看见一群瑜伽女从四面八方来聚会。其中有一个瑜伽女带来一位小王子。她打开了他的心莲花,然后用它祭供湿婆。她有大幻术,喝醉了酒,脸上变出种种样子走上前来,想要夺走正在念咒语的我的念珠。她来势凶猛,我一怒之下就拿起一把三股叉,用咒语把它的尖头烧红以后,在她的臀部打上了一个印记。这一串珍珠项链就是我在那时候从她的脖子上夺过来的。今天,我发觉那东西与苦行者根本不相配,是应该卖掉的。"

　　太守听了这番话,就去报告国王。国王听了报告,看清楚了那一串珍珠项链,又从被派去侦察以后回来的可靠的老妇人那里听说,红莲的臀部上真有一个叉子的印记,便断定:"我儿子是被那吃人肉的妖精吃掉的。"国王亲自到由大臣的儿子装扮的苦行者面前,询问如何惩处红莲。然后,按照他的话,国王把她驱逐出城。红莲的父母非常忧伤。

她被赶出来以后,呆在森林里,身上一丝不挂。但是,考虑到这也是大臣的儿子所施的诡计,她没有自杀。傍晚,她正在发愁的时候,大臣的儿子和王子扔掉苦行者的服饰,骑着马赶来了。他俩安慰她一番,扶她上马,把她带回本国。王子心满意足地在那里跟她一起生活。而象牙匠却以为女儿已经在森林里被野兽吃掉了,忧伤致死,他的妻子也紧跟着死去。

讲到这里,僵尸鬼对国王说:"现在,你来解答我在这件事情上的疑问吧!由那一对夫妇之死而产生的罪过,归大臣的儿子呢,还是归王子,或者归红莲呢?因为你是最聪明的人。国王啊,如果你知道正确的答案而又不对我说,那么你的脑袋肯定会碎成一百块。"

僵尸鬼说完以后,三勇军王知道正确的答案,慑于诅咒,便回答它:"瑜伽之主啊!那有什么不可理解的呢?在那三个人当中,谁也没有罪过。这个罪过属于耳莲王。"

僵尸鬼又说:"为什么属于国王?肇事者是那三个人。天鹅吃了稻子,乌鸦有什么罪过?"

国王接着又对它说:"那三个人都是无罪的。因为,对于大臣的儿子来说,那是应该为主子做的事情,无罪可言。红莲和王子受爱神的箭火折磨,急于达到自己的目的,不能周密考虑问题,也是没有罪过的。但是,那耳莲身为国王,不懂得治国安邦的学问,也未利用密探在自己的百姓中间探明事实真相,识别不了那些狡猾的行为,不解其用意,以致如此冒失行事。所以,罪过归他。"

听完这些话以后,在国王正确说出答案而打破了沉默的情况下,那个附在尸体上的僵尸鬼为了考验他的恒心,利用幻术,当即令尸体不可思议地从他肩上跑到不知什么地方去了。国王也毫不动摇,决定再到那棵树那儿去。

第九章

（第二个故事）

接着,三勇军王回到那棵无忧树那儿去,心想把那僵尸鬼再捉拿到这里来。到了那儿,他借着焚尸木柴的火光一看,就看见那具死尸倒在地上正在叫喊。为了把附在尸体上的僵尸鬼带走,国王一言不发,把它扛上肩,迅速地往前走。于是,僵尸鬼又在肩上对国王说:"国王啊,您陷入了这不堪忍受的巨大的苦恼。因此,我讲一个故事让你消遣消遣。请听!"

在伽陵迪河的岸边,有一座赠给婆罗门的村庄,人称"梵地"。那里有一位精通吠陀的婆罗门,名叫火主。他有一个容貌出众的女儿,名叫珊瑚。大梵天创造这个无可指摘的新美人之后,肯定就厌弃自己先前创造的众天女。珊瑚到了青春妙龄的时候,从曲女城来了三个婆罗门的儿子,他们同样具备一切美德。他们个个都为自己向她的父亲求亲,宁可牺牲性命也不愿意她嫁给别人。她父亲没有把她嫁给他们中的任何一个人,免得其他两个人行凶杀人。所以,珊瑚此后一直未出嫁。那三个人也都守起饮光鸟戒行,在那儿日日夜夜地用眼光盯住她的月亮脸。

后来,珊瑚姑娘突然染上热病死去。于是,那三个婆罗门的儿子极为悲伤,把她那经过打扮的尸体抬到坟场火化。他们中间有一个人就在那里搭起一个茅草棚,在她的骨灰上做铺睡觉,以乞食为生。第二个人带着她的遗骨到恒河去了。第三个人成了苦行者,到其他各地漫游。

那苦行者漫游着到了一座名为瓦格罗勒格的村庄。他以过路客人的身份走进一个婆罗门的家。他在那里受到招待之后,刚刚开始吃饭,那儿就有一个小孩子哭了起来。当那孩子怎么哄也哄不住的时候,女主人就抓起孩子的胳膊,把孩子扔进了正在燃烧的火中。肢体娇嫩的孩子刚被扔进去就被烧成了灰。苦行者客人见此情景,毛骨悚然地说:"哎呀,真倒霉!我到一个梵罗刹的家里来了。那么,这食物就是罪恶的化身。现在我可不要在这里吃饭了。"

他这样说着,男主人对他说:"我的咒语一念就灵。请看它起死回生的力量。"说完,他取出自己的咒语书念了起来,把已经被咒语赋予魔力的尘土扔进那些骨灰里。这样一来,那孩子就活生生地站了起来,跟原来一模一样。于是,婆罗门苦行者就高兴地吃饭了。男主人把那本书放进一根象牙里。吃过饭以后,到了晚上,他俩一起躺一个铺睡。等男主人睡着后,苦行者为了救活心爱的人,轻手轻脚爬起来,心惊胆战地偷走了那本书,然后马上离开那里,日夜兼程,一口气跑到他心爱的人被火化的坟场。

这时候,他看见那个去把她的骨头扔进恒河的人已经回到那里。与留在那里就地盖起茅棚、躺在她的骨灰上的那个人会面以后,他就对那两个人说:"那草棚必须拆了扔掉,好让我用一种咒语的力量使那心爱的人活生生地从骨灰里站起来。"这样鼓动着,坚决地让他俩把草棚拆除以后,那婆罗门苦行者打开那本书来念,把尘土用咒语赋予魔力以后扔进骨灰里。于是,珊瑚姑娘就活生生地站了起来。这时候,她的身体好像是用黄金制成的,入火而出以后比从前更加光彩照人。

一看见她复活以后如此模样,那三个害相思病的人就都想要娶她,相互之间立刻争吵起来。一个说:"这是我的妻子,是靠咒语的力量获得的。"另一个说:"这是我的妻子,是靠朝拜圣地出生的。"第三个人说:"既然是我在这里保护骨灰,修苦行,使她复活,所以这是我的妻子。"

"国王啊,现在请你把解决他们纠纷的决定告诉我吧!那姑娘究竟应该是谁的妻子呢?如果你知道而不说,你的脑袋就会碎裂。"

听见僵尸鬼说到这里,国王对它说:"辛辛苦苦地用咒语使那姑娘复活的那个人,是她的父亲而不是丈夫。因为他做了父亲应该做的事情。把她的骨头送到恒河去的那个人算是她的儿子。怀着爱情,在坟场上修苦行,躺在她的骨灰上拥抱她,这个人是她的丈夫。"

三勇军王这样说完,打破了沉默,僵尸鬼听完后,立即出人意外地从他肩上跑到自己的地方去了。一心扑在修道人的事情上的国王下定决心再次捉拿它。意志坚定的人们，不完成已经答应的事情，宁可牺牲性命也不罢休。

第十章

（第三个故事）

于是，最优秀的国王三勇军又来到那棵无忧树旁捉拿僵尸鬼。重新找到那个附在尸体上的僵尸鬼以后，他一言不发，把它扛上肩就走，离开那儿。往前走着走着，僵尸鬼在他背后对他说：“国王啊，你在夜里来来回回地走，毫不恐惧。这真稀奇。现在我再给你讲一个故事，在路上消愁解闷。请听！”

有一座名闻天下的都城，名为华氏城。从前，那里有一个国王，名字叫勇狮。大梵天赋予他种种美德，同样还赋予他种种宝贝。有一只雄鹦鹉，因受诅咒而被贬下凡到那里。它具有天神的知识，精通一切经书，人称“智者第一”。按照书上的忠告，王子娶了一位门当户对的妻子。她是摩揭陀国的公主。那公主也有一只因受诅咒而被贬下凡的雌性夏利迦鸟。它具备一切知识，名字叫索迷迦。鹦鹉和夏利迦鸟住在同一个笼子里，在那里用自己的知识侍候自己的两位主人，也就是那一对夫妇。

有一次，鹦鹉如饥似渴地对夏利迦鸟说：“亲爱的，我们同起居共饮食吧！”夏利迦鸟回答说：“我不愿意跟男人结合。因为男人道德败坏，忘恩负义。”而鹦鹉说：“男人不道德败坏，女人才道德败坏，心狠手辣呢！”随后，它们两个为这件事情争论起来。于是，它俩订立个协定，条件是或者鹦鹉当奴仆，或者夏利迦鸟做老婆。然后，它俩一起来到正在父亲的觐见厅里上朝的王子面前，要求裁决。

听了它俩争论的原因之后，正在父亲那里的王子对夏利迦鸟说：“你说，男人如何忘恩负义？”于是，夏利迦鸟说：“二位请听！”然后，就讲了下面这个说男人坏话的故事，来论证自己的论点。

　　世界上有一座名为格曼迪格的大都城。那里有一个发了大财的商人，名叫利授。他生了一个儿子，取名财授。父亲死了以后，那小伙子就变得没有约束了。他与歹徒们为伍，染上了赌博等恶习。这真是，结交坏人乃恶习树之根。不久，他因沾染恶习而落得一无所有。由于穷得没脸见人，他便离开本国，到别国去流浪。他走着走着，到了一个名为檀城的地方。为了乞食，他走进一个商人的家。恰巧，那商人见了这娇童，询问身世，知道他门第高贵，便盛情款待了他，把他当作自己的人，而且还让女儿宝鬟带着财礼嫁给他。从此，财授就住在岳父家里。可是，他达到目的以后，乐而忘穷，恶瘾发作，才过了几天就想要回本国去。尽管岳父因为只有一个女儿而不愿意，那坏家伙还是设法求得了他的同意。等妻子打扮好以后，他就带着她和陪伴她的一个老妇人，一行三人，从那里出发。

　　他们渐渐走到远处的一座森林里。他说恐怕遇着强盗，便把妻子的饰物收集起来，据为己有。哼！染上赌博和嫖宿之类恶习、忘恩负义的男人们，到底有多么狠毒的铁石心肠，现在就让他现一现眼吧！为了谋财害命，那罪人竟然把贤惠的妻子和那老妇人一起推下一个陷坑。把她们推进坑里之后，他拔腿就走。那老妇人当时就丢了性命。他的妻子则撞在藤蔓丛上，幸免一死。因为寿命未尽，她借助草丛慢慢地从陷坑中伤心地哭喊着爬了出来。她问过路以后，沿着来时走过的路，拖着受了重伤的身子，艰难地一步一步前往父亲的住宅。突然以这般模样回到家里以后，在父母的追问下，那贤妇哭着胡乱地说道："我们在路上遇到强盗打劫。我丈夫被绑着带走了。我被绑起来以后就跟死了一样，虽然落入一个陷坑，但是没有死。后来，来了一位慈悲的过路人。他把我从那个陷坑中救了出来。我凭着运气回到了这里。"这样说完以后，受到父母的安慰，善良的宝鬟心里惦记着丈夫，居住在那里。

　　过了一些时日，她的丈夫财授在本国又把钱财输光了。他想："我去向岳父要钱。到了那里，我告诉他：'你女儿在我家里。'"这样在心里盘算好以后，他就出发到岳父家去。到了那里以后，他的妻子从远处发现了他。她跑上前去，跪倒在他的双脚下，尽管他有罪过。贤妇们对丈夫是忠贞不渝的，即使丈夫有罪过。看到妻子,他害怕了。接着,她把自己以前对父母瞎说的遇到盗贼之类的事情全部告诉了他。于是,他就无所畏惧地跟她一起进了岳父的家,见到岳父和岳母,受到他们的欢迎。他的岳父遇到亲友就非常高兴地说:"谢天谢地,他是活着被强盗放了。"此后,财授就跟妻子宝鬘一起安乐地享受着岳父的荣华富贵。

有一次,这残忍的家伙在深更半夜做了那么一件事情,但愿讲了出来,讲的人太平无事。他杀死了正睡在自己怀里的妻子,偷走了她的一大堆饰物,就人不知鬼不觉地从那里回到本国去了。男人们就是这样可恶。

夏利迦鸟说完以后,王子对鹦鹉说:"现在你说吧!"于是,鹦鹉说:"可恶的女人们行为不规,残酷得令人难以容忍。有一个故事就是这样说的,请听!"

有一座城,名为欢喜。那里最大的一个商人,是一位亿万富翁,名叫法授。商人有一个比他自己的性命更可爱的女儿,名字叫世授。她的美貌无与伦比。她被父亲许给了一个住在上等人喜欢的耽摩栗底城里的门当户对的商人的儿子。他的名字叫海授,为人善良,年轻英俊。如果说漂亮女人的眼睛是饮光鸟,那么他就是月亮。

当时,丈夫在本国,两人尚未完婚。有一次,住在自己父亲家的商人的女儿老远看见一个男子。那是一个十分可爱的青年。她生性轻浮,被爱神弄得神魂颠倒,便让一位心腹女友偷偷地把他带来,跟他结下了私情。从此以后,那女人只醉心于他一个人,每天夜里都跟他在一起寻欢作乐。

有一天,她的未婚夫从本国来到这里。对于她的父母来说,他就像欢喜的化身一样。在喜庆的那一天晚上,她盛装打扮,由母亲把她送进洞房。但是,即便已经上了床,她也不承认他是自己的丈夫。在他求欢的时候,她假装已经睡着,心里想着另外那个男人。这时候,因为喝醉了酒,加上旅途劳顿,他也睡着了。

所有的人吃喝过后陆续睡着了。有一个贼挖了一个墙洞钻进了这间卧房。这时候,商人的女儿爬了起来,没有看见那个贼,就偷偷从那里出去了,因为她跟自己的情人有约会。那个贼见此情景顿觉愿望落空。他在那里想："那女人深更半夜戴着我想偷的那些饰物出去了。我倒要看一看,她究竟到什么地方去。"想到这里,那个贼就跟在商人的女儿世授后面,在暗中观看。而她则手里拿着鲜花,在一位同谋女友的陪伴下,走到外边,进了一座不太远的公园。在那里,她发现自己的情人被吊在一棵树上。他是在夜里前来赴约,被城市卫兵捉住,当作贼给吊起来绞死的。她急得跳了起来,嘴里说着"哎呀,我完了",可怜地呜咽着倒在地上。

过了一会儿,她把自己死去的情人从树上放下来,让他坐下,给他抹油戴花,梳妆打扮。爱情和忧伤使她丧失理智,她把他那毫无知觉的脸蛋紧紧地搂在怀里,然后沉痛地把它托起来亲吻。就在这时候,那死后已被僵尸鬼附上身的有妇之夫突然用牙齿咬掉了她的鼻子。她只觉得疼痛,焦急地从他那里脱出身来。"啊,他也许又活了吧!"她这样想着,带着伤重新走过去看他。这时候,僵尸鬼已经离开那具死尸。她看见他毫不动弹,就害怕了,也支持不住了,抽泣着颤抖起来。这一切情况都被那隐藏着的贼看在眼里。他想:"那罪恶的女人为什么这样做呢?啊,女人的心真是可怕,既黑又硬,正如一口深不可测的黑暗的井,掉进去就无法挽救。那么,现在这女人会做什么呢?"

想到这里,那贼出于好奇,又远远地在后面跟着她。而她则回到自己的房里,一进门,就一边哭一边拉开嗓门儿冲着她那还在睡觉的丈夫说:"救命呀!我的鼻子被这坏蛋割掉啦!我没有犯任何过错。他表面上是丈夫,实际上是个仇人!"听到她那痛苦的哭喊声,丈夫、仆人、父亲,这里每一个人醒后都起来了。她父亲看见她鼻子刚刚被割掉,一怒之下就让人把她那丈夫当作"伤害妻子者"捆绑起来。岳父和所有在场的人都想听他说什么,他却像一个哑巴,被捆绑的时候也一言不发。

那个贼了解事件经过之后,便立即离开了那里。那个夜晚也在嘈杂声中渐渐地过去。于是,那商人之子跟那掉了鼻子的妻子一起,被商人岳父带到国王面前。国王听过报告,不由那商人之子分辩,就以"此人伤害自己的妻子"为罪名,下令把他处死。随后,正当他在鼓声中被带往刑场的时候,那个贼来到这里,对官员们说:"此人不应该无缘无故地被处死。我知道事情的真相。把我带到国王面前去吧！那样，我就把一切都说出来。"说完，那个贼被带到了国王面前。在获得安全保障之后，他就从头开始把夜里发生的那件事情全都说了出来。他还说："大王啊，如果你不相信我说的话，那么，现在就去看一看那具死尸嘴里的鼻子吧！"听完这番话，国王派臣仆们前去察看，了解了事情的真相，便解除了商人之子的死刑，又割掉坏女人的两只耳朵，把她驱逐出境，又将女人父母的全部财产没收以示惩罚。另外，国王还满意地任命那个贼为太守。在这个世界上，女人们就是这样虚情假意，本性恶劣。

讲完以后，鹦鹉受的因陀罗的诅咒失效。它变成一个名叫彩车的具有天神模样的健达缚，飞到天上去了。夏利迦鸟受的因陀罗的诅咒也失效。它变成天女狄罗德玛，也突然回到天上去了。它俩之间的争论在觐见厅里还没有解决。

讲完这个故事，僵尸鬼又对国王说："请你说，究竟是男人坏，还是女人坏？如果知道答案而不说，你的脑袋会裂开。"肩上那个僵尸鬼这番话的话音刚落，国王就对它说："魔术师啊，还是女人坏。因为，像那样作恶的男人只在某时某地会有那么一个。而一般说来，那种女人则在任何时候任何地方都会有。"

国王说完，僵尸鬼就像先前那样从他肩上消失了。国王便再一次不辞辛苦地去捉拿它。

第十一章

（第四个故事）

于是，三勇军王连夜回到焚尸场那棵无忧树旁，捉住了附在尸体上的僵尸鬼。僵尸鬼放声大笑，笑声十分可怕。三勇军王毫不犹豫地把它扛上肩，默不作声地从那里出发。走着走着，肩上的僵尸鬼又对他说："国王啊，你何必为了那可恶的修道人而如此辛苦呢？这样费力毫无好处，可惜你根本看不出来。那么，你就听我讲这个故事吧，可以供你在路上消遣。"

天下有一座名副其实的城市,名为富丽城。那里有一位英勇超群的国王,名叫首陀罗迦。他常胜不败。敌人的妻子们被俘后,为他挥动拂尘,所形成的风不断地把他的力量之火吹旺。我想,大地有了这位国王,正法畅行,繁荣昌盛,甚至忘记了罗摩等明君。

有一次,一位名叫至勇的婆罗门,从摩腊婆国来到这位喜爱英雄的国王面前,祈求一个差使。他有三个家属:一个妻子,名叫有德;一个儿子,名叫至善;一个女儿,名叫有勇。另外还有三名"侍从":身边的一把匕首,一手所执的利剑,另一手所持的美盾。他只有这么多随从,却向国王要五百金币的日俸。首陀罗迦王看见他气度非凡,似有万夫不敌之勇,便按他的愿望供给他一份薪俸。

"此人随从很少。他用那么多金币是助长恶习呢,还是贴补善行呢?"出于这种好奇心,国王暗暗地布置下密探,打听此人的日常表现。每天,至勇天一亮就觐见国王;中午持剑守在王宫大门旁边。回到家里,从自己得到的薪俸中拿出一百金币交给妻子,供吃饭用;又花一百金币买衣服、抹身体用的油膏和槟榔。沐浴之后,他又分出一百金币向大神毗湿奴和湿婆上供,剩下的二百金币施舍给贫穷的婆罗门。此人每天都这样分配那五百金币。然后,他祭火做法事,吃饭。夜里,又手执利剑,独自去把守王宫大门。首陀罗迦王从密探们嘴里听说至勇每天的行为,心里很满意。他撤回了那些对至勇跟踪盯梢的探子,认为他是一名出类拔萃的英雄,值得特别敬重。

过了一段日子,当至勇轻松地度过烈日炎炎的热季之后,雨季来临了。它咆哮着,执持忽隐忽现的闪电剑,用雨点敲打着,好像是忌妒至勇的勇力。乌云密布,日夜下雨,至勇照样纹丝不动地把守在王宫大门边。首陀罗迦王白天从宫顶上看见他以后,晚上又登上宫顶去查他的岗。他还从宫顶上喊道:"喂,在那里把守王宫大门的是谁?"听到喊声之后,至勇回答说:"是我在这里。""啊,这至勇善性极强,对我忠心耿耿。因此,我无论如何应该委任他要职。"这样想着,首陀罗迦王走下宫殿,到后宫就寝。

第二天傍晚,乌云降下一阵阵倾盆大雨,黑暗弥漫,遮住天空。这时候,国王想要调查一下,又独自登上宫顶,声音洪亮地对他喊道:"在那里把守王宫大门的是谁?"至勇再次回答说:"是我在这里。"国王亲眼看见他的勇力,所以非常惊讶。正在这时候,突然听见远处有一个女人在哭。她绝望异常,发出可怜的悲叹声。"在我的国家里,没有人受到欺压,没有人贫困受苦。那么,那个独自在深更半夜里哭的女人是谁呢?"国王听到哭声,动了恻隐之心。他命令独自站在下面的至勇:"喂,至勇,你听着!远处有一个女人在哭。你去查明这女人是谁,她为什么哭。"

听到国王的命令,至勇说声"遵命",就身佩匕首,手执长剑,出发了。云雾漆黑,活像一个罗刹,长着闪电眼睛,下着粗大似石头的雨点,而至勇毫无惧色。看见他独自在那样的一个夜晚出行,首陀罗迦王满怀同情和好奇,从宫顶下来,拿了一把剑,隐蔽在至勇背后,也跟着出发了。

至勇循着哭声不停地往前,到了城外的一个水池边,看见一个女人在水池中间哭叫着:"啊,英雄!啊,慈悲的人!啊,慷慨的人!没有你,我怎么活下去啊?""你是谁?你为什么哭?"他惊奇地问。国王在后面悄悄地跟着。那哭泣的女人说:"喂,至勇啊!你要知道,孩子啊,我就是这大地!首陀罗迦王现在就是我的合法夫主。后天,国王就要死了。我上哪儿再去找一位他那样的国王作夫主?因此,我感到痛苦,为他和自己而悲伤。"听了这一番话,至勇惊讶地对她说:"女神啊,有没有什么办法,可以使专心保护世界的国王免于一死呢?"听完他的话,大地女神说:"有一个办法,而且只有你能够使用它。"至勇说:"那么,女神啊,你就快说吧!我好立即照办。不然我活着有什么用呢?"大地女神回答:"还有谁像你这样英勇,这样热爱自己的主人?请听我说挽救国王的办法。王宫附近有一座最好的难近母神像。国王为她修了庙。这座庙以特别灵验而远近闻名。如果你用儿子至善祭供她,国王就不会死,可以再活一百年。如果你马上去做,他会平安无事。不然,到了后天,他就没命了。"听完大地女神的这番话,英雄至勇说:"女神啊,我现在就去做。"大地女神随即说了句"祝你吉祥如意",就消失了。藏在后面的国王将这一切听得清清楚楚。

至勇连夜往家赶。受好奇心驱使的首陀罗迦王也在暗中跟随着。至勇回到家里,叫醒妻子有德,把大地女神对他讲的牺牲儿子救国王的情况如实地告诉了她。妻子听完,对至勇说:"主人啊,一定要保全国王的平安。因此,你就把这孩子叫醒,告诉他吧!"于是,至勇把睡着的孩子至善叫醒,又把事情的经过告诉了他,然后对他说:"儿子啊,用你祭供难近母神,那国王就能活下去。不然,他后天就会死去。"听完这一番话,至善虽然年幼,却十分真诚,毫不胆怯地对父亲说:"如果用我的性命保住了国王的性命,父亲啊,我也就如愿以偿。因为我吃过他的饭,就应该报答他。所以,何必迟疑?你们现在就带我到神母面前去,拿我祭供她吧!但愿国王由于我的牺牲而平安无事!"听了至善的话,至勇说:"好!你真是我的好儿子!"跟踪而来的国王在外边听到这一切,心想:"啊,他们都有同样的善性。"

至勇把儿子至善背起来,妻子有德也把女儿有勇背在身上。他俩当天夜里就双双前往那难近母神庙。首陀罗迦王也在他俩后面偷偷地前往。到了那里,在女神面前,父亲把至善从背上放下来。至善浑身充满勇气,向女神鞠躬致敬,并且祷告:"愿首陀罗迦王由于我的头作为祭品而活下去!女神啊,但愿他无怨无仇地再统治一百年!"至善这样说完之后,至勇连说"善哉!善哉!",然后,拔出剑来,把年幼的儿子的头砍下,献给了难近母神,说道:"但愿国王由于我儿子牺牲而得生存!"刹那间,从空中传来话音:"善哉,至勇你牺牲孝顺的独生儿子而赋予首陀罗迦王以生命和王国,还有谁像你这样热爱主人?"这一切,国王在暗中都看得一清二楚。

而至勇的女儿有勇姑娘哭着上前搂住被砍下的弟弟的脑袋。她因过度忧伤而失明,因心碎而丧命。于是,妻子有德对至勇这样说:"国王已经时来运转。因此,现在我跟你说,既然连这年幼无知的女儿也因为弟弟的牺牲而忧伤致死,那么我失去了两个孩子,何必再活在这世间呢?我愚蠢,未为国王的吉祥早拿脑袋祭供女神。因此,现在请你允许我,让我立即带着孩子的身体投火自焚。"就在她执意说着的时候,至勇对她说:"行!你这样做吧!愿你吉祥如意!因为现在对你来说,活下去只会为孩子而悲痛,还有什么乐趣?聪明的女人啊,'为什么我不牺牲自己呢?'这样的不安你不要有!如果有别的办法能成功,为什么我不牺牲自己呢?所以,你等着,我来用这些准备围造女神院子的木头在这里给你垒一个火葬堆。"说完,英雄至勇就用那些木头垒成一个火葬堆,在上面安置两个孩子的尸体,用灯火把它点燃。贤惠的妻子有德在他脚边跪下,叩拜难近母神,然后对她说:"但愿在来世这个丈夫仍然是我的丈夫!但愿我的牺牲使他的主人国王吉祥如意!"说完,那贤妇连水都不用,就投身到火葬堆的大火中间,一股一股的火焰像发辫那样拧在一起。

英雄至勇心想:"对我来说,国王那里的事情已经完成,正如在空中响起的天国话音所说的那样。对于主人来说,我已经偿还了所得的薪俸。现在我独自一个何必还这样贪生?因为像我这样牺牲了心爱的、应受抚养的全家人以后,仅仅养活自己有何光彩?所以,我何不牺牲自己来使那神母高兴呢?"想到这里,他先用赞歌向女神礼拜:"胜利,杀死阿修罗摩希舍的女神啊!劈死檀那婆鲁鲁的女神啊!持三股叉的女神啊!胜利,令众天神欢庆的女神啊!擎持三界的女神啊!最优秀的母亲啊!胜利,双脚受到世界顶礼膜拜的女神啊!庇护求取至福者的女神啊!胜利,披戴阳光的女神啊!驱除深重灾难黑暗的女神啊!胜利,迦梨女神啊!胜利,佩戴头骷髅的女神啊!胜利,佩戴尸骨的女神啊!湿瓦女神啊,向你致敬!把我的脑袋作为祭品,现在请给首陀罗迦王赐恩吧!"向女神这样再一次礼拜之后,至勇突然用剑一挥,把自己的脑袋砍掉。

隐藏在暗处的首陀罗迦王目睹这一切。他慌张、痛苦而惊奇地想:"啊,这壮士和他全家为了我做了这一件难能可贵的事情。这样的事情在别的地方是从未见过和听说过的。为了主人,他不声不响地背着他人献出生命。尽管在这世界上无奇不有,但是哪有这样坚定的人?如果我不以同样的方式回报此恩,那么我还算什么主人呢?我何必还像畜生那样活下去呢?"想到这里,英勇的首陀罗迦王抽刀出鞘,走上前去向那女神祷告:"我是个虔诚的信徒,女神啊!现在我以脑袋作祭品,大慈大悲的女神,请因此而赐予我一个恩典!这位行动与名字一致的婆罗门至勇和全家人为我舍弃了性命。请让他们复活吧!"说到这里,首陀罗迦王刚要用刀砍脑袋,空中传来话音:"不得鲁莽!你的善性令我满意。让婆罗门至勇和儿女妻子都一起复活吧!"说到这里,那声音停止。至勇便和儿子、女儿及妻子一起活生生地站了起来,丝毫未受损伤。国王见到奇迹发生,重新隐藏起来,眼睛里充满喜悦的泪水,不知满足地看着他们。

而至勇好像稍睡即起,看见了儿女妻子和自己,不禁疑惑起来。他一个一个地指着名字问他的妻子和儿女:"你们已经变成灰,怎么又活生生地站了起来? 我也砍了自己的脑袋,而我现在活着。这是为什么? 这是幻觉,还是女神的恩典降临?"妻子和儿女对他说:"我们这些人复活,完全是女神的恩典,无人看见。"于是,至勇认为此话不错,叩拜过女神,便带着儿女妻子回家。他已经完成了任务。

儿女和妻子回到家里,至勇连夜就像以前那样前往国王的王宫大门。这时候,首陀罗迦王在暗中见到上述一切,又重新登上自己住的宫顶。他从宫顶上喊道:"谁在那里把守王宫大门?"于是,至勇说:"是我在把守,陛下! 我刚才奉命向那妇女走去。到了那个地方,她一被我发现就消失,像一个女罗刹那样走了。"听到至勇这番话后,亲眼见到一切情况的国王惊讶不已,心想:"啊,智者的心像大海一样深沉而坚定。他们即使立下了无与伦比的功劳也不讲出来。"想到这里,国王便从宫顶下来,进入后宫,度过那一夜余下的时间。

第二天清晨上朝,国王高兴地当着前来拜见的至勇的面,向众大臣描述了他夜里所经历的事情的全过程。大臣们个个都惊奇得好像要昏过去。国王把腊吒邦和迦尔那吒邦的主权赠送给至勇父子。从此,至勇和首陀罗迦这两位同样强大的国王在这世界上互相帮助,过着安定快乐的生活。

僵尸鬼讲完这个非常精彩的故事,又对三勇军王说:"那么请你说,国王啊,在所有那些人当中谁最勇敢? 对你的诅咒还是以前说过的那样,如果你知道而不说的话。"

听到这话,国王对僵尸鬼说:"在所有那些人当中,首陀罗迦王是最勇敢的。"僵尸鬼说:"国王啊,至勇天下无双,他不是更勇敢吗? 不然,他的妻子,作为一个妇女,在亲眼所见的情况下也同意把儿子当作祭祀用的牲畜,她不是更勇敢吗? 再不然,他的儿子至善,虽然年幼,却具有那样出众的善性,难道他不是更勇敢吗? 因此,你为什么说首陀罗迦王比这些人都更勇敢呢?"僵尸鬼说到这里,国王说道:"不对! 至勇是一个出身高贵的男子,牺牲生命、儿女和妻子来保护主人就是他的誓愿。他妻子也出自名门望族,是一位以丈夫为唯一神明的贤妇。除了沿着丈夫的路走,还有什么是她应尽的义务呢? 至善是他俩所生,与他俩一模一样。可以说,有什么样的线就有什么样的织物。但是,国王们是靠仆人们的性命来保护自己的,首陀罗迦王却要为了那些仆人而舍身。所以,他是其中最勇敢的人。"

听完这番话,僵尸鬼又一次施展神通,突然人不知鬼不觉地从国王的肩上回到原处。而国王非常坚决,又一次沿着原路,连夜出发去坟场,去捉拿那个僵尸鬼。

第十二章

（第五个故事）

三勇军王回到那棵无忧树旁,看见附在尸体上的僵尸鬼还是那样吊在上面,就把它弄下来,向它发了许多怨气,然后从那里出发,迅速赶路。他像以前那样,深夜在焚尸场内一言不发地往回走着。路上,肩上的那个僵尸鬼对他说:"国王啊,你陷入了困境,也非常可爱。因此,我讲一个故事给你散散心。请听!"

在优禅尼国,国王福军有一个宠臣,名叫诃利主,是一个品德优秀的婆罗门食客。作为家居者,诃利主与同种姓的妻子生了一个同样品德优秀的儿子,名叫天主。夫妻俩还生了一个以美貌绝伦而闻名的女儿,名叫月光,名副其实。到了应该出嫁的年龄,以外表出众而自命不凡的姑娘,通过母亲之口对父亲和兄长说:"如果我有必要活下去的话,我应该嫁给一位英雄,或者一位智者,或者一位通法术者,而不应该嫁给任何其他人。"听到这些话,她父亲诃利主非常担心,从此留心为她物色她所说的那种求婚者。

就在这个时候,诃利主被福军王当作使臣派到前来交战的德干王那里求和。完成任务以后,有一个高贵的婆罗门听说他有一个非常漂亮的女儿,便前来向他求亲。"除了通法术者、智者或者英雄,我女儿不要任何人做丈夫。因此,请告诉我,你是其中哪一类人?"听诃利主这样说,婆罗门说:"我精通法术。"既然这样,请显示法术!"通法术者便尽其所能,造出一辆飞车。他让诃利主登上那辆魔车,一转眼便带着他游览了天国等各个世界。通法术者还把诃利主心满意足地送回到德干王的营地。于是,诃利主把女儿许给了这个通法术者,婚礼订在七天后举行。

与此同时,在优禅尼城,也有一个婆罗门前来向诃利主的儿子天主要求娶他的妹妹为妻。"除了智者、通法术者或者英雄,她不要任何人做丈夫。"那个婆罗门听后,就说自己是英雄。那英雄把打击和投射用的两种武器的威力都显示了出来。婆罗门天主就答应把妹妹许给那位英雄。他还听从占星家的指教,背着母亲私自决定,将妹妹与那个人的婚礼也订在七天后举行。

与此同时,还有第三个人也前来私下向他的母亲、诃利主的妻子要求娶她的女儿。"我的女儿看得上的丈夫必须是智者、英雄或者通法术者。"那个人说:"妈妈,我是智者。"考问了过去和未来的事情后,她也答应在七天后把女儿嫁给那智者。

第二天,诃利主回家以后,把嫁女儿的决定如实地告诉了妻子和儿子。他们两人也分别把自己所做的决定告诉了他。他为此非常着急,因为一下子邀请了三个新郎。

举行婚礼的那一天,智者、英雄和通法术者三个新郎都到诃利主的家来了。就在这时候,怪了,新娘月光突然去向不明,到处都找不到。诃利主焦急地对智者说:"智者啊,现在你快说,我女儿到什么地方去了?"智者说:"她被罗刹吐摩希克抢走,带到他自己居住的地方文底耶森林去了。"听智者这样说,诃利主胆怯地说:"哎呀,倒霉!怎样才能找到她呢?哎呀,这婚礼又如何举行呢?"听到这些话,通法术者说:"沉住气!现在我带你们到智者说的她所在的那个地方去。"说罢,他立即造出一辆备有一切武器的飞车,然后让诃利主、智者和英雄上车,一转眼把他们送到了智者所说的文底耶森林里罗刹的住处。罗刹闻讯跑了出来,大发雷霆。英雄奉诃利主之命向他叫阵,独自一人与这个罗刹进行了一场奇特的战斗。他俩为了一个女人而动用种种武器作战,就像罗摩和罗波那一样。尽管罗刹猛打猛冲,但是很快就被英雄用一支月牙箭射掉了脑袋。罗刹被杀死了,他们全体带着从罗刹住所找到的月光姑娘,乘坐通法术者的飞车回去了。

抵达诃利主的家以后,尽管吉时已到,智者、通法术者和英雄三个人大吵起来。智者说:"要不是我的智慧,这姑娘失踪以后怎么会被找到? 她应该嫁给我。"通法术者则说:"要不是我造了飞车,你们俩怎么能像天神那样转眼间就往返一趟? 没有车,又怎能跟有车的罗刹打仗? 因此,这姑娘应该嫁给我,因为这吉时是我争取到的。"英雄也说:"要不是我在战斗中杀掉那个罗刹,那么,无论你们两人怎么使劲儿,谁能把那姑娘领回来呢? 因此,她应该嫁给我。"他们这样吵成一团。诃利主一时没了主意,一言不发。

"那么,国王啊,请你告诉我,那姑娘应该嫁给其中哪一个人? 如果你知道而不说,你的脑袋就会裂开。"听完僵尸鬼的话,三勇军王打破沉默,对它说:"她应该嫁给那英雄,是他不惜以生命作赌注,靠双臂的力量在战斗中杀了罗刹,把她赢回的。而智者和通法术者则是创造主为他创造的工具。占星家和木匠不永远是别人的帮手吗?"

国王说到这里,僵尸鬼立即像以前那样销声匿迹,从国王的肩上溜回自己的地方。国王也不慌不忙地重新向它走去。

第十三章

(第六个故事)

三勇军王又从那棵无忧树上找到僵尸鬼,然后像以前那样扛着它,一言不发地往回走。刚一动身,僵尸鬼就在路上再一次对他说:"国王啊,你聪明而且勇敢。这使我喜欢上了你。因此,我讲一个供你消遣的故事,并且提一个问题。请听!"

从前,世界上有一位国王,名字叫誉幡。他的首都名为富丽城。城里有一座最上等的难近母神庙。庙南有一座湖,名为难近浴场。每逢仲夏之月白半月十四日过节的那一天,总有大群的人从四面八方赶到浴场沐浴。

有一天,一个名叫特婆勒的青年洗衣匠从梵地村来到这里沐浴。在浴场里,他看见洗衣匠许特波德的女儿酒美姑娘已经在沐浴。他被这个比月亮更美丽的姑娘迷住了。打听到她的名字和家庭以后,他回家了,但受着爱情的折磨。离开了她,他在家里坐立不安,不吃不喝。母亲问他。他把自己的心事告诉了母亲。母亲把儿子的烦恼告诉了丈夫无垢。父亲看见儿子如此情形,便说:"儿子啊,你何必为了一个不难实现的愿望而垂头丧气? 因为,只要我去求亲,许特波德就会把女儿嫁给你。既然在门第、钱财和职业方面我们都不比他差,我跟他又互相了解,对我来说,这件事情不难办到。"父亲这样安慰儿子,他吃饭。第二天早晨,无垢带着儿子到许特波德家,为儿子特婆勒向许特波德求亲。后者恭恭敬敬地答应了这门亲事,确定了吉时。第二天早晨,许特波德就把同等出身的女儿酒美嫁给了特婆勒。完婚以后,特婆勒心满意足,带着对他一见钟情的妻子回到自己父亲家里。

特婆勒在家过着幸福美满的日子。有一次,岳父的儿子即酒美的弟弟来了。所有的人都礼节周到地接待他,姐姐以拥抱欢迎他,亲戚们向他问安致意。酒美的弟弟对他们说:"父亲派我来邀请酒美和女婿,因为我们正在过女神供养节。"他的这一番话得到了大家的赞成。亲戚等人以符合他身份的饮食招待了他一天。

第二天早晨,特婆勒与酒美和小舅子一起前往岳父家。他们到了富丽城,并且看见了附近的难近母神大庙。特婆勒虔诚地对妻子和小舅子说:"来吧,我们在这里瞻仰神圣的女神像。"那小舅子劝阻他说:"我们这么多人都空着手,还瞻仰什么神像? "特婆勒说道:"我一个人先去,你们两人就在这里等着。"随即,他前去瞻仰女神。进了女神庙,拜过女神,他默想女神如何用十八条长长的胳臂把凶恶的檀那婆们撕碎,又如何把阿修罗摩希舍投在莲花足下踩碎。终于,在命运的作用下产生觉悟,他想:"人们用各种各样的牺牲供奉这女神,而我为什么不为了获得解脱而以牺牲自己来使她高兴呢?"默想到这里,他从空无一人的庙内,拿了一把以前由某些远道而来的商人献给女神的刀,又用头发把自己的脑袋系在打钟用的绳子上,然后用那把刀来割。那脑袋被割下来后,就落在地上。

因为特婆勒迟迟不归,小舅子不知怎么回事,前去打探,进了女神庙。看见姐夫脑袋已被割掉,他迷惑不解,便以同样的方式用那把刀把自己的脑袋割掉。翘首等待的酒美着急了,也到女神庙去看个究竟。进去以后,一看见丈夫和弟弟的尸体,她惊叫着:"哎呀,我这是作了什么孽?"随即倒在地上。一转眼,她又站起来,一边为那两个突然被杀的亲人而忧伤,一边想:"现在我何必再活下去呢?"她对女神说:"女神啊!幸福、善行及其规则的唯一保护神啊!虽然你只占丈夫湿婆大神的半身,但是整个女人世界的庇护者。救苦救难的女神啊!你为什么瞬息之间夺走了我的丈夫和弟弟?你这样对待我不合适,因为我一向皈依你。所以,作为皈依者,我提一个可怜的要求:我马上就要舍弃这遭灾受难的身体。在我以后的每生每世中,女神啊,让这两个人永远成为我的丈夫和弟弟吧!"

在赞美、祈求并且再一次叩拜女神以后,酒美用藤蔓在一棵无忧树上做了一个套索。她刚把脖子伸出来搁在那套索上,就有一个来自空中的声音在头顶上回响:"不得鲁莽,我的女儿!虽然你还年幼,但是你已经以这样不寻常的勇气使我满意。扔下那套索吧!把你丈夫和你弟弟的脑袋与他们各自的身体接起来吧!让他们两个人由于我的恩典而活着站起来吧!"

听见这一番话,年幼的酒美立即扔下套索,高兴地走上前,着急得没有仔细查看,就在命运的支配下匆匆忙忙地把丈夫的脑袋接到弟弟身上,又把弟弟的脑袋接到丈夫身上。接着,那两个人活着站起来了。肢体虽然未受损伤,身体却因脑袋互易而成为互相的混合体。

于是,他们三人对于互相所说的各自的奇遇都很满意,叩拜过难近母神之后,三人动身前往目的地。走着走着,酒美发现自己把那两个人的脑袋调了个儿,心里十分慌张,茫然不知所措。

"那么,你说,国王啊!在那两个混合人当中,哪一个是她的丈夫?如果你知道而不说,以前说过的那个诅咒就会在你身上见效。"

听完僵尸鬼讲的故事和提的问题,三勇军王这样回答:"在那两个人中,她的丈夫的脑袋在谁身上,谁就是她的丈夫。脑袋是最重要的肢体。认人认脑袋。"国王说到这里,僵尸鬼又突然从他肩上消失。国王照样再次去捉拿它。

第十四章

(第七个故事)

三勇军王又从那棵无忧树上找到僵尸鬼,然后把它抓上肩。僵尸鬼被他抓走以后,在路上跟他说:"国王啊,我给你讲一个故事,为你解乏。请听!"

在这个世界上,靠东海岸有一座城市名为耽摩栗底。那座城以前有个国王,名叫怒军。他回避别人的妻子,不回避战场。他夺取敌人的王权,不夺取别人的财物。

有一次,一个人见人爱的拉吉普特人,从德干国来到国王的王宫门口。他名叫善戒。善戒向国王汇报了自己的情况。他因为没有钱,与另一些拉吉普特人当着国王的面,撕掉一件破衣服,分着遮蔽身体。此后,他成为王宫的一名奴仆,在王宫里住了许多年,天天侍候国王而从未得到过报酬。

"如果我真是出生在王族,为什么会这样穷?既然这样穷,为什么创造主还赋予我这么一个大愿望?因为,尽管我尽心尽力侍候国王,还是饿得精疲力尽。我手下的人吃苦受累,国王却至今不理睬我。"有一次,奴仆默默地这样想着,跟着国王出去打猎。在马匹和步兵的簇拥下,国王前往一座野兽出没的森林。奴仆拿着棍子跑在前头。狩猎时,国王紧追一头发狂的大野猪,很快就跑到了很远的另一座森林里。在道路被树叶和草遮盖住的森林里,国王已精疲力尽,既失掉了猎物,又迷失了方向。只有奴仆一个人不顾性命,忍着饥渴,跑步跟在骑着像风那样快速奔跑的马的国王后面。

国王看见他跟了上来,就亲切地对他说:"你认识刚才走过的路吗?"听到国王发问,奴仆双手合十,回答说:"我认识。不过,请陛下先在这里休息一会儿。因为现在天空新娘的腰带正中的宝石——太阳光芒四射,晒得厉害。"听罢此话,国王对他说:"那么,请你看一看这里什么地方有水。"奴仆说一声"遵命",就爬到一棵大树上,看见一条河以后,就把国王带到那里。他还为国王的马卸下鞍子,让它打滚,给它饮水吃草,消除疲劳。国王沐浴过后,他又解开衣袋,倒出好吃的菴摩罗果,把它们洗净献给国王。国王问道:"这些果子是从哪儿来的?"他双手捧着菴摩罗果,跪着向国王这样报告:"为了求得陛下的恩宠,我以此为食,天天履行非隐居的修道人的誓愿,已经过了十年。"听罢此话,国王说:"毫无疑问,你名叫善戒,的确名副其实。"接着,他既充满同情又感到羞愧地想道:"该死啊,那些不知道奴仆受苦的国王们! 同样该死啊,那些不向他们报告的随从!"想到这里,国王从正在千方百计请求他吃的奴仆手中拿了两个菴摩罗果。吃完,又喝了水,他就在原地休息片刻。奴仆也吃过菴摩罗果,喝过水,在一旁陪着他。然后,国王骑上奴仆备好的马,奴仆则在前面走着指路。尽管国王再三邀请,奴仆却坚决不肯坐到马背上。后来,国王在路上遇到自己的军队,返回自己的都城。

回到都城后,他表彰了奴仆的忠诚,赐给他大量的财物和领地,并且认为这样报答还不够。从此,善戒心满意足。他不再当奴仆,而是留在怒军王的身边。有一次,国王派善戒到僧伽罗岛为自己向僧伽罗王的女儿求婚。善戒决定走海路去。礼拜过自己喜爱的神之后,他与国王指定的那些婆罗门一起上船。

船只航行到一半路程的时候,突然从海里冒出一杆令人吃惊的旗子。它顶端直达云彩,巨大无比,黄金制造,像一面花色旗那样迎风招展,光彩夺目。这时,突然又升起一堆乌云,开始下起暴雨,刮起狂风。风和雨硬逼着把那艘船赶过去紧靠在那旗竿上,好像一个赶大象的人硬把一头大象拉去拴在一根柱子上。很快,那旗子又与那艘船一起开始沉入波涛汹涌的大海。船上的那些婆罗门吓坏了。他们大声疾呼:"我的怒军王,救命呀!"出于对主人的忠诚,英雄善戒听见呼声以后忍不住了。他拿起刀,扎紧上衣,沿着旗杆,奋不顾身地跳进大海,一心想要与大海对抗而未仔细考虑原因。他跳下海之后,那艘船就被风浪抛到远处,散了架子,船上的人也都掉进了海怪的嘴里。

善戒沉到海里后,只看见一座神奇的城,而看不见海。那座城里的房子是金制的,配着宝石制成的柱子,金碧辉煌;花园里的水池有镶着贵重宝石的台阶,绚丽多彩。善戒在城里观看一座难近母神庙。它高如须弥山,以种种宝石为墙,宝旗高悬,光彩夺目。善戒在女神面前向她鞠躬致敬,唱一首颂歌赞美她,然后吃惊地坐下来,心里想:"这会不会是魔术?"就在这时候,一位天女突然打开门,从女神前面的光圈里走出来。她长着蓝莲花似的眼睛,鲜花盛开似的脸庞,纤嫩如睡莲茎须的肢体,带着花一般的笑容,像一个活动的莲花池。她由一千名妇女侍候着走进女神的内庙,同时也走进善戒的心。做完供奉,她从女神的内庙出来,却根本没有从善戒的心里出来。然后,她进了原来那个光圈里,善戒也在她之后进了那光圈。

进去以后,他看见另一座无比神奇的城,好像是一座所有的享受一起来相会的花园。在花园里,善戒看见那姑娘坐在一个宝石躺椅上。他就走上前,在她身边坐下。他像一个画中人那样,眼睛盯着她的脸庞,颤抖而竖起汗毛的身体表明渴望拥抱她。而她看见他已经堕入情网,就向女仆们使了一个眼色。她们懂得暗示,就对他说:"你到了这里就是客人。请接受我们女主人给予的款待吧!请站起来!请沐浴!然后请吃饭!"听到这些话,善戒满怀希望站起来,到她们指给他的一个花园水池去。

他钻进水池里,而一眨眼就从在耽摩粟底的怒军王的花园水池中间钻了出来,慌张不已。看见自己莫名其妙地回到了耽摩粟底,善戒想:"啊,这是怎么回事?这个花园离那个神奇的城是多么遥远啊!在那里观看她的模样如同一阵甘露,顷刻间与她分离跟一堆毒药无异,这两者怎么能同日而语?这也不是做梦。因为这是我在醒着的时候非常真实的经历。我肯定是糊里糊涂受了那些蛇女的欺骗。"心里这样想着,离开了那姑娘,他受着爱情的折磨,像疯子一样在花园里乱跑,大声痛哭。

园丁们看见他这般模样,风扬起来的火红色的花粉沾满了善戒全身,就像布满离别之火一样,园丁们立即去向怒军王报告。国王慌忙亲自前来看望,安慰一番以后,问道:"这是怎么回事?告诉我,朋友!你所去的地方离你所到达的地方是多么遥远啊!你的箭所要射的地方离它所落下的地方是多么遥远啊!"听完这些话,善戒就把自己经历的那些事情全部讲述了一遍。国王想:"瞧!由于我的功德,连这样的英雄也害上了相思病。我得到了一个对他彻底报恩的好机会。"心里这样想着,勇敢的国王对善戒说:"既然那样,你别徒然忧伤!我也走那条路带你去,保你得到那个心爱的阿修罗姑娘。"说完,国王用沐浴之类的办法使善戒平静下来。

第二天,国王把王权托付给议臣们之后,便带善戒一起上船下海,一路上由善戒指引航向。航行到一半路程,看见那旗子和旗杆像以前那样冒出来后,善戒对国王说:"冒出来的就是那个具有神奇力量的大旗杆。等我钻到水下去以后,陛下要顺着旗杆往水下钻。"说完,到了旗杆旁边,善戒就顺着那正在沉没的旗杆纵身入水。随后,国王跟着纵身入水。他们两人钻入水下,立即到达那座神奇的城。国王惊奇地瞻仰了城里的难近母神像,向她鞠躬致敬,然后与善戒一起坐下。

就在此时,那姑娘在女仆们陪同下从那个光圈里走出来了,如同光的化身。善戒说:"这就是那个美女。"国王看见美女,认为善戒对她产生爱慕是理所当然的。而那美女看见一身福相的国王之后,心想:"这一位超群出众、举世无双的男子是谁呢?"女郎又走进难近母神庙去供奉,而国王则若无其事地带着善戒到花园去。一转眼,那阿修罗姑娘做完供奉,祈祷得到一个好丈夫以后,便从女神庙出来。她对一个侍女说:"朋友,请打听一下,刚才我在这里见到的那位贵人现在在哪里。那是一位值得尊敬的大丈夫,所以要这样请求他:'请您垂恩,前来接受款待吧!'"听见主人的吩咐,那侍女在花园里认出国王,就恭恭敬敬地把女主人的吩咐转达给他。勇敢的国王听完这些话,若无其事地对她说:"对我们来说,用这花园款待就足够了,为什么还要其他款待呢?"听见这些话,侍女走了。阿修罗姑娘听了侍女的报告以后,便认定那个男子值得尊敬。

于是,好像是被那国王——他天生连凡人没有资格受到的款待都不稀罕——用坚定绳索往前拉着一样,那阿修罗姑娘进了花园。她以为由于自己侍候难近母女神,女神特意送给她一个男子做丈夫。花园里,各种鸟儿的歌唱,被风吹弯的蔓藤手臂撒下的鲜花,凡此种种显得她似乎是在树儿们的欢迎下,来到国王面前。然后,她鞠躬请求他接受款待。国王指着善戒对她说:"我是为了瞻仰这个人告诉我的难近母神像而到这里来的。我们顺着旗杆到达她

671

的最神奇的庙。见到了她,接着又见到了你,我们还需要什么款待呢?"听完这番话,那姑娘说:"那么,就请来看我的第二座城,随便玩玩吧!它可是三界的奇迹呢!"她这样说完,国王笑了一笑,说:"那个城我也听这个人说过。那个沐浴水池就在那城里。"姑娘接着说:"国王啊,别提这些啦!我可没有骗人的习性。再说,一个受崇拜的人难道会受欺骗吗?既然您已经以出众的善性使我成为您的奴隶,那么您就不应该这样拒绝我的请求。"

听罢这番话,国王说了一声"遵命",便由善戒陪同,跟着姑娘往光圈走去。光圈的门打开了,国王被领了进去,看见姑娘所说的另一座神奇的城。那里,四季永远共存,树木长青,花果不断,整个城用宝石和黄金建造,像须弥山的山峰一样。阿修罗的女儿让国王坐在一个非常贵重的宝石座上,以相宜的方式向他献了敬贵客的水,然后说:"我是伟大的阿修罗王迦罗奈弥的女儿。我的父亲已经被毗湿奴送到天界。父亲留给我的这两座城是工巧神建造的。在这两座城里,万事如意,既无衰老之苦,又无死亡之难。现在你就是我的父亲。我和我的城市都受你支配。"她这样献出了自己和全部财产以后,国王对她说:"如果这样,那么孝顺女儿啊,我就把你嫁给这位英雄善戒。他是我的朋友和亲戚。"她懂得好坏,听完女神恩典化身一般的国王这样说以后,便躬身答应说:"好的。"

然后,善戒娶了她,如愿以偿,并且还接受了阿修罗城的王权。国王对善戒说:"我吃过你的两个菴摩罗果,其中一个我已经偿还,还欠你这第二个未还。"他对躬身听着的善戒这样说完,又对阿修罗的女儿说:"请把我到自己的都城去的路给我指出来吧!"于是,阿修罗的女儿给他一把"无敌刀"和一个可以吃的长生不老果。国王带着这两件东西钻进了她所说的水池之后,就从自己国家的花园水池里钻了出来,渐渐地变得万事如意。善戒则统治着阿修罗女儿的城。

"那么你说,在那两个人当中,谁在下海时更勇敢?"听完僵尸鬼讲的故事和它提的问题,三勇军王对它说:"我认为,在那两个人当中,善戒更勇敢。因为他在下海时既不明真情,又未加考虑。而国王是在知道真情之后有所考虑而下海的。他没有想要阿修罗的女儿,因为他认为想要也要不成。"

听罢国王打破沉默之后说的这番话,僵尸鬼就像以前那样从他肩上到自己栖居的那棵无忧树去了。国王照样快步追赶,又去捉拿它。因为,智者们对于自己已经开始而尚未完成的工作难道会怠慢吗?

第十五章

(第八个故事)

三勇军王到达那棵无忧树,再一次捉住僵尸鬼,扛起它就走。在路上,僵尸鬼又从肩后对他说:"国王啊,为了让你忘记劳累,请听我提这么一个问题。"

在鸯伽国,有一座赠给婆罗门的大村庄,名为婆利刹佉吒。那里有一个富有的婆罗门祭主,名字叫毗湿奴主。他有三个年轻的儿子,都是与他种姓相同的妻子生的。他们的感觉敏锐非凡。

有一次,父亲正在举行祭祀,派三个儿子出去捉一只乌龟回来。三兄弟来到海边,找到一只乌龟。于是,老大对两个弟弟说:"你俩去一个人抓乌龟给父亲祭祀吧! 它又腥气又滑溜,我不能抓。"老大说罢,两个弟弟对他说:"如果你不愿意干这事儿,我俩怎么就愿意干呢? "听了这话,老大说:"你俩去抓吧! 不然父亲的祭祀进行不下去,就是你们造成的。你俩和他肯定会因此而下地狱。"两个弟弟听了大哥的话,笑了起来,对他说:"你只知道我俩的义务,连自己有同样的义务都不知道。"老大说:"难道你俩不知道我挑剔什么吗? 我挑剔吃。我不能接触气味难闻的东西。"听完他这话,老二说:"你要那么说的话,我还更能挑剔呢! 我善于挑剔女人。"老二说完,老大又说:"那么,你俩谁年轻谁就去抓乌龟吧! "老三皱一皱眉头,也对他俩说:"你们两个蠢人呀! 我挑剔床褥。最能挑剔的是我! "

三兄弟这样相互争吵不休,都极为傲慢。为了解决纠纷,他们扔下那只乌龟,前往那个国家的国王那里去。国王名叫胜军,他的都城名为维登格普尔。

卫兵通报之后,三兄弟进去把争执的经过向国王如实诉说一遍。"你们留在这里! 好让我对你们逐步进行考察。"听了国王的命令,三兄弟说一声"好吧",便留了下来。

吃饭时,国王派人把三兄弟领到客人的座位上,给他们送上可供国王吃的六味俱全的美食。大家都忙着在吃,只有那个挑剔吃的婆罗门厌恶地闭着嘴。"婆罗门啊,为什么你连既好吃又好闻的饭也不吃?"听到国王发问,那婆罗门慢条斯理地说:"这米饭里有一股焚尸的烟味,很难闻。因此,这种米饭的味道再好,我也吃不下去。"他这样说完,在场的人都遵照国王的吩咐闻了闻,说:"这是大白米做的饭,没有什么可挑剔,而且还是香喷喷的。"可是那挑剔吃的婆罗门却捂着鼻子,仍然不吃。国王仔细想了想,就派人去调查。结果,他从奉命去调查的人那里得知,确实,那做饭的大米是在紧靠村落焚尸场的田里产的。国王非常惊讶,高兴地对他说:"你可真是个挑剔吃的人。那就请吃别的东西吧!"

吃完以后,国王打发那些婆罗门回住房去,然后派人找来一个最好的伴睡妓女。夜里,他把那全身都美又打扮漂亮的女人,赐给挑剔女人的那个婆罗门。那妓女好像白半月的午夜,脸庞为满月,令人欲火旺盛,在国王的仆人陪伴下,前往他的住房。女人一进门,似光彩照亮房间,可挑剔女人的那个婆罗门立刻昏昏沉沉,用左手堵着鼻孔,对国王的仆人说:"请把她带走! 不然我就没命了。因为这女人身上散发出一股山羊的气味。"听他这样说,国王的仆人就把那个受了惊吓的妓女带到国王面前,把事件的经过禀告国王。国王当即派人去把挑剔女人的那个人带来,对他说:"这妓女身上抹有上等的檀香水、樟脑香水和黑沉香香水,四面八方都散发着她身上好闻的香气,她怎么会有山羊的气味?"不管国王怎样说,挑剔女人的那个人仍然不予理睬。国王变得犹豫不决。他巧妙地提着问题,终于从她本人嘴里了解到:由于离开了母亲和奶妈,她小时候是喝山羊的奶长大的。国王极为惊奇。他一面称赞挑剔女人的那个人的感觉敏锐,一面立即按照那挑剔床褥的第三个婆罗门的爱好,让人为他提供一张床,床板上面铺了七层褥子。

在一个豪华的房间里,挑剔床褥的那个人躺在床上睡着了。床单和床罩全都雪白细软。可是夜晚刚过半个时辰,他就从那张床上起来了,手按着肋部,疼得直叫。在场的国王的侍从们在他的肋部发现一道弯曲的红印,好像是紧贴身体的一根头发留下的痕迹。他们向国王报告这件事情。国王就对他们说:"褥子底下会不会什么也没有? 去查一下!"他们便去检查每一层褥子,从七层褥子底下的床板上发现一根头发。于是,他们带国王去察看。国王看见被带来的挑剔床褥的人身上也有同那头发丝一样的一道痕迹,吃了一惊。"一根头发是怎样穿过七层褥子硌到这个人身体的呢?"国王这样惊奇地度过了那一夜。

第二天早晨,鉴于"这些人具有奇特的敏锐感觉",他给了这三个挑剔的人三十万金币。从此,他们就舒舒服服地留在那里,忘记了乌龟,犯了父亲的祭祀受阻的果报所带来的罪过。

讲完这奇特的故事,僵尸鬼在三勇军王肩上又向他提出一个问题:"国王啊,你好好想一想原先说过的那个诅咒,然后告诉我,在爱挑剔食物、女人和床褥的那些人当中,最能挑剔的是谁?"聪明的国王听完这番话,就回答僵尸鬼说:"我认为,这些人当中挑剔床褥的人没有欺骗性,最能挑剔的是他。因为他身上出现的头发印痕是实实在在看得见的,而另外两个人则有可能事先就从其他人那里知道了情况。"

国王说到这里,僵尸鬼就像之前那样从他的肩上消失了。国王毫不灰心,还照样去追赶它。

第十六章

(第九个故事)

三勇军王又到那棵无忧树上把僵尸鬼捉下来,扛上肩。从那儿出发后,僵尸鬼对他说:"国王啊,你身为一国之君,怎么能深更半夜在这坟场里来来往往? 难道你没有看见,这坟场在夜里阴森可怕,到处是鬼怪,笼罩着焚尸木柴的烟一般的黑暗? 哎呀,为了讨好那个修道人,你这样也太固执了! 好吧,现在请听我提一个问题,解解赶路的沉闷。"

在阿槃底国，有一座众天神建于混沌初开时的城市。它没有约束，以享受和繁华著称，就像那无拘无束、以蛇和白灰为饰物的大神湿婆的身体一样。在圆满时代等三个时代，它先后被称为"有莲""有乐"及"有金"；到了争斗时代，则被称为"优禅尼"。优禅尼城有一位国王，名叫雄天。他是众国王中的佼佼者。他有位王后，名叫爱莲。

国王与王后一起前往曼达吉尼河岸边，修苦行抚慰大神湿婆，以求得一子。国王在河岸边修了很久的苦行，完成了沐浴和敬神的仪式以后，听见已经对他十分满意的湿婆大神从空中传来话音："国王啊，你们会得到一个儿子，他出自望族，是一名英雄；还会有一个女儿，她的美丽无与伦比，胜过天女。"听到这来自天上的话，国王雄天如愿以偿，在王后陪同下返回自己的城市。

后来，国王先得一个儿子，名叫勇天。之后，王后爱莲又生了一个女儿。想到"她的模样甚至可以使爱神产生爱情"这句话，父亲给她取名爱神爱。爱神爱长大成人以后，父亲想给她找一个与她匹配的丈夫，派人找来了天下所有国王的画像，而其中竟无一人看上去可以配得上她。因此，国王慈爱地对女儿说："女儿啊，我到现在也找不到一个配得上你的女婿。所以，你把所有的国王召集在一起，自己选婿吧！"听父亲这样说，公主说："父亲，因为怕羞，我不能自己选婿。不过你要把我嫁给一个身怀绝技的英俊青年。"

听到自己的女儿爱神爱这样说，国王便寻找这样一个女婿。就在这时，南方有四个合适的男子从世人那里知道了这件事情，来到国王那里。他们既勇敢，又有技艺。这些求婚者受到国王的礼遇，当着公主的面，一个一个地向国王说了自己的技艺。

一个说："我是一个首陀罗，名叫五衣匠。我一个人每天做五套上等的衣服。我把其中的一套献给天神；一套献给婆罗门；一套留着自己穿；一套留给未来的妻子；还有一套，我把它卖了以后安排吃的喝的等。我有这样的技艺。请把爱神爱嫁给我吧！"第一个人说完，第二个男子说："我是一个吠舍，名字叫知语。我听得懂一切走兽和飞禽的鸣叫。所以，请把这公主嫁给我吧！"第二个这样说过，第三个接着说："我叫持剑，是个刹帝利，有一副强壮有力的胳膊。国王啊,在剑术方面,天下没有一个人是我的对手。所以,国王啊,请你把这姑娘嫁给我吧!"第三个这样说过,第四个就说:"我是一个婆罗门,名字叫命授。我有这样的本领:死了的东西到了我的手里,我能够立即使它们复活见人。因此,我的英雄事迹广为人知。请这位姑娘选我为婿吧!"

他们这样说过之后,国王雄天和他的女儿发现他们都穿着天神的服装,具备天神的模样,便像上了秋千一样,心儿摇摆不定。

僵尸鬼讲完这个故事,先用前面说过的诅咒威胁三勇军王,然后问他:"现在请阁下告诉我,国王啊,那姑娘爱神爱应该嫁给四个人中的哪一个?"

听罢此话,国王对僵尸鬼说:"阁下让我放弃沉默,多半是为了浪费时间。不然的话,魔术师啊,这算什么难题,还用你问? 因为一个刹帝利女子怎么可以嫁给一个首陀罗织匠? 同样,一个刹帝利女子又怎么可以嫁给一个吠舍? 他那懂得飞禽走兽说话的技艺有什么用处? 还有第三个是婆罗门,他不务正业,当个巫师,自以为英雄,丧失了种姓,何足挂齿? 第四个是刹帝利持剑,他与她种姓相同,以本种姓的学问和勇敢而闻名。因此,她应该嫁给他。"

听完这一番话,僵尸鬼就像以前那样,通过魔法的力量,立即从国王的肩上逃到自己的老地方去了。国王依旧再一次追回去捉拿它,因为英雄的心充满意志的力量,坚韧无比,绝不泄气。

第十七章

(第十个故事)

三勇军王又去把僵尸鬼从那棵无忧树上捉下来,扛上肩,然后出发。路上,他肩上的僵尸鬼对他说:"你累了,国王啊! 所以,听一个解乏的故事吧!"

从前,有一个最优秀的国王,名叫勇臂。他把所有其他的国王都置于自己的统治之下。他有一座最宏伟的城市,名为无形城。城里有一名富商,名叫利

677

授。富商有两个孩子：大的是儿子，名叫财授；小的是女儿，名叫爱军，是一个十分可爱的姑娘。

有一次，爱军和女友们一起在自己的花园里玩耍，她哥哥的朋友法授，也是商人的儿子，看见了她。她恰似有一头幼象在其中玩耍出没的水池，她的美丽像水那样流出来形成瀑布，乳房像半露在水面上的水罐，三条曲线像波浪起伏。看见她以后，法授立刻被爱神的箭火夺走了魂。"啊，这姑娘光彩照人，长得美极了！她是爱神为了穿透我的心而造出来的一支利箭。"他这样默默地想着，长久地盯着她看，像一只轮鸟那样度过了白天。这边，爱军进了自己的内宅，那边，因看不见她而产生的忧伤进入了法授的心。太阳红彤彤的，好像受了看不见她所产生的痛苦之火烧烤而燃烧着，迅速地钻进了西海。而比她的莲花脸逊色的月亮，好像知道这美貌的姑娘已经进入房内，便趁夜间慢慢地钻了出来。

法授回到家里，心里还想着她。他一头倒在床上，受着一道道月光的抽打，不停地来回翻着身子。他当了爱神的俘虏，变得失魂落魄，无论亲戚和朋友怎么问他，他都一言不发。夜里，好不容易睡着以后，他还在梦里如饥似渴地看着他心爱的人，向她献着殷勤，白白忙活了一阵。

第二天早晨，法授醒来，又去了花园。他从暗处看见她独自在花园里等待女友。于是，他走上前去，拜倒在她的脚边，用温柔的情话来哄她，恨不得马上把她搂在怀里。她斩钉截铁地对他说："我是一个姑娘而且有了人家，现在已经不可能成为你的人。因为父亲已经把我许给商人海授。我的婚礼过几天就要举行。因此，你悄悄地走吧，别让人家看见，惹出祸来。"听到这一番话，法授对她说："我什么都不在乎！因为没有你，我就活不下去！"商人的女儿听到这话，怕他强迫自己，就对他说："先让我在这里举行婚礼，让我父亲了却嫁女儿的宿愿吧！事后，我得到了信任，一定会到你身边来。"听罢此话，他说："我不要有过别人的女子做我的情人。一只蜜蜂会喜欢一朵被别的蜜蜂享受过的莲花吗？"听了他的话，她说："婚礼结束，我就先到你身边来，然后再到我丈夫那儿去。"她这样说着，商人的儿子不相信，还是不放她走。爱军只好赌咒发誓，作了保证。法授这才放了她。爱军则无精打采地进了自己的住宅。

　　到了吉日,举行过吉祥的婚礼之后,她到夫家,在喜庆中度过了白天,晚上随丈夫进入洞房。在洞房里,尽管已经上床,她仍转过脸去,不让丈夫海授拥抱她。海授哄她的时候,她反而哭了起来。因此,海授心里想:"这女子肯定不爱我。"他说:"如果你不爱我,美人啊!那么我就不要你。你爱谁,就到谁那儿去吧!"听罢此话,她低下头,吞吞吐吐地对他说:"我爱你,胜于爱自己的生命。但是,请你听我说一个请求。你要高高兴兴地实行,还要让我敢说。夫君啊,请你起誓!然后我就向你诉说。"

　　说到这里,海授好不容易照她的请求起了誓,她又羞羞答答、无精打采、提心吊胆地说:"有一个青年人,是我哥哥的朋友,名叫法授,为我害上了相思病。有一次,他看见我独自在我家的花园里,便截住了我。当他快要使用强暴手段的时候,我为了父亲嫁女儿能有个好结果而不受谴责,便向他许下这样一个诺言:'婚礼结束以后,我先到你身边来,然后再到丈夫身边去。'因此,我应该信守诺言。夫君啊,请准许我那样做吧!我只要到他那儿去一下,立刻就回到你身边来。我自幼就信守诺言,现在不能失信。"海授已经许下诺言,无法反悔,但听完她这一番话,犹如突然遭到雷打。他略微想了一下:"啊,真该死!这女人另有所爱。她一定会走的。我何必毁她的信誉?让她走吧!跟这个女人有什么情义可言?"想到这里,他就同意她到她想去的地方。爱军站起身来,离开了丈夫的住宅。

　　这时候,月亮爬上了东山王的宫顶,捉住了笑眯眯的东方天女。后来,尽管连黑暗也还在搂着它心爱的生长在山洞里的茎草,连蜜蜂也在另一片红莲花中出没着,但是仍然有那么一个贼看见了爱军孤身一人在赶夜路。他冲上前来抓住她的衣边:"你说!你是什么人?你上哪儿去?"被他这样一问,爱军畏惧地说:"这与你有什么关系?放开我!我在这里有事情。"那个贼说:"我是个贼。我怎么能放你?"听罢此话,她就对他说:"把我的饰物拿走吧!"那贼说:"美人啊!这些宝石对我有什么用?你脸如圆月,发似蓝宝石,腰像金刚钻,四肢像黄金,还有红宝石般的双脚令人着迷。我决不会放走你——这世界的饰物。"听到贼这样说,商人的女儿无可奈何地把事情经过告诉了他,然后这样恳求他:"请你就在这里为我忍耐片刻,以便我履行诺言之后马上回到你身边。好人啊,这是真话。我不会失信。"

听完这番话,那贼认为她是一个说话算数的人,便松手放了她。他留在原地不动等着她回来。她呢,就到商人法授那里去了。法授看见她悄悄来到,向她询问了情况。虽然他爱她,但是他略想片刻之后对她说:"你信守诺言,已经使我满足。现在你是别人的妻子,与我还有什么关系? 趁没有人看见你,你是怎样来的,就怎样回去吧!"爱军说了一声"好吧!"便离开那儿,回到正在路上等着她的那个贼面前。他问她:"告诉我,你到那里去以后遇到了什么事情?"她便如实地告诉他,那个商人是如何把她放走的。于是,那个贼对她说:"要是这样的话,那么你言而有信,这也使我满足了,我也放你走。你带着饰物回家去吧!"

就这样,他也放了她,并且还走在后面护送她回到丈夫的家。她保全了自己的美德,非常高兴。这善良的女子偷偷地进了丈夫家,欢欢喜喜地走到丈夫面前。丈夫见到她,向她询问。爱军把一切都告诉了他。那海授呢,他看出善良的妻子脸上气色毫不黯然,也没有丝毫曾经做爱的特征,看出她高兴地履行了诺言而又保全了美德,便承认命运的安排,不失门风地向她表示欢迎,并且从此跟她在一起过着美满的生活。

僵尸鬼在坟场里向三勇军王讲完这个故事后,又对他说:"请告诉我,国王啊,在那个贼和那两个商人当中,谁是真正的施舍者? 如果你知道而不说,你的脑袋就会碎成一百块。"

听完这一番话,国王放弃沉默,对僵尸鬼说:"在那些人当中,真正的施舍者是那个贼,而不是那两个商人。那个做丈夫的商人甚至在娶了她之后,还把她那样一个不该舍弃的女子舍弃。他不过是由于门第高贵,一旦知情就无法容忍妻子另有所爱。另一个商人呢,他一时的冲动已经过去,舍弃她,无非是因为担心她丈夫第二天早上知情以后会去向国王告发。但是,那个贼本是个在暗中活动的无所顾忌的作恶者,他却舍弃了已经到手的美女和她的饰物。因此,他才是真正的施舍者。"

僵尸鬼听完这一番话,就像以前那样从国王的肩上到它自己的地方去了。国王非常坚定,毫不气馁,又到那儿去捉拿它。

第十八章

（第十一个故事）

三勇军王又从那棵无忧树上把僵尸鬼捉下来,扛上肩,然后动身上路。国王走着走着,他肩上的僵尸鬼就对他说:"国王啊,我给你讲一个解闷的故事。请听!"

从前,在优禅尼城有一个国王,名字叫法幡。他有三个极其心爱的妻子,都是公主出身。其中,一个名叫月字,一个名叫星群,还有一个名叫有月,个个品貌不俗。国王打败了所有的敌人,心满意足。他与三个妻子在一起消遣嬉戏,生活安乐。

有一次,在当地欢庆春季的节日,他带着三个妻子到花园去玩耍。在花园里,他看到蔓藤被花儿压弯,像是爱神被春天上了弦的弓,弓弦就是成行的蜜蜂。他还听到停在花园树顶上的杜鹃在鸣叫,那声音恰似以欢合为乐的爱神的命令。国王像天帝因陀罗,在王后们陪伴下畅饮美酒,饮酒生醉意,醉意生情欲。他还喝着爱妻们喝剩的蜜酒,那蜜酒带有她们呼吸的香气,被她们频婆果似的嘴唇染得红红的。

月字抓住国王的头发开玩笑,结果从她的耳朵上掉下一朵蓝莲花,蹦跳着落到了她的怀里,立刻把她的大腿砸伤。高贵的王后喊了两声"哎哟",当时就昏了过去。见此情景,国王和侍从们悲伤得发狂。他们用凉水和凉风使王后渐渐苏醒。然后,国王把月字王后带回宫去,包扎好伤口,用医生配制的灵丹妙药给她治伤。

晚上,国王看见她好起来了,便与第二个王后星群一起上了宫顶的卧室。王后躺在国王的身边睡着以后,月亮的光线穿过格子窗户直落到她露在衣服外边的身体上。她立即醒了过来,喊着"哎哟,烫着我了",一骨碌从床上爬起来,抚摸着她的身体。国王醒过来焦急地问道:"怎么回事?"他起来,看见王后身上起了水疱。王后对他说:"这是月亮的光线落在我露出来的身体上烫出来的。"说完,她就哭起来了。国王十分痛苦。他一声召唤,王后的侍女慌慌张张地跑来。国王让侍女把莲花撕成碎片再洒上水,给王后铺床,并且在她身上涂抹檀香药膏。

这时候,国王的第三个妻子有月闻讯,走出自己的宫室,想到他身边去。出门以后,在宁静的夜里,她清楚地听到远处一户人家舂米时发出的杵声。那鹿眼美人闻声大叫"哎哟,我没命了",甩着两只手,痛得在路上坐了下来。过了一会儿,那年轻女子转过身来,哭哭啼啼地由侍从们领着回到了自己的内宫,倒在床上。侍从们含着眼泪,找来找去,终于发现她的两只手被杵得伤痕累累,好像两朵叮满蜜蜂的莲花一样。她们马上去向国王报告。法幡王惊慌地前来,问那王后:"这是怎么回事?"王后伸出带着伤痛的双手给他看,然后说:"我一听见那杵声,这两只手就被杵伤了。"国王既惊奇又难过,让人给王后的两只手抹上消炎的檀香药膏。

"一个居然被落下来的莲花砸伤;第二个甚至被月光烫伤身体;而第三个,我的天哪,只不过听到杵声,两只手就被杵得这样伤痕累累。哎哟,由于命运的安排,我这些王后们娇嫩的优点,现在也变成了缺点。"国王一边想着,一边在各内宫之间来回转着,像熬过一百个时辰那样,熬过了那三个时辰的夜晚。天亮以后,他与内科医生和外科医生们一起诊断下药,处置外伤,很快使王后们恢复了健康,自己也松了一口气。

讲完这个非常奇妙的故事,僵尸鬼就在三勇军王的肩上问道:"国王啊,请告诉我,在那些王后当中,谁最娇嫩?如果你知道而不说,那么以前的那个诅咒就会见效。"

听到这番话以后,国王说:"其中最娇嫩的是那个没有接触杵就被杵的声音杵伤的王后。而另外那两个王后同她不一样,她俩的伤口或者水疱是在接触莲花或者月光的情况下才产生的。"

国王讲到这里,僵尸鬼又从他肩上跑到自己的地方去了。决心非常坚定的国王则照样去追赶它。

第十九章

（第十二个故事）

三勇军王又到那棵无忧树下,找到僵尸鬼,把它扛上肩,然后像从前那样,一言不发地把它扛走。于是,僵尸鬼又在他肩上说:"国王啊,你这样不屈不挠,我很喜欢你。所以,我给你讲这个有趣的故事来消遣。请听!"

从前,在莺伽国有一个国王,名叫誉幡,犹如另一个还没有被烧毁的爱神,为了保护莺伽国而降生大地。他凭借双臂的力量征服了所有的敌人。他有一个大臣名叫远见,犹如天帝因陀罗的大臣毗诃波提。国王自恃年轻英俊,天下太平,就逐渐把国家托付给了那个大臣,自己耽于安乐,天天呆在后宫,不去上朝。他只听得进后妃们房内的动人歌声,而听不进好心好意的人的劝谏。他无所用心,迷上了后妃们的格子窗户,而不再看一眼国务,尽管国务也有许多漏洞。而大臣远见则肩负着为国家操心的重任,不分昼夜,不知疲倦。

"现在,国王只满足于一个头衔。远见让他沉溺于恶习之中,自己在宫中享用王权。"后来,这样的流言渐渐传开。远见对妻子聪慧说:"亲爱的,国王只图享乐,而我挑着他的担子。现在,老百姓已经骂我把国家吞了。在这个世界上,人言可畏,即使是造谣也会给大人物带来危害。罗摩不也是听信了流言而把妻子抛弃的吗?我该怎样对付这件事呢?"远见的妻子是果断的人,无愧于她的名字"聪慧"。听大臣这样讲完,她就对他说:"聪明人啊,你最好想个办法,借口去朝拜圣地,向国王请假,到外国去呆一段时间。这样一来,你就是毫无野心的人了,有关你的流言蜚语就会消失。你不在的时候,国王会亲自挑起治理国家的重担。他的恶习也会渐渐改掉。当你回到这里以后,就会成为一个无可挑剔的大臣。"

听罢妻子这番话,远见说一声"好,就这么办"之后就走了。他利用谈话的机会,对国王誉幡说:"国王啊,请批准我的假。我要出几天门,去朝拜圣地。

因为那是我所渴望得到的功德。"听到这些话,国王说:"不行!不去朝拜圣地,在自己家里做布施等功德,难道就升不了天国吗?"大臣说:"布施所得到的是财利方面的清净,而朝拜圣地却是永远的清净。国王啊,聪明人应该趁着年轻的时候就到那些地方去。因为在其他时候,身体是靠不住的,要走到那些地方谈何容易?"他这样说着,国王还在劝阻的时候,有一个卫兵进来向国王报告:"国王啊,太阳钻进了天空湖的中心,请起驾吧!现在正是您沐浴的时间,它很快就会过去。"听到这些话,国王立即站起身来要去沐浴。想去朝圣的大臣向他鞠躬行礼之后就回家了。

远见不准妻子和他一起去朝圣。把她留下以后,他就巧妙地从家里出发,连家里的仆人都没有发现他的行踪。远见意志坚定,独自漫游了一个又一个国家,朝拜了一个又一个圣地,最后来到布翁达罗国境内。在当地一座沿海的城市里,他走进一座湿婆大神庙,在院子里坐了下来。有一个前来敬神的商人,名叫库授,看见他被太阳晒得精疲力尽,因长途跋涉而尘土满身。好客的商人看到他佩戴婆罗门圣线,具备种种吉相,知道他是一个优秀的婆罗门,就把他带到家中。到家后,商人请远见沐浴和吃饭,以贵客的礼节相待。等到远见疲劳消除,商人就问他:"你是什么人?从哪里来?到哪里去?"为了保持尊严,他只对商人说:"我是一个婆罗门,名叫远见。我从鸯伽国到这里来朝拜圣地。"大商人库授对他说:"我就要到黄金岛去做买卖。你朝拜圣地已经很累了。因此,在我回来以前,你就住在我这里吧!等到你不觉得劳累了再走。"听完这些话,远见说:"既然如此,我何必留在这里?我愿意跟你一起去,商主啊!"那善人答应道:"好吧!"于是,大臣就在他家里度过了那个夜晚。这是他很久以来第一次在床上睡觉。

第二天,远见跟商人一起到海边,登上一艘船,船上装满了商人的货物。他乘着那艘船航行,观赏着景致奇特的大海,终于到达黄金岛。这样一个身为首席大臣的人怎么能乘船渡海呢?哎,善人们在害怕名声被毁的情况下,有什么事情不会做呢?他跟随商人库授在那个岛上做买卖,住了一段时间。后来,他跟商人一起坐船从黄金岛回来,路途中突然看见一个海浪过去,随即从海中冒出一棵如意树。那光辉灿烂的黄金大树枝上长着漂亮的珊瑚小树枝,小树

枝上又有可爱的宝石制成的花和果。他看见树干上面有一个少女,靠在一张
由珠宝做成的躺椅上,俊俏的模样惹人喜爱。"啊,这是怎么回事?"这念头在
他脑子里刚一闪过,那少女就弹着七弦琴,唱了起来:

> 谁在前世播下了什么种子,
> 谁在今生就受用它的果子;
> 因为在前世做过的事情,
> 连命运也不能加以改变。

　　唱完,天女就随着那棵如意树和她的躺椅一起沉入大海。"今天我在这里
看见的这个奇迹是从未有过的。一棵有天女在上面唱歌的树怎么可能在大海
里一出现就消失了呢? 也可能,这可敬的大海永远是一个出现奇迹的地方。
吉祥女神、月亮和天国里的珊瑚树,凡此种种不都是从这大海里出来的吗? "
远见陷入沉思。舵手等人看见他受了惊,就对他说:"那美妞总是在这里出现
一下就沉没。不过对你来说,这情景还是新的。"

　　虽然他们如此说了,大臣还是觉得奇怪。终于,他跟库授一起乘船到达海
岸。商人库授把货物卸下。仆人们兴高采烈。大臣远见愉快地跟着商人回
家。住了不久,他对库授说:"商主啊! 我在您家里舒舒服服地休息了很久。
现在我要回自己的国家去了。但愿您吉祥如意! "说完,尽管商主不愿意,远
见还是向他告别,然后从那里出发,只有他的善性陪伴着他。经过长途跋涉,
他终于回到祖国鸯伽境内。

　　奉誉幡王命令查找他的那些密探发现他已经回到城外。国王因为他的离
别非常痛苦,听了那些密探的报告,就亲自出城前去迎接。由于长途跋涉,远
见已经变成泥土般的灰色。国王走到他面前,以拥抱向他表示欢迎,然后把他
带进王宫。国王对自己的大臣说:"哎,你为什么执意要离开我,甚至把这身体
也弄得又瘦又脏呢? 或许是命中注定你突然想到各地去朝圣,可是这又有谁
知道呢? 那么你就说一说吧! 你游历过哪些国家? 看见过什么新鲜事儿? "

　　于是,远见就讲了他一路所经过的国家,依次一直讲到黄金岛为止。他把

那个天女如何在海上出现、如何在如意树上唱歌、如何堪称三界之宝等等,都原原本本地告诉了国王。国王听到以后,立刻如痴如醉地爱上海中的天女,认为自己的国家和生命缺少了她就毫无意义。于是,他把大臣领到一边,悄悄地说:"我一定要见到那个姑娘。不然,我就活不下去了。我先去朝拜命运之神,然后就沿着你说的路线走。你既不要阻止我,也不要跟着我。因为我要一个人秘密地走,我的王国则要由你来照管。千万别不依我的话做!我用我的生命向你起誓。"国王说完这一番话,拒绝听大臣的答复,借口他的眷属盼望已久,就把他打发回家了。家里,尽管充满欢天喜地的气氛,但是远见却无精打采。主子恶习难改,真正的臣子们怎能高兴起来?

第二天晚上,誉幡王已经把治理国家的任务交给了大臣远见。他装扮成苦行者,离开了祖国。在路上,他走着走着,看见一个修道人,名叫吉脐。苦行者打扮的国王鞠躬行礼之后,修道人告诉他:"你跟商人福授坐船去,就会得到你想要的那个姑娘。放心地往前走吧!"修道人这样一说,他非常高兴,行过礼就继续赶路。他一路上跋山涉水,经过许多国家,终于到达大海边。大海好像因为招待客人心切,睁开漩涡眼睛注视着他。那漩涡眼睛以波浪为眉,眼白中间有海螺作漂亮的眼珠。经过打听,他遇见了修道人所说的那个正要到黄金岛去的商人福授。看见苦行者带有轮相的脚印等,那商人五体投地,行了大礼。国王跟他一起上船,开始航海。当船行至大海中央的时候,那姑娘就坐在如意树的树干上,从那里的水中升起。就在国王像饮光鸟凝视月亮那样注视着姑娘时,她弹着七弦琴,动听地唱着:

> 谁在前世播下了什么种子
> 谁在今生就受用它的果子;
> 因为在前世做过的事情
> 连命运也不能加以改变。
>
> 因此,谁由于命运在什么地方,
> 在什么情况下,遇到什么事情,

那个人就注定会在同一个地方，

在同样情况下，得到事情结果。

　　她这样唱着，暗示将要发生的事情，国王堕入了情网。他心里想着她，纹丝不动地愣了一下。"宝藏啊，向你致敬！你的心真是深不可测，因为你把她藏起来而用吉祥女神欺骗了诃利大神。你的边际连天神也不能达到。你是带翅膀的众山的庇护所。我皈依你，请允许我如愿以偿。"就在国王躬身弯腰这样赞美大海的时候，姑娘随着那棵树沉入了大海。见此情景，国王当即纵身入海，紧跟在她后面，好像是为了使欲火的炎热消退。

　　商人福授是个善人，看见这料想不到的情景之后，以为国王已经死去，痛苦得想要舍身自尽。"不得鲁莽！此人沉入大海以后不会有危险。他是一个打扮成苦行者的国王，名字叫誉幡，是为了那姑娘而来的。那姑娘是他前世的妻子。他再一次娶了她以后，就会回到鸯伽国去。"恰在此时，天空中传来话音，使商主松了一口气。然后，他就轻松愉快地去实现自己的愿望。

　　而国王誉幡呢，他沉入大海以后，突然看见一座神奇的城市，令他大吃一惊。城里的宫殿闪闪发光，有光辉灿烂的宝石柱子、辉煌夺目的黄金墙壁、珍珠做成的格子窗户。城里的花园都非常漂亮，它们的水池台阶由诸种宝石铺成，还有许多如意树，令人心想事成。那座城虽然富丽堂皇却无人居住，国王在那里走进一家又一家，哪家都没有他心爱的人。这时候，他找着找着，看见一座高高耸起的宝石宫殿，于是他登上去，打开门走了进去。进去以后，他看见里面有一个人正躺在一张用上等宝石做的睡榻上，从头到脚都被蒙着。他心里想："这个人会不会就是她呢？"他迫不及待地揭开那人的面纱，立即认出这正是自己要找的那个姑娘。由于去掉了黑面纱，她的笑脸非常漂亮，正如除掉黑暗之后的月亮。她像一个明月当空的夜，在白天来到了蛇宫。见到她，国王惊喜万分，就像在夏季的沙漠里赶路的人遇见了河流一样。她呢，睁开眼睛以后，看见他仪表堂堂，一副福相，突然到来，便急忙从睡榻上起来。她盛情招待了他，然后低下头，一边好像给他上供似的，把睁大的眼睛当作盛开的莲花，投向他的双脚，一边慢慢地对他说："你是谁？你为什么钻到一个不可接近的下界来？你身体上具有国王的标记，为什么修苦行？这些问题，如果你宠爱我，那就请予指教！"

听到她这样一番话，国王对她说："我是莺伽国的国王，名叫誉幡。美人啊，我刚从一位心腹大臣那里听说，在这里的海面上每天都能见到你。所以，为了你，我扮成这副模样，放弃了王位，到这里来，跟在你后面，钻进了大海。那么，请告诉我，你是谁呢？"

听他这样说，她羞羞答答，含情脉脉，而又欢欢喜喜地说："当今有一位吉祥的持明王，名叫月军。要知道，我便是他的女儿，名叫有月。我不知道出于什么理由，我父亲把我一个人留在他自己的这个城里，而带着臣民们到另一个什么地方去了。我觉得孤零零一个人住在这里太寂寞了，便爬上一棵自动的如意树，钻出海面，唱歌赞美命运。"她这样说完，国王没有忘记那修道人的话，他用情意绵绵的言词深深地打动了她的心，以至于她堕入情网，不能自已，立即答应做那英雄的妻子，但是又提出一个条件："白半月和黑半月的第八天和第十四天，每个月有那四天，我不受你管。郎君啊，在那些日子，我无论到什么地方去，你既不可问，也不可阻止。因为其中有个缘故。"听天女讲完上述条件，国王答应了她，就以健达缚的方式娶了她。于是，国王和有月在那里共享欢合之乐，在有月身上换了一套爱情制造的饰物：失落了花冠的秀发中间，有一排抓头发的手指甲印；被吸干而且失去颜色的下嘴唇上，有被牙齿咬出来的伤痕；在双乳间，红宝石项链被掐断后，有一排手指甲印；在油膏已经消失的肢体上，有紧紧拥抱造成的颜色。

有一次，就在国王一心享受着这种天国里的合欢之乐的时候，妻子有月对他说："你就在这里等着！我现在要到某一个地方去办事情。因为今天已到黑半月的第十四天。你在这里，千万别到那座水晶宫去，免得你掉进那里的水池，回到人间去。"有月向他告别后，就出了那座城。国王呢，他想知道个究竟，便拿了刀偷偷地跟在她后面。

在城外，国王看见一个罗刹正迎面走来。他黑如地狱，张着山洞般的大嘴，像是地狱的化身。这时候，罗刹发出一阵可怕的吼声，扑到有月身上，把她扔进嘴里，一口就吞了下去。见此情景，那王中之狮在盛怒之下好像着了火一样,立刻从鞘内拔出犹如蜕了皮的黑蛇似的大刀,冲上去一刀砍掉了正在扑过来的罗刹的紧闭着嘴的脑袋。从罗刹掉了脑袋的躯体中喷出来的血水浇灭了国王由愤怒产生的火,却浇不灭他由于失去爱妻而产生的火。就在国王昏昏沉沉,茫然不知所措的时候,有月突然劈开了乌云一般黑的罗刹的身体,活着走了出来,未受丝毫损伤,恰如一轮明月的化身,照亮了四面八方。看见心爱的人儿这样脱了险,国王一边喊着"来呀,来呀",一边急急忙忙跑上前去拥抱她,说道:"亲爱的,刚才是怎么回事? 那是一场梦,还是一种幻象?"

听国王这样问,持明女恢复了记忆,说道:"请听我说,郎君啊,那既不是一场梦,也不是什么幻象,而是我自己的父亲持明王对我发出的一个诅咒。因为,我的父亲从前在这里的时候,尽管有许多儿子,但是没有我在身边,他就不肯吃东西,因为他特别喜欢我。而我呢,热衷于供养湿婆大神,每逢每个月的第八天和第十四天总是到这个没人的地方来。有一次,在一个十四日,我到这里来了以后,也是命该如此,竟一高兴拜了很久难近母神,直到天黑。那天我父亲一直在等着我。他忍受着饥饿,什么也不吃,什么也不喝,非常生我的气。晚上,我自知错了,低着头回来以后,他对我的爱已经被命运的力量彻底毁灭了。他诅咒我:'由于你的傲慢,今天饥饿把我吞掉,同样,在每个月的第八天和第十四天,当你到城外那个地方去拜湿婆的时候,一个名叫赛阇王的罗刹也会把你吞掉。每一次你都会劈开他的心,活着出来。但你既不会记得诅咒,也不会记得被吞掉的痛苦。你将独自留在这里。'"我父亲发完这个诅咒以后,经过我慢慢的安抚和劝慰,他沉思了一会儿,便给我规定了一个诅咒的终止时间,他说:'什么时候鸯伽王誉幡成了你的丈夫,看见你被那罗刹吞掉,然后把他杀掉,那时候你从那罗刹的心里出来,就能摆脱诅咒,恢复记忆,回想起诅咒的事情以及你自己的一切咒术。'这样规定了诅咒的终止时间,他就把我一个人留在这里,带着随从到人间的尼奢陀山上去了。我呢,就住在这里,由于诅咒的力量,不知不觉地过着日子。现在那个诅咒已经失效,我的记忆已经完全恢复。好了,我现在要上尼奢陀山到父亲身边去。因为我们有这样一个协定:'在诅咒终止的时候,我们要回到自己的安身之地。'你或者留在这里,或者返回本国,悉听尊便。"

听她这样说，国王非常难过。他求她："美人啊，请你七天之内不要走！先让我俩在这花园里玩一玩，把离情别愁抛在一边吧！然后你就到你父亲的地方去；我呢，就回到本国去。""好吧！"那天真烂漫的美人儿同意了他的这番话。于是，前六天，国王跟心爱的人一起在花园里和水池里玩耍取乐。那些水池里的莲花眼睛含着泪水，扬起波浪好像在招手，通过天鹅和仙鹤的叫声好像在呼唤："可别离开我们！"到了第七天，国王巧妙地把他心爱的人领进了那座水晶宫，作为通向人间的机关门的那个水池就在那里。国王紧紧地搂着她的脖子，跳进那个水池，然后就跟她一起从他自己那个都城的花园的水池中央站了起来。花园里的园丁们看见国王在心爱之人的陪伴下回来了，非常高兴，就去向大臣远见报告。大臣带着市民们前来跪在国王的脚下，看见他带来了他要的那个女子，便侍候他进宫。"啊，我见过那天女。她像空中的闪电一样，一出现就不见了。这国王是怎样得到她的呢？老天爷在谁的额头铭文里写了什么事情，谁就一定会碰上什么事情，尽管它难以理解。"那总管大臣这样想着，而其他的人却在庆贺国王归来，惊叹他娶了一位天女。

有月看见国王已经回到本国，七天已满，便想前往持明的安身之地。但是，她丧失了飞上天空的咒术，再也想不起来。她好像遭劫一样，陷入了极度的忧伤。"为什么你突然显得那样忧伤？告诉我，亲爱的！"听到国王问，持明女就说："因为我出于对你的爱，在摆脱诅咒以后还逗留了这么久，所以我丧失了咒术，再也上不了天了。"听到这番话后，誉幡心里想："哈哈，这持明女成为我的人啦！"因此，他大为高兴，心满意足。大臣远见见此情景，就回家去了。晚上，他躺在床上，突然因心碎而死去。誉幡为此非常忧伤，从此在有月陪伴下，亲自挑起治国的担子。

僵尸鬼一路上为三勇军王讲完这个故事，又在他肩上对他说："那么，你说一说，国王啊！为什么在主子那样兴旺发达的情况下，那大臣的心马上就碎了？是因为他自己没有得到那天女难过得心碎呢？还是因为他想得到王权，而国王的归来使他不高兴了？如果你知道而不立即回答我这个问题，不但你的功德会毁于一旦，而且你的脑袋也会立即碎裂。"

三勇军王听后,对僵尸鬼说:"在那样一位优秀的、品行良好的大臣身上,你说的那两种情况都套不上。'那国王只因为爱凡俗女子就已经把国家撇在一边不闻不问,现在爱上了天女,他还会干什么正经事? 因此,我的病本来就已经不轻,现在反而更重了,我的天哪! '那大臣这样想着想着,他的心碎了。"

听国王说到这里,那个会魔法的僵尸鬼又回到自己的地方去了。国王呢,他意志坚强,又一次飞快地追上去捉拿它。

第二十章

（第十三个故事）

三勇军王又从那棵无忧树上把僵尸鬼抓到,然后扛上肩带走。走着走着,僵尸鬼又对国王说:"我给你讲一个短小的故事,国王啊,请听! "

有一座城,名为波罗奈,是湿婆大神的住地。那里有一位受国王敬重的婆罗门,名叫天主。他很富有,生了一个儿子,名叫诃利主。诃利主有一个可爱的妻子,名叫有美。她美丽可爱得无可指摘。我想,创造主是在有了创造狄罗德玛等天女的本领后,才把她创造出来的。

有一次,诃利主与妻子一起玩累了,便在一座被月光照得清凉的宫里睡着了。就在这时候,一个名叫酒溪的持明王子正在随意游逛,从空中路过。他看见有美睡在丈夫身边。她玩得太累,衣裳也脱落了,露出了漂亮的身体。她的模样夺走了他的心,爱情蒙住了他的眼睛。他当即降落,把还在睡觉的她抢过来就飞走了。

年轻的丈夫诃利主随后醒来。他见不到妻子,急忙起身。"咦,这是怎么回事? 她上哪儿去了? 她是生我的气呢? 还是躲起来开个玩笑,试探试探我的心意呢? "诸如此类的许多疑问把他弄糊涂了。深更半夜,他在楼里,在房顶上,在角塔里,到处寻找她,忙个不停。他一直找到宅内的花园,可是什么地方都找不到她。他受着忧伤之火的折磨,泣不成声地哭诉起来:"哎,面如圆月的美人儿哪！哎，像月光一样漂亮的人儿哪！哎，亲爱的人儿哪！难道是这个夜晚因为恨你可以与它媲美而容不下你？这月亮败在你的美貌手下之后，好像害怕似地用檀香木那样清凉的月光来侍候我。现在你不在了，亲爱的，它就好像逮着了机会似的，用燃烧着的火炭和沾毒的箭那样的月光来折磨我。"诃利主哭着哭着，那一夜好不容易过去了，但是他丢失妻子的痛苦却没有过去。

天亮了，太阳用阳光驱散了笼罩世界的黑暗，却不能驱散他的迷惑的黑暗。诃利主可怜的哭声提高了一百倍，好像是那些过了夜晚分离的轮鸟把哭声都给了他。尽管有自己的人安慰着，那婆罗门青年失去了心爱的妻子，受着分离之火的折磨，还是平静不下来。"她在这里站过，在这里沐浴过，在这里打扮过，在这里玩过。"他这样哭喊着到处走。"她又没有死，你何必这样伤害自己？你只要活着，肯定会在什么地方找到她。因此，你下定决心去找那心爱的人吧！天下无难事，只怕有心人。"经过亲友们这样劝告，诃利主醒悟了。过了几天，他终于抱着希望，下了决心。他想："我先把全部财产施舍给婆罗门，然后去周游圣地，把积累下来的罪垢洗净。因为一旦罪垢除尽，我就会在漫游中找到心爱的人。"想到这里，他站起身来，进行沐浴。第二天，在正式祭祀的时候，他为众婆罗门准备了各种各样的饮食，还高高兴兴地把全部钱财布施给他们。

然后，他仅仅带着婆罗门的身份离开本国，怀着找到妻子的愿望，去周游圣地。他在周游的时候，遇上了可怕的夏季狮子，火红的太阳是它的嘴，火辣辣的阳光是它的鬃毛。风也非常热，好像被受离妻之苦煎熬的行路人的叹息加过温。池塘因炎热而缺水，好像由于心碎，塘里的泥土正在变干而且已经裂开。路旁的树好像因为失去了春季的风采而哭泣，通过树皮吱吱作响可以听出来，嘴唇般的树叶也因炎热而枯萎。在这样的时节，由于太阳曝晒，痛失爱妻，忍饥受苦，再加旅途劳累，诃利主干瘪消瘦，满身尘土，疲惫不堪。

他流浪着，来到一个村落乞食。村里，有一个名叫莲花脐的婆罗门正在举行祭祀。诃利主看见莲花脐家里有很多婆罗门在吃饭，便靠着门柱子，不声不响，动也不动地站在那里。举行祭祀的莲花脐的妻子是个善人。她看见他那样站着，起了恻隐之心。她想："啊，饥饿真是厉害！谁经得住它折磨？现在，门口有一个乞食者，此人还是一个远道而来的朝圣者，他就是这样连五官也被饿坏,奄拉着脑袋。因此,这是一个应该得到施食的人。"这样想过以后,那善女子便双手捧起一钵加酥油和糖的牛奶粥送过去,恭敬地把它献给他。她还说:"请到水池边上找个地方去吃吧! 这里挤满了正在吃饭的婆罗门,不洁净。"他说了一声"好吧",接过食钵,走了不多远,到一个池塘边,把它放在一棵榕树下。他在池塘里又是洗手洗脚,又是吸饮净口,然后高高兴兴地去吃牛奶粥。但是,就在这时候,不知道从什么地方飞来一只老鹰,用嘴和爪子抓着一条黑色的眼镜蛇,落在那棵榕树上。老鹰抓着那条蛇飞翔的时候,蛇死了,嘴里流出有毒的唾液。毒唾液恰好掉进了那棵树下的食钵里,而诃利主并没有看到这一切。他一来就吃了起来。他已经饿坏了,那牛奶粥又特别香甜。他把整整一钵粥都喝了。喝完之后,蛇毒引起的疼痛立即在他身上发作。"啊,在这个世界上,一个人在倒霉的时候,做什么事情不倒霉? 就连这用牛奶、酥油和糖煮的粥也成了我的毒药。"中了毒的诃利主嘴里嘟哝着。他摇晃着身子对举行祭祀的婆罗门的妻子说:"你给的食物使我中了毒。赶快给我找一个驱除蛇毒的耍蛇人来吧! 不然你就会犯杀害婆罗门罪。"对善女子讲完这些话,诃利主就闭上眼睛死了,弄得她莫名其妙,手足无措。

祭主误以为妻子杀害了客人,一怒之下将她赶出家门,尽管她清白无辜,殷勤好客。那善女子呢,她做了好事却招来不白之冤,蒙受了耻辱,便到圣地修苦行去了。于是,在国王跟前发生了一场关于这个问题的争论:"在蛇、老鹰和施食者当中,究竟是谁杀了婆罗门?"但未得到裁决。

"三勇军王啊,现在你得告诉我:谁犯了杀害婆罗门之罪? 不然,以前那个诅咒就会在你身上应验。"听僵尸鬼讲到这里,三勇军王受制于那诅咒,不得不放弃沉默,对它说道:"如果说谁有罪的话,那么首先是那条蛇。可是,在身不由己、即将被敌人吃掉的情况下,它还有什么错? 要不就是那老鹰有罪。可是,在自己忍饥挨饿、把碰巧抓到的理应归本族吃的食物拿来吃的时候,它又有什么错? 不然就是施食的那一对夫妇有罪,再不然就是其中一人有罪。可是,那怎么可能呢? 因为他俩一心奉行正法是不会有任何过错的。因此我认为,谁要是不加考虑就说这一伙中的谁犯了杀婆罗门罪,那么谁就是十足的蠢货,是真正犯杀害婆罗门罪的人。"

僵尸鬼听国王讲完这番话,就又一次从他肩上回到自己的地方去了。那坚定的国王呢,也再一次去追赶它。

第二十一章

(第十四个故事)

三勇军王又一次从无忧树上把僵尸鬼捉来,扛在肩上。国王出发后,僵尸鬼又对他说:"国王啊,你受累了! 因此,听我给你讲一个有趣的故事吧!"

有一座城市名为阿逾陀。它曾经是诛灭罗刹族的大神毗湿奴下凡化成罗摩时的王城。那里有一个国王,名叫勇幡。他双臂有力,保卫大地,恰似一道城墙保卫一座城市。在他当国王期间,城里有一个大商人,名叫宝授,是众商人的头领。商人的妻子名叫欢喜。他俩生了一个女儿,名叫有宝,是他俩敬神所得到的回报。聪明的有宝姑娘在父亲家里渐渐长大,她天生的俏丽、文雅和有礼貌的优点也越来越明显。她到了该出嫁的年龄,不仅富商们,就连国王们也派人前来向宝授求亲。可是,有宝讨厌男人,甚至让因陀罗做她的丈夫,她也不愿意。她听不得结婚二字,宁死也不愿意结婚。她父亲出于对她的慈爱而闷闷不乐。而关于她的消息则传遍了阿逾陀城。

在此期间,全城的市民每天都遭贼偷窃。他们集合起来向国王勇幡报告说:"陛下,我们每天夜里总是遭贼偷窃,而且不知道那些贼是什么人。因此,请陛下尽量想个办法。"听完市民们的报告,国王为了捉拿盗贼,在全城各处都派了秘密的守夜人。但是,他们也没有抓到贼。城市照样遭贼偷窃。有一天晚上,国王自作主张,亲自出动。他带着武器独自在城里巡逻,看见有个人正沿着城墙独自往前走,投足无声,动作敏捷,眼睛滴溜溜地转着,疑神疑鬼,不时地往背后看。"这家伙肯定是掠夺我城市的那个贼。"想到这里,国王走到他面前。那个贼见了国王便问:"你是什么人?"国王回答那个贼说:"我是贼。"

那贼看了看又说："既然这样,咱俩半斤八两,你就是我的朋友。到我家来吧!我先跟你交个朋友。"国王听罢此话,说一声"好吧!"便跟他到他家里去。他的家在森林深处的地下,灯火通明,陈设豪华,一切享受应有尽有,好像一座不归地下之王钵利管辖的新蛇宫。

国王进门坐下后,那个贼进了内宅。就在这时候,家内的一个女奴来跟国王说:"大福分的人哪,这里是通向死亡的大门,你是怎么进来的? 因为这个贼一离开这里就要作恶,他肯定靠不住。因此,你快离开这儿吧!"听到她的这番话以后,国王立即离开那儿,回到自己的王宫,连夜命令军队整装待发。他带着全副武装的军队来到那强盗的地窖,让各路人马高奏军乐堵住它的门洞。那贼是个英雄,地窖一被堵住,他就知道事情已经败露,于是横下一条心,出来决一死战。他出来以后,在战斗中显示出非凡的威力。他一手执刀,一手持盾,孤身奋战,斩大象的鼻子,劈马匹的腿,砍士兵的脑袋,把军队杀得一败涂地。于是,国王亲自向他出击。精通刀法的国王连施巧计,终于夺走了他手里的刀,甚至匕首。这时国王把武器放下,挥拳上阵,把丢了武器的贼打倒在地,生擒活捉,然后把他及其全部财产押回自己的都城。

第二天,国王下令将他钉在尖桩上处死。当那个贼在鼓声中被押往刑场的时候,商人的女儿有宝从住宅里看见了他。尽管他受了伤,而且满身尘土,她仍然对他一见钟情。她对父亲宝授说:"我选被押往刑场处死的这个人做丈夫。因此,爹爹啊,请把他从国王那里赎出来吧! 要不然,我就跟着他去死。"听到这些话,父亲对她说:"女儿啊,你为什么这样说? 求婚的人,即使是国王,你都不要,怎么会要这么一个可恶的而且已经落网的盗贼呢?"父亲说了诸如此类的话,然而有宝主意已定,不肯改变决心。于是,她的父亲立即前往国王那里,用自己的全部财产请求免除那盗贼的死刑。但是,国王不肯释放盗贼,即使用一百亿金币来赎他也不行。因为那个贼无所不偷,是国王冒着生命危险才捉拿归案的。父亲失望地回来了。商人的女儿不顾亲友们的劝阻,洗完澡,坐上轿,前往盗贼将要被处死的地方。她的父亲、母亲和众人啼哭着跟在她的后面。这时候,那个贼已经在刑场上被刽子手们插上了尖桩,气息奄奄。他看见了有宝和她的亲属们这样前来。他从周围人那里听到事情的经过之后,立刻流下了眼泪,然后略带着笑容死在尖桩上。

于是,那忠贞不渝的商人的女儿让人把贼的尸体从尖桩上抬下来,带着它登上了一堆焚尸用的木柴。顿时,大神湿婆隐身来到这坟场,在空中对她这样说:"你对自己选择的这个丈夫如此忠心,令我满意。因此,从我这里讨一个恩典去吧,贞洁的女子啊!"听到这些话以后,她拜了那神中之王,向他求了一个恩典:"主啊,让我那膝下无子的父亲得一百个儿子吧!这样他就不会在失去我之后,因为没有别的孩子而自绝。"那忠贞的女子这样说完之后,大神又对她说:"让你的父亲得一百个儿子!你另外再选一个恩典吧!因为像你这样善根坚固的女子有资格得到不止一个恩典。"听到这些话,有宝说:"如果主垂恩于我,那就让我这丈夫复活,并且让他永远奉行正法吧!""好吧!让你这丈夫不带伤痕地活着站起来吧!让他奉行正法吧!让国王勇幡喜欢他吧!"当湿婆隐身在空中这样说完以后,那个贼立刻就不带伤痕地活着站了起来。

于是,商人宝授又惊又喜,带着女儿有宝和那个做贼的女婿,与亲属们高高兴兴地一起回到自己家里。他得到了大神的赐子恩典,举行了一次盛大的庆典,尽兴方散。勇幡王得知事情的经过,非常高兴。他当即就把那个勇敢无比的贼召来,任命他做将军。从此,那举世无双的英雄改邪归正,为国王所敬重。他娶了商人的女儿,过着安乐的生活。

讲完这个故事,僵尸鬼在三勇军王肩上用原先那个诅咒威胁过他以后,问他:"国王啊,你说吧!在尖桩上看到商人的女儿和她父亲到来,那个贼为什么哭?为什么笑?"国王回答说:"那个贼哭,是出于痛苦,因为他想到:'这个商人无缘无故来与我结亲,我却无法报答他的恩情。'他笑,是出于惊奇,因为他想:'这个姑娘怎么会不愿意嫁给一个国王而偏偏爱上我这么个人呢?啊,女人的心真稀奇!'"

国王说完这些话,会魔法的僵尸鬼随即施展魔力,从他的肩上回到自己的住处去了。国王呢,又像从前那样去追它。

第二十二章

（第十五个故事）

三勇军王又回去,从那棵无忧树上捉到僵尸鬼,然后扛着它出发。国王走着走着,在他肩上的僵尸鬼又对他说:"国王啊,我再给你讲一个故事,请听!"

在尼波罗国境内有一座城,名为湿婆城。从前,那里有一个国王,名叫誉幡,名副其实。他把治理国家的担子交给一个名叫智海的大臣之后,在一位名叫月貌的王后陪伴下,只图享受。到时候,国王跟王后生了一个公主,名叫月光。她美如世界的眼睛——月亮,光彩照人。

月光渐渐长大,到了该嫁人的年龄。有一次,在春季的某个月里,月光在女仆们伴随下到花园去观看节日游行。在花园里,她忙着摘花,举起纤嫩的蔓藤似的手臂,露着一个乳房,掐花的拇指和食指松开时手势非常优美。这一切被一个来看游行的婆罗门看见了。他是有钱人家的儿子,名叫神主。那年轻人对她一见钟情,尽管名叫神主,却被爱情一下子弄得六神无主。"这究竟是爱神的妻子亲自到这里来采集春花去给爱神造箭呢,还是森林女神想要给春天上供?"他正这样想着,公主也看见了他。他好像一个新的有形体的爱神。公主一见他就急得忘记了花,忘记了手足,忘记了自己。

他俩刚刚这样由于初恋而互相充满着爱情,就听见一阵"哎呀,哎呀"的惊叫声。他俩抬起头看个究竟,原来有一头大象闻到另一头大象的气味而春情勃发,挣脱系象柱,跑了出来,摧毁路上的树木,撞倒驭象人,带着驭象钩,正向他俩这里疯狂地冲过来。仆人们被吓跑了,而神主急忙冲上前去,用双臂把公主抱起来,带到距离大象的活动区域很远的地方。路上,公主伸出胳膊轻轻地搂着他,恐惧、爱情和羞怯使她心慌意乱。

后来,仆人们走上前来,把她带回自己的宫房去。一路上,他们称赞着那个优秀的婆罗门,而她不断地回头看他。在宫里她日日夜夜痛苦地思念着那个救命恩人,受着爱情之火的煎熬。

而神主呢,他当时离开花园,跟在后面,看见她进了自己的内宫以后,焦急地想:"现在我离开了她就没法过日子,没法活下去。在这件事情上,只有吉祥的根天长者能够救我。他足智多谋,神通广大。"他这样想着,熬过了那一天。第二天他就到根天长者那里去了。根天长者跟朋友怀兔永远形影不离,是通向成功、幻象和奇迹的途径,犹如天空的化身。神主行礼之后,把自己想娶公主的愿望告诉了长者。那长者呢,面带笑容,答应成全神主。于是,骗子王根天把一颗魔丸往嘴里一扔,就把自己的模样变成一个老婆罗门。他让婆罗门神主也往嘴里扔一颗魔丸,就把他的模样变成一个非常可爱的姑娘。

骗子王根天带着那个姑娘模样的神主到了正在上朝的国王即神主的情人的父亲那里,向国王报告说:"国王啊,我有一个独生子。现在,我为他从老远的地方讨来了这个姑娘,而他却不知道到什么地方去了。我要去找他。在我把儿子带来之前,请你保护她一下。因为你是全世界的保护者。"听完这番话,誉幡王害怕诅咒,就答应了下来,然后派人去把女儿月光带来,对她说:"女儿啊,你要在自己的宫房里守着这姑娘,还要让她在你身边吃饭睡觉。"听到父亲的吩咐,公主说一声"好吧!"就把那变作姑娘的神主带到自己的内宫去了。于是,变作婆罗门的根天到他喜欢去的地方去了,而那变作姑娘的神主就留在心爱的人身边。

几天后,公主就非常喜欢并且完全信赖她的这位"女友"。有一天夜里,她忍受着离情的痛苦,在床上辗转反侧。变成姑娘模样的神主躺在旁边的床上,偷偷地问她:"亲爱的月光,为什么你脸色苍白,日渐消瘦,像与心爱的人分离一样痛苦?告诉我吧!对贴身的单纯的女仆有什么信不过的呢?如果你不告诉我,那我从现在起就不吃东西了。"

听了这番话,公主叹一口气,慢慢地说道:"我怎么会信不过你呢?听着,朋友!现在我来告诉你。有一次,我去看春季的花园游行。在那里,我看见一个英俊的婆罗门青年。他像春天似的,具有解脱严寒后的月亮的美,一出现在眼前就令人燃起爱情之火,用光的游动戏耍装饰树林。我那两只眼睛刚开始模仿饮光鸟,仰着饮他的月亮脸洒下的月光甘露汁,这时突然来了一头大象。

它咆哮着，淌着颞颥液汁，横冲直撞，像一片不合时令的乌云。因为慌乱，仆人们都不见了。那婆罗门青年就把已经吓昏的我抱起来带到远处。我接触到他的身体，好像涂了一身香油膏，又好像浇了一身甘露，自己也不知道自己的情况怎么样了。不一会儿，仆人们汇集起来，硬是把我从那里带回到这里来，我好像从天国被扔到了地面上。从那时候起，我通过种种意念得以与那心爱的救命恩人相会，连醒着的时候也看见他在我身边。睡着时，我在梦里看见他说着甜言蜜语，以亲吻和拥抱强行消除我的羞怯。可是，我命太苦，得不到他。因为不知道他的名字，我束手无策。所以，这相思之火就把我烧成这副样子。"

听到她的这番话，那变作婆罗门姑娘的神主仿佛耳朵里灌满了甘露，心中大喜。他认为目的已经达到，是暴露身份的时候了。于是，他从嘴里取出魔丸，亮出本相，然后说："明眸流转的美人啊！我正是你在花园里，用见一面的代价买下来做了你的忠实仆人的那个人。因为与你刚接近就被拆散，我是那样地苦恼，苦恼到最后，我就变作一个姑娘模样的人。因此，请允许你我所忍受过的相思之苦得到报偿吧！美人啊，到了这个地步，爱情不能再忍耐下去了。"他这样说着说着，公主突然发现他就是自己心爱的人，心里顿时充满爱情、惊奇和羞怯。于是，他俩迫不及待地以健达缚方式结婚，尽情地享受欢合之乐。从此以后，神主心满意足地用两种形象在这里生活：白天他含着魔丸变作姑娘，夜里他取出魔丸成为男人。

过了一些日子，誉幡王的国舅老爷月授接受了很重的聘礼，把自己的女儿有月嫁给了大臣智海的婆罗门种姓的儿子。公主月光应邀到舅舅家去出席表姐的结婚典礼。那婆罗门青年神主也跟她一起去了。他把自己打扮成一个可爱的姑娘，做她的一名随身丫环。大臣之子看见变作姑娘的神主以后，就中了爱神猎人很深的一箭。大臣之子在自己的新娘的陪伴下回自己家去了，他的心已经被那冒充的木偶般的姑娘夺走，家也好像空了。在家里，他想那姑娘漂亮的容貌想得着了迷，被强烈的爱情大蛇咬伤，突然昏了过去。"怎么回事？"家里的人都慌张起来，中断了喜庆。他父亲闻讯立即赶到他身边。父亲安慰了半天，他总算从昏迷中醒过来了，然后疯疯癫癫地吐露心事，好像在哭诉。他父亲认为这件事情自己作不了主，非常着急。国王知道这件事情之后也来到那里。国王发现,强烈的爱情已经使大臣之子患上了重症相思病。于是,他对众臣说:"这姑娘是一个婆罗门寄养在我这里的,怎么能嫁给他? 可是,要是没有她,他就一定会丧命。他一丧命,他的父亲也就是我的大臣就会死去。而他一死,国家就完了。因此,你们说吧,这件事情怎么办?"

听到国王这样一番话,众臣都说:"常言道:'国王自己的职责就是保护臣民履行职责。'保护的根基公认是议会,而议会依靠的是众议臣。议臣一死,根基就毁灭,从而导致正法的毁灭,这是必须防止的。听任这个婆罗门大臣和他的儿子死去是有罪过的。因此这件事情务必防止。防止不了,你就必定会亵渎正法。那婆罗门寄养的姑娘必须嫁给大臣的儿子。等到那婆罗门过些时候回来发了脾气,再想办法对付他。"

听众臣这样一说,国王说道"好吧",答应把那冒充的姑娘嫁给大臣的儿子。吉时择定之后,变作姑娘的神主从公主的房内被领了出来。他对国王说:"我是被别人领来嫁给另一个人的,如果你再把我嫁给一个不相干的人,那就请便吧! 你是国王,现在,什么该做,什么不该做,全由你作主。我愿意举行婚礼,但是,有这样一个条件:除非那丈夫先到各个圣地去周游整整六个月,否则他不能强行让我跟他同床。不然的话,你可要知道,我就咬断舌头,一死了之。"

那变作姑娘的小伙子提完这个条件,大臣的儿子从国王那里知道后,非常满意。他一口答应了这个条件,很快办完婚礼,把自己的第一个妻子和这个冒充的妻子安顿在同一间房里,精心护卫起来,然后便照着他所爱的人的如意算盘,傻乎乎地去周游圣地了。

那冒充女人的神主呢,他与有月住在同一间房里,同睡同起。这样住着住着,有一天夜里,仆人们都在外面睡着了,有月在卧房里私下对他说:"你讲个故事吧,朋友啊,我一点儿睡意也没有。"那冒充女人的小伙子听到这话,便给她讲了一个故事。故事里讲到:古时候,太阳族的一个王仙,名叫伊罗,由于受难近母的诅咒,变成一个天下无双的、使全世界倾倒的美女。她与菩陀一见钟情,在一座寺院的树林子里欢合成双,并且生下了补卢罗婆娑族。讲完这个故事,骗子接着又说:"同样,根据神的命令,或者通过咒语和草药的控制,有时候男人会变成女人,女人也会变成男人。甚至在大人物中间,一旦春情发动,也会用这种方法欢合。"美人有月虽然渴望刚办完婚礼就出门的丈夫,但是,她胆子小。听到这些话,因为住在一起,她放心地说:"听了这个故事,我的身体发抖心发慌,朋友啊,你告诉我,那是怎么回事!"听到这句话,那冒充女人的婆罗门又对她说:"啊,朋友,这些都是你从未有过的动情的特征。不瞒你说,我也有同样的感觉。"他这么一说,有月轻轻地说:"朋友,我爱你如命。那么,我为什么明知时机已到而不说呢? 因为想个办法弄个男人进来也是可能的。"等她这样说完,那骗子王的徒弟心领神会,对她说:"如果这样,那么我就告诉你:我有一个大神毗湿奴赐予的恩典。依靠它,我可以在夜里随意变成一个男人。因此,为了你,我现在就变成那个男人。"说完,神主从嘴里取出魔丸,在她面前亮出正当青春年华的本相。于是,他俩享受了这种欢合之乐:若无其事地说着话,尽量约束自己,情调适时。

于是,那婆罗门白天变女人,夜里变男人,与大臣的儿媳一起在那里生活。过了一些日子,听说大臣的儿子即将回来,他就小心翼翼地连夜带着她从家里逃走了。

现在,接着讲他的师父根天。根天知道以上全部情况之后又变作老婆罗门,领着变作青年婆罗门的朋友怀兔前来,躬身弯腰对誉幡王说:"我把儿子带来了。请把儿媳还给我吧!"国王怕诅咒,慎重考虑之后对他说:"婆罗门啊,我不知道你的儿媳到哪儿去了。请原谅! 为了弥补过错,我把自己的女儿给你做儿媳。"那变作老婆罗门的骗子王听罢,装出一副生气和蛮横的样子,表示不同意。于是,国王又恳求他一番,这才礼仪完备地把女儿月光嫁给了变作他的冒牌儿子的朋友怀兔。接着,根天丝毫没有想要国王的钱财,就带着一对新郎新娘动身返回自己的家。到了家里,他们又遇见神主。于是,在根天的面前,神主与怀兔大吵了一场。神主说:"这月光应该嫁给我。因为我受师父之恩,在她当姑娘的时候就先娶了她。"怀兔说:"你算是她的什么人? 傻瓜! 她是我的妻子。因为,她是由她父亲当着圣火许配给我的。"为了一个利用魔力获得的公主,那两个人就这样吵得不可开交,而解决不了。

"因此,国王啊,现在你来告诉我,那妻子属于谁? 解答问题吧! 条件以前已经告诉过你。"

听僵尸鬼在肩上讲到这里,三勇军王回答它:"我认为,那公主理应是怀兔的妻子,因为她是被父亲公开地通过合法的方式嫁给他的。而神主则是偷偷摸摸像贼那样举行了一个健达缚式婚礼就占有了她。而一个贼绝对无权把他人之财据为己有。"

听罢国王的这番话,僵尸鬼又突然从他肩上回到自己的地方去了,国王也立即去追赶它。

第二十三章

(第十六个故事)

三勇军王又从那棵无忧树上,把僵尸鬼捉来扛上肩,然后出发。走着走着,僵尸鬼又对国王说:"国王啊,我给你讲一个精彩的故事。请听!"

这个世界上,有一座山中之王,名为雪山。它蕴藏着一切珍宝,是大神湿婆的爱妻难近母和恒河女神共同的出生地。它的顶峰骄傲地挺立在群山中央,在三界理所当然受到歌颂,连英雄也不能攀登。山脊上有一座城市,名为金城,名副其实。它光辉灿烂,犹如太阳储存的一大堆光线。

古时候,那座上等的城里有一位持明王,名叫云旗,他像须弥山上的因陀罗一样。他的宫廷花园里有一棵祖传的如意树,名副其实地被称为"有求必应者"。国王求了神灵,受其恩典而得一子。他的儿子记得前世,是菩萨投胎。他是一位大士,乐善好施,怜悯众生,遵从师命,名叫云乘①。这个王子长大成人后,凭着优秀的品质和众大臣的拥护,被国王立为太子。云乘成为太子以后,父亲的议臣们为他着想,前来对他说:"太子啊,那棵如意树令我们万事如意,

---

① 这里讲述的云乘菩萨故事也见于第四卷第二章.

胜过万物。你应该天天供养它。因为只要有它在,连因陀罗也不敢与我们为敌,更不用说别人了。"听到这些话,云乘心里想:"啊,真可惜!我们的祖先虽然获得了这样一棵如意树,却没有从它那儿得到过一个配得上它的果子。其中有几位无非是为人求钱,可怜巴巴,把他们自己和那棵圣树都贬低了。如今我要让它实现我的一个心愿。"

这样决定以后,大士就到父亲身边去了。父亲对于他能尽孝道十分满意,舒舒服服地坐着。云乘悄悄对父亲说:"父亲啊,您知道,在这轮回世界的大海里,所有这一切,包括躯体,都像波浪那样此起彼伏。朝霞、晚霞、闪电和财富,稍纵即逝。何时何地见过它们永住不灭?然而,唯独利他在这轮回世界里是不朽的,它产生的功德和美名将会流芳百世。所以,父亲啊,既然那些享受都是暂时的,我们何必把这棵如意宝树这样白白地看管起来呢?'这是我的。这是我的。'这样执著地看管过这棵树的祖先们怎么能与它同日而语呢?对于他们,这棵宝树现在意味着什么?或者,对于这棵宝树,他们现在意味着什么?因此,父亲啊,如果您允许,我要用这棵有求必应的如意树,去实现专门利他的愿望。""好吧!"云乘得到了父亲的允许。

云乘去对这棵如意树说:"神灵啊,你曾经使我们的祖先如愿以偿,心满意足,现在请满足我仅有的这样一个愿望!我要看到这整个大地都摆脱贫穷。请满足我这个愿望!走吧,祝你吉祥!我已经把你施舍给世界。它需要财富。"云乘双手合十,说完这番话后,从这棵树上冒出一句话来:"你放了我,我就获得了生命。"转眼间,那棵如意树就上了天,然后像降雨似地把财富撒遍大地,直到大地上没有一个穷人。从此,由于对众生无限慈悲,云乘的声誉传遍了三界。

由此,他所有的亲戚妒忌得无法忍受。他们认为,把那棵救苦救难的如意树完全给了世界,云乘和他的父亲失去了它,就可以被征服了。于是,那些人开会商议,下定决心,做好了打仗的准备,想要夺取云乘的王权。

云乘见此情景,便跟父亲说:"父亲啊,一旦你拿起武器,别人谁还会有力气?但是,为了这么一个有罪的、会毁灭的肉体,哪一个慷慨的人会去诛亲灭族,夺取王权?因此,我们何必要王权?不如找一个地方去修功德,那功德会在今生和天国给我们带来安乐。让那些贪图王权、卑鄙无耻的亲戚高兴去吧!"父亲听他讲到这里,就对他说:"我不过是为了你才要王权。儿子啊,如果你以慈悲为怀,自己把它放弃,那么我这样一大把年纪,要它做什么?"父母同意了,云乘就放弃王位,带着父母到摩罗耶山去了。那里有一个山谷,流过谷间的小溪隐藏在檀香树的树林里。云乘在山谷里建了一座净修林,侍奉着双亲过日子。他还在那里交了一个朋友,名叫友财,是住在那山上的悉陀王世财的儿子。

有一次,云乘闲逛着走进坐落在花园里的一座难近母神庙,去拜女神。在那里,他看见一个美丽的姑娘由女仆们伴随着,正在弹奏琵琶,想讨好雪山的女儿难近母。鹿儿们聆听着她弹奏出来的优美的乐声,驻足不前,仿佛看见她眼睛漂亮而自愧不如。她的白眼球里含着黑眼珠。她似乎要用自己的眼睛钻到耳朵根里去。她好像般度族的军队,以阿周那做自己的眼球,以黑天做眼珠,想要用他们二人打进迦尔纳①的大本营去。她的一对乳房在胸前互相碰撞,好像渴望看见她的月亮脸。她纤细的腰非常优美,好像创造主在创造她的时候用手握过一把,手指印压进去成了腰身。云乘一见那苗条的姑娘,她就好像通过云乘的眼睛钻进了他的身体,夺走了他的心。她呢,也看见他犹如因为厌恶烧毁爱神身体而逃进森林的春神,使花园增色,令人渴望和动心。于是,那姑娘堕入情网,慌了手脚,以至于她的琵琶和她的女朋友一样,也乱了一阵,然后一声不响。

云乘问她的一个女友:"你那朋友叫什么吉利的名字?她是谁家的宝贝?"那女友听罢此话,便说道:"她是友财的妹妹,悉陀王世财的女儿,名叫摩罗耶婆提。"那女友是一个有心人。她这样答复了云乘以后,也向跟他一起来的一个修道人儿子问明了他的名字和出身,然后笑着向摩罗耶婆提简单明了地说:"朋友,你为什么不款待一下这位持明王呢?因为那位值得全世界尊敬的客人已经来了。"她说完,悉陀王的女儿羞得低下了头,一言不发。"她害羞了。请接受我代她表示的敬意吧!"她的女友这样说着,独自向他献上一个花环和接待客人用的水。云乘心里充满爱情,接过花环就把它戴在摩罗耶婆提的脖子上。

_____

① "迦尔纳"的原词是 karṇa,词义为耳朵。

她呢,用含情脉脉的眼光瞟着他,仿佛把一个青莲花花环戴在他的身上。就这样,他俩互相办完了一场无声的结婚仪式。这时候,来了一个女友。她对悉陀女说:"公主啊! 妈妈惦记你呢! 赶紧回去吧!"听到这句话,悉陀女才好不容易把充满渴望的眼光从情人脸上收了回来。那眼光好像已被爱情的箭钉在他脸上,收起来十分艰难。然后,她回家去了。云乘呢,也一心思念着她,回到自己的净修林去了。

摩罗耶婆提回家见过自己的母亲以后,马上就一头倒在床上,得了相思病。仿佛是心里的欲火熏得她两眼昏花,泪如泉涌,周身发烧。尽管女友们用檀香膏给她涂抹,用荷叶为她扇风,但是不论在床上,在女友怀里,还是在地上,她都不见好转。后来,太阳带着晚霞不知去向,月亮出来了,正吻着东方女神的笑脸。在这种时刻,尽管爱情催促她派人去给情人送信,但是,害羞使她不好意思这样做。她已经不想活下去了。混乱像蜂群一样悬在心头,她像莲花紧闭似地缩成一团,度过了受月亮折磨而难熬的一夜。

同时,云乘也因为离开了她而痛苦地度过了一夜。他尽管躺在床上,却落入爱神的手中。他尽管情窦初开,而肤色却越来越苍白。他尽管羞得说不出话来,却流露出爱情造成的痛苦。

第二天,他迫不及待地又一次前往那座难近母神庙,也就是遇见悉陀公主的地方。爱情之火烧得他坐立不安。他的朋友修道人的儿子赶来安慰他。就在这时,摩罗耶婆提忍受不了相思的痛苦,一个人偷着出了门,也来到这里的僻静处,准备舍身自尽。那姑娘没有发现自己心爱的人就在一棵树的后边。她泪水汪汪地向难近母神祈祷:"女神啊,我以对你的虔诚皈依,祈求云乘成为我的丈夫。如果今生不成,但愿来世能成!"说完,她立即用上衣做成一个套索,挂在难近母神像前面的一棵无忧树的树枝上。"云乘啊,我的主人! 你虽然以慈悲闻名全世界,但是怎么不来救救我?"说完,她刚把套索套在脖子上,就听见空中响起了女神的话:"女儿啊,不得鲁莽! 因为你的丈夫将会是持明转轮王云乘。"女神这样说着,云乘也听见了。他在朋友的陪伴下,立即来到心爱的人面前。她非常高兴。那位朋友、修道人的儿子对姑娘说道:"你看,女神赐给你的新郎真的来了。"同时,云乘说着种种情意绵绵的话,亲手把套索从她的脖子上取下。

正当他俩好像正在享受一阵突然降临的甘露雨，摩罗耶婆提用羞怯的眼光在地上划着的时候，一个女友突然来到，高兴地对她说："朋友，你真幸运！恭喜你，你的愿望实现了。因为今天我亲自听到王子友财向你父亲世财大王报告：'父亲啊，全世界所尊敬的那位如意树的赐予者、持明王之子云乘到这里来了。我们应该把他当作客人向他表示敬意，而我们又没有什么别的配得上他的好东西。所以，就把女中之宝摩罗耶婆提嫁给他，以此来向他表示敬意吧！'大王表示同意，说道：'好吧！'你哥哥友财就为了这个目的到这位大福份人的净修林去了。我知道，你马上就要结婚了。因此，回到自己的宫里去吧！请这位大福份人也回到自己的家去吧！"听到女友这番话，公主既高兴而又依依不舍地离开了那儿。她走得很慢，不时转过头来。云乘也很快回到了自己的净修林。他听友财说明来意，十分称心，表示欢迎。然后，这记得前生的人告诉友财，自己曾有一生与他做过朋友，而且与他妹妹做过夫妻。友财听了非常高兴，接着又向云乘的父母报告，他俩也很满意。

友财完成任务回到家里，他的父母为此也十分满意。友财立刻就去把云乘接到自己家来，又尽量施展自己的幻力，做好喜庆的准备，并且就在那个吉日，把自己的妹妹与持明王的婚礼操办得圆圆满满。然后，云乘就与新娘摩罗耶婆提一起住在那里，实现了自己的心愿。

有一次，云乘与友财在摩罗耶山上游玩，出于好奇，来到海边的一座森林里。他看见成堆的骨头，便问友财："那一堆一堆的是些什么骨头？"妻兄友财对那慈悲的人说："听我说！我把这件事情的经过告诉你一个大概。古时候，蛇母迦德卢用欺诈手段赌赢了金翅鸟母毗那多后，让她做了奴仆。强大的金翅鸟迦楼罗虽然救出了母亲，但是彼此结下的怨仇，使它开始吃迦德卢的蛇儿子们。它每天钻进地下世界吃掉一些，踩死一些，还有些是自己吓死的。蛇王婆苏吉见此情景，唯恐全族毁于一旦，便恳求与金翅鸟订一个协议：'鸟王啊，我每天送一条蛇到南海的海滩上给你吃。但是，你无论如何不要钻进地下世界来。因为蛇一下子都毁灭了，到时候对你有什么好处？'听蛇王这样说，勇猛的迦楼罗意识到自己的利益，便说一声'好吧'同意了这个协议。从那时候开始,鸟王每天在海滩上吃一条婆苏吉送来的蛇。因此,那一堆一堆的就是它吃掉的蛇的骨头。它们是逐渐堆起来的,现在看上去像一座山峰。"

云乘是一个充满同情心和勇气的持明。他怀着痛苦的心情听完友财那一番话,然后说:"蛇王婆苏吉胆小无能,每天用自己的手把自己的臣民献给一个敌人。这样的家伙真可耻。他有千张面孔千张嘴,怎么就不能够用上一张嘴说上一句'金翅鸟啊,先吃我吧!'?而且,他怎么会胆小得去恳求金翅鸟消灭本族,又残忍得天天听那些蛇女的哭泣呢?金翅鸟迦楼罗是迦叶波的儿子,一个英雄,由于做了黑天的坐骑而被神化。连它也做出这样可恶的事情,可见愚痴是多么地顽固啊!"说完,大士心里生出一个愿望:"但愿我今生能以这虚妄的身体换得真实!但愿我今天能把自己给金翅鸟吃掉,让孤苦无助、担惊受怕的蛇保住性命,哪怕只是一条!"云乘这样想着,友财的父亲派来一个守门人叫他们回去。"你走吧,我随后就来。"云乘就这样打发友财回家。

友财走了以后,慈悲的云乘盼望实现自己的愿望,独自在原处徘徊。这时候,他听见远处传来可怜的哭声。他走过去一看,发现一块高大的石板旁边站着一个英俊的青年男子,非常痛苦,好像是刚刚被一个官兵押来扔下的,正在恳求一位啼哭着的老妇人回去。云乘悄悄地躲起来,满怀同情地听着。就在这时,极度伤心的老妇人对那年轻人看了又看,开始哭诉起来:"啊,螺髻呀!啊,你是我受尽千辛万苦才得到的呀!啊,我们家的优秀的独生儿呀!啊,儿子呀!叫我上哪儿能再看见你?孩子啊,你这脸蛋儿月亮落下去以后,你那已经忧伤致瞎的父亲怎么还会活到老呢?你的身体在阳光下被晒痛以后,怎么还能够再忍受被金翅鸟啄吃所产生的疼痛?苦命的我只有你这么一个儿子,为什么命运和蛇王在那么大的蛇的世界里偏偏看中了你呢?"她这样哭诉着,那年轻的儿子对她说:"我本来就够痛苦的了,妈妈呀,你为什么还要让我更痛苦?回家去吧!这是我对你最后的一拜。因为金翅鸟马上就要来了。"听到这些话,老妇人把忧伤的眼光投向四面八方,大声叫喊:"啊,我完了!这里有谁会来救我的儿子呀?"

此时,菩萨投胎的云乘耳闻目睹此情此景,不禁动了恻隐之心。他想:"啊,那苦行者原来是一条名叫螺髻的蛇,现在被婆苏吉送来给金翅鸟吃。而那位老妇人是他的母亲。她只有一个儿子,由于舍不得他而跟着来到这里,伤心地哭着。因此,如果我不能用自己这个必然会毁灭的身体,保住那条可怜的蛇,那么我就虚有此生,倒霉透了!"想到这里,云乘欣然走上前去对老妇人说:"妈妈,我来救你的儿子。"

老妇人听见这话,吓了一跳。她以为来人是金翅鸟迦楼罗,不禁害怕地说:"金翅鸟啊,你吃我,你吃我吧!"螺髻说:"他不是金翅鸟。妈妈,别害怕!这个人和颜悦色像月亮,而金翅鸟凶神恶煞多可怕,两相比较,差到哪儿去了!"螺髻说完,云乘说:"我是一个持明。妈妈,我是来救你的儿子的。我会把自己的身体用衣服伪装起来,让挨饿的迦楼罗吃。你带着儿子回家去吧!"听罢此话,老妇人说:"那可使不得!因为,你在这样的时候对我们这样慈悲,对我来说,你这样的人比儿子还强。"云乘听完这话,又说:"你俩不该让我在这件事情上失望。"

螺髻见他执意这样做,便对他说:"大士啊,你表现出了真正的慈悲。但是,我不能以你的生命为代价,而挽救我自己的生命。哪一个人会花一块宝石的代价保护一块石头?我这样仅仅同情自己的人充满世界,您那样同情整个世界的人则绝无仅有。我也不能够玷污洁净的螺护家族,像一个污点玷污一轮明月,高尚的人啊!"螺髻劝阻云乘后,又对自己的母亲说:"妈妈啊,这荒野环境险恶,快回去吧!你没有看见那块处死用的石板吗?它沾满了蛇的血污,像死神玩耍用的卧榻一样可怕。我还要到海边去拜大自在天牛耳,然后在迦楼罗到达这里之前赶紧回来。"说完,螺髻就行礼告别了痛哭流涕的母亲,去拜大自在天牛耳了。

云乘也打定主意:"只要金翅鸟在此期间到达,我就可以实现利他的愿望了。"恰在此时,那鸟中之王已经飞到附近,被它的翅膀扇得摇摆不定的树木好像都在阻止它降落到自己头上。云乘见此情景,认为迦楼罗即将来临,便登上那块处死用的石板,去为他人舍命。此时,大海被风搅动着,那些闪闪发光的宝石仿佛惊奇地注视着他那非凡的勇气。于是,迦楼罗遮天蔽日地来了,降落下来,用尖喙把大士击倒,然后把他从那块石板上叼走,带到摩罗耶山的一个山顶上,开始吃起来。持明王鲜血直淌,发髻上的宝石被啄了下来。"但愿我的身体生生世世都这样有利于他人,绝不会无益于他人而升天或解脱。"持明王一边被金翅鸟吃着,一边这样默默地想着。突然,一阵花雨从天而降。

持明王发髻上的宝石鲜血淋淋地滚落到了他的妻子摩罗耶婆提的面前。她看见宝石,认出这是丈夫发髻上的宝石,十分恐慌。当时她正在公婆身边,便含着眼泪把它给他俩看。父母看见儿子发髻上的那颗宝石,顿时慌了神,心里想:"这是怎么回事?"于是,云旗王和王后迦那迦婆提施展自己的神通,沉思入定,知道了事情的真相,然后带着儿媳摩罗耶婆提立即出发前往金翅鸟和云乘所在的地方。

这时,螺髻拜过大自在天牛耳回来了。他看见那块处死蛇用的石板上鲜血淋淋,心里十分懊丧。"啊,我完了。我犯了大罪。那大慈大悲的大士肯定为了我而把自己供给迦楼罗了。因此,我要查清楚,他一转眼被蛇族的仇敌抓到哪儿去了?如果我能在他活着时找到他,我就不会陷入声名狼藉的泥潭。"那善人流着眼泪,这样说着,发现地上有云乘留下的连续不断的血迹,就沿着血迹走去。

而迦楼罗吃着吃着,发现云乘很高兴,便立即停下来想:"怪了!这家伙真不寻常。他真是勇敢非凡。我吃他的时候,他还高兴,且不断气。而且,他残剩的肢体上,毛发直竖如同披着铠甲。另外,他还高兴地看着我,仿佛我是他的恩人。因此,他绝不是一条蛇,而是一位圣贤。我来问一问他,不吃他了。"迦楼罗这样琢磨着,云乘对它说:"鸟王啊,为什么你不吃了?难道我身上没有血和肉了吗?再说你到现在还没有吃饱,那就吃吧!"

听到这番话,那鸟中之王极为惊奇地问他:"你绝不是一条蛇。所以,请告诉我,圣贤啊,您是哪一位?"而云乘说道:"我就是一条蛇。你问什么?接着吃吧!有哪一个聪明人做事会半途而废呢?"就在这时,螺髻来了。他老远就喊道:"迦楼罗啊,别惹大祸!别冒冒失失!你慌什么?他不是蛇。我才是给你吃的蛇呢!"说完,螺髻立即赶来站在那两者中间,看见金翅鸟还不明白,便又对它说:"你怎么糊涂了?你不知道我有顶冠和两条舌头吗?你没有看见这持明的模样多么漂亮吗?"

螺髻这样说着的时候,云乘的父母和妻子匆匆赶到了。他的父母看见他遍体鳞伤,顿时号哭起来:"啊,儿子呀!啊,云乘呀!啊,慈悲的人呀!啊,舍命救人的孩子呀!啊,你这金翅鸟怎么会冒冒失失做出这种事情来?"听到他们的号哭,金翅鸟后悔莫及。他想:"哎,我真愚痴,怎么会把一个转世的菩萨吃了?这位舍命救人的人原来就是享誉三界的云乘。他一死,我这恶人就得去投火。毒树难道还会结出甜果来?"就在金翅鸟心烦意乱的时候,云乘忍着伤痛,看了看亲人们,便倒下死去了。

他的父母悲伤不堪,痛哭起来。螺髻也大哭一阵,反复责骂自己。这时候,云乘的妻子摩罗耶婆提想起难近母神以前赐予的恩典,便望着天空,泣不成声地责备女神:"难近母神啊,当初你预言:'你的丈夫是未来的持明转轮王。'因此,现在怎么连你也成了对我说假话的人?"她说到这里,难近母神显身了,说道:"我言无虚妄,女儿啊!"说完,她从自己的宝瓶中倒出甘露,迅速洒在云乘身上。功德圆满的云乘顿时活生生地站了起来,浑身毫无伤痕,比原来更漂亮。他起来以后就拜倒,众人也拜倒。这时候,女神对他说:"你这一次舍身令我满意。因此,儿子啊,现在我亲手给你灌顶,让你做一劫持明转轮王。"难近母神一边这样说,一边用宝瓶的水给云乘灌顶。然后,她在受拜时隐身不见了。此时此地,天上降下花雨,空中响起欢乐的鼓声。

金翅鸟躬身对云乘说:"转轮王啊,我喜爱你这样真正的大丈夫,因为你高尚无比,创造出这番奇迹,令三界惊异,在宇宙的墙上得以铭记。因此,请多多指教!我还要满足你一个要求。请任意选择!"

迦楼罗说完,那大士对它说:"请你幡然悔悟,不要再吃蛇。你以前吃掉的那些蛇还有骨头在。请让它们复活吧!"随即,迦楼罗说道:"遵命!老天保佑我从今往后不吃蛇!以前被我吃掉的那些蛇也统统复活吧!"

迦楼罗的这个恩典似甘露,使以前被它吃掉而骨头尚存的那些蛇全都复活了。于是,众天神、蛇族和所有修道人欢欢喜喜地汇集在一起,摩罗耶山因此享誉三界。当时,所有的持明王依靠难近母神的恩典,听到关于云乘的惊人消息,立即前来拜倒在他的脚下称臣,把这一位由难近母神亲手为之灌顶的转轮王接到雪山去。云乘已经打发金翅鸟回去。持明王们喜气洋洋地陪伴着云乘。这样,在雪山上,在父母、友财、摩罗耶婆提和到家以后又回来的螺髻陪伴下，云乘享受着他创造奇迹的果报，当了很久很久荣华富贵的持明转轮王。

讲完这么一个高尚而有趣的故事以后，僵尸鬼又问三勇军王："现在你说！一个是螺髻，另一个是云乘，两者之中谁更勇敢？附带的条件以前已经向你说过。"

听僵尸鬼讲到这里，三勇军王因为害怕诅咒，便放弃沉默，若无其事地对它说："对云乘来说，那是他在许多生中都达到过的成就，还算什么奇迹？真正值得赞扬的是那个螺髻。因为，他的仇敌金翅鸟抓到献出自身的另一个人，已经走得很远，而他尽管已经死里逃生，却还硬要追上去把自己的身体送给那仇敌。"

优秀的僵尸鬼听完国王的这番话，马上又从他肩上回到自己的地方去了。国王则照样追赶它。

第二十四章

（第十七个故事）

接着，勇敢的三勇军王又从那棵无忧树上，把僵尸鬼捉下来扛上肩。出发以后，僵尸鬼又在肩上对他说："国王啊，我给你讲这个故事，解解疲乏。请听！"

从前，有一座名为金城的城市，坐落在恒河岸边。这个城市奉行正法，从不越轨。恶魔迦利无法到它那里去。这座城的国王名叫誉富，名副其实。他保护大地，预防灾难，犹如山岩构成的坚固海岸防备大海。国王好像是创造主把月亮和太阳合二为一创造出来的，既和蔼可亲，讨人喜欢，又勇猛严厉，令人畏惧，保护疆域的完整。他不懂得诽谤他人，而懂得经书内容；他缺少的是过失，却不缺少财政储备和军队。百姓们歌颂他：唯恐作恶，渴望美誉，不觊觎他人之妻，集勇敢、慷慨和爱情于一身。

国王的都城里有一个大商人。他有一个亲生女儿，名叫迷娘。因为她美得足以使爱神发昏,凡是看见她的人无不心醉神迷。她的父亲是一个懂得政治的商人。当她到了应该出嫁的年龄,她的父亲就去向誉富王报告说:"陛下,我有一个女儿应该出嫁。她是三界中的女宝。未经报告陛下,我不敢擅自把她嫁给别人。因为,天下之宝,非王莫属。所以,娶或不娶,皆望陛下赐恩。"

国王听完商人的这番话,便恭恭敬敬地派了一些自己的婆罗门去给她看相。那些婆罗门去了以后,看见她是三界中独一无二的美人,不由得交口赞誉。但是,他们冷静下来以后,就想到:"如果国王娶了她,那么国家就遭殃了。因为被她弄得神魂颠倒之后,他还顾得上治理国家吗? 因此,我们不应该告诉国王她具备吉相。"他们照这个意思商议好以后,回到国王面前,向他谎报说:"陛下,她的相不好。"这样,国王就没娶那商人的女儿为妻。于是,那个做父亲的商人把女儿迷娘嫁给了国王的一位名叫持力的将军。迷娘在夫家跟丈夫一起过着安乐的生活,但是她认为国王以"相不好"为理由而不娶她,是对她的侮辱。

时光流转,冬季大象以开花的野茉莉藤蔓为象牙,毁掉了丛丛莲花;春季狮子杀了冬季大象,终于来到人间,披着绚丽的花簇鬃毛,长着芒果花蕾爪子,在森林里戏耍。每逢这个季节,誉富王都要骑着大象出来观看城里的春季喜庆活动。其时,鼓声大作,以便让大户人家的女子回避,以免她们看见了国王的美貌而堕落。

迷娘听到鼓声,却故意跑到自己家的顶台上让国王看见,因为国王没有娶她而且侮辱了她。国王呢,一看见她就兴奋不已,好像看见了爱火被摩罗耶春风扇旺之后窜起来的火焰。他注视着她的美貌,注视着这一支被爱神成功地射进他心中的箭,顿时昏了过去。国王苏醒过来后,在仆人们的侍候下,回到了王宫。经过盘问,国王才从仆人那里得知,她就是曾经想奉献给他而被他拒绝的那个女子。于是,国王把那些曾经说她相不好的婆罗门驱逐出境,而自己则日复一日,怀着渴望的心情思念着她:"啊,她的容貌无可挑剔,令全世界赏心悦目。有她在,月亮还天天升起,真是愚蠢透顶,不知羞耻。她的乳房硕大而高耸,金制的水罐太坚硬,陶制的水罐太粗糙,都无法用来作它的比喻。她的臀部围着星环般的腰带,仿佛发情的大象的头部,谁不为之动心? "国王心里这样想着她,忍受着爱火的煎熬,一天比一天消瘦。可是,他又不好意思说出自己的心思。直到亲信们凭借种种迹象询问他的时候，他才勉强把自己受折磨的原因告诉他们。"你何必自寻烦恼呢？既然她是受你支配的人，为什么不把她据为己有呢？"他们虽然这样说，国王却根本不同意那样做，因为他是奉行正法的人。

赤胆忠心的将军持力闻讯前来，拜倒在主子脚下，恳求道："作为奴仆的妻子，她就是你的女奴，而不是他人的妻子。我呢，又自愿把我的妻子献出。因此，你就娶了她吧！不然的话，陛下，我就把她扔在这里的庙里，而你把她当作庙里的女子娶来，这样就没有丝毫罪过了。"尽管将军一再这样请求，国王却压着心头的怒火对他说："我身为国王，怎么可以做出这样的事情？因为一旦我自己越轨，谁还会遵守本分？罪恶往往带来一时的欢乐，却铸成来世的大苦难。你那么忠诚，怎么也会让我去作恶？如果你把合法的妻子抛弃，我不会饶恕你。因为像我这样的人，岂能容忍冒犯正法的行为？因此，我与其作恶，还不如死。"国王说完这番话，拒绝了那位将军。因为品质高尚的人宁可抛弃生命，也不会抛弃正道。国王甚至还以同样的方式断然拒绝了集会请愿的市民和村民。后来，在爱情之火的煎熬下，国王的身体渐渐地毁灭了，但是荣誉犹存。将军接受不了主人的死，也投火自焚。虔诚的信徒们的行为真是难以解释。

僵尸鬼在三勇军王肩上讲完这样一个稀奇的故事以后，又问他："现在，国王啊，你说吧！将军和国王，两个人中谁的德性更好？附带条件以前对你说过。"听僵尸鬼讲到这里，国王放弃沉默，回答它："在两个人中，德性更好的是国王。"

僵尸鬼听罢此话，很不满意地对他说："将军一片忠心，把自己的妻子奉献给主人，况且他已深知与她欢合的乐趣。此外，主人一死，他还投火自焚。而国王呢，他是在尚未尝到欢合之乐的情况下，放弃他的心上人的。因此，这个将军岂不是更好？国王啊，你说吧！"

国王听僵尸鬼这样说完，笑了笑，便说："将军出自名门，他这样做无非是出于忠诚，为了主人，那有什么稀奇？因为，对于仆人来说，保护主人是他的天职，哪怕搭上性命。而国王们呢，他们妄自尊大，不受约束，贪图享乐，肆意践踏法规,犹如大象踩断脚镣。因为他们好高骛远,他们的辨别能力全都随着灌顶的圣水而流失,好像被洪水冲走一样。他们从长者那里学过的经书义理也跟灰尘、苍蝇和蚊子一样,好像都被挥动的拂尘产生的风吹掉了。华盖为他们挡住阳光,也挡住了真理。他们的眼睛被荣华富贵的狂风伤害以后,看不见正道。就连征服世界的友邻王,也被欲魔迷住心窍,走上邪路。然而,这位国王呢,即使他已经无敌于天下,也未被像幸运女神那样轻浮的迷娘迷住。作为正法的化身,他哪怕抛弃生命,也决不在邪路上走一步。因此,我认为他更好。"

听到国王这番话以后,僵尸鬼又施展魔力,一下子从他肩上回到了自己的地方。国王呢,又照样飞快地追上去捉拿它。因为大人物做事,无论多么困难,也不会半途而废。

第二十五章

(第十八个故事)

坟场周围到处是焚尸木堆的火,像饿鬼一样,卷着舌头般的火焰,吞食着死尸。三勇军王却毫不动摇,连夜回到那棵无忧树下。不料,他看见树上挂着许多样子相同的附有僵尸鬼的尸体。他想:"啊,这是怎么回事呢?是不是这僵尸鬼摇身一变,故意再浪费一点时间呢?因为现在有这么多的尸体,我不知道该从哪一具尸体下手了。今天夜里如果我达不到目的,我就投火自焚,而不忍受他人的耻笑。"

僵尸鬼知道了国王的这个决定,对他的勇敢非常满意,便把自己变出的幻象收了起来。于是,国王看见树上只有一个僵尸鬼附在一具尸体上,便又一次把它扛在肩上,然后出发。走着走着,僵尸鬼又对他说:"国王啊,你从不畏惧退缩,真是了不起。现在听我讲这个故事吧!"

有一座名为优禅尼的城市,它仅次于享乐城和甘露城,位居天下第三。在那里,凡是优秀的行善人能够得到的种种享受应有尽有。大神湿婆在难近母女神以修苦行向他求婚以后,亲自选择这座城作为居所,因为他欣赏这里充满优点,无与伦比。在城里,挺拔只见于美女们的乳房,收缩只见于她们的眉间,轻浮只见于她们的眼睛,黑暗只见于夜晚,虚伪只见于诗人们的阿谀奉承之词,狂醉只见于大象,凉爽只见于珍珠、檀香水和月亮。

那里的国王名叫月光。他有一个大臣名叫天主。天主是一个富有的婆罗门,博学多闻,经常祭祀。到了适当的时候,他得了一个儿子,为儿子取名月主。月主长大以后,虽然读过书,却一味嗜好赌博。

有一次,婆罗门的儿子月主到一个由赌徒开设的大赌场去赌博。赌场里灾难不断,梅花鹿色的骰子成了它们的眼睛,一经掷出,就好像被它们用来察看:"我们会拥抱他们中的哪一个呢?"那赌场通过赌徒们的争吵声,好像不断地传出吼声:"谁不在我手下输个精光?连财神也一样!"月主走进赌场,跟赌徒们玩骰子。慢慢地他把衣服等物都输光了,然后赊账赌,还是输了。他没有钱,结算的时候拿不出钱,被赌场老板拦住用棍棒痛打了一顿。婆罗门的儿子浑身上下被棍棒打伤以后,就倒在地上装死,像石头那样一动也不动。他这样在赌场里躺了两三天以后,赌场老板非常恼火,便对手下的赌徒们说:"这家伙已经僵了。你们先把这废物搬走,扔到枯井里去吧!我会给你们钱的。"听他这么一说,赌徒们就抬着月主去找井,找着找着,到了处远离赌场的森林。一个年老的赌徒对其他赌徒说:"这家伙差不多已经死了。我们何必把他扔到井里去呢?就把他扔在这里,然后就说已经扔到井里就得了。"所有的人都赞成他的这番话,说道:"好吧,就这么办!"

等赌徒们扔下他,走开以后,月主就爬起来,进了那里的一座空荡荡的湿婆庙。他很痛苦,在庙里稍微休息一下后,心里想:"哎,我太相信别人。赌徒们用骗术让我输个精光。我这样一丝不挂,伤痕累累,满身尘土,到哪儿去呢?父亲、亲属或者朋友看见以后,会说我什么呢?我还是先在这里呆着,到了晚上再出去看看,怎么能尽量找到食物来充饥。"他精疲力尽,赤身裸体,这样想着想着,太阳便降了温,扔下当作衣服的天空,到西山去了。

就在这时,有一个湿婆大神的信徒来到庙里。他全身涂灰,头上披着发辫,手里拿着三股叉,好像是大神湿婆第二。那苦行者见了月主,问道:"你是何人？"听他讲了事情的经过之后，看他还恭敬地弯着腰，苦行者便对他说："这里是我的修道院。你是不期而至的客人，已经饿得疲惫不堪。因此，请起来！沐浴之后，请吃一份我乞讨得来的食物吧！"听了苦行者这番话，月主对他说："我是一个婆罗门，圣人啊！我怎么能吃一份你乞讨得来的食物呢？"

苦行者是一个精通咒术的人，而且非常好客。听罢此话，他就进入自己的小茅屋，念一种如意咒语。那咒语一念就来，说道："有何吩咐？"苦行者便命令它："款待这位客人！"那咒语说罢"遵命"，月主就看见面前出现了一座既有花园又有侍女的黄金城，禁不住大吃一惊。黄金城里的侍女们来到他面前说："请起来，好人啊！来吧！请沐浴、吃饭和休息吧！"说完，她们带他进城，服侍他沐浴，给他抹油膏，给他穿上衣服，然后把他带到一间上等的房间去。青年月主看见房里为首的一个女郎，长得十全十美，好像是创造主出于好奇而创造出来的。她站起身来，热情地让他跟自己坐在同一把椅子上。月主跟女郎一起共享天上的食物。享受过饭菜、水果、甜食和槟榔之后，夜里躺在床上，月主又按自己的情味享受了与她欢合的乐趣。

第二天早晨，月主醒来后，只看见湿婆神庙在那里，却不见了那座城、那个天女和她的仆人。这时，苦行者也走出了小茅屋，满面笑容地问他夜里过得是否愉快。月主却满面愁容地告诉苦行者："承蒙您照顾，圣人啊，我夜里过得很愉快。可是如果没有那天女，我的性命就要丢了。"听罢此话，慈善的苦行者笑着对他说："请在这里原地留下！到了晚上，你又会有同样的经历。"苦行者这样说了，月主就按照他的办法，每天夜里靠他的恩惠享受着非人间的那些快乐。

后来，月主终于知道这是咒术的功效。有一次，在命运的催促下，他先讨好这位苦行者之王，然后不断地乞求："圣人啊，我已经投靠你，如果你真正可怜我，你就把具有那么大功效的咒术传授给我吧！"他这样死说活说，苦行者告诉他："这种咒术你是不可能修习的。因为它要在水中修习。而在水下，修习者一念咒语，它就造出一系列幻象来迷惑他，使他失败。因为他在水里会看见自己又出生，看见自己从一个儿童，变成青年，娶妻子，生儿子。他还会被弄糊涂，一时以为：'这是我的朋友，那是我的敌人。'他还会忘记现世，忘记自己正在修习咒术。但是，如果修习者正当二十四岁，意志坚定，在师父的咒术帮助下完全清醒,在水下不忘现世,知道那是幻觉作用,不受其影响,照样投火焚身,那么这个人的咒术就修习成功了。他出水以后,就能悟得真谛。否则,任何学徒的咒术都不会灵验。不仅如此,如果传授给不相称的人,连师父的咒术也会失灵。既然光凭我的成就就已经能够有求必应,你何必还这样固执呢?弄不好,我的咒术会失灵,连你的享受也落空。这可千万试不得!"

苦行者苦口婆心说了这样一番话,月主还是固执地对他说:"我什么都学得会。你别为此担心!"没办法,苦行者只好答应向他传授那种咒术。啊,一旦答应了求告者的要求,善人们什么事情不会去做?

湿婆大神的信徒把月主带到河边,对他说:"孩子啊,你念着咒语看见幻象的时候,我会用咒术使你清醒,然后你必须投入幻火。我呢,始终为你留在这河边。"说完,等月主啜饮和清净以后,清净的优秀苦行者就正确地教他念那咒语。然后,师父留在岸上,月主向他深深地鞠躬之后,就迫不及待地跳进那条河里。他在水下念咒语,立即被它的幻象弄糊涂了,一时把一生的事情忘得精光。这时候,他依次看见:自己投胎到另一个城市,成为某个婆罗门的儿子,渐渐地懂了事,举行了入教仪式,读了书,娶了妻子,不知苦乐,心满意足,有了儿子;接着,他跟父母和亲属一起住在城里,守着妻子,疼着儿子,忙这忙那。

尽管他这样在幻觉中过着另一生,身为师父的苦行者却始终在施展让他及时清醒的咒术。在师父咒术的作用下,他突然清醒过来,想起了自己和师父,明白了那是一系列幻象。为了得到可以靠咒术得到的结果,他正要投火焚身,却被他的尊长和亲友们团团围住。虽然受到他们多方劝阻,由于渴望天国的幸福,他仍然由亲属们陪着,到备有火葬柴堆的河边去。在河边上,他看见父母年迈,妻子欲死,幼子在啼哭,便迷惑起来,心想:"哎,一旦我投火焚身,自己的亲人全都会死。而且,我还不知道师父那番话可信不可信。因此,我是投火焚身好呢,还是不投火自焚好呢?不过,师父那番话是会应验的,怎么会不可信呢?所以,我还是投火自焚好。"经过这一番考虑,婆罗门月主便鼓足勇气投身入火。而在火中,他感觉到冰凉,惊讶不已。幻象消失以后,他从河里钻出来,向岸上走去。到了岸上,他看见师父在岸边,便俯伏在他脚边,行了礼。他把自己的体验都告诉了师父,直讲到火是冰凉的为止。于是,师父对他说:

"孩子啊,我怀疑你在这件事情上出了差错。不然,到你这儿,火怎么会变成凉的呢?因为,这样的情形在修习法术的时候从未出现过。"听到师父这些话,月主说:"圣人啊,我没有出任何差错。"师父为了探个究竟,便念了那咒语。结果,无论是对他,还是对他那徒弟,那咒语都未显形。于是,两个人丢了咒术,垂头丧气地离开了那里。

僵尸鬼讲完这个故事,提出了以前讲过的条件,又问三勇军王:"国王啊,我有这么一个疑问,请你解决。你说,为什么在按照规则修行的情况下,那两个人还会把法术丢了?"

听到僵尸鬼这样问,英雄国王对它说:"我知道你在这里浪费我的时间,魔术王啊!即使这样,我也告诉你。那是因为,只要一个人的心还未达到清净、果断和坚定的境界,那么他的修行无论多么规范,多么难能可贵,也是不可能获得灵验的。那个年轻的婆罗门在这件事情上慢慢吞吞,即使经过提醒,他仍然疑虑重重。所以,他没有修习到那咒术,他师父也因为向不适当的人传授而丧失其咒术的成效。"

国王讲到这里,僵尸鬼就又从他的肩上,人不知鬼不觉地回到自己的地方去了。国王也照老样子去追赶它。

第二十六章

(第十九个故事)

三勇军王又回去,从那棵无忧树上捉到僵尸鬼,然后扛着它出发。走着走着,僵尸鬼又对他说:"国王啊,我给你讲一个有趣的故事。请听!"

有一座天宫似的城市,名为瓦格罗勒格。那里有一位天帝似的国王,名叫日光。他招人喜欢,犹如大神诃利化身野猪,从海底救出这个大地后,便用手臂长久地支撑着它。在这位君王的国家里,人们只有在被烟熏着的时候才会流泪,只有在男女相爱的时候才会谈论死,只有在卫兵们身上有金制的刑杖。国工富有一切财宝,唯一不满意的事情是,尽管后妃众多,却未生一个儿子。

此话不提。且说在耽摩栗底大都城里,有一个商人,名叫财护,是当地的首富。他只生了一个女儿,名叫有财。她的美丽表明她是一个受了诅咒而转生为凡人的持明女。她长大成人以后,那个商人死了。在国王的袒护下,族亲们夺走了他的财产。财护的妻子名叫有金,因为惧怕抢夺遗产的亲属,就连夜带着隐藏下来的自己的珠宝和首饰,跟自己的女儿有财一起偷偷离家逃走。黑夜和痛苦使她俩周围和内心都成了一片黑暗。在女儿的搀扶下,有金好不容易走到城外。

说来也巧,她在城外摸黑走路的时候,肩膀无意之中撞上了一个被钉在尖桩柱上处死的贼。那贼还没有死,被她的肩头一撞,就更痛苦了。他说道:"啊,是谁把盐撒在我的伤口上?"于是,商人的妻子就问他:"你是什么人?"那个贼回答说:"我是一个在这里示众的贼。我有罪,尽管今天被钉在尖桩上,但是还没有断气。夫人啊,现在请告诉我,你是什么人?你这个样子要到什么地方去?"听罢此话,商人的妻子便把自己的事情从头至尾都告诉了他。同时,东方用明媚的月亮当作吉祥志打扮了自己的面容。于是,那个贼在四方明亮的情况下,看见了商人的女儿有财姑娘,然后对她母亲说:"我有一个要求,请听我说!你把你这个闺女嫁给我吧!我给你一千金币。"她一边笑,一边问道:"你娶这姑娘有什么用呢?"那个贼听罢又说:"我就要死了,还没有一个儿子。而没有儿子的人就不得转世。想到她可以按照我的要求在任何情况下为我生一个借生子,所以我要娶她。你就成全了我的这个愿望吧!"听到这番话,商人的妻子因为贪财,答应了这个要求。她还从不知什么地方取来了水,把它浇在那个贼的手上,说道:"我把这女儿嫁给你了。"那个贼获得她把女儿嫁给他的允诺之后,对她说道:"到那棵榕树下去挖吧!把那些金子收下!你要等我断了气,依照习俗让人把我的尸体烧掉,并且把我的遗骨投到圣河里去,然后带着女儿到瓦格罗勒格城去。那里的日光王实施仁政,百姓安乐。你可以平平安安、无忧无虑、称心如意地住下去。"说完,那贼渴了,喝了她给的水,便被尖桩造成的痛苦夺走了生命。

商人的妻子按照贼的话,去榕树底下挖出金子,然后带着女儿秘密地到丈夫的一个朋友家去。在那里,她按照习俗,让人把那个贼的尸体烧掉,然后又派人去把他的遗骨投到圣河里。第二天,她带着收藏好的财物,跟女儿一起离开朋友家,走了一程又一程,终于到达那座瓦格罗勒格城。她向城里一个名叫世授的大商人买了一座住宅,便跟女儿有财一起住在那里。

当时,城里有一位教书先生,名字叫毗湿奴主。他有一个徒弟,是一个非常英俊的婆罗门,名叫心主。心主虽然血统高贵而又满腹经纶,但是青春年华征服了他。他爱上了当地一个名叫汉莎瓦丽的妓女。她收费五百金币。而他没有这样一笔钱,每天都垂头丧气。

有一次,商人的女儿有财从楼顶上看见心主虽然垂头丧气,但是身材清瘦,仪表堂堂。她爱上了他的英俊美貌,想起了那个做贼的丈夫的遗嘱,便巧妙地对正在身旁的母亲说:"妈妈呀,你看这婆罗门公子多么英俊,简直是在向全世界的眼睛里降下甘露雨。"听到这番话,她的母亲,商人的妻子就知道她已经爱上他,便在心里想:"我这女儿迟早要按照丈夫的命令为了生一个儿子而选择一个男人。因此,为什么不去求这个男人呢?"想到这里,她就把这个愿望告诉了一个心腹丫头,派她去为小姐把心主请来。丫头先去把他领到一个没有闲人的地方,然后就把女主人的愿望告诉了他。听完之后,那放荡不羁的婆罗门青年对她说道:"如果付给我五百金币去嫖汉莎瓦丽姑娘,那么我就去一夜。"听他这样说,丫头就回去如实报告。商人的妻子听说,便让丫头把那笔钱给他送了去。于是,心主收了她的钱,随着丫头前往有财的房间。在房间里,他看见了满怀着期望、装饰着大地的美人儿,犹如饮光鸟见了月光那样,兴奋不已。他与她在欢合和玩乐中度过了那一夜,天亮以后便从那房间出来,像来的时候那样,偷偷地回去了。

商人的女儿有财呢,从此怀了胎。她按时生下一个儿子。那儿子有一副福相,前程可想而知。由于生了儿子,她和她母亲非常满意。当天夜里,大神湿婆托梦告诉她俩:"把这襁褓中的孩子连同一千金币,在黎明时带去放在日光王的门边吧!如此必有后福!"听到大神湿婆的话,商人的女儿和她母亲都醒了,互相说了刚才那个梦。出于对大神的相信,她俩便把孩子和金子一起带去,放在日光王的宫门旁边。

这时候,大神湿婆又托梦告诉每天都渴望儿子的日光王:"起来吧,国王啊!有人在你的宫门旁边放了一个漂亮的男孩和金子。他在襁褓中,你把他收下吧!"听到大神湿婆这样说,国王在天亮时醒来,守门的卫兵们进来向他报告了同样的情况。于是,他亲自出去,看见了宫门旁边的那个男孩和一堆金子。那孩子长相吉利,手上和脚上有线相、华盖相和旗幡相等胎记。国王亲自用双臂抱起孩子进了宫,嘴里说着:"这是湿婆大神赐给我收养的儿子!"然后,他举办庆典,施舍无数钱财,以致"穷"字成为唯一的废字。日光王看舞蹈,听音乐,欢庆了十二天,然后给那个孩子取名月光。

月光王子的个子渐渐长大,优秀的品德也随之增加,令众大臣无不欢喜。王子成年以后,大家公认他已经以英勇、慷慨和博学等使百姓敬服,能够肩负起统治天下的重任。年迈的父亲日光已经无所企求,看见他那样便立他为王,然后到圣地波罗奈城去了。在精通政道的儿子统治天下期间,国王在那里修着严厉的苦行,离开了尘世。

月光王是一个奉行正法的人。知道父亲去世以后,他非常悲伤。办完法事,他就对众大臣说:"时至今日,我怎么能够还清欠父亲的债呢?尽管如此,我还要亲自报答他一回。我要按规定把他的遗骨带去投入恒河。我要到伽耶去向所有的祖先祭供饭团。顺便,我还要去朝拜圣地,直到东海为止。"国王这样说完,众大臣便对他说:"王上啊,一个国王无论如何不宜那样做。因为王位的漏洞很多,不加看守就一刻也保不住。所以,报答父亲的事情应该让别人替你去做。除了履行自己的职责,你何必还要去朝拜什么圣地呢?国王们习惯受到护卫,如何受得了多灾多难的朝圣旅行?"听罢众大臣这番话,月光王说:"何必顾虑重重?我已决定,我必须为父亲去一趟。我还必须趁我年纪允许的时候去朝拜圣地。肉体刹那生灭,谁知道以后会发生什么事情?而你们必须守护我的王位,一直到我回来。"听到国王的决定,众大臣便保持沉默。于是,国王备好了旅行用的资粮。

月光王把国家委托给众大臣以后,便在一个吉祥的日子,先沐浴、祭拜圣火和敬拜婆罗门,然后穿着修道人的服装,意念清净地登上一辆合适的车。诸侯们、武士们、市民们和村夫们依依不舍地跟随着他,直到边境他才好不容易说服他们回去。于是,他带着国师和已经上车的众婆罗门一起启程。一路上,他看着形形色色的服装,听着腔调各异的方言打发时间,经过各种各样的地方,终于到达恒河。他看见恒河好像正在用一层层波浪筑起一座供凡人登上天国的梯子,看见恒河正在学着难近母神的样子,因为它也源于雪山,也在抓大神湿婆的头发逗乐,也受到众大仙的礼拜。他下车后,在恒河里沐浴完毕,便按照仪轨将日光王的遗骨投入河中。举行过祭祖仪式,布施过财物以后,他又登车出发,渐渐地到达仙人们赞美的钵罗耶伽。在那里,恒河与阎牟那河汇合在一起,为了人们的福祉闪闪发光,如同一道火焰与一道黑烟结合在一起。月光王在那里斋戒绝食,完成沐浴、布施和祭祖等后,就前往波罗奈城。波罗奈城好像利用被风吹得上下舞动的庙幡,老远就喊着:"来吧!获得解脱吧!"他在那里斋戒绝食三天,然后用适合自己身份的种种供品供养大神湿婆,就向伽耶前进。树木因果实累累而弯曲,鸟儿动听地鸣叫,好像在向他一边鞠躬行礼,一边诵唱赞歌,步步如此。风儿抛撒着野花,好像向他表示敬意。这样走着走着,他穿过一座座森林,到达吉祥的伽耶山。在那里,月光王按照仪轨举行了盛大的祭祖仪式,然后进入一座苦行者居住的森林。他在伽耶井旁,正要向父亲祭供饭团的时候,从井里伸出了三只手来取那一个饭团。见此情景,国王大惑不解,便问自己的那些婆罗门:"这是怎么回事呢?我应当把祭供的饭团放在哪一只手上呢?"众婆罗门对他说:"陛下,先说这一只,它上面有那样一个铁钉钉着,一定是贼的手。这第二只手里拿着吉祥草,是婆罗门的手。这第三只手的手相好,戴着戒指,是国王的手。所以,我们不知道这个祭供的饭团应该往哪儿放,也不知道这是怎么回事。"听罢婆罗门这番话,国王不知道如何对这件事情进行裁决。

讲完这个奇妙的故事,僵尸鬼又问三勇军王:"那个祭供的饭团应该往谁的手里送?现在请阁下告诉我!以前那个条件,这一回对你依然有效。"

听罢僵尸鬼这番话,精通此道的三勇军王打破沉默,对它说道:"那个祭供的饭团应该供在那贼的手上。因为月光王是他的借生子,而不是另外两个人的儿子。不承认他是生他的那个婆罗门的儿子,是因为那一夜婆罗门把自己卖了钱。日光王为他举行了圣礼,而且把他扶养成人,如果没有收取那些金子,可以认为他是日光王的儿子。然而,那襁褓中的婴儿的头边所放的金子是他的扶养费和其他费用。所以我认为,既然那个贼合法地娶了他的生母,既然生他的命令是那个贼下的,既然所有的钱都是那个贼给的,那么他就是那个贼的借生子,他就应该把祭供的饭团放在那个贼的手上。"

　　国王讲到这里,僵尸鬼就从他的肩上回到自己的地方去了。三勇军王呢,又去追赶它。

第二十七章

（第二十个故事）

　　三勇军王又从那棵无忧树上,把僵尸鬼捉来扛在肩上,然后出发。他默不作声地往前走时,肩上的僵尸鬼对他说:"国王啊,你怎么这样固执? 你走吧! 享受夜间的安乐去吧! 你不应该把我带到那个该死的修道人那儿去。但是如果你还要坚持那样做,那么你就坚持吧! 现在请听这个故事!"

　　有一个城市名为妙峰,名副其实。那里的种姓在划定区域之后,从未越出自己的边界线。从前,那里有一个国王名叫月观。他是众王之中的顶珠。他向爱戴他的人们的眼睛里降下一阵阵甘露。智者们赞扬他是拴住猛象的柱子、慷慨的发源地和美丽的显形处。虽然荣华富贵无所不有,却还没有找到一个适合自己的妻子,这是正当青春年华的国王唯一的心事。

　　有一次,为了消愁解闷,国王带着骑士们到一座大森林去打猎。在森林里,他接连不断地射箭,射穿成群的野猪,犹如出现在阴天上空的太阳,用阳光射透黑暗。他勇武胜过阿周那,竟使疯狂搏斗、鬃毛铮亮的凶猛狮子一个个躺倒在箭床上。他勇武如同因陀罗,在砍掉了那些山一般的八足兽的翅膀后,又投出坚硬如金刚杵的标枪把它们击倒。

兴致一起,国王想到森林深处去,便在马的后蹄跟上猛击一下,独自催马前进。由于后蹄跟挨了打,再加上挨了一鞭子,那匹马受到刺激,异常兴奋,不顾道路平不平,刹那间超越风速,跑到十由旬之外,把他从这一座森林带到了另一座森林,颠得他连感觉都麻木了。当那匹马停下来的时候,国王已经迷失方向。他疲惫地徘徊着,看见附近有个很大的水池,风儿吹得那些手臂一般的莲花不停地弯下又伸直,好像是水池在向他招手示意:"请到这里来吧!"于是,他到了水边,先卸下鞍,让马恢复力气,给它洗澡和饮水,把它拴在树荫下,再给它喂上一大堆草。然后,他自己沐浴,喝水,解了乏。池边各处,风光宜人,他看看这儿,看看那儿。

有个地方有一棵无忧树,树下有一个修道人的女儿美得出奇。她在一个女友陪伴下,戴着花朵饰物,树皮衣使她更美,天真地束起来的发辫尤其迷人。国王看见她,落入了情网,心里想:"那姑娘可能是谁呢?难道她是到水池来沐浴的莎维德丽?不然,难道她是从大神湿婆怀里下来再修苦行的难近母神?再不然,难道她是趁着月亮下了山在白天持戒的月色美人?因此,我还是悄悄地到她身边去弄个明白为好。"想到这里,国王便向那姑娘身边走去。

她呢,发现他正在走来,眼神由于他的美貌而变得惊慌起来,正在编织花环的手也不动了,心里想:"在这么一座森林里,那是谁呢?是一个悉陀,还是一个持明?他的美貌真可以使全世界的人不虚有一双眼睛。"想到这里,由于害羞,她站了起来,一边低下头偷偷地看着他,一边准备离去,尽管那两条腿无力挪动。

国王走到她面前,彬彬有礼地说:"美人啊,对于一个远道而来、唯求一见的人,在初次见面的时候,欢迎等礼节就免了吧!不过,这样躲闪回避,难道就是修道人之道吗?"国王这样说过之后,同她一样聪明伶俐的女友便留在那里,款待国王。

于是,国王急切而又友好地问她的女友:"好姑娘,你这位朋友装饰的是哪一个有福的人家?她那往耳朵里滴甘露的名字叫什么?这如花一般娇嫩的身体在这人烟稀少的地方,受适合苦行者的生活的折磨,是为了什么?"听罢国王这番话,她的女友回答说:"我的女友是干婆大仙的女儿,由弥那迦所生,在净修林里长大,名叫莲花光。经父亲允许,她到这里的这个水池来沐浴。她父亲的净修林就在离这儿不远的地方。"听罢她的一番话,国王高兴地骑上马,前往干婆大仙的净修林,去向他求亲。他规规矩矩地把马拴在外边,然后进入净修林。

净修林里到处是苦行者,他们编着发辫,穿着树皮衣,就像一棵棵树那样。在净修林中央,他看见干婆圣人,容光焕发,和颜悦色,在众仙人围绕下,犹如众星拱月。国王走上前去,拜倒在他脚下,行礼致敬。那知书识理的圣人款待了他,并且让他休息解乏,然后立即对他说道:"月观啊,我的孩子!我要向你提一些忠告,请你听一听!你知道,世界上的生灵是多么怕死。那么,为什么你还要杀害那些可怜的野兽?因为武器是创造主为了保护担惊受怕者而给武士创造出来的。因此,你要依正法保护百姓,根除罪犯!你要通过驯象马和习武艺等保住不稳定的王位!你要享受治国之乐,乐善好施,扬名天下!你要戒掉把死亡当儿戏的残忍的打猎恶习!既然杀者、被杀者和其他人都同样受损失,那么何必还要做这种有百弊而无一利的事情呢?般度的遭遇难道你没有听说过吗?"

听了干婆圣人这番话,精明的月观王欣然接受,然后对他说:"尊者啊,承蒙指教,获益匪浅。我不打猎了。但愿所有生灵无所畏惧!"听罢此话,圣人便说:"你这样把安全赐予所有生灵,我很满意。因此,选择一个你想要的恩典吧!"听圣人这样说,国王知道时机成熟,便说道:"如果你满意,就请把女儿莲花光嫁给我吧!"国王提完这个要求,圣人就把刚才去沐浴的那个女儿许给了他。她是天女所生,与他门当户对。

于是,净修林里苦行者的妻子们把莲花光打扮了一番,为她举办了婚礼。苦行者们流着热泪跟随她走到净修林的边界。然后,国王与妻子莲花光一起上马,立即从那里出发。他走着走着,太阳感到这天的活动延长了时间,似乎很累,便落山了。渐渐地,夜美人出现了。她长着鹿儿眼,洋溢着爱情,用黑暗作为青布,遮盖身体。这时候,国王在路上遇到一棵无花果树。这棵树在一个湖的岸边,湖水清净,如同善人的心底。他看见地面在茂密的枝叶遮盖下,青草丛生,幽暗隐蔽,便决定在那里住一夜。于是,国王下了马,给马喂草饮水,然后到池岸喝水乘凉。休息了一阵之后,他就跟妻子,那修道人的女儿一起在树下的鲜花床上躺下。

就在这个时候,月亮除掉了黑暗天幕,抓住东方女郎的红润的脸亲吻。在月光的拥抱下,四面八方无不脱离黑暗,暴露无遗,失去尊严,变了颜色。月光穿过茂密的蔓藤,像宝石灯一样把树下照亮。此时在那树下,国王拥抱着莲花光,享受着欢合之乐。初次结合使那欢乐既令人渴望,又充满情味。他似乎由于害臊而缓慢地脱掉她的衣裙。他咬碎了她的似乎麻木的下嘴唇。她的一对乳房犹如春情发动的大象的双颊上鼓出来的球,他在其间用指甲掐出来的伤痕犹如做了一串新的珍珠项链。他反复亲吻她的嘴、面颊和眼睛,好像在各处吸吮点点滴滴的美貌甘露。就这样,国王与妻子寻欢作乐,夜晚似乎刹那间逝去。

第二天早晨起身后,做完早祷,国王就要带着妻子去找自己的军队。这时候,夜里夺走四色莲花之美的月亮已经失去光辉,胆怯地钻进了西山的山谷。而太阳好像愤怒而脸色通红,伸出手掌,举起弯刀,想要杀月亮。突然,不知从哪儿来了一个梵罗刹,他长得灯烟一般乌黑,头发黄得像闪电,整个儿像一块乌云。他戴着用内脏串起来的花冠,身上挂着头发做成的圣线,嘴里嚼着人头肉,用头盖骨当碗喝着血。他青面獠牙,令人生畏,狂笑之后,愤怒地口吐烈火,威吓国王说:"可恶的家伙,听着!我是一个梵罗刹,名叫焰口。这棵无花果树是我的住处,连天神们也从不侵犯它。这样的地方竟遭你的践踏,被你与妻子一起受用。如今我夜行回来了,你就尝尝对我无礼的果报吧!坏蛋!你被爱情冲昏头脑,我要把你的心挖出来吃掉,我还要喝你的血。"

国王听罢此话,看见他那样可怕而又不可能被杀死,便吓得浑身发抖,彬彬有礼地对他说:"我无意之中冒犯了你,请饶恕我吧!因为在你这个住处,我是一个求庇护的客人。只要能使你满意,你想要一个什么样的人做牺牲,我就会带一个什么样的人来献给你。所以,你就开开恩,息怒吧!"听罢国王这番话,梵罗刹心里想:"行!不错。"然后他平心静气地说:"我要一个本地出生的七岁的婆罗门童子。他智勇双全,自愿为你舍身。临杀害他的时候,父母要让他躺倒在地,紧紧地压住他的手和脚。如果在七天之内你亲自把这样一个人一刀砍死,拿来献给我,那么我就饶恕你的无礼。否则的话,国王啊,我就一下子把你和你的臣下统统消灭掉。"国王听到上述条件,吓得连声答应:"行,行!"而那个梵罗刹则顿时隐身消失。

国王月观带着莲花光上马出发,垂头丧气地找着军队,离开了那里。"啊,我被打猎和爱情冲昏了头脑。我像般度那样突然遭到毁灭。我真愚蠢!因为,上哪儿去给那罗刹找那样一个牺牲品呢?那我就先回自己的都城去,看看情况再说吧!"这样想着,他发现正在找他的军队来了。于是,他就在军队陪伴下,带着妻子,前往自己的妙峰城。到了城里,发现他娶了合适的妻子,举国上下大事庆祝。而他则把痛苦藏在心里,熬过了那天。

第二天,他把自己的事情从头至尾秘密地告诉了众大臣。其中有一个聪明的大臣对他说:"陛下,你别垂头丧气!我会给你找一个这样的牺牲品带来。因为天下之大,无奇不有。"

那大臣这样安慰过国王后,立即让人造了一座本地七岁男童的金像,然后用宝石把它装饰好,安置在轿子上,带着它在城市、村庄和牧场到处游行。"如果有本地出生的七岁婆罗门童子想要帮助父母,自愿为众生而舍身祭供一个梵罗刹;如果经父母允许后,他决心作牺牲,并且在被杀时由父母抓住他的手和脚,那么国王就把这一座用黄金和宝石制成的像以及一百个村庄赠送给他。"金童像游行的时候,大臣让人在前面不断地这样击鼓宣告。终于,在国王赠给婆罗门的一座村庄里,有一个本地的婆罗门童子,尽管只有七岁,却英勇非凡,相貌惊人;由于前世修成,他从小就乐于助人,好像是百姓们功德圆满的果报。他听到击鼓宣告之辞,便去对宣告的人说:"我为你们舍身。我去向父母禀告以后就回来。"大家听他这样说,都很高兴。得到他们同意之后,小童子就回到家里,双手合十,对自己的父母说:"为了众生,我要献出我这会坏死的身体。请允许我这样做,并且把你们自己的贫困也消除吧!因为国王会给我那座用黄金和宝石做成的像以及一百座村庄,我把它们收下以后就给你们。这样,对我来说,既报了你们的恩,又帮了别人的忙。而对你们来说,失去贫穷,还会得到许多儿子。"听罢他这番话,他父母立即对他说:"儿子,你说什么?你是被风吹糊涂了,还是被灾星夺走了魂?不然,你怎么会说胡话呢?因为,谁会为了钱财送儿子去死?哪一个童子会舍身?"听到父母这些话,那孩子又说:"我并非因为丧失理智而说胡话。请听我把话说清楚!这身体是痛苦的土壤,充满难以言说的污秽,一出生就非常令人厌恶,肯定是会毁灭的。因此,智者们说,利用这毫无价值的身体所获得的功德,是这个世界上唯一有价值的东西。而除了利益众生,还有什么更大的功德呢?如果在这个时候还舍不得离开父母,那么这身体还有什么用呢?"这个意志坚定的孩子用诸如此类的话语迫使伤心的父母答应了他的要求。他又去把那一座金像和一百个村庄的颁赐证书从官吏们那里取来,交给父母。

于是,他让那些官吏在前面带路,由父母陪着,迅速赶往妙峰城去见国王。到了城里,月观王看见那个孩子威风凛凛,神气十足,便如获至宝,满心欢喜。接着,他让人给他抹上香膏,戴上花环,让他骑在大象背上,然后亲自把他和他父母带到梵罗刹的住处去。到了那里,国王的祭官在那棵无花果树旁边画了一个祭坛,摆好了应有的供品,然后往火里投放祭品。就在这个时候,梵罗刹狂笑一声,念诵着吠陀出现了。他喝血喝得酩酊大醉,摇晃着身子,打着呵欠,喘着粗气,眼睛冒着火,身体的影子把周围笼罩成一片黑暗,看上去令人毛骨悚然。月观王看见他以后,恭恭敬敬地说:"尊者啊,他就是我给你带来的祭品。而今天又是我答应献给你这样一个祭品以来的第七天。因此,请按照仪轨收下这祭品吧!"听到国王如此请求,梵罗刹一边用舌头舔嘴角,一边观看那婆罗门童子。这时候,那年幼的大士怀着喜悦的心情想:"但愿我以此次舍身所获功德,给我带来的果报绝不是天国或者无益于他人的解脱!而是一世又一世有益于他人的身体!"他这样祈祷的时候,各路天神的飞车顿时布满天空,他们纷纷降下花雨。

于是,那童子被带到梵罗刹的面前,母亲抓住他的双手,父亲抓住他的双脚。正当国王拔出刀来要往下砍的时候,那童子却大笑起来,直笑得在场所有的人和梵罗刹一个个都丢下自己正在做的事情,惊奇地望着他的脸,双手合十,鞠躬致敬。

僵尸鬼讲完这个稀奇而有趣的故事后,又对三勇军王说:"现在你说,国王啊,是什么原因使那童子居然在那样一个死到临头的时刻还会大笑起来?我对此非常好奇。而如果你知道那原因却不告诉我,那么你的脑袋就会碎成一百块。"

听僵尸鬼讲到这里,国王回答它:"请听我说当时那童子的笑所包含的意思!假如他真是个不中用的家伙,那么在危险临头的时候,他就会叫自己的父亲和母亲来救命;父母不在,就会叫以救苦救难为天职的国王;国王也不在,就会叫自己应该叫的保护神。但是,对于那个童子来说,上述那些人尽管都在场,却又都变得名不副实。因为,由于贪财,做父母的竟抓住他的手脚;为了救自己,做国王的竟要亲自杀死他;而应该做他保护神的梵罗刹竟要把他吃掉。'为了朝不保夕的、至死不会有乐趣的、充满疾病和伤痛的身体,那些糊涂人竟那样地愚痴。在梵天、因陀罗、毗湿奴和湿婆等大神也必定会在其中毁灭的这个世界里,那些人怎么还会对身体的坚固性抱有幻想呢?'看到他们愚痴得出奇,又认为自己的愿望已经实现,正是因为这一惊一喜,那婆罗门童子才大笑起来。"

说到这里,国王就不说了。僵尸鬼又立即施展幻术,隐身从他肩上回到自己的地方去了。国王呢,也再一次毫不迟疑地迅速追赶它。在这个世界上,伟人们的心就像大海的心一样真是不可动摇。

第二十八章

(第二十一个故事)

三勇军王又回去,从那棵无忧树上把僵尸鬼捉下来扛上了肩。在国王赶路的时候,僵尸鬼对他说:"国王啊,听我给你讲个关于男女痴情的故事吧!"

有一座城市名为维夏罗城。它好像是创造主为那些从天上降到人间的善人们在大地上创造的另一座天帝城。那里有一个国王名叫莲脐。他吉祥如意,喜欢善人,胜过钵利王。在他当国王的时候,城里有一个大商人名叫利授,他的财富比财神还要多。他有一个女儿,名叫爱神花,好像是创造主在人间展示的一座天女像。商人把她嫁给了一位高贵的商人之子,他名叫宝胄,居住在耽摩栗底城。商人利授特别宠爱他的独生女儿爱神花,没有舍得让她跟丈夫住到婆家去。可是,爱神花讨厌丈夫宝胄,如同病人讨厌黄连草。而丈夫则爱美貌的妻子超过了爱生命,犹如一个悭吝人酷爱经过长时间好不容易积蓄起来的大量钱财。

有一次,宝胄想念父母,前往耽摩栗底城,回家探望父母。过了几天,热季来了,火辣辣的阳光像箭似的,使出门在外的人无法赶路。充满茉莉花香和喇叭花香的热风吹过,犹如东南西北的天空因离别春季而发出热乎乎的叹息。被风扬起的尘土一阵阵飞上了天,好像是被烤热的大地派去请云彩出来的使者。日子过得很慢,犹如受酷热折磨而渴望树荫的赶路人。春季给人以许多拥抱的欢乐,现在春季过去了,夜晚由于月色朦胧而显得苍白,变得非常短促和无能。

就在那个季节,有一次,商人的女儿爱神花,檀香膏抹得雪白,薄薄的丝绸衣穿在身上,显得很漂亮,跟一个心腹女友一起从自己家楼上的窗户往外望,看见路上有一位婆罗门公子年轻又英俊,像是重新出现的爱神正在寻找妻子罗蒂。他就是国师的儿子,名叫莲花群。他看见了这个可爱的女郎在上面,就像看见了一轮明月,高兴得好像成了晚莲花群。遵照爱神的命令,这两个青年男女一见倾心,真是千金难买。他俩忘记了羞怯,双双堕入情网,被爱情的狂风刮得失魂落魄,神魂颠倒。这时候,一位结伴同行的朋友发现莲花群已经堕入情网,便千方百计地把他送回家中。

而爱神花呢,打听到他的名字以后,也不由自主地随着自己的女友慢慢地回到房间里。她思念着心爱的人,受着爱情狂热的折磨,在床上翻来滚去,什么也看不见,什么也听不见。过了两三天,她既害羞又胆怯,既消瘦又苍白,不堪忍受与情人分离所造成的痛苦。由于与心上人的结合难以实现,她对这件事已经不抱希望了,她想死。有一天晚上,仆人们都已睡着,她轻轻地走出来,好像被从窗户用手臂一般的光线送进来的月亮拉着,向自己家的花园水池走去。水池周围长满了树木和蔓藤。水池边有一座她父亲修造的大庙,里面供着家族的保护神难近母神。她走到女神面前行礼和赞美,然后告诉女神:"如果我今生得不到莲花群做丈夫,那么,女神啊,让他来世做我的丈夫吧!"说完,她激动地用自己的上衣在女神前面的一棵无忧树上做了一个套索。

　　这时,她同屋的心腹女友醒来,发现她不见了,便出来寻找,碰巧来到那花园。女友看见她正在把套索往脖子上套,便喊着"别这样!别这样!"跑过去一把扯断了她的套索。爱神花呢,看见前来扯断套索的是自己的女友,便更加觉得痛苦,一头栽倒在地。经过女友的安慰和询问,她把痛苦的原因和盘托出,然后又说:"摩罗蒂迦,我的朋友啊!我听命于父母等人,难以与心爱的人结合。在这种情况下,我还不如死了痛快。"爱神花被爱神的箭火烧得很厉害。她受不了失望的痛苦,刚说到这里就昏迷过去了。"哎,爱神的命令真是不可违抗,竟把我这个朋友逼成这副样子,而她还是一个向来嘲笑其他不规矩女人的人呢!"女友一边这样悲叹着,一边给爱神花洒凉水、扇风,渐渐地使她苏醒过来;又给她铺一张荷叶床来解热,还把一个冰凉的项链放在她的心口上。爱神花哭哭啼啼,对女友说:"朋友啊,用项链什么的,是不会熄灭我这内心的火的。还是用你自己的智慧做一件能使它熄灭的事情吧!如果你想要我活下去,那就让我与我心爱的人相会吧!"摩罗蒂迦亲切地对她说:"朋友啊,今天已经到了后半夜,来不及了。不过明天我就去跟你的心上人商量,然后把他带到这里来。现在你先坚持一下,进屋去吧!"听到她这一番话,爱神花非常满意,便把自己脖子上的项链摘下来,送给她做报答,并说道:"你现在就回自己的家去,天亮以后再顺顺当当地出门去吧!"这样把女友打发走以后,她就回自己的房间去了。

　　第二天一大早,女友摩罗蒂迦就到莲花群的家去了,没有被任何人看见。到了那里,她在花园里寻找他,发现他正在一棵树底下,受着爱情之火的焚烧,躺在用檀香水浇湿的荷叶床上翻滚,身旁有他的一个知心朋友用荷叶扇风,在那里安慰着他。"他也许是离开了她,才得了这样重的相思病吧!"想到这一点,她欲知究竟,便在那里躲藏起来。

　　就在这个时候,那位朋友对莲花群说:"你看一会儿这赏心悦目的花园,开心一些吧!朋友,千万别在这件事情上惹出灾祸!"听到这些话,婆罗门的儿子对自己的朋友说:"我的这颗心已经被商人的女儿爱神花偷走,现在我胸中一无所有,怎么能开心?既然爱神已经把我这个空心人做成他的箭筒,那就请你帮我抓住那个偷我心的女郎吧！"

婆罗门的儿子说完，摩罗蒂迦解除了疑虑，欢欢喜喜地露了面，走上前去对他说："幸运的人啊，我是爱神花派到你这儿来的。我向你传达她的口信，它的含义很明白：'闯进了一个美人的心，夺走了她的魂，你连招呼也不打就一走了之，这难道是君子的行为吗？'还有，说来奇怪，尽管你偷了她的魂，现在她反倒情愿把身体和性命也送给你。因为她日日夜夜地长吁短叹，呼出来的热气犹如从正在心里燃烧的爱火中冒出来的烟。她的眼泪带着黑眼膏一滴滴往下掉，犹如对她的莲花脸的香气贪得无厌的蜜蜂。因此，如果你愿意，我就给你俩出一个好主意。"听罢摩罗蒂迦这番话，莲花群说："好人啊，你这一番话虽然令人宽心，却又令人担心，因为它既说明我心爱的人对我情深意笃，又说明她身陷痛苦。现在你是我们唯一的救星。你看怎么办好，就请怎么办吧！"莲花群这样说罢，摩罗蒂迦说："今天晚上我悄悄把爱神花带到她家的花园里去。你务必等在花园外边。然后，我自有办法让你进去。这样，你俩就可以称心如意地相会了。"摩罗蒂迦出了这么个主意，婆罗门的儿子高兴满意。她完成了任务，便回去让爱神花也高兴满意。

迷恋黄昏的太阳已经带着白昼不知去向，东方已经用月亮当作吉祥志把脸儿打扮得漂漂亮亮。雪白的晚莲喜笑颜开，好像是想到："幸运女神抛弃日莲而到我这儿来了。"这时候，情夫莲花群打扮好以后，迫不及待地偷偷来到情妇家的花园门外。同时，摩罗蒂迦也巧妙地把熬了一整天的爱神花领进花园，让她坐在中间的芒果树丛里，然后出去把等在那里的莲花群领进来。他一进花园，就看见在枝繁叶茂的树木中间的爱神花，如同赶路人见了树荫。就在他向她走去的时候，她一看见他就跑上前来，一下子把他搂住，羞怯已被爱情的洪流冲走。她说："你往哪儿走？你已经属于我了。"说完，她由于经不起过度的兴奋而停止呼吸，立即就死了，像一枝被风折断的蔓藤倒在地上。啊，爱情的过程真奇怪，到结果实的时候太可怕了！莲花群看到这遭雷打一般的可怕情景，惊呼道："哎呀！这是怎么回事？"顿时昏倒在地。一转眼他又恢复了知觉，把情人抱在怀里，搂着她，吻着她，哭诉着许多伤心话，然后由于受了过度悲痛的严重打击，以致砰然一下，猝然心碎。于是，摩罗蒂迦为他俩痛哭不止。

同时,黑夜看见他俩死去,也似乎因为悲痛而渐渐送了命。

第二天早上,他俩的亲属听到花匠们的报告,来到花园,被弄得极度羞愧、惊讶、悲伤和困惑不解。他们伤心地低着头,迟迟不知如何是好。啊,坏女人真是使家族遭辱骂的祸根。就在这时,爱神花的丈夫宝胄迫不及待地离开父亲家,从耽摩粟底城回来了。他到了岳父家,知道了这件事情,眼泪涌起,模糊了视线,便凭着想象朝花园走来。在花园里,尽管妻子跟别的男人死在一起,他还是深情地望着她,顿时被悲痛的火烧得丢了性命。接着,在场的人大哭起来,同时,市民们闻讯后也都惊呼着赶到了现场。

爱神花的父亲从前请来的难近母神就在一旁。她听自己的侍从们报告说:"那就是为你建庙立像的商人利授,他一向是你的虔诚信徒。现在他遇此苦难,请发慈悲吧!"听到侍从们这番话,救苦救难的女神、湿婆大神的妻子便下了一道命令:"让那三个人痴情消失以后复活吧!"于是,依照女神的恩典,他们一下子都活着站起来了,痴情已经消失,犹如睡着后刚苏醒过来。所有的人见此奇迹,皆大欢喜。同时,莲花群因害臊而低着头回家去了。利授呢,也喜气洋洋地带着羞怯的女儿爱神花和她的丈夫一起往家走。

僵尸鬼在路上讲完这个故事后,又对三勇军王说:"国王啊,你说,在这些痴情人当中,谁最痴? 如果你知道而不说,那么先前说过的那个诅咒就会应验。"

国王听僵尸鬼讲到这里,就对它说:"在那些人当中,在我看来,最痴的似乎是那个宝胄。因为,另外的那两个人是彼此相爱的,而且他们的爱情经过一段时间之后已经成熟。如果他俩死了,那倒也罢了。但是宝胄却痴得过分了,因为在发现妻子与别的男人私通而死了的时候,他本应大发雷霆,但他反倒因为爱她而悲痛得断送了性命。"

国王这样回答以后,僵尸鬼之王又从他的肩上回到自己的地方去了。于是,国王又去追赶它。

第二十九章

（第二十二个故事）

三勇军王又回去，从那棵无忧树顶上找到僵尸鬼，然后把它扛上肩。在路上走着走着，僵尸鬼又对国王说："国王啊，你是个善良而又勇敢的人。现在，请听一个新编的故事吧！"

从前，这个世界上有一位国王名叫日巍，他统治的都城名为花宫。在他的国家里，人数最多的种姓是婆罗门。有一个赐给婆罗门的梵地村，那里有一个婆罗门叫毗湿奴主。他妻子非常适合他，就像祭品适合祭火那样。夫妻二人连续生了四个儿子。四个儿子学完吠陀，度过童年后，毗湿奴主和他的妻子就相继归天。他的这些儿子被族亲夺走了全部财产，处境十分可怜。他们偷偷地聚在一起商议说："我们在这里无依无靠，我们为什么不离开这儿到外公家去呢？他家就在另一个祭地村。"这样决定以后，他们就出发了。一路上以乞食为生，走了许多日子，他们终于到了外公家。外公已经去世，他们得到舅舅们的收留，吃住在他们家里，专心致志诵习吠陀。但是过了一年，舅舅们就开始瞧不起一无所有的兄弟几个了，在衣食等方面怠慢他们。

亲戚们表现出来的蔑视伤害兄弟几个的人格，使他们有了想法。老大私下里说："兄弟们啊，有什么办法呢？在这个世界上，一切事情都是命运安排的。在任何地方，任何时间，对任何事情，人都无能为力。今天，我因为心烦意乱出去游逛，逛到一个坟场，看见地上有个死人，浑身轻松地抖动。见了他以后，我羡慕他那副样子，心里想：'这个人脱离了苦难，这么轻松，真算得上是个有福气的人。'这样想着，当时我就决定死，在一棵树下挂上套索上吊。但是，就在我已经失去知觉而还没有断气的时候，那套索断了，我落到了地上。恢复知觉以后，我发现有一个好心肠的人正在用衣襟扇风救我。'朋友啊，告诉我！是什么原因，竟使你一个读书人也烦恼成这个样子？因为，安乐来源于善行，苦难来源于恶行，它们别无其他来源。如果你因为苦难而烦恼，那么你就去行善吧！怎么反而想要通过自杀到地狱去受苦呢？'说完这些话，又安慰我一番，那个人就不知道去哪儿了。我呢，就放弃了自杀的企图，回到这里来了。所以，这真是：如果命运不愿意，就是想死也办不到。现在，我要到圣地去修苦行，舍弃身体，以求不再受贫穷之苦。"

老大说完这番话，那三个弟弟就对他说："兄长啊，你是个有知识的人，怎么也会因为没有钱财而难受呢？钱财如秋云，稍纵即逝，这个道理难道你不懂吗？财富与妓女，无情又无义，得者虽欲保，谁曾保得住？因此，聪明人应该下功夫获得一种特长，凭着它，财利之鹿就会经常不断地被捉拿回来。"听罢兄弟们这番话，老大立即精神振作起来，说道："我们要获得的那种特长应该是什么呢？"经过考虑，他们互相之间说道："让咱们走遍天下，学会一种法术吧！"约好了会面的时间和地点，四个人就分别朝四个方向走去。

过了一段时间，兄弟四人在约定的地方相会了，互相之间打听："你学会了什么？"于是，其中一个说："我学会了这么一种法术：无论什么动物的骨头，我拿到一块以后，就能立即让它上面长出相应的肉来。"听完他的话，第二个人说："骨头长出肉以后，我就知道如何让它长出那动物应有的皮和毛。"第三个人说："一旦那骨头长出了肉、皮和毛，我就知道如何用它把那只动物的全身都创造出来。"第四个人接着说："那动物的身体一出现，我知道如何使它获得生命。"

这样互相说完之后，为了显一显各自的法术，兄弟四人就到一座森林去找骨头。他们碰巧找到一块狮子骨头，因为没有认出来，就把它捡了起来。一个人使它长出了相应的肉。同样，第二个人使它生长出许多皮和毛。第三个人使它具备了一切应有的肢体。而第四个人则在它变成一头狮子以后，给予它生命。于是，那头可怕的狮子站起来了，满头披着蓬松的鬃毛，嘴巴露出吓人的牙齿，钩子般的爪子锋利无比。那狮子便扑上前来，把制造它的那四个人全都咬死，饱食一顿，然后进入森林。

这样，那些婆罗门终因制造狮子的过失而自取灭亡。因为，惹祸者怎能使自己得福？这样，在倒霉的时候，连下功夫获得的特长也不但不会带来幸福，反而会造成灾难。因为，一般说来，只有在天命之根完善，而且得到正智之水浇灌的情况下，以正道为蓄水坑的人力之树才会结出成功之果。

僵尸鬼在三勇军王肩上讲完这个故事后，又在路上对他说："国王啊，在那四个人当中，谁在制造狮子的过程中所犯的过失应被判为杀人罪？说吧！先前那个诅咒这一回对你依然有效。"

听僵尸鬼讲到这里，国王心里想："这个家伙想要让我打破沉默，趁机逃跑。那好吧！我就再去捉它一回。"这样打定主意后，国王便对僵尸鬼说："在他们当中，那个把生命赋予狮子的人是有罪的。事先不了解那动物是什么，通过法术的作用制造出肉、皮、毛和肢体的那些人，他们不明真相，因此毫无过错。但是，为了炫耀自己的法术，在见到狮子的原形之后，还赋予它生命的那个人，他就犯下了杀婆罗门罪。"

听罢国王这番话，那不寻常的僵尸鬼又施展法术，从他的肩上回到自己的地方去了。国王呢，又去追赶它。

第三十章

（第二十三个故事）

坚强不屈的国王三勇军又回去，从那棵无忧树上找到僵尸鬼。僵尸鬼显示出种种变相之后，国王默不作声地扛着它出发。他刚出发，僵尸鬼就立即对他说："国王啊，尽管这件事情你不该做，但是你那坚韧不拔的精神真是难以抗拒。因此，我讲个故事给你解乏。请听！"

从前，在羯陵伽国境内，有一座城市名为美德城，它像天上的天帝城一样，是具有美德的人们的住处。统治这个城市的国王名叫波罗迪优姆那。他的统治强大有力，像波罗迪优姆那神一样，以权力和勇武闻名天下。在这座城里，只有弓上的弦而不是美德会损坏①，只有鼓上的手而不是税赋会打击②，"争斗"只用来称呼时代，敏锐只表现在求知上。

城东某处，有一个国王赐给婆罗门的祭地村。那里有许多婆罗门，其中一个名叫祭月。这个婆罗门精通吠陀，富有钱财，供养祭火，敬客如神。成年以后，他娶了一个门当户对的妻子，只生了一个儿子，却产生了一百个愿望。那孩子有一副好相，众婆罗门恰当地给他取名天月。他自幼在父亲家里成长。到十六岁，他已成为一个知书识理、富有教养的人，却突然发烧死去了。父亲祭月和他的妻子出于慈爱之情，搂着死去的儿子痛哭起来，迟迟舍不得送他去火化。

"婆罗门啊，轮回世界不过是海市蜃楼，它的存在像水泡一般短暂。你对过去和未来都通晓，怎么连这个道理也不明白？人世间的那些国王，让军队布满大地，自以为死不了，便登上迷人的宫殿凉台，躺在宝榻上，浑身抹了檀香水，在美女们的包围下和悠扬的音乐声中取乐。曾几何时，就连他们也得一个个躺到火葬堆上，在随从们哭着离去的坟场里，被烈火焚烧，被豺狼团团围住，被死神一口吞掉，任何人都挡不住。他们尚且这样，其他的人还有什么可说？所以，聪明人啊，你搂着这尸体做什么？"老人们一起前来用诸如此类的话，使那个婆罗门明白过来，终于放开了他儿子的尸体。于是，亲属们把尸体打扮好，放在担架上，在伤心落泪的乡亲们护送下，哭喊着把它抬到坟场。

坟场上有一个年迈的苦行者，是个身怀法术的大神湿婆的信徒，在一间小茅屋里住着。由于年迈和修炼严酷苦行，他的身体瘦弱，血管裹着全身，似乎唯恐它碎裂。他名叫伐摩湿婆，身上长满被灰涂白的毛，编着闪电一般黄色的发辫，如同大神湿婆第二。

他身边有一个徒弟。那徒弟持戒乞食，以禅定法术而沾沾自喜，是一个愚蠢、邪恶、极端自私的人。当时，他刚受师父惩戒而恼火。苦行者听到外边远处有人哭喊，就对他说："起来！出去看一看，弄清楚以后快回来！这样吵闹的

---

① 这句中，"弦"的原词是 guṇa，也读作"美德"。
② 这句中，"手"的原词是 kara，也读作"赋税"。

哭喊声在这坟场里从来没有听到过,到底是怎么回事?"听到师父吩咐,徒弟回答他:"我不去。你自己去吧!因为我乞食的时间快要过去了。"听罢此话,师父说:"吓!蠢货!饭桶!现在,白天只过了半个时辰,怎么会是你乞食的时间?"徒弟一听到这些话,就愤怒地对苦行者说:"吓!老东西!从此以后,咱俩一刀两断,我不是你的徒弟,你也不是我的师父。我要到别处去。这水罐子你自己提吧!"说完,他站起来,把手杖和水罐往前面一扔就走了。

苦行者笑着走出茅屋,来到婆罗门童子被抬来火葬的地方。看见那一群人正在为那个优秀的青年痛哭,这苦于年迈而又有法术的苦行者打定主意进入他的躯体。因此,他立即避到一处无人的地方,放声大哭一场以后,马上又以正确的姿势跳舞。接着,苦行者怀着返老还童的愿望,施展法术,脱离自己的躯体,一下子进入那婆罗门儿子的躯体。顿时,躺在已经堆好的焚尸木柴上的那个婆罗门青年获得了新生。他打了一个哈欠,突然站了起来。见此情景,在场的亲属等所有人发出了一片欢呼声:"好哇!他活了!他活了!"

法力无边的苦行者进入婆罗门儿子的躯体以后,不想放弃戒行,便向他们大家撒谎说:"刚才我到了另外一个世界以后,湿婆大神亲自命令我要发愿修持兽主信徒的大戒,并且使我起死回生。现在,我必须去隐居持戒,否则我会丧命。因此,你们回去吧!我也要走了。"那持戒者决心已定,这样说完以后,就把在场的人都打发回家。他们喜忧交集,激动万分。那成了青年的受戒大术士呢,亲自去把那旧躯体扔进峡谷后,便往别处去了。

僵尸鬼在路上讲完这个故事后,又对三勇军王说:"国王啊,你说!在将要进入另一个躯体的时候,那法术之王一会儿痛哭,一会儿又跳舞,这是为什么?我对此感到非常奇怪。"

听僵尸鬼讲到这里,聪明过人的国王害怕诅咒,便打破沉默,对它说:"听着!那苦行者之所以那样,有下述原因:'我马上就要离别自己这具躯体。它可是伴随我到老的老朋友了。幼年时,它受过父母的爱抚;成人后,我又靠它获得法术。'想到这些,年迈的苦行者就难过得哭起来了,因为对身体的爱恋之情是难以抛弃的。'我将要进入一个新的躯体。我将因此而获得更大的法术。'

想到这些,他又高兴得跳起舞来,因为谁不喜欢青春年少呢?"

听完国王这番话,隐藏在尸体里的僵尸鬼又从他肩上回到那棵无忧树上去了。国王的毅力更强,他也迫不及待地追赶它。因为生性顽强的人比大山更坚定,即使劫末临头也不动摇。

第三十一章

(第二十四个故事)

在那令人生畏的坟场里,可怕的夜晚像一个罗刹,漆黑一团,焚尸柴堆的火像眼睛那样闪闪发光。勇敢的国王三勇军却毫不在乎,回到那棵无忧树下,又从树上把僵尸鬼捉下来。然后,像以前那样,扛起它就出发。刚一出发,僵尸鬼又对国王说:"喂,国王啊,这样来来回回地跑,已经使我毛骨悚然,而你却一点事儿也没有。因此,下面我要出一个难题,请听仔细!"

从前,德干地区有一个土邦国王,名叫达磨。他是善人的头领,又有许多族亲。他的妻子是摩腊婆国的人,名叫有月。她出身名门望族,在有德之妇中位居第一。国王与王后只生了一个女儿,她名叫美丽,名副其实。女儿到了应该出嫁的年纪。族亲们合伙推翻了达磨王,瓜分了他的国家。于是,他跟妻子和女儿一起,带着一堆珍宝,连夜逃出本国,小心翼翼地前往摩腊婆国的岳父家。他带着妻子和女儿,在黑夜的陪伴下到达了文底耶森林。国王进入森林之后,黑夜就流着泪似地洒下露珠,离他而去。

太阳爬上了东山,喷发着曙光,犹如举着手,劝阻他说:"别往森林里走。它是个强盗窝!"国王与妻子和女儿一起在那森林里走着,到了毗罗族的一个小村庄。国王的脚已被拘舍草刺刺伤。那小村庄像死神的城堡,到处都有谋财害命的强盗,是奉行正法的人们回避的地方。那里的很多蛮子老远就看见服饰整齐的国王。他们手持各种武器冲过来劫掠。达磨王看见他们,对妻子和女儿说:"蛮子们首先会伤害你们二人。你们现在到森林里去吧!"听到国王吩咐,王后有月害怕了,带着女儿美丽躲到了森林中。勇敢的国王则一手持盾,一手执刀,杀掉了许多射着箭冲上前来的蛮子。蛮子头领命令全村的人一齐上阵,袭击孤身奋战的国王。他们砸碎了他的盾牌,把他杀死了。强盗的军队抢到饰物后就走了。王后有月在很远的密林深处看到丈夫已被杀害,便痛苦地带着女儿逃往远处的另一座密林。这时,连树影子好像也在忍受中午的酷热,她们便跟着赶路人跑到阴凉的树底下。她伤心地哭着,已经十分疲劳,便和女儿一起,在一个莲花池边的一棵无忧树下歇息。

就在这时,有一个在附近居住的大人物,在儿子的陪伴下,骑着马前来打猎。他名叫怒狮,他的儿子名叫狮勇。看见那母女俩在尘土上留下的两行足迹以后,他对儿子说:"如果我们沿着这两行优美而可爱的足迹走,找到了那两个女子,那么,你就从中挑选一个你喜欢的做妻子吧!"他这样说完后,儿子狮勇对他说:"我喜欢那个有这一双小脚的女子做妻子。因为我知道,她年纪小,对我合适。脚大的那个则年纪比她大,对你合适。"听罢儿子这番话,怒狮对他说:"你怎么能这样说呢?你妈妈不久以前刚归天。而且,那样贤惠的妻子去世以后,我怎么能再想要别人呢?"听到这番话,儿子狮勇对怒狮说:"不对,爸爸!因为家主之家,无妻则空。另外,难道你没有听到过根天创作的歌曲吗?

> 若无丰乳肥臀的爱妻倚着门儿把路望,除非愚人,
> 有谁会进入那名为家宅而实为没有镣铐的牢房?

因此,爸爸,我向你发誓:如果你不娶与我的意中人为伴的那个女子,那么我就去死。"听到儿子的这番话,怒狮便跟他一起慢慢地沿着足迹走去。到达水池边以后,他看见黝黑的王后有月全身布满珠宝,躲在树影里,犹如中午时分的夜空,被白净似月光的女儿美丽照得通明。于是,他带着儿子迫不及待地走到她面前。她呢,看见他以后,以为遇上强盗,吓得站了起来。而女儿说道:"不必害怕,妈妈!那两个人不是强盗。他俩穿得好,又面善,一定是到这里来打猎的人。"听到女儿这样说,王后依然疑虑重重。就在这时,怒狮已经下马,对她们两人说:"不必惊慌!我们是出于爱情而前来见你们的。你们两

人简直像爱神被大神湿婆用眼睛喷出的火焰焚毁后,因悲痛而躲到这个森林里来的罗蒂和波利蒂。那么,你们究竟是什么人?请放心大胆地告诉我们吧!还有,你们怎么会到这荒无人烟的森林里来的呢?因为你们如此美丽,理应住在用珍宝建造的宫殿里。你们的双足本应由美女抱在怀里,怎么能在这荆棘丛生的地上奔走?为此,我们感到心疼。还有,说来奇怪,尘土被风刮起来以后落在你们的脸上,却使我们的脸黯然失色。而烈日的光线这样火辣辣地照在你们似鲜花般娇嫩的身体上,却在焚烧我们。因此,请把你们的情况告诉我们,因为我们忧心如焚。我们不忍心看到你们流落在这猛兽出没的森林里。"

听到怒狮这番话,王后既害羞又伤心。她长叹一声,一点一点地把自己的情况向他诉说了一遍。于是,怒狮知道她们母女二人已经无家可归,便安慰她们一番,然后用甜言蜜语赢得了她们的欢心。父子二人娶了她们。接着,父子二人扶母女二人上马,把她们带回自己在护财城的豪华府邸。那王后呢,她仿佛已经到了下一辈子,不由自主地顺从了他。在异国他乡落难以后,一个无依无靠的女子还能有什么作为?于是,怒狮的儿子狮勇娶王后有月为妻,因为她的脚小。怒狮则娶她的女儿美丽公主为妻,因为她的脚大。既然原先在看到那一大一小的两行足迹的时候,他们已经约定那样娶她俩,谁还能违约失信?

就这样,因为弄错了脚,结果,这一方的父亲和儿子,分别娶了那一方的女儿和母亲,女儿成了母亲的婆婆,母亲则成了女儿的儿媳。后来,她俩各自与自己的丈夫陆陆续续地生了儿女,而儿女们又陆陆续续地生了儿女。怒狮和狮勇娶了美丽和有月以后,就这样生活在那里。

僵尸鬼半夜里在路上讲完这个故事后,又问三勇军王:"国王啊,以那母亲和那儿子为一方,以那女儿和那父亲为另一方,双方的子孙后代相互之间存在什么样的亲属关系?这就是我的问题。你要是知道,那就说吧!如果你知道而不说,先前说过的那个诅咒就会落到你的身上。"

国王听到僵尸鬼提出的问题以后,经过反复琢磨,仍然不知道如何回答。于是,他就沉默不语地往前走。那钻进尸体里的僵尸鬼在他肩上暗暗地笑了起来,心里想:"国王不知道如何回答这个难题。因此,他一言不发,那样高兴地加快步伐往前走。此人是正义的化身。我不能够欺骗他。而正在耍弄我的那个修道人又不会就这样罢休。所以,现在我要设法让那个坏家伙上当,然后把他的法术赋予这个必有后福的国王。"

这样想好之后,僵尸鬼就跟国王说:"国王啊,这个坟场在黑夜里阴森可怕。在这里多次来回奔走使你受苦受累。而你虽然是一个该享福的人,却从不动摇。因此,你已经以惊人的毅力令我满意。现在,你把这具尸体扛走吧!因为我就要从它里面出来。不过,为了你好,我还有话相告。请你听了以后务必照办!求你把这具尸体搬来的那个修道人是个坏家伙。他这就要把我请到那尸体里面去祭供我。那恶棍就是想要用你做牺牲,因此他将会对你说:'请五体投地,匍匐致敬吧!'大王啊,到那时候你务必这样对那个修道人说:'请你先示范,然后我照办。'一旦他趴在地上给你做致敬的示范,你就必须立即拔刀砍下他的脑袋,然后你就会获得他所求的那个当持明王的法术。拿他做了牺牲,你就享受这大地吧!否则,那修道人就会拿你做牺牲。我在这里麻烦你这么长的时间,就是为了达到这个目的。现在你可以去了。祝你成功!"说完,僵尸鬼就从他肩上的那具尸体里出来,走开了。

于是,国王终于因为僵尸鬼的恳切言词而发觉那修道人忍戒原来是个敌人,便扛着那具尸体,高高兴兴地到那棵无花果树下去找他。

第三十二章

(第二十五个故事)

三勇军王扛着那具尸体来到修道人忍戒的附近,看见他独自在坟场的一棵树下,面对道路望眼欲穿。黑半月夜里的坟场非常可怕。他坐在一个用淡黄色的骨粉画成的圆形祭坛里。那祭坛的地面上涂着血,东南西北各置一满罐血,点着许许多多珍贵的油灯,需要的东西应有尽有。旁边还有一堆火正在烧祭品,祭他自己喜爱的神灵。

国王走到他面前。修道人看见国王已经把那具尸体扛来,高兴得站了起来,称赞他说:"国王啊,你帮了我一个大忙,真是难为你! 像你这样的人在这样的地方这样的时候做这样一件事情,真是谈何容易! 人们称你是最优秀的、出身望族的国王,果然名不虚传! 因为你这样不顾自己,成全他人。"那修道人满以为目的已经达到,他一边这样说,一边从国王的肩上把那具尸体搬下来。然后,他给它沐浴,抹油,戴花环,并且把它安放在那个祭坛里。接着,那修道人浑身涂灰,戴着头发做成的圣线,穿着那具尸体的衣服,默念片刻,便以咒语的力量把那僵尸鬼之王召请到那具尸体内,然后按部就班地祭供它。他先向它献上用头盖骨装满的干净的人血作为一碗迎客水,再献上鲜花和香膏,又用人的眼睛当作香料上供,还用人肉作为祭品上供。祭供完毕,他就对身旁的国王说:"国王啊,咒术大王在此。请向他五体投地,匍匐致敬吧! 这样,那赐恩者就会让你万事如愿。"国王听到修道人这些话,就想起了僵尸鬼的话,便对他说道:"尊者啊,我不懂。所以,请你先示范,然后我照办。"于是,那修道人就趴到地上做示范。他刚趴下,国王就一刀砍掉了他的脑袋。接着,又剖开他的胸膛,取出他的心撕碎,把他的脑袋和心当作莲花献给那僵尸鬼。

于是,坟场各处的各种鬼怪发出一片欢呼声。那尸体里的僵尸鬼满意地对国王说:"国王啊,在你统治整个大地的时期结束后,这修道人想要获得的持明王的王权将归你所有。由于我让你受苦受累了,所以,任你选择一个你想要得到的恩典吧! "僵尸鬼说完,国王对它说:"如果你已经满意了,那我还有什么想要的恩典没有得到呢? 不过,既然你的话不能说了不算,那我就请求你:让前二十四个各种有趣的提问故事和这收尾的第二十五个故事全都闻名天下,并且受人供养吧! "受到国王如此请求,那僵尸鬼说:"好吧! 此外,我还要说一下它们的特殊功效。请听仔细! 由前二十四个故事和这一个收尾的故事构成的这一串故事,不但将会在天下以《僵尸鬼故事二十五则》而闻名,并且受人供养,还会使人吉祥如意。谁要是怀着敬意讲述或者聆听这串故事,哪怕只讲或者只听其中的一颂,谁就会立即摆脱罪过。哪里讲述这一串故事,哪里就不会有药叉、僵尸鬼、恶鬼、食人肉的女鬼和罗刹之类的妖魔鬼怪肆虐。"说到这里,那僵尸鬼便从尸体里出来,然后施展幻术,到它喜欢的住处去了。

接着,大自在天满意地偕同众天神向国王显身,并且在他鞠躬致敬的时候对他说："好啊，孩子！今天你除掉了这个强求持明转轮王位的假修道人。起初，为了降伏以蛮人的形象下凡的众阿修罗，我用自身的一部分把你创造出来做健日王。这回，为了制服一个狂妄的歹徒，我又把你创造出来做一位勇敢的国王，名叫三勇军。此后不久，你将征服大地，包括岛屿和地下世界在内，然后成为持明大王。等到长久地享受天上的欢乐之后，你又会因厌倦而自愿地抛弃它。最终，你必然会与我合为一体。我这里有一把宝剑，名为常胜。你把它收下吧！在它的帮助下，你将获得上述应得的一切。"说罢，大自在天便把这宝剑赐给国王，在接受了国王所献的直上云霄的敬语之花后，隐身不见。

接着，天开始亮了。三勇军王觉得应该做的事情已经全部完成，便回到他自己的都城波罗底湿达那城中。在城里，臣民们奔走相告，终于都知道了他在夜间的所作所为。他们安排庆典，纷纷向他献礼致敬。国王又是沐浴、布施和敬拜湿婆大神，又是跳舞、唱歌和奏乐，高兴地度过了这一整天。

随后，在短短几天之内，国王就借助大神湿婆宝剑的力量，除尽敌人，享有大地，包括岛屿和地下世界在内。再往后，按照大自在天湿婆的命令，他获得持明大王的王位，并且在位很久。最终，他完成使命，与世尊合为一体。

由于蛇王诅咒而失散的大臣维格罗摩盖萨林终于在途中与王子摩利甘迦达多会合，讲完这些后，继续说道："王子啊，在那个村庄，那位老年婆罗门给我讲述了《僵尸鬼故事二十五则》后，对我说道：'孩子啊，英勇的三勇军王不正是依靠僵尸鬼的恩惠，实现自己的心愿？因此，你不要气馁。你就接受我的这个咒语，去向僵尸鬼求取恩惠。这样，勇士啊，你就会与摩利甘迦达多团聚。孩子啊，对于充满勇气的人，有什么办不到的事？而对于缺乏勇气的人，有哪个不以失败告终？你解除了我被蛇咬伤的痛苦，成为我的亲友，因此，我爱护你，对你这样说。'我听完这位婆罗门的话，接受他给我的这个大有用处的咒语。然后，王子啊，我向他告别，继续前往优禅尼城。

"我在夜里，到达一个坟场。我取走一具死尸，把它刷洗干净。我念诵那个咒语，召唤尸体中的僵尸鬼，按照仪轨敬拜它。为了满足它吃人肉的需求，我给了它许多人肉。它很快就吃完，又对我说：'我没有吃够，再给我一些。'看到它迫不及待,我为了取悦它,便割下自己身上的肉,交给它。这时,这位瑜伽主①对我表示满意,说道:'朋友啊,我对你的坚强意志表示满意。勇士啊,就让你的身体完好无损吧! 同时,你向我求取你愿望的恩惠吧! '

"听了它这样说,我便请求它说:'你就把我带到我的主人摩利甘迦达多那里去吧! 我别无其他愿望。' 这个僵尸鬼听后,对我说道:'那么,你就趴在我的肩上,我马上把你送到你的主人身边。' 于是,我立即趴在它的肩上。这个进入尸体的僵尸鬼升空出发,把我带到这里。它看到你在这里途中,便从空中降下。王子啊,就这样,我来到你的脚边。我和我的主人团聚,它完成任务而离去。这就是受到蛇王诅咒,我与你离散后的全部经历。"

摩利甘迦达多为了获得心上人,在前往优禅尼城途中,遇见自己的大臣维格罗摩盖萨林,听完他讲述自己失散后的经历,高兴满意。这样,这位王子已经找到好几位因蛇王诅咒而失散的大臣,表明他即将获得圆满成功。

第三十三章

向克服一切障碍的象头神致敬! 他在夜晚跳舞时,星星组成的花环仿佛从他的头顶落下,围绕双膝。

这样,听完故事,摩利甘迦达多高兴满意,站起身来,与刚到达的维格罗摩盖萨林,以及古纳迦罗、维摩罗菩提、维吉多罗格特、毗摩波拉格罗摩、波罗旃陀舍格提和婆罗门悉如多提一起,包括自己总共八个人,为了获得设赏迦婆蒂和寻找其他因蛇王诅咒而失散的朋友,继续前往优禅尼城。

一路向前,他们到达一片荒漠。这里没有树林,在骄阳烧烤下,水池干涸,沙子灼热。王子边走边观察,对朋友们说道:"你们看,这片浩瀚可怕的荒漠如此难以越过。荒漠上反射的光线如同升起的痛苦火焰,那些窸窸窣窣的枯草如同粗糙散乱的头发,那些荆棘如同害怕狮子和老虎等猛兽而竖起的毛发,那

---

① 瑜伽主(yogeśvara)通常指具有神通力的瑜伽师,也用作湿婆大神乃至僵尸鬼的称号。

些炎热焦渴的鹿儿鸣叫如同哭声。因此，我们必须奋力尽快越过这片荒漠。"说罢，摩利甘迦达多和大臣们一起，忍受饥渴的折磨，加快步伐，迅速越过这片荒漠。

然后，摩利甘迦达多看到前面有一个大湖，湖水纯净清凉，仿佛月亮受到太阳烧烤而熔化流入这里的甘露。它的四周如此宽阔，仿佛三界吉祥女神安置在这里的宝石镜子，以便观看自己的影像。那些黑嘴鹅搅动湖水，周边活跃着绚丽的孔雀，仿佛模仿《摩诃婆罗多》，充满甜美的平静味[①]。附近聚集的樫鸟啜饮珍贵的湖水[②]。这个大湖优美如同搅动乳海时毗湿奴获得的吉祥女神。清凉的湖水深不可测，阳光照射不到，犹如出现在地上的地下世界一望无际[③]的莲花池。

王子和大臣们还看到西岸有一棵神奇的大树。在风中摇摆的树枝犹如伸展的手臂，围绕树顶的白云犹如恒河，因此，看似湿婆在跳舞。树顶高耸入天，仿佛好奇地伸头观看天国的欢喜园。树枝挂满美味的果子，犹如挂满众天神的甘露罐的天国如意树。那些晃动的嫩枝如同手指，仿佛通过鸟儿发出叫声："谁也别过来碰我！"

在王子观察这棵树时，大臣们忍受不住饥渴折磨，跑过去，爬上树，想吃那些果子。随即，这六个人变成了树上的六个果子。王子不见他们人形，惊慌困惑，逐一叫唤树上六个朋友的名字，可是既看不到他们出现，也听不到他们回应。于是，他发出绝望的哀叹："天啊，天啊！这下我完了！"随即，他昏倒在地。

这时，唯一留在他身边而没有爬上树的婆罗门悉如多提立即安慰他说：

---

① 这句中，"黑嘴鹅"的原词是 dhārtarāṣṭra，也读作"持国之子"，即以难敌为首的俱卢族国王持国的儿子们。"孔雀"的原词是 arjuna，也读作"阿周那"，即般度族五兄弟之一。两者均为史诗《摩诃婆罗多》中的人物。"甜美的平静味"的原词是 viśāntikṛtsvādurasa，也读作"水味甜美而解乏"。按照梵语诗学家的观点，《摩诃婆罗多》中的主味是平静味。

② 这句中，"樫鸟"的原词是 nīlakaṇṭha，也读作"青项"，即湿婆的称号。"珍贵的湖水"的原词是 viṣottama，也读作"剧毒"。按照印度古代神话，众天神和阿修罗一起搅乳海时，搅出一种能毁灭世界的剧毒，湿婆大神为了拯救世界，喝下剧毒，结果脖子受剧毒烧灼而变得青黑，由此获得"青项"这个称号。

③ 此处"无际"的原词是 ananta，也读作"无限"，即蛇王婆苏吉的称号。蛇族居于地下世界。

"王子啊，你富有智慧，怎么会失去信心，陷入绝望？因为只有遇到灾难而不惊慌失措的人，才能获得成就。你不是找到了因蛇王诅咒而失散的这些大臣？即使现在这样，你还会找到他们和其他的大臣，不久就会与设赏迦婆蒂团聚。"

而王子听后，说道："这怎么可能？因为创造主存心要毁灭我们。否则，当初怎么会在夜里出现僵尸鬼？怎么会从毗摩波拉格罗摩与僵尸鬼的谈话中得知设赏迦婆蒂的消息？我们怎么会为了获得她，从阿逾陀城出发，进入文底耶山森林？我们怎么会受到蛇王诅咒而失散？然后，怎么会与一些朋友团聚？而现在怎么又会与这些朋友失散，失去希望？朋友啊，他们已经被这棵树上的妖魔吞噬。没有他们，我怎么能获得设赏迦婆蒂？我活着还有什么意义？"王子满怀忧伤，说完这些话，尽管悉如多提竭力劝阻，他仍然起身，准备投湖自尽。

就在这时，空中传来话音："孩子啊，你别鲁莽行事！所有一切都会转危为安。你会达到你的目的。这棵树上住着象头神。你的这些大臣出于无知而得罪他。他们在饥渴折磨下，没有漱口，没有洗涤手和脚，不干不净就上树采摘果子。因此，象头神诅咒他们说：'让他们变成他们渴望的东西吧！'这样，他们一接触果子，就变成了果子。而且，你的其他四个大臣也曾路过这里，也是这样爬上树，变成了果子。因此，你就实施苦行，抚慰象头神吧！只要获得他的恩惠，你就会圆满获得一切成功。"

摩利甘迦达多听到这些话，仿佛空中降下甘露雨，顿时燃起希望，抛弃自尽的念头。于是，他在湖中沐浴后，坐在这棵树下，敬拜象头神。他实行斋戒，双手合掌，赞颂象头神："象头神啊，祝你胜利！你跳起自己的舞蹈时，踩踏的舞步沉重，大地连同山岳和森林俯首弯腰向你致敬。祝你胜利！你的一双莲花脚受到三界天神、阿修罗和凡人敬拜。你的身体形状如罐，装满各种各样的成就。祝你胜利！你的光辉如同十二个太阳同时升起。你成为湿婆、毗湿奴和梵天难以战胜的提迭们的末日。祝你胜利！你为你的信徒们排除障碍。你的斧子如同军事净化仪式上挥舞的火炬，照亮你的手掌。象头神啊，征服三城的湿婆之妻高利女神也敬拜你，为你祝福。我皈依你，求你庇护，向你致敬！"

就这样，摩利甘迦达多赞颂象头神，实行斋戒，坐在拘舍草席上，在树下度过这一夜。他这样连续十一天，在悉如多提陪伴下，专心抚慰象头神。在第十二天的夜晚,象头神在梦中指示他说:"孩子啊,我对你表示满意。你和你的大臣们将摆脱诅咒。你与他们一起前去优禅尼城,最终会获得设赏迦婆蒂。然后,你返回自己的城市,获得统治大地的王权。"

摩利甘迦达多听到象头神的指示后醒来,夜晚消逝。他把梦中所见告诉悉如多提。悉如多提为他感到高兴。早上,他沐浴后,向住在树上的象头神右绕行礼。就在这时,树上的十位大臣摆脱果子形体,从树上下来,拜倒在他的脚边。他们是维亚克罗塞纳、斯吐罗跋呼、梅卡勃罗和特利吒摩希底,以及前面提到的六位大臣。

这样,摩利甘迦达多同时与所有十位大臣团聚,目光、语言和动作显露兴奋激动,满怀爱意,一次又一次拥抱他们,与他们交谈。他们看到自己的主人实施苦行而身体消瘦似新月,眼中涌满热泪。悉如多提告诉他们事情经过。他们庆幸自己有这样的好主人。然后,摩利甘迦达多和大臣们在湖中沐浴后,高高兴兴,一起聚餐。王子恢复希望,对完成自己的事业充满信心。

第三十四章

摩利甘迦达多和大臣们一起在湖岸边聚餐后,坐在那里,热切地询问今天来到的四位大臣在失散之后的经历。然后,他们之中名叫维亚克罗塞纳的大臣说道:"王子啊,请听我给你讲述我们的经历!"

当时受到蛇王巴拉婆多诅咒后,我与你们失散,神志不清,走出很远。直至夜晚,我在荒漠中游荡时,终于恢复清醒。而在黑暗笼罩下,我辨别不清方向。我好不容易熬过这个痛苦而漫长的黑夜,尊贵的太阳冉冉升起,四周渐渐明亮。我心中思索:"天啊,我们的主人去了哪里? 他与我们分离,独自一人会怎样? 我怎样能见到他? 怎样能找到他? 对,我应该去优禅尼城,因为他为了获得设赏迦婆蒂,肯定会去那里。"于是,我怀抱希望,前往优禅尼城。

我在荒漠中艰难跋涉,仿佛遭逢灾难,灼热的阳光如同大量的火星降落身上。我好不容易到达一个湖。湖中绽开的莲花仿佛睁大眼睛,通过天鹅等鸟禽的鸣声与我交谈。荡漾的微波如同伸出的手指。这个湖看似一个胸怀宽阔大度的善人，解除我的一切痛苦。

于是，我在湖中沐浴，吃了莲藕，喝了水。就在我在那里站着时，我看到三个人朝这里走来。这样，我与特利吒摩希底、斯吐罗跋呼和梅卡勃罗相会。我们互相询问，打听你的消息，但谁也不清楚。我们怀疑你已经出事，不能忍受与你分离，于是决定抛弃身体。

而在这时，有个婆罗门青年来到这里沐浴。他是提尔克多波斯的儿子，名叫摩诃多波斯。他束有发髻，自身闪耀光芒，仿佛是想要再次焚烧甘味林的火神化身为婆罗门。他身穿黑鹿皮衣，左手拿着水罐，右手手腕上佩戴念珠串。他在沐浴中用以搓身的粉末是与他同来的鹿儿用鹿角挑起的泥土。与他同来的还有几个婆罗门青年。

他看到我们准备投湖自尽，连忙走过来。因为善人无须原因，对一切人心怀慈悲。他对我们说道：“你们不应该犯下这种愚蠢的罪行。唯有懦夫遭遇痛苦而盲目，才会坠入苦难的深渊。而意志坚强的人心明眼亮，看清道路，不会掉入陷阱。你们个个都有吉相，肯定会获得幸福。请告诉我，你们为何如此痛苦？因为看到你们这样，我心里也不好受。”

听了这位牟尼之子这样说，我立刻把我们的经历从头至尾告诉他。然后，他和他的同伴们用种种预见未来的好话鼓励我们，打消我们自尽的念头。这位牟尼之子沐浴后，把我们带到不远处他的父亲的净修林，准备招待我们这些客人。

在这里，那些树木也仿佛在修苦行，挺立在大地祭坛上，树枝犹如手臂高高举起，仿佛在饮用阳光。这位牟尼之子让我们在一处坐下，赠送我们礼物。他依次向净修林里的树木乞食，而那些树上的果子立即自动落下，装满他的钵盂。他带回这些果子给我们吃。我们吃了这些美味的果子，仿佛品尝到甘露，心满意足。

白天结束，太阳连同光线落下大海，仿佛由此空中充满水雾。月亮仿佛由于太阳消失，而决定弃世，披上如同白色树皮衣的月光，进入东山山顶的苦行林。这时，净修林里的牟尼们已经完成白天的修行，围坐在一处。我们前去看望他们,向他们俯首行礼后坐下。这些大牟尼欢迎我们这些客人,亲切地询问我们:"你们为何来到这里?"于是,那位牟尼之子把我们从开始直至进入这个净修林的经历告诉他们。

然后,其中一位充满智慧的牟尼,名叫甘婆,对我们说:"嗨,你们这些勇士怎么会变得这样懦弱?遇到灾难不丧失意志,获得成功不趾高气扬,永远保持勇气,这是善人的誓愿。伟大的人物依靠勇气克服困难,达到伟大的目的,赢得伟大的名声。孙陀罗塞纳为了获得曼陀罗婆蒂,历尽艰辛。请听我给你们讲述他的故事!"于是,我们和所有的牟尼一起聆听牟尼甘婆讲述这个故事。

从前,在装饰北方脸庞的尼奢陀国,有一座名为阿罗迦的城市。城里的市民拥有一切财物,生活快乐,唯一缺少的只是宝石灯。国王名叫摩诃塞纳,名副其实①,因为他像战神室建陀那样用神奇而猛烈的火焰焚毁敌人。他的大臣名叫古纳波利多,堪称勇气的宝库,犹如第二位支撑大地的神蛇湿舍。国王战胜敌人后,把王国重任托付给他,自己一心享受生活。王后名叫舍希波罗芭,为他生下一个儿子,名叫孙陀罗塞纳。

这位王子在童年时代就具足品德,仿佛不是儿童。勇气和美两位女神仿佛自愿选择他为丈夫。王子有五位大臣,个个都是勇士,年龄和品德与王子相同,从童年时代就和他一起成长。他们分别名叫旃陀波罗跋、毗摩普遮、维亚克罗波拉格罗摩、维格罗摩舍格提和特利吒菩提。

这五位大臣富有勇气、力量和智慧,出身高贵,忠于自己的主人,也能听懂鸟禽的鸣声。王子和他们一起生活在父亲的王宫中。他虽然已经到达青春年华,但没有找到合适的妻子,尚未结婚。勇士孙陀罗塞纳和大臣们一致认为:"充满勇气,在战斗中不屈不挠;依靠自己的双臂赢得财富;妻子与自己的美貌相匹配,由此而在这世上受人尊敬。否则,勇气、双臂和美貌这三者有什么用?"

一天,王子带领军队,与五位大臣一起出城狩猎。这时,有个年老的女出家人从国外来到这里,远远看见他。她看到他容貌非凡,心想:"莫非他是罗希

---

① "摩诃塞纳"的原词是 mahāsena,词义为大军。

尼不在身边的月亮,或者是罗蒂不在身边的爱神?"于是,她询问身后的随从,得知他是王了,深感惊讶,称赞这是创造主的奇妙创造。然后,她在远处高声呼喊道:"祝王子胜利!"同时,她向王子俯首行礼。

然而,王子这时专心与大臣们交谈,没有听到她的呼喊声。于是,这位女苦行者发怒,再次高声对王子说道:"王子啊,你为何不听取像我这样的人对你祝福?在这大地上,有哪个国王和王子不尊敬我?你自恃青年美貌而这样骄傲,那么,一旦你获得杭娑岛国王的女儿,世界的女宝曼陀罗婆蒂,我想你会得意忘形,甚至不屑于听取因陀罗等天神的话,更何况那些可怜的人!"

王子听到她说的这些话后,怀着好奇,召唤这位女苦行者前来,谦恭地请求她原谅。王子想要向她了解情况,便吩咐仆从先把她带到大臣维格罗摩舍格提的家中休息。而王子狩猎结束回来,完成日常的仪式后,召唤这位已经休息和进食的女苦行者前来,询问她说:"女尊者啊,你今天说到的那个名叫曼陀罗婆蒂的少女是谁?我确实很好奇。请你告诉我。"

女苦行者听后,说道:"那我就告诉你。我周游大地和各个岛屿,朝拜圣地。在游荡中,偶然到达杭娑岛。在那里,我看到国王曼陀罗提婆的女儿曼陀罗婆蒂。只有天子能享有她,而不宜让行为不洁的人看到她。她名叫曼陀罗婆蒂,宛如天国欢喜园的吉祥女神。她的形体迷人。无论谁,一见到她就会点燃爱情,犹如创造主创造的第二个充满甘露的月亮。她的美貌无与伦比,举世无双。我认为唯有你与她的美貌相匹配。无论谁,如果没有看到她,眼睛也就白长了,一生也就白活了。"

王子听了女苦行者这番话,说道:"阿妈,那么,我们怎样才能一睹她的美貌?"女出家人听后,说道:"当时我兴致勃勃,把她画在画布上。画布就在我的包袱里。既然你好奇,就给你看吧!"说着,为了让王子高兴,她从包袱里拿出这幅画像,给王子看。而王子孙陀罗塞纳即使只是看到画中的这个少女,就已感到心中喜悦涌动,全身汗毛竖起,刹那间被爱神发射的一支支花箭命中。他变得什么也不听,什么也不说,什么也不看,久久伫立不动,仿佛成了画中人。

大臣们看到他这样,便对女苦行者说道:"女尊者啊,你就在这块画布上画一幅王子的肖像吧!让我们见识你惟妙惟肖的绘画技艺。"女苦行者听后,顷刻间就在画布上画出王子的肖像。所有在场的人看到如此逼真的肖像,说道:"女尊者画的肖像与本人丝毫不差。看到这幅肖像,就像看到王子本人一样。因此,公主曼陀罗婆蒂的肖像必定与她本人一样。"

大臣们这样说着,孙陀罗塞纳高兴地拿起这两幅画,俯首敬拜女苦行者。他为女苦行者安排一个合适的住处后,自己带着心上人的画像,进入卧室。他观察画布上曼陀罗婆蒂的身体每个部位,思忖道:"这是她的脸庞,还是洗去斑点的月亮? 这是一对乳房,还是爱神举行灌顶仪式时使用的两个水罐? 这是细腰的三道皱褶,还是美的海洋的波浪? 这是臀部,还是罗蒂的欢爱之床?"

然后,他倒在床上,一连几天,不思饮食,患上炙热的相思病。他的父母摩诃塞纳和舍希波罗芭听说后,亲自向他的朋友们询问他精神失常的原因。他们如实告知国王和王后事情经过,说明原因出自杭娑岛国王的女儿。

于是,国王摩诃塞纳对孙陀罗塞纳说道:"儿子啊,你何必隐瞒自己的感情? 曼陀罗婆蒂这位女宝适合你。她的父亲曼陀罗提婆是我的好朋友。这件事只要派遣使者就能办成,你何必这样折磨自己?"说罢,国王摩诃塞纳与儿子商量后,派遣名叫苏罗多提婆的使者前去向杭娑岛国王曼陀罗提婆为王子求娶他的女儿,并让使者带上女苦行者画的王子画像,证明王子容貌非凡。

使者立即动身,快速到达海边国王摩亨陀拉提底耶的设赏迦城。然后,他从这里登船,航行几天后,到达杭娑岛国王曼陀罗提婆的宫殿。经门卫通报,他进入宫中,向国王献上礼品后,说道:"大王啊,我奉国王摩诃塞纳之命,向你传话:'请你把自己的女儿嫁给我的儿子孙陀罗塞纳。因为女苦行者迦提雅耶尼带来画在画布上的这位女宝的肖像。由于我的儿子与你的女儿两人美貌匹配,我们也起念画下我的儿子的肖像,送给你看。你看看吧! 我的儿子具有这样的美貌。他找不到与自己匹配的妻子,便不愿意结婚。现在看来,唯有你的女儿与他相匹配。'国王吩咐我传达这些话,同时,他把这幅画交给我。现在,请王上看看吧! 让春天和春藤结合吧!"

国王曼陀罗提婆听了使者的话,高兴地召唤女儿曼陀罗婆蒂和她的母后前来。国王和她俩一起打开画布。国王看到这位王子的肖像后,原本以女儿美貌绝伦而产生的骄傲消失,说道:"如果我的女儿不与这位王子结合,那么,创造主也就白白创造了她的美貌。因为她如果缺了这位王子，同样，这位王子如果缺了她，都不会大放光彩。试想莲花池怎么能缺少天鹅，天鹅怎么能缺少莲花池？"

听了国王这样说，王后表示赞同。而曼陀罗婆蒂兴奋激动，不知所措，睁大的眼睛一动不动盯着这幅肖像，仿佛被吸住，似醒似睡，仿佛成了画中人。国王看到女儿曼陀罗婆蒂这个样子，表示同意这桩婚事，并向使者表示敬意。

第二天，国王曼陀罗提婆派遣自己的使者，一个名叫鸠摩罗达多的婆罗门，去见国王摩诃塞纳。他对这两位使者说道："你们两个迅速前往阿罗迦城，向国王摩诃塞纳传达我的话：'出于友情，我把女儿嫁给你的儿子。请你说定，是你的儿子来这里接她回去，还是我把女儿送到你们那里？'"

听了国王的指示，这两位使者迅速乘船航海前往，到达设赏迦城后，上岸一路前行，到达与财神的阿罗迦城同名的这个富饶的阿罗迦城。他俩进入王宫，受到国王摩诃塞纳的热情接待。他俩向国王报告曼陀罗提婆的回音。国王听后，高兴满意。

然后，国王向曼陀罗提婆的使者问清公主出生日的星宿后，请占星师们确定结婚吉祥日。他们回答说："三个月后，在八月白半月的第五日，是新娘和新郎的结婚吉祥日。"于是，国王亲自写信告知曼陀罗提婆，在这个吉祥日，他会派王子前去迎娶公主。他把信交给曼陀罗提婆的使者鸠摩罗达多和自己的另一位使者旃陀罗斯瓦明。

这两位使者带着这封信，到达杭娑岛后，当面交给国王曼陀罗提婆，并向他报告其他一切情况。国王听后，说道："就这样吧！"他向摩诃塞纳的使者旃陀罗斯瓦明表示敬意后，让他回去禀告自己的主人。旃陀罗斯瓦明返回阿罗迦城，报告国王事情已经圆满办妥。这样，双方所有人都等待着这个结婚吉祥日到来。

而在这期间，在杭娑岛上，自从见到那幅肖像，曼陀罗婆蒂就一直思念那位王子。虽然知道结婚吉祥日的日期，但她不能忍受一天又一天的时间，热恋着心上人，备受爱情火焰的折磨。她这样思恋孙陀罗塞纳，天啊，以致她感到抹在身上的檀香膏犹如降落的火炭雨，莲叶床犹如滚烫的沙滩，月光犹如森林大火的火焰。她沉默不语,不思饮食,发誓独处。

她的心腹女友惊慌不安,一再询问,好不容易听到她回答说:"朋友啊,结婚的日子要等这么久。我不能在这么长的时间里,见不到我的未婚夫,这位阿罗迦城的王子。两地相隔这么远,时间又这么久,命运变化多端,在这期间,谁知道会发生什么意外? 因此,我还是死去为好。"曼陀罗婆蒂满怀与心上人分离的痛苦,已经达到危及生命的地步。

她的父母从她的女友口中得知这个情况,便和大臣们一起商量:"国王摩诃塞纳和我们约定了结婚日子,而曼陀罗婆蒂在这里不能忍受这么长的时间。我们何必感到愧疚? 随它去吧! 我们就把曼陀罗婆蒂送到她的心上人身边,这样,她会有勇气熬过这段时间。"

这样决定后,国王安慰女儿曼陀罗婆蒂。然后,在一个吉祥的日子,王后举行仪式,为她念诵祝福祷词后,国王让她登上船,带着财物和随从,从杭娑岛出发,航海前往阿罗迦城,在那里等待与王子结婚。国王还派遣自己的一位名叫维尼多摩提的大臣,陪同曼陀罗婆蒂前往。

公主乘船在大海上航行几天后,乌云突然升起,像海盗那样发出吼叫,狂风呼啸,暴雨如同阵阵射来的箭矢。刹那间,狂风犹如强大有力的命运把航船推往远处,随即破碎。所有的随从连同大臣维尼多摩提沉没海中。船上所有的财物也被大海吞没。

然而,大海仿佛以海浪为手臂,举起活着的公主,把她抛到海岸附近的树林中。她已经坠入大海,高高涌起的海浪又把她抛到树林中。看啊! 命运有什么做不到的事? 然后,在这片荒凉的树林中,公主惊恐不安。她看到自己孤身一人,又坠入另一片痛苦的大海。她发出悲呼:"我该前往哪里? 我现在在哪里? 我的随从们在哪里? 维尼多摩提在哪里? 怎么会突然发生这一切? 我这苦命人现在去哪里? 天啊,我完了! 我能怎么办? 可恨的命运啊! 你为何要把我从大海中救出? 父亲啊! 母亲啊! 夫君啊! 阿罗迦城王子啊! 你看,我没有到达你那里,却遭遇这样的灾祸,你怎么不来救我?"就这样,曼陀罗婆蒂伤心哭泣,悲叹不已,泪珠流淌,犹如断线项链的珍珠纷纷滚落。

就在这时,有个名叫摩登伽的牟尼,从不远处的净修林前来这里,准备在海中沐浴。他的女儿跟随在后,名叫耶摩拉,从小就修习梵行。这个牟尼听到曼陀罗婆蒂的哭泣声,心怀慈悲,和女儿一起走近过来。看到她像一头与鹿群失散的雌鹿,目光凄惨,环视四方,大牟尼以和蔼可亲的话语询问道:"你是谁?怎么会来到这片树林?你为何哭泣?"

曼陀罗婆蒂看到他充满同情心,便慢慢缓过精神,告诉他自己的遭遇,羞愧地低垂着头。然后,牟尼沉思片刻,对她说道:"公主啊,你不要绝望,鼓起勇气。虽然你的肢体柔嫩似希利奢花,灾难依然折磨你,因为灾难哪会管你柔嫩不柔嫩。而你不久就会如愿获得丈夫。因此,来到我的净修林吧!它离这里不远。你就和我的女儿住在一起吧!"大牟尼这样安慰她,在沐浴后,与女儿一起把曼陀罗婆蒂带回净修林。她在净修林里安心等待与丈夫团聚,与牟尼的女儿一起愉快地侍奉这位牟尼。

而在这期间,在阿罗迦城,孙陀罗塞纳一天又一天数着日子,盼望结婚吉祥日到来。这样,他长时间在渴望中受煎熬,身体消瘦。旃陀波罗跋等大臣努力安慰他。渐渐地,临近吉祥日,他的父亲开始为他前往杭娑岛做准备。到了吉祥日这一天,父亲为他举行仪式,祝福他一路平安。然后,孙陀罗塞纳带着撼动大地的军队,与自己的大臣们一起出发,一路高高兴兴前行,到达装饰海岸的设赏迦城。

设赏迦城国王摩亨陀拉提底耶得知消息,谦恭地前来迎接,引领他和随从们进城。这位王子坐在大象上进入王宫,一路上,他的美貌如同暴风雨降临如同莲花池的城市妇女们。国王热情周到地招待他,并允诺陪同他前往杭娑岛。这样,王子在这里休息一天。他满怀希望度过这一夜:"我渡过大海,会获得我的心上人。这个娇美的新娘会含羞惊慌。我拥抱她时,会听到她说:'不要,不要这样。'"

第二天早上,王子把自己的军队留在城里,和国王以及自己的大臣们一起登上一艘装满食物和饮料的大船。他也削减其他随从,让他们登上另一艘船。两艘船向西南方向出发,旗帜在风中飘扬。他们航行了两三天,海上突然刮起狂风。海岸上的树林摇来晃去,仿佛对突如其来的狂风感到惊讶。海水在狂风中一次次涌起和落下,仿佛依照时间的节奏。船员们用船上的许多宝石献祭大海,同时发出哀号;放下风帆,同时丧失勇气;扔掉捆在船上的许多沉重的石块,同时抛却生命的希望。两艘船被海浪拱起和抛下,仿佛在战场上东奔西突。

看到这样的情况,孙陀罗塞纳离开座位,仿佛失去镇定,对国王摩亨陀拉提底耶说道:"由于我前生的罪业,我们突然面临毁灭。我不愿意看到这种结果,因此,我要自己投身大海。"说罢,他立即将自己的上衣用作腰带,束紧腰部,纵身跳入海中。旃陀波罗跋等五位大臣看到他这样,也跟着跳入海中。于是,摩亨陀拉提底耶也跳入海中。他们摆脱惊慌,挥动双臂,游泳渡海,然而,在海浪的冲击下,他们彼此分离。

刹那间,狂风停息,大海悄然无声,仿佛善人已经息怒。这时,孙陀罗塞纳和大臣特利吒菩提抓住不知从哪里被风吹来的一条小船。他俩登上这条小船,犹如登上在生死之间摇摆的秋千。面对这汪洋大海,王子辨别不清方向,失去勇气,指望天神庇护。柔和的顺风仿佛天神推送这条小船,经过三天,他们抵达海岸。在船停靠在海岸时,他和同伴一起踏上陆地,获得了生命的希望。

在海岸边,王子恢复精神后,对特利吒菩提说道:"虽然我越过大海,逃出了地下世界,但是,维格罗摩舍格提、维亚克罗波拉格罗摩、旃陀波罗跋和毗摩普遮这四位大臣以及自愿帮助我的摩亨陀拉提底耶这位国王的死亡是我造成的。现在,我怎么还有脸面活下去?"大臣特利吒菩提听后,对他说道:"王子啊,你要保持勇气。我知道我们会获得好运。他们也可能会像我俩一样越过大海,因为谁能看透神秘莫测的命运?"

就在特利吒菩提用诸如此类的话语安慰王子时,有两个苦行者前来这里沐浴。他俩看到王子神情沮丧,便走近过来询问情况。然后,他俩满怀慈悲,说道:"贤士啊,前生的业行威力强大,甚至天神们也必须接受快乐或痛苦的业报,毫无例外。想要摆脱痛苦,意志坚强的人应该行善积德,没有其他驱除忧愁烦恼的良方。因此,你不要绝望,而要振作精神,保护身体。只要身体健在,有谁不能实现人生目的? 你具有吉相,肯定会有美好未来。"说罢,这两位牟尼把他俩带回自己的净修林。这样,王子和特利吒菩提在那里住了一些天。

在这期间,王子的另外两位大臣毗摩普遮和维格罗摩舍格提也依靠双臂游泳到达海岸另一处。他俩痛苦迷茫,怀着王子也会像他俩一样渡过大海的希望,进入大森林寻找王子。而另外两位大臣旃陀波罗跋和维亚克罗波拉格罗摩以及国王摩亨陀拉提底耶也同样越过大海,满怀悲痛寻找王子,然而找不到。后来,他们发现航船完好无损,于是乘船回到设赏迦城。这两位大臣和留在设赏迦城的军队知道事已如此,一起哭泣着返回阿罗迦城。

看到他们哭泣着回来,其中没有王子,全城市民号啕大哭。国王摩诃塞纳和王后得知儿子情况,如果不是他俩命定的寿数未到,也会失去生命。大臣们以种种理由说明应该抱有希望,劝阻国王和王后抛弃身体。然后,国王带着随从,前往城外的自在天神庙,实施苦行,盼望获得儿子的消息。

而这时,在杭娑岛,国王曼陀罗提婆听说女婿和女儿在海上遇难,也得知女婿的两位大臣回到阿罗迦城,同时,国王摩诃塞纳怀抱希望,支撑着生命,实施苦行。他也为女儿悲痛至极,想要自尽,而被大臣们劝阻住。现在,他把王国的重担托付给大臣们,自己与王后甘陀尔波赛娜一起前往阿罗迦城,去会见与他同病相怜的国王摩诃塞纳。他心中决定:"一旦摩诃塞纳得知儿子的消息后,无论他做什么,我也会与他一样做什么。"

这样,曼陀罗提婆与摩诃塞纳会见。摩诃塞纳得知曼陀罗提婆女儿的情况后,心中更添痛苦,曼陀罗提婆也忧伤哀叹。然后,曼陀罗提婆和摩诃塞纳一起控制感官,节制饮食,实施苦行,睡在达薄草床上。

就这样,创造主把他们所有人分散在各处,犹如风儿吹散树叶。这时,孙陀罗塞纳在命运安排下,离开那个净修林,来到曼陀罗婆蒂所在的摩登伽的净修林。他看到那里湖边茂密的树木结满甜美的果子而低垂。他身体疲乏,和特利咤菩提一起在湖中沐浴后,吃那些甜美的果子。

然后,他来到林中的一条河流旁,沿着河岸行走,看到在一座林伽神庙附近,一些牟尼的女儿正忙于采集花朵。他看到其中的一个少女堪称世界上唯一的美女。她的美貌如同月光照亮整片树林。她的目光仿佛造就四处盛开的蓝莲花。她的脚步仿佛扩展大地上的莲花丛。

于是,王子对特利咤菩提说道:"她是谁?她是值得千眼因陀罗凝视的天女吗?或者,她是森林女神吗?她握着花朵的手指犹如嫩芽。肯定是创造主创造许多天女后，技巧娴熟，而创造出这样一位奇妙的美女。啊！她就像是我在画中见到的心上人曼陀罗婆蒂，但这怎么可能呢？她在杭娑岛，与这片树林相距遥远。我无法相信这位美女就是她。她怎么会从那里来到这里？"

特利吒菩提看到这位美女后，对王子说道："王子啊，确实如此。她虽然全身以花朵为装饰品，但看似有项链和腰带等。而且，这样娇嫩的身体不可能产生于林中。她必定是某位天女或公主，不可能是牟尼的女儿。因此，我们就在这里站一会儿，看看她们的情况。"于是，他俩藏身在一棵树下。

这时，那些少女采完花后，与这位美女一起进入河中沐浴。也是命运安排，一条鳄鱼前来咬住这位美女。那些少女看到后，惊慌失措，发出痛苦的呼叫："林中诸位天神啊，你们赶快救救她吧！天啊，一条鳄鱼突然前来咬住在河中沐浴的曼陀罗婆蒂。"孙陀罗塞纳听到后，心想："难道果真是她？"他急忙跑过去，举刀杀死那条鳄鱼。他仿佛从死神口中救出曼陀罗婆蒂。然后他把她带到河边，安慰她。

而曼陀罗婆蒂此时已经摆脱恐怖，看到这位英俊的青年，心想："我交上好运，这位灵魂高尚者来到这里救我的命。他是谁？他很像是我在画中见到的我的生命之主，阿罗迦城高贵的王子。然而，这不可能是他。哎呀，我想歪了！像他这样的王子怎么会流落在外？我千万不该这样胡思乱想。现在，我不适合站在一个陌生人身边。我要离开这里。祝愿这位灵魂高尚者吉祥平安！"

曼陀罗婆蒂这样思考后，对女友们说道："现在，我们先敬拜这位大福大德者，然后，我们回去。"而孙陀罗塞纳虽然只是听到她的名字，但颇有信心。不过，疑团毕竟尚未解开，于是，他询问走近过来的曼陀罗婆蒂的一位女友，说道："吉祥少女啊，你们的这位女友是谁的女儿？她的情况如何？我很好奇。"

于是，这位牟尼的女儿回答说："她是杭娑岛国王曼陀罗提婆的女儿，名叫曼陀罗婆蒂。这位公主原本被送往阿罗迦城，要嫁给王子孙陀罗塞纳。不幸航船在海中沉没，而海浪把她抛到岸上。恰好牟尼摩登伽来到这里，把她带回自己的净修林。"

听到这位少女这样说，特利吒菩提手舞足蹈，对悲喜交加的孙陀罗塞纳说道："多么幸运啊，她就是曼陀罗婆蒂！你现在是喜上加喜。她不正是我们一直挂念在心的人儿吗?"随后,在那些少女询问下,他告诉她们事情经过。她们听后,都为自己的女友高兴。

而这时,曼陀罗婆蒂向孙陀罗塞纳叫了一声"夫君啊!",便拜倒在他的脚下哭泣。孙陀罗塞纳也哭泣着拥抱她。他俩这样拥抱着哭泣,甚至周围的草木也满怀同情,心软而流泪。随后,那些少女前去报告摩登伽。这位大牟尼立即和女儿耶摩拉一起来到这里,安慰拜倒在他脚下的孙陀罗塞纳。然后,他把孙陀罗塞纳和曼陀罗婆蒂一起带回自己的净修林。

这位大牟尼在这一天里,按照待客之礼招待他,让他解除疲劳,身心愉快。而第二天,他对王子说道:"孩子啊,我现在有事要去白洲。因此,你就和曼陀罗婆蒂一起回到阿罗迦城去吧!你在那里与这位公主结婚后,要好好爱护她。因为我已经收养她为女儿,现在把她交给你。你将会和她一起长久统治整个大地。你也很快会与你自己的所有大臣团聚。"说罢,这位牟尼向他和他的未婚妻辞别,与自己的女儿耶摩拉一起升空离去。

于是,孙陀罗塞纳和曼陀罗婆蒂在特利吒菩提陪同下,从净修林出发,到达海边。孙陀罗塞纳看到海上驶来一艘快船,船主是一位青年商人。为了尽快完成旅程,他让特利吒菩提高声呼喊,向这个青年商人请求搭船。然后,那个青年商人让船停靠岸边,说道:"好吧!"然而,他一见到曼陀罗婆蒂,顿时神魂颠倒。孙陀罗塞纳站在岸边,先让曼陀罗婆蒂上船,而就在他也跟着准备上船时,这个邪恶的青年商人企图霸占他人妻子,向水手打了个暗号,水手立即将船驶离。孙陀罗塞纳眼睁睁看着快船离去,顷刻间不见踪影,顿时哭喊道:"天啊,我遭到盗贼抢劫!"

特利吒菩提看到王子痛哭不止,便对他说道:"起来吧!克制悲伤!这不是勇士的作风。来吧!我们沿着这条路,前去捉拿这个盗贼!智者们遭遇灾难,绝不会丧失勇气。"在特利吒菩提一再鼓励下,孙陀罗塞纳终于起身,从海岸出发。

而在行进途中,孙陀罗塞纳在离愁之火烧灼下,依然泪流不止,不停发出悲呼:"公主啊!曼陀罗婆蒂啊!"他不吃不喝,唯有特利吒菩提一人含泪陪同他。他像疯子那样迷迷糊糊进入一个大树林。他听不进特利吒菩提任何有益的劝导,自顾自游来荡去,一心思念着曼陀罗婆蒂。他看到鲜花盛开的蔓藤,说道:"我的心上人逃离那个商人盗贼,来到这里用鲜花装饰蔓藤?"他看到蜜蜂围绕的莲花,说道:"这是我的心上人害怕盗贼,躲进水池,现在伸出长有长睫毛眼睛的脸来看我?"他听到藏在蔓藤绿叶底下的杜鹃鸣叫,说道:"这是我的话音甜美的心上人与我说话?"就这样,他神思恍惚,不停地四处转悠。月亮如同太阳烧灼他,夜晚和白天对于他已经没有区别。

孙陀罗塞纳和特利吒菩提好不容易走出这个大树林,然而迷路进入一片荒漠。那里有许多凶猛的犀牛和狮子,犹如可怕的军队。成群结队的盗匪也经常出没。王子进入这片充满凶险而没有庇护处的荒漠。这时,有一帮布邻陀族盗匪手持武器,遵奉住在这里的布邻陀王文底耶盖杜的命令,出来寻找祭供女神的人和动物。王子已经身处五种苦难之火:流亡、离愁、受恶人欺凌、饥饿和旅途疲劳。天啊,命运又给他增加第六种,即遭遇盗匪攻击,仿佛为了观察他的勇气的极限。

这帮盗匪发射箭雨,冲过来抓捕他。王子只有一个同伴,两人举刀杀死他们。布邻陀王得知消息,增派一支军队。王子骁勇善战,与同伴一起,又杀死许多盗匪,最终受伤而精疲力竭,昏倒在地。盗匪们捆绑他俩带回,把他俩扔进牢房。

这牢房里塞满许多遭遇同样灾难的人。里面布满小爬虫,结满蜘蛛网,墙壁的一些洞口挂着蜕落的蛇皮,表明洞里有蛇,还有许多老鼠挖出的洞穴。地上的尘土没到脚踝。而就在这个如同地狱诞生地的牢房里,王子见到自己的两位大臣毗摩普遮和维格罗摩舍格提。他俩也像王子一样渡过了大海,而后为了寻找自己的主人,进入这片荒漠,被盗匪们抓住,捆绑着投入这个牢房。他俩认出王子后,拜倒在他的脚下哭泣,而王子也搂住他俩的脖子,泪如泉涌。

他们在这里相会,增加了成百倍的痛苦。而牢房里的其他人安慰他们说:"不要悲伤了! 谁能逃过前生的业报? 你们没有看到我们所有人都面临死亡吗? 布邻陀王把我们关在这里,在这个月第十四日,要把我们用作活物祭供女神。命运就是这样奇怪地捉弄众生。正像它可以给你带来幸运那样,也可以给你带来不幸。"就这样,他们被捆绑着,待在这个牢房里。天啊,灾难甚至这样轻而易举落到高贵的人们头上！

到了第十四日，他们都被作为祭品，带到难近母女神庙。这里看似死神张开恐怖的嘴，灯光如同火舌，成排的铃铛如同牙齿，上面悬挂着人的头颅。孙陀罗塞纳见到女神后，俯首虔诚敬拜，心中默默赞颂她："你用沾满鲜血的三叉戟击溃嚣张的提迭们，平息阿修罗们的怒火。你赐予虔诚的信徒无畏。请你用流淌甘露的慈爱的眼睛看看我，熄灭我陷身的痛苦森林大火。女神啊，我向你致敬！"

就在王子这样默祷时，布邻陀王文底耶盖杜前来敬拜女神。孙陀罗塞纳看到他，认出他是蛮族国王，羞愧地低下头，悄悄对同伴们说道："天啊，他是布邻陀王文底耶盖杜。他曾经来到我的父亲身边敬拜侍奉，得以享有这片荒漠。然而，在这里无论发生什么，我们什么也不要说。因为对于有尊严的人，在这样的情况下亮明身份，还不如死去为好。"

就在王子这样嘱咐自己的大臣们时，布邻陀王对他的侍从们说道："嗨，你们让我看看那个用作重要祭品的勇士。他杀死我们的许多士兵后，才被抓获。"侍从们听后，便把孙陀罗塞纳带到布邻陀王面前。孙陀罗塞纳此时身上的伤口还留着沾有尘土的血斑。布邻陀王看到他后，觉得似曾相识，便带着疑惑询问道："说出你是谁？来自哪里？"而孙陀罗塞纳回答说："管我是谁，来自哪里！你就做你想做的事吧！"

布邻陀王一听到他的说话声，立即认出了他。于是，他发出悲叹："哎呀，哎呀！"他慌乱中跌倒在地，起身后拥抱王子，哭泣着说道："天啊！大王摩诃塞纳啊，你看！我蒙受你这么多恩惠，而我这个罪人现在怎么能这样回报你？是我造成你视同生命的儿子孙陀罗塞纳落到这样的处境，不知道他从哪里来到这里。"在场的其他人听了都流下眼泪。

于是，孙陀罗塞纳的同伴们满怀喜悦，安慰这位蛮族国王，说道："这不算什么，因为你事前认出了王子。事情已经如此，你还能怎么办？现在应该高兴，何必悲伤？"布邻陀王怀着爱意，拜倒在王子脚下，以示尊敬。王子让他释放所有准备用作祭品的人。

布邻陀王敬拜王子后，带领王子及其同伴们进入自己的村落，为王子的伤口敷药和包扎。他询问道："王子啊，我实在好奇，你怎么会来到这里？请你告诉我吧！"于是，孙陀罗塞纳告诉他自己的整个经历。布邻陀王听后，惊奇不已，说道："为了迎娶曼陀罗婆蒂，你出发，而在海上遇险。你到达摩登伽的净修林，在那里与她会合。由于你的轻信，她被商人劫走。你进入荒漠，被抓住充作祭品。我认出你。你从死神口中脱险。无论如何，我要向行为方式奇妙的命运致敬！因此，你不必忧虑，因为命运也会像对待你这样对待你的心上人。"

就在布邻陀王这样说着时，他的军队统帅高兴地赶来报告说："王上啊，有个商人带着随从进入荒漠，还带着大量财富和一位极其美丽的女宝。我得知消息，带着军队截住他及其随从，还有大量财富和这位美女。他们已经被带到这里，就在门外。"孙陀罗塞纳和文底耶盖杜听后，不约而同在想："是不是那个商人？是不是曼陀罗婆蒂？"便同时说道："快把那个商人和妇女带进来！"

于是，军队统帅把他俩带进来。特利吒菩提看到他俩后，立即说道："这个是公主曼陀罗婆蒂，那个是邪恶的商人。天啊，公主啊！你怎么会落到这种境地？你像遭受炎热烧灼的蔓藤，嘴唇像嫩芽干枯，装饰品像花朵坠落。"就在特利吒菩提这样哭诉时，孙陀罗塞纳跑上前去，紧紧搂住曼陀罗婆蒂的脖子。然后，这对有情人抱头痛哭，仿佛互相用泪水洗去分离的痛苦污垢。

文底耶盖杜安慰他俩后，对那个商人说道："他信任你，你怎么能夺走他的妻子？"这个商人满怀恐惧，结结巴巴说道："我白费心思做了这件事，结果只能导致自己毁灭。这个圣洁的女子自身具有不可抵御的威力，就像是火焰。我不能接触她。因此，我这个罪人怎么可能一厢情愿，把她带回家乡，平息她的愤怒，说服她嫁给我呢？"

布邻陀王听后，下令杀死这个商人。而孙陀罗塞纳劝说布邻陀王免他一死。无论如何，他的大量财富比他的一条命值钱。失去财富的人会一天天慢慢死去，而失去生命的人不会这样。于是，孙陀罗塞纳放走这个商人。这个可悲的商人侥幸逃过一死，高兴地离去。

然后，文底耶盖杜把孙陀罗塞纳和曼陀罗婆蒂带到他的王后的宫殿中。他吩咐王后侍候曼陀罗婆蒂沐浴，送给她衣服和抹身的香膏。同样，在孙陀罗塞纳沐浴后，布邻陀王请他坐在尊贵的座位上，献给他珍珠和麝香等许多礼物。布邻陀王为了庆贺这对有情人团聚,还举行盛大的庆祝活动,所有的布邻陀妇女欢快地载歌载舞。

第二天,孙陀罗塞纳对布邻陀王说道:"现在,我的伤口已经痊愈,我的愿望也已经实现。我们要返回自己的城市。请你赶快派遣一位信使,去向我的父亲报告我要回去的消息。"布邻陀王听后,立即派出一个信使。

这个信使到达阿罗迦城时,国王摩诃塞纳和王后正为得不到孙陀罗塞纳的消息而悲观绝望,准备在湿婆神庙前投火自尽,所有的市民围绕在国王和王后身边,哀伤不已。这个蛮族信使看到国王摩诃塞纳,跑上前去,说明自己的身份。他全身沾满尘土,手中持弓,皮肤黝黑,腰部围着树叶编成的下衣。他拜倒在国王脚下,说道:"王上啊,你的好运已经来到! 因为你的儿子孙陀罗塞纳和儿媳曼陀罗婆蒂已经一起越过大海,现在在我们的主人文底耶盖杜身边。他们就要来到这里,派我先来通报。"说罢,他递上信件。

所有人听后,兴奋激动,发出欢呼。在宣读信件后,人们觉得眼前这一切仿佛是奇迹。国王摩诃塞纳向信使表示感谢,摆脱忧愁,喜气洋洋,与所有人一起进入都城。第二天,他迫不及待,在杭娑岛国王曼陀罗提婆陪同下,带着军队出发,前去迎接即将归来的儿子。大地仿佛惧怕他的象、马、车和步兵四支大军,颤抖摇晃。

这时,孙陀罗塞纳和曼陀罗婆蒂与特利吒菩提以及在牢房里相遇的维格罗摩舍格提和毗摩普遮,一起从蛮族村落出发,返回家乡。孙陀罗塞纳和文底耶盖杜一起骑着快速似风的骏马,后面跟随着大批布邻陀族军队,仿佛表明这里的大地属于布邻陀族。孙陀罗塞纳行进了没几天,就在路上看见父亲带着随从和亲友迎面而来。

于是,孙陀罗塞纳下马,在人们喜悦的目光注视下,与同伴们一起拜倒在父亲脚下。国王摩诃塞纳见到儿子,心中的喜悦抑制不住,如同大海见到圆月,汹涌的浪潮溢出海岸。他见到拜倒在自己脚下的儿媳曼陀罗婆蒂,为自己和家族必将兴旺发达而高兴。他也向向他俯首行礼的特利吒菩提等三位自己儿子的大臣以及文底耶盖杜表示热烈欢迎。

在父亲介绍下,孙陀罗塞纳满怀喜悦,向岳父曼陀罗提婆俯首行礼。他也见到先期回来的旃陀波罗跋和维亚克罗波拉格罗摩两位大臣,感到自己的愿望已经圆满实现。这时,国王摩亨陀拉提底耶得知消息,也高兴地从设赏迦城赶到这里。

然后,王子孙陀罗塞纳登上骏马,带着公主曼陀罗婆蒂,犹如那吒古钵罗带着兰跋①,与所有人一起返回自己的阿罗迦城。这座繁荣富饶的城市充满行为纯洁的市民。王子和曼陀罗婆蒂进入父亲的宫殿时,一路上各处窗户涌满睁大莲花眼观看的妇女们。进宫后,母亲看到拜倒在自己脚下的儿子,眼中涌满喜悦的泪水。王子与所有亲朋好友和随从们一起,在节日般欢庆的气氛中度过这一天。

第二天,在占星师们确定的结婚吉祥日,曼陀罗婆蒂的父亲把女儿交给他。他终于实现长久的渴望,与曼陀罗婆蒂牵手成婚。国王曼陀罗提婆还送给女婿大量昂贵的宝石。因为他没有儿子,他也许诺在自己死后,把王国送给这位女婿。国王摩诃塞纳举行符合自己心意和财力的盛大婚庆活动,对狱中的囚犯实行大赦,并且慷慨布施,如同降下金币雨。城中所有妇女看到王子孙陀罗塞纳实现心愿,与曼陀罗婆蒂结成姻缘,前来庆贺婚礼,载歌载舞。

受到国王摩诃塞纳的礼遇后,国王曼陀罗提婆返回自己的国土,国王摩亨陀拉提底耶返回自己的设赏迦城,文底耶盖杜返回自己统治的荒漠。过了一些日子,国王摩诃塞纳看到儿子孙陀罗塞纳具备一切美德,受到臣民爱戴,便把王国交给他,自己退隐林中。孙陀罗塞纳获得王国,成为国王后,凭借自己的臂力,征服所有敌人,与大臣们一起统治整个大地。这样,他在获得曼陀罗婆蒂后,快乐绵延不绝。

大臣维亚克罗塞纳在湖边向摩利甘迦达多讲完这个故事后,继续说道:"王子啊,牟尼甘婆在净修林里讲完这个故事后,满怀慈悲,安慰我们说:'正是这样,孩子们啊,意志坚强的人能忍受任何艰难困苦,最终实现自己的愿望,

① 那吒古钵罗(naḍakūbara)是财神俱比罗的儿子。兰跋(rambhā)是天女,被认为是天国中最美丽的天女。

而失去信心和勇气的人必然遭遇失败。因此,你们不要怯懦,继续你们的行程吧! 你们的主人摩利甘迦达多不久会与你们所有大臣团聚,也会与设赏迦婆蒂相会,最后他会统治整个大地。'听了这位大牟尼的这些话,我们获得勇气,度过那一夜。然后,我们离开净修林,一路前行,来到这片树林。我们旅途劳累,饥渴难忍,于是爬上这棵象头神的树,想要摘果子吃,结果变成了果子。王子啊,依靠你的苦行,我们今天终于得救。这就是我们四个人在受到蛇王诅咒与你分离后的整个经历。现在诅咒已经结束,你与我们所有人团聚。因此,你就着手实现你的目标吧!"

摩利甘迦达多听了大臣维亚克罗塞纳讲述他们的经历后,增添了获得设赏迦婆蒂的信心,度过这一夜。

第三十五章

第二天早上,摩利甘迦达多为了获得设赏迦婆蒂,与所有的大臣和婆罗门悉如多提一起,敬拜象头神树后,离开湖岸,前往优禅尼城。

他们路过一片又一片林地,数以百计的水池。有些林地,有多摩罗树围绕,犹如夜晚天空中密集的乌云。有些林地,有阿周那树围绕,可怕的疯象在游荡中撞断许多甘蔗,仿佛成为毗罗吒王的都城①。那些高山峡谷鲜花盛开,居住着平静的牟尼而幽静纯洁,然而也有猛兽出没。英勇的王子和大臣们越过这些地区,渐渐到达优禅尼城附近。

他们在甘达婆提河中沐浴,解除旅途疲劳后,渡河到达一个大时神的坟场。这里遍布各种骨头和头盖骨,其中有一座高耸的湿婆神像,仿佛已被附近火葬堆的烟雾熏黑,手中持有骷髅而可怕,受到勇士们供奉。还有许多魔鬼和女妖喜爱在这里玩耍取乐。

---

① 这句中,"阿周那树"的原词是 arjuna,也读作"阿周那",即般度族五兄弟之一。"可怕的"原词是 bhīma,也读作"毗摩",即般度族五兄弟之一,又称怖军(bhīmasena)。据史诗《摩诃婆罗多》,般度族五兄弟流亡森林十三年。在第十三年,他们乔装改扮,隐姓埋名,在毗罗吒王(virāṭa)宫中充当差役。

越过这个坟场，摩利甘迦达多看到国王迦尔摩塞纳守护的历史悠久的优禅尼城。所有的街道都有卫兵手持武器把守，而这些卫兵还受到出身高贵的刹帝利武士保护。四周城墙高耸似山峰，城里充满象、马和车，陌生人难以进入。

摩利甘迦达多看到这座城市，无论从哪里都无法进入，心中发慌，对大臣们说道："天啊，我这个命运不佳的人！我们千辛万苦来到这里，而不能入城，怎么还能获得设赏迦婆蒂？"大臣们听后，对他说道："王子啊，你怎么会以为单凭我们几个人的力量就能攻下这座城市？我们必须想办法。天神们也是经常想办法，你怎么忘了？"听了大臣们的话，摩利甘迦达多一连几天，在这座城外转悠。

然后，大臣维格罗摩盖萨林思念他以前结交的僵尸鬼，想要让它把王子的心上人从寝宫中带来。随即，这个僵尸鬼来到，皮肤黝黑，身躯高大，脖子似骆驼，脸庞似大象，双脚似水牛，眼睛似猫头鹰。但是，这个僵尸鬼也无法入城，只能离去。因为这座城市受到湿婆保护，僵尸鬼之类鬼怪不能进入。

一天，大臣们围在为进城发愁的王子身边。通晓谋略的婆罗门悉如多提说道："王子啊，你通晓谋略，现在怎么心神不定，好像全都忘了？不事先考察双方力量，谁能确定行动步骤？这座城市有四个城门，每个城门有两千头象、二万五千匹马、一百万车辆和步兵，全副武装的勇士们日夜守护，难以战胜。凭我们这几个人怎么可能强行进入？那样犹如飞蛾扑火，毫无成功希望。而且，只有少量军队也不可能攻克这座城市，如同步兵孤身与大象搏斗，力量悬殊。你曾经救护沙钵罗王摩耶钵杜，让他摆脱那尔摩达河中水怪的威胁，与他结为朋友。同时，他的强大有力的盟友摩登伽王杜尔伽毕舍遮也因此效忠你。还有吉罗多王舍格提罗奇多，自幼修习梵行，勇力无比。你让他们带着军队前来协助你。所有军队布满四面八方，便能实现你的愿望。吉罗多王约定等候你派遣使者去召唤他，难道你已经忘却这一切？沙钵罗王摩耶钵杜肯定也会按照约定，与摩登伽王一起做好准备，接到指令就会前来。因此，我们前往文底耶山南坡摩登伽王居住的迦罗跋羯利婆城堡，在那里再召唤吉罗多王舍格提罗奇多。这样，我们齐心协力，就有希望获得成功。"

听了悉如多提这番机智合理的话，摩利甘迦达多和大臣们一致表示同意。

第二天，太阳升起。它是有德之士们的亲友，永远在空中行进，照亮世界各方①。摩利甘迦达多向太阳致敬后，与大臣维亚克罗塞纳、毗摩波拉格罗摩、古纳迦罗、梅卡勃罗、维摩罗菩提、维吉多罗格特、斯吐罗跋呼、维格罗摩盖萨林、波罗旃陀舍格提、特利吒摩希底和悉如多提一起，前往文底耶山南坡摩登伽王的住地。

一路上，王子越过的那些辽阔的大森林犹如自己重大的举动，那些深邃的林地犹如自己深藏的心愿。湖泊岸边树下是夜晚住宿处。到达和登上文底耶山，高耸的山顶犹如自己的雄心。然后，从山顶走下南坡，王子远远望见许多蛮族村落，堆积着象牙和鹿皮，心想："我怎么能知道摩登伽王住在这里何处？"

就在这时，王子和大臣们看到迎面走来一个青年牟尼，便谦恭地询问他："贤士啊，你是否知道摩登伽王杜尔伽毕舍遮的宫殿在哪里？因为我们想见他。"这位善良的青年牟尼回答说："离这里不远处，那个地方名为般遮婆帝。离般遮婆帝不远处，是投山仙人的净修林。这位仙人轻而易举让友邻王从天国坠落大地②。罗摩奉父亲之命，与妻子悉多和弟弟罗什曼那流亡森林，曾在这里侍奉这位仙人。罗刹王罗波那攻击罗摩和罗什曼那，犹如罗睺攻击太阳和月亮。在这里，迦槃陀指引他俩诛灭罗波那。在这里，长胳膊的罗摩曾像蛇形友邻王那样匍匐在地，向这位仙人乞求恩惠。在这里，一旦雨季来临，罗刹们听到乌云发出雷鸣声，至今还会想起罗摩弓弦的嘣嘣声。那些曾经受到悉多抚育的老鹿看到四周一片荒凉，含泪吐出口中的草。在这里，一个罗刹化作金鹿，引诱罗摩追逐，造成悉多与丈夫分离，而仿佛为了保护其他的鹿免遭杀戮。在这里，许多湖泊充满迦吠利河的河水，仿佛投山仙人一路逐步吐出被自己吞下的大海的水③。就在离这个净修林不远处的山坡上，有一座难以进入的城堡，名为迦罗跋羯利婆。里面住着摩登伽王杜尔伽毕舍遮。他强壮有力，威武勇猛。其他国王难以战胜他。他拥有十万个弓箭手，每个弓箭手跟随有五百个

---

① 这句中，"照亮世界各方"的原词是 pradarśitāśam viśvasya，也读作"向世界展现希望"。这里暗含的意思是太阳升起，王子和大臣们怀抱希望出发。
② 按印度古代神话传说，友邻王曾经登上天国宝位，而在天国胡作非为，受到投山仙人诅咒而坠落大地，变成蛇。
③ 投山仙人曾经为了协助众天神捉拿逃到海中藏匿的恶魔，一口喝下海水。完事后，他又吐出海水。

士兵。他依靠这些强盗劫掠商队，消灭敌人，享有这座大森林，不把其他的国王放在眼里。"

摩利甘迦达多和大臣们听了这个青年牟尼的话后，向他告别，迅速按照这条路线向前行进，到达摩登伽王的迦罗跋羯利婆城堡附近。那里布满蛮族村落。王子远远望见那些沙钵罗人装饰有孔雀羽毛和象牙，身穿虎皮衣，吃鹿肉。于是，他对同伴们说道："你们看，这些人住在森林里，生活方式如同野兽。多么奇怪，他们也称杜尔伽毕舍遮为国王。确实，无论哪里的民众都不会没有国王。因为如同鱼儿互相害怕被吃掉，天神为众生创造国王这个称号。"

随后，王子寻找通向这个城堡的道路。这时，沙钵罗王摩耶钵杜的探子们在那里看到他，立即前去报告摩耶钵杜。于是，摩耶钵杜带着军队前来迎接。他看到王子后，下马跑过来，拜倒在王子脚下。他拥抱王子，向王子问好后，让王子和大臣们骑上马，带他们进入自己的营地。然后，他吩咐自己的门卫去向摩登伽王报告王子已经来到。

于是，摩登伽王迅速从自己的住处来到这里。他名叫杜尔伽毕舍遮，名副其实①。他的身体结实似山峰，皮肤黝黑似多摩罗树，依靠野蛮部落作恶，犹如第二座文底耶山。他眉毛紧皱，脸上有天生的三道皱纹而可怕，仿佛是居住在文底耶山的难近母印上的三叉戟标记，表明他归属自己。他虽然年轻，但已经看到许多鸟死去；虽然黝黑，但不漂亮；虽然依靠山脚生活，但不侍奉其他人②。他持有孔雀尾翎箭和彩色的弓，仿佛新云升起③。他的身上留有野猪的伤疤，如同希罗尼耶刹④。他强壮有力，形貌可怕，如同瓶首⑤。他允许臣民无视正法，恣意妄为，如同迦利时代⑥。他的军队来到，布满大地，犹如那尔摩达河摆脱

---

① "杜尔伽毕舍遮"的原词是 durgapiśāca，词义为城堡魔鬼。
② 这里三个分句中，"鸟"的原词是 vayas，也读作"年岁"；"黝黑"的原词是 kṛṣṇa，也读作"黑天"（即毗湿奴的化身之一）；"山"的原词是 bhūbhṛt，也读作"国王"。
③ 梵语文学中通常描写孔雀见到雨云来临，便会翩翩起舞。
④ 毗湿奴大神曾经化身为野猪，诛灭阿修罗希罗尼耶刹。
⑤ 瓶首是人名，即怖军和一位罗刹女妻子生下的儿子。
⑥ 按印度古代神话传说，世界每次从创造到毁灭，经历四个时代，正法依次递减。迦利时代（或称争斗时代）是第四个时代，正法只剩四分之一，而非法猖獗。

阿周那手臂①。他集合所有的旃陀罗贱民军队，四面八方变得黑蒙蒙，让人疑惑："是不是安遮那②山的岩石纷纷滚落？是不是世界末日的滚滚乌云提前来到大地？"

摩登伽王杜尔伽毕舍遮走近这里，在远处就匍匐在地，俯首向摩利甘迦达多致敬，说道："今天，居住在文底耶山的女神恩宠我，让你这位高贵的王子光临我的住地。我遂心所愿，深感荣幸。"说罢，他赠送王子珍珠和麝香等礼物。王子也高兴地依礼向他表示欢迎。然后，他们在那里安营驻扎。这里的森林中到处是系在柱子上的象、圈在马厩里的马、聚在营地中的步兵，拥有的财富与城市相同，实在是前所未见。

摩利甘迦达多在这里的林中花园里沐浴，举行吉祥仪式，在用餐后，和大臣们一起愉快地坐着，摩耶钵杜侍立一旁。这时，杜尔伽毕舍遮在交谈中，谦恭地询问摩利甘迦达多："主人啊，国王摩耶钵杜已经来到这里很久，和我一起等候你的指令。王子啊，你在哪里滞留这么久？在做什么？你也告诉我们现在你要做的事吧！"

王子听后，便告诉他说："当时，我与维摩罗菩提、古纳迦罗、毗摩波拉格罗摩和悉如多提一起离开摩耶钵杜的住处后，一路寻找朋友，在途中遇见波罗旃陀舍格提和维吉多罗格特，后来又遇见维格罗摩盖萨林。然后，我们到达一个优美的湖边。他们爬上一棵象头神的树，想要摘果子吃，结果受到象头神诅咒，都变成了果子。我好不容易抚慰象头神，让他们摆脱诅咒。其他四位大臣特利吒摩希底、维亚克罗塞纳、梅卡勃罗和斯吐罗跋呼此前也是这样变成果子，此时一起摆脱诅咒。然后，我和所有这些大臣一起前往优禅尼城。而这座城市防守严密，我们无法进入，哪里还有办法获得设赏迦婆蒂？而且，我没有军队，也就没有能力派遣使者。因此，我们经过商量，来到你们这里。朋友啊，现在就靠你们决定我们能否成功。"

摩利甘迦达多讲完自己的经历后，杜尔伽毕舍遮和摩耶钵杜说道："你就

---

① 《罗摩衍那·后篇》中提到阿周那曾用手臂挡住那尔摩达河河水，与嫔妃们一起嬉水玩耍。由此，河水冲决堤岸。

② "安遮那"的原词是 añjana，也读作"黑眼膏"。

放心吧！这对我们来说只是一件小事。我们的生命最初就是为你而被创造的。我们会依靠武力抓获国王迦尔摩塞纳,取来他的女儿设赏迦婆蒂。"

听了他俩的话,摩利甘迦达多心中喜悦,怀着敬意对他俩说道:"对于你们,有什么不能办到的事? 因为你们的勇气表明你们一定能兑现许诺朋友的事。创造主创造你们时,赋予你们文底耶山的坚定、老虎的勇气、莲花池对朋友的热情。因此,你们就制订计划,采取行动吧! "王子这样说着时,太阳疲倦而落山。他们也分别在营地中工匠建造的营房里,度过这一夜。

第二天早上,摩利甘迦达多派遣古纳迦罗去带来朋友吉罗多王舍格提罗奇多。这样,没过几天,吉罗多王就带着大军来到这里,有一百万步兵,骑着大勇士的二十万匹马,无数凶猛的大象,八万八千辆战车,随行的旗幡和华盖遮蔽天空。摩利甘迦达多和朋友们满怀喜悦,上前迎接吉罗多王,向他致以敬意后,带他进入营地。同时,摩登伽王和摩耶钵杜也派遣使者,召唤各处的朋友和亲戚前来。于是,数百支军队聚集,营地如同汇入数百条河流而涨潮的大海,发出喧嚣。摩利甘迦达多欣喜不已。

杜尔伽毕舍遮向所有前来的国王致以敬意,赠送珍珠、麝香、衣服、肉食和果酒。沙钵罗王摩耶钵杜也安排所有国王沐浴和涂抹香膏,供给饮食和床铺。摩利甘迦达多和所有坐在各自合适座位上的国王一起进餐。他居然从遥远的地方来到这里,与摩登伽王坐在一起进餐。通常的地点和时间规矩在这里变得毫不重要。

第二天,新来到的吉罗多王和其他国王已经得到休息。在国王聚会的会堂里,摩利甘迦达多受到礼遇,坐在象牙座位上。他支开侍从们,对朋友们说道:"现在,为何不抓紧时间采取行动? 为何不迅速带着所有军队向优禅尼城进发?"

悉如多提听后,对王子说道:"王子啊,请听我按照通晓治国论的智者们的思想对你说! 想要取得胜利,先要分清策略可行不可行。不能获得成功的策略不可行,应该抛弃。能获得成功的策略可行,应该采用。策略相传有四种:和谈、馈赠、离间和惩治。依次前者比后者更可取。因此,王子啊,首先应该采取和谈策略。因为迦尔摩塞纳不贪财,馈赠对他不适用。同时,臣民没有受到蔑视而对他产生愤怒或忌恨，离间对他也不适用。至于惩治这个策略也值得怀疑，因为他的城市防卫坚固，军事实力强大，以前没有别的国王战胜过他。即使我们拥有大量军队，也难以保证一定胜利。而且，为了求娶他的女儿，杀戮他的亲友，这样做也不合适。因此，我们应该首先采取和谈的策略，派遣一个使者去与这位国王商谈。如果谈不成功，那么，我们迫不得已，只能采取惩治的策略。"

听了悉如多提的这番话，所有人都表示同意，称赞他通晓政治谋略。于是，摩利甘迦达多与众位国王商量后，决定派遣吉罗多王的一位富有外交经验的侍臣，名叫苏维伽罗诃的高贵婆罗门，作为使者，带着一封信，去见国王迦尔摩塞纳。

这位使者到达优禅尼城，经门卫通报，进入充满象和马的王宫，见到坐在狮子座上的国王迦尔摩塞纳，大臣们围绕身边。他向国王俯首行礼后，坐在座位上，向国王请安。国王也向他表示欢迎。然后，他向国王递交信件。一位名叫般若戈舍的大臣接过信，揭开封印，打开信，高声宣读："敬祝吉祥平安！王中之王阿逾陀城吉祥的国王阿摩罗达多的儿子，大地的装饰，吉祥的摩利甘迦达多，备受国王们敬仰，从位于吉祥的迦罗跋羯利婆城堡脚下的大森林，恭敬地向优禅尼城家族大海中的月亮，大王迦尔摩塞纳，提出这个请求：'你有一个女儿。你不能把她嫁给别人，因为天神已经指定她是我的合适的妻子。因此，我们应该消除以前的敌意，互相结为亲家。如果你不同意，那么，我只能依靠自己的双臂解决这个问题。'"

大臣般若戈舍宣读完毕这封信，国王迦尔摩塞纳听后，勃然大怒，对大臣们说道："这些人始终敌视我们。你们看，这个人毫无自知之明，以这样不合适的方式向我提出请求。他先提到自己，然后提到我，轻视我。他狂妄自大，吹嘘自己的臂力。我不需要对此作出回答。而关于我的女儿，更是从何谈起？使者啊，你就回去这样报告你的主人吧！"

婆罗门使者苏维伽罗诃富有勇气，听了国王的话，以应有的方式回答说："傻瓜啊，你没有见到王子，因此现在你这样傲慢。你就做好准备吧！一旦你见到王子，你就会明白自己和他的差别。"这位使者的话引起国王会堂里一阵骚动。国王虽然愤怒,但对他说道:"你就走吧!因为不能杀死使者,我们能对你做什么?"

会堂里一些大臣牙齿紧咬嘴唇,摩拳擦掌,互相说道:"我们现在为何不上去杀死他?"而另一些大臣镇静地说道:"让他走吧!我们何必为这个嚼舌者的话发怒,等着看我们的行动吧!"还有一些大臣气得脸色发红,站在那里,一声不吭,眉头紧锁,仿佛预示即将挽弓开战。

就在会堂里充满愤怒的气氛中,使者苏维伽罗诃离开那里,返回自己营地,来到摩利甘迦达多身边。他向王子及其朋友们报告国王迦尔摩塞纳说的这些话。王子听后,立刻下令军队出发。

于是,主人的号令如同刮起狂风,军队如同大海汹涌奔腾,士兵、象和马如同大海中的鲨鱼,结盟的国王们兴高采烈,如同大海中那些长有翅膀的山岳[①],令胆怯的人们惊恐不安。军队中那些马喷出的飞沫和大象流淌的颞颥液汁致使大地变得泥泞,擂响的战鼓震耳欲聋。就这样,摩利甘迦达多率领大军,向优禅尼城缓缓进发,争取胜利。

第三十六章

然后,摩利甘迦达多全副武装,与朋友们一起越过文底耶山,到达优禅尼城附近。英勇的国王迦尔摩塞纳得知消息,也全副武装,带领军队,出城迎战。双方军队靠近,互相看见时,令勇士们兴奋的大战开始。

战场如同希罗尼耶格西布的住地,那些怯弱的阿修罗听到人狮的吼声,胆战心惊[②]。空中密集飞行的箭矢互相撞击,坠落在英勇的士兵们身上,犹如蝗虫飞落在庄稼上。大象颞颥被刀剑刺破,滚落出许多珍珠,犹如战争女神情绪激动,项链断裂。战场又如死神张开的大嘴,那些长矛的矛尖如同死神吞噬士

---

① 这句中,"结盟的"的原词是 sapakṣa,也读作"有翅膀的"。按印度古代神话,大地上的山岳曾经长有翅膀,因陀罗为了保护众生免遭山岳伤害,砍去它们的翅膀。而有一些山岳逃入大海,因而没有被砍去翅膀。

② 按印度古代神话传说,阿修罗王希罗尼耶格西布与毗湿奴为敌,迫害毗湿奴信徒。于是,毗湿奴化身为人狮(狮首人身),用利爪撕破他的胸膛,将他杀死。

兵、象和马的牙齿。那些胳膊粗壮的勇士们被月牙箭射断的头颅蹦上天空,仿佛想要亲吻天女。随处有勇士的无头尸体跳起舞蹈,仿佛为闪耀光辉的主人感到高兴。就这样,勇士们互相杀戮的战斗进行了五天,战场上血流成河,尸体堆积如山。

在第五天的傍晚,摩利甘迦达多和自己的大臣们秘密聚在一起。婆罗门悉如多提前来对他说道:"在你们忙于战斗时,我乔装成比丘,从空虚的城门进入优禅尼城。我凭借幻力,使别人即使在近处也看不见我。王子啊,听我告诉你,我在那里发现的一切!"

就在国王迦尔摩塞纳出城投身战斗后,设赏迦婆蒂得到母亲许可,出宫住进城里的难近母女神庙。她在那里抚慰女神,保佑父亲在战斗中平安。她私下对自己的一个心腹女友说道:"朋友啊,父亲为了我而投身战斗。如果他战败,就会把我交给那个王子,因为国王们为了保住王国,会不顾及儿女亲情。而我不知道这个王子是不是与我匹配。因为我宁可死去,也不愿意嫁给容貌丑陋的丈夫。如果容貌英俊,即使他贫穷,我也愿意嫁给他。而如果容貌丑陋,即使他是统治整个大地的转轮王,我也不愿意嫁给他。因此,你去他的营地看看他长得怎么样,回来告诉我。贤女啊,因为你名叫遮杜利迦[1],机智灵敏。"

这位女友听后,设法来到我们的营地,看到了你,主人啊!然后,她回去报告公主说:"不必像蛇王那样费那么多口舌[2],我可以简而言之告诉你,他的容貌无人可比,就像没有哪个妇女的容貌能与你相比。甚至对于悉陀、健达缚和天神也是如此。"听了这个女友的话,设赏迦婆蒂一心向往你,被爱神的箭射中。从那一刻起,她盼望你和她的父亲都平安无事。由于实施苦行,也由于见不到你,她的身体日益消瘦。

因此,今天夜里,你去那个现在无人前往的高利女神庙,悄悄带回这位公主。然后,你去摩耶钵杜的住处。这里的国王们和我一起防备对方的愤怒报

---

① "遮杜利迦"的原词是 caturikā,词义为机敏的(女子)。
② 传说蛇王婆苏吉有一千张嘴和一千条舌头。

复,然后,也会去你那里。停止这场战争吧!不要再杀戮士兵。让我们和你的岳父的身体都平安无事。战争是没有办法的办法,需要付出沉重的生命代价。智者们认为这是所有策略中最坏的策略。

　　听了悉如多提这样说,摩利甘迦达多便在夜里,与大臣们一起悄悄骑马出发,到达优禅尼城。城里只剩下妇女和儿童,都已经入睡。守护城门的少量卫兵也已经入睡。于是,王子按照悉如多提告知的地点特征,悄悄到达名为布湿迦兰吒的大花园,在装饰东方的月亮光芒照耀下,来到园内的高利女神庙。

　　这时,设赏迦婆蒂的侍从和女友们困倦入睡,而她没有睡意,独自在沉思:"天啊,为了我,国王们、王子们和勇士们以及双方军队天天互相杀戮。难近母女神已在梦中指示我说,这位王子是我前生的丈夫。他正是为了获得我而发动这场战争。爱神不断用箭射中我的心,把我的心交给他。因为我已经得知使者送来的信的内容,知道父亲出于双方的宿怨和他本人的骄傲,不愿意把我这个薄命女子嫁给他。因为我背时倒运,女神梦中的指示又有什么用? 看来我无论如何也无法得到这位心上人。为何我不在听到他和我的父亲在战斗中遭遇不幸的消息前,就抛弃我这毫无希望的身体?"于是,她起身,满怀痛苦,走到女神前,用自己的上衣做成一个套索,系在一棵无忧树上。

　　这时,摩利甘迦达多和大臣们已经进入花园,把马系在树下,来到高利女神庙。大臣维摩罗菩提在不远处看到公主,悄悄对摩利甘迦达多说道:"王子啊,这个美丽的少女准备上吊自尽。她会是谁?"王子听后,望着这个少女,说道:"啊,这是爱神的妻子罗蒂吗? 或者,这是幸福的化身? 这是月亮光芒的化身? 这是爱神命令的化身? 或者,这是天女? 这不可能,因为天女怎么会上吊自尽? 因此,我们就藏在这棵树下,稍等片刻,看看她究竟是谁!"

　　于是,王子和大臣们躲在一旁。这时,设赏迦婆蒂神情沮丧,对女神说道:"救苦救难的高利女神啊,如果由于我前生的罪业,王子摩利甘迦达多今生不能成为我的丈夫,那么,请你赐恩,让他来世成为我的丈夫。"说罢,公主向女神俯首行礼,然后,眼中含泪,将套索套在自己脖子上。

　　就在这时,公主的女友们醒来,不见公主,急忙寻找,来到公主身边,惊呼

道："天啊,天啊! 你怎么能做这种事? 朋友啊,你太鲁莽了!" 说罢,她们为公
主取下套索。公主羞愧地低头站着。随即,从高利女神庙中传来话音："孩子
啊,你不要绝望! 我在梦中对你说的是实话。贤女啊,摩利甘迦达多是你前生
的丈夫。他已经来到你的身边。你就跟着他去吧,与他一起享受整个大地。"

设赏迦婆蒂突然听到这样的话音,略显惊慌,缓缓地观看自己的身边。这
时,王子的大臣维格罗摩盖萨林走上前去,指着王子,对她说道："公主啊,女神
对你说的是实话。因为他就是你的丈夫,爱情的套索把他牵到你的面前。"

公主听后,以斜睨的目光看到站在随从们中间的这位英俊威武的心上人,
犹如星星围绕的月亮从空中降落。他是人间美貌的最高标准,她仿佛感到自
己的双眼充满甘露。她站在那里,像柱子那样一动不动,全身汗毛竖起,仿佛
扎满爱神的羽毛箭。

这时,摩利甘迦达多走上前去,怀着爱情的甜蜜,以及时而合适的话语解除
公主的羞涩,说道："美人啊,你的品貌牵引我抛弃自己的王国和亲友,远道而来。
我住在森林里,睡在地面上,以果子充饥,忍受灼热的太阳烧烤,实施艰难的苦
行,现在终于获得这样的果报,看到你的身体,让我的双眼充满甘露。鹿眼女郎
啊,如果你关爱我,就请你让我的城市里的妇女们大饱眼福吧! 让战争停止吧!
让双方军队平安无事吧! 让我的人生目的和长辈们对我的祝福圆满实现吧!"

听了摩利甘迦达多这样说,设赏迦婆蒂低头望着地面,缓缓说道："我是
你用品德买下的奴仆。因此,夫君啊,你觉得怎样做为好,就怎样做吧!" 摩利
甘迦达多听了公主的话,仿佛喝下清凉的甘露。于是,他赞颂和敬拜高利女神
后,让公主上马坐在自己背后,也让公主的女友们分别上马坐在十位大臣的背
后。随后,王子和英勇的大臣们手持武器出发。城门卫兵看到这十一个人仿
佛是发怒的楼陀罗神,难以抗衡,不敢上前阻拦。就这样,他们带着设赏迦婆
蒂离开优禅尼城,按照悉如多提的吩咐,前往摩耶钵杜的住地。

那些卫兵惊恐不安,互相说道："这些是什么人? 他们去往哪里?" 随后,
王后得知公主在城里被人带走,迅速派遣城防长官前去营地报告国王迦尔摩
塞纳。而在这时,探长已经前来报告国王说："王上啊,今天夜里,摩利甘迦达
多带着他的大臣们悄悄从营地出发,前往优禅尼城,带走住在高利女神庙里的

公主设赏迦婆蒂。我的情报可靠。请王上决定下一步怎么办。"国王听后，悄悄召唤军队统帅前来，告诉他这个消息后，说道："你立即挑选五百位勇士骑上快马，悄悄前往优禅尼城，杀死摩利甘迦达多这个恶棍，或者抓住他，关进牢里。你要知道，我随后也会留下军队回去。"

军队统帅听后，按照国王的指令，带着人马出发，前往优禅尼城。而他在途中遇见城防长官，听他说公主已被其他一些勇士带走。于是，军队统帅带着城防长官返回，报告国王这个情况。国王听后，心想："这不可能。"但他没有发动进攻，而是沉默不语，度过这一夜。而在摩利甘迦达多的营地，以摩耶钵杜为首的国王们，按照悉如多提的吩咐，全副武装，警惕地度过这一夜。

第二天早上，富有智慧的国王迦尔摩塞纳确认探长的讯息后，派遣一个使者去向摩利甘迦达多营地里的国王们传话说："摩利甘迦达多施展诡计，带走了我的女儿。那么，也就这样吧！因为确实没有其他哪个国王能匹配我的女儿。因此，现在让他和你们一起来到我的宫中。我要按照仪轨为女儿举办婚礼。"

听了使者传达的国王迦尔摩塞纳的这个口讯，国王们和悉如多提表示赞同，对使者说道："那么，请你们的国王撤回自己的城市吧！我们会带着王子去他那里。"使者听后，回去禀告国王。国王也表示同意，带着军队返回优禅尼城。

然后，以摩耶钵杜为首的国王们和悉如多提一起出发。而这时，摩利甘迦达多和设赏迦婆蒂已经到达甘遮那城摩耶钵杜的宫中。实现心愿的王子和公主以及大臣们受到后宫嫔妃们依礼热情接待，得到休息。第二天，国王们带着军队和悉如多提一起来到这里。英勇的吉罗多王舍格提罗奇多、沙钵罗王摩耶钵杜和摩登伽王杜尔伽毕舍遮，看到摩利甘迦达多和设赏迦婆蒂犹如晚莲和夜晚会合，怀着节日的欢快心情，向他俩表示祝贺。然后，他们依礼向他致以敬意，报告国王迦尔摩塞纳送来的口讯以及他已经返回自己宫中。

然后，摩利甘迦达多进入这里的营地。这个营地仿佛是一座移动的城市。他和所有人一起商量对策。他询问国王们和自己的大臣们："你们说说吧，我是不是应该去优禅尼城举行婚礼？"国王们和大臣们意见一致，说道："这个国王心术不正。到了他的宫中，谁能保证平安无事？况且公主已经来到这里，何必再多此一举？"

　　摩利甘迦达多听后，又询问婆罗门悉如多提："婆罗门啊，你怎么沉默不语，好像此事与你无关？你说说对此同意或不同意？"于是，悉如多提说道："如果你愿意听取我的意见，我就告诉你。我认为应该去迦尔摩塞纳的宫中。他送来的口讯不会是圈套，否则，女儿被人带走，这位强大有力的国王怎么会放弃战斗，撤回王宫呢？而且，你带着军队进入王宫，他能拿你怎么样？如果你去那里，他会感到高兴。出于对女儿的宠爱，他也会成为我们的盟友。同时，他也不愿意自己的女儿不按照仪轨结婚。因此，他送来的口讯出于真心。你应该去那里。"听了悉如多提这样说，所有人都表示赞同，齐声说道："好啊，好啊！"

　　然后，摩利甘迦达多说道："那就这样吧！但是，我不愿意自己结婚时，父母不在场。因此，需要派人迅速去把我的父母接来。知道了他俩的心愿，我会办妥一切。"于是，他和所有人商量后，派遣自己的大臣毗摩波拉格罗摩去接他的父母。

　　而在这期间，在阿逾陀城，随着时间流逝，国王阿摩罗达多渐渐通过臣民了解到，是自己轻信维尼多婆提的诬告，把无辜的儿子驱逐出国。出于愤怒，他杀死这个邪恶的大臣及其全家。但是，儿子流亡在外，让他承受着痛苦不堪的精神压力。于是，他离开都城，住在城外南迪村的湿婆神庙里，与后妃们一起实施苦行。

　　国王一直住在这里。终于，探子们前来报告信息说，毗摩波拉格罗摩骑着快速似风的骏马来到阿逾陀城。毗摩波拉格罗摩看到这座城市因失去王子而一片凄凉，仿佛再现当年罗摩被流放森林时的景象[①]。市民们围绕他打听王子的消息。他也从他们口中得知这里发生的一切，于是，前往南迪村。

　　毗摩波拉格罗摩看到国王阿摩罗达多实施苦行而身体消瘦，与后妃们一起渴望听到心爱的儿子的消息。他走上前去，拜倒在国王脚下，国王也搂住他的脖子拥抱他，询问儿子的情况。毗摩波拉格罗摩含着眼泪，告诉他说："王上啊，你的儿子摩利甘迦达多凭借自己的勇力已经获得国王迦尔摩塞纳的女儿设赏迦婆蒂。他孝敬父母，认为没有父母在场，他的婚礼不合法。因此，他俯首伏地，派遣我来这里，请求你们去他那里。他现在在甘遮那城沙钵罗王摩耶

―――――――――――――――

[①]　阿逾陀城在史诗《罗摩衍那》中，是十车王的都城。王子罗摩被十车王流放森林。

钵杜的住地等候你们。现在,请听我讲述我们的经历。"接着,毗摩波拉格罗摩讲述自己的主人摩利甘迦达多整个奇妙的经历:离开王国,在森林中游荡,与大臣们失散,历尽艰辛,与国王迦尔摩塞纳交战,最后达成和解。

国王阿摩罗达多听后,决定要成全儿子的好事,高兴地宣布自己要出发前往。他骑上大象,与王后、大臣们和其他国王们,带着象、马和军队出发。他渴望见到儿子,日夜兼程,没过几天,就到达儿子驻扎在沙钵罗王地区的营地。

摩利甘迦达多焦急地等待着,现在得知消息,与国王们和大臣们一起出来迎接。他远远望见父母,立即下马,拜倒在坐在大象上的父母脚下。父亲张开双臂拥抱他。他的愿望实现,双眼涌满热泪。母亲也一次次拥抱他,久久凝视他,仿佛害怕再次分离,而不能放开他。

在摩利甘迦达多介绍下,与他结为朋友的那些国王向阿摩罗达多和王后俯首行礼。国王和王后也向儿子的这些患难之交表示衷心的欢迎。然后,他俩进入摩耶钵杜的都城王宫,见到拜倒在他俩脚下的儿媳。在接受摩耶钵杜赠送的礼物后,阿摩罗达多与王后和儿媳一起离开这里,返回自己驻扎的营地。他与儿子和所有的国王们一起进餐,在音乐歌舞陪伴下,度过这快乐的一天。他感到心满意足,因为儿子取得辉煌的成就,会成为未来的转轮王。

而这时,聪明睿智的国王迦尔摩塞纳与大臣们商量后,派遣一个使者向摩利甘迦达多送去一封信,信中告知这位王子说:"如果你不准备前来优禅尼城,那么,我会派遣我的儿子苏舍纳去你那里,举行仪式,把他的妹妹设赏迦婆蒂交给你。如果你看重我们的友情,就不要让我的女儿不按照仪轨结婚。"

王子在会堂里听读了这封信,他的父亲立即回答使者说:"除了国王迦尔摩塞纳,有谁能说出这样善解人意的话?他确实对我们充满友爱。就让他派遣自己的儿子苏舍纳来吧!我们同样会为他的女儿办好婚礼,让他满意。"说罢,他向使者表示敬意,让他回去禀报。

然后,国王阿摩罗达多对儿子、国王们和悉如多提说道:"我们现在去阿逾陀城,在那里举办婚礼更好。这样,我们也能向苏舍纳充分表达敬意。请国王摩耶钵杜留在这里等候苏舍纳来到,然后与他一起前往阿逾陀城。我们先行一步,去那里为婚礼做准备。"

第二天,国王和王后与摩利甘迦达多和设赏迦婆蒂以及国王们和大臣们一起,带着军队出发,留下摩耶钵杜等候苏舍纳。军队如同深邃可怕的大海向前涌动,数以百计的马匹如同滚滚波浪,无数步兵如同布满四方的海水,喧嚣声淹没其他一切声音。军队扬起的尘土遮蔽天空,大象的吼声响彻天空。国王和王子一路前行,渐渐到达吉罗多王舍格提罗奇多的住地。吉罗多王敬拜他俩,热情招待他俩和随从们,赠送给他俩大量的金银珠宝和成堆的衣服。他俩和军队在这里进餐,休息一天,第二天继续出发,渐渐到达自己的阿逾陀城。

他们进城时,仿佛面对莲花池,城市妇女们纷纷在楼阁窗户前观看久别的王子带着新娘归来。她们的脸庞犹如绽开的粉红莲花,转动的眼睛犹如晃动的蓝莲花,在风中摇曳的旗帜犹如飞来的天鹅。

国王和王子受到市民们欢迎和婆罗门们祝福,诗人和歌手咏唱赞歌。人们看到设赏迦婆蒂,对她的美貌惊讶不已,说道:“如果看到迦尔摩塞纳的女儿,大海不再会为自己的女儿吉祥女神骄傲,雪山也不再会为自己的女儿高利女神骄傲。”四面八方响起吉祥的乐器声,仿佛通知国王们欢庆的节日来临。城市里到处涂抹成朱红色,仿佛是人们溢出身外的激情。

第二天,占星师们为国王阿摩罗达多确定儿子结婚吉祥日,让他开始为婚礼做准备。城中充满来自各地的各种宝石,以致财神俱比罗的城市相形见绌。随后,门卫兴高采烈通报摩耶钵杜的使者来到。这位使者报告国王说:“王上啊,王子苏舍纳和国王摩耶钵杜已经到达阿逾陀城边界,等候在那里。”阿摩罗达多听后,吩咐军队统帅带着军队前去迎接王子苏舍纳。摩利甘迦达多怀着友爱之情,与军队统帅一同前去迎接。两位王子在远处就下马,互相拥抱和问候。为表示友爱,两人同坐一辆车进城,让城市妇女们大饱眼福。

苏舍纳见到国王,备受尊敬。然后,他进入妹妹设赏迦婆蒂的寝宫。妹妹起身,含泪拥抱他。他坐下后,对满脸羞愧的妹妹说道:“父亲让我告诉你说:‘女儿啊,你没有做错什么。因为我今天得知难近母女神在梦中向你指出,王子摩利甘迦达多是你的丈夫。追随丈夫正是妇女的最高誓愿。’”公主听后,低头望着自己胸口,仿佛看到心儿在说:“你的愿望已经实现。”于是,她摆脱了羞愧。

然后,苏舍纳把设赏迦婆蒂带到国王面前,将设赏迦婆蒂自己积蓄的财物交给她,有一千担金子、两千担珠宝首饰,还有五匹骆驼负载的各种金制品。接着,苏舍纳说道:"这些是她自己的财物。父亲赠送她的财物,我随后会在结婚祭坛上交给她。"随后,他们所有人在国王面前,与摩利甘迦达多等人一起吃喝,度过这快乐的一天。

第二天就是结婚吉祥日。国王兴奋激动。摩利甘迦达多完成沐浴等必要的日常仪式。设赏迦婆蒂已经系上结婚圣线。她本身已经足够优美,妇女们只是出于传统习惯为她装饰打扮。新郎和新娘从屋中出来,在苏舍纳面前,站在点燃祭火的祭坛中间。王子握住公主可爱的莲花手,犹如毗湿奴握住吉祥女神的手,右绕祭火。由于祭火散发的灼热和烟雾,远非由于生气,设赏迦婆蒂的脸庞发红和流泪。在一把把炒米撒入祭火时,她仿佛听到爱神为自己的安排获得成功而发出笑声。在向祭火撒下第一把炒米时,苏舍纳赠送五千匹马、一百头象、两百担金子和九十头母象负载的衣服、宝石、珍珠和装饰品。此后,每向祭火撒一次炒米,他就依次加倍赠送这些征服大地而获得的财物。

吉祥的结婚仪式结束,欢庆的器乐声响起,摩利甘迦达多和新娘设赏迦婆蒂进入自己的宫殿。国王依据不同的对象施舍象、马、宝石、装饰品、食物和饮料,让诸侯、臣僚、市民乃至鹦鹉和八哥高兴满意。国王如此慷慨施舍,以至于那些树上都挂着衣服和装饰品,仿佛成为大地上的如意宝树。然后,国王与摩利甘迦达多和设赏迦婆蒂以及国王们和苏舍纳一起举行婚庆宴会,度过这一天。

王宫里的人们享受食物和饮料、观赏歌舞表演后,空中行走的太阳也饮用大地的雾气,开始进入西山山谷。白天的光辉看到太阳与闪耀红色光芒的黄昏一起离去,仿佛怀着妒忌和气愤跟随在后,那些飞来飞去的鸟儿仿佛成为她的腰带。夜晚开始出现,身穿黑色丝绸衣,犹如出门去与情人幽会的女子。闪烁的星星犹如她的转动的眼珠。此时,爱神的威力增强。月亮升起,闪耀鲜红的光芒,仿佛成为东山大象的象钩。东方黑暗散去,清澈明亮,仿佛展露笑脸。月亮成为可爱的耳饰,犹如爱情蔓藤萌发的新芽。

完成黄昏祭拜仪式后,在夜晚,摩利甘迦达多和新娘进入安置华贵床铺的寝宫。这位新娘的月亮脸闪耀的月光驱散夜晚的黑暗,以致装在四周画壁上的宝石灯显得多余。王子和新娘上床。王子开始拥抱和亲吻新娘,满足自己长久的渴望,而新娘发出短促的话语:"不要,不要!"仿佛迷魂咒语起作用,宝石腰带断裂。在欢爱中,新娘的头发散乱,月亮脸上眼睛半闭。欢爱结束时,王子身上涂抹的香膏所剩无几,感到疲惫困倦。就这样,他俩在欢爱中度过这一夜,互相的爱意得以增长。

早晨,歌手们吟诵柔美甜蜜的言词:"王子啊,夜晚已经逝去,解除欢爱的疲惫,起床吧!清晨的风儿吹拂鹿眼女郎们敷有香粉的头发,杜尔婆草丛上那些露珠闪烁光芒,仿佛是匆忙追随月亮离去的夜晚项链上坠落的珍珠。看啊,王子!白莲的花苞在月光照耀下绽开,那些蜜蜂长时间从中吸吮花蜜,而现在花苞已经闭合,它们飞往别处寻找机会。谁会坚持留在灾难中?爱神看到夜晚的嘴唇已经装饰阳光,额头的吉祥志月亮消失,身上的黑油膏逐渐被擦净。"

于是,王子摩利甘迦达多松开设赏迦婆蒂的脖子,立即起床。他已经解除欢爱后的疲惫困倦,开始完成父亲为他安排的白天所有事务。就这样,王子和爱妻设赏迦婆蒂在欢乐的节日气氛中度过许多天。

然后,国王阿摩罗达多首先为王子的内兄苏舍纳灌顶,系上象征荣誉的头巾,慷慨赠送他合适的领地,许多象、马、金子和衣服,还有一百位美女。接着,他也向沙钵罗王摩耶钵杜、吉罗多王舍格提罗奇多和摩登伽王杜尔伽毕舍遮以及摩利甘迦达多的大臣们和悉如多提表示敬意,赠送他们领地、牛、马、金子和衣服。

阿摩罗达多送走以吉罗多王为首的国王们和王子苏舍纳后,愉快地统治自己的王国,对儿子的勇武深感满意。而摩利甘迦达多克敌制胜,最终获得设赏迦婆蒂,与以毗摩波拉格罗摩为首的大臣们一起长期过着快乐的生活。

然后,时光流逝,老年仿佛凑近国王阿摩罗达多的耳根,亲口告诉他说:"你已经享受幸福,现在已经年老,到了退隐的时候。"于是,国王开始厌倦享乐,对大臣们说道:"请听我告诉你们我现在心中的想法。我的生命正在离去。死神的灰白使者已经抓住我的发髻。一旦进入老年,生活滋味失去,像我这样的人还渴望和执著享乐,只能成为笑柄。贪欲随同年岁增长,这无疑是恶人的本性,善人不会这样。我的儿子摩利甘迦达多在朋友们协助下,战胜阿槃底城[①]国王

---

① 阿槃底城(avanti)即优禅尼城(ujjayinī)。

及其盟友,在大地上享有声誉。他具足品德,受到臣民们衷心爱戴。因此,我要把自己的王国交给他,然后去圣地实施苦行。品德高尚的人遵照人生阶段的法则生活,受人尊敬,而不会受人指责。"

听了国王这样表明自己的决心,正直的大臣们以及王后和市民们都表示同意。然后,国王按照占星师们确定的吉祥日,与一批德高望重的婆罗门一起为儿子摩利甘迦达多举行灌顶登基仪式。这一天,在侍臣指挥下,王宫中人来人往,忙忙碌碌,歌手诵唱,舞女跳舞,欢天喜地。从圣地取来的圣水倾泻在王子摩利甘迦达多和他的妻子头顶,而他的父母流露的喜悦眼光是另一道圣水。狮子般威武的新王坐上狮子座,仿佛所有的敌人害怕他发怒,都离开自己的狮子座,俯伏在地。

阿摩罗达多让庆祝活动延长七天,王家大道装饰一新。他依礼向诸侯们表示敬意。在第八天,他和妻子一起离开都城,劝回泪流满面的儿子摩利甘迦达多和市民们,由大臣们陪同,前往波罗奈城。他和妻子住在那里,在恒河中沐浴,每天三次敬拜湿婆,像牟尼那样,实施苦行,以根茎和果子维持生命。

摩利甘迦达多获得王国,犹如太阳获得辽阔清净的天空。他依靠征收贡赋凌驾于众多国王之上,犹如太阳依靠投射灼热的光芒凌驾于群山之上。他联合摩耶钵杜等国王,还有国王迦尔摩塞纳,与自己的大臣们和悉如多提一起,征服四方连同所有岛屿。整个大地统一在他的华盖下。在他的统治下,饥荒、盗窃和外敌入侵等灾难听来仿佛是传奇故事。大地上永远充满快乐和幸福,犹如罗摩王朝的太平盛世再现。他和大臣们一起住在阿逾陀城。各地国王前来敬拜他的莲花脚。他和爱妻设赏迦婆蒂一起长久享受完美无瑕的幸福生活。

牟尼毗商伽遮吒在文底耶山上向王子那罗婆诃那达多讲完这个故事后,对他说道:"因此,正像从前摩利甘迦达多历尽艰辛,最终获得设赏迦婆蒂,孩子啊,你也会与摩陀那曼朱迦相会。"那罗婆诃那达多听了牟尼毗商伽遮吒甘露般的话语后,心中充满与摩陀那曼朱迦相会的希望。他辞别这位优秀的牟尼,继续四处游荡,寻找原先把他带到这里来的罗利多劳遮娜。

第十三卷　摩蒂罗婆提

湿婆大神在黄昏时分跳起刚烈的舞蹈,全世界随之起伏摇晃,愿他保护你们!

湿婆额头第三只眼涂有高利女神脚上的红颜料,愿他闪耀的眼光带给你们快乐!

我们赞颂化身为美妙语言的婆罗私婆蒂,我们赞颂那些停留在诗王心湖上的蜜蜂。

犊子王之子那罗婆诃那达多忍受着与摩陀那曼朱迦分离的忧愁折磨,在摩罗耶山坡及其周边森林中游荡。尽管春色迷人,但他毫不喜悦。蜜蜂 ① 飞临柔嫩的芒果树花簇,犹如爱神挽弓用花箭射穿他的心窝。杜鹃的鸣叫声虽然甜蜜,在他听来却觉刺耳,犹如摩罗发出的粗鲁斥责声。摩罗耶山风虽然清凉,但夹带的金色花粉飘落,仿佛爱欲之火烧灼他的身体。他仿佛害怕这些蜜蜂嘤嘤嗡嗡的丛林,离开这里。

他在不知不觉中,由神灵带路,沿着通向恒河的道路,渐渐到达丛林附近的湖岸。他看见两个英俊的婆罗门青年坐在一棵树下,轻松愉快地交谈。他俩看到他,以为他是爱神,起身俯首弯腰,说道:"向尊敬的爱神致敬! 你为何没有携带花弓,独自在这里游荡? 你的夫人罗蒂在哪里?"

犊子王之子听后,回答说:"两位婆罗门,我不是爱神,而是凡人,但我确实

---

① 此处 "蜜蜂" 的用词是 śilīmukha,也读作 "箭",是双关语。

失去了罗蒂①。"这位王子说明自己的情况后,询问两位婆罗门:"你们两位是谁? 在这里交谈什么?"于是,其中一位婆罗门青年谦恭地说道:"在像你这样尊贵的王子面前,我们怎么能说出自己的秘密? 即使这样,我听从王子的吩咐,告诉你。请听!"

羯陵伽地区有座城市名叫索跋婆提。创造主创造这座城市,不让恶神迦利②进入,不让恶人横行,也不让外敌入侵。在这座城市里,有一位聪明和富裕的婆罗门,名叫耶婆迦罗,经常举行祭祀,他的妻子名叫梅佉拉。我是他俩的独生子。他俩抚育我长大,到了上学年龄,给我佩戴圣线。

而在我跟随老师学习期间,那里发生旱灾,出现饥荒。于是,父亲带着我,还有家里的钱财和仆从,移居维夏拉城。在这座城市里,吉祥女神和婆罗私婆蒂女神③互相摆脱敌意。父亲的一位商人朋友提供住宅,我们便定居那里。我住在老师家中,与同龄的学生们一起学习知识。

在这些同学中,我有一位朋友,名叫胜军,出身富裕的刹帝利家族,品德优秀。一天,这位朋友的妹妹,名叫摩蒂罗婆提,与他一起来到我们的老师家中。我感到她是创造主创造的月亮,脸庞可爱迷人,看似充满甘露。我觉得如果爱神看见她,也会觉得她是胜过自己五支花箭的第六支迷惑世界的花箭。这样,我看到她,并听朋友告诉我她的名字和出身,顿时被爱神征服,迷上她。而她也以温柔的斜睨目光观看我,两侧脸颊竖起的汗毛也说明她爱情萌发。她假装喜爱游戏,停留了很久时间才回家,而从眼角向我投来目光,传递爱的信息。

我怀着与她分离的忧愁,回到家里后,倒在地上,像被抛在地面的鱼儿那样翻滚不停。我心中思忖:"我要再次见到她。想必她正带着微笑望着她的女友们,无拘无束交谈。这些女友确实是幸运的。"就这样,我好不容易度过一日

---

① 此处以罗蒂暗喻自己的妻子摩陀那曼朱迦。而"罗蒂"的原词是 rati,也读作"欢乐",在这里也是双关语。
② 按印度神话,世界从产生到毁灭经历四个时代,即圆满时代、三分时代、二分时代和迦利时代,正法在每个时代依次减少,因此迦利时代是世界走向毁灭的时代。
③ 吉祥女神是大神毗湿奴的妻子,也称为财富女神。她和婆罗私婆蒂女神之间摆脱敌意,意思是说在这座城市里,财富和学问不发生矛盾冲突。

一夜,第二天回到老师家中。

在老师家中,我的朋友胜军在与我推心置腹交谈中,告诉我说:"我的母亲从我妹妹口中得知我有你这样一位好朋友,心中充满喜悦,希望见到你。如果你关心我,就和我一起去我们家,用你莲花脚上的尘土装饰我们家。"听了他的话,我顿时心情舒畅,仿佛旅行者在沙漠途中意外遇到一场大雨。我立即答应说:"好吧!"我到了他们家中,见到他的母亲,受到热情招待。我也见到了我的心上人,欣喜不已。

然后,胜军受父亲召唤,离我而去。随即,摩蒂罗婆提的奶姐妹前来,谦恭地对我说道:"公子,我家小姐摩蒂罗婆提在花园里种植了一株茉莉蔓藤,伴随春天来临,已经开花,仿佛愉快地展露灿烂的笑容。小姐今天不顾花朵上萦绕的蜜蜂,亲自采集花蕾,编制这个花环,仿佛用珍珠串成的项链,作为送给相识的老朋友的新礼物。"这位机灵的奶姐妹这样说着,把花环交给我,还连带送给我樟脑、槟榔叶和五个果子。

我把心爱的人亲自编制的花环戴在脖颈上,感受到胜过种种拥抱的快乐。我把槟榔叶含在嘴中,对这位奶姐妹说道:"贤女啊,我还能说什么? 我心中的爱情这样炽热,如果能接近你的女友,我甚至可以舍弃我的生命,认为这是生命结出果实,因为她是我的生命之主。"说罢,我向她告辞,与此刻回来的胜军一起,回到老师家中。

第二天,胜军带着摩蒂罗婆提来到我家,我的父母见了很高兴。从这天开始,我和摩蒂罗婆提之间的爱情在暗中与日俱增。一天,摩蒂罗婆提的女仆前来悄悄对我说:"公子,请听我说,听了之后,要把我的话记在心头。自从摩蒂罗婆提在老师家中见到你后,她不思饮食,不梳洗打扮,不喜欢唱歌,不喜欢与鹦鹉逗乐玩耍。她用芭蕉叶扇风,用湿润的檀香膏抹身。月光虽然清凉似霜雪,却烧灼她的身体。她日益消瘦,宛如黑半月的一弯月牙。唯一能使她感到快慰的是谈论你。这是我的女儿告诉我的。我的女儿侍奉她,一刻不离,如影相随,知道她的一切情况。而经我询问,摩蒂罗婆提也跟我说贴心话,说她已经把自己交给你。因此,贤士啊,如果你想要让她活下去,你就应该设法实现她的心愿。"这些甘露般的话语让我满怀喜悦。我回答说:"我拜托你,我现在完全听从你的安排。"她听后,高兴地返回。我也信任她,满怀希望,轻松愉快地回家。

不料,第二天,有一位刹帝利青年从优禅尼城来到这里,向摩蒂罗婆提的父亲求娶她。她的父亲答应把女儿嫁给他。我从她的侍从口中得知这个可怕的消息,仿佛遭到来自天国的金刚杵打击,又仿佛遭到恶魔劫持,久久惶恐不安。我让自己平静下来后,思忖道:"我现在何必惊慌失措! 只有镇定自若的人才能实现愿望。"

这样,我抱着希望度过一些天。她的朋友也来告诉我她的情况,安慰我。然而,她的结婚日子已经确定。婚礼喜庆日到来。她被父亲关在家里,不能自由进出。新郎的迎亲队伍敲锣打鼓,正在走来。见此情况,我陷入绝望,觉得自己的命运太悲惨,死去要比分离更舒服。于是,我前往郊外,在一棵榕树上系上套索。然后,我将套索套入头颈,同时抛弃我的生命和对她的渴望。

但在刹那之间,我发现自己没有死去,又恢复失去的知觉。有一位婆罗门青年割断套索。我倒在他的怀中。我想是他救了我,便对他说:"大士啊,你看来慈悲为怀,但我受离愁折磨,宁可死去,也不愿活着。对我来说,月亮像火焰,食物像毒药,歌声像刺耳的针尖,花园像牢狱,花环像毒箭,檀香膏像火炭雨。朋友啊,请告诉我,像我这样满怀离愁的苦命人,活在这个颠倒混乱的世界上,还有什么乐趣?"

然后,在他的询问下,我向这位在逆境中遇到的朋友详细讲述我和摩蒂罗婆提的恋情。这位善人听后,对我说:"你尽管聪明,怎么犯糊涂? 一个人抛弃生命,怎么还能获得渴望的果实? 你就听我告诉你我的情况吧!"

在雪山,有个名叫尼奢陀的地区。这里是迦利遭到驱逐的正法庇护地、真理诞生地、圆满时代之家。这里的人们不知满足的是学习经典,而非积聚财富。他们满足于自己的妻子,而对帮助他人不知满足。我是一位富有美德和学问的婆罗门的儿子。我出于对其他地区的好奇心,离家出走。朋友啊,我到处游荡,拜访各地的老师,渐渐来到离这里不远的商佉城。那里有一座属于商佉王的圣洁的大湖,池水清澈。

我住在那里的老师家中。有一天，我在沐浴节前去观看商佉湖。湖岸边拥满来自各地的人们，如同围在乳海四周搅动乳海的天神和阿修罗。我看到妇女们的花冠从披散的发髻滑落，波浪之手触摸她们的腰部和胸脯，拥抱她们而洗去她们身上涂抹的浅黄檀香膏，为这个大湖增添美色，仿佛成为她们的情人。

然后，我来到大湖的南岸，看到一片丛林，犹如被湿婆第三只眼喷出的火焰烧毁的爱神，多摩罗树如同浓烟，金苏迦树花朵如同火炭，绽放的无忧树花朵如同火焰。在那里，我看见有一位少女在阿底目多迦蔓藤凉亭入口处采花。她的优美的斜睨目光仿佛受到戴在耳朵上的蓝莲花威胁[1]。她的手臂向上伸展而凸显一侧的胸脯。披散的头发挂在背后，仿佛是浓密的黑暗躲避她的月亮脸。我觉得肯定是创造主亲自按照创造兰跋等天女的方式创造了她，然而，她的眼睛眨动，表明她是凡人[2]。

我一看到这位鹿眼女郎，她就像摩罗迷惑三界的月牙箭穿透我的心。而她一看到我，也立即被爱神制伏。她面露可爱的微笑，停止采花，珍珠项链中间的红宝石闪耀光芒，仿佛是控制不住的爱情突破心房射出。她一再转动身子观看我，眼睛因眼珠停留在眼角而格外可爱。

正当我俩站着互相观看时，突然响起人们纷纷逃跑的呼叫声。我看到一头大象闻到野象的气味，便挣脱锁链，掀倒驭象者，象钩悬在耳边晃荡，疯狂奔跑。我看到这位少女惊恐万状，身边的侍从已经逃散。于是，我立即冲上前去，将她搂在自己怀中，带她跑到人群中。她平静下来后，侍从们也回到她的身边。而就在这时，大象受到人们的呼叫声吸引，向这边冲来。出于恐惧，人们争相逃跑，她也消失在人群中，被侍从们带往某处，而我走向了另一处。

最后，大象引起的这场惊慌平息。我四处寻找这位妙腰女郎，但没有找到她。我也不知道她的名字、出身和住处。我四处游荡，心中空虚迷茫，就像持明失去了幻力。我步履艰难地回到老师家中。我既像昏迷过去，又像精神崩溃，回想拥抱她的快乐，唯恐从此失去她的爱。

---

[1]　这句的意思是她的优美目光胜过蓝莲花的光艳。
[2]　按印度神话，天神不眨眼睛。

渐渐地,我在想象中倚在她的怀中,受到这位高贵女子自发的爱怜和安抚,看到一线希望。而杳无音讯折磨我的心,头痛越来越严重。我的坚定随同每天的时光流失,我的脸庞随同夜晚的莲花收缩。太阳落山,我与一对对分离的轮鸟一起怀抱重新团聚的希望。爱神的好友月亮升起,装饰东方,饱人眼福。它的一道道光芒如同甘露,而对我如同燃烧的手指。它虽然照亮四方,却像黑暗笼罩我的生命希望。

我的一位同学看到我痛苦不堪,仿佛将自己的身体投入月光的火焰中,渴望死去,便对我说:"你为何这样痛苦?你看来并没有生病。如果你为财富和爱情痛苦烦恼,那么我告诉你:出于贪婪,通过欺骗他人或掠夺他人获得的财富不可能持久。财富的毒树以罪恶为树根,结出许多罪恶的果实,很快就会被这些沉重的罪恶果实压垮。人在今生为获取财富费尽心机,则死后堕入地狱,遭受严酷的痛苦折磨,遥遥无期。至于爱情,若不能达到目的,失去它如同失去生命。而不合法的爱情虽然表面上可爱,却是地狱之火的前兆。然而,对于前生积累善业的人,富有智慧,意志坚定,充满勇气,则能如愿获得财富和爱情,而不会像你这样懦弱无能。贤友啊,振作精神,努力争取实现自己的愿望吧!"

听了这位朋友的话,我没有回答什么。我隐藏自己的愿望,内心渐渐坚定,度过夜晚。我来到这里,是猜想她会不会住在这座城市。而我在这里看见你把套索套上脖颈,便急忙救下你。我听你讲述你的痛苦,我也向你讲述自己的痛苦。

朋友啊,我甚至不知道她的名字,仍依靠勇气追寻这位美女。而摩蒂罗婆提就在你的眼前,你为何丧失勇气,像个懦夫?你难道没有听说鲁格蜜尼的情况?即使她被许配车底王童护,毗湿奴不是照样把她抢了回来?

我的这位朋友对我说了这些话。这时,摩蒂罗婆提在侍从们陪同下,前面有乐队奏乐,来到这里的母亲神庙敬拜爱神。我对这位朋友说:"这里的少女在结婚这天都要来这里敬拜爱神,因此,我选择在神庙前面这棵榕树上上吊自尽,希望她能看到我为她殉情而死。"我的这位勇敢的朋友听后,对我说:"那么,我们赶快溜进这座神庙,躲在母亲女神像后面,看看我们能找到什么办法。"于是,我听从他的话,与他一起躲藏在神庙里。然后,在吉祥的结婚乐曲引导下,摩蒂罗婆提缓缓走来,进入神庙。而她把所有男女侍从挡在外面,说道:"你们都留在外面。我想要单独向爱神祈求恩惠。"这样,她独自在神庙里敬拜爱神后,祈求道:"爱神啊,你号称是'心生'①,怎么你会不知道我心中所爱之人,让我失望,伤害我?如果你今生不能赐予我恩惠,那么,恳求你来世怜悯我。罗蒂的丈夫啊,希望你开恩,保证那位英俊的婆罗门青年来世成为我的丈夫。"

我俩听到她说这些话,随即看到她用上衣打结成套索,系在吊钩上,套住自己的脖颈。这时,我的朋友对我说:"你赶快出现在她的面前,取下她脖颈上的套索。"于是,我迅速上前,取下这位美女脖颈上的套索,怀着极度的喜悦,以急促的话语对她说:"亲爱的,不要鲁莽!你看,你面前是你用生命买下的奴仆。你在绝望的痛苦时刻说出的话语表明你对他的真心挚爱。"这时,她站着凝视我,一时间显得既惊恐,又喜悦。

然后,我的这位朋友跑上前来,对我说:"现在白天结束,夜色朦胧。我穿上摩蒂罗婆提的婚装,与她的侍从们一起离去。你让这位新娘穿上我俩的外衣,带她从另一个门出去。在这黑夜中,你们不会被人察觉,去你们愿意去的地方。你不必为我担心。命运会保佑我吉祥平安。"说罢,我的这位朋友穿上摩蒂罗婆提的婚装,走出神庙,在她的侍从们围绕下,离开这里。

而我带着犹如无价宝石项链的摩蒂罗婆提从另一个门溜出神庙,在夜里走了一由旬路。早晨进食后,我们继续行路。几天后,我和情人到达阿遮罗城。在那里,我结识一位婆罗门朋友。他赐予我一座房屋。于是,我很快与摩蒂罗婆提结婚。

这样,我实现愿望,愉快地住在这里。我唯一挂念的是我的这位朋友不知后来情况怎样。后来,在夏至这天,我来到这里的恒河沐浴,意外地遇见这位朋友。我仿佛迷惑不解地久久拥抱他,然后坐下,询问他的情况。就在我俩交谈中,尊贵的王子啊,你来到这里。王子啊,你要知道,我身边的这位婆罗门是

---

① "心生"(manobhava)是爱神的称号,意思是产生于思想。

我的患难之交,赐予我生命和妻子。

这位婆罗门青年讲完自己的经历后,那罗婆诃那达多对另一位婆罗门青年说道:"我感到很满意。现在,请你说说,你怎样摆脱那场危险的?因为像你这样为朋友不顾自己性命的人,实在难得。"听了王子的话,这另一位婆罗门青年开始讲述自己的这次经历。

那天,我穿着摩蒂罗婆提的婚装,走出神庙。那些侍从以为我是摩蒂罗婆提,围绕我,让我坐上花轿。他们带着醉意,边歌边舞,把我带到苏摩达多的豪华住宅。住宅内,这里是成堆的华贵衣服,那里是成堆的装饰品;这里是各种煮熟的精致食品,那里是布置好的祭坛;这里是成群的歌舞伎,那里是成群的演员。许多婆罗门等待吉祥时刻来临。一些喝得醉醺醺的侍从把我带进一个房间,让我坐下,给我蒙上面纱,以为我是新娘。我坐在那里,一些女仆围绕身旁,怀着婚庆日的喜悦,忙忙碌碌做着各种事。

忽然间,我听到门口传来腰带和脚镯的铃铛声。一位少女在侍女们陪同下,进入房间。她像雌蛇头顶上的珠宝①那样闪闪发光,上衣洁白似蛇肚皮,佩戴珍珠项链,全身犹如海浪充满美②。她还佩戴美丽的花环,手臂似蔓藤,手指似花蕾,光彩熠熠,犹如花园女神显身。她进来后,坐在我的身边,以为我是她的女友。而我一看到她,马上认出她是偷走我的心的人。当时我在商佉湖看见她来到那里沐浴,保护她免遭大象的攻击,而在混乱中,她从我的视域消失。我喜出望外,心想:"怎么会有这样的巧遇?这是梦幻,还是真实?"

随即,摩蒂罗婆提的女友们询问她说:"小姐,你为何显得这样愁眉苦脸?"她听后,隐藏心中的真实想法,回答说:"你们怎么不知道摩蒂罗婆提是我的至亲至爱的朋友?她举行婚礼后,就要去夫婿家。我不能忍受与她分离而痛苦忧伤。因此,你们都离开这个房间,好让我跟摩蒂罗婆提待在一起,说一会儿

---

① 按照梵语文学中的习惯描写,蛇冠上有珠宝。
② 此处"美"的原词是 lāvaṇa,也读作"盐",是双关语。

知心话。"

侍女们离开后，她亲自闩上房门，然后坐下，以为我是她的女友摩蒂罗婆提，开口对我说道："摩蒂罗婆提啊，没有比你的这种痛苦更大的痛苦了。因为你爱一个视同自己生命的人，却被父亲许配另一个人。但是，你与你的心上人有过交往，认识他，仍有机会见到他或与他相会。而我的痛苦无可救药。你是我唯一的知心朋友，因此，我要讲给你听。"

在一个节日，我去商佉湖沐浴，排遣我不久会与你分离的忧愁。在那里的花园里，我看到一位英俊的婆罗门青年，犹如白天从空中降下的月亮，又如金光闪闪的系象柱。他的新近长出的胡子犹如停在莲花脸上的一排蜜蜂。我心想："那些森林中牟尼的女儿没有见到这个青年，才能坚持艰难的苦行。不知她们的苦行会获得什么成果？"就在我这么思忖时，爱神的花箭射中我的心，以致我感到害羞和害怕。

随后，我斜睨的目光看到他也望着我。就在这时，一头疯象挣脱系象柱，突然冲向前来。这位青年看到我惊慌失措，身边的侍从都已逃散，便奔跑过来，将我搂在他的怀中，带我跑了一长段路，到达人群中间。朋友啊，当时我接触到他的身体，浑身愉快，仿佛淹没在甘露中，不知道什么是大象，什么是恐惧，也不知道我是谁，在哪里。然后，侍从们回到我的身边。这时，那头大象又向这边冲来，仿佛是"分离"的化身。侍从们在恐慌中带着我逃跑，回到家中。就这样，在这场骚乱中，我不知道我心爱的人去了哪里。

从那时起，我想念这位不知姓名的救命恩人，仿佛有人夺走了我到手的珍宝。我整夜哭泣，像雌轮鸟那样哀鸣，盼望能入睡，在梦中见到他，忘却一切痛苦。朋友啊，我处在这种无可救药的痛苦中，唯有见到你，痛苦才能暂时得到排遣，而你现在就要离去。这样，摩蒂罗婆提啊，我的死期已经临近，因此，我现在来见你，感受最后的快乐。

她说完的这些话，我听了仿佛甘露灌耳。她的月亮脸上挂着混合眼膏的泪珠。她站起身，揭开我的面纱，观看我。她认出是我，顿时既惊喜，又害怕。

于是,我对她说:"姑娘啊,别惊慌!在你面前的就是我。命运总是安排种种不可思议的巧合。我也是为了你,忍受着难以忍受的痛苦。这一切正是命运的安排。以后我会详细告诉你。现在不是交谈的时候。亲爱的,你现在要想个让我们逃出去的办法。"

这个少女听后,当机立断,说道:"我们从这里的后门出去,外面就是我的高贵的刹帝利父亲的花园。然后,从那里我们前往其他任何地方。"说罢,她收藏起身上的装饰品。我和她一起按照她的路线出走。出于害怕被发现,我俩一夜之间快速走了很远的路,清晨到达一座大森林。

在这荒无人烟的森林中,我俩继续缓缓行走。我唯独通过与她交谈安抚她。到了中午,太阳犹如暴君,以炙热的光芒烧灼大地,没有庇护处。这时,我心爱的人疲惫不堪,焦渴难忍。我好不容易把她带到一处树荫下。然后,我用衣服为她扇风。这时,我突然看见一头受伤的野牛向这里跑来,随即看见一个骑马持弓的人追来。他的模样显然表明他是一位勇士。这位勇士又用一支箭射中那头野牛,犹如因陀罗用金刚杵击倒一座山峰。

这时,他看见我俩,走近过来,亲切地问道:"你是谁?她又是谁?你俩从哪里来到这里?"于是,我向他显示我的婆罗门圣线,半真半假地回答他说:"我是婆罗门,她是我的妻子。我俩来外地办事,与我们结伴而行的商队在途中遭到强盗劫持。这样,我失去他们,也迷了路,进入这座大森林。在这里遇见你,我终于放下心来。"

他听了我的话,出于对我这位婆罗门的同情,对我说:"我是这里林中人的首领,来这里狩猎。你俩旅途劳累,来到这里成为我的客人。我的住处离这里不远。我请你俩上我家休息。"说罢,他让我的疲惫的心上人骑上他的马,自己和我一起步行,前往他的家。到了他的家,他用各种食物招待我俩,仿佛我俩是他的亲戚。确实,无论在哪里,即使在这荒僻的地方,也会遇上热心肠的善人。

然后,他派遣侍从带我俩走出那座森林。我俩到达国王封给婆罗门的一个村庄。我就在那里与她结婚。随后,我俩在各地游荡,遇见一个商队。今天,我来到恒河沐浴。在这里,我遇到我的这位朋友,又遇到你这位尊贵的王子。王子啊，这便是我的经历。

　　他说完后，王子那罗婆诃那达多高度赞扬这位婆罗门，说他实现自己的愿望实在是对他的高尚品德最合适的回报。就在这时，戈目佉等大臣久久四处游荡，寻找王子，终于在这里找到他。他们拜倒在那罗婆诃那达多脚下，脸上挂满喜悦的泪水。王子也依照礼节，恭敬地欢迎这些大臣。随后，他带着这两位巧妙地实现愿望的婆罗门青年，在大臣们和罗利多劳遮娜陪同下，返回自己的城市。

第十四卷　五少女

第一章

波哩婆提之夫湿婆高兴满意,将自己的一半身体赐予乌玛。但愿他实现你们的愿望!

克服障碍的象头神在夜晚跳舞时,竖起的红色象鼻犹如有月亮伞盖的珊瑚柱子。但愿他保护你们!

然后,犊子王之子那罗婆诃那达多与以摩陀那曼朱迦为首的三界美女妻子们以及戈目佉等大臣住在憍赏弥城,依靠父亲的财富,满足各种愿望。他和可爱的妻子们沉浸在甘露般的快乐中。跳舞、唱歌、讲故事和闲谈,度过每一天。

然而有一天,王子在后宫里没有看到最钟爱的妻子摩陀那曼朱迦,侍从们也不知道她去了哪里。见不到爱妻,王子脸色变得苍白,犹如黎明时黑夜离去,月亮失去光辉。他困惑不安,作出种种猜想:"她是不是藏在哪里,想要考验我?是不是我得罪了她,她生气躲开我?是不是她施展幻力,隐身不见?是不是她被人劫走了?"

王子四处寻找,找不到她,心中的离愁如同森林大火熊熊燃烧。珍珠项链、檀香膏、月光和荷叶都不能减轻,反而增加他的灼热。犊子王得知消息,前来看望他。母后、大臣和侍从们也都困惑不安。而持明女羯陵伽赛娜失去女儿,如同失去幻力,顿时神志迷糊。

　　然后,后宫的一个女侍卫来到那罗婆诃那达多面前。在场的所有人听着她对王子说:"很久以前,摩陀那曼朱迦还是少女时,一次,有个持明青年看到她站在宫殿楼台上,便立即从空中降下,自称名叫摩那萨吠伽,走近羯陵伽赛娜,说道:'请把你的女儿嫁给我吧!'而他遭到拒绝,只能离去。现在,会不会是他悄悄来到这里,施展幻力劫走她?虽说天神们不会夺取他人妻子,但是,一旦神魂颠倒,谁还能分清是非善恶?"

　　那罗婆诃那达多听后,怒不可遏,情绪激动犹如波浪中的莲花。而卢蒙婆对他说道:"这座城市四周防守严密,难以出入,除非从空中。而且,她受到湿婆恩宠,不可能遭遇不幸。肯定是感情上受到伤害,现在藏在某处。请听我讲述这个故事!"

　　从前,有个牟尼名叫安吉罗。他向牟尼阿湿吒婆格罗求娶他的女儿莎维德丽。即使他具足品德,但阿湿吒婆格罗也没有答应,因为他已经将女儿许配他人。于是,安吉罗与弟弟的女儿阿悉如姐结婚。夫妻俩过着快乐的日子。

　　而阿悉如姐知道安吉罗过去曾爱上莎维德丽。一天,牟尼安吉罗长时间默默念诵。于是,阿悉如姐一再询问他:"夫君啊,你为何长时间沉思默想?"安吉罗回答说:"亲爱的,我在沉思默想莎维德丽。"阿悉如姐听后,以为他说的是牟尼的女儿莎维德丽,不由得心中冒火。她觉得自己命运不幸,于是前往林中,准备抛弃身体。她祝福丈夫获得好运后,将套索套上自己的脖子。

　　就在这时,伽耶特利女神显身,手持念珠串,对她说道:"孩子啊,不要鲁莽行事!你的丈夫沉思默想的莎维德丽不是别的女人,而是我。"①随即,女神为她取下脖子上的套索。女神怜悯自己的信徒,这样安慰她后,消失不见。然后。安吉罗前来寻找她,把她从林中带回家中。

　　"女人就是这样忍受不了感情上的伤害。肯定是你得罪了她,因此,她现在藏在某处。她是王子的妻子,受到湿婆保护。我们会找到她。"

---

①　"伽耶特利"(gāyatrī)和"莎维德丽"(sāvitrī)都是难近母女神的称号。

犊子王听了卢蒙婆的话,说道:"肯定是这样。她不会遭遇不幸。因为当初传来天国话音,说摩陀那曼朱迦是罗蒂的化身,天神指定她成为爱神的分身那罗婆诃那达多的妻子。王子会与她一起统治持明王国一个神劫。这不会是空话。因此,我们应该认真寻找她。"

那罗婆诃那达多听后,尽管处在这样的精神状态,依然亲自到处寻找她,像一个疯子那样。他来到摩陀那曼朱迦的卧室,房门紧闭,仿佛看到他痛苦不堪,闭上眼睛。他来到树林,那些树木摆动枝条,仿佛对他说道:"我们没有看见她。"他来到花园,那些鸟儿飞起,仿佛对他说道:"她没有来过这里。"大臣摩卢菩提、诃利希佉、戈目佉和婆森多迦也四处寻找她。

有个持明少女,名叫吠伽婆蒂。她见到过摩陀那曼朱迦的优美形体。这时,她化作摩陀那曼朱迦的形体,独自悄悄来到花园,站在一棵无忧树下。摩卢菩提在四处游荡寻找中,突然看到她,仿佛拔去了扎在自己心头的箭,连忙高兴地前去报告王子说:"这下你可以放心了。我在花园里看到了她。"

那罗婆诃那达多听后,立刻高兴地与他一起前往花园。满怀离愁的王子看到"妻子摩陀那曼朱迦",犹如焦渴难忍的旅人遇到天降大雨。受尽痛苦折磨的王子立刻想要拥抱她。而这个想要与王子结婚的持明少女狡猾地说道:"你现在别接触我,先听我说。当初我为了嫁给你,曾经恳求药叉们说:'等我结婚时,我会亲自祭供你们。'可是,我的生命之主啊,我在与你结婚时,忘记了这件事。于是,药叉们对我发怒,把我从这里带走。现在,他们又把我带来这里,告诉我说:'你去再举行一次婚礼,向我们提供祭品。然后,你就可以回到丈夫身边。否则,你就别想得到安宁。'因此,你赶快与我再举行一次婚礼,让我满足药叉们的愿望,向他们提供祭品。这样,你也可以实现自己的心愿。"

王子听后,立即召唤祭司香底苏摩,让他做好准备。他以为自己已经摆脱短时期的分离痛苦,立即与乔装成摩陀那曼朱迦的持明女吠伽婆蒂举行婚礼。听到喜庆的鼓乐声,犊子王和王后以及羯陵伽赛娜满心欢喜。乔装成摩陀那曼朱迦的持明女吠伽婆蒂亲自用酒和肉祭供药叉们。王子也与她一起在室内饮酒,虽然她的甜言蜜语已经让他沉醉。

然后,太阳与光影一起消失,王子准备与她一起享受生命世界的快乐。而她悄悄对王子说道:"亲爱的,在我睡着时,你不要匆忙揭开我的面纱。"王子听后,感到奇怪,心想:"这是为什么?"于是,在第二天早上,王子揭开她的面纱,看到的不是摩陀那曼朱迦,而是另一个女人。这是因为这个持明女在睡眠中摆脱了幻化的形体。随即,她醒来。王子立即询问她说:"你说实话,你是谁?"她看到王子已经醒来坐着,看到她的形体,知道秘密已经泄露,便机敏地对王子说道:"亲爱的,现在请听我告诉你实情!"

在一座名为阿夏吒的持明族山城里,持明王吠伽凡的儿子名叫摩那萨吠伽,自恃臂力而骄傲。我是他的妹妹,名叫吠伽婆蒂。我的兄长忌恨我,不愿意授予我幻力。于是,我去苦行林,不怕艰苦,依靠父亲的恩惠,获得超强的幻力。我在阿夏吒山城的花园里,看到侍卫们看守着可怜的摩陀那曼朱迦。我的兄长施展幻力劫走你的妻子,就像罗波那劫走可怜的悉多。这位贞洁的女子拒绝他,他也就不能强迫她,因为他受到一个诅咒束缚,如果他强迫其他妇女,就会死去。

于是,我的这个卑劣的兄长让我去劝说她。我在与她交谈中,一听到她提到你的名字,就像爱神向我发出指令,我立即就爱上了你。我记得女神在梦中对我说过:"如果一听到这个人的名字,你就产生爱情,那么这个人就会成为你的丈夫。"这样,我劝说摩陀那曼朱迦保持信心后,运用幻力,化作她的形体,来到这里,施展巧计,与你结婚。因此,我的生命之主啊,来吧!让我带你到你的妻子摩陀那曼朱迦那里去。我对她满怀同情。即使她是我的情敌,但是因为我爱你,成为你的奴仆,所以同样也成为她的奴仆。我不会只顾我自己。

于是,在这天夜里,吠伽婆蒂运用幻力,带着那罗婆诃那达多升空离去。而侍从们这次发现这夫妻俩一起消失不见,恐慌不安。犊子王得知后,与仙赐和莲花两位王后一起迅速赶来,仿佛遭到雷杵打击。负轭氏等大臣和他们的儿子摩卢菩提等,以及市民们都惶惑不安。

就在这时,牟尼那罗陀从空中降临,犹如另一轮光辉的太阳。他接受犊子王献礼后,说道:"你的儿子已经被一个持明女带到她的住地,而很快就会返回。我奉湿婆之命,前来嘱咐你放心。"随后,这位牟尼如实讲述吹伽婆蒂所做的一切。他这样安慰犊子王后,消失不见。

而这时,吹伽婆蒂带着那罗婆诃那达多从空中到达阿夏吒山城。摩那萨吹伽得知消息,准备杀死他俩。于是,吹伽婆蒂与她的兄长展开幻力之战,因为妇女为了丈夫不顾惜自己亲友的性命。吹伽婆蒂运用自己的幻力,幻化出可怕的湿婆形象,猛烈击昏摩那萨吹伽后,把他扔在火神山上。而在此之前,她为了保护那罗婆诃那达多,已经用幻力之手把他安置在健达缚城里的一个枯井里。

现在,她对停留在这里的那罗婆诃那达多说道:"夫君啊,你在这里稍等片刻,不要着急。你会平安无事。有福之人啊,因为你是未来统治所有持明的转轮王。我现在要去恢复与兄长交战中损失的幻力,而我很快就会回到你这里。"说罢,持明女吹伽婆蒂去往某处。

第二章

然后,一个名叫维纳达多的健达缚看到站在枯井中的那罗婆诃那达多。确实,如果没有天生就为他人谋福的灵魂高尚者,就像路边解除旅人炎热的树木那样,这个世界也就变成荒芜的森林。这位善良的健达缚看到他后,询问他的家族和名字,伸手把他拉出枯井,说道:"如果你是人,不是天神,怎么会来到凡人无法进入的健达缚城?请你告诉我!"

然后,那罗婆诃那达多告诉他说:"一位持明女运用自己的幻力把我安放在这里。"品德高尚的维纳达多看到他具有转轮王吉相,把他带回自己的家,热情招待他。第二天,那罗婆诃那达多看到这座城市里的所有居民都手持琵琶,便询问维纳达多:"为何城里所有居民乃至儿童都手持琵琶?"

于是,维纳达多回答说:"这里的健达缚王名叫沙伽罗达多。他的女儿名叫健达缚德姐,美貌胜过天女。创造主融合甘露、月亮和檀香膏等创造她,让她成为一切美女的典范。她经常弹奏琵琶,演唱毗湿奴亲自授予她的赞歌,达到音乐艺术最高水平。"这位公主作出这个决定:谁精通音乐,能弹奏琵琶,使用三个音域，准确演唱毗湿奴赞歌，这个人就能成为她的丈夫。因此，这里所有的居民都学弹琵琶，但没有谁能达到她的要求。

那罗婆诃那达多听到维纳达多这样说，心中喜悦，对他说道："所有的技艺都自愿选择我为丈夫①。我通晓三界中的所有音乐。"维纳达多听后，便把他带到国王面前，说道："这位是犊子王的儿子那罗婆诃那达多。一位持明女亲手把他安置在你的城市里。他是一位音乐大师，通晓毗湿奴赞歌。公主健达缚德妲对此怀有浓厚兴趣。"

国王听后，说道："确实是这样。我早就听健达缚们说起过他。他现在来到这里，应该受到尊敬。他是天神分身，并非误入天神领域。如果他是凡人，持明女怎么可能把他带到这里？因此，把健达缚德妲带来，让我们目睹奇迹。"于是，大臣们按照国王的吩咐，去把公主带来。

这位可爱的女郎来到，身上装饰的鲜花闪烁光芒，犹如青春之风吹拂下摇曳的蔓藤。她坐在父亲身边。侍从们告诉她这里的情况。随后，她按照父亲的吩咐，开始弹奏琵琶，演唱赞歌。她对音调的掌握如同梵天的妻子婆罗私婆蒂。那罗婆诃那达多对她的演唱和美貌深感惊讶。

随后，那罗婆诃那达多说道："公主啊，你的琵琶音色在我听来还不完美，因为我觉得琴弦里夹杂有一根毛发。"于是，经过仔细查看，琴弦里果然夹杂有一根毛发，在场的健达缚们惊讶不已。随后，国王把女儿手中的琵琶交给那罗婆诃那达多，说道："王子啊，请你使用这琵琶，为我们的耳朵灌入甘露。"于是，那罗婆诃那达多弹奏琵琶，演唱毗湿奴赞歌。那些健达缚聆听着，仿佛都变成了画中人。

健达缚德妲的目光充满温柔的爱意，仿佛亲自把绽开的蓝莲花花环抛给那罗婆诃那达多，选择他为丈夫。国王看到女儿这样，记得她以前作出的许诺，便立即把女儿交给那罗婆诃那达多。然后，天国乐器奏响。他俩举行无与伦比的婚礼。这样，那罗婆诃那达多住在那里，与新娘健达缚德妲一起享受天

---

① 这句中，"技艺"的原词是 kalā，词性为阴性，因此拟人化为女性。这句意谓那罗婆诃那达多精通一切技艺。

国的快乐生活。

有一天,那罗婆诃那达多出去观赏城市美景,游遍各处后,进入城中一个花园。他看到一个天女带着女儿从空中降下,犹如无云的天空突然出现闪电而下雨。这个天女凭借神通智慧,认出那罗婆诃那达多,对女儿说道:"女儿啊,这位是犊子王的儿子,你的未婚夫。"

那罗婆诃那达多询问来到自己身边的天女:"你是谁?为何来到这里?"这位天女怀抱希望,对他说道:"我是持明王提婆辛诃的妻子,名叫达那婆蒂。这个少女是我的女儿,旃陀辛诃的妹妹,名叫阿吉那婆蒂。空中传来话音,说你是她的丈夫。吠伽婆蒂把你这位未来的持明王安放在这里。我凭借神通智慧得知这个情况,便前来告诉你我的想法。这里是持明们能来到的地方。你不适合留在这里。他们可能会出于仇恨杀害你,因为你现在孤单一人,还没有成为持明王。因此,来吧!我把你带到安全的地方去。月亮不也是等待着太阳消失的时候?一旦到达合适的时机,我会把女儿嫁给你。"说罢,她和女儿带着他升入空中,把他带到室罗伐悉底城,安放在那里的花园里。然后,她和女儿阿吉那婆蒂一起消失不见。

在这时,国王波罗塞纳吉特从远处狩猎归来,看到这位王子相貌非凡,出于好奇,走近他,询问他的名字和家族后,把他带回自己的宫殿。宫殿里聚集着大量的象和马,仿佛这里是王权女神四处游荡后的憩息地。

天生幸运的人无论出现在哪里,幸福就会走向他,犹如妇女走向心爱的人。这位国王热爱有德之士,把自己的女儿跋吉罗特耶娑嫁给那罗婆诃那达多。这样,他住在这里,与这位公主一起享受豪华的生活。这位公主仿佛是创造主按照吉祥女神的形体,专门为他而创造。

一天黄昏,夜晚的情人、东方新娘脸上的装饰、令世上人们喜悦的月亮升起,仿佛是跋吉罗特耶娑的脸庞在无云的天空明镜中的映像。那罗婆诃那达多依从跋吉罗特耶娑的心愿,陪她在月亮甘露洗白的宫殿露台上饮酒。他品尝映现妻子脸庞的蜜酒,仿佛舌头和眼睛同时感受快乐。他觉得月亮不如妻子的脸庞可爱,因为月亮哪里有醉意中发红的眼睛和挑动的眉毛的魅力?享受喝酒的快乐后,他和妻子一起进屋,上床睡觉。

　　那罗婆诃那达多睡过一阵后醒来,而他的妻子仍在熟睡中。这时,他突然思忖道:"我喜爱跋吉罗特耶婆,而忘却了其他妻子,怎么能这样? 但是,命运的力量强大。我现在远离我的大臣们。摩卢菩提崇尚勇气,诃利希佉崇尚策略,我现在可以不需要他俩。然而,戈目佉聪明睿智,善于应付任何困境,现在这位朋友远离我,让我心中难受。"

　　正在他这样自言自语思索时,突然听到好像女性柔美的说话声:"天啊,糟了!"这说话声驱散他的睡意。于是,他点亮灯,察看四周。他看到窗口有个女性的优美脸庞。他感到奇怪,创造主好像向他展示不在空中的另一个没有斑点的月亮,而他今天看到空中那个有斑点的月亮。但他没有看到这位女性的身体,急于想要看到她。可是,他转而又想:"从前,提逊阿达宾干扰梵天的创造活动。梵天施计让他去欢喜园,说道:'去那里观看奇迹吧!'阿达宾到了那里,只看到一个天女美妙的脚。他想要看到她的身体其余部分,却由此而遭到毁灭。创造主会不会也是这样,创造出这张脸,把我引向毁灭?"

　　这时,窗口的那个天女用嫩芽般的手打手势,招呼他过去。于是,他急忙走出妻子还在熟睡中的房间,来到这个天女身边。这个天女当着他的面,说道:"摩陀那曼朱迦啊,你赞美你的丈夫,而他与其他女人有私情。这下你完了!"那罗婆诃那达多听后,想念自己的这位爱妻,心中又燃起离愁之火,询问这位天女:"你是谁? 你在哪里见到我亲爱的摩陀那曼朱迦? 你为何来到这里? 请告诉我!"

　　于是,这个成熟而胆大的持明女,在这夜里,把王子带到远处,对他说道:"请听我告诉你所有一切! 在布湿迦拉婆提城,有一位名叫宾伽罗甘达罗的持明王。他长期敬拜祭火而肤色发黄。你要知道,我是他的女儿,名叫波罗跋婆蒂。他通过抚慰火神而获得恩惠,生下我这个女儿。我去阿夏吒城看望我的女友吠伽婆蒂,而她去了别处修炼苦行。我从她的母亲波利提维黛维口中得知摩陀那曼朱迦。于是,我去看望你的这位爱妻。我看到她不思饮食而消瘦,脸色苍白又沾有尘土,头发只束一个发髻,哭泣着,一味诉说你的美德。围绕在她身边的那些持明少女,一边含泪望着她,一边听着她谈论你而悲喜交加。她向我描述你的容貌。我安慰她,许诺把你带到她那里。我这样做,既是出于同情她,也是由于你的美德吸引我。我凭借我的神通力,得知你现在在这里。这样,我来到你这里,既为了她,也为了我自己。然而,我现在看到你已经忘却你的爱妻,而与别的女人相好。因此,我不禁为你的爱妻悲伤,脱口说出'天啊,糟了!'"

王子听完她的话,焦急地说道:"请你带我去她那里!你想要我做什么,我都会听从。"这位持明女听后,就在这月光明亮的夜晚,带着他升空出发。行进途中,她看到一个地方有点燃的祭火。于是,她握住那罗婆诃那达多的手,右绕祭火而行。这样,胆大机智的波罗跋婆蒂巧妙地与那罗婆诃那达多完成了结婚仪式。

一路前行,她在空中指给心上人看,这大地如同祭坛,河流如同蛇,山岳如同蚁垤,以及其他种种奇妙的景观。那罗婆诃那达多在空中感到疲倦,想要喝水。于是,她从空中降下,带他到一个树林。那里有个水池,在月光照耀下,池水呈现银白色。他在这个可爱的树林里喝水解渴,得到休息。

然后,那罗婆诃那达多渴望与这位可爱的妻子合欢。而波罗跋婆蒂想到自己同情摩陀那曼朱迦,也已经安慰她,因此,对那罗婆诃那达多这种急迫的渴望表示为难。因为灵魂高尚者为他人谋福,不会只顾自己。

于是,她对那罗婆诃那达多说道:"夫君啊,你不要对我有其他想法。因为我现在对你这样是有道理的。请听这个故事!从前,在华氏城,有个年轻寡妇,抚养一个幼儿。她没有钱财,而有美色。她为了满足自己,经常在夜里出去与其他男子幽会。而在出门前,她都会安慰儿子说:'孩子啊,我早上会给你带来甜食。'这样,这孩子每天夜晚安静地留在家里,心中盼望早上得到甜食。然而有一天,这个寡妇忘了带回甜食。孩子向她索取时,她说道:'儿子啊,我只想到甜蜜的情人,没有想到还有甜食。'这时,孩子心想:'她迷恋他人,而不带给我甜食。'孩子顿时感到绝望,心碎而死。正是这样,亲爱的,我已经安慰摩陀那曼朱迦。她满怀与你团聚的希望。而在此之前,如果她得知我急于依从你,她的柔嫩似花的心儿可能会破裂。因此,在摩陀那曼朱迦没有得到安抚前,即使我爱你胜过自己的生命,也不会依从你的渴望。"

听了波罗跋婆蒂这样说,那罗婆诃那达多又惊又喜,心想:"命运真是有趣,创造一个又一个奇迹。波罗跋婆蒂的行为居然如此高尚,令人不可思议。"
于是,王子怀着爱意称赞她,然后说道:"那么,你就带我到她那里去吧!"波罗
跋婆蒂听后,带着他升入空中,顷刻间到达阿夏吒山城。她把那罗婆诃那达多
交给肢体干枯的摩陀那曼朱迦,犹如降下一场暴雨,灌满干涸已久的河流。

那罗婆诃那达多看到爱妻因忍受分离的折磨,身体瘦削苍白,犹如一弯月
牙。他俩团聚而再次获得生命,犹如夜晚与月亮团聚而令世人喜悦。这夫妻
俩在分离之火的烧灼下,热烈拥抱,流淌的汗水使他俩看似已经融为一体。依
靠波罗跋婆蒂的幻力,他俩在这个夜晚悄悄地随意享受愿望的一切。而且,除
了摩陀那曼朱迦,这里的其他人都看不见那罗婆诃那达多。

第二天早上,那罗婆诃那达多解开爱妻的那个发髻。而摩陀那曼朱迦难
以克制对敌人的仇恨,对心爱的丈夫说道:"我此前已经发誓:'只有杀死摩那
萨吠伽,我才让丈夫解开这个发髻。否则,我到死都留着这个发髻,让鸟儿啄
开它,或者让烈火焚毁它。'而现在他还活着,你却解开了它,让我心中难受。
因为吠伽婆蒂虽然把他扔在火神山上,他却没有死去。现在,依靠波罗跋婆蒂
的幻力,别人看不见你。否则,这个敌人的随从们经常在这里走动,看到你在
这里,怎么会容忍你?"

听了这位贞洁的爱妻这样说,那罗婆诃那达多表示同意,安慰她说:"亲爱
的,一旦我获得幻力,我就会杀死他,实现你的心愿。你就等待一些日子吧!"
就这样,那罗婆诃那达多住在持明城里。

然后,波罗跋婆蒂施展神通力,不可思议地让那罗婆诃那达多呈现她的形
象,而她本人消失不见。这样,王子分享她的幻力,乔装成波罗跋婆蒂,愉快地
住在这里,不必害怕别人发现他。而所有人都以为他就是波罗跋婆蒂,并认为
吠伽婆蒂的这位女友在这里侍候摩陀那曼朱迦,既出于对她的喜爱,也出于朋
友间的友情。这样的消息也传到摩那萨吠伽的耳中。

后来有一天,摩陀那曼朱迦在与那罗婆诃那达多的交谈中,向他讲述自己
的整个遭遇:

当初摩那萨吠伽把我带到这里,施展幻力,以种种可怕的举动恐吓我,想

要我顺从他。而这时,尊神湿婆显身,展现恐怖的形象,手中持剑,舌头转动,发出吼声,说道:"你怎么敢在我们面前侮辱未来持明转轮王的妻子?"摩那萨吠伽这个歹徒听后,顿时跌倒在地,口吐鲜血。在尊神消失不见后,他才缓过精神,立即返回自己宫中。然而,他仍然想要折磨我。

然后,我既害怕,又忍受与你分离的痛苦折磨,想要抛弃生命。而后宫的侍女们安慰我,告诉我说:"以前,摩那萨吠伽看到一个牟尼的女儿,容貌美丽,想要强行夺走她。结果,他遭到这个少女的亲友诅咒:'你这个歹徒,如果你强行侵占他人妻女,你的头颅会碎成百块。'从此,他不敢强行侵占他人妻子。因此,你别害怕。而且,天神已经指示,你会与你的丈夫团聚。"就在这时,摩那萨吠伽的妹妹来看望我。她看到我后,对我深表同情,安慰我,答应把你带来这里。她怎样带你来这里,你已经知道。

随后,邪恶的摩那萨吠伽的善良的母亲来到我这里。她身穿洁白似月光的衣服,容貌如同没有斑点的月亮,目光慈祥,仿佛向我洒下甘露。她怀着爱意对我说:"你为什么不吃不喝,不关心自己必定有美好前程的身体?你不要有这样的想法:'我怎么能吃敌人的食物?'我的女儿吠伽婆蒂,按照她的父亲的安排,也分享这个王国。她已经与你的丈夫结婚,因此,她是你的女友。她的财富属于丈夫,她的丈夫也是你的丈夫。因此,你就享用这些食物吧!我凭借幻力知道这一切,说的都是真话。"她说完这些话,还赌咒发誓保证。于是,我考虑到与她的女儿的关系,开始享用她送来的适合我吃的食物。

然后,吠伽婆蒂和你一起来到这里。她打败自己的兄长,救了你的命。此后的情况,我就不知道了。但是,我想到吠伽婆蒂的威力,也记住天神的话,因此,我没有抛弃生命,一直盼望着你的到来。

接着,威力强大的波罗跋婆蒂把你送来这里。即使敌人就在附近,我也得以与你相会。而我现在担心的是,如果波罗跋婆蒂的幻力消失,你失去她的形象,我们会怎么样?

摩陀那曼朱迦说完这些话,勇敢的那罗婆诃那达多鼓励她保持镇定,继续与她一起住在这里。然而有一天,波罗跋婆蒂去了父亲的宫殿。由于她不在近处,第二天早上,那罗婆诃那达多失去她的形象。侍从们看到这个男人,惊慌地喊叫道:"这里溜进来一个奸夫。"他们撇下满怀恐惧而阻拦他们的摩陀那曼朱迦,害怕地跑向王宫。

然后,摩那萨吠伽带着自己的军队跑来,包围那罗婆诃那达多。随即,他的母亲也赶来,对他说道:"儿子啊,你和我都不能杀害他。他不是奸夫。他是来到自己的妻子这里。我凭借幻力知道这一切。为何你被愤怒蒙蔽双眼,看不清这些?况且,他也是我的女婿,出身月亮族,理应受到尊敬。"

而摩那萨吠伽听后,怒不可遏,回答说:"那么,他就是我的敌人。"于是,他的母亲出于爱护女婿,再次说道:"儿子啊,在持明族的世界里,不能胡作非为。这里有持明族公堂维护正法。你可以去向法官控告他。这样才是正当的做法。否则,持明们不会满意,天神们也不能容忍。"

于是,摩那萨吠伽尊重母亲的话,准备捆绑那罗婆诃那达多,带他去公堂。而那罗婆诃那达多不能忍受被捆绑的羞辱,撞断拱门的柱子,用柱子杀死摩那萨吠伽的许多随从。这位英雄勇猛如同天神,随即拿起一把被杀死的随从手中的剑,又杀死其他许多随从。这时,摩那萨吠伽施展自己的幻力,捆绑住那罗婆诃那达多,把他和他的妻子一起送往公堂。

在那里,鼓声响起,召唤各处的持明们来到这里,如同众天神集合在天国妙法堂。法官名叫伐由波特,来到公堂,坐在宝石狮子座上,持明们簇拥在周围。那些拂尘摇晃摆动,仿佛扇去非法。摩那萨吠伽这个歹徒站在前面,对法官说道:"他只是一个凡人,却侵入我的妹妹的后宫。他是我的敌人,而且他想要成为持明王。因此,我们应该处死他。"

法官听后,让那罗婆诃那达多答辩。那罗婆诃那达多自信地说道:"这里是公堂。公堂里有法官。法官依据正法判案。正法依据事实。事实不容作假。他使用幻力捆绑我,让我坐在地上,而他现在自由地坐在座位上。我俩怎么能平等评理?"

法官听后,也让摩那萨吠伽坐在地上,并为那罗婆诃那达多松绑。于是,那罗婆诃那达多答辩说:"他施展幻力,把我的妻子摩陀那曼朱迦带到这里。我来到这里看望我的妻子,这怎么能说我侵入后宫?而且,是他的妹妹化作我的妻子模样迷惑我,把我带到这里,我有什么罪过?至于说我盼望成为持明王,那么,请问谁的心中不会产生这样的愿望?"

法官伐由波特听后,想了想,说道:"这位灵魂高尚者的答辩符合正法。他具有远大前程。贤士摩那萨吠伽啊,你不能对他采取非法行为。"而摩那萨吠伽冥顽不化,不愿改正自己的非法行为。于是,法官伐由波特发怒。这样,为了维护正法,他带着自己全副武装的军队,与摩那萨吠伽展开决战。因为这些坐在正法座位上的法官一心只想维护正法,乃至将强者视同弱者,将自己人视同敌人。

这时,那罗婆诃那达多看到天女们好奇地站在那里,便对摩那萨吠伽说道:"你若不使用幻力,光明正大与我交战,那么,你就看看我的威力。我用力一击,就能杀死你!"

就在公堂里双方持明们互相激烈争吵时,公堂的柱子突然裂开,随着一声吼叫,从里面出现一个天神,呈现湿婆的可怕形象,布满天空,遮蔽太阳,眼光如同闪耀的火焰,闪亮的牙齿如同成排的苍鹭,这恐怖的形象看似世界末日呼啸的乌云。这个天神说道:"歹徒啊,这位未来的持明转轮王不能受到羞辱!"他的话让摩那萨吠伽垂头丧气,而让法官伐由波特感到高兴。随即,这个天神为了保护那罗婆诃那达多,用双臂抱起他,把他带往吉祥的哩舍牟迦山,把他安放在那里,然后消失不见。

于是,公堂里持明们之间的混乱争吵停止。伐由波特带着自己的持明朋友们离去。而摩那萨吠伽让又喜又悲的摩陀那曼朱迦走在前面,沮丧地返回自己的阿夏咤城。

第三章

即使有福之人也并非一帆风顺。命运一次又一次以幸福和痛苦考验他的毅力。因此,那罗婆诃那达多一次次独自身处外地,获得妻子,又与妻子分离。

就在那罗婆诃那达多留在哩舍牟迦山上时,波罗跋婆蒂来到这里,对他说道:"那是我远离你的过失,造成你被摩那萨吠伽抓住。他把你带到公堂,企图加罪于你。我得知消息,连忙赶往那里,运用幻力,展现一个天神的形象,把你带到这里。因为这座山是悉陀们的地盘,即使持明们威力强大,在这里也无法施展幻力。这样,我的幻力也在这里失效。因此,我心中感到难受。怎么能让你依靠林中野生食物生活?"

这样,那罗婆诃那达多与她一起住在这里,心中想念摩陀那曼朱迦,等待时机。他在这里的树下和山洞里,吃鹿肉,喝水池中纯净的水,品尝水池边树上掉落的甜美果子,追随罗摩流亡森林的生活方式。

波罗跋婆蒂看到这里有许多罗摩住过的净修林,为了消遣,便向那罗婆诃那达多讲述《罗摩衍那》的故事:

罗摩在罗什曼那和悉多陪伴下,束起发髻,与苦行者们一起住在这里森林中的树下。悉多身穿树皮衣,生活在牟尼们的妻子中间。她的身上涂有阿奴苏耶送给她的香膏,香气弥漫整座森林。

在这里,波林在山洞里杀死提逢东杜毗。这是猴王波林和弟弟须羯哩婆结仇的缘由。因为须羯哩婆误以为提逢杀死了波林,而用一座山堵住洞口,害怕地逃跑。波林粉碎这座山,走出山洞后,驱逐须羯哩婆,宣布说:"这个家伙把我堵在山洞里,企图篡夺我的王位。"于是,须羯哩婆逃到哩舍牟迦山,与以哈努曼为首的猴子们一起住在这里的山坡上。

然后,魔王罗波那来到这里,施展诡计,用一头幻化的金鹿迷惑罗摩,劫走他的妻子悉多。为了获得悉多的消息,罗摩与想要杀死波林的须羯哩婆结为盟友。为了显示自己的威力,罗摩用一支箭射穿七棵多罗树,而大力士波林甚至难以射穿一棵多罗树。于是,英雄罗摩前往积私紧陀,用一支箭射杀波林,让须羯哩婆登上猴国王位。

然后,须羯哩婆的随从们,以哈努曼为首,前往四面八方寻找悉多。而罗摩留在这里等候消息。此时正值雨季,呼啸的乌云仿佛与罗摩分享痛苦,降下暴雨,如同罗摩流下眼泪。后来,得到商婆底指点,哈努曼越过大海,历尽艰辛,找到悉多。于是,罗摩与猴子大军一起,架桥渡海,杀死仇敌楞伽王罗波那,救出悉多,乘坐飞车返回。

"正是这样,夫君啊,你也会获得好运。幸福会自动走向那些身处逆境而保持勇气的人。"听波罗跋婆蒂讲完这个故事后,那罗婆诃那达多与她一起在这里四处游荡消遣。

一天,在般波湖旁,两位持明女达那婆蒂和阿吉那婆蒂从空中降下,走近那罗婆诃那达多。她俩曾经把他从健达缚城带到室罗伐悉底城。正是在这座城里,他与跋吉罗特耶娑结婚。阿吉那婆蒂与波罗跋婆蒂一见如故,两人成为朋友。

达那婆蒂对那罗婆诃那达多说道:"我曾经许诺把我的女儿阿吉那婆蒂嫁给你。现在,你取得成功的日子临近,因此,你就与她结婚吧!"听了达那婆蒂这样说,那罗婆诃那达多表示同意,波罗跋婆蒂出于对女友的友爱,也表示同意。然后,达那婆蒂把女儿交给那罗婆诃那达多。她凭借自己的幻力,为女儿举办了一个庄重而优美的吉祥婚礼。

第二天,达那婆蒂对那罗婆诃那达多说道:"孩子啊,你长期住在这里不合适。持明族具有幻力,而你在这里无所作为。因此,你还是带着妻子回到自己的憍赏弥城去吧!我也会与我的儿子旃陀辛诃以及其他的持明王们一起去那里,协助你完成大业。"说罢,她升入空中。她的身体和衣服闪耀白色的光芒,即使在白天,空中也像布满月光。

然后,波罗跋婆蒂和阿吉那婆蒂带着那罗婆诃那达多,从空中抵达憍赏弥城。那罗婆诃那达多从空中降落在城中花园里。他的侍从们看到了他,随即,各处的人们发出高声欢呼:"我们交上好运了!王子回来了!"

犊子王得知消息,与仙赐和莲花两位王后迅速来到这里,满怀喜悦,仿佛空中突然降下甘露。随同前来的还有亲友们、宝光等王子的妻子们、负轭氏等犊子王的大臣们、羯陵伽赛娜以及戈目伐等王子的大臣们。他们如同旅人在酷暑中遇到清凉的水池。

他们看到高贵的王子站在两位妻子中间,犹如黑天站在鲁格蜜尼和真光中间。他们的双眼被喜悦的泪水遮挡,仿佛害怕眼珠会从眼眶蹦出体外。犊子王和两位王后久久拥抱他,不能松开他,仿佛全身竖起的汗毛已经扎住他。

然后,鼓声响起,庆祝活动开始。这时,吠伽婆蒂凭借自己的幻力知道这里的情况,从空中来到这里。她是吠伽凡的女儿,摩那萨吠伽的妹妹,那罗婆诃那达多的妻子。她从空中降下,拜倒在公公和婆婆脚下。她也俯伏在那罗婆诃那达多脚下,说道:"为了保护你,我的威力受损。我在苦行林中恢复了威力,现在回到你的身边。"她受到在场的人们欢迎。然后,她走近波罗跋婆蒂和阿吉那婆蒂,拥抱她俩后,坐在她俩中间。

这时,阿吉那婆蒂的母亲达那婆蒂来到。与她一起来到的还有众多的持明王,带着各自的军队,仿佛覆盖天空的众多乌云。其中有她的儿子,双臂粗壮的勇士旆陀辛诃;她的亲友,大力士阿密多伽提;波罗跋婆蒂的父亲,威武有力的宾伽罗甘达罗;以前保护王子的法官伐由波特;宝光的父亲,英勇的金光王,以及他的儿子金刚光。还有,健达缚王沙伽罗达多带着女儿健达缚德姐以及勇士吉多兰伽陀一起来到。

他们受到犊子王和儿子的敬拜后,坐在各自合适的座位上。随即,宾伽罗甘达罗在会堂里,对那罗婆诃那达多说道:"天神指定你是我们持明族的转轮王。出于对你的热爱,我们一起来到这里。这位达那婆蒂王后是你的岳母,恪守誓愿,具有神通智慧,手持念珠串,身穿黑鹿皮衣,犹如难近母或莎维德丽女神的化身,受到持明勇士们崇敬,尽心竭力保护你。因此,你一定会获得成功。但是,听我告诉你。在雪山地区,持明族分为北方和南方两部分,都拥有许多山峰。盖拉瑟山的那边是北方,这边是南方。这位是阿密多伽提。他想要获得北方统治权,修炼严酷的苦行,抚慰湿婆。湿婆对他表示满意,指示他说:'你们的转轮王那罗婆诃那达多会让你实现愿望。'因此,他现在来到你这里。那里为首的国王名叫曼陀罗提婆,心术不正。即使他强大有力,一旦你掌握幻力,不难制伏他。而这里南方中部的国王名叫高利蒙吒,具有幻力而灵魂邪恶,难以战胜。他是你的仇敌摩那萨吠伽的亲密朋友。如果不制伏他,你的事业就不能获得成功。因此,你必须尽快获得超绝的幻力。"

宾伽罗甘达罗说完这些话,达那婆蒂接着说道:"孩子啊,这位国王对你说的都是实情。因此,你要去悉陀地区,向自在天湿婆求取幻力。不抚慰湿婆而获得他的恩惠,怎么可能获得成就?聚集在这里的国王们都会保护你。"随后,吉多兰伽陀也说道:"正是这样,我会冲锋在前,帮助你取得胜利。"

于是,那罗婆诃那达多决定这么办。他举行出发吉祥仪式,拜倒在含泪的父亲脚下,也向长辈们俯首行礼,接受他们的祝福后,与妻子们和大臣们一起登上阿密多伽提用幻力创造的华贵轿子出发。随行的军队犹如世界末日狂风掀动下汹涌澎湃的大海,军队的喧嚣声犹如海涛的轰鸣声,回响在四面八方,仿佛宣告持明转轮王来到。

在健达缚王和持明王们以及达那婆蒂的引导下,那罗婆诃那达多顷刻间到达悉陀山区。在那里,悉陀们指导他修炼苦行,抚慰湿婆。他早晨沐浴,吃果子,夜晚席地而睡。持明王们不分昼夜,守候在周围,保护他。

这里的持明少女热切地观看那罗婆诃那达多修炼苦行。她们的目光犹如为他披上一件黑鹿皮衣。有些持明少女焦灼不安,将双手放在胸口,眼睛低垂,仿佛看到他进入自己的心中。而另外有五位持明少女看到他,同时受到爱情之火烧灼,互相约定:"我们五个朋友一起选择他为丈夫,不准单独与他结婚。如果谁背叛友情,独自与他结婚,那么,其他四个人就投火自焚。"

正当这些持明少女对他着迷时,苦行林中突然展现可怕的征兆。狂风呼啸,连根拔起树木,仿佛预示这里的勇士们在战斗中倒在地上。大地摇晃颤抖,仿佛害怕这里会发生什么。山坡裂开,仿佛为恐惧者提供逃跑的通道。无云的天空发出可怕的轰鸣声,仿佛在呼叫:"持明们啊,赶快保护你们的主人!"

面对这些可怕的征兆,那罗婆诃那达多纹丝不动,沉思三眼大神湿婆。健达缚王和持明王们全副武装,守护着他,防备发生什么意外。他们发出狮子吼,蔓藤丛林随之摇晃,仿佛挥舞刀剑,吓退这些预示灾难的凶兆。

第二天,空中突然出现持明军队,犹如世界末日的乌云,发出恐怖的喧嚣声。达那婆蒂凭借自己的神通智慧,说道:"这是高利蒙咤和摩那萨吠伽一起来到这里。"于是,持明王们和健达缚们立即手持武器。高利蒙咤和摩那萨吠伽冲向他们,叫喊道:"这个凡人有什么资格与我们平起平坐?你们这些持明,我今天要灭除你们的傲慢!"

于是,吉多兰伽陀愤怒地冲上前去,与高利蒙咤交战。健达缚王沙伽罗达多和姵陀辛诃,阿密多伽提、伐由波特和宾伽罗甘达罗,所有这些持明王大勇士带领军队,像狮子那样发出吼叫,冲向邪恶的摩那萨吠伽。

这场战斗如同天空出现暴风雨,军队扬起的尘土似乌云,刀剑闪耀的光芒似闪电,飞溅的鲜血似暴雨。吉多兰伽陀等勇士仿佛用砍下的敌人头颅装满血酒,作为祭品,祭供魔鬼们。战场上血流成河,遍布的尸体如同一条条鳄鱼,漂浮的武器如同一条条蛇。

高利蒙吒看到自己的军队遭到杀戮,自己也面临死亡威胁,于是施展以前抚慰高利女神而获得的幻力。这种幻力展现可怕的形象,有三只眼睛,手持三叉戟,致使那罗婆诃那达多的勇士们失去神志。他凭借获得的强大威力,吼叫着冲向那罗婆诃那达多。他再次施展幻力,用双臂抓住那罗婆诃那达多,把他扔向空中。然而,达那婆蒂也施展幻力,因此他没有摔死王子,而只是把他扔在火神山上。

而摩那萨吠伽也抓住戈目伕等大臣,升入空中,把他们扔向四面八方。同样,达那婆蒂施展幻力,展现一个形象。这个形象在空中分别接住他们,把他们一一安放在地上,并安慰他们说:"你们很快就会见到你们的主人。他一定会获得成功。"说罢,这个形象消失不见。

然后,高利蒙吒和摩那萨吠伽自以为已经取得胜利,返回自己的住地。而达那婆蒂说道:"那罗婆诃那达多获得幻力后,还会与你们交锋。他的事业不会不成功。"这时,健达缚王和持明王们以及吉多兰伽陀等恢复神志,返回自己的住处。达那婆蒂也带着自己的女儿阿吉那婆蒂和王子的其他妻子返回自己的住处。

而摩那萨吠伽回去后,对摩陀那曼朱迦说道:"你的丈夫已经被杀死。因此,你就嫁给我吧!"摩陀那曼朱迦听后,站在他的面前,笑着回答说:"任何人都不可能杀死他,而他必定会杀死你们,因为这是天神的旨意。"

那罗婆诃那达多被敌人扔在火神山后,有个天神模样的人前来保护他,迅速把他带到清凉的曼达吉尼河岸。那罗婆诃那达多询问他:"你是谁?"他回答说:"王子啊,我是持明王,名叫甘露光。湿婆派我前来保护你。前面耸立的就是湿婆居住的盖拉瑟山。你在那里抚慰湿婆,便能排除障碍,获得幸福。因此,来吧,我把你带到那里去。"说罢,这位优秀的持明王立刻把他带到盖拉瑟山,然后,向他告别离去。

那罗婆诃那达多到达盖拉瑟山后,住在那里修炼苦行,让站在湿婆净修林前面的象头神感到满意。经象头神允许,他进入湿婆净修林。他看到门卫南丁,向南丁右绕行礼。他因修炼苦行而身体消瘦。南丁对他充满同情,对他说道:"你即将获得成功,因为你已经排除各种障碍。你就在这里修炼苦行,直至尊神对你满意。苦行涤除罪业,成功依靠纯洁。"那罗婆诃那达多听后,立即开始修炼严酷的苦行,饮风维持生命,沉思尊神湿婆和女神波哩婆提。

尊神湿婆对那罗婆诃那达多的苦行表示满意,与女神一起向他显身。他恭敬地站在前面。湿婆对他说道:"现在你就成为持明转轮王吧!让一切超绝的幻力向你展现吧!凭借这些幻力,任何敌人不能战胜你。你牢不可破,坚不可摧。你将杀死所有的敌人。敌人对你施展的幻力都会失效。甚至高利女神的幻力也依从你。因此,你就回去吧!"湿婆和女神赐予他这个恩惠后,又赐予他一辆梵天制造的莲花飞车。然后,所有的幻力也向他显身,渴望为他效劳,说道:"无论你吩咐我们做什么,我们都会照办。"

那罗婆诃那达多获得恩惠和幻力后,向尊神和女神俯首行礼,获得他俩允许,登上神奇的莲花飞车,首先飞向阿密多伽提的婆格罗城。那些幻力为他引路,悉陀歌手为他歌唱。阿密多伽提远远望见他乘坐飞车从空中飞来,立即升入空中,迎接他进入自己的宫殿。

在那里,那罗婆诃那达多告诉他自己已经获得幻力。阿密多伽提高兴地把自己的女儿苏劳遮娜献给他。转轮王那罗婆诃那达多仿佛获得另一位持明吉祥女神,沉浸在喜庆的欢乐中,度过这一天。

第四章

这样,转轮王那罗婆诃那达多停留在婆格罗城。第二天,他坐在会堂里。有一个人手持棍杖,从空中降下,走近前来,向他俯首行礼,说道:"王上啊,你要知道,我是转轮王的世袭门卫,名叫如吉提婆。我来到这里为你效劳。"那罗婆诃那达多听后,望着阿密多伽提的脸。阿密多伽提说道:"确实是这样。"于是,那罗婆诃那达多高兴地接受他为自己的门卫。

然后，达那婆蒂凭借幻力知道这些情况，带着阿吉那婆蒂和王上的其他妻子以及她的儿子旃陀辛诃，还有宾伽罗甘达罗、沙伽罗达多、吉多兰伽陀和金光等来到这里。随行的军队遮蔽太阳，仿佛表明他们不会再受敌人的威力烧灼。

他们走近转轮王后，拜倒在他的脚下。他也依礼向他们表示欢迎，致以敬意。而他对达那婆蒂格外敬重，拜倒在她的脚下。达那婆蒂满心欢喜，也向自己的女婿表示祝福。那罗婆诃那达多向他们讲述自己获得幻力的经过。旃陀辛诃等所有人欢欣鼓舞。

转轮王那罗婆诃那达多看到自己的妻子们已经来到这里，便询问达那婆蒂："我的大臣们在哪里？"她回答说："当时摩那萨吠伽把他们从空中扔下时，我施展幻力保护他们，让他们各自安全降落在地面。"于是，那罗婆诃那达多让自己的幻力显身，前去带回他们。他们来到后，拜倒在他的脚下，向他请安。然后，那罗婆诃那达多说道："你们怎样度过这些天的？ 把你们各自的奇遇告诉我吧！"

于是，戈目佉首先讲述自己的经历："我被敌人从空中扔下时，有位女神用手接住我，安慰我，把我安放在远处一座森林里后，消失不见。而我痛苦绝望，想要跳下悬崖，抛弃身体。这时，有位苦行者走近我，劝阻我说：'戈目佉啊，别这样！ 等到你的主人获得幻力后，你会见到他。'于是，我询问他：'你是谁？ 你怎么会知道这些？'然后，他说道：'到我的净修林里去吧！ 我会告诉你一切。'他知道我的名字，表明他具有神通智慧。我跟随他进入名为湿婆圣地的净修林。在那里，他热情招待我这个客人，然后讲述他自己的故事。"

我名叫那伽斯瓦明，是出生在贡底那城的婆罗门。在父亲升入天国后，我前往华氏城，跟随老师遮耶达多学习知识。尽管老师传授我知识，可是我愚笨至极，甚至学不会一个字母。所有的同学都嘲笑我。

我受尽屈辱，于是前去朝拜居住在文底耶森林的女神。途中到达婆格劳罗迦城，我进城后游行乞食。有一家的女主人施舍我一朵红莲花。然后，我拿着红莲花，去另一家乞食。那家女主人看到我后，说道："哎呀，你被女瑜伽行者盯上了！ 你看，她给了你貌似红莲花的手掌。"我听后，看到自己手里拿的不是红莲花,而是人的手掌。

于是,我赶紧扔掉它,拜倒在她的脚下,说道:"阿妈,你教给我让我能活下来的办法吧!"她听后,告诉我说:"你去三由旬外的迦罗跛村。那里有个婆罗门,名叫提婆罗奇多。他的家里有一头棕红色的母牛,是神圣母牛苏罗毗的化身。今天夜里,那头母牛会保护你。"

听了她的话,我满怀恐惧,快步跑向那里,在黄昏时分到达迦罗跛村,进入那个婆罗门家中,看到那头棕红色母牛。我向它俯首致敬,说道:"神牛啊,我来这里求你庇护。"就在这时,夜晚降临,那个女瑜伽行者带着其他一些女瑜伽行者从空中降下,想要吃我的血和肉。

那头母牛见此情况,让我进入它的脚蹄中间。它与那个女瑜伽行者搏斗了一整夜,直到第二天早晨,那些女瑜伽行者才离去。然后,那头母牛用清晰的话语对我说:"孩子啊,我今天夜里不能再保护你。因此,你去五由旬外森林中的湿婆神庙吧!那里有个湿婆信徒,名叫菩提湿婆,具有神通力。你求他庇护。他今天夜里会保护你。"

我听后,向那头母牛行礼告别,迅速前往它说的那地方,请求菩提湿婆庇护。夜晚来临,那些女瑜伽行者又来抓我。于是,菩提湿婆让我进入内室。他站在门口,手持三叉戟,斥骂那些女瑜伽行者,战胜她们。第二天早上,他让我进食后,对我说道:"婆罗门啊,我今天夜里不能再保护你。十由旬外的商提耶伐萨村,有个婆罗门名叫婆薮摩提。你去他那里吧!你躲过这第三个夜晚,就会平安无事了。"

我听后,向他行礼告别,立即出发。而由于路远,我还在途中,太阳就落山了。夜晚来临,那些女瑜伽行者来到我的背后,抓住我,高兴地飞到空中,带着我离去。这时,另一群女瑜伽行者出现在她们面前。这两群女瑜伽行者突然激烈交战。随后,我从女瑜伽行者手中掉落在一个荒僻的地方。

我在那里看见一座宫殿。宫门敞开着,仿佛对我说:"请进!"我胆战心惊地进入里面,看到一个美貌女子,身边簇拥着上百个光彩熠熠的妇女,仿佛创造主同情我,创造出在夜晚闪闪发光的护身大药草。立刻,我感到放心。经我询问,这个女子告诉我说:"我是药叉女,名叫苏弥多罗,因为受到诅咒而住在这里。我被告知，我要与凡人结合后，才能摆脱诅咒。因此，你意外来到这里，你就享用我吧！不必害怕。"

说罢，她高兴地吩咐侍女们为我安排沐浴，给我抹香膏，还提供给我衣服、食物和饮料。我此前陷入对女巫们的恐惧中，转瞬间又沉浸在快乐中。恐怕命运自身也会觉得苦乐变化无常，不可思议。

这样，我和这个药叉女一起在那里度过一些快乐的日子。而有一天，她对我说道："婆罗门啊，我的诅咒期已经结束，我今天就要离开这里。而由于我的恩惠，你将获得神通智慧。尽管你是苦行者，你将享受愿望的一切，也会摆脱恐惧。你住在这里时，注意不要去看我的宫殿里中间那个屋子。"说罢，她消失不见。

后来，我出于好奇，进入中间那个屋子，看见里面有一匹马。我走近这匹马，而它一踏脚蹄，就把我甩出宫殿。刹那间，我发现自己站在这座湿婆神庙里。

从此，我就住在这里。我逐渐获得神通智慧。尽管我是凡人，却知晓过去、现在和未来的一切。正是这样，即使世上人们多灾多难，也会获得幸福。因此，你就住在这里，湿婆会让你实现自己的心愿。

"听了这位具有神通智慧的婆罗门这样说，我就在那里住了一些天，怀着回到你身边的希望。今天，湿婆在梦中告诉我，你已经获得幻力。于是，主人啊，有个天女抱着我，把我送到这里。这就是我的这次经历。"

戈目伐讲完自己的经历后，摩卢菩提接着向那罗婆诃那达多讲述自己的经历：

当时，摩那萨吠伽把我从空中扔下时，有个天女接住我，把我安放在远处一座森林里后，消失不见。我痛苦不堪，在那里四处游荡，想要自尽。我看到一座河流围绕的净修林，便进入里面。我看见一个束有发髻的苦行者坐在石板上，便走上前去，向他俯首行礼。他询问我："你是谁？怎么会来到这个偏僻的地方？"我告诉他自己的所有情况。他听后，对我说道："你现在不要自尽。你应该在这里等候你的主人的消息，然后决定怎么办。"于是，我听从他的话，住在那里，等候你的消息。

一天，一些天女来到那里河中沐浴。那个苦行者对我说："你去拿走其中一个天女的衣服，就会得知你的主人的消息。"于是，我照他的话去做。那个被我拿走衣服的天女追过来。她只穿着湿漉漉的内衣，双手捂住胸脯。那个苦行者对她说："如果你告诉我们那罗婆诃那达多的消息，你就能取回你的衣服。"于是，她说道："现在那罗婆诃那达多正在盖拉瑟山抚慰湿婆。过些天，他就会获得幻力，成为转轮王。"这个天女说完这些话，由于她受到的一个诅咒起作用，便成为那个苦行者的妻子，与他亲切交谈。就这样，这个持明女与那个苦行者住在一起。而我留在那里，怀着与你团聚的希望。

过了一些天，这个持明女怀孕，生下一个胎儿。她对那个苦行者说："由于我与你结合，我的诅咒期已经结束。如果你想要再度与我结合，就把我的胎儿和稻米一起煮熟，你吃了后，就会获得我。"说罢，她升空离去。那个苦行者便把胎儿和稻米一起煮熟，吃了后，也升入空中，前去追随那个持明女。

虽然那个苦行者也让我吃，但我不敢吃。现在看到他吃了后，会获得这样的神通力，于是，我捡了食盘中的两颗米粒吃下。由此，我能口吐金子。这样，我不缺钱财，四处游荡，到达一个城市。我住在一个妓女家中，因为我有金子，手头阔绰。而狡猾的鸨母探知了我的秘密，暗中让我吃下催吐药。结果，我嘴中呕吐出原先吃下的那两颗米粒，闪闪发亮似红宝石。这个鸨母立即捡起并吞下这两颗米粒。这样，这个鸨母夺走了我口吐金子的神通。

我思忖道："我知道湿婆有月亮顶饰，毗湿奴有珠宝胸饰，而如果他俩落到鸨母手中，结果也可想而知。这个生死轮回的世界，有多少奇迹，就有多少欺诈，犹如谁能测知大海的深度？"然后，我去难近母女神庙，抚慰女神，盼望与你团聚。我禁食三天后，女神在梦中对我说："你的主人已经获得幻力。你去见他吧！"随即，我醒来。第二天早上，有个天女把我带到你的脚前。王上啊，这就是我的经历。

摩卢菩提讲完自己的经历，那罗婆诃那达多和身边的朋友们都笑他居然受到鸨母的欺诈愚弄。随后，诃利希伐开始讲述自己的经历："当时，我被敌人从空中扔下时，王上啊，一个天女接住我，把我安放在优禅尼城。我在那里痛苦不堪,想要抛弃身体。我前往坟场,用木柴垒起火葬堆。我在敬拜点燃的火焰时,一个名叫达罗古卡的魔鬼首领对我说道:'你为何投火自焚?你的主人已经获得幻力。你会与他团聚。'我心中喜悦。就连残酷的魔鬼也会劝阻我寻死,证明一旦好运降临,甚至石头也会变软。然后,我坚持在天神前修炼苦行。主人啊,今天有个天女把我带到你的面前。"

诃利希佉讲完自己的经历后,其他大臣也依次讲述各自的经历。然后,在阿密多伽提的提示下,那罗婆诃那达多吩咐备受持明们尊敬的达那婆蒂赐予自己的这些大臣幻力。这样,这些大臣现在都变成了持明。达那婆蒂对他们说:"你们就战胜那些敌人吧!"

在一个吉祥日,转轮王那罗婆诃那达多下令军队集合,向高利蒙吒的戈温陀古吒城进发。持明大军遮蔽太阳,仿佛罗睺突然出现,想要让自己的敌人冷却。那罗婆诃那达多登上莲花飞车,自己坐在莲花花苞中间,让自己的妻子们坐在莲花花蕊上,让旃陀辛诃等自己的大臣坐在莲花叶上,在空中行进,争取胜利。

行军途中,他们到达摩登伽城里达那婆蒂的宫殿,受到隆重接待,在那里停留一天。同时,那罗婆诃那达多派遣一个使者,去向高利蒙吒和摩那萨吠伽发出挑战。第二天,他把妻子们留在摩登伽城,自己与持明王们一起向戈温陀古吒城进发。

高利蒙吒和摩那萨吠伽出来迎战,旃陀辛诃等冲向他们。战斗开始,那些士兵犹如一棵棵树木被砍倒,鲜血犹如戈温陀古吒山上溪水流淌。战场上沾有鲜血的刀剑犹如死神伸出的舌头,渴望吞噬勇士们的生命。僵尸鬼们拍着手掌,沉醉于吞噬血肉。无头尸体们跳起舞蹈,魔鬼们沉浸在战争节日的欢乐中。

然后,那罗婆诃那达多在战斗中,亲自愤怒地冲向迎面而来的摩那萨吠伽,刹那间抓住他的头发,用剑砍下这个歹徒的头颅。高利蒙吒看到摩那萨吠伽被杀死,愤怒地冲向前来,而他一看到那罗婆诃那达多,幻力顿时消失。那罗婆诃那达多抓住他的头发,把他摔倒在地,然后,抓起他的双腿,在空中甩动,猛力把他摔在岩石上,致使他粉身碎骨。就这样,那罗婆诃那达多杀死高利蒙吒和摩那萨吠伽,他俩的残余部队恐惧地逃跑。空中花雨降落在这位转轮王身上,站在空中的天神们连声叫好。

然后,那罗婆诃那达多与自己的持明王们一起进入高利蒙吒的都城。与高利蒙吒关系密切的持明王们都谦恭地前来归顺他。在消灭敌人和占领敌人王国的欢乐气氛中,达那婆蒂前来对转轮王说道:"王上啊,高利蒙吒的女儿名叫伊哈特摩尼迦,是三界美女。你就娶下这个少女吧!"于是,他立即吩咐带来这个少女,与她结婚,度过这快乐的一天。

第二天,那罗婆诃那达多派遣吹伽婆蒂和波罗跋婆蒂去把住在摩那萨吹伽城中的摩陀那曼朱迦带来。摩陀那曼朱迦来到后,看到英勇的丈夫驱除如同黑暗的敌人,获得成功,她的脸庞舒展,流淌喜悦的泪水。分离的黑夜结束,犹如沾有露珠的莲花绽开,她感受到不可言状的快乐。那罗婆诃那达多实现长久的渴望,也满怀喜悦,赐予她所有的幻力,为她成为持明女而高兴。然后,他和妻子们在高利蒙吒的城市花园里饮酒作乐,度过一些天。他也派遣波罗跋婆蒂去把跋吉罗特耶娑带来,赐予她幻力。

一天,那罗婆诃那达多坐在会堂里,有两个持明前来报告说:"王上啊,我们两个按照达那婆蒂的吩咐,前去观察北方地区曼陀罗提婆的动静。我们两个隐身进入他的会堂,听到他在会堂里说起你:'我听说高利蒙吒等持明王都已经被杀死,现在那罗婆诃那达多成了持明王。因此,我们不能忽视他,而应该尽快杀死这个敌人。'听到他说这些话,因此,我们前来向你报告。"

听了这两个探子报告的情况,会堂里群情激愤,仿佛莲花池遭到大风吹动。吉多兰伽陀挥动双臂,臂钏发出响声,仿佛传递战斗信号。阿密多伽提胸前的项链随着急促的喘息而蹦起,仿佛愤怒地一再说道:"英雄啊,你快起身,起身!"宾伽罗甘达罗用手拍击地面,发出响声,仿佛已经开始粉碎敌人。伐由波特脸上眉头紧皱,仿佛愤怒地挽弓消灭敌人。姤陀辛诃满腔愤怒,摩拳擦掌,仿佛说道:"我就这样碾碎敌人。"沙伽罗达多用手拍击臂膀,发出响声,仿佛向空中的敌人发出挑战。而那罗婆诃那达多即使心中愤怒,却保持镇定,这便是伟大人物的伟大之处。

那罗婆诃那达多已经获得转轮王宝石身躯,决定出征讨伐敌人。他与妻子们和大臣们一起坐上飞车,从戈温陀古吒城出发。所有的健达缚王和持明王带着军队伴随他,犹如星星围绕月亮。达那婆蒂在前面引路,那罗婆诃那达多到达雪山的一个大湖。湖中挺立的白莲花犹如华盖,飞翔的天鹅犹如拂尘,这一切仿佛迎合来到这里的转轮王。湖水泛起的波浪仿佛一次次从远处招呼转轮王前来沐浴。

伐由波特对那罗婆诃那达多说道:"转轮王啊,你应该在这个湖中沐浴。"于是,他进入湖中沐浴。这时,空中传来天国话音:"不是转轮王,在这里沐浴不会取得成就。而你今天来到这里沐浴,必定取得转轮王的成就。"这位转轮王听后,与后宫妻子们一起在湖中嬉戏,犹如伐楼那神与天女们在大海中嬉戏。他看到妻子们的眼睛被洗去黑眼膏而发红,发髻松开,湿漉漉的衣服贴紧身体,感到她们可爱而高兴。湖中那些鸣叫着飞起的鸟儿仿佛是湖中仙女们的腰带。他的妻子们优美的莲花脸仿佛令湖中莲花羞愧而低头埋入水中。那罗婆诃那达多沐浴后,与妻子们和大臣们一起在湖边交谈说笑,度过这一天。

第二天早上,那罗婆诃那达多登上飞车,带着军队,再次出发。行军途中,他们到达伐由波特的城市,也就顺便在这里停留一天。在这里,那罗婆诃那达多看中伐由波特的妹妹。她名叫伐由吹伽耶婆,当时在金沙河边的花园里游玩。她的脸庞犹如圆月,说话温柔可爱,面带笑容,臀部沉重,肢体优美。而她看到那罗婆诃那达多走来,虽然心中爱他,却立即消失不见。

那罗婆诃那达多感到困惑,心想她避开他可能另有隐情,于是,返回自己的住处。摩卢菩提当时与国王在一起。王后们通过他得知这件事,纷纷取笑国王。戈目佉站在那里,为摩卢菩提的轻率行为感到羞耻。他看到国王面露羞愧,安慰他后,便去了解伐由吹伽耶婆的心思。

而伐由波特看到戈目佉突然来到,高兴地接待他,并把他带到僻静处,对他说道:"我的妹妹名叫伐由吹伽耶婆。悉陀们曾经预言她会成为转轮王的妻子。因此,我想把她作为礼物献给转轮王那罗婆诃那达多。请你帮我办成这件事。"戈目佉听后,说道:"尽管我们的主人是为了战胜敌人而出征,我仍然会帮你办成这件事。"说罢,戈目佉告别他,回到那罗婆诃那达多那里,报告说自己没有提出请求,事情就办成了。

第二天,伐由波特亲自前来向国王报告这桩婚事。机智的戈目佉对国王说道:"王上啊,你不能拒绝伐由波特的请求。他是你忠实的朋友。你应该照他说的做。"那罗婆诃那达多表示同意后,伐由波特没有征得自己的妹妹同意,就把她带来,交给那罗婆诃那达多。

然而,在举行婚礼时,伐由吠伽耶婆说道:"诸位护世天神啊,我的兄长没有征得我同意,强行让我结婚。因此,我没有犯下过错。"而她这样说着时,伐由波特方面的女眷们发出喧闹声,以致其他人没有听清她说的话。而国王感到尴尬。戈目佉想要弄明白伐由吠伽耶婆话中的意思,便出去游荡寻访。

在游荡寻访中,戈目佉到达一个地方,有四个持明少女正在准备一起投火自焚。于是,他上前询问她们原因。她们说道:"伐由吠伽耶婆违背我们共同的约定。"戈目佉了解情况后,立即回去,当着所有人的面,如实向国王报告这件事。国王听后,面露微笑。而伐由吠伽耶婆说道:"起来,夫君啊!我们赶快去救这些少女。然后,我会告诉你一切。"于是,国王和她以及所有人一起前往那里。

国王看到四个少女站在熊熊燃烧的火焰前。伐由吠伽耶婆把她们拉回来,对国王说道:"这位名叫迦利迦,是迦罗古吒王的女儿。这第二位名叫维迪约特蓬佳,是维迪约蓬遮的女儿。这第三位名叫摩丹吉尼,是曼陀罗的女儿。这第四位名叫波德摩波罗芭,是摩诃登湿吒罗的女儿。我是第五位,主人啊!我们五个人看到你在悉陀地区修炼苦行,迷上了你。我们互相约定:我们五个人共同选择你这个可爱的丈夫,不独自嫁给你。如果谁独自嫁给你,表明她背叛朋友,那么,其他四个人就投火自焚。因此,我害怕破坏这个约定,不愿意单独嫁给你。夫君啊,直至现在,我还没有嫁给你。护世天神们可以作证,我是否直至现在也没有违背约定。夫君啊,你就与我的这些女友结婚吧!女友们啊,你们不会遭遇其他的命运。"

那些少女听到她这样说,高兴地互相拥抱,庆幸自己摆脱死亡,而国王也满心欢喜。这些少女的父亲们得知消息,也立即赶来这里,把他们的女儿交给那罗婆诃那达多。以迦罗古吒为首的这五位持明王也就接受这位女婿的统辖。这样,那罗婆诃那达多同时获得五位持明王的女儿,变得更加强大。他和她们一起在那里度过一些天。

然后,他的军队统帅诃利希佉对他说道:"王上啊,你通晓经典,怎么违背政治策略?在这战斗的时刻,你怎么一味享受爱欲?你原本出征,准备战胜曼陀罗提婆,而这些天却在后宫寻欢作乐?"听到诃利希伐这样说,国王回答说:"你说的话完全在理。但是,我并非是在追求享乐。我获得这些妻子是增加盟友,这也是征服敌人的重要策略。因此,这应该受到赞扬。现在,就让所有军队出发,去战胜敌人吧!"

曼陀罗听后,对自己的女婿说道:"王上啊,曼陀罗提婆在遥远的难以抵达的地方。作为转轮王,如果没有掌握所有法宝,难以战胜他。那里受到名为三叉的山洞保护,山洞前还有神幻大勇士把守。如果转轮王掌握檀香树法宝,就能突破这个山洞。王上啊,这里的檀香树是转轮王的法宝。为了达到愿望的目的,没有哪个转轮王不来到檀香树身边。"

听了曼陀罗这样说,那罗婆诃那达多在夜里禁食,恪守誓愿,前往那棵檀香树所在地。一路上出现各种可怕的征兆,但这位英雄无所畏惧,到达那棵檀香树下。他看到这棵大法宝树,四周围绕有祭坛。他走近前去,沿着台阶,登上这棵檀香树。

这棵檀香树以无形的话语说道:"转轮王啊,我这棵檀香树已经成为你的法宝。一旦你想起我,我就会出现在你的面前。现在,你去戈温陀古吒吧!你会在那里获得另一件法宝。然后,你就能轻松地战胜曼陀罗提婆。"那罗婆诃那达多听后,说道:"好吧!"他向檀香树行礼告别。这位伟大的持明王成功获得檀香树法宝,高兴地返回自己的营地。

度过这一夜,第二天早上,在会堂里,那罗婆诃那达多向所有人讲述自己在夜里成功获得檀香树法宝的经过。他的妻子们、自幼一起成长的大臣们、伐由波特等持明王们和吉多兰伽陀等健达缚王们听到他取得这项伟大成就,满怀喜悦,赞美他坚韧不拔的勇气和威力。

那罗婆诃那达多与他们一起商量后,登上飞车,前往戈温陀古吒获取檀香树所说的另一件法宝,以便最终战胜傲慢的曼陀罗提婆。

第十五卷 大灌顶

第一章

象头神在夜晚跳舞,竖起的象鼻喷洒液汁,滋润夜空的星星。但愿他为你们驱除黑暗!

然后,那罗婆诃那达多在戈温陀古咤城的会堂里。有一个持明从空中降下,来到他面前。他名叫甘露光,也就是以前那罗婆诃那达多被敌人扔在火神山上时,前来救助他的那位持明。他谦恭地自我介绍。那罗婆诃那达多高兴地接待他。

然后,这个持明说道:"在南方摩罗耶山上一座净修林里,有位大仙名叫伐摩提婆。主人啊,他要单独会见你,告诉你一些事,今天派我来召唤你。你是我前生积德获得的主人,因此,我来到这里。来吧,我们赶快到这位牟尼那里去。"

那罗婆诃那达多听后,留下妻子们和军队,与甘露光一起,迅速从空中前往摩罗耶山。那罗婆诃那达多见到大仙伐摩提婆。他的身体年老苍白,身材魁梧,眼眶凹陷,而眼珠闪亮似宝石,发髻摇晃似蔓藤。他是持明王法宝的储存处,犹如蕴藏珍宝的雪山,准备协助他获得成功。

那罗婆诃那达多向这位牟尼行触足礼。牟尼也依礼接待这位国王,对他说道:"从前,湿婆焚毁爱神,而对罗蒂表示满意。他创造你,让你成为持明转轮王^①。在我的净修林山洞里，藏有许多法宝。我会指导你，让你掌握它们。因为你掌握了这些法宝，就能战胜曼陀罗提婆。我是按照湿婆的指令，为此目的，召唤你来到这里。"说罢，牟尼教给他获得这些法宝的方法。

然后，那罗婆诃那达多高兴地进入山洞。这位英雄在山洞里克服种种障碍后，看到一头象王，发出吼叫，疯狂地向他冲来。他握紧拳头击打象头，双脚踩住一对象牙，轻巧地骑上这头疯象。这时，山洞中传来无形的话音："好啊，你这位转轮王已经赢得这头大象宝。"

然后，他看到一把蛇形剑，犹如转轮王的王权女神的发辫。他俯身捡起它。这时，山洞中又传来无形的话音："好啊，征服敌人的英雄！你已经获得这把克敌制胜的剑宝。"接着，他又获得月光宝、美女宝和名为粉碎者的法术宝。这样，加上先前已经获得的大湖宝和檀香树宝，他已经获得在必要时使用的七宝。

于是，他走出山洞，报告牟尼伐摩提婆自己已经获得这些法宝。牟尼高兴地对这位转轮王说道："孩子啊，现在你已经获得转轮王的这些法宝，去盖拉瑟山北部战胜曼陀罗提婆，享有统辖南北两个地区的转轮王王权吧！"那罗婆诃那达多已经完成这次使命，便向牟尼行礼告别。他与甘露光一起升空出发，刹那间抵达戈温陀古吒城营地。

这个营地受到他的大威力岳母达那婆蒂保护。持明王们以及他的妻子们和大臣们昂首看到他回来，满心欢喜。那罗婆诃那达多坐下后，向所有人讲述自己如何会见仙人伐摩提婆和进入山洞获得这些法宝。然后，盛大的庆祝活动开始，欢乐的鼓乐奏响，持明女们翩翩起舞，持明们畅饮美酒。

第二天，不吉祥的星宿出现在敌人的住地，而制伏敌人的吉祥星宿出现在自己的住地。那罗婆诃那达多举行预示兴旺繁荣的吉祥仪式，和妻子们一起登上湿婆赐予他的梵天制造的飞车，率领军队前去征服曼陀罗提婆。所有忠诚而勇敢的持明王和健达缚王围绕他，听从军队统帅诃利希佉的指挥。脯陀辛诃和他的富有智慧的母亲达那婆蒂，宾伽罗甘达罗、伐由波特、维迪约蓬遮、

---

① 按照《故事海》中前文的描述，爱神被湿婆的第三只眼睛喷出的火焰化为灰烬。后来，爱神的妻子修炼苦行抚慰湿婆。湿婆对她表示满意，让爱神复活。而那罗婆诃那达多是爱神的分身。

阿密多伽提、迦罗古吒、曼陀罗、摩诃登湿吒罗、甘露光、沙伽罗达多和吉多兰伽陀,还有高利蒙吒被杀后归顺他的那些持明王,全都带着各自的军队,渴望战胜敌人。大军浩浩荡荡,遮蔽天空。那罗婆诃那达多的光辉淹没太阳,太阳仿佛感到羞愧,躲藏在某处。

越过天国仙人们出没的心湖和天女们游乐的甘吒山花园,转轮王到达盖拉瑟山山脚。山脚洁白似水晶,仿佛是他的洁白名誉汇聚而成。那罗婆诃那达多坐在曼达吉尼河边。富有智慧的持明王曼陀罗和蔼地对他说道:"王上啊,你就停留在这条天河①岸边吧!因为不能翻越盖拉瑟山,它是湿婆的居处。如果翻越这座山,就会失去幻力。我们必须通过三叉山洞前往北方。而有一位极其勇猛的国王,名叫神幻,守护着这个山洞。如果我们不战胜他,又怎么能通过这个山洞?"

听了曼陀罗这样说,达那婆蒂表示赞同,那罗婆诃那达多便在这里停留一天。他派遣一个使者去劝解神幻王,但无论怎样劝说,他都不肯听从。于是,第二天,那罗婆诃那达多带领自己的所有国王,全副武装,前去讨伐神幻王。神幻王得知消息,带领自己的军队出来迎战,陪同他的有伐拉诃和伐遮罗摩湿底等许多国王。双方军队开始交战。天神们前来观战,盖拉瑟山上聚集着他们的飞车,遮蔽天空。

这场大战犹如暴风雨,砍下大量头颅犹如降下暴雨,勇士们呐喊犹如狂风呼啸。旃陀辛诃杀死神幻的军队统帅,这并不奇怪。奇怪的是,那罗婆诃那达多没有施展幻力,就在战斗中击昏神幻王,活捉他。神幻王被活捉后,他的军队溃散,跟随伐遮罗摩湿底、摩诃跋呼和底奇纳湿吒罗等大勇士一起逃跑。天神们站在飞车上连声叫好,庆贺转轮王获得胜利。

然后,那罗婆诃那达多安慰被俘的神幻王,开恩释放他。而他已经被转轮王的双臂战胜,与伐遮罗摩湿底等大勇士一起归顺转轮王。于是,这一天的战斗结束。

---

① 这里所说的"天河"(dyunadī)即曼达吉尼河(mandākinī),也就是恒河。按印度神话传说,恒河从天国下降人间,分为天上、空中和地上三部分。

第二天，神幻王来到会堂，站在转轮王身边。转轮王想要进入三叉山洞，问起这个山洞的情况。于是，神幻王向他如实讲述这个山洞的由来：

王上啊，从前盖拉瑟山的南北两边分属两位持明王。后来，一位名叫利舍跋的持明王修炼苦行，抚慰湿婆。湿婆对他表示满意，指定他为统辖南北两边的转轮王。一天，他翻越盖拉瑟山，前往北边。由此，他激怒湿婆，幻力消失，从天国坠落。

然后，利舍跋再次修炼严酷的苦行，抚慰湿婆。湿婆再次指定他为统辖两边的转轮王。而利舍跋对湿婆说道："我不能翻越盖拉瑟山，那么，我作为转轮王，有什么道路可供我通行两边？"

湿婆听后，便裂开盖拉瑟山，开辟一条山洞隧道。而有了这条山洞隧道，盖拉瑟山心情沉重，对湿婆说道："尊神啊，凡人不能进入我的北边地区。而现在他们可以通过你开辟的这条山洞隧道前往那里。因此，请你想个办法，不要打破我的这个规则。"

于是，湿婆应盖拉瑟山的请求，在山洞隧道里面安置方位象、毒蛇和密迹天，在南边洞口安置持明王大幻，在北边洞口安置不可战胜的黑夜女神旃底迦。在安排了这些山洞隧道保护者后，尊神湿婆又创造七大法宝，说道："凡是获得这些法宝的持明转轮王可以带着妻子和使者通行两边。那些被转轮王指定的北边持明王也可以通过这条山洞隧道，而其他任何人都不能通过。"

三眼大神湿婆作出这样的安排后，转轮王利舍跋也就这样统辖南北两边。后来，他狂妄自大，与众天神交战，被因陀罗杀死。主人啊，这便是名为三叉的山洞的由来。因此，除了像你这样的转轮王，其他任何人都不能通过这条山洞隧道。

时光流逝，我出生在守护南边山洞口的持明王大幻家中，名叫神幻。王上啊，在我出生时，传来天国话音："这个孩子会成为持明族勇士。任何敌人不能战胜他。然而，他会被转轮王战胜。战胜他的这位转轮王便成为他的主人。"

现在，我已经被你战胜。你获得那些法宝，具有威力。你是转轮王，我们的主人，可以通行盖拉瑟山两边。因此，你就通过三叉山洞，去征服其他的敌人吧!

听了神幻王讲述三叉山洞的由来,转轮王说道:"今天,我们在山洞口停留一天。明天早上,我们举行必要的仪式后,进入这个山洞。"说罢,他和所有的国王在山洞口安营住下。他看到这个山洞深邃黑暗,如同没有太阳和月亮的世界末日黑暗的诞生地。

第二天,他举行祭拜仪式后,乘坐飞车和随从们一起进入山洞。他通过念想,召唤那些法宝前来协助他。他依靠月光宝驱除黑暗,依靠檀香树宝驱除毒蛇,依靠大象宝驱除方位象,依靠剑宝驱除密迹天,依靠其他法宝驱除其他障碍。这样,他带领军队,通过这条山洞隧道,从北边山洞口走出。

他走出山洞口,看到盖拉瑟山北侧,犹如不经过再生就看到另一个世界。空中传来天国话音:"好啊,转轮王!你依靠法宝的大威力,通过了山洞隧道。"然后,达那婆蒂和神幻王对他说道:"王上啊,黑夜女神一直守候在这里山洞口附近。从前在搅乳海时,毗湿奴创造这位女神,为了让她粉碎想要夺走甘露的檀那婆们。后来,湿婆安排她在这里守护山洞。除了像你这样的转轮王,任何人都不能在这里通行。你是转轮王,已经依靠法宝通过山洞隧道。因此,现在应该祭拜这位女神,以便获取胜利。"

达那婆蒂和神幻王这样说着时,白天结束。黄昏的霞光映红盖拉瑟山北侧山坡,仿佛预示即将来临的一场浴血大战。黑暗获得力量,笼罩国王的营地,仿佛依然怀抱着在山洞中被驱除的怨恨。魔鬼、僵尸鬼、女妖和豺狼在附近游荡,仿佛是黑夜女神没有受到祭拜而萌发的怒芽。刹那间,所有的军队都失去知觉,唯有那罗婆诃那达多保持清醒。

那罗婆诃那达多意识到这是黑夜女神没有受到祭拜而发怒显威,于是,他用语言之花祭拜她:"你善于使用飞盘砍下人的头颅。你是唵音的显现。你是生命力量的源泉,众生的养母。我向你致敬!你的三叉戟沾有恶魔摩希舍的脖子流出的鲜血。你呈现难近母形象,安抚三界。我向你致敬!你手举装满恶魔鲁鲁鲜血的头盖骨跳舞,仿佛手举保护三界的托盘。即使是黑夜女神,你的眼睛依然照亮头盖骨。湿婆的爱妻啊,你手持头盖骨,仿佛与日月一起大放光明。"

即使那罗婆诃那达多这样赞颂黑夜女神，仍不能令她满意。于是，他准备把自己的头颅献给她。这时，黑夜女神对手中举剑的那罗婆诃那达多说道："孩子啊，不要鲁莽行事！英雄啊，你已经获得成功。你的营地里的军队会复原如初。你将获得胜利。"随即，他的营地里的军队仿佛从睡眠中醒来。于是，他的妻子们和大臣们以及所有的持明都称赞转轮王的威力。然后，这位英雄用餐和完成必要的仪式后，度过这一夜的后三个时辰，仿佛度过漫长的一百个时辰。

第二天早上，他祭拜黑夜女神后，前去讨伐在前面挡道的吐摩希克。他与这位曼陀罗提婆王的主将交战。双方军队的刀剑充满天空，勇士们的头颅布满大地，只听到一片"杀啊，杀啊"的叫喊声。然后，转轮王在战斗中活捉吐摩希克，但向他表示敬意，让他归顺自己。于是，军队这一天驻扎在他的城里，犹如燃烧的木柴现在火焰熄灭①。

第二天，曼陀罗提婆从探子们口中得知昨天的战况，于是，亲自出来交战。那罗婆诃那达多带领持明王们出城迎战，决心战胜他。他看到曼陀罗提婆和追随他的国王们已经排好军队阵容，也将自己的军队排定对应的阵容，在持明王们围绕下，冲向敌军。

随即，双方军队展开大战。犹如世界末日的海水汹涌澎湃，溢出两岸，一边是以旃陀辛诃为首的大勇士们，另一边是以甘遮那登湿吒罗为首的国王们。三界颤抖，群山摇晃，狂风呼啸。盖拉瑟山的一侧被勇士们的鲜血染成番红色，另一侧呈现湿婆身体的灰白色。无数刀剑闪闪发光，犹如空中同时出现许多太阳。这场勇士们的大战确实像世界末日来临。甚至曾经目睹天神和阿修罗大战的那罗陀等仙人都对这场大战惊讶不已。

在恐怖的战斗中，旃陀辛诃冲向甘遮那登湿吒罗，而被他用可怕的铁杵击中头部。达那婆蒂看到自己的儿子跌倒在地，念诵咒语，施展幻力，致使双方军队都失去知觉，唯有转轮王那罗婆诃那达多和曼陀罗提婆两人保持清醒。

---

① 这句原文中的 dhūmaśikha 是双关词，既读作"火焰"，也读作"吐摩希克"。

看到达那婆蒂一旦发怒,甚至能毁灭世界,站在空中的天神们也纷纷逃跑。

曼陀罗提婆看到转轮王那罗婆诃那达多孤身一人,便高举武器向他冲来。那罗婆诃那达多走下飞车,拔出宝剑,快速迎战。曼陀罗提婆想要取胜,施展幻力,化身疯狂的大象。那罗婆诃那达多看到后,也施展幻力,化身勇猛的狮子。然后,曼陀罗提婆放弃大象形体,那罗婆诃那达多也放弃狮子形体,两人直面交战。双方手中持剑,展现各种肢体动作和姿势,仿佛在表演舞蹈。

然后,那罗婆诃那达多以机智巧妙的动作夺下曼陀罗提婆手中的剑。于是,曼陀罗提婆又拔刀交战,而那罗婆诃那达多同样迅速夺下他手中的刀。曼陀罗提婆失去武器,便徒手交战。而那罗婆诃那达多抓住他的双脚,把他摔倒在地。

正当那罗婆诃那达多用脚踩着他的胸脯,准备用剑砍下他的头颅时,曼陀罗提婆的妹妹,名叫曼陀罗黛维,跑过来拦住那罗婆诃那达多,说道:"我以前在苦行林里看到你时,就已经认定你为我的丈夫。因此,王上啊,不要杀死我的兄长,因为他是你的内兄。"

听到这位媚眼女郎这样说,那罗婆诃那达多便释放满脸羞愧的曼陀罗提婆,对他说道:"我释放你,持明王啊!你不必羞愧,因为胜败乃兵家常事。"而曼陀罗提婆听后,说道:"我在战斗中靠女人救我的命,这样,我怎么还有脸面活在这世上?因此,我要去父亲隐居的林中修炼苦行。确实,你是命定的统辖南北两边的转轮王,我的父亲以前已经向我指明这一点。"说罢,这位骄傲的勇士前往父亲的苦行林。

这时,站在空中的天神们说道:"好啊,伟大的转轮王!你已经战胜所有敌人,获得统治所有持明的王权。"达那婆蒂看到曼陀罗提婆已经被战胜,便再次施展幻力,让自己的儿子以及双方所有军队恢复知觉,仿佛从睡眠中醒来。

大臣们得知那罗婆诃那达多已经战胜敌人,向他表示祝贺。曼陀罗提婆的盟友甘遮那登湿吒罗、阿输迦迦罗、罗格达刹和迦罗吉诃婆等国王也都归顺转轮王。旃陀辛诃看到甘遮那登湿吒罗,记得自己在战斗中遭到他的铁杵打击,愤怒地握剑向他挥动。于是,达那婆蒂对儿子说道:"孩子啊,住手!在战斗中,有谁能战胜你?我当时立即施展幻力,是为了避免双方军队互相杀戮。"

她用这些话平息儿子的愤怒,也让所有的军队感到高兴。

这样,那罗婆诃那达多占领盖拉瑟山北边。敌人已经被战胜,或归顺,或逃跑。战斗结束,而自己的大臣们完好无损,那罗婆诃那达多高兴至极。然后,庆祝胜利的鼓乐奏响,持明女们跳起优美的舞蹈,唱起动听的歌曲。那罗婆诃那达多与妻子们、大臣们和英勇的国王们一起畅饮美酒,仿佛饮下敌人们的威力,度过这一天。

第二章

第二天,依照国王甘遮那登湿吒罗的提议,转轮王那罗婆诃那达多带着军队,从盖拉瑟山出发,前往曼陀罗提婆的维摩罗城。他们到达那里,看到这座高耸的金城墙围绕的城市,仿佛是须弥山前来敬拜盖拉瑟山。那罗婆诃那达多进入这座城市,仿佛进入无水的深邃大海,蕴藏着无尽的珍宝,毗湿奴的吉祥女神在这里闪耀光辉。

然后,那罗婆诃那达多坐在会堂里,持明王们围绕身边。后宫一位老妇人前来报告说:“曼陀罗提婆被你战胜后,已经去了苦行林。他的王后们准备投火自焚。请王上考虑怎么办。”那罗婆诃那达多听后,吩咐劝说她们不要自尽,分给她们房屋等,仿佛她们是自己的姐妹。由此,所有的持明王加深了对这位转轮王的感情。

那罗婆诃那达多知恩图报,在这里为阿密多伽提灌顶,按照原先湿婆的指示,让他统治曼陀罗提婆的王国。鉴于阿密多伽提忠诚可靠,他也将原来归属曼陀罗提婆的甘遮那登湿吒罗等国王归属他。然后,那罗婆诃那达多在这里的繁花如锦的花园里消遣娱乐,仿佛得到盖拉瑟山北部地区吉祥女神的热情拥抱,度过七天。

在那罗婆诃那达多成为统辖南北两边持明王的转轮王后,他的愿望仍在增长。尽管大臣们竭力劝阻他,他依然想要征服天神们居住的不可逾越的须弥山地区。因为雄心勃勃的勇士不满足于既有的成就,还想获得其他的特殊成就,犹如熊熊燃烧的森林大火。

于是，牟尼那罗陀前来对他说道："王上啊，你通晓政治策略，怎么会产生非分之想？因为不自量力，追求不可能达到的目的，必然以失败告终，就像十首魔王罗波那狂妄自大，企图拔起盖拉瑟山。甚至太阳和月亮都难以越过须弥山。而且，湿婆指定你成为持明王，并没有指定你成为天王。你统治的雪山是持明王们居住的地区，而须弥山是天神们居住的地区，与你有什么关系？你就放弃这种难以实现的图谋吧！曼陀罗提婆的父亲名叫阿甘波那，住在苦行林中。如果你想获得吉祥平安，就应该去拜访他。"转轮王听后，表示同意，说道："好吧！"牟尼那罗陀便告别他离去。

那罗婆诃那达多明白事理，听从牟尼那罗陀的劝告。同时，他记起神幻王向他讲述过从前的转轮王利舍跋遭到毁灭的教训。这样，他经过自己的认真思考，放弃了原来的想法，便去拜访住在苦行林的王仙阿甘波那。

他到达苦行林，看到里面有许多大仙采取莲花坐姿，潜心修炼瑜伽，仿佛这里成了梵天世界。他看见年迈的阿甘波那束有发髻，身穿树皮衣，仿佛是牟尼们依靠的大树。他走近前去，向这位王仙行触足礼。王仙也依礼接待他这位客人，对他说道："王上啊，你来到这个净修林，做得很对。如果你无视这个净修林而离去，这里的大仙们会诅咒你。"

王仙这样对转轮王说着时，在苦行林中恪守牟尼誓愿的曼陀罗提婆带着妹妹曼陀罗黛维来到父亲身边。那罗婆诃那达多看到曼陀罗提婆，与他拥抱。勇士们战胜敌人，达成和解后，也会产生友情。然后，王仙说道："王上啊，这是我的女儿，名叫曼陀罗黛维。天国话音说她会成为转轮王的妻子。因此，我把她交给你。转轮王啊，你就与她结婚吧！"

而曼陀罗黛维说道："我在这里有四位与我同龄的女友。她们都是持明王的女儿。一位名叫迦那迦婆蒂，是甘遮那登湿吒罗的女儿。第二位名叫迦罗婆蒂，是迦罗吉诃婆的女儿。第三位名叫悉如妲，是底尔克登湿吒罗的女儿。第四位名叫安钵罗波罗芭，是包多罗的女儿。我是第五位。我们五个人以前在苦行林中游荡时看见你，渴望获得你这位丈夫。我们互相约定一起嫁给你。如果谁单独嫁给你，那么，其他四个人就自尽。因此，我不会撇开这四位少女，单独与你结婚。因为像我们这样的高贵少女，怎么会随意违背诺言？"

王仙阿甘波那听到自己的成熟而富有主见的女儿这样说,便召唤其他四个少女的父亲前来。他如实告诉他们这样的情况。他们听后,感到符合自己的心愿,立即去把他们的女儿带来。然后,那罗婆诃那达多从曼陀罗黛维开始,依次与这五位少女举行婚礼。这样,他在那里住了许多天,每天早中晚三次敬拜牟尼们,与随从们过着喜庆的快乐生活。

然后,王仙阿甘波那对他说道:"王上啊,你现在应该去利舍跋山举行大灌顶仪式。"神幻王也对他说道:"王上啊,你应该完成这件事,因为以前的转轮王都在这座山上举行大灌顶仪式。"而诃利希佉听后,说道:"可以在附近著名的曼陀罗山上举行灌顶仪式。"这时,传来天国话音:"王上啊,以前所有的持明转轮王都在利舍跋山上举行灌顶仪式。因此,你也应该去那里,因为那里是吉祥圣地。"

听到天国话音后,那罗婆诃那达多向阿甘波那和众仙人俯首行礼。在一个吉祥日,他启程出发。到达三叉山洞北边洞口,他和以阿悉多伽提为首的持明王们敬拜黑夜女神后,带领军队进入山洞,通过隧道,从南边洞口出来。应神幻王邀请,他和随从们在他的宫殿里休息一天。

在那里,那罗婆诃那达多想起住在盖拉瑟山上的湿婆大神,便在戈目伕陪同下,悄悄前去拜访。他到达湿婆的净修林,看见神圣的母牛和公牛,俯首致敬后,走近门卫南丁,向他右绕行礼。南丁高兴地开门让他进入净修林。

他看到湿婆大神和高利女神在一起。高利女神脸庞的光芒胜过湿婆月亮顶饰闪烁的光芒。湿婆愉快地与妻子一起在玩掷骰子游戏。那些骰子虽然在湿婆的操控之下,但像眼珠那样也按照自己的意愿自由转动。

那罗婆诃那达多拜倒在赐予恩惠的湿婆和雪山之女高利女神的脚下,又向他俩右绕行礼两次。大神湿婆对他说道:"你来到这里,做得很对。否则,你会犯下过失。现在,你的幻力永远不会消失。孩子啊,你现在去利舍跋山,在那里及时完成大灌顶仪式吧!"

那罗婆诃那达多听了大神的指示,说道:"好吧!"然后,他向大神和女神行礼告别,回到神幻王的宫殿。王后摩陀那曼朱迦与他开玩笑说:"夫君啊,你去了哪里?看来你很高兴,是不是又遇到另外五个少女?"于是,那罗婆诃那达多如实告诉她所有情况,让她感到高兴,愉快地与她住在一起。

第二天,那罗婆诃那达多带领所有的健达缚和持明军队出发。他凭借自身闪耀的光辉,致使天空仿佛出现两个太阳。他与妻子们和大臣们登上飞车,前往利舍跋山。他到达这座神圣的利舍跋山,山上的那些树木犹如苦行者,在风中摇晃的蔓藤犹如他们的发髻,飘落的花朵犹如献给他的礼物。那里的持明为他们的主人带来举行大灌顶所需的贵重用品。各地的持明们带着礼物前来参加灌顶仪式,怀着忠诚、畏惧或恭敬的心情。

然后,持明们询问道:"王上啊,在灌顶仪式上,哪位王后享有大王后的半边座位?"转轮王回答说:"王后摩陀那曼朱迦与我一起接受灌顶。"持明们听后,立刻沉思默想。这时,空中传来话音:"诸位持明啊,摩陀那曼朱迦不是凡人。她是罗蒂的化身。你们的主人是爱神的化身。她不是羯陵伽赛娜和摩陀那吠伽的亲生女,而是天神们施展幻力,以非子宫孕方式刹那间让罗蒂变成女婴[①]。羯陵伽赛娜生下的男婴名叫伊底耶迦。创造主把他留在摩陀那吠伽身边。因此,摩陀那曼朱迦享有转轮王的半个座位。这是以前湿婆对她的苦行表示满意,赐予她的恩惠。"空中话音至此停止。持明们高兴满意,赞美王后摩陀那曼朱迦。

然后,在吉祥日,祭司香底苏摩忙于安排仪式,喜庆的鼓乐奏响,持明女们咏唱歌曲,婆罗门们念诵的祷词响彻十方。那罗婆诃那达多坐在狮子座上,摩陀那曼朱迦占据左边。大仙们用从各个圣地取来而装在金罐里的圣水浇灌在那罗婆诃那达多的头顶。这些念过咒语而净化的圣水同时也涤除埋藏在敌人心中的仇恨。吉祥女神仿佛考虑到这些灌顶的圣水是大海的亲友,因此也伴随前来,始终围绕在他的身边。天女们撒下的一串串花环仿佛是水流充沛的恒河降落他的身上。涂抹的红檀香膏犹如光热,他的身体仿佛是在大海中沐浴后升起的太阳。佩戴的顶冠系有曼陀罗花环,镶嵌的装饰品闪闪发光,呈现天王因陀罗的熠熠光辉。站在转轮王身边的摩陀那曼朱迦佩戴各种天国装饰

---

① 按前文第六卷《摩陀那曼朱迦》中的描述,天神们将罗蒂变成女婴,刹那间替换刚生下的男婴。

品,也接受灌顶,犹如舍姬站在天王因陀罗身边。奏响的鼓乐声似乌云的雷鸣声,空中撒下的花朵似降下的雨水,成群的天女似一道道闪电,多么奇怪,这一天仿佛成了暴雨天。

在利舍跋山的城市中,不仅持明美女们跳舞,那些蔓藤也在风中摇晃舞动。鼓手们擂响喜庆鼓声,这座山上的洞穴随之发出回声。持明们畅饮天国美酒,酒醉而步履摇晃,这座山仿佛也跟着喝醉而摇晃。因陀罗站在飞车上,看到转轮王的灌顶仪式如此灿烂辉煌,失去了为自己的灌顶仪式而感到的骄傲。

那罗婆诃那达多实现自己的心愿,完成灌顶仪式后,渴望见到自己的父亲。他与戈目佉等大臣们商量后,召唤伐由波特前来,吩咐他说:"你去向我的父亲传话说:'那罗婆诃那达多想念你,渴望见到你。'你把这里的情况告诉他后,把他带来这里。你也同样把他的王后和大臣们一起带来这里。"

伐由波特听后,说道:"好吧!"他从空中前往,刹那间抵达憍赏弥城。市民们看到七千万持明尾随着他,惊讶不已。他见到犊子王和他的王后和大臣们,受到热情接待。他坐下后,向犊子王请安。所有人都好奇地望着他。然后,他对犊子王说道:"你的儿子那罗婆诃那达多抚慰湿婆。湿婆亲自显身,赐予他所有的敌人难以战胜的幻力。他杀死南边的摩那萨吠伽和高利蒙吒,征服北边的曼陀罗提婆,成为统辖南北两边的持明王,取得持明转轮王地位。现在他又在利舍跋山上完成了灌顶仪式。王上啊,他想念你,渴望见到你以及你的王后和大臣们。因此,他派我来邀请你,因为能看到自己的家族后裔兴旺发达,确实是有福之人。"

犊子王听后,满怀渴望,犹如听到雨云的雷鸣声,孔雀欢欣鼓舞。他立即接受邀请,与伐由波特一起坐上轿子,他的妻子和大臣们以及羯陵伽赛娜同行。凭借伐由波特的幻力,他们从空中抵达神圣的利舍跋山。

在那里,犊子王看到儿子坐在狮子座上,身边围绕有成群妻子和众多持明王,犹如月亮在东山升起,围绕有成群彗星和众多星星。他见到儿子,仿佛沐浴在甘露中,心情激动,犹如月亮引起大海波涛涌动。

那罗婆诃那达多看到久别的父亲,急忙起身,与随从们一起迎上前去。父亲把他抱在胸前,喜悦的泪水洒落在他身上,仿佛再次为他灌顶。王后仙赐也拥抱久别的儿子，胸脯流淌乳汁，仿佛回忆起当年的婴儿。王后莲花、大臣负轭氏等和舅父高波罗迦看到久别的王子，犹如饮光鸟渴饮月亮甘露，而那罗婆诃那达多也依礼向他们表示敬意。羯陵伽赛娜看到自己的女婿和女儿，仿佛三界也容纳不下她心中产生的喜悦。负轭氏等大臣看到摩卢菩提等儿子，为他们受到主人恩惠而获得神性而高兴。

王后摩陀那曼朱迦佩戴天国装饰品，还有宝光、阿兰迦罗婆蒂、罗利多劳遮娜、迦布利迦、舍格提耶娑、跋吉罗特耶娑、遮衍陀罗赛娜、吠伽婆蒂、阿吉那婆蒂、健达缚德姐、波罗跋婆蒂、伊哈特摩尼迦、伐由吠伽耶娑和她的迦利迦等四位女友以及以曼陀罗黛维为首的五位美女，所有这些转轮王那罗婆诃那达多的王后，拜倒在公公犊子王以及王后仙赐和莲花的脚下，他们也高兴地依礼向这些儿媳致以祝福。

犊子王和他的后妃们坐上尊贵的座位，那罗婆诃那达多也坐上狮子座。王后仙赐高兴地望着自己的儿媳们，询问她们的名字和家族。犊子王和他的随从们看到那罗婆诃那达多获得光辉的神权，觉得此生没有虚度。

在亲人们团聚的欢乐气氛中，门卫如吉提婆进来报告说："宴席已经摆好。请诸位入席。"于是，所有人进入宴会厅。宴会厅里摆放着许多宝石酒杯，犹如一朵朵绽开的莲花，以致这里仿佛成了一个莲花池。许多已婚妇女端着装满美酒的酒罐，仿佛是金翅鸟从天国取来的甘露。后宫妇女们已经摆脱惯常的羞涩。美酒是爱情生命力的结晶，欢爱的助手。她们酒后的脸色泛红，犹如朝阳升起时莲花池中绽开的莲花。莲花色的酒杯仿佛害怕自己的色泽比不上王后们嘴唇的色泽，用美酒掩盖自己的色泽。

那罗婆诃那达多的王后们酒醉后，眉毛紧皱，眼睛通红，貌似发怒的样子。然后，她们聚在宴会厅中享用幻力创造的各种美食。那里铺着桌布，摆着各种餐具和美味佳肴，挂着帐幔，仿佛是吉祥天女们的舞台。

进餐完毕后，黄昏来临，太阳落山，她们也进入寝室休息。那罗婆诃那达多施展幻力，分身睡在所有王后的寝室里。而他的真身与带有醉意的摩陀那曼朱迦共享欢乐。他的这位爱妻犹如可爱的夜晚，脸庞犹如月亮，眼睛犹如闪烁的星星。

　　犊子王和随从们也享受天国的欢乐,度过这一夜,仿佛没有改变身体而经历一次再生。早晨醒来后,他们在幻力创造的花园和宫殿中游玩。就这样,犊子王在这里享受天国的各种快乐,度过许多天。

　　然后,犊子王想要返回自己的城市,对恭敬地站在面前的持明转轮王说道:"儿子啊,谁不渴望享受这样的天国快乐? 然而,对故乡的眷恋同样是人之常情。因此,我们要返回自己的城市。你就继续享受持明王权吧! 因为这些地方适合像你这样半神半人的持明王生活。儿子啊,一旦有机会,你应该再次召唤我们前来。因为这也是我此生的果报。看到你可爱的月亮脸,我们的眼睛仿佛饮下甘露;看到你享有的天国荣华富贵,我们满心欢喜。"

　　那罗婆诃那达多听了父亲犊子王这番真诚的话,便迅速召唤持明王神幻前来,含泪哽咽地吩咐道:"我的父亲与母后以及大臣们等所有人要返回自己的城市。你安排一千个持明带着一千担金子和珠宝,护送他们回城。"神幻王听了主人满怀深情的指令,回答说:"赐予荣誉者啊,我会亲自带领随从们,把他们送到憍赏弥城,完成这个使命。"

　　然后,转轮王向父亲献上衣服和装饰品,让伐由波特和神幻王带着随从们护送父亲。犊子王和自己的随从们坐上天国轿子,前往自己的城市。他劝回陪送了很长路程的儿子。王后仙赐此刻怀着强烈的难舍难离之情,望着俯首行礼的儿子,哭泣着劝他回去。

　　那罗婆诃那达多送别长辈们,泪眼模糊,与大臣们一起返回利舍跋山。此后,这位转轮王与摩陀那曼朱迦等王后和自幼结为朋友的戈目伐等大臣以及持明王们一起,在这里永久享受天国的快乐。

第十六卷　苏罗多曼朱莉

第一章

象头神跳舞时,他的脸颊上装饰的朱砂飞舞,仿佛他吞吐那些强烈的障碍。但愿排除障碍的象头神保护你们!

这样,那罗婆诃那达多获得持明转轮王王权,与妻子们和大臣们一起住在利舍跋山上,享受着至高的幸福。这时,春天来临,为他们增添快乐。

可爱的月光清澈明亮,大地布满沾有露珠的新鲜草地,茂密的树木在摩罗耶山风中摇曳,一次次互相热情拥抱,树皮上的那些尖刺仿佛是竖起的汗毛。爱神的门卫杜鹃发出甜蜜的鸣声,解除高傲女子的傲气。从鲜花盛开的蔓藤上飞来的蜜蜂仿佛是爱神射来的利箭。

戈目佐等大臣看到春天来临,报告那罗婆诃那达多,说道:"王上啊,你看!现在利舍跋山变成了花山,各处的树林鲜花盛开。那些蔓藤在风中摇晃,绽开的花朵互相碰撞,蜜蜂嘤嘤嗡嗡歌唱,覆盖的花粉犹如头巾。它们仿佛是春天为迎接爱神准备的花园。你看无花果树的花簇围绕着蜜蜂,仿佛是爱神战胜世界后,暂时放下的弓弦。因此,王上啊,我们去曼达吉尼河边可爱的花园里享受春天吧!"

那罗婆诃那达多听后,便带着后宫妻子们,与大臣们一起前往曼达吉尼河岸。他在那里的花园里游玩。花园里回响着各种鸟儿的鸣叫声,装饰有豆蔻树、丁香树、波古罗树、无忧树和曼陀罗树。他坐在宽阔的月亮宝石石板上,左边是大王后摩陀那曼朱迦,其他的妻子以及婎陀辛诃和阿密多伽提为首的持明王们围绕身边。

他们一起饮酒和交谈。转轮王观察这个季节后,对大臣们说道:"和煦的南风拂面令人舒服,四面八方清澈明亮,花园里处处鲜花盛开、芳香扑鼻,杜鹃发出甜蜜的鸣声,还有这饮酒的乐趣,春天怎么会不令人快乐? 但是,对于与心爱之人分离者,却难以忍受这个季节。甚至鸟兽在春天与伴侣分离也痛苦难忍。你们看这只雌杜鹃遭受离愁折磨。它鸣叫着寻找失去很久的伴侣,然而找不到,于是它躺在无花果树上,停止鸣叫,仿佛已经死去。"

听了转轮王这样说,大臣戈目佉说道:"确实如此,在这个季节,一切众生都难以忍受分离的痛苦。王上啊,请听我讲述在室罗伐悉底城曾经发生的这件事!"

在那里,有一位侍奉国王而享有一座村庄的刹帝利王子,名叫修罗塞纳。他的妻子名叫苏赛娜,出生在摩腊婆地区,与他十分般配。他把这位妻子看得比自己的生命更重要。

一次,修罗塞纳受到国王召唤,准备前去营地。他的妻子苏赛娜恋恋不舍,说道:"夫君啊,你不能抛下我独自一人而离去。没有你,我一刻也不能忍受。"修罗塞纳听后,对爱妻说道:"国王召唤我,我怎么能不去? 妙腰女啊,难道你不理解刹帝利王子依靠侍奉他人谋生?"

苏赛娜听后,含泪说道:"如果你必须得去,那么,只要你不超过春天到来的第一天回来,我会竭尽努力忍受。"修罗塞纳听后,也说道:"亲爱的,就这样说定了。到了春天第一天,哪怕丢掉职位,我也会回来。"这样,苏赛娜才艰难地同意,修罗塞纳便前往国王的营地。

此后,苏赛娜天天计算着日子,盼望着丈夫在春天第一天回来。时光流逝,春天终于来临。杜鹃的鸣叫声听来仿佛是召唤爱神的咒语。蜜蜂迷醉于花香发出嗡嗡声,听来仿佛是爱神挽弓发出的嘣嘣声。

苏赛娜在这一天心中念叨着:"修罗塞纳今天肯定会回来。"她沐浴后,敬拜爱神,装饰打扮,遥望着丈夫归来的道路。可是,她等候了一整天,也不见丈夫回来。这样,到了夜里,她痛苦绝望,心想:"我的死亡时刻来到,而我的丈夫还没有来到。一心托付给丈夫的女子哪里还会顾及自己的亲友?"她这样思索着,渐渐失去知觉,仿佛爱情之火燃尽而熄灭。

而与此同时,修罗塞纳思念爱妻,想到不能超过春天第一天的约定,于是,他好不容易得以从国王身边离开,骑上一头快速的骆驼,终于在这一天夜晚的最后一个时辰赶到自己家里。然而,他却看到全身经过装饰打扮的妻子已经死去,犹如一株鲜花盛开的蔓藤被狂风连根拔起。他神志恍惚,把妻子抱在自己怀里,在沉痛悲悼中,生命刹那间离他而去。

然后,难近母女神看到这对夫妻这样死去,心生怜悯,赐予恩惠,让他俩复活。这样,他俩得以复活,互相见证了忠贞的爱情,从此不再分离。

"正是这样,在这春天,摩罗耶山风扇旺离愁之火,王上啊,与心爱之人分离者难以忍受。"

戈目伕讲完这个故事,那罗婆诃那达多突然心中感到忧郁。凡是伟大人物情绪出现波动,或喜或忧,总是预兆吉祥或不吉祥。他度过这一天。黄昏来临,他进屋休息,然后,他上床睡觉。而在夜晚即将结束时,他梦见父亲被一个黑色女人拽向南方。他醒来后,怀疑父亲遭遇不幸。他一转念,幻力般若波底来到面前,他便询问她说:"请你说说我的父亲犊子王现在的情况。因为我做了一个噩梦,怀疑他遭遇不幸。"于是,幻力般若波底说道:"请听你的父亲犊子王的情况!"

在憍赏弥城,犊子王突然从优禅尼城前来的使者口中得知国王旃陀摩诃犀那已经去世,他的王后安迦罗婆提也追随丈夫而去世。犊子王听后,顿时昏倒在地。他恢复知觉后,与王后仙赐和随从们一起,为自己的岳父母已经升天而悲伤。大臣们劝慰他说:"万物无常,有谁能永恒存在?你不必为这位国王悲伤,因为他有你这样的女婿,有高波罗迦这样的儿子,还有那罗婆诃那达多这样的外孙。"

于是,犊子王起身,用水祭供岳父母。然后,犊子王含泪哽咽地对身旁哀伤的高波罗迦说道："你动身去优禅尼城统治父亲的王国吧！因为使者传话说臣民们都盼望你回去。"高波罗迦听后，哭泣着对犊子王说道："王上啊，我不能抛弃你和妹妹离去。我不忍心看到自己的城市失去父亲，因此，我同意让我的弟弟波罗迦继承父亲的王位。"鉴于高波罗迦不愿意继承王位，犊子王便派遣军队统帅卢蒙婆去优禅尼城，依照内兄高波罗迦的心愿，为内弟波罗迦灌顶，让他继承优禅尼城的王位。

看到人生无常，犊子王厌弃一切感官享受，对负轭氏等大臣们说道："在这虚妄的尘世，最终一切都会变得索然寡味。我这一生已经获得王国，享受快乐，战胜敌人，也目睹儿子成为持明转轮王。而现在我和亲友们的寿命已经到期，老年抓住我们的头发，把我们拽向死亡。布满皱纹的身体仿佛是遭到入侵的弱国。因此，我要去迦兰遮罗山，抛弃这必死的身体，达到人们所说的永恒境界。"

大臣们听后，思考片刻，认同他的想法，与王后仙赐一起对他说道："王上啊，就依随你的心愿吧！我们蒙受你的恩惠，也要与你一起前往另一个世界，达到至高的归宿。"犊子王得知他们怀有与自己同样的想法，便作出决定，对能担负重任的高波罗迦说道："我把那罗婆诃那达多和你看成是我的两个儿子，因此，我把王位交给你。请你保护憍赏弥城吧！"

高波罗迦听后，对犊子王说道："你们的归宿也就是我的归宿。我不能抛弃你们。"他出于对妹妹的亲情而坚持这样说。于是，犊子王假装生气，对他说道："你今天不听从我的话，说明你只是假情假意追随我。对于即将失去自己地位的人，有谁还会听从他的命令？"听了犊子王说出这样严厉的气话，高波罗迦低头哭泣，立即打消想要跟随前往的想法。

然后，犊子王与王后仙赐和莲花坐上大象，与大臣们一起出发，前往迦兰遮罗山。而在离开憍赏弥城时，全城男女老少哭泣流泪，满面愁容，跟随在后。犊子王好不容易劝回他们，安慰他们说："高波罗迦会保护你们。"

到达迦兰遮罗山，上山敬拜湿婆后，犊子王手持终身喜爱的妙声琵琶，与陪伴自己的王后们和负轭氏等大臣们一起，纵身跳下悬崖。而就在他们坠落时，一辆明晃晃的飞车前来接住他们，把他们送往光辉的天国。

听了幻力般若波底这样说,那罗婆诃那达多呼叫道"父亲啊!",随即昏倒在地。他恢复知觉后,为父母以及父亲的大臣们去世,同样,他的大臣们为他们的父亲去世,悲伤不已。这时,持明王们和达那婆蒂安抚那罗婆诃那达多,说道:"王上啊,你明明知道尘世原本就是刹那生灭,如同幻影,为何会突然糊涂?你不该悲伤而悲伤。你的父母一生已经功德圆满,因为他们有你这样一位持明转轮王儿子。"于是,那罗婆诃那达多用水祭供父母。然后,他再次询问幻力般若波底:"我的舅父高波罗迦现在在哪里?在做什么?"

于是,幻力般若波底继续对转轮王说道:"高波罗迦得知犊子王和他的妹妹跳崖升天后,悲伤不已。他感到人生无常,便住在城外。他召唤优禅尼城的弟弟波罗迦前来,把憍赏弥城的王权也交给他。这样,他让弟弟波罗迦执掌两个城市的王权后,自己前往黑山迦叶波净修林。王上啊,你的舅父现在住在那里,身穿树皮衣,与牟尼们一起修炼苦行。"

那罗婆诃那达多听后,渴望见到舅父,便与随从们一起乘坐飞车,前往黑山。到了那里,他与持明王们从空中降下,看到牟尼迦叶波的净修林。黑斑鹿们转动着眼睛仿佛注视他,鸟儿们鸣叫着仿佛欢迎他。祭火冒起的浓烟仿佛指引苦行者们通往天国的道路。那里还有许多高耸似山的大象,聚集着许多猴子,仿佛是前所未见的出现在地上而没有黑暗的地下世界。

那罗婆诃那达多在净修林里看到自己的舅父坐在牟尼们中间,束有发髻,身穿树皮衣,仿佛是平静的化身。高波罗迦看到自己的外甥来到,起身紧紧拥抱他,眼中含着热泪。他俩为新近失去亲人而悲伤。在这样的时刻亲友相见,怎么会不扇旺痛苦之火?看到他俩如此悲伤,甚至鸟兽也伤心难过。然后,迦叶波和牟尼们一起安慰他俩。

那罗婆诃那达多在那里度过这一天。第二天早上,他邀请高波罗迦说:"你就住到我的天国去吧!"而高波罗迦说道:"孩子啊,我已经见到你,难道还不心满意足吗?如果你关心我,你就住在这座净修林,度过这个雨季吧!"听了舅父这样说,那罗婆诃那达多便与随从们一起,在这段时间住在黑山迦叶波的净修林里。

第二章

那罗婆诃那达多住在黑山时,一天,他的军队统帅诃利希佉来到会堂,向他报告说:"王上啊,我昨夜在楼顶上守护军队时,看见空中有个天神模样的人带走一个女人,仿佛春天变得强壮的月亮带走一位剥夺自己光辉的美女。这个女人哭喊着:'我的夫君啊!'我迅速带着随从追上去,说道:'你这个恶棍!你夺走他人的妻子,去往哪里?这里是受转轮王那罗婆诃那达多保护的王国,方圆六万由旬。在这里,甚至鸟兽都不为非作歹,何况其他众生?'然后,我亲自从空中抓住他,把他和这个女人一起带到地上。然而,王上啊,我们看到他原来是你的内兄,持明伊底耶迦,羯陵伽赛娜和摩陀那吠伽的儿子。我询问他:'你带走的这个女人是谁?'他回答说:'她是持明王摩登伽提婆和阿输迦曼朱莉的女儿,名叫苏罗多曼朱莉。她的母亲以前答应把她许配给我,而她的父亲把她许配给另一个凡人。因此,我今天带回自己的妻子,有什么错?'于是,我询问苏罗多曼朱莉:'你现在嫁给了谁?'她回答说:'在优禅尼城,吉祥的国王名叫波罗迦。他的儿子名叫阿槃底伐尔达那。我已经与这位王子结婚。今天,我和丈夫睡在楼台上。这个恶棍带走了我。'我听后,便扣押这两个人,而且捆住伊底耶迦。现在,请王上决定怎么处置。"

转轮王听了军队统帅诃利希佉的报告,感到困惑,便去把此事告诉高波罗迦。高波罗迦说道:"孩子啊,我对这事也不知情。我只知道她和波罗迦的儿子结婚。那就把这位王子和大臣婆罗多劳诃从优禅尼城请来。我们了解情况后,再作决定。"

转轮王听后,便派遣持明吐摩希克去见自己的小舅父波罗迦王,从优禅尼城带来他的儿子以及那位大臣。他俩来到后,俯首行礼。那罗婆诃那达多和高波罗迦亲切地接待他俩,依礼表示敬意后,询问事情原委。

阿槃底伐尔达那站在那里,犹如失去夜晚的月亮。在场的还有苏罗多曼朱莉和她的父亲、持明伊底耶迦和伐由波特等以及牟尼迦叶波等。大臣婆罗多劳诃说道:"王上啊,听我从头说起吧!"

在优禅尼城,有一天,市民们聚集在一起,报告波罗迦王说:"今天城里举行献水节。如果你不知道这个节日的来由,请听我们告诉你!"

从前,你的父亲旃陀摩诃犀那修炼苦行,抚慰难近母女神,求取宝剑和妻子。女神对他表示满意,把自己的宝剑赐予他。至于妻子,女神告诉他说:"一旦你杀死阿修罗安迦罗格,就会获得他的女儿。孩子啊,她名叫安迦罗婆提,会成为你的妻子。"国王听了女神的指示,一心思念这个阿修罗的女儿。

在此期间,优禅尼城里,无论谁担任城防长官,都会在夜里被某个生物吞噬。于是,旃陀摩诃犀那亲自在夜里悄悄巡逻搜寻,抓到一个通奸的人。他用宝剑砍下这个人的头颅,而从砍断的脖子里突然出现一个罗刹。国王揪住他的头发,说道:"原来是他吃掉城防长官们!"于是准备杀死他。而这个罗刹说道:"王上啊,你不要错杀我。是别人吃掉你的城防长官们。"国王说道:"告诉我,他是谁?"这个罗刹回答说:"这里有个阿修罗,名叫安迦罗格,住在地下世界。他经常在深夜出来吃掉你的城防长官。而且,他在四处夺走国王的女儿,让她们侍奉他的女儿安迦罗婆提。如果你看见他在林中游荡,就杀死他,实现你的目的吧!"

国王听后,便放走这个罗刹,回到自己宫中。后来有一天,他去林中狩猎。他在那里看见一头身躯庞大的野猪,犹如张开洞穴之口的黑眼膏山,眼中射出愤怒的眼光。国王心想:"模样这样可怕,或许这不是野猪,而是安迦罗格?"随即,他射箭袭击这头野猪,而这头野猪毫不在乎他射来的那些箭,掀翻他的车辆后,从地面的大裂口,进入地下。

英勇的国王紧追不舍,也进入地下。他在里面看到一座神奇的城市,而没有看到那头野猪。他坐在水池边,看到一个少女,仿佛是罗蒂的化身,身边围绕有成百个少女。这个少女走近他,询问他来到这里的原因。然后,这个少女望着他,心生爱意,含泪对他说道:"天啊,你怎么会进入这里?你看到的不是野猪,而是一位提迭,名叫安迦罗格,是具有金刚身躯的大力士。现在,他已经摆脱野猪形体,正在睡觉休息。而等他醒来吃饭时,就会对你下毒手了。幸运的人啊,我是他的女儿,名叫安迦罗婆提。我现在害怕你遭遇不幸。我的生命处在喉咙口。"

国王听后,想起女神赐予他的恩惠,感到自己的心愿有望实现,对她说道:"如果你关心我,那么,你就照我的话去做。在你父亲醒来后,你在他的身边哭泣。如果他问你为何哭泣,你就说:'如果你恣意妄为,被某个人杀死,那么,我怎么办啊!'这样,我保证我俩会获得幸福。"

这个少女已经被爱情迷住心窍,听了国王这样说,便在父亲醒来后,在他的身边哭泣。父亲询问她原因。她回答说害怕父亲被人杀死。于是,这个提迭对她说道:"我有金刚身躯,有谁能杀死我?我的致命之处在左手,但我有弓箭,能保护它。"而国王就隐藏在附近,听到这个提迭说的话。

然后,这个提迭沐浴,敬拜湿婆。这时,国王出现,挽弓向正在沉思默祷的提迭发起挑战。提迭用右手做准备,举起左手,示意他稍等片刻。而国王立即瞄准射箭,射中他的左手致命处。提迭跌倒在地,临死时说道:"我在口渴之时,被这个人杀死。如果他哪一年不用水祭供我,他这一年就会有六位大臣死去。"就这样,国王在这个提迭死后,带着他的女儿安迦罗婆提,回到优禅尼城。

"王上啊,你的父亲带回安迦罗婆提,与她结婚后,每年都用水祭供安迦罗格。我们这里所有人把这一天称为献水节。今天又到了献水节,你就像你的父亲那样做这件事吧!"

波罗迦王听了市民们这样说,便在城里举行献水节。而正当人们热热闹闹忙于献水节活动时,一头大象挣脱系象柱,疯狂奔跑。这头大象不怕刺棒,甩掉象夫,在城里一路闯荡,顷刻间踩死许多人。虽然象夫们和市民们追赶这头大象,但没有一个人能制伏它。

这时,这头大象跑到了一个旃陀罗居住区。从那里走出来一个旃陀罗少女。她从头到脚闪耀莲花的光辉,照亮大地,仿佛为自己的脸庞胜过月亮而高兴[①]。她站立不动,犹如夜晚让世上所有人的眼睛休息,不再关注其他事物。这

---

① 这句中,以莲花比喻少女的脸。莲花白天绽放,夜晚闭合,故而把月亮视为敌人。

头大象冲向这个少女,而她用手拍打象鼻,也用斜睨的目光袭击它。大象接触到她的手而神志迷糊,垂下脸。大象被她的目光穿透而望着她,停下脚步。然后,这个少女用上衣系在大象的一对象牙上,做成秋千,坐在上面游戏。大象见她感觉炎热,便走到树荫下。

市民们看到这样的奇迹,纷纷议论道:"啊,这肯定是一位天女。她以无与伦比的美貌和威力驯服猛兽。"这时,王子阿檠底伐尔达那得知消息,出于好奇,前来观看。王子一看到她,他的心就像鹿儿,被爱情猎人的罗网套住。而这个少女看到王子,心儿也被王子的美貌夺走。于是,她走下系在象牙上的秋千,收起上衣。随即,象夫登上大象。而这个少女含情脉脉,望着王子,返回自己的家。

这时,大象引起的骚乱已经平息。阿檠底伐尔达那的心已被这个少女夺走,怀着空虚的感觉返回宫中。失去这个可爱的少女,王子焦灼不安,已经忘却献水节,询问朋友们:"你们知道这个少女是谁的女儿,名字叫什么吗?"他们听后,回答说:"在这里的旃陀罗居住区,有个摩登伽①,名叫乌特波罗诃斯多。这个少女是他的女儿,名叫苏罗多曼朱莉。她就像画中的美女,让人一看到就心中喜爱,只是不能享受她的身体。"

王子听后,说道:"我认为她不是摩登伽的女儿,而肯定是某位天女。旃陀罗少女不可能具有这样的美貌。如果她不成为我的妻子,我活着还有什么意义?"而大臣们劝阻不了他。这样,王子忍受着与这位少女分离之火的烧灼。

王后阿檠底婆蒂和国王波罗迦得知王子的情况,忧心忡忡。王后说道:"我们的儿子出身王族,怎么会爱上最低级种姓的少女?"而国王波罗迦说道:"我们的儿子会产生这样的心思,肯定这个少女原本是其他种姓的少女,由于某种原因而成为摩登伽少女。善人们的思想会自然表明喜爱或不喜爱什么,该做或不该做什么。王后啊,在这方面,如果你没有听说过这个故事,就让我讲给你听吧!"

---

① 摩登伽(mātaṅga)与旃陀罗(caṇḍāla)同义,均指贱民。

从前,在苏波罗提湿底多城,波斯匿王的女儿名叫古兰吉,美貌绝伦。一次,她前往花园。一头大象挣脱系象柱,冲向她,把她连同轿子一起甩到那对象牙上。她的侍从们纷纷哭叫着逃跑。而这时,有个勇敢的旃陀罗青年手中持剑,奔跑过来。他举剑砍断象鼻,杀死大象,救下这位公主。

然后,公主的侍从们围拢过来,与她一起返回宫中。而她的心已经迷上这位既勇敢又英俊的青年,心想:"他救我摆脱大象,因此,或者我成为他的妻子,或者我一死了之。"

同时,这位旃陀罗青年缓缓走回自己的家。他的心也迷上美貌的公主,忍受着相思的折磨。他思忖道:"我是最低等的贱民,而她是高贵的公主。雄乌鸦怎么可能与雌天鹅结合?这样荒谬可笑的事,不仅说不出口,连想也不该想。因此,对我而言,死亡是唯一的归宿。"

他这样思索后,便在夜里前往坟场,沐浴后,垒起火葬堆。他点燃火焰后,祷告说:"火神啊,你是宇宙的自我。我以我的身体祭供你,但愿在来生,那位公主能成为我的妻子。"说罢,他准备投身火中。

就在这时,火神显身,高兴地对他说道:"你不要鲁莽行事!她会成为你的妻子。因为你原本不是旃陀罗。请听我告诉你!从前,这座城里,有个高贵的婆罗门名叫迦比罗舍尔曼。我显身住在他家的拜火堂里。一次,他的女儿来到我的身边。我贪图美色,保证她不会败坏名誉,与她结为夫妻。后来,我让她生下你。儿子啊,她出于害羞,一生下你,就把你抛弃在街头。然后,一些旃陀罗捡到你,用羊奶喂养你。因此,你是我的儿子,由婆罗门女子怀胎生下你。你并非不纯洁,因为你是我的精子孕育而成的。公主古兰吉会成为你的妻子。"说罢,火神消失不见。

于是,这位摩登伽的养子满心欢喜,怀抱希望,返回自己家中。然后,波斯匿王在梦中获得火神的指示,核实情况后,把女儿古兰吉嫁给这个火神的儿子。

"正是这样,王后啊,天神常常以乔装的身份出现在大地上。可以肯定苏罗多曼朱莉不是最低等的贱民,而是某位天女。因为这样的女宝必定属于其他

种姓。我的儿子对她一见钟情,无疑说明他俩前生是夫妻。"国王波罗迦当着我们的面这样说完后,我也讲述了一个渔夫的故事:

从前,在王舍城,有位国王名叫摩罗耶辛诃。他的女儿摩耶婆蒂美貌绝伦。一天,她在春天花园里游玩。有个青年渔夫名叫苏波罗诃罗,正值青春年华,看到她,一见钟情,因为命运并不管事情的成功可能或不可能。

他回家后,不再出外捕鱼,躺在床上,一心想念这位公主,不思饮食。在母亲罗奇蒂迦的一再追问下,他说出自己的心事。于是,母亲对他说:"儿子啊,你别发愁,吃饭吧! 我一定会设法让你实现自己的心愿。"在母亲这样安慰下,他怀抱希望,开始吃饭。

然后,罗奇蒂迦带着鲜美的鱼前往公主的宫殿。她借口向公主献礼,经侍女通报,进入宫中,把鱼献给公主。此后,她天天前去向公主献鱼。她这样讨好公主,期望她开口说话。后来,公主对这位渔夫的妻子怀有好感,对她说道:"你说吧,你希望我为你做些什么? 即使难办的事,我也会帮你做到。"

于是,渔夫的妻子悄悄地先请求公主别生气,然后说道:"公主啊,我的儿子在花园里见到你后,他的心思就离不开你,精神不振。我为了防止他抛弃生命,而让他抱有希望。如果你可怜我,就请你接触一下我的儿子,让他活下去吧!"公主听了渔夫的妻子这样说,既害羞,又动情,沉思片刻后,对她说道:"你就在夜里悄悄把他带进我的宫殿吧!"

渔夫的妻子听后,高兴地回到儿子身边。然后,在夜里,她尽可能为儿子装饰打扮,悄悄把儿子带进公主的后宫。在那里,公主高兴地握住对她渴望已久的苏波罗诃罗的手,让他上床。公主安慰他,用手抚摸他的受分离之火烧灼而消瘦的身体,仿佛为他抹上清凉的檀香膏。这个青年渔夫感到自己仿佛沉浸在甘露中,觉得自己的心愿终于实现,突然间舒服地睡着了。

公主看到他已经入睡,自己也就进入另一个房间入睡。这样,她既让这个青年渔夫感到高兴,又避免自己失去贞节。而苏波罗诃罗醒来后,发现接触他的身体的手不见了,他的心上人也消失了,正如一个穷汉失去刚获得的宝罐而心情沮丧。他顿时感到绝望,生命离他而去。

　　公主得知消息,急忙过来,深感内疚。第二天早上,公主决心与他一起登上火葬堆。这时,她的父亲摩罗耶辛诃得知消息,起来这里。但他发现自己劝阻不了女儿。于是,他用水漱口后,说道:"如果我确实虔诚崇拜神中之神湿婆,那么,诸位护世天神啊,请你们告诉我,该怎样做才合适?"

　　随即,天国话音传来,对国王说道:"你的女儿前生是这个青年渔夫的妻子。从前,在那伽斯特罗村,有个品德高尚的婆罗门,名叫钵罗达罗,是摩希达罗的儿子。他的父亲去世升天后,家族中的亲友夺走了他的财富。于是,他厌弃世俗生活,与妻子一起前往恒河岸边,准备舍弃身体,实施禁食。而他看到一些渔夫在吃鱼,由于饥饿,也起念想要吃鱼。这样,他死去时,沾染有这个思想污点。而他的妻子坚守苦行,思想纯洁,追随丈夫而去。这个婆罗门由于这个思想污点,转生在渔夫家中。而他的妻子坚守苦行,转生为你的女儿。因此,国王啊,这个青年渔夫是你的女儿前生的丈夫。就让你的无可指摘的女儿用自己的一半寿命救活这个死去的青年渔夫吧!由于前生苦行的威力,同时在圣地受到净化,他成为你的女婿后,也会成为国王。"

　　听了天国话音这样说,国王便让女儿用一半寿命救活苏波罗诃罗,并赐予他许多土地、象、马和珠宝。这样,苏波罗诃罗与公主结婚,也成为国王。

　　"正是这样,由于前生的因缘,人们往往会在今生互相产生爱意。在这方面,我还可以讲述一个盗贼的故事。"

　　从前,在阿逾陀城,有个国王名叫维罗跋呼。他爱护臣民犹如爱护自己的子孙。一天,市民们前来报告国王说:"王上啊,有些盗贼每天夜里在城里盗窃,即使我们保持警觉,也不能发现他们。"国王听后,布置探子们在夜里侦察。但是,他们没有抓到盗贼。失窃事件依然发生。

　　于是,国王亲自在夜里出去侦察。他独自一人,手中持剑,在城里游荡,看见城墙上有个人。这个人出于害怕,轻手轻脚,眼睛转动像乌鸦,不断回首观看像狮子,拔鞘而出的剑闪闪发光,犹如一条条绳索取走星星般闪烁的珠宝。

　　国王看到这个人,心想:"这个人肯定是盗贼,独自一人在我的城里行窃。"

于是,国王走近过去。这个盗贼看到他,害怕地问道:"你是谁?"机智的国王回答说:"我恶习难改,是凶狠的盗贼。那么,你也告诉我,你是谁?"这个盗贼回答说:"我也是盗贼,独自行窃。我拥有大量财富。你就去我家里吧!我会满足你获得财富的愿望。"

于是,国王说道"好吧",跟随他来到树林边上开掘的一个地下洞窟里。里面有许多闪闪发光的宝石和美丽的妇女,始终能获得新鲜的享受,仿佛是一座地下蛇城。然后,这个盗贼进入里屋,而国王停留在外屋。这时,有个女仆怀着怜悯之心,对他说道:"你怎么会来到这里?赶快逃走吧!这个盗贼独自行窃,心狠手辣。他会怕你泄露秘密而杀死你。"国王听后,立即起身离开,返回自己宫中。

然后,国王召唤军队统帅,带领军队,前去包围这个盗贼的家。国王指派一些勇士进入屋内,抓住这个盗贼,并没收他的所有财富。过完这一夜,第二天,国王下令把这个盗贼押往位于市场中间的刑场处死。而在把这个盗贼押往刑场途中,有个商人的女儿看到这个盗贼,一见钟情,立即对自己的父亲说道:"父亲啊,这个人在击鼓声中被押往刑场。你要知道,如果他不成为我的丈夫,我就会死去。"

这个商人发现无法劝阻住自己的女儿,便前去恳求国王,说道:"我给你价值一千万的财物,你就释放这个盗贼吧。"国王听后,对这个商人发怒,不释放这个盗贼,而下令把这个盗贼用尖桩处死。然后,这个商人的女儿,名叫伐摩陀妲,怀着爱恋之情,抱着这个盗贼的尸体,投火自焚。

"正是这样,由于前生的因缘在众生中起作用,由此发生的事情,谁能超越?谁能阻止?因此,王上啊,苏罗多曼朱莉与你的儿子阿檠底伐尔达那之间肯定有某种前生的因缘起作用。否则,这位高贵的王子怎么会迷上这个摩登伽少女?因此,王上啊,你就为儿子向她的父亲乌特波罗诃斯多求娶他的女儿吧!这样,我们也可以听听他怎么说。"

国王波罗迦听了我的话,便派遣一些使者前去向乌特波罗诃斯多为王子求亲。这个摩登伽听了使者们传达的话后,说道:"我同意。但是,国王要让城里一万八千个婆罗门在我的家里吃饭,我才会把女儿苏罗多曼朱莉交给他。"使者们听到他提出这个条件,便回去报告国王波罗迦。

国王听后,心想其中必有原因,便召集城里的婆罗门,告诉他们这件事后,说道:"你们一万八千个婆罗门就在摩登伽乌特波罗诃斯多家里吃饭吧,我别无办法。"而这些婆罗门听了国王的话后,害怕在旃陀罗家中吃饭,不知怎么办。于是,他们去大时神湿婆神庙实施苦行。而湿婆在梦中指示他们说:"你们去乌特波罗诃斯多家中吃饭吧! 不必害怕,因为他和他的家人都是持明,不是旃陀罗。"

于是,这些婆罗门起身,前去报告国王这个消息,接着说道:"让乌特波罗诃斯多在旃陀罗居住区以外的地方,制作纯洁的食物,然后,我们在那里吃饭。"国王听后,十分高兴,为乌特波罗诃斯多安排另一处住房,请纯洁的厨师制作食物。这样,一万八千个婆罗门在那里吃饭,而乌特波罗诃斯多也经过沐浴,换上洁净的衣服,站立在他们面前。

在这些婆罗门吃完饭后,乌特波罗诃斯多走近国王,当着臣民们的面,对国王说道:"以前,有个持明王名叫高利蒙吒。我名叫摩登伽提婆,依附于他。王上啊,我的女儿苏罗多曼朱莉出生时,高利蒙吒悄悄对我说:'犊子王的儿子名叫那罗婆诃那达多。天神们说他会成为我们的转轮王。因此,趁他还没有成为转轮王,你赶快去,运用你的幻力,消灭我们的这个敌人。'听了邪恶的高利蒙吒的话,我从空中前去执行他的命令。我在途中遇见大自在天湿婆。他立即发怒诅咒我说:'罪人啊,你怎么企图谋害灵魂高尚的人? 你为非作歹,因此,你就带着自己的身体,与妻子和女儿一起坠入优禅尼城的旃陀罗中间去吧! 而一旦有人让城里一万八千个婆罗门在你家里吃饭,以换取你的女儿,那时,对你的这个诅咒就解除,你就把女儿交给那个人。'说罢,湿婆消失不见。这样,我坠入这里的旃陀罗中间,另外取名乌特波罗诃斯多。但是,我没有与旃陀罗混杂生活。今天,由于你的儿子的恩惠,湿婆对我的诅咒已经解除。因此,我把我的女儿苏罗多曼朱莉嫁给他。现在,我要回到持明住地,去侍奉转轮王那罗婆诃那达多。"说罢,摩登伽提婆留下女儿,与妻子一起升空,王上啊,来到你的脚下。

而国王波罗迦了解实情后,高兴地为苏罗多曼朱莉和自己的儿子举行婚礼。阿檠底伐尔达那实现心愿,而且获得的这位妻子是持明女,更是喜上加喜。可是有一天,他和妻子一起睡在楼台上。夜晚结束,他醒来后,突然发现爱妻不在身边。他四处寻找也找不到,悲伤哭泣。他的父亲也惊慌不安。我们聚在一起,说道:"这个城市夜里防守严密,他人无法进入,肯定是某个邪恶的持明把她劫走了。"

就在这时,你派遣的持明吐摩希克从空中降下,征得国王波罗迦同意,带着王子和我来到这里说明情况。现在,苏罗多曼朱莉和她的父亲也在这里。事情的原委就是这样。王上知道下一步该怎么办。

国王波罗迦的大臣婆罗多劳诃讲完这一切后,会堂里的评判员们站在那罗婆诃那达多面前,询问摩登伽提婆:"你说吧,你把女儿苏罗多曼朱莉交给谁?"他回答说:"我把她交给阿檠底伐尔达那。"然后,他们询问伊底耶迦:"你为何劫走她?"他回答说:"当初她的母亲答应把她许配给我。"他们听后,说道:"父亲活着时,母亲怎么能做主把女儿许配给人?而且,谁是这件事的见证人?因此,对你来说,她是别人的妻子。你这个坏家伙!"伊底耶迦听后,无言对答。

转轮王那罗婆诃那达多对伊底耶迦的不端行为深感愤怒,下令道:"立即严厉惩治他!"这时,迦叶波等牟尼求情说:"你就宽恕他这一次犯下的罪过吧!因为他是摩陀那吠伽的儿子,你的内弟。"于是,那罗婆诃那达多责备了伊底耶迦一阵,放走了他。

这样,那罗婆诃那达多的小舅父波罗迦的儿子阿檠底伐尔达那与自己的妻子得以团聚。伐由波特亲自护送这对夫妻和那位大臣返回他们的城市。

第三章

就这样,在黑山上,那罗婆诃那达多已经把被伊底耶迦夺走的贞洁的苏罗多曼朱莉交还给她的丈夫,并且责备了伊底耶迦。现在,他坐在牟尼们中间,牟尼迦叶波对他说道："王上啊,以前的转轮王没有像你这样恪守正法,思想不受激情控制。在你的统治下,没有发现任何应受谴责的事。因此,能看到你这样优秀的转轮王,堪称有福之人。从前,利舍跋和其他转轮王,由于犯有各种错误,失去转轮王地位。利舍跋、萨尔伐陀摩那和般杜吉婆迦狂妄自大,而受到因陀罗惩治。仙人那罗陀前来询问持明王云乘获得转轮王地位的原因,他自夸施舍如意树和自己的身体,也由此失去转轮王地位。转轮王维希凡多罗的儿子勾引车底王婆森多提罗迦的妻子而被这位国王杀死。他为这个品行不良的儿子忧愁悲伤,失去勇气而死去。王上啊,唯有达拉伐罗迦,以前是凡人,行善积德,获得转轮王地位。他不犯错误,长久享有转轮王地位,最后自愿弃世,进入林中生活。正是这样,过去许多持明获得转轮王地位后,骄傲自满,被激情蒙蔽头脑,偏离正道,而失去转轮王地位。因此,你始终要保护自己不偏离正道,也要保护你统治下的持明们不偏离正道。"

那罗婆诃那达多听后,表示赞同,并热切地询问道:"尊者啊,从前达拉伐罗迦是怎样由凡人成为转轮王的?"迦叶波听后,说道:"听我为你讲述吧!"

从前,在尸毗地区,有位国王名叫旃陀拉伐罗迦。他的大王后名叫旃陀罗兰卡,纯洁无瑕犹如乳海和恒河。国王的大象粉碎敌军,在大地上得名莲花冠。由于这头大象的威力,任何强大的敌人都战胜不了这位国王。而在这个王国中,市民们也拥有权力。

在国王的青春期逝去时,王后旃陀罗兰卡为他生下一个儿子,名叫达拉伐罗迦,具有吉相。他渐渐长大,天生具有慷慨施舍、遵行正法和明辨是非等美德。他聪明睿智,掌握一切词义,唯独没有掌握"不"这个词,因为他满足所有求乞者的愿望,从来没有学会说"不"这个词。虽然年纪轻轻,却老成持重;虽然威力显赫似太阳,但和颜悦色似月亮。他犹如爱神,激发世上所有人心中的渴望。而他孝顺父亲胜过云乘太子。他明显具有转轮王的种种吉相标志。

后来,他的父亲安排他与国王摩德罗的女儿玛德莉结婚。鉴于他品德优秀,父亲也为他灌顶,立他为王位继承人。达拉伐罗迦成为王太子后,经父亲同意,设立许多施舍堂。他每天起身后,骑着莲花冠大象巡视各处施舍堂。他慷慨施舍求乞者,其至施舍自己的身体也在所不惜。由此,这位王太子的名声传遍四方。

然后,玛德莉为他生下一对孪生子。这位父亲为他俩取名罗摩和罗什曼那。这两个孩子伴随父母的挚爱和喜悦长大。祖父母对这两个孩子的喜爱胜过自己的生命。这两个孩子犹如父亲的两张弓挽开的弓弦①。达拉伐罗迦和玛德莉对他俩百看不厌。

敌人们看到王子达拉伐罗迦骑着那头莲花冠大象,以施舍闻名,便对自己的婆罗门们说:"你们去向达拉伐罗迦求乞那头莲花冠大象。如果他施舍给你们,那么,我们就能夺取他的失去这头大象的王国。如果他不施舍给你们,那么,他就失去慷慨施舍的名声。"

这些婆罗门听后,便说道:"好吧!"于是,他们前来向勇于施舍的达拉伐罗迦求乞这头大象。达拉伐罗迦心想:"这些婆罗门怎么会求乞这头大象?肯定是背后有人指使他们这样做。随它会发生什么,我必须施舍这头宝贵的大象,因为只要我活着,怎么能让求乞者失望而归?"于是,达拉伐罗迦毫不犹豫把这头宝贵的大象施舍给这些婆罗门。

而市民们看到这些婆罗门带走这头宝贵的大象,立即怒气冲冲地来到国王旃陀拉伐罗迦面前,说道:"你的儿子奉行舍弃一切的牟尼法则。现在,他要舍弃你的王国了。莲花冠大象散发的气味就能驱散其他大象。它是我们王国的根基。你看,你的儿子却把这头大象施舍给那些求乞者了。因此,你或者让你的儿子去林中修苦行,或者取回这头大象,否则,我们要另立他人为王。"

国王旃陀拉伐罗迦听了市民们这样说,便吩咐门卫把这些情况告知王子。达拉伐罗迦听后,说道:"我已经施舍大象,因为我对求乞者有求必应。而市民们掌控的这个王国对我有什么用?王权不能为他人谋福,岂不就像炫耀光芒的闪电?因此,我最好还是居住林中,那里拥有供任何人享用果子的树木,不像这里充满如同牲口的市民。"

这样,他和与他抱有同样决心的妻子一起,向父母行触足礼,把自己的财

---

① "弓弦"的原词是guṇa,也读作"品质"或"品德",这里暗示这两个孩子具有高贵品质。

富施舍给求乞者们,穿上树皮衣,安慰那些哭泣的婆罗门后,带着妻子和两个孩子离开自己的城市。甚至那些鸟兽看到他这样出离,也满怀同情,流下的泪水沾湿地面。

达拉伐罗迦一路前行,随行的仅有一辆供两个孩子乘坐的马车。途中,有几个婆罗门向他求乞拉车的马匹,他便把那些马匹施舍给他们。于是,他亲自拉车,和妻子一起带着两个年幼的孩子前往苦行林。而在途中休息时,又有一个婆罗门向他求乞那辆车,他同样毫不犹豫地把那辆车施舍给这个婆罗门。这样,他和妻子带着两个孩子徒步而行,好不容易到达苦行林。

在那里,达拉伐罗迦住在树下,与鹿群为伍。妻子玛德莉勤勤恳恳侍奉他。风中摇曳的花簇似拂尘,宽阔的树荫似华盖。树叶铺作床铺,石头充作座椅。蜜蜂似舞女歌唱,各种果子似美味佳肴。这里的树林成为这位弃世苦行者的王国。

一天,玛德莉去苦行林外采集果子和花朵。有个年老的婆罗门来到达拉伐罗迦的茅屋,向他求乞他的两个儿子罗摩和罗什曼那。他心想:"我宁可把这两个年幼的孩子施舍给他,也不能让求乞者失望而去。肯定是命运不怀好意,想要看到我失去勇气。"于是,他把这两个儿子交给这个婆罗门。

然后,这个婆罗门准备带走这两个孩子,而他俩不肯离开。于是,这个婆罗门用藤条捆住他俩的手,还抽打他俩。这样,这个狠毒的婆罗门强行带走他俩。他俩哭泣着,一次次呼叫母亲,含泪回首望着父亲。而父亲即使亲眼所见,也不心慌意乱,倒是周围那些动物和植物深受他这样的勇气触动。

然后,玛德莉采集了果子、根茎和花朵,从树林远处疲倦地返回丈夫的苦行林。她看到丈夫低垂着头,而不见两个儿子,只见他俩平时玩耍的泥马、泥象和泥车散落各处,顿时心中感到不吉祥,急忙询问丈夫:"我的两个儿子在哪里?他俩出事了吗?"

达拉伐罗迦缓慢地对妻子说道:"无辜的爱妻啊,是我把这两个儿子施舍给了前来向我求乞的一个贫穷婆罗门。"贞洁的妻子玛德莉听后,保持镇定,对丈夫说道:"你做得对,怎么能让求乞者失望而去?"面对这对品德同样高尚的夫妻,大地震动,因陀罗的宝座摇晃。

因陀罗经过沉思，得知由于达拉伐罗迦和玛德莉夫妻俩施舍的威力，世界为之震动。于是，因陀罗想要考验达拉伐罗迦。他化作一个婆罗门，来到苦行林，向他求乞他的妻子玛德莉。而达拉伐罗迦毫不犹豫，用水浇洒他的手，把在林中始终陪伴自己的妻子玛德莉交给他。

然后，乔装成婆罗门的因陀罗询问达拉伐罗迦："王仙啊，你这样施舍妻子，想要求得什么？"他回答说："婆罗门啊，我无所企求。我只是愿意这样做，甚至可以把自己的生命施舍给婆罗门。"于是，因陀罗向他显示真身，对他说道："你已经经受我的考验。我对你表示满意。我告诉你，你不要再施舍自己的妻子。你不久将成为持明转轮王。"说罢，因陀罗消失不见。

而在此期间，那个年老的婆罗门接受施舍后，带着达拉伐罗迦的两个儿子在途中迷路，在命运安排下，来到国王旃陀拉伐罗迦的城市。他准备在市场上出售这两个王子。而市民们认出这两个王子，便去报告国王，把他俩和那个婆罗门一起带到国王面前。

国王看到自己的两个孙子，含泪询问这个婆罗门。得知事情经过后，国王又喜又悲，激动不已。由此，他明白了儿子的崇高品德，于是，摒弃对王国的贪恋，不顾市民们劝阻，用自己的财富买下这两个孙子，带着他俩，与妻子一起前往儿子达拉伐罗迦的苦行林。

在那里，他看到儿子束着发髻，身穿树皮衣，犹如一棵吸引四方鸟儿前来享受果子的大树①。儿子从远处就跑向前来，拜倒在父亲脚下。父亲把儿子搂在怀里，泪水洒落在儿子身上，仿佛预示他即将灌顶为持明转轮王。他把自己买下的这两个孙子交给达拉伐罗迦。

正当父子两人互相讲述各自的情况时，一头四牙大象和吉祥女神从空中降下，同时降下的还有许多持明王。手持莲花的吉祥女神对达拉伐罗迦说道："你骑上这头大象，去享受你凭借施舍的威力获得的持明转轮王地位吧！"于是，达拉伐罗迦与妻子和两个儿子一起向父亲俯首行礼，在苦行林居民们凝望下，登上神象，身边围绕持明王们，升空前往持明住地。他在那里凭借种种幻

---

① 这句中，"鸟儿"的原词是 dvija，也读作"婆罗门"，故而，这句暗示他慷慨施舍婆罗门。

力,长久享受持明转轮王的地位。最后,他仍然弃世,安住苦行林。

　　"正是这样,从前达拉伐罗迦作为凡人,凭借自己纯洁的善行,成为持明转轮王。而其他人即使获得转轮王地位,由于犯有过错,又失去这个地位。因此,你一定要守护自己以及他人的行为。"

　　转轮王那罗婆诃那达多听了牟尼迦叶波讲述这个故事后,表示接受他的教诲。他下令在湿婆山四周巡游宣告:"持明们听着!从此往后,在我的臣民中,有谁违背正法,必定被我处死!"此后,持明们都俯首帖耳,听从他的命令。同时,他由于解救苏罗多曼朱莉而声名远扬。就这样,那罗婆诃那达多与随从们住在黑山,在舅父高波罗迦的身边,度过这个雨季。

第十七卷　波德摩婆蒂

第一章

向湿婆致敬！即使他的身体与妻子合二为一，依然是苦行者，无有性质的神，随意变化身体，举世赞颂。

向象头神致敬！他扇动耳朵，驱散那些围绕他的脸颊飞行的蜜蜂，犹如驱除各种障碍。

就这样，持明转轮王与大臣们一起住在黑山上牟尼迦叶波的净修林，在修炼苦行的舅父高波罗迦身边，度过雨季。他身边围绕有二十五位妻子，与大臣们坐在一起讲故事。牟尼们和他的妻子们询问他："在摩那萨吠伽施展幻力，劫走王后摩陀那曼朱迦后，是谁以及怎样帮助你排遣分离的痛苦？请你讲给我们听听！"

于是，那罗婆诃那达多开始讲述："我现在告诉你们，当时那个邪恶的敌人劫走我的王后后，我是多么痛苦！我和大臣们在城里、花园里和房间里，没有哪个地方不找遍。我懊丧烦恼，像个疯子那样坐在花园里一棵树下。于是，戈目伕抓住这个机会，对我说道：'主人啊，你别心慌意乱。你很快会获得王后。因为天神们已经指定你与她一起享有持明转轮王的地位。这个指示必定会兑现，因为天神们的许诺不会落空。意志坚定者能忍受分离，最终与心爱之人团聚。罗摩、那罗和你的祖先们不都曾经忍受分离的痛苦，最后与他们的爱妻团聚？持明转轮王摩格达普罗盖杜不也是与波德摩婆蒂分离，最后又团聚？王子啊,现在请听我讲述他俩的故事吧!'说罢,戈目伕给我讲述这个故事。"

大地上著名的波罗奈城,仿佛是湿婆的身体,装饰有赐予解脱至福的恒河。神庙的旗帜在风中飘扬,仿佛不断招呼人们说:"你们来这里求得解脱吧!"白色的宫殿犹如以月亮为顶饰的湿婆居住的盖拉瑟山,到处有湿婆的侍从[①]。

在这座城市,从前有个国王名叫梵授。他虔诚崇拜湿婆,善待婆罗门,英勇无畏,慷慨施舍,宽容大度。他的命令在大地上畅通无阻,传遍七大洲,无论高山或大海都不能阻挡。他的王后名叫苏摩波罗芭[②],犹如月亮给饮光鸟带来喜悦,国王用眼睛吞饮爱妻。他的大臣名叫湿婆菩提。这个婆罗门通晓一切经典,智慧如同天国祭司毗诃波提。

有一天夜晚,国王睡在宫殿露台上,看见一对天鹅从空中飞过。这对天鹅金光闪闪,犹如天国恒河中的一对金莲花,身边围绕有许多天鹅。在这对天鹅飞离国王的视域后,他为再也看不到这对天鹅而烦恼,整夜没有睡着。

第二天早上,国王告诉湿婆菩提自己夜里看到这对天鹅,然后说道:"如果我再也看不到这对金天鹅,我的王国和生命对我还有什么用?"湿婆菩提听后,对国王说道:"王上啊,我想到一个办法。请听我告诉你!在这轮回转生的尘世,由于各种业行的作用,创造主不断创造各种生物。尘世充满痛苦,而众生出于愚痴而感到快乐,热爱各种住处、食物和饮料等。创造主按照各种不同的生物,创造各种住处、食物和饮料等。王上啊,你就建造一个天鹅们栖息的大湖,里面覆盖各种莲花,安排警卫们守护,保证这里安全,然后,在岸边投放鸟儿们爱吃的食物。这样,各地的水鸟就会迅速飞来这里。不久,这对天鹅也会飞来这里。这样,你就可以经常观看这对天鹅,不再为此烦恼。"

梵授王听了大臣这样说,立即照办,建造了一个大湖。然后,天鹅、仙鹤和轮鸟经常飞来这里。不久,那对天鹅也来到大湖的莲花丛中。听到警卫前来报告这个消息,国王高兴地来到大湖,感到自己的心愿已经实现。他远远望着

① "到处有湿婆的侍从"这句用作隐喻,暗示宫殿中有许多湿婆信徒。
② "苏摩波罗芭"的原词是 somaprabhā,词义为月光。

857

和敬拜这对金天鹅,专门为它俩投放用牛奶浸泡过的稻米。

这对金天鹅的身体犹如纯金,眼睛犹如珠宝,嘴角和双脚犹如珊瑚,翅膀顶端犹如蓝宝石。这对天鹅已经放心地停留在这里。国王也经常待在大湖岸边,高兴地观看这对金天鹅。

一天,国王在湖边散步,看到一处祭供着永不枯萎的鲜花。国王询问警卫:"这些鲜花是谁祭供的?"警卫回答说:"那对金天鹅每天早中晚三次,在湖中沐浴后,在这里祭供鲜花,然后沉思入定。大王啊,我们不知道这样的奇迹意味什么。"

国王听了警卫的话,心想:"这样的一对天鹅,做出这样的行为,其中必有原因。因此,我要实施苦行,直至知道这对天鹅的真实情况。"这样,国王与妻子和大臣一起开始禁食,实施苦行,沉思默想湿婆。这样度过十二天后,这对神奇的天鹅在梦中走近国王,以清晰的话音说道:"国王啊,起身吧!明天早上,在你与妻子和大臣停止禁食后,我俩会私下如实告诉你们一切。"说罢,这对天鹅消失不见。

早上,国王醒来,与妻子和大臣进食后,坐在湖边娱乐亭中。这时,这对天鹅走近前来。国王接受这对天鹅敬拜后,说道:"告诉我,你俩是谁?"于是,这对天鹅开始讲述自己的经历:

在世界闻名的曼陀罗山中,天神们在闪耀光辉的宝石树林中游玩。由于以前搅动乳海时受到甘露浇灌,这座山上的花朵、果子、根茎和水都是驱除衰老和死亡的仙药。山顶上布满宝石,处处有湿婆的游乐园。因此,湿婆对这座山的喜爱胜过盖拉瑟山。

有一次,湿婆与波哩婆提在这里游乐后,前去执行一项神的使命,消失不见。波哩婆提难以忍受与湿婆分离的痛苦,便在湿婆经常游玩的地方游荡。其他的女神安慰她。

然后,春天来到,波哩婆提更加忧愁烦恼,在侍从们陪伴下,坐在一棵树下,思念自己的丈夫。遮雅的女儿名叫旃陀罗兰卡。这位少女正在为女神扇动拂尘。旁边有位优秀的侍从,名叫摩尼布湿贝希婆罗,怀着爱恋之情望着这位青春美貌与自己匹配的少女。而这位少女同样怀着爱恋之情望着他。另外两个侍从名叫宾盖希婆罗和古海希婆罗，看到他俩的情形，互相望着，面露微笑。

女神此时心情不好，看到他俩这个样子，不知他俩在笑什么。于是，她左右观察，看到旃陀罗兰卡和摩尼布湿贝希婆罗互相望着对方的脸，目光传递爱意。女神自己忍受着分离的痛苦，便发怒说道："大神不在这里，你俩就这样眉来眼去传情。而他俩看到后，跟着发笑。因此，你俩被爱欲搅昏头脑，行为不端，就投胎凡人，成为夫妻吧！而他俩随意跟着发笑，同样行为不端，也该下凡大地，历经磨难，先成为受苦的婆罗门，然后成为梵罗刹、毕舍遮鬼、旃陀罗贱民、盗贼和断尾巴的狗，最后成为各种鸟禽。"

听到女神发出这样的诅咒，另一位侍从吐尔遮吒，说道："女神啊，这样很不合适。他们都是优秀的侍从，不能因为这点小小的过失，受到这样严厉的诅咒。"女神听后，同样发怒，对吐尔遮吒说道："既然你不知道自己的身份，也投胎做凡人去吧！"

女神愤怒地发出这些诅咒后，旃陀罗兰卡的母亲，女门卫遮雅，抱住女神的双脚，恳求道："女神啊，请开恩！我的女儿和他们四个都是你的侍从，由于无知而犯下过失。你就给他们指定一个诅咒结束的期限吧！"听了女门卫的恳求，女神说道："一旦他们获得神通智慧，最终会合，在以梵天为首的众天神修炼苦行的地方见到湿婆后，诅咒也就解除，他们会重新回到我们这里。旃陀罗兰卡和她的心上人，还有吐尔遮吒，他们三个在成为凡人期间，会过着快乐的生活，而他们两个则会受尽痛苦。"

女神说完这些话时，阿修罗安达迦来到这里。他得知湿婆不在女神身边，一心想要获得女神。但他受到女神的侍从们叱责，悻悻离去。虽然安达迦离去，但大神湿婆得知他的企图后，仍杀死了他。湿婆此时已经完成自己的使命，回到女神身边。女神高兴满意。湿婆也告诉女神说："我今天已经杀死安达迦。他是以前从你的思想中出生的儿子①。他现在会成为这里的侍从，只剩下皮包骨头，名叫跋林吉。"说罢，湿婆和女神一起在这里生活，而摩尼布湿贝

---

① 按印度神话传说，安达迦原本是湿婆的儿子，而生下后，成为阿修罗希罗尼耶刹的养子。

希婆罗等五个侍从下凡大地。

"国王啊,现在请听宾盖希婆罗和古海希婆罗这两位湿婆侍从的奇异经历!"

在大地上,有一处国王赐予婆罗门的封地,名为耶若斯特罗,住着一位名叫耶若苏摩的婆罗门,品德高尚,生活富足。他在中年时生下两个儿子。大儿子名叫诃利苏摩,小儿子名叫提婆苏摩。这两个儿子到达系圣线的年龄时,这个婆罗门财富耗尽,与妻子一起死去。

这两个儿子失去父母,封地也被亲戚们夺走。他俩无依无靠,互相商量说:"我们现在只能靠行乞生活,而在这里乞讨不到什么。因此,我们最好还是前往远方的外祖父家。即使我们已经落难,自己找上门去,谁会相信我们? 但我们还是要去,因为我们别无出路,能怎么办?"

于是,他俩一路行乞,到达远方的一个婆罗门封地,外祖父的家。而他俩实在命运不佳,询问那里的人们,得知名叫苏摩提婆的外祖父和外祖母已经死去。这样,他俩满面尘垢,惴惴不安,进入两位舅父耶若提婆和格罗杜提婆的家。而这两位好心的婆罗门接纳他俩,安慰他俩,供给他俩衣食,让他俩住在那里学习经典。

后来,两位舅父的财富渐渐耗尽,供养不起仆从,便和蔼地对这两个外甥说道:"孩子啊,我们现在家道中落,生活贫穷,没有人放牧牲口。因此,你俩就为我们放牧牲口吧!"诃利苏摩和提婆苏摩听了两位舅父的话,含泪哽咽地说道:"好吧!"从此,他俩每天把牲口带到树林里放牧,黄昏时疲倦地返回舅父家中。

由于他俩诅咒在身,有一次放牧牲口时,一头牲口被人偷走,另一头牲口被老虎吃掉,引起舅父对他俩发怒。后来,又有一次,他俩放牧牲口时,准备用作祭品的一头牛和一头山羊走失。他俩惶恐不安,于是先把其他牲口赶回舅父家中,然后去远处树林寻找丢失的牛和山羊。

他俩在林中找到那头山羊,可是已被老虎吃掉一半。他俩伤心难过,一起商量道:"这是两位舅父用作祭品的山羊,现在已经被毁掉。他俩肯定会对我俩发怒。因此,我俩用火烤熟它,吃一些肉,解除饥饿,然后,带着其他的肉,去往别处,行乞谋生。"

而正当他俩用火烧烤山羊时,远远望见两位舅父跑来这里。于是,他俩慌忙起身逃跑。而两位舅父愤怒地对他俩发出诅咒:"你俩像罗刹那样贪图吃肉,因此,你俩会变成吃肉的梵罗刹。"随即,他俩变成了梵罗刹,嘴里长有獠牙,头发冒火,饥饿难忍,在林中四处游荡,捕捉动物吃肉。

有一天,他俩跑向一个苦行者,想要杀死他。而这个苦行者具有瑜伽力,能保护自己免遭侵害,然后,这个苦行者诅咒他俩成为毕舍遮鬼。他俩变成毕舍遮鬼后,又去夺走一个婆罗门的牛,想要杀死这头牛,结果遭到婆罗门诅咒,变成旃陀罗贱民。

他俩变成旃陀罗贱民后,饥饿难忍,手中持弓,四处游荡,寻找食物,到达一座盗贼的村落。那些门卫看见他俩,以为他俩前来行窃,便割去他俩的耳鼻,捆绑他俩,还用棍棒抽打,然后,把他俩带到那些盗贼头领那里。那些头领盘问他俩。他俩既恐惧害怕,又饥饿难忍,如实讲述自己的情况。那些头领听后,怜悯他俩,为他俩松绑后,说道:"你俩就住在这里吧!有吃有喝,不用害怕。今天是这个月的第八日,我们要敬拜天国军队统帅室建陀。你俩作为我们的客人,理应与我们共同用餐。"说罢,他俩就在这些头领面前进餐。这也是命运安排,让他俩也偶尔获得快乐。

此后,他俩与盗贼们住在一起,从事偷盗活动。后来,他俩凭借自己的勇气,成为这些盗贼的首领。有一天夜里,他俩按照探子们的提议,带着盗贼们前去劫掠湿婆居住地区的一座大城市。尽管看到不祥的预兆,他们依然不撤回,继续劫掠整座城市和神庙。市民们呼吁大神湿婆救护。湿婆愤怒地让这些盗贼双目失明。市民们突然看到这个情况,知道这是大神湿婆赐予他们恩惠,于是集合起来,用棍棒和石头袭击这些盗贼。同时,湿婆的侍从们隐身将一些盗贼扔进沟壑,将另一些盗贼摔死地上。人们看到这两个盗贼首领,正准备杀死他俩,而他俩这时变成了两条断尾巴的狗。而就在他俩变成狗时,他俩突然记起自己的前生。他俩得到湿婆保护,便在湿婆面前跳起舞来。所有的市民、婆罗门和商人惊讶地看到这一切。而他们已经摆脱盗贼的威胁,高兴地笑着返回各自的家。

他俩现在变成两条狗,但摆脱愚痴,头脑清醒,盼望诅咒结束,开始禁食,实施苦行,抚慰湿婆。第二天早上,市民们欢欣鼓舞,敬拜自在天湿婆。他们看到这两条狗在沉思默想,即使给它俩食物,它俩也不吃。

湿婆的侍从们看到这两条狗许多天都这样,便去报告湿婆说:"大神啊,他俩是侍从宾盖希婆罗和古海希婆罗,受到女神诅咒,已经遭受很长时间痛苦折磨。你就怜悯他俩吧!"大神听后,说道:"现在让他俩摆脱狗的状态,变成乌鸦吧!"

于是,这两个侍从变成乌鸦,捡拾祭祀剩余的谷粒充饥,愉快生活,记得前生,继续沉思湿婆。湿婆对他俩的虔诚表示满意,随后让他俩变成兀鹰,接着,又让他俩变成孔雀和天鹅。而他俩始终保持对湿婆的虔诚崇拜。他俩通过在圣地沐浴、恪守誓愿、沉思和敬拜,受到湿婆恩宠,全身变成由金子和宝石构成,并获得神通智慧。

"你要知道,这正是我们两个,宾盖希婆罗和古海希婆罗,受女神诅咒,历经痛苦,最终变成一对天鹅。而你是遮雅的女儿旃陀罗兰卡心爱的侍从摩尼布湿贝希婆罗,受女神诅咒,变成大地上的梵授王,而旃陀罗兰卡变成你的妻子苏摩波罗芭,吐尔遮吒变成你的大臣湿婆菩提。由于我俩已经获得神通智慧,记得女神指定的诅咒结束期限,因此,在夜里让你见到我俩。我俩采用这个计策,现在我们得以会合团聚。我俩也会将神通智慧传给你们。来吧!现在我们去湿婆的圣地兜率天山,又名悉底希婆罗山。为了消灭阿修罗维底约达婆遮,众天神曾在那里修炼苦行。众天神在持明转轮王摩格达普罗盖杜的协助下,在战斗中杀死这个阿修罗。摩格达普罗盖杜受到湿婆的恩惠而成为持明转轮王。由于受到一个诅咒而变成凡人,最后也是受到湿婆的恩惠,与波德摩婆蒂团聚。我们去这个圣地敬拜湿婆后,再返回自己的住地。这也是女神为我们指定的诅咒结束期限。"

这对神奇的天鹅说完这一切,顿时引起梵授王的好奇心,想要听取摩格达普罗盖杜的故事。

第二章

于是,梵授王对这对神奇的天鹅说道:"摩格达普罗盖杜怎样杀死维底约达婆遮的? 他怎样受诅咒变成凡人,后来又获得波德摩婆蒂的? 你俩先讲述这个故事,然后,我再照你俩说的做。"这对天鹅听后,便开始讲述这个故事:

从前,有个提迭王,名叫维底约波罗跋。天神难以战胜他。为了求取儿子,他和妻子一起在恒河岸边修炼了一百年苦行,抚慰梵天。梵天对他的苦行表示满意,赐予他恩惠。由此,这个天神的敌人生下一个天神杀不死的儿子,名叫维底约达婆遮。

提迭王的这个儿子在童年时就富有英雄气概。一天,他看到自己的城市四周有军队守护,便询问一个同伴:"朋友啊,为何这样害怕,这个城市始终有军队守护?"同伴回答他说:"天王是我们的敌人,因此,这个城市需要守护。一百万头象、一百四十万辆战车、三百万匹马、一亿个步兵,每个时辰依次轮流守护这个城市。这样的防御已有七年。"

维底约达婆遮听后,说道:"呸,王国不靠自己的手臂保护,而要靠其他人的手臂保护! 因此,我要修炼严酷的苦行,从而靠自己的双臂战胜敌人,不再让这种可笑的事出现。"说罢,他不听从同伴的劝阻,也不告知父母,便去林中修炼苦行。

他的父母得知后,出于爱子之心,追随而来,劝告他说:"你还是一个孩子,而苦行多么艰苦! 儿子啊,你不要鲁莽行事。我们已经战胜敌人,获得王国。在三界中,你还希望获得什么? 你何必这样徒劳折磨自己,让我俩感到伤心?"

维底约达婆遮听了父母的话,说道:"即使我还年幼,我也要依靠苦行威力获得天神的武器。我不知道我们的城市为何始终需要全副武装的军队守护! 我要让世界上没有能威胁我们王国的敌人。"

维底约达婆遮这样表示自己的决心,劝回父母,开始修炼苦行。这个阿修罗每三百年依次先是只吃果子,然后只喝水和只喝风,最后禁食。梵天看到这样的苦行能颠覆这个世界,便前来满足他的愿望,赐予他各种梵天武器,并告诉他说:"任何武器不能抵挡这些梵天武器,但不包括我无法掌握的兽主楼陀罗武器①。因此,你想要获得胜利,就不能在不适当的时候使用这些武器。"说罢,梵天离去,这个提迭也返回自己家中。

然后,维底约达婆遮和父亲一起带领所有的军队出发,想要战胜天王因陀罗。这些军队以战斗为节日,兴高采烈。因陀罗得知消息,安排好守卫天国事宜,与朋友持明王旃陀罗盖杜、健达缚王波德摩塞克罗和护世天神们前去迎战。

维底约达婆遮到达后,军队遮蔽天空。梵天和湿婆等天神也前来观战。然后,双方军队开战。接连不断投掷的武器挡住阳光而天色阴暗。这战斗场面犹如大海,双方军队的愤怒犹如狂风,数以百计驰骋的战车犹如狂风掀起的汹涌波涛,奔腾的马匹和大象犹如穿梭游动的鲨鱼。

天神和阿修罗开始一对一交战。维底约达婆遮的父亲维底约波罗跋愤怒地冲向因陀罗。在用武器交战中,因陀罗渐渐抵挡不住,于是,他投掷金刚杵。这个提迭王被金刚杵击中,倒下死去。于是,维底约达婆遮愤怒地冲向因陀罗。而他在生命没有遭到危险时,就向因陀罗投掷梵天武器。其他大阿修罗们也向因陀罗投掷其他各种武器。于是,因陀罗起念召唤湿婆的兽主武器。他敬拜刹那间来到的兽主武器后,把它投向敌人。兽主武器燃烧着死亡之火,焚烧阿修罗军队。而维底约达婆遮还是儿童,没有被杀死,只是昏迷过去。因为兽主武器不杀死儿童、老人和逃跑者。于是,众天神获得胜利,凯旋而归。

维底约达婆遮昏迷后,经过很长时间才恢复知觉。然后,他悲伤地逃跑,集合残余军队,说道:"今天,我使用梵天武器,本该取得胜利,却遭遇失败。现在,我要去与因陀罗拼命。父亲已经被杀死。我不能再回到自己的城市。"而他的父亲的一位老臣对他说道:"你在不适当的时候投掷梵天武器,因此,它变得迟钝,不能抵挡其他投来的武器。而最后你的梵天武器被任何武器抵挡不住的湿婆武器制伏。因此,你现在不能在这不适当的时候去挑战获得胜利的敌人,这样,只能助长敌人的威风,而招致自己毁灭。意志坚定者应该保护自

---

① 兽主楼陀罗武器也就是湿婆武器。

己,在积蓄力量后,再去向敌人复仇,这样才会赢得荣誉,举世赞扬。"

听了这位老臣的话,维底约达婆遮说道:"那么,你们去保护我们的王国。我要去抚慰神中之神湿婆。"说罢,他打发随从们回城,虽然他们并不情愿。而他带着五位与他同龄的提迭王子前往盖拉瑟山脚下的恒河岸边,修炼苦行。

他在夏季站在五堆火的中间,冬季站在水中,沉思湿婆。第一个一千年只吃果子,第二个一千年只吃根茎,第三个一千年只喝水,第四个一千年只喝风,第五个一千年禁食。于是,梵天再次前来赐予他恩惠,而他不再尊重梵天,说道:"我已经领教你的恩惠的威力,你就离开这里吧!"而就在他继续这样禁食时,随着头顶冒起浓烟,湿婆显身,走近过来,说道:"你就选择恩惠吧!"这个提迭说道:"神主啊,请你赐予恩惠,让我杀死因陀罗。"而湿婆对他说道:"起来吧!战胜和杀死并无区别。因此,你将在战斗中战胜因陀罗,取代他的地位。"说罢,大神消失不见。维底约达婆遮觉得自己的愿望已经实现,结束禁食,返回自己的城市。

市民们欢迎他回来。父亲的老臣为他忍受痛苦折磨,现在与他团聚,感到节日般快乐。随即,维底约达婆遮召集阿修罗军队,准备投入战斗。他派遣使者前去警告因陀罗:"你就做好战斗准备吧!"

维底约达婆遮的军队出发,如雷的吼声震破天空,飘扬的旗帜遮蔽天空,仿佛不幸开始降临居住在天国的天神们。因陀罗知道维底约达婆遮已经获得恩惠,对他的来临感到心慌,与天神导师毗诃波提商量后,召集天神军队。

维底约达婆遮到达后,双方军队展开激战,难以分清敌我双方。苏跋呼等提迭与风神军队交战,宾伽刹等提迭与财神俱比罗军队交战,摩诃摩耶等提迭与火神军队交战,阿耶迦耶等提迭与太阳神军队交战,阿甘波那等提迭与悉陀们交战,其他提迭与持明们和健达缚们交战。这样,大战进行了二十一天。在第二十一天,天神们在战斗中被提迭们击败,纷纷逃回天国。

然后,因陀罗亲自登上爱罗婆多大象,在天神军队围绕下,与以旃陀罗盖杜为首的持明王们一起,再次出战。战斗开始,天神和阿修罗们互相杀戮。维底约达婆遮怀着杀父之仇冲向因陀罗。天王因陀罗一次次投掷武器,摧毁这个提迭王投掷的武器,又一次次用箭射断他的弓。而维底约达婆遮由于受到大神恩惠而充满自信,又举起铁杵冲向因陀罗。他跳到爱罗婆多大象的一对象牙上,登上大象头顶,杀死驭象者。然后,他用铁杵打击因陀罗。因陀罗也用铁杵回击他。而维底约达婆遮再次用铁杵打击因陀罗。因陀罗倒在风神的战车上,昏迷过去。风神驾驭快速似思想的战车带走因陀罗。这时,空中传来话音:"现在时势不利,你们赶快把因陀罗带离战场。"

于是,风神加快车速,带走因陀罗,而维底约达婆遮登上战车,在后面追赶。这时,爱罗婆多大象已经失控,疯狂地奔跑追随因陀罗,一路冲撞践踏军队。此时,天神军队也放弃战斗,跟随因陀罗逃跑。天神导师毗诃波提把恐惧的舍姬带往梵天的宫殿。于是,维底约达婆遮获得胜利,带着欢呼的军队,进入空空荡荡的天神住地。

因陀罗恢复知觉后,知道时势对自己不利,与所有天神一起来到梵天的宫殿。梵天安慰因陀罗说:"现在他依仗湿婆恩惠的威力取胜。而你不必悲伤,你还会恢复你的地位。"然后,梵天让因陀罗与妻子舍姬和大象爱罗婆多一起住在他的名为三昧地的地区,在那里享有一切快乐。按照因陀罗的吩咐,持明王们前往风神的世界,健达缚王们前往月神的世界,其他天神也放弃自己的住地,前往其他各个世界。而维底约达婆遮占领天神们的住地,擂响欢庆的鼓声,在天国享有无限的王权。

在此期间,持明王旃陀罗盖杜在风神世界住了很久,心想:"我失去自己的地位,已经在这里住了这么久,而我们的敌人维底约达婆遮的苦行威力至今还没有耗尽。我听说我的朋友健达缚王波德摩塞克罗已经从月神世界前往湿婆的城市修炼苦行。而我至今不知道他是否获得恩惠。一旦我得知他的情况,我也就知道自己应该怎么办。"

就在他这样思考时,他的朋友健达缚王已经获得恩惠,来到他这里。旃陀罗盖杜拥抱和欢迎他,并询问他情况。健达缚王告诉他说:"我去湿婆的城市修炼苦行。湿婆对我表示满意,指示我说:'回去吧!你会获得一个高尚的儿子。你会恢复自己的王国。你也会获得一个无与伦比的女儿。诛灭维底约达婆遮的那位英雄会成为她的丈夫。'我听到湿婆这样的指示,因此,前来告诉你。"

旃陀罗盖杜听了健达缚王这样说,便作出决定:"为了摆脱痛苦,我也要去抚慰湿婆。不抚慰他,便不能实现自己的心愿。"于是,旃陀罗盖杜与妻子摩格达婆利一起前往湿婆的圣地修炼苦行。

健达缚王波德摩塞克罗把自己获得恩惠的情况也告诉了因陀罗,然后,怀着战胜敌人的希望,返回月神世界。而天王因陀罗住在三昧地,也怀着战胜敌人的希望。他想念天神导师,随即,毗诃波提来到他面前。因陀罗谦恭地对他说道:"湿婆对波德摩塞克罗的苦行表示满意,指明他的女婿会杀死维底约达婆遮。因此,这个邪恶的敌人的末日已经来临。但是,我失去自己的地位,长期住在这里,心情压抑。因此,尊者啊,你想想有什么办法能加快实现这个目标。"

天神导师毗诃波提听后,对因陀罗说道:"确实,这个敌人犯罪作恶,苦行的威力已经耗尽。因此,我们要努力抓住这个机会。来吧,我们去报告梵天。他会告诉我们办法。"于是,因陀罗和天神导师来到梵天身边,向他俯首致敬,说明来意。

而梵天听后,说道:"难道我不为这事着急?可是,这事由湿婆造成,也只能由他解决。但只有长期抚慰这位大神,才能获得他的恩惠。因此,我们去与湿婆不相上下的毗湿奴那里。他会告诉我们办法。"

梵天、因陀罗和天神导师这样商量后,一起登上天鹅飞车,前往白洲。那里的众生一心崇拜毗湿奴,都具有毗湿奴的形貌特征,长有四条手臂,分别持有螺号、飞盘、莲花和铁杵。在那里,他们看到毗湿奴住在宏伟的宝石宫殿里,坐在神蛇湿舍身上,莲花女神在他的脚边侍奉。他们向毗湿奴俯首致敬,他也依礼向他们表示欢迎。神仙们也向他们表示敬意。

然后,他们坐在合适的座位上。毗湿奴向他们问候众天神安好。而他们报告他说:"大神啊,只要维底约达婆遮还活着,我们怎么会安好?你知道他对我们所做的一切。因此,我们来这里,想要知道我们下一步应该怎么办。"

毗湿奴听后,对他们说道:"我怎么会不知道阿修罗破坏了我维持的世界秩序?但是,自在天湿婆亲自造成这样的境况,我也无能为力。这个邪恶的提迭会毁灭。如果你们想要加快速度,就听我告诉你们一个办法。大自在天湿婆有一处名为悉底希婆罗的圣地。他经常去那里。从前,他向我和梵天展现他的火焰林伽形象,告诉我俩这个秘密。因此,我们去那里修炼苦行,求取他的恩惠,那么,这场世界的灾难就会消除。"

　　他们听了毗湿奴的指示,便与这位大神一起登上金翅鸟和天鹅飞车,前往悉底希婆罗圣地。那里的众生摆脱衰老、疾病和死亡,永远快乐,鸟兽和树木也由金子构成。毗湿奴、梵天、因陀罗和天神导师在那里敬拜湿婆的林伽柱。这个林伽柱一刻不停展现各种形状和宝石。他们坚持修炼严酷的苦行,抚慰湿婆。

　　在此期间,湿婆对修炼严酷苦行的持明王旃陀罗盖杜表示满意,赐予他恩惠,说道:"起来吧,持明王!你会生下一个儿子。他是一位大英雄,会在战斗中杀死你们的敌人维底约达婆遮。而由于受到诅咒,他会变成凡人。他会帮助众天神。最后,凭借健达缚王的女儿波德摩婆蒂的苦行力,他会恢复自己的地位,与这位妻子一起享有持明转轮王王权,长达十劫。"

　　这时,在悉底希婆罗圣地,湿婆在林伽柱中看到毗湿奴等修炼严酷的苦行,感到满意,高兴地显身,对他们说道:"你们起来吧,不必再折磨自己。我已经对你们的朋友持明王旃陀罗盖杜的苦行表示满意。他将生下一个英雄儿子,属于我的分身,会杀死你们的敌人维底约达婆遮。而后,为了完成另一项天神的使命,他会受诅咒而变成凡人。健达缚王波德摩塞克罗的女儿名叫波德摩婆蒂,属于高利女神分身,会救助他。这位英雄成为持明转轮王后,会与这位妻子一起来到我这里。因此,你们耐心一点等待吧!你们的愿望几乎已经实现。"说罢,湿婆离开他们,消失不见。毗湿奴、梵天、因陀罗和天神导师高兴地返回各自的住地。

　　然后,持明王旃陀罗盖杜的妻子怀孕,到时候生下儿子。这个儿子的光辉照耀四方,犹如朝阳驱散黑暗。在他出生时,传来天国话音:"旃陀罗盖杜啊,你的这个儿子会杀死阿修罗维底约达婆遮。你要知道,你的这个毁灭敌人的儿子名叫摩格达普罗盖杜。"随后,天国话音停止,天上降下花雨。旃陀罗盖杜满怀喜悦。波德摩塞克罗和因陀罗得知消息,也来到这里。众天神也悄悄站着,互相谈论湿婆赐予的恩惠。然后,他们返回自己的住地。此后,摩格达普罗盖杜完成各种必要的仪式,伴随着众天神的喜悦增长而长大。

　　过了一些天,健达缚王波德摩塞克罗的妻子在生下儿子后,又生下一个女儿。这个女儿出生时,传来天国话音:"健达缚王啊,你的这个女儿会成为维底约达婆遮的敌人持明王的妻子,名叫波德摩婆蒂。"然后,波德摩婆蒂也渐渐长成少女。她仿佛由于出生在月神世界,获得源源不断的甘露滋养,而全身闪耀美的光辉。

摩格达普罗盖杜在童年时就思想高尚,坚持修炼苦行,恪守誓愿,崇拜湿婆。有一次,他连续十二天禁食,沉思湿婆。于是,尊神湿婆向他显身,说道:"我对你的虔诚表示满意,因此,我赐予你恩惠。各种武器和幻力会随时按照你的需要出现。现在,你就拿着我的这把宝剑吧!你掌握这把名为战无不胜的宝剑,会成为转轮王。任何敌人都不能战胜你。"说罢,大神把宝剑交给他,然后消失不见。而这位王子立即成为拥有神奇武器的大勇士。

这期间,阿修罗维底约达婆遮居住在天国。一次,他在天国恒河中嬉水。他看到河水被花粉染红,起伏的波浪散发大象颞颥液汁气味。他自恃臂力强壮而傲慢,对自己的随从们说道:"你们去看看!是谁在我的上游嬉水?"

那些阿修罗听后,前往上游,看到湿婆的公牛和因陀罗的爱罗婆多大象在水中游戏。他们回来报告这个提逊王说:"王上啊,湿婆的公牛和因陀罗的爱罗婆多大象在上游水中游戏。因此,河水中有花环和大象的颞颥液汁。"这个阿修罗王的罪业的恶果已经成熟,以致他头脑愚痴,狂妄自大,甚至不在乎湿婆,愤怒地对随从们说道:"你们去把那头公牛和爱罗婆多大象捆绑着带来!"

于是,那些阿修罗奉命前去,企图捕捉公牛和大象。而公牛和大象愤怒地冲过来踩死他们。一些侥幸逃脱的阿修罗回来报告维底约达婆遮。而他怒火中烧,派遣阿修罗军队前去捕捉。这些军队同样罪业的恶果成熟,被公牛和大象踩死。然后,那头公牛返回湿婆身边,爱罗婆多大象返回因陀罗身边。

因陀罗听保护爱罗婆多大象的随从们讲述了那个提逊王的所作所为,知道他的死期已经来临,因为他甚至藐视尊神湿婆。于是,因陀罗前去报告梵天,然后,他登上爱罗婆多大象,与持明王等一起,带着天神军队,前去消灭那个提逊王。出发时,舍姬为他举行了吉祥仪式。

第三章

然后,因陀罗带领军队,到达和包围天国。他已经获得湿婆的恩惠,现在占据有利的局面,充满勇气。维底约达婆遮见此情形,带领全副武装的军队,出来迎战。这时,许多对他不吉利的征兆出现。旗帜上出现闪电,头顶上盘旋兀鹰,华盖破裂,豺狼嗥叫。然而,这个阿修罗王不顾这些噩兆,继续出战。于是,天神和阿修罗展开大战。

因陀罗询问持明王旃陀罗盖杜:"摩格达普罗盖杜怎么现在还没有来?"这位持明王回答说:"我匆匆忙忙前来,忘了招呼他。但他知道后,肯定会很快赶来。"因陀罗听后,派遣风神的车夫迅速驾车前去接来摩格达普罗盖杜。同时,旃陀罗盖杜也派遣自己的门卫带着军队,随车前去召唤他的儿子。

这时,摩格达普罗盖杜已经知道父亲前去与提迭们交战,便带着随从们,准备前往战场。他登上胜利大象。母亲为他举行吉祥仪式。他手持湿婆赐予他的宝剑,从风神世界出发。这时,空中降下花雨,天神们擂响战鼓,和煦的风儿吹拂。那些害怕维底约达婆遮而逃跑的天神随从们便聚拢围绕在他的身边。

他带着大军出发,在行进途中,看见一座名为云林的波哩婆提女神庙。出于虔诚之心,他不能不敬拜女神就越过这座女神庙,于是,他从大象上下来,手捧鲜花,开始敬拜女神。

在此期间,健达缚王波德摩塞克罗的女儿波德摩婆蒂已经到达青春芳龄。她的母亲此时正在实施苦行,祈求丈夫在战斗中吉祥平安。而她在这时告别母亲,在女友们陪伴下,乘坐飞车,从月神世界前来这里的女神庙,准备实施苦行,祈求父亲和自己心中的丈夫在战斗中吉祥平安。

在前来的途中,她的女友询问她:"你并没有选定哪个投身战斗者为丈夫。你的母亲已经在实施苦行,为你的父亲祈求在战斗中吉祥平安。而你还是一个少女。你准备为谁实施苦行?"波德摩婆蒂回答她说:"朋友啊,父亲是为女儿们带来一切幸福快乐的天神。我的父亲已经为我选定一个品德无与伦比的丈夫。他是持明王的儿子摩格达普罗盖杜。他会在战斗中杀死维底约达婆遮。湿婆已经指定他是我的丈夫。我是在母亲询问父亲时,听到父亲亲口这样说的。因此,我要实施苦行,抚慰高利女神,祈求我的丈夫和我的父亲获得胜利。"

女友听后,对这位公主说道:"即使他是未婚夫,你决定这样做,也非常合适。祝你的心愿获得实现!"女友这样说着时,波德摩婆蒂看到高利女神庙附近有一个美丽的大湖。湖中覆盖着绽开的金莲花,明亮耀眼,仿佛染上她的莲花脸上洋溢的美的光辉。她进入湖中沐浴,采集供拜女神的莲花。

这时,罗刹们正在赶往天神和阿修罗交战的战场,渴望吃肉。有两个罗刹路过这里,嘴中长有可怕的獠牙,口吐火焰,头发竖起,魁梧的身体黑似浓烟,腹部和胸部下垂。他俩看到这位公主,立即从空中降下,抓住她后,又升上天空。而掌控飞车的天神上前阻挡这两个罗刹。公主的随从们发出痛苦的呼救声。

恰好,摩格达普罗盖杜已经敬拜完女神,从女神庙中出来。他听到那里传来的呼救声,看到两个罗刹挟带着闪耀光辉的波德摩婆蒂,犹如乌云中的闪电。这位大英雄冲上前去救下她。他用手掌击打这两个罗刹。他俩顿时昏迷而坠落地上摔死。

摩格达普罗盖杜看到这个少女犹如翻滚着美的波浪的河流,腰部的三道皱褶优美迷人,仿佛创造主熟练掌握创造女性的技巧,运用一切美质创造了她。摩格达普罗盖杜虽然意志坚定,但一见到她,立即陷入爱情,神志迷糊,感官麻木,顷刻间站立不动,仿佛成了画中人。

此时,波德摩婆蒂摆脱罗刹带来的恐惧,仿佛刹那间恢复了精神。她看到摩格达普罗盖杜,觉得他是世人眼中的节日,妇女们会为之疯狂,仿佛创造主将月亮和爱神合二而一创造了他。然后,她羞涩地低下头,轻声对女友说道:"但愿他吉祥幸运!而我现在要离开这个陌生男子。"

她这样说着时,摩格达普罗盖杜询问她的女友:"这位少女在说什么?"她的女友回答说:"她先向你这位救命恩人表示祝福,然后说:'我们离开这个陌生男子吧!'"摩格达普罗盖杜听后,心慌意乱,又问道:"她是谁?是谁的女儿?她许配给了哪位有福之人?"她的女友听后,回答说:"贤士啊,我们的这位女友名叫波德摩婆蒂。她是健达缚王波德摩塞克罗的女儿。湿婆指定摩格达普罗盖杜为她的丈夫。持明王的这个儿子举世爱戴。他将协助天王因陀罗消灭维底约达婆遮。她盼望自己的丈夫和父亲获得胜利,前来高利女神庙实施苦行。"

摩格达普罗盖杜的随从们听后,欢呼道:"多么幸运,公主啊! 他就是你的丈夫!"这对未婚夫妻就这样互相认识,满心欢喜。这样也很合适,无须日后相认。他俩站着,互相投递充满柔情爱意的斜睨目光。

就在这时,他俩听到鼓声,看见风神之车和旃陀罗盖杜的门卫带着军队快速来到。风神的车夫和这位门卫下车,恭敬地走近摩格达普罗盖杜,说道:"天王因陀罗和你的父亲在战场上召唤你。请你赶快登上这辆车,前往战场吧!"虽然他已经陷入波德摩婆蒂的情网,但为了父辈的事业,仍与他俩一起上车。他迅速穿上因陀罗送来的天神铠甲,出发时一再回首观望波德摩婆蒂。

而波德摩婆蒂也一直凝望着他,直至他消失在自己的视野。这位英雄用手掌一击就杀死那两个罗刹。她想念这位英雄,沐浴后开始敬拜高利女神和湿婆,祈求丈夫吉祥平安。

摩格达普罗盖杜也回想着她的目光。她的吉祥目光预示胜利。随后,他到达天神和阿修罗大战的战场。看到这位英雄全副武装,带着军队来到,所有的大阿修罗们都冲向他。这位英雄发射箭雨,砍下他们的头颅,在这战斗的节日中,作为祭供四方天神的祭品。

看到自己的军队遭到摩格达普罗盖杜杀戮,维底约达婆遮亲自冲向他,发箭射击他,四面八方的阿修罗军队也一齐冲向他。见此情形,因陀罗与悉陀、健达缚、持明和天神们一起冲向提迷军队。随即,箭矢、标枪、飞镖、长矛和铁叉互相交锋,一场混战开始,无数士兵遭到杀戮。血流成河,大象和马匹的躯体犹如鳄鱼,大象颞颥散落的珍珠犹如流沙,勇士们的头颅犹如石头。在这战斗的节日,喝醉血酒而心满意足的魔鬼们高兴地与无头尸体们一起跳舞。

在天神和阿修罗的大战中,胜利女神犹如涌动的巨浪,忽而趋向这边,忽而趋向那边。就这样,大战进行了二十四天。湿婆、毗湿奴和梵天始终站在各自的飞车上观战。

在第二十五天,双方的军队大多阵亡。现在,双方的主将开始一对一交战。摩格达普罗盖杜与维底约达婆遮交战,分别站在战车上和骑在大象上。

摩格达普罗盖杜用太阳武器抵挡黑暗武器,用炎热武器抵挡寒冷武器,用雷杵武器抵挡山岩武器,用金翅鸟武器抵挡蟒蛇武器。摩格达普罗盖杜用一支箭射杀这个阿修罗王的驭象者,又用一支箭射杀他的大象。随后,维底约达婆遮登上战车,摩格达普罗盖杜又射碎他的战车和驾驭战车的那些马匹。

于是,维底约达婆遮施展幻术,让自己及其军队隐身升入空中,向天神军队降下石头雨和武器雨。而摩格达普罗盖杜发射牢不可破的箭网,予以抵挡。维底约达婆遮则向下喷射火焰。然后,摩格达普罗盖杜向这个敌人及其随从们发射能毁灭世界的梵天武器。于是,遭到梵天武器打击,维底约达婆遮及其随从们顿时丧失生命,从空中坠落地上。剩下的维底约达婆遮的儿子等和伐遮罗登湿吒罗等阿修罗恐惧地逃往地下世界。

然后,天神们连声欢呼叫好,为摩格达普罗盖杜降下花雨,表达敬意。敌人已被杀死,因陀罗进入失而复得的天国,执掌王权。三界沉浸在节日的欢乐中。梵天让舍姬走在前面,亲自来到这里,给摩格达普罗盖杜戴上宝石顶冠。因陀罗也取下自己的项链,戴在这位王子的脖子上,因为他是赐予自己天国王位者,全身闪耀胜利的光辉。因陀罗又让他与自己一起坐在宝座上,满怀喜悦,向他表达各种祝福。因陀罗又派遣门卫前去接管维底约达婆遮的城市,准备在适当的时机,将这座额外获得的城市赠送给摩格达普罗盖杜。

然后,健达缚王波德摩塞克罗想要把女儿波德摩婆蒂交给这位王子,怀着这个心意望着创造主的脸。创造主知道他的心意,对他说道:“他还有一项特殊使命。你就稍许耐心等待着吧!”①

祝贺因陀罗胜利的欢庆活动开始。哈哈和呼呼②等健达缚展喉歌唱。伴随他们的歌声,兰跋等天女跳舞。观看欢庆活动后,创造主离去。因陀罗向护世天神们等表达敬意后,让他们返回各自的住地。他向健达缚王波德摩塞克罗表达敬意后,让他和随从们一起返回健达缚城。他也向摩格达普罗盖杜和旃陀罗盖杜表达敬意后,让他们返回持明城。

---

① 　此处提及的创造主即梵天,因为他知道湿婆的指示,所以这样说。
② 　“哈哈”(hāhā)和“呼呼”(huhū)是两个健达缚的名字。

摩格达普罗盖杜消除了世界的灾难,与父亲和众多持明王一起返回自己的都城。这位获得胜利的王子与父亲一起进入这座久别的城市。城里充满宝石,到处旗帜飘扬。旃陀罗盖杜立即向亲友和随从馈赠财富,犹如乌云普降雨水,让他们高兴满意,举行祝贺儿子胜利的盛大欢庆活动。

摩格达普罗盖杜即使获得诛灭维底约达婆遮的荣誉,但身边没有波德摩婆蒂,在各种享受中感受不到快乐。他的朋友名叫商耶多迦,采取讲述湿婆的指示等办法,尽心尽力安慰他,让他度过这些日子。

第四章

在此期间,健达缚王波德摩塞克罗重返自己的城市,举行热烈的庆祝活动。他从妻子口中得知女儿波德摩婆蒂在高利女神庙实施苦行,祈求他获得胜利,便吩咐去带她回来。波德摩婆蒂回来后,拜倒在父亲脚下。由于实施苦行和与心上人分离,她的身体消瘦。

父亲向她表示祝福后,对她说道:"女儿啊,你为我实施严酷的苦行,而你很快就会获得摩格达普罗盖杜这位丈夫。他是持明王的儿子,维底约达婆遮的诛灭者,世界的庇护者。湿婆亲自指定这位胜利者为你的丈夫。"

波德摩婆蒂听到父亲这样说,羞涩地低着头。这时,她的母亲询问丈夫:"夫君啊,这样一个令三界恐惧的阿修罗是怎样被这位王子杀死的?"于是,国王向她讲述天神与阿修罗大战的情况和这位王子的英勇事迹。

然后,波德摩婆蒂的一位名叫摩诺诃利佳的女友讲述这位王子怎样轻而易举杀死两个罗刹。于是,国王和王后得知女儿和这位王子已经相见和相爱,满心欢喜,说道:"他能消灭阿修罗大军,犹如投山仙人吞下大海,这两个罗刹对他来说算什么?"听了父亲讲述摩格达普罗盖杜的英勇事迹,波德摩婆蒂的爱情之火仿佛受到风儿扇动,燃烧得更加强烈。

然后,这位公主刹那间充满渴望,从父母身边离开,进入后宫宫殿。这里有宝石柱子、镶嵌珍珠的格子窗、珠宝铺成的地面、舒适的卧床和座椅。在这里,只要心中起念,就能获得各种神奇的享受。而她在这里,却感到与心上人分离的痛苦之火烧得更加炽烈。她又望见繁花如锦的天国花园,有许多金制树木和蔓藤,数以百计的宝石水池。她思忖道:"这座城市比我的出生地月神世界还要优美。但是,我还没有见到雪山珠宝山顶。那里的城市花园胜过天国的欢喜园。我最好能去那里,在清净阴凉的环境中,稍许缓解离愁之火的灼热。"

于是,她独自悄悄走出宫殿,准备前往那里的城市花园。她不可能步行前去,便凭借自己的幻力,以飞鸟为坐骑,前往那里。在那里,她坐在芭蕉树丛凉亭中的花床上,听到天国的歌声和乐声。而她并不由此获得快乐,因为身边没有心上人,爱情之火并不能平息,反而更加炽烈。

然后,她思念心上人,想要看到他,即使是画像也行。于是,她凭借幻力,获得画板和画笔。而她思忖道:"即使创造主也不能再创造一个像他那样的美男子,我怎么能指望用我这笨拙的手画出他? 即使如此,为了排遣自己的忧愁,我还是要画他。"于是,她开始在画板上画他的肖像。

在这期间,她的女友摩诺诃利佳发现她消失不见,困惑不安。于是,她四处游荡寻找,来到这里。她看到公主独自在蔓藤凉亭中面对画板。她站在公主背后,心想:"我要看看她独自在这里做什么。"于是,她悄悄躲在一旁。

这时,波德摩婆蒂的莲花眼中涌满泪水,望着心上人的画像,自言自语:"你杀死难以战胜的阿修罗,救助因陀罗,为何不能哪怕与我说说话,把我从爱神手中救出? 对于功德浅薄的人,如意树也变得不慷慨,佛陀也不发慈悲,金子也变成石头。你确实不知道爱情的火焰炽烈,不理解我的痛苦。对于你这样提婆也不能战胜的英雄,可怜的爱神花箭能起什么作用? 我还能说什么? 我命运不佳,泪水也阻挡我的双眼,不让我好好观看画中的你。"

随后,公主开始哭泣,泪珠犹如断线的项链珍珠纷纷滚落。她的女友摩诺诃利佳立即走上前去,而公主遮盖住画,对她说道:"朋友啊,好久不见,你在哪里?"摩诺诃利佳笑着说:"朋友啊,我四处游荡,找了你好久。你为何遮盖这幅画? 我已经看到和听到你自言自语。"

波德摩婆蒂听到女友这样说,面露羞涩,含泪哽咽着说道:"朋友啊,你早已知道一切,我对你有什么好隐瞒的? 在高利女神庙,这位王子把我从罗刹的恐怖之火中救出,却又把我投入爱情之火和难以摆脱的离愁之火。我不知道去哪里,向谁诉说,做什么,有什么办法!因为我一心想要获得他。"

女友听了公主这些话,便对她说道:"朋友啊,你一心思恋他,这完全正常。你俩的结合可以说是两全其美,就像月牙与湿婆的顶冠结合。你不必担心。因为他没有你,肯定也难以活下去。难道你没有察觉他与你处在同样的情况?即使是妇女,看到你这样的美貌,也希望自己变成男子。哪个男子不想获得你?何况他与你美貌匹配。湿婆已经指定你俩成为夫妻,他的话怎么会落空?然而,既然愿望即将实现,又有谁愿意苦苦耐心等待?因此,你就振作精神吧!他很快就会成为你的丈夫。你不难获得任何丈夫,而所有男子难以获得你。"

公主听了女友这些话,对她说道:"朋友啊,即使我知道你说的这一切,但我能怎么办呢?我一心思念他。身边没有我的这位生命之主,我一刻也不能活下去。爱神也不会容忍。我一想起他,我的心顿时不得安宁,全身肢体发烧,生命气息仿佛在炽热中离去。"

公主这样说着,神志迷糊,身体柔软似花,倒在女友的怀中。于是,女友用水泼洒她,用芭蕉叶为她扇风,含着眼泪安慰她。然后,女友又用莲藕项链、湿润的檀香膏和荷叶床这些清凉物品为她缓解身体的灼热。然而这些物品都被她的灼热烤干,仿佛与她遭受同样痛苦。

波德摩婆蒂激动地对女友说道:"你何必白费力气做这些事?这些办法减轻不了我的痛苦。其实,你只要为我做一件好事,就能解除我的痛苦。"女友听后,说道:"朋友啊,有什么是我不能为你做的?你就说出来吧!"于是,公主仿佛略带羞涩,说道:"亲爱的朋友,你赶快去把我的心上人带来这里!没有其他办法能让我获得安宁。我的父亲不会生气。如果父亲在这里,会亲自把我交给他。"女友听她说话口气坚决,便回答说:"如果是这样,那么,你就振作精神,保持镇静。这件事对我来说并不难。朋友啊,我这就去持明王旃陀罗盖杜著名的月亮城,把你的心上人带来。你就安下心来,不要再忧伤了。"

公主听了女友这些令她深感安慰的话,接着说道:"那么,你就赶快动身吧!祝你一路平安!朋友啊,你要恭敬地对这位拯救三界的英雄,我的生命之主,传达我的话:

你在高利女神庙救助我摆脱罗刹恐怖。而我现在面临
爱神伤害，为何你不来救助我？你这是奉行什么法则？

像你这样的人，既然能够救助世界，为何无视你以前
救助过而现在又遭受苦难的人？而且她一直忠诚于你。

你应该这样对他说。而且，你也知道怎样对他说一些诸如此类有益的话。"说罢，公主送别女友摩诺诃利佳，凭借幻力让她乘坐飞鸟，前往持明城。

波德摩婆蒂怀抱希望，心情稍许宽慰，带着画像，回到自己的宫殿。她在侍女们陪同下，进入自己的卧室，沐浴后，虔诚敬拜湿婆，说道："尊神啊，在三界，不受到你的恩宠，任何人的愿望都难以实现。因此，如果你不把我心爱的持明王子赐予我，我就在你面前抛弃身体。"

听到公主对湿婆说这些话，侍女们惊慌地对她说道："公主啊，你为何不顾惜自己的身体，说这些话？在这三界，你有什么愿望不能实现？甚至佛陀，如果你爱上他，他也会失去自制力。因此，你的心上人肯定是一位无与伦比的品行高尚者。"

公主听后，想到心上人的高尚品行，说道："他是因陀罗和众天神的唯一庇护者。他摧毁阿修罗，犹如太阳驱散黑暗。他也是我的救命恩人。我怎么会不爱他？"就这样，她怀着对心上人的渴望，与这些忠心耿耿的侍女们交谈。

同时，公主的女友摩诺诃利佳迅速到达持明王的月亮城。工巧神仿佛对自己创造的天国城市不满意，而特意创造这座奇妙无比的持明城市。摩诺诃利佳在那里没有找到摩格达普罗盖杜。于是，她乘坐飞鸟，来到城市花园。由于不可思议的神通威力，里面有光辉灿烂的珠宝树，一棵高耸的大树上绽开各种各样的花朵，天女的歌声和鸟儿的鸣声交汇，还有许多宝石石板，这座花园令她赏心悦目。

她看到花园里的侍从是各种鸟禽。它们走近前来，用清晰可爱的话语问候她，请她坐在波利质多树下的宝石座位上，依礼招待她。她向它们表示感谢，心想："持明王们的身体多么奇妙！各种享受自动出现。花园里回响天女

的歌声。鸟禽们是侍从。"

她询问这些侍从后，继续寻找，来到一处波利质多树丛。她看到摩格达普罗盖杜躺在树丛中洒有檀香水的花床上。她在高利女神庙见到过他，因此，认出是他。但她心想："我要看看他为何身体不适，隐藏在这里。"

这时，摩格达普罗盖杜的朋友商耶多迦用敷冰块、抹檀香膏和扇风等方法为他解除身体的灼热。而他对商耶多迦说道："肯定是爱神将火炭放入冰块，将糠火放入檀香膏，将森林大火放入风中，用离愁之火折磨我，以致我浑身依然灼热。朋友啊，你何必白费力气？在这个胜过天国欢喜园的花园里，甚至天女的歌声也让我心烦。身边没有波德摩塞克罗的女儿，这位莲花脸公主，爱神之箭给我身体造成的灼热不会退去。我不能对其他人诉说心事。我日夜不得安宁。唯一的办法是获得她。我要去高利女神庙。我以前就是在那里见到的这位公主。她的斜睨目光犹如利箭射穿我，取走我的心。雪山之女波哩婆提以苦行抚慰湿婆，得以与湿婆结合。湿婆会教给我与这位公主结合的办法。"

说着，王子准备起身。这时，摩诺诃利佳满怀喜悦，走上前去。于是，商耶多迦高兴地对王子说道："朋友啊，运气来了！你的心愿就要实现。你看，你的心上人的女友来到你的身边。我在高利女神庙看到她站在公主身边。"王子看到公主的女友，双眼仿佛喝下甘露，又惊又喜，充满渴望。王子请她坐在自己身边，问候心上人身体安康。

于是，摩诺诃利佳对王子说道："主人啊，如果你成为她的丈夫，她的身体肯定会安康。可是，现在她身陷痛苦。自从你见到她，夺走她的心，现在她失魂落魄，不听也不看。这位少女抛弃珍珠项链，戴上莲藕项链；抛弃华贵的床铺，睡在荷叶床上，辗转反侧。她的身体因灼热而干枯苍白，仿佛在嘲笑她说：'她以前出于羞涩，不敢谈论她的心上人。而身边没有这位心上人，她便落到这样的处境。'幸运的王子啊，她让我这样告诉你。"随即，她念诵波德摩婆蒂委托她传达的两首诗。

摩格达普罗盖杜听了摩诺诃利佳讲述的这一切，满怀喜悦，对她说道："你的话如同向我浇灌甘露，让我恢复精神，摆脱烦恼。我前生的善业今天结出果实，健达缚王的女儿这样宠爱我。虽然我还多少能忍受分离的痛苦，但是，她的肢体柔嫩似希利奢花,怎么能忍受? 因此,我要去高利女神庙,而你也带着你的女友去那里。这样,我俩很快就能相会。你要赶快回去安慰她。你把我的这颗顶珠送给她。那是当初湿婆对我表示满意,赐予我的。它能消除一切痛苦。我也把因陀罗赐予我的这条项链作为谢礼送给你。"说罢,王子取下头顶的顶珠交给她,也取下脖子上的项链戴在她的脖子上。然后,摩诺诃利佳高兴地向王子行礼告别,乘坐飞鸟,回到波德摩婆蒂身边。而摩格达普罗盖杜摆脱烦恼,也高兴地与商耶多迦迅速进入自己的城市。

摩诺诃利佳回到波德摩婆蒂身边后,向她报告她的心上人也忍受着爱情的折磨,转述王子说的那些话,以及约定与她在高利女神庙相会。摩诺诃利佳把王子送给公主的顶珠交给她,也向公主展示王子作为谢礼送给自己的项链。于是,波德摩婆蒂拥抱完成使命的女友,向她表示敬意,忘却了爱情的灼热。

在此期间,一位名叫多波达那的牟尼与他的名叫特利吒伐罗多的弟子一起来到高利女神庙花园。这位牟尼对他的弟子说道:"我要在这个神圣的花园里沉思入定片刻。你站在花园门口,不要让任何人进来。完成沉思入定后,我要敬拜女神。"于是,这个弟子站在花园门口。牟尼在花园里一棵波利质多树下沉思入定。沉思入定完毕后,牟尼起身,没有告诉自己的弟子,便进入女神庙敬拜女神。

这时,摩格达普罗盖杜和商耶多迦骑着天国骆驼来到这里。而在进入花园时,牟尼的弟子阻拦他俩,说道:"别进来! 我的师父正在里面沉思入定。"而王子着急要进入花园,心想:"这个花园面积很大。我的心上人或许已经来到这里。而牟尼也只是在花园里的某处。"于是,他避开牟尼的弟子的视线,与商耶多迦一起从空中进入花园。

王子进入花园后,左右观察。这时,牟尼的弟子进入花园,察看他的师父是否完成沉思入定。他没有看到师父,而看到摩格达普罗盖杜和他的同伴没有经过花园门口而直接进入。于是,他愤怒地诅咒王子说:"你妨碍我的师父沉思入定,以致他离开这里。你这样不守规矩,就和你的同伴一起变成凡人吧!"他发出这个诅咒后,便去寻找自己的师父。

摩格达普罗盖杜的心愿原本即将实现,却遭到这个诅咒,犹如雷杵击顶,情绪低落到极点。这时,波德摩婆蒂满怀渴望,与女友摩诺诃利佳一起乘坐飞鸟来到这里。王子看到心上人来到这里,而自己却已经受到诅咒,心中既喜悦又痛苦。而波德摩婆蒂此时右眼跳动,预示不吉祥,心中发慌。她看到心上人神情忧郁,心想:"是不是自己来晚了,让他不高兴?"于是,公主温顺地走近王子,而王子对她说道:"亲爱的,我俩的心愿原本就要实现,可是命运从中作梗。"公主听后,心慌意乱,说道:"天啊,命运怎么会从中作梗?"王子便把自己受到诅咒这件事告诉她。

然后,他俩心情沮丧,一起进入女神庙,向诅咒者的师父牟尼请求给予诅咒结束的期限。这位具有神通智慧的大牟尼看到他俩恭敬地走近他,便怀着爱意,对摩格达普罗盖杜说道:"这个傻瓜没有了解真实情况,就诅咒你。我自己起身离开。你并没有妨碍我。但这也是事出有因。因为你还要为天神完成一项使命。命运安排你见到波德摩婆蒂,忍受爱情折磨。而你很快会抛弃凡人身体,摆脱诅咒。你仍然会保持原有的身体,保护主宰你的生命的这位公主。你是世界庇护者。这个诅咒的时间不会长久。由于你使用梵天武器,它不仅杀死提选,也杀死儿童和老人。正是这个小小的过失,成为出现这个诅咒的原因。"

波德摩婆蒂听后,含着眼泪对牟尼说道:"尊者啊,让我和夫君共同承担这个命运吧!因为我与他分离,一刻也活不下去。"而牟尼对这样恳求的波德摩婆蒂说道:"这不行。你就在这里实施苦行吧!这样,对他的诅咒会很快结束。然后,他会与你结婚。你将与摩格达普罗盖杜一起享有持明转轮王王权长达十劫。他送给你的这颗顶珠会在你实施苦行期间保护你,因为它产生于创造主神圣的水罐。"

听了这位目光神奇的牟尼对波德摩婆蒂这样说,摩格达普罗盖杜俯首请求牟尼道:"但愿我在成为凡人期间,对于湿婆的虔诚崇拜毫不动摇!除了波德摩婆蒂,我的心不会转向任何其他女性!"牟尼听后,说道:"就这样吧!"

听了牟尼这样说,波德摩婆蒂痛苦至极,对牟尼的弟子犯下的过失发出诅咒:"你稀里糊涂诅咒我的夫君,因此,在他成为凡人期间,你就成为他的坐骑,能随意变形和来去。"牟尼的弟子受到公主诅咒,神情沮丧。然后,牟尼多波达那和他的弟子一起消失不见。

摩格达普罗盖杜对波德摩婆蒂说道："我现在要去自己的城市,看看那里会出现什么情况。"波德摩婆蒂听后,害怕分离,跌倒在地,身上装饰品散落,犹如蔓藤遭到狂风摧残,花朵散落。摩格达普罗盖杜与自己的朋友一起竭力安慰她,离去时一再回首顾盼。

王子离去后,波德摩婆蒂哀伤哭泣,同时对安慰自己的女友摩诺诃利佳说道："朋友啊,我昨夜梦见波哩婆提女神准备赐予我一个莲花花环,而又说道:'我以后会把它赐予你。'说罢,她消失不见。看来这是暗示我与心上人结合出现障碍。"

波德摩婆蒂伤心地说着这些话。于是,摩诺诃利佳对她说道："你的这个梦表明女神前来安慰你。女神的指示与牟尼说的话一致。因此,你放心吧!你不久就会与心上人团聚。"由于顶珠威力的作用,波德摩婆蒂听了女友的话,获得信心,便住在高利女神庙中。

波德摩婆蒂实施苦行,每天早中晚三次敬拜湿婆大神。她也敬拜从自己城里带来的心上人画像,如同敬拜神像。她的父母得知消息后,前来这里,含泪劝说她："女儿啊,你肯定会获得你的心上人,何必实施苦行,白白折磨自己?"

而波德摩婆蒂回答说："天神为我指定的丈夫突然遭到诅咒,我怎么可能安心居住家中?对于出身高贵的女子,丈夫是自己的最高灵魂。实施苦行,便能消除灾难。我不久就会与心上人团聚,因为没有什么不能依靠苦行获得。"

听了波德摩婆蒂表明自己坚定的决心,母亲古婆罗耶婆利对国王说道:"王上啊,就让她实施艰难的苦行吧!我们何必再让她伤心?这是她命中注定要做的事。这其中也有个原因。请听我告诉你!以前,在湿婆城,有个悉陀王的女儿名叫提婆波罗芭,为了求取符合心意的丈夫,实施严酷的苦行。当时,波德摩婆蒂和我一起去那里敬拜大神,看到这个少女,而波德摩婆蒂嘲笑她说:'你怎么也不害羞,为了求取丈夫而实施苦行?'这个少女听了生气,诅咒波德摩婆蒂说:'你这个傻女孩,出于幼稚嘲笑我。你将来也会为了求取丈夫而实施艰难的苦行。'因此,她必须兑现那个少女的诅咒,实施同样的苦行。谁能改变这一切?就让她实施苦行吧!"

健达缚王听了王后这样说,便不情愿地与拜倒在自己脚下的女儿告别,返回自己的城市。此后,波德摩婆蒂在高利女神庙中克制自我,专心祈祷。她也按照湿婆在梦中的指示,每天从空中前去敬拜梵天等天神经常出没的悉底希婆罗圣地。

第五章

波德摩婆蒂为获得丈夫而实施苦行时,摩格达普罗盖杜回到自己的城市。他心中害怕自己因婆罗门诅咒而即将成为凡人,前去寻求湿婆庇护。在敬拜湿婆时,他听到神庙内室传来话音:"你不必害怕! 你不会在胎中受苦。而成为凡人后,你也不会长久受苦。你将生为一个具有非凡威力的王子。牟尼多波达那会教会你使用所有武器。我的一位名叫紧迦罗的侍从会成为你的弟弟。在他的协助下,你将战胜敌人,完成天神们的事业。然后,你将与波德摩婆蒂一起享有持明转轮王王权。"王子听了这些话,获得信心,等待着诅咒的结果来临。

同时,在东部有一座名为提婆萨跋的城市,光辉胜过天国的天神会堂①。那里的国王名叫弥卢达伐遮,是一统天下的国王。在天神和阿修罗交战时,他是天王因陀罗的盟友。这位国王灵魂高尚,追求名誉,而不贪求他人财富;刀剑锋利,而刑罚不严酷;惧怕犯罪,而不惧怕敌人;愤怒时眉毛弯曲,而心思不扭曲;手臂因弓弦摩擦结茧而坚硬,而语言不生硬;投身战斗,而不注重财库中的金币;热爱正法,而不迷恋女人。

这位国王心中始终有两件担忧的事。一是他至今还没有生下一个儿子。二是以前在天神和阿修罗大战中,那些逃往地下世界的残余阿修罗经常出来作恶,破坏远处的圣地、神庙和净修林,然后逃回地下世界。他们出没于空中和地下世界。这位国王虽然富有威力,所向无敌,但在地上抓不住他们,为此心中烦恼不安。

① "提婆萨跋"这个城市名称的原词是 devasabha,词义为天神会堂。

就这样，国王经常为这两件事心烦意乱。一次，在仲春之月的清晨，因陀罗派车前来接他去天神会堂。因陀罗总是在一年的开始，召集众天神聚会，而弥卢达伐遮也经常乘坐因陀罗的飞车前去出席。而这一次，尽管天女们表演歌舞，他也受到因陀罗尊敬，但却时不时唉声叹气。天王因陀罗见此情状，知道他的心事，便对他说道："国王啊，我知道你心中的忧愁，但你放心吧！你会生下一个儿子，名叫摩格达普罗达伐遮。他是湿婆的分身。你还会生下另一个儿子，名叫摩罗耶达伐遮。他是湿婆的侍从化身下凡。摩格达普罗达伐遮会从牟尼多波达那那里获得知识、武器和能随意变形的坐骑。这位战无不胜的勇士还会获得兽主湿婆的武器，将会消灭阿修罗，统辖大地和地下世界。你就收下我的这两头能在空中飞行的金山象和金顶象，还有这些神奇的武器吧！"

说罢，因陀罗把两头飞象和那些武器交给他，让他回去。弥卢达伐遮高兴地回到大地上自己的城市。然而，尽管他能依靠飞象飞行空中，但是，这些狡诈的阿修罗躲进地下世界，他就无法消灭他们。

于是，国王渴望获得儿子。他乘坐飞象，前往因陀罗告诉他的牟尼多波达那的净修林。他到达那里，见到这位牟尼，告知他因陀罗的指示后，说道："尊者啊，请你告诉我一个办法，让我尽快达到目的。"牟尼告诉国王应该和妻子一起实施苦行，抚慰湿婆，便能迅速达到目的。

于是，国王实施苦行，抚慰湿婆。湿婆对他表示满意，在梦中指示他说："起来吧，国王！你不久会获得两个战无不胜的儿子，消灭残余的阿修罗。"国王听后，醒来。在早上，他告诉牟尼多波达那这个消息，和妻子一起结束禁食，返回自己的城市。

经过一些天，国王的大王后出现怀孕的吉相。在诅咒的控制下，摩格达普罗盖杜神秘地抛弃自己的持明身体，进入王后腹中。而他的持明身体留在自己的月亮城里，由亲友们依靠幻力保护，完好无损。

这样，在提婆萨跋城，王后怀孕，国王满心欢喜。王后因怀孕而渐渐慵倦懒散，而国王愈发感到高兴。到时候，王后生下一个儿子，灿若太阳，犹如湿婆的妻子波哩婆提生下的儿子鸠摩罗。不仅整个大地上人们欢欣鼓舞，天国天神们也擂鼓庆贺。牟尼多波达那具有天眼通，亲自前来向国王弥卢达伐遮表示祝贺。国王高兴地与牟尼一起,按照因陀罗原先的指示,给这个儿子取名摩格达普罗达伐遮。随后,牟尼离去。

在第二年,王后又为国王生下另一个儿子。同样,国王高兴地与牟尼一起为这个儿子取名摩罗耶达伐遮。随后,在诅咒控制下,商耶多迦投胎为国王的大臣的儿子。父亲给他取名摩诃菩提。两个王子犹如两头幼狮,与大臣的儿子一起成长,日益显示威力。

在两个王子长到八岁后,牟尼为他俩举行圣线礼。随后,牟尼用了八年时间教会他俩所有知识和技艺,学会使用一切武器。国王弥卢达伐遮看到自己的两个儿子长成青年,学会使用一切武器,觉得自己的一生成就圆满。

在牟尼准备返回自己的净修林时,国王对他说道:"尊者啊,你希望获得什么酬谢?"这位大牟尼回答说:"国王啊,我想要获得的酬谢是你和你的儿子消灭破坏祭祀的那些阿修罗。"国王听后,对牟尼说道:"那么,尊者啊,你现在就准备接受这样的酬谢吧!你开始举行祭祀,那些阿修罗会前来破坏。这时,我和儿子会到达那里。以前那些提迭们对你们犯罪作恶后,经常飞上天空、潜入海中或逃进地下世界。而我现在有因陀罗赐予我的两头飞象。即使他们飞上天空,我和两个儿子也能抓获他们。"

牟尼听后,高兴地对国王说道:"那么,你就为我准备齐全祭祀用品吧!我要举行一场闻名天下的祭祀。我会派遣我的弟子特利吒伐罗多作为你们的使者。他具有鸟的形体,随意飞行,威力无比。"说罢,牟尼返回自己的净修林,而国王吩咐为牟尼举行祭祀做好一切准备。

祭祀开始,天神们和牟尼们聚集在一起。住在地下世界的提迭们得知消息,蠢蠢欲动。牟尼得知消息,派遣因受诅咒而变成飞鸟的弟子特利吒伐罗多前往提婆萨跋城。国王弥卢达伐遮看到他飞来,便记起牟尼的话,于是备好两头飞象。他自己骑上金山象,让小儿子骑上金顶象。而摩格达普罗达伐遮骑上特利吒伐罗多大鸟,受到歌手们敬拜赞颂。然后,这三位英雄带着军队出发,受到婆罗门们祝福。他们到达牟尼的净修林。牟尼满怀喜悦,赐予他们不会受到武器伤害的恩惠。

然后,提迭们和凡人们开始交战。提迭们站在空中,袭击站在地上的凡人。摩格达普罗达伐遮乘坐大鸟,冲向前去,发射箭雨,杀戮提迭们。提迭们看到他乘坐大鸟,光辉闪耀如同火焰,以为他是大神毗湿奴,纷纷逃跑。

提迭们满怀恐惧,逃入地下世界,报告提迭王特雷罗吉耶摩林。提迭王得知情况后,派遣探子们前去侦察,方知摩格达普罗达伐遮是凡人。他不能容忍败在凡人手下,便召集所有地下世界的檀那婆和阿修罗,即使出现种种不吉祥的征兆,依然前往净修林,准备投身战斗。

而摩格达普罗达伐遮等凡人们守候在净修林,看见檀那婆王带领军队来到,便冲向前去。然后,凡人和阿修罗再次展开大战。楼陀罗和因陀罗等天神乘坐飞车,前来观战。

这时,摩格达普罗达伐遮突然看到威力无比的兽主武器出现在他的面前,体积庞大,火光闪闪,三只眼,四张嘴,一条腿,八条手臂,仿佛是劫末毁灭世界的火焰。这件武器对他说道:“你要知道,我奉湿婆之命前来协助你取得胜利。”于是,王子敬拜它后,接受它。

这时,站在空中的阿修罗们向站在地上的弥卢达伐遮的军队投掷武器,犹如下起滂沱大雨。于是,摩格达普罗达伐遮为了保护自己一方的军队,发射箭网,挡在天地之间,然后,以各种方式与阿修罗们交战。

提迭王看到他与父亲和弟弟乘坐大鸟和飞象飞行空中,便向他们发射蛇箭。无数可怕的毒蛇出现。而摩格达普罗达伐遮发射金翅鸟箭。许多金翅鸟出现,吞噬毒蛇。这样,摩格达普罗达伐遮发射各种武器,轻松地摧毁提迭王及其儿子发射的各种武器。然后,提迭王及其儿子和其他的檀那婆们愤怒地一起同时向他发射火箭,而这些火箭看到前面出现燃烧的兽主武器,全都吓得转身逃跑。

提迭们满怀恐惧,准备逃跑。英勇的摩格达普罗达伐遮知道他们想要逃跑,便在他们上方和四周发射坚不可摧的箭网,仿佛把他们关在金刚牢笼中。檀那婆们在里面如同鸟儿们在鸟笼中乱作一团。王子与父亲和弟弟一起发射利箭,杀戮他们。提迭们被利箭射断的手、脚、头颅和身躯纷纷坠落。这时,天神们发出叫好声,随即降下花雨。摩格达普罗达伐遮又向敌人发射迷魂箭。阿修罗们和阿修罗王全都昏迷,坠落地上。然后,摩格达普罗达伐遮发射伐楼那神箭,用绳索捆绑住他们。

然后,牟尼多波达那对国王弥卢达伐遮说道:"不要杀死这些逃过杀戮的残余阿修罗军队。你们要让地下世界归属自己,而将提迷王及其儿子和大臣们,还有大阿修罗们和狠毒的蛇以及为首的罗刹们,捆绑着带走,关进提婆萨跋城附近的白山山洞里。"

弥卢达伐遮听了牟尼的话,便对提迷士兵们说道:"你们不必害怕。摩格达普罗达伐遮和他的弟弟摩罗耶达伐遮不会杀死你们。你们现在要接受他的统治。"檀那婆们听后,高兴地表示同意。于是,国王将提迷王特雷罗吉耶摩林及其儿子等带到白山,把他们关进山洞,并安排一些强悍的大臣带领许多勇士守卫在那里。

于是,战斗结束。飞车上的天神们降下曼陀罗花雨后离去。世界沉浸在节日的欢乐中。国王弥卢达伐遮对两个儿子说道:"现在,我在这里保护祭祀。你们两个带领自己的军队,以及缴获的提迷飞车和残余的阿修罗军队,前去地下世界,安抚和控制地下世界居民,为他们指定首领,让他们归顺后,再返回这里。"

听了父王的指示,英勇的摩格达普罗达伐遮和摩罗耶达伐遮说道:"好吧!"这兄弟俩立即骑上大鸟和飞象,带领自己的军队以及已经归顺的檀那婆军队,进入地下世界。他俩只是杀死各处阻挡的卫兵,而击鼓宣告赦免所有其他居民。在居民们受到安抚而归顺后,他俩占领所有七个地下世界,包括数以百计的宝石城市。他俩享受满足一切愿望的可爱花园以及配备宝石台阶的神奇酒池。

他俩看到许多檀那婆美女,还有那些运用幻力藏在树中的可爱少女。提迷王特雷罗吉耶摩林的妻子名叫斯婆衍波罗芭,开始实施苦行,祈求已被囚禁的丈夫平安。她的两个女儿名叫特雷罗吉耶波罗芭和特利普婆那波罗芭,也同样开始实施苦行,祈求父亲平安。这两个王子以各种可爱的方式表达对地下世界居民的尊重,让他们感到平安而放心,并为他们指定商伽罗摩辛诃等首领。然后,他俩返回保护净修林的父亲身边。

这时,牟尼的祭祀已经完成。天神们和牟尼们准备返回自己的住地。弥卢达伐遮对高兴满意的因陀罗说道:"天王啊,如果你愿意,去看看我的城市吧！"因陀罗听后，为了让国王高兴，告别牟尼，与国王及其儿子一起前往提婆萨跋城。

　　两个世界的国王弥卢达伐遮热情招待因陀罗，以致他忘却天国的快乐。然后，因陀罗满心欢喜，也邀请国王及其儿子乘坐自己的飞车，前往他的天国。他们在那里见到那罗陀仙人，聆听兰跋等天女演唱。因陀罗让弥卢达伐遮及其两个儿子在天国得到休息，赠送他们波利质多花环和天国的顶冠，向他们表达敬意后，送他们返回自己的城市。

　　他们回来后，虽然是人间帝王，但往来于地上和地下，统治两个世界。然后，弥卢达伐遮对摩格达普罗达伐遮说道："儿子啊，我们已经战胜敌人。你们兄弟俩正值青春。有许多归顺我的国王的女儿，我已经派人从中挑选，准备在适当的时候，让你俩娶妻结婚。"

　　摩格达普罗达伐遮听后，说道："父亲啊，我现在还不想结婚。我现在要去实施苦行，抚慰湿婆。但是，你可以先让弟弟摩罗耶达伐遮结婚。"而摩罗耶达伐遮听后，说道："贤兄啊，你不结婚，我怎么可以结婚？或者，你不执掌王国，我怎么可以执掌？我要追随你的道路。"

　　国王听了小儿子的话，对大儿子说道："你的弟弟说的话在理，而你说的话不在理。现在你俩正值青春，是享受生活的时期，而不是实施苦行的时期。儿子啊，你就抛弃这个不切实际的想法吧！"而摩格达普罗达伐遮依然坚决表示现在不愿意结婚。于是，国王沉默不语，等待适当的时机。

　　在此期间，在地下世界，特雷罗吉耶摩林的妻子斯婆衍波罗芭的两个女儿始终实施苦行。这时，她俩对母亲说道："我俩前生功德浅薄，因而在七岁和八岁时，父亲被囚禁，失去王权。我俩实施苦行，抚慰湿婆，已有八年，但父亲至今没有获释。因此，为了免遭敌人凌辱，我俩还是投火自焚为好。"

　　听了自己的两个女儿这样说，斯婆衍波罗芭说道："我的两个女儿啊，你们要耐心等待。我们还会恢复荣耀。我在实施苦行时，湿婆在梦中指示我说：'孩子啊，你要保持信心。你的丈夫会重新获得王权。摩格达普罗达伐遮和摩罗耶达伐遮这两个王子会成为你的两个女儿的丈夫。你不要以为他俩是凡人。他俩一个是持明，另一个是我的侍从。'听到湿婆的指示后，在夜晚结束时,我醒来。因此,我怀抱希望,一直忍受着痛苦。现在,我要把这件事告诉你们的父亲。如果他同意,我会努力促成你俩的婚事。"

王后斯婆衍波罗芭这样安慰两个女儿后,对后宫老妇人因度摩蒂说道:"你去白山山洞,拜倒在我的夫君脚下,向他转达我的话:'大王啊,创造主用青铜创造了我。因此,即使我遭到与你分离之火焚烧,至今没有被烧毁。而我怀着与你重逢的希望,也没有自尽。'说完这些,你把湿婆在梦中对我的指示告诉他。然后,你询问他对两个女儿婚事的想法,回来告诉我。我会按照他说的办。"

这样,因度摩蒂受王后派遣,离开地下世界,到达防守严密的白山山洞洞口。她恳求门卫后,进入山洞,看到被囚禁的特雷罗吉耶摩林,含泪抱住他的双脚。他询问家人情况。因度摩蒂缓缓地向他转达他的妻子所说的一切。而他听后,说道:"湿婆说我会恢复王权,但愿如此。但是,别想把我的两个女儿交给弥卢达伐遮的两个儿子。我宁可死在这里,也不能作为一个囚犯,把自己的两个女儿交给这两个凡人和敌人。"说罢,他打发因度摩蒂回去。

因度摩蒂回来后,把他的话报告王后斯婆衍波罗芭。提迭王的两个女儿特雷罗吉耶波罗芭和特利普婆那波罗芭听后,对母亲说道:"我俩害怕自己的青春遭到玷污,因此,火是我俩的唯一归宿。阿妈啊,我俩要在这个月的第十四日投火自焚。"看到自己的两个女儿已经下定决心,这位母亲及其随从们也决定一死了之。这样,到了这个月第十四日,她们一起在巴波利布圣地,敬拜湿婆大神后,垒起火葬堆。

正是在这一天,国王弥卢达伐遮与妻子和两个儿子来到这里敬拜大神湿婆。国王和随从们准备在这个圣地沐浴时,看见远处树林旁冒起烟雾。他询问道:"为何那里在冒烟?"地下世界的首领商伽罗摩辛诃等告诉他说:"大王啊,特雷罗吉耶摩林的妻子斯婆衍波罗芭和她的两个女儿在这里实施苦行。她们现在正在举行拜火仪式。或许她们已经受尽苦行折磨,准备投火自焚。"

国王听后,留下其他的随从,与妻子和两个儿子以及那些地下世界首领一起,前往那里观看。他站在隐蔽处,看到提迭王的两个女儿与她俩的母亲一起,正在敬拜燃烧的火葬堆的火焰。这两个少女脸庞的光辉闪耀四方,仿佛一百个月亮照亮地下世界。她俩的项链晃动,仿佛是胸脯水罐倾倒出水,为战胜三界的爱神灌顶。她俩丰满的臀部上方系有珠宝腰带,仿佛是爱神之象的头部装饰有星星。她俩的头发卷曲似蛇,仿佛是创造主创造它们,为了守护她俩的美的宝库。国王看到后,惊讶不已,心想:"创造主热衷于不断创造新的奇迹,以致天女兰跋、优哩婆湿和狄罗德玛的美貌都比不上阿修罗王的这两个女儿。"

正当国王这样思索着时,提迭王的大女儿特雷罗吉耶波罗芭敬拜火神后,祈求道:"自从听到母亲讲述梦中湿婆对她的指示后,我一心思恋我的丈夫摩格达普罗达伐遮。这位王子是品德的宝库。尊神啊,但愿在来生,他成为我的丈夫。而在今生,即使母亲同意把我交给他,但是,我的高傲的父亲身为囚犯,不肯同意。"特利普婆那波罗芭听了姐姐这样说,也同样祈求火神道:"但愿在来生,摩罗耶达伐遮成为我的丈夫。"

国王弥卢达伐遮听到这两个少女的话后,满怀喜悦。他和王后一起商量,说道:"如果她俩成为我们的两个儿子的妻子,也是他俩征服两个世界收获的成果。她俩就要投火自焚。我要去阻止她俩和她俩的母亲。"国王和王后这样商量好后,便走过去,对她们说道:"你们别鲁莽行事!我会解除你们的痛苦。"

这三个阿修罗女子听到国王这样说,仿佛甘露灌入耳中,一起向他俯首致敬。斯婆衍波罗芭对国王说道:"我们以前依靠幻力隐身。你看不见我们。今天,你这位两个世界的国王看见了我们。我们有幸被你看见,我们的痛苦不久就会解除,因为我们没有向你乞求,你就亲口这样许诺我们。请接受我们献给你的礼物和洗脚水,也请你坐下。你是举世尊敬的国王。这里是我们的净修林。"

听了斯婆衍波罗芭这番话,国王笑着说道:"你还是献给你的这两个女婿礼物和洗脚水吧!"于是,斯婆衍波罗芭说道:"湿婆大神已经赐予他俩礼物。今天,就请你接受礼物吧!"然后,弥卢达伐遮说道:"我接受这一切,而你们现在要打消自尽的念头,回到自己的满足一切愿望的城市住下。我会让你们获得幸福。"

斯婆衍波罗芭听后,对国王说道:"遵照王上的指示,我们已经打消自尽的念头。但是,我的夫主还被囚禁着,我们怎么能回自己的城里去住?因此,王上啊,我们现在还要住在这里。一旦王上兑现许诺的恩惠,释放我的夫主以及他的儿子和大臣们,让他重新获得王权,他会成为你的忠臣。如果你想要他的王权,他也会交给你。他会严格遵守与你的约定,我们和地下世界居民也是这样。你就让地下世界中我们的宝石归属自己吧!"

国王弥卢达伐遮听后,说道:"我会考虑这一切,而你们也要记住自己的话。"说罢,国王前去沐浴,敬拜湿婆。提逊王的两个女儿已经亲眼见到国王的两个儿子,一心爱恋他俩。而地下世界的所有居民拜倒在这位高尚的国王脚下,乞求他释放特雷罗吉耶摩林。然后,国王与妻子和两个儿子以及随从们离开地下世界,返回自己的城市。他的华盖如同他的名誉一样洁白,笼罩四方。

回到城里后,国王的小儿子摩罗耶达伐遮迷恋阿修罗王的小女儿,夜里即使闭上眼睛也睡不着,在爱情之火烧灼下,度过夜晚。而摩格达普罗达伐遮意志坚定如同大海,即使知道阿修罗王的大女儿爱恋他,而且她的美貌足以让大牟尼动心,同时,他自己也正值青春,但由于以前向牟尼求取的恩惠的作用,内心保持平静。

这样,国王弥卢达伐遮得知大儿子依然拒绝娶妻,而小儿子则忍受着爱情的痛苦折磨,同时,那个阿修罗王也不肯交出自己的两个女儿。因此,他困惑不安,思考着解决这些难题的良策。

第六章

然后,国王弥卢达伐遮看到摩罗耶达伐遮忍受着爱情的痛苦折磨,对王后说道:"如果在地下世界看到的特雷罗吉耶摩林的两个女儿不能成为我的两个儿子的妻子,我会有什么好结果? 我的儿子摩罗耶达伐遮得不到阿修罗王的小女儿,最终会被爱情之火煎熬而死,虽然他自己羞于说出口。正因为如此,我虽然许诺赐予这个阿修罗王的妻子恩惠,但至今没有释放他。如果我释放他,他有可能出于阿修罗的傲慢,依然不肯将他的两个女儿嫁给我的两个凡人儿子。因此,现在最好还是采取安抚的办法促成这件事。"

国王与王后这样商量好后,召唤门卫前来,吩咐他说:"你去白山山洞,怀着善意,向被囚禁在那里的提逊王特雷罗吉耶摩林传达我的话:'提逊王啊,出于命运的安排,你在这里长期受苦。现在,你就听从我的话,摆脱苦难吧! 你的两个女儿对我的两个儿子一见钟情。你就把她俩嫁给我的两个儿子吧！这样，你就可以获释，兑现诺言后，恢复自己的王权。'"

这样，门卫受国王派遣，前往白山山洞，向提逊王传达国王的话。而提逊王回答说："我不会把自己的两个女儿嫁给两个凡人。"于是，门卫回来如实报告国王。然后，国王开始思索采取什么别的办法。过了一些天，斯婆衍波罗芭得知情况后，再次从地下世界派遣因度摩蒂作为女使前来传话。

因度摩蒂来到后，经女门卫通报，来到王后身边。王后亲切地接待她。因度摩蒂拜倒在王后脚下，说道："王后啊，王后斯婆衍波罗芭让我传话说：'你们是不是忘记了自己说的话？即使大海和高山在劫末会毁灭，像你们这样的高贵者说的话不会不兑现。我的夫主还不肯交出他的两个女儿，因为他现在身为囚犯，怎么可能会把女儿作为礼物献出？如果你们以合适的方式释放他，有恩于他，他肯定会把女儿交给你们作为回报。'否则，斯婆衍波罗芭和她的两个女儿会抛弃生命。这样，你们既得不到她的两个女儿，也没有兑现自己的诺言。因此，王后啊，你要作出承诺，保证释放我们的主人，这样，事情也就圆满解决。此外，请你接受斯婆衍波罗芭赠送给你的这枚首饰，上面镶嵌有各种天国宝石，具有飞行空中等魔力。"

因度摩蒂说完这些话，王后说道："她还身处困境，我怎么能接受她的礼物？"而因度摩蒂坚持说："如果你不接受它，我们心中会感到不安。而你接受它，我们会觉得自己的痛苦能解除。"王后看到她竭力坚持，为了让她心中感到宽慰，便接受这枚宝石首饰。然后，王后对她说："你暂且留在这里，因为国王马上就会来到这里。"

随后，国王来到这里。因度摩蒂起身，经王后介绍后，向国王俯首致敬，并将斯婆衍波罗芭赠送给国王的一颗能驱除毒药、罗刹、衰老和疾病的宝石顶珠交给他。国王说道："等我兑现诺言后，再接受它。"而机智的因度摩蒂说道："如果国王兑现诺言，自然是好事。而你现在接受这颗顶珠，会让我们更加安心。"王后听后，说道："说得好！"她便接过这颗宝石顶珠，戴在国王头顶。然后，因度摩蒂把向王后传达的斯婆衍波罗芭的话向国王复述一遍。国王听后，也像王后那样说道："你今天暂且留在这里。明天早上，我会答复你。"就这样，国王度过这一夜。

第二天早上，国王弥卢达伐遮召集大臣们后，对因度摩蒂说道："你和我的大臣们一起报告特雷罗吉耶摩林后，去地下世界带来斯婆衍波罗芭等阿修罗妇女和所有主要的地下世界居民，以及印有湿婆标志和装满神裁之水的水罐；然后，当着我的大臣们的面，让斯婆衍波罗芭等接触她的丈夫的脚，发誓保证特雷罗吉耶摩林以及他的臣仆和亲友永远接受我们的统治，保证那些蛇不毁损谷物；也让那些地下世界居民以及他们的首领和子孙同样发誓保证；然后，让他们签字画押，喝下经过湿婆净化的神裁之水。这样，我就会释放被囚禁的特雷罗吉耶摩林。"说罢，国王吩咐因度摩蒂和大臣们前去执行。

然后，因度摩蒂和大臣们把国王提出的要求告知特雷罗吉耶摩林。他听后，表示同意。于是，因度摩蒂回到地下世界，带来斯婆衍波罗芭等和神裁之水。他们按照国王的要求，当着大臣们的面，完成所有程式。然后，国王释放被囚禁的特雷罗吉耶摩林及其随从们。

这样，国王已将阿修罗的大量珍宝归属自己。他把特雷罗吉耶摩林及其家人带回自己宫中，向他表示应有的尊敬，然后，让他返回自己的王国。特雷罗吉耶摩林回到地下世界，重新获得王权，与自己的臣仆和亲友一起满怀喜悦。而国王弥卢达伐遮获得地下世界的大量财富，财富布满大地，犹如天降暴雨。

然后，特雷罗吉耶摩林与妻子商量后，决定把自己的两个宝贝女儿嫁给弥卢达伐遮的两个儿子。这位提洗王不忘弥卢达伐遮的恩情，亲自从地下世界带着亲友前来邀请他。在接受待客之礼后，他对国王说道："以前你没有机会好好观赏地下世界。现在，请你前去观赏吧！我们会竭尽全力侍奉你。同时，我要让你带走我的两个宝贝女儿。"

弥卢达伐遮听了阿修罗王这样说，便召唤妻子和两个儿子前来。他告诉他们阿修罗王说的话以及阿修罗王表示要把两个女儿交给自己。于是，国王的大儿子摩格达普罗达伐遮说道："我此前已经说过，我要抚慰湿婆，现在还不准备结婚。因此，请你们宽恕我的这个罪过。我离去后，让摩罗耶达伐遮留在家里。他身边没有地下世界那位少女，绝不会快乐。"而摩罗耶达伐遮听后，说道："贤兄啊，只要你还活着，我不会做这种不合乎正法而有损名誉的事。"

然后,尽管国王弥卢达伐遮竭力劝说,摩格达普罗达伐遮依然不同意结婚。于是,特雷罗吉耶摩林告别神情沮丧的国王,与随从们一起返回地下世界。

在那里,特雷罗吉耶摩林对妻子和儿子说道:"你们看,他们采用这种方式羞辱我们。先前他们向我乞求我的两个女儿,我不同意。现在,我请求他们接受我的两个女儿,而那两个凡人不接受。"他的妻子和儿子听后,说道:"谁知道命运在想什么?难道湿婆说的话也不作数?"

而他的两个女儿特雷罗吉耶波罗芭和特利普婆那波罗芭听到他们之间的交谈后,发誓说:"我俩要禁食十二天。如果天神在这期间不赐予我俩结婚的恩惠,那么,我俩就一起投火自焚。我俩不能只是为了让身体活着而蒙受羞辱。"于是,提迭王的两个女儿克制自我,实施禁食,在天神前沉思默祷。她俩的父母得知这个情况,出于对女儿的关爱,也开始实施禁食。

然后,她俩的母亲再次派遣因度摩蒂,迅速去把这里的情况告知国王弥卢达伐遮的王后。因度摩蒂见到王后,向她报告自己的主人家中发生的危机。随即,国王也知道了情况。出于同情对方夫妇,这对夫妇也开始实施禁食。随后,他俩的两个儿子出于对父母的孝顺,也开始实施禁食。

这样,地上和地下两个世界的王室中同时出现危机。摩格达普罗达伐遮实施禁食,沉思默祷,祈求湿婆庇护。在第七天,这位王子早上醒来,对前生的朋友即现在的摩诃菩提说道:"朋友啊,我昨夜梦见自己乘坐飞车。那是牟尼多波达那赐予我的能随意变形和来去的坐骑。当时我心情抑郁,到达离这里很远的须弥山山坡上的湿婆庙,在那里看到一个实施苦行而消瘦的天女。而有个束有发髻的男子指着她,笑着对我说:'你逃避一个少女,来到这里。而你看,这另一个少女等着你来到。'听了他的话,我望着这个美丽的少女,两眼不知餍足。就在这时,我突然醒来,夜晚已经逝去。因此,我要获得这个天女。如果我不能获得她,我就在那里投火自焚。这命运究竟是怎么回事?我的心刚抛弃爱上我的提迭少女,却让我爱上梦见的天女。无论如何我要去那里。我肯定会获得好运。"

说罢,他召唤牟尼赐予他的能随意变形和来去的坐骑。他和他的朋友一起登上飞车,到达他梦见的那座湿婆神庙,满怀喜悦。他在那里的悉陀德迦圣地沐浴,完成一些必要的仪式。只有这个朋友侍奉他。

这时,国王弥卢达伐遮与妻子和儿子在自己的城中实施禁食而消瘦,得知他悄悄去了某处,焦虑不安。而在地下世界,实施禁食的特雷罗吉耶摩林也得知这个消息,带着两个女儿和妻子来到国王身边。他们一起商量决定:"今天是这个月的第十四日。他肯定是去某处敬拜湿婆。我们今天就在这里等着。如果明天早上他还不回来,我们就去找他,别管会发生什么。"

在此期间,波德摩婆蒂住在名为云林的高利女神净修林。这一天,她对自己的女友们说道:"朋友们啊,我昨夜梦见我在悉底希婆罗圣地,有个束有发髻的人从神庙里走出来,对我说道:'女孩啊,你的痛苦已经到头。你就要与丈夫团聚。'说罢,他离去。这时,夜晚逝去,我醒来。因此,我们去那里吧!"

说罢,波德摩婆蒂前往须弥山山坡上的湿婆神庙。在那里,她远远看见摩格达普罗达伐遮在悉陀德迦圣地沐浴,惊讶地对女友们说道:"你们看!这个人怎么像我的心上人?真是奇怪!但不可能是他,因为这是一个凡人。"

她的女友们听后,看到这个人,对波德摩婆蒂说道:"不仅很像,他就是你的心上人。而且,你看!他的同伴也像是你的心上人的朋友商耶多迦。公主啊,正如你梦见的那样,我们认为这显然是湿婆巧为安排,让他俩来到这里,而他俩因受诅咒而变成凡人。否则,凡人怎么可能来到天神的住地?"波德摩婆蒂听了女友们这样说,便敬拜大神,躲在神像附近观察,迫切想要知道这个人究竟是谁。

这时,摩格达普罗达伐遮沐浴后,来到那里,敬拜大神。他观察四周,对摩诃菩提说道:"真奇怪!这正是我梦中看到的神庙,宝石林伽柱呈现湿婆的形象。也像我梦中所见,这里各处的宝石树上神鸟飞跃。但我就是没有看到那位天女。如果我不能获得她,我就要在这里抛弃身体。"

波德摩婆蒂的女友们听到后,悄悄对公主说道:"你听!肯定是他梦见你,而来到这里。如果他见不到你,就要抛弃生命。因此,公主啊,我们就躲在这里,看看他的决心。"说罢,她们躲在里面。

这时,摩格达普罗达伐遮进入神庙,敬拜大神后出来,虔诚地右绕神庙三匝。随即,他和他的朋友记起自己的前生,互相高兴地谈论前生往事。就在这时,波德摩婆蒂走了出来,出现在他俩的眼前。摩格达普罗达伐遮记得前生,看到她后,满怀喜悦,对他的朋友说道:"她就是我梦中所见的公主波德摩婆蒂。天降好运,我要赶快去与她相见。"

说罢,他走近前去,含泪对波德摩婆蒂说道:"公主啊,现在你不要去别处。我就是你的心上人摩格达普罗盖杜。我记得前生。我由于受到牟尼特利吒伐罗多诅咒而变成凡人。"说罢,他情不自禁想要拥抱她。而波德摩婆蒂慌忙隐身,含泪站在那里。王子看到她突然消失不见,昏倒在地。

于是,他的朋友痛苦地望着空中说道:"公主波德摩婆蒂啊,你正是为了他,忍受苦行折磨。而现在他来到这里,你为何不肯与他说话?我是你的心上人的朋友商耶多迦。也是为了你,我被诅咒。为何你也不肯对我说几句好听的话?"随后,他安慰苏醒过来的王子,说道:"正是因为你拒绝接受爱你的提遮少女,才遭遇这个恶果。"

隐身的波德摩婆蒂听到后,对女友们说道:"你们听!他看不上阿修罗少女。"于是,女友们对她说道:"你看到的一切都符合实际情况。你不记得了吗?你的心上人受到诅咒时,向牟尼求取恩惠说:'在我成为凡人期间,除了波德摩婆蒂,我的心不会移向别的女性。'因此,牟尼赐予他这个恩惠。由于这个恩惠的威力,他现在不会爱上任何其他女性。"公主听后,疑惑不安。

而摩格达普罗达伐遮刚见到了心上人,心上人却又消失不见,于是他哭泣道:"哎呀,亲爱的波德摩婆蒂!难道你没有看到当时我是持明,为了你,在云林净修林受到诅咒?毫无疑问,我今天要死在这里了。"

波德摩婆蒂听到他这样哭诉,对女友们说道:"虽然眼前的一切迹象符合实际情况,但也有可能这一切是他俩从哪里听说来的。我心中还不能确信就是他俩。但我也不忍心听他这样哭诉。现在,我要去高利女神庙,因为到了我该敬拜的时间。"

随后,波德摩婆蒂与女友们一起前往高利女神庙。到了那里,她敬拜女神后,说道:"如果我在悉底希婆罗圣地看到的就是我以前的心上人,那么,就赶快让我与他团聚吧!"说罢,波德摩婆蒂怀抱希望,等在那里。

而摩格达普罗达伐遮在悉底希婆罗圣地对摩诃菩提即前生的朋友商耶多

迦说道:"朋友啊,她肯定是到她的住地高利女神的净修林去了。因此,我们也去那里吧!"说罢,他和他的朋友登上随意来去的飞车,来到高利女神庙。

波德摩婆蒂的女友们远远望见他乘坐飞车从空中降下,对公主说道:"你看!出现奇迹了。他也乘坐飞车来到这里。他是一个凡人,怎么会具有这样神奇的威力?"于是,波德摩婆蒂说道:"女友们啊,你们不记得了吗?诅咒他的特利吒伐罗多也受到我的诅咒:'你在他变成凡人期间,成为他的能随意变形和来去的坐骑。'因此,他乘坐的飞车肯定是那个牟尼的弟子变成的,能随意变形和来去。"

女友们听后,对她说道:"公主啊,既然是这样,你为何还不上前与他相认?"波德摩婆蒂听后,又对女友们说道:"我猜想是这样,但还不能绝对肯定。即使果真如此,但他现在占有凡人的身体,而不是原先自己的身体,我怎么能去会见他?因此,我们现在仍然隐藏着,观察他在这里的一举一动。"说罢,女友们围绕波德摩婆蒂,与她一起隐藏着。

这时,摩格达普罗达伐遮从飞车上下来,在高利女神的净修林里,心情焦急,对他的朋友说道:"我以前正是在这里遇见她,当时她受到罗刹的威胁。后来,我又在这里的花园里看到她。她主动选择我为她的丈夫。在我受到诅咒时,我心爱的波德摩婆蒂一心要跟随我,只是受到牟尼阻止,未能如愿。朋友啊,你看!现在,她却回避我,不让我见到她。"

波德摩婆蒂听后,对女友们说道:"确实,这就是他。可是,他还没有获得自己原先的身体,我怎么能与他相见?因此,悉底希婆罗圣地是最终归宿。正是在那里,我在梦中知道我会与他团聚。最后解决的办法也应该在那里。"她这样决定后,便返回悉底希婆罗圣地。她在神庙中敬拜湿婆,说道:"请让我的心上人获得以前的身体,让我与他团聚。或者,就让我死去。我别无第三条路可选择。"随后,她和女友们一起站在神庙院子里。

而这时摩格达普罗达伐遮在高利女神的净修林里没有找到波德摩婆蒂,心情沮丧,对他的朋友说道:"我俩再从这里返回湿婆的住地吧!如果在那里还是找不到她,我就投火自焚。"他的朋友听后,安慰他说:"你会交上好运,因为牟尼的话和湿婆在梦中的指示不会落空。"随后,他和他的朋友登上飞车,前往悉底希婆罗圣地。

在那里,波德摩婆蒂仍然隐藏着身子。她看到他来到这里,对女友们说道:"你们看,他也来到了这里!"他进入神庙,看到神像前摆有供品,便对他的朋友说道:"朋友啊,你看!已经有人在这里敬拜大神。我肯定那是我的心上人。她敬拜后,应该还在这里某处。"说罢,他在这里四处寻找,但是没有找到她。于是,他怀着分离的痛苦,一次次哭喊道:"我亲爱的波德摩婆蒂啊!"

他听到雌杜鹃的鸣叫声,以为是她的说话声;看到孔雀的尾翎,以为是她的束发带;看到莲花,以为是她的脸庞。在爱情之火的烧灼下,他的精神已经失控,四处乱跑。他的朋友想方设法安抚他,对他说道:"你长久禁食,怎么已经衰弱成这样?你征服地上和地下世界,怎么会这样不爱护自己?你的父王弥卢达伐遮、你的岳父阿修罗王特雷罗吉耶摩林,以及他的爱恋你的女儿特雷罗吉耶波罗芭,还有你的母亲以及你的品行高尚的弟弟摩罗耶达伐遮,他们都在实施禁食,而你不在他们身边。一旦他们怀疑你遭遇不幸,恐怕都会丧命。因此,来吧,让我们赶快去保护他们,因为今天是最后的一天。"

摩格达普罗达伐遮听后,对他的朋友说道:"那么,你就乘坐我的飞车,去安慰他们吧!"而他的朋友回答说:"那个牟尼的弟子受到诅咒,成为你的坐骑。我怎么可能支配他?"于是,王子对他道:"那么,朋友啊,你再等一下。我们看看这里会发生什么。"

波德摩婆蒂听到他俩的交谈,对女友们说道:"所有一切迹象证明他就是我以前的心上人。可是,由于那个诅咒,他还没有摆脱凡人的身体,受着折磨。而我也是由于嘲笑那个持明少女而受诅咒,同样受着折磨。"

正当她这样说着时,月亮升起,泛红的光辉仿佛是这对离人点燃了爱情森林大火。月光渐渐遍布四面八方,仿佛爱情的火焰烧遍摩格达普罗达伐遮全身。这时,王子像轮鸟那样一次次发出悲鸣。而波德摩婆蒂隐藏着身子,满怀忧伤。这时,她说道:"王子啊,虽然你是我以前的心上人,但你现在仍然保持着凡人的身体。因此,你对于我来说,是陌生人;而我对于你来说,是他人的妻子。因此,你何必一再这样哭喊?如果牟尼的话真实不虚,那么,必定会有一个解决的办法。"

摩格达普罗达伐遮听到波德摩婆蒂说的这些话,而看不到她,心中既高兴,又悲伤,回答她说:"公主啊,我记得自己的前生,因此,一看到你,就认出你。你还保持着以前的身体。可是,你以前看到我活在持明身体中,而现在我活在凡人身体中,你怎么能认出我? 无论如何,我必须抛弃这个妨碍我的身体。"说罢,他保持沉默,而他的心上人依然隐藏着身子。

然后,夜晚即将逝去,他前生的朋友商耶多迦即摩诃菩提因困倦而入睡。摩格达普罗达伐遮心想,由于这个凡人身体,自己再也不能获得波德摩婆蒂。于是,他采集木柴,点燃后,敬拜呈现为林伽柱的湿婆,说道:"尊神啊,请你开恩,让我恢复以前的身体,立刻获得我的心上人波德摩婆蒂。"说罢,王子投身燃烧的火焰中。

这时,摩诃菩提醒来,发现摩格达普罗达伐遮不在身边,也找不到他,而只看见燃烧着的火焰,心想:"我的朋友忍受不住离愁的折磨,已经投火自焚。"他悲伤不已,随后也投身这火焰中。

波德摩婆蒂看到这一切,悲痛至极,对女友们说道:"女人的心甚至比金刚杵还坚硬! 我看到这样悲惨的结果,我的生命气息却还没有断绝。我这个不幸的生命还要维持多久? 由于我功德浅薄,我的痛苦至今还没有结束。既然牟尼的话虚假不实,我还是死去为好。但是,我不能投身别的男人的火焰中。对我来说,上吊自尽是最方便的办法。"

说罢,公主在湿婆神像前,用蔓藤做成一个套索,系在一棵无忧树上。正当她的女友们以种种暗示希望的话劝阻她时,牟尼来到这里,对波德摩婆蒂说道:"孩子啊,别鲁莽行事! 我说的话怎么会虚假不实? 现在,你要保持镇定! 你很快就会在这里见到你的心上人。由于你实施的苦行,对他的诅咒就要结束。你为何不相信自己的苦行威力? 你马上就要结婚,怎么还这样神情沮丧? 我依靠神通智慧知道这一切,因此我来到这里。"

波德摩婆蒂看到牟尼来到这里,对她说了这些话,便俯首向他致敬。她的心情刹那间犹如摇摆的秋千。随后,她的心上人摩格达普罗盖杜及其朋友商耶多迦已经在火焰中烧毁凡人的身体,恢复自己原先的身体,来到这里。波德摩婆蒂看到这位持明王子从空中降下,犹如饮雨鸟看见雨云来临,晚莲看见圆月升起，心中涌起不可言状的喜悦。

摩格达普罗盖杜看到波德摩婆蒂，满怀喜悦，仿佛用目光渴饮她，犹如在荒漠中长途跋涉而疲惫不堪的旅人看到河流出现在眼前。他俩摆脱诅咒，犹如一对轮鸟度过黑夜，重新团聚。然后，他俩走近牟尼，拜倒在他的脚下。这位大牟尼高兴地对他俩说道："今天看到你俩摆脱诅咒，重新团聚，我满心欢喜。"

这时，夜晚结束。国王弥卢达伐遮带着妻子和小儿子，乘坐因陀罗的飞象，来到这里寻找王子。提迭王特雷罗吉耶摩林也带着女儿特雷罗吉耶波罗芭和儿子以及后宫后妃，乘坐飞车来到这里。然后，牟尼指着摩格达普罗盖杜，向这两位国王讲述事情经过：他怎样为了完成天神的使命而受诅咒变成凡人，又怎样摆脱这个诅咒。弥卢达伐遮等得知这些情况后，原本准备投火自焚，现在按照牟尼的指示，在悉底希婆罗圣地沐浴，敬拜湿婆，顿时摆脱忧愁。

而就在这时，特雷罗吉耶波罗芭记起了自己的前生："啊，我就是那个持明少女提婆波罗芭。当时我实施苦行，一心想着：'但愿持明王成为我的丈夫。'而我受到波德摩婆蒂嘲笑。为了实现我的心愿，我投身火中。然后，我转生在提迭家族。我心中爱恋的就是这个王子。而现在他已经恢复持明身体，不适合与我这样的身体结合，因此，为了获得他，我要烧毁我的阿修罗女子身体。"

她这样思考后，把自己的想法告诉父母。随后，她进入摩格达普罗达伐遮此前进入的火焰中。火神出于怜悯，赐予她以前的身体，并亲自显身带着她，对摩格达普罗盖杜说道："摩格达普罗盖杜啊，这位是持明王的女儿提婆波罗芭。她过去为了你，投身我的火中。现在，你接受她为你的妻子吧！"说罢，火神消失不见。

这时，梵天和因陀罗等天神来到这里，还有健达缚王波德摩塞克罗和持明王旃陀罗盖杜。富有的健达缚王按照仪轨把女儿波德摩婆蒂交给向他俯首行礼的摩格达普罗盖杜。在场所有人表示祝贺。这位持明王子获得渴望已久的心上人，觉得自己的人生之树终于结出果实。同时，摩格达普罗盖杜也与那位持明少女结婚。而提迭王也按照仪轨把自己的女儿交给王子摩罗耶达伐遮。他也终于与心爱的特利普婆那波罗芭结婚。

然后，弥卢达伐遮感到自己成就已经圆满，便为儿子摩罗耶达伐遮灌顶，让他统治整个大地连同所有岛屿,自己和妻子一起退隐林中,修炼苦行。提逊王特雷罗吉耶摩林和妻子一起返回自己的住地。因陀罗也把维底约达婆遮的王权交给摩格达普罗盖杜。

这时,天国传来话音:"让摩格达普罗盖杜享有持明和阿修罗的王权,天神们回到自己的住地。"听到天国话音,梵天和因陀罗等天神高兴地离去。牟尼也和他的摆脱诅咒的弟子一起离去。持明王旆陀罗盖杜和儿子摩格达普罗盖杜及其两个光艳照人的妻子一起返回自己的持明住地。

旆陀罗盖杜长久与儿子一起享受持明转轮王王权,最后厌倦王国的重担,与王后一起退隐牟尼的苦行林。而摩格达普罗盖杜先是从因陀罗手中接受统治阿修罗的王权,后又从父亲手中接受持明转轮王王权。他与犹如幸福化身的波德摩婆蒂一起,享受两个世界王权的快乐十劫之久。最终,他也感到整个世界乏味而厌倦,退隐牟尼的苦行林。他在那里修炼严酷的苦行,获得至高的光辉,融入自在天湿婆。

正是这样,梵授王与他的妻子和大臣们听了这对天鹅讲述的这个饶有趣味的故事,获得神通智慧和随意飞行的能力。然后,这对天鹅前往悉底希婆罗圣地,摆脱诅咒,恢复原来的身体,继续成为湿婆的侍从。

"诸位牟尼啊,在与摩陀那曼朱迦分离期间,我听了戈目伐讲述的这个故事,立刻心情愉快,获得勇气。"

持明转轮王那罗婆诃那达多讲完这个故事,迦叶波净修林里的牟尼们和高波罗迦都感到高兴满意。

第十八卷　维舍摩希罗

第一章

　　向大神湿婆致敬！他的身体半边是月亮脸妻子,他的身上涂抹的白灰似月光,双眼闪烁光焰似太阳和月亮,头顶上装饰有月牙。

　　但愿象头神保护你们！他的顶端卷曲的象鼻在游戏中竖起,仿佛赐予你们成就。

　　在黑山上牟尼迦叶波的净修林里,那罗婆诃那达多对牟尼们说道:"另外有一次,在我与王后分离期间,持明女吠伽婆蒂爱上我,带走我,运用幻力保护我。而我忍受着与王后分离的痛苦,在异乡客地想要抛弃身体。当时,我在森林边游荡时,遇见一位名叫甘婆的大牟尼。我拜倒在他的脚下。他一转念就知道我忍受着痛苦。他心怀慈悲,把我带到他的净修林,对我说道:'你是出身月亮族的英雄,怎么也会犯糊涂？天神的指示不会落空,你怎么会对与妻子团聚失去希望？甚至在这世上,人们也会意外相遇。请听我给你讲述勇日王的故事！'"

　　在阿槃底地区,有一座著名的城市,名为优禅尼。它是湿婆的住地,在世界创始之初,由工巧神建造。它像是他人难以侵犯的贞洁女子,像是吉祥女神依附的莲花,像是饱含正法智慧的善人,像是充满奇观的大地。

　　优禅尼城中的国王名叫摩亨德拉底提耶,征服世界,犹如天国的因陀罗战胜魔军。他通晓各种武器,充满勇气;容貌如同手持花箭的爱神;他的手掌始终张开,慷慨施舍,而紧握宝剑。这位大地之主的妻子名叫绍蜜耶德尔舍娜,如同因陀罗的舍姬、湿婆的高利女神和毗湿奴的吉祥女神。他的大臣名叫苏摩提。他的世袭门卫名叫伐遮罗由达。这位国王与他们一起统治王国。为了求取儿子,他坚持抚慰湿婆,恪守各种誓愿。

在此期间,湿婆和妻子波哩婆提住在盖拉瑟山。天神们经常在这里的山谷出没。这座山景色秀丽,仿佛嘲笑财神俱比罗的地区,为自己胜过其他地区而高兴。这时,众天神和因陀罗前来拜见湿婆。他们为蔑戾车蛮族作乱而烦恼。

众天神向湿婆俯首行礼后,坐下赞颂湿婆。湿婆询问他们来意。众天神报告大神说:"大神啊,你和毗湿奴消灭阿修罗。而现在他们又降生在大地上,成为蔑戾车蛮族。他们破坏祭祀,杀害祭祀者,劫掠牟尼们的女儿,无恶不作。尊神啊,天国世界永远依靠地上世界维持,通过婆罗门的祭火运送祭品,满足天国居民需求。而现在蔑戾车蛮族扰乱地上世界。那里听不到吉祥仪式上发出呼告声,各种祭祀中断,天国世界也随之遭殃。因此,你要想个办法,让某个英雄下凡大地,消灭蔑戾车蛮族。"

听了众天神的这些话,湿婆对他们说道:"你们回去吧! 尽管放心,不必为此事担忧。我很快就会采取办法。"说罢,湿婆打发众天神返回自己的住地。

在众天神离去后,湿婆和妻子波哩婆提一起召唤名叫摩利耶凡的侍从前来,吩咐他说:"孩子啊,你下凡投胎,成为优禅尼城中国王摩亨德拉底提耶英勇的儿子。这位国王是我的分身,而他的妻子是波哩婆提的分身。你出生在他俩的家中,完成众天神的使命。你要彻底消灭蔑戾车蛮族。由于我的恩惠,你会成为统治七大洲的国王,也统辖药叉、罗刹和僵尸鬼。你享受了人间的快乐后,再回到我这里。"

侍从摩利耶凡听了湿婆的吩咐,说道:"你的命令不能违背。但是,我在人间能享受什么? 在那里,与亲戚、朋友和侍从分离的痛苦难以忍受,还有财富毁灭、衰老和患病的痛苦。"湿婆听后,回答他说:"你就去吧! 你不会遭受这些痛苦。由于我的恩惠,你始终会幸福快乐。"摩利耶凡听后,便消失不见。他前往优禅尼城,投胎国王摩亨德拉底提耶的王后腹中。

这时,以可爱的月牙为顶饰的湿婆在梦中指示国王摩亨德拉底提耶说:

"国王啊,我对你表示满意。因此,你会生下一个儿子。这位英雄会凭借勇力征服大地和所有岛屿,统辖药叉、罗刹和僵尸鬼,消灭蔑戾车蛮族。因此,他名叫勇日,又名维舍摩希罗[①],因为他严惩敌人。"说罢,大神消失不见,国王醒来。

第二天早上,国王把自己的这个梦告诉大臣们。而大臣们依次告诉国王,他们也各自梦见湿婆指示他们会获得儿子。这时,后宫侍女们前来给国王看一个果子,说道:"湿婆在梦中赐予王后这个果子。"于是,国王满怀喜悦,一再说道:"湿婆确实要赐予我一个儿子。"大臣们纷纷向国王表示祝贺。

随后,王后怀孕,容光焕发,犹如东方清晨,太阳即将升起。王后双乳的乳头发黑,仿佛是保护胎中国王的乳汁的封印。到时候,王后生下一个光辉的儿子。这个婴儿照亮产房,犹如朝阳照亮天空。

他出生时,空中伴随欢笑声降下花雨,天神们擂鼓庆祝。全城沉浸在节日的欢乐中,人们狂喜似醉汉,似鬼魅附身,似遭遇大风。国王不停地施舍财富,犹如天降大雨。除了佛教徒,人人都失去自控力。

按照湿婆的指示,国王摩亨德拉底提耶给儿子取名勇日,又名维舍摩希罗。过了一些天,国王的大臣苏摩提生下一个儿子,得名摩诃摩提。国王的门卫伐遮罗由达生下一个儿子,得名跋德罗由达。国王的内侍摩希达罗生下一个儿子,得名希利达罗。王子勇日与这三位大臣的儿子相伴,犹如与光辉、勇气和力量一起长大。

到了系圣线的年龄,王子开始学习知识。而那些老师只是挂个虚名,因为他毫不费力,自己就能掌握一切知识。而在实际运用各种知识和技艺时,行家们也认为他才能卓绝。人们看到王子使用各种天国武器,甚至对大弓箭手罗摩等英雄的故事也减却兴趣。国王为他带来各地诸侯赠送的少女,个个美似吉祥女神。

然后,国王年老,看到王子已经长成青年,英勇豪迈,受到民众爱戴,便按照仪轨为他灌顶,让他继承王位,而国王自己与妻子以及大臣们前往波罗奈

---

① "勇日"的原词是 vikramāditya,词义为英勇的太阳。"维舍摩希罗"的原词是 viṣamaśīla,词义为性格刚烈。

城,皈依湿婆。

勇日王继承父亲的王位后,光辉增长,如日中天。他挽弓搭箭时,各地高傲的国王仿佛都谦虚地向他学习弓箭术。他展现神奇的威力,征服药叉、罗刹和僵尸鬼,让所有偏离正道者回归正道。他的军队征服大地四方,犹如阳光照遍各个角落。

这位国王虽然是大英雄,但惧怕另一个世界;虽然是勇士,但不心狠手辣;虽然不是好丈夫,但所有妇女都喜欢他。他是失去父亲者的父亲,失去亲友者的亲友,失去庇护者的庇护者。肯定是创造主利用白洲、乳海、盖拉瑟山和雪山的元素为他创造洁白的名誉。

有一天,勇日王在会堂里。门卫跋德罗由达进来报告说:"王上派遣维格罗摩舍格提带领军队去征服南方,然后又派遣使者去那里了解情况。现在,这个使者阿南伽提婆已经与另一个人一起回来,等候在门口,面露喜色。王上啊,看来他要报告好消息。"勇日王说道:"让他进来吧!"于是,门卫恭敬地请阿南伽提婆进入会堂。

这位使者进来后,向国王俯首致敬,说道:"祝王上胜利!"然后,他坐在国王面前。国王询问道:"军队统帅国王维格罗摩舍格提安好吗?维耶克罗勃罗等其他国王安好吗?其他刹帝利王子和他们的军队安好吗?象军、马军、车军和步军安好吗?"

阿南伽提婆回答说:"维格罗摩舍格提和军队全都安好。王上已经征服西部和南部地区,还有中部地区和苏多湿吒罗,东部地区和孟加拉,北部地区和迦湿弥罗。所有这些地区都向王上交纳贡赋。其他的城堡和岛屿也都被征服。那些蔑戾车蛮族也已经被消灭,剩下的都已归顺。王上啊,国王们已经集合在维格罗摩舍格提的营地。维格罗摩舍格提和他们一起返回,再有两三天路程就会到达。"

勇日王听了阿南伽提婆的报告,高兴满意,赐予他衣服、装饰品和村庄。然后,勇日王继续询问道:"阿南迦提婆啊,你一路前去,看到哪些地区?见到什么有趣的事?说给我听听!"阿南伽提婆听后,便开始讲述:

王上啊,我遵照你的吩咐,从这里出发,渐渐到达维格罗摩舍格提身边。你的军队与盟国的军队会合,犹如浩瀚的大海,海中有蛇王湿舍和大神毗湿奴而熠熠生辉。因为我是王上派遣的使者,维格罗摩舍格提对我恭敬有加。我站在那里,望着这位胜利者时,来了一位辛诃罗王的使者。他知道我是王上的心腹,当着我的面,向维格罗摩舍格提传达他的主人的话:"我派遣到你们那里的使者已经回来。我听了他们的报告。因此,请你迅速派遣阿南伽提婆来我这里。我要告诉他一件为王上做的好事。"于是,维格罗摩舍格提对我说:"那么,你就赶快去见辛诃罗王,听听他要对你说什么。"

于是,我和辛诃罗王的使者一起乘船前往辛诃罗岛。我在那里看到用金子制造的王宫和用宝石制造的各种宫殿,犹如天国的城市。我见到辛诃罗王维罗塞纳,身边围绕恭顺的大臣们,犹如因陀罗身边围绕众天神。他礼貌地接待我,问候王上安康。他热情款待我后,安排我休息。

第二天,辛诃罗王在会堂里接见我,当着大臣们的面,表达对你的忠诚,对我说道:"我的女儿是人间独一无二的美女,名叫摩陀那兰卡。我要把她送给你们的王上。她是与王上匹配的妻子。王上是与她匹配的丈夫。为此,我邀请你来,希望你代表你的主人表示愿意接受她。你先和我的使者一起去报告你的主人,随后我会把我的女儿送去。"

说罢,他吩咐把女儿带来。这位公主盛装严饰,正值青春妙龄,容貌美丽。国王把她抱在怀里,让我看她,说道:"我把她送给你的主人。请接受她吧!"我望着这位公主,她的美貌让我感到震惊,便高兴地说道:"我代表我的主人,表示愿意接受她。"我心中思忖道:"创造主对于创造奇迹,永远不会感到满足。他已经创造天国美女狄罗德玛,又创造这位无与伦比的美女。"

然后,我接受辛诃罗王向我表达敬意,与他的使者达伐罗塞纳一起离岛出发。我俩乘船航行,途中忽然看到海中有一个沙洲。我俩看到那里有两个容貌神奇的少女,一个肤色黝黑似波利扬古树,另一个肤色白净似月亮。她俩穿戴适合自己肤色的衣服和装饰品,光彩熠熠。她俩拍打手掌,镶嵌宝石的金手镯叮当作响。她俩引导一头玩偶小鹿跳舞。这头小鹿用金子制造,镶嵌宝石,却有生命。

我俩看到后,惊讶不已,互相议论道:"怎么会出现这样的奇迹? 这是梦幻,还是错觉? 谁会在大海中看到沙洲,上面还有两个少女,以及活生生的镶嵌宝石的金鹿?"正当我俩这样议论着时,王上啊,又出现了奇迹。突然狂风大作,海水翻滚。我们的船被狂风吹翻沉没。那些鲨鱼吞噬沉入海中的人们。而那两个少女用手臂托着我俩,把我俩带到沙洲上,免遭鲨鱼吞噬。

然后,海浪开始涌上沙洲。我俩恐慌不安。而她俩安慰我俩,把我俩带进像山洞那样的地穴。随即,我俩看到一个神奇的树林,长有各种树木,而大海、沙洲、金鹿和那两个少女全都消失不见。

我俩在那里游荡片刻,互相议论说:"怎么会有这样的怪事? 肯定是某种幻术。"然后,我俩看见那里有一个大湖,湖面辽阔,湖水深邃清澈,犹如伟大人物的心怀,又如止息灼热欲望的涅槃化身。

我俩看到一位美女在侍从们陪伴下前来这里沐浴,仿佛是树林女神的化身。她走出轿子,采集莲花,在湖中沐浴后,沉思湿婆。这时,让我俩惊讶不已,湿婆呈现林伽的形象从湖中出现,走到她的身边。这位美女用各种神奇的珍宝和食品供奉大神。然后,她拿起琵琶,采用南方的音乐风格,弹奏和演唱。乐声和歌声如此优美动听,以致天上的悉陀等侧耳倾听,站立不动,仿佛成为画中人。弹唱结束后,她告别湿婆。湿婆随即沉入湖中。然后,这位鹿眼美女登上轿子,在侍从们陪伴下,缓缓离去。

我俩在后面跟随,一再询问那些侍从:"她是谁?"而没有一个侍从回答。于是,我想要向辛诃罗王的使者显示你的威力,大声对她说道:"美女啊,我凭借自己接触勇日王双脚发誓:'如果你不告诉我你是谁,就别想离去。'"

她听后,让随从们停下。她走出轿子,走近我,用甜美的话音对我说道:"我的主人勇日王安好吗? 其实我何必询问你? 阿南伽提婆啊,因为我知晓一切。正是我施展幻术,把你带到这里。我应该向他表达敬意,因为他救助我摆脱恐怖。那么,来到我的宫中吧! 我会告诉你一切:我为何应该向这位国王表达敬意? 他做了什么?"

说罢,这位美女出于礼貌,不再乘坐轿子,而一路步行,带领我俩进入她的如同天国的城市。这座城市装饰有各种宝石和金子。所有城门前,都有各种形貌的勇士手持各种武器守卫。那里有许多美丽的妇女,看似凭借幻力享受着天国的一切快乐。她安排我俩沐浴,送给我俩抹身的香膏以及华贵的衣服和装饰品,以表达对我俩的敬意,然后,让我俩休息片刻。

第二章

在勇日王的会堂里,阿南伽提婆说完这些后,继续说道:"然后,在我进餐后,她坐在女友们中间,对我说道:'阿南伽提婆啊,现在,听我告诉你一切!'"

我是药叉王东杜毗的女儿,财神的弟弟摩尼跋德罗的妻子,名叫摩陀那曼朱莉。我经常和我的丈夫一起在景色迷人的河岸、山坡和树林中愉快地游荡。

有一次,我和夫君在优禅尼城的摩迦兰陀花园里游玩。也是命运安排,我游玩疲倦后入睡,清晨醒来时,恰好有个卑劣的骷髅教徒[①]看到我,心生邪念,想要霸占我为他的妻子。他前去坟场拜火,念诵咒语。我凭借自己的神通力,知道他的企图,便告诉我的夫君。

于是,他去告诉他的兄长财神俱比罗。俱比罗又去告诉大神梵天。梵天沉思后,对他说道:"确实,这个骷髅教徒想要夺走你的弟媳。这些骷髅教徒掌握的咒语能制伏药叉。因此,一旦她受到这种咒语牵引,就应该呼叫勇日王保护。"俱比罗听后,回来把梵天的话告诉我的夫君。而我的夫君又回来告诉我。我为这种邪恶的咒语胆战心惊。

这时,那个骷髅教徒在坟场拜火,念诵咒语。这可怕的咒语渐渐把我牵引到坟场。坟场中遍地白骨和骷髅,鬼怪出没。我看到那个骷髅教徒在巫术圈里向祭火投放祭品,那里还躺着一具尸体。他看见我已经来到,沾沾自喜,便去恰好就在附近的一条河中饮水漱口。

我立刻想起梵天说的话,思忖道:"我为何不向勇日王呼救? 他可能今夜就在这里游荡。"于是,我大声呼救:"勇日王啊,请你救救我! 你是世界保护者。

---

① 骷髅教徒(kāpālika)属于湿婆教中一个非正统教派,教徒佩戴骷髅项链。

你看！我是贞洁的高贵妇女，财神俱比罗的弟弟的妻子，药叉王东杜毗的女儿，名叫摩陀那曼朱莉。这个骷髅教徒居然在你的王国中，企图强行凌辱我。"

我这样呼叫后，便看到这位国王手中持剑，仿佛燃烧着光焰，向我走来。他对我说道："贤女啊，别害怕！你放心。我会对付这个骷髅教徒，保护你。因为谁能在我的王国里横行不法？"说罢，他召唤一个名叫阿耆尼希克的僵尸鬼前来。这个僵尸鬼身躯魁梧，眼睛火红，头发竖起，走近前来，对国王说道："请吩咐，让我做什么？"国王说道："你去杀死那个抢劫他人妻子的邪恶的骷髅教徒，吃掉他！"

于是，僵尸鬼阿耆尼希克进入巫术圈里的尸体体内，然后起身，伸展双臂，张开嘴巴，冲向前去。那个骷髅教徒漱口回来，见此情状，转身想要逃跑。而这个僵尸鬼从后面抓住他的双腿，拽向空中旋转，猛力把他摔到地上。这个骷髅教徒连同他的罪恶愿望一起粉身碎骨。

看到这个骷髅教徒死去，鬼怪们前来，想要吞噬他的肉。而这时，来了另一个凶猛的僵尸鬼，名叫耶摩希克，抓住这个骷髅教徒的尸体。于是，阿耆尼希克对他说道："嗨，你这个坏家伙！我奉勇日王之命杀死这个骷髅教徒。你要拿他做什么？"耶摩希克听后，说道："那么，你说说这位国王有什么威力？"于是，阿耆尼希克说道："如果你不知道他的威力，那就听我告诉你！"

在这座城里，有个顽固的赌徒，名叫吒吉奈耶。他在掷骰子赌博中，被一些赌徒耍手腕骗走所有钱财。那些赌徒还逼迫他交出没有交齐的钱财，而他已经一无所有，交不出。那些赌徒便用棍棒打他，折磨他，而他像石头那样僵立不动，仿佛已经死去。于是，那些邪恶的赌徒把他扔进一个漆黑的深坑。他们害怕他活着，会对他们进行报复。

赌徒吒吉奈耶掉进这个深坑后，看见里面有两个身躯魁梧的人。他俩看到他害怕的样子，和气地询问他："你是谁？怎么会掉进这个坑里？"于是，这个赌徒恢复精神，告诉他俩事情经过。然后，他询问他俩："你俩是谁？怎么会在这里？"

坑里的这两个人回答说："我俩是住在城里坟场的梵罗刹。我俩曾夺走城里的两个少女,一个是宰相的女儿,另一个是商主的女儿。在这大地上,没有哪个通晓咒语的巫师能解救她俩。而勇日王恩宠她俩的父亲,得知情况后,与她俩父亲的朋友一起来到这两个少女的住地。我俩看到这位国王,便丢下两个少女,想要逃跑,然而我俩无法行走。我俩看到四面八方燃烧着他的光焰。然后,他施展威力,捆住我俩。他看到我俩失魂落魄,害怕死去,便对我俩下令道:'你们两个罪人,就住在黑暗的深坑里,时间为一年。然后,你俩可以获释,但不准再做这种坏事。如果再次犯罪,我就要严惩你俩。'他出于怜悯心,没有处死我俩,而把我俩扔进这个黑暗的深坑。再过八天,我俩在这里就住满一年,可以获释。因此,朋友啊,如果你能在这八天中供给我俩食物,我俩就举起你,把你抛出坑外。但是,如果你出去后,不提供我俩食物,那么,我们获释后,肯定会吃掉你。"

这个赌徒听了这两个梵罗刹的话,答应道:"好吧!"就这样,他得以离开这个深坑。但他找不到提供这两个梵罗刹吃的食物,于是,他在夜里进入坟场,出售人肉。这时,我在那里,看到这个赌徒在叫喊:"谁要买人肉?"我对他说道:"我要人肉。什么价钱?"他说道:"给我你的形貌和威力。"我又说道:"勇士啊,你要我的形貌和威力做什么?"于是,他向我讲述事情经过后,说道:"我有了你的形貌和威力,就可以抓住陷害我的那些赌徒和赌场老板,把他们送给那两个梵罗刹吃。"

我听后,对这个赌徒的勇气表示满意,便给他我的形貌和威力,说好为期七天。这样,他在这七天中,把那些陷害他的赌徒依次扔进坑里,让那两个梵罗刹吃掉。七天后,我收回我的形貌和威力。这个赌徒恐慌地对我说道:"今天是第八天。如果我不去给那两个梵罗刹送食物,他俩出来后,会吃掉我。请你告诉我,我该怎么办?因为你是我的朋友。"

由于我已经对他怀有好感,便说道:"如果是这样,你已经让这两个梵罗刹吃掉那些赌徒。现在,为了你,我要吃掉这两个梵罗刹。朋友啊,你带我去看这两个梵罗刹。"他马上说道:"好吧!"他把我带到那个坑边。我对他毫无戒心,而就在我低头朝下观看这个坑时,他却用手按住我的颈背,把我推下坑里。

这样,我掉进坑里。那两个梵罗刹以为我是那个赌徒送来的食物,抓住我。我用手臂与他俩展开搏斗。他俩的臂力抵挡不住我,便放弃搏斗,询问我:"你是谁?"于是,我把与那个赌徒交往的经过告诉他俩。他俩听后,对我说道:"天啊,这个赌徒居然这样对付你、我俩和那些赌徒。谁能信任这些赌徒?他们不讲友情,毫无同情心,也不知感恩。无情无义是赌徒们的本性。请听丁吒迦拉罗的故事!"

　　在这座优禅尼城里,从前有个恶劣的赌徒,名叫丁吒迦拉罗,名副其实①。他在掷骰子赌博中总是输,而其他赌徒总是赢。每天,其他赌徒给他一百小钱。他用这些小钱从市场购买一些面粉,掺水捏成面团,贴在容器里。然后,在夜晚,他去坟场,用火葬堆上的火烘烤,烤熟后,抹上大时神前的灯油,吃下这些糕饼。他经常在大时神庙的院子里枕臂而睡过夜。

　　有一天夜里,他在大时神庙里,看见由于某个咒语起作用,母亲女神和药叉等天神偶像身子颤抖。他产生一个想法:"我为何不在这里运用计谋获取钱财?如果成功,自然最好。如果不成功,我又有什么损失?"于是,他邀请那些天神参加掷骰子赌博,说道:"来吧!我与你们进行掷骰子赌博。我是下赌注的庄家。如果我赢了,你们就要立刻向我付钱。"

　　而那些天神保持沉默。于是,丁吒迦拉罗用一些小钱下赌注。按照赌徒们的惯例,如果参与赌博者不反对,就表示默认。然后,他赢了许多金币,对那些天神说道:"我已经赢了。你们向我付钱吧!"

　　这个赌徒一连说了几遍,那些天神依然表示沉默。于是,他发怒,说道:"如果你们保持沉默,输了不付钱,像石头那样站着不动,我就要按照赌徒们的规矩,用像阎摩的牙齿那样锋利的锯子锯断你们的肢体。我不考虑其他一切。"说罢,他拿起锯子,跑向那些天神。于是,他们如数付给他金币。

　　第二天,他在赌博中输光金币。于是,他夜里又来到这里,故伎重演,诈骗母亲女神们的钱财。就这样,天天如此。有一天,女神遮蒙妲对神情沮丧的母亲女神们说道:"你们要知道,按照赌博的行规,有人下赌注,别人可以表示不

―――――――――――――
① "丁吒迦拉罗"的原词是 ṭhiṇṭhākarāla,词义为赌场恶棍。

押注。因此，那个赌徒下赌注后，你们应该表示不押注。"这样，母亲女神们记住了这一点。于是，这个赌徒夜里又来邀请母亲女神们参加赌博，而在他下赌注后，她们众口一词，说道："我们不押注。"

丁吒迦拉罗发现自己的骗术已经在母亲女神们面前失效，便去邀请大时神参加赌博。而大时神知道这个赌徒想来钻空子，便对他说道："我不押注。"因此，甚至众天神也像弱者那样害怕诡计多端、不择手段和不计后果的赌徒。

由于赌博骗术失效，丁吒迦拉罗心情沮丧，心想："唉，天神们已经了解赌博行规。我已经无计可施。因此，我现在就向神主寻求庇护吧！"他这样决定后，便抱住大时神的双脚，赞颂道："你的月亮顶饰、公牛和象皮衣都在掷骰子游戏中输给女神。现在你赤裸身子，把头伏在膝上。你一转念，就能让天神们贡献财富，而你一无所求，身上只有发髻、白灰和骷髅钵盂。而今天，你怎么会变得贪婪，对我这个薄命人漠不关心？如意树肯定也不再满足落难者的愿望。神主啊，你支持整个世界，却不支持我。我心中充满痛苦烦恼。我向你寻求庇护。即使我犯有过失，也请你宽恕我。你有三只眼睛，我也有①。你身上涂抹白灰，我也涂抹。你用骷髅钵盂进食，我也这样。因此，请你怜悯我吧！我已经与你们有了交往，我以后怎么还会与赌徒们交往？因此，请你解救我脱离苦难吧！"

这个赌徒这样抚慰取悦大神。于是，大神高兴满意，显身对他说道："丁吒迦拉罗啊，我对你表示满意。你不必灰心丧气。我赐予你恩惠，让你住在我的身边，享受一切。"于是，这个赌徒遵照大神的指示，住在那里。他依靠大神的恩惠，享受荣华富贵。

有一天夜里，大时神看到天女们来到这里圣地的水池中沐浴，便吩咐丁吒迦拉罗说："在这些天女开始沐浴后，你赶快去取走她们放在岸边的衣服。你不要交还她们衣服，直到她们同意把其中的天女迦拉婆蒂交给你。"

丁吒迦拉罗听后，便在那些鹿眼天女沐浴时，取走她们的衣服。天女们说道："赶快还给我们衣服，别让我们赤身裸体。"而丁吒迦拉罗有大神撑腰，拒绝她们的要求，说道："如果你们把少女迦拉婆蒂交给我，我就还给你们衣服，否则

---

① 这句中，"三只眼睛"的原词是 tryakṣa，也可以读作"三个骰子"。

不行。"天女们听后，看到他态度固执，又想起因陀罗对迦拉婆蒂的诅咒，便答应他的要求。在他交还她们衣服后，她们把阿兰布霞的女儿迦拉婆蒂交给他。

天女们离去后，丁吒迦拉罗和迦拉婆蒂住在大神用意念创造的住宅里。迦拉婆蒂白天去天国侍奉天王因陀罗，晚上回到丈夫身边。有一次，迦拉婆蒂怀着喜悦的心情，告诉丈夫说："亲爱的，正是由于因陀罗的诅咒，我才得以与你结合。这个诅咒变成了恩惠。"

丁吒迦拉罗询问她因陀罗诅咒的由来。天女迦拉婆蒂告诉他说："有一次，我在花园里看到天神们。我称赞人间的享受，指出天国的享受只是观赏而已。天王因陀罗得知后，诅咒我说：'你去与凡人结婚，享受凡人的快乐吧！'正是这样，我俩得以结合，互相满意。明天，我去天国，耽搁的时间要长一些。亲爱的，你不要着急。因为天女兰跋要在因陀罗面前表演新的舞蹈，我们要留在那里，直到表演结束。"

而丁吒迦拉罗已经被宠坏，对迦拉婆蒂说道："我要看兰跋跳舞。你带我去那里，让我躲藏着偷看。"迦拉婆蒂听后，说道："这怎么合适？一旦天王发现，会诅咒我。"而他一再坚持。于是，迦拉婆蒂出于对丈夫的爱，便答应带他去。

第二天，迦拉婆蒂运用幻力，把丁吒迦拉罗藏在自己的耳饰里，把他带进天王的宫殿。他看到优美的天国欢喜园，门前有天神的大象。他感觉自己也成了天神，满心欢喜。他在众天神聚会的因陀罗会堂里，观看兰跋表演欢快美妙的舞蹈，天女们伴唱。他也聆听那罗陀等仙人娴熟地演奏各种乐器。只要受到大神恩宠，在这里有什么愿望不能达成？

歌舞表演结束后，天国滑稽演员开始扮演山羊，扭动身子跳舞。丁吒迦拉罗看到后，感到眼熟，心想："我在优禅尼城见到过这头山羊。它现在怎么会在天王面前成为滑稽演员？是啊，天国里的各种奇迹真是不可思议！"这时，滑稽演员扮演山羊跳舞结束，因陀罗会堂里的聚会也到此结束。迦拉婆蒂高兴地带着藏在她的莲花耳饰里的丁吒迦拉罗回到自己家中。

第二天，丁吒迦拉罗在优禅尼城里，看到在天国里是滑稽演员的那头山羊，便骄傲地对山羊说道："嗨，你就像在因陀罗面前那样，也在我的面前跳舞吧！否则，我要对你不客气。滑稽演员啊，给我表演吧！"这头山羊听后，深感惊奇，沉默不语，心想："这个凡人怎么会知道我的情况？"虽然丁吒迦拉罗一再催促，山羊也不跳舞。于是，丁吒迦拉罗用棍棒打它。

然后，这头山羊头上流着鲜血，去向因陀罗报告自己的遭遇。因陀罗想了想，立即知道这是迦拉婆蒂把丁吒迦拉罗带来天国，观看兰跋跳舞。因此，这个坏家伙也看到山羊跳舞。于是，因陀罗召唤迦拉婆蒂前来，诅咒她说："你出于情爱，偷偷把凡人带到这里，以致这头山羊为跳舞之事而遭遇不幸。因此，你就前往国王那罗辛诃的那伽城，成为他建造的神庙里石柱上的雕像吧！"

听到这个诅咒，迦拉婆蒂的母亲阿兰布霞向因陀罗求情。于是，因陀罗指出这个诅咒的期限："这座神庙是许多年前建造的。一旦它毁坏，被夷为平地，对她的诅咒也就结束。"

迦拉婆蒂含着眼泪，回家把因陀罗发出的诅咒以及诅咒结束的期限告诉丁吒迦拉罗，并把自己的装饰品交给他。随即，她消失不见。她前往那伽城，成为那里神庙里石柱上的雕像。

而丁吒迦拉罗与爱妻分离，犹如吃下毒药，什么也看不见，什么也听不见，神志不清，在地上打滚。他清醒过来后，自言自语道："天啊，明知是秘密，我却犯傻泄露。因为像我这样的人，生性轻浮，怎么会有自控力？因此，现在我遭遇与爱妻分离的痛苦。"随即，他又想："现在不是悲伤的时候。我应该振作精神。我为何不努力设法结束她受到的诅咒？"

这个狡猾的家伙这样思考后，打扮成苦行者模样，手持念珠串，束起发髻，身穿兽皮衣，前往那伽城。他在那里，将四个装有迦拉婆蒂装饰品的罐子分别埋在城外树林四边地下，又在夜里悄悄将第五个装满昂贵宝石的罐子埋在市场的神像前面地下。然后，他在河边搭建一间茅屋，假装修炼苦行，沉思默祷。他每天沐浴三次，只吃乞讨来的食物，用水在石头上洗净。由此，他获得大苦行者的名声。

渐渐地，他的名声远扬，传到国王的耳中。而国王邀请他，他却故意不去拜见国王。这样，国王亲自来到他的身边，长时间与他交谈。黄昏时分，国王准备离去时，突然远处传来一头母豸的叫声。这个伪装苦行者的赌徒笑了笑国王询问他："你笑什么？"他回答说："别去管它。"而国王坚持想要知道。于是，这个骗子说道："在城外东边的芦苇丛地下有一个装满珠宝首饰的罐子。你去把它取出来吧！国王啊，我听出母豺叫声是这个意思。"

说罢，他带着满怀好奇心的国王到达那里，掘开地面，取出那个罐子，交给国王。国王获得这些首饰后，相信他有神通智慧，认为他是一个说话真实且无所欲求的苦行者。于是，国王把他带到自己的净修林，一再拜倒在他的脚下。然后，在晚上，国王和大臣们一起返回宫殿，一路上称赞他的品德。

此后，每当国王来见他，他就假称又听到某个动物的叫声。这样，这个骗子让国王先后获得埋在其他三处地下的珠宝首饰罐子。于是，国王、市民们、大臣们和后宫后妃们全都虔诚崇拜这个伪苦行者。

有一次，国王带他去观看神庙。这个伪苦行者听到市场上有乌鸦叫声，便对国王说道："你听到的乌鸦叫声是在说：'在市场的神像前面地下埋着一个装满昂贵宝石的罐子，为何不把它取出来？'因此，来吧！你去取出来。它归你所有。"说罢，他把国王带到那里，掘开地面，取出装满昂贵宝石的罐子，交给国王。于是，国王满怀喜悦，亲自握着这个伪苦行者的手，一起进入神庙。

在那里，这个伪苦行者抚摸石柱上妻子迦拉婆蒂的雕像。在石柱里忍受痛苦的迦拉婆蒂看到他，哭泣流泪。看到雕像流泪，国王和随从们既惊奇，又害怕，询问这个伪苦行者："尊者啊，这是怎么回事？"这个骗子装作惊慌不安的样子，对国王说道："来吧，去你的宫中。即使不该说出，我也要告诉你。"

这样，他和国王进入王宫后，对国王说道："你在不吉祥的地点和时间，建造了这座神庙。从今天算起，到第三天，你就要遭遇灾祸。因此，石柱上的雕像看到你，哭泣流泪。国王啊，如果你想保住性命，赶快在今天拆毁这座神庙，将它夷为平地。然后，你选择吉祥的地点，在吉祥的时间，再建造一座神庙。这样，你就能消灾弭祸，保障你和王国吉祥平安。"

国王听后，出于恐惧，立即下令让民众在一天之内拆毁这座神庙，将它夷为平地。同时，开始在另外一个地点再建造一座神庙。在这世上，骗子们就是这样施展诡计，骗得国王们信任，随意支配他们。

赌徒丁吒迦拉罗施展诡计得逞后，立即逃跑，返回优禅尼城。迦拉婆蒂发觉自己摆脱了诅咒,在回家路上,高兴地遇见丁吒迦拉罗,安慰他后,自己前去天国见因陀罗。因陀罗见到迦拉婆蒂,感到惊讶,而听了她讲述自己的赌徒丈夫施展的计谋,笑了起来,表示满意。

于是,站在一旁的毗诃波提对因陀罗说道:"赌徒们经常这样施展各种诡计。过去有一劫,在一座城市里,有个赌徒名叫古底尼迦波吒,擅长在赌博中要弄诡计。在他去往另一个世界时,法王阎摩对他说道:'赌徒啊,由于你犯下的罪业,你要下地狱,时间为一劫。而由于你曾经送给一位知梵者一枚金币,凭借这个施舍功德,你可以成为天王,时间为一天。你说吧,你愿意先下地狱,还是先成为天王?'这个赌徒听后,说道:'我愿意先成为天王。'于是,法王阎摩把这个赌徒送上天国,让众天神为他灌顶,担任一天天王。而他成为天王后,召集所有的赌徒、朋友和妓女们来到天国,凭借自己的权力,吩咐众天神说:'你们立刻带我们所有人到天国、大地和七大洲的圣地去沐浴。随后,你们今天进入大地上所有国王的体内,不停地为了我们而实行大施舍。'众天神按照他的吩咐,完成这一切。这样,这个狡猾的赌徒洗清罪业,成为永久的天王。他召唤来到天国的同伴和妓女也都由于他的恩惠而洗清罪业,成为天神。第二天,吉多罗笈多报告法王阎摩说这个赌徒依靠自己的智慧,获得永久的天王地位。法王阎摩得知这个赌徒的善行,惊讶不已,说道:'天啊,这个赌徒竟然骗过我们!'天王因陀罗啊,这些赌徒就是这样。"

听了天国导师毗诃波提这样说后,因陀罗吩咐迦拉婆蒂去把丁吒迦拉罗带来天国。天王赏识他的智慧和勇气,向他表示满意和敬意,把迦拉婆蒂交给他,让他留在自己身边。这样,由于湿婆的恩惠,此后丁吒迦拉罗像天神那样,愉快地与迦拉婆蒂一起住在天国。

"赌徒们就是这样狡诈和狠毒。因此,僵尸鬼阿耆尼希克啊,吒吉奈耶这个赌徒把你推下这个深坑,有什么可奇怪的? 朋友啊,你就离开这个深坑吧! 我们很快也会离开这里。"

听了这两个梵罗刹这样说后,我离开那个深坑。夜里,我在路上遇见一个婆罗门。我饥饿难忍,便跑上去抓住他,想要杀死他。这时,他向勇日王呼救。

勇日王听到后,像一团烈火出现在远处,喝令我说:"你这个罪人,不要杀死这个婆罗门!"然后,他砍下画像上的人头。虽然他并没有砍我的头,我的脖子却流出血。于是,我拜倒在他的脚下。他饶我一命,并放走那个婆罗门。

"因此,这位勇日王是天神,具有这样的威力。而我正是遵照他的吩咐,杀死这个卑劣的骷髅教徒,并且要吃掉他。耶摩希克啊,你就放下他的尸体吧!"

然而,听了阿耆尼希克这样说,耶摩希克依然傲慢地抓住骷髅教徒的尸体不松手。这时,勇日王出现在那里。他在地上画了一个人像,用剑砍断人像的一只手。随即,耶摩希克的一只手断裂,掉在地上。于是,耶摩希克扔下那具尸体,恐惧地逃跑。然后,阿耆尼希克吃掉那具尸体。

"正是这样,我亲眼看到这一切。我依靠勇日王的威力,摆脱危险。"药叉的妻子摩陀那曼朱莉这样向我讲述你的威力后,继续对我说道:"阿南伽提婆啊,当时国王以温和的话音对我说道:'药叉女啊,你已经摆脱骷髅教徒的威胁,现在回到自己丈夫的家里去吧!'然后,我向他俯首致敬,返回自己家中。我心里想着怎样回报国王的恩情。这位国王救了我的命,也等于救了我的家族和我的丈夫的命。如果你向他讲述我的这次遭遇,他会记起这一切。而我今天得知,辛诃罗王要把自己的女儿交给勇日王。他的这个女儿是三界中无与伦比的美女,自愿嫁给勇日王。于是,许多国王出于妒忌,聚集在一起,企图杀死维格罗摩舍格提,夺走这位公主。因此,你去把这个消息告知维格罗摩舍格提和其他诸侯,让他们做好准备对付那些国王。我也会努力帮助勇日王杀死那些敌人,让他获得胜利。正是为了这个目的,我施展幻术,把你带到这里,让你去报告维格罗摩舍格提和其他诸侯这个消息。此外,我还要送给你的主人礼物,略表我对他的感恩之心。"

就在药叉女这样说着时,我俩在海中沙洲上见到的那两个少女和那头金鹿来到这里。一个少女肤色白净似月亮,另一个少女肤色黝黑似波利扬古树,仿佛是恒河和阎牟那河敬拜河流之主大海后回来。她俩坐下后,我询问药叉女说:"这两位美丽的少女和这头金鹿是谁?"大王啊,药叉女听后,对我说道:

"阿南伽提婆啊，如果你感到好奇，那就听我告诉你！"

从前，生主梵天在创造众生时，有两个天神难以战胜的凶猛檀那婆，名叫坎吒和尼坎吒，前来捣乱。为了毁灭他俩，创造主梵天创造了这两个美女，美貌能让整个世界迷醉。那两个大阿修罗看到后，迷上她俩。为了争夺这两位美女，他俩交战火拼，结果同归于尽。

然后，梵天把这两个少女交给财神俱比罗，说道："你把她俩嫁给合适的丈夫。"而俱比罗把她俩交给他的弟弟，也就是我的丈夫。我的丈夫又把她俩交给我，让我为她俩选择丈夫。我现在选择勇日王为她俩的丈夫，因为他是天神下凡，适合成为她俩的丈夫。

"关于这两个少女的情况就是这样。现在，听我讲述这头金鹿的来历！"

因陀罗有个可爱的儿子，名叫遮衍多。在他童年时，天女们带着他在空中游荡。他看见下面大地上的王子们与小鹿一起游玩。于是，遮衍多回到天国后，出于儿童的天性，觉得自己没有玩耍的小鹿，便在父亲面前哭闹。于是，因陀罗让工巧神用金子镶嵌宝石制作了一头小鹿，洒上甘露，赋予这头小鹿生命。然后，遮衍多与这头小鹿一起游玩，高兴满意。此后，这头金鹿一直在天国游荡。

后来，罗刹王罗波那的儿子，名叫因陀罗耆，名副其实 [①]，从天国取走这头金鹿，带回自己的楞伽城。过了一段时间，由于罗波那夺走罗摩的妻子悉多，罗摩和罗什曼那兄弟俩杀死罗波那和因陀罗耆父子俩。然后，罗摩在楞伽城为罗波那的弟弟维毗沙那灌顶，立他为罗刹王。这样，这头奇妙的金鹿一直留在维毗沙那的王宫里。

有一次，在一个节日，我的丈夫的亲友带着我去维毗沙那的王宫。维毗沙那向我表示敬意，把这头金鹿赠送给我。因此，这头神奇的金鹿一直留在我的

---

① "因陀罗耆"的原词是 indrajit，词义为战胜因陀罗。

家中。现在,我也要把它赠送给你的主人。

这位药叉女向我讲述了这一连串故事后,那些莲花的可爱朋友太阳落山。于是,我和辛诃罗王的使者完成黄昏祭拜仪式后,进入药叉女为我俩安排的住处休息。

第二天早上,我俩醒来,王上啊,看到你的诸侯维格罗摩舍格提的军队已经到来。我心想这是药叉女施展幻力,让我俩惊讶地看到维格罗摩舍格提突然来到我俩身边。他看到我俩,恭敬地向我俩问好。

而正当他想要询问辛诃罗王传来什么信息时,药叉女提到的那两个少女和那头金鹿在药叉军队围绕下来到这里。大王啊,他看到后,怀疑是魔鬼施展妖术,询问我说:"这是怎么回事?"于是,我依次告诉他辛诃罗王的意愿、药叉女讲述的两个少女和金鹿的情况,以及药叉女提供的那些怀有敌意的国王消息。他听后,高兴地向这两位天国少女表示敬意,并让军队做好战斗准备。

随即,王上啊,军队中响起震耳的战鼓声。我们看到敌方国王带着军队和蔑戾车蛮族前来。我方和敌方军队怒目相视,开始交战。这时,药叉女也派遣药叉军队协同我方军队作战。战场上如同出现暴风雨,军队奔驰扬起尘土,刀剑砍伐如同暴雨,勇士们的吼声如同雷鸣。敌人们被砍断的头颅跳起又落下,仿佛胜利女神在玩拍球游戏。顷刻间,敌方军队溃败。没有被杀死的那些国王投降,谦卑地进入你的诸侯的营地寻求庇护。

大地之主啊,你已经征服大地四方和七大洲,也消灭了蔑戾车蛮族。药叉女带着她的丈夫前来对维格罗摩舍格提和我说道:"这只是我对你们的主人略表忠心。请你务必转告他,请他娶下这两个梵天创造的天国少女,也关心照顾这头可爱的金鹿,因为这是我送给他的礼物。"说罢,药叉女又赠送大量宝石,随后,与丈夫和随从们消失不见。

第二天,辛诃罗王的女儿摩陀那兰卡与随从们一起带着大量财富来到。维格罗摩舍格提上前迎接,满怀喜悦,恭敬地把她带进自己的营地。第二天,他已经完成使命,带着辛诃罗王的女儿、两个天国少女和那头三界眼中的珍宝金鹿,前来这里拜见王上。王上啊,他已经到达城市附近,派遣我俩先来报告王上。王上啊，为了表示对辛诃罗王和药叉女的关爱，请王上亲自出面迎接那些少女和那头金鹿。

听了阿南伽提婆讲述的这一切，勇日王记起自己尽力救护药叉女的事，但他觉得这像草芥一般微不足道，不值得药叉女这样回报。灵魂高尚的伟大人物就是这样，自己做了许多好事，也认为不足挂齿。他高兴地赐予阿南伽提婆和辛诃罗王的使者许多象、马、村庄和宝石。

过了这一天，大地之主勇日王带着军队以及象、马和车，从优禅尼城出发，前去迎接辛诃罗王的女儿和那两个梵天创造的天国少女。在出发时，可以听到军队将领们分配象和马的指令："遮耶伐尔达那使用这头品质优良的安遮那吉利大象。罗纳跋吒使用这头勇猛的迦罗梅卡大象。辛诃波拉格罗摩使用这头商伽拉摩悉底大象。勇士维格罗摩尼达使用这头利普罗刹大象。遮耶盖杜使用这头波伐那遮伐大象。伐罗跋舍格提使用这头萨摩德罗迦劳罗大象。跋呼和苏跋呼使用舍罗吠伽和伽罗吒吠伽这两匹马。吉尔提伐尔曼使用这匹产自戈迦纳的古伐罗耶摩罗黑牝马。萨摩罗辛诃使用这匹产自信度的甘伽罗诃利白牝马。"

大地上布满军队。呐喊声传遍四方。大军挺进踩踏大地扬起的尘土遮蔽天空。这位征服大地和七大洲的勇日王一路前行。所有的人们都在谈论他的神奇和伟大的威力。

第三章

然后，勇日王带着自己的军队到达，与维格罗摩舍格提率领的军队会合。维格罗摩舍格提走在前面，与其他国王一起渴望拜见勇日王。门卫向勇日王介绍说："王上啊，这些国王前来向你致敬！这位是高达王舍格提鸠摩罗。这位是迦尔纳罗吒王遮耶达伐遮。这位是拉吒王维遮耶伐尔曼。这位是迦湿弥罗王苏南陀。这位是信度王戈巴罗。这位是毗罗王文底耶勃罗。这位是巴罗希迦王尼尔摩迦。"

勇日王向这些诸侯以及所有的士兵表示敬意。他也依礼向辛诃罗王的女儿、两位天国少女和金鹿以及维格罗摩舍格提表示敬意。第二天,胜利的勇日王和军队一起回到优禅尼城。

勇日王向国王们表示敬意后,让他们返回各自的地区。这时,给世界带来欢乐的春季来临。蔓藤犹如妙腰女郎用花朵装饰自己,雌蜂嘤嘤嗡嗡犹如妇女歌唱,林中茂密的树枝在风中摇曳犹如跳起舞蹈,杜鹃轻柔甜美的鸣声犹如念诵吉祥祷词。

在一个吉祥日,勇日王与辛诃罗王女儿和两位天国少女举行结婚仪式。陪同辛诃罗岛公主前来的兄长辛诃罗伐尔曼站在祭坛上,赠送大量的宝石。这时,药叉女也来到这里,赠送两位天国少女无数宝石。她对勇日王说道:"国王啊,我怎么可能完全报答你的恩情?我只能这样略表我对你的忠心。愿你关爱这两个少女和这头金鹿。"随后,受到勇日王敬拜后,药叉女离去。

现在,勇日王已经获得这些妻子,统治整个大地和七大洲,肃清敌人。他愉快地在大地上的花园里游乐。夏季,生活在有水池和喷水装置的宫殿里。雨季,生活在鼓乐悠扬的后宫里。秋季,伴随月亮升起,在楼阁露台上饮酒取乐。冬季,在后妃陪伴下,睡在轻柔舒适和散发沉香香气的床上。

勇日王有一位宫廷画师,名叫那伽斯瓦明,胜过工巧神,享有一百个村庄的俸禄。他每隔两天画一幅少女画像,表现不同类型的女性美,作为礼物,献给国王。有一次,遇上节日,这位画师忘了为国王画少女画像。到了向国王献礼的一天,他想起自己没有画画,心中着急:"哎呀,我怎么去向国王献礼?"而就在这时,路上忽然来了一个人,走近他,把一本书放在他的手中,然后迅速离开,不知去向。他好奇地翻开这本书,发现里面夹有一幅少女画像。他看到这幅绝妙的画像,便拿着作为礼物,送给国王。他感到高兴,心想:"我今天也算是向国王献了礼物。"

而国王看到这幅画像,惊讶不已,对画师说道:"贤士啊,这不是你画的,而是工巧神画的。凡人怎么可能画得出这样的画?"画师听后,如实告诉国王自己怎样获得这幅画像。

然后,国王目不转睛,始终看着这幅少女画像。这天夜里,他梦见自己在另一个洲,看到与这幅画中模样相同的少女。而正当他迫切要与这个少女结合时,夜晚逝夫,更夫前来唤醒他。为此,国王对这个更夫发怒,将他驱逐出城。

国王思忖道:"怎么会有这个过路人? 怎么会有这本书? 怎么会有这幅少女画像? 怎么这个画中的少女会与我梦见的少女一模一样? 显然,这是命运向我透露有这样一位少女。但是,我不知道这个洲在哪里。我怎样才能获得她?"从此,国王闷闷不乐,忍受着爱情之火烧灼。侍从们焦虑不安。于是,门卫跋德罗由达私下悄悄询问国王原因。国王对他说道:"朋友啊,听我告诉你!"

画师给了我那幅少女画像。我入睡时想着这个画中少女。然后,我梦见自己越过大海,到达一座美丽的城市。我进城后,看到里面有许多手持武器的少女。她们看见我后,冲着我大声叫喊:"杀啊,杀啊!"我顿时惊慌失措。

这时,有个女苦行者走近我,把我带到她的家里,告诉我说:"孩子啊,这里有一位仇恨男子的公主,名叫摩罗耶婆蒂。她恰好来到这里游玩。一旦她看到男子,就会让那些少女杀死他。因此,我想保护你,把你带到这里。"说罢,她让我穿上妇女的服装。我想到自己不应该杀死那些少女,也就只能同意。

随即,这位公主和那些少女进来。我一看到她,就认出她就是画中那个少女。我心想:"我真幸运! 我先在画中看到她,现在又亲眼看到她的真身,如同我的生命。"而这位公主和那些少女询问女苦行者:"我们看见有个男子进入这里。"于是,女苦行者指着我,回答说:"哪里有什么男子? 这是我的外甥女,来我这里做客。"

这位公主望着我,而我虽然假扮女子,但我忘掉她仇恨男子,立刻迷上了她。而她站着不动,好像在思索什么,全身汗毛竖起,仿佛爱神轻而易举抓住机会,用花箭射中了她。随即,这位公主对女苦行者说道:"尊者啊,既然她是你的外甥女,不也就是我的客人吗? 让她去我的宫中。我招待她后,会把她送回来。"我当时已经觉察她的意图,因此同意她带走我。那位年老而机敏的女苦行者也同意我离去。

到了她的宫中,我站在那里。她与那些少女一起在玩互相假扮结婚的游戏,而她的斜睨的目光始终盯着我。她不喜欢我不与她一起游戏。这时,那些少女让她扮作新娘,让我扮作新郎,玩假扮结婚的游戏。结婚游戏结束后,在夜晚,我俩进入卧室。在那里,这位公主毫不迟疑地搂住我的脖子。这时,我向她亮明自己的身份。而她搂抱着我,为自己达到目的而满怀喜悦,望着我,然后,羞涩地低下头。在她摆脱羞涩后,我准备与她同床合欢。

而就在这时,那个可恨的更夫唤醒了我。因此,跋德罗由达啊,我已经看到画中和梦中的这位摩罗耶婆蒂公主。现在,我没有她,实在难以活下去。

门卫跋德罗由达听了国王的叙述,相信这是一个真实的梦。于是,他安慰国王说:"如果王上记得所有一切,那就照原样把那座城市画在画布上,这样便于考察寻找。"国王听后,立刻在画布上画出那座优美的城市,包括各种细节。

跋德罗由达拿走这幅画。然后,他安排建造一座新的寺庙,把这幅画挂在寺庙墙壁上。他还在寺庙里开辟一间旅舍,备有美味佳肴、衣服和金子,用以接待来自远方的歌手。他嘱咐寺庙住持:"如果有谁来到这里,说是知道画中的那座城市,你就马上来报告我。"

在此期间,夏季的森林里,微风吹送茉莉花香,波古罗花盛开,旅人们坐在树荫下休息。随即雨季犹如疯象来到森林,乌云发出雷鸣犹如疯象高声吼叫,盖多迦树犹如象牙竖起。而这时,勇日王的离愁却像森林大火在东风吹拂下越烧越旺。后宫里一再传出妇女们的叫声:"诃罗拉姐,快拿冰块来!吉多罗兰吉,快洒檀香水!波多罗兰卡,快用清凉的荷叶铺床!甘陀尔波赛娜,快用芭蕉叶扇风!"在这雨季,乌云挟带闪电降下暴雨,却不能平息国王的离愁之火。

然后,秋季来临。绽放的莲花犹如秋季的脸庞,盛开的迦舍花犹如秋季的微笑,天鹅的鸣声犹如秋季发出指令:"让旅行者出发上路吧!让羁留远方的游子回去与心上人团聚吧!"

就在这个秋季,有一天,有个来自远方的歌手,名叫商钵罗悉底,听说门卫建造的这座寺庙,便来到这里乞求食物。他在寺庙里用餐和获得衣服后,看到墙壁上悬挂的这幅画,回忆起这座美妙的城市,惊讶地说道:"嗨,是谁画的这座城市?唯有我见到过这座城市,我相信没有第二个人见到过。"

寺庙住持听到这个歌手这样说,便去报告跋德罗由达。这个门卫亲自前来,把这个歌手带到国王身边。国王询问他:"你真的见到过这座城市吗?"于是,商钵罗悉底回答国王,说道:"我见到过这座大城市。它名为摩罗耶城。我在大地上游荡,曾经越过大海,到达那里。这座城里的国王名叫摩罗耶辛诃。他的女儿名叫摩罗耶婆蒂,美貌无与伦比,却仇恨男子。后来,她梦见自己从寺院出来,看到一个非凡的男子,顿时失魂落魄,仇恨男子的执念仿佛出于害怕而消失。她把这个男子带回自己宫中。她在梦中与他结婚后,一起进入卧室。而正当她与这个男子享受欢爱时,夜晚逝去,侍女前来唤醒她。于是,她发怒,把这个侍女驱逐出宫。她思念这位梦中情人,忍受着离愁之火烧灼。她看不到自己的出路,在爱情折磨下,精神失控。她躺在床上,一旦起床,由于肢体无力,又倒下。她仿佛鬼魅附身,神志不清,变得像哑巴。侍女们向她问话,她概不回答。她的父母得知情况,一再询问她原因。她好不容易才让自己的心腹女友说出她梦见的一切。于是,她的父亲安慰她,而她发誓说:'如果六个月内,我不能得到他,我就要投火自焚。'现在已经过去了五个月。谁也不知道此后会发生什么。这是我在那座城里听到的事。"

国王听到这个歌手讲述的一切与自己梦见的情况一致,确信这是真事,满怀喜悦。于是,跋德罗由达对国王说道:"这件事已经成功,因为那个地区和国王在你的统治之下。趁六个月尚未结束,我们赶快去那里吧!"

国王听后,再次让商钵罗悉底详细讲述相关情况,邀请他带路,然后赠送他大量财物,答谢他。这样,国王仿佛把自己的灼热交给阳光,把自己的苍白交给白云,将自己的瘦削交给河流。他已经摆脱忧愁烦恼,立即带着少量军队,出发前去会见自己的心上人。

他一路前行,越过大海,到达那座城市。国王在那里听到前面有许多人在激动地交谈:"六个月已经结束,公主摩罗耶婆蒂没有获得心上人,今天就要投火自焚。"于是,国王询问那些人情况后,来到垒起火葬堆的地方。

那里的人们看到他,为他让路。这时,公主看到他,仿佛眼中突然涌满甘露,对女友们说:"这就是在梦中与我结婚的男子,我的生命之主。你们快去报告我的父亲。"她的父亲听后,摆脱痛苦,满怀喜悦,来到这里,走近这位国王。

这时,商钵罗悉底立即抓住时机,高声吟诵赞词:"祝你胜利!你凭借自己的威力,扑灭恶魔和蔑戾车蛮族森林大火。祝你胜利! 大王啊,你成为七大洋围绕的大地之主。祝你胜利! 你征服所有的国王。他们个个俯首听命。祝你胜利! 维舍摩希罗啊! 勇力之海啊! 勇日王啊!"

听了这位歌手吟诵的赞词,国王摩罗耶辛诃知道来到这里的是勇日王,便拜倒在他的脚下。然后,他施以待客之礼,带着勇日王和摆脱死亡的女儿摩罗耶婆蒂一起进入自己的王宫。他把女儿交给勇日王,感到自己获得这位女婿,已功德圆满。

而勇日王看到曾在画中和梦中见到的这位心上人,现在活生生搂在自己怀中,认为这是湿婆大神的如意树赐予自己的神奇果子。然后,勇日王带着这位犹如幸福化身的新娘摩罗耶婆蒂,越过波浪翻滚的大海,犹如摆脱长久辗转反侧的离愁,一路上接受各地国王俯首奉献礼物,最后回到自己的优禅尼城。

看到勇日王具有这样的威力,实现各种奇妙的心愿,谁会不惊奇? 谁会不喜悦? 谁会不欢欣鼓舞?

第四章

勇日王的一位名叫羯陵伽赛娜的王后,一次在与其他王后交谈时,说道:"王上维舍摩希罗这样获得摩罗耶婆蒂并不奇怪,因为他在大地上名声显赫。他不也是一看到我的雕像,就被爱神的花箭射中,强行夺走我,与我结婚的吗? 朝圣者提婆塞纳告诉我事情缘由。请听我告诉你们! 当时我痛苦地说道:'王上怎么采取这种方式与我结婚?' 这位朝圣者安慰我,对我说道:'别生气,王后啊! 因为他对你渴望至极,而采取这种激烈的方式与你结婚。听我给你从头说起!'"

我以前是朝圣者,侍奉你的主人。有一次,我在树林中远远看见一头野猪,嘴中长有可怕的獠牙,皮肤黑似多摩罗树,仿佛是吞噬月光的黑夜化身。王后啊,我回来告诉国王。国王酷爱狩猎,便动身前往。到达树林后,他射杀老虎和鹿,远远看到我报告他的那头野猪。他看到后,感觉这头野猪奇特,认为它是某个生物出于某种原因而化身野猪。然后,他骑上名为罗特那迦罗的快马,前去追赶。

这匹马是高嘶马①的儿子。因为通常在中午,太阳会在天空中停留片刻。这时,车夫阿鲁纳会让那些拉车的马匹去沐浴和喝水。一次,其中的高嘶马离开太阳的车辆后,在树林中看到国王的牝马,便走近这匹牝马,由此,牝马生下了这匹马。

国王骑上这匹快速似风的马,追赶那头逃跑的野猪。而即使这匹马加快速度,追出很远,还是没有追上,最后野猪消失不见。这样,国王没有捕获这头野猪,而看到只有我一个人跟随着他,其他随从被远远抛在后面。于是,他询问我:"你是否知道我们走了多少路程?"我回答说:"王上啊,我们到达这里,已经走了三百由旬。"

国王听后,感到惊讶,又询问我:"你怎么能步行跟着我到达这里?"我回答说:"王上啊,我脚上抹有油膏。请听我告诉你它的来历!以前,我失去妻子后,出去朝拜圣地。途中,在黄昏时,我到达一座里面有花园的神庙。我进入里面过夜,而在那里看见一个妇女。她热情地接待我这个客人。而在夜里,她让自己的一片嘴唇升入空中,让另一片嘴唇掉在地上。然后,她张开嘴,对我说道:'你在哪里见到过我这样的嘴?'于是,我毫不畏惧,拔出一把刀,竖眉瞪眼,对她说道:'你在哪里见到过像我这样的人?'然后,她变得模样温柔,对我说道:'我是药叉女,名叫旃蒂。我对你的勇气表示满意。现在,你告诉我,我能为你做什么你喜欢的事?'我听后,回答说:'如果你确实对我满意,那就让我不必费力就能朝拜所有圣地。'这个药叉女听后,就给我这种涂在脚上的油膏。依靠它,我周游朝拜了所有圣地。因此,我能跟随你跑到这里。而且,我每天来到这里的树林吃果子,然后回到优禅尼城侍奉你。"

王后啊,国王听后,他的眼神透露他心里认为我是他的合适的随从。于是,我再次报告国王说:"王上啊,这个树林里有许多甜美的果子。如果你想吃,我去给你采摘。"而国王说道:"我不想吃。我也不需要别的什么。而你奔

---

① 高嘶马(uccaiḥśrava)是一匹为太阳神拉车的马。

波劳累,去吃一些果子吧!"

在那里,我得到一根黄瓜,而我刚吃下,就变成了一条蟒蛇。王后啊,王上看到我突然变成了蟒蛇,既惊讶,又沮丧。现在,他孤身一人,便想起僵尸鬼普多盖杜。以前国王曾治愈他的眼病,从此,他为王上效劳。随即,僵尸鬼来到国王面前,恭敬地说道:"王上啊,你为何召唤我?请吩咐!"

国王对僵尸鬼说:"贤士啊,我的朝圣者变成了蟒蛇。你让他恢复原样吧!"而僵尸鬼回答说:"我没有这个能力。因为各种能力都是有限的,水怎么能扑灭雷电的火光?"于是,国王说道:"那么,朋友啊,我们去这个村落。也许毗罗族中有人会有办法。"

国王和僵尸鬼进入这个村落后,那里的盗贼看到他佩戴装饰品,便上来包围他。而僵尸鬼按照国王的吩咐,吞噬五百个盗贼和他们射来的箭雨。于是,其他盗贼逃跑,回去报告他们的首领。

这个首领名叫埃迦吉盖萨林,强壮有力,勃然大怒。而他有一个随从认出国王。这个首领得知后,便前来拜倒在国王脚下,恭敬地自我通报。国王向他表示欢迎和问好,然后说道:"我的朝圣者吃了树林里的一根黄瓜,变成了蟒蛇。请你设法让他摆脱蟒蛇的形体。"

这个首领听后,说道:"把你的这个随从交给我的儿子吧!"然后,他的儿子和僵尸鬼一起来到我这里。他用一种药草液汁让我恢复原来的模样。于是,我高兴地回到国王身边。在我拜倒在国王脚下时,国王告诉我这个情况。

然后,这位毗罗王征得国王同意后,带领国王和我们一起进入他的住处。我们看到里面有许多沙钵罗人。那些妇女身穿孔雀尾翎衣服,佩戴浆果项链,散发大象颞颥液汁香味。而毗罗王的妻子佩戴各种金银珠宝装饰品,散发麝香香味,亲自侍奉国王。

国王沐浴和进餐后,看到毗罗王的儿子们年老,而他本人年轻,便询问道:"毗罗王啊,我感到很奇怪。请你告诉我,为何你年轻,而你的儿子们年老?"毗罗王听后,对国王说道:"王上啊,如果你好奇,就听我告诉你这个故事!"

我以前是住在摩耶城的婆罗门。有一次,我按照父亲的吩咐,去树林中采集柴薪。在那里,有一只猴子挡住我的去路,但它没有伤害我,而是以忧郁的眼神望着我,向我指引另一条路。我心想:"这只猴子没有咬我,因此,我最好还是跟着它走那条路,看看它想要做什么。"

这样,我跟着这只猴子走那条路。它在前面引路,不停地回头看我。走到远处,这只猴子爬上一棵瞻部树。我抬头望见树顶上有茂密的蔓藤,随即又看到一只母猴被蔓藤缠住。于是,我明白这只猴子带我来到这里的意图。然后,我爬上树,用斧子砍断蔓藤,让母猴脱身。

这对猴子夫妻从树上下来后,拥抱我的双脚。然后,这只猴子让母猴依然抱住我的双脚,而它刹那间离去,为我取来一枚天国的果子,交给我。于是,我收下这个果子,采集柴薪后,回到自己家中。我和妻子一起吃了这个果子。而吃了这个果子,我和妻子摆脱了衰老和疾病。

后来,我们那里发生饥荒。人们无法生活,纷纷逃往四方。也是命运安排,我和妻子流落到这个地方。当时,这里的沙钵罗王名叫甘遮那登湿咤罗。我手持刀剑侍奉他。他看到我在战斗中总是冲锋在前,于是他为我灌顶,封我为军队统帅。我忠心耿耿,受到他宠爱。他没有儿子,临终时,把王国交给我。而我在这里已经度过二百七十年,因为我吃了那个果子,始终没有衰老。

埃迦吉盖萨林讲述了自己的经历。国王听后,惊讶不已。然后,这位毗罗王又对国王说道:"我吃了那个果子,才获得长寿。由此,我今天又能获得这个幸运的果子,见到尊贵的王上。因此,王上啊,你今天光临我的家,我请求你再赐予我一个恩惠。我和我的刹帝利妻子幸运地生下一个女儿,名叫摩陀那孙陀利,美貌无与伦比。除了王上,无人可以匹配这位女宝。因此,我把她送给你。请王上按照仪轨与她结婚吧!我是你的仆从,王上啊,与两百万弓箭手一起效忠你。"

国王听了他的请求,表示同意。在一个吉祥日,王上和毗罗王的女儿举行结婚仪式。毗罗王赠送了一百头骆驼负载的珍珠和麝香。国王在那里住了七天,然后带着摩陀那孙陀利一起启程出发。

在此期间,在国王骑马狩猎的树林里,我们的军队停留在那里,焦急不安。

门卫跋德罗由达对他们说道："你们不用担心。王上不久就会回来。他具有神奇的威力，不会遭遇任何不幸。你们不记得了吗？他曾经独自一人去地下世界娶回蛇王的女儿苏罗芭。这位英雄又去过健达缚世界，带回健达缚王的女儿达拉婆利。"跋德罗由达这样安慰他们后，守候在树林口，望着国王归来的路。

在摩陀那孙陀利和沙钵罗族军队一路前行时，国王想要找到原先发现的那头野猪，于是骑着马与僵尸鬼和我一起进入树林。这时，那头野猪出现在国王前面。国王看到后，连射五箭，杀死那头野猪。僵尸鬼跑上前去，撕开野猪的肚皮。王后啊，从野猪肚皮里突然出来一个英俊的男子。国王惊讶不已，询问他是谁。

而就在这时，一头高耸似山的林中野象跑了过来。国王看到这头野象冲向自己，便发射一支箭，命中野象要害。野象倒地后，僵尸鬼又去撕开野象的肚皮，而从野象肚皮里出来一个天神模样的男子和一个肢体优美的女子。

国王正要询问那个从野猪肚皮里出来的男子时，他已经开口说道："国王啊，听我讲述自己的经历！我们两个是天神的儿子。他名叫跋德罗。我名叫苏跋。我俩在游荡中看见牟尼甘婆在沉思入定。而我俩扮作大象和野猪游戏，头脑发昏，故意吓唬这位牟尼。于是，他诅咒我俩说：'你俩就成为林中的野象和野猪，直到被勇日王杀死，才摆脱这个诅咒。'正是这样，我俩变成野象和野猪。今天，是你救了我俩。你用手接触这头野猪的脖子和这头野象的背，它俩就会变成你的神剑和神盾。而这个妇女的经历，就让她自己讲述吧！"说罢，他俩消失不见。而国王用手接触野猪和野象，果然它俩变成了剑和盾。

然后，在国王询问下，这个妇女也如实讲述自己的经历："我是优禅尼城商主的妻子，名叫达那陀姐。我在楼阁露台上入睡时，这头大象前来吞下我，把我带到这里。我在大象肚子里并没有看到那个男子，而在大象肚皮被撕开时，他却与我一起出来。"国王听后，对这位神情沮丧的妇女说道："鼓起勇气吧！我会把你送到你的丈夫家里。现在，你放心地与我的王后结伴而行吧！"说罢，国王让僵尸鬼把她送去交给在另一条路上行进的王后摩陀那孙陀利。

而在僵尸鬼回来时，我俩突然看到树林中出现两位公主，带着许多侍从。国王便吩咐我去召唤那些内侍前来，询问道："这两位公主是谁？来自哪里？"

于是，他们回答说：

迦吒诃岛是一切财富汇聚地。岛上的国王名叫古纳沙伽罗，名副其实[①]。他的大王后为他生下一个女儿，名叫古纳婆蒂。她的美貌甚至让创造她的创造主也感到惊讶。悉陀们指出统治七大洲的国王会成为她的丈夫。于是，她的父亲与大臣们商量后，说道："勇日王是我的女儿合适的丈夫。我要派人把她送去嫁给勇日王。"

然后，国王让侍从们陪同女儿，带着财富，登船渡海。而在到达金岛附近时，他们不幸遇到一条大鱼。这条大鱼连船带公主和侍从们一起吞下。而在命运驱使下，这条大鱼又被汹涌的浪涛抛到金岛的海岸上。那里的人们拿着各种武器跑来，杀死这条怪异的大鱼。而在剖开鱼肚时，他们发现里面有满载乘客的大船。

岛上国王得知消息，好奇地前来观看。这位国王名叫旃陀罗塞克罗，是古纳沙伽罗的内弟。他听了人们讲述事情经过后，发现船上的古纳婆蒂是自己姐姐的女儿，便把她带回自己的王宫，举行节日般的欢庆活动。

这位国王的女儿名叫旃陀罗婆蒂。他早就打算把女儿嫁给勇日王。这样，在第二天的一个吉祥时辰，国王也让女儿登船，带着财富，与古纳婆蒂一起起航渡海。

就这样，两位公主终于渡过大海，来到这里。我们是她俩的侍从。而我们到达这里时，突然看到躯体庞大的野猪和野象向我们冲来，王上啊，于是我们呼救："这两位公主自愿嫁给勇日王。护世天神们啊，请你们为这位国王保护她俩吧！"

而野猪和野象听后，用清晰的话音说道："你们放心吧！你们一提到这位国王的名字，就会安然无恙。你们马上就会见到这位国王来到这里。"说罢，野猪和野象离开了我们。王上啊，这就是我们的经历。

---

① "古纳沙伽罗"的原词是 guṇasāgara，词义为品德之海。

王后啊，这些内侍讲述他们的经历后，我对他们说道："这位就是勇日王。"他们满怀喜悦，拜倒在国王脚下，把古纳婆蒂和旃陀罗婆蒂两位公主交给国王。国王吩咐僵尸鬼也把这两位美女送交王后摩陀那孙陀利，让三个女子一起与王后结伴而行。

僵尸鬼很快就返回。然后，国王与僵尸鬼和我一起走上另一条路。王后啊，我们在林中行进时，太阳落山。这时，我们听到鼓声。国王询问道："这鼓声来自哪里？"僵尸鬼回答说："王上啊，这里有一座神庙，是工巧神的奇妙创造。鼓声是宣告观赏黄昏美景的时刻来到。"

随后，出于好奇心，僵尸鬼与国王和我一起来到那里。国王勒马停下，进入神庙。我们看见前面有接受敬拜的蓝宝石林伽柱，光彩夺目。有三个天女模样的美女长时间跳舞，还有弹奏四种乐器的伴奏者和伴唱者。而在表演结束后，我们看到了奇迹。这些舞女进入石柱雕像里休息，而那些伴奏者和伴唱者进入墙壁。国王惊讶不已，而僵尸鬼说道："这是工巧神的幻术，会在清晨和黄昏反复展现。"

随后，我们在神庙里游荡，看见一边有一个极其优美的雕像。国王看到这个美女雕像，心醉神迷，失魂落魄，站着不动，仿佛自己也成了石柱雕像。他说道："如果我不能见到这样的而有生命的美女，王国对我有何用？生命对我有何用？"

僵尸鬼听后，说道："这并不难做到。羯陵伽王有个女儿名叫羯陵伽赛娜。伐尔达那城的雕刻家看到这位公主，想要展现她的美貌，便在这个石柱上雕刻出她的形象。王上啊，你回到优禅尼城后，去向羯陵伽王求娶他的女儿，或者，你凭借你的勇力夺取她。"国王听后，把僵尸鬼的话记在了自己心上。

我们在那里度过一夜后，第二天早上，继续出发。途中，我们看到两个英俊的男子坐在一棵无忧树下。他俩看到国王后，起身向国王俯首致敬。国王询问道："你俩是谁？怎么会来到这里林中？"其中一个男子回答说："王上啊，请听我告诉你所有情况！"

我是优禅尼城里商人的儿子，名叫达那达多。有一天，我和妻子在楼阁露台上睡觉。我早晨醒来,看到妻子不在身边。我在楼阁、住宅和花园里都找不到她。我相信她不会对我变心,因为她给我戴上花环时说:"如果我是贞洁的,这个花环就不会枯萎。"而这个花环这时并没有枯萎。于是,我想:"那么,她去了哪里? 是不是被鬼怪带走了?"这样,我四处寻找她,哭泣、呼喊和悲叹。我忍受着离愁之火的烧灼,不思饮食。在亲友一再劝说下,我才勉强进食。

然后,我住进神庙里,向婆罗门们施舍食物。一天,有个婆罗门来到这里休息。我安排他沐浴和用餐。然后,我询问他:"你来自哪里?"他回答说:"我住在波罗奈城附近的村庄里。"而我的侍从把我心中的痛苦告诉他。这个婆罗门听后,对我说道:"你为何意志消沉,精神不振? 朋友啊,意志坚定的人甚至能实现难以实现的心愿。起来吧! 我是你的朋友。我俩一起去寻找你的妻子。"

而我说道:"不知道她在哪里,怎么能找到她?"他听后,怀着友爱,又对我说道:"不要有这种想法。从前,盖萨吒在几乎绝望的情况下,不是也终于与露波婆蒂团圆了吗? 听我给你讲述这个故事!"

在华氏城,有个富裕的婆罗门的儿子,名叫盖萨吒。这个英俊的婆罗门青年犹如另一位爱神。他希望获得一位与自己匹配的妻子。于是,他瞒着父母,离家出走,朝拜各处圣地。在游荡中,他到达那尔摩达河边,看到路上走来一支新郎迎亲队伍。其中,有个年老的婆罗门远远看到他,谦恭地走近他,悄悄对他说道:"我请求你做一件事。对你来说,这件事很容易。而对我来说,事关重大。如果你愿意帮助我,我就告诉你。"

盖萨吒听后,回答说:"尊者啊,如果你说的事,我能做,那么,为了帮助你,我肯定会做。"于是,这个老年婆罗门说道:"请听我说! 我的儿子相貌极其丑陋,而你容貌非凡。他牙齿暴出,鼻子扁平,皮肤粗黑,眼睛眯缝,肚子鼓胀,双腿蜷曲,耳朵耷拉。尽管他这副长相,而我出于爱他,为他求娶婆罗门罗德那达多的女儿,谎称他相貌英俊。这位婆罗门为他的女儿取名露波婆蒂,名副其实①。今天,他俩就要结婚。我们正是为此而来。但是,一旦亲眼见到我的儿

---

① "露波婆蒂"的原词是 rūpavatī,词义为具有美貌。

子,我的亲家可能会拒绝交出女儿。这样,我也就白忙一场了。我一直在想办法,恰好在这里见到你。你已经答应帮助我。但愿你实现我的心愿。我们一起去那里,因为你的容貌与那个少女匹配。你与那个少女结婚后,再把她交给我的儿子。"

盖萨吒听后,说道:"好吧!"于是,那个老年婆罗门带着他,与迎亲队伍一起搭乘几条船,渡过那尔摩达河,到达对岸。然后,他们到达一座城市。迎亲队伍在城外休息。这时,在空中旅行的太阳落山,黑暗开始弥漫四方。

随后,盖萨吒去水池漱口,突然遇见一个可怕的罗刹。这个罗刹对他说道:"盖萨吒啊,你去哪里?我要吃掉你。"盖萨吒听后,回答说:"你现在不要吃掉我。等我完成已经答应婆罗门的事,我会回到这里。"罗刹听了盖萨吒这样说,便让他发誓,然后放走他。于是,盖萨吒回到迎亲队伍中。

然后,那个老年婆罗门带着假扮新郎的盖萨吒与迎亲队伍一起进城。他让盖萨吒进入罗德那达多的家。那里已经布置好祭坛,各种乐器奏响。盖萨吒与眉清目秀的少女露波婆蒂举行结婚仪式。她的父亲送给她大量财富。

那里的女眷们看到新娘和新郎互相匹配,满心欢喜。露波婆蒂看到自己获得这样一位新郎,以及她的两个女友看到这位新郎,都感到称心如意。而盖萨吒这时的心情既沮丧,又惊奇。

在夜里,露波婆蒂看到自己的心上人躺在床上,背对着她,陷入沉思,于是,她假装自己睡着。到了深夜,盖萨吒以为她已经睡着,便起身走了出去。他为了信守诺言,回到罗刹身边。而忠于丈夫的露波婆蒂也悄悄起身,怀着好奇,跟随着他。

盖萨吒到达那里。罗刹对他说道:"好啊,你不愧为一个大丈夫,信守诺言。由于你的高尚行为,华氏城和你的父亲代萨吒都会获得净化。那么,现在过来吧!我要吃掉你。"而露波婆蒂听后,急忙上前,对罗刹说道:"你就吃掉我吧!因为你吃掉我的丈夫,我怎么活下去呢?"罗刹说道:"你可以依靠乞求施舍活下去。"露波婆蒂回答说:"谁会向我这样的女子施舍?"罗刹又说道:"如果你向谁乞求,他不给予你施舍,他的头颅就会碎成百块。"随即,露波婆蒂说道:"那么,我乞求你把我的丈夫施舍给我。"而罗刹不肯交回她的丈夫,顿时,他的头颅碎成百块,倒地死去。

然后,露波婆蒂带着惊讶不已的盖萨吒返回家中。这时夜晚已经结束。那个老年婆罗门让露波婆蒂和她的随从们登上一条船,而他自己登上另一条船。这个狡猾的婆罗门向盖萨吒取回属于自己的装饰品,让他和一些事先安排好的船夫登上又一条船。随后,那个婆罗门和迎亲队伍渡河到达对岸。而那些船夫将盖萨吒乘坐的船在中途驶向远处。这些船夫已经接受那个婆罗门的贿赂。他们把盖萨吒和船留在波涛汹涌的远处,自己泅水离去。

奔腾的河流将盖萨吒乘坐的船带入大海。而后,狂风掀起巨浪,把他抛到海岸上。盖萨吒庆幸自己死里逃生,心想:"天啊,这个婆罗门这样报答我!然而,他采取让别人替代儿子结婚的诡计,表明他是一个十足的傻瓜。"

盖萨吒这样思索着,心中困惑不安。这时,夜晚降临。空中行走者们在夜空游荡。他无法入眠。在夜晚第四个时辰,他听到空中出现喧闹声。一个英俊的男子从空中坠落在他的面前。他感到害怕,但很快发现这个人对他并无恶意,便询问他:"你是谁?"而这个人回答说:"你先告诉我你是谁。然后,我告诉你我是谁。"于是,盖萨吒向他讲述自己的经历。然后,这个人说道:"你的处境和我一样。朋友啊,现在听我给你讲述我的经历!"

在吠纳河岸,有一座罗德那城。我是城里一个富裕家庭的婆罗门家主,名叫甘陀尔波。一天夜晚,我去吠纳河取水,不慎滑入河中,被急流带走,一夜之间被急流带往远处。而我命不该绝。天亮时,我到达河边的树丛。我攀援树枝,爬上河岸。

我恢复精神后,看到一座宏伟的母亲女神庙。我进入后,看见里面有许多闪耀光芒的母亲女神。我摆脱恐惧,向女神们俯首致敬,赞颂她们后,说道:"请诸位女神救助我这个落难之人!我今天来到这里请求你们庇护。"说罢,由于一夜在河中折腾,我感到困倦。于是,朋友啊,我在那里休息,度过白天。然后,夜晚如同可怕的女苦行者来临,以月亮为锃亮的骷髅钵盂,以星星为骨头项链,以月光为涂抹身上的白灰。

这时,我看到在母亲女神们的侍从中,出现一群女瑜伽行者。她们互相谈论着："我们要去遮格罗城参加聚会。这里经常有猛兽出没。谁来保护这个婆罗门？他是来请求我们保护的，因此，我们就带走他，把他安置在一个让他获得快乐的地方吧！"

说罢，她们为我装饰打扮，带着我在空中飞行，把我安放在一座城里的一个富裕的婆罗门家里，然后，她们离去。在那里，我看到人们正在为一个少女准备举行婚礼，祭坛已经布置好，而迎亲队伍尚未到达。人们看到我穿着华丽的新郎服装，一齐说道："这个新郎已经来到。"

于是，这家的婆罗门主人把我和他的盛装严饰的女儿带到祭坛上，按照仪轨把女儿交给我。在场的女眷们互相说道："多么幸运啊，苏摩那丝获得一位与她匹配的新郎。她的美貌终于收获成果。"婚礼结束后，我和苏摩那丝一起睡在宫殿里，享受各种快乐。

然而，在夜晚最后一个时辰，那些女瑜伽行者参加聚会回来，凭借她们的幻力把我带走，升入空中。而这时，空中出现另一帮女瑜伽行者，想要带走我。于是，双方发生冲突。我从她们的手中坠落这里。

我不知道与我结婚的苏摩那丝在哪座城市，我也不知道她现在情况会怎样。命运就这样连续带给我痛苦。而现在遇到了你，也算是痛苦以快乐终结。

盖萨吒听后，安慰甘陀尔波说："朋友啊，你现在不用害怕那些女瑜伽行者会带走你，因为我有一种对付她们的法术。我俩一起游荡吧！命运会眷顾我俩。"他俩这样交谈着，夜晚逝去。

第二天，他俩出发，渡过大海，一路前行，到达毗摩城。他俩来到罗德那河附近，听到河岸上有喧闹声，便前去观看。他俩看到一条大鱼搁浅在河的两岸中间。这条大鱼是被海潮巨浪抛到这里的，因为身躯庞大而被卡住。许多人为了取得鱼肉，手持各种刀具，而剖开它后，他们惊讶地发现从鱼肚里走出一个妇女。然后，她恐惧地站在岸上。

甘陀尔波看到她后，高兴地对盖萨吒说道："朋友啊，她就是与我结婚的苏摩那丝。而我不知道她怎么会进入鱼肚里。我俩先站在这里，保持沉默，看看是怎么回事。"盖萨吒听后，说道："好吧！"于是，他俩站在原地。

　　这时,人们询问苏摩那丝:"你是谁? 这是怎么回事?" 于是,苏摩那丝为难地说道:"我住在罗德那迦罗城,父亲是婆罗门中的顶珠,名叫遮耶达多。我名叫苏摩那丝。我在夜晚和一位与我匹配的婆罗门青年结婚。而在睡眠中,我的丈夫不知去了哪里。我的父亲费尽力气四处寻找他,也没有找到他。于是,我投河自尽,结束离愁之火的灼热折磨。而出于命运安排,我被这条大鱼吞下,带到这里。"

　　听她这样说后,人群里出来一位婆罗门,名叫耶若斯瓦明,抱住她说道:"来吧,孩子! 你是我的外甥女。我名叫耶若斯瓦明,与你的母亲是亲兄妹。"苏摩那丝听后,抬头望着他,认出他是自己的舅父,便含泪抱住他的双脚。随即,她停止流泪,说道:"请你给我取来一些木柴! 因为我失去丈夫,除了火,我没有其他的归宿。"

　　她的舅父竭力劝阻她,而她依然不改主意。甘陀尔波觉得她的心已经经受考验,便走上前去。聪慧的苏摩那丝一看到他走近,便认出他,拜倒在他的脚下哭泣。人们和她的舅父询问她。她说道:"这是我的丈夫。"在场的人都为她感到高兴。耶若斯瓦明将她和她的丈夫以及盖萨吒一起带回自己的家。在那里,他们讲述各自的经历。她的舅父和全家人都怀着爱意,尽心竭力招待他们。

　　过了一些天,盖萨吒对甘陀尔波说道:"你已经如愿获得心爱的妻子。因此,你现在就带着妻子回到自己的罗德那城去吧! 而我还没有实现心愿,还不能回家。朋友啊,我要去朝拜各处圣地,最后抛弃身体。"耶若斯瓦明站在一旁,听到盖萨吒说的话,便对他说道:"你为何说这种丧气的话? 人只要活着,就能获得一切。听我给你讲述古苏摩由达的故事!"

　　在旃陀城有个婆罗门名叫提婆斯瓦明。他的容貌美丽的女儿名叫迦摩罗劳遮娜。他的一个婆罗门青年学生名叫古苏摩由达。这个学生与他的女儿互相爱慕。然而有一天,迦摩罗劳遮娜的父亲为她选定另一个人为丈夫。她立即让女友去向古苏摩由达传话:"父亲把我许配他人,而我早已选定你为我的丈夫。因此,你赶快设法带走我。"

　　于是,古苏摩由达为了带走她,夜里在外面安排了一头骡子和一个侍从。

迦摩罗劳遮娜悄悄出来,骑上骡子。而那个侍从没有把她带到古苏摩由达身边,而是想自己霸占她。他在夜里把她带往远处,到达一座城市。

于是,迦摩罗劳遮娜询问这个侍从:"你的主人在哪里?他是我的丈夫。你怎么不把我带到他那里?"这个歹徒看到她现在孤身一人在异乡客地,说道:"我要娶你为妻,管他在哪里!"

这个机智的少女听后,说道:"确实,我心里更加喜欢你。那么,你为何不马上与我结婚?"于是,这个歹徒把她留在花园里,自己去市场购买结婚用品。这个少女抓住这个机会,骑着骡子逃跑,进入一个制作花环的老人家里,向他诉说自己的遭遇。这个老人同情她,留她住在那里。

而那个邪恶的侍从返回后,在花园里找不到她,只得回到自己主人身边。古苏摩由达询问他时,他回答说:"你的心地单纯,不了解女人的狡诈行为。我当时刚看到她走出家门,我就被一些人抓住。他们连同那头骡子一起带走了她。老天保佑,我好不容易逃脱,现在回到这里。"古苏摩由达听后,左思右想,沉默不语。

后来,古苏摩由达的父亲为他安排结婚。他奉命前去迎亲,到达迦摩罗劳遮娜滞留的那座城市。他让迎亲队伍停留在花园里,独自一人在附近游荡。恰巧,迦摩罗劳遮娜见到了他,便回到自己寄宿的制作花环的老人家里,告诉他这个消息。于是,这个老人立即前去把事情经过告诉古苏摩由达,并把他带到迦摩罗劳遮娜身边。然后,老人迅速备齐结婚用品,为新郎和新娘举行渴望已久的婚礼。后来,古苏摩由达惩治了那个邪恶的侍从。

同时,古苏摩由达也娶了另一位少女。这是由于当时失去迦摩罗劳遮娜而造成的既定事实。他正是为此目的而来到这里。这样,他高兴地带着两位妻子返回自己家里。

"命运中的团圆就是这样不可思议。因此,盖萨吒啊,你不久也会这样获得你的心上人。"听了耶若斯瓦明讲述这个故事后,甘陀尔波、苏摩那丝和盖萨吒又在他的家中住了几天。

然后,他们启程出发,返回自己的城市。而途经一座大森林时,一头野象向他们冲来。他们在慌乱逃跑中失散。盖萨吒独自一人悲伤地游荡,到达迦尸城时,遇见朋友甘陀尔波。盖萨吒与他一起返回自己的华氏城。父亲欢迎儿子回来。盖萨吒和甘陀尔波一起住下。盖萨吒从自己与露波婆蒂结婚开始向父亲讲述自己的经历,也讲述甘陀尔波的经历。

在此期间,苏摩那丝害怕野象,逃进一个树林。这时,太阳落山,夜晚降临。她悲伤地呼喊着:"夫君啊!父亲啊!母亲啊!"随后,她想要投身树林大火。而这时,那些同情甘陀尔波的女瑜伽行者已经战胜另一帮女瑜伽行者,返回自己的神庙。她们想起甘陀尔波,凭借神通智慧知道他的妻子流落在林中,一起商量说:"甘陀尔波意志坚定,能靠自己实现心愿。而他的妻子是柔弱的少女,流落林中,肯定会抛弃生命。因此,我们把她带到罗德那城,让她住在甘陀尔波的父亲家中,与甘陀尔波的另一个妻子一起生活吧!"

这群女瑜伽行者这样商量决定后,便去把苏摩那丝带到罗德那城。这时,夜晚逝去。苏摩那丝在城里游荡,听到人们奔走相告:"婆罗门甘陀尔波的妻子阿南伽婆蒂怀抱希望,一直等待失踪的丈夫回来。而现在她感到绝望,准备投火自焚,她的公公和婆婆痛苦地跟随在后。"

苏摩那丝听后,立即前往垒起火葬堆的地方,走近阿南伽婆蒂,劝阻她说:"贤女啊,别鲁莽行事!你的丈夫还活着。"说罢,她原原本本讲述事情经过,还展示甘陀尔波送给自己的宝石戒指。于是,在场的所有人相信她说的是真话,感到欣慰。甘陀尔波的父亲高兴地向新娘苏摩那丝表达敬意,让她与阿南伽婆蒂一起住在自己家里。

这时,甘陀尔波为了寻找苏摩那丝,没有告诉盖萨吒,就离开华氏城,四处游荡。而甘陀尔波离开后,盖萨吒想到自己没有找到露波婆蒂,痛苦不堪,没有告诉父母,再次离家出走,四处游荡。

甘陀尔波在游荡中,到达原先盖萨吒和露波婆蒂结婚的那座城市。他听到人们的喧闹声,便询问一个人:"这里发生了什么事?"这个人告诉他说:"这是因为露波婆蒂找不到自己的丈夫,想要自尽。"随即,这个人讲述露波婆蒂和盖萨吒结婚和遭遇罗刹的惊险经历。然后,他继续说道:

那个老年婆罗门为了自己的儿子,耍弄了盖萨吒后,带走露波婆蒂。没有人知道盖萨吒与露波婆蒂结婚后去了哪里。在途中,露波婆蒂没有看到盖萨吒,便询问那个老年婆罗门:"为何所有人中不见我的夫君盖萨吒?"老年婆罗门听后,让她看自己的儿子,说道:"孩子啊,你看,这是我的儿子,就是你的丈夫。"露波婆蒂气愤地对在场所有的老年人说道:"这个丑八怪怎么会是我的丈夫?如果我得不到昨天与我结婚的丈夫,我肯定会死去。"

随后,露波婆蒂不吃不喝。那个老年婆罗门惧怕受到国王惩罚,只得把她送回她的父亲家里。露波婆蒂告诉父亲那个老年婆罗门施展的诡计。她的父亲伤心地询问她:"女儿啊,那个与你结婚的人是谁?我们怎样才能找到他?"露波婆蒂回答说:"父亲啊,我的丈夫来自华氏城,是婆罗门代萨吒的儿子,名叫盖萨吒。我是听到一个罗刹这样说的。"随即,她向父亲讲述盖萨吒和罗刹之间发生的事。然后,她的父亲前去那里,看到那个死去的罗刹,相信她说的是真话,对女儿和女婿的品德深感满意。

于是,父亲安慰女儿,让她怀抱获得丈夫的希望。随后,他派一些人去华氏城寻找盖萨吒的父亲。他们去后不久,回来报告说:"我们在华氏城找到婆罗门家主代萨吒,询问他:'你的儿子盖萨吒在哪里?'而他含泪回答说:'这里哪有我的儿子?他和一位名叫甘陀尔波的朋友一起回来过。然而,他为了露波婆蒂而痛苦不堪,没有告诉我,就离家出走,不知去了哪里。'听了他这样说,我们也就回到这里。"

露波婆蒂听到这样的消息,对父亲说道:"既然找不到我的丈夫,那么我要投火自焚。父亲啊,因为失去这位丈夫,我还能撑着活多久?"而她的父亲怎么也劝阻不住她。因此,今天她出来,要投火自焚。她的两个女友也跟随着她,要与她一起投火自焚,一个名叫希林伽罗婆蒂,另一个名叫阿奴罗伽婆蒂。因为当时在举行婚礼时,她俩看到盖萨吒,迷上了他,一心一意要嫁给他。正是因为这样,你听到这里人们发出的喧闹声。

甘陀尔波听了这个人这样说,便前往她们的火葬堆。他远远招手示意,让人们停止嚷嚷,然后迅速走上前去,对准备投火自焚的露波婆蒂说道:"贤女啊,别鲁莽行事! 盖萨吒还活着。你要知道我是甘陀尔波,你的丈夫的朋友。"随后,他从那个老年婆罗门骗盖萨吒上船开始,讲述盖萨吒的所有情况。露波婆蒂听后,认为与自己知道的情况一致,因此相信他说的是真话,于是,高兴地与自己的两个女友一起回到父亲家里。甘陀尔波也受到她的父亲热情接待和照顾,为了让她的父亲高兴,也就住在那里。

这时,盖萨吒在游荡中,偶然到达甘陀尔波的家。甘陀尔波的两个妻子住在这里。苏摩那丝从楼阁上看见他在附近游荡,便高兴地告诉公公和婆婆:"这是我的夫君的朋友盖萨吒,现在来到这里。我们可以从他那里得知消息。赶快请他进来。"于是,他们如实告诉盖萨吒这个情况后,带他进来。盖萨吒看见苏摩那丝走近他,满怀喜悦。

在盖萨吒得到休息后,苏摩那丝立即向他询问情况。盖萨吒从林中遇到野象而失散开始,讲述了自己和甘陀尔波的所有情况。然后,他受到热情招待,在这里住了一些天。这时,有个使者带着一封信从甘陀尔波身边来到这里,说道:"甘陀尔波和露波婆蒂现在住在你们的朋友盖萨吒和露波婆蒂结婚的地方。"信中的内容也是这个意思。于是,盖萨吒向甘陀尔波的父亲讲述自己的结婚情况。

第二天,甘陀尔波的父亲怀着节日般的喜悦,请那个使者去把他的儿子带回来,也吩咐盖萨吒去与心上人相会。于是,盖萨吒与那个使者一起前往露波婆蒂的父亲家里。盖萨吒终于在这里摆脱离愁之火烧灼,与露波婆蒂团圆。同样,他也给露波婆蒂带来欢乐,犹如雨云给饮雨鸟带来雨水。同时,他也与甘陀尔波再次相聚。

盖萨吒与前面提到的露波婆蒂的两个女友阿奴罗伽婆蒂和希林伽罗婆蒂结婚。然后,他告别甘陀尔波,带着三个妻子返回自己的城市。甘陀尔波与那个使者一起返回罗德那城,与苏摩那丝和阿南伽婆蒂以及亲友们团聚。就这样,盖萨吒和甘陀尔波分别获得自己的心上人露波婆蒂和苏摩那丝,在各自的城市里过着快乐的生活。

"因此,意志坚定的人即使背时倒运,与心上人分离,也能忍受长期的痛苦,历尽磨难,最终与心上人团聚。因此,朋友啊,赶快起身!我俩一起去寻找。你肯定也会与你的妻子团聚。谁能说清命运的意图?我的妻子死后复活。我又获得她。"

听了我的朋友讲述这个故事,我受到鼓励,与他一起四处游荡寻找。然后,我到达这里,看到野象和野猪。那头野象奇怪地从嘴中吐出又吞下我的孤苦无助的妻子。于是,我跟随那头野象,然而它消失不见。而今天,我前生积德,有幸在这里见到王上。

勇日王听了这个商人的儿子讲述自己的经历后,便吩咐把杀死野象而获得的他的妻子交给他。这对夫妻就这样奇妙地团圆,互相讲述自己的遭遇,高声赞颂勇日王维舍摩希罗。

第五章

然后,勇日王询问这个商人的儿子的朋友:"贤士啊,你说你的妻子死去又复活,你又获得她。是怎么回事?请你详细说说!"这个商人的儿子的朋友听后,说道:"王上啊,如果你好奇,你就听我告诉你!"

我住在名为梵地的婆罗门封地,是婆罗门的儿子,名叫旃陀罗斯瓦明。我和美貌的妻子一起生活。一天,我按照父亲的吩咐,去一个村庄办事。一个骷髅教徒来到我家乞食,看到了我的妻子。他一看到我的妻子,我的妻子就开始发烧,然后死去。于是,我的亲友们在夜里把她带到坟场,放在火葬堆上。就在火葬堆熊熊燃烧时,我从那个村庄回到家里,听到我的亲友哭泣着告诉我这个噩耗。

于是,我前往火葬堆,看到有个骷髅教徒来到那里,肩背上魔杖①舞动,手中敲击小鼓。他抛撒灰烬,扑灭火葬堆的火焰。王上啊,我看到我的妻子肢体

---

① 魔杖(khaṭvāṅga)指顶端系有骷髅的木杖,是骷髅教徒的标志物。

完好无损，从火葬堆中起身。他就是这样施展幻术，带走了我的妻子。我手持弓箭，悄悄跟随他。

这个骷髅教徒到达恒河岸边一个洞穴，把魔杖放在地上，高兴地对洞穴里面两个少女说道："虽然我已经获得你俩，但缺少她，我不享用你俩。今天，我已经获得她，终于实现我的誓愿。"

就在他这样说着，向两个少女展示我的妻子时，我冲上前去，把他的魔杖扔进恒河。他失去魔杖，也就失去幻力。我叱责他说："嗨，你这个骷髅教徒！你想霸占我的妻子，你就别想活着！"这个歹徒发现魔杖已经不见，一心想要逃跑。而我挽弓搭上一支毒箭，射死了他。这些邪教徒假称皈依湿婆，而施展妖术，一心满足自己的私欲，早已罪孽深重，最终只能落到这个下场。

然后，我带着自己的妻子和那两个少女回到家里。亲友们惊讶不已。在我的询问下，这两个少女讲述自己的情况："我俩住在波罗奈城，分别是国王和商主的女儿。这个骷髅教徒施展幻术，带走我俩。今天蒙受你的恩惠，我俩终于没有遭到这个恶棍玷污。"

这样，第二天，我把这两个少女送往波罗奈城，交给她俩的亲友，说明事情经过。然后，在回来的路上，我遇见这个与妻子分离的商人的儿子，于是，与他一起来到这里。而且，因为我抹上在骷髅教徒洞穴里获得的油膏，你看，我的身体直至现在还散发香气。正是这样，我获得死而复生的妻子。

勇日王听完婆罗门旃陀罗斯瓦明讲述他的经历后，向他和商人的儿子表示敬意，向他俩告别。然后，勇日王带着古纳婆蒂、旃陀罗婆蒂和摩陀那孙陀利与自己的军队会合，返回自己的优禅尼城。回来后，他与古纳婆蒂和旃陀罗婆蒂正式结婚。

然后，勇日王想起工巧神建造的那座神庙石柱上的雕像，便吩咐门卫说："你指派一个使者去见羯陵伽塞纳，带回他的女儿。我此前在神庙石柱上见到她的雕像。"门卫听后，按照国王吩咐，带来一个使者，名叫苏维伽罗诃，委派他去向羯陵伽王传话。

这个使者前往羯陵伽地区，见到国王羯陵伽塞纳，对他说道："国王啊，光辉的勇日王吩咐你说:'你知道,大地上的所有珍宝都归属我。你的女儿是女宝,你也把她交给我。这样,你获得我的恩惠,可以平安享受自己的王国。'"

而羯陵伽塞纳听后,勃然大怒,说道:"勇日王算什么?居然给我下命令,要我把女儿作为贡品交给他!他狂妄自大,头脑发昏,必定会垮台。"这个使者听后,对羯陵伽王说道:"你是臣仆,怎么会这样不自量力,对主人发威?傻瓜啊,你怎么能像飞蛾那样,扑向他的威力之火?"

这样,使者回来,把羯陵伽塞纳说的话报告勇日王。于是,勇日王发怒,带着军队和僵尸鬼普多盖杜前往羯陵伽地区。军队到达那里,吼声响彻四面八方,仿佛命令羯陵伽王:"赶快交出你的女儿!"

看到羯陵伽王全副武装,准备交战,勇日王让自己的军队包围他。然而,他心中思忖:"我得不到他的女儿,永远不会快乐。可是,我怎么能杀死自己的岳父?因此,我何不采用计谋呢?"

于是,勇日王让僵尸鬼施展幻力,一起在夜里悄悄进入已经入睡的羯陵伽王的卧室。僵尸鬼唤醒羯陵伽王,笑着说道:"嗨,你与勇日王交战,居然还能入睡!"羯陵伽王慌忙起身。他看到勇日王向他显示威力,身旁站着可怕的僵尸鬼,于是,他拜倒在勇日王脚下,说道:"我现在完全服从你的统治。王上啊,你吩咐吧!让我做什么?"勇日王回答说:"如果你认同我是你的主人,就把你的女儿羯陵伽赛娜交给我。"羯陵伽王答应道:"好吧!"于是,勇日王和僵尸鬼一起返回营地。

王后啊,第二天,你的父亲羯陵伽王为你举办结婚仪式,把你交给勇日王维舍摩希罗,并赠送大量的财富。就是这样,王后啊,勇日王出于对你深挚的爱,甘冒生命危险,而非出于征服敌人的意图,最后按照仪轨与你结婚。

"听了朝圣者提婆塞纳向我讲述这一切,女友们啊,我完全消除对王上不恭敬的怒气。正是这样,王上看到石柱上的雕像,就娶我为妻。同样,他看到画像,就娶摩罗耶婆蒂为妻。"

勇日王宠爱的羯陵伽赛娜讲述这一切,说明丈夫的威力。其他王后们听后,心中喜悦。就这样,勇日王与摩罗耶婆蒂和其他王后们一起享受统治整个大地的快乐生活。

后来有一天，有个刹帝利王子，名叫克里希那舍格提，从南方来到这里。他在自己的家族内部受到欺压。他来到王宫的狮子门前，有五百个刹帝利王子追随他。他发誓成为朝圣者，侍奉国王。尽管国王劝阻他，他依然发誓说："我要侍奉勇日王十二年。"他抱定这样的决心，与随从们在狮子门前，度过了十一年。

在第十二年，他的留在远方的妻子忍受着长期与他分离的痛苦，派人送来一封信。勇日王在夜里暗访视察时，听到这个刹帝利王子在灯下诵读信上的一首用阿利耶诗律写的诗：

> 夫主啊，与你长久分离，我这硬心肠的女人不停
> 发出灼热、深长和颤抖的叹息，而没有抛却生命。

勇日王听到他反复诵读这首诗后，回到自己宫中，思忖道："天啊，这个朝圣者的妻子忧愁苦恼，而他本人也长期承受磨难，没有实现自己心愿。如果这样等到十二年期满，他可能会丧命。因此，我不能再让他等待。"于是，他吩咐女仆去召唤这个朝圣者前来。

然后，勇日王写了一份委任状，对他说道："贤士啊，你沿着唵迦罗毗吒这条路，前往北方，带着我这份委任状，占据名为坎吒伐吒迦的村庄吧！你可以采取问路的方式到达那里。"说罢，勇日王把委任状交给他。而他没有告诉自己的随从们，独自在夜里出发前往。

他心里并不满意，一路上心想："只是一个村庄，我怎么能靠它战胜敌人？这只能让自己感到羞愧。然而这是主人的命令，我必须服从。"他沿着唵迦罗毗吒这条路，到达远处一座森林，看见有许多少女在那里玩耍，便询问她们："嗨，你们知道坎吒伐吒迦村在哪里吗？"她们回答说："我们不知道。你再往前走十由旬。我的父亲住在那里。你问他。他肯定会知道这个村。"

于是，他按照这些少女的话，一路前行，见到她们的父亲，一个面目狰狞的罗刹，便询问他说："贤士啊，请告诉我，坎吒伐吒迦村在哪里？"这个罗刹对他

的勇气感到困惑,说道:"你去那里做什么?这座城市久已荒废。即使如此,如果你一定要去,那么,听我说!前面那条路通向两边。你沿着左边那条路走,就会到达坎吒伐吒迦城的入口。那里有引人注目的壁垒。"

他按照这个罗刹的指引,到达入口,进入这座荒废的城市,既神奇迷人,又让人害怕。然后,他进入有七面围墙的王宫,登上用珠宝和金子建造的楼阁,看见里面有一个宝座,便坐在上面。这时,一个罗刹走近前来,手持棍杖,说道:"喂,凡人!你怎么坐在国王的座位上?"

朝圣者克里希那舍格提听后,镇定自若,说道:"我是你们这里缴纳赋税的家主们的国王。我有勇日王的委任状。"这个罗刹听他这样说,又看到委任状,便俯首弯腰说道:"你是这里的国王。我是你的门卫。因为无论在哪里,勇日王的命令通行无阻。"

然后,这个罗刹召集所有民众,大臣们和国王的侍从们也来到。这座城市拥有四个兵种的军队。他受到所有人俯首致敬。他按照国王的仪轨,完成沐浴等所有仪式。他现在成了国王,暗自感到惊讶,心想:"啊,勇日王的威力如此奇妙,不可思议,深度和分量前所未有。他赐予我这样一个王国,却称之为一个村庄。"就这样,他作为国王住在这里,统治这个王国。而勇日王在优禅尼城负责供养他的朋友们。

过了一些日子,这个朝圣者作为国王带着撼动大地的军队,前来拜谒勇日王。而勇日王对拜倒在自己脚下的这个朝圣者说道:"你去让给你来信的妻子停止叹息吧!"克里希那舍格提听后,感到惊讶,便听从勇日王的吩咐,与朋友们一起返回老家。他赶走过去欺压他的亲友,给渴望已久的妻子带来欢乐。这样,他喜上加喜,与妻子一起享受光辉的王权。勇日王的所作所为就是这样无比奇妙。

后来有一天,勇日王看到一个婆罗门全身汗毛直竖,便询问道:"婆罗门啊,你怎么会这个样子?"于是,这个婆罗门向他讲述自己的遭遇:

王上啊,在华氏城有个婆罗门名叫阿耆尼斯瓦明,以拜火祭祀闻名。我是他的儿子,名叫提婆斯瓦明。我与远方的一个婆罗门少女结了婚,因为当时她还年幼，便把她留在她的父亲家中。

　　等她到达了青春期，我带着一个侍从，骑马前往岳父家。我受到岳父热情接待后，带着我的妻子回家。她和她的侍女也骑着一匹马。走到半途，她借口要喝水，下马前往河边。但隔了很长时间，她还没有回来。于是，我派遣我的侍从去找她。而他去了很长时间，也没有回来。这样，我吩咐她的侍女照看马匹，自己去找她。

　　而到了那里，我却看到我的妻子已经吃掉我的侍从，只剩下一些骨头，而她的嘴上沾满鲜血。我吓得连忙转身返回，但发现她的侍女也已经吃掉我的马。我满怀恐惧，拔腿逃跑回来。因此，直到现在，我依然惊魂未定，毛骨悚然。王上啊，我现在只能求你庇护。

　　勇日王听后，安抚他，让他摆脱恐惧，然后说道："天啊，不能轻信邪恶的妇女！"于是，一位大臣接着说道："王上啊，邪恶的妇女就是这样。你没有听说这里婆罗门阿耆尼舍尔曼的遭遇吗？"

　　这里有个婆罗门名叫阿耆尼舍尔曼，是苏摩舍尔曼的儿子。他的父母爱他如同自己的生命。而他是个呆子，学不会任何知识。他与伐尔达那城的一个婆罗门少女结婚。这个少女的父亲是财主，借口女儿年幼，不让她离开自己的家。

　　等这个少女到达青春期，阿耆尼舍尔曼的父母对他说道："儿子啊，你现在为何不去接回你的妻子？"阿耆尼舍尔曼听后，呆头呆脑，也不向父母告别，就独自前去接妻子。

　　他离家出来时，右边出现鹧鸪，左边出现豺狼嗥叫。这是不吉祥的征兆，而这个呆子却感到高兴，说道："长命百岁！长命百岁！"掌控征兆的女神听到后，觉得好笑。而他到达岳父家，准备进入时，右边又出现鹧鸪，左边又出现豺狼嗥叫，而他又感到高兴，说道："长命百岁！长命百岁！"征兆女神心想："天啊，这个傻瓜把噩兆当吉兆而高兴。因此，我要保护他的性命。"

　　征兆女神这样思索时，阿耆尼舍尔曼进入岳父家。岳父家里人询问他：

"你怎么独自一人来到这里？"他回答说："我没有告诉家里任何人，就自己来了。"然后，岳父安排他沐浴和进餐。夜晚，他的妻子装饰打扮后，进入卧室，走到他的身边，而他旅途劳累困倦，已经睡着了。

于是，他的妻子出去会见情人。那是一个盗贼，已经被绑在刑场尖桩上。她走近前去，拥抱这个盗贼。而这时已经进入盗贼体内的魔鬼用他的牙齿咬掉这个女子的鼻子。于是，她恐惧地逃跑。

而她回到家里后，从刀鞘中拔出一把刀，放在熟睡的丈夫身边，然后哭叫道："哎呀，哎呀！我要死去了！我的丈夫起身，无缘无故割掉了我的鼻子。"亲友们听到她的哭叫声，赶快过来，而看到她的鼻子已经被割掉，便用棍棒狠揍阿耆尼舍尔曼。

第二天，他们去向国王告状。国王下令处死这个伤害妻子的罪犯，把他送交剑子手。于是，阿耆尼舍尔曼被带往刑场。而征兆女神已经在夜里目睹那个女子的所作所为，心想："这是他分不清征兆造成的恶果。然而，他口口声声'长命百岁！长命百岁！'，我还是要保护他，救他一命。"

然后，征兆女神在空中隐身说道："剑子手啊，这个婆罗门青年是无辜的。不要杀死他。你们去看绑在尖桩上的那个盗贼牙齿咬着的鼻子吧！"随后，征兆女神继续讲述他的妻子在夜里的所作所为。剑子手听后，相信这些话，让门卫去报告国王。国王看到那个盗贼牙齿咬着的鼻子后，撤销死刑命令，释放阿耆尼舍尔曼，让他回家。然后，国王惩罚那个女子和她的亲友。

"王上啊，那些邪恶的妇女就是这样。"勇日王听了大臣讲述的这个案例，表示同意。这时，站在国王身旁的一个浪子，名叫摩罗提婆，说道："王上啊，难道那些妇女不贞洁，世上就没有其他贞洁的妇女了吗？正如世上有那些毒性蔓藤，就没有芒果蔓藤了吗？为了说明这一点，请听我讲述我的亲身经历！"

我以前曾和舍辛一起前往华氏城。听说那里的人以聪明睿智闻名，我想要亲自去见识一下。到了城外，我看到一个水池，有个妇女在洗衣服。我询问她："旅行者在这里住在哪儿？"这个老妇人巧妙地回答说："轮鸟住在岸边，鱼儿住在水中,蜜蜂住在莲花里,我没有看见旅行者住在哪里。"我和舍辛面露尴尬,随即进入城里。

舍辛看到有个孩子在家门口,望着盘中一块热饼子哭泣,于是说道:"嗨,这是个傻孩子! 不吃摆在面前的这块美味的饼子,却自作自受在哭泣。"而这个孩子听后,擦了擦眼睛,笑着说:"你们两个傻瓜,不知道我哭泣的好处。这样,热饼子慢慢变凉,而美味可口。另外一个好处是清洗自己的眼屎。这是哭泣的好处,因此,我不是傻哭。你们是傻乎乎的乡巴佬,不懂得我哭泣的用意。"听了这个孩子这样说,我俩因感到自己不够聪明而羞愧。然后,我和舍辛怀着好奇,走向别处。

我俩看到有个美丽的少女在芒果树上采摘芒果,她的侍从们站在树下。我俩对这个美丽的少女说道:"美女啊,请你给我们一些芒果!"这个少女听后,说道:"你们想要吃热芒果还是冷芒果?"我听后,想要知道其中奥妙,回答说:"美女啊,我们先吃热芒果,然后再吃冷芒果。"

她听后,便把一些芒果扔到地上。我俩捡起芒果,用嘴吹去芒果沾有的地面灰尘,然后吃下。于是,她和侍从们一起笑了起来,说道:"我先给了你们热芒果,而你们把它们吹凉了再吃。那么,现在你们就用衣襟接住这些冷芒果吧,不必吹凉了再吃。"说罢,她把一些芒果扔在我俩撩起的衣襟里。然后,我俩拿着这些芒果,羞愧地离开那里。

然后,我对舍辛和其他同伴说道:"我一定要与这个聪明的少女结婚,报复她对我的嘲弄。否则,我怎么称得上是聪明狡猾的浪子?"他们听后,帮我找到这个少女的家。第二天,我们乔装改扮,不让她认出,来到她的家附近。

我们在那里诵读吠陀。这个少女的父亲是婆罗门,名叫耶若斯瓦明,走近前来,询问我们说:"你们来自哪里?"我们回答说:"我们来自摩耶城,来这里求学。"这位富有和高贵的婆罗门听后,说道:"那么,你们就在我的家里住上四个月吧! 请你们成全我的心意,因为你们来自远方。"然后,我们说道:"婆罗门啊,我们听从你的话,但是,我们住满四个月后,你要满足我们提出的请求。"婆罗门耶若斯瓦明听后,说道:"只要我有能力办到,一定会满足你们的要求。"

他这样答应后,我们就在他的家里住了四个月。然后,我们对这位婆罗门说道:"我们已经住了四个月,现在就要离去。请你满足我们的一个请求。你以前已经答应。"他询问道:"你们有什么要求?"于是,舍辛指着我说:"你就把你的女儿嫁给他。他是我们的首领。"

然后,婆罗门耶若斯瓦明知道自己有言在先,思忖道:"我中了他们的圈套。但这也不算犯错,因为这是一个有为的青年。"于是这位婆罗门按照仪轨,举行结婚仪式,把女儿交给我。

夜晚,我在卧室里,笑着对这位新娘说:"你还记得热芒果和冷芒果的事吗?"她听后,认出了我,微笑着对我说道:"是的,聪明的城里人耍弄了乡巴佬。"然后,我对她说道:"你就留着城里人的聪明,洋洋得意吧!我发誓要离开你,走得远远的。"而她听后,也发誓说:"我一定会让你的儿子抓住你,把你带回来!"

就这样,我俩互相发誓后,她背对我躺着。在她入睡后,我悄悄把我的戒指戴在她的手指上。然后,我出走,与我的同伴们会合,想要考验她的智慧,而回到优禅尼城。

第二天早晨,这个婆罗门的女儿醒来,没有看见我,而看见刻有我的名字的戒指戴在她的手指上,思忖道:"他恪守自己的誓言,离我而去。那么,我也要恪守自己的誓言,不能后悔。这枚戒指上刻有他的名字摩罗提婆。他肯定是那个著名的浪子摩罗提婆。听说他一直住在优禅尼城,因此,我要去那里,设法实现自己的目的。"

这样决定后,她假装对父亲说:"父亲啊,我的丈夫突然抛弃我,离我而去。没有他,我怎么还能愉快地住在这里?因此,我要去朝拜圣地,折磨这个害人的身体。"她好不容易才获得父亲勉强同意,告别父亲,带着钱财,与侍从们一起出发。

一路前行,她置办了一套适合妓女穿的昂贵服装,让自己仿佛天下第一美女那样进入优禅尼城。她和侍从们商定计划后,自己改名苏曼伽拉。侍从们在那里放风说:"从迦摩鲁波城来了一位妓女,名叫苏曼伽拉。她只接待慷慨大方的客人。"在那里,有个著名的妓女,名叫提婆陀姐,送给苏曼伽拉自己的另一座甚至适合国王居住的宫殿。

苏曼伽拉住在里面后,我的朋友舍辛最先通过她的侍从向她传话:"我慕名而来。请接受我的礼物。"而苏曼伽拉让侍从回话说:"来这里的客人,不管他送什么礼物,也不管他是不是人面野兽,必须听从我们的吩咐,才能进入。"舍辛听后,答应道:"好吧!"

到了晚上,舍辛前往苏曼伽拉的宫殿。到达第一道门时,门卫对他说道:"你要听从我们小姐的吩咐。即使你已经沐浴,仍然要再沐浴一次,否则,不能进入。"舍辛听后,答应道:"好吧!"于是,女仆们忙忙碌碌,安排他沐浴和涂抹香膏。沐浴完毕,夜晚第一个时辰过去了。然后,舍辛到达第二道门。门卫对他说道:"你已经沐浴,那么,就装饰打扮吧!"他答应道:"好吧!"于是,女仆们仔细为他装饰打扮。夜晚第二个时辰过去了。然后,舍辛到达第三道门。门卫对他说道:"你用餐后,再进去。"他答应道:"好吧!"于是,女仆们安排他品尝各种各样食物。夜晚第三个时辰过去了。这样,他好不容易到达进入卧室的第四道门,而这里的门卫责备他说:"你这个乡巴佬,离开吧!别让我们动手对你不客气。你怎么在夜晚最后一个时辰来见我们的小姐?"舍辛就这样被犹如死神化身的门卫赶了出来,失望而归。

就这样,这个婆罗门的女儿化名苏曼伽拉,假扮妓女,采取这种办法,让许多来客失望而归。我听说后,出于好奇,先派使者前去接洽。然后,我在夜晚装饰打扮后,前往她的宫殿。我用钱财贿赂每道门的门卫,没有延宕时间,顺利进入她的卧室。

由于她打扮成妓女模样,我没有认出她是我自己的妻子。而她一眼就认出我,热情地迎上前来,让我坐在床榻上,像妓女那样侍奉我。这样,我和这位天下第一美女度过一夜。然后,我迷上了她,身不由己,不能离开她。而她也对我一往情深,不从我身边离开。

这样,过了一些日子,她的乳头开始发黑,表明她已经怀孕。于是,她伪造了一封信,交给我看,说道:"这是我们的王上派人送来的信。你念一下吧!"于是,我打开信,念道:"吉祥的国王曼摩那辛诃从吉祥的迦摩鲁波城向苏曼伽拉传令:你怎么长久滞留外地?抛弃对异国他乡的好奇心,赶快回来吧!"

我念完这封信后,她仿佛痛苦地对我说道:"我要离去了。你别对我生气,因为我隶属他人。"她制造这个借口，返回自己的华氏城。而我不能跟随她，因为她隶属她的主人。

她回到华氏城后，到时候生下一个儿子。这个儿子渐渐长大，学会所有技艺。在十二岁时，出于孩子淘气的天性，有一次他用蔓藤打了一个同龄的渔夫的儿子。这个渔夫的儿子挨打后，一边逃跑，一边羞辱他说："你打我，而你还不知道自己的父亲是谁。你的母亲在外地游荡，不知她跟谁生下了你。"

这个孩子听后，感到羞愧，回去询问母亲说："阿妈，我的父亲是谁？在哪里？你告诉我吧！"母亲听后，想了想，便告诉他说："你的父亲名叫摩罗提婆。他抛弃我，去了优禅尼城。"接着，她从头开始，把自己的经历都告诉了儿子。于是，这个孩子说道："阿妈，那我就去把父亲抓回来，兑现你的誓言。"说罢，这个孩子就出发，前往优禅尼城。他的母亲也已经把我的相貌告诉了他。

他来到这里后，有一次进入赌场，看见我在掷骰子赌博，便认出我。而他在掷骰子赌博中，赢了所有人。在场的赌徒都感到惊讶：他还是孩子，却是一个赌博高手。然而，他把赢得的所有钱财都施舍给了求乞者。

夜里，他趁我熟睡时，悄悄拆走了我的床柱子。我早晨醒来，发现自己躺在棉褥上，而床柱子不见了。我觉得既好笑，又惊奇，也感到羞愧。王上啊，然后，我上市场游逛，看到这个孩子在出售床柱子。我上前询问他："你这床柱子什么价钱？"这个孩子回答说："浪子顶珠啊，这床柱子没有价钱。你只要讲一桩我前所未闻的奇事，你就能拿去。"

我听后，对他说道："那么，我给你讲一桩奇事。如果你听后，理解意思，同意说这是真的，那就作罢。而如果你听了不相信，说是假的，那么，你就是孬种，我就获得这床柱子。我俩就这样约定。现在，听我讲述这桩奇事！从前，有个国王，国内发生饥荒。于是，国王亲自耕作，用许多蛇车负载大量雨水，浇灌野猪的情人。谷物苗壮成长而丰收。饥荒解除。国王也由此获得民众崇敬和爱戴。"

我讲了这桩奇事后，这个孩子笑着说道："那些蛇车是乌云。野猪的情人是大地。毗湿奴曾经化身为野猪，由此，大地被称为野猪的情人。大地得到雨水浇灌，谷物也就苗壮成长。这算什么奇事？"

然后，这个小滑头看到我面露惊讶，又对我说道："现在，我给你讲一桩奇事。如果你理解意思,相信是真的,那么,我就把床柱子交给你。否则,你就成为我的奴仆。"我听后,答应道:"好吧!"

于是,这个小滑头说道:"浪子魁首啊,从前有个孩子,他一出生,就跨出沉重的步伐,撼动大地。而他长大后,又一步跨入另一个世界。"我听后,不理解他说的是什么意思,便说道:"这是假的,毫无真实性。"

然后,这个孩子说道:"毗湿奴化身侏儒,不是一出生,就一步跨越而撼动大地的吗? 而他长大后,不是又一步跨越天国世界的吗? 现在,你被我战胜,成了我的奴仆。这是我俩事先的约定。这里市场上的所有人都是见证人。因此,我去哪里,你也跟着我去哪里。"说罢,这个充满自信的孩子用手抓住我的手臂。所有在场的人都对他的话表示认同。

这样,我被约定捆住,成了他的俘虏。他和随从们带着我,回到华氏城他的母亲身边。他的母亲看到我,对我说道:"夫君啊,我已经兑现自己的誓言,因为我让你的亲生儿子抓住你,把你带了回来。"随后,这位贞洁的女子当着在场所有人的面,讲述事情经过。

这样,她成功兑现誓言,儿子也为她清除了流言蜚语。亲友们兴高采烈,向她道喜。而我也实现心愿,与妻子和儿子在华氏城住了很长时间,然后,一起返回优禅尼城。

"正是这样,王上啊,那些高贵的妇女忠于丈夫,并非所有的妇女都行为不端。"听了摩罗提婆讲述自己的亲身经历,勇日王和大臣们高兴满意。

"就这样,勇日王征服和享受大地和七大洲,听取和观看种种奇妙的事,自己也从事种种奇妙的行动。"

在我和摩陀那曼朱迦分离期间,牟尼甘婆给我讲述有关勇日王维舍摩希罗的种种分离和团聚的故事后,对我说道:"众生的分离和团聚就是这样不可思议。那罗婆河那达多啊,你不久就会与心上人团聚。你要保持信心。犊子王之子啊,你必定会与妻子们和大臣们团聚,长久享受可爱的持明转轮王王权。"

牟尼甘婆的话让我鼓起勇气,度过与爱妻分离的时期。我逐步地获得妻子们、大臣们、各种幻力和持明转轮王王权。诸位大牟尼啊,正如在前面所说,我获得这一切都是依靠大神湿婆赐予的恩惠。

那罗婆诃那达多在迦叶波的净修林里讲述自己的故事。所有的牟尼以及他的舅父高波罗迦听后,都高兴满意。他在这里度过雨季后,告别在这里修炼苦行的舅父和牟尼们,与妻子和大臣们一起登上飞车,带着布满天空的持明军队,刹那间回到自己居住的利舍跋山。他在持明王们围绕下,与摩陀那曼朱迦和宝光等王后一起愉快地享受持明转轮王王权,时间长达一劫①。

这是以月亮为顶饰的大神湿婆以前在盖拉瑟山顶上,应雪山之女波哩婆提的请求,讲述的《伟大的故事》。此后,布湿波丹多等受诅咒下凡,化身为迦旃延那等,这个故事得以在大地上广为流传。为此,大神湿婆赐予这个故事恩惠:"无论是谁,专心诵读和聆听我亲口讲述的这个奇妙的故事,这个人就会很快涤除罪业,获得成就,他也肯定会成为持明,来到我的世界。"

---

① 此处原文为一劫(kalpa),而按照前面多次提及的说法,应为一个神劫(divyakalpa)。

后　记

　　这本呈现在读者面前的是《故事海》的全本。早在 2001 年曾出版了《故事海选》，是与《五卷书》和《本生经》一起并列作为《印度故事文学名著集成丛书》，由人民文学出版社出版的。那时选择译了第一、二、三、四、六、十和第十二卷（部分）。时隔二十年后补译了第五、七、八、九、十一、十二（部分）、十三、十四、十五、十六、十七、十八卷。主要由宝生补译完稿，交由中西书局出版。

　　2023 年 1 月，中西书局孙本初女士来函告诉宝生，《妙语游戏　风使　天鹅使》《无价的罗摩》和《故事海》这三本梵文文学译著的校样将于 2023 年春节以后寄来。于是，就耐心等着。不想，人生无常。当校样寄来时，他已离我而去。不胜悲切。

　　面对校样，张远和于怀瑾帮我分担处理。张远负责《妙语游戏　风使　天鹅使》。于怀瑾负责《无价的罗摩》。我们一起完成。这两本书已经于 2023 年 7、8 月出版。这本《故事海》篇幅较大，张远与我一起完成，交出版社。张远和于怀瑾两位本身业务工作已经十分繁忙。她俩百忙中帮着看校样，而且十分认真和仔细。我在此向她俩表示深切而衷心的感谢，也感谢中西书局孙本初女士多年来不辞辛劳的付出。我还要感谢刘寅春女士。她是最先与我们联系出版事务的，诚挚认真难以忘怀。虽然她现在已调离中西书局，但她与宝生和我结下的书缘是永恒的。这三本梵文文学译著出版了，宝生在天之灵当知，定会欣慰。

郭良鋆

2024 年 1 月

图书在版编目（CIP）数据

故事海 /（印）月天著；黄宝生，郭良鋆，蒋忠新
译 .—上海：中西书局，2024
（梵语文学译丛）
ISBN 978-7-5475-2149-6

Ⅰ.①故…　Ⅱ.①月…　②黄…　③郭…　④蒋…　Ⅲ.
①民间故事—作品集—印度—古代　Ⅳ.① I351.73

中国国家版本馆 CIP 数据核字 (2023) 第 141838 号

GUSHIHAI
故事海

[印]月天　著

黄宝生　郭良鋆　蒋忠新　译

责任编辑	孙本初
装帧设计	黄　骏
责任印刷	朱人杰
出版发行	上海世纪出版集团
	中西书局（www.zxpress.com.cn）
地　　址	上海市闵行区号景路 159 弄 B 座（邮政编码：201101）
印　　刷	常熟市人民印刷有限公司
开　　本	700 毫米 × 1000 毫米　1/16
印　　张	61.5
字　　数	937 000
版　　次	2024 年 3 月第 1 版　2024 年 3 月第 1 次印刷
书　　号	ISBN 978-7-5475-2149-6/I·244
定　　价	358.00 元

本书如有质量问题，请与承印厂联系。电话：0512-52601369